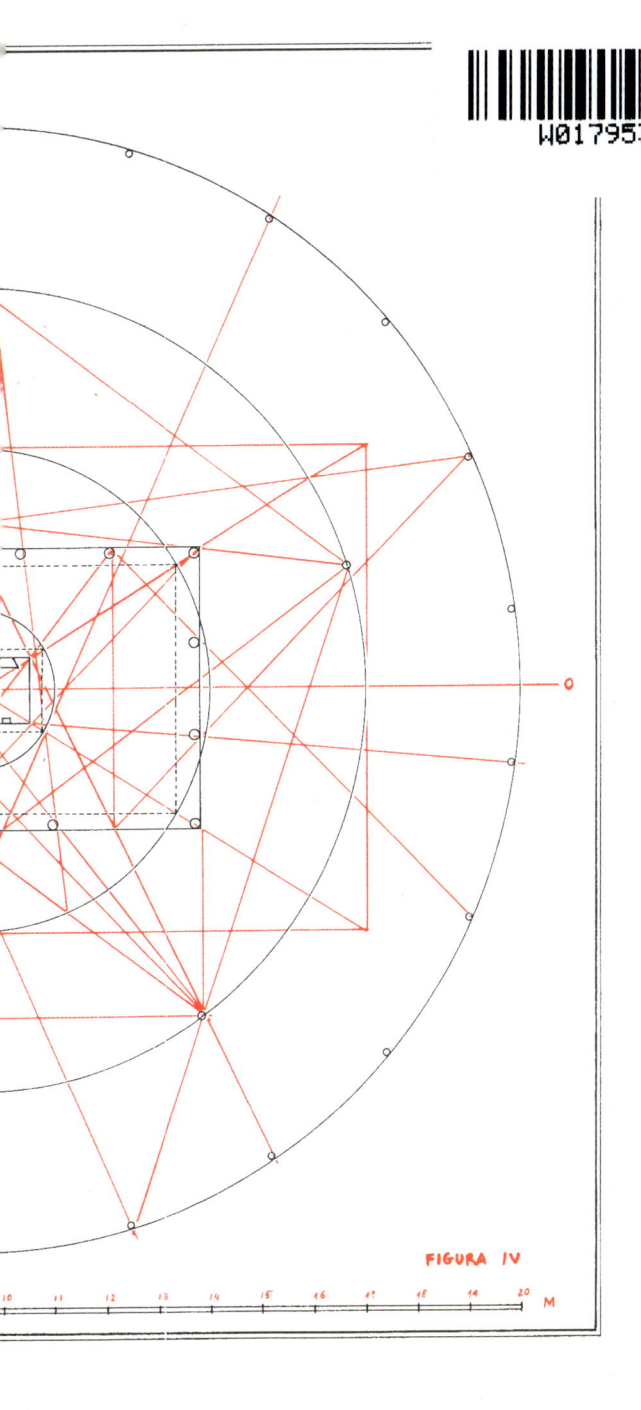

O

FIGURA IV

10 11 12 13 14 15 16 17 18 19 20 M

Miquel de Palol
Im Garten der sieben Dämmerungen

Miquel de Palol

Im Garten der sieben Dämmerungen

Roman

Aus dem Katalanischen
von Theres Moser

Aufbau-Verlag

Titel der Originalausgabe
El Jardí dels Set Crepuscles

Die Übersetzung des Romans entstand mit Förderung
durch die Institució de les Lletres Catalanes
der Generalitat de Catalunya, Barcelona,
sowie die Dirección General del Libro
des Ministerio de Educación
y Cultura, Madrid.

ISBN 3-351-02867-9

1. Auflage 1999
© Aufbau-Verlag GmbH, Berlin 1999
El Jardí dels Set Crepuscles © Miquel de Palol, 1988
Die Originalausgabe ist 1989
bei den Edicions Proa in Barcelona erschienen
Einbandgestaltung Henkel/Lemme
Druck und Binden Clausen & Bosse, Leck
Printed in Germany

An den Leser

Vor den Atomkriegen unseres Zeitalters, die auch unter dem Namen Die Vier Hinhaltekriege bekannt sind, war die Meinung weit verbreitet, ein Krieg mit Atomwaffen würde wegen des herrschenden Kräftegleichgewichts und der Beschaffenheit der Verteidigungssysteme unweigerlich zur völligen Zerstörung sämtlichen Lebens auf dem Planeten führen. Am Anfang des vorliegenden Werkes wird darauf eingegangen. Die Geschehnisse haben gezeigt, daß diese Vorhersage ein Irrtum war. Die Sicherheits- und Vorwarnsysteme waren so sehr ausgeklügelt, daß sie einen nach sweitzerianischer Terminologie als Hinhaltekrieg bezeichneten Konflikt möglich machten: ein Spiel mit anerkannten Regeln, die wie beim mittelalterlichen Turnier oder beim Glücksspiel im Casino die Grenzen des Einsatzes, die Absteckung des Feldes und die Höhe des Verlustes festlegten. Die Vier Hinhaltekriege fanden im 21. und 22. Jahrhundert statt. Wir wollen allerdings ihre Geschichte nur insoweit heranziehen, als dies hilfreich sein kann, um den Text, den wir hier vorstellen, zu verstehen. Von den ersten drei Kriegen bis zum vierten änderte sich die Problemstellung grundlegend. Bis zum dritten hatten die Großmächte, die USA, die UdSSR, China und die Vereinten Islamischen Staaten, die schwächsten Verbündeten ihrer Gegner bombardiert, doch im letzten waren die Umrisse des Schachbretts bereits verwischt, und die Hegemonialstaaten verwandelten sich in unbewohnbare Wüsten. Darauf folgt die mehr als ein halbes Lustrum dauernde Zeit der Endlosen Wiederkehr. Wie war es den von einer Katastrophe solchen Ausmaßes betroffenen Gemeinschaften möglich gewesen, zu überleben?

Wie wir wissen, schlossen sich die wichtigsten Persönlichkeiten und die Vertreter der herrschenden wirtschaftlichen Macht zu geheimen und sehr selektiven Vereinigungen zusammen (irgendein erbitterter Kritiker hat sie als die Erlauchten bezeichnet, andere als die Owaysis), mit dem Ziel, einen Atomkrieg zu überleben, und in der klaren, pragmatischen und vielleicht auch erbarmungslosen Absicht, das Fortbestehen zu sichern. Archäologische Funde beweisen das Bestehen von Atombunkern in den Kellern des Vatikans, des Pentagon, in Tokio, im Kreml, unter den Champs-Elysées und an anderen Regierungssitzen. Alle wurden im Vierten Hinhaltekrieg zerstört. Eine ausführliche Dokumentation bestätigt, daß sich keiner (oder höchstens ein nur irrelevanter Prozentsatz) der Erlauchten, Owaysis oder wie man sie immer nennen will, im Augenblick des Angriffs dort befunden hatte. Die wahren Verstecke lagen in Kairo oder an anderen Orten der nordafrikanischen Küste, in Kanada, Südafrika, in der Antarktis und südlich des Himalaya.

Eines der Dokumente, das im Zusammenhang mit diesem historischen Problem am meisten Beachtung fand, ist die heute unter dem Namen *Im Garten der Sieben Dämmerungen* bekannte Erzählung. Ihr Studium wirft mannigfache Fragen auf, sowohl was die Identität des Autors, Absicht und Art des Textes betrifft, als auch in bezug auf seine geographische und chronologische Einordnung und infolgedessen auf seine Authentizität. In der Abhandlung treten Widersprüche auf, die manch einen[1] daran zweifeln ließ, daß der Autor des *Gartens ...* die Fakten korrekt verwendet hatte, auch wenn wir wie Potmanova[2] dazu neigen, von einer willentlichen Verschleierung dieser Fakten zu sprechen. Wir möchten dem Leser kurz die zeitliche Abfolge vor Augen führen: von 1939 bis 1945 fand der Zweite Weltkrieg statt, der Dritte Weltkrieg, eher als Erster Hinhaltekrieg bekannt, im Jahre 2025. Der Zweite Krieg dauert von 2059 bis 2061, der Dritte bricht im Jahre 2091 aus, der Vierte 2113. Ausgehend von den Vergleichen, die der letzte Erzähler im *Garten ...* zwischen seinem Alter und dem der anderen Personen anstellt, und den sich daraus

1 Reagan, J. R. R.: *Die Evolution des religiösen Gefühls*, cf. D.3, S. 42.
2 Potmanova, M.: *Die Genese des Mythos im Garten der Sieben Dämmerungen*, cf. D. 2, S. 1.

ergebenden Verbindungen mit den verläßlich feststellbaren historischen Tatsachen (wie zum Beispiel die im dritten Teil vorgenommene zeitliche Ansiedlung der Ferrets nach dem Zweiten Weltkrieg), hat Potmanova[1] bewiesen, daß die letzte Erzählung zwischen 2018 und 2030 datiert werden kann, was dem Ersten Hinhaltekrieg entspricht. Das bestätigt auch die bereits erwähnte Fassungslosigkeit des letzten Erzählers angesichts eines Atomkrieges, sie wäre unerklärlich, wenn es vordem schon andere gegeben hätte. Cari Te Varinee[2] wendet ein, daß schon im Zweiten Weltkrieg Atomwaffen eingesetzt worden wären und dieses Argument somit nicht schlüssig wäre. Sie fügt außerdem hinzu, daß die Gestalt des Ferret nicht eindeutig genug verankert ist, als daß man auf ihr eine Chronologie aufbauen könnte, und zitiert als entscheidenden Widerspruch die Zerstörung von Paris, auf die eine Person in der Runde anspielt. Paris wurde bekanntlich im Dritten Hinhaltekrieg zerstört, also sechsundsechzig Jahre später. In der darauffolgenden Polemik erwiderte Potmanova[3], daß die Erwähnung des Zustands von Paris genausowenig ein unzweifelhafter Anhaltspunkt sei, und bewies anhand von Dokumenten, welches Chaos in Barcelona herrschte und wie viele Falschmeldungen dort und in anderen drittrangigen Städten während der ersten Hinhaltekriege in Umlauf waren. Andere Gelehrte meinten, der *Garten* … könne durchaus aus der Zeit des Ersten Hinhaltekrieges stammen (der Stil und die moralisierende Besessenheit der Erzähler untermauerten diese Theorie) und die Nachrichten über Paris seien der Schwindel einer Person, den der letzte Erzähler mit elegischer Gutgläubigkeit weiterverbreitet. Sollte dem so sein, wurde eingewandt, warum stellt er es später nicht richtig? Potmanova[4] weist auf den möglichen Tod des Verfassers des *Gartens* … kurz nach Fertigstellung des Werkes hin. Doch abgesehen von

1 Ibid., cf. D.1, S. 709.
2 Te Varinee, Cari: *Buch-Garten und Garten-Buch. Von der Renaissance zum Postnuklearen Zeitalter*, cf. D. 1, S. 4879.
3 Potmanova, M.: *Unterlagen zum Kongreß der Crepuscologie*, cf. D. 45, S. 24282.
4 Ibid., cf., D.45, S. 24860.

diesen Umständen, glauben wir, daß uns eine Ansiedlung des Werkes in der Zeit nach dem Ende des Ersten Hinhaltekrieges vor zusätzliche Pobleme stellen würde.

Jedenfalls wird der symbolische (oder zumindest literarische) Charakter einiger Aussagen des Autors dadurch offenkundig, daß das am Beginn beschriebene Chaos der historischen Grundlagen entbehrt. Solche Geschehnisse sind eher zwischen dem Zweiten und Dritten Hinhaltekrieg dokumentiert, wo von einer teilweisen Zerstörung der Häfen von Barcelona, Tarragona und Valencia berichtet wird.[1] Das Problem der zeitlichen Einordnung des *Gartens …* bleibt bestehen, auch wenn einige Autoren vorgeben, es ad absurdum geführt zu haben. Für Ahami[2] läßt die Art und Weise, wie das Werk endet, die Annahme zu, ein großes, den Absichten des letzten Erzählers fernliegendes Unglück hätte die Fortführung der Geschichte verhindert. Über die Gründe dieser Tatsache wurden viele Hypothesen aufgestellt. Die Untersuchung des mittlerweile leider verschwundenen Originals hätte Licht in die Sache bringen können, zumindest nach einer Radiographie (daß es sich bei dem im *Garten …* beschriebenen Gebäude um einen höchst privaten Atombunker handelte, zieht heute niemand in Zweifel). Sollte der letzte Erzähler, wie einige Kommentatoren behaupten, von einer nuklearen Explosion überrascht worden und diese der Grund für die Unterbrechung der Geschichte gewesen sein, könnte uns das zum Dritten Hinhaltekrieg führen, doch das würde ernsthafte, den Verbleib des Originals betreffende Probleme aufwerfen und, wie Potmanova[3] anmerkt, die Authentizität des Schlusses in Frage stellen. Gegen diese Hypothese spricht letztlich die ausführlich dokumentierte Tatsache, daß Barcelona am Ende des Dritten Hinhaltekrieges durch eine herkömmliche Neutronenbombe (denn es ging darum, die Verbindungen zu unterbrechen) zerstört wurde; es war kein Alarm ausgelöst worden, also be-

---

1 Ahami Tosura, Who-Tho: *Allgemeine Geschichte der Hinhaltekriege*, cf. D. 14, S. 902.
2 Ibid., cf. D. 16, S. 88794.
3 Op.cit., f D. 45, S. 23756.

stand kein Grund für das im *Garten* ... beschriebene Chaos und die Evakuierung der Stadt. Diese Widersprüche lassen uns die Reise des letzten Erzählers als eine Metapher des Übergangs vom Zweiten Krieg, wo es zum Alarm kommt, zum Dritten sehen, in dem Barcelona tatsächlich zerstört wird, was unserer Meinung nach sehr problematisch zu sein scheint. Wir halten die Auffassung von Delvaux[1] für übertrieben, der in der Struktur der Sieben Tage des *Gartens* ... im wesentlichen eine Antimetapher zu anderen auf der Zahl Sieben basierenden Gruppen sieht. In diesem Zusammenhang muß auf die Frage nach Blickwinkel und Sprachverhalten der Erzähler im *Garten* ... eingegangen werden. Alle erwähnten Autoren haben auf die Unmöglichkeit hingewiesen, daß eine Person nach einem vollen, vermutlich ziemlich bewegten Tagesprogramm Zeit gefunden haben sollte, dieses ausführlich niederzuschreiben und auch noch Überlegungen hinzuzufügen. Der letzte Erzähler verfügt nach eigenen Angaben zwischen dem Augenblick, wo er sich in sein Zimmer zurückzieht, und dem, wo er geweckt wird, nie über mehr als fünf oder sechs Stunden (oft genug sind es weniger), und es ist schwer vorstellbar, daß er in diesem Zeitraum fähig gewesen sein sollte, jeden Tag aufzuzeichnen, noch dazu in der Vergangenheitsform. Beachten Sie in diesem Zusammenhang, daß der einzige Abschnitt, den der letzte Erzähler ins Präsens gesetzt hat, der letzte ist; das würde zu der Annahme führen, daß der ganze *Garten* ... in der Nacht des achten Tages bis zur Morgendämmerung geschrieben worden wäre, was gänzlich ausgeschlossen ist, ebenso wie zu glauben, daß der Erzähler sieben Tage ohne Schlaf durchgehalten hat.[2]

Also neigen wir trotz aller Vorbehalte dazu, die letzte Erzählung des *Gartens* ... in der Zeit des Ersten Hinhalte-

1 Delvaux, J. P.: *Enzyklopädie der Vier Zeitalter*, cf. D. 856, S. 10899.
2 Die Varelli-Methode, die eine normale Lebensführung mit zwölf Stunden Schlaf pro Woche gewährleistet, konnte sich erst 2140, nach dem Vierten Hinhaltekrieg, durchsetzten. Ihre Anwendung durch den letzten Erzähler würde eine inakzeptable Verzerrung der Chronologie

krieges anzusiedeln. Doch bleiben noch die Gründe des hypothetischen Unvollendetseins des Textes zu klären sowie der Umstand, daß der letzte Erzähler die Zerstörung Barcelonas als gegeben annimmt, zu der es aber, wie wir alle wissen, kam, als es niemand mehr für möglich hielt. Am Ende wollen wir uns drei ebenfalls heftig umstrittenen Fragen zuwenden: der Identität des letzten Erzählers, dem Standort des Gebäudes und der Jahreszeit, in der die letzte Erzählung spielt. Einige Historiker behaupten, daß die Elite der Kultur und Politik (ihr mußte der Autor des *Gartens* ... zwangsläufig angehören, wenn er sich mit dem letzten Erzähler identifiziert) schon über die großen Ereignisse im Bilde ist, bevor diese eintreten. Hier soll an Meinungen erinnert werden[1], die Absicht und Aufrichtigkeit des Autors in Zweifel ziehen. Delvaux[2] schließt seinen Artikel mit dem Hinweis, es könnte sich um einen zwischen dem Zweiten und dem Dritten Hinhaltekrieg geschriebenen Text handeln, obwohl die Handlung im Ersten angesiedelt ist. Dieser Theorie zufolge könnte nicht glaubhaft widerlegt werden, daß es sich beim *Garten* ... vom ersten bis zum letzten Wort um eine Fiktion handelt, geschrieben von einem Dissidenten oder Renegaten der Erlauchten, der ihre Geheimnisse anonym und verschlüsselt preisgibt oder aber mit didaktischem Anspruch im Auftrag einer ideologisch konservativen Gruppe, vielleicht auch im Dienst anderer Interessen, die sich heute unserer Kenntnis entziehen. Sollte die Hypothese von Delvaux stimmen, würde sie unwiderruflich die frühere,

1 Potmanova, op. cit., cff. D. 45, S. 1, und Delvaux, op.cit., cf. D. 856, S. 7441, sind sich darüber einig, daß der Verfasser des *Gartens* ... (der nicht unbedingt mit dem letzten Erzähler identisch sein muß) ein Emporkömmling ist. Diese Behauptung stützt sich auf die Heterodoxie, um nicht zu sagen auf die Frivolität, mit der er die auffallendsten Aspekte jener Lebensweise beschreibt, und andererseits auf seine Unfähigkeit, sich den Werten, die sie am meisten in Frage stellen könnten, mit Humor zu nähern, ein Privileg, das einem in die Wiege gelegt werden muß. Der letzte Erzähler legt die klassischen Bezüge systematisch anderen in den Mund. Handelt es sich dabei wieder um eine Tarnung? Sollte dem so sein, zu welchem Zweck?

2 Op. cit., cf. D. 858, S. 7690.

bis zum Überdruß debattierte Annahme widerlegen, der letzte Erzähler sei tatsächlich der Autor des *Gartens* …; in jedem Fall sind in der Polemik (die noch nicht abgeschlossen scheint) reichlich Argumente für die Möglichkeit einer Vielzahl von Verfassern dieses Werkes enthalten, die sich auf die angebliche Unechtheit einiger Teile berufen. Was das Gebäude betrifft, in dem die letzte Erzählung spielt, so vermuten Reagan[1], Potmanova[2] und Te Varinee[3], daß es in den Pyrenäen steht. Für diese Hypothese spricht der Hinweis des letzten Erzählers auf die paradoxe Rückkehr zur Reisegeschwindigkeit des 18. Jahrhunderts; undenkbar, hätte es sich um eine Reise – Umwege eingerechnet – von mehr als zwei Tagen gehandelt, die weiter weg geführt hätte als in diese Berge. Ausgehend von der Person des Gastgebers, von der Staatsangehörigkeit der Anwesenden und von den Landschaftsbeschreibungen, vermutet Delvaux[4], daß es sich um die Alpen handeln müßte, was in keinem wirklichen Widerspruch zur Rückkehr zur Reisegeschwindigkeit des 18. Jahrhunderts steht. Ahami[5] behauptet, obwohl eine der Figuren das ganz entschieden zurückweist, daß sich der Garten der Dämmerung aufgrund seiner geologischen Eigenschaften nur im Himalaya befinden könne. Gewiß sind die aufgetischten Speisen ungewöhnlich, doch eine herrschende Schicht kann es sich erlauben, sie kommen zu lassen. Die Frage der Reise, ebenso wie die der Architektur des Schlosses – ein eindeutig westliches Bauwerk – wird gelöst, indem man sie der symbolischen Seite des *Gartens* … zuschreibt, auf die man nicht weiter eingehen muß. Was die Ungewöhnlichkeit der Bäume betrifft, hat sich Ahami der gleichen zweifelhaften Begründungen bedient wie bei der Küche. Die Bemerkungen des letzten Erzählers zu bestimmten Bauten in der Umgebung können auch nichts erhellen. Sollte es sich (wie er

1 Op. cit., cf. D. 6, S. 14623.
2 Op. cit., cf. D. 45, S. 27281.
3 Op. cit, cf. D. 1, S. 4102. Te Varinee erwähnt sogar Orte in der Nähe vom *Vall de Benasc und L'Aneto.*
4 Op. cit., cf. D. 856, S. 9945.
5 Op. cit., cf. D. 16, S. 24242.

11

selbst mutmaßt) um einen astronomischen Ort handeln, vergleichbar dem der Monumente aus Megalithen oder der ägyptischen Tempel, ergäbe der Winkel der angenommenen Ausrichtung der Sonnenwende den Breitengrad des Ortes. Aber der Beobachter gibt nicht genau an, ob die zweite Säule rechts oder links der ersten steht. Das bringt uns zu zwei sehr unterschiedlichen Möglichkeiten. Im ersten Fall erhielten wir einen Breitengrad von 42,6° N, was den Pyrenäen, dem Balkan, dem Kaukasus und den großen Gebirgsketten von Tienschan (von Kirgisien bis zur Wüste Gobi reichend) entspräche. Im zweiten Fall etwas weniger als 30° N, der uns in den Himalaya versetzen würde. Das alles unter der Voraussetzung, daß nichts den Sonnenaufgang verstellte, sonst müßte man an eine Verschiebung nach Norden denken, was die Gebirgszüge des Altai in der Mongolei, die Karpaten und die Alpen einschließen würde. Das ist abzulehnen, wenn wir in dieser Betrachtung fortfahren, freilich auf einem weniger sicheren Gebiet, und die Einschätzung gutheißen, daß der Pol unterhalb der 45° liegt.[1] Die Frage nach der Jahreszeit, in der die letzte Erzählung spielt, ist dank den objektiven Fakten, die der Verfasser des *Gartens …* geliefert hat, die einzige, in der Einigkeit herrscht. Da es sich um einen Ort in den Bergen handelt, genügen Schnee und Stürme nicht, um auf den Winter zu schließen. Ein Detail läßt jedoch keinen Zweifel zu: Am vierten Tag wird ein Spaziergang im Garten der Dämmerung beschrieben, der nach dem Abendessen stattfindet, also zwischen zehn und zwölf Uhr nachts. Egal, ob es sich um die Sonnenzeit oder die offizielle Zeit handelt, diese Fülle an Sternbildern in Richtung Süden gibt es nur mitten im Winter. Das hypothetische Aufsteigen von Arktur im Morgengrauen der letzten Nacht, was die Nähe des Frühlings ahnen läßt, bekräftigt die Hypothese. Ein zusätzliches, von Potmanova[2] erwähntes Detail bezieht sich auf die Einteilung der Tage, die eher den

1 Wir verweisen den an diesem Aspekt des *Gartens …* interessierten Leser auf die ausführliche Studie von Abu Hamet Gaham, *Poesie, Gehörsinn und respiratorische Kenntnis*, cf. D. 5995.
2 Op. cit., cf. D. 45, S. 27618

landläufigen Gebräuchen als einer objektiven Gliederung entsprechen.[1]

Die erste bekannte Version des *Gartens* ... ist das Dokument NGBW-582-F in der Bibliothek von New Haven. Es bestand, wie überliefert ist, aus acht Disketten ohne Titel, die im Katalog des Jahres 2429 enthalten sind. Im späteren Verzeichnis des im Jahre 2481 in das Kongreßgebäude verlagerten Bestandes sind nur noch drei der acht Originaldisketten enthalten, und im endgültigen Katalog aus dem Jahre 2481 gibt es keinen Hinweis mehr auf das Dokument. Der Codex Dy. QH-200 des Initiationskurses an der Universellen Universität von Portsmouth, datiert mit 2460, ist nach Meinung aller Exegeten die älteste erhaltene Version des *Gartens* ... Sie besteht aus fünf Disketten mit dem Titel: *Erzählungen aus dem Haus der Dämmerung.* Am Beginn wird erläutert, daß sie von einem früheren Codex stamme, der in Damaskus auf einem analogen, heute ebenfalls verschwundenen Band gespeichert wurde, was von den Bibliotheken in Varna, Smirna und Baku bestätigt wird. Die *Erzählungen* ... enthalten vollständig den jetzigen ersten Teil, mit Ausnahme des mit »Die Flucht« betitelten Beginns, des weiteren drei Geschichten vom Morgen des dritten Tages aus dem zweiten Teil sowie den dritten Teil ohne die erste Geschichte und das Ende. Es fehlt der ganze zweite Teil.

Dokumentiert sind zwei Raubkopien, von denen heute

1 Plinius der Ältere (*Naturalis Historia*, cf. II, 77) führt mehrere Arten, die Tage zu zählen, an: Zwischen zwei Sonnenaufgängen wie die Babylonier, zwischen zwei Untergängen wie bei den Athenern, die Umbrier rechnen von Mittag zu Mittag, und das Volk im allgemeinen vom Hellwerden bis zum Einbruch der Dunkelheit. Die Festlegung des Tages von Mitternacht bis Mitternacht stammt von den Ägyptern, Hipparch und den römischen Priestern, um damit das Problem der viel längeren Dauer der Sonnenstunden im Sommer zu umgehen. Plutarch (*Römische Fragen*, cf. 284, C-F) weist auf militärische Gründe (Vorbereitung auf die Schlacht, Entscheidungen, etc.) hin und fixiert die Grenzen zwischen Tag und Nacht und Nacht und Tag mit dem Auf- oder Absteigen der Sonnenscheibe am Horizont. Der Autor des *Gartens* ... entscheidet sich für eine aus der Sicht des Erzählers praktische Lösung: der Tag beginnt, wenn der letzte Erzähler aufwacht, und endet, wenn er einschläft.

keine mehr existiert: eine vom Ende des 25. Jahrhunderts unter dem reichlich absurden Titel *Das acht Tage dauernde Exil der dreißig Überlebenden des Dritten Weltkrieges*, und eine andere, möglicherweise aus der Zeit des Codex von Portsmouth stammende, anscheinend zensierte, aus Kabul kommende Ausgabe, die in Australien mit dem nicht weniger willkürlichen und vorurteilsbeladenen Titel *Das im Palast in den Bergen gefundene Manuskript* im Umlauf gewesen war. Die erste Ausgabe, die praktisch vollständig erhalten ist, mit einer klaren Unterteilung der zehn Tage (drei seit dem Beginn der Handlung in Barcelona und sieben auf dem Anwesen) und ohne augenfällige Lücken in der Handlung, ist die von Vlada Browoska aus dem Jahre 2533, auf zwölf Disketten KJEK-22. Leider ist der einleitende Code, der ohne Zweifel die Quellen auswies, bei einer Überspielung (2417 oder 2786) verlorengegangen, und der einzige Hinweis auf die Herkunft sind die Transkriptionscodes, die auf ein ionisierendes Quarz-System verweisen, das jedenfalls auf ein Entstehen vor dem 23. Jahrhundert deutet. Es ist die erste Version, die den zweiten Teil enthält (ohne die »Ein Treffen auf dem Flughafen Orly«, die »Geschichte von der Schaukel und den Sternen«, und die »Geschichte von den drei Freunden«) sowie den vollständigen dritten Teil, einschließlich der so oft als Fälschung diskutierten Polemik am Schluß. Es fehlen hingegen die drei mittleren Wiederholungen der »Geschichte vom Abendessen bei Virgínia Guasch«). In einer im Jahre 2840 in Zebit hergestellten und im Codex Nmj. HHAX-40-BNB in New Jerusalem aufbewahrten Ausgabe erscheint zum erstenmal *Im Garten der sieben Dämmerungen* als Titel des Gesamtwerkes. Der Name war rasch erfolgreich und setzte sich gegen andere Versuche, wie etwa den von Theodor Heiken, durch, der 2882 in Tiflis eine Ausgabe auf 135 mm Film mit dem Titel *Memoiren des widerspenstigen Agonisten* publizierte. Der Titel *Im Garten der sieben Dämmerungen* war in den letzten hundert Jahren in Vergessenheit geraten, bis bei der Erneuerung des Katalogs der Bibliothek von Sydney die Version von Browoska wiedergefunden wurde. Der Bearbeiter des Katalogs gibt eine persönliche Sicht von den Gründen für den Titel, die sich seiner

Meinung nach auf den bekannten Scherz von der ständigen Regression beziehen, und nennt frühere, heute ebenfalls verlorene Quellen, wo er auftaucht, ein Hauptgrund, weshalb wir ihn gutheißen. Heute gibt es eine ausführliche Bibliographie über die Pros und Kontras dieses Titels, es fehlt auch nicht an numerischen Gründen. In der Tat ergeben sich, wenn man die Einleitungen zu den anderen oder zu einem abstrakteren Abschnitt dazuzählt und die Fortsetzungen wegläßt, 13 Geschichten im ersten Teil, 27 im zweiten und 9 im dritten, woraus man $13+27+9=49$ erhält; $\sqrt{49}=7$.[1] Es ließe sich einwenden, daß 50 auch keine schlechte Zahl wäre, um das Gesamte abzurunden, dazu müßte man nur die einführende Erzählung, die alle anderen einschließt, hinzurechnen, was auch nicht abwegig wäre.

Um die vorliegende Version zusammenzustellen, haben wir auf den Codex Nmj. HHAX-40-BNB aus New Jerusalem zurückgegriffen, der in einem viel besseren Zustand war als das von Browoska in Sydney rekonstruierte Original, und haben ihn mit der Diskette VUZN-6A aus Neckanati ergänzt (die drei Geschichten, die im zweiten Teil fehlten), mit dem Codex 40-MPMM-78700 aus Mozartown (den Beginn des ersten Teils und die vollständige Fassung der »Geschichte vom Abendessen bei Virgínia Guasch« im dritten Teil), Entscheidungen, die von den Exegeten gebilligt wurden. Wir glauben, daß unsere Gliederung des zweiten Teils und des Beginns des dritten (die Frage, die am ehesten eine Kontroverse auslösen könnte) die logische Abfolge des Zusammenseins am besten berücksichtigt, im Gegensatz zu den kritischen Ausgaben von Sashmi und Kublakan, die die Ausgewogenheit des Werkes dadurch stören, daß sie den dritten Teil zu sehr überladen und unserer Meinung nach den inneren Zwiespalt des letzten Erzählers verzerren, der schon zu Beginn eine schillernde Figur war.

MIQUEL DE PALOL I MOHOLY-MCCULLIDYLLY
Leitender Bibliothekar des Instituts Nahmánides
New Jerusalem

---

1 Gaham, op. cit. cf. D.842.137, S.56.

I

Phrixos der Tor

Die Flucht

Barcelona glich beim ersten atomaren Alarm in seiner Geschichte einer Hekatombe. Abgesehen von der herrschenden Panik und Fassungslosigkeit, war es für diejenigen, die sich wie ich ein Nachdenken gestatten konnten, am erstaunlichsten zu sehen, wie das Leben der Stadt und des Landes, wie Aufbau und Ordnung, der übliche Ablauf der Dinge, alles, was im Normalfall als notwendiger Zwang aufgefaßt wird, innerhalb von ein paar Tagen zusammengebrochen war, so als hätten wir unter einer riesigen Eiterblase gelebt, die nur auf einen Stich wartete, um aufzuplatzen. Zwei entgegengesetzte Phänomene waren die Hauptverursacher des Chaos. Einerseits war es die Lawine hungriger und blutüberströmter Franzosen (vor allem Franzosen, es kamen aber auch Engländer und Belgier), die in ihren, schon früher von der Verheerung heimgesuchten Ländern überlebt hatten; als man darüber nachdachte, wie man ihrer Herr werden könnte, waren sie bereits im Besitz sämtlicher Hilfsmittel. Zum anderen der verrückte und oft selbstmörderische Wahn der Einwohner Barcelonas, die, von der kollektiven Neurose angesteckt, die Stadt verlassen wollten, ein Ansinnen, in dem sie durch die fehlende öffentliche Unterstützung und die Aussage eines verantwortungslosen Journalisten, sie wären das nächste Angriffsziel der Atomraketen, noch bestärkt wurden. Barcelona war eine der am schwersten zu evakuierenden Städte der Welt; schon ein paar Stunden nach Ausbruch der allgemeinen Panik war der Verkehr auf den Ausfallstraßen hoffnungslos zum Stillstand gekommen; Autos wurden mitten auf der Fahrbahn abgestellt, und man setzte den Weg zu Fuß fort. Die Bahnverbindung war unbeschädigt, doch mangelte es an Zügen, um sie zu nutzen. Man hatte eine Evakuierung über den Seeweg versucht, was zunächst gut ging, doch bald erlitt der Großteil der auslaufenden, von Menschen und Hausrat überladenen Boote Schiffbruch, und der Hafen war voller Strandgut und im Wasser treibender Leichen. Nach zwei Tagen waren die Ausfahrtswege aus dem Stadtgebiet noch immer verstopft von Flüchtlingen. Fast die gesamte Bevölkerung hatte allerdings die Illusion aufgegeben, überleben zu können; die Stadt platzte vor Ausländern, mittellosen Menschen und Verzweifelten aus den Nähten. Im rasenden Taumel der Bedrohung gab es keinen Zufluchtsort und nichts zu retten. Als dann die Nahrungsmittel ausgingen, begann die Plünderei: Es herrschte das Gesetz des Dschungels; zwielichtige, von Kopf bis Fuß bewaffnete Banden trieben inmitten von Trümmern und Dreck ihr Unwesen. In der Nacht herrschte völlige Finsternis, das einzige Licht stammte von offenen Feuerstellen oder von einem in Brand gesteckten Gebäude. Das Heer versuchte, die Lage unter Kontrolle zu bringen, doch die Patrouillen wurden bald Opfer der Bestechung und verhielten sich genau wie jene Banden, die sie bekämpfen sollten. Die einzigen regelmäßigen Kontrollen fanden noch an den Stadtausfahrten statt, wo Truppen eingesetzt worden waren, um die Leute daran zu hindern, den Weg ohne Versorgung fortzusetzen; irgendein Regierungsmitglied hatte eben darin die Hauptursache für die beträchtliche Zahl an Opfern gesehen, die am dritten Tag auf fünfzig- bis achtzigtausend geschätzt wurde. Unter den Überlebenden, die nicht aus der Stadt hatten entkommen können, herrschte heillose Verwirrung; die städtische Infrastruktur hatte zu funktionieren aufgehört, und das Chaos im gesundheitlichen und sozialen Bereich wurde durch den gänzlichen Mangel an Information noch verschlimmert. Niemand wußte, ob hundert Meter weiter das Risiko kleiner oder größer war, man wußte nichts vom Pulsschlag der Welt, und es schien, als hätte alles, was nicht in unmittelbarer Reichweite lag, zu bestehen aufgehört; nur Barcelona und sein ungewisses Schicksal beschäftigte diejenigen, mit denen ich sprechen konnte. Viele unter ihnen fanden es minder bedeutend, ob eine Bombe auf die Stadt fallen würde oder nicht. Sie meinten, Barcelona könnte nach zwanzigtausend Megatonnen nicht übler zugerichtet sein als jetzt. Die Selbstmorde trugen dazu bei, den Straßenräubern die Arbeit zu erleichtern. Ich gehörte zu jener Minderheit von Schwärmern, die noch immer glaubte, das Abendland würde sich eines Tages wieder aufrichten, und ich wollte leben – ungeheuer neugierig auf die Entwicklung der Dinge.

Mehr als einmal unternahm ich den Versuch, das Haus zu verlassen, obwohl mir Freunde und Nachbarn davon abrieten. Am vierten Tag waren die Vorräte aufgebraucht, die der Lebensmittelhändler unter den Kunden des Viertels verteilt hatte, bevor ihm ein halbes Dutzend vermummter Gestalten Geschäft und Schädel zertrümmerten. Es war an der Zeit, alles auf eine Karte zu setzen; die Wohnungen waren auch nicht sicher, und die Übel wurden nicht geringer, wenn man den Kopf in den Sand steckte und auf den Gnadenstoß wartete. Meine Mutter lebte in einem anderen Stadtteil, in dem es angeblich keine nennenswerten Verwüstungen gegeben hatte. In der Hoffnung, ihr möge nichts zugestoßen sein, beschloß ich, sie zu besuchen; ich überredete einen Nachbarn, den wir Peiritó nannten, mich zu begleiten. Wir brachen im Morgengrauen auf und fürchteten eher ein Zusammentreffen mit Heer oder Polizei als einen Überfall durch bewaffnete Banden. Wir durchquerten die halbe Stadt und machten einen großen Bogen um den Eixample, die am ärgsten betroffene und schutzloseste Zone. Auf den Straßen lag alles mögliche herum: zertrümmerte Möbel, aufeinandergetürmte, stinkende Menschen- und Tierkadaver, umgekippte Autos und ausgebrannte Fahrgestelle. Wir hatten Glück: Wir wurden von niemandem attackiert, und die einzigen, denen wir begegneten, ergriffen, als sie uns erblickten, wie vom Teufel besessen die Flucht. Wir nahmen die Diagonal stadtauswärts; es war ein grauer und kalter Tag. Als wir uns dem Haus meiner Mutter näherten, fühlte ich mich unweigerlich beklommen, den Anblick eines weiteren rauchenden Trümmerberges hätte ich nur schwerlich verkraftet. Zum Glück war es nicht so; als wir am Gitter ankamen, richteten zwei Männer den Lauf ihrer Sturmgewehre auf uns. Wir zeigten unsere Ausweise; einer der beiden blieb mit dem Finger am Abzug stehen, während der andere hineinging und uns gleich darauf den Weg freigab. Eine Hand hinter der Fensterscheibe im ersten Stock ließ den Vorhang fallen.

Im Innern des Hauses waren sieben oder acht Personen, die meisten bewaffnet. Ich bat Peiritó, zu warten.

»Claudia Miranda ist auf ihrem Zimmer«, teilte mir mein Begleiter mit.

Die Mutter empfing mich ohne Überschwang. Ihre Gesten waren zurückhaltend, aber ihre Augen verrieten die Freude, mich unverletzt zu sehen.

»Es müssen eine Reihe Entscheidungen getroffen werden«, kündigte sie an.

»Wir müssen jedenfalls weg von hier, einen sicheren Ort suchen und sofort aufbrechen«, erwiderte ich.

»Es gibt keinen völlig sicheren Ort, aber ich kenne einen, der im Vergleich zu anderen einigermaßen abgeschirmt ist.«

»Gut, dann fahren wir noch heute nacht dorthin. Wo liegt er?«

»Es ist ein Zufluchtsort hoch in den Bergen, den Pierre Gimellion vor einiger Zeit errichtet hat; du mußt einstweilen ohne mich dorthin.«

»Ich gehe nicht ohne dich«, erwiderte ich mit Nachdruck, und sie lächelte melancholisch, aber unerbittlich.

»Das ist lieb von dir, aber es geht nicht anders. Jemand muß unser Erbe retten, und ich benötige noch ein paar Wochen, um einiges zu regeln; ich würde es mir nie verzeihen, nachlässig gewesen zu sein.«

»Was kann denn wichtiger sein als das eigene Leben?« fragte ich, und wir begannen eine Diskussion, von der ich wußte, daß sie zwecklos war. Ich kannte meine Mutter nur zu gut: Wenn sie einmal eine Entscheidung gefällt hatte, konnte nichts auf der Welt sie davon abbringen. Ich gab mich geschlagen und setzte mich.

Ich weiß nicht, ob Grenzsituationen prinzipiell alle Menschen dazu bringen, über ihr Leben nachzusinnen; ich jedenfalls mußte an die Ungewißheit denken, in der fast jeder seine Wurzeln hat: an die entferntesten Winkel, die dem Ursprung am nächsten sind und sich plötzlich als die Erinnerung einer Erinnerung entpuppen, die durch Erklärungen jener beeinflußt ist, die glauben, all das weitaus besser zu kennen als du; oder als ein Foto von dir, auf dem du von lächelnden Gesichtern umgeben bist: Von manchen weißt du nicht einmal, wer sie sind, von anderen hat man dir erzählt, zwei oder drei sind schwer wiederzuerkennen, weil die Zeit das Ihre getan hat … Ich dachte an Freunde aus meiner Kindheit, erwog, ob ich es bedauern sollte, Barcelona zu verlassen, und ob es ungehörig wäre, diesen Umstand zu preisen. Schließlich dachte ich an meinen Vater, der für mich wenig mehr als eines dieser Gesichter auf den Fotos war, nur daß auf ihn öfter und nachdrücklicher hingewiesen wurde, wodurch sein Bild in meiner Phantasie zu einer liebevollen Erinnerung geworden war, die sich ohne Ironie als romantisch bezeichnen ließe. Ich betrachtete meine Mutter, die ebenfalls die Vergangenheit bewußt verschleierte. Sie war mir noch so viele Erklärungen schuldig! Das Leben beginnt mit dem Einsetzen der Erinnerungen, dort, wo sich der Faden der Vernunft abzeichnet; meines begann mit etwa drei Jahren, genau zu dem Zeitpunkt, als das meines Vaters zu Ende ging.

»Mach nicht so ein Gesicht«, sagte sie lachend. »Wir werden uns früher, als du denkst, wiedersehen.«

Selbst das unbedeutendste Leben einzelner Individuen ist ein winziges Spiegelbild der gesamten Menschheit, also versuchte ich, in meinem Inneren den Ursprung des kriegerischen Wahns zu finden. Über lange Zeit hinweg war behauptet worden, daß derartiges nicht geschehen könnte! Und noch immer gab es einige, die es nicht fassen konnten. Ich sah zum Fenster hinaus: Rauchschwaden oder Wolken? Vielleicht war das einerlei.

»Wann werde ich abreisen?« fragte ich.

»Morgen früh um fünf. Ich habe dir einen Passierschein ausstellen lassen, alles ist geregelt. Gestern sind schon ein paar Freunde dorthin aufgebrochen; wärst du hier gewesen, hättest du mit ihnen fahren können.«

»Wird jemand mit mir kommen?«

»Artur Oliver.«

»Wer ist das?«

»Er war bis vor kurzem Kulturattaché in der Italienischen Botschaft. Er ist etwas älter als du; seine Frau ist schon auf dem Anwesen Gimellions.«

Ich ging nach unten, um Peiritó zu holen, und stellte ihn meiner Mutter vor. Ich konnte ihn nicht mitnehmen auf meiner Flucht aus Barcelona, sorgte aber dafür, daß man ihm wenigstens genügend Lebensmittel und eine sichere Bleibe verschaffte; wir verabschiedeten uns, und man begleitete ihn hinaus.

Wir aßen kärglich (allerdings besser, als erwartet), und danach wurde mir der Mann vorgestellt, der mich an den Treffpunkt für die Abfahrt bringen sollte. Er nannte seinen Namen, Josep Cristòfol, und teilte mir mit, daß wir das Haus bei völliger Dunkelheit verlassen würden. Er riet mir, mich bis dahin auszuruhen; mich jedoch plagten durchaus begründete Zweifel, ob ich jemals nach Barcelona zurückkehren und meine Mutter wiedersehen würde (ein Gedanke, den ich lieber nicht verfolgte), und blieb auf, um soviel Zeit wie möglich in der vertrauten Umgebung, die ich nun verlassen mußte, verbringen zu können. Ich war allein bis zum Zeitpunkt der Abreise. Es war stockfinstere Nacht, niemand hatte ein Auge zugetan. Meine Mutter verabschiedete sich ohne eine Träne, aber auffallend knapp.

»Ich gehe, weil du es so willst«, sagte ich zu ihr. »Tu, was du tun mußt, aber denk daran, daß ich auf dich warte.«

Als ich das Haus verließ, drehte ich mich dreimal um. Die ersten beiden Male stand die Mutter am Eingang und sah zu mir hin; beim drittenmal war sie schon ins Haus gegangen.

Josep Cristòfol brachte mich zu einem Auto mit laufendem Motor und stellte mir den Fahrer, Joan Nebot, vor. Wir stiegen ein, ich hinten, er vorn. Wir fuhren über Sarrià in Richtung Esplugues stadtauswärts. Meine Begleiter sagten kein Wort, und ich hatte auch keine Lust, Fragen zu stellen. Dreimal mußten wir anhalten, um Hindernisse aus dem Weg zu räumen: Schutt, Leitungsmasten, Bäume. Nebot und ich erledigten diese Arbeit mit elektrischen Hebewinden, während Cristòfol mit einer Maschinenpistole Wache hielt. Beim letzten Halt gab er Alarm; ein anderes Auto kam mit großer

Geschwindigkeit auf uns zu, und wir mußten uns beeilen. Nebot trat kräftig aufs Gas und fuhr im Zickzack, um den Schüssen auf die Reifen auszuweichen. Vier oder fünf Geschosse trafen die Scheiben.

»Keine Sorge«, bemerkte Cristòfol, »sie sind gepanzert.«

Als wir die Brücke über den Llobregat überquerten, ließ Nebot die anderen auf gleiche Höhe herankommen und rammte sie, worauf sie gegen die Leitplanke prallten, sie durchbrachen und in den Fluß stürzten. Niemand sagte ein Wort, und kurz darauf erreichten wir ein Gelände zwischen zwei offensichtlich ausgeplünderten Industriehallen, auf dem uns ein Hubschrauber erwartete.

Cristòfol stellte mir seinen Bruder Eugeni vor; er und Joan Nebot wünschten mir Glück. Im Hubschrauber lernte ich Artur Oliver kennen: Er war etwa fünfunddreißig Jahre alt, sah intelligent und energisch aus; er lächelte mich offen an, danach hing jeder wieder seinen Gedanken nach. Ich machte es mir auf dem linken Sitz bequem, und der Helikopter hob ab in Richtung Westen; die ersten Sonnenstrahlen wärmten mir Kopf und Arm. Über die Wohngebiete zogen Rauchschwaden, und wenn wir näher herankamen, waren die Trümmer zu sehen. Zweimal wurde der Hubschrauber beschossen, zum Glück nur mit leichten Waffen, und es entstand kein Schaden. Eine halbe Stunde später landeten wir zwischen Bäumen an einem Ort, der wohl aufgrund seiner Unzugänglichkeit und der guten Tarnung ausgewählt worden war.

Das Gebäude dort glich einer Militärbaracke, und es waren etwa ein Dutzend Männer zu sehen, die meisten von ihnen bewaffnet.

»Die Organisation funktioniert zum Glück«, hörte ich den Hauptverantwortlichen zu Eugeni Cristòfol sagen.

Wir stiegen in ein achtsitziges Auto um, einen Geländewagen, der Steigungen bis zu 80 Prozent meistert und bis zu 200 Stundenkilometer fährt. Eugeni Cristòfol setzte sich ans Steuer, Artur und ich nahmen auf der hinteren Bank, jeweils am Fenster Platz. Wir wußten beide, daß uns die Höflichkeit nicht verpflichtete, auf unsere einsamen Grübeleien zu verzichten.

Die Fahrt ging in Richtung Norden. Das Auto war mit Radio und Telefon ausgestattet, und Cristòfol informierte sich regelmäßig über den Zustand der vorgesehenen Routen, fuhr bald Autobahnen, bald Bundesstraßen und sogar Feldwege, und mehr als einmal ging es auch querfeldein.

Wir hatten belegte Brote, Thermoskannen mit heißem Tee und kühle Fruchtsäfte mit. Wolken zogen auf. Meine Gedanken galten, vom Gefühl der Unbehaglichkeit und von Angst unterbrochen, in erster Linie meiner Mutter. Ich bereute verzweifelt, ihrem Zurückbleiben zugestimmt zu haben. Sollte ihr etwas zustoßen, würde ich es mir nie verzeihen; und doch wollte ich darauf vertrauen, daß die Entschlossenheit, die sie in schwierigen Momenten immer bewiesen hatte, ihr auch in diesem Fall hilfreich sein würde.

Ich dachte darüber nach, wie die Menschen aus den verschiedenen Gesellschaftsschichten mit der Situation umgehen würden. In jeder Epoche kämpfen die Unglücklichsten ums Überleben, die Mittelklasse ringt um den Aufstieg (nur wenn die Strömungen der Geschichte günstig waren, konnten sie eine Ideologie annehmen, sich für einen gemeinsamen, moralischen Kampf gegen das System entscheiden). Die natürlichen Feinde dieses Musters sind die Oberen, deren Aufgabe es ist, das Vorankommen möglicher Konkurrenten zu unterbinden. Wenn einer ganz oben angelangt ist, hat er die ganze Welt zum Feind (obwohl es sich nun um seine Untergebenen oder Diener handelt); und er ist sich selbst der größte Feind, ein Luxus, den sich keiner – außer einem Verrückten oder einem Philosophen – leisten kann. In der jetzigen Situation schien es nur mehr den Oberen zu gelingen, ihre Privilegien beizubehalten. Es sei denn, es käme (was ich sehr bezweifelte) zu einem gesellschaftlichen Umbruch, bei dem genau diese Privilegien ein Hauptangriffsziel wären und ihre Nutznießer zum Symbol für die zu beanstandende Lage würden; die Allgemeinheit hätte das alleinige Recht, ihnen den Hals abzuschneiden, was als rituelle, allgemeingültige Bestimmung der neuen Ära galt.

Am späten Nachmittag erforderten die Umstände eine einschneidende Änderung der Fahrtrichtung. Cristòfol erklärte uns, er hätte nicht damit gerechnet und es würde für uns ein paar Stunden Verzögerung bedeuten.

Ab und zu drehte ich mich zu Artur um. Ihm schien es nichts auszumachen, er schien sich sogar wohl zu fühlen und wirkte unbesorgt und gelassen. Ich glaube, für einen Moment haßte ich ihn.

Es wurde bald dunkel, und da noch etwa die Hälfte des Weges vor uns lag, beschloß der Fahrer erneut, die Richtung zu ändern. Er brachte uns zum Übernachten zu einer Art Kaserne, die jener, von der wir losgefahren waren, sehr glich und ebenfalls von Männern in Militäruniform bewacht wurde. Dieser Stützpunkt schien besser ausgerüstet zu sein als der andere; die Einrichtungen waren moderner, und etwa fünfzig Männer waren dort stationiert. Wir wurden höflich und knapp begrüßt. Danach konnten wir uns frisch machen. Wie eigentümlich Entfernungen sein können: Der Spiegel im Waschraum jagte mir einen Schrecken ein, so als hätte ich seit Jahren mein eigenes Bild nicht mehr betrachtet. Anschließend aßen wir gemeinsam mit zwei Offizieren zu Abend, die mit Cristòfol taktische und strategische Details der Lage erörterten. Artur und ich beschränkten uns, da wir nichts dazu sagen konnten, aufs Zuhören. Ich fühlte mich in Gegenwart dieser Offiziere seltsam tief verbunden mit Artur und Cristòfol, so als hätten uns die knapp zwölf Stunden des Beisammenseins zu einer Familie zusammengeschmolzen. Danach wurden Artur und ich in einen kleinen Raum mit Pritschen geführt. Artur schien über mich informiert zu sein und betonte, daß seine Frau ihn bereits im Hause Gimellions erwarte. Ich fragte ihn, wo sich dieses Haus denn befände, aber er wußte es ebensowenig. Wir tauschten ein paar Gemeinplätze über die Ereignisse aus und legten uns nieder. Artur schlief sofort ein, mir jedoch fiel es schwer. Der Ort war kalt und unwirtlich, und seine Schäbigkeit schien nicht so sehr von den großen, feuchten Räumen mit dem abblätternden Putz auszugehen, als vielmehr von der Notwendigkeit, die uns hierher geführt hatte. Trotz der Erschöpfung hörte ich stundenlang den regelmäßigen Atem Arturs, schwankte zwischen Unruhe und verhaltenem Groll, bis ich endlich einschlief. Als man uns weckte, schienen mir nur wenige Minuten vergangen zu sein. Der Morgen dämmerte, und ich stand müder auf, als ich mich hingelegt hatte.

Nach einem raschen, spartanischen Frühstück machten wir uns wieder auf den Weg. Mich fröstelte so, als hätte ich Fieber, und mir war übel wie nach einer durchzechten Nacht. Ich kauerte mich in den Sitz, richtete das warme Gebläse auf die Füße und etwas kühle Luft ins Gesicht.

Artur schlief erneut ein, und ich setzte meine Innenschau fort. Die physische Realität der Reise führte paradoxerweise zu einem Halt. Ein ferner Krieg mit Auswirkungen in nächster Nähe stellte den Bahnhof dar und das vorherrschende Bild. Für wie viele würde der Halt endgültig sein? Wie viele würden den Weg in eine andere Richtung wieder aufnehmen müssen? Wir fuhren nach Norden, und so schien mir die Sonne nicht mehr ins Gesicht. Von ihrem blendenden Licht befreit, kehrte ich zu meinen Erinnerungen zurück. Kommt denn die Feststellung zu spät, daß das Leben ein stetes Säen und Ernten ist? Es hatte für mich – wie für alle anderen auch – stoische Momente gegeben, in denen das Leben bloß aus Säen zu bestehen schien, ohne viel Aussicht auf Früchte; die Augenblicke dionysischer Ausschweifung, in denen es sich für mich als ein Schöpfen aus dem vollen darstellte, waren weit weniger häufig gewesen.

Am frühen Nachmittag verließen wir die asphaltierte Straße und fuhren auf einem höllischen Weg weiter. Artur und ich erörterten die Zwischenfälle der Reise. Danach legte er sich im Fond des Wagens hin, und wieder war ich mit meinen immer eindringlicheren, kreisenden Gedanken allein. Der Fahrer hatte sich Kopfhörer aufgesetzt und war in ständigem Kontakt mit einem Informanten, also wagte ich nicht, ein Gespräch mit ihm anzuknüpfen. Nach einiger Zeit war ich des Grübelns überdrüssig, mein ganzer Körper schmerzte, ich weiß nicht, was ich dafür gegeben hätte, endlich anzukommen. Die Physiker sagen, daß jedes Meßgerät das zu messende Umfeld verändert und somit das Ergebnis verfälscht. Die klassischen Beispiele dafür sind ein Thermometer in einer Flüssigkeit und ein Manometer in einem Glasballon. Ich verfiel auf den Gedanken, daß eine systematische Beobachtung des Geistes, besonders des eigenen, eine ähnlich fatale Fähigkeit besitzen müsse, die Resultate zu beeinflussen. Das Bewußtsein dessen, der sein Inneres betrachtet, fügt der Unschuld Risse zu. Es hört im allgemeinen auf, ein Werkzeug der Erkenntnisgewinnung zu sein, und wird zum stupiden, zwecklosen Luxussport, von dem ich beschloß, mich fernzuhalten.

In der Abenddämmerung begann der Weg steil anzusteigen, und alles ringsum wurde rötlich und blau und frostig. Der Schnee verhieß Stille, und ich sehnte mich auch nach Stille in mir selbst, wünschte mir Ruhe vom Rütteln der Fahrt und vom einsamen Taumel zwischen Müdigkeit und Kälte. Ich neidete Oliver seinen Schlaf und Cristòfol das Fahren.

Nach einem Abschnitt, der so unwegsam war, daß der Wagen umzukippen drohte, erreichten wir plötzlich eine breite, gut asphaltierte Staße. Eugeni nahm die Kopfhörer ab, drehte sich lächelnd zu uns um und machte uns ein Zeichen, daß alles in Ordnung sei. Endlich waren wir also auf einem sicheren Weg; ich ließ den Kopf auf die Rückenlehne fallen und entspannte mich. Ohne es zu merken, muß ich wohl eingenickt sein.

Ich erwachte durch erneute Stöße. Wir hatten den Asphalt verlassen, und das Auto hüpfte wieder wie eine Ziege über eine Geröllhalde. Es war stockfinster, und ich hatte jedes Zeitgefühl verloren. Doch auch ohne Mond erkannte ich gleich die Berge, die mir aus meiner Kindheit vom Wandern und Skifahren so gut in Erinnerung geblieben waren. Cristòfol erklärte mir, daß wir unter normalen Umständen nicht mehr als vier Stunden von Barcelona bis hierher gebraucht hätten, von jetzt an aber gälte es, besonders wachsam zu sein. Nicht übel, dachte ich, zwei Tage statt vier Stunden; wir waren zur Reisegeschwindigkeit des 18. Jahrhunderts zurückgekehrt.

Während wir einen steilen Weg bergauf fuhren, schaltete der Fahrer das Licht aus. Wir dürften nicht riskieren, meinte er, unser Ziel preiszugeben; bei aufgedrehten Scheinwerfern könnte uns jeder Beobachter vom Boden und aus der Luft verfolgen. Ohne Licht und ohne ein ausreichend helles Gestirn, das uns leiten konnte, kamen wir jedoch noch langsamer voran. Ich war vor Müdigkeit, Kälte, Hunger und auch durch die Aufregungen und den Trubel der letzten Tage völlig erschöpft. Ich sehnte mich nach einem heißen Bad, einem Abendessen in einem warmen Raum, einem Bett in einem ruhigen Zimmer, und diese Wünsche wurden so übermächtig, daß ich befürchtete, sie könnten sich nicht erfüllen, diese düstere Reise würde vielmehr in einem elenden, kalten, unwirtlichen Quartier, auf einem harten Lager enden, mein Magen wäre leer oder getäuscht von irgendeinem erbärmlichen, aufgewärmten Gericht.

Während ich mich mit so pessimistischen Gedanken aufmunterte, wurde der Weg immer steiler und schmaler. Obwohl der Wagen hervorragend für solches Gelände geeignet war, begann er nun durch die Beanspruchung zu heulen. Wir fuhren an atemberaubenden, jäh abstürzenden Felshängen entlang, und so weit das Auge reichte, war alles schneebedeckt. Ich verzichtete darauf, zu fragen, wie lange es noch dauern würde, denn die Aussicht auf eine bis zur Morgendämmerung andauernde Gebirgsdurchquerung hätte meine Hoffnungen zunichte gemacht.

Zu meiner Überraschung verbreitete sich nach einer engen Kurve der Weg, und auf einem mächtigen Felsblock erschien über uns ein beeindruckender Gebäudekomplex, der sich auf einer Seite an den Fels lehnte, mit der anderen Seite aber über den Zufahrtsweg ragte, der beim Eingangstor endete.

Bei den spärlichen Lichtverhältnissen und meiner nur flüchtigen Wahrnehmung war es mir nicht möglich, ihn architektonisch einzuordnen; vielleicht handelte es sich um einen befestigten Klosterbau aus dem 17. oder 18. Jahrhundert, doch ich konnte mich nicht entsinnen, von einem aus dieser Epoche stammenden Gebäude in dieser Gegend gehört zu haben, demnach mußte es wohl eher ein privater Feriensitz im neoklassizistischen Stil der Jahrhundertwende sein. Die Fassade war schmucklos und grau, so als sollte sie in ihrer Sprödheit der Tarnung dienen. Wir fuhren durch das Tor und kamen in einen geräumigen, überdachten Innenhof, in dem ein paar weitere, dem unseren ähnliche Fahrzeuge abgestellt waren. Artur und ich stiegen aus. Augenblicklich erschienen zwei Dienstboten, die uns das Gepäck abnahmen, und wir gingen über eine herrschaftliche Treppe nach oben, die sich vom ersten Absatz an gabelte; die Anordnung der Säulen war mustergültig respektiert worden, ihre Ausgestaltung hätte jedoch eher das Wohlgefallen eines Palladio als eines Vitruv gefunden. Oben erwartete uns ein Mann vorgerückten Alters, der uns mit ausgesprochener Höflichkeit willkommen hieß. Als er sich mir zuwandte, erkannte ich in ihm Pierre Gimellion, den alten Freund unserer Familie; ich hatte ihn seit meinem zwölften oder dreizehnten Lebensjahr nicht mehr gesehen, und er war mir als ein Mann in den besten Jahren in Erinnerung geblieben; mittlerweile war sein Haar beinahe weiß geworden; aber er wirkte immer noch dynamisch und ungezwungen, was mit dem Ernst seines jetzigen Erscheinungsbildes kontrastierte. Seine durchdringenden, verschmitzten blauen Augen wirkten vertrauenerweckend, doch schien eine gewisse Zurückhaltung angebracht. Er sagte uns, die Dienstboten würden uns unsere Zimmer zeigen, und falls wir ein Bad nehmen wollten, so würde man uns danach im Speisesaal erwarten. Obwohl es schon spät war, hatte niemand zu Bett gehen wollen, ohne uns zu begrüßen.

Das Innere des Gebäudes unterschied sich wie Tag und Nacht von seiner extremen äußeren Strenge. Wir wurden über eine Galerie, die einen weiteren, diesmal nach oben hin offenen Innenhof mit einem wunderschönen, vielfarbigen Mosaikboden umgab, zu unseren Zimmern geführt; die Wände des hellerleuchteten Ganges schmückten Stukkaturen nach italienischem Vorbild mit floralen Motiven und Vögeln. Mein Zimmer war beeindruckend. Der große, nach Westen gehende Balkon bot einen überwältigenden Ausblick auf die verschneiten Berge und den Sternenhimmel. Das Bett aus Mahagoni und Palisander hatte italienische Maße, die Sitzgruppe war aus

Leder, alles im Raum zeugte von erlesenem Geschmack und verströmte Behaglichkeit. Die eingebaute Heizung regelte Temperatur und Luftfeuchtigkeit, und es war so herrlich warm, daß ich sofort meinen Pullover auszog. Der mit Spannteppichen ausgelegte Boden lud zum Barfußgehen ein, die Beleuchtung war hell, aber indirekt, nirgendwo wurde das Auge geblendet. Alle Zimmer waren – wie in einem Luxushotel – mit einem eigenen großzügigen Bad ausgestattet. Menschen, die nicht nach Weisheit streben und nicht an die Erreichbarkeit des Glücks glauben, neigen von Natur aus zur Bequemlichkeit. Nach den durchgestandenen Strapazen wirkte alles so, als würdest du nach einem abscheulichen Traum in deinem Bett aufwachen; vielleicht auch umgekehrt, denn noch dröhnte in meinen Ohren das Motorengeräusch, die Augen brannten von der Kälte und dem reflektierten Scheinwerferlicht, und die Gegenwart erschien irreal wie ein Traum. Ich genoß die Berührung des Materials und seinen köstlichen Geruch; die Verbindung von alten Stoffen (Stein, Holz, Seide) mit neueren (Akryl, Titan, Quarz) war äußerst gelungen. Der Boden vor dem Alkoven war aus rötlichem Carrara-Marmor, die Decke ebenso, nur in einem etwas dunkleren Farbton gehalten. Ein Stück Wand wurde zur Gänze von einem Sekretär aus Nußbaum mit Elfenbeinintarsien eingenommen, seine zahlreichen Schubladen und Geheimfächer waren aus ceylonesischem Zitronenholz gefertigt, das, der Maserung folgend, vertikal angeordnet war. Dem Bett gegenüber stand eine goldverzierte Kommode aus Kirschbaum. Die Vorhänge waren aus weißer chinesischer Seide mit einem Futter, das den Lichtschein widerspiegelte, und goldenen Rüschen. Gardinen aus rundherum mit Spitzen gesäumter japanischer Gaze dämpften das Tageslicht. Der Erbauer dieses Palastes – anders konnte man ihn nicht nennen – hatte zweifellos über sämtliche nötigen finanziellen und künstlerischen Mittel verfügt. Nach einem ausgiebigen Bad in einer Wanne aus rosafarbenem Marmor zog ich mich an und betrachtete dabei die Bilder an den Wänden. Auf einem Pompier-Stich waren Elias und Henoch zu sehen, die – nach der bekannten Passage aus der Apokalypse –, in Sackleinen gekleidet, gegen ihre Feinde Feuer spien. Um sämtliche Zweifel auszuschließen, trug der eine eine Öllampe, der andere einen Ölzweig. Auf einer anderen, von Arthur Rackham stammenden Zeichnung warf sich ein mit Schmuck und Frauentand beladener Herkules zu Füßen einer hochmütigen, herausfordernden Omphale, mit Pfeil und Bogen in der Hand. Daneben hing eine farbige Zeichnung, die einen mit ausgebreiteten Flügeln auf die rechte Seite des Bildes flatternden Schmetterling darstellte. Sogar sein Name stand auf englisch darunter: *Papilio machaon,* eine der bekanntesten und prächtigsten Schwalbenschwanzarten. Ein Gemälde oberhalb des Bettes zeigte Phrixos auf dem Widder, der ihn davor bewahrt, Zeus geopfert zu werden. Das Bild zog mich in seinen Bann.

Den erhaltenen Anweisungen folgend, durchquerte ich einen weiteren Gang und kam in einen hohen, hellerleuchteten Saal, in dem sich mehrere Personen um eine festlich gedeckte Tafel versammelt hatten. Einige standen, andere saßen am Tisch oder auf einem der Diwane. Pierre Gimellion stellte mir Andreas Rodin, einen berühmten Wirtschaftsexperten, vor, der verschiedene wichtige Ämter im Land, bis hin zu dem des Finanzministers und des Vizepräsidenten der Regierung bekleidet hatte; mit seinen fast sechzig Jahren machte er einen sehr vornehmen Eindruck und schien sich mit jenem gewissen Flair zu umgeben, über viele Dinge im Bilde zu sein. Danach wurde ich mit Fabius Roncal, einem Mann mit mönchischer Ausstrahlung, bekannt gemacht, der bei der Begrüßung meinem Blick auswich. Artur Oliver, mein Reisegefährte, unterhielt sich mit einer gewissen Camila Hanusin, deren Nationalität ich nie herausfand und die er mir als seine Frau vorstellte. Sie war eine nicht besonders große, schlanke und blonde Frau mit einer zarten Adlernase. Wir nahmen neben weiteren drei Leuten am Tisch Platz: Simon Gerke, ein Freund aus Kindertagen, den ich seit Jahren nicht gesehen hatte, umarmte mich herzlich; er befand sich in Gesellschaft eines Paares, das er mir vorstellte: Randolph Carter, ein im Herbst des Lebens stehender Angelsachse, der einen ruhigen, ausgeglichenen Eindruck machte, und eine wesentlich jüngere Frau, die mir Simon als Gertrudis vorstellte, ohne einen Nachnamen zu nennen. Sie gefiel mir vom ersten

Augenblick an. Sie trug einen weiten marineblauen Pullover, wirkte ungekünstelt lässig und hatte ein strahlendes Lächeln. Das Abendessen ließ die Lebensgeister zurückkehren, doch außer Oliver und mir hatte niemand Appetit, und die anderen unterhielten sich, während wir aßen, ohne uns Neuankömmlinge sonderlich zu beachten. Oliver sprach mit seiner Frau, und mir leisteten Gimellion und Simon Gesellschaft, die einzigen Anwesenden, die ich von früher kannte; sie erkundigten sich nach der Reise und danach, in welchem Zustand die Welt draußen war.

Ich hatte einen durchaus treffenden Ausdruck gewählt, um den Ort zu beschreiben, von dem ich herkam; ich konnte es kaum glauben, daß ich mich noch achtundvierzig Stunden zuvor inmitten einer in Chaos und Verwüstung versinkenden Welt befunden hatte, aus der lebendig herauszukommen mir unmöglich erschienen war, und mich nun an diesem Platz befand, wo sich eine Gruppe von Müßiggängern, umgeben von prachtvollem Luxus, den belanglosesten Gesprächen hingab. Nach dem ersten Gang musterte ich die Vasen und Skulpturen rund um mich und die Bilder an den Wänden des Speisezimmers, Reproduktionen berühmtester Kunstwerke aus europäischen Museen: Leonardo da Vinci, Raffael, Hieronymus Bosch, Grünewald, Lucas Cranach, Botticelli, Gauguin, Van Gogh, Kandinsky … Gimellion mußte meine Gedanken erraten haben, denn er erklärte mir mit einem Lächeln, das eine Spur liebenswürdiger Ironie enthielt, daß es sich nicht um Kopien, sondern tatsächlich um die Originale handelte. Ich stand auf, um mir die Stiche von Dürer, die Radierungen von Fragonard und die Landschaften von Perelle aus der Nähe anzusehen. Als ich zum Tisch zurückkehrte, um mich über ein gebratenes Filet herzumachen, fuhr Gimellion fort, daß in konfliktreichen Zeiten wertvolle Objekte für gewöhnlich von ihren Standorten entfernt und an einen sicheren Platz gebracht würden, bis alles wieder ins Lot käme; doch hier wäre das nicht der Fall: Die Gemälde waren schon immer hier, in den Museen hingen die Kopien. Das Glanzstück der Sammlung schien ein Bild von Parrasios von Ephesos zu sein (ein über viele Jahre verloren geglaubtes Original, wie er noch einmal betonte), das eine Liebesszene zwischen Atalante und Meleagros darstellte. Ich spürte, wie allmählich Empörung in mir aufstieg; das Gespräch von Fabius Roncal und den beiden Frauen, das zu mir herüberdrang, hörte sich wie die Parodie einer Komödie aus der Zeit des Absolutismus an. Wie konnte man nur so kalt sein? Wie in einem solchen Augenblick lachen? Soviel Frivolität brachte mich auf, und schließlich hielt ich mich nicht länger zurück.

»Meine Herrschaften«, sagte ich und erhob die Stimme, damit sie sich umdrehten, »sicherlich würde es Ihr Gewissen beruhigen, irgendeine Nachricht aus Paris zu hören.«

»Unser Freund wird nervös«, gab Roncal zurück, »aber ich versichere dir, daß du keinen Grund dazu hast: Paris existiert bereits nicht mehr.«

Camila und Oliver lachten; selbst Simon schien von einem heiteren Fatalismus erfaßt zu sein. Ich versuchte zu lächeln, aber meine Miene überzeugte wohl niemanden, denn die Scherze gingen weiter. Es störte mich, daß sie mich für einen Moralisten hielten; mehr noch störte mich jedoch der Gedanke, daß ich ihnen dienlich war, um ihr eigenes Unbehagen zu überspielen. Dennoch ist das Lachen ein Privileg, sagte ich mir, um mich der Stimmung anzupassen. Es lachen die zum Tode Verurteilten, die Folterknechte und die Henker, sogar derjenige lacht, der alles verloren hat und zum Leben verdammt ist.

»Ach, ist doch egal, was ist schon wichtig daran, ob Paris existiert oder nicht?« warf Gertrudis, zu den anderen gewandt, ein.

»Hör nicht auf sie«, sagte Gimellion in väterlichem Tonfall zu mir, so daß ich mich gänzlich als Trottel fühlen mußte, und stand auf.

Gertrudis setzte sich daraufhin neben mich auf den freigewordenen Stuhl.

»Und was bringt uns der Sohn Neues aus dem Krieg?«

»Wo ist übrigens Emília?« fragte Roncal.

»Sie war müde und ist schon schlafen gegangen; aber die Änderungen im Menü werden ihr wohl gefallen«, antwortete Gertrudis.

»Sprecht ihr von mir?« fragte ich eher verwundert als ärgerlich.

War es unbedacht oder gewagt? Ich wußte, wenn ich Entrüstung zeigte, würde ich sie nur in ihrer Verhaltensweise bestärken. Ich ließ ein halbes Stück Fleisch auf dem Teller und widmete mich der Betrachtung meiner Gesprächspartnerin. Sie war eine faszinierende Frau. Ihre großen grauen, mandelförmigen Augen schimmerten wie Lichter in der Nacht, wie die Dichter sie besingen. Beim Versuch, sie für mich selbst zu beschreiben, kamen mir sämtliche literarischen Topoi in den Sinn. In ihrem Ausdruck lag ein hohes Maß Ironie, die aus tiefen Bewußtseinsbereichen aufzutauchen oder aber aus der Helle der Sterne zu kommen schien; vielleicht galt es, beides gleichzusetzen. Noch nie war mir jedenfalls auf verletzendere und überwältigendere Weise die Macht der Intelligenz begegnet, wie ihr Blick sie vermittelte. Diese Feststellung ließ mich erschauern: Denn wenn sich in einer Frau Intelligenz und Schönheit vereinen, ist zweifellos Grausamkeit zu erwarten. Ich wollte mich allerdings nicht beeindrucken lassen und versuchte meiner Beklommenheit durch Skepsis beizukommen: ›Wir werden schon sehen, welchen Unsinn sie sagt‹ oder ›So geben sich eben Frauen, die daran gewöhnt sind, mit älteren Männern zu verkehren.‹

Sie hielt meinem Blick stand, und um ihren Mund lag jenes zart angedeutete Lächeln, das ihr den bittersüßen Ausdruck der Venus von Botticelli verlieh – derselben Venus, die hinter ihr hing und der sie auf beinahe beunruhigende Weise glich. Es war erst eine halbe Minute vergangen, seitdem sie sich neben mich gesetzt hatte, und ich hatte schon entschieden, daß Randolph Carter der beneidenswerteste Mann in der Runde war. Gertrudis begann zu sprechen, und ihre tiefe Altstimme war nicht weniger betörend als ihre Erscheinung.

»Wenn du willst, zeige ich dir morgen das Haus. Es gibt einige interessante Dinge zu sehen, von denen du niemals gedacht hättest, sie eines Tages zu Gesicht zu bekommen.«

Eine Viertelstunde später hatte ich mich mit dem Hinweis auf die Strapazen der Reise in mein Zimmer zurückgezogen, zögerte den Moment des Zubettgehens aber hinaus, weil ich ihn so richtig auskosten wollte, wohl angesteckt von dem frivolen Verhalten dieser Leute, die sich mitten in einem Atomkrieg wie auf einer Kreuzfahrt benahmen. Phrixos saß noch immer auf dem Widder, und obwohl er sich auf den Hintergrund des Gemäldes zubewegte, hatte er das Gesicht zurückgewandt und sah mich mit einem seltsam verzweifelten Lächeln an, das Warnung auszudrücken schien und zugleich Verbundenheit beteuerte. Ich erschauerte – wie schon zuvor –, ohne zu wissen warum. Die abscheuliche, menschliche Stimme des Widders hallte verschwommen wirklich nach. Der Anblick des Schmetterlings war erfreulicher. Doch auch er vermochte meine Gedanken nicht von den Augen Gertrudis' abzulenken, die nun wohl in den Armen des ältlichen Carter lag. Das bedauerte ich zwar, nahm es aber nicht tragisch, da mein Idealisierungsversuch sich zum Glück nicht mit ihrer tatsächlichen Erscheinung messen mußte: Ihr Haar war nur wenig gelockt und von hellem, mattem Kastanienbraun; die Backenknochen markant, das Kinn klein, voll und ein bißchen spitz, ihre Schultern schmal, straff und sinnlich gerundet. Ihr Hals war besonders hinreißend: lang und schlank, ohne eine einzige Falte, über ausgeprägten Schlüsselbeinen … Und die Hände? Die hatte ich kaum zu Gesicht bekommen, und somit gab es keine Erinnerung an sie, die ihnen den Glanz hätte nehmen können. Ich legte mich lachend ins Bett, so als würde mir jemand dabei zusehen. Eigentlich hatte ich nichts zu verlieren. Die Laken waren aus Seide, das Kissen aus Kapok. Ich hatte das Gefühl, daß mich sowohl anregende wie lehrreiche Zeiten erwarteten.

Erster Tag

Am nächsten Morgen stand ich erst spät auf. Ich fühlte mich munter und ausgeruht, doch hatten die Aufregungen und das Durcheinander der letzten Zeit eine Art Katzenjammer hinterlassen, einen traumähnlichen Zustand, der gar nicht unangenehm ist, wenn eine entspannte Umgebung es dir ermöglicht, dich ihm hinzugeben. Ein höchstens zwanzigjähriger Hausangestellter, der lächerlicherweise nach der Etikette des 19. Jahrhunderts gekleidet war, brachte mir das Frühstück und teilte mir freundlich mit, daß alle anderen längst auf seien, es mir aber zugestanden hätten, bis zu dieser Stunde zu schlafen. Er öffnete die Fensterläden und zog die Vorhänge zurück, so daß ich mich an dem großartigen Ausblick erfreuen konnte. Der Ort hatte, bei Tageslicht betrachtet, die rauhe Bedrohlichkeit der Nacht verloren, doch bekanntlich ist jede vorübergehende Zähmung eine scheinbare.

Simon holte mich ab, um mir das Haus zu zeigen. Das enttäuschte mich, da doch Gertrudis sich dazu angeboten hatte, aber ich wollte ihn nicht kränken. Wir erinnerten uns an durchgestandene Abenteuer, an die im Ausland verbrachten langen Ferien, und danach sprachen wir über die Räume, die wir durchschritten und von denen ich letzte Nacht nur einen Bruchteil gesehen hatte. Im Ostflügel des Traktes mit Innenhof, in dem die Schlafzimmer lagen, befand sich eine Flucht von hohen, langgestreckten Zimmern, die auf klassische Weise durch Mitteltüren miteinander verbunden waren, was eine sehr schöne Perspektive ergab, wenn sie offenstanden; sie dienten als Bibliotheken und Ausstellungsräume: zu sehen waren echte Krater und Lekythen aus dem 5. Jahrhundert vor Christus auf Sockeln aus Parischem Marmor, Bronzen aus der hellenistischen Epoche und weitere Kunstgegenstände, mit deren Aufzählung ich mich nicht aufhalten möchte, weil sie in Anbetracht ihrer Vielfalt Seiten füllen würden. Den letzten und größten Raum, der als Eßzimmer eingerichtet war, hatte ich als einzigen schon vergangene Nacht gesehen. Dieser Salon bildete den Mittelpunkt des Gebäudes; er war mit den Bibliotheken, dem Flur, auf dem die Schlafzimmer lagen, mit der Vorhalle und dem einzigen Ausgang aus dieser wahrhaftigen Festung verbunden. Seine Gestaltung als Speisezimmer hob ihn stark von den Bibliotheken ab, in denen das rötliche Braun des Mahagonis und die Fußböden aus in blauen Malachit gefaßtem Portovenere-Marmor vorherrschten und deren fast eineinhalb Meter breite Gewölbebögen zwischen den Holzbalken mit einem aus winzigen Steinchen bestehenden Mosaik in byzantinischem Stil geschmückt waren, das Szenen aus der *Ilias*, der *Odyssee* und den *Homerischen Hymnen* darstellte.

Die Bibliotheken waren in Braun- und Blautönen gehalten, im Speisezimmer herrschte hingegen helles Grün, Türkis und Silber vor. Die Decke bestand zur Gänze aus kosmogonischen, am Werk Hesiods und Hyginus' inspirierten Mosaiken in hellen Türkisschattierungen. Die Möbel aus Makassarholz zierten Palisandereinlegearbeiten, und der Boden bestand aus riesigen Malachitblöcken in makellosem Zustand. Ein Kristallkronleuchter in der Mitte erhellte den Raum, die an den seitlichen Anrichten aus Ölbaumholz angebrachten Lampen sorgten für indirektes Licht. Wie schon erwähnt, hatte das Speisezimmer vier große Türen, eine an jeder Seite. Die nördliche ging zu den Bibliotheken, die östliche zur Eingangshalle, die westliche auf den Flur, auf dem die Schlafzimmer lagen. Die südliche war im Gegensatz zu den anderen in Gold und schwarzen Marmor gefaßt, und oberhalb prangten in elfenbeinfarbenem Marmor, wie Wappenschilder, die Masken der Komödie und der Tragödie, eine nach rechts, die andere nach links gewandt, mit einem halb verdeckten Gegenstand in ihrer Mitte, der eine Sonne oder aber auch ein Herz hätte sein können. Luxus und Raffinement hatten einen Sättigungsgrad erreicht, der bei mir ein gewisses Desinteresse auszulösen begann, doch als Simon diese Tür öffnete, war ich überwältigt. Wir hatten einen riesigen, mehr als vier Meter hohen Saal von etwa dreihundert Quadratmetern Fläche vor uns, dessen Umrisse ein unregelmäßiges Fünfeck bildeten. Drei Wände bestanden aus blaß getönten Glastüren mit doppelten farblosen Scheiben, die in Arabesken gefaßt und in die Pflanzenmotive eingraviert waren; sie gingen auf eine Galerie, die über einem großen Innenhof aufragte, dessen Begrenzungsmauern jedoch tiefer lagen und die Aussicht nicht behinderten. So gaben die riesigen, von Südwest nach Westnordwest geöffneten Glasflächen eine grenzenlose Sicht auf ferne Berge und den weiten Horizont frei. Der farbliche Kontrast zwischen diesem Saal und dem Speisezimmer war mit dem zwischen Speisezimmer und den Bibliotheken vergleichbar, nur noch größer. Es war ein faszinierendes Universum aus flammendem Gold, mattem Kupfer und glühenden Rottönen in den verschiedensten Abstufungen. Der Parkettboden bestand aus ganz dünnen Streifen afrikanischen Padoukholzes auf Teakholzuntergrund, die sich in spitzen, rechtwinkligen Labyrinthen verflochten. Das Hochrelief an der Decke aus rotem Ebenholz zeigte Dante in Begleitung Vergils bei seinem Abstieg zur Hölle. Die Ränder der Decke waren aus lamelliertem Onyx und die Wände mit großen, ovalen Opalen verkleidet, in denen sich das gelbliche Licht kleiner Lampen sammelte. Die Ecken waren mit vergoldetem Kupfer ausgeschlagen, die Sockel mit roter Seide bespannt, um den Schall zu dämpfen. Die Verbindung zwischen Wand und Decke bildeten Bordüren aus blutrotem, behauenem Pigeonneau-Alabaster, die Gipsbasis war mit italienischem Paonazzo verkleidet, die Türen waren massiv aus Mahagoni gefertigt. Schwellen und Aufbau aus dem gleichen Malachit wie der Boden im Eßzimmer bildeten einen süßsauren Gegensatz zu den rotglühenden Ockertönen des Raums.

»Dieser Salon heißt Avalon«, sagte Simon zu mir. Auf meine Frage nach dem Grund für diesen Namen wußte er keine Antwort.

Alles schien zu einer Reise nach Innen einzuladen, und auf unerklärliche Weise gab es neben einer Idee vom Ende den logischeren, aber nicht weniger seltsamen Gedanken an eine mächtige Vergangenheit, was mich beklommen machte. Zwi-

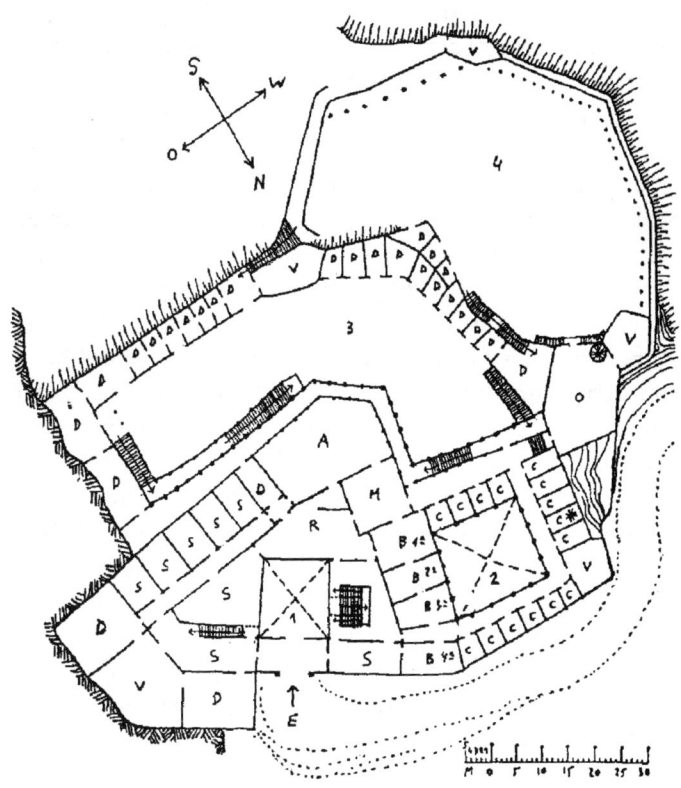

1	Überdachter Innenhof	E	Eingang
2	Hof der Schlafzimmer	V	Alter Wachturm
3	Angrenzender Garten	D	Verschiedene Nebenräume
4	Unterer Garten	O	Observatorium
		C	Schlafzimmer (* meins)
		B	Bibliotheken
		M	Speisezimmer
		A	Avalon
		S	Dienstbotentrakt

schen den Opalwandschirmen hingen in Bilderrahmen aus reinem Gold Werke der italienischen Frührenaissance; darunter standen drei Schreibtische: einer aus Ahorn mit kreisförmigen Motiven aus Gagatsplittern, der andere aus Thujenwurzel mit marmorierter Struktur, der dritte aus Esche mit achatenen Knöpfen. Es war unmöglich, einen den anderen beiden vorzuziehen: der erste bestach durch seinen goldenen, perlmuttfarbenen Schimmer, der nächste durch seinen unvergleichlichen natürlichen Glanz, der letzte durch seine feine, perfekte Ausführung. Die Absicht, diesen Raum zum Höhepunkt des Gebäudes zu machen, war unübersehbar, und darin wurzelte vielleicht seine Doppeldeutigkeit. Der Prunk der eingesetzten Materialien kontrastierte mit ihrer schmucklosen Verarbeitung. Unkultivierte Menschen verlangt es nach Reichtum, nicht nach Schönheit, hier jedoch ließ die Schönheit den Reichtum vergessen; alles lud dazu ein, zu verweilen, den Raum auf angenehmste Weise zu genießen, behagliche Winkel aufzusuchen, den Blick schweifen zu lassen, zu träumen; insgesamt haftete ihm aber auch etwas von einem überwältigenden, schrecklichen Grabmal an. Die Lehnstühle, Tische und seidenbezogenen Sessel schienen wie zufällig im Kreis angeordnet zu sein, an der Westseite stand eine Barockorgel mit zwei Manualen und Pedalen, eingefaßt von dorischen Säulen mit zwei vergoldeten Karyatiden, die einen großen Heliotrop auf der Stirn trugen. Eine überdachte Galerie umgab das Gebäude von Süden bis Westen (die Nebenräume, den Avalon und die eine Seite des Flurs, über den man die Schlafzimmer erreichte). Die Galerie lag zwei Stufen tiefer, so daß die Sicht nicht durch die Köpfe der in ihr Wandelnden beeinträchtigt wurde, und ihre Überdachung war so hoch, daß sie ebenfalls nicht behinderte. Eine zweiläufige Treppe aus Cipollin-Marmor führte von der Galerie sieben oder acht Meter hinunter ins Freie, in den L-förmig angelegten, sogenannten Angrenzenden Garten.

Simon zeigte mir flüchtig das übrige Gebäude, das aus Nebenräumen bestand und beinahe ebenso groß war wie der Teil, den wir schon gesehen hatten. Wir erforschten natürlich nicht Zimmer für Zimmer, denn dazu hätten wir

Tage benötigt. Am Ende des Südflügels führte von dem Gang aus, auf dem die Schlafzimmer lagen, eine Treppe in einen von einer Kuppel überwölbten Raum, der beinahe so groß wie der Avalon war. In seiner Mitte stand auf einer erhöhten Plattform ein großes Teleskop, an den Wänden befanden sich mehrere Konsolen und Paneele, die mit Metallriegeln verschlossen waren; es sah ganz nach metaphysischer Technologie aus. Simon sagte ein wenig geheimnisvoll, wir würden das alles vielleicht demnächst in Betrieb sehen. Zum Abschluß spazierten wir durch den Angrenzenden Garten. Er hieß so, weil sich etwa zwölf Meter unterhalb des Ganges, der ihn begrenzte, eine zweite Esplanade erstreckte, Unterer Garten genannt; Simon zeigte ihn mir und erwähnte, daß schon seit langer Zeit kaum mehr jemand herkam, und er sah in der Tat verlassen aus. Ich bemerkte meinem Freund gegenüber, daß der Name »Garten« nicht gerade passend sei für eine Anlage voller Steintische und Sträucher, die in diesen Breiten wohl schwerlich gedeihen konnten. Simon antwortete mir, geheimnisvoll lächelnd, daß ich wohl bald einen Garten zu sehen bekäme, dessen Existenz ich in dieser Gegend gewiß nie für möglich gehalten hätte und den ich kaum wieder vergessen würde. Mir schien, er wollte mich auf den Arm nehmen und auf irgendein erotisches Abenteuer anspielen, deshalb maß ich seiner Bemerkung keine besondere Bedeutung bei. Ich fertigte eine Skizze von der Anlage und dem Gebäude an, die ich diesen Zeilen beigelegt habe.

Wir kehrten zu Mittag ins Haus zurück, dessen Struktur mir allmählich vertraut wurde. Als wir durch die Galerie gingen, begegneten uns Gimellion und Rodin, die – so schien mir – das Thema wechselten, als sie uns auftauchen sahen. Da ich mir aber vorgenommen hatte, mich nicht mit Empfindlichkeiten aufzuhalten, grübelte ich nicht weiter darüber nach.

»Wie war's? Hast du alles besichtigt?« fragte Gimellion freundlich wie immer.

Simon kam mir zuvor: »Ich habe ihm soeben gesagt, daß er die interessantesten Gärten noch nicht gesehen hat!«

»Hast du ihm den Garten der Dämmerung denn nicht

gezeigt?« warf Rodin überrascht ein; ich sah erwartungsvoll zu Simon.

»Ich dachte, der Garten der Dämmerung sollte zu der Stunde aufgesucht werden, deren Namen er trägt.«

»Eine hervorragende Idee«, meinte Gimellion abschließend, und wir gingen direkt ins Speisezimmer, ohne den Avalon zu durchqueren.

Dort unterhielt sich Gertrudis mit einer ungewöhnlich gut aussehenden jungen Frau, die ein sehr schickes, schwarzglänzendes Kleid trug; keine der beiden drehte sich um, als wir eintraten. Das mußte Emília sein, von der letzte Nacht die Rede war, dachte ich. Gertrudis stellte sie mir vor, und Gimellion erzählte mir, daß ihre Familie und die meine lange vor unserer Geburt eng miteinander befreundet gewesen seien – eine starke Verbindung, die verlorenging, als ihre Eltern ins Ausland übersiedelten. Emília bekräftigte, daß ihre Mutter mit meiner nach wie vor Briefkontakt habe, aber ich sagte nichts dazu, da ich nicht unangenehm auffallen wollte; ich erinnerte mich jedoch an ihren Familiennamen, der in derselben Schublade verwahrt war wie der Gimellions: dort, wo sich die alten Freundschaften meiner Familie, vor allem die meiner Mutter, befanden. Artur und Camila mischten sich in die Unterhaltung; er und ich begegneten uns nun wieder wie zwei Unbekannte; nachdem sich die während der Reise entstandene Verbundenheit aufgelöst hatte, waren wir in den sich augenblicklich bietenden Möglichkeiten der Zerstreuung einander erneut fremd geworden. Ich beobachtete die drei Frauen.

Emília war faszinierend. Sie war etwa so groß wie ich, hatte langes, dichtes, rötlichbraunes Haar und eine sommersprossige Haut, was ich besonders sinnlich fand. Ihre Lippen waren dunkelrot und voll, nicht wulstig, sondern leicht geschwungen und unglaublich schön gezeichnet; ihre Nase war gerade, schmal, kräftig und wohlgeformt, die Nasenflügel ausgeprägt; auch Backenknochen und Augenbrauen waren auf wunderbar harmonische Weise markant; in ihren großen, sehr dunklen Augen funkelte eine Mischung aus Heimtücke und Hingabe, die ihr die Herrlichkeit eines vorübergehend gezähmten Tieres verlieh. Sie war eine, wie ich zu behaupten wage, äußerst konsequent vollendete Kombination aus Hedy Lamarr, Cyd Charisse und Ava Gardner. Da sie sich weiterhin mit Gertrudis unterhielt, ging ich, um dem Begehren zu schmeicheln und es bei Laune zu halten, dazu über, die beiden miteinander zu vergleichen: Gertrudis war insgesamt zierlicher, aber es ließ sich nicht sagen, welche der beiden anziehender war. Beide waren sie sehr schlank, Emílias Becken wirkte allerdings etwas ausladender, beide hatten lange, schmale Hände, und ihre Gebärden waren lebhaft. Emílias Figur war ausgeprägter, und sie betonte sie noch durch ihre gleichzeitig klassische und gewagte Art, sich zu kleiden. Gertrudis hingegen schien weniger darauf bedacht (ein Eindruck, den ich allerdings bald verwarf, denn es gibt spontane Vollkommenheit nur in der Nacktheit; und wenn sie sich, frei von Berechnung, in der Kleidung ausdrückt, deutet sie auf eine noch hinterlistigere Weisheit hin). Gertrudis' Stimme war dunkel und warm, die von Emília ein Sopran, voll und manchmal unkontrolliert (oder so gut kontrolliert, wie Gertrudis' Kleidung den Eindruck von Spontaneität weckte, berichtigte ich mich, als ich merkte, wie ihre Ausrufe auf mich wirkten). Gertrudis war schwer zu durchschauen und beeindruckend, zartgliedrig und zugleich muskulös; sie strömte einen Hauch von Geheimnis aus. Emília hingegen war das überschäumende Brodeln des Blutes, der hemmungslose Aufschrei der Weiblichkeit. Und was das Alter betrifft, war Gertrudis um die Dreißig, Emília knapp fünfundzwanzig.

Wir setzten uns an den erlesen gedeckten Tisch: weiße Tischtücher, Silberbesteck und Kandelaber im gleichen Design, in der Mitte eine Pflanzendekoration in Gold- und Violettönen. Das Gespräch war belanglos, aber das Essen eine angenehme Überraschung (in Zeiten wie diesen schien es unvorstellbar, solche Speisen auch nur zu kosten): Zu Beginn gab es mit Meeresfrüchten gefüllte Teigtäschchen, verschiedenstes Geräuchertes, russischen Kaviar und Flußkrebse aus der Wolga, dazu Rheinwein in Muranogläsern aus dem 16. Jahrhundert; danach Fischsoufflé mit einer ausgezeichneten Sauce aus Butter, Champagner, Ei, Knoblauch, Austern, Käse und einer weiteren Zutat, die ich nicht genau herausschmeckte und nach der ich nicht zu fragen wagte. Als Nachtisch gab es verschiedenes Obst, was mich sehr erstaunte: Herzpfirsiche, die man seit Jahren nicht mehr gesehen hatte ... hier und um diese Jahreszeit mußten sie tiefgefroren gewesen sein; ich aß eine prächtig aussehende Banane, die frischer und besser schmeckte als alle, die ich bisher gegessen hatte, und auf Emílias Anraten probierte ich die Schafsnasen, unvergleichlich im Aroma und schon vor dem Krieg eine seltene Apfelsorte und ein Luxus. Als wir fertig waren, wies uns ein Hausangestellter darauf hin, daß im Avalon schon Kaffee und Spirituosen aufgetragen seien, und wir begaben uns dorthin.

Ich versenkte meine Gedanken in einen dunklen Lederfauteuil und in die Goldfarbe eines Glases alten Armagnacs, achtete aber darauf, daß mir kein Wort des Gesprächs entging. Mein Blick fiel auf Rodin: eine hochgewachsene, stattliche, energische Erscheinung. Seine Augen waren blau, klein, die Lider wulstig und ausgeprägt waagerecht; die Augenbrauen blond und schmal; sein Blick war durchdringend und kalt; seine Stirn hoch und fliehend, der Nacken gerade. Sein Haar war an den Schläfen aschblond und schütter, kein Zeichen von Kahlheit, sondern eine Alterserscheinung. Seine Gesichtsfarbe war rötlich, die Nase mächtig. Die Lippen sehr schmal, ihr Ausdruck hart und energisch. Die Zähne klein, das Kinn markant. Abgesehen von seinem mächtigen Bauch, erinnerte er mich an die Porträts von Heinrich VIII. Er hatte eine kräftige und wohlklingende Stimme. Randolph Carter wandte sich an ihn, laut genug, daß wir es alle hören konnten.

»Vielleicht wäre es vor allem für unsere neuangekommenen Gäste interessant«, dabei blickte er zu mir hin, »wenn du die Geschichte erzähltest, über die wir gestern sprachen.«

Rodin begann. Seine Stimme glich der eines Großvaters, der seinen Enkeln ein Märchen erzählt, oder der eines Pilgers, der eine Fabel wiedergibt.

Geschichte des Bankiers Mir

Vor vielen Jahren gehörte die Bank Mir zu den stabilsten in Europa. Sie hatte zwar weder die Bedeutung noch den Einfluß der großen internationalen Banken und schon gar nicht der amerikanischen, doch galt sie innerhalb ihres Wirkungsfeldes als eine der renommiertesten und vertrauenswürdigsten. Ihre wichtigsten Niederlassungen befanden sich in Barcelona, Genf und London. Ihr Gründer und Direktor, Elies Mir, rief, als er mit fünfundsiebzig Jahren spürte, daß es an der Zeit war, sich zurückzuziehen, die drei stellvertretenden Direktoren zu sich und stellte allen dieselbe Frage:

»Was bedeutet für dich Geld?«

Der Älteste, den er als ersten hereinbat, Julian Flint, sagte:

»Es ist die universelle Sprache, die sich früher oder später als einzig wirksame herausstellen wird, wenn es darum geht, alle Völker dieser Erde zu verbinden.«

Diese Antwort gefiel dem Bankier über die Maßen gut; als nächsten ließ er Toni Colom, den zweiten stellvertretenden Direktor, hereinkommen; seine Antwort lautete:

»Es ist ein Mittel, um glücklich zu sein; allerdings ist es nur wirksam, wenn sein Besitzer es nicht zum Zweck macht.«

Auch diese Aussage schien Senyor Mir treffend zu sein, auch wenn sie nicht die gleiche Begeisterung auszulösen vermochte wie die vorangegangene. Der dritte und Jüngste schließlich, Alexis Cros, dem Anschein nach unerfahren, erwiderte:

»Es ist das untrügliche Zeichen für die Vertreibung aus dem Paradies, will heißen die raffinierteste Form des Kannibalismus; an dem Punkt, an dem die Welt heute angelangt ist, und in Ermangelung eines besseren Tauschsystems bleibt uns nichts anderes übrig, als es als das geringere Übel zu akzeptieren.«

Der Bankier Mir sprang auf und warf dabei seinen Stuhl um. Wie sollte ein Mensch mit solchen Ideen dazu fähig sein, eines der angesehensten Unternehmen des Landes zu leiten?

»In meinen Augen hat er übertrieben«, unterbrach Simon lächelnd. »Bei genauerem Hinsehen finde ich die dritte Antwort gar nicht so weit von den beiden ersten entfernt.«

»Vielleicht hast du recht«, räumte Rodin ein; »es ist schwierig zu beurteilen, inwieweit die Kraft des Scheins und das Verlangen nach Zuneigung die Einflußreichen motivieren.«

»Verstehe«, warf Simon geschickt ein, und Rodin fuhr fort.

0/1

Elies Mir hatte nämlich keine Nachkommen; sein einziger Sohn war bei einem Schiffsunglück vor achtundzwanzig Jahren verschollen, also teilte er das Vermögen und die Aktien zwischen Flint und Colom auf. Außerdem machte er Flint zum Direktor der Bank und überantwortete dem anderen, als Ausgleich dafür, daß er nur die Stellvertreterfunktion innehatte, die Kunstsammlung und die Leitung einer der Bank unterstellten Firmengruppe mit Sitz in England. Was Cros anging, so besaß dieser zu viele Anteile an dem Unternehmen, um ohne weiteres auf die Straße gesetzt werden zu können; so machte er ihn, um ihn nicht länger sehen zu müssen, zum Direktor einer Zweigstelle in einer mittelamerikanischen Stadt; wer weiß, vielleicht wünschte er insgeheim, die Rebellen in dieser Gegend würden ihn bei einer Propagandaaktion liquidieren. Von seiten der alten Arbeitskollegen erhielt er übrigens keinerlei Unterstützung, und rein persönlich begegneten sie ihm mit völliger Gleichgültigkeit.

Nach kurzer Zeit hatte die abenteuerliche, verstiegene Geschäftsführung von Flint und Colom die Bank zugrunde gerichtet, und um die Existenz der Filialen zu sichern, wurde es nötig, die Gesellschaft – ausgenommen die drei oder vier Filialen, die sich aus eigenen Mitteln vor dem Ruin retten konnten – staatlichen Depositenfonds zu unterstellen. Eine dieser Filialen war die von Alexis Cros auf der anderen Seite des Atlantiks geleitete, die von da an ihren eigenen Weg ging.

Um die drohende Katastrophe abzuwenden, hatten sich Flint und Colom gezwungen gesehen, das private Vermögen, das größtenteils Mir gehört hatte, zu verpfänden. Der Bankier fand sich plötzlich, von seinen Erben verlassen, im Altersheim wieder.

Wenig später hatten sich sowohl Flint als auch Colom einigermaßen erholt, der eine durch eine vorteilhafte Heirat, der andere durch undurchsichtige Geschäfte, keiner der beiden dachte jedoch an den Ex-Bankier, der ihnen den Zugang zur Wirtschaftswelt eröffnet hatte; Elies Mir war dazu verdammt, von allen vergessen dahinzusiechen.

Drei Jahre danach verbuchte die mittlerweile verstaatlichte Bank Mir wieder beträchtliche Gewinne; doch Inflation und Auslandsverschuldung hatten das Land in eine der schlimmsten Krisen der letzten fünfzig Jahre gestürzt, so daß das Finanzministerium in der Reprivatisierung einiger staatlicher Unternehmen den einzigen Ausweg sah, das Defizit zu decken. Die Bank Mir wurde als eines der ersten Unternehmen zum Verkauf angeboten. Als Alexis Cros, der durch außerordentlich brillante und erfolgreiche Unternehmensführung aus der von ihm geleiteten Tochtergesellschaft eine der mächtigsten Privatbanken gemacht hatte, davon erfuhr, rief er unverzüglich alle seine Vertreter und Berater zu sich, um sich möglichst umfassend über die Vorteile eines Kaufes zu informieren. In nur zwei Tagen erstand er die Bank, in der er seine Lehrjahre verbracht hatte, und reiste nach Barcelona, um die Europa- und die Amerikageschäfte nach der Erweiterung zu koordinieren. Abgesehen von seinen Geschäften, galt sein vorrangiges Interesse seinem ehemaligen Chef, den er unverzüglich aus dem Altersheim holte.

Senyor Mir war bereits über Achtzig, aber klar genug im Kopf, um unter seinem Unglück zu leiden und von diesem Moment an die Güte jenes Angestellten zu schätzen, den er am schlechtesten behandelt hatte. Alexis Cros brachte Mir in das Büro zurück, das er als Direktor der Bank innegehabt hatte, kaufte für ihn das Haus zurück, in dem er gelebt hatte, machte ihn zum Vorstand der Gesellschaft und überwies ihm ein seiner Position angemessenes Einkommen. Er bot ihm auch an, in seinem Namen gegen Julian Flint und Toni Colom vorzugehen. Darauf sagte der Bankier Mir:

»Lieber Freund, ich glaube, du hättest mehr Grund als ich, Forderungen zu stellen, und zwar nicht nur gegenüber deinen ehemaligen Kollegen, sondern vor allem gegenüber mir. Wie könnte ich nun Rache an jenen fordern, die mich verlassen haben, wo du mir doch ein unauslöschliches Beispiel des Verzeihens und der Nächstenliebe gegeben hast? Ich lege also das Schicksal von Flint und Colom in deine Hände und bin sicher, daß deine Entscheidungen von Güte und Gerechtigkeit getragen sein werden.«

»Gut, alles soll so geschehen, wie Sie es wünschen«, antwortete Cros. »Julian und Toni sollen weiter nach ihren Plänen handeln. Im Augenblick scheint das Glück auf ihrer Seite zu stehen. Sollten sie aber eines Tages in Schwierigkeiten geraten, dürfen sie nicht mit meiner Hilfe rechnen.«

Als Alexis Cros die Geschäftsangelegenheiten in Europa geregelt hatte, beauftragte er Leute seines Vertrauens mit der Weiterführung und kehrte nach Amerika zurück, wo Frau und Tochter auf ihn warteten. Der Bankier Mir wußte Cros' Geste, ihn zum Vorstandspräsidenten zu machen, zu schätzen, war sich aber bewußt, wie schon Jahre zuvor, als er sich zurückzog, daß seine Zeit in der Welt der Hochfinanz vorbei war und seine weitere Präsenz nur eine ihm erwiesene Ehre darstellte. Deshalb verzichtete er darauf, Entscheidungen zu treffen, obwohl er gewiß sein konnte, daß, auf Anweisung von Cros, jede einzelne respektiert worden wäre.

Elies Mir starb ein paar Jahre später, und sein Glück, einen Menschen wie Alexis Cros getroffen zu haben, wurde nur dadurch überschattet, daß er ihn in den letzten Augenblicken seines Lebens nicht bei sich haben konnte: Der Bankier war bereits über neunzig Jahre alt, und sein Tod kam so plötzlich, ohne vorangegangenes Leiden, daß er niemanden rufen konnte.

Bald nach Mir starb Cros' Frau an einer schrecklichen, langwierigen Krankheit. Cros beschloß, um seine Tochter und sich selbst vom Schmerz abzulenken, eine Reise zu unternehmen, und sie fuhren die Mittelmeerküste entlang bis nach Barcelona, wo sich die damals fünfzehnjährige Tochter im Kreis der alten Freunde ihres Vaters so wohl fühlte, daß Alexis Cros – des amerikanischen Abenteuers und des vielen Reisens überdrüssig – seinen Wohnsitz wieder in das Land seiner Herkunft verlegte. Die Rückkehr hatte viele Jahre auf sich warten lassen, und es gab schmerzvolle Erinnerungen, doch nun schien sich eine Zeit der Stabilität und Ausgeglichenheit im Leben des mächtigen Bankiers Cros abzuzeichnen.

1/0

An diesem Punkt der Geschichte erhob sich Rodin nach einer von verhaltenem Gemurmel erfüllten Pause, entschuldigte sich wegen eines nicht näher erläuterten Vorhabens und entfernte sich. Ich folgte ihm mit meinen Blicken, bis er den Saal verlassen hatte. Er war ein hochgewachsener Mann, und man konnte ihn – makellos von Kopf bis Fuß in Blau gekleidet – ebensogut für einen verarmten Adligen wie für einen Erdölmagnaten halten. Ich hatte kaum Zeit, über die spektakuläre wirtschaftliche Entwicklung nachzudenken, und bedauerte, daß mein Gedächtnis mich im Stich ließ oder, besser gesagt, daß ich der Lektüre nicht mehr Aufmerksamkeit gewidmet hatte: Sollte sich der Wiederaufbau der Bank Mir tatsächlich so zugetragen haben? Ich hätte weder eindeutig mit Ja noch mit Nein antworten können. Die Sonne war soeben untergegangen, und ein zartschimmerndes Licht durchflutete den riesigen Salon; als Emília die erste Lampe anschaltete, wurde mir bewußt, daß wir bis dahin im Halbdunkel gesessen hatten. Hier drinnen herrschten warme Töne vor, draußen hingegen war alles in nun bläuliches Licht getaucht.

Ich hatte kaum begonnen, über die Geschichte des Bankiers nachzusinnen (sie ähnelte allzusehr denen, die ich aus einschlägigen Büchern kannte), als Gertrudis sehr liebenswürdig das Wort an mich richtete: »Gestern habe ich versprochen, dir das Haus zu zeigen, war aber verhindert; darum ist Simon für mich eingesprungen und hat dich herumgeführt, doch er hat dir – weil die Zeit nicht ausreiche – einen der interessantesten Plätze vorenthalten.«

Ich ließ mich nicht lange bitten; es war mir schon mehrmals in den Sinn gekommen, daß dieser Ort wohl außergewöhnliche Winkel barg, und ich brannte vor Neugierde, zu entdecken, was mich so sehr faszinieren sollte. Gertrudis und ich verließen den Avalon durch den Dienstbotenausgang und gingen über den Flur des Angestelltentrakts. An seinem Ende gelangten wir durch eine Tür in einen finsteren Raum, dessen Fenster, sollte es sie überhaupt geben, von aufgetürmten Möbelstücken verdeckt waren. Er war quadratisch und hatte an jeder Seite eine Tür; zwei nackte Glühbirnen erhellten ihn, und er war vollgestopft mit Gegenständen, die den Weg versperrten: Astrolabien und verschiedenste alte Meßgeräte, längst nicht mehr benutzte Fotoapparate und Filmkameras, stapelweise alte Bücher, verstaubte Statuen, beschädigte mittelalterliche Rüstungen, Gemälde aus Renaissance und Barock in beklagenswertem Zustand, Zeichnungen und Stiche von Aubrey Beardsley, Schreibschränke, deren Laden überquollen von Papierkram, Decken, Stickereien, Sublimationsgeräten, Brennkolben, kleinen Öfen, Destilliergefäßen in verschiedensten Größen, Boraxsäckchen und unvollständigen Gewichtssätzen, zerlegten Bilderrahmen und unleserlichen Dokumenten.

»Das ist der Lauf der Zeit«, sagte Gertrudis lachend, »eine Art philosophisches Kopfkissen, sollte man eines Tages eine Depression überstehen müssen.«

Diese Erklärung, um die ich nicht gebeten hatte, berührte mich seltsam, und ich reagierte so vage wie möglich, um zu verstehen zu geben, daß ich sie nicht besonders ernst nahm. Gertrudis zog an einer der übervollen Laden und begann zu wühlen. »Nimm eine dieser Taschenlampen«, sagte sie, während sie nach einer weiteren griff, »geh hinter mir her und paß auf, daß du nicht ausrutschst oder dir den Kopf stößt.«

Gertrudis ging auf die dem Eingang gegenüberliegende Tür zu, an der das gerahmte Porträt einer mir unbekannten Person hing, deren Kleidung und Haarschnitt aus dem vorigen Jahrhundert stammten. Als sie die Tür öffnete, zeichnete sich in der Dunkelheit ein direkt in den Fels gehauener Zugang ab, der wie der Einlaß zu einer Mine aussah; er stand in großem Kontrast zu Türrahmen und Zimmer, denn dieses fügte sich trotz Verlassenheit und Unordnung in das Gesamtbild des Gebäudes ein. Wir nahmen die Taschenlampen und schlüpften in diesen an ein Kohlebergwerk erinnernden Stollen; zunächst verlief der Weg gerade, bald jedoch schlängelte er sich, und es ging bergab. Gertrudis hatte mir nicht verraten, wohin wir gingen, und ich hatte auch nicht danach gefragt; doch der Hauch des Geheimnisvollen und die geistige Anspannung, die dieser Exkursion vorausgegangen waren, ließen mich einen Höhepunkt erwarten. Der Gang wurde mit jedem Schritt enger, und es wurde zunehmend heißer. Wir liefen immer noch bergab, und der Boden war feucht und glitschig, von grünem Schimmel überzogen, der verschwand, als wir eine bestimmte Tiefe erreicht hatten. Von den Wänden rann heißes Wasser, und die Felsen phosphoreszierten; dennoch wäre es schwierig gewesen, ohne Taschenlampen vorwärtszukommen. Als wir bereits einige Minuten unterwegs waren, schienen wir den tiefsten Punkt erreicht zu haben, sowohl was die Lage als auch was die Ausmaße des Ganges betraf; wir mußten gebückt gehen, um nicht mit dem Kopf anzustoßen. Dann führte der Weg nach oben, und von dem herunterfließenden heißen Wasser stieg Dampf auf, der beträchtliche Atemnot verursachte. Der Weg schlängelte sich dahin, bis wir eine aufwärtsführende Treppe erreichten. Gertrudis war zwei oder drei Stufen über mir, und ihr Hintern befand sich in Höhe meines Kopfes; ein prächtiger, wohlproportionierter Hintern, der sanft hin und her schwang, ein Hintern, der manch einen enttäuscht hätte, da er nicht sehr ausladend war, doch jemanden wie mich, der sich eines verfeinerten Geschmacks rühmte, geradezu reizte, an ihm seine wahnsinnige Begierde zu stillen. Sie drehte sich um, als hätte sie meine Gedanken erraten: »Ruhig Blut, wir sind gleich da.«

Die Stufen wechselten mit flachen Abschnitten, und die Luft wurde allmählich klarer; wir erreichten eine Tür. Auf der anderen Seite war das Pfeifen des Windes zu hören; wie seltsam, dachte ich, von hier aus geradewegs ins Freie zu gelangen. Ich half Gertrudis beim Öffnen der Tür, da diese sehr schwer war. Vor uns lag ein atemberaubender, in die bergseitige Flanke des Felsen knapp unter der Spitze gehauener Pfad, der den Blick auf einen furchterregenden Abgrund von, wie Gertrudis mir sagte, achthundert Metern Tiefe freigab. Der Steig war nur fünfzig Zentimeter breit und hatte kein Geländer; ich bekam einen Schwindelanfall, der mich fast lähmte, doch Gertrudis schritt drauflos, ich mußte mir ein Herz fassen und ihr folgen. Der Pfad verlief in nordöstlicher Richtung am Felsen entlang (ich zeichnete später einen schematischen und zwangsläufig ungenauen Plan, auf dem zu sehen ist, wovon ich spreche) und führte abermals nach oben; die Stufen waren sehr hoch, und bei dem Gedanken, sie nachher wieder hinunterklettern zu müssen, sträubten sich mir die Haare. Dann wurde der Anstieg so steil, daß ich meine Hände zu Hilfe nehmen mußte; auf den letzten zehn Metern galt es fünfzehn Stufen zu erklimmen, die viel höher als breit waren.

Wir hatten eine völlig ebene, zweifellos künstlich angelegte Plattform erreicht, die mindestens viermal so groß war wie der Gebäudekomplex; es war der höchstgelegene Punkt des Vorgebirges, auf dem die gesamte Anlage errichtet worden war. In großer Entfernung sah man höhere, tiefverschneite Berge. In der Tat erstaunlich und wunderbar schien mir jedoch die üppige Grünfläche, die sich vor meinen Augen erstreckte: das Plateau war von riesigen Bäumen bedeckt. Mit offenem Mund drehte ich mich zu Gertrudis um, die mich erwartungsvoll anlächelte. Eine gewaltige Palme, ein Apfelbaum, eine Pinie, ein Lorbeerbaum …

»Wie können die bloß in dieser Höhe und in diesem Klima gedeihen?«

Gertrudis hatte mit der Frage gerechnet, und in ihrer Antwort klang ein wenig der geduldige Tonfall dessen an, der sich genötigt fühlt, ein und dieselbe Erläuterung zum x-tenmal zu geben. Das störte mich, und ich sagte es ihr, doch sie erwiderte, ich sei seit mehr als zwei Jahren die erste Person, die ihren Fuß hierhin setze, und auch die erste, der sie diesen Ort

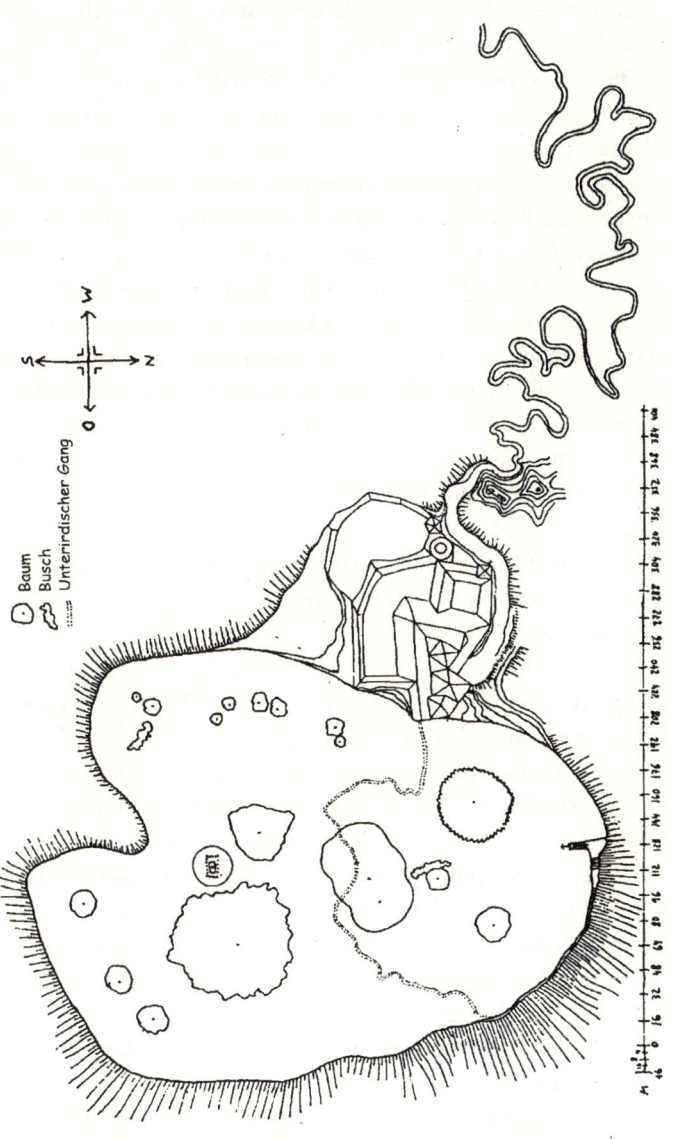

Baum
Busch
Unterirdischer Gang

55

zeige; ihr Tonfall sei nicht geduldig, sondern enttäuscht, da sie gehofft habe, ich würde andere Fragen stellen.

Diese Reaktion brachte mich in Verlegenheit; ich legte ein beiläufiges Interesse für die geologischen Erklärungen des Phänomens an den Tag. Es handelte sich um einen thermalen Effekt, wie man ihn bei Geisiren findet, der auf vulkanische Reste zurückzuführen ist: Das heiße Wasser breitet sich in winzigen Kanälen aus, sie erwärmen die Erde und durch die Verdampfung auch die Luft (wir trugen keine Mäntel, und die Temperatur war, wenn auch kalt, nicht mit jener im Haus zu vergleichen, sobald man ein Fenster öffnete), weshalb alle möglichen Pflanzen, selbst tropische, hier gedeihen konnten.

»Ich dachte, das wären Legenden aus dem Himalaya.«

»Wie du siehst, übertrifft die Wirklichkeit die Fabel. Das hier ist nicht der Himalaya, aber doch ein außergewöhnlicher Ort.«

Die Nacht sank herab, der Himmel war ein einziges Heer gekräuselter Wolken, schwarz an der Oberseite und rot am unteren Rand, und die Stelle, wo soeben die Sonne unter-gegangen war, entrückt inmitten der verschneiten Berge, glich einem Trichter, in dessen Blutrot sich die Reste der Feuers-brunst der Luft stürzten. Alles war plötzlich unendlich und dunkel, der erstarrte, feuerrote Rahmen einer grausamen und zerstörerischen Ausschweifung. Das Plateau war von einer breiten Steinmauer umgeben, auf die man sich setzen konnte, sofern man schwindelfrei war; mehr als sechzig Meter weiter unten waren die Dächer des Hauses zu sehen. Die jäh abfal-lenden Felsen erlaubten keinen Blick auf die beiden anderen Gärten und die Innenhöfe, so daß sich hinter den Dächern der Horizont abzeichnete. Ich nahm an, daß dieser Ort kein anderer war als der Garten der Dämmerung, den Andreas Ro-din vor dem Mittagessen erwähnt hatte.

»Gibt es keinen bequemeren Zugang?« fragte ich und dachte an einen direkten Aufstieg vom Haupteingang aus.

»Es war in Erwägung gezogen worden, eine Treppe zu bauen, die vom alten Wachturm aus bis hierher führen sollte, doch offensichlich entschloß man sich dazu, den ursprüng-lichen Zugang, also den, den wir benutzt haben, beizubehalten.« Sie gab sich rätselhaft: »Es ist ein Geheimgang zu einem geheimen Ort, und was du vorschlägst, hätte zur Folge, daß er es bald nicht mehr wäre.«

Ich schlenderte durch den Garten der Dämmerung. Die eindrucksvollsten Bäume, außer denen, die ich schon erwähnt habe, waren eine Eiche, ein Olivenbaum und eine Zypresse, alle drei von beachtlicher Größe. Es gab auch eine Esche, eine Tanne, eine Buche und eine Erle; an einem Ende standen sechs oder sieben Thujen von ähnlichen Ausmaßen und überall Buchsbaumsträucher in eigenwilliger Anordnung. Die Abstände zwischen den Bäumen waren beträchtlich, so als hätte man vermeiden wollen, daß einer von ihnen die Sicht auf einen anderen verstellte. In der Mitte des Gartens standen drei Bäume in etwas mehr als fünfzehn Meter Abstand in einer Reihe. Die Anlage umfaßte knapp vierhundert Quadratmeter, war also nicht besonders groß, verglichen mit dem, was man gewöhnlich unter einem Garten, geschweige denn unter einem Park versteht; aber dieser Ort und seine Lage waren außergewöhnlich. Ich beugte mich über die Brüstung, um das Gebäude zu betrachten. Von oben waren Aufbau und Zuordnung deutlich zu erkennen. Das Ensemble, dessen Anordnung, von innen betrachtet, willkürlich erscheinen könnte, krönte das Gelände auf vollendete Weise. Die verschiedenen Dächer waren in mehr oder weniger gutem Zustand, und die unterschiedlichen Stile der bizarren Anbauten deuteten darauf hin, daß es sich um einen alten Festungsbau handelte, der im Lauf der Jahre verändert worden war.

Inmitten des Gartens befand sich eine Konstruktion aus grauem und rosa Alabaster, die ich eingehend untersuchte, ohne aber mit Sicherheit sagen zu können, ob es ein altes oder ein neues Werk war: Es war ein Tisch von großzügigen Ausmaßen, der auf einem kreisförmigen, aus dem gleichen, aber tiefschwarzen Material gefertigten Fuß stand, der gut zwanzig Meter Durchmesser hatte und etwa zwanzig Zentimeter hoch war; der Tisch war an allen vier Seiten von sehr zierlichen Säulen umgeben, die an der Nordseite spärlicher gesetzt waren, um den Eingang anzudeuten. Zwischen den

Säulen und dem Tisch verlief an der Süd- und an der Nordseite ein etwa zwei Meter breiter Gang, an den beiden anderen Seiten maß er etwas mehr als drei Meter; und in der Mitte
des Tisches ragte eine Säule empor, die größer als die übrigen
war und in einem Kapitell endete, das in dem ganzen Ensemble vielleicht ein wenig zu wuchtig wirkte.

Gertrudis und ich spazierten durch den Garten. Ich beugte
mich über die nördliche Brüstung. Es verwunderte mich, daß
die Bäume (vor allem eine beinahe fünfzig Meter hohe Palme,
die in dieser Ecke stand) vom Weg aus, der zum Haus führte,
nicht zu sehen waren. Doch genau an diesem Abhang verdeckte ein vorspringender Felsen die Sicht, außerdem befand
sich der Baum zu weit hinten, und das Plateau lag zu hoch.
Als einziges vom Weg aus zu erkennen war die äußere in den
Stein gehauene Treppe, doch war sie so klein, daß sie praktisch nicht wahrgenommen werden konnte, vor allem nicht
von vorne. Ich betone das, weil es mir unfaßbar schien, daß
eine Anlage diesen Ausmaßes und von solcher Einzigartigkeit durch die Anordnung der Eingänge und der übrigen
Bauten so ausgeklügelt getarnt war, daß sie nicht nur von keiner Stelle aus sichtbar war, sondern man sich ihr Vorhandensein nicht einmal vorstellen konnte.

»Du kannst hierher kommen, wann immer du willst, aber
ich rate dir, nicht länger als eine Stunde zu bleiben«, sagte
Gertrudis.

»Warum?« fragte ich. Mir schien der Ort wie geschaffen,
um viele Stunden an ihm zu verbringen.

»Wegen der ausströmenden Dämpfe. In kleiner Dosierung
sind sie wohltuend, aber im Übermaß erzeugen sie …«, sie
zögerte, »sagen wir, Abhängigkeit.«

Ich berührte den Boden. Er war lauwarm und offensichtlich
reich an organischen Stoffen, so als wäre er gedüngt worden;
er war vom Laub gesäubert und wies frische Rechenspuren
auf. Es wuchs kein Gras, und es gab auch keinen einzigen aus
dem Rahmen fallenden Gegenstand. Alles schien mit gründlicher Überlegung an seinen Platz gesetzt und sorgfältigst gepflegt zu sein, wie es einer so außergewöhnlichen Stätte
gebührte.

Es war nun fast ganz dunkel geworden. Merkwürdigerweise blendete das schwindende Licht; wie in wahnwitzigen
Träumen besaß alles durch diese undurchdringliche Weiße jenen Anflug von Helle, die frei von Spiegelungen und Schatten ist, die jegliche Perspektive zerstört und die Unterschiedlichkeit aller Dinge aufhebt; verrückte Ahnungen stiegen in
mir auf, und die Gegenstände wurden bedrohlich. Die Bäume
flößten mir Furcht ein, und mich erfaßte ein Schaudern.

»Es wird besser sein, wenn wir zurückgehen; falls du Lust
hast, kommst du morgen früher hierher«, sagte Gertrudis.

Ich hätte die Rückkehr gern hinausgeschoben, denn der Gedanke, diese steile und schmale Treppe ohne Geländer, die sich
ganz oben in der mehrere hundert Meter abfallenden Fels-
wand befand, wieder hinunterklettern zu müssen, versetzte
mich in Panik; doch als ob mich die Dunkelheit schützte, litt
ich viel weniger, als vermutet. Auch der unterirdische Gang
kam mir weniger lang vor (zweifellos, weil ich ihn schon
kannte); und als wir schließlich das mit alten Gerätschaften
angefüllte Zimmer betraten, hatte ich den Eindruck, es müßte
zwei oder drei Tage her sein, seit wir hier gewesen waren.

Wir durchquerten den Dienstbotentrakt und gingen über
den Nordflügel des Gebäudes zu Gertrudis' Zimmer; sie bat
mich hinein. Es war das erste Schlafzimmer, das ich außer
meinem eigenen sah, und die vielen Bücher und persönlichen
Gegenstände ließen mich annehmen, daß sie schon lange Zeit
hier wohnte oder aber mit ihrem halben Hausrat herumzu-
ziehen pflegte. Das Zimmer war klein und quadratisch, und
die Stiche und Bilder an der Wand erregten meine Aufmerksamkeit. Zwei von ihnen gehörten zu derselben Serie wie
jene, die in meinem Zimmer hingen; der Schmetterling, der
über Gertrudis' Schlaf wachte, hatte einen sehr suggestiven
Namen, *Saturnia pavonia*; und ein Gemälde, das von demselben Pinsel stammte wie mein Phrixos, stellte die Schlüssel-
szene des *Philoktetes* dar. Der Held, der aussieht wie ein alter
Bettler, spannt den Bogen, den er soeben von Neoptolemos
erhalten hat; Neoptolemos, als Knabe in steifer angelsächsi-
scher Manier dargestellt, hält seinen Arm fest, um ihn am
Schießen zu hindern; er blickt flehend, gleichzeitig aber fest

entschlossen, während Philoktet unwillig und trotzig reagiert. In einiger Entfernung von den beiden steht Odysseus, ein bärtiger Mann von mächtiger Erscheinung und mit furchterregendem Gesichtsausdruck; seine Körperhaltung verrät, daß er überlegt, ob er genügend Zeit hat, sich auf die beiden zu stürzen und den Bogen an sich zu reißen, bevor sie ihn treffen können, oder ob es vernünftiger ist, die Flucht zu ergreifen. Gertrudis erinnerte mich dankenswerterweise daran, daß sich die Situation auflöst, indem Odysseus verschwindet und die beiden anderen ihr Gespräch fortsetzen.

Den Erläuterungen des Bildes mischte sie ständig Anmerkungen zu ihrem Leben bei, und nach kurzer Zeit, ohne daß ich sagen könnte, wie es dazu kam, deutete sie mir an, daß sie und ihr Mann in getrennten Zimmern wohnten und eine offene Ehe führten. Sie setzte sich vor den Spiegel und faßte ihr Haar zu einem Knoten zusammen. Sie war weder blond noch dunkel; ihr Haar war von verblichenem Kastanienbraun, wie Gold, das von den Grautönen des Winters erstickt wird – für mich ein starker Gegensatz zu der Vitalität, die von ihr ausging. Die Geste, das Haar im Nacken zusammenzufassen, hatte für mich schon immer etwas ungeheuer Erotisches gehabt; in diesem Fall entblößte sie einen hinreißenden Hals. Ich empfand alles zusammen als Herausforderung und beschloß, sie anzunehmen. Doch während ich noch die beste Vorgehensweise überlegte, klopfte es an der Tür; ein Bediensteter teilte uns mit, daß im Salon bereits ein Imbiß vorbereitet sei und wir erwartet würden, also verschob ich mein Vorhaben auf später.

Der Avalon bot einen großartigen Anblick; alle Lichter brannten, und die geöffneten Vorhänge ließen die Sicht auf den dunklen Himmel frei, über dem noch ein Schein der untergegangenen Sonne lag, eine letzte Spur blauer Glut; es war angenehm warm, ohne den leisesten kühlen Luftstrom, der an die Jahreszeit oder an die Höhenlage erinnert hätte.

Wir gingen zu den Tischen. Inmitten einer Fülle verschiedenster Kuchen stand ein großes rundes Tablett mit kleinen Keksen in Form der Tierkreiszeichen, in ihrer Reihenfolge angeordnet. Gertrudis erklärte mir, daß jedes anders zubereitet wäre; die Steinböcke seien aus Vollkornmehl, die Löwen aus Gerstenmehl, die Fische enthielten Rosinen und Pinienkerne, die Waagen seien nach altumbrischem Rezept aus Judenkirschen, Hirse und Tonerde gemacht, die Stiere enthielten Frauenhaar und Ingwer, die Schützen Orange und Kümmel, die Krebse Rosmarin, die Wassermänner Fenchel, die Jungfrauen seien ohne Salz, die Skorpione enthielten Schlafmohn und die Zwillinge Kakao und Kirsche.

Wir setzten uns. Alle waren guter Laune. Camila trank einen koffeinfreien Kaffee mit Magermilch, in den sie noch ein paar winzige Süßstofftabletten hineintat, und alle machten sich über sie lustig, Emília und Simon auf besonders boshafte Weise. Ich habe immer eine Schwäche für den Sündenbock gehabt, mich immer mit dem Opfer identifiziert, darum schloß ich mich dem allgemeinen Gelächter nicht an. Es schien mir, als würde mich Emília wütend ansehen. Ich wählte einen der Tierkreiszeichenkekse; die Zwillinge wirkten besonders verführerisch, und ich probierte sie.

»Die hier sind besser«, sagte Gertrudis zu mir und deutete auf die Skorpione.

Rodin, Carter und Gimellion bildeten einen Kreis außerhalb der Runde; sie waren die Ältesten und schienen am wenigsten von der Situation betroffen zu sein, die uns an diesem Ort festhielt. Von den dreien zeigte sich Gimellion am ehesten bereit, irgendein Geheimnis zu lüften; er wich nie einem Blick aus, und wenn unsere Blicke sich trafen, machte er stets eine freundschaftliche Geste, offensichtlich um ein ruhiges und entspanntes Klima bemüht. Ich dachte darüber nach, ob er vielleicht einen Grund hätte, die Ergebnisse dieses Zusammentreffens zu fürchten. Abgesehen von mir und vielleicht von Emília, Oliver und seiner Frau, schienen sich die anderen schon lange zu kennen. Von Rodin und Carter hingegen ging jene rätselhafte Unruhe aus, wie sie undurchsichtige Menschen ausstrahlen. Während Gimellion von einer Liebenswürdigkeit und Gutmütigkeit war, die fast schon an Naivität grenzte, achteten die beiden anderen, jeder auf seine Weise, auf Distanz und Respekt. Carter verbarg sich hinter Zynismus und belanglosen Gesprächen; er wirkte oft hart und degeneriert wie ein römischer Soldatenkaiser; in manchen Momenten gab es auch etwas an ihm, vielleicht die schräggestellten Augenbrauen oder der Schwung von Lippen und Kinn, das ihn fälschlicherweise harmlos und umgänglich erscheinen ließ, gleichzeitig aber auch abstoßend und brutal; es war leicht vorstellbar, daß sich sein Humor und seine Intelligenz (und natürlich die Interessen) über alle Skrupel hinwegsetzen konnten. Rodin hatte das Aussehen (und die Stimme, wenn er Geschichten erzählte) eines gefallenen Prinzen, wie jemand, der sehr mächtig gewesen ist und die Hoffnung noch nicht aufgegeben hat, es wieder zu werden. Gertrudis ging zu ihm und bat ihn, uns das Abenteuer des Bankiers Cros zu Ende zu erzählen. Rodin schien zum erstenmal wohlgelaunt und zu Scherzen bereit, und sobald wir uns alle um ihn versammelt hatten, ergriff er, ohne sich lange bitten zu lassen, das Wort.

0/1

Geschichte der Lluïsa Cros

Bei seiner Rückkehr fand Cros ein ausverkauftes Land vor. Der Tourismus, der in anderen Zeiten eine der Hauptquellen für Devisen darstellte, war nach einem schleichenden Niedergang praktisch verschwunden. Schuld daran waren ein unsinniger und überstürzter Trend, schnelles Geld zu machen, und das daraus resultierende Verschleudern der Kleinodien, was die schönsten Orte zu scheußlichen Vorstädten gemacht hatte. Im wirtschaftlichen Bereich übertrafen nun die Ziffern des Imports im Verhältnis sieben zu eins jene des Exports, der sich außerdem auf die Ausfuhr von landwirtschaftlichen Produkten beschränkte; die fünfzig mächtigsten Unternehmen arbeiteten mit ausländischem Kapital. In dieser Lage war die Ankunft von Cros wie die des Messias aufgenommen worden. Aber zum Erstaunen aller schien er, seit er sich wieder in Barcelona niedergelassen hatte, den für ihn so charakteristischen Tatendrang verloren zu haben; sein Durchsetzungsvermögen und seine Brillanz schienen Müdigkeit und mangelnder Vitalität zum Opfer gefallen zu sein. Zunächst führte man dies auf den noch nicht lange zurückliegenden Tod seiner amerikanischen Frau zurück, die ihm – laut Aussagen von Leuten, die ihn näher kannten – eine sehr kluge und umsichtige Gefährtin gewesen war. Im Lauf der Zeit verschlimmerte sich jedoch diese als vorübergehend betrachtete Trägheit, und Cros war, noch bevor er fünfzig wurde, ein geschwächter, gealterter Mann.

Die Bank Mir hingegen (Cros hatte ihr den ursprünglichen Namen zurückgegeben) war auf dem Weg zum Erfolg, und sie konnte sogar ohne den Chef, der sie umgestaltet hatte, funktionieren. Cros war allerdings die Erfahrung seines Vorgängers nur allzugut in Erinnerung geblieben, und er hütete sich, seine Ämter, seinen Einfluß, mit einem Wort, seine Macht aufzugeben. Die Entscheidungskompetenz des Unternehmens wurde unter den Angestellten so aufgeteilt, daß keiner von ihnen ein Übermaß an Vorrechten und Privilegien besaß; alle waren aufeinander angewiesen, keiner konnte sich zu einer dominanten Figur entwickeln. Das Florieren der Bank Mir war einer doppelten Taktik zu verdanken, mit der sie Cros den Umständen angepaßt hatte: einerseits durch den Erwerb von Gütern, deren Eigentümer der steigenden Besteuerungslast nicht gewachsen waren, andererseits durch eine wesentliche Verbesserung der Versicherungsbedingungen. Die Leitung der Bank und der Firmengruppe unterstand wie früher hauptsächlich drei Personen: Mateu Valentí (erster Bevollmächtigter der Bank, als Cros noch in Amerika lebte) war der allgemeine Koordinator und Verwalter des Vermögens, Joan Quevedo kümmerte sich um die politischen Angelegenheiten und die Kontakte zu den diversen Institutionen, und Dwight McCarthy, der auf Cros' ausdrücklichen Wunsch aus dem Ausland gekommen war, betreute den Industriesektor. Aber die leitenden Angestellten der Bank, die – obwohl sie innerhalb der Hierarchie weniger Macht besaßen – bei den wesentlichen Entscheidungen von Alexis Cros wahrscheinlich eine wichtigere Rolle spielten, waren Enric Marsili, ein Wirtschaftsfachmann aus Süditalien, dem seine Feinde enge Kontakte zur Mafia nachsagten, und Helena Castañeda, eine energische Galicierin, die in den Vereinigten Staaten studiert hatte; sie wurde von den gleichen bösen Zungen für einige sentimentale Anwandlungen des »Königs« Alexis Cros verantwortlich gemacht. Diese fünf Persönlichkeiten, in der Öffentlichkeit vor allem die ersten drei, hatten – wie man annehmen kann, mit seiner stillschweigenden Zustimmung – eine Art Schutzwall um den Bankier gebildet; das trug, zusammen mit anderen Tatsachen, wie etwa dem einen oder anderen finanziellen Willkürakt oder einer allzu offenkundigen und gewagten Spekulation, dazu bei, das Bild eines exzentrischen, paranoiden und tyrannischen Multimillionärs zu schaffen, das niemals korrigiert wurde, obwohl jeder, der mit Cros in direktem Kontakt stand, wußte, daß er – trotz seiner unvermeidlichen Neigung zur Hypochondrie – nichts von seiner offenen, intelligenten und großzügigen Art eingebüßt hatte, die ihm so gute Ergebnisse gebracht hatte und in gewissem Maß weiterhin brachte.

Unterdessen hatte das Leben der ehemaligen starken Männer der Bank einen sehr unterschiedlichen Verlauf genommen. Julian Flint hatte eine um zwanzig Jahre jüngere Witwe geheiratet, die von zwei Seiten her Millionärin war: durch ihr väterliches Erbe und durch das Vermögen ihres verstorbenen Mannes. Ihre erste Ehe war kinderlos geblieben, Flint jedoch gebar sie ein Mädchen, das sie Marina tauften, und einen Knaben, Benedicte. Julian Flint lebte vom Ertrag des Vermögens seiner Gattin, das groß genug war, um nicht zur Gänze von ihm verpraßt zu werden. Als er starb, wog er hundertvierzig Kilo, litt an Gicht, Zirrhose und allen möglichen anderen Krankheiten, die ein völlig ungeregeltes Leben hervorrufen kann. Die erneut verwitwete Frau heiratete wieder, diesmal einen hohen Verwaltungsbeamten, von dem später noch die Rede sein wird. Ihre Tochter Marina war in ihrem Hang zum Mondänen nach dem Vater geraten und in ihrer Überschwenglichkeit nach ihrer Mutter. Der Erbe hatte einen rebellischen, aufbrausenden Charakter. Schon zu Lebzeiten seines Vaters war es zu Problemen mit der öffentlichen Ordnung gekommen, was jedoch durch die gesellschaftliche Stellung der Familie bereinigt werden konnte; mit Zwanzig meldete er sich schließlich freiwillig zu den Söldnertruppen im Mittleren Osten, und seither gab es keinerlei Nachricht mehr von ihm.

Toni Colom widmete sich verschiedensten Geschäften und ging zweimal bankrott, bis er auf eine Goldader stieß, indem er den Export von Öl und Gemüse mit dem Import von Haushaltsgeräten verband. Die Probleme mit Finanzamt und Zoll machten ihn, abgesehen von anderen strafbaren Nettigkeiten in geschäftlichen Belangen, zu einem Stammgast bei Gericht. Der Schmuggel, die unbezahlten Wechsel, die Schuldenumschichtung und die ungedeckten Schecks waren seine Welt, wobei sie alle noch zu seinen harmlosesten Delikten zählten; aus den großen Coups, wie zum Beispiel der Schaffung eines ausgeklügelten Steuerhinterziehungssystems, ging er stets unbeschadet hervor. Die Heirat mit einem Mädchen aus gutem Hause verschaffte ihm Zugang zur Welt der Unternehmer und Politiker, die ihm bis dahin die kalte Schulter gezeigt hatten. Er hatte drei Söhne, und die sollten ehrbare Wege beschreiten. Bei den zwei jüngeren gelang ihm das: Einer ist Arzt, der andere Biologe, und von keinem der beiden ist eine verwerfliche Handlung bekannt oder auch nur irgendein Verhalten, das eines Kommentars würdig wäre; sie sind gutsituierte, durchschnittliche, respektable Herren, die pünktlich ihre unnötigen Schulden bezahlen. Der Älteste hingegen erbte von seinem Vater den Hang zu Falschspielerei und Betrug; er schrieb sich für zwei Fachrichtungen an der Universität ein, hängte das Studium jedoch nach den ersten Semestern an den Nagel. Schließlich holte Toni Colom seinen Sohn Robert (so hieß das schwarze Schaf) in seine Firma, und der würdige Nachfolger seines Vaters fügte sich viel besser in die dunkle, glitzernde Welt des zügellosen Kapitalismus ein als in die Welt der Studien.

1/0

An diesem Punkt unterbrach Andreas Rodin seine Erzählung und blickte in die Runde, um an den Gesichtern der Zuhörenden in aller Ruhe die Wirkung seiner letzten Bemerkungen ablesen zu können, die schließlich ein Urteil beinhalteten; niemand erhob Einspruch, also lächelte er erstaunt und fuhr fort.

0/1

Toni Colom schien es im Grunde zu gefallen, daß Robert in Aktivitäten aufging, die seinen ursprünglichen väterlichen Plänen keineswegs entsprachen. Die Wesensverwandtschaft der beiden war auch im privaten Bereich groß, und eine Zeitlang gingen sie abends gemeinsam aus. Für gewöhnlich sah man sie in den besten Restaurants in Begleitung junger, attraktiver Frauen, zu späterer Stunde in Pubs und Diskotheken, die gerade Mode waren, und in Sportwagen auf dem Weg zu einer Villa am Meer. Für Robert Colom wurde die Geschäftswelt bald zu eng; ihm war bewußt geworden, daß er über einen gewissen Charme verfügte, der es ihm leicht machte, andere Menschen in seinen Bann zu ziehen, und er begann sich für Politik zu interessieren. Die Industriellenvereinigung ebnete ihm den Weg, da sie in ihm einen möglichen neuen Imageträger sah, scheinbar unabhängig von den alten Dinosauriern und fähig, sich auf die Gewerkschaften einzustellen, gleichzeitig aber auch in der Lage, jene undurchschaubaren Bereiche zu beherrschen, die an den traditionellen Werten festhielten. Robert wurde Abgeordneter der Cortes und war, noch nicht dreißig, schon im Staatsapparat. Für Toni Colom, der seine Geschäftsmethoden keineswegs geändert hatte, stellte die Karriere seines Erben den unerwarteten Höhepunkt seiner Bestrebungen und die Möglichkeit dar, ohne die bisher gewohnten Schrecken und Hürden zu agieren. Durch Intrigen, wie sie in der Politik üblich sind – einer Bestechung hier und einer Drohung dort –, aber auch aufgrund unbestreitbarer Verdienste wurde Robert Colom schließlich Chef der Steuerprüfung, war also mächtiger und einflußreicher als der Finanzminister: Die gesamte Steuerpolitik war ihm unterstellt.

Nie gekannte Genugtuung erfüllte Toni Colom, und er kam auf den Gedanken, das eigene Glück mit fremdem Unglück noch üppiger zu machen. Sein zweiter, Jahre zurückliegender Bankrott mußte ihn in eine verzweifelte Lage gebracht haben, und als letzten Ausweg hatte er seinen ehemaligen Arbeitskollegen Alexis Cros um Hilfe gebeten. Aber Cros war in solchen Dingen unnachgiebig; er dachte an das dem alten Mir gegebene Versprechen, Flint und Colom ihrem Schicksal zu überlassen, und ließ sich durch die flehenden, unter Tränen vorgebrachten Bitten des Geschäftsmannes nicht erweichen. Ungerührt erinnerte er ihn daran, was die beiden dem alten Chef angetan hatten. Toni Colom hatte Rache geschworen, und seit es mit ihm finanziell wieder bergauf ging, ließ ihn der Gedanke daran nicht mehr los. Nun bot sich eine einmalige Gelegenheit, und er und sein Sohn, der von Jugend an mit der Geschichte vertraut war und den Groll seines Vaters völlig teilte, scheuten keinerlei Mühe. Die Bank Mir wurde mit dem Ziel, ihren wunden Punkt zu entdecken, heimlich und effizient unter die Lupe genommen.

Damals wurden die großen politischen Schlachten in der Geschäftswelt geschlagen. Das ist gewiß immer so gewesen, doch wurden die Auseinandersetzungen in anderen Epochen eher mit nationalen, religiösen oder sonstigen ideologischen Deckmäntelchen versehen. In jenem Jahrzehnt, in dem sich die Information übermäßig aufblähte, wurden – nicht weniger unheilvoll, weil wahllos und zögerlich – die Richtlinien, die eine Veränderung in der öffentlichen Meinung bewirken, ausgefiltert und zu Moden, Karikaturen, Klischees und Gewohnheiten gemacht. Das Ende der Auseinandersetzungen war nun schon nicht mehr ein verlorenes Spiel, eine verwelkte Rose oder die eingebüßte Ehre – so konnte man nicht einmal den Kindern gegenüber argumentieren –, auf die andere Seite zu wechseln war gängiger denn je. Die Bank Mir als einflußreiches Unternehmen stellte diesbezüglich keine Ausnahme dar. Seit sie im Besitz von Alexis Cros war, verfolgte sie ganz bestimmte wirtschaftliche und somit auch politische Interessen. In solchen Fällen war es immer schwierig, im Bereich der Legalität zu bleiben; doch die Zeiten, in denen große Firmen durch kleine Ausrutscher zu Fall gebracht wurden, waren fern. Es existierte aber weiterhin eine Art schlechtes Gewissen, unleugbares Relikt der Vergangenheit. Wie ihr schon bemerkt haben werdet, war Cros ein Idealist, ein in romantischen Bildern befangener Kavalier, und er hätte kaum eine Sache, die seinen materiellen Interessen fernstand, unterstützt, wenn er keine emotionale, patriotische oder politische Rechtfertigung gehabt hätte. Die Coloms fanden also heraus, daß die Bank Mir Aktivitäten finanziell protegierte, die von der Regierungspartei als subversiv bezeichnet wurden. Die Bank hatte ein Netz von Deckfirmen aufgebaut, um destabilisierende und terroristische Aktionen zu subventionieren (Ausdrücke, die damals in Mode waren). Nun stand noch der schwierigste Teil der Nachforschungen aus, nämlich die Beweisfindung.

Eines schönen Tages machte Robert Colom eine Entdeckung: Der zweitwichtigste Aktionär in der Firma seines Vaters, ein gewisser Josep Cases, unterhielt Geschäftsverbindungen mit einem Faktotum der Bank Mir, Enric Marsili. Coloms erste Reaktion war, seinen Untergebenen zu kontrollieren und ihn einem unerbittlichen Verhör zu unterziehen, doch als er sich alle Möglichkeiten und Konsequenzen ausmalte, erschrak er und verwarf diesen Schritt. Denn schließlich könnte dieser Cases Geldmittel oder den Namen der Familie in andere Geschäfte hineingezogen haben; er könnte außer sich geraten und Staub aufwirbeln oder aber Marsili, der schließlich als äußerst gerissen galt, so verpflichtet sein, daß er, wenn es darum ging, Farbe zu bekennen, sich für den anderen entscheiden würde; dann hätten sie keine Schwachstelle beim Gegner aufgedeckt, sondern ihm eine eigene dargeboten.

Josep Cases konnte nicht einfach so hinausgeworfen werden. Er lag altersmäßig zwischen Toni und Robert Colom, der größtenteils unter seiner Obhut die ersten Erfahrungen in der Geschäftswelt gemacht hatte. Toni Colom schätzte ihn sehr, da er auch in schwierigen Zeiten sein Mitarbeiter gewesen war. Die Angelegenheit war also heikel, und man mußte mit besonderem Feingefühl an sie herangehen. Robert Colom entschied sich für einen indirekten Weg: er wollte mit Felip Vilardaga, dem Geschäftsführer, sprechen, ihn mit der Überwachung von Cases betrauen und ihn ersuchen, ihn auf dem laufenden zu halten. Doch es fiel ihm sehr schwer, diesen Entschluß in die Tat umzusetzen; so war der Stand der Dinge, als etwas geschah, das alles durcheinanderwirbelte.

Zu den prunkvollsten Hochzeiten des Jahres zählte die der Enkelin eines berühmten Bildhauers mit Zacaries Uriach, Finanzsekretär der katalanischen Landesregierung, der *Generalitat*. Ich war gleich nach Studienabschluß als Beamter in seine Abteilung gekommen und hatte das Glück, durch ein paar Unternehmungen, die – vom guten Stern meines Neuanfangs begünstigt – vorteilhaft ausfielen, einen positiven Eindruck zu machen, und so gehörte ich zu den geladenen Gästen. Bei diesem Fest hatte sich die Hautevolee der katalanischen und teilweise der spanischen und französischen Intelligenz eingefunden, wie natürlich ebenso Direktoren der wichtigsten Unternehmen des Landes. Alexis Cros hatte sich entschuldigen lassen, was niemanden erstaunte, da der mächtigste Mann des Landes schon seit geraumer Zeit an keinem öffentlichen Akt mehr teilnahm. Damit jedoch seine Abwesenheit nicht als Geringschätzung aufgefaßt würde, schickte er seine engsten Mitarbeiter und seine damals wohl gerade zwanzigjährige Tochter Lluïsa zu dem Fest, die bei denen Aufsehen erregte, die wie ich ohne Begleitung gekommen waren. Sie besaß den durchdringenden, sicheren Blick eines Menschen, der mehr von der Welt gesehen hat als andere und glaubt, dadurch mehr Erfahrung zu haben, als es ihrem Alter entspricht; insgesamt strahlte sie den Willen aus, das Leben anzupacken. Im übrigen war sie eine echte Schönheit: hellbraunes Haar, graue Augen, schlank und sehr gut proportioniert, wundervolle Hände mit langen, feingliedrigen Fingern und gebieterische, anmutige Gebärden. Sie sprach ein leicht geziertes Katalanisch, was zweifellos auf ihre in Amerika verbrachte Kindheit zurückzuführen war. Die Angestellten ihres Vaters wichen nicht von ihrer Seite und behandelten sie wie eine Prinzessin.

Das Bankett war herrlich und ungezwungen; die Gäste bedienten sich an den langen Tafeln, die ständig von Kellnern mit neuen Speisen aufgefüllt wurden. Wein und Champagner flossen in Strömen, die älteren Leute zogen sich auf die in den Ecken im Halbkreis stehenden Stühle zurück. Dort wurde ich dem Präsidenten des Gerichtshofes, seiner Frau und seiner Tochter vorgestellt. Seine Frau, eine beeindruckende Dunkelhaarige, war die Witwe von Julian Flint; ihre Tochter Marina sah ihr sehr ähnlich, doch wirkte sie weniger extrovertiert. Ich wußte genauestens über die Geschichte von Flint und Cros Bescheid und war deshalb keineswegs erstaunt, daß ihre jeweiligen Nachfolger den ganzen Abend lang bemüht waren, weit voneinander enfernte Plätze einzunehmen.

Als die Feier schon eine Stunde dauerte, erschien Robert Colom, Chef der Steuerprüfung, und zog sämtliche Blicke auf sich. Er war in Begleitung von Cases und Vilardaga, und alle drei gingen geradewegs auf die Frischvermählten zu, um ihnen zu gratulieren. Die Umarmung von Uriach und Colom wurde von den Fotografen ausgiebig festgehalten, danach mischten sich die Neuankömmlinge, nach allen Seiten grüßend, unter die versammelte Gesellschaft. Ich befand mich unversehens an der Seite von Lluïsa Cros, die mir, von ihren seltsamen Begleitern verlassen, die Ehre gab, mit ihr allein zu sprechen.

»Das ist also der berühmte Robert Colom«, sagte sie geziert und beiläufig. »Kennst du ihn?«

»Nicht persönlich«, erwiderte ich, »aber ich glaube, ich werde ihn demnächst kennenlernen, sollten er und ich weiterhin im selben Bereich tätig sein. Im letzten Studienjahr hatte ich seinen Geschäftsführer, Felip Vilardaga, als Professor. Er hielt erst seit kurzem Vorlesungen, und da er keine Leuchte war, nannten wir ihn ›Fettnäpfchenritter‹«.

Ich bemerkte sofort, daß mir ein Ausrutscher passiert war, doch Lluïsa lachte lauthals, so daß ich aus der Fassung geriet; später (Jahre später, will ich sagen) vertraute sie mir an, daß mein Gesichtsausdruck, der den Worten folgte, sie so sehr zum Lachen gereizt hatte, nicht das Wort als solches. Lluïsa Cros begann von dem Moment an, mir ihre Beobachtungen mitzuteilen, und wies alle liebenswürdig ab, die uns unterbrachen, um mit ihr ein paar Höflichkeiten auszutauschen; schließlich machten wir gemeinsam harmlose, böse Witze und lachten hinter vorgehaltener Hand über die Leute, bis Colom und Vilardaga auf uns zukamen.

»Wie geht's, Rodin?« fragte mein ehemaliger Professor; doch weder er noch sein Vorgesetzter würdigten mich eines Blickes, ihre ganze Aufmerksamkeit galt vielmehr meiner Begleiterin, daraus schloß ich, daß sie wohl nicht hierhergekommen waren, um einen unbedeutenden Beamten zu begrüßen, und stellte sie der Tochter des Bankiers vor. Als ich Colom mit ihr bekannt machen wollte, kam er mir zuvor, ergriff ihre Hand und sah ihr feierlich in die Augen. Vilardaga erzählte Geschichten über einige Anwesende, doch keiner hörte ihm zu. Robert Colom wandte seinen Blick nicht von Lluïsa, und sie verhielt sich wie eine liebenswürdige junge Dame, die einem Verehrer lächelnd, aber abweisend zu verstehen geben möchte, daß er fehl am Platz ist. Colom schlug ihr vor, auf der Terrasse frische Luft zu schöpfen, brachte ihr Champagner, erkundigte sich, ob sie gern Ski laufe, und lud sie schließlich ein, auf seiner Jacht die griechischen Inseln zu bereisen. Lluïsa lachte, und ich konnte in ihrem Blick nicht den geringsten Hilferuf wahrnehmen.

Enric Marsili tauchte von hinten auf, als sich Colom soeben in einer Abhandlung über die klimatische Anpassung französischer Weinstöcke in Ungarn und die schlechte Verpflanzbarkeit des Vega-Sicilia erging. Der Chef der Steuerprüfung verstummte augenblicklich, hatte aber immer noch ein Lächeln auf den Lippen, das durch den Kontrast seinen mörderischen Blick noch verstärkte.

»Sprich weiter, lieber Freund; wie schade, daß es Gespräche gibt, die so empfindlich sind wie gute Weine.«

»Im Gegensatz dazu gibt es Essig, der keine Erschütterungen zu fürchten braucht«, erwiderte Colom. Lluïsa faßte mich am Arm und zog mich beiseite. Ich war erstaunt und fühlte mich ein wenig unbehaglich, weil ich keineswegs Spannungen mit Leuten heraufbeschwören wollte, die mich wie eine Ameise vernichten konnten. Lluïsa drückte mir kräftig beide Hände und sah mir fest in die Augen.

»Ich glaube, heute nacht habe ich in dir einen echten Freund gefunden.« Ich pflichtete ihr bei, fasziniert von der

Situation. Colom und Marsili, die sich weiterhin mit Worten erdolchten, bemühten sich, uns nicht aus den Augen zu verlieren. Lluïsa fuhr fort: »Du warst für mich heute abend eine der wenigen vertrauenswürdigen Personen.« Sie machte eine Pause, die es mir erlaubte, das Kompliment mit einem Achselzucken zu quittieren. »Versprich mir, daß ich auf deine Freundschaft zählen kann, was auch immer geschehen mag.«

»Was auch immer geschehen mag?« fragte ich, und augenblicklich bereute ich abermals, etwas gesagt zu haben. Eine derartige Bemerkung läßt auf Furcht oder, schlimmer noch, auf Schäbigkeit schließen; doch Lluïsa ging darüber hinweg und sagte mit Nachdruck:

»Versprich mir, daß du mir beistehen wirst, daß ich immer auf deine Hilfe bauen kann.«

Ich überlegte, inwieweit ihr Wunsch wirklich mein Mißtrauen übertraf und zwischen uns Distanz schuf. Schwüre und Versprechen vergiften die Gelassenheit, lassen Kleinmut und Resignation zutage treten und rechtfertigen durch die Garantie den Zweifel. So wie Lluïsa sich verhielt, konnte ihre Bitte nicht uneigennützig oder zufällig sein, also versprach ich es ihr, in der festen Absicht, sie dadurch zu einer Änderung ihrer Meinung über mich zu bewegen. Ich tat es gerade noch rechtzeitig, denn nun kamen die Vielbeschäftigten an, die sich wenigstens das Ende des Spektakels nicht entgehen lassen wollten. Lluïsa Cros freute sich sehr über die neuen Gäste und beeilte sich, sie mir vorzustellen.

»Patrici Ficinus und sein Sohn, Pere Ficinus.«

Der Vater war ein Mann in mittleren Jahren und schien sehr jung, um einen Sohn in meinem Alter zu haben. Pere Ficinus besaß einen guttrainierten Körper und war über die Maßen lebhaft und charmant. Wir verstanden uns auf Anhieb, und mir fielen vor allem sein Urteilsvermögen in bestimmten Bereichen und sein Akzent auf, der – wie bei Lluïsa – auf eine fremde Herkunft deutete. Patrici holte ihn, um ihn dem Brautpaar vorzustellen. Ich fand es seltsam, daß der Vater alle Anwesenden, der Sohn hingegen niemanden zu kennen schien. Ich sprach mit Lluïsa darüber, und sie sagte spöttisch:

»Du bist ein guter Beobachter; du liegst ganz richtig, er ist sein Adoptivsohn, seine Geschichte ist sehr unterhaltsam. Komm doch anschließend noch mit uns mit, wir werden ihn bitten, sie dir zu erzählen.«

Der letzte Gast zog meine Aufmerksamkeit auf sich: Er war ungefähr in meinem Alter und sah blendend aus. Lluïsa war wie ausgewechselt, als er hereinkam, und das war wohl der Hauptgrund für mein Interesse: Sie strahlte übers ganze Gesicht, ihre Augen glänzten, das lebendige Bild der Verliebtheit. Der geheimnisvolle Gast umarmte die Brautleute, begrüßte ein paar weitere Bekannte (unter ihnen Mateu Valentí und Patrici Ficinus) und traf schließlich wie zufällig auf Lluïsa. Beide wollten offensichtlich ihre Gefühle verbergen, doch sein Gesichtsausdruck glich dem ihren. Ich beobachtete Colom, der vor Zorn rot angelaufen war. Bald darauf verschwand Lluïsas rätselhafter Kavalier und ließ sie wie in einen Traum versunken zurück. Ich beschloß, taktvoll zu sein; unser gegenseitiges Vertrauen war noch zu frisch, und außerdem hatte ich ihr bedingungslose Freundschaft versprochen, die nicht gleich mit zudringlichen Fragen beginnen durfte.

Die Gäste verabschiedeten sich allmählich, und ich wollte mich anschließen, doch Lluïsa hielt mich zurück und sagte, daß Ficinus uns noch zu einem Gläschen zu sich nach Hause gebeten hätte. Ich nahm die Einladung an; eine halbe Stunde später befand ich mich mit Lluïsa, Mateu Valentí, Helena Castañeda, Enric Marsili, Ficinus' Vater und einer Freundin von Lluïsa in einer Villa in Vallvidrera. Pere Ficinus entschuldigte sich, weil er am nächsten Morgen früh aufstehen mußte; ich musterte ihn, bevor er sich zurückzog: Er hatte eine breite Stirn und außergewöhnlich große, wache schwarze Augen. Ich weiß nicht, welche Gedankenverbindung mich auf die Idee brachte, daß er wohl zu den Personen gehören mußte, denen nichts entging und die im Leben eher durch ihren gesunden Menschenverstand und ihre Wendigkeit vorankommen als durch eine brillante Intelligenz.

In seinem Haus hatte ich Gelegenheit, unseren Gastgeber in aller Ruhe zu betrachten. Patrici Ficinus war jünger, als er aussah; er wirkte wie fünfundvierzig, war aber nach eigenen

Angaben zehn Jahre jünger. Er strahlte eine merkwürdige, auf ein Leiden hinweisende Abgeklärtheit aus, wie ein schwerkranker Mann, der sich in eine Art resignierte Heiterkeit flüchtete, so als könnten ihm keinerlei Unbilden des Lebens mehr etwas anhaben. Er besaß sehr herzliche Umgangsformen, interessierte sich für meinen Namen und meine Herkunft, und ich mußte ihm erklären, daß meine Familie aus Belgien stamme, wo noch immer ein wichtiger Zweig lebe, und daß ich deshalb die Gelegenheit gehabt habe, dort nach dem Studium meine Kenntnisse zu vertiefen. Lluïsa Cros unterbrach uns.

»Meine Freunde«, sagte sie und deutete dabei auf mich und das Mädchen, das man mir vorzustellen übrigens vergessen hatte, »würden sich sehr freuen, die Geschichte deines Sohnes zu hören.«

Ficinus lächelte zustimmend, so als hätte er damit gerechnet, und Lluïsa fühlte sich bemüßigt, eine Erklärung abzugeben, die, so schien mir, sich eher an Ficinus als an uns Zuhörer richtete und ihm ihre Bewunderung und ihren Respekt ausdrückte:

»Es ist eine außergewöhnliche Geschichte, und obwohl sie wahrscheinlich von Mund zu Mund geht, bekommen sie nur Leute, die sie zu schätzen wissen, von Patrici selbst zu hören.«

Wir dankten ihr für dieses Kompliment, und Ficinus begann mit der Erzählung.

1/2

Geschichte des Patrici Ficinus

Wie ihr alle wißt, waren die Ramblas und die nahe am Meer gelegenen Viertel Barcelonas zu meiner Studentenzeit (will heißen vor ungefähr fünfzehn Jahren) etwas ganz anderes als heute. Die alten Leute fanden schon damals alles verwahrlost, verglichen mit ihren Jugenderinnerungen. Nach dem, was ich einst gesehen habe und wie es heute ist, kann ich nur bestätigen, daß Verfall und Zerstörung linear fortgeschritten sind.

Damals (verzeiht mir, daß ich so spreche, als läge alles fünfzig Jahre zurück, aber manchmal scheint es mir so) war es üblich, in der Gruppe auszugehen (dabei konnten wir zwei oder dreißig sein); wir starteten um sieben Uhr abends in den Kneipen des Barri de la Merçè, dann aßen wir bei Cleo oder auf der Plaça del Pi zu Abend oder stärkten uns bei Romescu mit schwarzen Bohnen, Hackfleisch, Spiegelei und gebratenen Bananen, oder gingen zum Chinesen gleich an der Plaça San Jaume; anschließend folgte ein beinahe schon zum Ritual gewordener Streifzug durch die Straßencafés der Plaça Reial, das American Soda und das Texas (beide mittlerweile verschwunden), das Marsella, das London, den Kiosk in der Cassalla, und zur Abwechslung gingen wir zwischendurch ins Enfants Terribles oder ins Villa Rosa tanzen; das dauerte bis in die frühen Morgenstunden; die wenigen, die durchhielten, begaben sich noch in den Carrer Lancaster, um Teigschnecken mit Kürbiskonfitüre und Zucker zu verspeisen, oder versorgten sich im Parc de la Ciutadella mit heißer Schokolade und *Xurros*. Endstation war der Kiosk an der Plaça de Palau oder der Drugstore beim Liceu, der nur zum Saubermachen eine Stunde geschlossen war. Oft wurde es schon hell, und wir sahen die Sonne über dem Hafen oder direkt über den Ramblas aufgehen. All das bestritten wir mit finanziellen Mitteln, die heute nicht einmal mehr für einen Cognac reichen würden. Es war damals unüblich, daß Jugendliche (zumindest galt das für mich und meine Bekannten) über größere Geldsummen verfügten, und am Wochenende aus Barcelona hinauszufahren blieb einigen wenigen Privilegierten vorbehalten. Ich erinnere mich, daß ich mir, mit tausend Peseten in der Tasche, von Freitag abend bis Montag früh wie ein König vorkam.

Eines Abends ging ich mit einem Mädchen ins Café de l'Òpera; ich konnte mir gut vorstellen, mit ihr die ganze Nacht zu verbringen. Wir kamen vom Passatge Sanlúcar, wo wir ein paar Flaschen Manzanilla-Wein geleert hatten (natürlich kleine, glaubt bloß nicht, wir hätten nicht mehr gewußt, was wir taten). Wir setzten uns an einen der hinteren Tische, und ich begann wie der ärgste Dilettant unter den Sophisten zu philosophieren, immer berauschter von der betörenden Wirkung meiner Worte. Plötzlich tauchte eine Bande kleiner Jungen auf. Alle vier trugen Lumpen und starrten vor Dreck, als wären sie in ihrem ganzen Leben noch nie mit Wasser in Berührung gekommen; die beiden kleineren liefen barfuß; der Rotz rann ihnen übers Gesicht, zog Spuren im Schmutz, sie waren kahlgeschoren wie Schafe. Sie gingen von Tisch zu Tisch und baten die Leute um Geld; damals hatte das noch nicht solche Ausmaße angenommen wie heute, und fast immer ließ irgend jemand etwas springen. Sie kamen an unseren Tisch und stürzten sich mit aufgehaltenen Händen auf uns. Ich bewachte für alle Fälle meine Brieftasche und schüttelte die Jungen rücksichtslos ab. Meine Begleiterin musterte sie mit einer Mischung aus Ekel und Herablassung und bemühte sich, ihr Lächeln nicht zu verlieren. Die Jungen reagierten nicht; der kleinste von ihnen begann mit den Knöpfen meines Sakkos zu spielen: Er war höchstens fünf Jahre alt, und sein Atem roch nach Wein. In einer plötzlichen Anwandlung sagte ich zu ihnen, daß sie mir keine einzige Münze entlocken könnten, wenn sie aber etwas essen wollten, dürften sie sich zu uns setzen. Das ließen sie sich nicht zweimal sagen. Jeder schnappte sich unverzüglich einen Stuhl, und dann bestellten sie heiße Schokolade, cremegefüllte Krapfen, Croissants und Teigschnecken. Ich weiß bis heute nicht, wie ich auf diese Idee gekommen bin; wir sahen ihnen bloß zu, wie sie gierig alles verschlangen, und jeder meiner Versuche, mit ihnen ein Gespräch anzuknüpfen, scheiterte daran, daß ihre Mundwerkzeuge mit wichtigeren Dingen beschäftigt waren. Als sie mit dem Essen fertig waren, murmelten sie gerade noch »Wiedersehen« und verschwanden. Meine Begleiterin und ich verstrickten uns in eine ausgedehnte Diskussion über den Vorfall: Sie bezichtigte mich des schlechten Gewissens eines gescheiterten Revolutionärs und meinte, die Welt käme nicht durch Wohltätigkeitsgehabe in Ordnung, sondern nur, indem man die Probleme des gesamten Systems an der Wurzel packte; ich fühlte mich zutiefst unverstanden und erwiderte in der Absicht, sie zu verletzen, ihre Reaktion wäre die Entrüstung eines bürgerlichen Mädchens, das mit ein paar verlausten Jungen am selben Tisch gesessen hatte; außerdem irre sie sich gewaltig, wenn sie annähme, ich sei einer dieser Dummköpfe, die glaubten, als Erlöser auftreten zu müssen. Alles in allem sehr emotionsgeladen.

Wir diskutierten noch weiter, und so dauerte eine Nacht, von der ich dachte, sie so gegen zwei Uhr in die richtigen Bahnen gelenkt zu haben, aus diplomatischen Gründen bis sechs Uhr morgens; ich war mit zwanzig sehr stur (und vielleicht auch sehr vernagelt), und bevor ich mich unterkriegen ließ, ging ich lieber allein zu Bett.

Als ich drei Wochen später, an einem Nachmittag, mit zwei Freunden am selben Tisch saß, tauchten die kleinen Straßenjungen wieder auf, von oben bis unten schmutzverkrustet; sie erkannten mich sofort. Sie gingen geradewegs auf mich zu, begrüßten mich, als wären wir Verwandte oder seit ewigen Zeiten miteinander bekannt. Ich freute mich so sehr darüber, daß es allen, sogar mir selbst, absurd vorkam. Sie baten mich ganz frech, sie zum Essen einzuladen, und ich tat es. Sie bestellten das gleiche wie beim erstenmal, aber diesmal die doppelte Menge. Während sich meine Freunde in Gesprächen über das Thema ergingen und die anderen die Kuchen in sich hineinstopften, zerbrach ich mir, so erinnere ich mich, den Kopf, was denn der Grund für mein Verhalten sein könnte. Ich war mir keines Mangels an Zuneigung bewußt, und mich hat auch niemand auf einen solchen hingewiesen, ebensowenig ließen sich mir karitative Anwandlungen einer reichen, gelangweilten, alleinstehenden Dame nachsagen. Ich war vielmehr von einem absonderlichen Drang erfaßt worden, ein unerreichbares Ziel zu erlangen, und fühlte mich nun meinen Freunden gegenüber wie ein Tierbändiger, der es fertiggebracht hat, daß ihm ein paar junge, besonders gefährliche Raubtiere aus der Hand fraßen. Ich erinnere mich vor allem an den Jüngsten, der – wie das so oft der Fall ist – am aufgewecktesten war, als erster seine Portion verdrückt hatte und dann versuchte, den anderen etwas zu stibitzen; seine Augen funkelten unbarmherzig wie die eines Frettchens, das zum Sprung ansetzt. Ich konnte ihm nichts weiter entlocken, als daß er Perico hieß und nicht wußte, wo seine Eltern waren.

In jenem Winter wiederholte sich die Szene noch ein paarmal, und die wachsende Zutraulichkeit der von mir eingeladenen Bande – vor allem die Pericos, den ich ins Herz geschlossen hatte – verschreckte die Freunde, mit denen ich ausging, aber zum Glück waren es nicht immer dieselben. Danach vergingen Jahre, in denen ich aus Gründen, die hier nichts zur Sache tun, kaum auf den Ramblas flanierte; mich trieb es nachts vor allem in das Ribera-Viertel und nach Gràcia. Ich hatte keine altruistischen Phantasien mehr.

In einer Johannisnacht war ich mit einer ganzen Gruppe von Freunden im Morgengrauen auf der Plaça Reial. Unter den Arkaden näherte sich ein lärmender Haufen Kinder, die sich singend und händeklatschend von Tisch zu Tisch bewegten und einen kleinen Teller herumgehen ließen. Ich erkannte den Anführer der Bande sofort wieder: Es war mein Freund Perico. Als er mich bedrängte, um mir eine Spende zu entlocken, sah ich, daß die Zeit nicht spurlos vorübergegangen war. Er mußte nun ungefähr acht Jahre alt sein, seine Augen wirkten noch lebhafter, doch ich fühlte, daß ich ihm keine heiße Schokolade mit Schlagsahne und Teigschnecken mehr anbieten konnte, was um diese Zeit und an diesem Ort auch schwierig gewesen wäre. Ich gab ihm hundert Peseten (das war damals gar nicht wenig) und fragte ihn treuherzig, ob er sich noch an mich erinnere. Er wandte sich ab, ohne mir überhaupt zuzuhören, völlig damit beschäftigt, seine Kumpane zu beaufsichtigen und das Absammeln eifrig fortzusetzen. Ich lächelte, weil ich mich dabei ertappt hatte, eine Geste der Dankbarkeit zu erwarten. Was hast du dir denn vorgestellt? fragte ich mich, vielleicht entdeckst du noch, daß du im Grunde kein Romantiker bist, sondern ein gescheiterter Philanthrop, der die Launen seines Wollens befriedigen möchte.

Im darauffolgenden Herbst sah ich Perico wieder, allerdings unter ganz anderen Umständen. Ich ging allein durch den Carrer Ferran in Richtung Plaça de Sant Jaume und stieß auf einen Streifenwagen mit Blaulicht. Einer der Polizisten, der mit einigen Neugierigen diskutierte, war Ramon. Er stammte aus dem Heimatdorf meines Vaters, und wir kannten uns von Kindesbeinen an. Er war nach Barcelona gekommen, um sein Glück zu machen, und schließlich Polizist geworden; nachts begegneten wir uns relativ oft in der Stadt.

»He, Ramon, was ist los?« fragte ich ihn.

»Das siehst du doch«, und ich sah es augenblicklich: Sie hatten einen Jungen geschnappt, und dieser war Perico. Die Lage war sehr angespannt.

Sie hatten ihm die Arme auf den Rücken gedreht, seinen Oberkörper gegen die Motorhaube gepreßt, und ein paar Polizisten hörten sich die Aussagen der Leute an. Einer Frau war die Handtasche entrissen worden, Perico wurde der Tat verdächtigt; er war Ramon und einem Kollegen an einer Straßenecke direkt in die Arme gelaufen, und sie hatten ihn festgenommen. Wie befürchtet, gehörte Perico zu den bekanntesten Gaunern und besaß sämtliche Voraussetzungen dafür, daß ihm das Delikt angelastet wurde.

Ich spitzte die Ohren. Die Sache schien nicht klar zu sein, denn man hatte nichts bei ihm gefunden.

»Er muß sie einem Komplizen gegeben haben«, kreischte die Frau völlig außer sich. Dann stellte sich jedoch heraus, daß sie den Dieb gar nicht richtig gesehen hatte und also nicht mit Sicherheit sagen konnte, ob es wirklich Perico gewesen war.

»Keine Sorge«, merkte der Chef der Patrouille an, »wir nehmen ihn mit, und in ein paar Stunden wird er schon alles ausspucken, sogar den Namen seiner Ururgroßmutter.«

Diese Aussichten veranlaßten mich, einzugreifen.

»Ramon, ich kenne diesen Jungen, er kann es nicht gewesen sein, weil er bis vor kurzem noch mit mir zusammen war.«

Alle drehten sich ziemlich erbost nach mir um, und eine Diskussion entflammte. Ramon zog mich zur Seite und nahm mir das Versprechen ab, ihn eines Tages über meine Beziehungen zu diesem Al Capone in spe aufzuklären. Perico benahm sich übrigens äußerst vergnüglich; vor vier Monaten hatte er sich mir gegenüber zu keinem Sterbenswörtchen herabgelassen, und nun, wo er wußte, daß es ihm an den Kragen ging, fing er hemmungslos zu schreien an, daß schon unsere Eltern miteinander befreundet gewesen wären, daß ich ihn seit seiner Geburt kenne und sein Taufpate sei, daß wir die letzten zwei Tage ununterbrochen zusammen gewesen wären, wir hätten uns nicht einmal getrennt, um – Verzeihung, die Damen, aber er hat es so gesagt – scheißen zu gehen. Ramon machte mich darauf aufmerksam, daß ich, wenn sie ihn laufen ließen, gewissermaßen die Verantwortung für ihn zu übernehmen hätte, und ich stimmte zu. Die Bestohlenen blieben mit den Polizisten zurück, löcherten sie mit Fragen nach dem Verbleib der Handtasche und verlangten nach einem Schuldigen, während Perico und ich den Carrer Ferran hinaufgingen.

»Du kannst von Glück reden, daß die keine stichfesten Beweise gegen dich hatten«, schalt ich ihn, weil ich mich irgendwie dazu verpflichtet fühlte, doch im Inneren amüsierte mich die ganze Geschichte.

Als wir an der Kreuzung angekommen waren, rannte er los wie ein Teufel und wäre mir beinahe entwischt; doch ich war damals ziemlich flink, und da ich längere Beine hatte als er und in Form war, holte ich ihn ein. Ich packte ihn so fest am Arm, daß ein erwachsener Mann aufgeschrien hätte, doch Perico war Härteres gewöhnt. Er blickte mich resigniert lächelnd an, wie jemand, der sich angesichts eines Ungemachs mit Geduld wappnet.

»Barmherzigkeit für den Unglücklichsten der Unglücklichen, den elendsten Wurm«, kreischte er theatralisch.

»Du könntest mir zumindest sagen, ob du die Tasche geklaut hast oder nicht!«

Der kleine Bandit riß gekränkt die Augen auf.

»Ich? Woher denn! Wie soll ich es getan haben, wo ich doch den ganzen Abend mit dir zusammen war?«

Um mir Respekt zu verschaffen, hätte ich ihm eine Ohrfeige verpassen müssen, aber ich entschied mich, zu lachen. Ich fragte mich, welches Recht ich hätte, mich in das Leben anderer Menschen einzumischen, selbst in einem Fall wie diesem oder gerade in einem solchen. Was ging es mich letztlich an? Daß er gestohlen und das Corpus delicti einem Kumpanen zugesteckt haben mochte, änderte gar nichts an der seltsamen Zuneigung, die ich für ihn empfand. Dieses Gefühl, das ich, quijotesk, als großmütige und gütige Seite meines Wesens interpretierte, rührte mich.

»Komm, gehen wir etwas trinken.« Doch da er zögerte, mißtraute ich meiner Überzeugungskraft, ich sah mich gezwungen, ihm die Sache mit anderen Mitteln schmackhaft zu machen: »Wenn du mitkommst, gebe ich dir tausend Peseten«, das war damals ein Vermögen.

Er antwortete unbeeindruckt: »Wie spät ist es?«

Soviel Gleichmut empörte mich. Pericos Problem mit der Uhrzeit hatte natürlich nichts damit zu tun, daß er ins Bett mußte, sondern bedeutete, daß die nächtliche Beute noch nicht ausreichte, um sich zurückzuziehen. Ich packte ihn mit einer Hand an der Jacke, mit der anderen am Hals.

»Genug der Scherze, verstanden? Du kommst jetzt mit, sonst mache ich dich einen Kopf kürzer …«

2/1

Hier unterbrach Patrici Ficinus die Geschichte und entschuldigte sich minutenlang bei Lluïsa Cros, ihrer Freundin und Helena Castañeda, die schon seit einiger Zeit herzlich lachte. Er wies darauf hin, daß es schon sehr spät und darum besser wäre, den Rest ein andermal zu erzählen. Aber wir baten ihn alle, fortzufahren.

1/2

Perico und ich gingen in eine Bar; er kletterte auf einen Hocker und bestellte spöttisch, mit den Ellbogen auf dem Tresen, ein Bier.

»Nichts da«, sagte ich zum Kellner (erinnert euch, daß Perico acht oder höchstens neun Jahre alt war), »bringen Sie ihm ein Glas Milch.«

Ich hieß ihn an einem Tisch Platz nehmen und setzte mich ihm gegenüber.

»Hat der Herr noch weitere Befehle?« gab er mir zurück,

wobei er – sehr zur Erheiterung des Nachbartisches – eine militärisch stramme Haltung einnahm. In jener Nacht gelang es mir, einiges aus Perico herauszulocken; mein Eindruck, daß er ein Erzgauner war, bestätigte sich, doch entdeckte ich an ihm auch einen Charme und eine natürliche Intelligenz, mit der er auf anderem Gebiet hätte glänzen können. Aber dem armen Jungen blieb ja gar keine Wahl. Er erzählte mir, daß seine Freunde in La Mina wohnten, und er schlief, wo es gerade ging: heute bei dem einen zu Hause, ein andermal unter der Brücke, er mußte sich durchschlagen. Ich gab ihm die versprochenen tausend Peseten, dann verabschiedeten wir uns, nachdem ich ihn unter Drohungen, aber wenig zuversichtlich schwören ließ, schnurstracks zu Chorro zu gehen (so hieß sein Freund, der nun ziemlich sicher im Besitz der geraubten Handtasche war). Ich blickte ihm nach, und es war mir nicht wohl dabei. Vielleicht hätte ich ihn mit nach Hause nehmen sollen, dachte ich. Am Wochenende war die Familie nicht da, und niemand hätte etwas bemerkt. Doch ich hatte es aus irgendwelchen Gründen nicht getan, und ich konnte nur hoffen, daß er sich in dieser Nacht nicht noch einmal erwischen ließ, denn sonst würde ich es mit Ramon zu tun bekommen.

Der Winter war schrecklich. Barcelona hatte seit vielen Jahren, laut Statistik seit dem vorigen Jahrhundert, nicht mehr so tiefe Temperaturen erlebt. In den Nächten fiel das Thermometer auf sieben oder acht Grad unter Null, tagsüber lagen die Höchstwerte bei vier bis fünf Grad. Mehrere Leute, die unter freiem Himmel schliefen, erfroren. In der Silvesternacht waren die für gewöhnlich belebten Straßen menschenleer. Gegen ein Uhr waren Nase und Ohren gefühllos vor Kälte, und ich beschloß, mit meinen Freunden den Heimweg anzutreten.

Als wir den Passeig de Gràcia hinaufgingen, erblickte ich in einem Hauseingang unverwechselbare Augen.

»Perico«, rief ich aus, doch er rührte sich nicht. Perico war nie rundlich gewesen (wovon hätte er es auch sein sollen), besaß aber Schwung und Energie, die bei Kindern aus reichem Haus selten sind. Das hier war nun ein Schatten des Perico, den ich kannte. Er bestand nur noch aus Haut und Knochen; er hatte dunkle Ringe unter den Augen, Ohren und Lippen waren blau und sein Gesicht beängstigend blaß. Er machte den Mund nicht auf, er schlotterte. Ich bemerkte, daß seine Kleidung raschelte: Er trug unter Jacke und Hose Zeitungspapier, und die Sohlen seiner Schuhe waren so durchgewetzt, daß er nahezu mit bloßen Füßen den Boden berührte.

Ich hatte mit zwei Studienkollegen ein Appartement in Sarrià gemietet, das wir zum Arbeiten nutzten. Es standen aber für alle Fälle auch ein paar Betten darin. Ich packte Perico, der sich kaum auf den Beinen halten konnte, und brachte ihn dorthin.

Am ersten Tag fürchtete ich um sein Leben. Er war katastrophal unterernährt, und ich hatte Angst, ihm zuviel auf einmal zu essen zu geben, denn ich hatte gehört, daß das schädlich sei. Am Abend bekam er hohes Fieber; vielleicht hatte er eine Lungenentzündung? Ich erschrak und rief unseren Hausarzt.

Der Arzt stellte Hunger und Erschöpfung fest und meinte, mit Ruhe und guter Ernährung würde er bald wieder zu Kräften kommen. Und so geschah es.

Nach ein paar Tagen entpuppte sich Perico als erstaunlich kluger Kopf. Als er zu uns kam, war er beinahe Analphabet; um drei Zeilen zu entziffern, brauchte er zehn Minuten, aber das hinderte ihn nicht, in sämtlichen Büchern und Skripten, die er in der Wohnung finden konnte, herumzustöbern. Das erste Mal machte ich einen ziemlichen Wirbel, weil ich annahm, er hätte nur sinnlos herumgeschnüffelt; doch dann verblüffte er mich, als er mir gezielte Fragen über Geschichte, Zivilrecht und Physiologie stellte (einer meiner Freunde studierte Medizin, der andere Jura), worauf ich ihm erlaubte, alles zu lesen, was er wollte.

Ähnlich war es mit der Musik. Er entwickelte ein richtiges Faible für Klassik, er hörte sie, bis wir den Plattenspieler ausschalteten, und dann pfiff er die Melodie von der ersten bis zur letzten Note. Mit Vorliebe lauschte er den mittelalterlichen und den zeitgenössischen Komponisten, die wir erstanden hatten, weil wir uns der Kultur verpflichtet fühlten, um nicht zu sagen aus Snobismus. Guillaume de Machault, der Gregorianische Gesang schienen ihm ebenso zu gefallen wie Nono oder Stockhausen, was uns mit einer gewissen resignierten Verzweiflung erfüllte.

Nach einer Woche herrschte in der Wohnung ein heilloses Durcheinander. Um dem Ganzen die Krone aufzusetzen, brachte einer meiner Freunde eines Nachts ein Mädchen mit, hinter dem er schon seit längerer Zeit her war. Und als die Sache ins Laufen kam und sie sich schon Pullover und Schuhe ausgezogen hatten, stürmte Perico, das Gesicht mit meinen Aquarellfarben bemalt, wie verrückt brüllend und mit einem Küchenmesser in der Hand, ins Zimmer; das Mädchen ergriff, wie von einem Dämon besessen, die Flucht, und mein Freund war stocksauer. Sowohl er als auch der andere hatten das kleine Monster satt und stellten mir ein Ultimatum, also blieb mir nichts anderes übrig, als mit ihm zu sprechen.

»Schau, Perico«, sagte ich zu ihm, »du mußt hier weg. Wenn es meine Wohnung wäre, gäbe es kein Problem, aber du mußt einsehen …«

»Aber«, unterbrach er mich, »es war doch nur ein Scherz! Ich habe mich auch schon bei ihm entschuldigt …«

»Darum geht es nicht. Du mußt verstehen, daß wir hier zu dritt sind und die Wohnung in erster Linie zum Lernen benutzen.« Mir schien es angebracht, die akademische Seite hervorzukehren, da ich befürchtete, Perico könnte sagen, wir hätten sie wegen ganz anderer Dinge gemietet; doch alles nahm eine unerwartete Wendung.

»Ich möchte auch lernen.«

Er zählte mir auf, was er in den letzten Tagen gelernt hatte; es war wirklich erstaunlich für jemanden, der nach eigenen Angaben als Sechsjähriger nur ein Jahr die Schule besucht hatte. Als ihm die Argumente ausgingen, begann er zu weinen, und das verblüffte mich genauso. Gespielt oder echt, jedenfalls rannen Tränen über sein Gesicht, während er mir sagte, daß er mich nicht verlassen wollte, und es gelang ihm tatsächlich, mich zu rühren. Am Ende schlossen wir ein Abkommen: Tagsüber mußte er allein zurechtkommen, und für die Nacht hielten wir ihm ein Bett bereit, bis es draußen wieder warm würde. Er verpflichtete sich im Gegenzug, einmal die Woche den Fußboden zu fegen und zu schrubben, keine Skripte anzurühren und, wenn er lesen wollte, immer nur ein Buch herauszunehmen und es danach wieder an seinen Platz zurückzustellen. Ich fügte eine letzte Klausel hinzu: Niemand würde ihn fragen, was er außer Haus treibe, doch es sei ihm verboten, die Wohnung als Stützpunkt für seine Unternehmungen zu verwenden, geschweige denn als Materiallager.

Die Freunde hätten mich am liebsten umgebracht, doch mit der Zeit gewöhnten sie sich an die nächtliche Anwesenheit Pericos, der wie ein Ehrenmann Wort hielt und sämtliche Bedingungen übereifrig erfüllte. Oft bat ich ihn, mir sein Leben zu erzählen, doch er tat es nie wirklich offen, zumindest schien mir der Kern der Dinge im Dunkeln zu bleiben.

In drei Monaten las er beinahe alle unsere Bücher, in erster Linie die Weltliteratur, und vervollkommnete seine Kenntnisse in Grammatik; hatten sie zu Beginn etwa der eines Fünfjährigen entsprochen, waren sie nun so korrekt wie die eines guten Abiturienten.

Ich glaube nicht, daß uns die Tragweite unseres Verhaltens bewußt war, aber niemand hätte es damals als ein Divertimento des Engagements betrachtet; um die Sache ernst zu nehmen, hätten wir uns ganz auf sie einlassen müssen, und das konnten wir uns nicht erlauben.

Noch bevor wir achtzehn waren, hatten wir das Tao gelesen, wußten etwas über Zen und die Philosophie der völligen Selbstentäußerung, über das Nicht-Tun und die Leere; wir hatten Bach gehört und geglaubt, Sphärenmusik, die von der Transzendenz verborgene und beschützte Sprache und den trügerischen Schein des Alles und des Nichts zu ahnen. Wir wußten, was uns am Ende des Weges erwartete und daß uns dieses Wissen hilfreich sein würde, doch war uns auch bewußt, daß wir, damit wir all das als unsere eigene Erfahrung erlebten und notfalls uns auch wieder davon lösen könnten, den Weg nicht verlassen durften; alles Wissen, mit dem man versucht, über die eigene Erfahrung hinauszugehen, das heißt über die gefühlsmäßige Realität, ist dazu verdammt, zu einem nutzlosen Werkzeug zu werden, mit dem umzugehen man nicht gelernt hatte.

Eines Tages fanden wir einen Zettel in der Wohnung vor. Perico teilte uns mit, er habe beschlossen, zu verschwinden, ohne uns noch einmal zu sehen, weil ihm die Verabschiedung schwergefallen wäre. Meine Freunde und ich blickten uns an: Erfüllte er damit die getroffene Vereinbarung, daß er gehen mußte, sobald die schöne Jahreszeit anbrach? Wir hatten diese Klausel längst vergessen und setzten uns erstaunt, und, warum es nicht zugeben, ein wenig niedergeschlagen hin. Sicher, dachte ich (dachten wir alle drei, aber keiner sprach es aus), hatte Perico ein großes Ding gedreht und keinen anderen Ausweg gewußt, als sich aus dem Staub zu machen. Wie dem auch sei, wir sahen ihn nicht wieder.

Nach Abschluß meines Studiums erhielt ich ein Stipendium und lebte ein Jahr lang in Mailand. Alles lief gut für mich, und mir wurde Arbeit in Rom angeboten, später in Paris. Ich wollte Amerika kennenlernen und verbrachte weitere zwei Jahre dort. Insgesamt waren seit meinem Aufbruch nach Mailand sechs Jahre vergangen, als ich nach Hause zurückkehrte, ausgestattet mit fachlicher Anerkennung in Praxis und Lehre, was mir ermöglichte, unter den Angeboten auszuwählen und sogar Bedingungen auszuhandeln.

Eine der ersten Nächte verbrachte ich damit, die Plätze meiner Jugend aufzusuchen. Die Stadt schien mir grundlegend verändert. Ab zehn Uhr abends war schon niemand mehr auf der Straße, und das schillernde, bunte Gewimmel war einer Klasse von Menschen gewichen, die sich nach der neuesten Mode kleideten und durch nichts zu beeindrucken waren; es gab aber auch die Arbeitslosen, gefangen in ihrer Verzweiflung, die in der Gleichgültigkeit wurzelte. Meine Stadt war unwirtlich, und ich dachte wehmütig an die besten Augenblicke der Vergangenheit, vor allem an die nächtlichen Streifzüge von der Gran Via hinunter in Richtung Meer.

Der Entschluß, nach Hause zu fahren, bevor sich meine Depression ausbreitete, war schon gefaßt, es fehlte mir nur noch ein Taxi. Ich bog in irgendeine Gasse ein, die zur Via

Laietana führt. Zwei Gestalten lehnten mit dem Rücken an einer Hauswand und rauchten. Da es nicht warm war, lief ich schnell und sah nicht zu ihnen hin. Plötzlich stellte sich einer mitten auf die Straße und versperrte mir den Weg.

»Her mit der Kohle.«

In seinem Tonfall lag die absolute Sicherheit, das Geld zu bekommen. Ich drehte mich um. Der andere stand hinter mir und zückte ein Messer. Heute könnte ich nicht mehr sagen, wie groß es war, damals erschien es mir jedenfalls wie ein Krummsäbel. Mein Kopf war völlig leer, so als ob sich die reale Welt mit irrsinniger Geschwindigkeit verkehrt und alles eine andere Dimension erhalten hätte. Die Sekunden kamen mir wie Stunden vor. Ich erwog die Möglichkeit, mich zu wehren, und erschrak über mich selbst. Ich war dafür nicht gerüstet, sie waren stärker, zu zweit und gewitzter als ich.

»Na, wird's bald, sonst stech ich zu«, sagte eine Stimme, die ich wie aus der Ferne hörte, obwohl sie kaum einen Meter weg war.

Zwei weitere Gestalten näherten sich. Die anderen schenkten ihnen keinerlei Beachtung; sie waren ganz offensichtlich mit von der Partie. Es bestand nicht einmal mehr die Möglichkeit zur Flucht. Ich zog die Brieftasche hervor und verfluchte meine Dummheit, hier entlanggegangen zu sein, wo es doch so viele andere Straßen gab.

»Moment mal«, sagte eine Stimme hinter mir, »um den kümmere ich mich selber.«

Mich beschlich ein seltsames Gefühl, und ich drehte mich um.

»Geh mir bloß nicht auf die Eier. Von dir hab ich langsam die Schnauze voll, her mit der Kohle, oder ich mach dich einen Kopf kürzer«, zischte der mit dem Messer und setzte es mir mit Nachdruck an den Hals. Die Klinge war nicht kalt. Absurderweise kam mir der Gedanke, daß sie wohl in seiner Tasche gesteckt hatte. Der hinter mir schnellte vor und packte ihn am Handgelenk. Der andere fuhr herum und riß sich mit einem Ruck los; nun standen sie sich gegenüber.

Ich beobachtete sie, ohne zu wissen, was eigentlich los war; und irgendwie spürte ich in meinem Inneren, daß mein

Schicksal (oder zumindest das der Knete) in den Händen des neu Hinzugekommenen lag.

»Was bildest du dir ein? Daß du immer deinen Kopf durchsetzen kannst?« sagte der mit dem Messer und bleckte dabei die Zähne wie ein Hund. Ich hätte ihnen alles, sogar die Unterhose gegeben, der andere reagierte jedoch erstaunlich gelassen.

»Ich hab dir gesagt, um den kümmere ich mich persönlich, basta. Du weißt genau, daß ich die Dinge nicht zweimal sage.«

Sie funkelten sich an wie wilde Tiere. Mich faszinierte die Spannung zwischen ihnen und vor allem die Haltung des Herausforderers: Mit dem Messer des anderen unter der Nase, lächelte er sonderbar; mein Herz begann schneller zu schlagen – dieses Lächeln, dieses Lächeln ... ich konnte mich nicht irren, so viele Jahre auch vergangen sein mochten, er war es! Ich atmete tief durch und schloß die Augen.

»Los, verschwindet! Wir sehen uns später«, rief er, und die anderen gehorchten unwillig.

»Nanu, da steht doch glatt der Unglücklichste der Unglücklichen vor mir, der elendste Wurm«, sagte ich, sobald wir allein waren, und konnte meine Rührung nur schlecht verbergen. Perico sah mich mit einem Lächeln an, das genauso war wie früher: sanft, angriffslustig, selbstgefällig, verführerisch, prahlerisch.

Wir umarmten uns. Es entging mir nicht, daß in seiner Gebärde eine gewisse Schwäche lag, die er durch das Hervorkehren seiner soeben begangenen Heldentat zu überspielen suchte. Perico war nun viel größer und kräftiger als ich. Ich entspannte mich nach der durchgestandenen Angst, denn meine gegenwärtigen Gefühle waren viel stärker und völlig anders. Ich schalt ihn.

»Was soll das, Leute zu überfallen? Ich hatte gehofft, dir etwas beigebracht zu haben!«

Perico lachte, ohne sich die Mühe zu machen, Rechtfertigungen oder tragische Geschichten zu erfinden. Er zuckte die Achseln. Mein Vorwurf war nicht moralischer, sondern praktischer Art (zumindest wollte ich ihn, aus welchen verborgenen Beweggründen auch immer, so verstanden wissen), und das erklärte ich ihm. Wenn es mich ärgerte, ihn so zu sehen, dann deshalb, weil ich ihn lohnenderer Dinge für fähig hielt.

»Und du, was machst du? Wir haben uns ja seit Tagen nicht gesehen«, sagte er zu mir mit seinem reizenden Zynismus.

Die Idee kam mir plötzlich, und fast stiegen mir Tränen in die Augen.

»Schluß damit. Jetzt weiß ich, was ich tun muß: du kommst mit mir!«

Ich versetzte diesem kräftigen Jungen, der mich mit einer Hand hätte erdrosseln können, einen Stoß, den er mir nicht zurückgab. Schweigend ließen wir uns von dem unwiederholbaren, rauhen, köstlichen Augenblick forttragen. Der endgültige Beweis war erbracht; er hatte mich soeben aus einer mißlichen Lage befreit, mir seine Macht, seine objektive Überlegenheit auf einem keineswegs metaphysischen Terrain gezeigt und war eine Minute später bereit, unsere Beziehung dort fortzusetzen, wo wir sie unterbrochen hatten; gefühlsmäßig gesprochen, konnte er wieder der Perico sein, der sich auf meine Kosten mit Schokolade, Sahne, Puddingkrapfen und Teigschnecken vollstopfte. Ich beschloß, meine Impulse nicht länger zu unterdrücken.

Vor Jahren schon wollte ich ihn oft mit nach Hause nehmen, doch verschiedene Umstände hatten mich daran gehindert. In erster Linie verfügte ich nicht über die finanziellen Mittel und konnte nicht die Verantwortung für ein Kind übernehmen; außerdem wurde ich das Gefühl nicht los – was man zu Recht als Ausrede bezeichnen könnte –, daß ich mich nicht in Pericos Leben einmischen sollte: Ich mußte meinen Plänen folgen, und er seinen. Die augenblickliche Situation hatte die deterministischen Paradiese in Frage gestellt. Es war vorbei mit den theoretischen Erörterungen; irgendwie sind wir alle, durch unser Handeln oder durch unser Nicht-Handeln, mit dem Schicksal der anderen verbunden.

Ich brachte Perico zu mir nach Hause; er duschte und rasierte sich, dann ging ich mit ihm Kleidung kaufen. Er bemühte sich, keine besondere Begeisterung an den Tag zu legen, so als hätte er Angst vor einem bösen Erwachen, sollte ich einen Rückzieher machen. Ich überhäufte ihn mit Erklärungen und Versicherungen, aber er erzählte mir rein gar nichts von seinen Aktivitäten. Ich beschloß, ihn zu adoptieren.

Da tauchten unerwartete Probleme auf. Perico war einer der meistgesuchten Delinquenten der Stadt. Ich möchte euch nicht mit juristischen Details langweilen, aber ihr sollt wissen, daß ich meinen ganzen Einfluß geltend machen mußte (vor allem über Freunde, aber auch mit Geld), damit Pere nicht schnurstracks ins Gefängnis kam; gegen ihn waren schon seit geraumer Zeit unzählige Prozesse wegen bewaffneten Raubüberfalls, Diebstahls, ich weiß nicht mehr weswegen noch, anhängig gemacht. Schließlich kam es zu einem stillschweigenden Abkommen mit dem Präsidenten des Gerichtshofes, den ich bis zu einem gewissen Punkt überzeugen konnte: Pere würde fünf Jahre lang unter meiner Obhut stehen und ich in dieser Zeit für seine Taten haften. Wenn er sich etwas zuschulden kommen ließe und sie ihn erwischten, würde er sich auch für die vergangenen Straftaten verantworten müssen, und ich würde zur Rechenschaft gezogen werden. Nach Ablauf der Frist würden seine Strafen getilgt, und er wäre ein freier Staatsbürger mit allen dazugehörigen Rechten. Er nahm das alles mit kindlicher Freude auf.

Ich sorgte mit allen mir zur Verfügung stehenden Mitteln dafür, daß Pere seine Ausbildung fortsetzte. Er mißachtete (und das tut er noch immer) die gesellschaftlichen Verhaltensnormen völlig, sobald sie ihm lästig wurden, und er besaß ein unstillbares Verlangen nach jeglicher Kultur. Sämtliche Hoffnungen, daß ich den Rousseau'schen guten Wilden ändern oder als Pygmalion wirken oder, über den Intellekt, das Findelkind Kaspar Hauser retten könnte, waren illusorisch, denn Perico (und ich nenne ihn absichtlich zum letztenmal so) bewies mir bald, daß er weitaus mehr Talent und Tüchtigkeit besaß als ich.

Noch sind die fünf Jahre nicht um, und ich unternehme nichts ohne meinen Sohn. Außergewöhnlich an ihm finde ich, wie er es fertiggebracht hat, auf seine für ihn einst wichtigen Aktivitäten zu verzichten, ohne daß dabei seine Gefühle, seine Lust am Leben, seine Persönlichkeit Schaden genommen hätten. Und niemand soll glauben, daß er den rechten Weg über die Frömmelei, den vordergründigen Ehrgeiz oder die haltlose Pedanterie gefunden hat. Mir scheint, ich habe mehr von ihm gelernt als er von mir. Ich habe es mir zur Regel gemacht, die Hülle zu entfernen und den Inhalt zu bewahren, ich verzichte auf das Beiwerk und nutze das Wesentliche, und zwar ernsthaft, nicht bloß in der Absicht, wie es früher geschah.

Noch habe ich die Auswirkungen nicht bis ins letzte ergründet. Wollte ich bedingungslose Treue festhalten? Habe ich versucht, eine außergewöhnliche Intelligenz mein eigen zu nennen? Wollte ich die Zeit überlisten und einen Sohn haben, ohne die undankbare Arbeit, die tyrannische Ungewißheit der ersten Jahre durchmachen zu müssen? Die Zeit selbst, hinters Licht geführt oder nicht, und, wie ich hoffe, eure Hilfe, meine Freunde, werden es zeigen.

2/1

Der Morgen war bereits angebrochen, als Ficinus die Geschichte zu Ende erzählt hatte. Mir fiel auf, daß Lluïsas Freundin und ich die einzigen waren, die sie nicht kannten. Enric Marsili stellte jedoch eine Reihe von Fragen, die mich, vor allem wegen des Tonfalls, in dem sie gestellt wurden, annehmen ließen, daß unser Gastgeber einige neue Einzelheiten hinzugefügt hatte.

»Weshalb, glaubst du, wollen die Leute Kinder haben: um sich ein gewisses Fortleben zu sichern oder um ihren Interessen Dauer zu verleihen?« fragte er schließlich.

Ficinus lachte und wollte antworten, doch Helena kam ihm zuvor.

»Das eine wie das andere scheint mir die Sublimierung eines absurden Verlangens nach Unsterblichkeit zu sein; eine solche Alternative kann nur jemandem in den Sinn kommen, der – wie du – keine Kinder hat, oder aber einem Schwärmer. Die Sache ist viel einfacher.«

»Ich denke«, erwiderte Ficinus und ergriff mit einer entschuldigenden Geste Helenas Hand, »die Menschen wünschen sich Kinder, um die Verpflichtung zu haben, jemanden für immer zu lieben.«

Diese Aussage rief Gelächter und Kommentare hervor, und ich weiß nicht, weshalb ich mich nach Lluïsa umwandte. Sie lächelte mich an und zuckte mit den Schultern. Ich habe sehr oft an diesen Gesichtsausdruck gedacht, und die Ereignisse der darauffolgenden Jahre haben gewiß die Erinnerung noch verklärt. Heute sehe ich darin Vorzeichen, Melancholie, Fatalismus, ein Fasziniertsein vom Schicksal.

»In gewisser Weise mag dies das Ergebnis sein, nicht aber die Ursache oder der Mechanismus«, fügte Helena in einem zweifelnden Ton hinzu, der sich stark von dem unterschied, den sie vorher angeschlagen hatte.

»Liegt die sichere Verpflichtung, jemanden für immer zu lieben, nicht schon im Sichverlieben verankert?« warf Valentí lachend ein und beantwortete die Frage gleich selbst: »Mich erinnert das alles an die Gespräche in unserer Jugend. Wir bemühten uns, die Liebe einzugrenzen. Die meisten glaubten, daß ein großer Unterschied bestehe zwischen der Leidenschaft (irrational, augenblicksbezogen, fordernd und von Natur aus vorübergehend) und der Liebe, der sie bei ihrem Erlöschen Platz mache (rational, beständig, ruhig und Gegenstand anders gelagerter Interessen). Diese Denkweise war so verbreitet, daß man Verliebte häufig darüber diskutieren hören konnte, wann es denn mit ihrer Verliebtheit vorbei sein würde, ohne dabei auch nur im geringsten an die Möglichkeit zu denken, daß dies gar nicht zu geschehen brauchte.«

Das Gespräch drehte sich nun um die Vergänglichkeit der Leidenschaft, aber nichts davon schien Lluïsa zu interessieren. Ich für meinen Teil überlegte, ob es nicht ein wenig gewagt gewesen war, den rehabilitierten Gauner mit Rousseaus gutem Wilden gleichzusetzen. Ficinus mußte völlig verrückt sein. Nach einer Weile verabschiedeten sich alle, und ich fuhr Lluïsa und ihre Freundin nach Hause.

Hier unterbrach sich Rodin, da uns ein Hausangestellter zum Abendessen gerufen hatte, und so begaben wir uns, weiterhin mit der Geschichte beschäftigt, ins Speisezimmer. Gertrudis setzte sich zwischen Gimellion und mich und sagte:

»Ich habe gehört, daß Toni Colom, als er in ärgsten Schwierigkeiten steckte und Alexis Cros ihm jegliche Hilfe verweigerte, Flint aufsuchte und bei ihm mehr Glück hatte.«

Schweigen trat ein. Gimellion lachte.

»Ja, das ist mir auch zu Ohren gekommen; Flint war aber keinesfalls ein Philanthrop. Sollte es also stimmen, wäre es spannend zu wissen, was er im Gegenzug dafür erhielt.«

»Und ob diese Entschädigung seinen Kindern zufiel«, ergänzte Carter. »Was ist übrigens aus Flints Sohn Benedicte geworden?«

Carter und Gimellion sahen sich an, dann warfen sich Rodin und Roncal einen Blick zu. Ich hatte den Eindruck, daß zuviel Unausgesprochenes in der Luft lag und diese Geschichte ein Geheimnis barg, zu dessen Aufdeckung uns einiges fehlte. Roncal wandte sich in heiterem Ton an Rodin und Gimellion.

»Ich hoffe, daß die äußerst interessante Erzählung unseres Freundes Rodin diesen Punkt erhellen wird; ich kann vorausschicken, daß meines Wissens Marina die Alleinerbin der Flints und der Burchs ist; Burch, ihr Adoptivvater (der übrigens bislang noch nicht erwähnt wurde), hinterließ ihr alles. Sie lebt nun in den Vereinigten Staaten, und dem Vernehmen nach soll sie noch Firmen an der Küste besitzen.«

Ich betrachtete Rodin eingehend; während Roncal sprach, hatte er ihn ironisch gemustert. Ich beschloß, mich dem raffinierten bunten Salat zu widmen, der soeben vor mich hingestellt worden und eine echte Überraschung war: Sie schienen, begünstigt durch die geothermischen Phänomene an diesem Ort, auch Gemüse anzubauen, dachte ich.

Ich hatte Ficinus' Geschichte außergewöhnlich gefunden. Sein Name war in Finanzkreisen ein Begriff, und er gehörte einer den Liberalen nahestehenden Gruppe von Intellektuellen an. Man munkelte zwar über seine dunkle Herkunft, aber diese Version seiner Kindheitsgeschichte übertraf alles. Ich bin immer der Meinung gewesen, jugendliche Kriminelle wären kaum in die Gesellschaft einzugliedern. Mich erstaunte auch die Dreistigkeit von Ficinus' Vater. Wie konnte er bloß die Vergangenheit seines Adoptivsohnes so hinausposaunen?

»Mir ist da etwas an Ficinus' Verhalten aufgefallen«, sagte Emília zu Rodin, »und zwar, daß er vor Angst wie gelähmt war, als er überfallen wurde. Soweit ich weiß, hat dieser Mann in anderen, vielleicht gefährlicheren Situationen nie klein beigegeben.«

»Vielleicht ist dieser Eindruck durch meine Wiedergabe des Gesprächs entstanden«, antwortete Rodin. »Wahrscheinlich hat er zuvor Pericos Stimme gehört, und das hat ihn erstarren lassen, nicht die Angst.«

»Jedenfalls«, fuhr Emília fort, »ist es eine aufregende Situation gewesen. Was hättet ihr denn gemacht?« fügte sie, an Simon und mich gewandt, hinzu.

»Schwer zu sagen, so etwas muß man erlebt haben«, gab ich zur Antwort.

»Ich glaube«, sagte Simon, »daß die Angst nur zwei mögliche Ursachen kennt: erstens das Unbekannte und zweitens die drohende wesentliche Veränderung in uns selbst. Die Perspektive des Todes läßt sich perfekt aus diesen beiden Faktoren herauslesen.«

»Es könnte sogar eine gute paradigmatische Definition des Todes sein«, warf Roncal ein, »und zwar mit Begriffen, die sich in jedem anderen Zusammenhang gegenseitig ausschließen.«

»Und wäre trotzdem eine Form, die eigenen Möglichkeiten zu durchdenken«, fügte Rodin lachend hinzu.

Ich begriff nicht, worauf diese Bemerkung abzielte, doch als ich ihn fragen wollte, bat mich Gertrudis, ihr Essig und Öl zu reichen, und das Gespräch ging weiter.

»Meiner Meinung nach enthält das Wort Furcht zwei verschiedene Aspekte«, sagte Carter. »Einmal die Angst vor dem Nichts, wie die Existentialisten es verstanden, Erkenntnistaumel, et cetera; dieses Gefühl ruft eine Haltung hervor, notwendige intellektuelle Grundlage dafür, die Leere einzuschätzen und gegebenenfalls mit ihr einszuwerden. Der andere Aspekt entspricht einem Abwehrmechanismus, einer animalischen Reaktion, deren einziges Ziel es ist, der Gefahr zu entkommen; diese Furcht ist Tier und Mensch gemeinsam, jene andere ist dem Menschen vorbehalten.«

Das Thema wurde nun in zwei parallel verlaufenden Gesprächen diskutiert. Die einen gruppierten sich um Roncal, der an dieser Unterscheidung zweifelte und die Meinung vertrat, daß die beiden Erscheinungsformen der Angst Ausdruck ein und desselben Phänomens seien. Den Ausführungen von Gertrudis und Carter konnte ich von meinem Platz aus wesentlich besser folgen.

»Der Mensch«, beharrte Carter, »ist das einzige Lebewesen, das sich Dinge vorstellen kann, die in keinem direkten Zusammenhang mit dem stehen, was er gerade vor sich hat; oder, anders ausgedrückt, er hat eine alternative (das heißt spekulative) Vorstellung von Zeit und Raum. Darin wurzelt die Angst, in die mehr Faktoren hineinspielen als der Selbsterhaltungstrieb oder die Reaktion auf eine unmittelbare, konkrete physische Gefahr.«

»Glaubst du nicht, daß diese Auffassung eines der Hauptübel der Menschheit bedingt?« wandte sie ein. »Wer sagt dir, daß die Tiere keinerlei Abstraktionsvermögen haben? Und selbst wenn du recht hättest, welche Vorteile hätte diese besondere Fähigkeit dem Menschen gebracht?«

Carter erwiderte, er wolle nicht tiefer in philosophische Fragen vordringen, worauf ihm vorgeworfen wurde, sich zu drücken. Konnte man denn noch mit den Begriffen und der Begeisterung unserer Vorfahren über Wohlstand und Fortschritt der Zivilisation sprechen? Die Kontroverse brach ab, als Gimellion vorschlug, den Kaffee im Avalon zu nehmen. Dort bat Gertrudis Rodin, die Geschichte zu Ende zu erzählen. Rodin sah auf die Uhr, und Gimellion merkte liebenswürdig an, daß morgen niemand früh aufstehen müßte und ihm somit alle Zeit, die er benötigte oder die ihm die Zuhörer einräumten, zur Verfügung stünde. Auf dem kleinen Tisch standen Kaffee und Schnäpse bereit, und als alle Platz genommen hatten, setzte Rodin seine Erzählung fort.

0/1

Fortsetzung des Geschichte der Lluïsa Cros

Am Tag nach Uriachs Hochzeit erwartete mich auf der Arbeit eine unangenehme Überraschung. Als ich am Vormittag von verschiedenen Erledigungen zurückkam, lag auf meinem Tisch ein Schreiben, in dem mir mitgeteilt wurde, daß eine alle Abteilungen umfassende Kommission ins Leben gerufen worden sei, um das Geschäftsgebaren verschiedener Privatunternehmen zu überprüfen. Eines der ersten war die Bank Mir, und ich war beauftragt, in der Kommission als Vertreter des Ministeriums mitzuarbeiten. Zu jenem Zeitpunkt war ich nicht gut unterrichtet; was ich euch nun erzähle, ist eine nachträgliche Rekonstruktion der Vorgehensweise Coloms aus heutiger Sicht. Er war Vorsitzender der Kommission und würde im geeigneten Moment die Trümpfe auf den Tisch legen. Bis dahin hatte er zwei Angelegenheiten zu regeln, und denen widmete er sich gründlich. Zum einen galt es, die heimlichen Geschäfte seines Mitarbeiters Josep Cases aufzudecken, zum anderen, die Gunst von Lluïsa Cros zu gewinnen.

Eine Woche später wurde ich zu einem Fest bei Mateu Valentí eingeladen. Ich kam soeben von der ersten Sitzung der Kommission und hatte einige Hemmungen, die Gastfreundschaft von Menschen anzunehmen, über die ich richten sollte. Der Gedanke an den schlechten Eindruck, den ich bei Außenstehenden und auch bei der Presse hinterlassen könnte, ließ mich eine Absage in Erwägung ziehen. Robert Colom persönlich bestand darauf, daß ich hinging; er erinnerte mich daran, daß Namen und Angelegenheiten der von der Kommission überprüften Unternehmen geheim wären und ich die Pflicht hätte, sie weiterhin als solche zu behandeln und mich nach außen hin völlig normal zu verhalten, um jeglichen Verdacht zu zerstreuen. Also begab ich mich am Abend auf das Fest.

Alle waren, so fand ich, ausgesucht freundlich zu mir. Ich war damals noch kein geübter Seefahrer auf den Wassern der High-Society (und ich bin's heute noch nicht, nur weiß ich mittlerweile, woher der Wind weht). Bei all den Liebenswürdigkeiten bemerkte ich zu spät, daß ich von Enric Marsili und vom Gastgeber einem subtilen Verhör unterzogen wurde, in dem ich nicht besonders gut abschnitt. Ich reagierte überempfindlich und verfiel ins andere Extrem. Lluïsas Worte fielen mir ein. Hatte sie etwa schon auf Uriachs Hochzeitsfeier gewußt, daß die Bank überprüft würde? Das würde bedeuten, daß sie bereits zu dem Zeitpunkt, als sie mich um meine uneingeschränkte Hilfe bat, auch wissen mußte, daß ich der Kommission angehörte. Ich fühlte mich von Feinden umzingelt und wollte mich schleunigst aus dem Staub machen. Da kam Lluïsa auf mich zu und beschwichtigte meine Zweifel.

»Na, lieber Freund, wie geht's? Wie läuft die Arbeit?«

»Heute abend scheinen sich alle für meine Arbeit zu interessieren«, antwortete ich, ohne einen gewissen Unmut zu unterdrücken.

Lluïsa sah mir fest in die Augen. Ihr Blick war offen und strahlend, einer dieser Blicke, die man nicht vergißt. Ich senkte die Augen.

»Kann ich noch immer auf deine Hilfe zählen, die du mir unlängst versprochen hast?« fragte sie; ich gab keine Antwort. Meine betrübte Haltung wirkte keineswegs würdevoll. Auch wußte ich nicht so recht, inwieweit ich mich engagieren konnte, wollte aber keinesfalls, daß mich meine Verpflichtungen dazu trieben, zum Heuchler zu werden. Lluïsa fuhr fort:

»Ich brauche deinen Rat.«

»Nur los«, erwiderte ich resigniert und bemühte mich, unbekümmert zu wirken.

»Wie du ja weißt«, sagte Lluïsa langsam, »leitet Colom eine Untersuchung mit dem Ziel, die Unternehmensgruppe meines Vaters zugrunde zu richten.«

»Ja, ja, ich weiß«, antwortete ich und fühlte mich innerlich erleichtert. Lluïsa sprach das Problem direkt an. Sie fuhr fort:

»Das einzige, was ihn im Augenblick zurückhält, ist ein fragwürdiges Geschäft – fragwürdig sind die meisten in diesen Kreisen –, das einer seiner Mitarbeiter mit Marsili abgewickelt hat. Cases hat nach wie vor Kontakt zu Enric, was darauf hindeutet, daß Colom ihm nichts gesagt hat. Colom dürfte noch nicht wissen, daß Enric Cases eine Falle gestellt hat, um gegen sie einen Beweis in der Hand zu haben. Enric und Mateu befürchten schon seit langem ein derartiges Vorgehen gegen die Bank meines Vaters.«

»Dieser Trumpf ist nicht viel wert«, wandte ich ein. »Wenn Colom gegen die Bank Mir vorgehen will, wäre es für ihn kein Problem, einen kleinen Angestellten wie Cases zu opfern.«

»Für den Augenblick hält er sich zurück«, erwiderte Lluïsa, »und er wird es so lange tun, bis er herausfindet, daß die Beweise weder ihm noch seinem Vater schaden. Von da an wird er rücksichtslos vorgehen können.« Nach einer Pause fügte sie mit einem tieftraurigen Lächeln hinzu: »Es gibt aber noch etwas, das ihn zurückhält.«

»Was denn?« fragte ich und malte es mir aus; die Antwort war jedoch so unverblümt, daß ich meine Überraschung nicht vortäuschen mußte.

»Ich.«

Wir gingen hinter das Haus, wo prachtvolle Pinien standen. Der Mond war zu sehen, allerdings nicht voll; er hing tief und gelblich, aufgebläht und kränklich hinter den feinen Nadeln der Bäume. Lluïsa starrte zu Boden, während sie redete.

»Robert Colom hat mich viermal angerufen, um sich mit mir zu verabreden. Ich habe ihn immer vertröstet, aber ich fürchte, es gibt einen Zusammenhang zwischen seinem Verhalten und den Nachforschungen über die Bank.«

Es entstand ein angespanntes Schweigen. Ich sah eine zwiespältige Situation auf mich zukommen, in der ich zwischen meiner Zuneigung für Lluïsa und einer gewissenhaft verrichteten Arbeit stand (die ich selber gewählt hatte). Nun mußte ich mich ein für allemal entscheiden, welcher Seite ich treu sein wollte. Ich sah Lluïsa an. Ihr Gesichtsausdruck verriet absolute Entschlossenheit. Und als ich an mein kürzlich gegebenes Versprechen dachte, fühlte ich mich klein an ihrer Seite; das führte mich zu einem Entschluß. Ob nun Lluïsa oder jemand anderes mit meinen Vorhaben gespielt hatte, es war jedenfalls gut gelungen. In diesem Moment entschied sich mein Leben, und ich hielt noch immer an der Illusion fest, ich hätte es in der Hand.

»Ich bin im Untersuchungsausschuß«, vertraute ich ihr an, »und bin bereit ...«

»Das einzige, um was ich dich bitte«, unterbrach sie mich, »ist dein Rat: Du kennst Colom; sag mir, was ich tun soll, um ihn loszuwerden, ohne die Lage zu verschlimmern.«

Ich suchte nach einer eleganten, gleichzeitig treffenden Antwort. Lluïsa sah mich bang an, und ich konnte, so reserviert ich auch tun wollte, nicht glauben, daß diese Angst vorgetäuscht sein sollte. Plötzlich schweifte ihr Blick zu jemandem hinter mir, vielleicht am Gartentor, und ihr Gesichtsausdruck veränderte sich völlig. Bevor ich noch Zeit fand, mich umzudrehen, drückte sie kräftig meinen Arm und sagte:

»Ich muß jetzt gehen. Lieber Freund, ich zähle auf deine Hilfe; wir werden bald Gelegenheit haben, uns wiederzusehen. Adéu.«

Und sie eilte davon. Der geheimnisvolle junge Mann, mit dem sie auch auf der Hochzeit gesprochen hatte, war gekommen. Ich verabschiedete mich gerade von Mateu Valentí und weiteren Bekannten, als ich sah, wie Lluïsa seine Hand nahm; beider Ausdruck war eindeutig, sie verschwanden. Ich blieb allein und etwas besorgt zurück. Nun wußte ich zumindest, daß mein Engagement für Lluïsa Cros nicht auf andere Bereiche übergreifen könnte, was mich einerseits beruhigte, andererseits aber auch traurig stimmte. Die Bankierstochter verstand es, mit ihrem natürlichen Charme und der Sympathie, die ihr von ihrer Umgebung entgegengebracht wurde, zu spielen; mir – da könnt ihr gewiß sein – hat sie nie etwas angeboten, was sie nicht zu geben bereit war.

Von diesem Tag an beobachtete ich die Entwicklung der

Lage genau. Ich informierte mich über die Geschichte der Bank Mir, und als ich bei den Vorfahren angelangt war, gewann meine Sicht des Rechtsstreits an Tiefe, aber ich verlor, so fürchte ich, die Unvoreingenommenheit. Ein paarmal traf ich mit Vilardaga zusammen und nutzte die Gelegenheit, um ihn auszuhorchen. Er wich einer belanglosen Frage aus und bat mich um Informationen über die Geschäfte von Cases. Seine Arglosigkeit verblüffte mich, und ich schloß, daß Colom ihn benutzte, um Cases im Auge zu behalten.

Im ersten Monat tauchte im Ausschuß kein einziger Beweis gegen die Bank Mir auf. Ich lag auf der Lauer; vielleicht hatte Colom einen in der Hand und verheimlichte ihn. Eines Tages, nach einer besonders langweiligen Sitzung, lud Colom mich zu einem Drink ein.

»Ich habe gehört«, sagte er ohne Umschweife, »daß du in Lluïsa Cros' Umgebung gern gesehen bist.«

Ich erschrak, und der Gedanke, ich könnte mich verraten, indem ich bleich oder rot wurde, ließ mir das Blut in den Adern erstarren.

»Ich habe dir doch gesagt, du brauchst von meiner Seite keinerlei Indiskretion zu befürchten. Wenn du meinst, daß mir irgendeine Bekanntschaft bei den Ermittlungen dienlich sein kann, brauchst du es mir bloß zu sagen.«

»Aber nein, nichts dergleichen«, lachte er und brachte mich schließlich völlig durcheinander, indem er mir auf die Schulter klopfte. »Das einzige, um das ich dich bitten wollte … nun, da du mit Lluïsa befreundet bist, dachte ich, du könntest bei dir zu Hause ein Fest veranstalten, zu dem du sie und mich einlädst und wen du sonst noch willst.«

Seine Absichten waren offensichtlich, und als ich später darüber nachdachte, fand ich es sehr unklug von mir, mich so rasch gefreut zu haben, daß die Dinge nicht den von mir befürchteten Lauf nahmen. Mir blieb keine andere Wahl, als seiner Bitte nachzukommen, und so ging ich noch am selben Abend zu Lluïsa, um die Strategie auszuklügeln. Dort hatte ich unverhofft die seltene Ehre, die Legende persönlich kennenzulernen: den Bankier Alexis Cros, Gründer des Imperiums.

Das geschah nach dem Abendessen. Ich hoffte, daß Lluïsa sich mir anvertrauen würde, und wollte sie nach dem geheimnisvollen jungen Mann fragen, der beim Ausklingen von Festen auftauchte und einen so starken Eindruck auf sie machte, doch ich fand keine Gelegenheit, da sie von Amerika, von ihrer Kindheit und von ihren ersten Reisen erzählte. Die Tür ging auf, und ein Mann von imposanter Erscheinung kam herein. Obwohl er nicht älter als fünfzig sein mochte, verlieh ihm sein beinahe weißes, zerzaustes Haar das Aussehen eines entrückten, alten Propheten. Er war seltsam, aber keineswegs nachlässig gekleidet, seine Bewegungen waren bedächtig, die Augen jedoch blitzten. Das also ist der berühmte, geheimnisvolle Alexis Cros, dachte ich. Lluïsa und ich standen auf, und sie stellte mich ihm vor.

Cros bedeutete uns wortlos, Platz zu nehmen, Lluïsa setzte sich neben ihn und ergriff besorgt seine Hand. Cros wandte sich an mich:

»Vor langer Zeit kannte ich einen Herbert Rodin, der sich mit Zeitgeschichte befaßte.«

»Das war mein Vater«, antwortete ich, »er ist vor fünf Jahren gestorben.«

»Das tut mir aufrichtig leid. Er war ein bemerkenswerter Mann. Als ich an der Universität war, organisierten wir eine Vortragsreihe, und er sprach über Ricardo.« Er sah mich, in Erinnerungen versunken, an und sagte lächelnd: »Sie sehen Ihrem Vater sehr ähnlich. Das hat man Ihnen wohl schon öfter gesagt.«

Er schien nachzudenken, und Lluïsa und ich schwiegen, weil er offensichtlich seine Rede fortsetzen wollte. Er wirkte zwar wie ein gebrochener Mann, strahlte aber gleichzeitig eine unerklärliche Kraft aus und flößte Respekt und Furcht ein. Ich beobachtete ihn aufmerksam – wobei mir bewußt war, daß sich eine solche Situation kaum wiederholen würde – und war fest entschlossen, möglichst viele Einzelheiten und Sinneseindrücke zu sammeln. Ich fühlte mich aus Höflichkeit verpflichtet, weiterhin von meinem Vater zu sprechen, doch als ich den Mund aufmachen wollte, kam mir Cros zuvor.

»Möchten Sie für uns arbeiten?«

»Nun, es ist so, daß ich …«, antwortete ich, er schnitt mir das Wort ab.

»Ich weiß, was Sie machen. Ich biete Ihnen eine Stelle an, die es Ihnen ermöglicht zu reisen, Leute kennenzulernen, Theorien und Systeme zu vergleichen, kurz gesagt: Sie würden in fünf Jahren mehr lernen als in fünfzehn an Ihrem jetzigen Arbeitsplatz.«

»Wenn Sie erlauben, überlege ich es mir «, sagte ich ohne die geringste Absicht, meinen Job zu wechseln.

»Das verstehe ich sehr gut. Nehmen Sie sich die nötige Zeit. Wenn Sie mich nun entschuldigen wollen …«

Er stand auf, gab mir die Hand, umarmte seine Tochter und entfernte sich, ohne mir Gelegenheit zu geben, mich für sein Angebot zu bedanken.

»Übrigens«, fragte er, als er schon an der Tür war, »ist er heute gekommen?«

»Nein, heute ist er nicht gekommen«, antwortete Lluïsa nervös.

»Halte mich jederzeit auf dem laufenden«, sagte Cros und ging hinaus.

Ich wagte nicht, Lluïsa zu fragen, wen sie denn erwarteten. Wir widmeten uns in der Folge den Vorbereitungen für das Fest, und ich bat sie um eine Liste der Leute, die eingeladen werden sollten. Sie nahm Papier und Bleistift und schrieb ein Dutzend Namen auf. Ich warf einen Blick darauf: Alle waren mir bekannt. Ich hatte nicht den Mut, sie nach ihrem rätselhaften Verehrer zu fragen. Das Fest sollte in drei Wochen stattfinden.

Bis dahin hatte ich Gelegenheit, mit den mächtigen Männern in der Bank Mir, vor allem mit Valentí, Quevedo und Marsili, in näheren Kontakt zu kommen, und ich konnte nicht umhin, die teuflische Effizienz von Robert Coloms Arbeit zu würdigen. Wenn sein Vater kein glänzender Manager gewesen war (erinnert euch, daß er die erste Bank Mir ruiniert hat und er selbst zweimal mit eigenen Geschäften Schiffbruch erlitt), so war er es um so mehr. Er besaß die nötigen Voraussetzungen: einen Riecher, gute Reflexe und schlechte Instinkte, um es schmeichelhaft auszudrücken.

Die Beziehungen zwischen Cases und Marsili dienten beiden Seiten als Aufschub, und beide schienen auf den ersten Fehler des Gegners zu warten, um zum Angriff überzugehen. Marsili hatte offensichtlich das Heft in der Hand – schließlich hatte er die Falle gestellt –, doch solange der andere nicht hineinappte, blieb sie wirkungslos. Von Vilardaga erfuhr Colom sehr wenig über Cases, was er nicht ohnehin schon wußte, und seine Vorsicht ließ ihn vorerst eine abwartende Haltung einnehmen. Es war uns allen dennoch bewußt, daß dieser geringfügige strategische Vorsprung nur kurz währen würde und der Skandal um die Bank Mir jeden Moment offenbar werden könnte. Das war der Stand der Dinge, als der Tag des Festes in meinem Haus herangerückt war.

Ich hatte angenommen, Lluïsa würde von sich aus ihren mysteriösen Begleiter mitbringen, aber unter den Gästen fand sich kein einziger, der nicht eingeladen gewesen wäre. Colom erschien mit seinem Führungsstab; seine Anwesenheit irritierte Lluïsa in höchstem Maß, auch wenn sie dies zu verbergen suchte. Robert Colom war sich seiner Vorteilsstellung bewußt und nutzte diese aus, ohne mit der Wimper zu zucken. Als das Fest auf seinem Höhepunkt war, unterhielten sich Lluïsa und er lange Zeit abseits. Mehr als anderthalb Stunden redeten sie miteinander, und niemand ließ sie aus den Augen. Er sprach ununterbrochen, und Lluïsa verlor nie ihr Lächeln. Ich vertiefte unterdessen den freundschaftlichen, vertrauten Kontakt, der mich mit Valentí, Marsili und Castañeda verband (oder vielleicht war dies aufgrund der Umstände von ihnen ausgegangen). Am Ende verabschiedeten sich alle sichtlich zufrieden, und Lluïsa bat mich, noch ein wenig bleiben zu dürfen, um mit mir zu reden. Ich nahm bei den fortgehenden Gästen das eine oder andere argwöhnische Grinsen wahr und fand es amüsant, meine Möglichkeiten überschätzt zu wissen. Doch leider wollte Lluïsa etwas völlig anderes von mir. Kaum hatte sich die Tür hinter dem letzten Gast geschlossen, brach sie in Tränen aus. Schluchzend erzählte sie mir, Colom hätte ihr gesagt, genügend Beweise gegen die Bank zu besitzen, um ihren Vater und seine Mitarbeiter für lange Zeit hinter Gitter zu bringen. Und unmittelbar darauf hätte er ihr gestanden, verrückt nach ihr zu sein und sie auf der Stelle heiraten zu wollen.

»Es war zu erwarten, daß er sich mit einer Erpressung zu erkennen gibt«, sagte ich.

»Bislang ist es zu keiner eindeutigen Erpressung gekommen«, erwiderte sie, »doch wenn ich ihm nicht gebe, was er von mir verlangt, wird er wohl kaum zögern.«

»Darauf kannst du Gift nehmen«, sagte ich und erhob meine Stimme ein wenig: »Siehst du es denn nicht? Dieser Kerl wird die Angelegenheiten der Bank dazu benutzen, dich zu bekommen und dich zu zwingen, seinem Willen zu gehorchen.«

Ich war drauf und dran hinzuzufügen, daß es ihm, sobald er dieses Ziel erreicht hätte, keinerlei Schwierigkeiten bereiten würde, sich auch die Bank Mir anzueignen. Da sich jedoch Lluïsas Tragödie auf der Gefühlsebene abspielte, schien es mir nicht angebracht, das Gespräch zu komplizieren.

»Ich kann und ich will nicht mit ihm zusammensein, auf gar keinen Fall!«

»Was hast du ihm geantwortet?« fragte ich möglichst unbeteiligt.

»Ich habe nein gesagt, aber er hat nicht lockergelassen und mir das Blaue vom Himmel versprochen; ich weiß nicht, wie ich ihn loswerden soll.«

Ich war ratlos. Es erschien mir müßig, existentielle Spekulationen anzustellen; Lluïsa war in einem Zustand, der keinen Trost von jemandem wie mir zuließ. Der Sachverhalt war klar: Sie war in einen anderen Mann verliebt, aber abgesehen davon, stießen sie das Verhalten, die Einstellung, die Methoden und die Person von Robert Colom ab. Ich sagte noch ein paar vage Sätze. Was sollte man in einem solchen Fall raten? Eine Flucht? Dazu war ihr Vater nicht in der Lage. Ich legte ihr nahe, mit Freunden zu reden, mit Marsili, Quevedo, Valentí, Helena. Dann brachte ich sie mit dem Auto nach Hause.

Am nächsten Tag erzählte mir Colom gutgelaunt von der Zusammenkunft. Ich muß zugeben, daß seine Beobachtungen tatsächlich treffend waren; es gelang ihm, mich zum Lachen zu bringen, als er die Sprechweise von Enric Marsili und von Vilardaga nachäffte. Zwischendurch machte er ein paar Bemerkungen über mein Vertrauensverhältnis zu Lluïsa. Ich beobachtete ihn verstohlen; er sah mir mit einem offenen Lächeln ins Gesicht. Ich erschrak und verfluchte meine Blauäugigkeit an dem Tag, da Colom mich gebeten hatte, das Fest auszurichten. Kein Zweifel: Er wußte, daß ich die Cros informierte, er wußte, daß ich für den Gegner arbeitete! Ich machte mich mit der düsteren Lage vertraut. Eine Ameise und ich stellten beinahe dasselbe dar. Er wußte, daß ich ihn hinterging, und war gerade dabei, mir zu zeigen, daß es ihn kaltließ. Er hatte die Situation derart im Griff, daß er sich sogar den Luxus gestattete, mich seine Kenntnis der Dinge spüren zu lassen. Ich wurde rot vor Scham und Ohnmacht. Die Erniedrigung ging so weit, daß er mir zeigte, wie wenig sich für ihn die Mühe lohnte, gegen mich Unbedeutenden vorzugehen. Ich konnte tun, was ich wollte. Was auch immer ich Lluïsa sagte, es würde die Dinge nicht ändern, weil ohnehin alle über alles Bescheid wußten. Colom hatte sich soeben einen Erzfeind geschaffen, und das entging ihm nicht, trotzdem lächelte er gleichgültig und freundlich. Ich grübelte, wie ich seine Pläne durchkreuzen könnte. Später, ganz allein, tröstete ich mich mit dem Gedanken, daß er alle Trümpfe besaß, bis auf einen. Er konnte die Bank Mir demontieren, aber noch besaß er nicht Lluïsa Cros.

Damals kannte ich kaum jemanden, den ich mit meinen persönlichen Problemen behelligen konnte. Meine Arbeit hatte mich von meinen Jugendfreunden entfernt, und bei den neuen Freunden schien mir der Boden für Vertraulichkeiten noch nicht vorhanden zu sein. Als ich über meine Rolle in dieser Komödie nachzusinnen begann, waren sämtliche Gedanken zur Einsamkeit verurteilt, sie bewegten sich zwangsläufig im Kreis und liefen zunehmend Gefahr, in Wiederholung, Untätigkeit und Irrtum zu münden. Woher kam mein gesteigertes Interesse für den Fall? Hatte ich etwa die Möglichkeit einer raschen, glänzenden Karriere als Doppelagent gewittert? Das sollte ich mir besser aus dem Kopf schlagen; in hellen Momenten (das heißt, wenn ich in Panik geriet) sah ich mich völlig vernichtet aus dieser Sache hervorgehen (wenn man will, sowohl durch Zufall wie durch Unachtsamkeit, wie ein Käfer, den miteinander kämpfende Raubtiere zertreten). Vielleicht fand ich an dem unbeschreiblichen Gefühl Gefallen, das Lluïsa in mir auslöste? In diesem Punkt gelang es mir nie, selbst nicht in Augenblicken höchster Begeisterung, Möglichkeiten zu erwägen. Wenn ich damals nicht in der Lage war, meine Rolle in dem Ganzen zu durchschauen, so glaube ich nicht, daß die Bedingungen heute dafür günstiger sind. Die Ereignisse und die Zeit haben so viele Spuren in der Vergangenheit hinterlassen, daß ein Wiedererkennen von Wegen eher das Empfinden eines Musikers als das eines Notars erfordert. Jedenfalls fühlte ich mich in einen Krieg verstrickt, in dem ich, ohne genau zu wissen, was mich erwartete, dem täglichen Wechselspiel der Geschehnisse nicht ausweichen konnte.

Und die Geschehnisse überstürzten sich an dem Tag, als Alexis Cros starb. Einige Monate, nachdem ich ihn zum ersten- und letztenmal gesehen hatte, waren Gerüchte über seinen Gesundheitszustand, genauer, über seinen Geisteszustand, in Umlauf gekommen. Es hieß, der allmächtige Bankier sei verrückt geworden und einem Heer von Krankenschwestern und Advokaten ausgeliefert. Ich erwähnte Lluïsa gegenüber vorsichtig, was mir von verschiedensten Seiten über ihren Vater zu Ohren gekommen war, und pochte auf die Notwendigkeit, sein Image in der Öffentlichkeit zu wahren. Sie lachte und erwiderte, daß jeder, der aus der Masse herausrage, früher oder später von Taugenichtsen und Neidern verleumdet würde, zu denen sie mich hoffentlich nie zu zählen brauchte. Das mußte ich schlucken; danach kamen wir auf ihre Pläne zu sprechen. Nebenbei bemerkte sie, wie froh sie sei, seit zwei Wochen nichts mehr von Colom gehört zu haben. Drei Tage nach diesem Gespräch las ich in den Schlagzeilen der Zeitungen vom Tod des Bankiers Cros.

Rings um das Haus der Cros' gab es einen derartigen Trubel, daß ich beschloß, mich abseits zu halten. Ich drückte Lluïsa mein Beileid aus und versicherte ihr, ihr beizustehen, soweit es mir nur irgend möglich wäre; aber sogleich trug mich ein Gewühl von Leuten weg von ihr, die meisten hatte ich nie zuvor gesehen, doch sie mischten überall mit. Alles sah unverwechselbar nach einem Machtkampf aus, und das verleidete mir den Wunsch, den Angehörigen und Freunden der Cros' nahe zu sein. Hinzu kamen eine Reihe von Spekulationen über die letzten Lebensmonate des Bankiers und die Umstände seines Todes.

Es hieß, Cros hätte den Verstand verloren (was keineswegs dem Eindruck entsprach, den ich bei unserem einzigen Zusammentreffen gewonnen hatte) und wäre am Ende nackt und wie ein Tier brüllend durchs Haus gelaufen; sein Tod wäre von so seltsamen Umständen und Unklarheiten begleitet gewesen, daß man an alles denken könne, von Selbstmord bis hin zu Mord. Ich beschloß, ein paar Tage später, wenn die Gemüter sich beruhigt hätten, mit Lluïsa darüber zu sprechen, sie zumindest über die Geschichten, die in Umlauf waren, zu unterrichten, damit sie dagegen vorgehen könnte.

Das Begräbnis von Alexis Cros war eines der aufsehenerregendsten gesellschaftlichen Ereignisse der letzten Zeit. Wie bei den Begräbnissen von Politikern oder Filmstars standen die Berühmtheiten des Augenblicks in der ersten Reihe. Der Botschafter der Vereinigten Staaten war eigens aus Madrid angereist, was die Kommentare der politischen Beobachter auslöste. Die Fotografen der Regenbogenpresse hetzten hier einer Träne, dort einer Beileidsbezeugung hinterher. Ausgenommen die etwa fünfzig Personen, die sich in unmittelbarer Nähe von Lluïsa Cros und dem Sarg ihres Vaters befanden, gab sich niemand sonst die Mühe, sich zu verstellen. Die Leute lachten, machten frivole Bemerkungen und ließen keinen Zweifel am eigentlichen Grund ihrer Anwesenheit. Cros war eine bekannte Persönlichkeit gewesen, denn obwohl ihn – bedingt durch die fast zwanzig Jahre Amerika und seine spätere Menschenscheu – kaum jemand zu Gesicht bekommen hatte, sorgten sein Name und seine Macht für gehörige Aufregung. Und abgesehen von dem Bestreben, ein paar Krumen zu ergattern, war man in den gehobenen Kreisen natürlich gespannt, wer denn nun die Geschicke der Bank Mir und der ihr angegliederten Unternehmen lenken würde.

Offiziell, wie zu vermuten, war dies in der Verfügung von Alexis Cros genau dargelegt. Lluïsa erbte Besitz und Aktien ihres Vaters, und was das Management anging, wurden eine Stiftung und ein Vorstand geschaffen, den Mateu Valentí leitete und dem Quevedo, McCarthy und Marsili angehörten, neben weiteren, dem Unternehmen verbundenen Personen auch Ficinus und erstaunlicherweise Josep Cases. In den ganzen Wirren hatte ich nicht mehr an die Sache zwischen Colom und Lluïsa gedacht, doch eines Tages, ungefähr einen Monat nach dem Tod ihres Vaters, kam sie verzweifelt zu mir. Colom war erneut zum Angriff übergegangen und in Bereiche vorgedrungen, die wir fürchteten.

»Er sagte, er könnte nicht ohne mich leben, das Leben hätte ohne mich an seiner Seite keinen Sinn«, erzählte mir Lluïsa. »Er warf sich vor mir auf die Knie, ich weiß nicht, wie ihm das gelang, aber er hatte sogar Tränen in den Augen. Bis dahin hatte ich versucht, freundlich zu sein, nun war es an der Zeit, Härte zu zeigen. Er blieb noch eine Weile bei dieser Masche, aber dann wurde er ungeduldig und sagte, wir wüßten doch alle, daß mir eigentlich keine Wahl bliebe und daß sich das, was er nicht auf liebenswürdige Weise erreichen könnte, ganz leicht mit anderen Methoden erzwingen ließe; mit diesen Worten ließ er mich allein. Seine Mittel sind erschöpft, und er schien keineswegs zu scherzen.«

»Wenn du glaubst, daß davon der gute Ruf der Bank abhängt …«

»Natürlich hängt er davon ab«, erwiderte sie ungeduldig. »Wann hat die Kommission das letztemal getagt?«

»Vor dem Tod deines Vaters. Aber jetzt, wo ich daran denke, fällt mir ein, daß zweimal eine Sitzung einberufen, aber aus verschiedenen Gründen verschoben worden ist. Ich glaube, wir werden uns demnächst zusammensetzen, denn alle sind mit ihrer Arbeit schon weit vorangekommen.«

»Klar«, sagte sie mit abwesendem Blick, »die Entscheidung kann nicht länger aufgeschoben werden. Wenn ich dieser Bestie weiterhin den Zutritt verwehre, wird die ganze Mühe meines Vaters umsonst gewesen sein.«

Sie ging, und ich blieb mit ihrem Duft und in einer melancholischen Stimmung in meiner Wohnung zurück. Es gibt Frauen, die durch Sorgen und Widrigkeiten noch schöner werden. Ich werde die Wangen, die Schläfen Lluïsas an jenem Abend, ihre entschlossen aufeinandergepreßten Lippen nie vergessen. Sie war seit Cros' Tod schmaler geworden, und der Hauch von Fatalismus und Tragik machte sie – wie es in der Unterhaltungsliteratur heißt – schrecklich begehrenswert.

In dieser Nacht konnte ich nicht schlafen, die Geschichte ging mir nicht aus dem Sinn. Hätte ich das beharrliche Drängen Coloms nicht selbst erlebt, wäre ich versucht gewesen, alles für eine von Lluïsa Cros inszenierte Komödie zu halten, mit der sie ein gutes Votum bei der Kommission erreichen wollte, also zu glauben, daß sie mich gefühlsmäßig erpreßte. Ich dachte auch, daß ich an Coloms Stelle, wenn ich wirklich so verrückt nach Lluïsa wäre und sie aufrichtig liebte, die Untersuchungen über die Bank Mir abbrechen und ihr damit den ersten Beweis für meine redlichen Absichten liefern würde, und nicht umgekehrt. Ich überlegte, ob ich ihm das offen sagen sollte, da er mir durch seine Bitte, besagtes Fest auszurichten, gewissermaßen eine Tür zu Vertraulichkeiten geöffnet hatte. Doch dieser Schritt machte mir angst, ich befürchtete, er könnte zu Vermutungen führen, an die Colom nicht gedacht hatte, wie zum Beispiel die tatsächliche Sorge und die möglichen Zweifel Lluïsas. Ich hatte Angst, Colom Trümpfe in die Hand zu spielen, und beschloß, ein paar Tage zu warten.

Wie oft habe ich mich dafür verflucht! Angesichts einer Chance von eins zu zwanzig, daß Colom auf mich hören würde, hätte sich zumindest der Versuch gelohnt. Am nächsten Tag begegnete er Lluïsa Cros bei der Buchpräsentation eines gemeinsamen Freundes. Ich war ebenfalls dort; keiner von uns dreien (oder zumindest ich) hatte mit der Anwesenheit der anderen gerechnet. Dort startete Colom seinen letzten Angriff und verschwand danach in Begleitung von zwielichtigen Gestalten, die gekommen waren, um ihn abzuholen. Lluïsa war mit dem Motorrad unterwegs und brachte mich, quer durch Barcelona rasend, nach Hause. Sie wollte nicht mit hinaufkommen; im Hauseingang stehend, berichtete sie mir, Colom hätte ihr gesagt, sollte sie ihn nicht heiraten, würde er innerhalb von achtundvierzig Stunden die Bank Mir verstaatlichen und sämtliche Vorstandsmitglieder ins Gefängnis bringen. Wie nach unserem letzten Gespräch, ging Lluïsa auch diesmal fort, ohne mir Zeit zu lassen, irgend etwas zu erwidern, und startete ungestüm ihr Motorrad. Aufregende Ereignisse stehen uns bevor, so dachte ich.

Zehn Tage später rief mich Marsili an und drängte darauf, mich zu sprechen. Wir verabredeten uns für den Nachmittag bei mir.

»Lluïsa ist mit Robert Colom zusammen«, sagte er ohne Umschweife nach einer kurzen Begrüßung.

»Und was hat das mit mir zu tun?« erwiderte ich, wobei ich mich bemühte, die Erschütterung, die diese Nachricht in mir auslöste, zu verbergen.

»Natürlich nichts, aber da du Colom öfter triffst als wir, dachte ich, wir sollten in Kontakt bleiben, damit uns die Sache nicht entgleitet.«

»Damit sie uns nicht entgleitet?«

»Genau«, und als er mein Erstaunen sah, fuhr er besorgt und mit Nachdruck fort: »Stell dir doch bloß die Eigentümerin der Bank, mit dem Einfluß und der Macht, über die sie verfügt, in den Händen eines Kerls vor, der seit Jahren auf eine Gelegenheit lauert, uns zu vernichten. Sein Vater hat es jahrelang an der Börse versucht, doch Coloms Strategie ist eine andere. Man muß nicht besonders schlau sein, um festzustellen, daß wir den Feind in den eigenen Reihen haben.«

»Was sagt Lluïsa dazu?«

»Deshalb solltest du ja eingreifen. Lluïsa hat sich um hundertachtzig Grad gewendet. Sie wollte nichts von ihm wissen, und nun scheint sie glücklich und verliebt. Wo wir doch alle dachten …«

Marsili unterbrach sich.

»Was habt ihr gedacht?« bohrte ich nach, ohne meine Ironie im Zaum zu halten.

»Nichts. Wie es scheint, ist sie nun für ihn entflammt, und er spricht von Heirat, und wie du dir wohl vorstellen kannst, wäre das die absolute Katastrophe. Wir haben versucht, sie zur Vernunft zu bringen, nichts. Vielleicht hört sie auf dich.«

Ich tat so, als würde ich darüber nachdenken. In Wirklichkeit überlegte ich, ob ich ihm von der Sache mit dem Untersuchungsausschuß berichten sollte. Ich bezweifelte, daß Lluïsa, nur um die von ihrem Vater aufgebauten Unternehmen zu retten, dazu fähig war, sich einem Mann hinzugeben, von dem sie immer gesagt hatte, daß sie ihn abstoßend fände. Ich erläuterte Marsili den Sachverhalt.

»Sie ist in letzter Zeit von Colom erpreßt worden. Offenbar hat der Untersuchungsausschuß einige Beweise gegen die Bank Mir in der Hand, und Colom hat das ausgenutzt, um Lluïsa unter Druck zu setzen.«

»Das wissen wir doch alles«, erwiderte Marsili, »und noch heute nachmittag habe ich drei Stunden lang versucht, sie zu überzeugen. Sie braucht kein Opfer zu bringen. Wenn belastende Beweise auftauchen sollten, gibt es Gerichtsverfahren, und wir haben die besten Anwälte.« An keiner Stelle sprach Marsili von Unschuld oder von Schuld. »Wir werden uns zu verteidigen wissen, da können alle Gift darauf nehmen, und wir werden aus der Sache herauskommen, ohne irgend jemandem Zugeständnisse machen zu müssen, schon gar nicht auf privater Ebene.«

Ich stellte fest, daß es, abgesehen von den Aktien, die den Coloms in die Hände fallen könnten, ein entscheidendes Imageproblem für den Clan der Bank Mir gab. Colom die Tore öffnen zu müssen, durch die er, zweifellos mit dem Gehabe eines Eroberers, als Ehemann der jungen Königin hereinstolzieren würde, brachte, neben den materiellen Einbußen, einen Prestigeverlust mit sich, den sie sich nicht erlauben konnten. Ich versprach Marsili, alles zu tun, was in meiner Macht stand, um die Sache zu bereinigen, doch in Wahrheit wußte ich nicht, wo ich anfangen sollte. Die Kommission tagte am darauffolgenden Montag unter dem Vorsitz von Robert Colom. Es wurden endgültige Berichte über die überprüften Unternehmen vorgelegt. Colom präsentierte uns die Ergebnisse aus der Untersuchung der Bank Mir, um die er sich persönlich gekümmert hatte. Ich weiß nicht, wie viele von uns die Verwicklungen des Falls kannten, Colom jedenfalls stellte eine Genugtuung und eine Eitelkeit zur

Schau, als hätte er Lluïsa Cros, den Vorstand der Bank und die gesamte Presse des Landes vor sich. Der Bericht war negativ, und die Akten wurden archiviert.

Kaum war ich draußen, beeilte ich mich, Lluïsa anzurufen, um ihr die gute Nachricht zu übermitteln. Sie war ausgegangen und würde erst sehr spät zurückkommen. Es lag auf der Hand, daß sie mit Colom zusammen war. Ich war zwei Tage hinter ihr her, bis ich sie endlich erreichte, und wir verabredeten uns in einer Bar.

Es war Ende des Frühlings, sie erschien im ärmellosen Kleid und wirkte im Vergleich zum letzten Mal gutgelaunt und wohlauf, und ich fand sie kein bißchen weniger anziehend. Es gab nicht viele Alternativen zum einleuchtendsten und niederschmetterndsten Grund für diesen Wandel. Ich sagte ihr, daß nun, wo alles geregelt war, für sie keinerlei Veranlassung mehr bestünde, Colom weiterhin zu sehen. Sie begann zu lachen, dankte mir für meine Anteilnahme und wechselte sofort das Thema. Ich wurde ungeduldig.

»Ich bin nicht hinter dir und Robert hergelaufen, damit du mir nun mit Scherzen kommst. Du kannst ihn auf der Stelle einfach zum Teufel schicken.«

»Und warum sollte ich das tun?«

»Du würdest alles über Bord werfen, was wir bis jetzt beredet haben?«

»Hör zu, lieber Freund: Ich bin in Robert Colom verliebt, und das nicht erst jetzt, sondern schon seit einiger Zeit. Wegen der Einwände von seiten der Freunde und der Familie habe ich versucht, mich dagegen zu wehren; nun habe ich beschlossen, dazu zu stehen, auch wenn das allen gegen den Strich gehen sollte.«

»Was redest du da?«

Ich ergriff ihren Arm, und sie sah mich streng an.

»Ich war bereit, mit dir über die Angelegenheit zu sprechen, weil wir Freunde sind und du mir in schwierigen Momenten beigestanden hast. Ich hoffe aber, dich nicht daran erinnern zu müssen, daß ich niemandem Erklärungen über mein Leben schulde.«

Ich nahm einen kräftigen Schluck von dem grünen Mixgetränk, das ich mir bestellt hatte. Ich fand Lluïsas Haltung großartig, aber ich wollte mich selbst davon überzeugen, daß sie nicht launisch war und wirklichkeitsfremd.

»Ich glaube«, sagte ich mit vorgetäuschter Liebenswürdigkeit, »wenn du bei deinem Vorhaben bleibst, wird dir meine Hilfe nicht ungelegen kommen. Was sagen eigentlich deine Freunde Marsili, Helena und Valentí zu der ganzen Sache?«

»Sie sind alle gegen mich. Könntest du sie nicht umstimmen?«

»Das glaube ich nicht. Aber ich werde zumindest versuchen, sie zu beruhigen, damit sie dir nicht das Leben schwermachen.«

Ich schlug ihr vor, gemeinsam zu Abend zu essen, und hoffte, ein wenig Wein würde der ungewohnten, undurchdringlichen Mauer, die sie um sich errichtet hatte, den einen oder anderen Riß zufügen, aber sie sagte, sie wäre schon verabredet, und ging.

Obwohl ich mich sehr bemühte, gelang es mir nicht, die Wogen zu glätten. Der Clan der Bank Mir erschauderte bei dem Gedanken, Robert Colom könnte einen Fuß in das Unternehmen setzen, und ihr Verhalten bewirkte das Gegenteil von dem, was man bezwecken wollte. Je mehr sie Lluïsa drängten, diesen Kerl nicht mehr zu treffen, um so begeisterter schien sie von ihm zu sein; es kam so weit, daß eine Sondersitzung des Vorstands einberufen wurde, um »das Problem« zu besprechen. Offensichtlich hatte jemand vorgeschlagen, eine Klausel in die Statuten aufzunehmen, die Lluïsa – im Fall einer Heirat mit Colom – daran hindern sollte, Nutzen aus ihren Sonderrechten zu ziehen. Ein Teil des Direktoriums gab zu bedenken, daß dieses Vorgehen einen gefährlichen Präzedenzfall schaffen und außerdem erhebliche rechtliche Probleme mit sich bringen würde, damit stand diese Möglichkeit nicht weiter zur Debatte. Die Bemühungen, die Gesellschaft vor dem möglichen (und immer wahrscheinlicheren) Eindringen Robert Coloms zu schützen, wurden aber fortgesetzt. Die Statuten und das Testament von Cros wurden nachgeprüft, doch es fand sich kein Anhaltspunkt. Wenn Lluïsa Colom heiratete, würde nichts den Ehemann daran hindern können, direkten Zugriff auf die wichtigsten Aktien des Unternehmens zu nehmen.

»Hoffen wir, daß es sich um eine jugendliche Laune von ihr handelt. Warten wir das Ende des Sommers ab, dann wird alles vorüber sein.«

Nach dem Sommer gab Lluïsa Cros ihre Verlobung mit Robert Colom bekannt.

Es kam zwischen uns zwar nie zu so offenen Feindseligkeiten wie im Umgang mit ihren Angestellten, doch kühlte meine Freundschaft zu Lluïsa ab, seit sie mit Colom zusammen war. Später habe ich oft versucht, den wahren Grund dafür zu finden. Sah sie in mir ihren Widerspruch verkörpert? Erinnerte ich sie an ihren früheren Haß auf den jetzigen Liebhaber? Brachte sie meine Gegenwart in Gefahr, schizophren zu werden? Möglicherweise traf aber nichts davon zu, und das Problem lag bei mir. Vielleicht fühlte ich mich, ohne es zugeben zu wollen, von ihr hintergangen. Der (in Vertraulichkeiten sublimierte) Besitz ihrer Person war nicht möglich gewesen, und darauf reagierte ich, indem ich mich zurückzog. War das der Mechanismus gewesen? Ich war jedenfalls nicht der einzige, der sich von Lluïsa entfernt fühlte (oder sich fernhielt, oder ein wenig von beidem), denn die Direktoren der Bank behandelten sie wie Luft (was die gefühlsmäßige Ebene betraf; im wirtschaftlichen Bereich war es ihnen, wie schon erwähnt, nicht möglich). Je mehr sie Kritik übten, um so arroganter zeigte sich Lluïsa und stellte ihr Glück an Coloms Seite herausfordernd zur Schau.

Ihre Hochzeit war das glanzvollste Fest der letzten Jahre. Sie hatten, den Regeln des Anstands folgend, einen angemessenen Zeitraum seit dem Tod von Cros verstreichen lassen, dennoch wurde getuschelt, daß der Vater der Braut diese Ehe niemals gebilligt hätte. Es machte mir ein wenig angst, Lluïsa, wenn nicht von Feinden, denn dieser Ausdruck ist vielleicht zu stark, so doch von wenig begeisterten Freunden umgeben zu wissen. Das Brautpaar schien auf einer Wolke zu schweben, und darunter verschanzten sich, mit dem obligaten Lächeln, die beiden Clans in entsprechendem Abstand zueinander. Auf der einen Seite die Bank Mir, auf der anderen die Coloms, die mit der bemerkenswerten Anwesenheit von Flints Witwe, nunmehr verehelichte Senyora Bruch, und deren Tochter Marina glänzte. Ich langweilte mich entsetzlich, und als dieses Gefühl in Widerwillen umschlug, verabschiedete ich mich zu angemessener Stunde vom Brautpaar und den nächsten Angehörigen und ging.

Später rief ich mir die Hochzeitsgäste in Erinnerung. Die Anwesenheit des amerikanischen Botschafters bedeutete zweifellos mehr als bloße Höflichkeit; er war in Begleitung eines überaus mächtigen, in Fachkreisen und darüber hinaus bekannten Bankiers gekommen: Harrison Norfolk, einer der Direktoren der Weltbank; Norfolk war extra mit seiner Frau und einer Tochter in Lluïsas Alter aus Washington angereist (später erfuhr ich, daß sie entfernt miteinander verwandt waren; das Spiel der einflußreichen Beziehungen hörte dennoch nicht auf, mich zu fesseln). Der ungezwungene Umgang dieser Leute mit Valentí, Quevedo, McCarthy und Marsili erstaunte mich. Aber auch der sowjetische, der japanische und der saudiarabische Botschafter waren gekommen. Wie weit reichte der Einfluß der Bank Mir? Oder handelte es sich bloß um eine wohlwollende Geste der Großen den Kleinen gegenüber? Ließ sich der Herr dazu herab, der Hochzeit seines Dieners beizuwohnen? Ich dachte an Einzelheiten und Anekdoten, und diese Schlußfolgerung schien nicht zu passen. Die Liebenswürdigkeit, die der Botschafter und der amerikanische Bankier Lluïsa Cros entgegenbrachten, war weit entfernt von jener prahlerischen Selbstgefälligkeit, die Yankees üblicherweise an den Tag legen, wenn sie Kolonien bereisen. Bis wohin reichte tatsächlich die Macht der Bank Mir? Handelte es sich um die Macht einer Einzelperson oder die einer Familie, der Cros', am Rande oder vielleicht parallel zur Bank?

Lluïsa Cros' Schwierigkeiten mit dem Stab der leitenden Angestellten spitzten sich nach der Hochzeit zu. Sollte jemand angenommen haben, die Lage würde sich angesichts der vollendeten Tatsachen entschärfen, so hatte er sich gründlich geirrt. Valentí und Marsili waren autoritär, um nicht zu sagen despotisch, und sie hielten Lluïsa von den internen Bankangelegenheiten fern. Robert Colom stand abseits und ging weiterhin seiner Arbeit nach. Über das Prüfungsverfahren, dem die Bank Mir unterzogen worden war, wurde nicht mehr gesprochen. Lluïsa war trotzig, unnahbar und nach wie vor angriffslustig. Eines Tages besuchte mich Helena und bat mich, mit Lluïsa zu reden und sie zur Unterzeichnung eines Dokumentes zu bewegen, das den Cros'schen Besitz vor dem Zugriff Coloms schützen sollte. Sie selber hatte es, wie sie mir sagte, schon vor ein paar Tagen versucht, aber Lluïsa hatte nichts davon hören wollen. Ich erinnerte mich an mein Versprechen, Lluïsa zu helfen, ›was auch geschehen mochte‹, und bat sie, ohne besondere Begeisterung über die mir zugeteilte Rolle, um eine Audienz.

Sie empfing mich im Salon ihres Hauses, überschäumend vor Lebensfreude, aber ohne diesen Ausdruck des frühreifen Mädchens verloren zu haben, den ich so sehr an ihr mochte; mit steifer und überlegter Liebenswürdigkeit teilte sie mir gleich zu Beginn mit, daß sie schwanger sei.

»Fast niemand weiß es«, sagte sie mit einem Lächeln und nahm meine Hand, als würde sie mir von einem Streich erzählen. Etwas kleinlaut gestand ich ihr den Grund meines Besuches. Sie lächelte zwar weiterhin, aber das Gespräch wurde deutlich gespannt. »Dich schicken Mateu und Joan, nicht wahr?«

Es war sinnlos, das leugnen zu wollen; ich erging mich also, ohne die geringste Überzeugung, in einer Pflichterörterung.

»Ich glaube, du mußt es tun. Sie haben alle Möglichkeiten geprüft und wollen nichts anderes als dein Vermögen verteidigen.«

»Mein Vermögen? Du meinst wohl ihr Kapital! Sie bilden sich ein, daß Robert nichts anderes im Sinn hat, als dem Geld hinterherzujagen. Seit einem Jahr versuchen sie, sich in mein Leben einzumischen, ich ertrage es nicht mehr.«

»Du bist dir wohl bewußt, welche Situation zwischen euch entstanden ist.«

»Das ist nicht meine Schuld.«

116

»Sie haben zugelassen, daß du Colom heiratest …«

»Das wäre ja auch noch schöner!« unterbrach sie mich. »Wie hätten sie mich denn daran hindern können? Indem sie mich strangulieren?«

»Da hätten sie eher ihn stranguliert«, erwiderte ich, aber sie wirkte nicht besonders überzeugt; »du solltest ein wenig entgegenkommend und nachgiebig sein in dieser Angelegenheit.« Ich war versucht, eine typisch demagogische Rede über die Verknüpfung von Kraft (oder Stärke) und Nachgiebigkeit zu halten, doch da ich annahm, Lluïsa damit nicht zu beeindrucken, fuhr ich mit anderen Argumenten fort: »Du solltest dir etwas überlegen, um die Sache in Ordnung zu bringen. Daß die Direktoren und leitenden Angestellten der wichtigsten Bank des Landes gegen ihren Besitzer eingestellt sind, ist unhaltbar und absurd. Ihr müßtet einen endgültigen Pakt schließen, der gewisse Garantien beinhaltet.«

»Lieber Freund«, antwortete sie mir mit einer Fröhlichkeit, die darauf hinwies, daß sie die Angelegenheit für abgeschlossen betrachtete, »du solltest längst wissen, daß wir in einem Land leben, wo die scheinbar provisorischen Dinge endgültig sind.« Dieser Winkelzug verblüffte mich, und sie fügte lachend hinzu: »Wußtest du das nicht? Nun, ich lebe noch nicht so lange in Katalonien wie du, aber ich weiß es ganz genau.«

Danach glitt das Gespräch in Nebensächlichkeiten ab. Noch am selben Abend teilte ich Helena das Ergebnis unseres Treffens mit.

Von da an ächtete der Mir-Clan (als solcher war die Gruppe, auf die ich mich beziehe, selbst bei der Presse bekannt) Lluïsa Cros ganz offen. Die ihr zustehenden Erträge wurden peinlich genau und pünktlich ausgezahlt, die Aktienstände und Zinsen bis zum letzten Cèntim aufgelistet. Doch die Direktoren verweigerten ihr jeden persönlichen Kontakt. Sie schien das mit Gleichgültigkeit, wenn nicht mit Ironie hinzunehmen. Mit der Zeit wirkte es sich aber auf ihr Wesen aus, sie wurde menschenscheu. Obwohl ich mir das Gegenteil vorgenommen hatte, distanzierte auch ich mich von ihr, vermied es aber, allzuviel darüber nachzudenken.

Lluïsa Cros (niemand nannte sie jemals Lluïsa Colom) gebar einen Sohn, den ich erst zwei Jahre nach seiner Taufe wiedersah, als Lluïsa ihr zweites Kind, ein Mädchen, erwartete.

Der erstgeborene Colom war ein aufgeweckter Junge, hatte aber ein träumerisches und zurückhaltendes Wesen, das Anlaß zu Gerede gab.

Von allen Seiten war mir zu Ohren gekommen, er wäre das Ebenbild seines Großvaters Alexis Cros, und ich konnte mich persönlich davon überzeugen.

1/0

Rodin hielt inne, um ein Glas Wasser zu trinken, und musterte die Zuhörer. Carter, Gimellion und Roncal lächelten vage. Sie waren anscheinend bestens über die erzählte Geschichte im Bilde, und ihr Interesse galt der subjektiven Darstellung Rodins, der seinen Vortrag sichtlich genoß. Rodin holte allerdings keine Meinungen ein, und niemand sprach eine Anerkennung aus. Emília, Artur und Camila waren so gefesselt wie ich; sie hatten von der Geschichte gehört, kannten aber keine Einzelheiten.

Rodin fuhr fort.

0/1

Im darauffolgenden Jahr konsolidierte die Bank Mir erneut ihre gute wirtschaftliche Lage (ein aufsehenerregend rasches Wachstum hatte sich schon zu Lebzeiten von Alexis Cros eingependelt); die Kluft zwischen der Erbin und den Direktoren verfestigte sich ebenfalls und vertiefte sich mit der Zeit. Es war unterdessen zu einigen Unglücksfällen gekommen. Joan Quevedo hatte einen schrecklichen Autounfall, bei dem er beinahe gestorben wäre; er war für einige Zeit außer Gefecht gesetzt. Kurz darauf starb McCarthy bei einem Unfall im eigenen Hause. Doch nichts davon brachte eine Entspannung oder eine neuerliche Annäherung an

Lluïsa. Gerüchten zufolge hatte Colom maßlos zu trinken begonnen und lebte mehr denn je wie in seiner Junggesellenzeit. Lluïsa kapselte sich mit ihren Kindern weitgehend ab; in der Öffentlichkeit benahmen sie und Robert sich wie zwei Fremde, und er stellte anderen Frauen nach.

Als ich das zum erstenmal beobachtete, hielt ich es kaum für möglich. Lluïsa tat so, als wäre alles in Ordnung, mit der Gelassenheit und Würde, die für sie charakteristisch waren. Ich versuchte eine behutsame Annäherung, aber sie war nach wie vor unnahbar und verhielt sich wie bei einer gesellschaftlichen Verpflichtung. Naiverweise kam ich auf den Gedanken, diese Umstände könnten zu einer Änderung im Verhalten des Mir-Clans führen, doch dem war nicht so. Sie glaubten, das Recht auf ihrer Seite zu haben, und zeigten sich unerbittlich.

Wenig später erfuhr ich durch einen Anruf im Büro von einem außergewöhnlichen Vorfall: Es hatte ein Attentat auf den Sohn von Robert und Lluïsa gegeben. Zum Glück war der Junge unverletzt geblieben. Der Chauffeur seines Großvaters Toni Colom brachte ihn jeden Mittwoch zur selben Zeit nach Hause; an diesem Tag hatten sie ihm ein paar Straßen weiter unten mit einer Bazooka aufgelauert und das Auto zersiebt. Im Inneren war aber nur der Chauffeur gewesen; der Junge war wenige Minuten vorher ausgestiegen, weil er einen Nachbarn gesehen hatte, mit dem er sich sehr gut verstand, und der Chauffeur hatte, da er den Jungen ebenfalls kannte, eingewilligt, daß sie ein Stück miteinander gingen. Die Erschütterung war außerordentlich groß. Ich versuchte, mit Colom und Lluïsa Kontakt aufzunehmen, doch ich stieß an eine unüberwindbare Barriere. Daraufhin schickte ich ihnen eine Karte, um meine Solidarität und meine Freude darüber auszudrücken, daß dem Kind nichts geschehen war.

Etwa zehn Tage später schrieben alle Zeitungen über ein Attentat auf eine Schule in der Oberstadt Barcelonas. Am Nachmittag war ein Sprengkörper explodiert, sieben Kinder wurden getötet und sechsundvierzig weitere schwer verletzt. Am Tag darauf brachte die gesamte Presse den Anschlag mit dem Attentat in Zusammenhang, das Coloms Chauffeur das

Leben gekostet hatte: Robert Coloms Sohn ging in ebendie Klasse, in der die Explosion stattgefunden hatte, war aber zu diesem Zeitpunkt wie durch ein Wunder nicht anwesend, weil er wegen eines kleinen, seit dem Wochenende verschleppten Verdauungsproblems zum Arzt mußte.

Die Öffentlichkeit war geschockt. Welchen Grund mochten die Attentate auf den Sohn von Colom und Cros haben? Mir gingen viele Dinge durch den Kopf, aber ein sonderbarer Stolz hinderte mich daran, etwas zu tun. Ich hätte auch nicht viel mehr machen können, als Lluïsa, die unter solchen Umständen verzweifelt sein mußte, beizustehen; doch welche Art von Hilfe hätte sie angenommen? Ich wußte, daß ich mein Verhalten eines Tages bereuen würde, schloß mich aber trotzdem zu Hause ein, um erst einmal über die Ereignisse nachzudenken. Wer konnte Interesse daran haben, den Erben der Coloms verschwinden zu lassen? Ich hatte mir damals ausreichend Material über die Vorgeschichte der Bank Mir verschafft und verfügte über wichtige Daten, so daß ich mir ein Bild von der Situation machen konnte. Ich lenkte mein Augenmerk auf die Flints, denn sie waren, nach allem, was ich wußte, als einzige fähig, so gegen ein Kind vorzugehen. Doch der Vater war tot, der Sohn verschollen, und Witwe und Tochter hatten eine zu angesehene gesellschaftliche Stellung und waren zu wohlhabend, um sich auf derartige Abwege zu begeben. Die Flints konnten es also nicht sein.

Wieder mußte ich an das Versprechen denken, das mir Lluïsa Cros an dem Tag, als wir uns kennenlernten, abverlangt hatte. Ich hatte ihr geschworen, ihr zu helfen, ›was auch immer geschehen mochte‹. Dieser Satz ging mir nicht aus dem Sinn. Woran hatte Lluïsa gedacht, als sie das sagte? Vielleicht war der Moment gekommen, das Versprechen einzulösen. In erster Linie galt es, sich um die Sicherheit der Kinder zu kümmern.

Dazu blieb mir keine Zeit mehr. Einen Monat darauf kam es zum endgültigen, furchtbaren Anschlag. Die Kinder von Robert Colom und Lluïsa Cros wurden um neun Uhr abends von zu Hause entführt, während die Eltern auf einem Empfang waren. Drei bewaffnete Männer drangen ein und schlugen zunächst einem der Hausangestellten den Schädel ein. Als die zwei Hausmädchen und die Köchin kreischend herbeieilten, brachen sie einer mit einem Karateschlag das Genick, der anderen zogen sie mit einem Prügel (im Bericht stand: mit einem stumpfen Gegenstand) eins über den Kopf, und die dritte setzte sich selbst außer Gefecht, als sie durch die gläserne Küchentür in den Garten flüchten wollte. Die Eindringlinge nahmen beide Kinder mit und verschwanden ganz professionell, ohne die geringste Spur zu hinterlassen, die es ermöglicht hätte, sie zu identifizieren.

Man darf nicht vergessen, daß Robert Colom Chef der Steuerprüfung war und Lluïsa Cros die Eigentümerin der mächtigsten Bank auf der Iberischen Halbinsel. Der Fall fand ein außergewöhnliches Echo. Die Polizei befragte uns alle, und überall wurden Mutmaßungen angestellt: Die Nachrichten waren voll davon, es gab ausführliche Reportagen, die bedeutendsten Zeitungen widmeten der Angelegenheit Leitartikel. Dennoch (so schien es zumindest mir) traf nichts den Kern der Sache. Ich muß euch gestehen, daß ich sogar den Mir-Clan in Verdacht hatte. Wären sie dazu fähig gewesen, ihren Verfolgungswahn derart auf die Spitze zu treiben? Jedenfalls war alle Welt entsetzt.

Ich stattete den Coloms einen Anstandsbesuch ab, um ihnen meine bedingungslose Unterstützung anzubieten. Es war ein düsterer, drückender Tag, und das schien sich auf alles niederzuschlagen. Das Haus war voll mit Leuten, darunter entfernte Verwandte von Robert und jene Freundin von Lluïsa – an ihren Namen kann ich mich nicht erinnern –, die in der Nacht nach Uriachs Hochzeit mit bei Ficinus gewesen war. Robert Colom hatte gerötete Augen und ging mutlos auf und ab; er schien körperlich am Ende zu sein. Ich näherte mich ihm: Er roch schon von weitem nach Alkohol und schleppte eine verheerende Verzweiflung, eine gegen sich selbst gerichtete Wut mit sich herum. Die wenigen Male, die er mir in die Augen sah, machte er mir angst.

Lluïsa hingegen wirkte ausgeglichen und beherrscht. Sie hatte sich mit ihrer Freundin zurückgezogen und sprach die ganze Zeit, die ich dort war, mit ihr. Ihre Augen waren ebenfalls geschwollen und rot, aber ihre Qual war anders als die ihres Mannes. Sie rührte von Schlaflosigkeit und Weinen her, nicht vom Alkohol. Einen Moment sah ich, wie sich auf ihrem Gesicht das feine Lächeln eines verhaltenen Wahnsinns abzeichnete, der kurz vor dem Ausbruch stand. Ich hätte sie am liebsten an den Schultern gepackt und geschüttelt, nistete mich aber in der unbehaglichen Situation ein. Stillhalten bedeutete zwar, meine Gefühle zu unterdrücken, doch wäre mir jede Geste unbedacht oder übertrieben erschienen. Warum aber hielt sie sich so zurück? In ihrem Blick lag nicht der geringste Vorwurf. Seltsamerweise, und ganz sicher unbeabsichtigt, erreichte sie es jedoch, daß du erschüttert warst und dir selbst Vorwürfe machtest, ohne zu wissen weswegen. Ich beobachtete sie, wie sie sich lächelnd, mit einer dramatischen Liebenswürdigkeit um die Leute kümmerte. Man hatte mir erzählt, daß sie seit dem Verschwinden ihrer Kinder so wäre. Warum ließ sie ihren Schmerz nicht zu? Ich ging bedrückt fort und ließ sie in Gesellschaft von Freunden zurück, die ihr nicht nahestanden: unerreichbar, in unergründliche, heftige Gefühle versunken. Draußen goß es in Strömen.

Der Mir-Clan raffte sich zu einer schüchternen Annäherung an Lluïsa auf, doch sie lebte schon in einer anderen Welt, und man entschied sich für Diskretion (manche nannten es Scheu, andere Feigheit). Als die Untersuchung des Falles begann, erging sich die Presse erneut in wilden Spekulationen über den Hergang.

Allgemein wurden die Attentate mit der Entführung in Verbindung gebracht. Das Geschehen wurde wie in einem Kriminalroman mit peinlicher Genauigkeit aufgerollt. Man schlug eine beliebige Zeitung auf und fand darin ganze Seiten, die sich dem Tagesablauf der Familie und der Hausangestellten in den achtundvierzig Stunden vor dem Überfall widmeten. Von den vier Bediensteten hatten zwei überlebt: die Köchin und das Hausmädchen. Die eine mit zwei gebrochenen Halswirbeln und einem Schädelbasisbruch; die andere war mit einer Gehirnerschütterung und einer gebrochenen Nase glimpflicher davongekommen. Beide sagten übereinstimmend aus, daß alles völlig überraschend und blitzartig, innerhalb weniger Sekunden geschehen wäre und daß die Kidnapper vermummt gewesen wären, weshalb eine Identifizierung äußerst schwer sein würde. Keine von beiden konnte nähere Angaben machen.

Die Regenbogenpresse schließlich beschäftigte sich ausführlich und rücksichtslos mit dem Unglück der Eltern. Sie zerpflückte gründlich ihre katastrophale seelische Verfassung; es war deprimierend, in seichten Formulierungen lesen zu müssen, was jeder schon mit eigenen Augen gesehen hatte: In dem entrückten Lächeln und dem apathischen Verhalten Lluïsas sahen die selbsternannten Psychologen die Vorboten einer nervösen Depression; angesichts des maßlosen und verzweifelten Kummers von Robert Colom prophezeiten sie hingegen großspurig Neurose oder Selbstmord.

Ich hatte damals zwei gute Freunde – wir hatten uns außerhalb unser beruflichen Aktivitäten kennengelernt –, die in der Mordkommission arbeiteten. Eines Tages kamen wir auf den Fall der Kinder Coloms zu sprechen, der seit einiger Zeit häufig Thema belangloser Unterhaltungen war. Ich erinnere mich, daß sie mir erzählten, wie verzweifelt Robert Colom nach seinen Kindern gesucht hatte und immer noch suchte. Er hatte Himmel und Erde in Bewegung gesetzt, Einfluß und Freundschaften ins Spiel gebracht, den Polizeichef bedrängt – zunächst mit Bitten, dann mit Drohungen. Lluïsa Cros hingegen hatte nicht nur keinen Finger gerührt, sondern sich auch bei den Fragen, die ihr die mit dem Fall befaßten Polizisten gestellt hatten, desinteressiert gezeigt, so als würde sie das Schicksal ihrer Kinder nicht kümmern. Es fiel mir nicht schwer, zu erfahren, wie die Polizei dieses unterschiedliche Verhalten interpretierte: Sie sahen darin den gar nicht untypischen Ausdruck absoluter Verzweiflung und unergründlichen Schmerzes. Sie berichteten mir von einer Menge ähnlicher Fälle und betonten, daß Lluïsa keineswegs ihre Kinder weniger liebte als Robert, im Gegenteil, aber es lag in ihrer Natur, nach außen hin Gleichgültigkeit zu zeigen.

Die Erklärung überzeugte mich nicht. Doch sie weigerte sich, jemanden zu empfangen, daher bot sich mir keine Gelegenheit, meine Vermutungen zu erhärten. Schließlich glaubte ich, Lluïsa hätte das Verschwinden ihrer Kinder als eine Fügung des Schicksals, um nicht zu sagen als Strafe dafür hingenommen, daß sie sich, gegen den Willen der Sippe und sicherlich auch gegen den Willen ihres Vaters, wäre er damals noch am Leben gewesen, mit einem Mann verbunden hatte. Wahrscheinlich dachte nicht nur ich so. Aber die Entführung blieb nach wie vor ungeklärt, und die Identität der Täter wurde mit jedem Tag rätselhafter.

Die Monate vergingen, und bei Robert Colom wurden die erniedrigenden Seiten seines jüngsten Lebenswandels immer deutlicher sichtbar. Eines Tages starb er bei einem Autounfall. Ein schrecklicher Tod, begleitet von anstößigen Einzelheiten, auf die ich nicht näher eingehen möchte; es war mitten im Hochsommer, zur Ferienzeit, und das Begräbnis fand in aller Stille statt, da die meisten Leute verreist waren. In Politikerkreisen atmete man auf; das tragische Ereignis hatte ihnen ein sehr peinliches Vorgehen erspart: Im kommenden Herbst hätten sie einen Chef der Steuerprüfung, der fortschreitend dem Alkoholismus, der sexuellen Ausschweifung, dem Wahnsinn verfiel und – was am schlimmsten war – geistig abbaute, seines Amtes entheben müssen. Nun konnte Robert Colom noch als brillanter Geschäftsmann und erfolgreicher, vielversprechender Politiker gewürdigt werden.

Lluïsa Cros wirkte merkwürdigerweise entspannter. Der Kummer und die Jahre an der Seite Coloms, der nicht der ideale Ehemann gewesen war, hatten an ihr gezehrt. Sie führte ein zurückgezogenes Leben, und fortan umgab sie diese seltsame, sanfte Traurigkeit, die sich ihrer wie ein geheimnisvoller Wahnsinn bemächtigt hatte. Mit Vierzig war sie, wie ihr Vater mit Fünfzig, ein gealterter Mensch ohne Illusionen.

Die Untersuchungen über die Entführung ihrer Kinder waren über Jahre hinweg intensiv fortgesetzt worden, doch allmählich erschöpften sich sämtliche Möglichkeiten, und es kam der Zeitpunkt, da man sie offiziell als vermißt erklären mußte. Es waren, wenn auch ergebnislos, die abenteuerlichsten Spuren verfolgt worden, von Menschenhändlern in Nordafrika und im Nahen Osten bis hin zu solchen, die in

Nordamerika Kinder zur Adoption anboten. Nach einigen Jahren waren die Kinder Colom nur noch eine düstere Erinnerung im Gedächtnis der Allgemeinheit.

Lluïsa Cros starb mit dreiundvierzig Jahren an einer Grippe, da sie wegen einer fortgeschrittenen Anämie so gut wie keine Abwehrkräfte besaß. In den letzten Jahren erfreute sie sich der beständigen, wenn auch platonischen Freundschaft von Zacaries Uriach, der für sie zu einer Art großem Bruder wurde; dem Klatsch zufolge war er mehr oder weniger in sie verliebt, wurde von ihr allerdings auf Distanz gehalten. Uriach hatte schon vor geraumer Zeit der Politik den Rücken gekehrt, und seine Frau hatte ihn nach fünf Jahren Ehe wegen eines drittklassigen Künstlers, eines Schauspielers in einem Varieté, verlassen.

Der Tod von Lluïsa Cros erschütterte die Öffentlichkeit, und an ihrem Begräbnis nahmen wesentlich mehr Menschen teil als an dem ihres Mannes. Mir fiel vor allem die bekümmerte Haltung des vollzählig anwesenden Mir-Clans auf, der den Trauerzug anführte. Beim Gedanken an ihr Benehmen gegenüber Lluïsa nach deren Hochzeit mit Colom fand ich ihr Verhalten inkonsequent und fehl am Platz. Als ich später darüber nachdachte, hütete ich mich jedoch davor, zu verurteilen, da sich von mir eigentlich das gleiche sagen ließ. Ansonsten befremdete mich das Fernbleiben von Toni Colom. Er war zwar schon sehr alt, aber noch in guter körperlicher Verfassung, und man sah ihn noch da und dort selbständig hinkommen. Warum also fehlte er bei der Beerdigung einer Schwiegertochter, die das Andenken seines Sohnes in Ehren gehalten hatte, indem sie nicht wieder heiratete und zurückgezogen lebte?

Ich verließ den Friedhof allein und mit einem Kloß im Hals. Auf den Mächtigen der Bank Mir schien ein Fluch zu lasten. Keiner von ihnen war einem tragischen Schicksal entgangen, und allen war es offensichtlich bestimmt, ihre Kinder nicht wiederzusehen und ohne Nachkommen zu sterben. Der erste war Elies Mir gewesen, Alexis Cros schien sich zum Teil von dem Fluch befreit zu haben, doch schließlich hatte es Lluïsa getroffen. Das Unheil war weitreichend und mächtig; auch die Coloms und die Flints mußten erleben, daß ihre Kinder verschwanden. Hinzu kamen nun Nachfolgerprobleme in der Bank. Obwohl ich versuchte, mich herauszuhalten, erfuhr ich über Dritte, daß Lluïsa Cros äußerst komplizierte Verfügungen hinterlassen hatte, die Veränderungen in der Struktur und am Kapital der Bank und ihrer Tochterunternehmen für die nächsten dreißig Jahre verhinderten. Das Management blieb weiterhin in denselben Händen, doch die großen Entscheidungen hingen von einer geheimnisvollen Person ab, die, zusammen mit zwei weiteren, innerhalb dieses Zeitraums eine Art Testamentsvollstrecker für das riesige Vermögen der Cros sein sollte. Zu welchem Zweck oder für wen? fragte ich mich. Eine von Lluïsas Eigenwilligkeiten, sagten die Leute. Später erfuhr ich, wer diese drei Personen waren: Ficinus (der Sohn natürlich, denn Patrici war bald nach dem Verschwinden von Lluïsas Kindern gestorben), ein gewisser Suárez, ein in der Öffentlichkeit wenig bekannter, aber sehr einflußreicher Mann, der sich in der Welt der Kunst und der Diplomatie in den Vereinigten Staaten, England und der Schweiz bewegte; und schließlich jemand, der (wie ich schon vorhin erwähnt habe) geheimnisvoll war und über den ich lange Zeit nichts herausfinden konnte. Aber das ist eine andere Geschichte. Bevor ich zum Ende komme, möchte ich noch erwähnen, daß diese sonderbare Person für den Gesinnungswandel des Mir-Clans verantwortlich war. Davon erfuhr ich einige Wochen nach Lluïsas Begräbnis, als ich ein paar Verwaltungsformalitäten für Mateu Valentí und Enric Marsili zu erledigen hatte. Danach sagte mir Marsili, er müßte mit mir reden, und lud mich zum Mittagessen ein. Das erstaunte mich. Die Dinge schienen geregelt zu sein. Und da Marsili der verschlagenste und fähigste Mann des Clans war, befürchtete ich, er würde mir irgendein krummes Geschäft vorschlagen. Mit wachsendem Mißtrauen dachte ich auf dem Weg zum Restaurant über die möglicherweise im legalen Bereich vorhandenen Schwachstellen der Bank Mir nach und überlegte, wo der Hase im Pfeffer liegen könnte. Doch ich irrte mich. Dieses eine Mal schienen Marsilis Absichten frei von Hintergedanken zu sein.

»Zunächst möchte ich dir von einem alten Problem der Bank erzählen, das weiterhin besteht«, sagte Marsili, sobald wir uns an einen Tisch gesetzt hatten. »Es handelt sich um die Erpressung von Lluïsa Cros durch Robert Colom; ich glaube, du warst einer der ersten, der davon erfuhr. Wir dachten, die Sache würde mit dem Tod Coloms vergessen sein.«

»Das ist doch auch ganz offensichtlich so«, erwiderte ich etwas unbeherrscht. »Die Kommission konnte nie in Erfahrung bringen, welche die vermeintlichen Unregelmäßigkeiten der Bank Mir gewesen sind, und wird jetzt keine diesbezüglichen Fragen stellen. Außerdem weißt du besser als ich, daß solche Dinge nach einiger Zeit verjähren.«

»Die von dir angesprochenen vermeintlichen Unregelmäßigkeiten, lieber Freund, gehören nicht zu den Dingen, die verjähren. Laß mich fertig erzählen. Wir befürchteten, daß die Angelegenheit weitergehen könnte, obwohl Lluïsa der Erpressung nachgegeben hatte ...«

»Lluïsa hat der Erpressung nachgegeben?« unterbrach ich ihn. »Was willst du damit sagen?«

»Laß uns später darüber reden.« Er machte eine Pause.

»Vor kurzem haben wir erfahren, daß unsere Vermutungen begründet waren. Robert Colom hatte geplant, seine Kontrolle über die Bank Mir fortzusetzen.«

»Er hat die Bank Mir kontrolliert?«

»Nicht im finanziellen Bereich, nicht als Bank, aber indirekt kontrollierte er einen für uns sehr wichtigen Teil, erspare mir bitte die Einzelheiten.« Nachdem er mich mit einem Vipernlächeln beglückt hatte, fuhr er fort: »Zu Beginn dachten wir, sämtliches Beweismaterial gegen die Bank würde an Toni Colom gehen, doch dem war nicht so. Wie wir erfahren haben, ist das Material – und damit die Möglichkeit der Kontrolle – weitergereicht worden, und bis heute hat sein Empfänger noch keinen Gebrauch davon gemacht. Stell dir bloß die Lage vor! Es geht uns schlechter als am Anfang, wir sind jemandem ausgeliefert, ohne zu wissen, wem, und können jederzeit angegriffen werden.«

»Und was hat das alles mit mir zu tun?«

»Ich will offen zu dir sein: Du hast sehr gute Beziehungen,

sowohl in Finanzkreisen als auch in der Politik, und du arbeitest in der Verwaltung. Ich bitte dich nicht um Hilfe, ich ersuche dich nur, uns zu benachrichtigen, sobald dir zu Ohren kommen sollte, daß diesbezüglich etwas aufgedeckt worden ist. Ich bitte dich darum im Namen deiner alten Freundschaft mit Lluïsa Cros.«

Wir lachten beide, und ich fühlte mich verpflichtet, im Namen des gesunden Menschenverstands zu widersprechen.

»Ich kann einfach nicht glauben, daß ihr nicht wißt, in wessen Besitz sich dieses verdammte Beweismaterial befindet.«

Marsili lachte erneut und sah mir in die Augen. Ich wußte nicht, wie ich zum Ausdruck bringen sollte, daß mich Neugier und nicht Interesse dazu trieb, Fragen zu stellen.

»Du hast recht, wir haben Vermutungen. Die Zurückhaltung Toni Coloms befremdete uns so sehr, daß wir seine Passiva überprüften, und dabei machten wir verblüffende Entdeckungen. Dem Anschein nach hatte er irgendwann früher einmal dringend Hilfe gebraucht und sich mit einer Hypothek belastet. Sobald es seinem Sohn gelungen war, Lluïsa Cros zu heiraten, lieferte er das Material ab (und hielt somit Wort, was merkwürdig war und nicht zu einem Menschen mit einem derartigen Ehrbegriff paßte), und der Vater Colom reichte es weiter, um seine alte Schuld zu tilgen ...«

»An wen?«

»An die Flints.«

»Was redest du da! Das ist ausgeschlossen. Der alte Flint ist tot, und die Witwe und die Tochter haben nichts mit diesen Intrigen zu tun.«

»Ich spreche von Benedicte Flint.«

»Ich dachte, der wäre verschollen.«

»Wir haben nicht die geringste Ahnung, wo er sich aufhält, aber wir wissen, daß er im Besitz des Materials ist und es jeden Augenblick ans Licht bringen oder – noch schlimmer – für Zwecke benutzen kann, die vielleicht noch schrecklicher sind als jene von Robert Colom.«

»Also«, sagte ich, um die Stimmung ein wenig aufzulockern, »wenn du einmal eine Tochter haben solltest, wirst du auf sie aufpassen müssen!« Wir lachten. »Übrigens, darf man vielleicht erfahren, woher ihr das alles wißt?«

»Von einem klugen Mann, mit dessen Hilfe wir die Bank in den schweren Zeiten nach dem Tod von Alexis Cros gerettet haben. Er war einer von seinen intelligentesten persönlichen Beratern und für Cros wie ein Bruder. Er verwendet verschiedene Namen. In erster Linie wird er Ω genannt.«

»Ω? Ich dachte, Spionagefilme wären nicht mehr in Mode.«

»Mach dich nicht lustig. Ich weiß nicht, wie sich die Bank am Ende herauswinden wird, und ich werfe dir nicht vor, daß dir die Sache keine schlaflosen Nächte bereitet. Du sollst aber wissen, daß Ω uns klargemacht hat, wie ungerecht wir mit Lluïsa umgegangen sind.«

»Wer ist Ω?« fragte ich. »Uriach?«

»Nein, Uriach ist es nicht, da kannst du sicher sein«, erwiderte Marsili, und in dem Augenblick kam mir der Gedanke, Ω wäre der Geist von Benedicte Flint, wie ein aus dem Jenseits gekommener Todesengel. Ich verwarf diese Vorstellung wieder; es gab schließlich Fotos von Flint, als er zwanzig Jahre alt war, und es lebten noch viele Leute, die ihn sofort wiedererkannt hätten; es war sinnlos, sich länger darüber Gedanken zu machen; ich mußte zugeben, nicht die geringste Ahnung zu haben, wer dieser sogenannte Ω war. Marsili fuhr fort: »Ich habe dir gesagt, daß ich mir bewußt bin (ich und alle anderen auch: Valentí, Quevedo und Helena), Lluïsa Cros falsch und törichterweise unmenschlich behandelt zu haben. Ω hat uns informiert, daß Lluïsa auf seinen Rat hin in die Verbindung mit Colom eingewilligt hat, um die Bank ihres Vaters zu retten. Sie war eine Heldin, und wir haben sie wie eine Verräterin behandelt. Leider waren wir zu sehr verwickelt oder hatten eine zu beschränkte Sicht der Dinge, um die tatsächliche Gefahr zu ahnen. Nur Ω erkannte sie, und er war es auch, der Lluïsa über Jahre hinweg die Kraft gab, ein Leben an der Seite dieses skrupellosen und verbitterten Kerls zu ertragen.«

Ich fand Marsilis radikale Kehrtwendung schäbig, aber die allgemeine Reue machte auch vor mir nicht halt.

»Und warum hat euch Ω das nicht schon früher gesagt?«
fragte ich. »Er hätte Lluïsa Kummer und euch manche Gewissensbisse erspart.«

»Lluïsa hat diesbezüglich nicht besonders gelitten, denn Ω
hatte sie davon überzeugt, daß es ein Vorteil wäre, den Mir-
Clan gegen sich zu haben, um Colom zu beruhigen; die geringste Freundlichkeit von unserer Seite hätte seinen Verdacht geweckt. Im übrigen vertraute uns Ω nicht – nicht
etwa, weil er an unserer Ehrlichkeit zweifelte, sondern weil
ihm ein gemeinsames Vorgehen so vieler Leute schwierig erschien, von denen noch dazu ein beträchtlicher Teil verheiratet war«, Marsili wiegte den Kopf und verdrehte die Augen,
»stell dir bloß die unzähligen Möglichkeiten einer Indiskretion vor. Lluïsas wirkliches Leid bestand darin, jemanden ertragen zu müssen, den sie haßte, und sich nicht mit dem vereinigen zu können, der für sie der Richtige gewesen wäre.
Das Opfer der Lluïsa Cros war ein doppeltes, weil sie sich
nach außen hin als glückliche Frau gab. Hätte sie sich traurig
oder verbittert gezeigt, wäre ihr ohne weiteres von allen Seiten Hilfe angeboten worden. Ihr Verhalten war ein großarti-
ger Akt von Rücksicht den Freunden gegenüber und gleichzeitig eine entscheidende Strategie: Denn welchen besseren
Beweis konnte es geben als die Ablehnung und den Haß des
eigenen Clans, um einen Ehemann zu überzeugen?«

Ich überlegte, ob sie nicht vielleicht eher aus Stolz gehandelt hatte. Robert Colom kümmerte es sehr wenig, ob Lluïsa
und ihre Freunde mit der Situation zufrieden waren oder
nicht. Er hatte erreicht, was er wollte, und wer ihn kannte,
konnte sich leicht vorstellen, wie sehr es ihn amüsierte zu
wissen, in welchem Maß er alle beherrschte. Lluïsa verstellte
sich, weil sie das Mitleid sonst nicht ertragen hätte.

»Und die Kinder? Wohin sind sie verschwunden? Wer
hatte Interesse daran, sie zu entführen, wenn es nicht um
Geld ging?«

Marsili sah mich traurig an, und in mir regte sich Sympathie. Wir hatten die Grenzen seiner Möglichkeiten erreicht.
Er sah nun so aus wie eine Viper, die von einem Pferd zertreten wurde.

»Du denkst bestimmt, man wird nie mehr von ihnen sprechen, und das nehme ich dir nicht krumm. Doch, was auch immer geschehen mag, nie mehr wird sich uns eine Gelegenheit bieten, das an Lluïsa begangene Unrecht wiedergutzumachen.«

Wir trennten uns, und ich sagte alle Besuche für den Nachmittag ab, um mich ungestört den verworrenen Gefühlen widmen zu können, die das erneute Aufleben der Geschichte in mir geweckt hatte. Ich bin mir noch immer nicht sicher, ob sich die rehabilitierte Heldin nicht doch durchaus lustvoll Colom hingegeben hat, mit all der Kraft und dem Mut, den die Leidenschaft in solchen Fällen mit sich bringt. Ich habe mich gehütet, diese Frage mit Marsili, Valentí und den anderen zu erörtern. Aber mit jedem Tag bin ich mehr davon überzeugt, daß es besser ist zu glauben, sie sei mit dem Mann, den sie liebte, den sie tatsächlich erwählt hat, glücklich gewesen und den Freunden mit einem Heldenmut gegenübergetreten, der sich von dem, den sie ihr später andichten sollten, grundlegend unterschied. Wenn ich in Gesellschaft darauf anspielte, war seltsamerweise immer jemand zur Stelle, der meinte, ich flüchtete mich in diese Vorstellung, um das schlechte Gewissen loszuwerden, Lluïsa – wenn auch in geringem Maß – vernachlässigt oder zumindest nicht gebührend verteidigt zu haben. Ich habe gründlich darüber nachgedacht, und ich halte es nicht für notwendig, das Empfinden zu einem Musterbeispiel von Opfer oder Auflehnung zu erhöhen. Meine Zweifel blieben bestehen. Marsili, Quevedo, Helena und allen anderen hingegen war das völlig gleichgültig; sie hatten den Mythos aufgetischt, und mit Tränen in den Augen und mit vollen Taschen – wie könnte es anders sein – waren sie dazu entschlossen, den Rest ihres Lebens daran festzuhalten.

1/0

Als Rodins Geschichte zu Ende war, versuchte ich mich daran zu erinnern, was ich als Kind über diesen Skandal gehört hatte, der mehrere Jahre Stoff für Gespräche und

Schlagzeilen lieferte. Einige jener Leute kannte ich vom Hörensagen oder aus der Zeitung, die Cros' zum Beispiel, die Ficinus', die Coloms und die Flints. Andere, aus dem Kreis um Gimellion, hatte ich persönlich kennengelernt: Zacaries Uriach, Helena Castañeda und Felip Vilardaga. Den Namen Suárez hingegen hörte ich zum erstenmal. Emília und Simon kamen mir mit der Frage zuvor, ob man jemals etwas von den Kindern gehört habe.

»Nicht, daß ich wüßte«, erwiderte Rodin. »Es gab eine Menge Spekulationen, und ich erinnere mich sogar an einen Justizskandal kurz nach Lluïsas Tod. Ein junges Mädchen wurde mit zweifelhaften Beweisen als ihre Tochter ausgegeben; es kam zu Nachforschungen und zu einem Prozeß, wobei eine Agentur mit zwielichtiger Vorgeschichte aufgedeckt wurde. Die Bank Mir verfügte über die besten Anwälte des Landes und konnte den Schwindel sofort aufdecken.

Ich beobachtete, wie Carter und Gertrudis miteinander umgingen. Sie waren, so schien es, eher durch praktische Dinge als durch eine Liebesbeziehung verbunden, was ich unbegreiflich und aufregend zugleich fand. Mein Blick glitt zu Gertrudis' Gesten, zu ihren wunderschönen, ausdrucksvollen Händen mit den ziemlich kurz geschnittenen Nägeln. Ich hatte den Gesprächsfaden verloren und verglich ihre Gesten mit denen Emílias; diese hatte ebenso kurz geschnittene Nägel, und die Hände waren lang, die Handgelenke zart, die Finger elegant und kräftig, geschaffen für Tätigkeiten, die Geschick und Kraft erfordern, schlank und ohne Spuren von alltäglichen, mühseligen Arbeiten. Als keine weiteren Fragen kamen, zogen sich Gimellion und Rodin zurück, auch alle anderen standen nach und nach auf, bis nur noch Artur, Simon und ich zurückblieben.

Es war eine schöne, klare Nacht. Die Sterne waren gestochen scharf, was im Gebirge alle erstaunt, die sie sonst nur verschleiert sehen können. Wir traten kurz in die rund um den Avalon verlaufende Galerie hinaus, um den Himmel zu betrachten. Dann begleitete mich Simon zu meinem Zimmer.

»Was hältst du von Rodins Geschichte?«

»Ich habe eigentlich keine bestimmte Meinung dazu. Es

war interessant, Tatsachen aus erster Hand zu erfahren, von denen ich bis jetzt nur entfernt gehört oder in Büchern gelesen hatte.«

»Ich glaube«, sagte Simon mit ernster Miene, »daß der Ausgang einer Geschichte von der Art, sie zu erzählen, abhängt, und falls der Erzähler nicht den ganzen Verlauf erfindet, ist er am Beginn dazu gezwungen, seine Kenntnis zu verbergen und die Geschichte so darzustellen, als wüßte er nicht, wie sie endet, gewissermaßen die Unkenntnis der Zuhörer nachahmend. Andernfalls gibt es keine Entwicklung und demzufolge auch keine Erzählung im eigentlichen Sinn.«

»Worauf willst du hinaus?«

»Hat der Erzähler seine Rolle und damit einen Teil der Geschichte verschleiert, so kann er sie zur Gänze verzerrt oder nur ihr Ende abgewandelt haben, um eine andere, zukünftige Geschichte, deren Teil sie vielleicht ist, daran zu knüpfen. Das heißt, diese Geschichte wird nichts weiter gewesen sein als das Bild im Dienst von irgendwelchen Interessen«, schloß er.

»Deiner Meinung nach hat also das Ende keinen Sinn, und die Erzählung ist ein zyklischer, nie abgeschlossener Prozeß. Mehr noch als um eine Geschichte handelt es sich dabei wohl um das Leben selbst.«

»Nein, denn gerade das Leben hat ein konkretes, unabwendbares Ende. Zurück zu dem, was ich sagte: Erinnerst du dich, daß Rodin nach dem Mittagessen vom Bankier Mir sprach? Ich hatte den Eindruck, die Geschichte wäre abgeschlossen, aber dann fuhr er mit den Cros' fort. Und wenn du dir das Ende der Geschichte von Mir vor Augen hältst, gab es darin keinerlei Ankündigungen von späteren Ereignissen oder wesentlichen Veränderungen.«

»Du willst sagen, daß der Erzähler Gefangener seines Stils ist und die Geschichte weitergehen wird.«

»Genau! Sie wird weitergehen (wenn nicht, sprechen wir in ein paar Tagen darüber), und zwar an diesem heutigen Schluß«, prophezeite er.

»Da bin ich aber gespannt«, erwiderte ich, ziemlich unsicher, ob ich ihn richtig verstanden hatte. »Für mich ist die Bank Mir stets eines der stabilsten Unternehmen des Landes gewesen.«

Simon warf mir einen seltsamen Blick zu und lachte. Wir wünschten uns eine gute Nacht, und ich ging in mein Zimmer.

Es war spät. Rodin hatte stundenlang gesprochen. Bevor ich einschlief, dachte ich über das nach, was Simon gesagt hatte. Ich verstand soviel Interesse nicht; die eingehende Beschäftigung damit, welche Absichten Rodin mit seiner Erzählung verfolgen mochte, kam mir übertrieben vor. Gab es Unterschiede oder Auslassungen, die den Fall anders erscheinen ließen, als Simon ihn kannte? Nach so vielen Jahren wäre das nicht ungewöhnlich. Oder erwartete Simon, daß sich die Angaben gegen Ende hin überstürzten? Elias und Henoch betrachteten mich apokalyptisch, und der Schmetterling setzte seinen Flug fort. Von den Bildern an den Wänden war nur der auf dem Widder reitende Phrixos vom Bett aus nicht zu sehen, und ich war zu träge, um mich zu ihm hinzuwenden. Mir erschien es in diesem Augenblick schrecklich ungerecht, daß Phrixos dem armen Widder seine Errettung vor dem Opfertod dankt, indem er ihn an seiner Stelle opfert. Das Leben ist manchmal sehr zynisch. Mit diesem Gedanken schlief ich ein.

Zweiter Tag

Am nächsten Morgen brummte mir beim Aufstehen der Kopf. Mit dem Wein zu den beiden Mahlzeiten und den Schnäpsen danach hatte ich, ohne es zu bemerken, eine Menge getrunken. Ich faßte gute Vorsätze für den beginnenden Tag.

Im Eßzimmer traf ich Gertrudis und Simon. Ich musterte eingehend das einteilige, schlichte grüne Kleid, das sie trug, und die schwarzen, flachen Schuhe, deren Sohlen so dünn und deren Spitzen so abgerundet waren, daß sie beinahe fürs Ballett geeignet gewesen wären. Die anderen hatten schon gefrühstückt und gingen ihren Beschäftigungen nach. Simon war, wie ich, soeben erst gekommen.

»Wißt ihr schon, daß unsere Runde größer geworden ist?« fragte Gertrudis. »Gestern nacht, nachdem wir zu Bett gegangen sind. Gimellion und Rodin blieben auf, um sie zu empfangen. Kein Geringerer als Pere Ficinus.«

»Hervorragend«, sagte Simon, »also werden wir noch mehr über die Bank Mir erfahren.«

Er schien mir sehr an der Sache interessiert zu sein. Ich fragte mich, ob er konkrete Gründe hätte, weitere Informationen zu wünschen. Seine Familie gehörte zur Welt der internationalen Geschäfte, aber ich kann mich nicht erinnern, mit ihm in jungen Jahren jemals über die Bank Mir gesprochen zu haben.

»Glaub das bloß nicht!« erwiderte Gertrudis. »Ficinus ist sehr zurückhaltend, und außerdem gibt es, soviel ich weiß, eine Klausel, die es den drei Testamentsvollstreckern verbietet, über die internen Beschlüsse zu reden. Ich kann mir nicht vorstellen, daß Ficinus bereit ist, mehr zu erzählen, als es Rodin gestern getan hat.«

»Wer ist außer Ficinus noch angekommen?« fragte ich.

»Ein Freund von Gimellion, Jan Kolinski. Ich kenne ihn nicht, habe aber viel von ihm gehört. Er ist Pole; er soll die ganze Welt bereist und die unterschiedlichsten Berufe ausgeübt haben. Zuletzt arbeitete er in einer technischen Abteilung der Vereinten Nationen.«

»Dann ist er nun wohl arbeitslos geworden «, bemerkte Simon ironisch.

»Im Gegenteil«, gab Gertrudis zurück, »kürzlich erzählte mir Gimellion, daß er maßgeblich dazu beigetragen hat, damit sich der Krieg nicht noch weiter ausbreitete. Ich habe den Eindruck, daß sein Aufenthalt bei uns eine Art zeitlich beschränkter Zuflucht für ihn darstellt. Gimellion ging nicht näher darauf ein, aber offensichtlich ist jemand interessiert, ihn verschwinden zu lassen.«

»Hoffentlich hat sich ihm niemand an die Fersen geheftet, sonst bekommen auch wir was ab«, sagte Simon. Gertrudis sah ihn verächtlich an.

Nach dem Frühstück gingen wir in die erste Bibliothek, wo sich alle außer Artur, Camila und Roncal versammelt hatten. Ich bedauerte es, nicht schon früher dagewesen zu sein, denn dann hätte ich nun gewußt, ob Ficinus und Kolinski die anderen kannten. Wie am Tag unserer Ankunft übernahm es Gimellion, sie vorzustellen, vielleicht aufgrund seines fortgeschrittenen Alters oder in seiner Rolle als Gastgeber – obwohl das Anwesen eine Art Gemeinschaftsbesitz zu sein schien.

Ficinus war ein hochgewachsener, gutaussehender Mann, sein Äußeres erinnerte an das eines Prinzen, eines reifen Prinzen aus Tausendundeiner Nacht. Es war nicht leicht, ihn mit dem jugendlichen Dieb in Verbindung zu bringen, als der er von seinem Adoptivvater in Rodins Geschichte beschrieben worden war. Er war eine Spur jünger als Carter, aber sein ganzes Wesen strahlte, obwohl er zwischen Fünfzig und Sechzig sein mußte, Jugendlichkeit und eine ungezwungene, erlesene Vornehmheit aus. Er hatte eine hohe, gewölbte Stirn; der Haaransatz lag in der Mitte des Kopfes, und das gab ihm eine sonderbare, astrale Erhabenheit. Sein Kopf war groß, und die sonst schwarzen Haare waren an den Schläfen ganz weiß. Die Nase war schmal, an der Spitze abgerundet. Um seine vollen Lippen lag ein kaum wahrnehmbarer spöttischer, niemals jedoch aggressiver Zug. Die Hände waren kräftig und gepflegt wie die gesamte Erscheinung. Seine tiefschwarzen, riesigen Augen hatten eine wunderbare, wohltuende Tiefe, die sofort Vertrauen einflößte. Ficinus sah vornehm und zugleich zigeunerhaft aus, so daß er ebenso der Held einer persischen Legende wie ein indischer Yogi sein konnte. Er sprach langsam, mit samtiger, melodischer Stimme, und alles an ihm verströmte die Harmonie und die Ausgewogenheit, die ein überschäumendes Wesen gebändigt hatten. Der subtile Kontrast setzte sich in seiner Kleidung fort: ein grauer Samtanzug mit einem breiten weißen Baumwollschal.

Kolinski, von dem ich noch nie gehört hatte, schien mir ganz anders zu sein. Er zählte zu jenen Personen, deren Alter sich weder feststellen noch erraten läßt (später erfuhren wir, daß er wie Rodin um die Sechzig war), und er hatte ein sehr ungewöhnliches Gesicht: spitz und dreieckig in einem runden Schädel, Nase und Backenknochen ausgeprägt, das Kinn schmal, aber kräftig. Seine graugrünen Augen sprühten vor Energie. Er trug sein wirres, dichtes Haar kurz, und darin mischten sich blonde, graue und weiße Strähnen. Man konnte von Kolinski behaupten, er habe ein Wolfsgesicht; seine Augenfarbe wechselte von einem Moment zum anderen; er war kräftig und zäh, und sein winziger, muskulöser Körper hatte – wie der eines Jägers – kein Gramm Fett.

Während Ficinus eine beschauliche Ruhe ausstrahlte, weckte Kolinski eine andere Art von Sympathie; er war das lebendige Abbild der Schläue und der geistigen Wendigkeit. Aber auch Ficinus schien sich durch keine noch so hervorragende Eigenschaft täuschen zu lassen. Emília fühlte sich von seinem Blick durchschaut, wie sie mir später anvertraute; ich hätte das zwar nicht so emotional ausgedrückt, aber es mußte etwas Ähnliches sein.

Ich setzte mich in einen Winkel und verfolgte ein sonderbares Gespräch zwischen Gimellion und Gertrudis.

»Wo ist übrigens Roncal?« fragte sie.

»Er ist in aller Frühe fortgegangen, als er erfuhr, daß Ficinus und Kolinski hier sind.«

»Weshalb? Gibt es zwischen ihnen ein Problem?«

»Anscheinend«, sagte Gimellion und wollte das Ganze abschwächen, »gibt es seit langer Zeit einen Zwist wegen irgendwelcher Weibergeschichten, und er fand es besser, heftige Zusammenstöße zu vermeiden.«

»Zwist wegen Weibergeschichten? Mit wem von den beiden?«

»Das habe ich ihn auch gefragt, aber er wollte es mir nicht sagen; ich bin mir nicht sicher, ob wir es je erfahren werden, denn Ficinus und Kolinski wollen heute nachmittag wandern gehen, und Roncal wird diese Zeit nutzen, um seine Sachen zu packen und sich von allen zu verabschieden.«

Ich fand das alles sehr merkwürdig, doch Gertrudis bohrte nicht nach, und mir schien es fehl am Platz, mich einzumischen. Ich lenkte mich ab, indem ich mir Bücher ansah; auf dem Bord, dem ich mich zufällig zuwandte, standen zehn oder zwölf Bibeln, der Talmud, fünf Bände des Sohar, ich weiß nicht wie viele der Rigveda und der Upanishaden, und unter den Inkunabeln die katalanische Übertragung des Korans, hergestellt im 14. Jahrhundert im Auftrag von Pere IV. El Punyalet, weiter drüben Theater und Poesie der Antike; ich zog die *Achilleis* hervor und hatte sie kaum aufgeschlagen, als mir Gertrudis mitteilte, sie hätte sich, da Simon so großes Interesse an der Geschichte der Bank Mir zeigte, bereit erklärt, zu erzählen, was sie darüber wüßte. Ich nahm ihre Einladung dankbar an.

»Wir gehen in den Avalon, dort ist es gemütlicher«, sagte Gertrudis, und ich ertappte sie dabei, wie sie Rodin einen Blick des Einverständnisses zuwarf, worauf er sich unverzüglich, zusammen mit Kolinski, Gimellion, Carter und Ficinus, zurückzog. Ich empfand ein unerklärliches Unbehagen, da es so aussah, als wäre Gertrudis damit betraut, mich und Simon zu unterhalten, während die Alten sich in aller Ruhe und mit der Gewißheit, ungestört zu sein, ihren schrecklichen Spielen widmeten. Aber ich hatte schon am ersten Tag beschlossen, mich nicht subjektiven Eindrücken hinzugeben (wenn sie negativer Natur waren, versteht sich), und sah im Moment keinen Grund, von meinem Vorsatz abzugehen, also ließ ich mich ohne weitere Bedenken hinführen.

Artur Oliver und Camila Hanusin waren schon im Avalon, und als sie von unserem Programm erfuhren, blieben sie. Der Saal war im Morgenlicht weniger beeindruckend als am Nachmittag. Der Unterschied war so deutlich, daß ich darüber nachdachte. Die an den Dienstbotenbereich anschließende Wandseite, in Ocker- und Gelbtönen gehalten, erstrahlte bei Sonnenuntergang und verbreitete die Farben im ganzen Raum, wie ein Altar. Am Morgen jedoch lag sie im Gegenlicht. Mit der anderen, zu Vorraum und Eßzimmer weisenden Wandseite verhielt es sich umgekehrt. Ihre Farben waren Gold, Apfelgrün, Zartrosa und Himmelblau, in der Mitte auf wunderbare Weise in einem kleinen tarsischen Teppich von unschätzbarem Wert vereint, der eine Hirschjagd darstellte. Die Töne der Abenddämmerung wurden in jener Ecke sichtbar, wo die nächste Wandfläche anschloß. Der Innenausstatter hatte sich wohl vom Lauf der Sonne leiten lassen und jede Tageszeit mit den ihr eigenen Stimmungen berücksichtigen wollen. So fiel um die Mittagsstunde das Licht auf beide Wände gleichzeitig, wenn die Sonne hoch stand, jedoch nur auf die tiefer gelegenen Teile; in mittlerer Höhe zeichnete sich ein prachtvoller kupferfarbener Streifen ab, in dem das lakkierte Holz der Verzierungen auf den Armsesseln und Stühlen verblaßte, und zu Mittag leuchteten überall kräftige rotbraune Schattierungen. Die Farben waren zu dieser Stunde nicht so klar wie am Nachmittag oder bei Sonnenuntergang, dem Höhepunkt ihrer Leuchtkraft. Ich gelangte zu der Überzeugung, daß der Avalon nicht dazu gedacht war, vormittags aufgesucht zu werden.

Kurz darauf kam Emília.

»Gimellion sagte mir, daß ich euch hier antreffen würde und Gertrudis eine Geschichte erzählen wollte.«

Wir setzten uns im Kreis um ein Tischchen, auf das einige ihre Füße legten. Gertrudis warf ihnen einen so unmißverständlichen Blick zu, daß es ihnen unmöglich gewesen wäre, sie nicht wieder herunterzunehmen; und sie begann.

Geschichte des Liebhabers vom Friedhof

Liebe Freunde, Simon möchte gern mehr Einzelheiten über das Ende der Geschichte erfahren, die uns Rodin gestern erzählt hat. Ich werde mich auf Berichte von anderen beziehen, da es ja offensichtlich ist (und ich bedaure, nicht älter zu sein, denn dann könnte ich mir diese Entschuldigung sparen), daß ich nicht unmittelbare Zeugin des Geschehens war. Ich habe sagen hören, daß Lluïsa Cros nach dem Tod ihres Mannes tatsächlich so wirkte, als hätte sie sich einer großen Last entledigt. Obwohl sie schon kein junges Mädchen mehr war, hatten Aufregung und Leid sie zu einer der anziehendsten Frauen ihrer Zeit gemacht. Solange sie verheiratet war, hatte sie sich jeglicher Abschweifung der Gefühle verschlossen; als Witwe dann war sie äußerst begehrt, doch diese objektive Verfügbarkeit wirkte sich nicht auf ihr Verhalten aus. Seitdem ihr Vater, ihr Ehemann und die Kinder verschwunden waren, schien sich ihrer eine Art Gleichgültigkeit und Erschöpfung bemächtigt zu haben (Reaktionen, die für mich noch heute, wenn ich darüber nachdenke, der Gipfel der Ausgeglichenheit sind: Wer wäre angesichts einer solchen Kette von Unglücksfällen nicht verrückt geworden?). Sie entmutigte all ihre Bewunderer; die meisten jedoch ließen trotz der mageren Erfolgsaussichten die Hoffnung nicht sinken. Der Beharrlichste und Eifrigste war zweifellos Zacaries Uriach.

Dieser angesehene Mann, dem Rodin übrigens sehr wenig Beachtung geschenkt hat, war damals einer der erstaunlichsten Politiker gewesen. Wenige haben sich wie er beim Erreichen der Macht erinnert, wie schwierig es ist, sich von der trügerischen Vorstellung zu trennen, daß allein das Anführen von Alternativen und das rückhaltlose Engagement die moralische Autorität verleihen, ein Argument zu widerlegen oder ein System zu kritisieren. Er hörte denen zu, die unbeugsam von außen her sprachen; er fühlte sich ihnen nicht verpflichtet und wußte, niemand würde es ihm vorwerfen, wenn er schwieg und die Hände in den Schoß legte, doch er

bekämpfte das Mißverhältnis zwischen den Strafen für gewöhnliche Diebe, deren Diebstahl offenkundig ist, und denen für raffinierte Diebe, die sich der Politik widmen und
sich aller Ehren erfreuen. Und er bekämpfte die, wie er es
nannte, skandalöse Scheinheiligkeit, mit der unverblümt an
jenen Kritik geübt wird, die radikales und gewalttätiges Verhalten unterstützen, was durchaus vernünftig wäre, käme
diese Kritik nicht von Lakaien, die dem nicht weniger skandalösen Spektakel der Macht und des organisierten Diebstahls Beifall spendeten und es sogar heftig verteidigten.

Es wird erzählt, daß er in seiner Funktion als Finanzsekretär bei einem Interview im Fernsehen gefragt wurde,
was er mit dem Staat tun würde, wenn es von ihm abhinge; er
begann zu lachen und antwortete:

»Ihn auflösen«, doch als er das Gesicht der Interviewerin
sah, fuhr er fort: »Ich weiß schon, daß das nicht möglich ist,
denn der Staat steckt in jedem einzelnen, und der Anarchis-
mus als Abschaffung unterdrückerischer Strukturen ist eine
Utopie. Der Staat läßt sich gewiß nicht beseitigen, und selbst
wenn, genügten schon zwei Individuen, damit er gleich den
sieben Köpfen des Drachen wiedererstünde; was heißt zwei
Individuen, schon ein einziges würde die Insel des Vergessens nicht finden: Robinson hat bei seinem Schiffbruch alles
im Gepäck: Bedürfnis, Empfindlichkeit, Berechnung und
Mutlosigkeit, das heißt die Gesellschaft, die sich nicht verstoßen läßt.« Uriach gestikulierte ausladend, um seine Gedanken zu unterstreichen, und sagte abschließend, wobei er
sich gegen die Rückenlehne fallen ließ: »Und dennoch, was
wäre es doch für ein Triumph des Geistes, das zu tun.«

Ein andermal nahm er an der Vollversammlung des Parla-
ments teil und wurde gebeten, einige Fragen zu beantworten,
und ...

1/0

»Verzeihung«, unterbrach Camila, »mir scheint, daß uns die
Anekdoten über Uriach vom roten Faden der Handlung abbringen.«

»Gut«, gab Gertrudis zu, »ich werde versuchen, mich auf die Ereignisse zu beschränken«, und sie fuhr fort, während sie über die Köpfe der Zuhörer hinwegblickte.

0/1

Uriachs Ehe war jedenfalls sehr unglücklich gewesen. Er war ein Mann, dessen Manieren und dessen allgemeines Erscheinungsbild auf Häuslichkeit und wenig Hang zu teuren Extravaganzen, zweideutigen Regungen oder brutalem Sport hinwiesen. Privat jedoch beherrschten ihn offenbar heftige Leidenschaft und romantische Gefühle, wie sie im Buch stehen. Das war das Gegenteil von dem, was seiner Frau gefiel, die den schönen äußeren Schein liebte, um ihre Freundinnen in den Schatten zu stellen, und die, sobald sie die Haustür von innen geschlossen hatte, ihre Ruhe haben wollte. Da auch Uriachs Aussehen nicht vorteilhaft war (er hatte einen gewaltigen Bauch und eine Nase, die für die Rolle des Cyrano ideal gewesen wäre, ohne dem Maskenbildner Arbeit zu machen), endete sie schließlich bei einem Bolero-Sänger, der sie zu allen VIP-Festen mitschleppte. Und kaum waren sie zu Hause angekommen, wenn sie überhaupt gemeinsam nach Hause kamen, fiel er betrunken aufs Sofa und rührte sich bis zum nächsten Mittag nicht mehr.

Zacaries' Lebensweg verlief ganz anders. Er war überaus neugierig, sowohl auf das Leben als auch auf die Kultur; er beschloß, die französischen Moralisten, die Dichtung des Altertums und die provenzalischen Troubadours eingehend zu studieren, und legte sämtliche Ämter nieder. Lluïsa Cros verkörperte für ihn das Idealbild in dem leidenschaftlichen, abgeschlossenen Rahmen, der schließlich sein Leben bedeutete. Einmal schrieb er einen mehr als zwanzig Seiten langen Brief, und zwei Drittel handelten von Lluïsa. Ich las ihn als junges Mädchen, und er gefiel mir so sehr, daß ich ihn am Ende beinahe auswendig konnte. An eine Stelle erinnere ich mich noch: »Sie hat einen hohen Preis für die Tiefe bezahlt, die in ihrem Blick liegt. Als sie mit ihrem Vater aus Amerika zurückkehrte, hatte sie gerade die Pubertät hinter sich gelassen; ihre Augen hatten einen schroffen Ausdruck, aber ihre Züge waren sanft. Die Härte des Blicks in dem jungen Gesicht verwies eher auf einen gewissen Mangel an seelischer Kraft als auf eine Tragödie. Nach allem, was geschehen ist, verhält es sich nun umgekehrt. Die Gesichtszüge sind hart geworden, doch der Blick ist unendlich sanft. Was verbirgt sich in ihrem Licht und ihrem Schatten, in ihren Wolken und Stürmen, das ich nicht einmal im Traum ahnen kann? Der rauschende Fluß der Schattenwelt ist im Vergleich zu den brausenden Wellen der Unendlichkeit in Lluïsas Augen nur der Klang einer Rassel in den Händen eines Säuglings.« Und weiter unten schrieb er: »Ihre Ablehnung durch die Gesellschaft, der Verlust der Freiheit legen sich über die mit den Jahren erworbene, verborgene Größe ihres Wesens, das nun zugänglicher für Gefühle ist, aber weniger Zeit hat, sie auszukosten, und anscheinend weniger Schätze, die sie dem Bewunderer darbieten könnte. Da das Herz verloren ist, berauscht sich mein Groll an Zweifeln: Warum waren wir nicht früher zusammengetroffen? Wie sehr stachelt es mein Verlangen an, zu sehen, daß es nun zu spät ist! Wären wir, beide ungebunden, einander auf der ersten Seite unseres Lebens begegnet, hättest du mir dann so sehr gefallen wie jetzt? Ist es diese Mischung aus scheu und zugänglich, aus bedrückt und schwärmerisch, die mich nicht leben läßt, wenn ich an dich denke? Dein Anspruch ist geringer geworden und auch dein Preis, aber das macht dich in meinen Augen nur noch kostbarer.«

1/0

»Einen Moment«, schaltete sich Emília ein, die schon seit einiger Zeit auf ihrem Stuhl hin und her rutschte, »an wen war dieser Brief gerichtet? Und wieso hast du ihn zu sehen bekommen? Was hat er mit der Geschichte zu tun?«

»Sei so gut und unterbrich nicht«, sagte Simon gespielt streng; doch hinter dem Scherz lag echte Ungeduld.

»Hört mir mal alle zu«, fuhr Gertrudis gebieterisch dazwischen. »Ich erzähle euch die Dinge so, wie es mir am zweck-mäßigsten erscheint. Wenn ich nicht mit bestimmten Einzel-heiten beginne, auch wenn sie euch überflüssig erscheinen, könnt ihr das, was später folgt, nicht verstehen. Entweder ihr laßt mich also gewähren, oder ich höre auf.«

Alle verstummten, und Emília und ich sahen uns schmun-zelnd an. Gertrudis schwieg noch eine Weile, provokant, wie mir schien, um die Wirkung ihrer Worte festzustellen, und setzte ihren Bericht fort.

0/1

Wie ich gesagt habe, war Uriachs Neigung zu einem leiden-schaftlichen Fatalismus unübertrefflich. Sie speiste sich aus einer Enttäuschung, wie sie die großen Verlierer prägt. Auch er hatte den Versuch unternommen, nach herkömmlichem Muster glücklich zu sein: eine Familie aufbauen, eine Frau haben und ein ruhiges, behagliches Heim. Das Scheitern war der endgültige Freibrief für jegliche Art von Idealismus oder von Flucht ins Irrationale, und Zacaries, der zudem keine fi-nanziellen Probleme hatte, wußte sehr genau um seine Mög-lichkeiten. Kein Freund half ihm; und weder Rodin, mit dem ihn – auch wenn der gestern nicht darauf eingegangen ist – eine enge Freunschaft verband, noch Gimellion, der ihn von Kindheit an kannte, vermochten ihn aus seiner Verirrung herauszureißen.

Er stürzte sich mit verzweifeltem Überschwang in die An-betung Lluïsas. Und ich würde nicht zu behaupten wagen, wie Rodin gestern, daß ihre Beziehung platonischer Natur war …

1/0

»Entschuldige«, warf Simon ein, »ich wäre froh, wenn du eine Zusammenfassung der wesentlichsten Punkte geben könn-test, in denen du mit Rodins gestriger Erzählung nicht über-einstimmst, denn die paarmal, die du ihn zitiert hast, warst du nicht seiner Meinung.«

Gertrudis schien von dem Vorschlag begeistert und fuhr lebhaft fort:

»Ich bin im wesentlichen mit allem einverstanden, was er gesagt hat. Obwohl es natürlich Dinge gibt, die sich nuancieren lassen, wie zum Beispiel die vorgebliche Unschuld und das Nichtvorhandensein von Vorurteilen und Interessen, wie sich Rodin selber charakterisiert hat. Trotzdem bitte ich euch, nicht zu vergessen, daß ich mich auf Berichte stütze, er hingegen Zeuge (und gelegentlich Akteur) in der von ihm erzählten Geschichte war. Aber im konkreten Fall der Beziehung zwischen Uriach und Lluïsa nehme ich an, keinem von euch wird entgangen sein, daß Rodin selber mit Begeisterung die Rolle des Verehrers von Lluïsa übernommen hätte, weshalb es für ihn einfacher ist, sich den, der diese Verehrung wirklich verkörpert hat, in rein platonischer Zuneigung vorzustellen.«

»Wie auch immer«, spottete Artur leise, »Rodin und Uriach haben die erste Regel des Verführers außer acht gelassen: Mach dich nicht zum Vertrauten, wenn du der Liebhaber sein möchtest.«

»Ich glaube«, sagte Emília, »die Geschichte würde für uns überzeugender, wenn du uns die Quellen nennen könntest, auf die du dich stützt.«

Gertrudis sah sie geistesabwesend an und lächelte vage, doch Simon – als befürchtete er, eine derartige Frage könnte die Erzählerin hemmen – griff sofort in einem verteidigenden Tonfall ein, der mir absurd erschien.

»Erzähl doch bitte weiter«, sagte er. »Wenn du die Herkunft deiner Informationen nicht nennen willst, ist das dein gutes Recht.«

Niemand hatte etwas einzuwenden, und Gertrudis neigte scherzhaft den Kopf vor Simon und fuhr fort.

0/1

Wie ich euch schon sagte, glaube ich, daß das, was zwischen Zacaries und Lluïsa geschehen ist, dem privaten Bereich angehört. Fest steht, daß sie sich nicht verändert hatte. Ihre

Traurigkeit war wie das Meer: unwandelbar, gefühllos gegenüber einem Glas Wasser, das ihr ein Freund oder Liebhaber geben oder wegnehmen könnte. Bei Zacaries Uriach hingegen ließ sich eine körperliche Veränderung feststellen; er, der immer unsportlich gewesen war, trimmte sich, nahm in kurzer Zeit ab, und das weiße Haar an seinen Schläfen gab ihm eine unvermutete Eleganz. Da sein Gesicht schmaler geworden war, wirkten die Augen größer, und der Zug um den Mund trat deutlicher hervor. Er war fast zwanzig Jahre älter als Lluïsa, verjüngte sich aber in einem Maß, daß der Unterschied nur mehr fünf Jahre zu betragen schien, und das, obwohl Lluïsa im Gesicht und auch körperlich immer viel jünger aussah. In den Jahren ihrer Beziehung sah man sie selten in der Öffentlichkeit, doch die Memoiren verschiedener Persönlichkeiten jener Zeit bestätigen, daß ihre Anwesenheit nicht auf Gleichgültigkeit stieß, und nicht etwa, weil sie überspannt gewesen wäre oder etwas Unbedachtes geäußert hätte oder begierig gewesen wäre, die Aufmerksamkeit auf sich zu ziehen, ganz im Gegenteil. Lluïsa machte kaum den Mund auf, sie lächelte ganz selten, und dann zerstreut. Uriach wirkte zaghaft an ihrer Seite; er schien ständig sein Verlangen, Lluïsas Wünschen nachzukommen, zu unterdrücken, so als fürchtete er, zurückgewiesen zu werden, was – zumindest vor Zeugen – nie geschehen ist. Traf man ihn jedoch an, legte er die Unbefangenheit, den Sinn für Humor und die Diplomatie an den Tag, die kennzeichnend für jene sind, die ein öffentliches Amt innehaben. Außerdem bestand in seiner Situation keinerlei Gefahr, daß die Liebe zu einer Geschichte der schmutzigen Unterhosen und Einkaufskörbe würde.

Ab einem bestimmten Zeitpunkt sah man sie in Begleitung eines jungen Mannes namens Frederic Casanova. Als Lluïsa vierzig wurde, war er gerade fünfundzwanzig, und es fehlte nicht an den wunderlichsten Gerüchten, sogar über alle drei. Gimellion hat mir gesagt, daß Casanova uns in den nächsten Tagen besuchen wird, dann können wir die Sache aus erster Hand beurteilen. Ich bin gefühlsmäßig nicht beteiligt, und so wird von mir wohl kaum jemand denken, was ich über Rodin angemerkt habe. Ich möchte also betonen: Wenn schon Lluïsas Bereitschaft, sich auf einen Mann leidenschaftlich einzulassen, zweifelhaft ist, so scheint mir ein Verhältnis mit zweien zugleich erst recht unwahrscheinlich.

Arme Lluïsa! Sie genoß ein paar Jahre Ruhe, doch das Ende ihres Lebens – so als hätte sich das Schicksal vorgenommen, dem Ganzen einen würdigen Abschluß zu geben – war von seltsamen Vorkommnissen begleitet. Der gesamte Mir-Clan hatte seine Haltung Lluïsa gegenüber geändert, so als wären sie alle auf dem Weg nach Damaskus aus dem Sattel geworfen worden. Doch die Bekehrung kam zu spät. Lluïsa Cros starb an wehmütiger Erinnerung und Traurigkeit, dem einzig möglichen natürlichen Tod der Elfen, wie es heißt. Kurz darauf überstürzten sich die Ereignisse. Die Leitung der Bank Mir wurde Mateu Valentí entrissen, und es tauchte – wie schon Rodin gestern berichtete – eine Art Oberster Sowjet auf, dem Ficinus angehörte, alle übrigen waren Unbekannte, die im Ausland lebten. Ihre Besprechungen und die Mitteilungen von Beschlüssen liefen über höchst ausgeklügelte Systeme, die ihnen den absoluten Schutz ihrer Identität gewährleisteten: Geheimcodes, elektronische Identifizierung, et cetera. Gestern erwähnte Rodin einen weiteren Namen, den ich nicht kannte, von dem ich aber annehme, daß er dazugehörte: Suárez, ein Typ, in dem ein Cesare Borgia auferstehen würde, käme er in unserer Zeit noch einmal zur Welt und wollte seine Fehlschläge nicht wiederholen. Im übrigen hat Rodin das Gespräch mit Marsili nicht zu Ende erzählt und auch nicht gesagt, daß Valentí praktisch aus der Leitung der Bank entfernt worden war (wenn auch sein Name noch genannt wurde). Er hat auch verschwiegen, daß Marsili ihm die Kontrolle des Außenhandelsfonds antrug und er sie annahm.

1/0

»Und Ω?« fragte ich. Es war mir schwer vorstellbar, daß jemand existierte, der mit einem Buchstaben bezeichnet wurde.

»Ω?« sagte Gertrudis, »Ω … er ist bis heute ein Rätsel, zumindest für mich. Casanova, mit dem ich oft über jene Zeit gesprochen habe ...« Sie wandte sich an Emília: »Er ist eine meiner Informationsquellen und war, wie er zugibt, am Anfang davon überzeugt, daß Ω Uriach sei, doch Uriach starb fünf Jahre nach Lluïsa, und Ω ist weiterhin tätig gewesen, also ...«

»Fünf Jahre nach Lluïsa?« forschte Simon nach. »Ich dachte, es wäre viel später gewesen.«

Gertrudis lächelte und setzte die Erzählung ohne weitere Unterbrechungen fort.

0/1

Du hast recht, ich habe vorgegriffen. Nun, ich habe vor einer Weile gesagt, daß Lluïsas Tod von ungewöhnlichen Vorfällen begleitet wurde. Kurz darauf verschwand Mateu Valentí spurlos. Er hatte, wie jeden Tag, gegen neun Uhr morgens das Haus in Richtung Bankzentrale verlassen und kam nie an. Es fand eine umfassende polizeiliche, später eine gerichtliche Untersuchung statt; es wurden die Registrierungen an Grenzen, auf Flughäfen und in Hotels auf der ganzen Welt überprüft. Man durchpflügte jeden Zentimeter der zurückgelegten Strecke, doch ergebnislos. Kein Zeuge, der ihn gesehen hatte, er schien wie vom Erdboden verschluckt. Die Ereignisse trugen dazu bei, daß die Bank Mir zu einem Synonym für Unglück, Mißgeschick und düsteres Geheimnis wurde, wie das Grab des Tut-ench-Amun oder der Weiße Wal. Die Presse vermutete – mehr oder weniger seriös begründet – internationale Interessen dahinter; es hieß, die Bank Mir wäre Drehscheibe für fabelhafte Geschäfte mit Sicherheits- und Reservefonds der Vereinigten Staaten. Die Gerüchte wurden weder widerlegt noch bestätigt, sie verstummten mit der Zeit, ließen die Ungewißheit im Vergessen erlöschen.

In der Nacht nach Valentís Verschwinden fand ein Abendessen bei einer meiner Freundinnen statt, die eine großartige Gastgeberin und Köchin ist; ich hatte gerade eine bewegte Zeit und ging nicht hin, wohl aber meine Cousins Anna und Marià; und ich erinnere mich, daß sie noch lange über diesen Abend sprachen. Das Essen begann mit einer scherzhaften

Bemerkung über das Verschwinden des Bankiers, das von allen Fernsehsendern aufgegriffen worden war. Damals dachten alle noch an vorübergehende, zum Beispiel erotische Ausschweifungen, niemand glaubte auch nur im entferntesten daran, daß die Abwesenheit Valentís endgültig sein könnte.

Man sprach auch über die zunehmend beunruhigende internationale Lage und die Situation an den Börsen. Es war eine Zeit des heiteren Leichtsinns, und das Gespräch glitt bald ins Frivole. Die Nacht war dazu da, sich zu amüsieren. Casanova kam spät, lange nach Beginn, als schon etliche Flaschen Wein geleert worden waren. Der Nachzügler war blaß und fassungslos, er kam in Begleitung von zwei Freunden, die ihn besorgt stützten, so als würde er sonst umkippen. Frederics Anwesenheit schuf eine äußerst seltsame Atmosphäre. Er aß fast nichts und stellte seinen Tischnachbarn während des Essens merkwürdige Fragen.

»Erinnerst du dich nicht, daß wir uns gestern gesehen haben?« sagte er zu meinem Cousin.

»Du und ich, gestern?« erwiderte Marià. »Das soll wohl ein Scherz sein! Wir haben uns über zwei Wochen nicht gesehen ...«

Er machte allen gegenüber ähnlich absurde Bemerkungen. Die anderen nahmen es mit Humor, doch je später die Stunde, desto gequälter wirkte Casanova, und schließlich waren einige aufrichtig besorgt. Sie mußten ihn nach Hause begleiten.

Sein Verhalten in den darauffolgenden Tagen bestätigte den Eindruck, daß bei dem armen Kerl wohl eine Schraube locker war. Von einer Zwangsneurose erfaßt, rief er verzweifelt die bei jenem Abendessen Anwesenden an, um sie für dieselbe Stunde noch einmal in dasselbe Haus zu zitieren. Die Reaktionen fielen unterschiedlich aus. Einige schickten ihn zum Teufel, andere ließen ihn reden, überzeugt davon, daß nichts mehr zu machen wäre. Meine Cousins, zusammen mit zwei oder drei anderen, gingen gutgläubig hin und fanden einen Casanova vor, der mehr denn je schwitzte und zitterte und dessen Augen hin und her tanzten wie Mäuse. Ihr müßt euch das Gesicht der Frau vorstellen (Gastgeberin vor ein paar Tagen), als es klingelte und Casanova, aufgeregt und bemüht, seiner Stimme einen natürlichen und sympathischen Tonfall zu geben, und begleitet von mehreren Leuten, zum Abendessen auftauchte. Die arme Frau erstarrte. Es beruhigten sie auch nicht die bedeutungsvollen Blicke der anderen, hinter dem Rücken von Casanova, die ihr mit resignierten Gesten zu verstehen gaben, sie sollte sein Betragen auszuhalten versuchen. Als sie das Eßzimmer betraten, nahmen die Dinge einen scheußlichen Verlauf. Casanova begann laut schreiend Stühle zu verrücken, mit hysterischen Gebärden in den Schubladen nach Tischtüchern, Besteck und Geschirr für das Abendessen zu wühlen. Die Lust zu lachen, die anfänglich von der Situation ausgegangen sein mochte, war ihnen nun gänzlich vergangen.

»Das war nicht so!« kreischte er. »Der Tisch stand nicht hier! Es fehlen die Kerzen und die Blumen und eine Menge Leute! Ihr wart anders gekleidet!«

Sie mußten ihn mit vereinten Kräften festhalten (Casanova ist ein korpulenter Mann, wie ihr sehen werdet, und es dürfte nicht einfach gewesen sein). Als er am Ende gebändigt und alles erschöpft war (einige Stühle waren umgefallen und ein paar Vasen in Scherben gegangen), wiederholte Casanova geistesabwesend, leise und mit ausdruckslosem Gesicht: »Das war nicht so«, als sei dies das einzige Problem, nicht genau die gleiche Situation wie bei jenem Abendessen vorzufinden. Sie brachten ihn, bedrückt von der soeben erlebten Szene, abermals nach Hause und fragten sich, ob sie nicht besser einen Arzt holen sollten.

Casanova rief alle Beteiligten noch ein paarmal an und tischte ihnen dieselbe Einladung auf, und da sie Bescheid wußten, schüttelten sie ihn ab, so gut es ging. Er machte eine schlimme Krise durch und mußte in ein Sanatorium eingeliefert werden, aus dem er nicht allzu zerstört wieder herauskam. Allmählich ging es mit ihm bergauf, und eines schönen Tages gliederte er sich wieder ins alltägliche Leben ein, als wäre nichts geschehen. Soweit ich weiß, hat ihm gegenüber niemand je über die Episode gesprochen, und auch er hat sie nie erwähnt.

Das alles dauerte ziemlich lange, und Zacaries Uriach fühlte sich unterdessen von den beiden Personen verlassen, die ihn in letzter Zeit ständig begleitet hatten: Lluïsa war tot, Casanova verrückt geworden. Von der Ahnung erfüllt, es könnte sich um die letzte Gelegenheit in seinem Leben handeln, entschied sich Zacaries für ein Liebesabenteuer. Er richtete seinen Blick auf andere Gefilde. Nach einer Zeit, zwei oder drei Jahre vielleicht, in der er an den verschiedensten Orgien teilgenommen hatte, nahm er eine gewisse Aline Deveraux bei sich auf. Durch einen jener Zufälle im Leben war diese Frau eine entfernte Verwandte meines Vaters (wie ihr wißt, ist Deveraux mein zweiter Name). Als er sie auflas, war sie schon ziemlich weit unten, doch in ihrer Glanzzeit war sie eine Art Lou Andreas-Salomé oder Alma Schindler gewesen, eine gebildete und kultivierte Frau, Freundin der Dichter und Philosophen, darauf bedacht, sich nie wie Friné zu benehmen. Sie hatte drei Kinder, ich kenne aber nur den Werdegang von Paul Deveraux. Ihr habt sicherlich schon von ihm gehört. Übrigens war er einer der Gäste bei der Feier, auf der Casanova durchgedreht ist.

Uriachs Leben wendete sich um hundertachtzig Grad. Geheimnis, Zurückhaltung, Eleganz und Mäßigkeit, die seine Beziehung zu Lluïsa geprägt hatten, machten an Alines Seite Unordnung und pathetischer Zurschaustellung von Lüsten und Leidenschaften Platz, die eher unwahrscheinlich wirkten. Eines Morgens wurde Aline in einem Hotel an der Adria-Küste tot aufgefunden. Die Autopsie ergab eine Überdodis an Beruhigungsmitteln, die ein ganzes Regiment hätte auslöschen können. Zacaries mußte die Verhöre des dortigen Richters über sich ergehen lassen, aber er wurde von jedem Verdacht freigesprochen. Als er allerdings wieder zu Hause war, konnte er sein erneut einsames Bild im Spiegel nicht ertragen. Die ihn kannten, sagen, daß er sich, was die drei großen Frauen seines Lebens betrifft, nur Lluïsa ganz hingegeben hat. Der Tod von Aline schien ihn den von Lluïsa noch einmal erleben zu lassen, so als wären die drei oder vier dazwischenliegenden Jahre nur ein böser Traum gewesen. Uriach ließ sich völlig gehen; er verbrachte die Tage zu Hause eingeschlossen, ohne jemanden zu sehen, ohne die Kleidung zu wechseln oder sich zu rasieren. Er nahm noch mehr ab. Die Selbstverachtung löste eine latente Misanthropie aus und machte nicht nur eine emotionale, sondern sogar eine oberflächliche Beziehung unmöglich. Er verwandelte sich in das Beispiel seiner eigenen Ideen, wie etwa, daß die unerläßliche Voraussetzung für den Liebenden das Interesse und die Identifikation mit den höchsten Werten des Menschen (und somit die Anerkennung des eigenen Seins) ist. Jeder große Liebende, hatte er gesagt, bürgt für alle Menschen. Selbst jene, die zu ihrer Zeit als radikale Nonkonformisten oder wütende Bilderstürmer galten und die sich, aus der Distanz betrachtet, bloß als Gegner einer Denkrichtung oder Regierung entpuppten, haben stets für andere nützliche Werte hinterlassen. Uriach hatte diese Fähigkeit verloren, und sein Geist beschäftigte sich ausschließlich mit sich selbst. Nachts ging er aus, aber er konnte sich wegen seiner erschreckend zunehmenden Unterernährung kaum auf den Beinen halten. Offenbar war auch ein Vermögen im Spiel, denn Verwandte ließen ihn von einem Privatdetektiv beschatten. Es stellte sich heraus, daß er nachts auf den Friedhof ging, aber nicht, wie zu vermuten gewesen wäre, um das Grab Lluïsas zu besuchen, deren Gedenken das einzige Thema war, das er in den Mund nahm, wenn ihn überhaupt jemand zum Reden brachte, sondern das von Aline. Manch einer schloß aus den seltsamen Bewegungen, die man ihn auf einer Leiter machen sah, um ganz nahe an die Grabnische in der oberen Reihe zu gelangen, daß es zwischen den beiden so etwas wie einen eschatologischen oder theosophischen Pakt geben müßte. Im allgemeinen war man jedoch überzeugt, daß Uriach – wie sein Freund Casanova – den Verstand verloren hatte.

1/0

»Ich erinnere mich an diese Geschichte«, warf Emília ein.

Die Unterbrechung machte mich ungeduldig, denn ich kannte sie ebenfalls, dachte aber, daß Gertrudis noch etwas hinzufügen würde. Ich wollte sie schon zurechtweisen, doch Simon kam mir zuvor.

»Ich habe durchaus Verständnis für die Eile von einigen, doch schlage ich vor, daß wir uns gegenseitig verzeihen, denn mir ist die Geschichte gänzlich unbekannt, und ich wäre froh, sie in der begonnenen Version zu Ende erzählt zu bekommen.«

Höfliches Kichern war zu hören, und Gertrudis fuhr fort.

0/1

Eines Morgens wurde Zacaries Uriach tot auf dem Friedhof aufgefunden. Die Wärter entdeckten ihn neben einer steinernen Amphore mit eingeschlagenem Schädel, und die Stehleiter, die er benutzte, um zu den höheren Grabnischen zu gelangen, war umgestürzt. Man schloß daraus, daß er das Gleichgewicht verloren hatte oder aber die Leiter aus irgendeinem Grund gekippt war. Hinterhauptsknochen und die ersten beiden Halswirbel waren gebrochen, das Rückenmark war durchtrennt, allgemeines Schädelhämatom; die Autopsie stellte den sofortigen Tod fest. Es herrschte große Aufregung, denn die Presse hatte durch eine Indiskretion von den nächtlichen Umtrieben Uriachs erfahren und über den »Fall des Liebhabers vom Friedhof« berichtet. Es fehlte auch nicht an sensationsgierigen Leuten, die behaupteten, er wäre umgebracht worden. Das Gericht blieb aber bei dem Unfall als Todesursache: Eines der beiden Leiterbeine war wurmzerfressen, und sowohl die Art des Bruches wie der Sturz selber wiesen auf keinerlei Fremdeinwirkung hin. Uriachs Unternehmungen hatten unter einem ungünstigen Stern gestanden: Ausgerechnet unter ihm mußte eine vom Holzwurm zerfressene Leiter zusammenbrechen, nicht unter einem Angestellten des Bestattungsinstitutes oder der Friedhofsverwaltung, die, da sie gewandter waren und bei Tageslicht arbeiteten, nicht so übel zugerichtet worden wären.

Das Seltsamste an dem Fall war jedoch, daß es in diesem Teil des Friedhofes keine bekannten Grabnischen gab (es war der zum Meer gewandte Bereich, und die Nischen befanden sich an den hügelseitigen Wegen des Montjuïc, die Erdgräber an der Außenseite, oberhalb der zollfreien Zone des Hafens). Aline war zwei Wege weiter oben bestattet, und Uriach starb genau vor dem Grabstein von Lluïsa Cros. Auch diese Tatsache löste Spekulationen aus; einige meinten, es wäre ein Irrtum, eine Entgleisung gewesen; er hätte Aline am falschen Ort gesucht, und die Leiter wäre zusammengebrochen, als er sich vorbeugte, um die Namen auf den seitlichen Gräbern zu entziffern. Phantasievollere Leute oder solche, die Schundromane lasen, malten sich die Tücken des Schicksals aus; wieder andere die Machenschaften gerissener Verbrecher.

Doch selbst bei seinem Begräbnis konnte Uriach der Vorsehung nicht entrinnen. Sie begruben ihn wenige Meter von dort entfernt, wo sie ihn tot aufgefunden hatten. Die Überreste der großen Lieben seines Lebens waren nicht weit. Die Kirche befand sich in einer eklektizistischen Phase, und der Kaplan, der den Verstorbenen gut gekannt hatte, schloß die mit einer gehörigen Dosis Ironie versehene Grabrede, die verschieden geartetes Lächeln hervorrief, mit dem berühmten Aphorismus: »Die Dinge kehren im Tod zu ihrem Ursprung zurück, so ist es bestimmt; und so bezahlen die einen den anderen die gerechte Strafe, im Einklang mit dem Schiedsspruch der Zeit.«

1/0

Gertrudis beendete hier die Erzählung, und da noch Zeit bis zum Mittagessen blieb, bestellte Emília einen Aperitif, und alle nutzten die Gelegenheit, ihre Meinung zu Uriach kundzutun. Der Himmel war inzwischen verhangen, und der Avalon schien mir mehr denn je der behaglichste Ort der Welt zu sein. Ich stand auf, um die Wolkenschichten zu betrachten. Die rauhe Wildheit der Berge – schwarz ohne Sonne und weiß durch den Schnee – ließ, was auf dieser Seite der Fensterscheiben lag, noch komfortabler erscheinen. Der Raum war speziell dazu gedacht, in ihm höchst angenehme Stunden zu verbringen, und diese Absicht war, trotz der Größe des

Saals, bestens aufgegangen. »Ich bin überzeugt«, sagte Artur Oliver, »daß sich hinter dem Verhalten Uriachs auch die Frustration eines Künstlers verbarg. Schließlich stammte er aus einer Familie von Bildhauern und Malern, die in Nordamerika und England eine gewisse Bedeutung erlangt hatten. Trotz seiner Probleme in Herzensangelegenheiten hatte sich Zacaries als Maler versucht; das Streben nach Erfolg beherrschte ihn am Ende so sehr, daß er nichts Wesentliches schaffen konnte.«

»Das ist richtig«, bestätigte Gertrudis, »aber es gibt noch andere Faktoren. Uriach stieß auf Widerstand innerhalb der Familie, was ihn traf, weil er nicht tyrannisch und willkürlich, sondern im Gegenteil besonnen und liberal war. Mit hervorragendem Urteilsvermögen sagten sie ihm, daß er für die Diplomatie und für Finanzen begabt wäre (was sich bestätigte, bis er aus seinem Leben ein heilloses Durcheinander machte), nicht aber für die Malerei. Er wurde von Neugierde getrieben, aber auch von der Panik erfaßt, der Familie nie beweisen zu können, daß sie sich geirrt hatte, und vielleicht hemmte ihn das.«

»Wenn er überall seine Nase hineinsteckte, wie konnte er dann in der Diplomatie und in der Finanzwelt Karriere machen?« fragte Simon.

»Ich habe nicht gesagt, daß er überall seine Nase hineinsteckte, sondern daß er neugierig war«, erläuterte Gertrudis.

»Und welchen Unterschied macht das?«

»Einen wesentlichen: Neugierde bedeutet, andere Menschen zu erforschen, um mehr über das Leben zu erfahren, und ist in diesem Sinn eine für Philosophen und Künstler unerläßliche Eigenschaft. Wer hingegen überall seine Nase hineinsteckt, will bloß alle Aufmerksamkeit auf sich ziehen, indem er irgendwelche Geschichten verbreitet, wahr oder nicht, und je schauerlicher, desto besser; der Neugierige ist letztlich ein Weiser; der überall herumschnüffelt, wird aber schließlich von allen gemieden wie die Pest.«

»Abgesehen von dem Sonderfall Uriach«, schaltete sich Emília ein, »du hast soeben etwas gesagt, das mir zweideutig scheint. Willst du behaupten, daß ein um seinen Erfolg bemühter Künstler dazu verdammt ist, nichts Gutes zustande zu bringen? Wie viele große Künstler kämpften nicht nur um Erfolg, vielmehr änderte die Tatsache, zu Lebzeiten nicht anerkannt zu werden, ihr Wesen und ihr späteres Werk.«

»Ja, es hat ihnen zu schaffen gemacht«, sagte Gertrudis, »denn sie verstanden es nicht, sich ihre Unabhängigkeit zu bewahren, und die ist eine der letzten Qualitäten, die ein Künstler aufgeben darf. Wie willst du dich ausdrücken, wenn du von der Reaktion des Publikums, der Kritiker oder von den Modeströmungen abhängst? Veränderung ist jedenfalls nicht unbedingt gleichbedeutend mit Beschädigung. Es gibt Druck von außen, der unbequem ist, sich am Ende aber positiv auswirkt.«

»Das heißt also, daß die Kunst ein Widerschein der Realität ist und man sich dem nicht dadurch entziehen kann, daß man denkt, die Meinungen über die Kunst seien nicht Teil dieser Realität«, schlußfolgerte Artur ohne die geringste Spur von Ironie in der Stimme.

»All das gehört zur herkömmlichen Scheinheiligkeit der kapitalistischen Gesellschaft«, bemerkte Simon, und die Frauen sahen ihn mitleidig an. Simon fuhr fort: »Die Gesellschaft zwingt den Künstler, sich selbst als etikettiertes Produkt zu verkaufen, dessen Inhalt dem Etikett zu entsprechen hat. Nur die großen (ich meine die ganz großen, die herausragenden) befreien sich davon. Geschäftsleuten erscheint es völlig legitim, für Erfolg und Wohlstand zu kämpfen; für sie ist er eine unverzichtbare persönliche Qualität; doch wenn ein Künstler ihn anstrebt, finden sie das verdächtig und unpassend; sie wollen einen im materiellen Bereich uneigennützigen Künstler, und je weniger vorteilhaft die von ihm vertretenen Ideen für ihn sind, je kaputter er durchs Leben geht, desto besser.«

»Du hast soeben das Wahlprogramm eines Hobbyschriftstellervereins zum besten gegeben; ich wollte nur auf eine Situation aufmerksam machen, die Zacaries betraf, und er ist kein Einzelfall in der Geschichte. Dein Gedanke ist indes über mehr als zwei Jahrhunderte hinweg von den linken In-

tellektuellen hochgehalten worden. Übrigens«, fügte Gertrudis hinzu, »hat sich Morguer, als ihm der Nobelpreis verliehen wurde, in seinen ersten Äußerungen der Presse gegenüber auf ähnliche Weise Luft gemacht.« Camila erklärte, ihn
nicht zu kennen, und Gertrudis ging darauf ein (ihr Tonfall
verriet, daß sie das Verhalten dieses Mannes guthieß): »Llorenç González Morguer (der immer mit Llorenç Morguer
unterzeichnete) galt sein ganzes Leben als zweitrangiger
Schriftsteller. Die selbsternannten Patrioten mißtrauten ihm,
weil er ständig betonte, er schreibe nicht im Dienst der Sprache, sondern weil es ihm Spaß mache, und er verglich den Zynismus und die Empfindlichkeit derjenigen, die das Gegenteil behaupteten, mit der Haltung der Politiker, die meinen,
sie würden sich für ihr Land aufopfern; die Lüge der Literaten war aber in Morguers Augen weniger gefährlich. In seinen Texten weigerte er sich beharrlich, gegen die Mode anzuschreiben, und in seinen Vorlesungen an der Universität tadelte er die Eifrigen, die den Geschmack diktierten. Wenn du
Gewinn daraus ziehen willst, dann lies bescheiden, gläubig
und mit schlichtem Herzen und strebe nicht nach dem
Ruhm des Gelehrten, pflegte er zu sagen. Die Kritiker fanden
ihn sonderbar und außerhalb der Tradition stehend, aber in
Paris und Mexiko wurde er übersetzt, so daß er allmählich im
Ausland bekannt wurde. Die Amerikaner drehten ein paar
Filme, die auf seinen Romanen basierten, und als man sich in
Barcelona auf ihn besinnen wollte, mußten sie für eine Neuauflage die Autorenrechte im Ausland kaufen. Der Nobelpreis fiel ihm zu (wie in neunzig Prozent der Fälle), als er bereits zu alt war, um ihn genießen zu können. Er wurde zu
einem Fernsehinterview gebeten, und dafür ließ er sich eine
beträchtliche Summe bezahlen. Der genaue Betrag wurde
nicht bekanntgegeben, doch er hat anscheinend mehr dabei
verdient als durch den Preis der Schweden. Alle waren
empört; ich glaube, er hat ganz richtig gehandelt. Jahre
früher hätte er dafür zahlen müssen, ins Fernsehen zu kommen, also wäre er nun ein Dummkopf gewesen, keinen Nutzen daraus zu ziehen.«

»Das ist nicht alles«, mischte ich mich ein (ich hatte das

Interview ebenfalls gesehen). »Diese Frage tauchte indirekt im Gespräch auf, und Morguer anwortete, er hätte sich am Gesetz von Angebot und Nachfrage orientiert wie die Geschäftsleute, die ihn kritisierten. Er sagte: ›Wie kann eine Unternehmensgruppe ein Produkt entwickeln, ein Vermögen für die Werbung ausgeben und es dann um das Zehnfache verkaufen, ohne daß ein Gericht dies unterbindet? Wie ist es möglich, daß ein Sänger für sein Gewieher und Eselsgeschrei Unsummen kassiert, ohne daß es zu einer Welle der Empörung kommt? Jenem dagegen, der keinen Unsinn von sich gibt, um dem Publikum zu gefallen, zwingt die Gesellschaft ein Gelübde der Armut auf. Hat man ihm etwa die Buße für eine Erbsünde auferlegt? Ungläubige und perverse Menschen! Wie lange werde ich noch unter euch weilen und euch ertragen müssen?‹«

»Ja, das hat er gesagt«, bekräftigte Gertrudis. »Vielleicht handelt es sich letztlich nur um Gemeinplätze; die Bevölkerung (ich meine den Durchschnittsbürger, nicht den Millionär und auch nicht den verfemten Dichter) stört es, wenn der Rahmen gesprengt wird, für sie ist es leichter, in der allgemeinen Einbildung zu verharren, die anderen klassifizieren und sich selber im gleichen Atemzug als normal bezeichnen zu können, das heißt frei von Einordnung. Demnach hat also der leitende Angestellte gut auszusehen und tadellos gekleidet zu sein; der Wissenschaftler exzentrisch und zerstreut zu sein, und wenn er alt ist und Brille und Bart trägt, um so besser; der Arbeiter kann kein Latein, und er kann auch nicht im Parkett der Oper sitzen, und innerhalb dieser Rollenverteilung erlaubt man dem Künstler wie den kleinen Kindern, Unglaubwürdiges auszusprechen und Verrücktheiten zu begehen, allerdings stets in einem Rahmen, so daß sie die wichtigen Angelegenheiten der Erwachsenen nicht gefährden. Das lächerliche Bild des Dichters als eines trägen Schwärmers, dem jeglicher Sinn für die praktischen Dinge des Lebens fehlt, der so zerbrechlich ist, daß er Mitleid auslöst, der naiv, altmodisch und leicht zu betrügen ist, kurz, ein Taugenichts – es entstammt einer Rache der übrigen Gesellschaft an denen, die ihnen, je bessere Dichter sie sind, mit um so scharfsinnigeren und verwirrenderen Unannehmlichkeiten aufwarten. Alles in allem war Morguer vom Glück begünstigt. Nun war es an ihm, wenn auch spät, sich zu revanchieren. Ich erinnere mich, daß sie ihm irgendein goldenes Ehrenzeichen verliehen, die höchste Auszeichnung des Landes, und er nahm sie nicht an. Er sagte, was alle wußten, aber schon seit einiger Zeit niemand mehr aussprach: daß er sich weigere, sich für Presse und Politiker zum Narren zu machen, und sich nicht dafür hergebe, den Zeitungen am nächsten Tag die übliche Schlagzeile zu liefern: ›Der Präsident der Generalitat wohnte gestern abend einem literarischen Akt bei.‹ Den Schriftstellern, sagte er, würde nicht nur das Recht verwehrt, Nutzen aus ihrem Werk zu ziehen, sondern man hinderte sie sogar daran, bei ihrem Erfolg die Hauptperson zu sein.«

»Eigentlich entspricht das alles einem ziemlich logischen Mechanismus,« meinte Camila. »Traditionell fühlt sich der Künstler selbst zu einer Sensibilität berufen, die den anderen nicht zugänglich ist. So ist es normal, daß er, eher wegen seiner Eitelkeit als wegen seines Glanzes, für eine Karikatur herhalten muß, die mehr Ausdruck von Kontrolle und Verärgerung als von Verteidigung ist, was dazu führt, daß beide Seiten sich gegenseitig als Feinde betrachten«, sagte Camila.

»Ich glaube jedenfalls nicht, daß die Künstler die Mächtigen (das heißt Politiker und Geschäftsleute) zwangsläufig als Feinde ansehen müssen«, bemerkte Oliver. »Morguer selbst hat später seine Haltung nuanciert: Die Politiker sind nicht das Musterbeispiel der Korruption, sie haben nur das Pech, mehr in der Öffentlichkeit zu stehen als die anderen, und als Verteidigungsmechanismus der Gesellschaft ist das gut so, denn ihre Entgleisungen sind schwerwiegender.«

»Da bin ich ganz deiner Meinung«, sagte Emília, »mehr noch: Ich glaube, daß die Politiker insgesamt einer der am wenigsten korrupten Stände sind.«

Zurückhaltendes, skeptisches Lächeln erschien auf den Gesichtern.

»Ich dachte, wir reden ernsthaft«, ließ Simon verlauten.

»Beachtet doch«, beharrte Emília, »daß bei ihnen zwei wesentliche Dinge zusammentreffen: Zum einen, wie schon erwähnt, sind sie der strengsten Kontrolle unterworfen, zu der die Gesellschaft fähig ist; Geschäfte, Geliebte, Besitz und Konflikte eines Politikers sind stets Gegenstand von Nachrichten, Analysen und Schlußfolgerungen bis hin zur letzten Konsequenz. Und zweitens leben sie in einem System höchstmöglicher Objektivität.« Unter den fragenden Blicken fuhr Emília fort: »Die Objektivität, sowohl in Worten wie im Handeln, ist keine Frage des Anstands oder des Willens, da es nicht möglich ist, sich völlig losgelöst von Tendenzen zu entwickeln. Die einzige Möglichkeit, der Gesellschaft objektive Aussagen und Handlungen darzubieten, besteht darin, vorher so genau wie möglich Gesichtspunkt und Ausgangsposition zu erklären und in der Folge so voreingenommen zu sein wie nötig; schließlich weiß man von niemandem besser als von einem Politiker, wo ihn der Schuh drückt. Zumindest ist es Aufgabe der anderen Politiker, das aufzudecken; glaubt mir, ein Politiker kann nur korrupt sein, wenn seine Gegner unfähig sind.«

»Ich weiß nicht, wenn ich mir die Statistik ansehe ...«, sagte Simon, und Artur setzte die Erklärung fort.

»Möglicherweise steckt ein Kern Wahrheit in deiner Argumentation. Das Schweigen, das den Dichter umgibt, ist der unerläßliche Schutz für den, der nur arbeiten kann, wenn er aus der Dunkelheit heraus beobachtet. Bei irgendeiner Gelegenheit hat Morguer seine Zuhörer offenbar sehr erheitert, indem er sie aufforderte, sich eine tägliche Fernsehsendung vorzustellen, die der Poesie gewidmet wäre, wie es etwa eine für den Sport gibt: Genau wie die tägliche Stunde der Interviews mit Fußballern, wo sie gefragt werden, ob ihr Knie schmerzt, ob sie am Sonntag spielen werden, ob der Trainer niedergeschlagen ist, solle man sich Interviews mit Dichtern vorstellen: ›Haben Sie heute ein kleines Gedicht geschrieben?‹, und der Gefragte würde antworten: ›Nein, heute hab ich nur ein wenig gewichst.‹ Die Geschäftsleute«, schloß er, »machen nicht die Kultur, aber sie bezahlen sie, und es gibt Perioden ausgezeichneter Beziehungen zwischen der Macht und den Dichtern.«

»Das erinnert mich«, sagte Simon sarkastisch, »an jenen Naturforscher, der meinte, die besten Verbündeten der

Pflanzenfresser wären die Fleischfresser, da sie die Schwachen und Alten verschlängen und so eine natürliche Auslese der Arten bewirkten.«

»Ach was«, erwiderte Gertrudis, »der Vergleich scheint mir doch reichlich übertrieben. Gewiß gibt es sehr schlechte Künstler, und deshalb müssen sie von den Massenmedien verputzt werden …« Wir lachten, und sie wandte sich an Artur: »Am Ende aber lösen sich die gravierenden Unterschiede zwischen den Künstlern, die auf der Seite der Macht waren, und denen, die das nicht waren, auf. Es gibt zwei Möglichkeiten, den rebellischen (nicht etwa revolutionären) Künstler zu sehen, der einen Teil seines Erfolgs aus der Kritik am Publikum zieht, an das sich sein Werk richtet: Einerseits läßt sich sein Verhalten als Aufrichtigkeit interpretieren, so wie wir sie selten – da könnt ihr sagen, was ihr wollt – bei Politikern finden: offen die Wahrheit zu sagen, das, was du wirklich denkst, selbst wenn es der Gemeinschaft schadet. Die zweite Möglichkeit ist es, darin ein Zeichen von Opportunismus zu sehen. Wenn die masochistische Seite der gekränkten Masse erst einmal gereizt ist, ist die Antwort darauf eine höchst wirksame Propaganda und weckt außerdem in jedem Individuum den trügerischen Eindruck, sich von den anderen zu unterscheiden und somit von der allgemeinen Rüge nicht betroffen zu sein; in diesem Sinn kommt die Kritik einer Schmeichelei gleich. Das eine wie das andere verliert mit der Zeit an Boshaftigkeit, wenn der Künstler, tot oder lebendig, erst einmal eingeordnet ist und man ihn ohne weiteres als Engel der Finsternis akzeptieren kann.«

Plötzlich mußte ich an den Krieg denken, an die Szenen, die ich vor ein paar Tagen zurückgelassen hatte. Ich hatte bei meiner Ankunft in diesem Refugium die Frivolität meiner Freunde kritisiert, und nun benahm ich mich genauso.

»Ich habe nichts gegen die Geschäftsleute, aber es stört mich, daß sie regieren«, sagte Simon.

»Sie haben immer regiert«, gab Gertrudis zurück, »doch das Schlimme ist, daß sie nicht nur regieren, sondern in zunehmendem Maße auch herrschen.«

»Das würde ich an deiner Stelle nicht laut sagen«, rief Artur lachend. »Ich fürchte, du bist von der Elite der Geschäftswelt umgeben.«

»Eher von deren Rest«, berichtigte sie leise.

Ich fühlte wieder einmal, daß nicht Unschuld vorausgesetzt wird, denn im gesellschaftlichen Tauschgeschäft zählt vor allem die Schuld, und das Zusammenleben ist eine ständige Beurteilung. Jeder Definitionsprozeß einer Disziplin, Gruppe oder Gattung schließt beinahe immer, mehr oder weniger offensichtlich oder in unterbewußter Duldung der Anklage, eine Verteidigungshaltung ein.

Ficinus und Gimellion stießen zu uns. Das Mittagessen war angerichtet. Als wir aufstanden, erlaubte ich mir, vom Aperitif beschwingt, einen Scherz mit Emília und Gertrudis. Wir lachten, und sie erwiderten meine Vaudeville-Galanterie, indem sie sich bei mir einhakten, so gingen wir ins Speisezimmer. Als wir uns setzten, sah Gimellion uns drei an und sagte zu mir:

»Sei vorsichtig, lieber Freund, denke an den alten Spruch: Ein Mann kann für eine einzige Frau ein Erzengel sein, zwischen zweien jedoch wird er immer wie ein Clown wirken.«

Die Frauen hörten nicht auf zu lachen; ich fand die Bemerkung ungehörig, aber zum Glück nahm das Gespräch nun eine andere Richtung. Gimellion blieb weiterhin unberührt vom vornehmen, beeindruckenden Aussehen Rodins, von der Bissigkeit Carters oder der Rätselhaftigkeit der beiden Neuankömmlinge. Roncal war nicht zum Essen erschienen, und niemand erwähnte ihn. Ich wollte schon nach ihm fragen, doch fiel mir die Unterhaltung zwischen Gertrudis und Gimellion ein, so hielt ich es für klüger, es nicht zu tun.

Das Gespräch kreiste um Liebesbeziehungen. Camila legte absonderliche Theorien über die angebliche Überlegenheit der Frauen dar.

»Stellt euch zum Beispiel eine Situation vor, die mir zu dem eingefallen ist, was Senyor Gimellion soeben gesagt hat: Eine Frau geht mit ihrem Mann oder gegenwärtigen Liebhaber aus, und sie treffen den Vorgänger; die zwei Männer werden sich dumm stellen und so tun, als wären sie jenseits von Gut und Böse; die Frau wird sie ganz entspannt und mit einem triumphierenden Lächeln einander vorstellen. Im umgekehrten Fall, ein Mann zwischen der jetzigen und der ehemaligen Frau ist nervös und weiß nicht, wie er sich verhalten soll; die beiden Frauen hingegen benehmen sich unbefangen und sind sogar bereit, sich augenblicklich zu befreunden oder zumindest so zu tun, als ob.«

»Soweit ich es erlebt habe«, sagte Randolph Carter, »mustern sich die beiden Frauen mit einer unverschämten Neugier und Aufmerksamkeit, und am liebsten würden sie sich auf der Stelle die Augen auskratzen.«

Das löste eine Diskussion zwischen Carter und Emília aus, die während des ganzen Mittagessens andauerte. Simon, der neben mir saß, wandte sich an Rodin.

»Ich habe immer geglaubt, daß Freunde einander in Liebesdingen helfen und Freundinnen sich behindern.« Als er den befremdeten Gesichtsausdruck seines Gesprächspartners bemerkte, verdeutlichte er: »Ich will damit nicht sagen, daß, wenn sich eine Frau einer anderen anvertraut hat, diese ihr nicht hilft, sondern daß auf der ersten Stufe, wenn alles sich noch im Bereich der nicht erklärten Absichten und Vermutungen bewegt, eine Frau sich in Gegenwart einer anderen zurückhält. Männern hingegen gefällt es, sich vor den Freunden zur Schau zu stellen.«

»Hoffentlich macht ihr euch nichts vor, was die Treue in Männerfreundschaften betrifft«, schaltete sich Camila ein, die jeweils ein Ohr bei den verschiedenen Gesprächen hatte. »Wenn Männer sich helfen, dann nicht, weil sie großmütig und edel sind, schon gar nicht, wenn es darum geht, sich bedeckt zu halten; es ist reine Strategie. Handelten sie anders, würden sie sich den Zorn aller zuziehen (niemand ist dankbar für unangenehme Enthüllungen) und die Dummen sein, abgesehen von dem ›Wie du mir, so ich dir‹. Und vergessen wir nicht«, fügte sie hinzu, »daß es unter Männern als Verdienst gilt, den Freunden treu zu sein, nicht aber der Ehefrau.«

»Dabei muß es sich um einen Reflex handeln«, bemerkte Kolinski. »Freunde haben für gewöhnlich eine härtere Hand als die Ehefrau.«

Es gab Gelächter, auf seiten der Frauen aber, wie mir schien, ein eher skeptisches, halbherziges Lächeln.

»Nicht alle Frauen«, gab Rodin Simon zur Antwort, »verhalten sich so, wie du es schilderst, und die es nicht tun, gehören nicht gerade den weniger privilegierten Gesellschaftsschichten an. Es stimmt aber, in der Betrachtungsweise der Moralisten, die unterschiedlich an ein und dieselbe Sache herangehen – je nachdem, ob sie von einem Mann oder einer Frau gemacht wird –, handelt ein beträchtlicher Teil der jungen Frauen so. Merkwürdig, daß wir uns nach den französischen Revolutionen des 19. Jahrhunderts, nach der Psychoanalyse und ihrer Grablegung heute wieder auf dem Stand des 18. Jahrhunderts befinden.«

»Und Sie, Senyor Rodin …«, sagte Emília, doch er unterbrach sie.

»Bitte, meine Liebe, duze mich. Das gilt für euch alle.«

Emília schien sich sträuben zu wollen, da griff Gimellion mit schelmischer Miene ein:

»Zu meiner Zeit war es kein Zeichen von Respektlosigkeit, wenn die Jungen die Alten duzten, sondern ein Gebot der Höflichkeit zwischen Personen gleichen Standes. Der Junge, der den Alten duzte, erwies ihm eine Ehre, weil er ihn als ebenso jung wie sich selbst einschätzte. Das Gegenteil galt beinahe als geschmacklos.«

Emília verzichtete auf ihre Frage, und ich enthielt mich einer Stellungnahme. Von dem Moment an durfte man nicht vergessen, alle zu duzen.

Auch während des weiteren Mittagessens unterhielten sich alle sehr angeregt. Es fiel mir schwer, Taktik und Spaß auseinanderzuhalten, war oft empört, da ich nicht verstand, warum sie über den einen oder anderen Scherz derart übertrieben und unangebracht lachten, und fühlte mich dadurch ausgeschlossen.

»Ideologien sind eine Ausrede«, hörte ich Kolinski sagen; »die USA und die UdSSR haben sich nur aus Gründen der Macht den Kampf angesagt. Sie unterschieden sich nicht durch die Doktrin, sondern durch die Politik im weiteren, historischen Sinne. Es wäre genauso zur Konfrontation gekommen, wenn in Rußland noch die Zaren regiert hätten, oder im Fall einer freien Republik.«

»Es gibt nur eine Sache, die mit Liebe nicht vereinbar ist«, sagte Camila. »Das Mitleid. Liebe und Haß, in Ordnung. Liebe und Gewissensbisse, unübertrefflich. Liebe, mit Unschlüssigkeit verbunden, kann gerade noch durchgehen. Doch Liebe und Mitleid, unmöglich.«

»Mit einer Ausnahme«, widersprach ihm Gertrudis, »dann nämlich, wenn der Mann die Frau seines Leben zu einem Zeitpunkt gefunden hat, wo es mit ihr schon bergab geht, zum Beispiel Berlioz und Harriett Smithson, Napoleon und Joséphine …«

»Du gibst mir aber insofern Recht, als du Beziehungen anführst, die gescheitert sind. Wenn wir uns an große Lieben erinnern, dann deshalb, weil die Personen nachträglich mystifiziert werden.«

Das Gespräch wäre wohl noch den ganzen Nachmittag weitergegangen, hätte nicht jemand vorgeschlagen, die Tafel aufzuheben. Wir, die schon am Vormittag im Avalon gewesen waren, kehrten dorthin zurück und konnten nun den Anblick einer nebelverhangenen Abenddämmerung genießen. Kolinski und Ficinus wollten sich ein wenig die Beine vertreten und berieten sich mit Gimellion über den besten Weg; der Hausherr gab ihnen einige Hinweise. Sie brachen angeregt plaudernd auf, und Gimellion gesellte sich zu uns. Im Avalon waren außerdem noch Simon, Artur, Carter, Camila und Emília. Gertrudis bat uns, sie zu entschuldigen, und zog sich auf ihr Zimmer zurück, was mir sehr mißfiel, da ihre Anwesenheit, neben der Emílias, die anregendste war.

Wir tranken Kaffee, mehr oder weniger gedankenverloren oder im lockeren Gespräch, als Fabius Roncal auftauchte.

»Ich bin gekommen, um mich zu verabschieden, da ich in Kürze abreisen werde«, verkündete er mit einem seltsamen Lächeln.

Wo kann er bloß hinwollen in Zeiten wie diesen, dachte ich. Hier hat er zumindest eine gewisse Sicherheit, daß sich keine Rakete hierher verirrt.

»Warum erzählst du uns nicht, was dir in deinem Landhaus

passiert ist?« sagte Gimellion zu ihm. »Ich glaube, das würde alle freuen.«

Roncal lächelte noch immer, doch sein Lächeln war ausdruckslos, maskenhaft. Als Gimellion den Vorschlag machte, verstärkte es sich noch, und er nickte zustimmend. Er bat um einen Cognac, während er in Ruhe die beste Sitzmöglichkeit suchte, und als er es ganz bequem hatte, begann er zu sprechen.

0/1

Geschichte vom Dieb im Landhaus

Mein Leben lang, liebe Freunde, habe ich eine sentimentale Idee von meiner persönlichen Geschichte und dem Rahmen gehabt, in dem sich die mit meinem Schicksal verwobenen Szenarien bewegen würden. Doch nie hätte ich angenommen, daß meine Vorgefühle, die mich schon als Kind dazu geführt hatten, das Bild dieses Landhauses mit gewaltsamer Schönheit, Verzweiflung der Sinne, grausamem Tod in Verbindung zu bringen, so unmißverständlich Wirklichkeit werden könnten. Immer schon rief alles in seinen Räumen Gedanken an die erbarmungslose Natur in mir wach … Ich mußte an den blinden, ungestümen Kampf der jungen Tiere zur Brunftzeit denken, an die Vögel, die aus der Luft herabstoßen, um zu töten, an die kühnen Raubtiere, die Schafe reißen und weiterziehen, sobald sie genug haben, an die Gewitter, die Bäume spalten und Felsen sprengen. Dem Haus und seiner Umgebung haftete Mord an.

Ich hatte mir schon in meinen Kinderspielen und später als Laienschauspieler die Geschichten rund um dieses Gebäude angeeignet, das mit den Jahren müde geworden war, aber trotzdem noch fähig schien, entfesselte Leidenschaften zu beherbergen: die Episoden des Napoleonischen Krieges, der Barbarei, die im Namen einer Freiheit tobte, die niemand so richtig verstehen wollte. Später die Karlistenkriege, die nahe Nachbarn entzweiten. Die Zimmer des Hauses, der Keller und die Küche hatten das Klirren des Stahls, hatten Pulverrauch und Blutvergießen erlebt, sie waren Hort einer verdrängten Erinnerung aus Haß und Ressentiments. Dann geschah die Sache mit meiner Ururgroßmutter (oder ihrer Schwester, das konnte ich nie genau in Erfahrung bringen), die eines Nachts von zwei Hungerleidern, die sie berauben wollten, erstochen wurde; die beiden wurden auf dem Rathausplatz garrotiert. Ich besitze noch eine Daguerrotypie davon, wie sie auf dem Blutgerüst sitzen, schmächtig und in ärmellosen Gewändern, ähnlich den Arbeitsanzügen von Mechanikern, den Kopf in einer burlesken Grimasse verzerrt.

Und genau von Diebstählen wollte ich euch erzählen. Ich weiß nicht, ob ich den Kern der Sache erfasse, aber ich bin davon überzeugt, daß die Übermacht des Geldes im Gefühlsleben und in den Gewalttaten unserer Zeit eine Schlüsselstellung einnimmt. Daß der Motor für geschichtliche Veränderungen der Mammon ist und hinter allen Dingen die Wirtschaft steht, haben wir zur Genüge gehört. Hegel war Wegbereiter für eine Bande von Schwätzern, die bis vor kurzem nicht auf den Gedanken gekommen sind, daß diese Geschichtsauffassung nicht *die* Geschichtsauffassung schlechthin ist, sondern nur eine unter vielen, mit Werten und Brüchen behaftet wie jede andere. Ich, der ich vernünftiger und trotz allem Voltairianer bin, werde lediglich sagen, daß es eine Frage der Proportionen ist: Der Prozentsatz des Geldes ist ganz nach oben geklettert, und die Anteile, die dem Innern, den Gestirnen, der Inbrunst, der religiösen und nationalen Begeisterung zufallen, sehen sich auf Schmucketiketten, um nicht zu sagen auf Deckmäntelchen reduziert. Nun gut, ich will nicht weiter darauf eingehen, weil es mir in letzter Zeit ohnehin eines eurer bevorzugten Themen zu sein scheint.

Das Landhaus ging, nachdem die Erbschaftsangelegenheiten geregelt und die notwendigen Renovierungsarbeiten abgeschlossen waren, in meinen Besitz über. Aus Gründen, die hier nichts zur Sache tun, verlasse ich es von Mitte April bis Ende September, verbringe aber den ganzen Winter dort, bis der Frühling anbricht. Was für ein Vergnügen für den einsamen Wolf, sich mitten im Geheul seiner Vorfahren verborgen zu wissen! Im Sommer bleibt das Haus verschlossen; es liegt übrigens mehr als zwanzig Minuten Weg vom nächsten bewohnten Ort entfernt. Als ich vor drei Jahren (es war ein prächtiger September, ich war müde und wollte in Ruhe einige Bankette verdauen, die mein Gedächtnis belasteten) wieder dorthin zurückkehrte und die Tür öffnete, blieb mir beinahe das Herz stehen: Diebe waren eingedrungen und hatten alles bis zum letzten Winkel durchwühlt und auf den Kopf gestellt. Ich stand inmitten einer Orgie geleerter, auf den Boden geworfener Schubladen, umgefallener Stühle und Schränke, aus denen sämtliche Kleidungsstücke wie von einem Taifun herausgewirbelt worden waren. Ich verbrachte Tage, um ungefähr festzustellen, was sie mitgenommen hatten, und die Dinge wieder zu ordnen. Es fehlte das Wertvollste. Sie hatten die Bilder, einen Empire-Sekretär, Emailarbeiten aus Limoges, das böhmische Geschirr, die griechischen Krater, die venezianischen Gläser, die römischen Gemmen, Lackarbeiten, Porzellan und Alabaster aus China, japanisches Reispapier, ein Altarbild aus dem 15. und eine Kommode mit Spiegel aus dem 17. Jahrhundert mitgenommen. Alles war durch ein Fenster im Erdgeschoß fortgeschafft worden. Ich ging mehrmals erstaunt um das ganze Haus; keine einzige Öffnung zeigte auch nur das winzigste Zeichen einer Gewaltanwendung. Das Schloß war unversehrt, und das Fenster, durch das sie die Gegenstände hinausbefördert hatten, schien von innen geöffnet worden zu sein. Der Dieb hatte den Zynismus besessen, die Tür wieder zu verriegeln, wenn er überhaupt durch sie hereingekommen war; sollte er durch das Fenster eingedrungen sein, war es schleierhaft, wie er es geöffnet hatte; als einzige Erklärung kam in Betracht, daß ich es in der Eile des Aufbruchs nicht richtig geschlossen hatte. Ich Unglückseliger! Mich überkam ein heftiges Schuldgefühl, so als hätte ich dem Dieb Tür und Tor geöffnet. Meine Bekannten, die wissen, wie ich bin, hüteten sich, Bemerkungen über soviel Leichtsinn zu machen; und es war auch nicht nötig, denn ich selber zerbrach mir darüber den Kopf: So lange Zeit hatte ich das Haus ungeschützt aller Welt geöffnet!

Da die Versicherung für den Schaden aufkam und ich außerdem gerade eine gute Phase hatte, erlaubte ich mir den Luxus, die von dem Einbrecher gestohlenen Dinge großzügig zu ersetzen. Das ging zwar nicht bei den Antiquitäten, vor allem nicht als Ensemble, das trotz der unterschiedlichen Epochen, Stile und Funktionen den Eindruck einer unvergeßlichen, seltenen Ausgewogenheit geboten hatte, aber das Endergebnis bestach durch modernen Komfort.

Um die Neugestaltung zu vervollständigen, mußte ein Sicherheitssystem installiert werden. An eine Alarmanlage war nicht zu denken: Bei der Entfernung zum nächsten bewohnten Haus würde eine Sirene im Geheul der Wölfe oder dem Pfeifen des Windes untergehen. Die privaten, mit Polizeirevieren verbundenen Alarmsysteme waren seit den von Ortega Cañavares erlassenen Sicherheitsbestimmungen verboten, und Blockierungen oder Erkennungssysteme verwarf ich, da das Gebäude insgesamt zu klein war. Ich entschied mich für die herkömmliche Lösung, Gitter vor den Fenstern anzubringen und die Tür mit Stahl zu verstärken.

Im nächsten Frühjahr packte ich wieder meine Sachen, um meinen Geschäften nachzugehen, und ließ das Landhaus sorgfältig verriegelt zurück.

Als ich zurückkehrte, war mein Schrecken noch größer als im Vorjahr. Es macht einen Unterschied, ob du an einen Ort kommst, an dem unvorhergesehen etwas Unangenehmes geschehen ist, oder ob du mit dem Unangenehmen konfrontiert wirst, nachdem du alle Vorkehrungen getroffen hast, um gerade das zu vermeiden. Ich war in der Überzeugung fortgegangen, daß jemand in dieses Haus nur mit Kanonen eindringen konnte. Die Einrichtung (oder was von ihr blieb) erneut auf den Kopf gestellt zu sehen war ein harter Schlag für meinen Stolz. Es war mir ziemlich egal, was der Dieb mitgenommen hatte (natürlich waren es die schönsten unter den Dingen, die ich im Vorjahr erworben hatte); am meisten ärgerte mich, daß er sich über mich lustig gemacht, daß er das Schutzsystem ausgetrickst und mich wieder überrumpelt hatte. Und auch diesmal hatte ich nicht die geringste Ahnung, wie er hereingekommen war, denn die Möglichkeit eines schlecht geschlossenen Fensters kam nun überhaupt nicht mehr in Betracht. Ich stand vor einem Rätsel, denn der Mann hatte, um die Gitter (vor demselben Fenster wie im letzten Jahr) durchzusägen, altes Werkzeug aus dem Keller verwendet.

Ich spreche von dem Dieb in der Einzahl. Seit jenem Septembertag erlebte ich die Gegenwart des Gastes als ein mächtiges, personifiziertes Phänomen. Ich spürte seine körperliche Anwesenheit, fühlte, wie der Kerl mich herausforderte, durch Mauern ging, in einer Vollmondnacht im Juni durch das Eßzimmer tanzte, meinen Wein trank, mir lachend in aller Ruhe zuprostete, ausgelassen wie ein Kind. Mir war, als hätte ich ihn vor Augen. Ich lief durchs Dorf und versuchte meinem Blick etwas Furcherregendes zu geben, so daß er, sollte er zufällig und ohne mein Wissen dem Dieb begegnen (er mußte hier sein, sicher war er einer von diesen Typen!), ihm drohen würde. Nach diesem ersten plumpen Wutanfall wurden meine Rachegelüste wieder geistiger Natur. Das Gefühl, mich geirrt zu haben, quälte mich. Das Bild meiner eigenen Verunglimpfung starrte mich von den Gegenständen des Hauses an, die er nicht als wertvoll genug erachtet hatte, um sie mitgehen zu lassen; ich versuchte mich mit mehr oder weniger kasuistischen Gedanken abzulenken: Eine Löwin stellt einem Zebra nach, und das Zebra entwischt ihr; hat sich die Löwin geirrt? Wenn die Löwin ihre Mahlzeit erjagt, hat sich das Zebra geirrt? Die Vorsokratiker (die man besser Dichter nennt als Philosophen) und die wallisischen Barden leisteten meinen Ängsten in diesem Winter vorzüglich Gesellschaft. Doch wovor hatte ich Angst? Der Mut definiert sich nach Sokrates in Moralbegriffen, und laut Platon handelt es sich nur um die richtige Einschätzung dessen, was jemand zu fürchten hat. Nun gut, ich fürchtete nicht den Raub, sondern die Zerstörung auf geistiger Ebene. Ihr werdet denken, daß es sich um unklare Absichten handelte, die von noch unklareren Prinzipien herrührten. Manch einer von euch wird in dieser Haltung eine Beleidigung gewisser Teile der Gesellschaft sehen. Ich habe es damals auch bedauert, nicht eindeutiger sein zu können. Die ideologische (das heißt literarische) Unbestimmheit entstammt der Notwendigkeit der alten Medizinmänner, dafür zu sorgen, daß ihre Prophezeiungen zutrafen, egal, ob das Ergebnis weiß oder schwarz ausfiel. Die Orakel, schwierig zu deuten, irrten sich nie, aber dem Priester, der sie auslegte, konnte ein Fehler unterlaufen. Dieser Schutzmechanismus hat sich, seines wahren Auftrags mehr oder weniger bewußt, auf fast allen Gebieten bis in unsere Zeit erhalten. Die Gesetze sind allgemein, und ihre konkrete Umsetzung ist den Verordnungen überlassen; die Literatur scheint mehrdeutig und die aus ihr hervorgehende Philosophie konkret. So stand es um meine Gefühle, die unklar und wahrhaftig waren, und um meine konkreten, zugleich anfechtbaren Absichten.

Mein Problem mit dem Dieb nahm die Gestalt eines Schachbretts an. Nun war ich an der Reihe und hatte – wie er – ein halbes Jahr Zeit, um den Zug reiflich zu überlegen. Als erstes ersetzte ich mit größerem Aufwand als zuvor die gestohlenen Bestände des Hauses. Meinen Stolz konnte schon keine Versicherungsgesellschaft mehr bezahlen. Stereoanlage und Video waren die besten auf dem Markt. Ich beauftragte Mittelsmänner (sie kannten meinen Geschmack genau), für mich an den Auktionen von Sotheby's und Christie's teilzunehmen und in ausreichender Menge einzukaufen. Am Tag nach der Lieferung fiel es mir wie Schuppen von den Augen: Der Dieb konnte nur durch den Kamin hereingekommen sein! Ich war erstaunt über meine Begriffsstutzigkeit. Wie konnte ich nur so vernagelt gewesen sein? Warum war ich nicht schon beim erstenmal darauf gekommen? Ich lächelte lange Zeit vor mich hin, wie es wohl auch der Dieb schon des öfteren getan haben mochte.

Einige Tage danach machte ich mich an die Arbeit. Ich ließ die Mauern und Gitter des gesamten Hauses verstärken (was zwar vom ästhetischen Standpunkt aus nicht gerade vorteilhaft war, doch das kümmerte mich wenig). Die neue Eingangstür glich am Ende dem Tresor einer bedeutenden Bank, und das Haus sah aus wie ein Atombunker, in dem geheime Staatsakten aufbewahrt werden. Dem Kamin galt meine besondere Aufmerksamkeit. Ich versah auch ihn mit einem starken Gitter, und ich tat es selbst, weil ich in dieser Sache niemandem mehr traute. Der Verfolgungswahn brachte mich dazu, es tief unten, gleich über der Feuerstelle anzubringen, denn schließlich hätte mich jemand beobachten können, während ich außen am Kamin herumhantierte. Ich lächelte bei der Vorstellung, daß der Dieb rußverschmiert und mit leeren Händen wieder den Weg nehmen müßte, den er ge-kommen war. Die Phantasie ging mit mir durch, und es machte mir Spaß, wertvolle Gegenstände sichtbar zu plazie-ren. Ich war sogar auf die Idee gekommen, ein Bündel Tau-senddollarnoten auf dem Eßtisch liegen zu lassen, nur drei Meter von einem Fenster entfernt, durch das man es von außen erspähen konnte. Und ich wollte sogar, um zu provo-zieren, eine Notiz hinterlassen, wie zum Beispiel: ›Solltest du mich lesen, bist du intelligenter als der Verfasser dieser Nach-richt‹. Doch schien es mir am Ende überflüssig.

Im letzten Frühling bin ich unbeschwert fortgegangen. Diesmal müßte der Zug gelungen sein. Wenn jemand ein-dringen wollte, benötigte er einen Panzer oder er mußte einen Tunnel durch den Fels graben. Nicht einmal Houdini wäre fähig gewesen, die computergesteuerten Schlösser zu öffnen, deren Kombination nur ich kannte. Eines machte mir angst: daß der Dieb es nicht versuchen würde. Doch das war meiner Meinung nach unmöglich, ich mußte ihm vertrauen: Ich kannte ihn gut und wußte, daß er mich nicht enttäuschen würde. Diesmal würde ich ihn schachmatt setzen.

Im Oktober also bin ich wieder ins Landhaus zurückge-kehrt. In diesem Jahr hat mir das Glück nicht in dem Maß zur Seite gestanden wie bei anderen Gelegenheiten. Auch in meinem Beruf kann sich niemand wirklich der Krise entzie-hen. Ich kam voller Ungeduld und Vorfreude; die Wirksam-keit meiner Vorkehrungen bestätigt zu sehen wäre eine der wenigen Befriedigungen in dieser Zeit. Als ich von der letz-ten Wegbiegung aus das Haus erblickte, hüpfte ich schon vor Freude: Es waren keine aufgebogenen Gitter, keine offenen Fenster zu sehen, alles schien unbeschädigt! Ich hatte ge-wonnen! Ich öffnete die Tür, alles war an seinem Platz, ge-nauso, wie ich es zurückgelassen hatte. Doch ein widerlicher

Gestank erfüllte das ganze Haus, ein ekelhafter Verwesungs-geruch. Ich brauchte einige Sekunden, um ihn zu identifizie-ren: Es stank nach Tod. In weniger als einer Minute hatte ich ihn entdeckt. Im Kamin, an das Gitter gepreßt, wie eine Sar-dine auf dem Rost: da war er endlich, mein geliebter Dieb!

Ich öffnete sämtliche Fenster und setzte mich dann nieder, von widersprüchlichsten Gefühlen bewegt. Wie hatte ich bloß vergessen können, daß der Kamin so glatt und eng war! Es war unmöglich, ihn hinaufzuklettern! Voller Bedauern durchforschte ich mein Unterbewußtsein. Inwieweit war ich für den Tod dieses Individuums verantwortlich, so als hätte ich ihn eigenhändig erwürgt? Ich erlebte intensiv das Krank-hafte des Augenblicks und wollte meinen Vorfahren huldi-gen und das Haus preisen, wie es seiner glanzvollsten Zeiten würdig war. Mit einer Laterne ausgerüstet, rekonstruierte ich mit den Augen den Hergang. Der Unglücksmensch hatte alles versucht. Als er einsah, daß er nicht mehr so zurück-konnte, wie er hinuntergekommen war, hatte er außer sich vor Wut an den Wänden gekratzt; die Finger waren zerschun-den, und der Ruß des Rauchabzugs hatte sich, unverwechsel-baren senkrechten Rillen folgend, zum Teil gelöst; außerdem hatte er seine Zähne am Gitter kaputtgemacht. Die Vorstel-lung bereitete mir Vergnügen, daß mein Schurke am Eisen genagt hatte wie im Zeichentrickfilm ein Kaninchen an einer Mohrrübe. Ich suchte am Gitter nach Spuren, aber sie waren unsichtbar, wie ich befürchtet hatte. Dann suchte ich weiter nach Spuren, die die Tragödie eines Scheiterns aufdecken würden. Alle Details seines Endes zu registrieren, die kost-baren Einzelheiten seines Leidens und der Ekstase seiner Verzweiflung zusammenzutragen war, so schien mir, das mindeste, was ich für diesen Mann tun konnte, eine Würdi-gung, die ich ihm schuldig war.

In der Nacht mußte ich eine Entscheidung treffen. Da ich mich nicht imstande fühlte, Dreck zu schaufeln, und es nicht angeraten war, jemanden anderen zu diesem Begräbnis ein-zuladen, entfachte ich ein ordentliches Feuer, das größte, das dieser Kamin je gesehen hat. Organische Stoffe (zumal, wenn sie ausgetrocknet sind wie in diesem Fall) besitzen die natürliche Eigenschaft, zu Asche zu werden, und Asche läßt sich in einen ganz gewöhnlichen Eimer füllen. (Wer würde es wagen, darin zu stöbern, um einen Zahn oder einen Ring zu finden?) Unter anderen Umständen, an einem anderen Ort, mit einer anderen Vorgeschichte hätte ich mich wie ein Falschspieler gefühlt, Verräter der Regeln einer fairen Partie. Je stärker das Feuer brannte, um so mehr wußte ich mich befreit von etwas, das wie ein Stein auf mir gelastet hatte, doch zugleich durchströmte mich auch das bittersüße Empfinden, etwas verloren zu haben, das ganz tief drinnen mein gewesen war. Zurückgeblieben ist das Bedauern, den Dieb nicht identifiziert zu haben. Er stammte nicht aus der Gegend, soviel steht fest, denn er wurde von niemandem vermißt. Jedem auf den Polizeilisten angeführten Verschollenen kann man den Mord mühelos anlasten. Wenn man an eine konkrete Person denkt, die man noch nie gesehen hat, gibt man ihr ein bestimmtes Aussehen, immer dasselbe, was dazu dient, sie in der Erinnerung einzuordnen. Warum aber verleihe ich dem Dieb, selbst heute noch, wenn ich an ihn denke, ein Gesicht und einen Körper, die meinem sehr stark ähneln?

Vielleicht muß jede wirkliche Partie so ausgehen: mit der völligen Eliminierung des Gegners. Wenn Spielen das Symbol des Kämpfens ist, leugne ich nicht, zu den Ursprüngen zurückgekehrt zu sein. Außerdem war die geistige Reinheit des Spiels unangetastet geblieben; kein Spritzer Blut hatte mich befleckt, keine tödliche Waffe war durch meine Hände gegangen, und keine verbrecherische Absicht trübte meine Erinnerung. Wer kann einen nach mehreren Monaten für den Mord an jemandem verantwortlich machen, den man nie gesehen hat und von dem man nicht einmal weiß, wer er ist?

Ich habe die Partie gewonnen. Nun, wer hätte jetzt Lust, mit mir zu spielen?

1/0

Simon und ich lachten über diesen letzten Scherz. Als ich aber sah, daß wir damit allein waren, bemerkte ich, daß Gimellion und Carter Roncal sehr aufmerksam und mit ernster Miene beobachteten. Roncal erhob sich lächelnd, so als hätte er einen Witz gemacht, und verabschiedete sich von allen. Gimellion begleitete ihn hinaus, und wir schwiegen für eine Weile.

»Ich glaube, es gibt verbrecherische Absichten in allen Handlungen Roncals«, sagte Emília wenig später. »Eine Sache ist es, zu verhindern, daß jemand in dein Haus eindringt (denn dann hätte er das Gitter wohl außen angebracht, ganz oben am Schornstein), und eine andere, vorsätzlich eine Falle zu stellen, von der du dir auch ohne viel Nachdenken vorstellen kannst, daß es keine Möglichkeit zu entrinnen gibt.«

»Der Beweis ist, daß Roncal sich nie die Mühe gemacht hat, den Dieb anzuzeigen. Und selbst als er ihn erledigt hatte, meldete er es natürlich nicht. Demnach hat er es sich herausgenommen, die Todesstrafe zu verhängen, eine viel härtere Strafe als die, die das Gesetz für Diebe vorsieht«, bemerkte Camila.

Niemand verteidigte Roncal, und kurz darauf kehrte Gimellion mit Gertrudis zurück. Ich verspürte das Bedürfnis, Luft zu schnappen. Gimellion und Carter verließen gemeinsam den Avalon, und ich schlug Gertrudis vor, noch einmal in den Garten der Dämmerung zu gehen. Sie willigte ein, und Emília schloß sich uns an.

Wir nahmen denselben Weg wie vor vierundzwanzig Stunden. Irgendeine innere Stimme sagte mir, ich sollte mich darauf gefaßt machen, daß alles, was ich am Vortag gesehen hatte, eine Täuschung gewesen war und der Garten mit den Bäumen nicht existierte. Wir durchquerten den Dienstbotentrakt und gelangten in den am anderen Ende gelegenen Raum, der mir diesmal den makabren Eindruck eines Kinderzimmers machte, wobei das Spielzeug nun den Erwachsenen diente, weil das Kind ein alter Kadaver mit düsterer Vergangenheit ist. Ich verscheuchte die absurden Gedanken. Gertrudis öffnete die Tür, und wir schlüpften mit den Taschenlampen in den Gang, sie zuerst, nach ihr Emília und ich als letzter. Ich fand den Abstieg anstrengender, aber kürzer als beim erstenmal. Die beiden gingen schweigend voran, und es schien mir nicht angebracht, ihre Gesellschaft zu benutzen, um meine wirren Gedanken zu zerstreuen. Wir traten auf den äußeren Gang hinaus, und als ich das Staunen überwunden hatte, war der Eindruck noch stärker als am Vortag. Der Nachmittag war grau und unwirtlich und der Wind scharf. Ich fühlte mich bedroht, und wäre ich allein gewesen, hätte ich den Rückweg angetreten, doch Emília und Gertrudis gingen unerschrocken vor mir her, und ich wollte mich nicht lächerlich machen.

Als wir die Plattform erreicht hatten, betrachtete ich den Ort eingehender, während Gertrudis Emília, die nicht so beeindruckt wirkte, einiges erklärte.

Außer den Büschen und Sträuchern gab es sechzehn bedeutende Bäume. Ein paar Thujen waren kapriziös, einer gekrümmten Linie folgend, gesetzt. Nur fünf von ihnen konnte man wirklich als Bäume bezeichnen, die anderen schienen erst vor kurzem gepflanzt worden zu sein. Im südlichen Teil standen eine Tanne, eine Buche und eine Erle, und im Norden ein Apfelbaum und eine Esche. (Eschen und Erlen wachsen an Ufern, sie auf einem Felsen zu sehen, erstaunte mich; welchem Phänomen war es zuzuschreiben, daß der Grundwasserspiegel bis hierher reichte? Und, noch merkwürdiger, wie war es möglich, daß Laubbäume um diese Jahreszeit noch grün waren?) Alle Bäume waren kräftig und hätten in jedem Park oder Wald durch ihre Höhe und ihre außergewöhnlich üppige Belaubung die Aufmerksamkeit auf sich gezogen. Aber neben den anderen fielen sie kaum auf: Es gab eine riesige Zypresse und einen Olivenbaum, einen Lorbeerbaum und eine Eiche, in einem Abstand von jeweils etwa fünfzehn Metern und mit ineinander verwachsenen Ästen. Ich zählte zweiunddreißig Stämme am Fuße des Lorbeers; den Stamm des Olivenbaums hätten vier Männer mit ausgebreiteten Armen kaum umfassen können, und er war wie kein anderer knorrig und gekrümmt. Am eindrucksvollsten waren aber zweifellos die Palme und die Kiefer, die am Rand der Baumgruppe standen. Die Palme war so gewaltig, daß einem beim Betrachten ihrer Fächer schwindlig wurde. Ihre Art konnte ich nicht feststellen; die Schlankheit ließ auf eine Washington schließen, doch der Stamm war mächtiger und

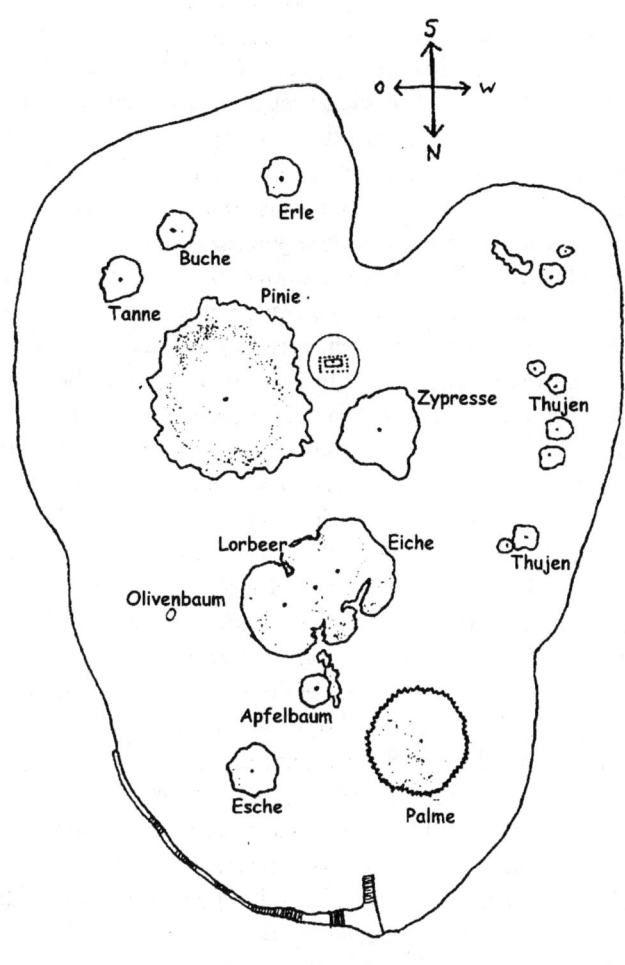

die Krone ausladender, als bei dieser Gattung üblich. Die Kiefer war nicht ganz so hoch (obwohl sie an die daneben stehende Zypresse heranreichte, die höher war als alle, die ich jemals gesehen hatte), doch deswegen nicht weniger beeindruckend. Es war eine im Mittelmeerraum sehr verbreitete Pinie, und ihr Stamm war noch dicker als der des Olivenbaums. Ihr Astwerk zu betrachten und sich eine Vorstellung von seiner komplizierten Anordnung zu machen brauchte es mehr als zehn Minuten. Ihre Krone war so dicht, daß ihr Schatten einschüchterte. Ihre Nadeln leuchteten noch so grün wie im Sommer, und die geschuppte Rinde besaß die warmen Rottöne des Alters. Es fiel mir auf, daß die obersten Äste der Pinie Misteln trugen. Ich hatte immer sagen hören, daß die Mistel nur im Wald vorkommt, als Schmarotzer und als Zeichen von Verschmutzung gilt. Dort oben sah sie großartig aus, wie der Baum, der sie trug, so als wäre sie absichtlich angebracht worden. Auch auf der Tanne, dem Apfelbaum, der Esche, der Buche und der Erle wuchsen Misteln. Irgend etwas daran war sonderbar; aber ich hatte nicht die geringste Ahnung von der Möglichkeit, sie künstlich zu züchten. Meine Gedanken schweiften zu den Heilkräften der Mistel, der Pflanze, die sich nicht direkt aus der Erde nährt und die als Symbol der Spiritualität gilt.

Ich lief durch die seltsame Anlage, die mit Pinie und Zypresse ein Dreieck bildete. Zweimal schlenderte ich durch den Gang zwischen Säulen und Tisch. Sowohl das Ensemble wie auch die Details wiesen auf klassische Bezüge hin, doch die Ausführung war eigenartig, wodurch ein Effekt zwischen magisch und *pompier* entstand, der von allen Stilen, sogar den Pasticcios, die ich kannte, losgelöst war. Die Säule in der Mitte, die – wie ich schon erwähnt habe – mächtiger war als die anderen und aus rotem Marmor bestand, war mit dem Dach durch ein entfernt an romanische Kreuzgänge erinnerndes Kapitell verbunden, in welches, auf einem Grund in Form einer offenen Lotosblüte, eine Szene mit Fabeltieren und Engeln gehauen war, deren Entschlüsselung ich mir für ein andermal aufheben wollte. Das Dach aus Bronze lief in der Mitte in einem goldfarbenen Kelch mit gezackten Rändern und einem Zapfen zusammen; die Kante auf der Südseite war in der Mitte unterbrochen, um einer aus purpurfarbenem Marmor geformten Rose Platz zu machen, so groß wie ein Schädel. Die Verbindung der Säule mit der Mitte des Tisches schuf ein kleiner Sockel mit Gesimsen, die an der Südseite eine glatte Fläche umrahmten; dort befand sich eine Inschrift in Großbuchstaben. Ich mußte näher herangehen, denn sie war schon halb verwittert. Sie bestand aus einem einzigen Wort: MEISSA. Die Oberseite des Tisches war nicht eben; an seinem südlichen Rand waren zu beiden Seiten der Säule und in gleichem Abstand zu ihr zwei identische trapezförmige Reliefs angebracht, nach Norden und Süden hin um etwa fünfundvierzig Grad geneigt.

»Was bedeutet Meissa?« fragte ich Gertrudis, die neben Emília auf der Umfriedungsmauer am Rande des Geländes saß. Beide schienen es nicht zu wissen.

»Warum? Woher hast du das?« interessierte sich Gertrudis.

Ich führte sie zu der Stelle. Sollte sie Bescheid wissen, ließ sie es sich jedenfalls nicht anmerken, und ich beschloß, dem keine weitere Bedeutung beizumessen. Es wurde schnell dunkel, und es sah aus, als würde es jeden Moment zu schneien beginnen. Der eisige, rauhe Wind blies immer stärker, und wir traten den Rückweg an. Wieder erschien mir der Pfad weniger schwindelerregend als beim Aufstieg und der unterirdische Gang weniger stickig. Ich bat Gertrudis um Nachrichten über die Lage in der Welt, und sie sagte, daß Carter, Gimellion und Rodin in ebendiesem Augenblick mit ihren Kontaktleuten in Verbindung stünden; es spräche nichts dagegen, sie an ihrem Arbeitsplatz zu besuchen. Über den Gang mit den Schlafzimmern erreichten wir den Raum, den mir Simon am ersten Tag als Observatorium vorgestellt hatte.

Als wir eintraten, hantierten Carter, Gimellion und Rodin an den Konsolen, denen ich am Vortag wenig Aufmerksamkeit geschenkt hatte; sie waren nun offen und in Betrieb: Es waren Computer. Als Carter uns kommen sah, stand er auf und begann mit uns zu reden, in der nur schlecht verborgenen Absicht, uns von den Bildschirmen fernzuhalten. Was mich betrifft, war seine Vorsicht nicht nötig, denn es ist mir

nie gelungen, meinem PC eine akzeptable Leistung zu entlocken. Das hier war der Terminal eines kybernetischen
Komplexes von erstem Rang und somit der denkbar größte
Kontrast zum übrigen Gebäude, das mit alten Möbeln eingerichtet war.

Mein Blick fiel auf die Treppe in einer Ecke des Zimmers,
die zu einer verschlossenen Tür führte. Dort werden wir
Schutz suchen, wenn sich die Lage zuspitzt, dachte ich. Emília beugte sich über das Treppengeländer.

»Der Keller ist mindestens so groß wie das Gebäude«,
sagte sie.

»Sicherlich weicht er nicht von dem ab, was wir bisher gesehen haben«, pflichtete ich bei.

Carter zeigte uns einige planimetrische Geräte und er-
klärte uns, daß man von hier aus die Börsenkurse der ganzen
Welt überwache und daß der Ort schon als Kommunika-
tionsbasis für verschiedene Raumfahrtprogramme benutzt
worden wäre. Die Kontrolle über die Raumschiffe Richtung
Merkur und Venus hatte hier stattgefunden. Ich beobachtete
unterdessen Gimellion und Rodin aus den Augenwinkeln:
Beide hämmerten in die Tasten, ohne ein Wort zu sagen, und
Gimellion holte seitenweise Anmerkungen aus dem Drucker.
Emília zog mich beiseite.

»Ich habe den Eindruck, daß sie hier Spionage und Gegen-
spionage betreiben. Alles steht mit dem Krieg in Zusammenhang, nicht mit der Börse.«

Ich sah sie ungläubig an. In ihrem Tonfall lag nicht Angst,
Sorge oder Spott, sondern nur eine mäßige Mißbilligung. In
dem Augenblick kam Gimellion auf uns zu, und ich beschloß, ihn zu fragen:

»Was gibt es für Nachrichten vom Krieg?«

»Ich befürchte, das hier nutzt uns immer weniger«, Gimellion deutete auf die Computer, »die Lage stagniert anscheinend.«

»Wenn es irgendwann in der Geschichte einmal offensichtlich gewesen ist, daß niemand einen Krieg gewinnt, sondern
alle ihn verlieren, dann wohl jetzt«, meinte Carter. »Jedenfalls können wir hier überhaupt nichts machen.«

Ich wollte ihn nach der Inschrift auf dem Altartisch im Garten fragen, doch da kamen Ficinus und Kolinski. Der Pole sah uns erstaunt und etwas wütend an (so kam es mir, überempfindlich, wie ich bin, zumindest vor), so als wären wir in einen Bereich eingedrungen, der uns nichts anging. Beide begaben sich unverzüglich zu Rodins Arbeitstisch und kommentierten leise die Ergebnisse.

Gimellion erklärte mir die Eigenschaften des Teleskops: Es war ein Cassegrain-Reflektor mit einem Hauptspiegel von dreitausendachthundert Millimetern Durchmesser und einem Brennpunkt aus Borsilikat mit minimalem Ausdehnungskoeffizienten. Die Montierung war englisch, oder doppelt, eine Variante der äquatorialen, und zwei integrierte Computer erfüllten die Funktion, den Kurs zu ändern, die durch das Eigengewicht bei Neigungsschwankungen auftretenden Verzerrungen und atmosphärische oder sonstige Störungen auszugleichen. Als Gimellion mit seinen Erklärungen so richtig in Schwung gekommen war, schalteten die anderen das Licht auf den Konsolen ab, und wir gingen hinaus. Da ich vor Ficinus und Rodin herlief, konnte ich ihr Gespräch verfolgen.

»Artur hat mir berichtet, daß ihr die Freizeit damit verbringt, euch Geschichten zu erzählen«, sagte Ficinus.

»Ja«, antwortete Rodin, »niemand scheint Lust zum Lesen zu haben.«

»Meinst du, daß es durch die allgemeine Katastrophenstimmung mehr oder weniger bewußt zu einer Art Resümee von Erinnerungen kommt?«

»Ja, vielleicht.«

»Kein schlechter Gedanke. Dem Unbewußten Universalität verleihen, das Gedächtnis zum Allgemeingut erheben, wie die Aussage eines Verurteilten.«

»Dennoch«, mischte sich Gimellion ein, »glaube ich nicht, daß dieses tragische Gefühl so vorherrschend ist, wie du es darstellst. Wie mir scheint, hat bisher keiner seinen Geschichten Testamentcharakter gegeben.«

»Ich würde meinen Geschichten durchaus diesen Charakter geben«, sagte Ficinus, nachdem er eine Weile überlegt hatte.

»Warum erzählst du uns dann nicht dein Leben?« fragte Rodin. »Das hier ist eine gute Gelegenheit, um ein lückenloses Geständnis abzulegen.«

»Ich habe das noch nie getan, wie du weißt«, gab Ficinus zurück und blieb stehen. Der Klang seiner Stimme verriet, daß er lächelte. Und er fügte hinzu: »Aber warum nicht? Vielleicht ist es der richtige Moment.«

Wir machten es uns im Avalon behaglich. Mit Ausnahme von Roncal, der schon abgereist war, waren wir nun alle hier versammelt (Simon, Artur und Camila waren gar nicht erst hinausgegangen). Ficinus sprach mit ruhiger, freundlicher Stimme, und ebendiese Sanftheit verlieh den härtesten Aussagen in seiner Geschichte eine sonderbare Kraft. Es war dunkel geworden, und die angeschalteten Lampen ließen den Avalon aussehen wie einen geheimen Treffpunkt.

0/1

Geschichte von der Jagd nach dem Juwel

Ihr kennt alle meine Herkunft, mein Freund Andreas hat zum Teil darüber berichtet. Ich möchte seine Erzählung nun durch einige frühere und spätere Episoden ergänzen, die uns zum Nachdenken anregen werden; ich erwarte eure kritische und ehrliche Meinung, wie sie den Gedanken entspricht, die ihr vielfach zum Ausdruck bringt.

Ihr müßt mir verzeihen, wenn die Geschichte zu gefühlvoll geraten sollte. Ich werde versuchen, die Tatsachen dadurch nicht allzusehr zu verfälschen. Denn wenn man die Dinge genau betrachtet, ist ein Übermaß an Gefühl nicht so unnütz oder zumindest nicht so unpraktisch, wie man uns im allgemeinen glauben machen will. Schließlich verdanke ich der Sentimentalität von Patrici Ficinus meine jetzige Position.

Mein leiblicher Vater war ein Metallarbeiter mit einem Haufen Kinder. Er wurde arbeitslos, kurz bevor ich als letzter Sprößling zur Welt kam. Das war zu Beginn der langen

Depression; der fehlende Lohn, der Hunger waren die wesentlichste Ursache der sozialen Unruhen, und die Politik der Regierung war durch ihren Pragmatismus schließlich so gut wie nicht vorhanden. Das ging soweit, daß eine illegale Anstellung als geringeres Übel toleriert wurde, wodurch Willkür und Mißbrauch seitens der Arbeitgeber auf groteske Weise den Verhältnissen im 19. Jahrhundert glichen, die zum Entstehen der Arbeiterbewegung geführt hatten. Das proportionale Verhältnis der einzelnen sozialen Bereiche war freilich ein ganz anderes, und zu einer Wiederholung der Geschichte wäre es im besten Fall erst sehr viel später gekommen.

So standen die Dinge, als mein Vater Arbeit als Hilfsgärtner bei einem Industriellen am Stadtrand fand. Die Villa war sehr groß und lag mitten in einem Park von fünftausend Quadratmetern. Er arbeitete von acht Uhr morgens bis acht Uhr abends, danach hatten sie einen Nachtwächter. Der Hausbesitzer, ein gewisser Josep Capella, war ungefähr im Alter meines Vaters. Capella entpuppte sich als Autonarr, und an dem Tag, an dem mein Vater zu arbeiten begann, kehrte er am Vormittag nach Hause zurück. Er öffnete das Gittertor mit der Fotozelle und brauste mit seinem Ferrari über den Kiesweg. Mein Vater stand gerade mit Werkzeug in der Hand mitten auf diesem Weg und konnte nicht schnell genug ausweichen. Capella – ob in böser Absicht oder einfach aus Dummheit – überfuhr ihn, obendrein sprang er wütend aus dem Wagen und beschimpfte ihn, weil er die Kühlerhaube verbeult hatte.

Mein Vater erlitt mehrere Brüche an beiden Beinen, schwere Frakturen an Kniegelenk und Becken; Leber, Galle und eine Niere waren in Mitleidenschaft gezogen. Capella schloß daraus folgendes:

»Wenn ich dir jetzt das Krankenhaus bezahlen muß, so ist das mehr Geld als dein Lohn für ein halbes Jahr, also kannst du nicht verlangen, daß ich danach deine Arbeit bezahle. Wenn ich dir das Krankenhaus nicht bezahle, bist du arbeitsunfähig, das heißt, du bist für mich wertlos, und es macht für mich keinen Sinn, dich zu behalten. Da ich in keinem der beiden Fälle von dir einen Dienst erwarten kann, ist es besser, das Geld nicht hinauszuwerfen, ich entlasse dich also, mach, daß du wegkommst.«

Mein Vater konnte sich nicht bewegen, und meine Mutter mußte ihn abholen, wobei das Taxi das Geld für eine Woche Essen verschlang. Wie ihr euch vorstellen könnt, bekam er nicht die nötige Pflege und blieb für immer verkrüppelt. Die üblichen Probleme bei der Arbeitssuche wurden durch seine körperliche Behinderung noch größer, und von da an ging es nur noch bergab. Mein Vater verbitterte zusehends, und eines Tages war seine Verzweiflung so groß, daß er den Kopf verlor.

Er ging zu Capellas Anwesen und hatte ein Gewehr mit verkürzten Läufen bei sich. Er schoß zweimal auf das Torschloß, und augenblicklich kam ein Angestellter heraus (wie das Leben so spielt, war es der Mann, der seinen Posten übernommen hatte). Mein Vater setzte ihn durch einen Bauchschuß außer Gefecht. Capella höchstpersönlich kam daraufhin mit gezogenem Revolver herunter, und sie standen sich gegenüber. Sie schossen gleichzeitig und starben auch gleichzeitig. Capellas Familie behandelte man ganz anders als die meines Vaters. Für die einen gab es Beileidsbekundungen und Ehrungen; bei uns zu Hause durchwühlte die Polizei alles und verhörte sogar einen meiner Brüder, der fünf Jahre alt war. Ich war gerade erst auf die Welt gekommen; in ihrer brutalen Art durchsuchten sie sogar meine Windeln nach Waffen.

Als ich alt genug war, um durch die Straßen zu laufen, blieb meiner Mutter nichts anderes übrig, als mein ausgedehntes Fernbleiben zu dulden. Es war ihr gar nicht recht, daß sie mich drei Wochen lang nicht zu Gesicht bekam; wenn ich jedoch zum Essen gekommen wäre, wäre das für sie ein zusätzliches Problem gewesen. Ich schloß mich einer Bande Gleichaltriger an, deren Lebensumstände ähnlich waren, und nach einiger Zeit wurde ich ihr Boß. Ich will mich nicht über die Heldentaten dieser Zeit verbreiten. Außerdem glaube ich, daß sie hier schon aus anderer Sicht erzählt worden sind.

Als mich Patrici Ficinus zum erstenmal auflas, begann für mich ein wichtiger Abschnitt. Trotz meines Tuns und trotz des Bildes, das die anderen von mir hatten, war ich ein schüchternes Kind voller Komplexe. Das Fehlen von Bildung lastete wie eine gemeine, ansteckende Krankheit auf mir, und nun sah ich die Möglichkeit, etwas zu lernen. Ich betrachtete Wissen und Kultur als großartige Waffen, die mich aus der Armut herausholen konnten. Das wird allgemein behauptet und kann, je nachdem, auch naiv wirken, aber vielleicht empfindet niemand so sehr wie einer, dem der Zugriff zum Wissen verwehrt bleibt, es als eine höchst einleuchtende Realität.

Patrici teilte die Wohnung mit zwei anderen Studenten, Tomàs Siurana und Víctor Ferret. Siurana wollte Anwalt werden und war überaus gesprächig; wir wurden sofort Freunde. Er war der Jüngste und blieb auch am häufigsten über Nacht dort. Wir führten lange Gespräche, doch es gab in seinem Wesen einen Zug von Frivolität und Gefühlskälte, der meine Beziehung zu ihm nie so eng werden ließ wie zu Ficinus. Víctor Ferret war älter als die beiden anderen und zweifellos ein außergewöhnlicher Mensch. Manchmal bekamen wir ihn sehr lange nicht zu Gesicht, und keiner wußte, wo er gewesen war. Ich war sehr neugierig und kam von selbst dahinter, daß er eine Zwillingsschwester hatte, die im Ausland, möglicherweise in Amerika, verheiratet war; ab und zu fuhr er sie besuchen und blieb dann ein oder zwei Monate dort. Eines Tages entdeckte ich beim Stöbern (das tat ich oft und ohne Skrupel) ein Foto der heranwachsenden Zwillinge; sie ähnelten einander so sehr, daß man sie, ohne die weiblichen Merkmale der Schwester, wohl verwechselt hätte. Ferret hatte sein Medizinstudium abgeschlossen. Seine große Leidenschaft waren Reisen und auf geistigem Gebiet die Mathematik, ein Interesse, das er in gewisser Weise an mich weitergab. Wie er mir erzählte, hatte er bereits mit fünf Jahren Integralgleichungen gelöst und mit sieben von sich aus die Taylor'sche Formel abgeleitet.

Ich erinnere mich, daß er sich einmal drei Tage in seinem Arbeitszimmer einschloß, besessen von der letzten geometrischen Berechnung, die ihm gelungen war. Er hatte ein graphisches Verfahren gefunden, um rechtwinklige Dreiecke zu erhalten, deren drei Seiten sich in ganzen Zahlen ausdrückten. Sein Verfahren basierte auf den Eigenschaften (oder besser gesagt der Definition) der Parabel. Wie ihr wißt, ist die Parabel die Summe aller Punkte, die gleich weit von einer vorgegebenen Geraden (die wir Erzeugende nennen) und einem Punkt (dem sogenannten Brennpunkt) entfernt sind. Ferret zeichnete auf Millimeterpapier eine Parabel, bei der die Distanz zwischen der Erzeugenden und dem Brennpunkt acht Einheiten betrug. Den Punkt, den die Parabelachse (die offenkundig durch den Brennpunkt verläuft) lotrecht auf der Erzeugenden festlegt, bezeichnen wir mit 0. Víctor beobachtete, daß es einen Punkt in der Parabel gab, der fünf Einheiten von der Erzeugenden (und per definitionem auch vom Brennpunkt) entfernt war und dessen Projektionen auf die Parabelachse und auf die Gerade, die durch den Brennpunkt parallel zur Erzeugenden verläuft (nennen wir diese Gerade FX), vom Brennpunkt drei beziehungsweise vier Einheiten entfernt waren, wodurch das berühmte pythagoreische Dreieck drei, vier, fünf – bestimmt ist, das unter anderem (wenn wir dem einen oder anderen romantischen Theoretiker glauben wollen) die Ägypter zur Konstruktion von rechten Winkeln verwendet haben. Er stellte auch fest, daß die Gerade FX die Parabel in einem Punkt schnitt, der zusammen mit dem Brennpunkt, 0, und seiner Projektion auf die Erzeugende ein perfektes Quadrat von acht Einheiten Seitenlänge beschrieb, das in der Mitte in vertikaler Richtung durch die Projektion des Scheitelpunktes des soeben erwähnten Dreiecks halbiert wurde. Víctor dachte, daß die vier Einheiten auf der Erzeugenden eine Bedeutung hätten, und er wiederholte den Vorgang, vom letzten Punkt ausgehend, zwölf Einheiten vom Punkt 0 entfernt. Tatsächlich bestimmte dieser, wenn man ihn, parallel zur Achse, bis zur Parabel führte, in ihr einen dreizehn Einheiten von der Erzeugenden und fünf von FX (diesmal auf FX) entfernten Punkt, wodurch man das ebenso berühmte rechtwinklige Dreieck mit den Maßen fünf, zwölf, dreizehn erhielt. Nachdem er schrittweise vier Einheiten zur Erzeugenden hinzugefügt hatte, beschrieb er, nachdem er die vorigen Vielfachen eliminiert hatte, die Dreiecke einundzwanzig, zwanzig, neunundzwanzig (am ehesten einem Quadrat ähnlich, unter den in einfachen Ziffern ausgedrück-

ten), das mit fünfundvierzig, achtundzwanzig, dreiundfünf-
zig (interessant, weil die Katheten eine Proportion von eins
Komma sechs null sieben eins vier und so weiter zueinander
haben, sehr nahe dem Goldenen Schnitt), das mit fünfzehn,
acht, sechzehn (Ergebnis einer Vereinfachung), das mit sie-
benundsiebzig, dreiunddreißig, fünfundachtzig, und so fort,
bis er weitere zweihundert Dreiecke gezeichnet hatte, die in
dem Maße schlanker waren, wie sich die Krümmung der Parabel einer vertikalen Geraden näherte. Sobald er die Ziffern
in eine Tabelle eingetragen hatte, stellte er fest, daß die Maße
der längeren Kathete und der Hypotenuse in ungeraden Zahlen anstiegen, wie etwa eins, drei, fünf, sieben, neun, elf, und
so weiter. Die andere Kathete (parallel zur Erzeugenden) hingegen wuchs konstant um vier Einheiten. Víctor wußte, daß
alle Parabeln ein und dieselbe in verschiedenen Maßstäben
sind, je nach Entfernung zwischen dem Brennpunkt und der
Erzeugenden. Er stellte auch fest, daß die Vielzahl an Drei-
ecken mit derselben Ziffer innerhalb des Ganzen eine Unter-
gruppe mit eigenen Wachstumsgesetzen bildete. Indem er
diese Ziffern grafisch darstellte, erhielt er eine Parabel, die
diese Dreiecke direkt hervorbrachte; der Abstand zwischen
dem Brennpunkt und der Erzeugenden betrug zwei Einheiten, und entsprechend nahm der Wert der kürzeren Katheten
um vier Einheiten zu, die längere Kathete und die Hypotenuse wuchsen (diesmal parallel) um einen jeweils acht Einheiten höheren Wert. Diese Hilfsparabel erzeugte die Dreiecke drei, vier, fünf (allen Parabeln gemeinsam); fünfzehn,
acht, siebzehn; fünfunddreißig, zwölf, siebenunddreißig;
dreiundsechzig, sechzehn, fünfundsechzig; neunundneunzig,
zwanzig, hunderteins, und so weiter. Die Hilfsparabel ermöglichte es, Dreiecke direkt zu erhalten, ohne sie, von
einem hohen Wert der ursprünglichen Parabel ausgehend,
vereinfachen zu müssen, mit dem Risiko, sie zu übersehen.
Víctor Ferret erhielt sieben Hilfsparabeln an einem Nachmittag, manche von ihnen waren sehr merkwürdig, wie die, deren
Brennpunkt von der Erzeugenden eine Einheit entfernt lag
und die als schmalste von allen Dreiecke hervorbrachte, deren
eine Kathete winzig war und deren andere beinahe mit der

Hypotenuse zusammenfiel: zweihundertzwanzig, einundzwanzig, zweihunderteinundzwanzig oder zweihundertvierundsechzig, dreiundzwanzig, zweihundertfünfundsechzig, und so weiter. Die letzten von Víctor beschriebenen Parabeln schufen schon vorher erhaltene Dreiecke, und man mußte gehörig vorrücken, um noch eine neue zu finden. Hin und wieder lohnte es sich; zum Beispiel bei der hundertneunzehn, hundertzwanzig, hundertneunundsechzig, wo die Katheten fast ein Quadrat bildeten; doch normalerweise stieß man auf Dreiecke, die sich in zu hohen Werten ausdrückten, als daß man sie handhaben könnte, und Proportionen aufwiesen, die solchen mit einfacheren Ziffern zu nahe waren, um interessant zu sein.

Etwas eingeschüchtert und eine mir unverständliche Antwort befürchtend, fragte ich Víctor Ferret, welcher Nutzen aus der ganzen Geschichte zu ziehen wäre. Er interpretierte die Frage bewußt wider meine Absicht, oder er nahm sie zum Vorwand, um ein für mich damals unvorstellbares schlechtes Gewissen hervorzurufen. Er ließ von seinen Parabeln ab und kniete sich ebenso intensiv eine lange Weile in den Versuch, mich von der Kraft der Spekulation und der reinen Intelligenz zu überzeugen, davon, wie zwecklos letzten Endes jede Eroberung auf diesem Gebiet wäre, wenn sie nicht mit einer großen moralischen Kraft und einer ausreichend weiten Weltsicht einherginge, die es erlaubte, sie zu seinen eigenen Gunsten einzusetzen, was, so sagte Ferret, einer Nutzung zugunsten der Menschheit gleichkäme. Er erklärte, daß die von ihm soeben gemachte Entdeckung weder Nutzen noch Sinn hätte, wenn er nicht fähig wäre, den Terminus zu finden: den abstrakten und einfachen Ausdruck, um graphisch alle rechtwinkligen Dreiecke in ganzzahligen Maßen zu erhalten. Die IDEE war ihm zufolge nicht nur die Basis für Mathematik und Wissenschaft, sondern für sämtliches menschliches Streben. Du kannst Geschichten erzählen oder Gedichte schreiben, doch sie werden nichts sein, gar nichts, auch wenn sie unvergeßliche Stellen oder Verse enthalten, wenn sie in ihrer Gesamtheit nicht die mächtige IDEE nachzeichnen, die den einzelnen Bestandteilen Leben verleiht.

In dieser Nacht beschloß ich, die Gesellschaft von Víctor Ferret zu meiden und eher die von Tomàs und Patrici zu suchen, die mir nicht solches Kopfzerbrechen verursachten.

Nach und nach setzte sich die harte Wirklichkeit durch: Ich konnte mir nicht den Luxus der Spekulation erlauben, solange ich meine Identität nicht geklärt hatte. Die Lösung lag in meinem Fall nicht in den Büchern oder in geistigen Massagen. Ich konnte vom Wein der Reichen kosten, aber das würde mich nicht zu einem der Ihren machen, und früher oder später müßte der Kuckuck das fremde Nest verlassen. Allmählich entfernte ich mich von den drei Studenten, merkwürdigerweise um so mehr, je mehr sie mich liebgewannen. Es war eine bequeme Zuneigung, wie man sie für einen drolligen Hund empfindet oder für einen neugierigen Papagei. Ich hatte keine Möglichkeit, sie anzugreifen, weil sie einfach noch nicht mächtig waren. Wer mir das Leben retten wollte, brauchte Geld und sehr viel Zeit für mich, aber er mußte auch auf meinen Willen rechnen können, der aber war, wie ihr euch vorstellen könnt, nicht da. Das Problem wurde für mich schließlich unhaltbar, und ich beschloß zu verschwinden. Ich ließ ihnen die Notiz zurück, die mir am passendsten erschien, damit sie zufrieden wären und mich nicht von der Polizei suchen ließen (was allerdings ziemlich unwahrscheinlich war, wenn man die drei kannte), und es scheint mir auch ganz gut gelungen zu sein.

Es war nicht schwierig, wieder zu meiner alten Bande zu stoßen. Als ich zu ihnen zurückkehrte, war ich durch den Altersunterschied, der noch keine Rolle gespielt hatte, als wir kleiner waren, plötzlich unter Männern. Den Bandenchef nannten wir den Breitbeinigen, weil er einmal mit achtzehn oder neunzehn Jahren zwei Motorräder gleichzeitig geklaut, sie nebeneinander gestartet und sich auf das größere gesetzt hatte, einen Fuß auf dem Trittbrett des anderen; er hatte den ersten Gang eingelegt, hielt mit jeder Hand einen Lenker (das andere Motorrad war im Leerlauf) und fuhr mit beiden mehr als achthundert Meter weit, bis er auf einem Ödland, wo ihn die anderen erwarteten, stürzte. Gut, der Breitbeinige war achtzehn und eine Spanne größer als ich; es war also nicht ratsam, ihn als Anführer verdrängen zu wollen. Ich schloß den Weg der direkten Gewalt aus und wollte es mit Intelligenz versuchen. Zu jener Zeit waren die Haupteinnahmequellen der Bande Raub und Drogenhandel. Bald bemerkte ich, daß wir im einen wie im anderen Geschäft das letzte Glied der Kette waren, die absolut Niedersten der Organisation. Wenn wir Hunger und Flöhe loswerden wollten, führte uns der eingeschlagene Weg am ehesten in den erstbesten Knast. Mit zwingenden Argumenten erreichte ich, daß sie mir die Strategie der Bande überließen, die letzten Entscheidungen lagen aber nach wie vor in Händen des Breitbeinigen. Ich hatte mich bis auf weiteres davon befreit, den Dealer auf der Plaça Reial zu spielen oder Brieftaschen auf der Diagonal zu ziehen. Ich setzte alles daran, um Drogenlieferanten wie Drogenkäufer zu verfolgen. Das war äußerst riskant, es erforderte Klugheit und große Geschicklichkeit, um nicht am Ende mit heraushängendem Gedärm in irgendeinem Rinnstein vor sich hin zu faulen. Die Mittelsmänner hüten eifersüchtig ihren Rang, wenn sie den Verdacht hegen, daß ein Untergeordneter sie übervorteilen will. Die Operation kostete mich ein paar Jahre zäher Diplomatie, und in der Zwischenzeit sorgte ich dafür, die Geschäfte auf andere Gebiete auszudehnen, damit die Bande nicht das Vertrauen zu mir verlor.

Damals zahlten nur wenige ihre Schulden, und einer der in jeder Hinsicht sichersten Jobs war der des Prügelverteilers. Ich eröffnete diese Branche mit beachtlichem Erfolg. Zu Beginn hatten wir einen Revierkampf mit der Bande von Quico Xungo, die sich dem Geschäft schon länger widmete und die Konkurrenz feindselig beobachtete. Wir gingen aus dem Zusammenstoß siegreich hervor und forderten als Kriegsbeute das beste Terrain. Entgegen allem Anschein war das Prügelgeschäft eines der am strengsten geregelten und wurde von Mittelsmännern kontrolliert. Ich beschloß, hoch zu spielen (eine gute Einführung würde uns in den anderen Bereichen, in die ich vordringen wollte, hilfreich sein), und wir machten uns selbständig. Ich führte revolutionierende Verbesserungen ein: Wir traten nicht öfter als einmal in drei Monaten für denselben Kunden auf und wurden im voraus bezahlt. Die wichtigste von uns eingeführte Neuerung aber war die sogenannte No-return-Garantie. Um einen üblichen Mißbrauch zu vermeiden, kassierten wir vom Kunden eine Versicherungssumme, die ihm garantierte, nicht im Auftrag des Opfers verprügelt zu werden, denn es kam häufig vor, daß der Empfänger der Dienstleistung angesichts des auf ihn herabprasselnden Hagels dieselben Typen bezahlte, damit sie den ursprünglichen Auftraggeber verprügelten, und so verdoppelte die Bande ihre Einkünfte.

Die No-return-Garantie betrug anfänglich fünfundzwanzig Prozent der Gesamtsumme. Da sie von wenigen Leuten angewendet wurde, beschloß ich, sie nach System zu kassieren. Wenn der Kunde sich weigerte, sie zu bezahlen, erhielt er zur Abschreckung Prügel, und beim nächstenmal stieg der Tarif auf fünfzig Prozent. Das ließ die Preise in die Höhe schnellen, und zunächst wechselte die Kundschaft zur Konkurrenz. Die anderen Banden hatten sich mittlerweile ebenfalls die No-return-Garantie zu eigen gemacht, erlagen aber oft der Versuchung, sie nicht einzuhalten; so setzte sich schließlich unsere Seriosität durch. Der Ruf der Bande wurde sprichwörtlich. Wir waren methodisch, gewissenhaft und vor allen Dingen gut organisiert. Die Tarife waren unveränderlich; gleich viel für einen gebrochenen Arm, ein eingeschlagenes Gebiß oder für Rollstuhlreife; für Totalschaden galt ein Sondertarif: es war die teuerste Dienstleistung und blieb den vertrauenswürdigen Kunden vorbehalten. Die Rechnung fiel verschieden aus, je nachdem, ob der Dienst bei Tag oder bei Nacht, zu Hause oder in der Öffentlichkeit, bei einer offiziellen Feier und so weiter, verrichtet wurde. Sie war auch von der Person abhängig, die es aus dem Verkehr zu ziehen galt, davon, ob sie in Begleitung war oder nicht, oder von jeder anderen zusätzlichen Schwierigkeit. Mittlerweile hatte sich Quico Xungos Bande durch Fahnenflucht und Gefängnisstrafen aufgelöst, und er schloß sich uns an. Der Breitbeinige empfing ihn mit offenen Armen, doch ich traute ihm nicht so recht und setzte ihn, indem ich von meinem Vorrecht Gebrauch machte, für Totalschäden ein. Quico entwickelte sich übrigens in kürzester Zeit zu einem echten Meister: exakt, klug und absolut erfolgreich. Er wurde über die Grenzen hinaus bekannt, und man verlangte (über mich, natürlich) in Fällen, die eine sichere und verläßliche Abwicklung erforderten, nicht nur in Italien und Frankreich, sondern sogar in England und Amerika nach seinen Diensten.

Unterdessen hatte ich den Knäuel aus Auftraggebern und Mittelsmännern entwirrt und erlebte zu meiner Überraschung, daß sowohl die eine wie die andere Spur mich zu einer einzigen Person, einer Art Agenten der Unterwelt, führte. Als ich erfuhr, um wen es sich handelte, fühlte ich mich beklommen: Es handelte sich um Xavier Capella, Sohn des Mannes, der meinen Vater umgebracht hatte und der von meinem Vater umgebracht worden war. Ich hatte zu jenem Zeitpunkt keine Ahnung von irgendeiner Vorsehung, doch damals begann ich an sie zu glauben. Der junge Capella war ein Zyniker und würdiger Nachfolger seines Vaters. Ich verbesserte das Angebot der Mittelsmänner, und Capellas Antwort war ein Beispiel an Überlegung, Kompromißlosigkeit und Gleichgültigkeit: Er akzeptierte die Abmachungen, sofern ich mich um sämtliche Lösungen kümmerte, und er würde keinen Finger rühren, um mir zu helfen. Wenn ich scheiterte und die anderen von ihm Erklärungen forderten, würde er sich so verhalten, als wären wir beide uns nie begegnet. Und sollte ich mich aus dem Geschäft zurückziehen, müßten die früheren Mittelsmänner eliminiert werden, um lästige Zeugen auszuschalten. Ich war mit allem einverstanden und bemühte mich, die Freude zu verbergen, die mir die Situation und die in ihr schlummernden Hoffnungen bereiteten.

Wie ihr euch denken könnt, wollte ich das Geschäft nicht aufs Spiel setzen, und noch in derselben Nacht statteten Quico Xungo, der Breitbeinige, ich und zwei weitere Männer sieben oder acht Personen einen Besuch ab, und die Verträge mit Capella waren für immer erledigt. Außerdem wurde ich angesichts der Tatsachen einstimmig zum Bandenchef gewählt. Daß es eine demokratische Wahl gewesen war, gab mir außergewöhnliche moralische Kraft, die durch einen gewaltsamen Sieg schwerer zu erreichen gewesen wäre. Ich hätte mich aber durchaus in der Lage gesehen, mit dem Breitbeinigen einen Kampf auszutragen, und mir sogar den Luxus erlaubt, ihn die Waffe wählen zu lassen, doch wir waren mittlerweile dafür bekannt, innerhalb der Bande keine Gewalt anzuwenden, und das wollte ich beibehalten.

Von dem Zeitpunkt an, wo wir die Droge über Capella direkt vom Hafen bekamen und er uns die Raubüberfälle und die Geldwäsche übertrug, stiegen unsere Einkünfte um das Hundertfache. Ich wurde zu einem der gesuchtesten und berüchtigtsten Räuber des Landes, und die Zeitungen erfanden ein Wort für mich in den Sensationsberichten: Sie nannten mich »El Lagunilla«, wer weiß warum. Für Xavier Capella starteten wir brillante und bedeutende Unternehmungen, zum Beispiel den Raub in der Villa der Marquesos de la Bellacasa oder den Überfall auf die Kasse des Roten Kreuzes im Jubiläumsjahr der Verfassung. Doch nach einiger Zeit begannen sich mir die Augen zu öffnen. Ich hatte die objektive Gewißheit, daß unser Anteil an der Beute in einem Mißverhältnis zum Risiko stand; unsere Lage hatte sich verbessert, doch wir waren im Grunde weiterhin die Ausgebeuteten. Als ich sah, wie sich die Dinge entwickelten, kam ich zu dem Schluß, daß auch Xavier Capella nur ein Mittelsmann war und im Schatten von jemand sehr viel Mächtigerem existieren mußte, der ihn lenkte.

Ich mußte einen Weg finden, um der Frage auf den Grund zu gehen, und warum sollte ich mir Capella nicht ebenso vom Hals schaffen wie die anderen Mittelsmänner? Als ich am Tiefpunkt angelangt war, rief mich Capella zu sich und teilte mir mit, daß ich für eine heikle Aufgabe auserwählt worden wäre: Für den Raub eines Juwels von unschätzbarem Wert, das sich im Besitz eines gewissen Alexis Cros befand. Ich nahm den Auftrag an und verlangte Einzelheiten über das Haus, die Familie und das Kleinod, dem es hinterherzujagen galt. Ich lernte Capella kennen, und aus der Art der Information, die er mir gab (und der, die er mir nicht gab), folgerte ich sofort, daß es sich um einen Gegenstand von tatsächlich außerordentlichem Wert handelte, dessen wirkliche Bedeutung er mir verheimlichte. Capella weigerte sich so hartnäckig, mit den genauen Eigenschaften des Juwels herauszurücken, daß er entweder vorhatte, mich hinters Licht zu führen, oder aber er kannte sie selbst nicht, was meinen Verdacht nährte, daß er den Befehlen eines anderen gehorchte.

Wir trafen uns ein paarmal, um die Angelegenheit zu besprechen. Er erzählte mir, daß er einen Komplizen in der Bank von Cros hätte, und dieser (seinen Namen hat er natürlich nicht genannt) würde die letzten Anweisungen geben. Capella besorgte mir eine Liste der Alexis Cros nahestehenden Personen, die ich kennen müßte, um zu wissen, auf welches Gelände ich mich begäbe und von wo ein Hindernis auftauchen könnte; auf ihr stand seine Tochter (die etwa in meinem Alter war) ebenso wie der Regierungschef. In der Mitte der Namensliste las ich erschrocken: Patrici Ficinus; weiter unten entdeckte ich Tomàs Siurana, Anwalt einer Tochterfirma der Bank Mir (wie ihr wißt, war das der Name des von Cros geleiteten Unternehmens). Das Vorhaben interessierte mich brennend, doch als ich mit Capella das nächstemal darüber sprach, sagte er mir schlechtgelaunt, daß die Sache um drei Wochen verschoben würde. Ich hakte nicht nach.

In den drei Wochen der Ruhe konnte ich meine Position überdenken. Das Wesen des herkömmlichen Räubers scheint einfach zu sein, wenn man ihn in eine Höhle steckt, wenn man den Fuchs von den Gelegenheiten fernhält. Der Bandit fühlt sich dann vom Fest ausgeschlossen, weiß aber nicht, warum er ausgeschlossen ist. Er betrachtet Prinzipien und Gesetze als etwas Fremdes; später vermischen sich Bedürfnisse, Neid und Herausforderung, und binnen kurzem empfindet er sie als Aggression. Meine Vergangenheit ist mir dabei sehr nützlich gewesen, doch wird alles viel komplizierter, wenn der Bandit sich innerhalb der Gesellschaft bewegt, wenn er sich dazu in der Lage fühlt, ein Doppelleben als Dieb und als angesehener Bürger zu führen, und schließlich entdeckt, wie geringfügig der Unterschied zwischen beiden ist. Ich spürte, daß ich die Grenzen meiner Möglichkeiten erreicht hatte; es war keine Verbesserung mehr denkbar, ohne die Problemstellungen grundlegend zu ändern, und Capella war dabei eher hinderlich als hilfreich. Wie im Fall der Mit telsmänner war auch jetzt ein qualitativer Sprung vonnöten, ein direkter Zugang zur Macht, wenn man auf Capella verzichten wollte; doch so wie die Dinge standen, wäre seine Beseitigung leider dem Töten der Henne, die goldene Eier legt, gleichgekommen.

Eines Nachts hatte ich das niederschmetternde Gefühl, daß Korruption und Elend überhandnahmen. Ich ging zu dem Breitbeinigen, zu Rafa und Quico Xungo und bat sie, den Tränen nahe, mich nie zu verlassen, da die menschenverschlingende Maschine dabei war, mir den Garaus zu machen. Sie meinten, ich hätte mir zu schwierige Aufgaben gesucht und brauchte eine kleine Dosis des früheren Nervenkitzels, von dem wir uns alle entfernt hatten. Ich wäre in dem Moment bereit gewesen, ihnen in die Hölle zu folgen, und so begaben wir uns in die Innenstadt auf Brieftaschenraub mit gezücktem Messer.

Als wir schon im Begriff waren, den Heimweg anzutreten, ging so ein Gimpel rasch an uns vorbei. Quico Xungo und ich waren weiter hinten geblieben und ließen ihn ziehen, aber Rafa und der Breitbeinige, die in einem Hauseingang auf uns warteten, schnappten ihn sich. Ich erkannte ihn schon von weitem: es war Patrici Ficinus. Als ich hinkam, hatte ihm der Breitbeinige bereits das Messer an den Hals gesetzt; zu seinem Glück stand meine Autorität gerade außer Frage, und ich hatte keine Schwierigkeiten, die drei nach Hause zu schicken und mit Ficinus allein zu bleiben, der augenblicklich seine üblichen Reden losließ. Ich hörte ihm kaum zu, da ich in aller Geschwindigkeit die Situation abschätzte: Es war die entscheidende Gelegenheit, denn nun verfügte ich über Mittel, um mir Zugang zur Macht zu verschaffen, nun wußte ich, was ich wollte; die Zeiten der Erpressung, der Pistolen, der schmutzigen Socken, des schmierigen Geldes und der Hetzjagden waren ein für allemal vorbei; mich erwartete das erahnte, von Seidenhemden ausgehende Behagen, Gemächlichkeit, französischer Champagner, alte Bilder und Kammermusik ... Nun konnte ich Capella abschütteln, den Raub des Juwels rundweg ablehnen und die Früchte für mich ernten, statt für einen Geier wie ihn zu arbeiten.

Patrici Ficinus war derart von dem Gedanken besessen, mich zu adoptieren, daß es selbst mir, dem Nutznießer des phantastischen Unternehmens, übertrieben vorkam; aber das Leben hatte mich wohl doch nicht so kalt und berechnend werden lassen, und schließlich willigte ich ein. Der Vorgang brachte viele Probleme mit sich, da ich wegen verschiedener Raubüberfälle gesucht wurde, und er mußte unterderhand auf höchster Ebene einen Straferlaß erwirken. Zu allem Überfluß war ich auch noch heroinsüchtig, und meine Entziehungskur kostete ihn mehr als die Formalitäten für die Adoption und die gesellschaftliche Rehabilitierung. Ich hatte jedoch sehr gute Anlagen und konnte die Schwierigkeiten rasch meistern. So wie es mir gelungen war, vom Räuber zum Manager der Räuber aufzusteigen, betrat ich nun die Sphäre der wohlhabenden Schichten. Da ich ein bekannter Verbrecher war, wurden die gesetzlichen Formalitäten, um mich vor meiner Vorgeschichte zu schützen, im geheimen abgewickelt. Es war der ganze Einfluß von Patrici Ficinus vonnöten (der trotz seiner Jugend beträchtlich war), damit die Sensationspresse Schweigen bewahrte.

Eines Tages ging ich zu meinen ehemaligen Kumpanen; ich wollte keine Überraschungen aus dieser Ecke und versuchte sie vier Stunden lang davon zu überzeugen, daß meine neue Stellung sehr vorteilhaft wäre für künftige große Geschäfte und wir Partner bleiben müßten. Zu Beginn wollten sie mir nicht einmal zuhören, nannten mich einen Verräter, und ohne mein wohlverdientes Ansehen hätte ich sicher Probleme bekommen. Ich überzeugte sie, daß ich ihnen nun viel bessere Dinge beschaffen könnte, daß alles gut durchorganisiert wäre und ohne mich funktionieren würde. Nach einer eindringlichen Rede, mit der ich auch meine moralische Autorität zurückgewonnen hatte, machte ich den Breitbeinigen zum Kopf der Bande und und enthüllte ihnen ein paar kleine, mit guten Ratschlägen gewürzte Geheimnisse. Sie waren so zufrieden, wie ich sie selten gesehen hatte. Um den Schein zu wahren, ließ ich ihnen ein paar Geschäfte zukommen. Ich wollte herausfinden, inwieweit ich selbst durch meinen vor kurzem erlangten Wohlstand bereit war, mich allmählich von der Vergangenheit zu lösen. Doch ich hatte keine Gelegenheit dazu, da andere mich von ihr befreiten; drei Monate nach unserer Zusammenkunft wurde die Bande am Ausgang einer Bank auf frischer Tat erwischt und ins Gefängnis gesteckt.

Viel weniger traurig gestaltete sich die Aufnahme des Kontakts mit der Gesellschaft, zu der ich nun Zutritt hatte. Einer der ersten, die ich kennenlernte – in Wirklichkeit allerdings wiedersah –, war Tomàs Siurana. Wir nahmen unsere Beziehung unter leicht veränderten Umständen wieder auf. Er lud mich in seine Anwaltskanzlei ein, und ich ging dreimal hin; ihm verdanke ich meinen Entschluß, Jura zu studieren. Ich erkundigte mich nach Víctor Ferret, und Ficinus erzählte mir, daß er im Ausland sei, wo er – aus familiären Gründen unter falschem Namen – im diplomatischen Korps arbeite. Ferret kam verändert zurück; Ficinus, Siuana und ich gehörten zu den wenigen, die ihn kannten, und wir waren stets sehr zurückhaltend. Mit seiner neuen Identität feierte er im Land und außerhalb große Erfolge.

Später, als ich das Studium abgeschlossen hatte, vertraute ich mich der Obhut Siuranas an. Dann trat ich in die Bank Mir ein, und wie ihr wißt, nominierte mich Lluïsa Cros für den Aufsichtsrat. Doch ich will den Ereignissen nicht vorgreifen.

Im Grunde dachte ich noch immer an das Juwel der Cros. Nach und nach wurde mir freilich klar, daß die Welt viel größer war als ein Juwel (selbst wenn es ein Smaragd aus Sri Lanka oder der Koh-i-Noor sein sollte), und die materiellen Werte, die mich früher – verständlicherweise – in ihren Bann gezogen hatten, wurden zweitrangig.

Ich lernte alle Leute aus dem Bekanntenkreis von Patrici Ficinus kennen. Zacaries Uriachs Hochzeit war die erste Gelegenheit, wo ich sie beinahe alle traf. Ficinus nahm sehr gerührt an der Feier teil und hatte große Lust, mir Leute vorzustellen. Ich lebte schon seit längerer Zeit bei ihm, mein Studium ging voran, und mein Bild des vielversprechenden jungen Mannes war makellos.

Dort sah ich zum erstenmal die Personen, die mein Leben

später am meisten beeinflussen sollten, einige von ihnen sind hier unter uns. Und ein Typ, dem ich unbedingt begegnen wollte, tauchte an jenem Tag endlich auf: Xavier Capella. Ich überraschte ihn im Garten und schenkte ihm mein liebenswürdigstes Lächeln; beide hatten wir ein Glas in der Hand. Im ersten Augenblick erkannte er mich nicht, dann wurde er totenblaß und sah sich um, ob uns jemand beobachten könnte. Er funkelte mich wütend an und sagte leise und sehr schnell:

»Lagunilla! Was hast du hier zu suchen?«

Ich lächelte noch freundlicher und schüttelte möglichst elegant den Kopf.

»Lagunilla gibt's nicht mehr. Du sprichst mit Pere Ficinus.«

Als wäre es so vorgesehen gewesen, kam in diesem Augenblick Patrici vorbei und blieb stehen.

»Wie ich sehe, kennt ihr euch.«

»Noch nicht richtig«, sagte ich, und daraufhin stellte er uns vor. Capella und ich gaben uns zum erstenmal im Leben die Hand; die seine war kalt und feucht, und ich nahm den Ekel in Kauf, den mir seine Beklommenheit und sein Unbehagen angesichts der entstandenen Lage verursachten. Als Patrici fortgegangen war, vollendete ich meinen Triumph: »Wann sollen wir uns um das Juwel der Cros' kümmern?«

Capella sah mich an, als wollte er mich umbringen. Seine Stimme klang rauh. Wieder drehte er sich um, ob uns jemand zuhörte.

»Das ist nicht der Augenblick.«

»Vor drei Jahren hast du mir dasselbe gesagt, und ich bin, offen gesagt, mehr denn je daran interessiert.«

»Hör zu, du miese Figur: Zunächst einmal bist du vor drei Jahren verschwunden und hast mich hängenlassen; glaub bloß nicht, daß du mich in deiner jetzigen Aufmachung beeindruckst. Diese Geschichte lasse ich im Handumdrehen platzen.«

»Da irrst du dich. Wie mir scheint, kennt hier jeder, außer dir, meine Vergangenheit, und wer noch nicht Bescheid weiß, dem erzählt Patrici alles so stolz, wie ein Raubtierbändiger aus einem Zirkus von seinen Tigern spricht. Du hast also wenig Waffen gegen mich in der Hand. Hingegen glaube ich nicht, daß viele Leute über deine verborgenen Geschäfte informiert sind, und sollte ich davon berichten, würden sie mir, da sie meine Herkunft kennen, sicherlich glauben. Diese Leute betrachten einen rehabilitierten Räuber mit Wohlwollen, doch ich befürchte, sie werden nicht die gleiche Sympathie für einen Sohn aus gutem Hause aufbringen, der jahrelang bei Kaffeekränzchen und Erstkommunionsfeiern glänzte und sich dann plötzlich auf den Drogenhandel einläßt und großangelegten Schmuggel mit Diebesgut betreibt. Aber keine Sorge, ich habe nicht vor, dir zu drohen, denn wir scheinen uns nach wie vor zu brauchen. Also nimm dich zusammen, reden wir von unseren Geschäften.«

Ich war es, der sich irrte. Was meine Hypothese anbelangt, so hätten diese Leute – das weiß ich heute – Capella den sogenannten Ausrutscher des braven Jungen durchaus verziehen; mir hingegen hätten sie, ohne zu zögern, die unabänderliche Veranlagung meiner verderbten Natur vorgeworfen. Zum Glück kam es nicht soweit, und Capella, der zu verwirrt war, um seinen Vorteil zu bemerken, atmete sichtlich auf, als ihm klar wurde, daß ich weder auf einen Skandal noch auf Erpressung aus war. Trotzdem bereitete ihm mein Erscheinen keinerlei Vergnügen, doch da er keine Wahl hatte, mußte er noch eine Weile durchhalten.

»Egal, ob du mir glaubst oder nicht, ich kann dir im Augenblick nicht mehr sagen. Aber sei unbesorgt, ich werde heute nacht noch etwas herausfinden.«

Wir verabredeten uns für später.

Nach dem Fest gab es noch eine Zusammenkunft bei uns zu Hause. Patrici hatte den Führungsstab der Bank Mir, mit Lluïsa Cros an der Spitze, zu einem letzten Glas eingeladen. Ich gab vor, müde zu sein, und verließ das Haus durch den Hintereingang.

Xavier Capella kam zu spät und wirkte nervös und niedergeschlagen. Er teilte mir mit, daß die Sache mit dem Juwel sich bis auf weiteres verschöbe. Ich fragte nach, und er begann zu schreien, sagte, daß die Voraussetzungen schlecht wären und man die Bewachung verstärkt hätte, und daß alles zusammen für uns schreckliche Konsequenzen haben könnte. Ich runzelte die Stirn. Irgend jemand hatte ihm offensichtlich Angst eingejagt, und mir war klar, daß ich nicht mehr viel aus ihm herausbekommen würde. Ihn auszuschalten lohnte sich nicht, er war viel zu erschrocken, um gefährlich zu sein. Außerdem hatte ich ihn in der Hand (das war so, weil wir es beide so empfanden, er aus Angst, ich aus Unvernunft), und er konnte immer ein Verbündeter sein.

Auf dem Heimweg dachte ich über die Sache mit dem Juwel der Cros' nach, inwiefern sie indirekt Grund meiner Lage wäre. Seit ich mich in Pere Ficinus verwandelt hatte, schwankten meine Gedanken auf beunruhigende Weise. Ich hatte mich schon nicht mehr für das Juwel interessiert, doch als ich Xavier Capella sah, wurde meine Aufmerksamkeit wieder geweckt. Ich lief lange durch die Straßen, da ich nicht alle diese Leute zu Hause antreffen wollte. Als ich heimkam, war Patrici noch wach und wartete auf mich.

»Hat dir das Fest gefallen?«

Sein honigsüßer, spöttischer Tonfall versetzte mich, da ich ihn kannte, in Alarmbereitschaft. Mir schien, ich hätte Patrici in all den Jahren unterschätzt.

»Ich glaube, bis jetzt habe ich noch keine Zeit gehabt, mich bei solchen Gesellschaften zu langweilen.«

»War das Gespräch mit Capella ergiebig?«

Wir starrten uns an und wußten schlagartig alles. Es war mir unangenehm, mich ertappt zu fühlen, und die Ruhe meines Wohltäters tröstete mich nicht.

»Was weißt du über Capella?« fragte ich, ohne aggressiv sein zu wollen. Er lachte.

»Und du, was weißt du? Was willst du über ihn wissen?«

»Ich will wissen, für wen er arbeitet, wer hinter ihm steht.«

»Und was würde dir das nützen? Der hinter ihm hat wieder einen hinter sich. Immer gibt es noch einen anderen. Auch wenn du bei den Königen, beim Chef des Verwaltungsrates oder beim Generalsekretär der Partei anlangst, immer haben diese jemanden hinter sich, der die Fäden zieht; du wirst des Pudels Kern nie finden.«

»Einfach aus Neugier will ich wissen, wessen Strohmann Capella ist. Sag es mir, damit mein Verstand glücklich schlafen kann.«

»Von Robert Colom.«

Ich stieß einen Pfiff aus. Der Chef der Steuerprüfung in organisierten Raub verwickelt. Ich sprach offen über das Juwel, Patrici nickte und hörte mir lächelnd zu, so als erzählte ich ihm nichts Neues.

»Natürlich haben diese Dinge für mich jegliches Interesse verloren.«

»Natürlich, sagst du? Du weißt gar nicht, wie sehr es mich freut, dich so reden zu hören. Hör mir gut zu: Wenn du wirklich aus dem Elend herauskommen willst, dann brich endgültig mit der Vergangenheit. Was würdest du mit einem hochberühmten Juwel machen, einem Edelstein, den du nirgends verkaufen könntest, wohin würdest du ihn bringen? Merkst du nicht, daß du noch immer denkst wie ein Hühnerdieb?«

»Aber wenn Colom ihn will ...«

»Was Colom will, ist viel komplizierter, glaub mir. Außerdem ist es eine Geschichte zwischen ihnen, und wenn du mir aufmerksam zugehört hast, wird dir klar sein, daß auch er Verpflichtungen zu erfüllen hat und jede Menge Auswege suchen muß.« Er machte eine Handbewegung, damit ich keine Fragen stellte, und fuhr lächelnd fort: »All das wirst du allein herausfinden müssen; ich kann dir nur die nötigen Mittel zur Verfügung stellen.«

Ich hegte einen Moment den Verdacht, daß mein Beschützer mit mir eine weniger philanthropische Investition gemacht hatte, als es anfangs schien. Hatte er mir die Würmer aus der Nase gezogen, um etwas über meine Beziehungen zu Capella zu erfahren? Mich beschlich das unangenehme Gefühl, daß vielleicht auch er dem Juwel nachjagte, und ich half ihm dabei, sich ein Bild über die Lage zu machen (manchmal verspüre ich noch wilde, dunkle Triebe, die in mir ungezügelte Leidenschaft auslösen). Er lachte, als würde er meine Gedanken lesen.

»Das ist nicht leicht für mich«, mußte ich mit schlecht verhaltenem Zorn zugeben.

»Wenn du Macht willst, nimm sie dir, beweg ihre Fäden, du bist schließlich begabt dafür. Du hast von dir aus gelernt, gewisse Dinge lieber von anderen erledigen zu lassen; führe das auf einer anderen Ebene weiter und vergiß eine funkelnde Bagatelle, die nur Halbwüchsige zu blenden vermag, dich hingegen zerstören würde.«

Vergessen! Ich wollte vergessen, aber sie hatten mich in einen beispielhaften Erfolg des sozialen Gewissens verwandelt, und mein Glück gründete sich auf die Gegenwart meiner Herkunft; das würden sie mich nie vergessen lassen. Ich sagte ihm, daß ich noch kein festes Bild von mir und vielleicht noch eine zu einfache Vorstellung von meiner Zukunft hätte; ich fühlte mich wie der dümmste Analphabet.

»Ich werde dir noch länger zur Last fallen, als du dachtest.«

»Glaub das bloß nicht.« Es tagte, und Patrici schenkte das letzte Glas ein. »Ich werde dir eine Geschichte erzählen, die ich in Amerika gehört habe. Sie steht vielleicht nicht in direktem Zusammenhang mit dem, was wir soeben besprochen haben, aber ich glaube, daß sie das Problem ein wenig erhellen kann.«

1/2

Geschichte von den zwei Helden

Vor ungefähr zehn Jahren wurde in den Vereinigten Staaten das Interinstitutionelle Institut geschaffen, als eine Antwort auf die strategischen Notwendigkeiten des Augenblicks. Die Weltbank und die Börsen waren politisch nicht handlungsfähig genug, und die CIA hatte die Presse im Nacken, die darauf lauerte, jedes zweifelhafte – also praktisch alle – Vorgehen aufzudecken. Die CIA war zur Agentur sämtlicher Illegalitäten des Staates geworden, und je höher der Maßstab, desto undurchsichtiger wurde der Ursprung der Geldmittel: Waffenschieberei, Rauschgifthandel, Handel mit Plutonium, Erpressung, et cetera; doch wiesen ihre Archive und Getriebe so viele Verästelungen und schwierige Verknüpfungen auf, daß sie nicht von einem Tag auf den anderen abgetragen werden konnten. Offiziell entstand das II (alle nannten es ›das Institut‹, jeder mit der ihm eigenen Ironie) als Instrument zur Koordination der CIA und der wirtschaftlichen Institutionen, die in bestimmten Fällen weniger schnell reagierten: Weltbank, Internationaler Währungsfonds, Börsen und große Kreditvereine. In Wirklichkeit aber eignete sich das Institut eine riesige Parzelle der Macht an, unterstützt durch die Beweglichkeit von Information und Methoden sowie durch eine neue, organische und im ursprünglichen Sinn des Wortes weniger gewaltsame Philosophie. Eine Macht, die sich – wie du genau weißt – in Richtung Auflösung der Staaten und Überwindung der Kontinente zugunsten der Regionen bewegt – mit dem Vorteil, daß das Beherrschen der Lage im Geld- und vor allem im Kreditbereich einerseits und die Kontrolle der Information durch die vom Club of Rome und ähnlichen Vereinigungen übernommenen Verfahren andererseits es dem Institut möglich machten, nicht nur im amerikanischen Raum, sondern weltweit Einfluß zu nehmen.

Während des Ausbaus der neuen Struktur setzte sich in einer amerikanischen Republik, deren Namen nicht erwähnt werden muß, ein diktatorisches Regime durch. Das Institut rechnete mit dem Diktator ab, und sie kamen zu einer Vereinbarung, doch ein wichtiger Teil der Gesellschaft war entschieden dagegen. Wie üblich, wurde die Opposition rücksichtslos unterdrückt, und die Anführer, die entkamen, mußten im Untergrund agieren.

Wie so oft, verstanden sich die beiden Revolutionäre nicht: Einer, Joaquín Rodríguez, Befürworter des direkten bewaffneten Aufstandes, war Einheimischer, der andere nannte sich Mario Herrero und kam von auswärts; seine Persönlichkeit und seine Fähigkeit, Menschen zusammenzuführen, hatten ihn in kurzer Zeit an die Spitze gebracht; trotz seiner Jugend ließen ihn seine Charakterstärke und seine überzeugenden Ideen in einem wichtigen Sektor der Opposition Fuß fassen. Herrero glaubte, daß die Epoche der herkömmlichen Revolutionen längst vorüber sei und es für die Schaffung eines neuen Systems andere Karten auszuspielen gelte.

Nach einigen gescheiterten Annäherungsversuchen sahen

Rodríguez und Herrero schließlich ein, daß sie aufeinander angewiesen waren, und faßten bei einer Konferenz, die nicht frei von harschen Wortmeldungen war, den Beschluß zur Vereinigung. Eine gemeinsame Strategie zu finden erwies sich hingegen als schwieriger. Herrero wußte genau, daß sie, solange der Diktator Unterstützung von außen erhielt, nichts ausrichten könnten und es unumgänglich wäre, mit dem Institut zu verhandeln. Rodríguez war mißtrauisch; überall vermutete er Verrat, Abweichung von den Idealen und undurchsichtige Unterwanderungen. Er hing der Idee an, den Diktator durch ein Attentat zu liquidieren, doch Herrero überzeugte ihn davon, daß dies sinnlos wäre, denn das Institut würde den toten Tyrannen durch einen anderen ersetzen. Am Ende einigten sie sich auf den Kompromiß, an allen Fronten zu kämpfen: Rodríguez sollte das Regime mit Streiks, Protestkundgebungen und Überfällen auf Kasernen, Züge, Häfen, et cetera unterwandern (wobei festgelegt wurde, Opfer unter der Zivilbevölkerung möglichst zu vermeiden), und Herrero würde sich um das Institut kümmern, so daß eine Taktik die andere ergänzte: die Aktionen von Rodríguez wären Druckmittel in Herreros Händen, und die von Herrero erhaltene Information gäbe Rodríguez bei seinem Vorgehen größere Sicherheit. Obwohl jeder theoretisch von der Redlichkeit des anderen überzeugt war, forderte Herrero eine Kontrolle ihrer Vorgehensweisen, damit es, falls etwas schieflaufen sollte, nicht zu Reibereien kommen würde.

Die Delegierten des Institutes empfingen Herrero quasi mit offenen Armen. Sie sagten einleitend, er hätte länger, als erwartet, gezögert, sie aufzusuchen. Nachdem sie ihn angehört hatten, standen die Dinge schon anders. Ich werde dich nicht mit Einzelheiten des Verlaufes langweilen. Du sollst nur wissen, daß sich alles schwierig und kompliziert gestaltete, und Rodríguez wie Herrero mußten all ihre Kraft auf die ihnen zugewiesenen Bereiche verwenden. Herrero leistete eine brillante diplomatische Arbeit; er verbesserte nicht nur das Angebot des Diktators, sondern erreichte wesentlich günstigere Bedingungen für das Land und befreite es – was vielleicht noch wichtiger war – von einigen Verträgen über militärische Stützpunkte, die die nationale Souveränität ernstlich gefährdeten.

Die Diktatur wurde gestürzt, und der Augenblick war gekommen, die Macht zu übernehmen und dem Volk die Namen der Befreier mitzuteilen. Im Führungsstab der Aufständischen einigte man sich auf Herrero als Interimspräsidenten der Republik bis zu den Wahlen und auf Rodríguez als Oberbefehlshaber der Armee. Doch zum großen Erstaunen aller schlug Herrero Rodríguez für beide Ämter vor und kündigte seinen Rückzug an. Die Augenzeugen sprechen von einer ungewöhnlichen Szene zwischen den beiden starken Männern der neuen Lage. Rodríguez bat Herrero, die Verantwortung zu übernehmen, aber Herrero weigerte sich mit freundlicher, eiserner Entschlossenheit und ging sogar soweit, zu fordern, daß sein Name nicht in der Liste der Helden erscheine. Rodríguez und der Führungsstab verstanden gar nichts, doch sie kannten Herrero sehr gut, wußten also, daß ihn nichts von dem einmal gefaßten Entschluß abbringen könnte, und akzeptierten ihn.

Am nächsten Tag jubelten die Volksmassen Rodríguez zu, der mehr als zwei Stunden lang vom Balkon des Präsidentenpalastes herab Reden hielt und der versammelten Menge zuwinkte. Der Name Herrero verschwand, seinem Willen entsprechend, beinahe völlig aus den Chroniken des Regierungswechsels und war schließlich nur mehr ein Bezugspunkt für Historiker oder eine Gestalt in Zeitungsartikeln, die während der Diktatur der Zensur entgangen waren. Die Erklärungen, die Kommentatoren zu Herreros Rückzug abgaben (wer weiß, ob nicht letztlich von einem verwirrten und nachtragenden Rodríguez angeregt), besagten, daß er die Konkurrenz seines Mitstreiters während des Kampfes im Untergrund ertragen habe, dazu aber nicht in der Lage sei, seit sie im Licht der Öffentlichkeit stünden. Er hätte sich zurückgezogen, so hieß es, weil er befürchtete, von Rodríguez' Persönlichkeit und seinem Charisma vor allem Volk in den Schatten gestellt zu werden, oder, in einer freundlicheren Version, weil eine öffentliche Auseinandersetzung der neuen Regierung schaden könnte.

Patrici schwieg lange genug, um mir Gelegenheit zu geben, etwas dazu zu bemerken. Ich fragte ihn, was er über all das dachte. Er lächelte.

»Ich glaube, daß in der Erklärung zu Herreros Geisteshaltung durchaus ein Körnchen Wahrheit steckte. Obwohl es anders erscheinen mag, ist es relativ einfach, sich in schwierigen Zeiten und sogar in schlimmsten Situationen zu verstehen und im Unglück Freunde zu haben. Herrero kannte Rodríguez gut und sah, daß sie sich aus Notwendigkeit, um nicht zu sagen zwangsläufig, gegen den gemeinsamen Feind verbündet hatten, daß sich aber eine Übereinstimmung bei der Bildung eines neuen Staates wesentlich schwerer erreichen ließe. Er zog sich also zurück, um der Sache nicht zu schaden, nicht aus Angst vor einer Konfrontation mit Rodríguez. Außerdem denke ich manchmal, er wußte, daß er bei einer möglichen Gegenüberstellung als Sieger hervorgehen würde, und zog sich zurück, um Joaquín Rodríguez nicht ausbooten zu müssen. Meiner Meinung nach war er, und nicht Rodríguez, der wahre Held dieser Revolution, da er den Triumph als eine einsame Last zu tragen wußte.«

»Und was ist aus ihm geworden?« fragte ich.

»Er verließ das Land und bereiste die ganze Welt. Das Institut hatte an ihm wertvolle Eigenschaften entdeckt und warb ihn an. Er blieb immer unabhängig, war keineswegs willig, bürokratische Dienste zu leisten, wußte genau, was ihm nicht behagte, und verstand es, abzulehnen. Er führte ein mehr oder weniger zurückgezogenes Leben und konnte schließlich seine Verfolger abschütteln. Nun gehört er zu den Mächtigen des Institutes, sie nennen ihn Ω.«

An diesem Punkt brach unser Gespräch ab. Ich war natürlich äußerst gespannt auf das Ende der Geschichte. Am nächsten Tag bat ich Patrici, mir mehr über Ω zu erzählen, doch er beschränkte sich darauf, mir zu sagen, daß ich ihm zweifellos früher oder später begegnen würde, wenn ich meiner Laufbahn folgte; er könne mich nur darauf hinweisen, daß Ω eine durchaus vorteilhafte Rolle in meinem Leben spielen, aber auch schrecklich zerstörerisch sein könne, sollte ich seinen Spielregeln nicht gehorchen. Ich lernte ihn tatsächlich einige Zeit darauf kennen, doch davon später.

Ich widmete mich ganz meinem Studium, und mit den alten Gelüsten war es vorbei. Binnen kurzem konnte ich an einem Bündel Banknoten vorbeigehen, ohne auch nur ein Kribbeln zu verspüren: der Rohling in meinem Innern war ausgemerzt! Nun war ich endlich in der Lage, ihn durch entscheidende Waffen zu ersetzen.

Nach Abschluß des Studiums begann ich in der Kanzlei von Tomàs Siurana zu arbeiten, der gewissermaßen schuld daran war, daß ich diese Laufbahn eingeschlagen hatte. Felip Vilardaga, der Professor an meiner Fakultät war, bot mir an, Seminare für die Studierenden im letzten Semester abzuhalten; ich nahm an und schrieb gleichzeitig an meiner Doktorarbeit. So kam es, daß ich einerseits mit der Bank Mir in Verbindung war und andererseits mit Robert Colom; Vilardaga war nämlich einer seiner Rechtsberater und Geschäftsführer der Firma seines Vaters. Zu dieser Zeit fand die Hochzeit Robert Coloms mit Lluïsa Cros statt; ich hatte Gelegenheit, die Intrigen und Interessensverstrickungen zwischen den Coloms und der Bank Mir aus der Nähe zu beobachten. Ich lernte viel daraus, vor allem über die Kunst, nicht zu lügen, ohne deshalb die Wahrheit sagen zu müssen. Ich hatte das Juwel nicht aus den Augen verloren, wenn sich auch mein Interesse wesentlich verändert hatte; die gefräßige Habsucht hatte einer geduldigen, tiefen Neugierde Platz gemacht. Eines schien klar zu sein: Sollte Colom am Juwel der Cros' interessiert sein, gäbe er seinen mit Capella geplanten Raub (den ich Unglückseliger ausgeführt hätte, wäre nicht Patrici Ficinus dazwischengetreten) nur auf, weil er die Absicht hätte, es auf anderem Weg in seinen Besitz zu bringen. Wenn aber das Juwel so wertvoll war, genügte dann die Heirat, um es sich anzueignen?

Eines Tages fühlte ich mich stark und selbstbewußt genug, um aus meiner Vergangenheit Profit zu ziehen. Ich ging ins Gefängnis La Model, um alte Bekannte zu besuchen: den Breitbeinigen, Quico Xungo, Rafa und Genís. Ich bezahlte ihre Kautionen und nahm sie mit. Sie trauten sich kaum, den Mund aufzumachen, und siezten mich obendrein. Obwohl ich mich innerlich totlachte, beschloß ich aus strategischen Gründen, die zwischen uns entstandenen Unterschiede zuzulassen und zu festigen; ich hielt ihnen sogar eine Standpauke, weil sie sich hatten schnappen lassen. In der Folge übernahm ich ihre Verteidigung. Jeder von ihnen war wegen sechs oder sieben Delikten angeklagt, doch nachdem sie schon eine geraume Weile als Untersuchungshäftlinge vor sich hin gefault waren, plädierte ich auf Freispruch wegen guter Führung und holte sie ohne Probleme heraus. Sie konnten es nicht fassen und stellten sich mir, wie sie wörtlich sagten, für alles zur Verfügung. Ich fühlte mich völlig befreit. Ich hatte mich endgültig von meinem früheren Leben gelöst, und der Abstand zwischen mir und meinen ehemaligen Kumpanen war für sie wie für mich unüberwindbar. Ich hatte so viele Verpflichtungen, daß ich – selbst wenn ich es gewollt hätte – nicht mehr in die Vorstadt hätte zurückkehren können. Ein wenig betrübt stellte ich fest, daß ich ihnen nicht wirklich helfen konnte.

Ich schilderte die Szene Patrici und erzählte ihm, daß ich sie fortgeschickt und nur darum gebeten hatte, daß sie sich nicht mehr erwischen ließen und mich im Fall einer wichtigen Unternehmung vorher informierten. Patrici sah mich sehr zufrieden an.

»Ist es das, was du von mir erwartet hast?«

Er umarmte mich. Ich sagte ihm nicht, daß ich dem Breitbeinigen eine Empfehlung für Capella gegeben hatte, es war unnötig.

Von da an stürzte ich mich, von Siurana unterwiesen, mit Leib und Seele in meine Ausbildung. Ficinus hatte mir beigebracht, mich in der Gesellschaft zu bewegen, ohne meine Gefühle zu verleugnen; Siurana lehrte mich, zu lachen und keine Gewissensbisse zu haben; der eine, die Unterschiede zu einer möglichen Art der Weltsicht zu machen; der andere, sie gegeneinander zu wenden. Und mit jedem Tag wurde deutlicher, daß sie keine gegensätzlichen Ziele verfolgten, beide zeichnete die Eleganz in ihrem Streben und das heimliche Vergnügen an erhabenen Dingen aus. Siurana war mein Teufel, der mich mit neuen notwendigen Enttäuschungen versah und mir all das vermittelte, was Ficinus versäumte, der in seinem Vertrauen in meine Bändigung zu großzügig war. Ich erinnere mich, daß mir Siurana eines Tages auf dem Weg zu einer Gerichtsverhandlung den Charakter des mit dem Fall befaßten Richters beschrieb.

»Er ist einer von den Alten, den Korrupten. Mit ihm läßt sich reden, weil er nicht vergessen hat, daß er mit relativen Werten umgeht.« Er sah mich lächelnd an, und ich dachte, ob er etwa aus der Perspektive eines Bestechungsspezialisten zu mir sprach. Er überraschte mich, indem er meine Gedanken erriet: »Es gibt nichts Schlimmeres als unbestechliche Richter, die nie die Möglichkeit des Irrtums zur Diskussion stellen, die vom Standpunkt der absoluten Wahrheit aus und nach dem erhabenen Diktat der Vernunft handeln. Die bestechlichen sind gerechter, sofern sie an dem Fall kein Interesse haben, denn sie werden nicht von der Selbstherrlichkeit eines Erlösers oder von sonstigen hehren Prinzipien geleitet, vielmehr wissen sie, daß sie nur Menschen sind, denen ein Irrtum unterlaufen kann. Die anderen sehen sich als Würgeengel, und du weißt – besser noch als ich –, daß mit solchen Geschöpfen nichts anzufangen ist.«

Ich dachte darüber nach, wie jemand, der sich radikal (in seinen Augen günstig) verändert hatte und Gefahr lief, zum Inquisitor all dessen zu werden, was ihn in das Elend zurückfallen lassen könnte, dem er entkommen ist. Schließlich ist blinder und ängstlicher Radikalismus das Hauptübel der Renegaten. Es ist so schwierig, zu trennen, ohne zu verletzen, zu amputieren, ohne falsch zu sein, zu ändern, ohne sich zu täuschen. Ich würde am Ende dennoch nicht aufhören, ich selbst zu sein. Im zweiten Teil meines Aufstieges in den Olymp stellte ich zunächst fest, daß die Auszeichnungen für die Diebe sind. Solange du nicht erkennst, daß die Reue nichts weiter ist als eine Gemütsverfassung, bist du nicht fähig, dich ihr entgegenzustellen, wenn du begreifst, daß ihr Erscheinen keine weitere Macht über dich hat, als dir Daten zu vermitteln … Das Gute und das Böse hatten ihre Rollen vertauscht, und ich sah mich gezwungen, Waffen und Geräte instand zu setzen. Doch was konnte ich, ein Überläufer aus der Rumpelkammer der Gesellschaft, in einem wunderschön möblierten Zimmer ausrichten? Mit Glück würde ich mich davor bewahren, ein heuchlerischer Moralist zu werden oder als Betrüger von Rang zu enden. Dort, wo ich herkam, bedeutete jede Moral, die nicht eine Moral des Überlebens war, einen Luxus, den sich keiner leisten konnte. Es gab nur zwei unverzeihliche Verbrechen: Vergewaltigung und Verrat, und die Wut und die Selbstjustiz, die sie auslösen, versteht man nicht, wenn man sie nicht erlebt hat. Wenn sie dir nichts anderes gestatten, als dir die Nase am Schaufenster des Süßwarengeschäfts plattzudrücken, dann kommst du nicht einmal auf die Idee, den Feind verstehen oder rechtfertigen zu wollen oder dein eigener Advocatus Diaboli zu sein. Aber dann … welche neuen Empfehlungen wurden mir gegeben? Was konnte man von einer Kaste erwarten, die sich zum Beispiel – öffentlich, denn privat ist es ganz anders – über Werke der bildenden Kunst oder der Literatur empört, die nackte Körper und sinnliche Bewegungen zeigen, sie verurteilt und zensiert, aber ohne die geringsten Skrupel zuläßt, daß ihre Kinder Bilder betrachten, auf denen Menschen erniedrigt und getötet werden? Wie sollte ich dem die Stirn bieten? Was bliebe am Ende von mir übrig? Ficinus hatte mir Flügel geschenkt, damit ich weit fliegen könnte, Siurana lehrte mich verstehen, daß es eine Illusion ist, fliegend den äußersten Rand erreichen zu wollen. Er selber war das Lehrbeispiel: er war ebenso lasterhaft wie weise, so scheinheilig wie großzügig, so ungläubig wie gerecht, ebenso distanziert wie liebenswürdig und mächtig. Die Erinnerung an ihn war stets ein Skalpell angesichts des Zweifels, war Kälte im Triumph, Ironie nach einem Irrtum.

Einige Jahre später zog er sich aufs Land zurück und überließ mir die Kanzlei. Mit der Zeit wurde ich zu einem der wichtigsten Anwälte der Bank Mir. Colom begann zu trinken und sich wie ein Verrückter aufzuführen, doch als ich das Unternehmen schützen wollte, um zumindest die Arbeitsplätze zu sichern, hinderten mich die Geschäftsführer der Bank daran – vermutlich wegen eines Versprechens von Alexis Cros (der kurz zuvor gestorben war) –, und ich mußte es heimlich, mit Lluïsas Wissen tun, deren Beziehungen zu ihren Angestellten offensichtlich kühler waren als zu Lebzeiten ihres Vaters.

In regelmäßigen Abständen erhielt ich Nachricht vom Breitbeinigen, der mir von belanglosen Überfällen berichtete. Der Gedanke daran, welchen Eindruck ich selbst früher gemacht hatte, amüsierte mich, doch das in meinem Freund reproduziert zu sehen, verursachte mir vorübergehend Depressionen, und oft verfluchte ich mich, weil ich nichts dagegen tun konnte. Als er mir einmal Ware verkaufen wollte, war ich versucht, sie ihm abzunehmen, doch ich stellte fest, daß es für mich schon kein Risiko, keine Schuld und keinen Loskauf mehr barg, also lehnte ich ab.

Eines Tages kam er mit einer so verblüffenden Nachricht zu mir, daß ich dachte, alles in allem hätte sich der Einsatz gelohnt. Capella hatte ihm einen ungewöhnlichen Auftrag erteilt: die Kinder von Robert und Lluïsa zu töten.

»Was schlägst du vor?« fragte der Breitbeinige.

»Tu, was du tun mußt, aber gib mir Bescheid, damit ich für ihren Schutz sorgen und den Schein wahren kann, so daß deine Ehre unangetastet bleibt. Capella soll dich im voraus bezahlen, und du garantierst ihm zwei Versuche, sollte der erste scheitern.«

Endlich war alles ordentlich in Bewegung geraten! Nur der Grund war mir nicht klar. Welches Interesse konnte Capella haben, Coloms Kinder umzubringen? Es ist mir gelungen, den Mord zu verhindern. Die Entführung ist eine andere Geschichte, die uns weitere drei oder vier Stunden beschäftigen würde. Wenn ihr wollt, erzähle ich sie euch ein andermal.

Ihr sollt abschließend noch wissen, daß mein Vater (endlich kann ich Patrici Ficinus Vater nennen) von mir ging, als ich ihn am meisten brauchte – paradoxerweise, denn alle glaubten, ich sei mächtig und könne ohne ihn auskommen. Er starb ganz plötzlich, ohne krank gewesen zu sein. Ich werde den Gedanken nicht los, daß er mir, hätte er seinen Tod geahnt, vielleicht ein paar Dinge erklärt hätte, die mir die Verantwortung leichter machen könnten.

Ich unterhielt weiterhin Kontakte zu den gehobenen Kreisen (unter anderem sogar zu Ω), und als die Bank Mir einem Kontrollausschuß unterstellt wurde, gehörten Ω und ich ihm an.

1/0

»Wer war Ω?« fragte Simon, der sich nicht länger zurückhalten konnte, und Ficinus lachte; seine großen Augen jedoch verrieten eine seltsame Traurigkeit.

»Ehrlich gesagt, ich weiß es nicht. Der Kontrollausschuß der Bank ist nie in persona zusammengetreten. Die unterschiedlichen Standpunkte über entscheidende Fragen haben uns über einen auf vier Terminals beschränkten Computer erreicht: ein Terminal für jeden von uns, das vierte diente zur Übermittlung der Ergebnisse der Bankzentrale, zu der nur das Direktorium einmal im Jahr – abgesehen von Notfällen – Zugang hatte. Suárez und ich sind uns mehrmals persönlich begegnet, aber was Ω betrifft, muß ich euch leider enttäuschen, denn er ist für mich bloß eine Ansammlung von Zeichen auf dem Bildschirm.«

»Woher wußtest du, daß er es war und nicht irgend jemand anderes?«

»Es gab sehr komplizierte Identifizierungscodes. Angenommen, jemand hätte einen von uns erledigt und in die Tasten zu hauen begonnen, wäre das von den anderen beiden sofort bemerkt worden. Im übrigen ist die Frage nicht sehr sinnvoll; wie sollte man einen Unbekannten mit einem anderen verwechseln? Obwohl, einmal ...«

»Einmal, was? Was wolltest du sagen?«

»Nichts, es hat keine Bedeutung ... Einmal habe ich geglaubt, in der kybernetischen Sprache von Ω jemanden wiederzuerkennen, mit dem ich früher einmal zu tun hatte ... Wenn ich nicht gewußt hätte, daß Patrici Ficinus tot ist, hätte ich auf dem Bildschirm mühelos seine Sprechweise wiedererkannt.«

»Meint ihr nicht, es wäre Zeit fürs Abendessen?« sagte Gertrudis nach Ficinus' langem Schweigen, das wir alle respektiert hatten.

212

Die letzten Enthüllungen hatten ein ganz besonderes Klima geschaffen, und auf dem Weg zum Eßzimmer schienen alle ihren Gedanken nachzuhängen, außer Gertrudis und Gimellion, die guter Laune waren und über die Abenteuer eines gemeinsamen Bekannten scherzten.

Wir setzten uns zu Tisch; merkwürdigerweise löste die Geschichte der beiden Helden der amerikanischen Revolution die meisten Kommentare aus. Auf ein paar Bemerkungen Emílias, die ich nicht hören konnte, antwortete Randolph Carter mit einer Abhandlung über die Ursprünge der Politik, wobei er Ideen eines Philosophen zitierte, der im vorigen Jahrhundert sehr in Mode war.

»Anfänglich stützte sich die Zivilisation auf die Unterschiede zwischen den Menschen und ihre Anerkennung durch die Mehrheit, mit den hinlänglich bekannten gelegentlichen Ausnahmen. Die Unterschiede konnten verschiedenster Natur sein, doch zwei haben sich kaum verändert: Einer entsprang dem Bewußtsein, ›von hier zu sein‹, im Gegensatz zu dem, ›von dort zu sein‹, der andere dem Gefühl, ›zu diesen zu gehören‹ und nicht ›zu jenen‹. Die Zukunftschancen dieser Gedanken sind – ich weiß nicht, ob zum Glück oder zum Unglück – so gut wie die des Menschengeschlechts. Was das Gefühl betrifft, ›zu diesen und nicht zu jenen zu gehören‹, sind Gründe und Anlaß seines Entstehens sehr verschieden: Die Verbreitung der Ideen, die Verkürzung der Entfernungen, Grenzüberschreitung der Kultur, Zugang zu den Quellen ... Sicherlich war eine ganze Epoche durch die Krise des Revolutionsbegriffes gekennzeichnet und somit durch das Ende der Revolutionen im klassischen Sinn des Wortes. Die Unterschiede zwischen Rodríguez und Herrero belegen das. Das Kollektivbewußtsein, das heißt die Vorstellung, ›zu diesen und nicht zu jenen zu gehören‹ ...«

»Du glaubst, daß das Kollektivbewußtsein darin besteht?« fragte Emília.

Carter antwortete langsam.

»Ich spreche von dem einer Gemeinschaft, nicht von dem universellen, man müßte erst prüfen, ob es wirklich existiert.« Er machte eine Pause, um Wein zu trinken. »Ich weiß nicht, ob das das Kollektivbewußtsein ausmacht, doch eine Gemeinschaft kann unmöglich eines besitzen, wenn das fehlt, und ich weiß nicht – es ist mir auch gleichgültig –, ob das gut oder schlecht ist; katastrophal hingegen finde ich die Folgen. Die Demokratie, die die Fähigkeit zur Wahl anregen müßte, machte diese am Ende lächerlich.«

»Wenn wir Demokratie im ursprünglichen Sinn begreifen ...«, begann ich, doch Carter fiel mir rücksichtslos ins Wort.

»Ich dachte nicht an die Erfindung der Griechen, unter anderem, weil sie das Ergebnis einer Weiterentwicklung der alten matriarchalischen Gesellschaften ist, sondern daran, was man im 18., 19. und 20. Jahrhundert unter Demokratie verstand, ausgehend vom angelsächsischen Empirismus und von der französischen Revolution, damit das klar ist, und da ist Demokratie bereits ein völlig verzerrter Begriff.«

»Dennoch war sie bis vor kurzem immer noch, wie Churchill sagte, die am wenigsten schlechte Regierungsform.«

»Glaubst du?« mischte sich Gertrudis ein. »Der einzige Vorteil der Demokratie gegenüber der Diktatur besteht darin, daß du sagen kannst, was du willst (bis zu einer bestimmten Grenze natürlich), ohne daß es deinen Kopf kostet, doch das Ergebnis ist das gleiche, denn sie hat eine solche kollektive Gleichgültigkeit hervorgebracht, daß jeder den Regierenden die Wahrheit ins Gesicht sagen kann, ohne daß sich dadurch irgend etwas ändert.«

»Das kommt daher«, fuhr Emília fort, »daß die Unterdrückung der Klassen subtilere, weniger nachweisbare Formen angenommen hat. Der zu besiegende Fürst hat sich entpersönlicht und ist schließlich in jeden einzelnen eingedrungen. Die große Tragödie der postindustriellen Gesellschaften ist nicht die soziale Ungerechtigkeit, sondern der Verlust der individuellen Identität. Es wäre vergleichsweise leicht, den Menschen das Kollektivbewußtsein zurückzugeben. Die Demokratie, ob verkümmert oder nicht, hat immer eine entscheidende Rolle gespielt.«

Ich dachte, daß zu unterscheiden sei zwischen dem katastrophalen Identitätsverlust, bedingt durch Konformismus,

Vermassung, Verzicht auf das Denken, und der Aufhebung des Individuums als einem Weg zurück zur universellen Seele, was sowohl die Askese wie die Mystik zum Ziel haben; ich wollte diesen Gedanken zur Sprache bringen, doch Carter kam mir zuvor.

»Klar«, sagte er, »und zwar deshalb, weil die kapitalistischen Systeme sich den Begriff Demokratie angeeignet und ihn verfälscht haben. Betrachtet man die Geschichte: wer hat denn die Wahlen gewonnen? Derjenige, der über mehr Mittel für eine bessere Propaganda verfügte; das Prinzip, daß jeder mit seinen Ideen antreten könne, erwies sich als schamloser Betrug. Wirkliche Alternativen gab es gar nicht; die Parteien traten gegeneinander an, aber gestützt auf ein Abkommen, das gegenseitige Hilfe beinhaltete; sie rechtfertigten sich mit dem Versprechen, die Bevölkerung von Übeln zu befreien, die sie sich selbst ausgedacht hatten, und behaupteten, daß ohne sie das Chaos ausbrechen würde.«

»Heute vormittag«, unterbrach Simon, »hat Emília gesagt, Politiker könnten nur durch die Unfähigkeit anderer Politiker korrupt sein, da eine ihrer Verpflichtungen darin bestehe, den jeweils anderen an der Kandare zu halten.«

»Mögen sie auch unfähig und nachlässig sein, klar ist, daß sie sich gegenseitig decken«, merkte Carter an. »Die Demokratie ist der erste große Ersatz des Handelns durch Schein und Worte. Um die grausame Aufeinanderfolge – Krieg, Revolution, Sturz oder Mord – zu vermeiden, bietet sie dem Individuum die groteske Illusion, daß die Dinge sich ändern und daß sogar der einzelne die Veränderung mitbestimmen könne, wo doch in Wirklichkeit immer die das Sagen hatten, die auch in einer Diktatur oder in einer absolutistischen Monarchie am Ruder gewesen sind. Diejenigen, die am meisten von der Überlegenheit des westlichen Gesellschaftssystems über das sogenannte sozialistische schwärmten, mußten erkennen, daß die Tyrannei des freien Handels, der Kommunikationsmedien und des Marketings der einen genauso verheerend waren wie die Massenverdummung, die Bürokratie und die Repression der anderen; durch Zermürbung oder Abstumpfung lief es auf das gleiche hinaus. Doch die Möglichkeit, die Personen durch

Wahlen auszutauschen, beruhigte die voluntaristischen Gewissen weitaus mehr als ein natürlicher oder politischer Tod und die Erbfolge, die nur allzusehr an den animalischen Ursprung des Machtmechanismus erinnerten.«

»Das Schlimme am Marketing ist«, warf Ficinus ein, »daß es den Politikern die Meinungen in Ziffern übermittelt und dadurch vom ursprünglichen Wesen der Demokratie, in der der Politiker als Philosoph dem Volk seine eigenen Ideen aufgeprägt hatte und so an die Macht kam, weg- und zu einer degenerierten Form hinführt, wo der Politiker als Geschäftsmann erforscht, was das Volk will, und an die Macht gelangt, indem er genau das verspricht. Die Athener im großen Zeitalter des Perikles wären über eine solche Entgleisung empört gewesen.«

»Das hängt davon ab«, sagte Emília, »ob du glaubst, daß die Verwaltung ein öffentlicher Dienst ist, der den Willen des Volkes ausführt, oder eine Gruppe von Fachleuten, denen die Gemeinschaft die Lösung ihrer Probleme zutraut; du bist ein Demagoge oder ein Opportunist, wenn du nicht ehrlich deine Wahl triffst.«

»Ich bin nicht sicher, ob das Volk einen Willen hat«, meinte Carter, »und ebensowenig, ob man es anständig regieren kann, wenn man sich auf den Glauben stützt, daß vom Volk die Souveränität ausgeht, nicht aber die Weisheit.«

»Also«, meinte Emília lachend, »schlechte Zeiten für den aufgeklärten Absolutismus.«

»Unter welcher Voraussetzung ist denn an eine Weiterentwicklung zu denken?« fragte Simon.

»Unter gar keiner. Welchen Sinn sollte eine Weiterentwicklung haben?« sagte Carter. »Die neuen Bürokraten, die aus den gescheiterten Revolutionen hervorgegangen sind, haben die Jungen davon überzeugt, daß es nichts mehr zu erneuern gibt und es überhaupt keinen Sinn hat, sich das auch nur vorzunehmen. Eine ganze Generation wurde durch einen außerordentlichen materiellen Wohlstand korrumpiert, dessen Kehrseite die Abtötung des Geistes war. Sie schienen vergessen zu haben, daß dieser Gedanke periodisch das Bewußtsein der Kulturen in obskurantistischen Epochen befällt, angefangen beim *Ekklesiastes*. Es folgte ein langer, von Neo-Strömungen beherrschter Zeitraum: Neoromantik, Neopsychologismus, kurzum *prêt-à-porter*-Ideologien. Die Figur des Freidenkers hatte schon längst ihren Sinn eingebüßt, da sich die Leute überstürzt von Schulen und Dogmen gelöst hatten. Die Disziplinen mochten zur Wahrheit führen oder nicht, funktionierten mehr oder weniger, sie schufen aber zumindest eine Kohärenz, wie sie bei einem regellosen Nachdenken nur in Ausnahmefällen erreicht wurde. Ergebnis: Das Feld war geräumt für den Zugriff des Staates auf das Individuum; bald sollte keine Polizei mehr nötig sein, denn die Polizei war in jedem einzelnen, wie Emília gesagt hat. Das Volk, durch ein fiktives Wohlbefinden und eine tollgewordene, verweichlichte Führungsschicht abgelenkt, kannte die Systeme und die Formen des Glaubens nicht, das heißt der übertragenen ideologischen Verantwortung, und da es nicht vorbereitet war, entstand eine Leere, die dem Herdentrieb nicht weniger förderlich war als die Doktrinen, so daß man nur noch auf einen katastrophalen Krieg warten konnte, der das Heer von Kadavern, das die Welt bevölkerte, physisch begraben würde.«

»Mir scheint«, bemerkte Ficinus, »das beleuchtet das Problem nur zum Teil. Man kann es dir nicht zum Vorwurf machen, denn es hängt mit dem Privileg zusammen, das du gehabt hast und auf das zu verzichten widersinnig und dumm gewesen wäre. Meine persönliche Erfahrung ist anders. Ich glaube, daß die Katastrophe im industriellen System begründet liegt, das irreversible Phänomene hervorgebracht hat: die Arbeitsteilung, den wachsenden Anteil der Maschinen, die Beschäftigungslosigkeit, die Steuermoral. Es ist genug darüber geredet worden, und ich will nicht näher darauf eingehen. Das Produkt des Wohlstands war paradoxerweise der Hunger, und zu den Parias gehörten nun nicht mehr die Ausgebeuteten, sondern die Arbeitslosen. Und da es keine bessere Welt gab, in die man hätte fliehen können, war mit keinem kollektiven Interesse zu rechnen; es kam zu keinem noch so minimalen sozialen Wechsel. Die Revolutionäre wurden durch Räuber ersetzt.«

Alle schwiegen. Die Fähigkeit, mit den Utopien zu spielen, schien erlahmt zu sein. Gimellion wandte sich mit einem neugierigen Lächeln an Carter.

»Ich weiß nicht, ob ich mir das nur eingebildet habe, aber ich habe eine gewisse Nostalgie herausgehört, als du vom Ende der revolutionären Zeiten sprachst.«

»Was die Revolutionen als solche betrifft, ganz und gar nicht«, antwortete Carter, ohne im geringsten zu zögern; »die einzige Nostalgie, die ich eingestehe, bezieht sich, wie du sagst, auf die revolutionären Zeiten, als es noch irgendein Ziel gab, für das sich eine Revolution lohnte, oder ein System, für das man ein anderes zerstörte. Nun hat sich alles verändert. An die Stelle der Revolution ist die innere, unsichtbare Zerrüttung getreten, an die Stelle des wirklichen Mordes der viel wirksamere, geistige: bequem, nicht strafbar, und was am wichtigsten ist, er schafft keine Helden. Die Plutokratie hat die Karte mit dem Gesetz der geringsten Anstrengung ausgespielt. Jetzt kommen die Zeiten des Herdentriebs, der mangelnden Eleganz, des moralischen Kretinismus und des Ungebildetseins. Sollen sie mir doch einen Grund nennen, warum ich aufbegehren könnte. Es gibt nur einen Gegner, den es zu schlagen gilt, und der ist überall: die Gleichgültigkeit. Gegen ihn läßt sich nichts ausrichten.«

»Und wo bleibt der Konformismus?« fragte Gertrudis. »Er scheint als Folge dieser Haltung unvermeidlich.«

»Nicht weit vom Ansehen derer entfernt, die sich nicht dazu berufen fühlen, der Welt abzuschwören«, gab Carter zurück.

»Und auch nicht dazu, sie zu erlösen, stelle ich mir vor«, schloß Gimellion.

»Es gibt immer einen positiven Aspekt«, sagte Simon. »Mit dem Verschwinden der Sekten, der Glaubensgemeinschaften und der Revolutionen (letzteres vielleicht als Folge der beiden anderen) hörten auch die religiösen oder ideologischen Verfolgungen auf. Der Staat braucht nicht vom Individuum Besitz zu ergreifen; es ist gleichgültig, ob der Staat größer oder kleiner ist. Denk, sag und mach, was du willst, du wirst nie etwas gegen den Staat unternehmen können, nicht einmal, wenn du außerhalb stehst, denn der Determinismus hat sich eingerichtet, das Individuum existiert nicht mehr. Du wirst mit Sicherheit deine Funktion erfüllen. Du bist ein Verbrecher? Wunderbar, die Gesellschaft braucht dich, um Polizei, Richter und Gefängniswärter beizubehalten. Du bist kein minderwertiges Exemplar, du brauchst kein schlechtes Gewissen zu haben, was deine Arbeit betrifft, und dich auch nicht zurückzusehnen nach der Würde des Steuerzahlers und des Verbrauchers. Indem du Banken überfällst und Alte erstichst, gibst du vielen Familien zu essen. Es geht überhaupt nicht darum, die verlorenen Schafe auszurotten, die den Tugenden Sinn verleihen. Wie sonst könnten die Väter der Heimat ihre Waffen rechtfertigen? Und sprechen wir lieber nicht von ihren Reden, denn dann würde ihr letztes Fünkchen Daseinsberechtigung erlöschen.«

»Das scheint mir keine positive Bilanz des Themas zu sein«, merkte Gertrudis an.

»Aber natürlich ist es eine! Wenn das System schließlich einen Verdauungsapparat für alles besitzt, dann, weil es ihm gelungen ist, das unsoziale Handeln von den Ideologien abzutrennen; dadurch werden Kriege unnötig.«

»Ach so?« sagte Gertrudis und entspannte sich. »Und was machen wir hier? Soll uns dieser Krieg etwa als Zeichen der Hoffnung dienen?«

»Gewissermaßen schon«, sagte Carter, begeistert von der Wendung, die das Gespräch nahm. Simon unterbrach ihn.

»Auf keinen Fall; die Evolutionsprozesse der Spezies Mensch verlaufen nicht gleichförmig oder universell, und es kann zum Rückschritt kommen. Die aktuellen Ereignisse erklären sich, wenn wir an die weiten Gebiete der nicht industrialisierten Welt denken. Das Phänomen ist gerade erst aufgetreten und braucht Jahrhunderte, um sich auf die gesamte Menschheit auszudehnen.«

»Falls die Menschheit so viele Jahrhunderte überdauern sollte«, sagte Emília.

»Also hat dieser Krieg einen doppelten Wert«, bemerkte Camila und wandte sich heftig an Simon: »Er bestätigt deine Theorie, und nebenbei liquidiert er – so geschieht es bereits –

die Individuen, die dem Wandel gegenüber zögerlich sind und am wenigsten mit den Kriegsursachen zu tun haben.«

Es entstand ein unbehagliches Schweigen. Carter, Gimellion und Rodin blickten sich verstohlen an. Camila errötete, als wäre ihr klar geworden, daß sie etwas Unpassendes gesagt hatte. Ich wollte bekräftigen, daß es uns wie immer ginge, daß wir wie immer zu Opfern der Erpressung durch die militärische Aristokratie geworden wären, aber ich beschloß zu schweigen. Ohne sich an jemanden persönlich zu richten, bemerkte Gimellion ruhig:

»Eine Tragik der augenblicklichen Situation ist es, daß die Regierenden vielleicht nicht weniger entfremdet waren als das Fußvolk. Sie lebten zwar besser (ich werde nicht so zynisch sein, sie zu bedauern), waren aber völlig hypnotisiert von der Verantwortung, von dem Traum darüber, was sie zu repräsentieren und zu entscheiden glaubten und was schließlich zur Hölle des Traums der anderen geworden ist.«

»Hätte es doch eine für das System verantwortliche Kaste gegeben!« rief Emília leidenschaftlich aus. »Dann hätte ihr eine scharfsichtige Menge den Hals abschneiden können.«

»Um danach ihre Stelle einzunehmen und die Scharfsichtigkeit in Gold zu ersticken«, erwiderte Carter.

»Würde nur ein unmittelbarer Selbstmord die Tat von jeglichem Verdacht freisprechen?« fragte Rodin Carter.

Emília antwortete:

»Ziemlich sicher, aber demnach ist der Motor des Systems die breite Mittelschicht, die mit ihrem Schlund eines Leviathan Regierende und Verbrecher verschlingt.«

Gimellion lächelte.

»Ich glaube, wir haben alle zuviel getrunken heute abend.«

Wir aßen den Nachtisch und gingen zum Kaffee in die erste Bibliothek hinüber. Ich wollte mich zu Gertrudis setzen, doch sie wurde von Carter und Gimellion in Beschlag genommen. Ich drehte mich zu Emília um; sie hatte Simons Aufmerksamkeit auf sich gezogen. Schließlich nahm ich neben Ficinus Platz. Artur Oliver zeigte großes Interesse an dem Exkurs in die Geometrie, den der Freund von Patrici Ficinus unternommen hatte.

»Gewiß, Ferret kam zu einer allgemeinen, abstrakten Formulierung seiner Entdeckung. Mal sehen, ob ich mich daran erinnere.«

Er holte ein Blatt Papier. Oliver sagte unterdessen leise zu mir:

»Ich glaube, ich habe das schon irgendwo gehört.«

Ficinus kam zurück und begann rasch zu rechnen und zu zeichnen. Ich beobachtete ihn ohne besonderes Interesse.

»Schon erledigt«, sagte er und zeigte es Oliver. »Ich weiß, daß er zu Beginn von einem allgemeinen Ausdruck der Parabel $y = x^2 / 4a + a$ für jeden natürlichen Wert von ›a‹ ausging, dann aber zu einem wirksameren Ausdruck kam: $y = x^2/2a + a/2$; gab man ›a‹ natürliche Werte, erhielt man die verschiedenen erzeugenden Parabeln.«

»Wenn, so wie du es erklärt hast«, sagte Oliver, »wirklich alle Parabeln ein und dieselbe sind, entspringen dem einfachsten Ausdruck $y = x^2$ auch sämtliche rechtwinkligen Dreiecke.«

»Man müßte ›a‹ dezimale Werte geben, das allerdings würde den Vorgang sehr komplizieren und eine Regel erforderlich machen, die vorgibt, welche Werte auszuwählen sind. Der von uns erwähnte Ausdruck hat jedoch eine Reihe von Vorteilen: Er berücksichtigt die anfängliche Position der Parabel, was bedeutet, den Ursprung der Überlegung nicht außer acht zu lassen.« Sie standen auf und gingen zu einem Tisch, um weiterzuzeichnen, ich folgte ihnen. »Und er hat auch den Vorteil, daß keine Dezimalstellen in die Werte von ›a‹ eingeführt werden müssen, um schlankere Parabeln zu bilden. Außerdem beschreibt ›a‹ den Abstand zwischen dem Brennpunkt und der Erzeugenden und der unabhängige Terminus a/2 die kleinste Entfernung der Parabel von der Erzeugenden.«

»Das ist doch bei allen Parabeln so«, bemerkte ich, und in dem Augenblick legte mir jemand die Hand auf die Schulter.

»Ich kannte deinen Vater«, sagte Jan Kolinski zu mir, »er war ein hochangesehener Biologe.«

Ich war sehr befremdet, da mein Vater nicht Biologe, sondern Architekt gewesen war. Ich dachte, daß er mich verwechselte, und nannte ihm den vollen Namen. Er blieb dabei.

»Hatten Sie mit ihm persönlich Umgang?«

»Natürlich«, gab er zurück.

Er schien mir gesprächig zu sein, als ich ihn aber nach Einzelheiten fragen wollte, hatte er sich in die Ausführungen von Ficinus vertieft.

»Doch obwohl der Ausdruck $y = x^2/2a + a/2$ praktischer ist, wenn es um die Angabe von Werten geht, ist $y = x^2 + a$ zweckmäßiger, um bestimmte Eigenschaften zu erkennen. Zum Beispiel, wenn $x = y$ ist, entsprechen beide ›2a‹, und ausgehend von Werten x und y, die größer sind als ›2a‹ (und somit die Entfernung zwischen dem Brennpunkt und der Erzeugenden übersteigen), entspricht die Hypotenuse der Summe der zur Achse y parallel verlaufenden Kathete mal ›2a‹, so wie bei Werten, die unter ›2a‹ liegen, die Hypotenuse ›2a‹ minus der zu ›y‹ parallel verlaufenden Kathete ergibt. Wie läßt sich diese Eigenschaft mit dem Ausdruck der Parabel verbinden? Nehmen wir die Formel $y = x^2/4a + a$. Multipliziert man mit ›4a‹, erhält man $4\,ay = x^2 + 4a^2$; übertragen wir ›4ay‹ auf den zweiten Terminus und addieren wir y^2 auf beiden Seiten. Dann erhalten wir $y^2 = x^2 + y^2 + 4a^2 - 4ay$; $y^2 + 4a^2 - 4ay$ ist der vom Binom Newtons $(y - 2a)^2$ weiterentwickelte Ausdruck. Substituierend erhält man $y^2 = x^2 + (y - 2a)^2$, das ist der Lehrsatz des Pythagoras mit der Kathete parallel zur Achse ›y‹, ausgedrückt in Funktion der Hypotenuse und von 2a, wie wir schon vorher sagten.«

»Erzählen Sie mir von meinem Vater«, bat ich Kolinski, doch der hieß mich mit einer freundlichen, aber energischen Geste schweigen, und Ficinus fuhr fort.

»Der abgeleitete Ausdruck, den wir gesehen haben, stammt ebenfalls von einem Binom Newtons, dem $(2a - y)^2$. Das erste entspricht Werten von ›x‹ und ›y‹, die über denen von ›2a‹ liegen, und das zweite niedrigeren Werten. Ferret gelang es zu beweisen, daß, je größer der Wert von ›a‹ war, desto mehr Dreiecke sich in ganzen Zahlen für die Werte ›x‹ und ›y‹ ergaben, die niedriger als ›2a‹ waren. Und mit einem einfachen und eleganten Gedanken, für dessen Ausführung mir leider kein Papier mehr bleibt, wies er nach, daß durch einen Infinitesimalwert von ›a‹ sämtliche rechtwinkligen Dreiecke über den Wert von ›2a‹ hinausgehen, daß sich aber, so groß der Wert von ›2a‹ auch sein mag (solange er nicht gleich unendlich ist, natürlich, denn dann wäre die Parabel nicht darstellbar), immer zumindest ein rechtwinkliges Dreieck ergibt, das sich nicht in Werten der Varianten unterhalb von ›2a‹, sondern in einem höheren Wert definiert.«

»In Wahrheit«, schaltete sich Gimellion ein, »hat dein Freund gar nichts entdeckt. Es ist das klassische diophantische Problem des Pythagoreischen Lehrsatzes.«

»Klar«, sagte Ficinus. »Um alle ganzzahligen rechtwinkligen Dreiecke abzuleiten, genügt es, die Katheten und die Hypotenuse des rechtwinkligen Dreiecks mit ›x‹, ›y‹ und ›z‹ zu benennen, so daß sich $x^2 + y^2 = z^2$ ergibt, und angenommen $x = a^2 - b^2$, $y = 2ab$, $z = a^2 + b^2$, werden ›a‹ und ›b‹ ganzzahlige, positive Werte zugeordnet, die eine Reihe festgelegter Bedingungen vereinen. Ferret wollte das Ganze außerdem grafisch darstellen, ihm eine schöne, anschauliche, also künstlerische Form verleihen.«

Ich wartete darauf, daß Kolinski aufblickte, um ihn anzusprechen, doch noch vor Ende der Unterhaltung kam Emília, um mir Fotos von einer Reise zu zeigen, die sie vergangenen Sommer zusammen mit einer Freundin unternommen hatte. Es waren viele Aufnahmen; ich ließ Kolinski nicht aus den Augen; nach einer Weile stand er auf, wünschte allen eine gute Nacht und ging. Ich wollte ihm folgen, doch Simon schilderte mir gerade begeistert die Ausmaße der Explosion auf Thera und den möglichen Widerhall in den griechischen Mythen. Kolinski war mir entwischt, und ich nahm mir vor, ihn bei nächster Gelegenheit auszufragen.

Ich machte mich auf den Weg zu meinem Zimmer und dachte an das absurde Gespräch. Was hatte der Pole damit sagen wollen, daß mein Vater ein angesehener Biologe war? Danach war er mir offensichtlich ausgewichen, das Interesse für die Geometrie war eine Ausflucht gewesen. Doch warum? Weil er seinen Irrtum bemerkt hatte? Aber weshalb sprach er dann so leichtfertig? Mit wem hatte er mich verwechselt? Ich beschloß, dem Ganzen keine Bedeutung weiter beizumessen.

Es gab keine dunklen Bereiche in meiner Vergangenheit, wohl aber schlecht beleuchtete. Ich hatte immer in einem Matriarchat gelebt; selbst als ich kein Jugendlicher mehr war, allein lebte und mein eigenes Geld verdiente, waren alle Fragen nach meinem Ursprung untrennbar verbunden mit meiner Mutter. Es war demnach nicht seltsam, daß ich nach der Gestalt meines Vaters suchte. Allerdings störte mich, daß andere besser als ich über meine Angelegenheiten Bescheid wußten. Ich kam mir lächerlich vor und hatte – was noch schlimmer ist – den unvermeidlichen Eindruck, daß ihnen das Macht über mich geben könnte.

Ich streckte mich auf dem Bett aus, ohne mich auszuziehen oder die Tür abzuschließen, und versuchte ein wenig Ordnung in die Dinge zu bringen, die ich den ganzen Tag über gehört hatte. Ich begann zu verstehen, warum alle so darauf erpicht waren, über die Bank Mir zu reden; fast jeder war auf die eine oder andere Weise mit ihr verbunden. Rodin und Ficinus spielten in ihr eine maßgebliche Rolle, Gertrudis hatte Freunde dort. In welcher Beziehung standen Carter und Kolinski zu ihr? Gimellion war ein Jugendfreund von Uriach und schien somit indirekt in Kontakt mit dem Mir-Clan zu stehen. Freilich ging er mit allen so um, als würde er sie schon ein Leben lang kennen. Und Simon, warum war er in solchem Maß daran interessiert? Einerseits fand ich es absurd, in dieser Abgeschiedenheit zu verweilen; was erwarteten wir? Nichts, wir lenkten uns nur von einem aussichtslosen Krieg ab. Zum anderen aber vermutete ich hinter der Organisation den Schlüssel zu vielen Rätseln. Man durfte sich nicht das Geringste entgehen lassen.

Ich hörte Schritte auf dem Gang und stand auf. Es war Gertrudis. Ich fragte sie, ob sie schon schlafen ginge oder noch Lust hätte, ein wenig mit mir zu reden; sie sagte, daß sie sehr müde sei. Die Hoffnung auf eine zärtliche Annäherung schwand. Als ich zum Bett zurückkehrte, befiel mich eine sonderbare Schwermut. Was gibt es Traurigeres – und zugleich Anregenderes –, als das Wunder zum Greifen nahe zu haben und zu wissen, daß du es nicht erreichen kannst?

Phrixos der Kluge floh weiterhin auf dem Rücken des Widders. Er blickte sich besorgt um; vielleicht war seine Schwester Helle soeben ins Meer gestürzt; er konnte nicht innehalten, wohl aber ihr ein Andenken in der Erinnerung widmen. Das sollte auch ich für die tun, die nicht überleben würden. Ich hatte keinen heiligen Widder zu opfern; ich konnte nur Verzweiflung und Melancholie anbieten, die mich in Gegenwart der unvergleichlichen Gertrudis verzehrten.

Dritter Tag

Am nächsten Tag erwachte ich früh und gutgelaunt. Ich zog mich rasch an und ging ins Eßzimmer; dort tranken Carter, Gertrudis, Oliver und Ficinus Kaffee. Ich glaubte lange Gesichter zu sehen, doch ich wagte nicht, nach dem Grund zu fragen.

»Wo sind die anderen?«

»Rodin mußte fort«, sagte Gertrudis leise zu mir, »und die anderen haben zu tun.«

Gimellion kam herein, wie immer lächelnd.

»Ich habe eine Nachricht, die unsere Stimmung heben wird. Casanova ist wohlauf, er konnte Barcelona verlassen und wird bald hier sein.«

Alle standen auf, und ich blieb allein mit meinem Frühstück. Mein morgendliches Hochgefühl drohte in Schwermut umzuschlagen. Ich begab mich in den Angrenzenden Garten. Die Sonne war noch nicht bis hierher gekommen; der Tag war klar und sehr kalt, doch angenehm.

Nach einer halben Stunde hörte ich Lärm am Eingang und ging hin. Es war jemand angekommen; Simon und ich trafen vor dem überdachten Innenhof zusammen.

Ein außerordentlich korpulenter Mann entstieg dem soeben geparkten Auto, ihm folgte eine Frau, die dem Personal ständig Anweisungen gab, was mit dem Gepäck zu geschehen hätte. Simon und ich hielten uns beobachtend zurück; das Paar sah nordisch aus; sie stiegen die Treppe hinauf, und wir gingen alle zusammen in die erste Bibliothek. Der Neuankömmling war Carter gegenüber respektvoll, Gimellion gegenüber schüchtern, Ficinus und Gertrudis gegenüber sehr herzlich; Kolinski kannte er nicht. Gimellion stellte ihn uns vor: Es war Frederic Casanova, ein zweifellos vitaler Mensch. Nachdem er mir ein Lächeln geschenkt hatte, in dem ich eine kindliche Neugier zu ahnen glaubte, drückte er mir so kräftig die Hand, daß ich diesen Händedruck nicht so leicht vergessen werde. Er machte uns mit seiner Frau bekannt; Teresa Mauret war blond, hatte sehr große blaue Augen, ein bezauberndes Lächeln und eine sehr mütterliche, ruhige Ausstrahlung; sie begrüßte Gertrudis mit einem Kuß auf den Mund, was mich aus unerfindlichen Gründen auf schmerzhaft stechende Weise erregte; es war weder ein zur Schau gestellter oder inniger noch ein geheuchelter Kuß: kurz und klar, selbstverständlich und zärtlich wie ein Kuß, den eine Mutter ihrer Tochter auf die Wange drückt. Dieses Detail verlor sich inmitten der übrigen Begrüßungen, die bei jung und alt ähnlich ausfielen. (Casanova und Teresa mußten gleich alt sein, noch keine vierzig.)

Er war wirklich ein Riese; ich sah ihn mir genau an, als er aus seinem Zimmer zurückkehrte und wir ihnen bei einem kleinen Imbiß Gesellschaft leisteten: Er war einen halben Kopf größer als die Anwesenden, hatte einen breiten Stiernacken, war braunhäutig und hatte halblanges, gewelltes blondes Haar; er trug einen gestutzten, rötlichen Bart; seine Stimme glich einem Donner und übertönte alle anderen.

Trotz seines Äußeren war er ein freundlicher und gar nicht bedrohlich wirkender Mensch, doch war es nicht leicht, in ihm den jungen, an einer Nervenkrise leidenden Mann, als den ihn Gertrudis geschildert hatte, zu erkennen. Zum zweitenmal schon passierte es mir, daß ich von jemandem erzählen hörte und dann schockiert war, wenn ich ihn zu Gesicht bekam, weil seine Erscheinung mit meinem vorgefaßten Bild überhaupt nicht übereinstimmte. Ficinus hatte ich mir als aufbrausenden Rohling mit ausweichendem Blick vorgestellt und traf auf einen der feinsten Menschen, denen ich je begegnet war. Casanova hatte in meiner Phantasie schmächtig und kränklich ausgesehen, doch in Wirklichkeit war er ein stimmgewaltiger, temperamentvoller Athlet. Alle fragten ihn nach dem Stand der Dinge, doch seinen Antworten zufolge hatte sich die Lage nicht wesentlich verändert, und während der nächsten achtundvierzig Stunden war auch nicht damit zu rechnen. Dann entschuldigten sich er und Teresa und zogen sich zurück, um bis zum Mittagessen auszuruhen. Schwarze Wolken waren aufgezogen, und da somit ein Spaziergang kaum möglich war, begaben wir uns, die wir nichts zu tun hatten, in den Avalon.

Gimellion, Ficinus und Kolinski widmeten sich ihren Computern, durch die sie mit der Außenwelt in Kontakt traten, und man sagte uns, daß sie später kommen würden. Wir setzten uns um niedrige Tische, auf denen duftende Weine, Erfrischungsgetränke, Kekse und Süßigkeiten bereitstanden. Carter und Oliver waren in eine Diskussion vertieft, die schon lange vorher begonnen haben mußte.

»Ausdruck tiefster Verzweiflung und Panik ist die Einsamkeit«, sagte Carter, »und am tragischsten ist die Einsamkeit dessen, der auf dem Gipfel der Macht steht. Er ist für immer allein und dem Schwindelgefühl ausgesetzt; er wird nie mit jemandem etwas teilen können, nichts und niemand wird ihm je Hilfe oder Trost bieten: von Zweifel, Ruhe und Vertrauen ausgestoßen, dazu verdammt, sich in seiner Position nicht die geringste Schwäche einzugestehen, verdammt, mit einem Wort, zur Auslöschung durch moralische Entkräftung. Denn da er nur zwischen Dingen wählen kann, die von einer höheren Stelle bestimmt werden, hätte er keine Entscheidungsfähigkeit, und falls doch, wäre ihm klar, daß er nicht wirklich das höchste Wesen ist. Deshalb sind alle monotheistischen Religionen viel tragischer und von schrecklicheren Gottheiten beherrscht als die anderen.«

»Ich finde diese Haltung unglaublich zynisch. Sie erinnert mich an die bürgerlichen Intellektuellen, die verkündeten, daß du zum Glücklichsein kein Geld brauchst.« Auf einigen Gesichtern war ein ›Nicht schon wieder!‹ zu lesen, doch Artur fuhr unbeirrt fort: »Wie ist das möglich, wo doch Menschen verhungern? Was macht ein Mann ohne Job, aber mit Verpflichtungen, wenn er so etwas hört? Wir können die Leute nicht an der Nase herumführen; Geld ist notwendig, stört nicht und macht nicht schmutzig, es sei denn in Händen eines Dummkopfes. So ist es auch mit der Macht, die doch nicht zu Traurigkeit oder Verzweiflung führt: Wenn wir so etwas behaupten (immer von wirtschaftlich starken oder einflußreichen Positionen aus), versuchen wir im Grunde, bewußt oder nicht, die Mehrheit der Menschen von unseren Privilegien fernzuhalten; wir begünstigen das Fortbestehen der sozialen Ungerechtigkeit. Um sagen zu können, daß Geld nicht notwendig ist, ist es notwendig, Geld zu haben. Danach stellt sich heraus, daß der Weg zum Glück über den materiellen Verzicht, die Askese führt? Wunderbar, aber das soll aus freien Stücken geschehen, von einem Ausgangspunkt, der für alle gleich ist; alles andere ist leichtfertig oder zynisch.«

»Dennoch habe ich den einen oder anderen Fall erlebt, wo die Macht die Mächtigen in fürchterliche Zwangslagen gebracht hat«, sagte Carter mit einem bitteren Lächeln und fügte hinzu: »Wenn ihr wollt, erzähle ich euch eine Geschichte, die euch zum Nachdenken anregen wird.«

Alle waren einverstanden, und der Kreis der Stühle rückte in Richtung Carter, der sich mit seiner Rede vor allem an Artur wandte.

0/1

Geschichte des Botschafters Goldoni

Unter den Menschen, die in den letzten zehn Jahren die Fäden der Geschichte bewegt haben, verstanden nur wenige mit der Diskretion und dem Feingefühl Albert Goldonis, des Botschafters in Paris, zu handeln. Einige, wie Suárez, haben sich in ihre Rolle gefügt und sich in ihrer Eigenschaft als Staatsmann einen Panzer zugelegt, doch sie hatten immer eine unklare Identität, und ihr Auftreten hat Unsicherheit, oft auch Panik in diplomatischen und politischen Kreisen hervorgerufen. Andere, wie Ω, von dem hier ebenfalls schon die Rede gewesen ist, waren so geschickt, sich hinter einer falschen Identität zu verbergen; und obwohl die Erwähnung Ωs für viel mehr Schrecken sorgt als die von Suárez, kann der Mensch, der Ω ist, spazierengehen, wo immer er will, ohne jemanden in Unruhe zu versetzen. Ωs Methoden waren viel raffinierter als die der anderen, und die Ergebnisse brillanter, aber er ist in gewisser Weise immer Sklave seiner mehrfachen Identität. Goldoni verstand es, beider Verhaltensweisen zu vermeiden. Ihr habt bestimmt schon von der goldonischen Ethik der Intervention gehört. Sie besteht, kurz gefaßt, darin, die Dinge auf eine so indirekte Weise und mittels so gut verborgener Kausalzusammenhänge zu tun, daß die Verwicklung des Chefs nicht nur nicht nachweisbar ist, sondern daß er sich selbst tatsächlich als außenstehend betrachten kann.

Goldoni hat dieses systematische Vorgehen (mehr als ein Vorgehen war es eine Haltung) nach einer furchtbaren Erfahrung entwickelt; von da an ließ er sich nie mehr aus den vordersten Reihen abdrängen.

In jener Zeit (vor etwa fünfundzwanzig Jahren) hatte sich die Blockpolitik von jeglicher Doktrin gelöst. Einschleusungen interessierten nun nicht mehr die Militärs oder die politischen Spione, sondern die Wirtschaftsexperten und im weiteren Sinne die Wissenschaftler. Paris war, als Goldoni dorthin kam, ein Schachbrett, auf dem man sich eine verwickelte Schlacht lieferte: Nordamerikaner und Europäer (eine Sache, in der Goldoni anfangs engagiert war), Sowjets und Araber, die in eine Vernunftehe gezwungen worden waren, welche die mittelalterlichen Höfe in den Schatten gestellt hätte, und schließlich Chinesen und Japaner, die frei von unmittelbaren Verpflichtungen waren. Goldoni setzte Mitarbeiter an die strategischen Punkte und knüpfte die Kontakte. Ich brauche euch nicht zu sagen, daß er ein mächtiger Mann im Interinstitutionellen Institut war.

Für zwei der Personen, die für ihn arbeiteten, empfand er eine besondere Zuneigung: Francis Henry und Giulio Monardi. Henry hatte er in England kennengelernt, als der sein Studium der griechischen Philologie abschloß und Goldoni Gastprofessor in Oxford war. Danach waren sie sich immer häufiger bei den verschiedensten Gelegenheiten begegnet; schließlich bot ihm Goldoni, mittlerweile Botschafter geworden, an, in seinem Team mitzuarbeiten; Henry galt als sein geistiger Erbe. Monardi war der Sohn von Goldonis bestem Jugendfreund, der sehr jung, unter merkwürdigen Um-

ständen gestorben war; Goldoni hatte den Jungen in seine
Obhut genommen. Monardi war damals zwei oder drei Jahre
alt gewesen; in gewisser Weise war Goldoni, wenn auch nicht
formell (sicherlich aus Respekt vor dem Namen des Freundes), sein Adoptivvater. Böse Zungen behaupteten, Goldoni
trüge irgendwie Verantwortung an Monardis Tod und bezahlte, indem er sich um den Sohn kümmerte, eine Blutschuld. Jedenfalls war Giulio ganz und gar glücklich an der
Seite des Botschafters, und ihr Umgang zeigte keine Spur
von Reserviertheit, zumindest nicht in Anwesenheit von
Dritten.

Die Beziehungen zwischen Henry und Monardi lassen sich
als brüderlich bezeichnen. Henry war etwas älter und besaß
zweifellos mehr Talent, doch die Art, wie sie sich gegenseitig
halfen, wie dankbar Giulio den Rat des anderen annahm, war
ebenso vorbildlich wie das Feingefühl und die Großzügigkeit, mit denen sie die Zuneigung Goldonis und seinen Einfluß miteinander teilten.

Als Goldoni und die Seinen zu Herren über die europäische Diplomatie geworden waren, übersiedelte ich aus beruflichen Gründen nach Paris und nahm über die Abteilung
für wissenschaftliche und kulturelle Zusammenarbeit Kontakt zu sämtlichen Delegationen auf, insbesondere zu der
von Goldoni geleiteten. Ich befreundete mich mit Henry
(wir waren gleich alt) und pflegte auch mit Monardi einen
ausgezeichneten freundschaftlichen Umgang, obwohl er mir
zweiflerischer und weniger klar in seinen Gedanken zu sein
schien. Der Botschafter selbst brachte mir Zuneigung entgegen, so daß wir uns bald regelmäßig außerhalb der Arbeit
trafen.

Rasch entdeckte ich mit einem nicht ganz lustfreien Schaudern die Dornen, die die Rosen der High-Society schmückten. Die Spionage im Bereich der Forschung und der Industrie war in höchstem Maße ausgeklügelt, die Skrupellosigkeit
hingegen, mit der ein lästiger Gegenspieler oder ein Verräter
beseitigt wurde, war kein bißchen geringer geworden. Beinahe ohne es zu bemerken, fand ich mich inmitten dieses so
anregenden wie gefährlichen Tanzes wieder, aus dem es kaum

ein Entrinnen gibt, sobald gewisse Verpflichtungen eingegangen worden sind. Innerhalb des Spiels – das muß man anerkennen – war Goldoni der König; seine meisterhafte, wirksame Leitung fand in Henry und Monardi ihre tadellose Umsetzung. Ich gewann bei zwei oder drei Unternehmungen ihr Vertrauen: einmal, als wir gemeinsam eine Menge Material für die Araber auftreiben konnten, ein andermal, als wir mit landwirtschaftlichen Plänen den Chinesen zuvorkamen; vielleicht hat es noch anderes gegeben, an das ich mich aber nicht mehr erinnere. Ich genoß dadurch nicht nur ihre Anerkennung – was unsere Freundschaft festigte –, sondern ich konnte auch sehen, wie sie arbeiteten, und sie besser kennenlernen. Henry war teuflisch genau und intelligent, und seine Fähigkeit, zu improvisieren, wurde ergänzt durch Goldonis perfekte Planung. Monardi war zu impulsiv und hatte einen Fehler, der in diesem Arbeitsbereich tödlich sein kann: die Indiskretion.

Kurz nachdem ich Beziehungen zu den diplomatischen Kreisen geknüpft hatte, nahm das Institut eine breitangelegte Geheimdienstaktion in Angriff, in der Goldoni eine Schlüsselrolle spielte. Ich möchte euch nicht mit Einzelheiten langweilen, zumal ich mir nicht zutraue, in wenigen Worten einen Schachzug zu schildern, der mehrere tausend Seiten Akten füllte; es sei nur festgehalten, daß vom Erfolg dieser Aktion die Vorrangstellung des westlichen Blocks gegenüber Arabern, Sowjets und Orientalen im Handel mit Treibstoffen und Mineralien für die folgenden Jahrzehnte abhing.

Henry, Monardi und ich gingen unverzüglich an die Arbeit. Ich mußte in die Vereinigten Staaten reisen und lernte den Präsidenten der Weltbank, Harrison Norfolk, kennen, der sich ganz besonders für diese Operation interessierte. Er stellte mir Persönlichkeiten aus der angehenden, aber bereits korrupten nordamerikanischen Aristokratie vor, von denen noch die Rede sein wird. Norfolk hatte eine reizende Tochter, jünger als ich, die sich anbot, mich zu Vergnügungen mitzunehmen. Durch Elisabeth Norfolk lernte ich weniger mächtige, aber flexiblere Leute kennen. Dort erfuhr ich übrigens Genaues über die merkwürdige Arbeitsweise der Bank Mir, die ich bis dahin nur dem Namen nach gekannt hatte.

Nach zwei oder drei Aufenthalten in New York zählte mich auch Norfolk zu seinen zuverlässigsten Mitarbeitern.

Alles verlief mit den für derlei Situationen üblichen, von Anfang an absehbaren Behinderungen und Schrecken. Meine Reisen nach Amerika hörten auf, und auf Anweisung Goldonis konzentrierte ich meine Tätigkeit auf Paris. Wir traten in die zweite Phase des Plans.

Eines Tages trafen wir uns mit den Leuten vom DSGE, dem französischen Geheimdienst. Francis Henry fungierte als Goldonis Sprecher, Monardi und ich waren mit der Überwachung bestimmter Aspekte der Angelegenheit betraut. Monardi machte einen seltsamen Eindruck auf mich. Er wirkte unruhig, manchmal zerstreut; zweimal mußten sie eine an ihn gestellte Frage wiederholen. Abends waren wir fertig, und ich schlug den beiden vor, in ein gutes Restaurant zu gehen. Henry entschuldigte sich, da er anderweitig verabredet war, Monardi und ich begaben uns in eines der üblichen Lokale.

Fast während des ganzen Essens erzählte mir Monardi, was in der letzten Zeit in Paris losgewesen war, und ich berichtete von meinem Amerikaaufenthalt. Es wurde immer später, die Weinflaschen leerten sich, und allmählich festigte sich in mir der Verdacht (den ich schon bei der Besprechung gehabt hatte), daß Monardi etwas sagen wollte, das er nicht auszusprechen wagte, und deshalb so nervös war. Er brauchte einen Anstoß; ich lud ihn zu mir nach Hause ein und holte eine Flasche Cognac. Monardi war sehr trinkfest, er vertrug den Alkohol wie ein Kosake; leider mußte ich mithalten und war schon fast soweit, ihm meine Sorgen zu erzählen, bevor er mit seinen herausrückte.

»Francis arbeitet für die Araber«, sagte er unvermittelt.

»Was redest du da?« erwiderte ich lachend.

Er machte Augen wie ein abgestochenes Kalb, tieftraurig, aber ruhiger als einen Moment zuvor, und begann wie ein Besessener zu reden.

»Es besteht kein Zweifel, ich habe alle Beweise, er trifft sich heimlich mit Agenten der UEI; ich besitze Fotos, ich weiß bestimmt, daß Unterlagen verschwunden sind; er hat mich belogen, als ich ihn fragte, wo er in der Zeit der Kontaktnahme war.«

»Wie bist du dahintergekommen?«

»Durch Zufall. Ich kam drei Stunden früher, als gedacht, aus dem Ministerium, da eine Besprechung nicht stattgefunden hatte, und sah ihn in einem Café im Zentrum mit zwei arabischen Agenten. Von da an bin ich ihm gefolgt, sie treffen sich einmal pro Woche. Ich kann dir Fotos zeigen. Wenn du mir nicht glaubst, kannst du mich nächste Woche begleiten und dich selbst überzeugen.«

Ich war schlagartig nüchtern.

»Das kann ich einfach nicht glauben.« Allein die absurde Tatsache, daß er ihn ausgerechnet in einem Café im Zentrum überrascht hatte, sprach gegen die Glaubwürdigkeit. »Wenn das stimmt, ist die ganze Operation gefährdet.«

Monardi setzte sich abrupt auf den Rand des Lehnstuhls und streckte mir ungestüm die Arme entgegen.

»Darauf kommt es doch nicht an! Was machen wir mit der Zusatzklausel?«

Die Zusatzklausel (Artikel 5, Paragraph 2 der Geschäftsordnung) sagte aus, daß ein Agent die Pflicht hat, einen anderen gleichen Ranges zu beseitigen, sobald er erfährt, daß dieser Verbindung mit dem Feind aufgenommen hat.

Monardi und ich sahen uns mit geröteten Augen an.

»Du denkst doch nicht etwa daran, Francis zu beseitigen?« fragte ich ihn.

»Ich habe keine andere Wahl. Wo bliebe sonst unsere Berufsethik? Wenn ich es nicht mache, kann ich mich genausogut an die Araber oder sonstwen verkaufen.«

»Aber Francis ist doch so etwas wie ein großer Bruder für dich.«

»Gewesen!« rief er aus und bekam einen roten Kopf.

Ich versuchte, mich in seine Lage zu versetzen, was schwierig war, aber ich konnte mich auch nicht ganz heraushalten.

»Hast du es Goldoni gesagt?«

»Natürlich. Aber Goldoni will nichts davon wissen; er meinte nur, er glaube es nicht, doch wenn ich Beweise hätte,

234

müßte ich entsprechend handeln und sie ihm natürlich vorlegen.«

»Warum unterzieht sich Francis nicht einem internen Verfahren, damit würden wir die Katastrophe vermeiden.«

»Daran habe ich schon gedacht. Doch Goldoni hält nichts davon; eine nachgiebige Haltung würde andere dazu verleiten, dasselbe zu tun; die Araber würden den Eindruck gewinnen, daß wir nicht imstande sind, unsere Angelegenheiten zu regeln.«

Plötzlich wurde mir die tragische Seite einer Arbeit bewußt, für die ich mich aus freien Stücken entschieden hatte. Nicht, daß ich bis zu diesem Zeitpunkt naiverweise gedacht hätte, solche Dinge kämen nicht vor. Es ist wie mit dem Tod, du weißt, daß es ihn gibt, doch begreifst du ihn nicht, solange er dich nicht wirklich betrifft. Ich ließ Monardi ziehen – beide waren wir zutiefst deprimiert – und trank den restlichen Cognac aus, in dem sinnlosen Versuch, meine schwarzen Gedanken zu vergessen. Henry war von uns allen der Intelligenteste, Attraktivste und Brillanteste. Er schien dazu bestimmt, nicht nur Goldoni zu ersetzen, sondern einer der Mächtigsten unserer Generation zu werden. Ich konnte mir nicht vorstellen, daß er ein Verräter war.

Ich machte ganz persönlich eine schwierige Phase durch; die Aufschübe, die nur teilweise befriedigenden Ergebnisse (die fast einem Scheitern gleichkamen), die zunichte gemachten Erwartungen waren an der Tagesordnung, und nun tauchte auch noch die Sache mit Henry und Monardi auf. Als Junge hatte ich ein mentales Werkzeug entwickelt, das darin bestand, die Mechanismen und Parameter des Geistes zu personifizieren und die tatsächlichen Konflikte meines Lebens auf eine Ebene politischer oder historischer Fragestellungen zu heben, die den Figuren meiner fiktiven Innenwelt angehörten. Wenn alles gut ging, konnte die submentale Welt verschwinden, doch wenn Probleme auftauchten, übertrug ich sie auf die Protagonisten meiner Innenwelt, und sie waren es dann, die kämpften, die besiegt wurden, die verheerende Folgen zu tragen hatten, ihretwegen galt es zu leiden; so reagierte ich die Katastrophe nach außen ab und objektivierte sie, nicht nur um das von ihr verursachte Leid abzuschwächen, sondern auch, um eine Lösung zu finden.

Seit meiner Rückkehr hatte ich Goldoni nur einmal gesehen, und das bei einer der üblichen Besprechungen im Beisein anderer Leute. Unter dem Vorwand, ihm etwas persönlichere Eindrücke meines Amerikaaufenthalts schildern zu wollen, ging ich vier Tage nach meinem Gespräch mit Giulio zu ihm. Ich gab mich locker und unbeschwert, doch Goldoni war gerieben und roch sofort Lunte.

»Du hast mit Monardi gesprochen, nicht wahr?«

Er wirkte alt, bekümmert, gebrochen. Ich hatte Mitleid mit ihm, doch die Wut über die um Henry entstandene Situation war viel größer. Ich konnte es, trotz der Argumente Monardis, immer weniger glauben und beschloß, beide zu retten: den einen davor, Opfer eines Unsinns zu werden, den anderen davor, diesen Unsinn zu begehen.

»Monardi behauptet, Beweise zu haben, aber mir scheint etwas faul zu sein.«

Goldoni sah mich tief enttäuscht und forschend an.

»Dein Eindruck ist richtig. Setz dich und hör mir gut zu.« Er wies die Sekretärin über die Sprechanlage an, ihn nicht zu stören. »Als du nach Amerika fuhrst, schleuste sich Francis auf meinen Befehl in den Geheimdienst der Vereinigten Islamischen Staaten ein. Seine Aufgabe bestand darin, ihnen Informationen zu verkaufen; natürlich wollten wir sie auf diese Weise in unserem Sinne steuern. Doch vom Erfolg angestachelt, sind wir zu weit gegangen. Durch einen anderen eingeschleusten Spion haben wir erfahren, daß Araber und Sowjets vermuten, Henry sei ein Doppelagent. Außerdem hat Monardi ein zu loses Mundwerk, und so kam ihnen schließlich sein Verdacht zu Ohren. Sie sind ihm sogar gefolgt; sie wissen, daß er Henry auf die Spur gekommen ist und warten auf die Anwendung der Zusatzklausel, die ihnen – wie sie glauben – die Lösung des Rätsels bescheren wird: Wenn Giulio Francis umbringt, werden sie die von ihm übermittelte Information als vertrauenswürdig betrachten; wenn er ihn nicht umbringt, ist für sie klar, daß er ein falscher Gegenspion ist, sein Leben ist dann keinen Groschen wert. Und nun kommen wir zum heikelsten Punkt: Die Information, die Francis den Arabern gegeben hat, soll sie zu einer Reihe von Transaktionen veranlassen, die für uns äußerst wichtig sind, da sie den Markt von einigen überholten Produkten befreien würden, während gleichzeitig ihrer Kaufkraft beträchtlich geschadet würde. Sie warten ab, was zwischen Giulio und Francis passiert, bevor sie etwas unternehmen; wenn Giulio Francis nicht umbringt, ist das für sie der Beweis, daß die Unterlagen falsch waren, und sie werden von den Transaktionen absehen; damit wäre das Vorhaben gescheitert.«

»Aber«, wandte ich mit wachsender Beklemmung ein, »könnten sie nicht auf den Gedanken kommen, daß für uns Henrys Tod nichts bedeutet, weil wir ihn einkalkuliert hätten, um ihren Überlegungen vorzugreifen?«

»Nein, denn sie haben keinerlei Indiz dafür, daß wir im Bilde sind; bis jetzt ist unser Vertrauensmann gut getarnt. Nein, mein Freund, ich befürchte, wenn wir fünf Jahre Arbeit und weitere zehn oder zwanzig Jahre wirtschaftlicher und militärischer Vorherrschaft retten wollen, bleibt uns keine andere Wahl, als Monardi nach seinem Gewissen handeln zu lassen.«

»Und wenn Giulio entscheidet, daß Henrys Leben Vorrang hat?«

»Das wäre eine abwegige Möglichkeit, die uns zudem in ernste Schwierigkeiten bringen würde. Dann müßten wir wahrscheinlich jemand anderes beauftragen, es an seiner Stelle zu tun.«

Mir wurde furchtbar übel. Ich kam auf den Gedanken, Goldoni könnte alles von Anfang an eingefädelt haben, um sämtliche Zweifel unserer Gegner zu zerstreuen.

»Es ist doch Ihre Idee gewesen, oder etwa nicht? Sie haben dafür gesorgt, daß Giulio den angeblichen Verrat von Francis aufdeckt.«

Goldoni sprang auf und packte mich am Arm.

»Nein, das schwöre ich dir, ich schwöre es dir«, stieß er hervor; sein Griff tat mir weh, und ihm traten Tränen in die Augen.

Ein derartiger Gefühlsausbruch ließ mich beinahe meine Zurückhaltung aufgeben. Zog Goldoni nur eine Nummer ab, oder war er tatsächlich fertig?

»Vielleicht haben Sie sich nie eine derartige Lösung vorgestellt, aber sie paßt in Ihre Pläne. Oder irre ich mich? Ich gehe davon aus, daß Sie mit etwas Ähnlichem gerechnet haben, oder etwa nicht? Sie sehen doch immer alles voraus.«

Ich wollte gnadenlos vorgehen, um diesen schrecklichen Verdacht zu zerstreuen, selbst wenn ich Gefahr liefe, von Goldoni vor die Tür gesetzt zu werden.

»Francis ist wie ein Sohn für mich. Wenn du glaubst, ich hätte seinen Tod geplant, noch dazu von der Hand eines Menschen, den ich ebenfalls wie einen Sohn liebe, dann kennst du mich offensichtlich nicht, oder aber du bist im Denken noch so leichtfertig wie ein Jugendlicher.«

Ich wollte Henry unbedingt retten.

»Ich werde mit Monardi reden.«

»Das wird zu nichts führen. Ich hab dir doch schon gesagt, daß ein anderer die Sache in die Hand nimmt, wenn Monardi versagt.«

»Warum machen Sie die ganze Operation nicht rückgängig? Ich würde eine solche Last nicht bis zum Ende meiner Tage tragen wollen.«

»Das hängt nicht von mir ab.«

»Wirklich nicht? Von wem denn sonst?«

Goldoni zögerte.

»Nennen Sie mir nur einen Namen.«

»Norfolk.«

Ich verabschiedete mich verwirrt, ich nahm eine Woche Urlaub und kehrte nach New York zurück; der amerikanische Bankier empfing mich einen Tag nach meiner Ankunft. Ich schilderte ihm den Fall in allen Einzelheiten. Es war zwecklos, solchen Leuten gegenüber den Schlauen spielen und sie mit Pokerpartien überlisten zu wollen; früher oder später würden sie dich bloßstellen.

Harrison Norfolk hörte mir vom anderen Ende eines Tisches aus zu, der ebenso lang wie breit war. Diese körperliche wie auch geistige Entfernung und Kälte standen im Gegensatz zu den häuslichen Bequemlichkeiten, an die man mich gewöhnt hatte; er selbst war so verschieden von Goldoni, daß ich an diesen denken mußte.

»Randolph Carter«, sagte er zu mir, »du gehörst zu einer berühmten Saga von Träumern. Du solltest aber wissen, daß allein der Schlaf der Ort für die Träume ist und jegliche Vermischung beider Welten nur zur Katastrophe führt.«

Die Bemerkung ließ mich kalt. War das soeben Gesagte gegen Lewis Carroll gerichtet? Ich hakte nach.

»Ich verstehe durchaus, daß Vorhaben auf dem Spiel stehen, die sich mir entziehen, doch sie werden mich nicht vergessen lassen, daß es um das Leben eines Freundes geht.«

»Francis Henry, Francis Henry …«, murmelte er und blickte zur Decke; dann drehte er sich um und zeigte energisch mit dem Finger auf mich. »Du mußt wissen, daß Henry die Gefährlichkeit der Operation gekannt und sämtliche Möglichkeiten, auch die gegenwärtige, in Kauf genommen hat.«

»Ich glaube nicht an Helden.«

»Helden gibt es nicht. Sie werden erfunden über der Asche der Toten, als Beispiel für das Fußvolk, nie aber als Vorbild für die Fürsten. Henry ist ein ausgezeichneter Funktionär an dem Platz, an den er gehört, und sein Schicksal wird sich erfüllen wie das von allen. Heldenhaft? Das werden wir schon noch entscheiden.«

Ich wußte nicht, ob ich den Bankier erwürgen oder mich aus dem Fenster stürzen sollte, oder eines nach dem anderen.

»Francis Henry ist der intelligenteste Mann, der je für Sie gearbeitet hat. Besteht denn keine andere Möglichkeit, die Araber zur Durchführung der Transaktionen zu bewegen? Henry könnte in der Botschaft der Emirate Zuflucht suchen, um glaubhaft zu machen, daß wir ihn umbringen wollen.«

Norfolk stand von seinem Stuhl auf und setzte sich auf die Lehne von meinem. Zum erstenmal wirkte er normal und freundlich.

»Meinst du? Ja, das könnte er tun …«, erwiderte er mit einem seltsam traurigen Lächeln. »Glaubst du, daß mich solche Situationen gleichgültig lassen? Je näher dir die Dinge gehen, desto mehr mußt du dich wie die Sphinx verhalten. Wir sind Opfer einer historischen Verpflichtung, der wir nicht ausweichen können, da sie nicht mehr in unseren Händen liegt.«

»In wessen Händen dann? Goldoni hat mir gesagt, es hinge von Ihnen ab.«

»Und ich könnte dir sagen, daß es von jemand anderem abhängt.«

1/0

»Das sagte Ficinus auch«, unterbrach Emília lebhaft.

Wir lachten, und Carter fuhr fort.

0/1

Später erfuhr ich, daß Ω das Hirn der Operation war. Manchmal dachte ich, daß Ω Norfolk, ja sogar, daß er Goldoni sei.

Nach dem Gespräch verließ ich den Präsidenten der Weltbank mit gemischten Gefühlen. Ich war weder beruhigt, noch hatte ich die Hoffnung verloren, eine Lösung zu finden. Ich streifte durch die Straßen, überzeugt, daß Francis Henry nur noch wenig Zeit zu leben blieb.

Als ich ins Hotel kam, rief mich Norfolks Tochter an, um mich für den nächsten Tag zu einem Fest einzuladen; ich hatte große Lust hinzugehen, denn es wurde zu Ehren von Lluïsa Cros gegeben. Dort lernte ich Lluïsa und einige der hier Versammelten kennen: Rodin, Gimellion und Ficinus.

Norfolk besaß ein Haus aus dem 19. Jahrhundert mit unzähligen Terrassen, jede groß genug, um auf ihr Walzer zu tanzen; dort drängten sich nun die herausragendsten Persönlichkeiten von Harvard und Yale mit ihren jeweiligen Gatten oder Gattinnen. Harrison Norfolk war mit Lluïsa Cros verwandt; ihre Mutter (die Frau von Alexis Cros) war Harrisons Schwester. Lluïsa war an die dreißig und in der Blüte ihrer Schönheit. Norfolk hatte ihr eine Freude machen wollen, damit sie auf andere Gedanken käme; vor kurzem waren ihre

Kinder verschwunden, und die Nachforschungen zeigten immer deutlicher, daß man sie kaum finden würde. In Lluïsas Traurigkeit lag ein sonderbarer Wahnsinn, einer unbändigen, geheimnisvollen Ekstase gleich, der mich beunruhigte. Ich dachte, daß diese Frau dazu fähig wäre, sich umzubringen. Sie war in Begleitung von Zacaries Uriach (ihr Mann war vor einiger Zeit gestorben), der sich äußerst diskret benahm, ganz im Gegensatz zu anderen Leuten in Lluïsas Umgebung. Rodin zum Beispiel war ein glänzender Redner und stand gern im Mittelpunkt; er besaß den typischen Drang der Sonnenwesen, auf ein Abenteuer oder Wunder, das man ihm erzählt hat, mit einem anderen, noch ungewöhnlicheren zu antworten. Im Verlauf des Abends sprachen wir eine Weile miteinander; als er erfuhr, daß ich in Paris arbeite, sagte er mir, er sei französischer Abstammung und ich sollte doch von der Stadt erzählen ...

1/0

»Französischer Abstammung?« unterbrach Camila. »Gestern hat er gesagt, er wäre belgischer Herkunft.«

0/1

Ach so, Belgier? Kann schon sein. Er kannte jedenfalls Paris sehr gut, und ich erzählte ihm, welche Gebäude in den letzten Jahren abgerissen worden wären, und anderen Klatsch aus der Stadt. Am Ende lud mich Rodin ein, bei ihm ein paar Tage zu verbringen. Ich war als Junge in Barcelona gewesen, doch das ist eine andere Geschichte, die ich euch bei Gelegenheit erzählen werde. Vera Norfolk, die Frau des Bankiers, bestand darauf, daß ich die letzten Nächte in New York bei ihnen wohnte. Rodin ging, und ich schlenderte aufmerksam umher in der Hoffnung, irgendeine erhellende Information aufzuschnappen; einem scharfen Beobachter konnten die hinter scheinbarer Sympathie verborgenen grundlegenden Differenzen zwischen den Gruppen nicht entgehen, ebensowenig wie Ölflecken im Wasser. Die angelsächsischen Pseudoliberalen verbanden sich mit der chamäleonartigen mitteleuropäischen und slawischen Aristokratie, die fanatisch für eine Beibehaltung der Währungsvielfalt eintrat. Die Rassisten der Mittelmeerländer mit ihrer fragwürdigen Interventionstendenz waren von der chassidischen Lobby, den ultrakonservativen Befürwortern einer kontrollierten Fluktuation der Zinssätze, genauso weit entfernt wie von dem am meisten verwestlichten Sektor der UEI (laut Goldoni verbunden mit den Drusen und den militanten Christen im Libanon). Die Erben einer Linken, von der nur mehr der Name geblieben war, kamen hinter dem kategorischen Imperativ des Fernen Ostens außer Atem. Zu später Stunde erschien der Präsident der Vereinigten Staaten mit der ganzen Eskorte. Er und seine Frau küßten Lluïsa auf die Wange und blieben eine Dreiviertelstunde auf dem Fest; sie tranken ein Glas und plauderten mit den Norfolks, mit Lluïsa und Gimellion so vertraut, daß es mich verblüffte. Ein Mann begleitete sie, von dem ich bei meiner Arbeit in letzter Zeit viel gehört hatte: Rafael Suárez. Als er mir vorgestellt wurde, schmeichelte es mir, daß er wußte, wer ich war; er erkundigte sich nach Goldoni und Francis. Suárez arbeitete für die Vereinten Nationen und galt als eine der grauen Eminenzen der internationalen Politik; er war umgeben von seinem ganzen *staff* wie ein Filmstar und trat mit dem Bewußtsein auf, schlimmstenfalls auf jemanden ebenso Mächtigen zu treffen; sein Umgang mit dem Präsidenten war nicht herzlich, aber voller Respekt und Hochachtung.

Nach und nach verabschiedeten sich die meisten Gäste, und schließlich blieben nur die Norfolks, Lluïsa und Zacaries, Gimellion, Ficinus, Suárez und ich übrig. Niemand hatte Lust, schlafen zu gehen, also wurden Geschichten erzählt. Ich kam auf die Idee, die Verwicklung, die mich zu Norfolk geführt hatte, in einen Kriminalfall zu verpacken. Ich gab mich als Hobbyschriftsteller aus, der an einem Roman sitzt und nicht weiß, wie er das Ende schreiben soll; ich änderte Umstände und Namen: Goldoni nannte ich Chapman, Henry Browning, Monardi Hunter, mich selbst Whilemann.

In der Mitte der Geschichte lächelte Norfolk kalt; sein Gesichtsausdruck war nach wie vor freundlich, doch wenn Blicke töten könnten, wäre ich auf der Stelle umgefallen. Für einen Rückzieher war es zu spät, also erzählte ich fertig. Danach schwiegen alle; ich war mir sicher, eine Indiskretion begangen zu haben, die mich Kopf und Kragen kosten konnte. Ficinus und Suárez hatten ein leichtes, ironisches Lächeln auf den Lippen. Lluïsa Cros sprach als erste.

»Du könntest die Geschichte als Fabel von der Intelligenz und der blinden Gewalt aufbereiten. Die Ironie zeigt sich am Schluß: der intelligente Browning stirbt eben deshalb durch Hunters Hand, weil Hunter dümmer ist als er.«

»Mir scheint das Gegenteil der Fall zu sein«, sagte Gimellion mit einem reizenden Lächeln. »Hunter ist der Intelligenteste von allen; er hat vom ersten Moment an die Lage erkannt und alles, angefangen bei den vorgeblichen Indiskretionen gegenüber Chapman und Whilemann, organisiert, um Browning zu beseitigen, der sein unmittelbarer Konkurrent ist. So ist er über jeglichen Verdacht erhaben und hat freie Bahn für seine Karriere.«

Diese Möglichkeit ließ mich erstarren; wenn das stimmte, hatte Monardi uns benutzt. Und er konnte seine Ziele erreichen, ohne sich die Hände schmutzig zu machen, sich sogar den Luxus gestatten, zu beteuern, er sei nicht imstande, Henry zu beseitigen; Goldoni würde ihn umbringen lassen. Ich dachte an das, was mir Norfolk am Vortag gesagt hatte: Wie war es möglich, daß Goldoni und Henry ein Spiel vorbereiteten, bei dem Henry mehrfach Gefahr lief, sein Leben zu lassen?

»Du könntest es auch so machen«, schlug Suárez vor, »Hunter wird an den Gegner verraten, um damit vorzutäuschen, daß sie Chapman auf den Leim gegangen sind; auf diese Weise können sie die für sie wichtige Operation durchführen, ohne Chapman Zeit zum Gegenangriff zu lassen, und Hunter würde Browning beseitigen und dafür die mit dem Feind ausgehandelten Vorteile einheimsen.«

»Ich würde eine Frau ins Spiel bringen«, meinte Lluïsa. »In solchen Geschichten taucht immer eine Frau auf. Sie sollte die Geliebte von beiden sein und ihrem Unglück die tragische Note geben.«

»Noch besser«, sagte Ficinus, »wenn sie Hunters Geliebte ist und ihn wegen Browning verläßt. Das mag zu einfach scheinen, würde aber Hunter die Sympathie der Leser einbringen; in einem solchen Fall ist es günstig, wenn der Verbrecher sympathisch ist.«

Ich versuchte, mir nicht anmerken zu lassen, welch ein Schwall von Gedanken und Gefühlen mich erschütterte. Noch ehe ich mich einschaltete, fügte Gimellion hinzu:

»Ich würde Chapman als die Person darstellen, die alles in der Hand hat, sogar Hunters möglichen fahrlässigen Verrat. Die Gegner sollten glauben, durch Hunter alles unter Kontrolle zu haben; sobald Hunter Browning beseitigt hat, geht Chapman zum geplanten Gegenangriff über und erwischt die Gegner unvorbereitet, danach liquidiert Chapman Hunter, und zwar aus zwei Gründen: wegen Verrates und wegen Ineffizienz. Chapman müßte auch sämtliche Spuren tilgen: Zeugen, Vertrauensmänner und Killer, zuallererst Whilemann; jeder, der mit Hunter oder Browning in dieser Angelegenheit Kontakt hatte, müßte sterben.«

Ich erstarrte. Demnach war selbst ich in Gefahr! Norfolk sah mich spöttisch an. Spielten sie mit mir? Oder wollten sie mich durch die Andeutung, so mein Leben retten zu können, dazu bewegen, Goldoni zu töten?

»Das Schlimme an einem politischen Mord ist, daß es nie bei dem einen bleibt, stimmt es etwa nicht?« sagte Norfolk. »Kommt die Sache einmal ins Rollen, läßt sie sich nicht mehr stoppen.«

»So ist die Geschichte«, meinte Lluïsa und wandte sich an den Gastgeber. »Genauso wie das Märchen vom Herrn der Stadt und dem Freund aus den Bergen.«

»Wovon handelt dieses Märchen?« fragte ich, denn ich wollte mir nicht den kleinsten Hinweis entgehen lassen.

Norfolk bot sich an, es zu erzählen; wir hörten ihm aufmerksam zu.

244

Geschichte vom Herrn der Stadt
und dem Bewohner des Berges

Der Bewohner des Berges war ein Freund des Herrn der Stadt. Eines Tages stieg er von seinem Haus des Windes und der Felsen, der Bäume und des Lichtes hinab, um ihm einen Besuch abzustatten. Der Herr der Stadt freute sich sehr, denn sie hatten sich lange nicht gesehen, sie redeten den ganzen Nachmittag miteinander. Der Bewohner des Berges stellte fest, daß er bisher sehr glücklich gewesen war, doch nun begann der Gedanke an ihm zu nagen, inwiefern das ihm vom Schicksal bescherte Leben das beste für ihn sei und ob nicht sein Glück eher Unwissenheit denn Fügung wäre. Während er dem Herrn der Stadt zuhörte, bekam er Lust, dessen Lebensweise kennenzulernen, um danach wählen zu können, was ihm besser gefiele.

»Du hast so bequeme und hübsche Sessel«, sagte der Bewohner des Berges und ließ seine Hand über den schönsten gleiten. »Willst du mir den nicht als Beweis unserer Freundschaft schenken?«

»Den kann ich dir nicht schenken«, antwortete der Herr der Stadt, »denn ihn mag ich am liebsten. Außerdem wüßtest du gar nicht, wo du ihn in deinem Haus hinstellen solltest.«

»Dann eben diesen hier«, sagte er und befühlte einen anderen.

»Den brauche ich, falls die Federn des anderen einmal kaputtgehen, im übrigen ist er beim Lesen bequemer.«

»Dann eben irgendeinen anderen; wenn du willst, bezahle ich ihn dir.«

»Kommt nicht in Frage; zwischen uns darf es keine Geschäfte geben, wir sind doch Freunde; außerdem besitzt du nichts, was ich gegen meine Sessel eintauschen würde.«

»Dann schenk mir diesen Schemel«, beharrte der Bewohner des Berges und zeigte auf die einfachste Sitzgelegenheit im Raum.

»Das wäre ja noch schöner! Der Schemel ist deiner nicht würdig.«

Der Herr der Stadt zeigte ihm seine Bibliothek, sie sahen sich die eine oder andere Rarität oder Neuerscheinung an.

»Borgst du mir dieses Buch?« fragte der Bewohner des Berges. »Sobald ich es gelesen habe, gebe ich es dir zurück.«

»*Versuch über die Anfänge der Bevölkerung.* Das lese ich gerade selbst. Ich leihe es dir, wenn ich damit fertig bin.«

Sie gingen zu einem anderen Regal.

»Dann borg mir das.«

»*Allgemeine Theorie der Beschäftigung, der Zinsen und des Geldes.* Das nimmst du besser nicht mit; du würdest es nicht verstehen, es ist für gebildetere Leute geschrieben«, erwiderte der Herr der Stadt und strich über die Buchrücken der drei danebenstehenden Werke, auf denen *Das Kapital* zu lesen war.

»Und was ist mit dem hier?« fragte der Bewohner des Berges, zog es heraus und las den Titel: *El Gran Gimlet.*

»Was sagst du, *El Gran Ximplet*?« erwiderte der andere und sah sich den Einband an. »Ach, das hier. Ausgeschlossen, es ist furchtbar schlecht und deiner nicht würdig.«

Es war spät geworden, der Herr der Stadt lud den Gast zum Abendessen ein. Bei Tisch leisteten ihnen zwei Frauen Gesellschaft, eine blonde und eine rothaarige. Der Gastgeber behandelte sie zuvorkommend und verabsäumte nicht, die zwischen ihnen herrschende Vertrautheit oder sogar Intimität durchblicken zu lassen. Während des Abendessens fiel dem Bewohner des Berges auf, daß die Aufmerksamkeit des Herrn der Stadt eher der Blonden galt, die etwas hübscher war, und so widmete er sich der Rothaarigen.

Nach dem Essen machten sie es sich auf dem Sofa bequem, um ein Gläschen Cognac, Kaffee und eine Zigarre zu genießen. Die Frauen setzten sich diskret auf einen Diwan an der anderen Seite des Tisches, ein Hausmädchen unbestimmten Alters bediente sie. Das Gespräch verlief kurvenreich. Wenn der Bewohner des Berges eine Frage stellte, ging sie unter in den Worten des Herrn der Stadt und in seinen elliptischen Meditationen über Reisen oder Gastronomie; wenn dieser aber etwas fragte (noch mit dem Nachgeschmack seiner letzten vagen Worte auf der Zunge), machte sich Stille breit, da in diesem Rahmen keine höfliche oder intelligente Erwiderung möglich war. Zum Glück waren keine unparteiischen Zuschauer anwesend, es hätte ihnen übel werden können. Die Schlemmerei und der Alkohol weckten im Bewohner des Berges Lustgefühle; nach dem dritten Cognac tat er so, als würde er dem Gastgeber zuhören und die zwei Frauen nicht weiter beachten, die ihn ihrerseits, kichernd und tuschelnd, nicht aus den Augen ließen. Er dachte daran, wie es ihm mit seiner Frage nach den Sesseln und den Büchern ergangen war, und legte sich nun eine Strategie zurecht.

»Mir scheint«, sagte er leise zum Herrn der Stadt, »die Blonde mag dich sehr. Sie ist richtig verliebt, und ich finde es völlig normal, daß du ihre Zuneigung erwiderst. Sie ist eine wunderschöne Frau und sicherlich auch intelligent.«

»Hm«, meinte der andere, »sie ist nicht übel.«

»Ich habe einen anderen Geschmack, mir gefällt die Rothaarige. Wenn du nichts dagegen hast, bitte ich sie, mit mir die Nacht zu verbringen.«

»Ausgeschlossen«, erwiderte der Herr der Stadt. »Die brauche ich, falls ich mich mit der Blonden streite oder falls ich Abwechslung brauche.«

In dem Augenblick brachte das Hausmädchen frischen Kaffee. Der Bewohner des Berges faßte sie am Arm.

»Dann leih mir diese.«

»Nie und nimmer. Dienstpersonal ist nichts für jemanden, der mit mir an einem Tisch gesessen hat.«

Der Bewohner des Berges ließ den Arm des Mädchens los und stand auf.

»So laß mir eine kommen, die du nicht willst, die meiner würdig ist wie ich ihrer. Du bist der Herr der Stadt, und das, worum ich dich bitte, liegt sicher in deiner Macht.«

»Ich bin der Herr der Stadt, alle Frauen, die hier leben, gehören mir. Wie könnte ich sonst bei Kräften bleiben? Da du das offensichtlich nicht verstehen willst, kehrst du besser wieder in die Berge zurück.«

Daraufhin zückte der Besucher sein Jagdmesser und schnitt

dem Gastgeber die Kehle durch; als dieser zu zucken aufgehört hatte, zog er sich selbst, die Blonde und die Rothaarige aus, schlief zuerst mit der einen, danach mit der anderen; dann setzte er sich in einen der Sessel, die ihm Stunden zuvor verweigert worden waren, las die Bücher, die man ihm verboten hatte (außer dem *Gran Gimlet*, der in der Tat so schrecklich war, daß er über die zweite Seite nicht hinauskam), und wurde zum Herrn der Stadt.

In der ersten Zeit las er die übrigen Bücher, setzte sich auf alle Sessel und vergnügte sich mit allen Frauen, auf die er Lust hatte; und solange ihn diese Lebensweise nicht langweilte, kam es ihm nicht in den Sinn, daß er aufgehört hatte, Bewohner des Berges zu sein, und es auch nie wieder sein könnte.

»Meine Wahl war vorgezeichnet«, sagte er sich eines Tages, als er in den Spiegel sah; »man soll dem Verlorenen nicht nachtrauern. Das Leben bewegt sich in Richtung Zukunft, wie die Uhren. Kein Vergessen, keine Nostalgie.«

Wenig später, nachdem er alles verloren hatte, was er verlieren mußte, kam ihm der Gedanke, daß sich die Geschichte wiederholen könnte. Und wenn nun eines Tages ein anderer Bewohner des Berges herunterkäme, um ihn zu besuchen, ein alter Freund, der mittlerweile zweifellos von seinem Glück gehört hatte? Was würde er tun, wenn dieser ihn um einen Sessel oder um ein Buch bäte? Und wenn er nach einer Frau verlangte? Gesetzt den Fall, er verweigerte ihm alles, dann würde er ziemlich sicher so handeln, wie er selbst es getan hatte; also mußte er sich etwas ausdenken, um die Gefahr zu bannen.

Wenn ich ihm den Schemel und das Hausmädchen überlasse, begnügt er sich vielleicht damit. Ich könnte ihm *El Gran Gimlet* andrehen und würde mich auf diese Weise eines unnützen Gegenstandes entledigen, und im Regal wäre Platz gewonnen. Sollte er außerdem das Buch lesen, würde er sein Leben lang kein weiteres anrühren. Was aber die Sessel und die Frauen anlangt, dachte er, wer sagt mir, daß er nicht die ganze Hand will, nachdem ich ihm den kleinen Finger gereicht habe? Alles wird er haben wollen! So ist der Mensch, das weiß man doch. (Außerdem finde ich den Schemel praktisch, wenn ich mir nach dem Bad die Nägel schneiden möchte; und was mache ich ohne das Hausmädchen, das meinen kleinsten Wink versteht?)

Ein andermal kam er auf die Idee, daß er sich durch eine Wache schützen lassen könnte, besser noch durch einen Trupp, der den Berg durchkämmen und seine Bewohner im Namen der geltenden Gesetze vernichten würde. Aber all diese Leute müßten bezahlt werden, das hieße also den Teufel mit dem Beelzebub austreiben. Sie würden seine Vorrechte besitzen wollen: Sitzmöbel und Frauen (Bücher höchstwahrscheinlich nicht), und früher oder später würde ihn der Mächtigste stürzen, um Herr der Stadt zu werden.

2/1

»Das bedeutet«, stellte Lluïsa klar, »daß der arme Bewohner des Berges ein schlechtes Geschäft gemacht hatte. Ihn erwartete bestenfalls eine Zukunft voller Ängste, Unannehmlichkeiten und Argwohn, ständig würde er dem tatsächlichen oder eingebildeten Verschwörer auflauern. Seine Freude über die erreichte Macht wird ihm durch die Angst, sie wieder einzubüßen, verleidet. Aber deshalb läßt doch niemand davon ab, weiterhin all seine Ziele zu verfolgen.«

»Ein möglicher dritter Bewohner der Stadt«, sagte Ficinus, »könnte sogar vermuten, daß diese Geschichte keinen anderen Zweck verfolgt, als sich seiner zu entledigen, als ihn glauben zu machen, daß alles, so wie es ist, seine Richtigkeit hat, und ihn davon abzuhalten, das Gebäude des Besitzes zu erstürmen.«

Das Gespräch verlor sich in Betrachtungen über die Gesellschaft, doch ich konnte ihm nicht folgen, da ich ganz besessen davon war, Norfolks Erzählung mit meinem Fall in Verbindung zu bringen, und, wenn es eine solche gab (davon war ich allerdings überzeugt), herauszufinden, was er mir mit der Moral der Geschichte zu verstehen geben wollte.

Ich verließ, von Entsetzen erfüllt, diese Zusammenkunft;

wie hatte ich bloß auf die verdammte Idee verfallen können, nach New York zu fahren? Als mich der Hausangestellte Norfolks in mein Zimmer brachte, konnte ich mich nicht enthalten, unter das Bett zu schauen. Ich verbrachte eine schreckliche Nacht, wachte jede halbe Stunde auf, weil ich träumte, man würde mich erdolchen. Es war an der Zeit zu fliehen, doch in dieser Nacht konnte ich nur in mein Inneres entweichen.

Am nächsten Tag wagte ich nicht, Norfolk gegenüber das Thema noch einmal zu erwähnen, und war dankbar, daß auch er davon absah. Ich aß mit seiner Familie, Lluïsa Cros, Zacaries Uriach und Pere Ficinus zu Mittag. Lluïsa fand mich sehr sympathisch; sie und Ficinus luden mich ein, sie in Barcelona zu besuchen (Rodins Einladung mitgerechnet, waren es schon drei). Ich beschloß, noch am selben Tag aufzubrechen.

Die Flugzeuge legten die Strecke New York – Paris damals in einer Stunde fünfunddreißig Minuten zurück, wenn man jedoch den Weg zum Flughafen, die Zollformalitäten (wobei ich gewisse Privilegien besaß) und den Aufenthalt in der Wartehalle berücksichtigte, dauerte die gesamte Reise so lange wie vor vierzig Jahren, ich hatte also Zeit zum Nachdenken.

Ich kaufte ein paar Zeitschriften am Kiosk und zog mich in einen ruhigen Winkel zurück. Zwei Minuten später setzte sich ein ziemlich grobschlächtiger Kerl so zwischen vierzig und fünfzig zu mir.

»Wohin fliegen Sie?« fragte er mich.

Ich hegte keinerlei Absicht, mich auf ein Gespräch einzulassen, und versuchte das durch meine knappe Antwort zum Ausdruck zu bringen.

»Nach Paris«, sagte ich, ohne ihn anzusehen, und las weiter.

Mein Nachbar erwies sich jedoch als beharrlich.

»Ich fliege nach London und komme aus Barcelona.«

»Ach ja?« erwiderte ich und dachte: welch ein Zufall; doch ich war so leichtfertig, den Blick von meiner Lektüre zu heben.

»Ich reise, um mich von meiner Frau zu befreien, aber da ist nichts zu machen: Sie folgt mir überallhin.«

»Wie das?« gab ich zurück, um einen möglichst gleichgültigen Tonfall bemüht, während ich mich erneut meiner Lektüre widmete. Doch es war schon zu spät. Er beglückte mich mit der Geschichte seines Mißgeschicks.

1/2

Geschichte von der hartnäckigen Besucherin

Ich habe fast zwanzig Jahre Ehe hinter mir. Die ersten waren das Paradies, die fünf oder sechs darauffolgenden die Hölle, die restlichen die Vorhölle. Früher oder später hält die Natur eine milde Gabe für ihre Schützlinge bereit; in meinem Fall ließ sie sich bitten, doch als sie eintraf, war sie willkommen. Beim Begräbnis von Quimeta war ich noch in der Stimmung (oder zumindest voller Energie), Zukunftspläne zu schmieden; ob sie häuslich, sentimental oder dionysisch ausfielen, war für mich nicht so wichtig. Ich hörte mir selbst aufmerksam zu (was wünschst, was erhoffst du dir, et cetera), damit mich die mögliche Entdeckung der Bedeutung, Witwer zu sein, nicht etwa unvorbereitet traf. War es das Ende eines Zeitabschnitts und der Beginn eines neuen? Beides gleichzeitig? Das kümmerte mich wenig, wo sich doch nun Quimeta endlich dazu entschlossen hatte, den Würmern das zu überlassen, was mich erbarmungslos und zugleich plump nach und nach ausgelaugt hatte! Ich schlief zum erstenmal in zwanzig Jahren völlig ruhig.

Gegen sechs Uhr wachte ich erschrocken auf und hatte das untrügliche Gefühl, daß jemand körperlich anwesend war. Ich getraute mir nicht, Licht zu machen. Vielleicht war es ein Dieb … Ich verwarf diesen Gedanken sofort; nichts regte sich, doch obwohl ich vom logischen Denken her genau wußte, daß niemand anderes im Haus sein konnte, spürte ich, daß ich nicht allein war. Mein Herz schlug heftig, und damit mir nicht das geringste Geräusch entging, wagte ich nicht, mich zu rühren oder zu atmen; ich schwitzte wie ein zum Tode Verurteilter. Plötzlich veränderte sich die Art des

Schreckens, zu der Beklemmung und der Furcht kam eine heftige sexuelle Erregung hinzu, und bevor ich noch wußte, wie mir geschah, hatte ich – ich versichere Ihnen, ohne Beteiligung der Hände – einen Erguß. Als sich mein Pulsschlag wieder beruhigte, war auch im Zimmer wieder alles beim alten; trotzdem kam mir der Vorfall so sonderbar vor, daß ich nicht einschlafen konnte, ich versuchte nachzudenken. Die letzte Zeit mit Quimeta war in sexueller Hinsicht nicht eben glorreich gewesen (aber auch sonst nicht, wie ich schon sagte), und das nicht nur zwischen ihr und mir (meine Gleichgültigkeit und ihre Krankheit hatten uns zu Fremden gemacht), sondern auch für mich allein. In all den Jahren hatte ich nicht einmal Lust auf einen Seitensprung. Deshalb erstaunte mich die plötzliche Wollust meines Körpers.

Ich hätte nicht mehr daran gedacht, wäre es nicht zu einer Wiederholung gekommen; damals hätte ich geschworen, daß es noch zwei- oder dreimal passierte. Nun weiß ich schon nicht mehr, wie oft es geschehen ist.

Eines Tages beschlich mich wieder das Gefühl, daß jemand anderes körperlich anwesend war, ohne daß ich sofort hochschreckte. Es war in einer schlaflosen Nacht. Am nächsten Morgen mußte ich wegen Betruges und Veruntreuung vor Gericht, und ich war bis drei Uhr früh mit meinem Anwalt die Verteidigung noch einmal durchgegangen. Wir hatten viel Kaffee getrunken, und ich konnte nicht einschlafen. Der Dichter sagt, nur die Unschuldigen und die Nichtbegehrten schlafen gut, ich schien weder zu den einen noch zu den anderen zu gehören, denn die Stunden vergingen ohne die geringste Aussicht, diesen Tunnel der Schlaflosigkeit zu verlassen. Es war noch vor sieben Uhr (die Verhandlung war erst um elf), als am Fußende des Bettes ein bläulich flimmernder Schein auftauchte, anfangs verschwommen und klein, dann immer größer und deutlicher, so als näherte er sich aus einer gewaltigen Ferne. Mein Herz drohte stillzustehen. Dieses Licht nahm plötzlich die Gestalt eines Rumpfes ohne Beine an und stürzte sich mit ausgebreiteten Armen auf mich. Es war Quimeta. Ich wollte mich aufrichten, doch ich hatte nicht die Kraft dazu; ich wollte schreien, doch ich bekam keine Luft. Anstelle der Augen hatte Quimeta zwei riesige Wirbel, in denen ich, wie in einer Zentrifuge durcheinandergemischt, alle Städte der Welt sah, vergangene, gegenwärtige und zukünftige, und das Pochen ihres Blutes vermengte sich mit meinem Entsetzen.

»Was willst du von mir? Verschwinde!« krächzte ich mit versagender Stimme.

Geliebter! Auf immer und ewig! schien sie zu sagen, und ihre Zähne glichen Zementblöcken, die zerbröckelten und als Staub auf mich fielen.

Plötzlich verwandelte sie sich zur Gänze in einen Wirbelsturm, der sich an meinem Geschlecht festsaugte. Ich war wie tot vor Schrecken und gelähmt vor Ekel, doch ich konnte nicht verhindern, daß alles so ausing wie die Male zuvor. Alles war – wie soll ich sagen – so unschicklich gewesen, daß ich mich erschrocken betastete und gleich ruhiger wurde; ein Glied ohne Erektion ist eine traurige Sache, doch eine Erektion ohne Glied wäre es noch mehr gewesen. Es gab aber auch keinen Grund zur Zufriedenheit. Ich dachte an die Tiere auf den Farmen und in den Zoos, die man mit elektrischem Strom zum Ejakulieren bringt. So viele Jahre der Anstrengungen, um schließlich zu enden wie die Affen im Tiergarten.

Der Hauptgrund für meine Beunruhigung war zugleich der Ursprung meines Elends. Es ist schon ein Kreuz, eine lebendige Frau ertragen zu müssen, aber festzustellen, daß du sie auch nicht losgeworden bist, wenn sie einige Zoll tief unter der Erde ist, das überforderte meine Fähigkeit zu fluchen.

Zum Glück hagelt es nicht alle Schläge auf einmal. Die Welt der Lebenden gibt es billiger als die der Toten. Mein Prozeß endete mit einem günstigen Urteil. Nun wirst du wohlig schlafen, dachte ich. Doch in der Nacht kehrte Quimeta wieder.

Diesmal hatte ich damit gerechnet. Ich hatte mich stundenlang entspannt, indem ich an die Gesichter der Freunde dachte, als sie erfuhren, daß ich nicht ins Gefängnis müßte, an ihre sadduzäischen Glückwünsche und die verkrampfte Liebenswürdigkeit, zu der sie mein Triumph zwang. Quimeta erwischte mich wach, und diesmal war ich so zufrieden und fühlte mich so stark, daß ich rechtzeitig reagierte. Na, so etwas, die will dich auch beglückwünschen, dachte ich, während ich unter der Decke meine Pyjamahose festhielt. Dennoch erstarrte ich vor Schrecken.

»Quimeta! Hör auf, ich flehe dich an! Wir müssen reden!«

Merkwürdigerweise hielt sie inne. In ihren wolkenartigen Zügen entdeckte ich die Karikatur eines idiotischen Erstaunens.

»Reden? Du und ich?« sagte sie mit einer Stimme, die wie das zerreißende Segel einer Fregatte klang. »Jetzt sollen wir reden? Du richtest doch schon seit Jahren kein Wort mehr an mich.«

Die Antwort verblüffte mich. Selbst als Tote war sie noch bereit zu streiten. Nie hätte ich geglaubt, daß die Leute ihre Schwächen ins Jenseits mitnehmen.

»Wir haben auch seit Jahren nicht mehr miteinander gevögelt, und sieh doch nur, was du nun mit mir treibst.«

»Wenn du willst, kann ich machen, daß wir dreimal täglich in all den Jahren, die wir zusammen waren, gevögelt haben«, versicherte sie in belehrendem Ton.

»Nein, Erbarmen! Außerdem kann die Vergangenheit nicht verändert werden.«

Sie wurde so wütend, daß das blaue Licht fast in Lila umschlug.

»Und ob! Zeit ist eine Empfindung, also eine Abfolge. Sie ist Raum, Schwerkraft und Trägheit, und nichts davon berührt mich; ich kann genauso nach vorne wie zurück gehen.«

»Das glaube ich nicht. Außerdem«, sagte ich lachend, »wenn die Zeit Schwerkraft, Trägheit und Abfolge ist, ist sie auch Denken. Wenn du außerhalb der Zeit bist, wie kann es dann sein, daß du hier diskutierst?«

Sie warf mir einen zornigen Blick zu.

»Was du vor dir hast, ist eine Vene meines fortdauernden Hypervolumens«, erwiderte sie mit einem Ungestüm, das für einen Geist außerhalb der Zeit höchst unpassend war. »Und außerdem kann ich mit dir tun, was ich will, ich kann dich in der Gegenwart, in der Zukunft und auch« – sie kam näher – »in der Vergangenheit vögeln!«

»In der Vergangenheit hast du es schon getan. Ich flehe dich an, verschone mich in der Gegenwart und in der Zukunft.«

»In der Vergangenheit habe ich es getan?« Sie schien zu zweifeln. »Ach ja, natürlich! Wie konnte mir das entfallen?«

Sie machte sich lüstern an mich heran. Ich rückte ab und schützte mich mit beiden Händen.

»Ich will nicht. Verschwinde!«

»Keine Sorge!« sagte sie feindselig. »Wenn ich dich nicht in der Gegenwart und in der Zukunft haben kann, dann eben in der Vergangenheit!«

Sie drehte sich mit einem Ruck um.

»Warte! Die Vergangenheit kennst du genausogut wie ich! Denk bloß nicht, du könntest mich glauben machen, daß du mich von nun an in der Vergangenheit heimsuchen wirst, denn wie du gesagt hast, gehören deine bisherigen Besuche der Vergangenheit an!«

Die letzten Worte verhallten in der Dunkelheit, denn das Miststück war schon verschwunden. Ich stand lachend auf. Es war gewiß keine echte Erscheinung gewesen, sondern ein Streich meiner Wahrnehmung. Du solltest aufpassen mit Alkohol und Kokain, dachte ich.

Seit Quimetas letztem Besuch sind zwei Monate vergangen, ich muß zugeben, daß mit meinem Gedächtnis etwas höchst Seltsames geschehen ist. Ich habe mit jedem Tag mehr das Gefühl, daß die sexuellen Überfälle unmittelbar nach ihrem Tod häufiger stattgefunden haben. Vorher hätte ich geschworen, daß es zwei oder drei waren; nun wüßte ich nicht, ob es nicht fünfzehn oder zwanzig gewesen sind. Dringt sie tatsächlich in meine Vergangenheit ein? Es gibt aber etwas noch Merkwürdigeres: Wie sieht für sie die Abfolge der Dinge aus? Wenn sie sich in jedem beliebigen Augenblick der Zeit niederlassen kann, bedeutet das, für sie ist Zeit gleich Raum, so wie wir es vor der Relativitätstheorie verstanden haben, das heißt eher topologischer als diskursiver Natur. Demnach richtet sie sich nach einer anderen Zeitkategorie, einer Zeit, die ihrem Geist eigen ist und es ihr ermöglicht, sich in meiner Zeit zu bewegen, der Zeit der Welt, so würde

ich es zumindest ausdrücken. Gibt es auch eine dritte Zeit-
stufe, die Quimetas Geist als Raum wahrnimmt? Und wäre
das umgekehrt auch möglich? Kann sich unser Raum, der
Raum der Welt, in die Zeit verwandeln, die für einen anderen, tieferen Raum gilt, et cetera?

Vor zwei Nächten besuchte mich Quimeta das letztemal.
Ich habe gelernt, ihrer schändlichen sexuellen Zudringlich-
keit auszuweichen; ich weiß, daß sie das wütend macht, und
genieße es. Da ich schon nicht verhindern kann, daß sie mir
den Schlaf vergällt, ist das meine kleine Rache.

»Hör mal, Quimeta«, sagte ich zu ihr, ohne meinen
Schwanz loszulassen, »wo du doch in der Zeit nach vorne
und zurück gehen kannst, wie es dir beliebt, warum sagst du
mir nicht, welches Los bei der nächsten Ziehung gewinnt?«

»Du Einfaltspinsel! Du Trottel!« warf sie mir an den Kopf.
»Die Zeit ist viel zu wichtig, um sich mit solchen Lappalien
abzugeben!«

»Und ich dachte immer, Zeit ist Geld …«, antwortete ich
betont naiv, um sie zu reizen.

Sie kam auf mich zu, aufgeladen und eiskalt.

»Unwürdiger! Glaubst du, ich weiß nicht, daß du ein Betrüger bist? Und außerdem unfähig, die Clivien und Gladio-
len zu gießen! Sieh dich vor, sonst ändere ich das Urteil des
Gerichts ab! Ich sorge schon noch dafür, daß du im Gefängnis aufwachst!«

»Warum machst du nicht, daß wir uns nie kennengelernt
haben?« stieß ich hervor und begann trotz des eschatologischen Widerwillens zu lachen.

Ihr Ektoplasma löste sich, sicher als Folge des Zorns, auf
und verschwand mit einem Knall und einem Pfeifton.

In der Tat habe ich zunehmend Schwierigkeiten, ihn hoch-
zubekommen; ich weiß nicht, ob es am Alter liegt oder an
dieser verdammten Frau, die seit ihrem Tod sämtliche Nächte
der Vergangenheit besetzt hält. Seit kurzem (ich weiß schon
nicht mehr, ob ich irrerede oder ob mein Gedächtnis versagt)
glaube ich, daß sie jede Nacht gekommen ist, sogar als sie
noch lebte und laut schnarchend neben mir lag. Es wundert
mich nicht, daß sie nicht aufwachte (da konnte die Welt ein-

stürzen, vor zwölf Uhr mittags wurde sie nie wach), wohl aber, daß sie keine abfälligen Bemerkungen über meine nächtlichen Samenergüsse machte.

Nun, ich weiß nicht, ob ich das Phänomen richtig beschrieben habe, aber wenn das so weitergeht, befürchte ich jedenfalls, daß ich eines schönen Tages zwischen den Beinen kahler sein werde als die Schädeldecke von Yul Brynner.

2/1

Als er fertig war, atmete ich auf. Die Phantasien dieses Mannes hatten mich nicht eine Minute meine Sorgen vergessen lassen; es war keineswegs anregend, jemanden an der Seite zu haben, der darauf bestand, dir Blödsinn zu erzählen. Zum Glück wurde bald darauf sein Flug angekündigt, und als er fortging, kehrte ich zu meinen Grübeleien zurück.

Ein neuer Aspekt stellte sich mir in erster Linie dar: Welche Rolle spielte ich? Was wurde von mir erwartet? Ich konnte verschiedene Dinge tun: Erstens, Henry warnen. Zweitens, mir Monardi vorknöpfen und ihm alles erzählen; es war anzunehmen, daß er dann keinen moralischen Grund hätte, Francis zu beseitigen, und wenn er es doch täte, müßte er auch mich aus dem Weg räumen, was die Hypothese von Suárez bestätigen würde. Drittens, Monardi umbringen. Das war problematisch: Wenn Monardi ein doppeltes Spiel trieb, war er sicherlich vorgewarnt. Außerdem würde mich dann Goldoni schnappen, und Henry wäre nicht geholfen. Die letzte Möglichkeit, nämlich nichts zu unternehmen, weigerte ich mich in Betracht zu ziehen. Die ersten beiden würden zum Scheitern der Operation führen. Wenn man bedachte, daß mich Monardi in die Sache eingeweiht hatte, mußte man davon ausgehen, daß er in gutem Glauben handelte, es sei denn, er arbeitete für den Gegner, doch dafür gab es keine Beweise. Ich wog die Vorteile ab, die sich für ihn daraus ergeben konnten: Wenn ich nicht einschritt, würde er Henry liquidieren, vor Goldoni mit sauberen Händen dastehen und außerdem alle Verstöße dem Toten anlasten können. Er hat

Beweise für die Kontakte mit dem Feind, und Francis kann sich nicht mehr herausreden. Wenn ich mich einschalte und Monardi die Lage schildere (natürlich indem ich weglasse, was seine Aufrichtigkeit in Zweifel zieht), kann er verschiedene Dinge tun: Er kann meine Theorie anfechten und meine Worte in den Wind schlagen, dann wären wir wieder am Ausgangspunkt; er wäre für mich verdächtiger denn je zuvor (und nun würde er in der Tat jede meiner Aktionen aufmerksam verfolgen); oder aber er sähe sich gezwungen, mir zuzuhören, und würde dann die Komplizen alarmieren. Wenn aber stimmte, was Goldoni mir gesagt hatte, brauchte er gar nicht zu handeln; Goldoni würde Henry beseitigen lassen. Sollte jedoch Henry überleben, würde unsere Operation scheitern, da Henry ganz offensichtlich eine Falle gestellt hatte … Alles würde von zu vielen Faktoren abhängen. Falls Monardi und Goldoni unschuldig waren (eine unwahrscheinliche Annahme), hätte Henrys Tod für die Araber keinen besonderen Wert; für wen war aber dann all das organisiert worden? Etwa für mich? Ich dachte noch einmal an das, was mir gesagt worden war. Inwieweit waren die Meinungen von Gimellion und Suárez begründet? Ich versuchte, Goldonis Aussagen im Licht der späteren Enthüllungen zu sehen. Wer war der andere eingeschleuste Agent? Mir schien, als hätte er ihn in aller Eile erfunden. Angenommen, Monardi stünde in Verbindung mit den Arabern, warum hatte Henry das nicht aufgedeckt? Ginge man von dieser letzten Vermutung aus, hätte Monardi sein Spiel nach drei Seiten geführt und nicht mit der Regierung der arabischen Staaten paktiert, sondern nur mit einem Sektor oder vielleicht mit den Russen, oder aber mit einem Untergeordneten, der wie er einen raschen Aufstieg anstrebte. Oder gab es etwa einen unbekannten Grund, die wirkliche, verborgene Triebfeder, die alles erhellen könnte?

In Paris fand ich Goldoni niedergeschlagen vor. Er hatte Kräfte in Bewegung gesetzt, die ihm nun entglitten waren. Henry und Monardi traf ich zusammen; der eine war wie immer, der andere bedachte mich mit einem gleichgültigen

Blick; nichts deutete darauf hin, daß seine Zweifel behoben waren.

Mir war klar, ich mußte davon ausgehen, daß alle Bescheid wußten. Es ging nicht darum, sich auf die Suche nach der geheimnisvollen, von Lluïsa Cros ins Spiel gebrachten Geliebten zu begeben. Vielleicht lagen bereits alle Steinchen des Puzzles bereit, nur ich sah sie nicht. Die Verlierer wären nicht unwissend oder schlecht informiert gewesen, sondern in einem offenen Kampf mit dem Konkurrenten unterlegen. Ich konnte gar nichts tun, ich war nur ein Monardi durchaus willkommener Zeuge, keine andere Behauptung hätte ich mit Beweisen untermauern können. Von uns allen würde Goldoni am schmerzlichsten Sieg und Niederlage gleichzeitig erleben. Von dem Tag an vermied er es, sich persönlich in diese Art von Geschäften zu verstricken. Die Macht kann, wie ich euch schon zu Beginn sagte, die undankbarste aller Pflichten sein.

1/0

Carter schwieg nachdenklich. In dem Augenblick kam Kolinski herein.

»Und was ist schließlich geschehen? Hat Monardi Henry getötet?« wollte Oliver wissen.

»Verzeiht«, sagte Kolinski und wandte sich an Carter: »Du sollst kurz ins Observatorium kommen.«

Carter stand auf und ging wortlos hinaus. Kolinski setzte sich, und Emília fragte ihn:

»Kennst du das Ende der Geschichte von Henry und Monardi?«

»Ach, die hat euch Randolph soeben erzählt?« gab Kolinski schmunzelnd zurück. »Darin gibt es zu viele Rätsel für eine einzige Frage. Er hat die Geschichte begonnen, soll er sie auch beenden. Wenn ihr wollt, erzähle ich euch nach dem Mittagessen eine ganz ähnliche, allerdings garantiert mit Ende, denn ich habe sie aus nächster Nähe erlebt.«

Wir würden also – zumindest einstweilen – auf den Schluß von Carters Bericht verzichten zu müssen.

Kolinski saß neben mir und ließ sich einen Kräutertee bringen. Ich fand die Gelegenheit günstig, ihn an seine Anspielung auf meinen Vater zu erinnern. Zunächst schien er verdutzt, dann lachte er und sah mir direkt ins Gesicht.

»Bitte, verzeih mir. Ich habe mich geirrt. Ich habe deinen Vater mit jemand anderem verwechselt. Der Biologe, den ich kannte, hat gar nichts mit dir zu tun. Solltest du aber etwas über deinen Vater wissen wollen, dann frag doch Rodin; der war mit ihm befreundet.«

»Er ist gerade abgereist.«

»Er wird wiederkommen. Gimellion hat ihn übrigens auch gekannt.«

Ich wagte nicht, ihn zu fragen, was ihm Gimellion gesagt hatte. Der Tag wurde so düster, daß wir wohl bald Licht machen müßten. Meine Augen glitten zu Emílias schwarzen Seidenstrümpfen, die unter dem goldfarbenen Kleid mit einem Schlitz bis zur Taille beinahe zur Gänze zu sehen waren. Wir plauderten eine Weile über Belanglosigkeiten, dann kamen Carter und Gimellion lachend herein. Sie sprachen von einem sehr geschätzten Jugendfreund, den sie nicht mehr angetroffen hatten.

»Du redest von der Zeit, als er schon älter war«, meinte Carter, »du hättest ihn als Jungen kennen sollen, da war er noch witziger.«

»Von wem sprecht ihr denn?« fragte Emília.

»Von Míliu Escalfagerres«, antwortete Gimellion und wandte sich an Carter: »Warum erzählst du uns nicht von den Spielen, die ihr als Kinder gemacht habt?«

0/1

Geschichte des Míliu Escalfagerres

Ich habe euch vor kurzem gesagt, daß ich Barcelona als kleiner Junge kennengelernt habe. Damals war der Schüleraustausch sehr in Mode; so verbrachte ich ein Schuljahr in Barcelona, und der Sohn von Freunden meiner Eltern war bei uns zu Hause. Die Ferien verlebten wir gemeinsam, im einen Jahr bei ihm, im anderen bei mir. Mein Freund hieß Emili Norach, und dieses Hin und Her dauerte (zum Glück für unsere Eltern mit der einen oder anderen Unterbrechung) von unserem neunten oder zehnten bis zu unserem dreizehnten Lebensjahr.

Am Ende dieser Zeit hatte Emili in verschiedenen Fächern einen beachtlichen Ruf erlangt; ich würde sogar behaupten, in nahezu allen Bereichen. Als er vierzehn war, gaben sie ihm einen Spitznamen: Míliu Escalfagerres, was soviel wie Krügewärmer heißt. Bei ihm zu Hause sagte man, das käme aus Kindertagen, da er stets so hungrig war, daß seine Mutter den ganzen Tag über immer wieder Essen wärmen mußte. Das ist allerdings eine absurde Erklärung. Erstens bezieht sich der Spitzname auf ihn und nicht auf seine Mutter, und außerdem wird Essen – wie jeder weiß – nicht in Krügen gewärmt. Der tatsächliche Ursprung dieses Namens war – aus wer weiß welcher phantasievollen verbalen Abwandlung – Mílius frühreifer, weit verbreiteter Ruhm als meisterhafter Busengrapscher. Als wir Freunde in den Frauen bestenfalls erste Möglichkeiten entdeckten, hatte er bereits eine richtige Angriffstechnik entwickelt und lachte über das naive, romantische oder überschwengliche Gefasel der anderen wie ein in tausend Schlachten abgehärteter Mann.

Ich erinnere mich, daß ich im letzten Sommer, den wir bei ihm zu Hause verbrachten, gerade fünfzehn geworden war und wie auf Wolken in Barcelona ankam, da ich soeben mein erstes Liebesabenteuer erlebt hatte und die dabei üblichen Gefühlswallungen noch nachwirkten. Míliu machte nicht nur Scherze, sondern bot mir auch an, mich von dieser Krankheit zu heilen, die er als schädlich für meinen Geist bezeichnete. Eines Nachts, als seine Eltern ausgegangen waren, lud er mich ein, das Bett mit dem Dienstmädchen zu teilen (das arme Mädchen hatte er mit Geschenken und Geld herumgekriegt). Ich traute mich nicht, nein zu sagen, und gab eine schrecklich lächerliche Figur ab.

Eine andere seiner Fähigkeiten (ich bedauerte immer, sie nicht nutzen zu können) bestand darin, die Prüfungsfragen drei oder vier Tage vor dem jeweiligen Datum zu träumen. Míliu teilte das Ergebnis der Träume zwei engen Freunden mit. Beim erstenmal machten sie sich darüber lustig, doch als sie später die Resultate sahen, fragten sie ihn vor Prüfungen jeden Morgen respektvoll und besorgt, wie er denn geschlafen hätte. Die beiden Freunde, bereits angesteckt von der verhängnisvollen Manie, die Dinge rational zu erklären, hatten die Theorie, daß die Geschichte mit den Träumen bloß eine Art war, seinen Diebstahl der Prüfungsfragen zu verbrämen. Doch das Wann und das Wie war schon schwieriger zu erklären. Daß Míliu nämlich Zugang zu den privaten Unterlagen des Geographieprofessors und des Mathematikprofessors hatte, beruhigte ihr Streben nach Rationalität durchaus nicht. Außerdem waren Mílius Träume mit einer Reihe Details ausgeschmückt, die erstaunlich waren für einen Jungen, der nur Frauen und Unfug im Kopf hatte. Ich erinnere mich an einen, den er mir außerhalb der Prüfungszeit erzählt hat und der deshalb ohne akademisches Interesse, doch aus verschiedensten Gründen viel suggestiver war. Wir saßen beim Frühstück, er wartete wie immer, bis seine Mutter gegangen war, und begann dann zu reden.

1/2

Der Traum des Míliu Escalfagerres

Ich verließ das Haus im Morgengrauen (oder nach Sonnenuntergang, es war jedenfalls weder Tag noch Nacht) – ich weiß nicht, ob mit meinem Körper oder ohne ihn – über einen Weg, der ein wenig außerhalb um die Stadt herumführte. Die Gegend war grau und verbrannt, ein einziger Baum, eine Zitterpappel, stand links am Wegrand. Auf dem untersten Zweig saß ein Vogel.

»Halte ein, o du vom Schöpfrad, das kriegerisches Wasser bewegt!«

Ich drehte mich um, aber da war niemand. Der Vogel hatte gesprochen.

»Wer bist du und was willst du von mir?« sagte ich zu ihm.

»Ich war Munikus, der König der Molosser, in früheren Zeiten war ich der gütigste Seher der Erde; ich wurde in einen Raben verwandelt. Ich bin hier, um dir den Weg zu weisen, der dich das Schicksal erkennen läßt, das die Götter für dich bestimmt haben.«

»Ich höre dir zu.«

»Der Seher, der deine Zukunft besitzt, ist in die Hölle verbannt, in das Haus des Hades mit dem goldenen, von vier schwarzen Rossen gezogenen Wagen. Es gibt verschiedene Zugänge zum Tartaros: Aquerusia, in der Stadt Hermione am Schwarzen Meer, wo noch immer Spuren vom Abstieg des Herakles zu finden sind. In Troizen, hinter der Steilküste, von wo aus Dionysos seine Mutter Semele gerettet hat …«

2/1

»Mensch«, unterbrach ich ihn, »wo hast du bloß all diese Namen her?«

»Aus dem Traum natürlich; aber warte, es kommen noch viel seltsamere Dinge.«

Er fuhr mit geheimnisvoller Miene fort.

1/2

›Man kennt auch den Zugang über den von Theseus errichteten Tempel der Artemis. In wachem Zustand findest du nicht einmal die Fundamente, doch im Schattenreich ist er unversehrt. Ein anderer Eingang, einer der berühmtesten, ist die Tainarische Grotte. Sie liegt im Vorgebirge des Kaps von Matapan, im Süden des Peloponnes, zwischen dem Golf von Messenien und dem von Lakonien. Dort steht ein Poseidon-Tempel, der an eine Höhle erinnert. Früher war dies eine der einfachsten und verborgensten Möglichkeiten des Abstiegs, doch heute wäre es schwierig für dich, denn der Eingang ist seit Jahren verschlossen und unbenutzt. Es gibt noch zwei weitere: In Lerna der von Dionysos und auch von Castor und Pollux benutzte; es ist der Punkt, an dem sich täglich ihre Wege kreuzen; und in Aornis, im Land der Thesproter, der Zugang, den Orpheus nahm, um Eurydike zu befreien. Es existiert auch der Haupteingang, durch den Hermes, in einen roten Umhang gehüllt, die Seelen durch den Pappelhain geleitet, der an den Fluß Styx grenzt; dort steht die riesige Ulme, die in jedem ihrer Blätter die Träume bewahrt. Nimm auf keinen Fall diesen Weg; selbst wenn es dir gelingen sollte, den Fährmann Charon abzulenken und dem grauenvollen, schwirrenden Gesang des Sumpfgetiers zu widerstehen, würde der Hund Kerberos an deinem Geruch und deinem Atem augenblicklich erkennen, daß du ein Eindringling aus der Welt der Lebenden bist, und dich mit einem seiner drei Köpfe verschlingen (es ist zwecklos, ihm Honigkuchen oder Schlafmohn mitzubringen, er ist schon zu oft an der Nase herumgeführt worden). Ich empfehle dir das Tor beim Hain des Zeus im Lapithos-Gebirge, wo sich ein Bildnis des Herakles befindet, das an dieser Stelle an seinen Aufstieg aus der Hölle mit dem an die Kette gelegten Kerberos erinnert. Der Ort ist besonders interessant wegen seines Blicks über den Hellespontos und den Platz – auf dem Berg Pelion, neben dem Lephistos gelegen –, von dem Zeus in den Himmel aufgestiegen ist. Dort befand sich die Zollgrenze, die den Trojanischen Krieg ausgelöst hat, beides begünstigt durch den Ritt von Phrixos und Helle auf dem Rücken des Goldenen Widders. Wie du weißt, war Phrixos Opfer einer Intrige, und der Sturz seiner Schwester Helle kennzeichnete fortan die Wasser der Meerenge zwischen Europa und Asien. Dies ist der geeignetste Ort für deinen Abstieg in den Tartaros. Du solltest eine mit frischem Blut gefüllte Lederflasche mitnehmen. Die Seelen der Toten sind schrecklich begierig auf Blut, und es besteht immer die Gefahr, daß sie deines trinken, wenn du kein anderes bei dir hast, um sie notfalls zu besänftigen. Sie sollen auch Lupinenkörner mögen (ich weiß nicht, warum), und manch einer empfiehlt, ihnen Speisen der Hekate zu bringen. Früher ließ man ihnen Blut an den Wegkreuzungen zurück, doch nun ist es für sie schwieriger zu finden, sofern es nicht einen saftigen Verkehrsunfall gegeben hat. Am wichtigsten ist es, den Zeitpunkt des Abstiegs richtig zu wählen; er muß in den Wintermonaten liegen, wenn die edle Persephone, Ereshkigal für die Akkader, dort mit ihrem Gatten wohnt. Bring ihr einen Mistelzweig mit und erzähl ihr von der Außenwelt, so wirst du ihr Verständnis und ihre Zuneigung gewinnen. Wenn du zuerst Hades siehst, so lehn alles ab, was er dir anbietet – vor allen Dingen Speisen –, und willige nicht ein, mit ihm Schach oder irgendein Glücksspiel zu spielen, so liebenswürdig er dich auch dazu auffordern möge; mehr Ratschläge vermag ich dir nicht zu geben: Ich glaube, du wärst verloren, denn er würde Mittel und Wege ersinnen, dich nicht mehr fortzulassen. Im Haus des Hades wirst du zur Linken, neben einer weißen Zypresse, eine Quelle vorfinden; hüte dich davor, dich ihr zu nähern. Vor der Quelle auf der rechten Seite, ›Gedächtnis‹ genannt, stehen zwei Wächter. Sag ihnen ... ach egal, besser, du trittst auch an diese nicht heran. Du mußt noch weitere Gefahren überwinden, wie etwa die Wasser der unterirdischen Flüsse des Tartaros, vor allem die des Pyriphlegethon, die aus Lava sind, und die des Lethe; wenn du von seinen Wassern trinkst oder dich ihnen auch nur näherst, dich benetzt oder ihre Dämpfe einatmest, befällt dich das Vergessen, du weißt nichts mehr von den Dingen, die dir geschehen sind, und nichts mehr von allem, was du gesehen hast. Von dort kämst du nie mehr fort, da die Welt der Lebenden jeden Sinn für dich verloren hätte. Eine andere beträchtliche Gefahr, von der du nie weißt, wann sie auftauchen wird, ist Empusa, das vielgestaltige Ungeheuer, das eine betörend schöne Frau oder sonst irgend etwas sein kann; du wirst sie erkennen, denn sie hat ein Bein aus Erz und das andere aus Eselsmist. Du mußt dich auch vor den tiefen Stätten der ganz großen Frevler in acht nehmen; dort könnte dich der Stein des Sisyphos erschlagen; du könntest irrtümlich dem Tantalos als Mahl serviert werden oder die zwei Geier, die sich die Leber des Tityos teilen, als Vorspeise oder Nachtisch reizen. Du solltest die Begegnung mit Peirithoos vermeiden, der mit Ketten aus Schlangen an den Sessel des Vergessens gefesselt ist; seit Herakles Theseus befreit hat, ist er dort sehr allein und wird dich sicherlich fragen, ob du ihm nicht eine Weile Gesellschaft leisten willst. Der Sessel verfügt, Rücken an Rücken, über zwei Plätze; wenn du dich auf den leeren Platz setzt, wirst du nie mehr von dort aufstehen. Du solltest auch dem Lapither Ixion aus dem Weg gehen, der an ein sich immerfort drehendes Feuerrad gebunden ist. Manch einer behauptet, daß über Ixion und Peirithoos ein schwarzer Felsbrocken hängt, der hinabzustürzen droht, ich habe ihn allerdings nie gesehen. Neben dem Rad befindet sich der bronzene Stier des Perilaos, der wie eine Lokomotive schnaubt und dampft. Halte dich fern, denn in seinem Inneren werden die politischen Delinquenten gekocht. Wenn du vorsichtig bist, rate ich dir hingegen, dich unaufdringlich dem Sitz der Drei Totenrichter, Minos, Rhadamanthys und Aiakos, zu nähern, die neben dem Palast des Hades ihre Arbeit verrichten. Schenk vor allem dem Letztgenannten deine Aufmerksamkeit; er ist weniger beeindruckend und wirkt schwächer als die anderen beiden, doch hüte dich davor, ihn, und sei es in Gedanken, zu beleidigen, denn er wird damit beauftragt sein, nach deinem Tod über dich zu richten, es sei denn, du machst eine so brillante Karriere, daß dein Fall Minos übertragen wird. Nun, mir scheint, das, was ich dir gesagt habe, wird dir helfen, dich im Hades einigermaßen zurechtzufinden. Denken wir nun also an die Wahrsager. Meine Macht reicht nicht aus, dir zu sagen, welcher dich am besten leiten könnte; das wirst du selbst herausfinden müssen. Ich will dir von einigen, die mir bekannt sind, erzählen. Einer der berühmtesten ist Teiresias von Theben; du wirst ihn an seiner Größe und seinem ehrwürdigen Alter erkennen; er ist blind und hat einen Stock. Von allen Sehern hat er, dank dem von Zeus eingeräumten Sonderrecht, vielleicht am besten seine prophetische Gabe auch nach dem Tod bewahren können. Er ist aber leider gerade deshalb sehr beschäftigt, und es ist unwahrscheinlich, daß er für dich Zeit haben wird. An einem auserwählten Ort befindet sich das Haupt des Orpheus; es verfügt über außergewöhnliche prophetische Kräfte, doch glaubt es sich immer mehr im ausschließlichen Besitz der absoluten Wahrheit in der Kunst der Musik und verbringt den ganzen Tag mit Lyrik. Es ist ziemlich sicher, daß du von ihm nicht einmal gehört würdest. Melampus hingegen wäre ein hervorragender Verbündeter; seine hellseherischen Gaben stammen aus jungen Jahren, als ihm ein paar heranwachsende Schlangen, denen er das Leben gerettet hatte, zum Dank die Ohren geleckt haben; das ermöglichte es ihm, die Tiere zu verstehen. Du wirst auch auf Antiphon treffen, einen Gelehrten der Traumdeutung; es ist zwecklos, ihn zu befragen, denn er würde dir nur davon zu berichten wissen, was du mit eigenen Augen sehen wirst. Was Kalchas betrifft, so finde ich ihn nicht sehr vertrauenswürdig; er mußte mehrmals seine Gaben auf andere Seher übertragen und wurde schließlich wegen eines lächerlichen Wettstreits über die Herkunft einer Sau und einer Lieferung Feigen von Mopsos besiegt. Dieser ist Sohn des Apollon und Enkel des Teiresias von Theben, deren Fähigkeiten er geerbt hat. Wenn du dich mit Frauen gut verstehst, könnten dir Manto (Tochter des Teiresias und Mutter des Mopsos) und Kassandra gelegen kommen. Unter denen, die an der Fahrt der Argonauten teilnahmen, finden sich Idmon, der blinde Phineus und Euphemus, der sich mit jedem Tag mehr darüber grämt, daß die anderen die Lorbeeren ernten, wo doch er über das Wasser zu gehen versteht wie niemand sonst; ich glaube nicht, daß er bei Laune ist. Die auswärtigen Propheten, wie Jonas, Elias oder Jesaja, empfehle ich dir nicht; sie sind im Tartaros schwer zu finden, denn wegen ihrer zu Lebzeiten verfochtenen Ideen wollen sie nicht einsehen, daß sie dorthin geraten sind, sie verstecken sich auf den trauernden Wiesen oder in den Myrtenwäldern; selbst wenn es dir gelingen sollte, sie zu entlarven (was doppelt schwierig ist, weil einige von ihnen – wie Daniel – falsche Propheten sind), bleiben sie weiterhin starrsinnig und folgen willkürlichen Absichten. Ich glaube nicht, daß sie sich bereit erklären, so einem armen Wicht wie dir die Zukunft vorauszusagen. Und zuletzt die weissagenden Dinge: Der Schaft der Argo und die Eiche der Dodona, heute unglücklicherweise in tausendundeinen Splitter verstreut; die falschen, wie andere Bruchstücke berühmter Hölzer, haben sich so vermehrt, daß, wollte man sie wieder zusammensetzen, nicht eine Eiche, sondern ein ganzer Wald entstünde; die Möglichkeiten, einen echten Splitter zu finden, sind demnach eher gering. Um am Ende wieder hinauszugelangen, kannst du zwischen zwei Toren des Traums wählen: eines aus Horn, das andere aus Elfenbein; es heißt, daß durch das eine die wahrhaftigen Visionen gehen und durch das andere die trügerischen. In diesem Punkt kann ich dir nicht raten, denn wir sind doch alle Traumgestalten … Ich weiß nur von einem, der die elfenbeinerne Tür benutzt hat, daß er damit auch nicht schlecht dran war. Das ist alles, was ich dir zu sagen habe. Mach dich also auf den Weg, und vor allen Dingen: Diskretion, Bescheidenheit, kein überflüssiges Wort und keine unbedachten Äußerungen.‹

Darauf breitete der Rabe seine Flügel aus und flog über den Baum hinweg. Ich trat ein paar Schritte zurück, um ihm mit dem Blick folgen zu können, doch er war verschwunden, als hätte ihn die Luft verschlungen.

2/1

»Und dann?« fragte ich Míliu.

»Nichts, ich bin aufgewacht.«

Ich hatte nie einen so bilderreichen Traum gehabt (es dauerte Jahre, bis mir das gelang), diese geschilderte Fülle erdrückte mich. Bis zu jenem Tag waren für mich Träume nichts weiter als Träume gewesen, und ich hegte kaum Hoffnungen, von Míliu Escalfagerres' Abstieg in die Hölle zu erfahren. Deshalb mischten sich in mir Überraschung und Ungläubigkeit, als mir Míliu am nächsten Morgen während des Frühstücks die Fortsetzung ankündigte. Wie am Vortag warteten wir, daß seine Mutter in die Küche ging, dann begann er zu erzählen.

Fortsetzung des Traums von Míliu Escalfagerres

Zu einer unbestimmbaren Stunde zwischen Nacht und Tag folgte ich einem hügelauf, hügelab verlaufenden Weg, der dem der vorangegangenen Nacht glich. Nachdem ich eine kleine Anhöhe überwunden hatte, sah ich, daß der Weg zu einer Hütte führte, deren Tür ein rotes Leuchtschild mit grünlich flimmernden Buchstaben schmückte. Als ich näher kam, hörte ich gedämpfte Musik, vielleicht waren es Melodien aus den Tropen, wie sie vor zwanzig Jahren modern gewesen waren. Auf dem Schild stand: TAINARISCHE GROTTE, und an der Tür befand sich ein Hinweis: »Eintritt 250 Peseten, Getränk inklusive.« Ich bezahlte bei einem alten, schmuddeligen Kartenverkäufer und ging hinein. Es war eine elende Höhle, klein und schrecklich muffig, feucht und heiß. Bis auf die Decke und eine Theke aus schwarzem Marmor war alles in grellen Farben gehalten: schreiendes Rot, Gelb und Grün. Zwei oder drei fette, verschwitzte Pärchen saßen ineinander verschlungen an den Tischen in den Nischen. Zwei Individuen sahen mich von der Theke her mit verächtlichem Grinsen an. Sie machten mir angst. Sie trugen zu enge Hemden, unter den Achseln und auf dem Rücken zeichneten sich Fettwülste und Schweißflecken ab. Sie sahen südländisch aus und hatten gestutzte Schnurrbärte. Zweifellos sprachen sie über mich und machten sich lustig. Mir wurde übel; einer von ihnen wandte sich mit einem widerlichen Lächeln an mich, das zwei Reihen gelblicher Zähne bloßlegte, von denen einige verfault, andere aus Gold waren.

»Hier entlang, bitte.«

Er wies auf einen schwarzen Vorhang im hinteren Teil des Raumes, schob ihn zur Seite; nichts war zu sehen, es herrschte völlige Dunkelheit, Leere und lilafarbene Schwärze. Ein eiskalter, beißender Luftzug schlug mir entgegen, wie ein Peitschenhieb. Der Mann versetzte mir einen Stoß von hinten, und ich fiel hinab, gefolgt von schrillen Lachkaskaden der Bargäste.

Ich gelangte über eine Art Rutsche aus Messing nach unten; anderthalb Meter über dem Boden hörte sie auf, und meine Rippen erhielten einen kräftigen Stoß. Ich stand sehr nervös auf und machte Licht. Meine Enttäuschung war groß, denn ich befand mich nicht im Tartaros, sondern in meinem Zimmer. Ich schlief etwas unruhig wieder ein, voller Angst, den Faden unwiederbringlich verloren zu haben. Zum Glück traf ich gleich wieder direkt im Inneren der Hütte ein, die sich mit dem Namen Tainarische Grotte schmückte. Der Mann, der mich auf die Rutsche gestoßen hatte, sah mich spöttisch an.

»Dummkopf«, sagte er, doch sein Tonfall war freundlich, »jetzt mußt du von vorne beginnen. Mal sehen, ob du diesmal besser aufpaßt.«

Er nahm mich so sanft an der Hand, als wäre ich eine Ballerina, und führte mich zu dem Loch hinter dem Vorhang, der noch immer geöffnet war, so als hätte die vorangegangene Probe vor zehn Minuten stattgefunden. Er hieß mich am oberen Ende der Rutsche Platz nehmen, das ich beim letztenmal gar nicht wahrgenommen hatte; ich drehte mich zu ihm um. Er forderte mich mit einer grotesk höflichen Handbewegung auf, hinunterzugleiten, doch sein Grinsen ließ mich erstarren; es schien mir unheimlich und hämisch, so als wollte es mir sagen: ›Unglücklicher, jetzt wirst du sehen, was dich erwartet.‹ Ein letztes Detail vertiefte den Schrecken: Ein schauriges Gelächter drang von der Theke herüber; es stammte von einem riesigen Raben, der sich auf den Bierzapfhähnen niedergelassen hatte.

»Dummkopf, Dummkopf«, kreischte er kichernd mit heiserer Stimme und imitierte zwischendurch fistelnd den Mann: »Mal sehen, ob du es lernst, auf die Beine zu fallen!«

Mir blieb keine Zeit, ihm zu antworten, denn mein Begleiter stieß mich erneut die Rutsche hinunter. Ich bemühte mich, das Gleichgewicht zu halten; vor allem wollte ich gut auftreffen, und das schaffte ich. Ich legte eine perfekte Landung hin – sie wäre eines sowjetischen Turners beim Abgang vom Barren würdig gewesen.

Ich befand mich in einem Winkel des Untergeschosses, das

wie der Orchestergraben eines riesigen Theaters aussah. Es war niemand zu sehen. Ich ging ein bißchen hin und her; weiter hinten war alles voll mit hinkenden Vermummten und flüchtigen Schatten, die unheimlich stöhnten. Zweifellos war ich im Tartaros.

Allem haftete eine bläuliche, gespenstische Melancholie an, und allmählich berauschte ich mich an dem Schrecken, der aber eher Traurigkeit war als irgend etwas sonst. Ich sah die Asphodeloswiese und dort, fern, einen riesigen Jäger, der einem Stier mit blutunterlaufenen Augen entgegentrat, eine Keule in der einen, einen Schild in der anderen Hand. Ich schritt durch die Menge. Gestalten waren zu sehen, die weder Menschen noch irgendwelchen bekannten Tierarten glichen. Einige Male bewahrte mich die mit frischem Blut gefüllte Lederflasche davor, von irgendeinem Einwohner ausgesaugt zu werden, der soeben meine zarte Anwesenheit entdeckt hatte. Von einer entfernten Anhöhe her tönte der Flügelschlag und das Gekreisch der Erinnyen. Mir kam es so vor, als sei das der Thron der Höllenrichter, und ich machte mich davon. Nach und nach wurde ich ruhig und beobachtete das Gewimmel. Der Vogel, der mich eingewiesen hatte, mußte ein griechischer gewesen sein; er hatte mir gegenüber einen ganz chauvinistischen Kommentar abgegeben, und nun stellte ich nach und nach fest, daß im Tartaros viel mehr vorhanden war und in größerer Vielfalt, als er es mir geschildert hatte. Ich entdeckte drei besonders bedeutende Kolonien: die hindustanisch-mongolische, die islamische (stark beschäftigt mit der Errichtung eines konischen Grabens mit neun abgestuften Rinnen, die in einer schwarzen, rauchenden Spitze endeten, und eines Berges, der sieben Stufen aufwies, die immer kleiner wurden, bis sie einen grellgrünen Gipfel erreichten) und die nordische, die zwar zahlenmäßig nicht so stark war wie die anderen beiden, aber am besten organisiert und vor allem von beeindruckenden Wachleuten umgeben. Sehr zum Nachteil für meine Zwecke war die hellenische sehr reduziert und, schlimmer noch, von den größeren Gruppen an den Rand gedrängt worden.

Ich spitzte die Ohren, lauerte überall auf eine Bemerkung,

die mich meinem Ziel näher bringen könnte. Ich sah den Garotman, den gewaltigen Glanz des Zentrums von Ahura Masda, für immer Ahriman und seinem Gefolge die Stirn bieten. Ich sah inmitten der Felsen den Platz, an dem Cicero, Clemens von Alexandrien, Ibn Arabi, Proklus, Nikolaus von Cusa, Ramon Llull – mit einem Computer, Namen und Attribute des Absoluten kombinierend –, Paracelsus, Taisnier, der boshafte Physiognomiker, Artefius, der die Vögel versteht, Ruysbroek und Meister Eckehart ihren Gedanken nachhingen, und gelangte in den hintersten Teil des Ganges mit von Rauhreif überzogenen Stämmen und verwitterten Übergängen, wo Gerbert von Aurillac, der unter dem Namen Silvester II. zum Papst des Jahres 1000 gekürt wurde, über ewige Erinnerungen nachsann. Ich sah die in den Grund gebohrten falschen Schiffe der Pelagianisten, Mussaristen, Bahailisten und Herodianer, Hermeneutiker, Heliognostiker und Priscillianer. Ich hielt einen Augenblick bewegt vor dem Motab Kohelets inne, für uns König Salomon, der letzte, der aus einem einzigen Leben das heilige Feuer der Lust, der Weisheit und der Macht schuf.

Ich erinnerte mich an den Zweck dieser Reise in den Tartaros, doch fiel es mir schwer, mich nicht ablenken zu lassen, denn die Versuchung, mit den großen Kriegern und berühmten Verbrechern zu sprechen, war stark. Eine seltsame Klarheit hatte sich meiner bemächtigt. Ich war mir der traumhaften Natur meines Aufenthaltes bewußt und befürchtete, daß ein Erwachen, das nicht mehr lange auf sich warten lassen würde, die Offenbarung für immer in die Ferne rücken und – schlimmer noch – meinen Geist unwiderruflich in die drei Welten aufsplittern könnte (Wachsein, Traumwelt und eschatologische Welt), auf eine Weise, die mir unbekannt war, aber sicherlich die fürchterlichsten Folgen nach sich ziehen würde.

Ich suchte, dem Wort des Munikus vertrauend, weiter nach einem griechischen Seher; schließlich hatte ich eine Empfehlung. An verschiedenen Schauplätzen sahen sich Schiiten und Sunniten, Guelfen und Ghibellinen, Frondisten und Realisten, Jakobiner und Jesuiten, Bolschewiken und Anarchisten,

Interventionisten und Liberale für immer in die Augen. Endlich kam ich neben einen Alten zu stehen, der, als er mich bemerkte, lachte und mit dem Kopf nickte; ich hatte meinen Mann gefunden. Er sah übrigens dem sehr ähnlich, der mich zur Rutsche geführt hatte, war nur älter. Wir spazierten zwischen den Verdammten umher. Aus einer Ecke drang das schallende Gelächter einer Gruppe, die sich über alle, die vorbeikamen, lustig machte: Es waren Antisthenes, Diogenes, Krates, Menippos und Lukian; drei von Kopf bis Fuß in Weiß gekleidete Männer mit langen Bärten spielten weiter drüben mit Knöchelchen; es waren Poe, Melville und Lovecraft.

»Ach, die Tainarische Grotte!« sagte der Alte. »Ich dachte, die ist längst geschlossen.« Er verdrehte die Augen. »Der Tod ist auch nicht mehr das, was er einmal war …«

Ich erzählte ihm, wie ich heruntergekommen war, er sah mich ungläubig und sonderbar traurig an.

»Der Eintritt kostet fünfzig Fünfer? Ja, es ist schon lange her, daß …«

Er unterbrach sich. Ich fand diese Art, das Geld zu zählen, verdächtig und zweifelte am Pedigree dieses griechischen Wahrsagers. Ich fragte ihn nach seinem Namen, doch er wollte ihn mir nicht sagen.

»Ich gehe.«

»Warte«, rief er lachend, »willst du einen Beweis meiner Fähigkeiten? Ich werde dir die Worte wiederholen, die Munikus vor vierundzwanzig Stunden gesagt hat: ›Der Seher, der deine Zukunft besitzt, ist in die Hölle verbannt, in das Haus des Hades mit dem goldenen Wagen. Jetzt verrate ich dir, damit du auswählen kannst, die verschiedenen Zugänge zum Tartaros: Zunächst gibt es den Haupteingang, den ich dir nicht empfehle, durch den Pappelhain …‹ Genügt dir das?«

»Was soll ich dazu sagen, ich erinnere mich nicht genau genug an Munikus' Worte, um ein Urteil abgeben zu können.«

»Wie töricht du doch bist! Man merkt sofort, daß du ein Schlafender bist! Hat dir denn niemand gesagt, wie du dich benehmen sollst?« tadelte er mich.

»Wie kann man verbergen, daß man kein Toter ist?«

»Für die Toten hat Mißtrauen keinen Sinn mehr.«

Wir spazierten weiter und kamen an einen von der hohen Decke hängenden Käfig, in dem ein zusammengekrümmtes, widerliches Insekt von der Größe einer Ratte saß. Zwei Mädchen streichelten es durch die Gitterstäbe.

»Was ist das?« fragte ich meinen Begleiter.

»Das ist Tithonos, einer der Geliebten der Eos. Schau, wie er geendet hat, weil sie ihn unsterblich machen wollte, aber vergaß, auch ewige Jugend für ihn zu erbitten.«

Ich kam ins Grübeln. Es fiel mir nicht leicht, mich an die Rede des Munikus zu erinnern. Ich befand mich in einem Traum, und daß jemand wiedergeben konnte, was ein anderer gesagt hatte, war vielleicht meinem Hirn entsprungen und nicht der Fähigkeit des geträumten Individuums. (Welche Garantie haben wir, daß uns im wachen Zustand nicht dasselbe passiert?) Sobald du dir selbst vertraust, kannst du allen vertrauen, sagte mein Großvater, also begab ich mich in die Obhut jenes Toten.

»Was kannst du mir von meiner Zukunft berichten?«

»Ich habe dir wenig mitzuteilen. Ich sehe in deinem Leben einen verliebten Mann, er verwahrt ein ungeheuer wertvolles Juwel, das ihm von jemandem gestohlen wird, der drei Namen hat, und nur unter Mithilfe von drei Männern wiedererlangt werden kann: Einer von ihnen zweifelt sieben Tage lang, bereist die ganze Welt und hat mehr Namen als der Dieb. Ein anderer ist siebenmal am selben Ort vorbeigekommen. Und ein dritter, der wie der Dieb drei Namen hat, wird wie der erste sieben Tage zweifeln und wie der zweite siebenmal am selben Ort vorbeikommen. Die Prophezeiung wird in Erfüllung gehen, wenn du von jenen angehört wirst, die auf die Ankunft des Brillanten warten; eines Tages wirst du auf das, was ich dir sage, zurückkommen.«

»Die Ankunft des Brillanten? Was soll das sein? Was hat diese ganze Geschichte mit mir zu tun?«

»*Adéu*«, gab er mir zur Antwort und tauchte in einer Gruppe Jugendlicher unter, die wie Ausflügler wirkten und mit kriegerischem Gehabe vorbeizogen. Ich verfolgte ihn, doch ein skeletthafter Legionär packte mich am Arm.

»Dieser Baum«, sagte er zu einer Art Nonne neben ihm,

»kommt mit uns zur Kundgebung für die Verlängerung der jährlichen Ruhepausen nach den Folterungen.« Ich versuchte, mich loszumachen. »Nicht wahr? Was für ein seltsamer Baum! Ist er von Kypris Philomeides oder von der so listenreichen Laertiadischen Glorie?«

»Ich weiß nicht, wovon ihr redet«, sagte ich und versuchte zu fliehen, doch ich fühlte mich immer schwerer werden.

»Er ist aus Blumen von Golgatha«, gab die Nonne zurück, »und um in die Kirche von Bethlehem zu kommen, muß er gründlich gestutzt werden.«

Sie griff mit der Hand unter ihren Rock und zog eine kleine silbern glänzende Sichel hervor. Entsetzt sah ich mich durch Wurzeln im Boden verhaftet, und aus meinen Stirnfransen und Ohren sprossen Feigenblätter. Die Nonne begann mich zu stutzen, und ich versuchte verzweifelt zu schreien, doch es gelang mir nicht. Nase und Ohren wurden beschnitten, ich verspürte einen stechenden Schmerz, aber ich blutete nicht.

»Die Bäume des Brillanten müssen gekappt werden, wenn sie wachsen sollen«, sagte unter gewaltigem, lustvollem Gelächter eine zweite Nonne, die hinter der ersten auftauchte; sie trug eine so enge Ordenstracht, daß sich Brüste und Hintern abzeichneten, die einer aufblasbaren Puppe würdig gewesen wären. Und was für rote Lippen! Oje, oje, dachte ich, die Empusa! Und es ist nicht auszumachen, ob ihr eines Bein aus Erz und das andere aus Eselsmist ist. Sie trug eine Sense in der Hand, kam, ohne ein weiteres Wort zu verlieren, auf mich zu und schnitt mir den Kopf ab.

Da bin ich aufgewacht, inmitten eines Wirrwarrs von Laken, mit denen ich mich beinahe erdrosselt hätte.

2/1

Ich war tief beeindruckt. Míliu wollte nicht weiterreden, und schon nach einer Minute benahm er sich so, als hätte er mir soeben eine der banalsten Dummheiten erzählt. Er hat mir nie mehr einen derartigen Traum geschildert, und wenn ich danach fragte, schickte er mich zum Teufel oder sagte, er könne sich nicht erinnern, und sprach von Frauen, wilden Abenteuern, von allem möglichen, nur um der Frage auszuweichen.

Sein Verhalten lag übrigens in der Familie. Ich denke an die Besuche seiner Großeltern mütterlicherseits; der Großvater, ein verkalkter Rentner, war ein lebendiges Beispiel für Irrationalität. Einmal sahen wir einen Film im Fernsehen, in dem der Hauptdarsteller im Lotto gewann. Der Alte sprang vom Stuhl auf.

»Auf dieses Zeichen habe ich gewartet! Morgen kaufe ich ein Zehntellos.«

»Red doch keinen Blödsinn«, sagte seine Frau. »Überleg doch, wie viele Leute diesen Film sehen. Wenn alle das gleiche machen wie du …«

»Und wenn schon, nur ich habe ihn richtig verstanden.«

Ich muß wohl nicht erwähnen, daß Míliu seinen Großvater seelenruhig unterstützte, als handelte es sich um die klarste und gängigste Sache der Welt.

Seine brillanteste Heldentat hatte er allerdings lange zuvor vollbracht, und zwar in der ersten Zeit, die wir zusammen waren, mit zehn oder zwölf Jahren.

Die Wohnung seiner Eltern lag im fünften Stock eines Hauses im Carrer València. Míliu hatte einen wahrlich aufregenden Zeitvertreib erfunden und ließ mich gleich am ersten Tag unseres Wiedersehens daran teilhaben. Das Spiel bestand darin, am Ende eines sehr langen Seils (oder in Ermangelung eines solchen einiger zusammengeknüpfter Schnüre) eine eigroße Kartoffel anzubinden und sie zwischen den straßenseitigen Balkonen baumeln zu lassen. Sie mußte in der Höhe des Balkons im ersten Stock versteckt bleiben und dann auf die Köpfe der Vorbeigehenden hinuntersausen. Kaum war das Ziel getroffen, wurde die Schnur wieder hochgezogen, und die Kartoffel hing in der Höhe des Balkons im ersten Stock, unerreichbar für die wutentbrannten Passanten und bereit, erneut geworfen zu werden, sobald sich das Durcheinander auf der Gasse aufgelöst hatte. Ich weiß nicht, ob ich deutlich machen kann, wie aufregend das war. Das

Spiel wurde durch die Erfahrungen, die wir sammelten, ausgeklügelter: Form und Größe der Kartoffel, die Art, sie zu befestigen, indem man sie an der dicksten Stelle durchbohrte und an einen geschmeidigeren, stärkeren Faden knüpfte, damit dieser sich bei dem Auf und Ab nicht so rasch ins Mark der Kartoffel grub, und viele weitere Details. Míliu war ein richtiger Meister in der Berechnung der Fußgängerstrecke; dennoch war das Ziel leicht zu verfehlen; die Kartoffel konnte zu früh, zu spät oder danebenfallen, dann blieb das Opfer plötzlich stehen und entfernte sich aus dem Aktionsradius. Es gab denkwürdige Tage, an denen empörte Leute in die Wohnung kamen und die Polizei riefen. Beim erstenmal hielt uns Mílius Vater eine niederschmetternde Standpauke, nachdem er, von ein paar erzürnten Leuten auf unsere Kartoffelwürfe hingewiesen, auf den Balkon gegangen und zu Tode erschrocken gewesen war, denn er sah nur unsere Hintern, weil der Rest über dem Geländer hing, und das im fünften Stock; die Begeisterung ließ uns jegliche Gefahr und jegliches Schwindelgefühl vergessen.

Von dem Tag an beschränkten wir das Kartoffelspiel auf die Zeit, wo wir allein waren, das Risiko verringerte sich erheblich. Wenn jemand unten klingelte, um Rache zu fordern, stellten wir uns taub, und wenn die Sache schief lief und der Volkszorn überhandnahm, strichen wir für eine Weile die Segel, bis sich die Wogen geglättet hatten.

An einem besonders glücklichen Tag schleuderten wir die Kartoffel auf ein paar Jugendliche; die wollten uns eine Schlacht liefern und versteckten sich unter dem Balkon in der Absicht, uns die Waffe zu entreißen. Wir hatten sie beobachtet und nahmen die Herausforderung an. Wir warteten, bis drei stattliche Damen, mittleren Alters und korpulent wie drei Schweizer Kühe, herankamen, und warfen die Kartoffel; das Geschoß traf sie nicht, denn einer der Versteckten fing es mit einem Sprung ab, der eines Weltklassetormanns würdig gewesen wäre, die Folgen waren allerdings sehr hart, denn er verlor das Gleichgewicht und landete auf den Drei Grazien von Rubens. Alle vier gingen zu Boden, und das Durcheinander übertraf unsere kühnsten Erwartungen. Die Frauen erhoben sich, brüllten wie am Spieß und schlugen mit ihren Handtaschen auf unsere Saboteure ein. Der Verlust der Kartoffel hatte sich gelohnt, außerdem hatte Míliu immer eine in Reserve, so daß wir im Handumdrehen eine neue anhängten. Der Tumult auf der Straße war beträchtlich. Die Klingel begann zu läuten. Die Nachbarn lehnten sich über die Balkonbrüstung und sahen nach oben und unten. Es wäre nur normal gewesen, wenn jemand an unserer Schnur gezogen hätte, deshalb beschlossen wir, die Kartoffel unverdeckt und aufs Geratewohl zu werfen. Ein Mann mit Schnurrbart blickte beharrlich nach oben, und sein roter, runder Schädel war so unwiderstehlich, daß kein anderes Ziel in Frage kam: Die Kartoffel traf ihn mitten auf die Nase mit jener außergewöhnlichen Wucht und Präzision, die genau dann gelingen, wenn der Wurf besser danebengegangen wäre. Eine Stunde später waren Mílius Eltern zurückgekommen, und die Polizei war im Haus gewesen. Weil es nicht das erste Mal war, verhängte sie eine Strafe wegen Erregung öffentlichen Ärgernisses. Senyor Norach beteuerte der Amtsgewalt gegenüber, daß so etwas nicht mehr vorkommen würde, und wir mußten gehörig büßen. Ich erinnere mich vor allem an eine Maßnahme, die Míliu und mich weniger schmerzte, nicht etwa, weil wir sie vorhergesehen hätten: Sämtliche Schubladen und Verstecke wurden gründlich nach unserem Waffenarsenal durchsucht, es wurde konfisziert und vor unseren Augen vernichtet; für den Fall einer Wiederaufrüstung oder eines Rückfalls wurden wir mit apokalyptischen Drohungen bedacht. Wir stellten fest, wie sehr wir das Spiel im Lauf der Zeit liebgewonnen hatten, und als wir zu Bett gingen, fühlten wir uns wie Helden, die in der Niederlage ihre Ehre hatten retten können.

Zwei Wochen später ging mein Aufenthalt im Hause Norach zu Ende. Am Vorabend meiner Abreise beschloß Míliu, mir zum Abschied die letzte Kartoffelwurfaktion zu widmen. Ich wehrte ab und meinte, es wäre, so wie die Dinge standen, zu riskant, doch er empfand es als eine Verpflichtung zwischen Freunden. Ich beschwor ihn, wenigstens zu warten, bis die Eltern ausgegangen wären, doch eine Stunde vor dem Abendessen (wir aßen allein und eher als die anderen) fanden wir heraus, daß Mílius Vater nicht weggehen würde, weil er Besuch erwartete. Ich bat Míliu beinahe flehentlich, es aufs nächste Jahr zu verschieben, doch da biß ich auf Granit: Er war entschlossen, sogar die selbst aufgestellten Regeln zu brechen, das Spiel lieber nicht zu spielen, wenn die Eltern zu Hause waren. Ich gab mich geschlagen; und wie ihr gleich sehen werdet, war die Diskussion zwischen Míliu und mir wesentlich wichtiger als die unmittelbaren physischen Auswirkungen.

Mílius Vater, Senyor Jordi Norach, war Börsenmakler und unter anderem als Investitionsberater tätig. In dieser Funktion hatte er die staatlichen Inspektoren mit einer bedeutenden ausländischen Bankgesellschaft zusammengebracht; es ging um den Erwerb der berühmten Bank Mir, die das Finanzministerium reprivatisieren wollte. Wie ich Jahre später erfuhr, war das Geschäft eine Sache von Stunden und die Konkurrenz äußerst hart. Das von Norach vermittelte Angebot war gut genug, um den Inspektor zu einem Besuch halb acht Uhr abends zu veranlassen. Es handelte sich um eine der entscheidendsten Vermittlungen in der Laufbahn von Senyor Norach, und sollte sie erfolgreich verlaufen, winkten ihm vielversprechende Angebote.

Wir stahlen uns mit dem Kartoffelgeschütz auf den Balkon hinaus, und das Unglück wollte es, daß unser erstes Opfer der Inspektor war. Die Kartoffel zertrümmerte seine Brille, und vor Schreck stürzte er; er mußte ins Krankenhaus gebracht werden. Die Verletzungen blieben, entgegen den anfänglichen Befürchtungen, ohne schwerwiegende Folgen; es waren nur vier oberflächliche Schnitte. Das reichte jedoch aus, damit andere Interessenten die Verhinderung des Gegners zu ihren Gunsten nutzen konnten, und nach wenigen Stunden ging, wie ihr alle wißt, die Bank Mir in den Besitz von Alexis Cros über.

Ich erspare euch die Auflistung der Strafen, die uns dieses Abschlußfeuerwerk einbrachte.

Ich verstehe heute noch nicht, wie unsere Familien es wagen konnten, uns in den darauffolgenden Jahren wieder zusammenzubringen. Zweifellos aber gehört die letzte Kartoffelintervention zu den folgenreichsten Vorkommnissen in der Geschichte des Abendlandes.

1/0

So schloß Randolph Carters Erzählung, die Gimellion und den drei Frauen großes Vergnügen bereitet hatte. Ich stand auf und zweifelte nicht im geringsten, daß Carter uns verschaukelt hatte, vor allem, was die Träume des sogenannten Míliu Escalfagerres anging. Carter, Kolinski, Emília und Gertrudis verstrickten sich in eine Diskussion über luzide Träume. Vor ein paar Jahren war die Therapie der luziden Träume (vielleicht eine der letzten Zuckungen der Psychoanalyse) sehr in Mode gewesen, und obwohl das Thema in vielen Kreisen mitleidiges Lächeln hervorrief, gab es manch einen, der es verteidigte. Carter schien einer von ihnen zu sein.

»Die historischen Vorläufer, die du anführst, sind Fabeln, denen man vom wissenschaftlichen Gesichtspunkt aus nicht trauen kann«, sagte Emília.

»Ist dir entgangen, daß Randolph Carter einer berühmten Saga von Träumern angehört?« gab Gertrudis spöttisch zurück.

»Ich habe keinesfalls die Absicht«, antwortete Carter gutgelaunt und gar nicht gekränkt über die abfälligen Bemerkungen, »die Gesetze der Erkenntnis, die für den wachen Zustand gelten, auf die Träume anzuwenden, schon gar nicht, wenn es sich um Träume handelt, die mir von anderen erzählt werden. Aber ich empfinde es auch als willkürlich, wenn man den Träumen ihre reale, physische, greifbare Welt absprechen will, mit ihren eigenen Regeln für Zeit und Umstände und mit ihren Orten und Schauplätzen, die wiederkehren, ganz einfach weil sie immer dieselben sind. Das *Déjà vu* funktioniert in der Welt der Träume und vor allem zwischen Wachsein und Traum in beiden Richtungen.«

»Wenn also die Welt der Träume eine Wesenheit als Ort und Raum besitzt, ist es deiner Meinung nach möglich, daß sich zwei oder mehr Personen in den Träumen treffen, nachdem sie sich vorher verabredet haben«, meinte Emília.

»Ja, das wird behauptet, auch wenn du darüber lachst«, sagte Carter. Er lachte ebenfalls, als wollte er seinen eigenen Worten das Gewicht nehmen oder sie in Zweifel ziehen; dann fuhr er fort: »Vor langer Zeit gab es eine Gesellschaft der Träumer, Morpheus-Jünger genannt, und eine ihrer Theorien war, daß im Traum andere Zeitgesetze gelten und daß sich zwei Personen in einem Traum treffen können, den – nehmen wir einmal an – die eine montags und die andere donnerstags geträumt hat. Das erklärt zum Beispiel, warum in Träumen bereits verstorbene Menschen auftauchen oder sogar historische Persönlichkeiten aus längst vergangenen Zeiten.«

»Das glaube ich nicht«, sagte Emília im Brustton der Überzeugung. »Der Traum setzt sich aus Bildern zusammen, die dem Archiv des Unterbewußtseins entstammen, und diese haben eine klare, physiologische Funktion; wenn also eine verstorbene Person im Traum lebendig ist, bedeutet das ganz einfach, daß sie im Gedächtnis des Träumenden ist, und nicht, daß sie aus dem Traum des Toten herrührt.«

»Seltsamerweise bereitet mir das Auftauchen von ›wieder lebendigen Toten‹ in Träumen‹ immer ein großes physisches und geistiges Wohlbehagen«, bemerkte Kolinski.

»Das beweist doch nichts«, erwiderte Gertrudis. »Du kannst jemanden wiedererkennen, von dem du glaubst, ihn schon einmal gesehen zu haben, doch tatsächlich kennst du ihn nur aus einem Traum; und wenn er dir im Traum begegnet, achtest du nicht darauf, weil sein Gesicht an keines aus der Welt des Wachseins erinnert.«

Das Gespräch kam mir immer weniger ernsthaft vor, und ich schaltete mich ein.

»Das bedeutet, daß wir einen Bekanntenkreis im wachen Zustand und einen im Traum haben, die möglicherweise übereinstimmen und sich zum Teil überschneiden; in einem Traum können wir einen Freund aus der Welt des Wachseins einem aus der Welt des Träumens vorstellen: ›Liebling, das ist im Traum mein Schneider, im wachen Zustand jedoch mein Barbier.‹«

Emília lachte; ich sah zu Gertrudis, aber die hatte mir vielleicht gar nicht zugehört. Kolinski rief Theorien der Träumer in Erinnerung, und er und Carter lachten, als würden sie sich Scherze erzählen oder jemanden kritisieren, den sie im Grunde schätzten.

»Es wurde auch behauptet, daß ein Traum innerhalb eines Traums Wachsein ist, und die Träume nicht, wie Borges in Anlehnung an die Araber und Chinesen sagte, auf verschiedenen Ebenen funktionieren, sondern so, wie in der Arithmetik die Minuszeichen oder in der Sprache die Verneinungen wirken; eine doppelte Verneinung ist eine Bejahung; noch einmal einzuschlafen und in einem Traum zu träumen bedeutet also soviel wie aufzuwachen.«

»Ja«, unterbrach Carter, »doch handelt es sich um ein reflektiertes Wachsein, zu dem es keinen Zugang gibt, das Wachsein auf der anderen Seite des Spiegels, die den Blick auf das Verborgene erlaubt. Wäre dem nicht so, gäbe es kein Erwachen: das ganze Leben eines Menschen bestünde aus ununterbrochenem Einschlafen, entweder zum Traum oder zum wachen Zustand hin.«

»Und ist das nun wirklicher oder weniger wirklich als das übliche Wachsein?« fragte Emília. (Spielte sie tatsächlich mit, oder tat sie nur so? dachte ich.)

»Genauso wirklich. In Wahrheit können wir nie eindeutig feststellen, in welcher der beiden Welten wir uns befinden. Die Morpheus-Jünger benutzten den Zustand, um die Absichten ihrer Gegner herauszufinden, indem sie sich mittels des reflektierten Wachseins in diese verwandelten.«

Kolinski schien sich köstlich zu amüsieren. Simon und Emília waren etwas verwirrt. Möglicherweise bargen diese absurden Argumente jedoch geheime Absichten, also beschloß ich, doch noch zu bleiben, obwohl ich mich schon längere Zeit mit dem Gedanken trug, mich mit einem Buch zurückzuziehen.

»Ich habe immer philosophische Träume«, sagte Camila, »Sphinxe stellen mir Fragen, die ich nicht zu beantworten weiß; Knoten kann ich nicht rechtzeitig entwirren, bevor die Sturzflut oder das Ungeheuer kommt, endlose Blutströme ...«

»Das Problem«, meinte Kolinski, der nicht lockerlassen wollte, »war das ursprüngliche Wachsein; es ging darum, träumend an den Ort des ersten Traums zurückzukehren und von dort aus durch einen zweiten das ursprüngliche Wachsein wiederzuerlangen. Das bedurfte eines beträchtlichen Trainings und der Erfahrung; abgesehen von der erforderlichen Anstrengung und der Gefahr, sich zu irren, gab es immer die Möglichkeit, auf einer Zwischenstufe zwischen den beiden Wachzuständen aufgeweckt zu werden, und dann warst du verloren, denn du wußtest weder, in welche Richtung du deinen Schlaf lenken solltest, noch, wo sich dein anfängliches Wachsein befand.«

»Vielleicht«, bemerkte Gimellion lachend, »ließe sich das alles besser an einem Beispiel verstehen.«

»Gewiß«, meinte Carter. »Ich erinnere mich an den Traum eines Freundes«, er hielt kurz inne und präzisierte, während er Gertrudis ansah, »eines Freundes, der nicht ich bin und der das, worüber wir sprechen, bestens veranschaulicht.«

0/1

Der Traum eines Freundes von Randolph Carter

Mein Freund, wir wollen ihn Finoc nennen, träumte von einem sehr wertvollen Juwel, das viele Leute begehrten. Das Juwel war schon lange verschwunden, und niemand wußte, wo es sich befand. Finoc träumte von ihm: Es war von blendender Schönheit und veränderte sich mit dem Licht der Sonne, des Mondes oder des Feuers oder im Widerschein des Wassers, und er träumte von seinem Verlust und seiner Auffindung. Das Juwel lag im Sarkophag einer Dame, die zu Lebzeiten so schön und mächtig gewesen war, wie nun die Erinnerung an sie gewaltig und dauerhaft ist.

Der Traum enthüllte jedoch nicht, wer die Dame war, noch, wo sich das Grab befand; Finoc konnte nur den Namen von jemandem herausbekommen, der wußte, wo die Dame bestattet war. Er hieß Domènec Josa und stand im

Dienst eines hohen Würdenträgers (in anderen Zeiten wäre er ein Prinz gewesen), der ihm aufgetragen hatte, das Juwel für ihn zu stehlen. Finoc war ein großer Träumer, und er brachte eine riskante, brillante Umwandlung zustande, einen Traum im Traum: Im zweiten Traum gelang es ihm, als Domènec Josa aufzuwachen, und durch dessen Gedanken wußte er, wo das Grab der Dame lag. Diese Aktion war allerdings nicht besonders sinnvoll, da Domènec nur ein Untergebener war, der den Namen der Dame ebensowenig wußte wie den des Würdenträgers, für den er arbeitete; das zeugte von der Bedeutung des Juwels: Es galt, die Sache soweit irgend möglich zu delegieren, damit die ausführende Hand unwissend und fern genug wäre, um das Manöver nicht zu gefährden. Finoc träumte (als Domènec) erneut und war im neuen Traum Commoner, ein Experte für alte Schliffe, der in den Diamantminen Südafrikas gearbeitet hatte und wegen Unregelmäßigkeiten von der Gesellschaft De Beers entlassen worden war. In Finocs drittem Traum erhält Commoner das Juwel, das Josa aus dem Grabmal der Dame entwendet hat; es ist das blendendste Schmuckstück des Universums, drei Brillanten, in ein schlangenförmiges Platindiadem gefaßt. Der größte, sechseckige befindet sich zwischen den beiden anderen – Auge und Herz zugleich. Es sind die Juwelen der Brautkrone, die Dionysios der Ariadne schenkte und die später zur Ermordung des Prinzen Ramawata durch seinen Wesir führen sollten.

In Commoners Körper flammen zwei entgegengesetzte Empfindungen auf, als er das Juwel endlich in Händen hält; eine, die er als Domènec Josa hat, heißt ihn, das Juwel dem Würdenträger zu bringen, der ihn mit dem Diebstahl beauftragt hat; die andere, zwischen ihm selbst und Finoc wechselnd, redet ihm zu, es zu behalten, obwohl er weiß, daß er weder die Macht noch die Befähigung besitzt, um ein so kostbares Schmuckstück aufzubewahren. Schließlich wacht Commoner, von den Gedanken bedrängt, auf und ist im wachen Leben wirklich Commoner. Er sorgt sich nicht um das Juwel, denn er weiß genau, in welchem Traum er es suchen muß.

Er schließt sich zu Hause ein und grübelt einen ganzen Tag und eine ganze Nacht darüber, was er tun könne, dreht und wendet das Für und Wider der verschiedenen Möglichkeiten. Als die Sonne aufgeht, hat er noch keine Entscheidung getroffen; er ist völlig erschöpft und schläft schließlich ein. Er beginnt unverzüglich zu träumen, und der neue Traum enthüllt ihm, daß er der letzte Liebhaber der Dame ist und die Namen Finoc, Domènec und Commoner allesamt falsch sind. Die Dame ist wieder am Leben und er verliebter denn je.

»Endlich finde ich dich wieder, mein Geliebter«, sagt sie zu ihm. Seine Augen sind voller Tränen, und das Übermaß an Glück läßt ihn beinahe den Verstand verlieren.

»Endlich, Geliebte ...«

Sie fallen einander in die Arme. Sie streichelt sein Haar. Das Gefühl, endgültig angekommen zu sein, überwältigt ihn.

»Es sind keine drei Tage vergangen, und doch scheinen dreitausend Jahre verstrichen zu sein ...«

»Drei Tage ohne dich sind viel länger als dreitausend Jahre«, gibt er ihr zur Antwort, drückt sie fest an sich und küßt sie auf den Mund. Plötzlich weicht er zurück. »Drei Tage hast du gesagt?«

Sie blickt ihn lächelnd an. Er ist jung, feurig, prachtvoll, seine Augen sind klar und entflammt von dem saphirblauen Wirbelsturm, der seine Erinnerung an das wertvollste Juwel der Welt ausgelöscht hat.

»Drei Tage, was sind schon drei Tage?« sagt sie mit kristallklarer, verliebter Stimme.

Er fühlt sich schwach, vergeht in ihren Armen und reibt sich die Augen.

»Du bist vor über einem Jahr weggegangen, weißt du das nicht mehr?«

Sie antwortet nicht oder sagt zu ihm, daß jetzt nichts anderes zählt als ihr erneutes Beisammensein, und beginnt sich auszuziehen, ohne ihn aus den Augen zu lassen. Er ist der glücklichste Mann aller Zeiten, doch gelingt es ihm, sich zu beherrschen, da ihm bewußt ist, daß er sich in einer geträumten Dimension befindet, also jeden Moment aufwachen und die Dame für immer verlieren kann. Und das Juwel? Er erinnert sich nicht mehr, es ist ihm nicht mehr wichtig, er denkt nur an seine verlorene und wiedergefundene Liebe und daran, sie in die Welt des Wachseins mitzunehmen.

Sie ist mittlerweile halb nackt und umarmt ihn stürmisch. Er fühlt die unwiderstehliche Sinnlichkeit, doch er weiß, was im Traum daraus folgen könnte, und er versucht, sich, so gut es geht, vom erregten Körper der Geliebten zu lösen. Alles ist zwecklos; bei der ersten Berührung dieser unvergleichlich zarten Lippen entlädt sich eine übergroße und zugleich äußerst tragische Lust, und Commoner erwacht in einem Lehnstuhl seines Hauses mit feuchten Hosen. Er hat kaum zehn Minuten geschlafen. Vor Erregung fiebernd, geht er auf und ab; er ist von dem Gedanken besessen, erneut einzuschlafen, um die Dame wiederzutreffen. Er legt sich ins Bett, doch kann er keinen Schlaf finden, er ist zu aufgewühlt. Er nimmt ein Beruhigungsmittel. Es wirkt nicht. Nach einer halben Stunde nimmt er ein zweites, später ein drittes. Endlich schläft er ein, doch sein Verlangen hat ihm einen Streich gespielt, und er befindet sich nicht im ersehnten Traum, sondern wieder bei dem Juwel, dem er hinterhergejagt war und das ihm soviel Kopfzerbrechen bereitet hatte. Das Juwel interessiert weder Commoner noch Finoc, und er verflucht es, weil es ihn von der Dame getrennt hat.

Er beginnt verzweifelt zu weinen und wacht durch sein eigenes Schluchzen auf; er stellt, von einem seltsamen Wahn erfaßt, fest, daß die Abfolge des Träumens unerbittlich zurückläuft; nun ist er wieder Domènec Josa, seine Gedanken gelten nach wie vor der Dame, aber die Realität setzt sich durch: Domènec kennt die Stelle, an der die Dame begraben liegt, und das bedeutet, daß die Dame tot ist. Doch der Geist ihres letzten Liebhabers ist noch in Domènec Josa wach und will sich nicht damit abfinden, sie zu verlieren.

»Es stimmt nicht, daß sie tot ist, es stimmt einfach nicht! Sie lebt noch«, wiederholt er ein ums andere Mal vor dem Spiegel, und wieder treten ihm Tränen in die Augen.

Er starrt auf das Telefon, wartet darauf, daß jemand an der Tür klingelt, doch vergebens. Zu guter Letzt beschließt er, der absurden Hoffnung ein Ende zu setzen und die Beweisfindung in Angriff zu nehmen, die ihn für immer zerstören wird: Er wirft sich seinen Mantel über und geht auf den Friedhof.

Die unselige Wahrheit tritt zutage. Hier ist also für immer und ewig das Grab der Geliebten! Er setzt sich in einen Winkel und gibt sich hemmungslos seinem Schmerz und seiner Verzweiflung hin; er würde sie nie, nie mehr wiedersehen! Wie können ein Kalb, eine Katze, ein Hund am Leben sein und auf Wiesen oder auf der Straße umherlaufen, wenn sie für immer unter der Erde liegt? Es gibt niemanden, der ihm hilft, also tut er es selbst.

Plötzlich tauchen zwei Individuen auf, die ihn mit Gewalt an den Armen hochziehen.

»Wir wußten, daß du zurückkommst, du Dreckskerl! Und das Juwel? Was hast du mit ihm gemacht?«

Er sieht sie an. Zu seiner Verzweiflung gesellt sich Verwirrung und gleich darauf Panik.

»Du willst nichts sagen?« zischt der andere, unheimlich grinsend. »Keine Sorge, wir werden dir schon auf die Sprünge helfen.«

Die beiden nehmen ihn in die Mitte; sie packen ihn so fest, daß er gefühllos zwischen ihnen baumelt und mit den Füßen kaum den Boden berührt. Sie verfrachten ihn in ein Auto, in dem zwei weitere Männer warten, und setzen ihn wortlos auf den Rücksitz neben die beiden. Der an seiner rechten Seite wirkt besonders düster, ihm fehlt ein Auge.

Sie kommen zu einem verfallenen großen Haus und stecken ihn in den Keller. Im Raum befinden sich nur eine Pritsche und zwei Stühle. Von der Decke hängt eine Glühbirne. Ein dritter Mann kommt hinzu, den die anderen respektvoll behandeln. Sein Gesicht ist ihm nicht unbekannt, doch es will ihm kein Name dazu einfallen.

»Was habt ihr damit gemeint, ihr hättet gewußt, daß ich zurückkommen würde?« fragt Domènec. Sie geben ihm die erste Ohrfeige.

»Halt den Mund!« sagt der Anführer. »Hier stelle ich die Fragen. Wo ist das Juwel?«

»Ich habe es nicht. Ich weiß nicht, wo es ist.«

Zwei weitere Ohrfeigen. Er stürzt und blutet aus der Nase. Der, dem ein Auge fehlt, packt ihn am Kragen und stößt ihn gegen die Wand.

»Ach, wirklich nicht? Es wird dir sicherlich gleich wieder einfallen.«

Der Anführer geht fort, und die anderen beiden schlagen ihn abwechselnd.

Nach ein paar Stunden hat Josa jedes Zeitgefühl verloren und weiß nicht mehr, wie lange er schon im Keller eingesperrt ist. Sein Kopf und sein Körper sind ein einziger Bluterguß, er kann sich nicht mehr auf den Beinen halten, verliert häufig das Bewußtsein. Um ihn wieder zu sich zu bringen, überschütten sie ihn mit einem Eimer Wasser. Die Männer, die ihn geschlagen haben, werden von anderen abgelöst, und hin und wieder taucht der Anführer auf und setzt das Verhör fort.

»Für wen arbeitest du? Wem hast du das Juwel gegeben?« Und wieder hagelt es Schläge. »Du willst nicht reden? Es wird dir nichts anderes übrigbleiben.«

Domènec Josa ist klar, daß er hier nicht lebendig herauskommt. Er hat die Information über das Juwel in einem der letzten Traumabenteuer verloren, doch seine Entführer sind davon überzeugt, daß er weiß, wo es ist, daß es sich vielleicht sogar in seinem Besitz befindet, also würden sie ihn weiter schlagen, bis er erledigt wäre.

Domènec verzweifelt. Er kann ihnen nicht begreiflich machen, daß er alles gesagt hat, was er weiß. Die Dame und das Juwel haben keine Bedeutung. Es geht darum, seine Haut zu retten, und der einzige Weg dahin sind die Träume. Domènec muß sich so schnell wie möglich in eine andere Person träumen, bevor er in den Händen dieser Bande von Fanatikern sein Leben läßt.

Aber um zu träumen, muß man schlafen, ein Teil der Folter ist es jedoch gerade, ihm den Schlaf zu entziehen. Domènec weiß, daß fünf Minuten reichen würden, und richtet seine spärlichen Kräfte darauf, Möglichkeiten zu ersinnen, um ein paar Augenblicke Ruhe zu haben. Zum Glück hilft die Vorsehung mit; ein dritter Folterknecht holt die beiden anderen im Auftrag des Chefs zu einer neuen Arbeit, und Domènec bleibt allein. Er atmet ein paarmal tief durch, versucht Schwindel, Schmerz, Zorn und Panik beiseite zu schieben, und schafft es, sich zu entspannen. Er schläft sofort ein und ist wieder Finoc der Abenteurer, der dem Juwel hinterherjagt und dem die Dame nichts bedeutet. Finoc weiß, daß Domènec Josa von seinen Entführern umgebracht worden ist, Commoner das Juwel verloren hat (vielleicht ist es ihm auch gestohlen worden, während er schlief) und der Liebhaber seine Dame; demnach ist es ratsam, als Finoc aufzuwachen.

Er erwacht. Er erinnert sich nicht an das Juwel, das für sein Leben nie viel bedeutet hat, und nun, wo die Dame, die es getragen hat, tot ist, noch weniger.

Er stand auf. Der Rosenstrauch im Garten verlor die letzten roten Blätter. Das Bild der Geliebten erfüllte ihn wie jeden Morgen, seit er sie im Traum lebendig gesehen hatte, mit großem Schmerz und verzweifelter Trauer. Es konnten viele Dinge in seinem Leben passieren, gute wie schlechte, doch für ihn würde kein Sehnen mehr einen Sinn haben.

1/0

»Es war das Juwel der Cros', nicht wahr?« sagte Camila, als Carters Schweigen darauf hindeutete, daß er die Erzählung beendet hatte. »Das Ficinus für Capella stehlen sollte, oder?«

»Es handelt sich nur um einen Traum«, bemerkte Carter mit offensichtlich vorgetäuschter Sanftmut; Gimellion sah auf die Uhr.

»Meine Herren, wir haben einen Termin«, sagte er.

Kolinski und Carter erhoben sich, alle wandten sich zur Tür.

»Moment«, warf Artur ein, »sprecht ihr von dem berühmten Juwel der Bank Mir?«

Vor einiger Zeit war das Gerücht aufgekommen, daß die Bank Mir im Besitz eines außerordentlich wertvollen Juwels sein sollte, was privat und in den Medien allerdings sofort dementiert worden war. Die Angelegenheit war in Vergessen-

heit geraten. Seit langem war nicht mehr darüber geredet
worden, Olivers Frage machte mich ungeduldig. Ich erwartete mitleidige Gesichter, doch zu meiner Überraschung geschah das Gegenteil. Carter blieb kurz auf der Türschwelle
stehen.

»Es ist in der Tat das Juwel der Bank Mir.«

»Aber es hat doch geheißen, alles sei nur eine Werbekam-
pagne gewesen, nicht?« fragte Camila. Carter winkte zum
Abschied.

»Wenn ihr mehr erfahren wollt, kann Gertrudis euch darüber etwas erzählen.«

Wir drehten uns alle zu Gertrudis hin. Simon, Camila, Artur, Emília und ich waren dageblieben. Gertrudis war nicht
älter als Simon oder ich, doch ließen sie sowohl ihr Äußeres
wie ihr Umgang mit Carter und mit Leuten aus einer anderen
Generation reifer wirken, zumindest gab sie sich so. Es war
allerdings nur ein vager Eindruck, denn weder ihr Gesicht
noch die Formen ihres Körpers wiesen das leiseste Anzeichen für das Verwelken der Jugend auf.

»Es gibt nicht viel zu erzählen. Das Juwel war dank äußerst
gelungenen Geschäften nach dem Zweiten Weltkrieg in den
Besitz des Bankiers Mir gekommen. Als sein Vermögen unter
den drei Nachfolgern aufgeteilt wurde, fiel das Juwel zusammen mit allen anderen materiellen Gütern Toni Colom zu.
Als Flint und Colom auf den Ruin zusteuerten, war eines der
ersten Dinge, die Colom veräußerte, das Juwel. Alexis Cros
hatte gespannt darauf gewartet und erwarb es zu einem
lächerlichen Preis (natürlich über einen Strohmann; Colom
hätte es ihm nie verkauft, wenn er gewußt hätte, daß er der
Käufer war). Nach dieser Transaktion erfuhren Cros' Geschäfte einen meteorhaften Aufschwung, denn das Juwel ist
eine unvergleichliche Garantie.«

»So wertvoll ist es? Sieht es so aus, wie es Carters Freund
im Traum beschrieben hat?« fragte ich und bereute augenblicklich meine Naivität.

Gertrudis blickte mich lächelnd an. Ihre Miene war freundlich, doch ihre Augen blitzten so seltsam stählern, daß ich erstarrte.

»Ich kann euch nur sagen, daß es kein anderes Juwel auf der Welt gibt, das sich mit ihm vergleichen ließe. Der Koh-i-Noor und der Cullinan wirken neben ihm wie Modeschmuck. Stellt euch also seinen Wert als Sicherheit für irgendeinen Kredit vor!«

»Und wie ist es in die Hände von Personen wie Mir oder Cros geraten? Ich stelle es mir eher in der Tasche eines arabischen Ölscheichs oder eines griechischen Reeders vor«, sagte Simon, doch Camila schnitt ihm das Wort ab.

»Quatsch! Ein solches Kleinod befände sich im Tresor des Pentagon oder des Kreml. Ich glaube kein einziges Wort von dieser Geschichte.«

»Da hast du schon recht«, sagte Gertrudis, »und genau das ist die Frage: ein solches Stück konnte ursprünglich nur eine Bestimmung haben – Besitz einer Stiftung zu sein; es wäre normalerweise in einem Museum gelandet, wie die Juwelen der englischen Krone zum Beispiel. Aber allem Anschein nach ging es verloren, und als es wiedergefunden wurde, war das Interesse inzwischen so groß, daß derjenige, der es erworben hätte, damit einen richtigen Krieg ausgelöst hätte. Also traf man ein Abkommen und bildete eine Gesellschaft zur Verwertung der Geldmittel. Genaugenommen wurde sie nicht gegründet, sondern es wurde eine bereits vorhandene genutzt: die Bank Mir.«

»Welche Vorteile besaß die Bank Mir?«

»Alle. Es war ein diskretes, leistungsfähiges Unternehmen in einem drittrangigen Land, fern von den stärksten Stellungen und mit höchster Entscheidungskraft ausgestattet. Es wurde ein Kontrollausschuß gegründet, und die Bank Mir organisierte von da an einige der wichtigsten Kreditgeschäfte der Welt, wobei sie natürlich am Gewinn beteiligt war, doch man sorgte dafür, daß das Wachstum nicht allzu aufsehenerregend war, um nicht die Blicke der öffentlichen Meinung auf sich zu ziehen. Dennoch hat es in diesem Zusammenhang irgendeinen Skandal gegeben, wie du selbst erwähnt hast. Das Problem tauchte auf, als es Flint und Colom schlecht ging. Man muß kein Fuchs sein, um festzustellen, daß die Ablösung der beiden durch Alexis Cros an der Spitze der Bank und bei der Kontrolle über das Juwel mit Einverständnis der Gesellschafter geschah.«

»Und danach?« fragte Simon.

»Danach ist alles verwickelter. Der Nennwert des Juwels liegt außerhalb der Geldwechsel, und es kommt ein Moment, wo es völlig abseits dieses Wertes einen Wirtschaftsapparat hervorgebracht hat, und Cros wird klar, daß er das Juwel aus der Bank ausgliedern und das Manöver in einer anderen Institution wiederholen könnte, was bedeutet, seine Möglichkeiten zu verdoppeln, et cetera. Als er das in Angriff nehmen will, wird er krank und stirbt; die darauffolgenden Zeiten haben es bislang verhindert, daß jemand an irgend etwas Ähnliches denkt.«

»Beziehst du dich auf den Krieg?«

»Nein, auf die Zeit davor. Wie ihr euch vorstellen könnt, meinen viele von denen, die den Vorgang kennen, Robert Colom sei nur deswegen an einer Heirat mit Lluïsa Cros interessiert gewesen, weil er die Kontrolle über das Juwel wiedererlangen wollte, und vielleicht haben sie recht; so ließe sich erklären, daß er über Capella den Diebstahl organisieren wollte, dann aber davon Abstand nahm, da er hoffte, ihn durch die Ehe in seinen Besitz zu bringen. Wer allerdings Lluïsa gekannt hat (ich habe sie mehrmals gesehen), dem wird es nicht schwerfallen zu glauben, daß sich alle Männer der Welt in sie hätten verlieben können.«

»Und was ist mit den Aktivitäten der Bank, mit denen Robert Colom Lluïsa erpressen konnte?«

»Es gibt Leute, die behaupten, die Bank habe Revolutionen und Staatsstreiche im Ausland finanziert, zu ihren eigenen Gunsten oder aber im Auftrag des Institutes. Andere Spekulationen galten persönlichen Problemen, irgendeinem dunklen Kapitel im Leben von Alexis Cros, Verbindungen zu wenig ehrenhaften Personen oder Institutionen. Doch welche von Geld beherrschte Institution wäre bei einer genauen Prüfung frei von jeglichem strafbaren Aspekt?«

»Konnte Colom des Juwels habhaft werden?« fragte Simon.

»Offensichtlich nicht. Nach dem, was mit seinem Vater

und Flint geschehen war, gab es sehr strenge Statuten, die verhinderten, daß das Juwel so einfach den Besitzer wechselte. Problematisch wurde es, nachdem Lluïsa Cros gestorben war; da traten dann Gruppen auf den Plan, die im Hintergrund gelauert hatten, und es ist nicht klar, was passierte.«

»Wir könnten Ficinus fragen«, meinte Emília, »er gehört dem Aufsichtsrat der Bank Mir an.«

»Ficinus wird dir sagen, daß das Juwel unter die Kontrolle einer einzigen Person gestellt wurde und er sich nur um die Geschäftsangelegenheiten gekümmert hat.«

»Und diese Person ist wohl der berühmte Ω, nicht wahr?« sagte Simon.

»Der einstweilige Verwahrer des Juwels war Zacaries Uriach«, antwortete Gertrudis. »Damals ist Mateu Valentí verschwunden, und man hat seither nichts mehr von ihm gehört. Wenn ihn wirklich jemand beseitigt hat, wer tat es und warum? Das ist alles, was ich über das Juwel zu berichten weiß, was ich sagen kann, ohne Mutmaßungen anzustellen. Es soll gestohlen worden sein, und sein jetziger Besitzer warte darauf, daß die finanzielle Grundlage, auf der die Bank Mir noch heute steht, erlischt, um es erneut in Umlauf zu bringen. Doch der Krieg hat die Dinge erschwert. Voraussetzung ist, daß die Hypothese stimmt, die ich soeben skizziert habe.«

»Rodin und Ficinus müssen wissen, was aus dem Juwel geworden ist«, sagte Simon, »wir werden sie fragen.«

»Sei nicht so naiv«, gab Gertrudis zurück. »Angenommen, sie wissen Bescheid, so glaube ich doch nicht, daß sie sich in der jetzigen Situation zu Spekulationen hinreißen lassen.«

Es war Zeit fürs Mittagessen, und wir begaben uns ins Speisezimmer. Ficinus und Kolinski standen in einer Ecke und unterhielten sich leise mit ernster Miene.

Ich war versucht, sie zu bitten (sie und Carter), die Dinge nicht nur zur Hälfte und nicht so verworren und gleichnishaft zu erzählen. Was verbarg sich hinter Ω, von dem alle sprachen, doch wenn jemand fragte, wußte niemand etwas? Und nun der Bluff mit dem Juwel. Ich schwieg in der Hoffnung, daß jemand anderes die Fragen stellen würde, die uns sicherlich alle beschäftigten. Ich rief mir die Geschichten in Erinnerung, die wir in diesen Tagen gehört hatten. Was war in ihnen wahrscheinlich, und was besaß eindeutig Unterhaltungswert? Es war von Dingen die Rede gewesen, die der eine oder andere, je nach Alter, vorher schon gehört oder sogar erlebt hatte. Das Kapitel mit den Träumen sollte offenbar die Stimmung auflockern und ein wenig Humor hineinbringen. Alles, was erzählt worden war, hatte einen gemeinsamen Faden, eine untergründige Spannung in den Auslegungen, die vielleicht nur die augenblickliche Ungewißheit und Klaustrophobie widerspiegelte.

Einige ertrugen schlechter als andere diese Umgangsformen. Simon, zum Beispiel, machte mich mit seinem Wahn, alles aufklären zu wollen, nervös. Er und Gertrudis kamen auf mich zu, bevor wir uns zu Tisch setzten.

»Wenn sich die Bank Mir vom Juwel löst, ist ihr Ende nah«, sagte Simon, und seine Bemerkung war wie immer eine Frage. Gertrudis musterte ihn.

»Ihr Ende ist sicherlich in jedem Fall nah«, antwortete sie traurig und lachte dann.

»Worüber lachst du?« wollte Simon wissen.

Sie sah uns beide an, und ich weiß nicht, warum, aber ich vermeinte in ihren Augen die glühenden Trümmer eines gefallenen großen Imperiums zu sehen.

»Alexis Cros widmete sich den Geschäften und den Renditen des Juwels. Lluïsa Cros mußte die Geschäfte delegieren, um sich ganz seiner Bewahrung zu widmen. Nun hat man, um die Nachfolger zu schützen, alle Vollmachten übertragen und zwangsläufig voneinander getrennt.«

»Die Nachfolger?« sagte Simon und wurde blaß. »Meinst du den Aufsichtsrat oder die Kinder von Colom und Cros?«

»Die Kinder von Colom und Cros wurden entführt, und man hat nie mehr etwas von ihnen gehört«, gab Gertrudis gleichgültig zurück. Wir schwiegen.

Plötzlich wurde es mir klar. Ich erinnerte mich an den Komplex, den Simon Gerke seit seiner Kindheit hatte und auf den er im Laufe der Jahre gelegentlich zurückkam. Simon war ein Adoptivkind gewesen und hatte schon früh Vermu-

294

tungen über seine wirklichen Eltern angestellt: ob sie reich oder arm, dies oder jenes gewesen waren. Die Adoptivfamilie war sehr gut situiert. Nun war er erneut darauf verfallen, nach seiner Herkunft zu forschen. Ich fand ein derartiges Getue übertrieben. Oder hatte er Hinweise, von denen er mir nie etwas gesagt hatte? Armer Simon, er war immer so gefühlsbetont gewesen.

Carter und Gimellion trafen ein und setzten sich zu Tisch; kurz darauf kamen Casanova und Teresa. Während des Mittagessens rief Gimellion unter großem Gelächter die Szene in Erinnerung, auf die sich Carter in der ersten Geschichte bezogen hatte.

»Du hättest dein Gesicht sehen sollen, als ich dir sagte, daß Goldoni (wie nanntest du ihn: Chapman?) am Ende alle beseitigen würde. Wenn du in Ohnmacht gefallen wärst, hätte das niemand gewundert.«

»Und Lluïsa, die mir noch sagte, daß eine Frau fehlte, daß in den großen Geschichten immer eine Frau im Spiel sei ... Sie lag damit nicht falsch.«

»Du mußtest wirklich noch viel lernen«, schloß Gimellion.

Es entstand bei Tisch ein Schweigen, wie es beim Zusammensein von mehr als sechs oder sieben Personen durch einen seltenen Zufall entsteht und das eine seltsame Leere schafft, ein abwartendes Nachsinnen (über sich selbst, über die Gruppe), das sofort irgend jemand mit einem nervösen Lachen oder einer nichtssagenden Bemerkung zu unterbrechen versucht, als handelte es sich bei dem Schweigen um etwas Lästiges, das es zu vertreiben gelte. Diesmal verhielt es sich jedoch anders, und einige Minuten, die mir wie eine Ewigkeit vorkamen, war kein anderes Geräusch zu vernehmen als das Klappern der Bestecke. Ich hörte zu essen auf und blickte in die Runde. Ficinus und Gimellion waren ein sonderbares Paar. Der Altersunterschied zwischen ihnen betrug zwanzig Jahre, doch sie hatten eine sehr ähnliche Art zu sprechen. Von allen Anwesenden war nun, da Roncal abgereist war, Carter zweifellos der Undurchsichtigste. Man durfte aber auch nicht übertreiben; es handelte sich wahrscheinlich um ein wohlüberlegtes Verhalten, das die Leichtgläubigen verwirren sollte. Es fiel mir schwer, mir vorzustellen, welche Umstände eine Frau wie Gertrudis in seine Arme gebracht haben mochten. Meine Augen glitten unwillkürlich zu ihr hin. Es war an der Zeit zuzugeben, daß ihre Gegenwart mich zweifellos aufwühlte. Mit oberflächlichen Liebenswürdigkeiten lebte das Gespräch wieder auf – ein Wind, der erneut aufkommt, oder ein Vogelschwarm, der zurückkehrt. Alle erinnerten sich auf kindisch-verspielte Weise an Anekdoten aus längst vergangenen Zeiten, so als wollten sie den Bedrohungen und Verantwortlichkeiten absichtlich aus dem Weg gehen. Dieser Zufluchtsort vermittelte den Anwesenden eine Art Urlaubsgefühl, das die konfliktreichsten Aspekte der augenblicklichen Lage ganz sanft zudeckte. Wir befanden uns an einem sicheren Platz, fernab von dem Grauen, doch Grauen und Zerstörung konnten auf vielerlei Art hierher gelangen ... Während der gesamten Mahlzeit war kein einziges Mal vom Krieg die Rede.

Nach dem Mittagessen tranken wir in der zweiten Bibliothek Kaffee. Durch die Fensterscheiben war ein schwarz verhangener Himmel zu sehen, und wir mußten Licht machen. Es begann leicht zu schneien. Gimellion und ich saßen nebeneinander.

»Wie geht's?« erkundigte er sich. »Findest du alles nach deinem Geschmack? Brauchst du irgend etwas?«

»Alles ist wunderbar, ich habe mehr, als ich begehren könnte«, erwiderte ich höflich in der Absicht, auf seine ironische Freundlichkeit einzugehen, »doch es bekümmert mich ein wenig, daß ich nichts von meiner Mutter höre.«

»Ach«, sagte er, »ich habe vergessen, dir zu sagen, daß ich vor kurzem mit deiner Mutter gesprochen habe; sie läßt dich grüßen, es geht ihr gut, sie ist an einem sicheren Ort.« Ich machte eine zweifelnde Geste, und er legte mir die Hand auf den Arm. »Zumindest so sicher wie unser Platz hier. Beruhigt dich das?«

»Hat sie nicht vor, zu kommen?«

»Im Augenblick ist nicht daran zu denken, vielleicht später ...«

Ich trank einen Schluck Kaffee.

»Hat der Garten der Dämmerungen«, sagte ich ohne Umschweife und in dem Bewußtsein, ein Thema anzuschneiden, das – für mich unverständlich – nicht willkommen schien, »irgendeine besondere Bedeutung?«

»Bedeutung?«

»Ich meine, ob er ein Garten voller Symbole ist. Im Altertum …«

»Lieber Freund, diese Art von Gärten haben schon längst ihren Sinn eingebüßt. Im Altertum war ihre Symbolik ziemlich gering, ganz im Gegensatz zu dem, was uns die Romantiker glauben machen wollten. Die Gärten waren Orte der Machtansammlung, nicht geheimnisvoller, als es ein Weizenfeld, eine Fabrik oder die Börse sein kann. Und sie waren es wegen der Kräuter der Macht, die dort gezüchtet wurden, denn wer sie richtig einzusetzen wußte, wurde zu einem Gott. Leider ist diese Weisheit verlorengegangen. Der Symbolgehalt (und in der Folge das, was wir heute Kultur nennen) ist nichts weiter als die sehnsüchtige Erinnerung an eine Welt, die keine zweihundert Jahre zurückliegt.«

»Mir schien«, rechtfertigte ich mich, »als hätte ich im Garten eine besondere Anordnung erkennen können …«

»Schau«, unterbrach er mich lachend, »Gärten mit einem außerordentlich starken Symbolgehalt sind etwa die alten Steingärten Japans. Die Steine verkörpern Berge, Schiffe, Länder, und der sie umgebende feine Kies wird geharkt, so daß der Eindruck eines Flußlaufes oder von Meereswellen entsteht, je nachdem, ob das Gelände abschüssig oder eben ist. Jeder Stein wird nach seinen Besonderheiten unter Tausenden ausgewählt. Es gibt Gärten, die ihre Berühmtheit verdienen, wie der von Daisen-in, in Daitoku-ji, oder der von Ryogin-an. Herausragend sind vielleicht die von jeglichem pflanzlichen Element entblößten, die nur sechzehn Steine mitten im Sand enthalten, Symbole für die sechzehn Jünger des Buddha, die seine Lehre in die Welt hinaustrugen; zum Beispiel der von Ryoan-ji oder in Kyoto der von Shuon-an. In einem dieser Gärten sind die Steine so angeordnet, daß sie von jedem beliebigen Punkt aus einander den Blick verstellen und du sie nie alle gleichzeitig sehen kannst. Eine Idee kann schwerlich klarer zum Ausdruck kommen. Der absolute Blick ist für den im Ablauf der Zeit gefangenen Menschen unwiederbringlich verloren. Er kann von der Realität nur mehr Bruchstücke und wahlweise Ausschnitte sehen. Diese Gärten sind der Friedhof der mächtigen Gärten des Goldenen Zeitalters.«

Er ließ mich in Ungewißheit zurück. Ein Symbolgehalt des Gartens der Dämmerung war deshalb aber nicht auszuschließen. Kurz darauf kam Emília zu mir.

»Wir treffen uns in einer Stunde im Avalon. Bis dahin kann jeder tun, was er möchte.«

»Willst du mit mir in den Garten der Dämmerung gehen?« fragte ich sie, und sie überlegte kurz.

»Während es schneit? Nein, dazu habe ich keine besondere Lust.«

Ich stand auf, um mir warme Kleidung zu holen. In der Tür lehnten Casanova, Carter und Kolinski. Ich ging an ihnen vorbei und fühlte mich beobachtet. Ich spitzte unauffällig die Ohren, und kaum war ich ein wenig entfernt, dämpfte ich das Geräusch meiner Schritte und lauschte auf Carters Stimme.

»Er ist noch ein bißchen unreif und muß noch viel lernen, doch vielleicht, mit der Zeit …«

Ich blieb stehen und drehte mich um. Alle drei sahen mich unverfroren an, Casanova grinste. Ich ging weiter und versuchte, meine Empörung zu beherrschen.

Vom Nebentrakt her drang unverwechselbar weibliches Stimmengewirr. Als ich vorbeiging, stürmte aus einer Tür ein Mädchen, wir stießen leicht zusammen. Sie hielt inne und errötete; sie war ganz in Weiß gekleidet, mit kurzen Ärmeln, und mochte nicht älter als sechzehn sein.

»Oh, Verzeihung, Senyor«, rief sie aus.

Sie war dreist, verschwitzt und reizend; ich hatte sie bei einem Spiel gestört, ihr war die Mühe anzusehen, das Lachen zu unterdrücken.

»Komm sofort zurück«, hörte man eine ältere Frauenstimme von drinnen rufen; mir war, als lachten im hinteren Teil des Zimmers ein oder zwei männliche Gestalten gedämpft; die schimpfende Frau trat mit einer Zigarette, die sie gleich wegwarf, als sie mich sah, auf die Türschwelle und wandte sich an das Mädchen: »Und du auch; ist der Backofen bereit?«

Die Junge schob die Träger ihrer Schürze hoch und sah mich offenherzig an; ihre allzu roten Lippen bargen tausend Gründe, glücklich zu sein. Ich war verdutzt, neidvoll und verlegen stehengeblieben; sie verschwand durch eine andere Tür.

»Brauchen Sie etwas, Senyor«, fragte mich die beleibte Frau unterwürfig von der Türschwelle aus.

»Nein, vielen Dank«, erwiderte ich und ging weiter.

Ich zog mich warm an: zwei Pullover, Handschuhe und einen gefütterten Regenmantel. Unterwegs dachte ich, ich hätte übertrieben; dank den besonderen meteorologischen Verhältnissen des Ortes würde es dort oben vielleicht nicht schneien wie überall sonst in den Bergen. Ich mußte lachen, sprang von einem Gedanken zum nächsten, bis mir der Zwischenfall, wenn er sich als solcher bezeichnen läßt, mit Carter und den beiden anderen einfiel. Ich bin also grün! Ich hatte beschlossen, nicht empfindlich zu sein, also verschwendete ich keinen Gedanken mehr daran. Der Garten der Dämmerung hatte eine unwiderstehliche, unbeschreibliche Anziehungskraft, die mit jedem Tag stärker wurde. Sein Bild verband sich für mich mit einer aufregenden, bittersüßen Erwartung, mit dem unbewußten Wunsch nach einer wichtigen, zerstörerischen Entdeckung.

In der mit allerlei Kram gefüllten Kammer suchte ich nach einer Taschenlampe. Irgend etwas ließ mich zweifeln, ein unbestimmtes, unerklärliches Gefühl. Das Porträt des Unbekannten schien die Tür zu dem unterirdischen Gang zu bewachen; ich öffnete sie zögernd und schlüpfte hinein.

II

Googol

Dritter Tag

Zweiter Teil

Die Aussicht auf eine mögliche unmittelbar bevorstehende Zerstörung verleiht den Dingen manchmal eine trostlose und rätselhafte Schönheit. Daß diese Empfindungen zu den mit dem Ort verknüpften Geheimnissen oder zur Gemütsverfassung des Betrachters an jenem verschneiten Spätnachmittag im Garten der Dämmerung gehörten, war nicht so sehr eine Frage des Prinzips (die mich nicht besonders beschäftigte), sondern die Art, mich von einer Unsicherheit abzulenken, die sich durch ihr wiederholtes Auftreten beinahe schon in eine gewohnte Regung verwandelt hatte. Ich war zum erstenmal allein im Garten, und mich befiel ein unerklärliches Unbehagen, das an Furcht grenzte. Ich stellte erstmals fest, daß das Gelände nicht ganz eben, sondern wellenförmig und leicht abschüssig war – es hätte das Entzücken (oder den Verdruß) eines Golfspielers hervorrufen können. Merkwürdigerweise markierten die Bäume die Kurven des Geländes und bildeten einen unsichtbaren kleinen Pfad, der sie verband. An unterster Stelle stand die Palme (deren Ausmaße mich wie beim erstenmal erstaunten); der unterirdische Weg brachte dich dorthin, ohne daß du es merktest. Als nächstes kam die Esche, die trotz ihrer beachtlichen Größe neben der riesigen Palme lächerlich wirkte. Dann kamen der Apfelbaum und, in der Mitte nebeneinanderstehend, der Olivenbaum, der Lorbeerbaum und die Eiche. Weiter vorne die Zypresse und als letztes die Pinie, die zweite Gigantin des Gartens; sie war nicht so hoch wie die Palme, doch ihre Krone war die breiteste, die ich je gesehen habe: fast hundert Meter Durchmesser. Die übrigen Bäume, Tanne, Erle und Thujen, standen an den tiefergelegenen Rändern (zweifellos, schloß ich, um die Bewässerung zu erleichtern). Der höchste Punkt war jedoch nicht der, an dem die Pinie stand, sondern der Platz mit dem Marmortisch. Ich umkreiste ihn.

Es schneite immer heftiger, und die Dämmerung zu betrachten erwies sich als zunehmend problematisch. Ich kehrte zum Haus zurück; die Stufen der äußeren Treppe, die zum Gang führte, begannen sich mit Schnee zu bedecken, und ich mußte sehr vorsichtig hinuntersteigen; ein Sturz hier oben hätte nicht viele Hoffnungen gelassen.

Ich durchquerte den Gang und das Gebäude so schnell wie möglich und eilte in mein Zimmer, um die Schuhe zu wechseln. Ich war nervös, denn ich wollte die Geschichten im Avalon nicht verpassen. Die Anordnung der Dinge im Zimmer verwirrte mich: Wo waren meine Kleider? Die Person, die das Bett gemacht hatte, mußte alles umgeräumt haben. Kurz darauf kamen mir Zweifel: War das überhaupt mein Zimmer? Ich starrte auf das Bild, das direkt neben mir hing, auf den Schmetterling. Es war nicht die *Papilio machaon*, die ich jeden Morgen und jede Nacht ansah, sondern eine *Abraxas grossulataria* (ein schrecklicher Name übrigens); wo befand ich mich also? In meinem Wahn, nicht zu spät zu kommen, sicherlich im Zimmer nebenan.

In dem Moment (keine halbe Minute nachdem ich hereingestürzt war) kam Kolinski. Es war eindeutig sein Zimmer; ohne stehenzubleiben, heftete er seine verschwommen blauen, wie seichtes Meerwasser schimmernden Augen auf mich.

»Ich fürchte, ich habe mich in der Tür geirrt«, entschuldigte ich mich; er lächelte.

»Das macht doch nichts, mein Freund. Setzen wir uns kurz, ich möchte dir etwas zeigen.«

»Verzeihung, aber ich wollte mich umziehen ...«

»Ich werde dich nicht lange aufhalten«, gab er zur Antwort und kramte in den Schubladen.

Ich betrachtete seinen gesenkten Kopf; er glich dem Rücken eines Igels. Mein Blick glitt auf einen Schrank, auf dem ein alter Ochsenziemer mit verziertem Ledergriff und einer Bleikugel am Ende lag, ein Werkzeug, das offensichtlich dafür gedacht war, Schmerz zuzufügen.

»Ich habe schon lange nichts Derartiges gesehen«, sagte ich und wollte nach ihm greifen, doch er kam mir zuvor.

»Ich hab's gefunden!«

Er hielt mir auf seinen ausgebreiteten Handflächen einen prachtvollen gekrümmten Dolch hin mit Verzierungen am Griff und in der Mitte des Stahls. Ich nahm ihn, und er sah mich theatralisch an.

»Oh«, rief er gekünstelt aus, »du hast ihn an der Klinge angefaßt! Das ist das untrügliche Zeichen, daß du der Auserwählte der Bäume bist!«

Die Bemerkung klang nach einem Scherz, auf den ich eingehen sollte. Ich kam mir blöde vor, denn ich hatte nicht die geringste Ahnung, wovon er sprach.

»Der Auserwählte der Bäume?«

Ich versuchte meine Verwirrung hinter einem Lächeln zu verbergen.

»Ich denke«, sagte er mit rätselhafter Miene, »nachdem du mit den Bewohnern dieses Hauses gesprochen hast, wird man dir nicht mehr viele Dinge bis in alle Einzelheiten erklären müssen.«

»Ich finde, bis jetzt bin ich nicht gerade mit einer Fülle von Einzelheiten bedacht worden«, antwortete ich und überlegte, auf welche Weise und warum die Bäume mich auserwählt hätten.

»Dein Zimmer«, schloß er, indem er mir den Dolch aus den Händen nahm, »ist das erste links, wenn du hinausgehst; und das nächste Mal laß dich nicht so leicht schrecken, du bist schließlich kein Kind mehr.«

Ich suchte nach einer passenden Entgegnung auf eine solche Unverschämtheit, doch er hatte mir schon die Tür aufgemacht, und ich stand auf dem Gang.

Ich verwünschte meine Dummheit, mich in der Tür zu irren, und betrat mein Zimmer, zog trockene Kleider und andere Schuhe an. Die Bilder empfingen mich altvertraut. Vom Schmetterling ging ein sonderbarer Reiz aus. Mein *Papilio machaon* konnte nicht mit einem anderen verwechselt werden. Über dem Kopfende des Bettes ritt Phrixos auf dem künftigen Goldenen Vlies. Er hatte den Kopf zurückgewandt und blickte mit einem schwer zu beschreibenden Ausdruck nach hinten. Entschlossenheit stand in seinen Augen mit den hochgezogenen Brauen und gleichzeitig Kummer, Triumph und Furcht. Der diese Szene gemalt hatte, mochte zwar kein großer Künstler sein, war aber zweifellos ein hervorragender Psychologe. Das ganze Leben des Mythos, Vergangenheit, Gegenwart und Zukunft, lagen in diesem Ausdruck.

Ich ging in den Avalon. Teresa Mauret, Casanovas Frau, hatte den Deckel der Orgel aufgeklappt (es war eine sicherlich gründlich restaurierte, elektrische Barockorgel, die aber die Reinheit des Originaltons bewahrte). Sie zog an den Registern und phrasierte für ein paar Augenblicke eine Pastorale von César Franck.

Kurz darauf kam Kolinski und teilte uns mit, daß wir es uns gemütlich machen könnten, da keiner mehr dazustoßen würde. Wir ließen Getränke und kleine Häppchen kommen, damit uns später niemand störte, und machten geeignetes Licht, weder zu hell, das würde uns nur ablenken, noch so schummrig, daß man uns mit Verschwörern in einem seichten Film verwechseln könnte.

Wir setzten uns in einen Halbkreis, in der Mitte nahm Kolinski Platz. Rechts von ihm Camila, Artur, Teresa und Casanova. Zu seiner Linken Emília, Simon, Gertrudis und ich. Zwischen Casanova und mir standen vier leere Stühle und ein höherer Tisch. Kolinski begann zu erzählen.

0/1

Geschichte von den Seefahrten der Googol

Vor etwa zehn Jahren beauftragte mich das Interinstitutionelle Institut mit einer diplomatischen Mission auf einem seiner Schiffe, das den Namen Googol trug. Die Googol sah von außen wie eine Luxusjacht aus, war sechsundvierzig Meter lang, hatte drei Decks und ein Schwimmbad. Im Inneren war alles ganz anders; es war das bestausgestattete Spionageschiff, das bis dahin gebaut worden war. Der Bordcomputer war mit der Zentrale des Institutes verbunden und verfügte über maximale Aktionsmöglichkeiten. Es war mit den zur Zeit höchstentwickelten Meßgeräten ausgestattet; es konnte via Satellit kommunizieren und Raketen mit mehreren Atomsprengköpfen abschießen; unter anderem beherbergte es eine Batterie Luftabwehrgeschütze, einen Operationssaal, eine Gießerei und Radar-Telefax der dritten Generation, das holographisch in Farbe und verschiedener Dichte übermitteln konnte; die Motoren erreichten eine Geschwindigkeit von hundertzehn Knoten. Die Mannschaft bestand aus zwölf Personen: Ärzte, Techniker, Matrosen, Köche und Stewards, und fünfzehn weiteren Besatzungsmitgliedern, hochspezialisierten Elitemilitärs. Außerdem verfügte es über zwei Rettungsschnellboote.

Ich erreichte die Googol in Port Said, und wir fuhren durch den Suez-Kanal in Richtung Rotes Meer.

Der Kapitän der Googol und ich waren alte Freunde. Er hieß Keir Dullea, wir beide und einige andere Besatzungsmitglieder hatten häufig miteinander zu tun gehabt, weshalb ich auch diese Arbeit angenommen hatte. Als ich an Bord ging, fühlte ich mich beinahe im Familienkreis: Der Zivilkommissar und der Schiffsinspektor, die sich um die politischen Kontakte einerseits und die allgemeinen Ausgaben andererseits kümmerten, waren ebenfalls alte Bekannte von mir: Waldemar Grotowicz, wie ihr sicher ahnt, ein Landsmann von mir, und Leonard Kane. Dullea zeigte mir in den ersten Stunden, nachdem wir abgelegt hatten, die Räumlichkeiten des Schiffes und machte mich mit den uns zur Verfügung stehenden technologischen Einrichtungen vertraut. Insgesamt war das Arsenal der Googol beeindruckend.

Nach dem Mittagessen war die Hitze drückend (in der prallen Sonne waren es mindestens fünfzig Grad), wir versammelten uns in einem klimatisierten, heckseitig gelegenen Salon im unteren Deck. Nachdem wir uns gegenseitig über die uns betreffenden technischen Details informiert hatten, widmeten wir uns den persönlichen Erinnerungen und sprachen von der Vergangenheit, in der wir gemeinsam verschiedene Menschen gekannt hatten, von denen man einige als

Freunde bezeichnen konnte. Die Googol war vor etwa zehn Jahren in Betrieb genommen worden. Dullea war ihr erster Kapitän gewesen. Ich wußte, daß er seine Stellung für einige Zeit aus persönlichen Gründen aufgegeben hatte, doch mir war unbekannt, welche das waren. Ich erfuhr sie indirekt, als ich ihn nach dem Verbleib eines unserer besten früheren Mitarbeiter, Philip Nachel, fragte. Als ich diesen Namen aussprach, starrte Dullea auf sein Glas Calvados (Alkohol war ausschließlich den vier Männern erlaubt, die Zutritt zu diesem Raum hatten, und nur in Stunden der Ruhe), ein lastendes Schweigen entstand; Waldemar brach es.

»Ich dachte, du stündest nun über dieser Angelegenheit.«

»Ja, ich habe mittlerweile akzeptiert, was geschehen ist«, sagte Keir mit einem bitteren Lächeln, »doch es fällt mir schwer, darüber mit alten Freunden zu sprechen, wenn diese nichts davon wissen.«

Ich bat sie, mir zu sagen, worüber sie redeten.

»Die Nachrichten über Philip sind nicht gerade erfreulich«, antwortete Grotowicz, als er sah, daß Dullea weiterhin schwieg.

Nachel war einer der großen Taktiker seiner Zeit. Er wurde in einschlägigen deutschen Unternehmen geschult und schloß seine praktische Ausbildung im Mossad ab. Als wir uns kennenlernten – das war dreißig Jahre vor dem Zeitpunkt, von dem ich euch erzähle –, hatte er die Gelassenheit dessen, der weiß, daß er über Mittel verfügt, um selbst die heikelste Sache zu lösen. Wir waren sehr gute Freunde gewesen, ich hatte aber, wie gesagt, schon seit langem nichts mehr von ihm gehört.

Von den vier Anwesenden war ich offenbar als einziger nicht informiert. Grotowicz und Kane drängten Keir Dullea, mich aufzuklären. Ich musterte ihn aufmerksam; er wirkte verbittert und war dabei, sich zurückzuziehen. Das sind die Übel (und die Vorzüge) der militärischen Disziplin. Manchmal denke ich, daß es gar nicht schlecht wäre, sich an sie zu halten.

Kolinski sah uns an und lachte, er hoffte, daß jemand es ihm gleichtat; doch wir blieben ernst, und er machte ein mitleidiges Gesicht, so als wollte er sagen: ›Ich hatte schon ganz vergessen, welch einen Haufen Dummköpfe ich doch vor mir habe.‹ Dann fuhr er fort und sprach schneller als vorher.

0/1

Keir Dullea sah auf die Uhr, um zu überprüfen, ob ihm genügend Zeit bliebe zu erzählen, ohne daß man uns unterbräche, und begann, den Blick starr auf einen unbestimmten Punkt geheftet.

1/2

Geschichte von Philip Nachel

Die Googol stand seit knapp einem Jahr in unserem Dienst. Bis dahin hatten sich ihre Aufgaben auf Übungen beschränkt, auf kleine Versuche für Gelegenheiten wie die, von der ich euch berichten werde.

Es begab sich während des Militärputsches in Nigeria; die Aufständischen mit Coronel O'Ngama an der Spitze entführten den sowjetischen und den chinesischen Botschafter.

Wir waren die Lagos am nächsten gelegene Stoßkraft, und sobald die diplomatische Operation auf höchster Ebene abgewickelt war, wurde uns der Fall übertragen.

2/1

»Ich kann mich an die Aktion erinnern«, unterbrach ich erstaunt, »ihr wurdet seinerzeit ausgiebig beglückwünscht, und die Russen haben euch Orden verliehen.«

»Ein Teil von dieser Geschichte ist nicht bis zur Presse durchgesickert«, bemerkte Kane, und Dullea fuhr fort.

1/2

Die Aufgabe war äußerst heikel, denn es gab für den Moment keine Äußerungen von seiten der Politiker zu dem Staatsstreich; es galt also unter Ausnutzung des halbprivaten Status des Institutes, ohne Fahnen zu agieren und jegliches Scheitern, jeden Irrtum auf unsere eigene Kappe zu nehmen. Um acht Uhr abends bekamen wir den Befehl, die Operation war für sechs Uhr morgens vorgesehen. In diesem kurzen Zeitraum bereiteten wir sie vor, teilten Ablösungen und Zeiten ein. Der leitende Offizier war Valerian Lamb.

2/1

»Valerian Lamb!« rief ich aus; an ihn hatte ich gerade eben gedacht.

Dullea gab mir mit einer Geste zu verstehen, daß meine Neugierde befriedigt werden würde.

1/2

Du weißt nur zu gut, wie sehr Lamb Philip schätzte; Philip war sein Sekundant, sie hatten sowohl bei der Lösung wichtiger politischer Fragen wie bei der Entwicklung technologischer Programme zusammengearbeitet. Seit kurzem wurde mit biologischen Mikrotransmittern experimentiert; wir setzten sie allen ein, die an der Aktion teilnahmen. Der biologische Mikrotransmitter (das erkläre ich für Sie, Kane, da Sie mir vorhin gestanden haben, nicht allzusehr darüber informiert zu sein) ist ein Sensor von einem Quadratmillimeter und einem halben Dezimillimeter Stärke, der, ins Ohr eingesetzt, mit seinem Empfänger alles kontrolliert, was der

Träger hört; in Wahrheit sogar mehr als das Gehörte, denn die Übertragung läßt sich verstärken oder mit einem Equalizer noch hervorheben. Es ist möglich, ein mit dem Mikrotransmitter ausgestattetes Wesen in einem überfüllten Fußballstadion zu stationieren und zu hören, was eine bestimmte Person am anderen Ende der Ränge flüstert; oder das Individuum auf der Straße spazierengehen zu lassen und über dieses das Gespräch aus dem vierzehnten Stock eines Hauses zu belauschen. Das Gerät übermittelt außerdem die Lebenskonstanten seines Trägers: Puls, Atmung, Körpertemperatur, et cetera. Es ist seltsam festzustellen, daß eine solche Erfindung immer dazu gedient hat, die Weisheit der Anatomie zu bestätigen. Zu Beginn war bei der Suche nach der günstigsten Aufnahmesituation daran gedacht worden, den Mikrotransmitter in der Nase anzubringen, doch die Idee hat den ersten Versuch nicht überdauert; die vom Atmen verursachten Interferenzen erforderten einen so hohen Einsatz von Filtern, daß kaum mehr technische Reserven übrigblieben, um anderen möglichen Interferenzen beizukommen. Danach wurden sie im Haar und in den Achselhöhlen eingesetzt; schließlich legten verschiedenste Probleme nahe, sie ins Innere des Individuums einzupflanzen; der Mund war, da man ihn häufig bewegte, nicht geeignet; der Mikrotransmitter konnte während eines Mittagessens oder durch eine Zahnbürste verschwinden, und außerdem war er lästig. Deshalb kam man auf das, was schon die Natur als Standort für den Gehörsinn vorgesehen hat: das Ohr. Mit einem einfachen, höchstens halbstündigen chirurgischen Eingriff wurde der Apparat unter der Schnecke, zwischen dem Trommelfell und dem äußersten Ende der Eustachischen Röhre eingesetzt, mehr als achtundzwanzig neurovegetative Verbindungen wurden hergestellt. Die einzig nennenswerten Interferenzen entstanden, wenn das Individuum sich kratzte oder etwas Trockenes, Hartes kaute (zum Beispiel getoastetes Brot); es gab Hinweise, wie das zu vermeiden wäre. Der biologische Mikrotransmitter hatte noch andere Verwendungszwecke: Sein Träger konnte lokalisiert werden, man konnte feststellen, ob er ruhig oder in Bewegung war und mit welcher Geschwindigkeit; er funktionierte gleichzeitig als Empfänger: Von der Zentrale aus konnten an den Träger Nachrichten gesendet oder zwei Träger miteinander in direkten Kontakt gebracht werden. Für den Fall, daß der Träger in die Hände des Feindes fiel, konnte man seine Schmerzen lindern, ihn zum Schlafen bewegen, ihn sogar anästhesieren; kurz, ihn in jeden erdenklichen Zustand versetzen, ihm jedes Gefühl eingeben.

2/1

»Ich stelle mir vor«, merkte Kane an, der ein Kenner der Verhaltensweisen von Leuten war, die mit solchen Dingen zu tun hatten, »daß man ihn auch töten könnte.«

Dullea machte eine resignierte Geste.

1/2

Sie haben recht, aber das ist nicht alles. Der Mikrotransmitter hat noch eine letzte Funktion, die einer hochwirksamen Sprengkraft; er kann nicht nur den Kopf des Trägers in die Luft jagen, sondern auch sämtliche Personen in seinem Umfeld. Es gibt aber, wie euch allen bekannt ist, ein Kontrollpatronat des Institutes, das zwar nicht seine direkten Aktionen überwacht, die aus gutem Grund unabhängig stattfinden müssen, wohl aber die Art der eingesetzten Mittel. Als das Patronat von den Möglichkeiten des Mikrotransmitters erfuhr, forderte es Garantien, damit diese letzte Funktion nicht ohne weiteres zur Anwendung käme; der Schalter für die Explosion konnte nur mit drei Schlüsseln programmiert werden, die laut Vorschrift die drei höchstrangigen Männer im Stützpunkt der Operation besaßen, nachdem ein Mikrotransmitter installiert worden war.

In diesem Fall hatte Alain Montand als Einsatzleiter einen Schlüssel, der Zivilkommissar Kurt Stewart einen weiteren und ich als Kapitän den dritten.

Wir gingen mit der Googol in Dahomei, an der Einfahrt

von Porto Novo, vor Anker und schickten die zwei Schnellboote (ihre Reichweite beträgt mehr als hundertfünfzig Meilen) mit jeweils sechs Mann nach Lagos; Lamb befehligte das erste, Nachel das zweite.

Wie Ihnen wohl allen bekannt ist, war die von Montand ausgeklügelte Operation perfekt und die Vorbereitung der Männer einwandfrei. Wir setzten uns an den Empfänger, um die Ereignisse so nahe wie möglich verfolgen zu können. Die Techniker lieferten hervorragende Arbeit, um uns die heikelsten Momente übermitteln zu können. Eine Intervention unsererseits war nicht nötig. Es war ein rascher, kurzer Überfall, der Plan wurde musterhaft umgesetzt. Im Vergleich mit unseren Bewegungen erschienen die Reaktionen der Aufständischen wie in Zeitlupe. Die beiden Botschafter, der eine mit seiner Frau, der andere mit drei Funktionären, konnten ohne weiteres befreit werden; Lamb bildete die Vorhut und Nachel die Nachhut. Die Geiseln wurden auf die Boote verfrachtet, und Nachel deckte mit zwei weiteren Männern den Rückzug.

Wir rechneten schon mit einem Erfolg ohne Verluste in unserem Lager, es gab keinen einzigen Verletzten, doch im Augenblick des Einschiffens tauchten drei oder vier Patrouillen auf, das Feuer wurde eröffnet. Lamb gelang es, die Entführten mitzunehmen, doch Nachel blieb an Land und wurde schließlich gefangengenommen. Seine beiden Begleiter starben. Nachel war ein Mann von außergewöhnlicher Kraft und Wendigkeit, er schüttelte eine beträchtliche Zahl von Verfolgern ab, doch der Alarm hatte das halbe Heer der Aufständischen herbeigerufen; obwohl er zunächst floh und sie ihn eine halbe Stunde lang suchen mußten, wurde er schließlich von der zahlenmäßigen Überlegenheit des Feindes überwältigt.

Als wir sahen, daß Lamb mit den befreiten Geiseln davongekommen war, konzentrierten wir unsere ganze Aufmerksamkeit auf Nachel. Vierzehn Soldaten hatten sich auf ihn gestürzt, und ich befürchtete, daß sie ihn auf der Stelle töten würden. Dem Kommandanten gelang es unter großem Geschrei, ihn fortzuschaffen, wenig später befand er sich in militärischem Gewahrsam.

Die Techniker der Googol durchkämmten alle Frequenzen auf der Suche nach Daten, die uns einen Hinweis geben könnten. Stewart brachte die Sache schließlich unumwunden auf den Punkt.

»Was ist zu tun? Wenn sie ihn verhören und er redet, kann das unsere Position bei künftigen Aktionen gefährden.«

Montand blickte ihn eisig an.

»Philip würde sich eher umbringen lassen, als den Mund aufzumachen.«

»Genau«, antwortete Stewart, »seine Überlebensmöglichkeiten sind äußerst gering. Redet er nicht, werden sie ihn foltern, und am Ende werden sie ihn in jedem Fall töten. Ich frage mich, ob es nicht besser wäre, ihm das Leid zu ersparen und gleichzeitig ein paar Aufständische zu beseitigen.«

Montand sah ihn an, als wäre er eine Ratte, und ließ sich zu keiner Antwort herab. Ich muß zugeben, daß Stewarts Überlegung leider keineswegs unsinnig war, doch die Ausdrucksweise war typisch für jene, die anscheinend unbedingt die gleichgültige, schäbige Seite der Dinge hervorkehren wollen. Ich merkte an, daß mir die Entscheidung zu überstürzt vorkäme und weitere Geschehnisse abzuwarten wären, die beiden anderen stimmten mir zu. Montand ging für einen Augenblick weg, und das nutzte ich, um Stewart ein wenig mehr Gespür im Umgang mit dem Einsatzleiter anzuraten.

»Bedenken Sie«, sagte ich zu ihm, »daß seine Männer eine Art Söhne für ihn sind. Er scheint ein harter Typ zu sein, doch derartige Situationen sind nie einfach. Außerdem ist er immer gegen die Explosion des Mikrotransmitters gewesen.«

2/1

Mir kam der Gedanke, daß Dullea die Geschichte dazu benutzte, um uns diese Empfehlung für alle Fälle zu geben. Waldemar und ich blickten uns mit dem Anflug eines Lächelns flüchtig an; wir hatten das gleiche gedacht. Leonard Kane hingegen, an den der Rat doch eher gerichtet war, ließ nicht erkennen, ob er sich angesprochen fühlte. Mir erschien

es unangebracht, wegen einer Sache zu unterbrechen, die
– sicherlich zu Recht – als eine Überempfindlichkeit gedeu-
tet worden wäre. Dullea sprach weiter.

1/2

Ich ordnete an, die Nachricht zu übermitteln, daß die Operation erfolgreich verlaufen sei (Philip Nachel war unser Problem) und wir auf neue Befehle warteten. Montand als Einsatzleiter setzte den Text auf.

Eine halbe Stunde später rief der Nachrichtenoffizier nach
uns; ein Befehl für Kurt Stewart war eingetroffen: Er würde
in drei Stunden von einem Wasserflugzeug abgeholt, sein
Auftrag würde vierundzwanzig Stunden dauern, danach hätten wir ihn in Accra, in der Republik Ghana, aufzunehmen.
Montand und mir blieben knapp zwölf Stunden, um Nachels
Rettung zu organisieren.

Wir mußten die Ankunft Lambs und der Ex-Geiseln abwarten. Stewart empfing die Botschafter und Funktionäre.
Sie wurden ärztlich untersucht. Keiner von ihnen wies mehr
als eine Prellung auf, Müdigkeit und nervliche Erschöpfung
waren normal in solchen Fällen. Dann gab man ihnen zu essen und brachte sie zu ihren Kabinen. Am nächsten Tag sollten wir sie in Accra absetzen, wo sie offiziell in Empfang genommen würden, und damit endete unsere Verantwortung in
der Angelegenheit.

Valerian Lamb, Alain Montand und ich berieten uns unverzüglich. Die Lage hatte sich kompliziert: in weniger als vierzehn Stunden müßten wir die Anker lichten und außerdem
eine Entscheidung über die Explosion des Mikrotransmitters
treffen, weil Stewart in Kürze das Schiff verlassen würde; wir
würden ihn erst einen Tag später wiedersehen, und die Ver-
ordnung verbot es, daß er uns seinen Schlüssel gab.

»Ich bin bereit, sofort aufzubrechen«, sagte Lamb. »Wenn
ich es einmal für völlig unbekannte Leute getan habe, kann
ich es nun für Philip tun.«

»Das geht nicht«, meinte Montand; »der Überraschungseffekt hat fünfzig Prozent des Erfolgs bei dieser Operation ausgemacht, und der fällt hier weg.«

»Ganz und gar nicht«, beharrte Lamb. »Wie sollten die darauf gefaßt sein, daß ich zurückkomme? Außerdem wissen wir durch den Mikrotransmitter genau, wo er sich befindet.«

»Valerian, bitte ...«, sagte Montand matt.

Ich konnte mir vorstellen, wie sie sich fühlten; die Freundschaft zwischen Nachel und mir hatte ihre Wurzeln in unserer Jugend; und obwohl mich meine Stellung daran hinderte, mich meinen Gefühlen so hinzugeben, wie es Montand und Lamb taten, ging mir die Sache persönlich nahe. Wenn Nachel dort seine Haut ließe, würden wir uns wohl oder übel alle dafür verantwortlich fühlen. Schweigen machte sich breit, Lamb ging auf und ab.

»Nicht, daß ich die Gemüter erhitzen möchte«, sagte ich, »doch wir dürfen die Entscheidung nicht hinausschieben; sonst entscheidet die Zeit für uns.«

Der Nachrichtenoffizier kam, um uns zu holen. Wir gingen alle drei, um zu hören, was aufgenommen worden war. Man hatte, kaum dreißig Meter von Philip Nachel entfernt, ein Gespräch zwischen Coronel O'Ngama und seinem Adjutanten belauscht. Ich rief nach Stewart; schließlich waren die politischen Fragen seine Angelegenheit. Der Übersetzer erledigte seine Arbeit in einer Viertelstunde, und wir konnten den Inhalt der Besprechung lesen. Abgesehen von Details, die nichts zur Sache taten (diese Leute waren ungeheuer geschwätzig), war es für uns wichtig zu erfahren, daß O'Ngama den Gefangenen persönlich verhören wollte, und zwar in anderthalb Stunden, das hatte er mit dem Gefängnisdirektor ausgemacht.

Stewart machte uns ein Zeichen, daß er mit uns allein reden wollte. Wir gingen in den Salon, in dem wir uns auch jetzt befinden. Der politische Kommissar forderte Montand durch eine Geste auf, Lamb fortzuschicken, doch der Einsatzleiter ließ sich nicht beirren.

»Valerian ist über alles informiert, und solange ich befugt bin, Entscheidungen zu treffen, will ich, daß seine Meinung berücksichtigt wird.«

Stewart zuckte mit den Achseln. Lamb war kein Kind mehr; er mochte um die Vierzig sein, von allen Mitgliedern der Patrouille kannte er als einziger die Möglichkeiten des Mikrotransmitters als explosiver Kraft, und er hatte sie freimütig, sogar mit einer selbstzerstörerischen Freude akzeptiert. Lamb schien ein gewisses Interesse daran zu haben, täglich mehrmals Anlaß zu suchen, diese Welt zu verlassen. Doch das ist eine andere Geschichte.

»Ist Ihnen denn nicht klar, daß sich uns eine außerordentliche Gelegenheit bietet, den Anführer eines Aufstands zu liquidieren, der niemandem paßt?«

»Ich weigere mich rundweg«, sagte Montand, während er Lamb mit den Augen zurückhielt. »Wenn Sie der Gefangene mit dem Mikrotransmitter im Ohr wären, würden Sie die politische Zukunft der Operation nicht mit soviel Begeisterung betrachten, denke ich mir.«

»Machen wir das Problem doch nicht zu einer persönlichen Angelegenheit«, warf ich mit Nachdruck ein.

»Genau«, meinte Stewart, »die Vorschrift lautet, daß der Zivilkommissar befugt ist, Entscheidungen zu fällen, die strikt politische Aspekte einer Situation betreffen, und der Einsatzleiter ist verpflichtet, seinen Befehlen Folge zu leisten.«

»Das stimmt«, erwiderte Montand, »doch in einer der Ausnahmen der Vorschrift ist die Verwendung des Sprengstoffs im Mikrotransmitter berücksichtigt, und die Bestimmung ist keineswegs theoretisch, wie Sie und der Kapitän überprüfen können, wenn Sie in die Tasche greifen, in der Sie den Schlüssel zum Schalter aufbewahren.«

Die Diskussion konnte endlos weitergehen. Ich machte einen Vorschlag.

»Wir könnten den Fall dem Institut unterbreiten.«

»Und uns seiner Entscheidung unterwerfen?« sagte Montand voller Zorn.

»Nur um eine weitere Meinung einzuholen«, beschwichtigte ich ihn.

Ich wurde damit betraut, Kontakt zum Institut aufzunehmen; es war schwierig, denn man brauchte das Codebuch, und trotz aller Dringlichkeit verlangte der Vorgang sein Ritual. Nach einer Viertelstunde kehrte ich mit der Antwort zurück.

Es war das übliche: das Institut beglückwünschte uns zu unserem Erfolg und billigte unseren Entschluß, O'Ngama zu beseitigen, wenn die Mittel es erlaubten.

»Sie lassen uns freie Hand«, sagte Stewart.

»Eher waschen sie ihre Hände in Unschuld«, erwiderte Lamb verärgert. »Wenn wir es schaffen, Gratulation, wenn nicht, war es unsere Entscheidung.«

»Das Wasserflugzeug wird jeden Moment da sein«, warf Stewart nervös ein. »Mein Votum ist klar; es muß rasch gehandelt werden, ohne weitere Vorbehalte. Die einzige Perspektive für Nachel ist es, gefoltert zu werden und zu sterben. Wer sich solche Aufgaben sucht, weiß, was ihn erwartet. Wäre er jetzt hier, wäre er mit mir einer Meinung.«

Stewarts melodramatische Hartnäckigkeit, auf die Bereitschaft zur Selbstaufopferung zu pochen, fand ich schwachsinnig. Ich hielt ihn weder für ausreichend intelligent noch für ausreichend sensibel, um ein Zyniker zu sein. Daß er uns weismachen wollte, es ginge ihm darum, O'Ngama zu vernichten, konnte man noch durchgehen lassen; vielleicht war das seine Aufgabe. Uns aber darüber hinaus glauben machen zu wollen (uns und selbst Nachel), daß dies für den Gefangenen das beste wäre, schien mir unzulässig.

»Noch kann er entkommen«, meinte Lamb; »ich kenne ihn sehr gut, er hat sich aus viel heikleren Lagen befreit.«

»Wenn es ihm nicht gelungen ist, als er noch in Freiheit und bewaffnet war, wie sollte er jetzt fliehen, wo er allein und hinter Gittern ist?« fragte Stewart eindringlich.

»Und wenn O'Ngama nicht zur vorgesehenen Zeit an Ort und Stelle ist? Bedenken Sie, daß die Explosion programmiert werden muß«, sagte Montand.

»O'Ngama und sein Adjutant haben in England studiert, sie sind überaus pünktlich«, merkte Stewart an. »Wenn er gesagt hat, daß er in anderthalb Stunden dort sein wird, so wird er das zweifellos sein.«

»Was meinst du?« fragte mich Montand. »Ich will von dir keinen Stichentscheid verlangen.«

»In dieser Frage gibt es keinen Stichentscheid, denn der Beschluß kann nur einstimmig gefaßt werden. Mein Votum ist wie deines«, sagte ich entschieden.

Schließlich waren es seine Männer, und die Sache betraf ihn mehr als irgend jemanden sonst, so wie ein Problem der Besatzung meine Sache war.

Lamb verließ plötzlich den Raum. Montand starrte auf die Tür, die sein engster Mitarbeiter soeben heftig hinter sich zugeschlagen hatte. Wir wälzten weder ein politisches noch ein strategisches Problem. Jeder sah sich mit seinem eigenen Gewissen konfrontiert, und vielleicht war es noch schmerzlicher, dessen Zustand im Spiegel der anderen zu erkennen: Der eine hat kein Gewissen, das des anderen ist verstört …

Stewart wurde immer nervöser. Er sah ununterbrochen auf die Uhr. Er wollte etwas sagen, doch ich schnitt ihm mit einer Geste das Wort ab.

»Einverstanden«, sagte Alain Montand.

Wir gingen schweigend in den Raum, in dem die Computer standen. Obwohl es keinen anderen Ausweg gab, hatte mich die Kapitulation des Einsatzleiters überrascht; niemand schien einen Kommentar zu wagen, aus Furcht, einen so zerbrechlichen Beschluß zunichte zu machen. Ich fühlte mich wie Teil eines Exekutionskommandos. Wir steckten die drei Schlüssel in die entsprechende Öffnung, Montand sah auf die Uhr und drückte die Tasten.

»Von jetzt an genau in einer Stunde und vierzig Minuten. Maximale Leistung«, sagte er in einem Ton, der keinerlei Gefühl durchblicken ließ.

Die Programmierung war abgeschlossen, wir zogen wortlos die Schlüssel heraus. Als wir hinausgingen, landete das Wasserflugzeug.

»Ganz pünktlich«, sagte Stewart, während er auf die Uhr sah. Dann wandte er sich an Montand, der Anstalten machte, sich zurückzuziehen. »Nun gut, mein Freund, mir ist klar, daß Sie eine Entscheidung getroffen haben, die Ihnen mißfällt, erlauben Sie mir dennoch, Ihnen zu sagen, daß …«

»Gehen Sie mir aus den Augen«, unterbrach ihn Montand und durchbohrte ihn mit einem der schrecklichsten Blicke, die ich je gesehen habe. »Wagen Sie ja nicht, jemals wieder das Wort an mich zu richten.«

Er ging. Stewart und ich sagten nichts; fünf Minuten später hob das Wasserflugzeug ab. Ich beschloß, sobald dieser Zwischenfall durchgestanden wäre, mich mit dem Institut in Verbindung zu setzen und die Ablösung des politischen Kommissars zu verlangen. Eine gespannte Atmosphäre bedeutet bei dieser Arbeit eine unhaltbare Gefahrenquelle, die Wahl zwischen ihm und Montand war klar. Ich begab mich in die Nachrichtenzentrale.

»Das Abhören fortsetzen, halten Sie mich auf dem laufenden«, ordnete ich an.

Ich brachte nicht den Mut auf, das Ende unmittelbar zu verfolgen und den unseligen Moment mit der Uhr in der Hand abzuwarten. Ich gab Anweisung, weitere vier Stunden vor Anker zu liegen, und schloß mich in meiner Kabine ein.

Es waren keine zehn Minuten vergangen, als der Nachrichtenoffizier an die Tür klopfte.

»Herein«, sagte ich unwillig, er trat mit einem verhaltenen Lächeln ein.

»Gute Nachrichten, Kapitän. Leutnant Nachel ist die Flucht geglückt.«

Ich sprang vom Stuhl hoch.

»Er ist entkommen! Und wo ist er jetzt?«

»Auf dem anderen Schnellboot und auf dem Weg hierher.«

Ich sah auf die Uhr. Bis zur Explosion fehlten noch eineinviertel Stunden, ungefähr soviel Zeit, wie Nachel benötigen würde, um die Googol zu erreichen.

»Schnell«, sagte ich zu ihm, »nimm zu Stewarts Wasserflugzeug Verbindung auf.«

Wir gingen in die Nachrichtenzentrale. Das Flugzeug hatte soeben sein Ziel erreicht, die Antwort per Funk war eine komplizierte, bürokratische Ausflucht. Ich befahl, Stewart unbedingt ausfindig zu machen.

»Unmöglich, Senyor«, erwiderte der Offizier und zeigte mir die letzte Mitteilung. »Schwarze Möwe für Senyor Stewart.«

Schwarze Möwe war der negative Code, der benutzt

wurde, um jeglichen Kontakt zu einer bestimmten Person zu sperren. Er war unantastbar.

»Ich bezweifle, daß Stewart etwas Wichtigeres zu tun hat als das hier«, sagte ich, indem ich meine übliche Zurückhaltung vergaß.

Ich ließ augenblicklich Montand verständigen. Ich hatte den Verdacht, Stewart hätte auf die schwarze Möwe zurückgegriffen, damit wir, sollten wir es uns anders überlegen, ihn nicht erreichen könnten, wenn wir den Schlüssel brauchten, doch ich verwarf diesen Gedanken gleich wieder. Der Schwarze-Möwe-Code ist ein vom Institut ausgehendes Programm, das äußerst wichtigen Unternehmungen vorbehalten ist und von der Direktion genehmigt werden muß.

Montand und Lamb trafen gleichzeitig ein und machten sich sofort ein Bild von der Situation. Ich erwartete irgendeinen Vorwurf von Lamb, daß er uns schließlich gewarnt habe, doch wir hatten alle drei die Verantwortung für den Entschluß übernommen und ersparten es uns, Öl ins Feuer zu gießen. Wir mußten das Programm, das den Sprengkörper auslösen sollte, um jeden Preis stoppen.

»Wenn Stewart nicht aufzutreiben ist, müssen wir das machen«, sagte Lamb.

»Ausgeschlossen. Ohne die drei Schlüssel für den Code kommen wir nicht an die Programmierung heran«, erklärte Montand.

»Und was geschieht, wenn wir den Computer zerstören?«

»Nichts«, mischte ich mich ein, »die Programme laufen weiter.«

»Gibt es keine Reserveschlüssel? Hat denn das Institut für einen Notfall keine Sonderbefugnis für den Kapitän vorgesehen?«

Ich erklärte es ihnen widerwillig.

»Keineswegs. Die vom Institut wissen sehr genau, daß es so viele Notfälle geben würde wie Gelegenheiten, unsere Leute in die Luft zu jagen.«

Obwohl das vorrangigste Problem darin bestand, den (mittlerweile völlig sinnlosen) Tod Nachels nicht verhindern zu können, gab es etwas, das ich aufgrund der vorangegangenen

Diskussionen und der daraus entstandenen Spannung zwischen Stewart und Montand im Moment nicht zur Sprache bringen konnte: die Sicherheit des Schiffes. Nachel durfte sich nur bis auf dreißig Meter der Googol nähern und vor allem nicht an Bord gelangen. Das Schiff war gepanzert, doch eine Explosion diesen Ausmaßes würde ernsten Schaden an Antenne und Radar anrichten, und geschähe sie im Inneren, konnte sie das Schiff zum Sinken bringen. Ich ging hinaus, um alles für einen sofortigen Aufbruch vorzubereiten.

Von uns allen hatte Montand die meiste Erfahrung, und meine Gedanken waren ihm gar nicht fremd.

»Wer weiß außer uns dreien über die Sache Bescheid?« fragte er mich, als ich zurückkam.

»Niemand. Die Nachricht an das Institut ist streng verschlüsselt weitergegeben worden.«

»Bestens. Machen wir also weiter, als würde nichts passieren.«

»Was wirst du tun?«

»Ich fahre Philip entgegen. Jemand muß ihn fernhalten, und da es nun einmal meine Verantwortung war, bin ich dafür zuständig.«

»Bleib hier«, sagte Lamb, »das übernehme ich.«

»Keiner von euch beiden wird hinfahren«, beschloß ich. »Ich bin nicht bereit, dummen Heldenmut zu dulden.«

»Sei vernünftig«, erwiderte Montand, »es ist unsere einzige Chance, keine Frage von Heldenmut, sondern eine Notwendigkeit.«

Ich weiß nicht, wer den Vorschlag machte, Nachel seine Lage über den Mikrotransmitter zu erklären; er war ein disziplinierter Mann und würde sich mit Sicherheit fernhalten. Diese einzig denkbare Lösung hatte verschiedene Haken; ich fühlte mich nicht imstande, einem jungen Mann, der so vielen Gefahren entrinnen konnte, mitzuteilen, daß er rettungslos zum Tode verurteilt sei, und ihn dann auch noch zu bitten, sich nicht zu nähern, damit das Schiff nicht in Mitleidenschaft gezogen werde. Ein weiteres Problem würde sicherlich die ablehnende Haltung von Montand und Lamb sein.

»Es ist absurd, mehr Verluste zu haben, als notwendig

sind«, sagte ich. »Als Kapitän dieses Schiffes verbiete ich allen, es ohne meine ausdrückliche Genehmigung zu verlassen.«

»Stewart hat uns schon an die Vorschriften erinnert«, bemerkte Montand traurig und begann, mich inständig zu bitten.

Ich blieb hart und versuchte, die fehlende Überzeugung zu verbergen. Die Situation hätte nicht unangenehmer sein können. Ich versicherte ihnen, daß keine Entscheidung getroffen würde, die nicht unter uns dreien abgesprochen wäre, und verfluchte die mir in diesem Drama zugefallene Rolle. Montand und Lamb sahen mich mit unverhohlenem Groll an, und ich wußte nicht, auf welche Seite ich mich stellen sollte. Wer war der Gegner? Ich? Stewart? Die Vorschriften? Das System? In dem Augenblick hätte ich mit dem letzten Straßenkehrer in Marseille getauscht.

»Sollte ich mich eines Tages in Nachels Lage befinden, hoffe ich, daß du den Mut aufbringst, mir das mitzuteilen«, sagte Lamb.

»Philip verdient es nicht, auf diese Weise zu sterben«, murmelte Montand.

»Verdient er es denn, zu sterben, ohne es zu wissen?« fragte ich, indem ich auf Lambs Bemerkung einging. »Wäre es nicht besser, es ihm zu sagen?«

Montand griff sich mit den Händen an den Kopf.

»Ich weiß, es widerspricht völlig unseren Prinzipien«, er blickte zu Lamb, als wollte er sich für eine Schwäche entschuldigen, »aber Philip darf auf keinen Fall in dem Glauben sterben, wir hätten ihn im Stich gelassen.«

»Es bleibt uns nur eine Alternative«, sagte Lamb kalt, »und zwar, die Anker zu lichten und zu verschwinden. Ich vermute, der Kaptän hat schon alles vorbereitet.«

Ich sah auf die Uhr. Wir hatten noch fünfzehn Minuten. Ich informierte mich, in welcher Entfernung sich Nachel befand. Der Nachrichtenoffizier hatte berechnet, daß er bei gleichbleibender Geschwindigkeit etwa diese fünfzehn Minuten benötigen würde, um anzukommen. Ich gab Befehl, den Anker zu lichten und im Kreis zu fahren, ohne die Position zu verändern. Unsinnigerweise überlegte ich, ob uns noch Zeit bliebe, zu Nachel zu fahren und ihm den Apparat zu entfernen; bei voller Fahrt der Googol hätten wir ab der Kontaktaufnahme achteinhalb Minuten, die bei weitem nicht ausreichten, die Neuronenverbindungen mit der nötigen Präzision zu lösen, damit sein Hirn nicht zu Brei würde.

Wie erwartet, drängte Montand noch ein paarmal darauf, Nachel entgegenzufahren und ihn fernzuhalten.

»Besser, wir drehen ab«, sagte Lamb, als er merkte, welche Wendung die Sache nahm.

»Und wenn es nicht zur Explosion kommt?« wagte sich Montand vor. »Ich möchte ihn ein letztesmal sehen, und sei es aus der Ferne.«

Lamb und ich blickten uns an. Wir hatten Montand nie in einem solchen Zustand erlebt. Er merkte es und faßte sich sofort wieder.

»Philip ist wie ein Sohn für mich.« Er sah mir in die Augen. »Ich werde dich nie mehr um so etwas bitten, das schwör ich dir.«

»Das verstößt völlig gegen die Regel, aber du kannst es tun«, sagte ich und bereute es sofort.

Es würde sich negativ auf die Besatzung auswirken. Ich vergewisserte mich, daß die befreiten Diplomaten in ihren Kabinen schliefen. Die Schalldämmung war perfekt; wenn sie nicht herauskämen, würden sie nichts hören. Wir gingen an Deck. Die Expedition hatte um sechs Uhr morgens begonnen, nun war Mittag vorüber. Die Sonne war unerträglich.

»Es müssen an die fünfzig Grad sein«, sagte Lamb.

Es fehlten sieben Minuten bis zu Nachels Auftauchen. Wir blickten zum Horizont, und ich begab mich auf die Kommandobrücke. Die Position der Googol mußte kontrolliert werden. (Auch wenn sie schneller war als das Boot, konnten wir uns keine Überraschungen erlauben.) Ich ließ die Decks räumen, befahl der Besatzung, in Alarmbereitschaft auf ihrem Posten zu bleiben und die Schotten dichtzumachen.

Montand und Lamb gingen an Deck hin und her wie zwei Raubtiere in einem Käfig.

»Wir sollten uns besser in der Kommandokabine aufhalten«, sagte ich zu ihnen.

Montand starrte mein Fernglas an, bat mich aber nicht darum. Sie blieben draußen, und ich ließ es dabei bewenden. Niemand sagte auch nur ein Wort. Unsere Lage war die allerdümmste, in die man angesichts eines unausweichlichen Todes geraten kann. Mir gingen Tausende von Hypothesen durch den Kopf: daß Stewart die Marionette eines Feindes von Nachel war, der auf die erstbeste Gelegenheit gewartet hatte, ihn zu beseitigen, und dabei mit dem Institut unter einer Decke steckte; daß es den höchsten Instanzen des Institutes gelegen kam, ihn sich aus Gründen, die sich meiner Kenntnis entzogen, vom Hals zu schaffen. Mir war alles recht, nur nicht, daß ich einen Freund wegen einer absurden technischen Falle verlor. Ich verfluchte die Institutionen, die Technologie, die Politik, das menschliche Versagen und die Unaufrichtigkeit. Ich fand nicht den Mut, Montand und Lamb anzubieten, mit Nachel über den Mikrotransmitter zu sprechen. Was wir auch immer tun würden, es hatte keinen Sinn.

Ich erinnerte mich an Zeiten, die ich mit Philip verbracht hatte. Als wir zwanzig waren, gefiel Lamb, Philip (der am jüngsten war) und mir dasselbe Mädchen, eine Französin aus Brest namens Jeanne. Da wir alle drei gleichzeitig damit herausrückten, konnte keiner auf eine Vorrangstellung pochen, und so trafen wir, auch um der Sache etwas Spielerisches zu geben, ein Abkommen: Wir würden alle energisch zum Angriff übergehen, aber jeder würde sich auf die ausschließlich körperliche Seite seines Verlangens beschränken und sich verpflichten, den Gefühlsbereich für einen der beiden anderen aufzubereiten. Valerian würde ihr sagen, daß ich in sie verliebt sei, ich, daß Philip es wäre, und Philip würde dies von Valerian behaupten. Unterdessen würden wir alle drei versuchen, sie ins Bett zu bekommen, und zwar mit der üblichen Taktik des Flirtenden, der nicht durchblicken läßt, daß er über den Sex hinaus keine Absichten hat. Es galt herauszufinden, wer das fremde Produkt am besten zu verkaufen verstand, und schließlich, für wen sie sich entschied. Ich erforschte die Lage gründlich. Das Mädchen wirkte eher schüchtern, und ein unmittelbarer Sieg schien schwierig. Der Anständigste von uns (das heißt der Wagemutigste) war Philip; er würde das

Abkommen sicherlich einhalten. Valerian war (und ist immer noch) sehr phantasievoll, ihm konnte man bei Geschäften um Leben und Tod absolut vertrauen; wenn es aber um Spiel und Überraschungen ging, war er unberechenbar. Also beschloß ich, auf sexueller Ebene nicht zum Angriff überzugehen, sondern den Verliebten zu mimen. Ich stellte mir vor, daß die beiden anderen bei dem Versuch, mit ihr ins Bett zu gehen, ihre Kräfte aufbrauchten und ich mit ein wenig Glück der Zufluchtsort ihrer Gefühle sein könnte. Kaum eine Woche später hatte Philip Jeannes Gunst erobert. Am nächsten Tag trafen wir drei uns, um über den Streich zu reden. Valerian hatte wie ich angenommen, daß Philip sich an die Abmachung halten würde; er hatte auch mein Verhalten völlig richtig eingeschätzt; insofern war Valerian der Schlaueste von uns, denn er hatte sich auch nicht so benommen, wie ich es vermutet hatte. Eben um sich von meiner Überlegung zu entfernen, war er nicht zum Angriff übergegangen und hatte Jeanne zudem gesagt, daß Philip in sie verliebt sei – so wie Philip gesagt hatte, er, Valerian, sei verliebt –, und lenkte Jeannes Sympathie auf den, der als der Schüchternste galt, da er sich weder körperlich vorgewagt noch sich ihr erklärt hatte. Philip nahm an, daß wir uns an die Abmachung halten würden, und tat, was ihm zu Beginn des Spiels zugestanden worden war. Jeannes Überlegung war absolut logisch und hatte nicht das Geringste mit der Raffiniertheit zu tun, die Valerian und mich scheitern ließ: Sie mochte nur Philip so richtig, und der Beweis dafür war, daß er als einziger sich ihr körperlich genähert hatte; vielleicht aus Freundschaft oder aber aus Schüchternheit hatte er seinem Freund Valerian die Leidenschaft angedichtet, die er selbst empfand. Lamb war zweifellos ein guter Freund; er hatte nichts versucht, sondern Jeanne klargemacht, daß Philip in sie verliebt sei. Ich schnitt am schlechtesten ab; das Mädchen mußte in mir ein sonderbares, gepeinigtes Wesen gesehen haben, das Gefühle zeigt, die nicht den Handlungen entsprechen, und von dem man sich wegen seines unberechenbaren Charakters besser fernhält. (Philip heiratete Jeanne schließlich, doch das ist eine andere Geschichte.) Das Ergebnis war also lehrreich: Valerian, der am besten vorausgesehen hatte, was die anderen tun würden, und dessen Verhalten von keinem richtig eingeschätzt worden war, war gescheitert. Ich, der ich mir ebenfalls eine intelligente Vorgehensweise erlaubt hatte, war ebenfalls aus dem Rennen. Philip hatte den Sieg davongetragen, weil er sich an die Abmachung hielt und obwohl er mit seiner Vermutung über das Verhalten der beiden anderen falsch gelegen hatte. An die Reling meines als Luxusjacht getarnten Spionageschiffes gelehnt, empfand ich nach all den Jahren die Deutung des Ergebnisses nicht mehr als so klar. War Philips Sieg über Lamb und mich eine Belohnung für Aufrichtigkeit und Unschuld oder eher das Resultat äußerster Besonnenheit und List? Sicherlich beides. Güte ist nicht unbedingt mit Dummheit verbunden, wie es uns – mehr oder weniger unbewußt – das immoralistische Gedankengut annehmen läßt, das wir uns in unserer Jugend aneignen.

2/0

In diesem Moment stand Casanova auf und bat, ihn für ein paar Minuten zu entschuldigen. Kolinski nutzte dies, um ein Wasser zu trinken, und als Casanova die Tür hinter sich geschlossen hatte, fuhr er mit der Geschichte von Philip Nachel fort.

0/2

Der Anblick des Bootes am Horizont riß mich heftig aus meinen Erinnerungen. Würde Philip seinem Vertrauen, das heißt seiner Unwissenheit, zum Opfer fallen, oder hatte er das Ende wie damals vorausgesehen? Bedeutete jene Verhaltensweise, die ihn in Jeannes Arme geführt hatte, nun seinen Untergang? Ob er wußte, daß er sterben müßte, oder ob er es nicht wußte, war für uns von unglaublicher Wichtigkeit. Was sich in dieser elenden Lage unauslöschlich in unser Gedächtnis grub, war die Tatsache, nie auch nur den geringsten Hinweis erhalten zu können, ob er in Kenntnis seiner

Bestimmung gestorben wäre, und wenn ja, ob er sich von seinen Freunden verlassen fühlte. Niemand von uns konnte genügend Zynismus aufbringen, um noch ein letztes Wort an ihn zu richten, um das auszuhalten, was von ihm kommen könnte: Unwissenheit oder aber Haß und Beschuldigungen, und im schlimmsten Fall das Verzeihen. Der Gedanke, daß es sich um ein Risiko handelte, das jeder in Kauf nehmen müßte, der diesen Beruf gewählt hatte, konnte uns nicht beruhigen.

Ich rief nach dem zweiten Steuermann.

»Siebenunddreißig Grad Südost, halten Sie die Geschwindigkeit.«

»Siebenunddreißig Grad Südost?« fragte er erstaunt; es war die Richtung, die von dem herankommenden Boot wegführte.

»Richtig«, unterbrach ich ihn in einem Ton, der keinen Widerspruch duldete.

Gleich danach kam der Nachrichtenoffizier zu mir.

»Verzeihung, Kapitän, die Kontaktaufnahme mit dem Leutnant war innerhalb der nächsten drei Minuten geplant, doch bei dem jetzigen Kurs und dieser Geschwindigkeit wird er zehn Minuten brauchen, um uns zu erreichen.«

»In Ordnung. Halten Sie mich auf dem laufenden«, sagte ich, ohne ihn anzusehen. Er rührte sich nicht. »Sonst noch was?«

»Nichts weiter, Kapitän«, erwiderte er und zögerte ein wenig.

»Alle sollen ihren Platz einnehmen. Sie können sich zurückziehen.«

Ich sah auf die Uhr. Die Berechnungen waren exakt. Die Explosion würde in zwei Minuten erfolgen. Philip Nachels Boot kam langsam näher. Waren wir im Begriff, an Philip das grausamste Verbrechen zu begehen? Was blieb uns anderes übrig?

Montand und Lamb traten zu mir.

»Wieviel fehlt noch?« fragte Montand. Ich sagte es ihm, und er sah mich mit traurigen Hundeaugen an. »Ich gehe, ich könnte es nicht ertragen.«

Als wir allein waren, wandte sich Lamb an mich.

»Wie lange ist es her, daß wir uns kennengelernt haben? Und so müssen wir uns wiedersehen? Vielleicht sollten wir besser auch meinen Mikrotransmitter hochgehen lassen.«

»In einer halben Stunde ist der Operationssaal bereit, dann können sie ihn dir ausbauen.«

»Was ist mit der Besatzung? Wirst du ihnen etwas sagen?«

»Unsere Besatzung ist darauf getrimmt, in gefährlichen Situationen keine Erklärungen zu erwarten.«

Wir starrten weiterhin auf das Motorboot, das immer näher kam. Noch anderthalb Minuten. Ich ließ ein Fernglas für Lamb bringen, und wir richteten beide unser Fernglas auf Nachel. Als wir sein Gesicht sahen, zersprang uns beinahe das Herz. Er steuerte lächelnd auf uns zu. Im Grunde war unsere Strategie von seinem Gesichtspunkt aus nicht ganz unlogisch. Wir konnten Befehle erhalten haben und rascher vorwärtskommen wollen. Wir waren schon bei anderen Gelegenheiten so verfahren; die Rettungsboote sind auch sehr schnell, und wenn die Googol (so wie jetzt) sich knapp unter der Höchstgeschwindigkeit des Motorbootes hielt, gewann sie mehr Zeit, als wenn sie erst stehenbliebe und dann mit voller Kraft führe.

Weniger als eine Minute bis zur Explosion. Philip winkte uns mit einer ausladenden Gebärde zu. Valerian und ich ließen gleichzeitig das Fernglas sinken und sahen uns an. Ich werde seine Augen nie vergessen. Ich hob den Arm, um Philip zurückzuwinken.

»Montand wird das nicht verkraften«, sagte Lamb und nahm wieder das Fernglas.

Ich halte mich nicht für einen Gefühlsmenschen, auch nicht für jemand, der leicht zu beeindrucken ist, und noch weniger für ängstlich. Ich habe Hinrichtungen gesehen, ich habe von Bomben zerfetzte Frauen und Kinder gesehen und war mehr als einmal dem Tod nahe genug, um zu wissen, daß er unwiderruflich ist, doch ich kann Ihnen versichern, daß ich nie ein derart absurdes und verzweifeltes Gefühl von Tragik hatte wie in jenem Moment. Es fehlten dreißig Sekunden bis zum Ende.

»Achtung …« Ich packte Valerian am Arm. »Gehn wir hinein.«

Er wehrte sich nicht. Wir machten ein paar Schritte, betraten die Kommandokabine, ich schlug die Tür zu. Ein gewaltiger Blitz durchzuckte den Himmel, gefolgt von einer Explosion, die das Schiff erschütterte und hohe Wellen und Schauer erzeugte.

»Schadensaufnahme«, sagte ich zum zweiten Steuermann, der wie versteinert dastand.

Die Reste des Bootes sanken ins Meer, und die Scheiben des Schiffes befleckten sich mit Asche. Lamb ließ sich auf einen der festgeschraubten Hocker fallen.

»Wohin ich auch komme, ich bringe Zerstörung und Tod«, sagte er. »Ich glaube, es ist besser, wenn ich möglichst wenig tue.«

»Ruh dich in deiner Kabine aus«, riet ich ihm, »wenn der Operationssaal vorbereitet ist, geb ich dir Bescheid.«

Ich ging hinaus. Eine große Schaumfläche zeigte die Stelle an, wo sich vorher das Boot befunden hatte. Drei Minuten danach wurde ich informiert, daß unser Schiff nicht im geringsten beschädigt worden sei; kein Glas, kein Draht; alles hatte standgehalten.

Stunden später trafen Montand, Lamb und ich uns vor dem Abendessen wieder in diesem Salon. Es herrschte eine düstere Niedergeschlagenheit; wir hatten uns nichts zu sagen und vermieden es auch, uns in die Augen zu sehen.

»Was Stewart betrifft …«, wandte ich mich an Montand, doch der unterbrach mich.

»Mach dir seinetwegen keine Gedanken, ich werde dir keine Schwierigkeiten bereiten. Er hat getan, was er tun mußte, wie jeder von uns an seiner Stelle.«

Ich glaube, das war alles, was wir in jener Nacht zueinander gesagt haben.

Der Zivilkommissar wurde, wie vorgesehen, in Accra abgeholt, und die Botschafter gingen von Bord, um per Flugzeug in ihre jeweiligen Länder zurückzukehren. Stewart war taktvoll genug, Nachel mit keinem Wort zu erwähnen.

Dann folgten die Auszeichnungen und die internen Ehrungen (alles im engsten Kreis, denn, wie man weiß, ist es nicht angebracht, Eigenpropaganda zu machen). Montand wurde pensioniert, und Lamb bat um Versetzung; das wenige, was ich von ihnen gehört habe, war aus zweiter Hand. Ich ließ mich eine Zeitlang freistellen. Die Googol hatte eine Bluttaufe erfahren, ich mußte sie aus den Augen verlieren, um mir darüber klarzuwerden, wie ich künftig mit ihr umgehen könnte.

2/1

Ich war niedergeschlagen. Nachel wie Lamb (und auch Dullea selbst) waren Teil meiner besten Jugenderinnerungen. Ich hatte vom Verschwinden Nachels (und auch Lambs) erfahren, doch in diesem Beruf ist es üblich unterzutauchen, um unter falschem Namen, sogar mit einem neuen Aussehen, zu agieren. Philips Ende hatte mich traurig gemacht, und auch Keir hatte die Erinnerung an das Geschehen aufgewühlt.

Grotowicz lächelte betrübt.

»Absurderweise finden wir die Bilder von Personen, denen ein schrecklicher Tod bevorsteht, tragisch: die letzten Worte des Machthabers vor dem Attentat, die letzte Gebärde des Gefangenen, der auf den Schuß wartet … Dabei gibt es im Grunde keine Szene, die nicht mit dem Tod endet; es ist nur eine Frage der Zeit.«

»Das bedeutet«, meinte Kane, »daß alle Szenen aus der alltäglichen Wirklichkeit gleich tragisch sind.«

Wir begaben uns zum Abendessen. Es war windstill und schwül; ohne Klimaanlage hätte uns die Hitze fertiggemacht. Da Dullea noch immer niedergeschlagen war, wechselten nach Tisch Kane und Grotowicz leise ein paar Worte, und Waldemar wandte sich an uns.

»Wo wir doch gerade keine dringende Arbeit haben, könnte ich euch eine Geschichte aus anderen Zeiten dieses Schiffes erzählen, wenn ihr wollt.«

Wir waren alle einverstanden, und Grotowicz begann.

Geschichte der Quomolangma

Wie Sie wissen, war eine der Aktionen der Googol mit dem meisten Echo in der Presse (in Wahrheit wurde dadurch ihre bis dahin mühsam geheimgehaltene Existenz teilweise der Öffentlichkeit preisgegeben) die Befreiung der Gefangenen der Quomolangma und die Sicherstellung der Beute.

Ich war seit drei Jahren Zivilkommissar der Googol (die Sache geschah im vergangenen Jahr); der Kapitän war Dick Monmouth und der Einsatzleiter Eric Saarinen, den wir alle als den Fliegenden Dänen kennen.

Wir waren aus Singapur in Richtung Hongkong ausgelaufen. Auf der Höhe der Thitu-Inseln empfingen wir den SOS-Ruf einer Vergnügungsjacht, der Quomolangma, die von Piraten überfallen worden war. Eine der historischen Folgen, die sich aus dem Wegfall der Begünstigungen in den Steuerparadiesen Südostasiens (Hongkong an erster Stelle) ergaben, war, wie Sie wissen, das erneute Auftauchen der uralten Übel, die aus China den ältesten und fruchtbarsten Nährboden der Menschheit gemacht hatten. Die Piraterie in chinesischen Gewässern war im Verlauf des 20. Jahrhunderts wegen der Kriege, Revolutionen und des Aufschwungs anderer, weniger riskanter Möglichkeiten eigentlich unüblich geworden. Die heutigen Piraten haben sich den neuen Zeiten angepaßt; ihre Ziele beschränken sich (wie in dem Fall, von dem ich euch berichte) nicht auf Plünderung, sondern schließen auch Geiselnahme, Erpressung, Mord und wirtschaftliche wie politische Destabilisierung ein. Sie verfügen über superschnelle, bestens ausgerüstete Boote, schließen sich in Gruppen von maximal einem Dutzend Personen zusammen, und dank den hochentwickelten Waffen, dem logistischen Material und der angewendeten Taktik dauert ein Entern nicht länger als eine Viertelstunde. Als man uns die Position des überfallenen Schiffes – nahe den Nashan-Inseln, etwa fünfzig Seemeilen entfernt – bekanntgab, wußten wir deshalb, daß wir nicht rechtzeitig zur Stelle sein könnten. Die Verfolgung der Piraten müßten wir später aufnehmen.

Kapitän Monmouth war älter als wir und für seine Klugheit und Gelassenheit bei schwierigen Entscheidungen bekannt. Er steuerte die Googol mit voller Fahrt auf das Ziel zu. Dieses Schiff in seiner Höchstgeschwindigkeit zu erleben ist ein Schauspiel, das, so hoffen wir, Senyor Kolinski bald genießen kann. Durch das Stabilisatorensystem nehmen die Vibrationen und Schwankungen nur geringfügig zu, die Hydrodynamik des Rumpfes verzögert das Entstehen von Wellen, so daß es zu keiner Sichtbehinderung kommt. Mit hundert Knoten (mehr als hundertachtzig Stundenkilometern) das Wasser zu pflügen, das vergißt man nicht so leicht; außerdem ist der Motor so konstruiert, daß sich die Höchstgeschwindigkeit problemlos in Reisegeschwindigkeit umwandeln läßt.

Das Wetter war ausgezeichnet, die Temperatur großartig und die geenterte Jacht zu finden keine Schwierigkeit. Die Quomolangma sah der Googol erstaunlich ähnlich, sie hatte drei Decks, einen zugespitzten Bug und war ganz weiß; ein Laie hätte die beiden verwechseln können. Die Quomolangma war aber größer und weniger schlank; sie faßte bis zu dreißig Passagiere, und mit Besatzung und Dienstpersonal befanden sich weitere vierzig Personen an Bord. Als wir zur Quomolangma Kontakt aufnahmen, war sie ein Abgrund der Verzweiflung.

Monmouth und ich verteilten, jeder nach seinen Kompetenzen, die wichtigsten Aufgaben. Weder an der Außenseite noch an der Mechanik hatte die Quomolangma Schaden genommen, die Angreifer hatten nur die Nachrichtengeräte unbrauchbar gemacht. Saarinen ging von der Googol aus sofort daran, die Piraten zu lokalisieren. Unterdessen kümmerte ich mich um den Bericht. Nicholas Herbert, zweiter Offizier der Quomolangma, hatte alle Daten zusammengetragen und stellte sie mir zur Verfügung. Ich bat ihn, neben der Auflistung der Verluste (es gab vier Opfer), um eine genaue Beschreibung des Tathergangs; ich wollte sie aus seinem Mund hören, wenn wir uns auf die Verfolgung der Piraten vorbereiteten.

Das Entern der Quomolangma

Alles ist so schnell gegangen, daß kaum Zeit für Gedanken blieb. An Bord fand gerade, wie Sie sehen konnten, ein Maskenball statt, und die Stimmung war auf dem Höhepunkt. Die Piraten sind an der Heckseite aufgetaucht, und als wir sie bemerkten, versuchte der diensthabende Offizier über Funk Kontakt aufzunehmen. Da sie nicht antworteten und sich mit großer Geschwindigkeit näherten, war die Absicht ihres Besuchs klar. Wir haben versucht zu entkommen, doch ihr Boot, vielleicht ein umgebautes Schiff der Küstenwache, war viel schneller, sie enterten uns backbords. Sie haben ihr Boot mit elektromagnetischen Platten am Rumpf unserer Jacht befestigt, dann sind sechs unvermummte Männer herausgesprungen. Sie trugen leichte Maschinenpistolen und Laserwaffen.

»Rasch«, rief der Anführer, »her mit dem Kapitän.«

Er hat die ganze Zeit die Waffe auf ihn gerichtet; zwei der Männer haben inzwischen den Dritten Offizier geschnappt und ihn gezwungen, den Tresor zu öffnen; zwei weitere sind in den Ballsaal gegangen, und dem letzten befahlen sie, Funkgeräte, Meßinstrumente und sonstige Nachrichtenapparate zu zerstören.

»Aufgepaßt!« rief einer der Piraten im Saal. »Wir haben nicht viel Zeit; rückt also allen Schmuck heraus und legt ihn da in der Mitte auf den Boden.«

Das Orchester hörte plötzlich auf zu spielen, Grabesstille breitete sich aus. Niemand rührte sich.

»Habt ihr nicht gehört, oder was?« Er packte den armen, als Banane verkleideten Senyor Husserlmann am Kragen und stieß ihn zu Boden.

Alle haben die Anweisungen befolgt. Nur ein Musiker hat versucht, durch die Hintertür zu entwischen; sie haben ihn mit einer Maschinenpistolensalve auf der Stelle getötet. Daraufhin ist Panik ausgebrochen, die Frauen kreischten, und alle waren unschlüssig, ob sie sich verkriechen oder weglaufen sollten.

»Ruhe, und keine Bewegung!« hat der Anführer geschrien. »Wer zu fliehen versucht oder den Mund aufmacht, wird auf der Stelle umgelegt.«

Der andere (der geschossen hat) ist zwischen den Leuten umherspaziert, um zu sehen, ob es noch irgendwelchen Schmuck gäbe, den sie nicht abgelegt hatten, und hat sich geschmacklose Scherze erlaubt.

»Nanu, was für ein niedlicher schwuler Bubi«, hat er zu dem als Peter Pan verkleideten Senyor Taliesin gesagt, ihn wie ein Kind so kräftig in die Wange gekniffen, daß er blutete, und ihm dann einen so gewaltigen Stoß versetzt, daß er zu Boden fiel.

»Ich bitte Sie …«, hat sich der erste Stewart zu Wort gemeldet und ist einen Schritt vorgetreten. Der Pirat hat sich schlagartig umgedreht und eine kurze Salve auf ihn abgeschossen; er ist das zweite Todesopfer gewesen.

»Hat sonst noch jemand Bedarf?« hat er, grinsend und über die Waffe streichend, gefragt. »Auf, auf, elendes Pack, keine falsche Zurückhaltung, Finger hoch!« Er ist auf die als Madame Pompadour verkleidete Senyora Krier zugegangen und hat ihr die Pistole unter die Nase gehalten. »Hat denn diese Nutte keine Lust, das hier zu probieren? Oder mag sie vielleicht etwas anderes?« Er hat ihr grob ins Dekolleté gegriffen. Sie hat nicht gewagt, sich zu wehren, da er nach wie vor den Pistolenlauf auf sie gerichtet und ihr die Nase plattgedrückt hat, während er ihren Kopf nach hinten zog.

In dem Moment haben wir eine Salve von einer anderen Stelle des Schiffes her gehört.

»Geh einmal nachsehen, was los ist«, hat der Anführer zu seinem Komplizen gesagt. Später haben wir erfahren, daß es der Funker war, den sie dabei ertappt hatten, den SOS-Ruf zu senden, den Sie erhalten haben; bevor sie das Gerät zerstörten, haben sie ihn umgebracht.

»Es war nichts«, sagte er, als er nach einer Weile zurückkehrte, »alles in Ordnung. Wo war ich gerade stehengeblieben?« fügte er hinzu und suchte mit den Augen Senyora Krier, die sich zitternd an ihren Mann klammerte.

»Wir haben keine Zeit für Spielereien«, schnitt ihm der andere das Wort ab, »schau dir alle noch mal aufmerksam an, sammle die Sachen ein, die sie abgelegt haben, und ab geht's.«

Es war eine Sache von fünf Minuten. Als sie schon den Rückzug antraten, ist Senyora Fox aus der Toilette gekommen, wo sie sich, wie es scheint, mehr als eine Viertelstunde eingeschlossen hatte.

»Was ist denn das, um Himmels willen?« hat sie gekreischt. Sie ging als Salome verkleidet, und der Alkohol hatte ihr zugesetzt.

»Na, du alte Hure, nimm deine Halskette runter!« sagte der Pirat zu ihr.

»Das wär ja noch schöner«, erwiderte sie mit einer gezierten Handbewegung. »Ich könnte meine Frisur in Unordnung bringen.«

»Keine Sorge, dafür gibt es eine Lösung«, hat der Bandit grinsend gesagt und mit so unglaublicher Schnelligkeit seine Laserwaffe gezogen, daß wir alle erstarrten; er hat ihr einfach den Kopf abgeschnitten.

Senyora Fox' Kopf rollte zu den Füßen der als Doña Jimena verkleideten Senyora Tartini; sie fiel in Ohnmacht (sie hat sich bis jetzt noch nicht von dem Schock erholt; weitere drei Senyoras sind in dem Moment ohnmächtig geworden, und auch ein Senyor). Senyora Fox' Körper ist einen Augenblick reglos gewesen, erzitterte dann und sackte nach ein paar Sekunden zusammen.

»Und jetzt die Halskette, ohne die Frisur der Senyora in Unordnung zu bringen«, hat der Pirat gesagt und sich gebückt, um sie mit zwei Fingern, eine feine Geste verhöhnend, an sich zu nehmen.

Dann ist der oberste Anführer aufgetaucht.

»Gut, wir haben alles, wir verschwinden! Hört gut zu: Damit niemand auf die hübsche Idee kommt, uns verfolgen zu lassen, und weil der Idiot von Funker schon eine Meldung hinausgehen ließ, nehmen wir sechs Geiseln mit, die wir von einem sicheren Ort aus wieder freigeben werden. Sollten wir abgefangen werden, könnt ihr sicher sein, daß sie als erste sterben. Verstanden?« Er wandte sich an die zwei anderen im Saal: »Wählt sechs aus, und dann weg hier.«

»Du, der Clown«, hat einer der Piraten gesagt und auf Senyor Clark gezeigt, der ein Pierrot-Kostüm trug, »der Penner«, damit war der als Höhlenmensch verkleidete Senyor Balder gemeint, »und der warme Bruder da«, dabei wies er auf Senyor Clochet im Kostüm Ludwig XV. »Die anderen such du aus«, räumte er dem Komplizen ein.

»Sehr gern«, hat der geantwortet, der innerhalb von drei Minuten drei Personen getötet hatte. »Du und du«, sagte er zum Ehepaar Parker, die als Romeo und Julia verkleidet waren.

3/2

»Parker?« unterbrach ich ihn. »Wie heißt er mit Vornamen?«

»Basil, Basil Parker«, gab Herbert zur Antwort, »kennen Sie ihn?«

»O ja; doch davon später, sprechen Sie weiter.«

2/3

Schließlich hat er sich an Senyora Krier gewandt, die halb ohnmächtig war.

»Und du, mein Täubchen! Ich mag keine halben Sachen.«

Er hat ihr die Hand gereicht, indem er die Geste der Tänzer nachäffte; die umstehenden Passagiere haben den Ehemann festgehalten, der sinnlos sein Leben aufs Spiel setzen wollte. Piraten und Geiseln sind augenblicklich verschwunden. So wie aus der ersten Bestandsaufnahme hervorgeht, haben sie, außer den sechs Geiseln, Schmuck und andere Gegenstände im Wert von umgerechnet fünf Millionen Dollar mitgenommen.

3/2

»Gar nicht übel«, bemerkte ich und versuchte, mir ein Schmunzeln zu verkneifen.

Herberts Schilderung der verschiedensten Verkleidungen

der Leute fand ich ungewöhnlich. Dachte er etwa, daß dies im Fall eines Gefechts verhindern könnte, sie mit den Angreifern zu verwechseln? Pierrot, Ludwig XV. ..., keiner unserer Männer war blind. So gesehen, beunruhigte mich die Befreiungsaktion nicht, wohl aber das Schicksal meines Freundes Basil Parker und seiner Frau.

Wir trafen im Salon der Googol zusammen, der Kapitän der Quomolangma, der zweite Steuermann, der Vertreter der Gesellschaft, die Angehörigen der Entführten (sieben insgesamt), Monmouth, Saarinen und ich.

»Wie ist der Plan?« fragte der Kapitän der Quomolangma, Robert Ellison.

»Wir haben das Piratenboot an dieser Position orten können«, erklärte Saarinen und zeigte einen Punkt auf der Karte.

»Wie ist Ihnen das gelungen? Woher wissen Sie, daß es sich um das Schiff der Piraten und nicht um ein anderes handelt?« sagte Herbert.

»Wir verfügen über entsprechende Möglichkeiten«, erwiderte Monmouth, »machen Sie sich keine Sorgen.«

»Wir könnten es in vier Stunden einholen«, fuhr Saarinen fort, »denn ihrem momentanen Kurs nach könnte ihr Ziel die Corregidor-Insel sein. Dann würden wir die Geiseln allerdings nicht wiedersehen. Wir haben deshalb vor, sie zu überholen«, er zeichnete eine Kurve, »und morgen früh vor ihrem Bug als leichte Beute aufzutauchen.«

»Wer hätte geglaubt, daß uns die Gestalt der Googol eines Tages so nützlich sein würde?« sagte Monmouth.

»Sobald sie uns geentert haben, werden sie eine kleine Überraschung erleben.«

»Hoffentlich«, bemerkte ich.

»Wenn man dir eine Million Dollar hinhält, greifst du dann nicht danach?« flüsterte mir Saarinen zu.

»Wenn man sie mir an einem einsamen Ort zum Greifen nah hinhält, hätte ich Angst, daß man mir die Hand abhacken will«, antwortete ich, er machte eine enttäuschte Handbewegung. Meiner Meinung nach hingen wir mehr von der Dummheit der Piraten als von ihrer Habgier ab, und diese Aussicht ließ mich nicht eben optimistisch sein.

338

Besatzung und Passagiere der Quomolangma kehrten an Bord zurück. Wir überließen ihnen ein tragbares Funkgerät und einen Code, um den Feind nicht zu alarmieren, gaben ihnen Anweisung, uns in einem bestimmten Abstand zu folgen, und setzten uns mit voller Fahrt auf die Spur der Piraten.

2/0

Frederic Casanova kam in den Avalon zurück. Kolinski unterbrach sich, um sich eine Pfeife anzuzünden; dann ließ er sich einen gekühlten Grappa bringen und fuhr mit der Geschichte der Quomolangma fort.

0/2

Das Vorgehen war perfekt geplant. Nun ging es darum, die Operation durchzuführen, ohne Verdacht zu erregen; schließlich hing davon das Leben der sechs Geiseln ab. In perfekter Koordination mit dem Nachrichtenoffizier steuerten wir das Schiff in eine von ihrem Kurs abweichende Route. Wir tauchten backbords auf und fuhren, fünf oder sechs Meilen entfernt, an ihnen vorbei. Wie es in solchen Fällen üblich ist, versuchten wir Funkkontakt aufzunehmen; sie antworteten nicht, sondern kamen mit erhöhter Geschwindigkeit auf uns zu.

»Mir scheint, es ist an der Zeit, daß wir so tun, als wollten wir erschrocken das Weite suchen«, schlug Kapitän Monmouth vor, »vorwärts mit fünfundvierzig Knoten.«

»Nicht mehr?« warf Saarinen ein. »Meinen Sie nicht, daß sie Lunte riechen? Dieses Schiff sieht doch danach aus, schneller zu sein.«

»Einverstanden, geben wir ihnen noch ein bißchen Zeit. Also fünfzig Knoten.«

Die Geschwindigkeit des Piratenschiffes war kaum höher (oder sein Treibstoff war knapp), und die Verfolgung dauerte länger, als erwartet. Diese Verzögerung in Form einer vorgetäuschten Flucht sollte den Angreifern die Möglichkeit geben, sich vorzubereiten, und genügend Zeit, die Geiseln einzusperren und damit außer Gefahr zu bringen, vermutlich ohne Bewachung.

»Achtung«, sagte der Fliegende Däne, »ich verstecke nun meine Männer.«

Sie enterten uns auf die gleiche Weise wie die Quomolangma.

»Meine Herren«, sagte Monmouth, »nun gilt es eine Weile Theater zu spielen. Denken Sie daran, wir sind sehr erschrocken und versuchen, die Fassung nicht zu verlieren.«

Wir spürten den Aufprall der elektromagnetischen Platten. Bevor der Piratenkapitän sein Schiff verließ, rief er über Lautsprecher:

»Stellen Sie die Motoren ab, und keine Bewegung.« Sieben oder acht Personen zielten mit japanischen Maschinenpistolen auf uns. Neun Typen sprangen auf unser Deck.

»Her mit dem Funker!« sagte der Anführer, ein Weißer, möglicherweise Angelsachse; die anderen waren Orientalen.

»Alle mit dem Gesicht zur Wand«, herrschte uns ein anderer an.

»Wo sind die Passagiere?« sagte der Anführer zu Monmouth, während er seine Waffe auf ihn richtete. »Raus mit ihnen!«

»Es gibt keine Passagiere«, erwiderte der Kapitän, »tut mir leid, Jungs, ihr werdet leer ausgehen.«

»Scheiße!« rief ein anderer. »Das könnte dir so passen.«

Sie berieten sich einen Moment. Und genau in diesem Augenblick kam die Spezialeinheit Saarinens aus ihrem Versteck. Ich hatte noch nie Gelegenheit gehabt, aus solcher Nähe den Einsatz einer Spezialeinheit zu erleben, und ich versichere Ihnen, daß mir das Blut in den Adern erstarrte, obwohl ich wußte, was passieren würde. Bevor die Piraten auch nur den Mund aufmachen konnten, waren sie erbarmungslos niedergemäht. Einige fielen ins Wasser. Ihre Geschosse verfehlten das Ziel; von unseren Männern wurde niemand verletzt.

Noch bevor die Salven der Maschinenpistolen aufhörten,

sprangen vier von uns auf das Boot der Piraten. Vom Deck aus hörten wir das Kampfgetümmel in den Kabinen. Nach wenigen Minuten kamen die Geiseln mit ihren Befreiern heraus. Der Chef der Einheit wandte sich an Saarinen.

»Operation beendet. Wir haben alle sechs lebend retten können, auf unserer Seite gibt es keine Verluste.«

»Und was ist mit dem Feind?«

»Es hat keiner überlebt«, meldete er.

Die Geiseln wurden auf die Googol gebracht. Sie sahen in ihren zerfetzten Kostümen erbärmlich aus, abgezehrt, der Schrecken stand ihnen ins Gesicht geschrieben; doch nach zwölf Stunden Schlaf würden sie sicherlich wieder zu Kräften gekommen sein. Ich erkannte Basil Parker und begrüßte ihn. Er sah mich erstaunt an.

»Waldemar!« rief er aus und warf sich wie ein Kind in meine Arme.

»Wie geht es euch, dir und Dora?«

»Uns ist nichts geschehen, doch wir werden wohl noch Jahre brauchen, um diesen Schock zu überwinden.«

Wir führten die Ex-Geiseln nach drinnen. Monmouth sorgte für ihre Unterbringung, sie wurden ärztlich untersucht. Abgesehen von einer Frau, die dringend behandelt werden mußte, gab es keine Probleme. Ich kümmerte mich um das Boot der Piraten. Ich nahm die nötigen Kontakte zu den philippinischen Behörden auf (wir befanden uns in ihren Hoheitsgewässern), und wir kamen überein, das Boot mit vier unserer Männer an Land zu bringen.

Dann vereinbarten wir mit der Quomolangma einen näher zu Hongkong hin gelegenen Treffpunkt. Ich nutzte die Zeit bis dahin, um mit Parker und seiner Frau zu sprechen, nach den üblichen Höflichkeitsfloskeln bat ich sie, mir über ihre Erlebnisse mit den Piraten zu erzählen.

»Wenn ihr nichts dagegen habt, nehmen wir es auf, um unseren Bericht zu ergänzen«, schlug ich ihnen vor.

»Es stört uns überhaupt nicht«, sagte Parker und begann.

Fünfzehn Stunden mit den Piraten

Es waren insgesamt dreizehn Piraten. Der Anführer war Engländer oder Holländer und hieß (oder nannte sich) Kramer. Er steckte uns alle in einen Raum und sagte, wir sollten uns keine Sorgen machen, denn wenn sich der Kapitän unseres Schiffes an die Anweisungen hielte, würde uns nichts geschehen, und sobald alles vorüber wäre, würden sie uns an einem sicheren Ort freilassen.

Zwei Männer mit Maschinenpistolen blieben zu unserer Bewachung zurück; ich habe keine Erfahrung darin, das Alter von Leuten aus anderen Ländern zu schätzen (diese schienen Malaysier zu sein), doch ich hätte ihnen nicht mehr als sechzehn oder siebzehn Jahre gegeben. Sie waren äußerst brutal. Bei der geringsten Bewegung sprangen sie hoch und hielten uns die Waffen mit einem wilden, entschlossenen Gesichtsausdruck unter die Nase, so daß wir fast nicht mehr wagten, auch nur zu atmen. Sie schienen unsere Sprache nicht zu verstehen, also vergingen die ersten beiden Stunden in Schweigen, ohne die geringste Entspannung.

Dann wurden sie abgelöst. Der Chef der Piraten mußte vom Stockholm-Syndrom gehört haben und wollte kein Risiko eingehen. Als wir unsere neuen Bewacher sahen, schlug uns das Herz bis zum Hals; es waren dieselben, die in den Ballsaal eingedrungen waren und den Leuten den Schmuck abgenommen hatten.

»Gut, meine Lieben, da wären wir also wieder glücklich vereint«, sagte der Mann, der Virgínia Fox den Hals durchgeschnitten hatte, mit einem grausamen Grinsen. Wir wußten, daß er wegen seines Kindergesichts Baby Boo hieß. Trotzdem war er älter als die anderen.

»Wenn ihr euch verhaltet wie bisher, passiert euch nichts«, sagte der andere, namens Loin Peng; er schien die autoritäre Rolle abgelegt zu haben, die ihn, vor allem im Vergleich zu Baby Boo, während des Überfalls weniger verantwortungslos hatte wirken lassen; nun machte er einen entspannten, gleichgültigen Eindruck, er hörte sich an, als hätte er getrunken oder Drogen genommen. Er lehnte sich an die Tür, und es sah aus, als würde er einnicken.

»Nanu, was haben wir denn da«, sagte Baby Boo und wandte sich an Dora. Mein Herz raste. Er blickte mich an mit seinen schwarzen, stechenden Augen, die bösartig funkelten, und sagte: »Kein Grund zur Aufregung, ich werde deiner Frau schon nichts tun. Sie ist viel zu häßlich, nichts für meinen Geschmack.«

»Ruhig, Basil«, flüsterte mir Dora ins Ohr.

»Die dort gefällt mir besser«, rief er und musterte Berta Krier, »sie hat auf eurem Kahn nicht genug bekommen, jetzt will sie mehr.«

Er näherte sich ihr, bis ihre Gesichter sich fast berührten.

»Um Himmels willen, Basil, rühr dich nicht«, sagte Dora.

»Ruhe!« brüllte Baby Boo, ohne seine Position zu ändern, dann fügte er ganz langsam hinzu: »Du willst doch mehr, oder?«

Sie begann zu zittern und wich zurück, bis ein paar Kisten sie daran hinderten.

»Lassen Sie mich …, gehen Sie weg«, stammelte sie.

Plötzlich machte Baby Boo einen Satz, der uns alle zusammenfahren ließ, stieß ihr die Maschinenpistole zwischen die Brüste und preßte ihr die Kehle zusammen.

»Los, du dreckige Hure, sag's schon! Sag: Ich will mehr!« schrie er wie ein Besessener, die Adern am Hals traten hervor; seine Augen waren nur noch Schlitze. »Sag: Ich will, daß du deinen Schwanz in mich hineinrammst, ich sterbe vor Lust, von dir durchbohrt und von Kopf bis Fuß vollgespritzt zu werden! Na, sag's schon, du widerliches Luder!«

»Was soll das, Baby Boo?« schaltete sich Loin Peng ein, ohne sich zu rühren; er musterte ihn lachend, als würde Baby Boo gerade Schabernack treiben.

Aber der andere nahm nichts mehr davon wahr. Er riß Berta das Kleid vom Leib und betrachtete kurz ihre Brüste mit einem Ausdruck, der mir hoffentlich nie wieder begegnen wird; er drückte sie so brutal, daß sie vor Schmerz aufschrie, und knöpfte sich die Hosen auf.

343

»Auf die Knie mit dir! Oder haben sie dir nicht so das Be-
ten beigebracht? Jetzt wirst du mir das vorbeten, was du am
besten gelernt hast!«

Muß ich genau erzählen, was er mit ihr getan und wozu er
sie gezwungen hat?

3/2

»Wie du willst«, antwortete ich. »Mir scheint, durch deine
Schilderung ist der Bericht schon ausführlich genug.«

Basil Parker fuhr fort.

2/3

Nach einer halben Stunde waren wir starr vor Schrecken;
Baby Boo war vom heftigen Angriff und der Brutalität zu
einer langsamen, raffinierteren Quälerei übergegangen, die
manchmal seinen Körper in kräftigen, widerlichen Stößen
zucken ließ. Einmal wurde gegen die Tür gehämmert. Loin
Peng öffnete; es war Kramer, er blickte angewidert drein.

»Baby Boo, wir sprechen uns später. Sag Li, er soll dich ab-
lösen.«

Kramer und Baby Boo gingen hinaus, wir atmeten auf.
Dora lief zu Berta, um ihr Hilfe oder zumindest freundschaftliche Unterstützung anzubieten. Loin Peng richtete
seine Waffe auf uns.

»Ruhe! Keine Bewegung!«

Der sogenannte Li kam mit einem in voller Lautstärke aufgedrehten Transistorradio herein und stellte es in der Mitte
des Raumes auf den Boden.

»Was möchtet ihr hören?« fragte er mit einer Zigarette im
Mund.

Er stellte einen Sender mit Musik ein.

»... Der erste Satz ist in Sonatenform geschrieben und in
vier Teile gegliedert«, sagte der Sprecher. »Nach der Exposi-
tion zweier Nebenthemen durch die Streicher beginnt die
Einführung des Hauptthemas ...«

»Hör mal«, sagte Li, während er die beiden Frauen musterte, »wie wär's, wenn wir eine Weile die Einführung in das Hauptthema praktizierten?«

»Das ist deine Sache«, erwiderte Loin Peng; »Baby Boo hat sich jedenfalls mit seinen Praktiken bereits Schwierigkeiten eingehandelt.«

»Ich hatte Kramers Kavaliersgehabe schon ganz vergessen«, murrte Li, sein Gesichtsausdruck wurde schelmisch, scheinbar unschuldig. »Wenn wir uns aber einem anderen Abfluß zuwenden, hat Kramer nichts zu sagen, oder?«

Er drehte sich zu Denny Clark und Charles Clochelet hin.

»Ihr seid allesamt verrückt«, sagte Loin Peng, »mach doch, was du willst.«

»Der da«, sagte er sanft, zu Clochelet gewendet, »der sieht so aus, als könnte er hervorragend Flöte spielen.«

Und während er eine kleine Maschinenpistole auf ihn richtete, begann er vor unser aller Augen einen sodomitischen Akt, ohne daß Clochelet gewagt hätte, sich zu wehren; er wurde nicht vollzogen, weil Kramer erneut den Raum betrat und ihnen Anweisungen gab, ohne das sich ihm darbietende Bild zu beachten.

»Änderung des Planes, Jungs, das hier wird länger dauern, als angenommen. Alle Mann an Deck, eine weitere Beute ist in Sicht.« Und mit einem Blick auf uns, fügte er hinzu: »Fesselt sie sorgfältig und einzeln, dann kommt ihr unverzüglich nach oben.«

Loin Peng holte ein paar Handschellen und fesselte uns an Händen und Füßen mit kurzen Ketten, so daß wir jeweils zwei und zwei aneinandergeschlossen waren. Wir blieben allein und schwiegen, da wir nicht wagten, unsere Furcht zu äußern. Etwa eine Dreiviertelstunde lang vernahmen wir Getöse. Das Schiff beschleunigte, wurde dann langsamer, Schreie und Schritte waren zu hören, dann das Geräusch von Schüssen und Schlägen. Es schien bei diesem Entern keine Gefangenen zu geben; die darauf einsetzende Stille ließ uns annehmen, daß alles vorbei sei. Niemand kam, und wir verbrachten mehrere Stunden – wie viele weiß ich nicht – mit düstersten Mutmaßungen.

Zunächst versuchten wir so gut wie möglich die Wunden

von Berta Krier zu versorgen, die an verschiedenen Körper-
stellen stark blutete. Baby Boo hatte in ihre Brüste gebissen,
sie sah erbärmlich aus. Irgend jemand sagte, wir sollten die
Zeit des Wartens am besten dadurch nutzen, daß wir uns zur
Zerstreuung Geschichten erzählten. Und das taten wir auch,
bis ein paar Stunden später wieder großer Lärm zu hören war
und ihr hereinkamt.

3/2

Ich stoppte die Aufnahme, und wir redeten weiter.

»Unglaublich«, sagte ich zu ihm, »welche Erinnerungen in
solchen Momenten geweckt werden.«

»Ja, wirklich! Obwohl wir nicht in der Stimmung waren,
haben wir uns durchaus merkwürdige Dinge erzählt.«

Ich sah auf die Uhr. Es blieb noch ziemlich viel Zeit bis zu
unserem Treffen mit der Quomolangma; und so bat ich ihn,
mir eine der Geschichten zu erzählen, was er bereitwillig
– und nun schon ruhiger geworden – tat.

2/3

Geschichten der Gefangenen der Piraten

Denny Clark hatte sich auf der Kreuzfahrt als Spaßvogel entpuppt. Auf den Vorschlag hin, sich die Zeit mit dem Erzählen
irgendwelcher Dinge zu vertreiben, richteten sich also alle
Blicke auf ihn, vielleicht, weil ihm die Verkleidung als Pierrot
samt aufgemalter Träne – mittlerweile ein ziemlich rampo-
nierter Pierrot – die tragikomische Note verlieh. Seine Frau
hatte mehr Glück gehabt, sie war auf der Quomolangma geblieben. Er ließ sich nicht lange bitten und begann mit seiner
Geschichte.

Geschichte von Denny Clark

Nachdem ich geheiratet und mich beruflich etabliert hatte, sah ich von meinen Schulkameraden und Jugendfreunden nur noch drei mit einer gewissen Regelmäßigkeit: Ted Chest, der wie ich in Sheffield wohnte, James Troublewater und Paul Oakwood, die in Chesterfield lebten. Aus beruflichen Gründen kamen wir oft in die benachbarte Stadt und nutzten die Gelegenheit, Freunde zu besuchen und ihre Gastlichkeit zu genießen. Nachdem wir die Dreißig überschritten hatten (und, um ehrlich zu sein, fast an der Schwelle zu den Vierzig standen), pflegten diese Eskapaden über ihren ursprünglich geschäftlichen Zweck hinauszugehen.

Die aufsehenerregendste liegt ein paar Jahre zurück. James Troublewater hatte mir für den nächsten Tag seinen Besuch angekündigt. Ich war allein; eine Schwester von Cinthy, meiner Frau, litt unter einer ihrer üblichen Depressionen, und so war Cinthy für ein paar Tage zu ihr gefahren, um sie aufzumuntern. Ich wollte lieber nichts organisieren, bevor James einträfe, denn er könnte müde sein oder eine andere Verabredung haben.

Dem war aber nicht so. Wir trafen uns nach der Arbeit in einem Pub; es war ganz klar, was zu tun war. Ich griff zum Telefon und rief ein paar Mädchen an, die ich vor vierzehn Tagen kennengelernt hatte; sie waren nicht da. James übernahm die Initiative. »Laß mich machen«, sagte er. Er wählte eine Nummer und wollte, daß ich dabeistand und zuhörte. Es war sofort jemand am Apparat.

»Hallo, weißt du, wer ich bin? ... Ich bin hier, in Sheffield, mit jemandem, den du auch kennst. ... Denny ... Hör mal, wir laden euch zum Abendessen ein, dich und deine Freundin ... Ja.« Es folgte ein Schweigen; man brauchte nicht viel Phantasie, um sich den anderen Teil des Gesprächs vorzustellen. »Aber denk ja nicht, du könntest dich um Mitternacht aus dem Staub machen ..., keine Ausflüchte; entweder wir gehen alle miteinander ins Bett, oder tschüß, wir haben nicht vor, die Zeit zu vergeuden ... Klar ist es vergeudete Zeit, wenn man mit zwei Frauen essen geht und nachher nicht gebumst wird; obwohl es auch dann noch sein kann!«

Ich war entsetzt und bedeutete ihm, sich zu mäßigen. Ich rechnete damit, daß sie den Hörer plötzlich auflegen würde, doch er schnitt eine Grimasse, als wollte er zu mir sagen: ›Ruhig Blut, ich weiß schon, was ich tu.‹ Ich zuckte mit den Achseln.

4/0

»Dieser Kerl war wirklich ein Dummkopf«, unterbrach Emília, »ich kann mir einfach nicht vorstellen, daß sich eine Frau auf eine derartige Einladung einläßt.«

»Ich bin deiner Meinung, aber mir ist die Sache so erzählt worden«, erwiderte Kolinski scherzhaft resigniert und fuhr fort.

0/4

Bevor wir die beiden abholten, setzte mich James ins Bild.

»Ich war nicht sicher, Alice in Sheffield anzutreffen; wir haben Glück gehabt.«

»Ich vertraue darauf, daß sie diskret sind«, sagte ich, ohne mir darüber besondere Sorgen zu machen.

»Bei allem, was sie aufs Spiel setzen, kannst du Gift darauf nehmen«, antwortete er im Brustton der Überzeugung, und wir stießen auf den Erfolg des Unternehmens an.

Wir führten sie zum Abendessen in ein kleines Restaurant, das vor kurzem aufgemacht hatte. Wir wählten das Degustationsmenü: Mit Glasaal gefüllte Kohlröllchen in Knoblauchvinaigrette, Hirsch in Minzesoße, Braten in Austern und Trüffeln, gefüllt mit Ferkelbrieschen. Alices Freundin, die ziemlich sicher mir zufallen würde, hieß Petula; sie hatte ganz kurz geschnittenes rotes Haar und einen riesigen Busen. Nach der zweiten Flasche Burgunder kreischte sie wie verrückt bei jeder witzigen Bemerkung. Wir waren sicherlich auf dem besten Weg.

Als wir vom Tisch aufstanden, redeten James und ich gleichzeitig. Die beiden Frauen waren in ihrer Art sehr verschieden. Petula schien eine kindliche Freude am Leben zu haben; sie hatte gerötete Wangen, lachte ununterbrochen und plapperte manchmal einfach drauflos. Alice hingegen war zurückhaltender (mir kam es zumindest so vor, verwirrt, wie ich war, wegen des von James beim Telefongespräch angeschlagenen Tones), sie sah uns mit einem traurigen, blasierten Lächeln an, als wollte sie sagen: ›Sieh mal an, was diese Stümper froh macht.‹ Ich schätzte mich glücklich, daß ich es mit Petula und nicht mit ihr zu tun haben würde.

Nach zwei oder drei weiteren Gläschen in einer Bar in der Umgebung fuhren wir nach Hause. Im Auto war es bereits zu dem einen oder anderen Befummeln gekommen. Als wir in den Salon traten und Licht machten, entstand ein verräterisches Schweigen, als würde im Schutz des gewohnten Mobiliars die durch den Wein gesteigerte euphorische Stimmung zu unpassender Eindeutigkeit reizen. Rasch holte ich Schnäpse herbei, machte Musik und begann Unsinn zu reden. Alice ging den Weg des Zynismus, James und ich sahen uns erschrocken an. Mit diesem Blick beschlossen wir, zum Angriff überzugehen.

»Komm, ich zeig dir die Wohnung«, schlug ich Petula vor.

Ich führte sie in die Küche und ins Arbeitszimmer.

»Und die Toilette?« fragte sie.

Ich zeigte sie ihr, ging dann in mein Zimmer und schaltete den Heizstrahler und die Nachttischlampe an.

Aus dem Salon hörte man kein Wort, wohl aber ein sehr charakteristisches Rascheln von Kleidung. Jetzt ist der richtige Zeitpunkt, dachte ich.

»Das ist mein Zimmer«, sagte ich zu Petula, als sie aus dem Bad kam.

Sie griff nach einer Porzellanfigur auf dem Toilettentisch. Ich machte mich ohne weitere Umschweife an sie heran. Was sonst hätten wir tun sollen? Wir waren zwei Unbekannte, die mehr das Spiel der Lust als das der Verführung trieben. Wir fielen aufs Bett. Ich wollte mir einreden, daß wir vor Erregung zitterten, doch wir zitterten eher vor Kälte und Ungewißheit.

Der Alkohol hatte meine Möglichkeiten untergraben, und diese Frau mußte hart arbeiten, um mir etwas mehr als ein ausgedehntes Vorspiel zu entlocken.

4/2

»Ich weiß wirklich nicht«, unterbrach ich Parker, »ob diese Geschichte geeignet ist für eine in die Hände von Piraten geratene Gruppe von Menschen, von denen zwei kurz zuvor vergewaltigt worden sind.«

»Du wirst es nicht glauben!« sagte Parker. »Aber Clark erzählte sie mit äußerst witziger Mimik. Ich hatte zu Beginn den gleichen Zweifel gehabt, doch dann sah ich, daß alle lachten, auch Clochelet und Berta Krier. Mir scheint, es half dabei, das Geschehene zu entdramatisieren.«

»Das ist eine sehr kaltblütige Erklärung.«

Die Frage blieb ohne Antwort, Parker fuhr fort.

2/4

Nach anderthalb Stunden waren wir fertig und lagen wach nebeneinander, ohne das Licht auszuschalten. Es klopfte an der Zimmertür.

Ich schlüpfte in meinen Morgenrock und ging nachsehen. Es war James, splitternackt; er bat mich hinaus.

»Wie ist es gelaufen?« flüsterte er und fügte hinzu, ohne eine Antwort abzuwarten: »Was hältst du von einem Partnertausch?«

Die zweite Frage war ebenso rhetorisch wie die erste, denn bevor ich den Mund aufmachen konnte, war er schon in meinem Zimmer und schlug mir die Tür vor der Nase zu; er mußte noch voll im Rausch sein.

Bei solchen Gelegenheiten habe ich mich immer zutiefst unsicher (um nicht zu sagen lächerlich) gefühlt. Plötzlich wieder unvorhersehbaren Dingen ausgeliefert, begab ich mich ins Wohnzimmer. Dann eben noch einmal von vorne!

Der Salon glich einem Schlachtfeld. Auf der Stehlampe, auf den Regalen, überall Kleidungsstücke; Kissen auf dem Boden, umgekippte Gläser, Asche und Zigarettenstummel auf dem Teppich, Brandlöcher in den Bezügen der Polstermöbel. Alice war nirgends zu sehen. Als sie hereinkam (so wie sie zur Welt gekommen war), hatte ich bereits die Illusion gehabt, sie nie mehr wiederzusehen.

»Ich war im Bad«, sagte sie zu mir in einem Tonfall, der liebenswürdiger war als alles, was ich von ihr im Verlauf des Abends gehört hatte.

Jetzt wird mir klar, was du brauchst, dachte ich, von der rohen Art meines Freundes angesteckt. Einen Moment befürchtete ich, es könnte irgendein Problem geben, doch es stellte sich sofort heraus, daß dem nicht so war. Alice spazierte nackt durchs Wohnzimmer, als würden wir uns schon ein Leben lang kennen, und das störte mich, da ich dahinter Gleichgültigkeit mir gegenüber vermutete. Sie ging zum Spiegel, um sich die Haare hochzustecken; sie hielt kurz die Arme in der Luft und betrachtete mich im Spiegel. Ich muß ziemlich dumm dreingeschaut haben; sie zwinkerte mir zu und fuhr sich mit der Zunge über die Lippen. Diese Frauen sind lasziver als wir, dachte ich. Ich war kaputt, und sie bewegte sich, als wäre es zwölf Uhr mittags.

Sie packte mich, zog mich zu einem Lehnsessel, setzte sich und öffnete meinen Morgenrock. Sie nahm mein Gemächt und lächelte mich an; dann streichelte sie es auf jede nur mögliche Art, wie die geschickteste Kurtisane, und ich brauchte mir keine Sorgen um die Belebung von Kräften zu machen, von denen ich geschworen hätte, daß es sie nicht gab, denn ihr gelang in ein paar Minuten, wofür Petula eine halbe Stunde gebraucht hatte.

»Unglaublich«, sagte sie danach, »wer hätte gedacht, daß ...«

Nach einer Weile kam es zur völligen Erschöpfung. Es mußte draußen schon hell werden, Alice schlief auf den Kissen, und ich hatte noch kein Auge zugetan. Die zweite Paarung war unvergleichlich brillanter als die erste gewesen. Aus dem Schlafzimmer waren nach wie vor Stöhnen und Stöße zu hören; verflucht, was werden die Nachbarn sagen, dachte ich. Schließlich schlief ich, zusammengerollt wie ein Igel, ein.

Ich wachte erschrocken auf, mit dem Gefühl, nicht länger als eine Minute geschlafen zu haben. Das Morgenlicht und der Katzenjammer betonten das schmutzige Durcheinander, das in der Wohnung herrschte: eine einzige Katastrophe. Ich verließ sie, todmüde und zutiefst angeekelt vom Leben. Ich kam zu spät wie jeden Tag, aber aus anderen Gründen.

Als wollten die Götter mich strafen, war jener Vormittag der anstrengendste der letzten drei Wochen, ein ununterbrochenes Hin und Her. Kurz vor der Mittagspause besuchte ich einen Kunden, Terence Brown.

»Senyor Clark, soeben ist die Polizei hier gewesen und hat nach Ihnen gefragt. Die suchen Sie schon seit Stunden.«

Ich war wie versteinert. Was konnte die Polizei von mir wollen? Ich ließ mir alles durch den Kopf gehen, was ich in letzter Zeit gemacht hatte. Waren so viele Strafmandate offen? Die Steuer vielleicht? Ich hatte mir immer vorgestellt, wie aufregend es sein müßte, wenn man ein großes Ding gedreht hätte und die Bullen wären hinter einem her. Doch an jenem Tag erkannte ich, daß es schrecklich war, wenn sie nach dir fahndeten und du nicht wußtest, warum. Mich erfaßte Panik. Was ist, wenn sie mir einen Mord in die Schuhe schieben wollen? Das kommt immer wieder vor; mir fielen berühmte Fälle von Justizirrtümern ein. Ich versuchte, mich zu beruhigen und einen kühlen Kopf zu bewahren.

»Haben sie nicht gesagt, was sie wollen?« fragte ich und bemühte mich, das Zittern in meiner Stimme zu unterdrücken.

»Es scheint Probleme in Ihrer Wohnung zu geben«, sagte Brown, ohne zu wissen, worum es sich handelte.

Mir schlug das Herz bis zum Hals. Was konnte zu Hause passiert sein? Nach einigen Sekunden ängstlicher Anspannung griff ich mir an den Kopf. In der Eile und der Verwirrung hatte ich beim Weggehen automatisch die Wohnungstür zugeschlossen, und die drei saßen fest!

Meine Angst drehte sich um hundertachtzig Grad, wurde aber nicht geringer. Cinthy, meine Frau, kehrte am Nachmittag zurück! Und wenn James die Polzei gerufen hatte, wußte zudem das ganze Viertel über die Sache Bescheid! Verzweifelt rannte ich zu einer Telefonzelle und rief bei mir zu Hause an. James nahm völlig hysterisch den Hörer ab. Er erzählte mir, daß die Polizei die Feuerwehr schicken wollte, er habe sie aber – aus Furcht vor der Öffentlichkeit – gebeten, das nicht zu tun. Wie befürchtet, hatte er mein Adreßbuch genommen und alle möglichen Leute angerufen: mein Büro (am nächsten Tag fand ich elf Anrufe von ihm vor) und jeden, der seiner Meinung nach auch nur entfernt wissen konnte, wo ich zu erreichen wäre. Ich würde also eine Zeitlang Erlärungen abgeben und Scherze über mich ergehen lassen müssen.

»Es gibt einen Reserveschlüssel in der untersten Schublade rechts vom Kühlschrank, du Arschloch«, teilte ich ihm mit, und für den Moment war damit das Abenteuer zu Ende.

Am nächsten Tag telefonierten wir mit mehr Ruhe. Ich wollte, daß er mir Einzelheiten über die Leute sagte, die er angerufen hatte, um zu wissen, was mich erwartete. Im gefährlichsten Kapitel dieser Geschichte spielte meine Schwiegermutter die Hauptrolle, denn sie hatte sich sofort bereit erklärt, in die Wohnung zu fahren; schwierig war es dann gewesen, sie davon abzubringen. Am Ende schrien wir uns an; meine Zerstreutheit war beachtlich, das gab ich zu, aber es stimmte auch, daß James, wenn er öffentliches Aufsehen in dieser Angelegenheit fürchtete (Dr. Troublewater ist eine echte Persönlichkeit in Chesterfield), nur noch die Redaktion der *Times* hätte anrufen müssen.

Wenig später war alles vorbei, und ich konnte an den Zwischenfall denken wie an eine jener lustigen Episoden, die man vor den Enkelkindern nicht zum besten gibt. Die Nachbarn waren erstaunlich diskret gewesen, und wenn jemand mit seinem Gerede zu weit ging, schenkte ihm Cinthy wohl keinerlei Beachtung, denn mir fiel an ihr nicht das kleinste Unbehagen oder die geringste Reserviertheit auf. Ich hatte mich dafür entschieden, den Ereignissen zuvorzukommen, und meiner Frau eine gekürzte Fassung der Geschichte erzählt: James war mit einer Freundin (seiner Freundin, bemühte ich mich hervorzuheben) zu Besuch gewesen, und ich hatte die beiden am nächsten Morgen in der Wohnung eingesperrt.

Die Nachbarn würden kaum die Leute drinnen gezählt haben, und Cinthy würde nicht zur Polizei gehen, um es zu überprüfen.

Etwa zehn Tage nach dieser großartigen Nacht trafen wir uns in einem kleinen Restaurant zum Abendessen: Ted Chest und Roberta (seine Frau), James Troublewater, Paul Oakwood, Cinthy und ich. Ted und ich luden die anderen ein, zu Beginn waren die Gespräche belanglos und höflich.

»Wie geht es deiner Schwester, Cinthy?« erkundigte sich Ted mit einem charmanten Lächeln. »Fühlt sie sich schon besser?«

»Wie laufen die Geschäfte«, fragte mich Paul, während er Butter auf einen Toast strich.

Paul und James benahmen sich mit der typischen Ungezwungenheit der Männer, die ihre Frau zu Hause gelassen haben, und zwar einige Kilometer enfernt. Beim zweiten Gang, als Wein und üppiges Essen schon ihre Wirkung zu zeigen begannen, kam James unvorsichtigerweise auf die Nacht mit Alice und Petula zu sprechen, allerdings in der Cinthy bekannten Version. Paul und Ted kannten natürlich die ungekürzte Fassung, ausgenommen vielleicht die Identität der Damen.

»Wenn man Ehefrau und Geliebte hat«, sagte Paul, »so erhöht sich die Wahrscheinlichkeit, Hörner aufgesetzt zu bekommen.«

Es wurde schallend gelacht, und jeder – so vermutete ich, weil ich selbst so dachte – beschwor dabei seine Verletzlichkeit.

»Ich an deiner Stelle«, sagte Ted zu James, »hätte versucht, mich zu entspannen und die Gelegenheit zu nutzen, mit einer Dame in einer Wohnung eingesperrt zu sein.«

»Was heißt mit einer?« mischte sich Paul mit einem triumphierenden Lächeln ein. »Mit zwei!«

Ich wurde zu Stein; wir sahen uns an, und ich las in seinen Augen das plötzliche Erschrecken über den nicht wiedergutzumachenden Ausrutscher. Schweigen machte sich breit.

»Aber nein«, sagte ich mit dünner Simme, »es war doch nur eine.«

»Ah …«, reagierte Paul übertrieben, »war nicht die Schwester von Petula dabei?«

Noch nie im Leben war es mir so schwergefallen, ein Stück Schweinehoden in Portwein hinunterzuschlucken.

»Nein, war sie nicht«, sagte James mit betretenem Gesicht. Das Gespräch kam allmählich wieder in Gang, während da und dort noch ein erstarrtes Lächeln zu sehen war.

Die Ausflucht war durchaus nicht überzeugend gewesen; daß außerdem das mögliche zweite Mädchen die Schwester war, hätte mich jedenfalls nicht von dem Verdacht befreit, mich an ihr gütlich getan zu haben, doch Paul war ein Stilist des Betrugs, und sein Tonfall und seine Gelassenheit ließen die unverdaulichsten Behauptungen in seinem Mund glaubhaft wirken. Ich beobachtete Cinthy aus den Augenwinkeln. Sie lächelte entspannt und ruhig. Es kann tatsächlich sein, überlegte ich, daß du etwas, was du vor der Nase hast, nicht bemerkst, weil du an seine Möglichkeit gar nicht gedacht hast.

Als ich sah, daß niemand meinen Kopf forderte, erholte ich mich langsam; Rache lag mir auf der Zunge; ich könnte geistesabwesend und naiv ausplaudern, daß Paul eine Zeitlang mit Angèlica, James' Frau, Umgang hatte. Und das war noch nicht das Beste oder das Schlagkräftigste, was ich hätte enthüllen können.

Du Clown, dachte ich, Paul musternd, wenn du wüßtest, daß die andere Frau, mit der ich James in meiner Wohnung eingesperrt hatte, die deine war, die dir gesagt hatte, sie würde nach London zum Einkaufen fahren, und du hattest ihr das geglaubt.

»Wie geht es Alice?« sagte ich und blühte auf bei der Frage. »Wir haben uns schon lange nicht mehr zu viert getroffen.«

Das Gespräch teilte sich, und ich nutzte einen Moment der Begeisterung auf der anderen Seite, um mit Paul allein zu sprechen.

»Glaub mir, es tut mir aufrichtig leid«, sagte er und unterdrückte das Lachen.

»Hör auf, mir zittern jetzt noch die Knie.«

Ich blickte in die Runde, während sie uns den Nachtisch brachten. Paul und James führten einen wirklich liederlichen

Lebenswandel, und der stand ihnen, in meinen Augen, so sehr ins Gesicht geschrieben, daß es mir unverständlich war, weshalb ihre Frauen sie nicht schon längst vor die Tür gesetzt hatten. Ted hingegen wirkte gedrückt und – vielleicht durch den Kontrast – als sei er am wenigsten auf Abenteuer versessen; er erzählte gerade von einer Reise, die vierzehn Tage zurücklag. Ich vergewisserte mich noch einmal, daß Cinthy mir nicht grollte und keinen Verdacht geschöpft hatte. Während ich sie beobachtete, begann sie zu lachen. Ich konnte mich nicht erinnern, daß jemand etwas zu ihr gesagt hätte.

»Worüber lachst du?« fragte ich.

»Ich und lachen? Ich habe über gar nichts gelacht.«

Ich wollte nicht vor den Freunden eine Diskussion beginnen und schon gar nicht die zauberhafte Stimmung verderben. Cinthy verhielt sich in letzter Zeit wie eine gelangweilte Hausfrau, dachte ich. Sie braucht Zerstreuung; vielleicht eine kleine Reise, Ferien auf dem Land.

Das Leben hat seine Tücken. Von bestimmten Dingen auf dieser Welt weißt du, woher sie kommen und wozu sie da sind, und du bist demjenigen, der sie dorthin getan hat, dankbar für seine professionelle Umsicht. Von anderen kennst du die Herkunft nicht, doch ihre Wunder bereiten dir unerwartete, neue Freuden. Es gibt etwas Drittes: Dinge, deren Grund zu existieren dich nicht kümmert und die in dein Leben auf eine Weise und mit Auswirkungen eindringen, daß du sie auf ewig verfluchen wirst. Ich werde nie erfahren, was zum Teufel sich derjenige gedacht hat, der dieses Paneel in dem Restaurant von der Decke bis zum Boden mit einem Spiegel bedeckt hat. Was sich dort spiegelte, wohin mein Blick glitt, als ich, träge und der Verdauung hingegeben, den ersten Schluck Kaffee nahm, ließ mich den Gleichmut meiner Frau bei Pauls unglaublichem Ausrutscher verstehen, ihr unpassendes Lachen während des Abendessens, die regelmäßig wiederkehrenden Depressionen meiner Schwägerin und vieles andere Unerklärliche an meiner wunderbaren Gattin, der sittsamsten und selbstlosesten aller Ehefrauen: Ted Chest hatte einen Schuh ausgezogen und bewegte seinen Fuß spielerisch zwischen ihren Beinen.

Als Denny Clark geendet hatte, sahen wir uns an, ich glaube, in der Hoffnung, heitere Mienen vorzufinden, die unsere Sorge lindern würden. Es mag ungewöhnlich scheinen, doch die Geschichte hatte uns alle zum Lachen gebracht. Jemand sollte ein weiteres Abenteuer erzählen, Prudenci Balder erklärte sich als nächster bereit.

Es sei erwähnt, daß Balder während der Kreuzfahrt Anzeichen einer Depression gezeigt hatte. Einmal hatte er mir gegenüber im Salon (wir gehörten zu den wenigen Nachtschwärmern an Bord) durchblicken lassen, er mache diese Reise, weil ihm nach einer kürzlich gescheiterten Ehe Zerstreuung nahegelegt worden sei; eines Nachts, als nur noch der Barkeeper die Stellung hielt, hatte er mir seine traurige Gemütsverfassung angedeutet. Deshalb hörte ich ihm mit besonderer Aufmerksamkeit zu. Er sprach zunächst sehr leise, doch nach und nach wurde seine Stimme fester.

3/4

Geschichte von Prudenci Balder

Meine Familie hat ihre Wurzeln im Mittelmeerraum. Die Urgroßeltern hatten sich in Kalabrien niedergelassen, und einer ihrer Söhne, mein Großvater, lebte in Norwegen. Die Erinnerung an die südlichen Länder war bei ihren Nachkommen so lebendig, daß ich, als ich zum erstenmal im Leben ein gutes Auskommen hatte, den sehnlichsten Traum verwirklichen wollte: die Rückkehr zum Ursprung. Ich reiste einen Sommer lang durch Griechenland und Italien und kaufte schließlich ein Landhaus in der Toskana. Das ist nun vier Jahre her; ich habe die Ferien genutzt, um mit dem Flugzeug hinzufliegen, die Renovierungsarbeiten nach und nach vorzunehmen und auszuruhen. Die Grüntöne und die Schattierungen des Lila auf dem Land sind für mich seither die beste Möglichkeit der Selbstfindung.

Im vergangenen Jahr lernte ich einen sehr interessanten Menschen kennen. Ich war, wie jeden Tag, durch die hügelige Landschaft gewandert, die meinen italienischen Landsitz umgibt. Es war ein besonders warmer und strahlender Oktobernachmittag, und der Spaziergang fiel länger aus, als erwartet. Die Tage begannen kürzer zu werden, und die Dämmerung überraschte mich, als ich noch eine Wegstunde von meinem Haus entfernt war.

Dennoch bereitete mir die Verspätung Vergnügen. (Niemand wartete auf mich, abgesehen von einer Frau aus dem Dorf, die an den Wochenenden für mich kochte und aufräumte.) Der Dämmerung haftete etwas Seltsames an. Die Alten sagen, du sollst nicht soviel von der wehmütigen Erinnerung erwarten; doch es gibt Momente, und dies war einer von ihnen, wo man sich der Anziehungskraft der Unvernunft nicht widersetzen möchte. Den Stimmen in meinem Inneren folgend, wußte ich, daß die beste Erwartung die unkonkrete ist und das Aufregendste an der Dämmerung das Licht; ich ließ mich also darauf ein, die räumlichen Gegebenheiten zu erforschen. Eine Mischung aus Panik und Lust, Verzweiflung und Eifer ergriff mich, die anscheinend nur von den Gerüchen und den erlöschenden Farben des zur Neige gehenden Tages herrührten.

Ich ging dem letzten Schimmer der Dämmerung entgegen und begriff, warum der Abend Bezugspunkt für den Westen war, wie es der Mittag für den Süden ist und die Nacht für den Norden; alle Umrisse waren mit Bedeutungen und Erinnerungen beladene Gestalten. Einer dieser dunklen Flecken weckte ganz besonders meine Aufmerksamkeit; nun war es aber nicht mehr mein umherschweifender Geist, der in einem Sonnenuntergang so bereitwillig eine Gelegenheit zur Selbstbezichtigung sah; ein Mensch lag ausgestreckt unter einer Eiche am linken Wegrand. Ich näherte mich vorsichtig. Es konnte sich um einen Landstreicher oder um einen Betrunkenen handeln, sogar um einen Dieb. Ich wollte keine Überraschungen; in weniger als zehn Minuten war es finster geworden.

Der am Wegrand ruhende Mensch war kein Bandit, sondern, ganz im Gegenteil, ein junger Mann mit feinen Gesichtszügen in Freizeitkleidung von erlesener Eleganz. Ich näherte mich leise seinem Gesicht; er schlief friedlich. Es begann kalt zu werden, der nächste bewohnte Ort war mein Haus; dieser Junge war offensichtlich nicht aus der Umgebung, er mußte zu Fuß hierher gekommen sein. Ich faßte seinen Arm und drückte ihn leicht. Er erwachte und fuhr erschrocken hoch. Seine schlaftrunkenen Augen bohrten sich in meine; ich versuchte, so beruhigend wie möglich zu wirken. Er mußte etwa in meinem Alter sein, wir duzten uns gleich.

»Verzeih, daß ich dich gestört habe, aber da es schon dunkel ist, habe ich gedacht …«

»Wie seltsam!« sagte er und blickte unruhig um sich. »Im Traum bin ich gerade du gewesen.«

Wir standen beide auf und betrachteten uns neugierig.

»Du hast geträumt, du seist ich?« sagte ich lächelnd. »Was passierte in dem Traum?«

Er schüttelte sich den Staub von den Kleidern und erwiderte mein Lächeln. Die Situation hatte etwas von einem boshaften Divertimento, das ihn ebenso zu faszinieren schien wie mich.

»Ich war du«, erinnerte er sich, während er den Himmel betrachtete, dessen Blau immer dunkler wurde, »ich wanderte durch diese Landschaft und traf plötzlich auf einen Unbekannten, der am Wegrand schlief; der Unbekannte war ich, aber ich (das heißt du) kannte ihn nicht. Da es Nacht wurde, wie jetzt, und kalt war, beschloß ich, ihm irgend etwas zu sagen; der Schlafende fuhr erschrocken hoch, zog in der Annahme, ich wäre ein Dieb, ein Messer hervor, um sich zu verteidigen; ich habe keine Zeit gehabt zu reagieren, der Unbekannte hat mir das Messer in den Körper gestoßen und mich blutüberströmt mitten auf dem Weg liegenlassen. Doch was ich im Traum für einen Messerstich gehalten hatte, war in Wirklichkeit eine Mischung aus Kälte, Steinen, die sich in meinen Rücken bohrten, und deiner Hand, die mich wachrüttelte. Ich bin aufgewacht, ohne zu wissen, wo ich mich befand und was geschehen war.«

»Ein Glück, daß du kein Messer dabei hattest«, sagte ich und mimte ein Schaudern; wir lachten.

Die Geschichte hatte mir gefallen, ich fand den Mann sehr sympathisch; in wenigen Worten berichtete er mir, daß er von einem Dorf in einem anderen Tal aus losgewandert sei, Rast gemacht habe und, ohne es zu merken, eingeschlafen sei. Ich sagte ihm, daß er sich weit entfernt von dem Ort befände, von dem er gekommen sei, und es zu dieser Stunde und ohne Laterne wohl das beste wäre, in mein Haus mitzukommen, wo er zum Abendessen und zum Schlafen bleiben und den Heimweg antreten könnte, wann immer er wollte. Er nahm die Einladung begeistert an, und auf dem Weg unterhielten wir uns sehr angeregt und entdeckten einige Gemeinsamkeiten in unserer Persönlichkeit und in unserem Leben. Er hieß Eliseu Prætorius, war der Jüngste eines alten Landadelsgeschlechtes, und unter seinen Vorfahren gab es einige bedeutende Künstler und Wissenschaftler.

Senyora Gina machte das Abendessen, und danach gingen wir in das Erkerzimmer, um uns Kaffee und noch ein Gläschen zu genehmigen. Ich zeigte ihm meine Sammlung alter Schwerter und das eine oder andere seltene Buch, dessen Herkunft ich vergessen hatte. Ihn begeisterte meine Sammlung von Masken aus der Commedia dell'arte, vor allem die aus Porzellan, die halbledernen und die von Amleto Sartori: Arlecchino, Briguella, Pulcinella, und die alten: Pantalone und Il Dottore. Wir diskutierten über die ikonographische Abstammung der Figuren. Er behauptete, Arlecchino wäre dionysisch, ich neigte dazu, ihn als eine Inkarnation des Hermes zu sehen; wir stimmten nur darin überein, daß Pantalone Saturn ist. Schließlich sprachen wir über die Welt der Träume, ich fragte ihn, ob er öfter Träume wie den an diesem Abend hätte, einen Traum, aus dem man eine Vorwarnung herauslesen könnte.

»Nein, überhaupt nicht«, sagte er, »im Gegenteil, meine Träume waren bis heute völlig bedeutungslos. Vor kurzem hatte ich einen, der für mich belanglos war, abgesehen von möglichen psychoanalytischen Assoziationen; doch wenn ich jetzt daran denke, gab es in ihm einen Gegenstand, der dem australischen Dolch, den du mir gerade eben gezeigt hast, sehr ähnlich sah.«

Ich bat ihn, mir diesen Traum zu erzählen, er willigte freudig ein.

4/5

Der Traum von Eliseu Prætorius

Ich war Mönch in einem uralten Kloster und kehrte vom Gipfel des heiligen Berges zurück, wo ich Buße getan hatte. Ich ging zu meiner Zelle, doch als ich eintrat, erschrak ich: Es hatte sich etwas verändert (wie seltsam und wie stark das Gefühl für das Vorher und die Erinnerung in den Träumen ist!). Als ich sie vor zwei Stunden verlassen hatte, hing als einziger Schmuck das Bild eines Hirten an der Wand. Nun hing an derselben Stelle ein Gemälde, ebenfalls mit einem Menschen darauf, doch war er kein Hirte, sondern ein Henker. Das Seltsame daran ist, daß es dasselbe Bild zu sein schien, das äußerst geschickt verändert worden war. Der Hirte hatte den Arm in die Luft gestreckt, den Ellbogen angewinkelt und ließ eine Schleuder kreisen; mit derselben Geste hob die jetzige Figur ein riesiges Schwert in die Höhe; sogar die Kleidung war anders, sie war nun dunkler, strenger; ich betrachtete die breiten Armbänder aus Metall und den Ledergürtel, auf dessen Schnalle ein fünfzackiger Stern glänzte. Ich roch an der Farbe, um festzustellen, ob sie frisch war, doch sie kam mir so trocken vor, als wäre sie zweihundert Jahre alt. Die übrigen Gegenstände im Zimmer waren auf den ersten Blick unbedeutend: eine Feder, ein Kamm, eine Bürste, ein Lippenstift, ein Handspiegel, eine Lupe, eine Spritze, ein Dolch ... (Einiges davon gänzlich unüblich für eine Mönchszelle, fällt mir jetzt auf, wo ich daran denke.) Ich betrachtete sie eingehend, und die Befremdung wuchs; alle verwiesen mich auf einen Aspekt meiner selbst, in jedem erkannte ich irgendeine Katastrophe in meiner Vergangenheit wieder, irgendeine Maßlosigkeit in der Gegenwart, irgendeine unausweichliche Unmöglichkeit in der Zukunft. Dabei erinnerten die Gegenstände nicht an frühere Augenblicke und erweckten nicht den Eindruck, daß ich sie schon gesehen hätte, im Gegenteil, es war ihre eigentliche Natur, frei von jedem konkreten oder zeitlichen Bezug, die sich direkt an mich wandte, als Ermahnung und Warnung.

Plötzlich ging die Tür auf, ein alter Mönch erschien. Er war der Weiseste des Klosters, niemand wußte sein Alter. Er wurde von allen respektiert, manchen jagte er sogar Angst und Schrecken ein. Als er meine Verwirrung bemerkte, lachte er.

»Was ... was ist mit meiner Zelle geschehen?« fragte ich.

»Mit deiner Zelle gar nichts; aber wenn du diese hier meinst, so liegt das einzige Problem darin, daß sie mir gehört.«

Ich verspürte die dringende Notwendigkeit, so rasch wie möglich zu verschwinden.

»Verzeihen Sie mir, ich bitte Sie ...« Ich ging zur Tür.

»Einen Moment, wo du schon einmal da bist, möchte ich dir einen sehr seltsamen Gegenstand zeigen, der mir etwas über die Reinheit deiner Seele sagen wird.«

Ich begann zu zittern. Unter uns Jüngeren hatte der Mönch den Ruf, Geisterbeschwörer zu sein; ich konnte nichts Gutes von ihm erwarten. Er öffnete eine Schublade und zog ein Pergament hervor, das so schwarz und schäbig war, daß man kaum etwas darauf erkennen konnte. Es war eine Himmelskarte, auf der die Hemisphären in zwei einander berührenden Kreisen dargestellt waren; außer den Sternen und den Konstellationen füllte sie ein Gewirr an Linien und Zahlen.

»Ich verstehe nicht viel davon, ich weiß nicht ...«, entschuldigte ich mich.

»Das ist schlimm! Schon Polybios hob die Bedeutung der Astronomie und Geometrie unter den Kenntnissen eines Generals hervor; es wird nicht schaden, sie den künftigen Auslegern, wie du einer bist, in Erinnerung zu rufen«, brummte er, »aber lassen wir das.« Er verstaute das Pergament und kramte aus einer anderen Schublade eine kleine silberne Sichel hervor, deren Klinge auf beiden Seiten mit zahlreichen Inschriften versehen war. »Und was hältst du davon?« Er reichte sie mir mit einem Grinsen, das mir teuflisch vorkam.

»Was ist das?« fragte ich und nahm sie in die Hand.

»Oh, es ist wunderbar!« rief er aus und warf die Arme in die Luft. »So, wie du sie angefaßt hast, besteht kein Zweifel! Post tenebras spero lucem! Du bist der, den sie mir als meinen Nachfolger gesandt haben.«

»Ihr Nachfolger?« Ich zitterte.

»Jawohl«, erwiderte er ungeduldig, »dazu bestimmt, uns allen nachzufolgen, das Kloster und die Wissenschaft der Entogenealogie zu erben; wenn du es jetzt nicht verstehst, so wirst du es später begreifen. Würden sie mich nicht unterbrechen, könnte ich dir alles von Anfang an erklären. Doch das muß einer anderen Dimension angehören.«

»Einer anderen Dimension? Wer sollte Sie unterbrechen?«

Das gefährliche und grausame Bewußtsein des Traumes lastete immer mehr auf der Szene.

»Los, geh doch zu Abend essen, für heute haben wir genug geredet.«

5/1

In diesem Augenblick kam der Offizier herein und teilte uns mit, daß das Abendessen – wie angeordnet – fertig sei. Grotowicz brach ab.

»Wie dem auch sei«, sagte er, »die Geschichten waren schon zu Ende, wenn man überhaupt davon sprechen kann, daß eine beendet ist, ohne daß die Personen sterben.«

Wir standen auf und gingen in den Speisesaal.

Eine Viertelstunde später beschränkte die zwar nicht besonders raffinierte, aber auch nicht primitive Küche der Googol das Gespräch auf Themen, die leichter zu unterbrechen waren. Kane und Grotowicz kehrten nach dem zweiten Gang zu Erinnerungen des letzten Jahres zurück.

»Unmittelbar nach der Hongkong-Mission wurde ich Inspektor«, präzisierte Kane.

»Genau«, sagte Keir Dullea, »und kurz darauf, ungefähr vor sieben oder acht Monaten, hat sich Monmouth zurückgezogen, und mir wurde erneut angeboten, das Kommando der Googol zu übernehmen. Ich bin mir bewußt, daß dies meine letzte Mission sein wird«, fügte er mit düsterer Miene hinzu.

»Das hast du schon beim Helden Sweinstein gesagt, und es gab noch andere Fälle«, erinnerte sich Grotowicz.

»Sweinstein?« sagte ich. »Der Übermensch, der verrückt geworden ist?«

Die drei sahen sich an, Kane gab sich einen Ruck.

»Jetzt bin ich an der Reihe.«

1/0

»Entschuldigung«, unterbrach Gertrudis und stand auf. »Eliseu Prætorius wird von einem bösen Mönch zum Abendessen geschickt, Balder und Prætorius haben bereits gegessen, Dullea, Grotowicz und Kane sind schon am Ende des zweiten Ganges … Meint ihr nicht, daß es auch für uns an der Zeit wäre?«

Der Vorschlag wurde mit Gelächter aufgenommen; es war spät geworden, Kolinski wirkte müde.

»Du mußt versprechen«, sagte Emília, »uns die Geschichte später zu Ende zu erzählen.«

Kolinski versprach es, und wir gingen ins Eßzimmer, wo Carter, Gimellion und Ficinus mit dem Aperitif auf uns warteten. Noch ein wenig aufgewühlt durch die Erzählung des Polen, setzte ich mich. Ich hatte mich manchmal sehr konzentrieren müssen, um mitzubekommen, wer sprach und innerhalb welcher eingeschobenen Geschichte. Was den Traum von Prætorius betraf, war ich sicher, daß Kolinski ihn erfunden hatte, um mich zum Narren zu halten.

Simon und Emília diskutierten darüber, ob die Geschichten dieses Nachmittags unterhaltsam gewesen wären.

»Für meinen Geschmack war die erste ein wenig zu tragisch«, meinte Gertrudis.

»Solltet ihr heute abend weitermachen, würde ich sehr gern dazukommen«, sagte Randolph Carter mit einer Ironie, die ich nicht richtig einzuordnen verstand.

Wir begannen zu essen. Casanova und seine Frau hatten sich zu Artur Oliver und Camila gesetzt; sie schienen einige gemeinsame Bekannte zu haben und plauderten sehr angeregt miteinander. Ich fühlte mich ein wenig flau (vielleicht durch die vielen Stunden ohne Essen). Meine Tischnachbarn, Simon und Emília auf der einen und Ficinus und Gimellion auf der anderen Seite, waren sehr gesprächig. Ich schwieg und hörte eine Weile beiden Unterhaltungen zu.

So erfuhr ich, daß Carter fortmußte und man die Ankunft von Suárez erwartete. Den Aussagen aller zufolge handelte es sich um eine höchst einflußreiche und mächtige Persönlichkeit; ich hatte große Lust, ihn kennenzulernen, außerdem ließ mich das Bild, das ich von ihm hatte (im Moment völlig abstrakt), erwarten – ohne daß ich wußte warum -, daß er die Rätsel lösen könnte, über die sich anscheinend so schwer reden ließ. Ich nutzte die Gelegenheit, mich mit niemandem unterhalten zu müssen, um wieder einmal über die Situation nachzudenken. Offensichtlich war das Geschichtenerzählen ein fester Brauch in diesem Haus. Würden sie mich auch dazu auffordern? Es war eher unwahrscheinlich, daß ich diesen Leuten irgend etwas Interessantes erzählen könnte. Womit hing das Kommen und Gehen zusammen? Rodin und Roncal waren abgereist. Carter fuhr morgen weg; alle drei würden voraussichtlich wiederkommen. Wohin fuhren sie? So wie es in der Welt aussah: welch ein gewagtes Ziel konnte es geben, um diesen Ort zu verlassen? Mich störte die Art, wie in Parabeln und in Andeutungen gesprochen wurde. Was wollte Kolinski von mir? Wollte er, daß ich irgend etwas erkannte, oder war das einfach seine Art, sich zu vergnügen? Wenn dem so war, sollte ich es nicht so ernst nehmen.

Wir waren mit dem Abendessen fertig, Emília und Camila baten ihn, die Geschichte fortzusetzen, und wir gingen alle in den Avalon, wo der Kaffee serviert wurde. Dort nahm der Pole die Erzählung wieder auf.

Fortsetzung der Geschichte von den Seefahrten
der Googol

Wie ich euch schon gesagt habe, sprach Kane vom Fall Peter Sweinstein, doch wenn ich mich recht erinnere, kam vorher der Nachrichtenoffizier mit einer Botschaft herein, die er dem Kapitän überreichte.

»Schlüssel zwölf«, verkündete Dullea und wandte sich an mich: »Hier, das ist für Sie.«

Ich zog das Codebuch hervor, das ich immer bei mir hatte, und entschlüsselte sie. Das Institut teilte mit, daß die unsere Mission betreffenden Geschehnisse Geduld verlangten. Der Befehl lautete, weiter in einem langsamen, gleichmäßigen Tempo das Ziel anzusteuern und in Kontakt zu bleiben.

»Dieser Absatz betrifft die Verantwortlichen des Schiffes«, sagte ich und hielt Dullea den letzten Teil der Mitteilung hin, die sich auf Kurs und Zeitpläne bezog. Der Kapitän und Grotowicz sahen sich das Papier aufmerksam an.

»Es scheint«, meinte Kane, während er über die Schultern der anderen einen Blick darauf warf, »als würden nur noch die Frauen fehlen, damit das hier zu einer Vergnügungsfahrt wird.«

»Selbstverständlich!« rief Dullea aus. »Dann könnten wir nämlich ein Auge auf die Schiffsbibliothek werfen. Es muß da ein bemerkenswertes Werk geben, das im Computerverzeichnis nicht enthalten ist.«

»Warum sollte es nicht im Verzeichnis sein?« fragte Grotowicz.

»Genau das will ich herauskriegen«, erwiderte der Kapitän. »Ich finde es seltsam, daß die vom Institut so zerstreut sein konnten.«

Bevor sich das Gespräch Fragen zur Vorgehensweise beim Ordnen von Material zuwendete (ein häufiges Thema zwischen dem Kapitän eines mit besonderen Operationen beauftragten Schiffes und seinem Zivilkommissar), erinnerte ich sie daran, daß wir auf die Geschichte des Übermenschen warteten. Wir begaben uns in den Salon, und dort begann Leonard Kane zu erzählen.

1/2

Geschichte des Übermenschen Peter Sweinstein

Bevor ich von unserer Intervention im Fall Sweinstein berichte, scheint es mir angebracht, das Thema kurz zu skizzieren, vor allem um unserem Freund Kolinski den Zusammenhang zu erklären.

Vor ungefähr vierzig Jahren wurden in der Genforschung systematisch wissenschaftliche Experimente an Menschen vorgenommen, und das führte zur Herstellung, oder wie immer Sie es nennen wollen, von Übermenschen – eine Zeitlang war es Mode, sie als chromosomatische Helden zu bezeichnen (es ist nicht klar, ob man ihnen damit einen Anstrich von Bescheidenheit geben wollte oder das genaue Gegenteil). Wie Sie aus den Berichten wissen, lief alles perfekt, solange die Helden klein waren. Ein vierjähriges Kind rezitierte auswendig Verse von Ovid auf Latein, es löste doppelte Integrale mit der gleichen Leichtigkeit, mit der seine »normalen« Freunde in der Nase bohrten; es erkannte jedes Stück von Mozart, Brahms oder wem auch immer und wußte die vollständigen Angaben dazu, und es spielte Schach wie ein Weltmeister. Mit fünfzehn waren die Helden dazu fähig, die Rekorde eines Zehnkampfathleten zu erreichen, eine Determinante von 10×10 mit einem Blick zu lösen, eine sechsstimmige Fuge zu improvisieren (einige sogar eine achtstimmige), aus einer von über fünfundzwanzig Sprachen in eine andere zu übersetzen, aber nicht schlampig wie die Simultanübersetzer, sondern so sauber und genau, daß keine nachträgliche Durchsicht erforderlich war. Drei achtzehnjährige chromosomatische Helden nahmen an den Olympischen Spielen teil und gewannen in allen Disziplinen, in denen sie angetreten waren. Ab einem gewissen Alter aber komplizierten sich die Dinge. Der Übermensch wurde in reiferen Jahren schließlich verrückt. Die Natur besitzt verbotene Richtungen, und je weiter hinten du in der Gasse scheiterst, desto schlimmer. Aus verschiedenen Bereichen der Wissenschaft, der Philosophie und der Religion kamen entsprechende Erklärungen dazu. Einige waren eklektisch und verdeckt scherzhaft; andere, mit Dogmen gewürzt, wurden zu ideologischen Werkzeugen. Eine der weniger engagierten, trotzdem aber, wie wir sehen werden, einer bestimmten Weltsicht verpflichteten war Siri Pandwada zu verdanken, einem wenig bekannten indischen Arzt und Philosophen, der in der Praxis versucht hatte, Buddhismus und Veden mit den Formeln der Biochemie und der Quantenmechanik in Einklang zu bringen. Laut Pandwada verursachte die Genmanipulation mit radioaktiven Isotopen (das einzige Verfahren, das sich als wirksam herausgestellt hatte) wesentliche Veränderungen in der inneren Verteilung des Prana und bewirkte in der Folge ein allgemeines Ungleichgewicht des Individuums. Jedenfalls war das Gehirn das am stärksten betroffene Organ. Das Y-Chromosom der Männer verdoppelte sich oft wie das der Schwerverbrecher und mit den gleichen Ergebnissen: der Übermensch wurde zu einem willkürlichen, irrationalen Mörder. In anderen Fällen waren die ersten Anzeichen Probleme der Motorik und der Koordination oder eine verfrühte Senilität; wieder andere verloren die rationale Kontrolle und wurden zu greinenden oder apathischen Kindern. Der indische Arzt konnte versuchen, sie zu heilen; ein merkwürdiges Unterfangen: sie wovon heilen? Ihrer Herkunft?

Wir griffen ein, als die Tage der ersten chromosomatischen Helden schon gezählt und die Theorien Pandwadas gerade anerkannt worden waren; das Institut hatte eine Sondersubvention für die Operation bewilligt. Es ging dabei um den Versuch, die Überlebenden – soweit das möglich war – wiederherzustellen und in jedem Fall die Erfahrung zu nutzen, um die Richtung für die nächsten Versuche festzulegen. Im letzten Jahr waren nur noch drei chromosomatische Helden am Leben. Alle drei wurden von Siri Pandwada behandelt, zwei von ihnen starben. Die Probleme, die dort, wo man sie eingesperrt hatte, entstanden waren, hatten eine kühne Lösung verlangt: Der einzige Überlebende (Peter Sweinstein, so genannt zu Ehren des großen Theoretikers der Gentechnik) würde auf der Googol behandelt werden, die – das muß ich Ihnen nicht erklären – über die nötigen Mittel verfügte, sowohl was die technologische und medizinische als auch was die sicherheitstechnische Ausstattung betraf, um ein solches Experiment durchzuführen.

Wir verschafften uns das nötige Material und das spezialisierte Personal. Pandwada kam in Southampton auf unser Schiff, und unter strikter Geheimhaltung und strengsten Sicherheitsvorkehrungen brachten wir Peter Sweinstein in Hamburg an Bord. Dann passierten wir den Kieler Kanal und steuerten die Googol ins Baltische Meer.

2/1

»Ganz so geheim war es nicht«, unterbrach ich Leonard Kane, »ich hatte Kenntnis davon.«

»Daß Senyor Kolinski über die Operationen der Googol im Bilde ist, bedeutet nicht, daß sie nicht geheim abgewickelt werden«, sagte Dullea, und Kane fuhr fort. Der folgende Satz war an mich gerichtet, da die anderen die Erfahrung mit ihm teilten.

1/2

Ich weiß nicht, ob Sie jemals einen chromosomatischen Helden im Stadium des völligen Verfalls gesehen haben. Vor der Affäre Sweinstein war ich schon mit dem Fall einer Frau konfrontiert worden, die noch zwei Jahre zuvor die strahlendste Göttin ausgestochen hatte; ihr Gehirn erschien mir krankhaft vergrößert, im wesentlichen nicht anders als die Leber von Gänsen, die gemästet werden, um *foie gras* zu produzieren. Dieses Mädchen, kaum zwanzig Jahre alt, war als Fettkugel gestorben, ohne ein einziges Haar am Körper, mit verkrampften Händen und verdrehten Augen, einen spitzen, nasalen Schrei ausstoßend, der alle zwei Minuten aussetzte, wenn sie Luft holte.

Aus reiner Neugierde informierte ich mich über die Ursachen für Sweinsteins Verfall. Es war freilich auch nicht zu übersehen, daß Pandwada und sein Team begeistert waren über mein Interesse an dem Thema und es schürten, da sie zweifellos von mir als Inspektor des Institutes Unterstützung für künftige Projekte erwarteten.

Der engste Mitarbeiter Pandwadas, Alexander Tamino, genauer gesagt ein Arzt, den ihm das Institut halbamtlich zugewiesen hatte, um das Experiment zu kontrollieren, wurde damit beauftragt, mir eine Zusammenfassung der tausendachthundert Seiten füllenden Akte (und die war nichts weiter als ein Auszug aus der Datenbank des Computers) über die pathologische Vorgeschichte Sweinsteins zu geben.

Sweinstein gehörte der sogenannten dritten Generation chromosomatischer Helden an, auf die die endgültigen Resultate angewendet worden waren – ein Auserwählter unter den Auserwählten, ein unübertroffener Prinz, der die hervorragendsten Heldentaten vollbrachte und eine höchst ungewöhnliche Ausgeglichenheit an den Tag legte. Im Einklang mit soviel Vortrefflichkeit war er auch der letzte, den der Verfall ereilte.

Offensichtlich traten die ersten Anzeichen in Dresden auf einem Fest auf. Die Tochter eines Porzellanfabrikanten (laut Tamino snobistisch und launisch) tat eine pseudoexistentialistische Äußerung.

»Ich weiß nicht, was ich mit meinem Leben anfangen soll«, sagte sie abschließend.

Sweinstein antwortete zitternd:

»Ich weiß nicht, was mein Leben mit mir anfangen wird.«

Sein Glas fiel ihm zu Boden, alle verstummten, und er ging ohne ein weiteres Wort und ohne seinen Mantel.

Vierzehn Tage später driftete ein anderes Fest in eines jener Spiele ab, die als Vorwand für eine Orgie dienen. Die Augen eines Teilnehmers wurden verbunden, und die anderen küßten ihn auf den Mund, wobei die Intensität vom Geschmack des Konsumenten abhing. Er (oder sie) mußte erraten, von wem der Kuß war (berühren war nicht erlaubt). Riet die Person falsch, wurde ihr ein Kleidungsstück weggenommen; riet sie richtig, wurde der Küsser oder die Küsserin ebenfalls entkleidet und ihm oder ihr die Augen verbunden, dann ging das Spiel mit zwei Opfern weiter, darauf mit drei, so lange, bis der Prozentsatz an nackten Leuten ausreichte, das Ganze abzubrechen und sich die Binden abzunehmen; gemeinsam setzten sie das Spiel fort. Nun gut, Sweinstein wurde ausgewählt, die erste Runde zu beginnen; ihm wurden die Augen verbunden, und um dem Ganzen einen Kick zu geben, fesselte man ihm auch noch die Hände auf den Rücken. Peter Sweinstein hatte eine göttliche Figur, und die sexuellen Qualitäten eines chromosomatischen Helden standen den Qualitäten auf anderen Gebieten in nichts nach, so daß die Frauen versessen darauf waren, an die Reihe zu kommen. Wenn eine sich zu lange aufhielt, und das geschah immer, protestierten die in der Schlange Stehenden und drängten jene, das Feld zu räumen. Annabel Frost ging die Sache ohne Eile an. Sweinstein hatte sich fünfmal geirrt und nur mehr die Hose an (die Damen hatten einstimmig beschlossen, das Beste für den Schluß aufzuheben). Plötzlich hörte man ein schauerliches Geschrei, und Annabel zappelte, um sich von dem anscheinend monströsen Kuß zu befreien. Sweinstein war hochrot im Gesicht und stieß ein heiseres Heulen aus wie ein wildes Tier; er hielt Annabels Zunge mit den Zähnen fest. Die anderen reagierten zu spät; sie schrie, und ihre Arme und Beine zuckten ununterbrochen. Sieben oder acht Personen stürzten sich auf Peter, versuchten ihn zu würgen, schlugen ihm auf den Kopf, drückten seine Kiefer auseinander wie bei einem Hund, doch alles umsonst. Das Blut floß reichlich aus den ineinander verkeilten Mündern, und bald stimmten alle in die Schreie ein. Plötzlich fiel Annabel nach hinten, zuckend wie eine Epileptikerin und blutüberströmt. Sweinstein, gefesselt und mit verbundenen Augen, riß sich los und spuckte Annabels Zunge aus.

»Còsima!!!« brüllte er wie ein wildes Tier, sobald er den Mund frei hatte. »Còsima!!!«

Wir hatten uns den Nietzscheschen Übermenschen (in

einem allgemeinverständlichen Sinn des Begriffes, wenn man so will) als karikaturesk behavioristisch vorgestellt, frei von menschlichen Regungen, die, wie es heißt, das Verhalten beeinträchtigen oder irrational machen. Jede Fabel, die sich von der einen oder der anderen Seite her dagegen richtete, wollte die Überlegenheit der alten Prinzipien oder aber einer Moral oder selbst einer Religion beweisen, in der Absicht, die rückschrittlichsten Köpfe zu beruhigen, und sie erbitterte am Ende die systematischen (und so oft frustrierten) Anbeter der Neuheit noch mehr. Nun gab uns die Wirklichkeit die Dimensionen des Theaters zurück. Ein Gespenst war aufgetaucht, das nach philosophischer Verkettung aussah: Der Übermensch hatte die Moral wiedererfunden, und zwar auf die gleiche Weise, wie wir ihn geschaffen hatten, jenseits historischer Prozesse, sozialer Erfordernisse, jenseits des transkulturellen Sinns des Eigentums und der Kompetenzen der Gemeinschaft. Der Held ging zugrunde an der Tragödie der Gefühle.

Sweinstein wurde augenblicklich eingesperrt, obwohl er sich bereits nach einer halben Stunde beruhigt hatte; er war ehrlich entsetzt über das, was er soeben getan hatte; offensichtlich erkannte er sich darin nicht wieder. Man beschloß, Valerian Lamb zu verständigen, der einer seiner Lehrmeister in verschiedenen Disziplinen gewesen war. Sweinstein betrachtete ihn als seinen besten Freund, als eine Art älteren Bruder, und Lamb schien genug Einfluß auf ihn zu haben, um sein Gleichgewicht wiederherzustellen.

Es war nicht leicht, Lamb zu finden. Sweinstein machte in der Zwischenzeit keine Schwierigkeiten. Er war nach wie vor ein begehrter Kopf an den Universitäten Deutschlands. Als Lamb ankam, unterrichtete man ihn über das Phänomen des Verfalls der chromosomatischen Helden. Wie Sie alle wissen, ist Lamb immer dafür gewesen, den Stier bei den Hörnern zu packen; also beschloß er, Sweinstein zu sich nach Hause mitzunehmen. Er tarnte dies mit einer Einladung, die begeistert angenommen wurde.

Lamb wollte den gesamten Verlauf der geistigen Bildung des Helden rekonstruieren; das stellte sich als sehr kompliziert heraus, denn Sweinstein durchschaute es sofort und setzte seine Intelligenz ein, um sich zu wehren, Lamb zu verwirren oder Spitzfindigkeiten zu äußern; mehrmals mußte Lamb am Ende eines Gesprächs erkennen, daß er und nicht der andere es war, dessen Psyche analysiert worden war. Schließlich überredete er den Helden, mitzuhelfen; das machte alles noch schlimmer, denn in seinem Eifer, der Sache auf den Grund zu gehen, brachte er eine solche Vielzahl an Elementen ins Spiel, und in so ungewöhnlichen, komplizierten Konstellationen, daß das (ohne Zweifel spannende) Ergebnis alles brachte, nur nicht Klarheit und Nutzen.

Eine Woche später lud Lamb Sweinsteins Tutoren, das Facharztehepaar Emil und Louise Rhode, die ihn großgezogen hatten, zum Mittagessen ein, da er hoffte, eine Rückkehr in die Vergangenheit würde dabei helfen, die Dinge in eine bestimmte Richtung zu lenken. Die Rhodes kamen in Begleitung einer dritten Person, eines am Thema der chromosomatischen Helden brennend interessierten Journalisten, der sich erdreistete, Sweinstein analysieren zu wollen, als wäre er ein seltenes Tier. Unter normalen Bedingungen pflegte Peter – wie auch andere Übermenschen – diese Art von Ticks, die selbst unter Experten häufig anzutreffen waren, mit stoischer Ruhe und – warum nicht? – mit Höflichkeit zu ertragen, doch an dem Tag bekam er es in die falsche Kehle, er sprang plötzlich auf. Lamb machte sich nicht die Mühe, Rhode dafür zu tadeln, daß er den Journalisten nicht ins Bild gesetzt hatte, es blieb ihm auch kaum Zeit zum Überlegen, denn Sweinstein kam mit Lambs winziger Baretta in der Hand zurück. Der Journalist wollte die Flucht ergreifen, doch Emil Rhode, der neben ihm saß, hielt ihn zurück, darauf bedacht, daß Sweinstein es nicht bemerkte; bekanntlich zieht gerade der die Irrationalität auf sich, der flieht. Lamb stand gelassen auf.

»Was hast du vor?« fragte er ihn.

»Komm mir nicht zu nahe, Valerian. Ich werde mich umbringen.«

Lamb war ein König riskanter Handlungen, mit einer jähen Bewegung entriß er ihm die Waffe. Durch den Stoß fiel

Sweinstein zu Boden. Als er aufstand, hatte Lamb die Pistole in die Tasche gesteckt und blieb zwischen ihm und den anderen stehen, nicht drohend, aber doch entschlossen.

»Ich werde nicht mit dir kämpfen«, sagte Sweinstein mit bebender Stimme.

Lamb bemerkte erst in diesem Moment seinen körperlichen Verfall. In anderen Zeiten hätte das Kräfteverhältnis zwischen ihnen den Übermenschen nicht genötigt, nachzugeben.

»Setz dich, wir sprechen später darüber.«

»Welches Recht hast du, mich an meinem Willen zu hindern?« sagte Sweinstein weinerlich.

Lamb zog sich mit einem Scherz aus der Affäre.

»Gar keins. Ich bitte dich nur, mit deinem Vorhaben bis nach dem Mittagessen zu warten.«

»Ich habe keinen Appetit mehr«, erwiderte er, »ich habe schreckliche Kopfschmerzen und möchte mich kurz hinlegen, aber …« Er machte eine Pause. »Nach dem Mittagessen …«

Er drohte Lamb mit dem Finger. Früher hatte es zwischen ihnen viele Abmachungen gegeben, und Lamb war keineswegs frei vom seelischen Exhibitionismus der Abenteurer.

»Wenn du nach dem Mittagessen noch immer so denkst, werde ich dir die Pistole geben.« Und da der andere ihm weiterhin mit dem Finger drohte, fügte er hinzu: »Ohne die Kugeln herauszunehmen.«

Sweinstein ging. Die Rhodes und der Journalist sahen Lamb entsetzt an.

»Glaubst du, daß …?« sagte Rhode.

»Beruhigt euch. Hier wird heute kein Schuß fallen.«

Und so war es. Doch die Selbstmordversuche gingen weiter, und eines Tages teilte Lamb dem Institut mit, daß er nicht länger die Verantwortung für Sweinstein übernähme. Sein Kopf war unkontrollierbar geworden; es war schon kein psychologisches Problem mehr, dem eine starke Persönlichkeit, die ihn unterstützte, abhelfen konnte; es blieb nur noch eine radikale Behandlung als letzte Maßnahme. Das Institut kümmerte sich um den chromosomatischen Helden, und als man erneut mit Lamb Kontakt aufnehmen wollte, war sein Aufenthaltsort unbekannt.

Eine erste Arbeitshypothese hatte gelautet, daß Sweinstein eine spezifische Abneigung gegen gesellschaftliche Treffen habe.

Der Rahmen, in dem es zu ersten Äußerungen geistiger Verwirrung gekommen war, war jedesmal gekennzeichnet durch die mehr oder weniger zahlreiche Anwesenheit von Personen und durch eine Aktivität, die sich als Gesellschaftsspiel bezeichnen ließe. Entsprang die Verwirrung des Übermenschen etwa der Chimäre des Deklassierten? Während der letzten bei Lamb verbrachten Tage hatte es eine Phase selbstzerstörerischer Tendenzen gegeben, die unabhängig davon auftraten, ob er sich allein oder in Gesellschaft befand. Von da an bis zu dem Zeitpunkt, wo er auf der Googol eingeschlossen wurde, war der physische und moralische Verfall beständig und unerbittlich weitergegangen (und peinlich genau aufgezeichnet worden).

»Im Augenblick ergibt sich ein Bild mit verschiedenen Aspekten«, schloß Alexander Tamino. »Was das allgemeine Verhalten angeht, so läßt es sich als starr und zügellos bezeichnen: Die Orientierungslosigkeit ist absolut, das Bewußtsein wirr, der Intelligenzquotient hat sich auf fünfzehn Prozent reduziert. Was den Organismus betrifft, sind die nervösen Störungen am schlimmsten, vor allem die der Motorik und der Koordination, die sekundären Verdauungsprobleme und verschiedene Probleme des Kreislaufs und des lymphatischen Systems. Infolgedessen weist er eine Regression in das kindliche Stadium auf, kombiniert mit Rasereien sexueller Natur.«

Bis zu jenem Tag hatte ich Peter Sweinstein noch nie gesehen. Sie hatten ihn auf die Googol gebracht, bevor ich an Bord kam, und er war in einem speziellen Raum eingeschlossen. Ich bat, ihn sehen zu dürfen; Tamino fragte den Wärter, wie sich der Patient fühle.

»Heute wirkt er ruhiger«, antwortete er. »In Kürze wird er sein Mittagessen bekommen.«

»Sie sollen ihm Fleisch bringen«, ordnete der Arzt an und

wandte sich an mich: »Kommen Sie mit und beobachten Sie ihn.«

Wir gingen in eine schallgedämpfte Kabine. Durch eine verspiegelte Scheibe schauten wir in den angrenzenden Raum, ohne von dort aus gesehen zu werden. Hinter dem Spiegel befand sich ein Zimmer, dessen Boden und Wände mit einem isolierenden, weichen Material ausgelegt waren. Auf dem Boden saß ein Mann in einem weißen Kittel. Es war der chromosomatische Held Peter Sweinstein.

Unter dem Spiegel war eine Konsole mit zwei Monitoren, einem Computerterminal und verschiedenen Apparaten angebracht und ein Mikrofon, das mit der angrenzenden Kabine verbunden war.

»Ich würde gern mit ihm sprechen«, bat ich Tamino.

»Warten Sie noch einen Moment«, antwortete er, »Sie werden gleich etwas Sonderbares sehen.«

Man brachte ein Tablett mit Gemüse, einem Beefsteak, einem Glas Wasser und Plastikbesteck und stellte es neben Sweinstein auf den Boden. Dann war der Übermensch wieder allein.

Ganz langsam, wie in Zeitlupe, richtete er sich auf und bewegte sich auf das Tablett zu. Kniend beschnupperte er die Mahlzeit. Der Gegensatz zwischen seiner beeindruckenden Erscheinung und den tierhaften Bewegungen löste eine unbeschreibliche Beklemmung aus.

»Was macht er?« fragte ich den Arzt, er bedeutete mir, auf jede Einzelheit zu achten.

Sweinstein knöpfte sich teilnahmslos und mit verlorenem Blick den Hosenschlitz auf. Er berührte das Beefsteak, und seine Augen funkelten vor gespannter Gier. Er nahm es mit den Fingern und holte mit der anderen Hand sein erigiertes Glied heraus. Dann umhüllte er es zärtlich mit dem Fleischstück. Als es gut eingewickelt war, masturbierte er, der Zufall wollte es, daß er dabei sein Gesicht dem verspiegelten Fenster zuwandte. Ich konnte diesen Augen, die mich nicht sahen, nicht standhalten (vielleicht fühlte ich mich einer Wehrlosigkeit nicht würdig, die mich mehr entblößte als den, der sie, ohne es zu wissen, zeigte), ich wandte mich ab. Meine

Augen trafen auf die Taminos. Er erläuterte mir in gewohnter Weise die Szene.

»Es liegen uns bereits ähnliche Verhaltensmuster vor, dokumentiert in Ausnahmesituationen von Gefangenschaft und Isolation; doch es handelte sich dabei um eine mindestens siebzigmal längere Zeit des Eingeschlossenseins als in diesem Fall. Je näher das Fleischstück den siebenunddreißig Grad Celsius ist, desto früher kommt es zur Ejakulation.«

Ich wollte gerade meine Zweifel darüber zum Ausdruck bringen, daß man in Ausnahmesituationen von Gefangenschaft und Isolation den Häftlingen Beefsteaks servierte, doch da entlud sich Sweinstein in sieben oder acht Spasmen und bespritzte das Glas, das die beiden Räume voneinander trennte.

»Gehn wir hinaus«, sagte ich, dann besann ich mich. »Trotz allem würde ich ihn gern besuchen.«

»Wie Sie wollen«, sagte Tamino. »Kommen Sie mit.«

Wir gingen über den Korridor; der Arzt öffnete die andere Kabine, und wir gingen hinein. Der Wärter begleitete uns. Sweinstein lag neben dem umgedrehten Tablett auf dem Boden. Ich dachte, er hätte das Bewußtsein verloren, doch dem war nicht so; als er uns hörte, erhob er sich auf die Knie.

»Keine Sorge, er ist nicht gefährlich«, sagte der Krankenpfleger zu mir, ein Gedanke, der mir in diesem Moment völlig fernlag.

Sweinstein breitete die Arme aus und sah uns an. Die Hände waren schmutzig, das Beefsteak lag auf dem Boden, der Hosenschlitz war noch offen. Sein Blick war von einer so undurchsichtigen, wirren Leere, wie ich es noch nie gesehen habe.

»Ich!« sagte er, als würde er einen auswendig gelernten Text rezitieren. »Peter? Ich? Mensch! Vater? Lachen? Zeit? Welt? Ich? Leben! Mensch? Ich! Zeit!«

Er sabberte, und sein Gesichtsausdruck schwankte zwischen kindlichem Lächeln, Entsetzen und Fragen. Tamino und ich sahen uns an, durch unterschiedliche Regungen voneinander entfernt. Es war, als hätten wir soeben ein abscheuliches Familiengeheimnis entdeckt. Das war also unsere

Hoffnung, hier lagen unsere Grenzen. Das war das Haupt Gottes, der Höhepunkt, nach dem wir streben konnten ... Was hatten wir getan? Nach so vielen Jahren vermeintlichem Spiritualismus war das der Spiegel, vor dem wir schließlich standen? Wie viele Kategorien und wieviel Scheitern sind notwendig, damit sich irgend etwas vom Wesen des Menschen loslöst? Liegt es im Bereich emotionaler Dichte oder logischer Hierarchien?

Tamino und ich traten aufs Deck hinaus, kurz darauf trafen wir uns in diesem Salon mit Pandwada. Grotowicz und Dullea gingen ein und aus, da Offiziere wegen Routineangelegenheiten nach ihnen verlangten, ich weiß nicht, ob Sie sich daran erinnern. Der indische Arzt und ich ließen uns auf eine Diskussion über die Evolution des Menschen im Sinne einer Überwindung seiner dunklen Gefühlsregungen ein. Pandwada vertrat als echter Orientale die Meinung, daß die kollektive Schizophrenie, an der die Zivilisation leidet, der (in seinen Augen irrigen und absurden) angestrebten kategorischen Trennung von Geist und Materie entspringt. Die Anwendung dieses Dualismus auf den Menschen (ich weigerte mich – vielleicht aus schlechtem Gewissen -, ihn Körper und Seele zu nennen) brachte unsere Meinungsverschiedenheit in der Frage des chromosomatischen Helden hervor.

»Es ist unmöglich, die Diskussion fortzusetzen, ohne ein Prinzip aufzustellen«, warf Tamino ein. »Müssen die der Vernunft widersprechenden Probleme (deren Existenz heutzutage wohl jeder zugeben muß) mit Gesetzen oder Systemen behandelt werden, die von der Vernunft geregelt sind? Sollte die Antwort negativ ausfallen, wie müßten dann die Gesetze oder Systeme aussehen, die man auf diese Probleme anwendet?«

»Die Alternative«, sagte Pandwada, »ist prinzipiell falsch. Wenn wir irgendeine Frage behandeln, werden wir das, wie auch immer das Bezugssystem aussieht, mit der Sprache tun, und die Sprache hat eine logische Struktur, die auf die eine oder andere Weise mit Vernunft gekoppelt ist. Demnach gehört alles, was wir abhandeln können, dem Bereich der Vernunft an. Wir müßten uns aber fragen, wie wir Dingen gegenübertreten, die sich diesem Bereich, das heißt dem des sprachlichen Denkens, entziehen. Daß es Dinge gibt, über die man nicht sprechen kann, ist ja nicht nur Theorie.«

»Mir ist in meiner Jugend etwas passiert, das dieses Thema sehr gut veranschaulicht«, sagte Tamino. Wir baten ihn, es uns zu erzählen, und er kam unserer Bitte nach.

2/3

Geschichte von Alexander Tamino

Einem der verbreitetsten Gemeinplätze über die Herausbildung der Persönlichkeit des Menschen zufolge sind nur wenige Dinge prägender als der erste unmittelbare Kontakt mit der menschlichen Tragödie, der erste hautnah erlebte Tod, das erste über ihn hereinbrechende Unglück. Manche kommen inmitten von Katastrophen auf die Welt, und ähnliche Ereignisse überraschen sie später kaum noch; andere sterben im hohen Alter, ohne sie zu kennen; doch das allgemein Übliche liegt in der Mitte, und ich gehöre zu denen, die sich bis zum Ende ihrer Pubertät nicht durch den Verlust eines geliebten Wesens bedroht sahen.

Fausto Coppi und ich waren seit unserem fünften Lebensjahr miteinander befreundet. Als wir fünfzehn waren, hatte unsere Freundschaft den zwei oder drei entscheidenden Veränderungen standgehalten, die im Leben von Männern und Frauen eine zentrale Rolle einnehmen. Wenn die Spiele der Kindheit vorbei sind, wenn eine Tätigkeit (oder das Nichts) in Angriff genommen wird und das Interesse für das andere Geschlecht erwacht, kennen sich Freunde entweder nicht mehr, oder sie festigen ihre Freundschaft, wie es bei uns beiden der Fall war. Vor kurzem war die erste Frau in unser Leben getreten. Sie hatte unser Alter und hieß Andrea. Fausto hatte im ersten Augenblick spontan gedacht, daß ich in den Genuß ihrer Reize kommen würde, doch ich war ein Bündel aus ästhetischen Vorurteilen, mangelndem Vertrauen in die eigenen Fähigkeiten und panischer Angst, abgewiesen zu werden, und verfiel auf ein lächerliches Spiel des Aufschiebens. Wir waren zusammen, und ich unterwarf den Augenblick meiner Annäherung an sie konkreten Marksteinen, wie zum Beispiel: ›Punkt drei Uhr werde ich ihr einen Kuß geben.‹ Ich beteiligte mich nicht mehr am Gespräch und war nur mehr mit dem Gedanken beschäftigt, wie ich es wohl anstellen sollte; unter Zaudern und Umschweifen wurde es drei Uhr, ohne daß es zu einem Kuß gekommen wäre. Ich verfluchte mich vor Wut, faßte aber bald darauf wieder Zuversicht: ›Wenn sie das Glas ausgetrunken hat, werde ich ihr vorschlagen, mit zu mir zu kommen‹; manchmal schlug das Vorhaben auch schon vor Ablaufen der Frist fehl (durch irgendeinen Vorwand: ein angeregtes Gespräch, das ich vorsätzlich schürte, oder das flüchtige Erscheinen eines Freundes), und um mich ihm nicht erneut stellen zu müssen, schob ich es noch weiter weg, statt es sterben zu lassen: ›Das ist nicht der geeignete Ort; laß uns warten, bis wir woanders sind‹, oder aber: ›ich werde es ihr nach dem nächsten Glas sagen‹. Wenn sie dann vor dem schicksalhaften Glas gegangen war, atmete ich erleichtert auf und dachte, daß ich diesmal dem Entschluß gewiß nicht ausgewichen wäre, und kurz darauf schwor ich mutiger denn je, daß ich bei unserem nächsten Wiedersehen ganz bestimmt triumphieren würde. Inzwischen hatte Fausto in dem Maße an Boden gewonnen, wie ich ihn verlor; mir schien, daß Andrea ihn bevorzugte, ich zog mich zurück. Sie wurden ein Paar, und da ich das nicht so schnell erwartet hatte, stimmte mich der Kontrast zu meiner Nichtigkeit traurig. Außerdem gab es etwas in Faustos Benehmen, das ich irgendwie als Überheblichkeit auffaßte, und das störte mich; bald jedoch dachte ich nicht mehr daran, der Freund rückte wieder in den Vordergrund, den er, wie es meine Gemütsruhe wünschte, nie hätte verlassen sollen.

Was gäbe es über unsere Charakterunterschiede zu sagen? Daß er brillanter war als ich, daß er sich überall in den Vordergrund drängte? Daß man mich für introvertiert hielt? Das sind zu allgemeine Register, als daß sie uns besser beschreiben könnten als ein mittelmäßiger Journalist. Er war der Mutige, ich der Berechnende; er der Angeber, ich der Naive, und das wurde so oft gesagt, daß wir es schließlich glaubten; doch eine ausgeprägte, vor allem nie verratene Verbundenheit ließ sofort jede mögliche Differenz zwischen uns verebben.

Nie werde ich den Tag vor meinem sechzehnten Geburtstag vergessen, ein Wochenende, an dem ich zwangsläufig zu Hause geblieben und er mit Freunden in die Berge gefahren war. Am Nachmittag kam ein Anruf. Sie hatten auf der Rückfahrt einen Autounfall gehabt und waren ins Krankenhaus gebracht worden; Fausto befand sich als einziger in einem ernsten Zustand. Ich rannte aus dem Haus (und lutschte unterwegs Bonbons, denn ich hatte nicht zu Mittag gegessen).

Fausto war in die traumatologische Abteilung im zweiten Stock eingeliefert worden. Es fiel mir nicht schwer, das Zimmer auf der Intensivstation zu finden: an der Tür und auf dem Korridor war beinahe die gesamte Familie versammelt. Ein wenig abseits standen ein paar Freunde. Als ich mich der Gruppe näherte, trat seine Mutter auf mich zu und kam meiner Begrüßung mit einer dramatischen Geste zuvor, die mich mit tiefem Unbehagen erfüllte.

Aber meine wirkliche Sorge um Faustos Wohl verdrängte die Beklommenheit, die ich angesichts der Tränen und Klagen empfand. Mein Freund war nicht zu sich gekommen; er hatte (abgesehen von ein paar weniger schlimmen Knochenbrüchen) eine Gehirnerschütterung, und das Elektroenzephalogramm und der Scanner ließen Verletzungen am Gehirn erkennen, deren Schweregrad kaum festzustellen war. Alles hing von der Entwicklung in den nächsten vierundzwanzig Stunden ab; das Ergebnis konnte völlige Genesung bedeuten, oder aber … Niemand schien das unselige Wort aussprechen zu wollen, doch war alles möglich. Ich ging allein durch die Gänge des Krankenhauses; die Neonleuchten und der Geruch nach Desinfektionsmitteln verstärkten noch die liturgische Atmosphäre und wappneten einen für jede vernichtende Offenbarung. Ich wandte mich an Faustos Eltern und bat sie, ihn sehen zu dürfen.

»Wir haben nichts dagegen«, sagten sie. ›Frag doch die Krankenschwester.«

Ich betrat den Vorraum von Faustos Zimmer; die Krankenschwester mußte hinausgegangen sein, sonst war niemand zu
sehen. Ich war zwar ziemlich sicher, daß ich mir eine Zu-
rechtweisung einhandeln würde, wagte mich aber trotzdem
weiter vor. Dort lag Fausto Coppi auf einem Bett ohne Laken. Er hing an einer Infusionsflasche, hatte eine Sauerstoffmaske auf und am ganzen Körper Elektroden, die auf kleinen
Monitoren Funktionen aufzeichneten. Ich näherte mich ehrfürchtig, als wäre er ein Heiliger. Mir fielen die Redensarten
ein, die man üblicherweise bei solchen Gelegenheiten hört:
Das darf doch nicht wahr sein, gestern haben wir uns so angeregt unterhalten, und heute, stell dir vor, et cetera. Wie viele
Hoffnungen, wie viele Pläne, wie viele Absichten, wieviel
Neid und mögliche Enttäuschung, nun aufgehalten vom un-
faßbaren Schweigen (mit allerdings faßbaren Ergebnissen):
Steine, Metall, eine Straßenkurve ...

Ich betrachtete Fausto, und mein Magen krampfte sich zusammen. Er hatte die Augen geöffnet und starrte mich mit
einem so verstörten und unwirklichen Blick an, daß ich mich
nie vor dem Schlafengehen an ihn erinnern möchte. Seine
brennende, einsame Verzweiflung schleuderte mich gegen
einen Wirbel aus Panik, Übelkeit und Hochgefühl.

»Fausto? Fausto?« rief ich, und mein fragender Ton machte mir meine Zweifel bewußt, ob diese Augen mit den erwei-
terten, aufsaugenden Pupillen – gleich dem Negativ zweier
Sterne – die seinen waren.

Er nahm sich die Sauerstoffmaske ab.

»Àlex ...«, sagte er, »Àlex, hör mir aufmerksam zu, denn
die Zeit ist knapp.«

»Fausto ..., wie fühlst du dich?« sagte ich in dem Versuch,
eine schwer faßliche Realität zu leugnen; ich konnte meinen
Blick nicht von seinen Augen wenden, sie hatten mich hypnotisiert.

»Stell keine Fragen, denn ich habe keine Antwort auf deine
Fragen; das gehört von jeher zu unserer Bestimmung, und
die ist viel stärker als du und ich. Du sollst nur wissen, daß
mein Leben in deiner Hand liegt. Mein Überleben hängt davon ab, ob du alles, was ich dir sage, richtig ausführst:

Zunächst mußt du dich in eine Gasse begeben, an deren oberem Ende sich ein Bogen befindet. Hinter dem Bogen ist eine Bar, in die gehst du hinein; es wird zu einer Prügelei kommen, und du sollst für den Richtigen Partei ergreifen. Vorsicht, denn du mußt wissen, in welchem Moment du dich einmischst, dazu benötigst du nicht Vernunft, sondern Gespür. Danach wirst du bei deiner Rückkehr im Briefkasten einen Brief vorfinden, der an jemand anderen adressiert ist. Das ist die gefährlichste Probe. Du darfst ihn um nichts in der Welt öffnen, und komm bloß nicht auf die Idee, ihn dem Briefträger zurückzugeben. Solltest du das tun, würdest du einen Energiekreis unterbrechen, was mich wie ein Blitzschlag töten würde. Du mußt den Brief unverzüglich vernichten. Zuletzt wirst du Gelegenheit haben, etwas zu tun, was du seit langem tun wolltest, aber nicht getan hast. Die jetzige Situation wird deine Zweifel noch verschärfen, doch du sollst sie beiseite lassen und handeln, denn auch davon hängt mein Leben ab. Geh jetzt und denk dran, daß seit ein paar Stunden das Schicksal der Welt in unserer Hand liegt, wir bestimmen, was zu geschehen hat. Ich war es, der dich hierherkommen ließ, ich wußte, daß du trotz der Wachsamkeit der Ärzte und der Leute draußen eindringen würdest, um mich zu sehen, genauso wie ich jetzt weiß, daß du alles, was ich dir aufgetragen habe, tun und mir das Leben retten wirst.«

Fausto ließ den Kopf sinken und atmete schwer. Ich legte ihm die Sauerstoffmaske wieder an, ohne zu wagen, das Wort an ihn zu richten. Jemand berührte mich von hinten, ich drehte mich ein wenig erschrocken um: Es war der Arzt.

»Tut mir leid, es ist nicht erlaubt, sich hier aufzuhalten.«

Freundlich, aber mit Nachdruck begleitete er mich zur Tür. Beim Hinausgehen hörte ich, daß er der Krankenschwester wegen meines Besuchs bei Fausto Vorwürfe machte. Ich befand mich nun erneut mitten unter den jammernden Leuten und hielt es für unangebracht zu berichten, was soeben geschehen war, da gab es für mich keinen Zweifel. Sie hätten mich für verrückt gehalten, außerdem wußte nicht einmal ich selbst so genau, was ich darüber denken sollte. Als erstes kam mir in den Sinn, daß Fausto durch den Aufprall den Verstand verloren hätte, doch meine Gefühle widersprachen dieser (eigentlich einzigen logischen) Erklärung; niemand erschien mir vertrauenswürdig genug, um ihm mein Herz auszuschütten, ein unerklärliches ›für alle Fälle‹ riet mir zur Vorsicht.

Zum Glück waren alle so sehr mit Mutmaßungen über Fausto beschäftigt, daß ich mich mit einer kurzen Verabschiedung von seinen Eltern und einem allgemeinen Winken davonmachen konnte.

3/1

In diesem Moment unterbrach Dullea Kane. Es war spät geworden, uns erwartete ein arbeitsreicher Morgen, deshalb beschlossen wir, schlafen zu gehen. Auf dem Weg wandte sich der Kapitän erneut an Kane.

»Es gibt etwas, das ich nicht verstehe. Wenn Fausto gesagt hat, daß alles von ihrer Bestimmung abhängt, die stärker sei als sie beide, brauchte sich Tamino doch keine Sorgen zu machen; was auch immer er tat, es würde das Leben seines Freundes retten.«

»Der Determinismus«, schaltete sich Grotowicz ein, »umfaßt die späteren Möglichkeiten und Zweifel. Es ist ein Irrtum, das Orakelhafte als etwas zu betrachten, das einer zeitlichen Modifikation unterliegt. Denken Sie zum Beispiel an Ödipus, der alles versucht, um seinem Schicksal zu entgehen. Was wäre geschehen, wenn er es akzeptiert hätte? Verletzt es nicht die Spielregeln, zu behaupten, es hätte sich auf andere Weise erfüllt?«

»Beide sind im Recht«, sagte Kane, »doch es geht meiner Meinung nach um kein deterministisches Phänomen, sondern um einen Vorgang, in dem der Wille und die Entscheidung jedes einzelnen zählen; hätte es sich um Determinismus gehandelt, wäre keinerlei Warnung Faustos vonnöten gewesen. Wenn Fausto sagt, daß ihre Bestimmung stärker sei als sie beide, dann geht es ihm um die Wertschätzung der Gefühle, und nicht um eine praktische Überlegung zur Umsetzung dieser Bestimmung.«

Kurz darauf befiel mich in der Stille meiner Kabine wieder die schale Ungewißheit des individuellen Bewußtseins. Doch die Müdigkeit läßt solche Dinge zum Glück verstummen.

Der nächste Tag war arbeitsreich, aber ruhig. Die Googol fuhr an der Küste Arabiens entlang, und wir verbrachten den ganzen Morgen damit, Verbindungen herzustellen. An unserer Lage hatte sich nichts geändert, auch nicht an der drückenden Hitze. Nach dem Mittagessen versammelten wir vier uns erneut im Salon, und Kane fuhr mit seiner Erzählung fort.

1/3

Fortsetzung der Geschichte von Alexander Tamino

Die frische Luft draußen brachte mich in die Wirklichkeit zurück. Es war Nacht geworden, und die Gedanken setzten sich allmählich. Ich schämte mich dafür, in Faustos Gegenwart nicht reagiert zu haben, und auch für mein Benehmen danach seiner Familie gegenüber. Es war ausgeschlossen, daß die Worte und das Verhalten meines Freundes ein Produkt der Phantasie waren; also hatten sich die Ärzte in ihrer Diagnose geirrt: Fausto war manchmal bei Bewußtsein, auch wenn er in solchen Phasen irreredete. Was hatte mich also daran gehindert, dem Arzt zu erzählen, was vorgefallen war? Ich blieb vor einer Konditorei stehen; ich hatte einen klaren Kopf (ich meine, ich hatte keine unkontrollierte Gefühlsregung), trotzdem war es mir unmöglich gewesen, mich an die Ärzte oder an Faustos Familie zu wenden und zu erzählen, was er mir gesagt hatte. Warum? Ich ging weiter, in der sinnlosen Hoffnung, irgendein Zeichen meines Geistes oder der Nacht würde die Frage beantworten.

Wenn Tatsachen und Vernunft miteinander in Konflikt geraten, ist das erste Element, das seine Glaubwürdigkeit einbüßt (wie so oft in irgendwelchen Streitfragen), etwas Drittes: der Schein. Ich versuchte vergeblich, meine Bedrängnis mit Humor auszustatten; diese Nacht war wohl die humorloseste meines Lebens. In Gedanken versunken, lief ich planlos durch die Altstadt. Die Gassen wurden immer dunkler, die Laternen verbreiteten ein schwaches, schmutziges Licht, das meine Phantasie morbiderweise mit den Zähnen eines tollwütigen Hundes und dem altgewordenen Eiter eines untergehenden Halbmonds in Verbindung brachte.

Der Wind hatte nachgelassen, und die wie von Schweiß glitschigen Pflastersteine glänzten im leichten Nebel; ich lächelte bei der Vorstellung, daß sie unter einem körperlosen Tritt aufweichten. Es war gleichzeitig kalt und heiß; die Füße waren kalt von der Feuchtigkeit, die Luft war schwül. Ich hatte eine trockene Kehle und machte mich auf die Suche nach einer Bar, um etwas zu trinken. Die erste, die ich fand, zierte ein Leuchtschild, deren Lämpchen zur Hälfte ausgebrannt waren: *Taverna Canària*. Ich ging, ohne nachzudenken, hinein, und als ich am Tresen stand, bereute ich es; das Lokal war schmutzig und stank, doch bevor ich den Rückzug antreten konnte, kam ein Kellner in Hemdsärmeln zu mir und fragte, was ich wollte. Ich bestellte ein Bier in der Absicht, es rasch zu trinken und gleich wieder zu verschwinden. Kurz darauf kamen zwei Männer herein, setzten sich neben mich und starrten mich herausfordernd an; ich drehte mich weg. Als ich mein Bier beinahe ausgetrunken hatte, tauchte ein elegant gekleideter Junge in meinem Alter auf. Er war beträchtlich angeheitert und setzte sich mit der für solche Fälle typischen Bedächtigkeit an einen Tisch.

»Was meinst du?« sagte der Kerl neben mir zu seinem Kumpel. »Dieser Grünschnabel könnte doch ein guter Kunde sein.«

»Na klar«, gab der andere zurück, »also los.«

Ich hatte ihre Worte ungewollt mitangehört. Sie standen auf und gingen zum Tisch des Jungen.

»Hier lang, bitte«, sagte der eine und wies mit verstellter Liebenswürdigkeit auf eine Tür.

Der Junge stand schwankend auf, und sie führten ihn ins Innere des Lokals. Alle drei verschwanden, nach einer Weile kam der Junge wieder heraus.

»Ich will nicht«, sagte er, die beiden anderen packten ihn an den Armen und zerrten ihn erneut zur Tür. Mich beunruhigte der Gedanke, daß mich das gleiche Schicksal ereilen könnte, sollten die anderen mich ebenfalls für einen guten Kunden halten. Ich hatte von geheimen Spielhöllen gehört; darum mußte es sich handeln, vielleicht auch um einen Zuhälterring. Ich war in solchen Dingen nicht bewandert (und bin es bis heute nicht) und stellte mir verworren abscheuliche Ausschweifungen und straffreie Raubzüge vor. Die Bar leerte sich, ich blieb mit dem Kellner allein, zwischen uns der Tresen.

Eine Minute später stürmte der Junge herein, völlig außer sich und mit verzerrtem Gesicht, gefolgt von einem der Männer.

»Idiot«, sagte sein Verfolger, »du weißt nicht, was dich erwartet.«

Der Junge stolperte und fiel hin; der andere warf sich auf ihn, der Kellner kam hinter dem Tresen hervor, um sich einzumischen. Wir waren zwei gegen zwei, ich wurde immer wütender, also überlegte ich keinen Augenblick. Ich stürzte mich mit aller Wucht, zu der ich fähig war, auf die beiden Männer. Da ich sie überraschte, gelang es mir, sie zu Boden zu werfen.

»Schnell!« sagte ich zu dem betrunkenen Jungen. »Raus hier.«

Das ließ er sich nicht zweimal sagen und lief davon. Die beiden anderen standen auf. Ich war gut drauf, stieß einen Tisch gegen sie und hatte genügend Zeit, um abzuhauen.

Draußen hielt ich nach dem Jungen Ausschau. Er war verschwunden; ich ging die Straße hinunter, merkwürdigerweise verfolgte mich niemand. Alles war so schnell passiert, daß mir noch gar nicht bewußt war, welcher Gefahr ich entkommen war. Aus sicherer Distanz spähte ich zum Eingang der Bar, in der Befürchtung, daß jeden Moment eine Bande wilder, bewaffneter Halbstarker herauskäme, doch die Tür blieb fest verschlossen. Ich nahm an, daß ihnen bei ihren heimlichen Geschäften ein öffentlicher Skandal nicht gelegen käme.

Ich ging weiter die Gasse hinunter, an ihrem Ende blieb ich mit einem Ruck stehen: ein steinerner Bogen bildete den

Durchgang zum Platz! Faustos Worte hämmerten auf mich ein: Die Rauferei zugunsten des Richtigen in der Gasse mit dem Bogen! Wie war das möglich? Ich blieb eine Weile wie angewurzelt stehen. Von nun an veränderte sich meine Sicht der Situation grundlegend.

Was bisher eine unruhige Ungläubigkeit gewesen war, verwandelte sich in eine verrückte, fanatische Gewißheit inmitten aller Verzweiflung der Vernunft. Was Fausto gesagt hatte, stimmte. Nur, was bedeutete die Gewißheit in solch einem Fall? In einem ersten Impuls wollte ich nach Hause laufen, um den Brief zu holen, doch ein bittersüßes Mißtrauen hielt mich davon ab. Was galt es zu beweisen? Mit welchem Ereignis hoffte ich, welches Verlangen meines Geistes zu besänftigen? Eine Bestätigung der Dinge würde die Vernunft zunichte machen, ihre Verneinung hingegen die Gefühle.

Ich ging in einen Drugstore und verbrachte dort die restliche Nacht, las am Kiosk Zeitschriften und trank an der Theke Bier. Als es hell wurde, fand ich, mein Körper sei schon genug gestraft, um auch noch das zu ertragen, was ihm bevorstehen mochte, und machte mich zu Fuß auf den Weg nach Hause. Nach und nach beschleunigte ich meine Schritte, die letzten zweihundert Meter rannte ich wie ein Verrückter. Ich öffnete die Haustür und traf die Hausmeisterin beim Kehren des Eingangs an.

»Gerade eben ist ein Mädchen gekommen und hat nach Ihnen gefragt«, sagte sie, doch ich hörte ihr nicht zu.

Ich ging zum Briefkasten, noch immer außer Atem vom Laufen und vor Ungeduld.

»Ist Post da?« fragte ich und griff aufgeregt hinein.

»Sie ist zu Ihrer Wohnung hinaufgegangen und hat gesagt, sie würde auf dem Treppenabsatz auf Sie warten.«

»Ein Brief!«

Er war an einen gewissen Carlo Rinaldi gerichtet. Ich hielt ihn mit einem triumphierenden Lächeln wie eine Trophäe hoch.

»Ich hab sie gefragt, ob sie eine Tasse Milchkaffee will, aber …«, sagte die Hausmeisterin und sah mir versteinert zu, wie ich den Brief mittendurch riß, dann noch einmal und noch einmal, bis sich die Fetzen nicht weiter zerreißen ließen; ich warf sie hinter mich, und der ganze Hauseingang war mit Papierschnitzeln übersät.

Die Hausmeisterin stützte sich auf ihren Besen und betrachtete mich mitleidig. Ich schenkte ihr ein erschöpftes Lächeln, das irgendwie als Entschuldigung gelten sollte, und lief die Treppe hinauf.

»Armer Junge«, hörte ich sie sagen, »kaum zu glauben, was die Drogen anrichten können …«

Oben vor meiner Wohnung wartete Andrea. Sie sah verweint aus.

»Ich habe die ganze Nacht nicht geschlafen«, sagte sie. »Wird Fausto sterben?«

»Das wollen wir nicht hoffen«, antwortete ich, wobei ich die beschwichtigende Rolle übernahm, die wohl von mir erwartet wurde.

Wir gingen hinein. Sie schilderte mir verworren ihre Ängste, ihre Ungewißheit und Einsamkeit. Ich sagte ihr, daß meine Lage durchaus ähnlich wäre. Aber statt die Unruhe zu schüren, schmeichelte ich meiner Eitelkeit, indem ich mich großzügig dem Vertrauen überließ und ihr erlaubte, sich ihrem Schmerz hinzugeben; unter Mutmaßungen und Klagen (nicht viel anders als die von Faustos Familie, denen ich mich ein paar Stunden zuvor angeekelt entzogen hatte) verging mehr als eine Stunde.

»Kann ich hier schlafen?« sagte sie unvermittelt.

»Natürlich, wenn du willst.« Ich bemühte mich, mir Faustos Anblick im Krankenhaus ins Gedächtnis zu rufen; mich erfaßte ein seltsamer Schauder, so als würde ich plötzlich unsicheres Terrain betreten. »Es gibt nur ein Bett«, fügte ich hinzu und wollte mit dieser Bemerkung meine Angst oder eher mein Begehren entschuldigen oder beschwören.

»Wir sind gute Freunde, klar, und weiter nichts, oder?« sagte sie ohne besondere Geziertheit.

Wir gingen ins Schlafzimmer. Mein Pulsschlag wurde heftiger. Ihnen mag meine Pein vielleicht lächerlich erscheinen, doch bedenken Sie mein damaliges Alter und meine Erfahrung in solchen Dingen. Ich tat, als hätte ich in einem anderen Raum etwas zu tun, damit sie es sich bequem machen und ich meine Gedanken ordnen könnte.

Verwirrter denn je kehrte ich ins Schlafzimmer zurück. Andrea lag schon im Bett und hatte sich zur Seite gedreht. Ich warf einen Blick auf den Stuhl; sie hatte alle Kleidungsstücke daraufgelegt, sogar den Schlüpfer (im Lauf der Jahre ist mir immer wieder aufgefallen, daß die Frauen, selbst die erfahrensten, zögern, gleich zu Beginn den Schlüpfer auszuziehen). Ich zog mich rasch aus, legte mich neben sie und achtete darauf, daß die Berührung so natürlich wie möglich ausfiele: weder unverschämt ausufernd noch gekünstelt reserviert. Ich wünschte eine gute Nacht (obwohl es der Uhrzeit nach angebrachter gewesen wäre, einen guten Morgen zu wünschen); sie antwortete mit einem Murmeln, und ich schaltete das Licht aus.

Obwohl ich die ganze Nacht über kein Auge zugetan hatte, war ich weniger müde als nach vierzehn Stunden Schlaf. Sie rührte sich nicht, und ich wagte nicht, mich zu bewegen, ich wußte nicht, warum. Neben mir lag der Stachel meiner Begierde, gleichzeitig aber auch Quelle der Verbindung (oder vielleicht Entzweiung) mit meinem besten Freund. Ich fühlte langsam und unaufhaltsam, mit der gelassenen Ruhe des Tagesanbruchs, Begehren in mir aufsteigen. Sie drehte sich um, und unsere Gesichter berührten sich fast. War es eine zufällige Bewegung oder ein Hinweis auf Übereinstimmung? Faustos Worte klangen ironisch in meiner Erinnerung: Hier ist das, ›was du schon lange Zeit tun willst, was du dich aber nie getraut hast zu tun‹, hier ist die unumgängliche (und sicherlich einzige) Gelegenheit dazu. Wie beiläufig legte ich meinen Arm um Andrea, und sie protestierte nicht; schlief sie etwa? War dies wirklich die dritte Aufgabe, die es zu erfüllen galt, um Fausto Coppis Leben zu retten? Oder waren Faustos Worte nur ein Vorwand für mich, um weiterzumachen? Und waren meine Skrupel nicht nur die Maske der Angst, zurückgestoßen zu werden? Nachdem ich in meiner Qual Kraft geschöpft hatte, näherte ich meine Lippen denen Andreas und wartete furchtsam auf den Augenblick, sie zu berühren. Der kam eher, als erwartet, und später, als begehrt, und sie stieß mich nicht zurück. Ich machte weiter und war darauf gefaßt, daß sie sich irgendwann widersetzen würde, doch sie tat es nicht, und ich gab mich jener Leidenschaft hin, die keinen Aufschub duldet.

Zwei Stunden später waren die alten Gespenster für immer geköpft, und da wir nicht an die neuen denken wollten, die aufgetaucht sein könnten, überließen wir uns dem Schlaf. Wir erwachten erst nach Mittag. Wir standen auf und redeten kaum; ich wußte nicht, was sich in unseren Gefühlen füreinander verändert haben mochte, und wagte nicht, darüber zu sprechen. Wie ein Stein fielen Faustos Rede und deren Folgen auf mich; der Höhepunkt war die Frau neben mir. Was nun? Hatte sich Fausto in der Tat auf Andrea bezogen, als er von jener Sache sprach, die ich mich nie zu tun traute und die ich unbedingt erledigen sollte? Ich war drauf und dran, ihr alles zu erzählen, doch es kam mir taktlos vor. Wenn sie mir nicht glaubte, würde ich als der Dumme dastehen, und wenn doch, als Hampelmann; jedenfalls vermeinte ich in ihren Augen zu erraten, daß sie dem, was zwischen uns passiert war, einen inneren Wert geben wollte; ich bewahrte, und bewahre noch immer, eine überaus schöne Erinnerung daran, die ich mir nicht nehmen lassen möchte.

Ich weiß nicht, was ihr durch den Kopf ging, als wir einen Imbiß nahmen, bevor wir uns auf den Weg zum Krankenhaus machten. Allmählich verstärkte sich mein Eindruck, daß das Mädchen, das neben mir redete, nicht dasselbe war, das ich in der Nacht in meinen Armen gehalten hatte, und mit jeder Stunde, die verging, würde sie ihm weniger gleichen. Für einen unbeteiligten Beobachter waren wir zwei Freunde, die sich über das Befinden eines dritten Sorgen machten. So war es in Wahrheit, doch eine vergiftete Frucht (vergiftet mit diesem unerbittlichen Gift der Lust, die du geheimhalten mußt, in meinem Fall nach zwei Seiten) hatte auf dem Weg gelegen.

Im Krankenhaus gingen wir sofort auf die Intensivstation. Fausto war nicht dort. Mein Herz drohte zu zerspringen. Wir eilten zur Aufnahme, ich stammelte mit dünner Stimme den Namen meines Freundes.

»Zimmer fünfhundertfünfzehn«, antwortete die Kranken-schwester.

Andreas Gesicht erhellte sich. Sie schien mir Fragen stellen zu wollen, und ich faßte sie am Arm. Wir gingen zum Aufzug und fuhren in den fünften Stock.

Etwas bedrückt betraten wir das Zimmer. Seine Mutter war da und zwei Freunde mittleren Alters. Sie wirkte, abgesehen von den sichtlichen Spuren der Müdigkeit, gelöst; nach der üb-lichen Begrüßung machte sie uns mit dem Rechtsanwalt Aldo Mignoli und dem Außenhandelskaufmann Mario Scampa be-kannt und erklärte uns, daß ihr Sohn das Schlimmste über-standen hätte und nun außer Gefahr wäre.

»Sie machen noch ein paar Röntgenaufnahmen und wie-derholen einige Untersuchungen«, sagte sie abschließend. »Gehen wir doch in den Aufenthaltsraum; es wird länger dauern.«

Sie führte uns in ein Zimmer mit sieben oder acht Stühlen und einem Tisch mit Papierblumen und ein paar Zeitschrif-ten. Wir hörten uns zehn Minuten lang Faustos Geschichte mit allen Details an. Ich war starr vor Staunen. Die wesent-liche Besserung (Wiedererlangen des Bewußtseins, Normali-sierung der lebenserhaltenden Funktionen und ihr Erhalten ohne technische Mittel) war genau zu der Zeit eingetreten, als ich mich in der Bar prügelte, den Brief in Stücke riß und mit Andrea ins Bett ging. Ich empfand ein schwer zu unter-drückendes Hochgefühl. Es bestand kein Zweifel mehr, der geheimnisvolle Mechanismus hatte funktioniert! Es brauchte nichts begriffen zu werden, ich wollte auch nichts mehr wis-sen; Fausto würde es mir erzählen, sobald wir dazu Gelegen-heit hätten. Das einzige, was zählte, war, daß ich nicht ver-sagt und ihm das Leben gerettet hatte.

Nachdem ich mich von der Wirksamkeit meines Vorgehens überzeugt hatte, starb ich fast vor Neugierde. Woher wußte Fausto, was passieren würde und was zu tun wäre, um sein Leben zu retten? Ich hörte seiner Mutter kaum zu, die uns bat zu bleiben, bis sie Fausto zurückbringen würden, wäh-rend sie ein paar Besorgungen machte. Wir sahen uns alle an und hatten uns nicht wirklich etwas zu sagen.

»Warum erzählst du uns nicht von einem deiner Fälle«, schlug Scampa Mignoli vor. Der Rechtsanwalt forschte mit seinem Blick nach Zustimmung. Andrea äußerte sich sofort. »Ich höre sehr gern Geschichten, außerdem haben wir Zeit.«

Mignoli ergriff das Wort.

3/4

Geschichte des Rechtsanwalts Aldo Mignoli

Vor kurzem wurde ich Gegenstand einer besonders scheußlichen Manipulation. Und ich sage ›besonders scheußlich‹, weil Freundschaft eine solche Manipulation ermöglicht hatte und ihr Zweck nichts Geringeres als ein Verbrechen war. Ich bin jedenfalls nicht zynisch genug, um die letzte Wahrheit meines Hasses erst zuzugeben, wenn ihr sie aus meinen Worten ableiten könntet: Was ich an diesem Fall am meisten verabscheue, ist die Tatsache, daß mein Verstand dabei Schaden nahm.

Von den Jugendfreunden (wenn ich Jugend sage, meine ich das Alter zwischen sechzehn und dreiundzwanzig) war Antonio Ferrari der einzige, den ich berufsbedingt und weil wir in der Nähe wohnten und uns auch gut verstanden, regelmäßig traf. Eines Tages nun bekam ich einen Anruf vom Polizeikommissariat. Ich bin auf Strafrecht und Kriminologie spezialisiert, und Inspektor Grosso und ich kannten uns schon vom Telefonieren.

»Wir haben hier einen gewissen Antonio Ferrari«, teilte er mir mit, »der vor ein paar Stunden aufgetaucht ist. Ich rufe Sie an, weil er im Gespräch Ihren Namen genannt hat, und da dachten wir …«

»Worum geht es?« erwiderte ich etwas beunruhigt.

»Er hat sich soeben des Mordes an dem Bäcker im Carrer Pius XII. bezichtigt.«

»Bäcker Cuccinetti?«

»Genau, der, den sie letzte Woche erwürgt haben, um ihn auszurauben.«

»Ich komme sofort. Bitte lassen Sie ihn nichts unterzeichnen, bevor ich da bin.«

»Er muß gar nichts unterzeichnen, er hat uns die Geschichte eigenhändig aufgeschrieben.«

Ich schlug die Hände über dem Kopf zusammen und verließ das Haus. Was war mit Antonio geschehen? Hatte er den Verstand verloren?

Auf dem Kommissariat fand eine der seltsamsten Szenen meines Lebens statt. Ferrari beschuldigte sich selbst, und ich verausgabte mich dabei, ihm Fragen zu stellen, die er gewissenhaft beantwortete, wobei sich eindeutig herausstellte, daß er es nicht gewesen sein konnte. Er widersprach sich zweimal, und ich machte den Inspektor darauf aufmerksam.

»Der Mann sagt ganz offensichtlich nicht die Wahrheit.«

»Dann müssen wir den Grund für sein Verhalten herausfinden.«

Ferrari wirkte völlig normal, sogar entspannt und bei guter Gesundheit. Der Inspektor und ich zogen uns in ein Nebenzimmer zurück.

»Ich denke, es spricht nichts dagegen, daß ich ihn mitnehme«, sagte ich und versuchte, mir keine Zweifel anmerken zu lassen. »Sie haben ja selbst erlebt, wie er sich widerspricht.«

»Ohne Beweise oder eine gerichtliche Anordnung kann ich ihn nicht hierbehalten. Ich muß Sie aber darum bitten, stets verfügbar zu sein.«

»Einverstanden«, nahm ich ihn beim Wort, »und ich stehe zu Ihrer Verfügung, wann immer es nötig sein sollte.«

Ich brachte Ferrari nach Hause.

»Hör mal«, sagte er zu mir am Hauseingang, »es ist vielleicht besser, wenn meine Frau nichts von dieser Angelegenheit erfährt.«

Ich packte ihn am Arm und sah ihm in die Augen.

»Warum hast du das getan?«

Er zuckte mit den Achseln und schloß die Tür auf; Frau und Kinder kamen uns entgegen, und ich mußte die übliche gute Miene aufsetzen.

Am nächsten Tag rief mich der Inspektor an. Sie hatten

Antonios Unschuld nachgewiesen und obendrein den Täter gefaßt. Er riet mir, Ferrari als sein Freund und als sein Anwalt zu überwachen.

Zehn Tage später wurde Enrico Negri, der Gewerkschafter, von dem ihr sicherlich gehört habt, tot aufgefunden; im Hintergrund gab es eine sehr komplexe und schmutzige politische Affäre, die hier nichts zur Sache tut; der Fall wurde bis heute nicht aufgeklärt. Nun gut, ich erhielt erneut einen Anruf von Inspektor Grosso; er hatte Antonio Ferrari vor sich, der ihm soeben den Mord an dieser Person gestanden hatte.

»Ich möchte ihm keine Fragen stellen, bevor Sie nicht hier sind«, sagte er mir.

Ich legte den Hörer auf und war ernsthaft besorgt; es handelte sich nicht mehr um einen zufälligen, dummen Streich, der Mann hatte echte Probleme. Ich rief seine Frau an und holte sie auf dem Weg zum Kommissariat ab; die arme Roberta bemühte sich sehr, gelassen zu bleiben.

Im Büro des Inspektors rauchte Ferrari in aller Ruhe, als säße er in einem Café.

»Also«, fragte Grosso, »wie haben Sie ihn getötet?«

»Durch zwei Schüsse. Einen in den Kopf und einen in den Bauch.«

»Mit dieser Waffe?« Er deutete auf eine Browning Kaliber viereinhalb, die auf dem Tisch lag.

»Genau.«

»Und wie ist der Körper hingefallen?«

»Bäuchlings auf den Tisch.«

Der Inspektor und sein Mitarbeiter sahen sich an. Roberta hielt sich ein Taschentuch vor die Nase und ließ ihren Mann keinen Moment aus den Augen. Grosso stand auf und machte mir ein Zeichen, ihm – wie beim letztenmal – in einen anderen Raum zu folgen.

»Negri wurde drei Stunden vor dem Zeitpunkt, den dieser Herr angegeben hat, mit einer Waffe Kaliber fünfeinhalb erschossen, während er mit seiner Familie zu Mittag aß, außerdem lag die Leiche ausgestreckt auf dem Boden. Ich glaube, Ihr Freund ist ein Fall für den Psychiater. Ich kann im

Augenblick gar nichts tun; er hat bis jetzt kein Gesetz überschritten, und für mich gibt es keinen Grund, einzuschreiten; für Sie schon, wie ich bereits beim letztenmal sagte; mir scheint eine gute ärztliche Betreuung angebracht.«

In jener Nacht sah ich mich verpflichtet, zu Hause anzurufen und bei Antonio zu Abend zu essen. Roberta übertrug mir alle entscheidenden Befugnisse. Der Situation haftete etwas Tragikomisches an, das mich zur Verzweiflung brachte.

»Glaubst du, daß Antonio verrückt wird?«

Ferraris völlige Ruhe erstaunte mich. Er saß im Eßzimmer und las die Zeitung, während seine Frau und ich in der Küche waren. Nach allem, was geschehen war, mußte er annehmen, daß wir über ihn sprachen; dieser Mangel an Gespür, der bei einer Person mit möglichen psychischen Problemen eigentlich seltsam war (aber ich bin kein Experte in Geisteskrankheiten), ließ mich mißtrauisch werden.

»Was hast du vor?« fragte ich ihn, nachdem die Kinder ins Bett geschickt waren und ich Roberta gebeten hatte, uns allein zu lassen.

»Ich? Was meinst du damit?«

»Mach nicht länger den Clown. Wir wissen beide ganz genau, daß das hier ein Spiel ist. Sag mir wenigstens, um was es geht, dann werden wir uns keine Sorgen mehr machen, und wer weiß, vielleicht spielen wir alle mit, wenn es doch so lustig ist.«

Es war nicht möglich, irgendeine klare Antwort aus ihm herauszubekommen. Ich war um eins zu Hause und redete noch zwei Stunden mit meiner Frau.

»Antonio hat etwas Schlimmes vor«, sagte ich zu ihr, »er will jemanden umbringen.«

»So ein Unsinn!« gab sie mir zur Antwort und trat ein wenig zurück, damit wir uns besser ansehen konnten. »Wie kommst du denn auf die Idee?«

»Kennst du die Fabel von dem, der falsche Geständnisse ablegt? Sie gleicht der Geschichte mit dem Wolf, doch sie wird in der ersten Person erzählt: Ein Mann beschließt, die Schuld für sämtliche Diebstähle in der Stadt auf sich zu nehmen. Beim erstenmal lochen sie ihn ein, beim zweitenmal auch, aber mit mehr Vorbehalt. Beim drittenmal kennen sie ihn schon und nehmen es mit Humor. Eines Tages gesteht er einen Diebstahl, den er wirklich begangen hat, und verläßt zehn Minuten später die Polizeiwache mit einem freundlichen Schlag auf die Schulter und den bestgefüllten Säckeln der ganzen Stadt. Also, entweder hat Antonio den Verstand verloren, oder die Dinge laufen in diese Richtung.«

»Hältst du ihn einer so simplen – und ehrlich gesagt dummen – Inszenierung für fähig?«

»Ich weiß nicht. Manchmal führen die Leute die einfachsten Vorhaben aus, eben weil sie darauf vertrauen, daß niemand auf sie kommen würde, da das zu naheliegend wäre. Etwas beschäftigt mich aber vor allem: Angenommen, mein Verdacht stimmt, wer ist das Opfer?«

Meine Frau und ich schwiegen eine Weile.

»Mir fällt nur einer ein, dessen Beseitigung für Antonio nützlich sein könnte.«

»Wer?« sagte ich beinahe eifersüchtig auf die kriminalistische Kombinationsfähigkeit meiner Frau.

»Ricardo Scimone«, sagte sie mit Nachdruck; ich richtete mich auf und starrte sie an.

»So ein Quatsch!«

»Ganz gewiß«, sagte sie mit der Sanftheit dessen, der sich unter den Schutz der Logik stellt. »Überleg doch mal: wenn Scimone tot wäre, wer würde dann die Firma führen?«

»Antonio Ferrari«, mußte ich zugeben. »Aber ihn deshalb umzubringen, offen gesagt …«

»Da ist noch etwas: mit wem ist Scimone verheiratet?«

»Mit Antonios Schwester«, sagte ich langsamer und begann diese Schachpartie zu genießen.

»Mit Antonios einziger Schwester, die schon fünfzig und kinderlos ist und nicht die geringste Ahnung hat, wie der Betrieb läuft. Wem würde sie deiner Meinung nach die Aufsicht über sämtliche Geschäfte übertragen, wenn sie Witwe wäre?«

»Ihrem Bruder natürlich …«

»Genau das; die Führung der Fabrik und eines Großteils der Geschäfte. Sind das etwa keine triftigen Gründe, um jemandem ein Unglück an den Hals zu wünschen?«

»Er könnte sogar ein Auge auf das Haus geworfen haben«, wagte ich zu sagen und bestätigte damit leichthin eine unglaubliche Spekulation.

Sílvia sah mich an, und wir begannen zu lachen.

»Ich weiß nicht, ob wir zu solchen Dingen taugen«, sagte sie schließlich, »für mich ist die menschliche Dummheit ein größeres Rätsel als die Intelligenz.«

»Gleich morgen gehe ich zu Grosso. Antonio ist mein Freund, und ich kann nicht zulassen, daß er durch eine Unüberlegtheit sein Leben ruiniert.«

Doch am nächsten Tag kamen der Inspektor und ich zu keiner Einigung.

»Ich kann nichts tun«, erklärte er mir. »Hat er denn irgendeine Drohung ausgestoßen? Ohne eine Anzeige oder einen Hinweis aus zuverlässiger Quelle besitzt die Polizei keine vorbeugende Handhabe; das wissen Sie selbst am besten. Wir können weder Senyor Ferrari noch Senyor Scimone überwachen. Als das neue Polizeigesetz erarbeitet wurde, waren Sie es, die Progressisten, die für eine Reduzierung unseres Aufgabenbereichs eintraten, haben Sie das vergessen?«

»Was sollen wir also tun? Sitzen und abwarten?«

»Haben Sie mit einem Psychiater gesprochen?«

»Das ist kein Fall für einen Psychiater«, erwiderte ich ungeduldig. »Bedauerlicherweise ist Senyor Ferrari völlig richtig im Kopf.«

»Dann nehmen Sie doch einen Privatdetektiv, wenn Sie ihn kontrollieren möchten.«

Ich kehrte nach Hause zurück und bemühte mich, den Standpunkt des Inspektors zu begreifen. Den ganzen Nachmittag grübelte ich über den Fall. Antonio hatte eine sehr raffinierte Methode gewählt, um sich abzusichern. Wäre es nicht einfacher gewesen, sich gute Zeugen zu beschaffen, statt auf die Dummheit der Polizei zu vertrauen? Vielleicht irrte ich mich mit meiner Annahme ... Jedenfalls befolgte ich Inspektor Grossos Rat und beauftragte einen Detektiv.

Eine Woche später lag ein Brief mit einem genauen Bericht über Ferraris Aktivitäten auf meinem Tisch. Ich warf einen

Blick hinein und mußte lachen. Antonio entpuppte sich als der Don Juan Nummer eins der Stadt; er hatte drei feste Geliebte, und an den vier Tagen, wo er sie nicht sah, suchte er anderswo Vergnügen und hatte dabei zu fünfzig Prozent Erfolg. Die letzte Seite war erstaunlich. In einer Bar hatte sich Antonio an den mit seiner Beschattung beauftragten Kerl gewandt und ihn auf ein Bier eingeladen.

»Da wir uns so oft sehen«, hatte er zu ihm gesagt, »sollten wir Freunde sein, findest du nicht?«

Ich rief in der Detektei an und verlangte Erklärungen. Nach den üblichen Entschuldigungen und dem klassischen Hinweis auf Unwägbarkeiten fragten sie mich, ob ich ihn weiter überwachen lassen wollte.

»Klar«, sagte ich, »aber durch einen anderen Mann.«

»Natürlich«, antworteten sie sehr gekränkt, »das hätten Sie nicht betonen müssen.«

Von da an ließen sie mir alle zwei Tage Berichte zukommen; Ferrari führte weiterhin ein Lotterleben und riß so viele Frauen auf, wie er nur konnte. Demnach war vielleicht doch alles nur ein Spiel gewesen? Aber welches Spiel?

»Und wenn wir Scimone warnen?« fragte ich eines Tages Sílvia.

»Unmöglich. Stell dir vor, zu dir kommt jemand und sagt, daß dich dein Schwager umbringen will. Und mit welchen Beweisen! Was würdest du davon halten?«

Mir fiel dazu ein, daß mich Antonios Scherz eine schöne Stange Geld kostete, und ich beschloß, auf die Detektive zu verzichten.

»Morgen bezahle ich sie und erkläre den Fall für abgeschlossen.«

Sílvia sah mich forschend an.

»Übrigens«, fragte sie, »hat es denn seit dem Mord an Negri ein weiteres Verbrechen in der Stadt gegeben?«

»Nein.« Ich hatte jeden Tag die Zeitung danach durchgesehen. »Warum fragst du?«

»Weil wir, solange keine weitere Gewalttat geschieht, nicht wissen, ob Antonio das Spiel fortsetzt oder es aufgegeben hat.«

»Ist mir auch egal. Bei mir wird er auf Granit beißen. Morgen entlasse ich die Detektive.«

Am nächsten Morgen schaltete ich, während ich duschte, das Radio ein.

»... Gestern nacht wurde der bekannte Geschäftsmann Ricardo Scimone in seinem Haus ermordet. Die Leiche wurde um vier Uhr früh von einem Hausangestellten entdeckt, der im Eßzimmer Licht brennen sah; er fand Scimone auf dem Boden liegend. Im Augenblick gibt es keinerlei Hinweise auf ein Tatmotiv oder auf den Mörder ...«

Sílvia und ich frühstückten schweigend. Es schien uns nicht angebracht, vor den Kindern den Tag mit einem Gespräch über Verbrechen zu beginnen. Als wir schon an der Tür waren, läutete das Telefon. Es war Inspektor Grosso; Ferrari war soeben im Kommissariat eingetroffen, natürlich um den Mord an Scimone zu gestehen. Der Tonfall des Polizisten war weder aufgebracht noch verärgert, sondern ruhig und ernst; das beunruhigte mich.

»Ich komme sofort.« Kaum hatte ich den Hörer aufgelegt, erzählte ich es Sílvia. »Diesmal sind sie imstande, ihm zu glauben.«

Ich rief in der Detektei an und ließ mich mit dem Leiter verbinden.

»An Ihrem Bericht wird gerade geschrieben«, sagte er mir, »Sie erhalten ihn noch heute nachmittag.«

»Ich hole ihn in zwanzig Minuten ab«, antwortete ich und legte auf. »Sílvia, heute mußt du die Kinder zur Schule bringen, und, bitte, ruf vorher noch im Büro an, daß ich später komme.«

Ich holte den Bericht der Agentur ab und las ihn auf dem Weg zum Kommissariat an den roten Ampeln. Ferrari hatte Gäste zum Abendessen gehabt, und die waren erst gegen halb zwei Uhr gegangen.

Wenig später traf ich wieder mit Grosso, einem weiteren Beamten und Ferrari zusammen. Ich legte den Bericht auf den Tisch. Während ihn die beiden Polizisten mißtrauisch lasen, musterte ich Antonio; er trug ein so verklärtes Lächeln zur Schau, daß ich ihm am liebsten an die Gurgel gesprungen wäre.

400

»Mit wem haben Sie letzte Nacht gegessen, Senyor Ferrari?« fragte der Inspektor.

Antonio machte eine ärgerliche Handbewegung und schwieg.

»Antworten Sie!« fuhr ihn der andere Polizist an.

»Wir fragen besser seine Frau, denn der Kerl ist verrückt. Das habe ich schon Mignoli gesagt«, äußerte Grosso vorwurfsvoll und zeigte mit dem Finger auf mich.

Zehn Minuten später kam Roberta. Beim erstenmal schien sie angesichts der Situation aufgelöst, nun war sie erstaunt und etwas empört.

»Gestern«, bestätigte sie, »waren das Ehepaar Carandini und das Ehepaar Rossi bei uns zu Gast. Sie kamen um acht und gingen nach eins.« Sie drehte sich zu mir: »Aldo, was ist los?«

»Haben Sie die Telefonnummern dieser Herrschaften?« fragte Grosso.

»Selbstverständlich«, erwiderte sie und gab sie ihm.

Der Inspektor reichte sie mit der Anweisung, die Angaben von Senyora Ferrari zu überprüfen, an seinen Mitarbeiter weiter; in der Zwischenzeit verharrten wir in unbehaglichem Schweigen. Der Polizist kehrte zurück, flüsterte Grosso etwas ins Ohr, und als er fertig war, wandte sich der Inspektor an uns.

»Die Aussage ist bestätigt worden. Senyor Scimone wurde zwischen elf und zwölf Uhr ermordet, also kann Senyor Ferrari gehen. Ich wäre dankbar für eine Garantie, daß er uns nicht noch einmal so eine Geschichte auftischt; sollte es sich wiederholen, sehe ich mich gezwungen, ihn wegen Behinderung der Amtsgewalt anzuzeigen«, fügte er hinzu, den Blick auf mich gerichtet.

»Sie haben mein Wort, daß dieses das letzte Mal gewesen ist«, sagte ich, und wir gingen hinaus.

Auf der Straße lieferte sich das Ehepaar Ferrari eine Szene.

»Warum tust du mir das an?« heulte Roberta.

»Liebling«, sagte Antonio und küßte sie mit einem spöttischen Lächeln, »ich verspreche dir, es nie wieder zu tun.«

»Um so besser für dich«, mischte ich mich ein, »denn ich

versichere dir, wenn du mich noch einmal lächerlich machst, brech ich dir sämtliche Rippen!«

»Ich werde jetzt mit eurer Erlaubnis zur Fabrik fahren«, sagte er und machte sich von seiner Frau los. »Die Geschichte mit Ricardo wird alle aus der Fassung gebracht haben, und es muß wieder Ordnung einziehen.«

Nach dem Abendessen kreisten meine Gedanken ununterbrochen um diesen Fall. Irgend etwas stimmte nicht.

»Fühlst du dich nicht wohl?« fragte Sílvia.

›Natürlich‹, rief es in mir, ›er muß es gewesen sein!‹

›Er kann es nicht getan haben. Er hat genügend Beweise und Zeugen dafür, daß er zu dem Zeitpunkt woanders war.‹

›Klar, aber ein Verbrechen muß man nicht eigenhändig begehen. Er hat dazu offensichtlich einen Profi engagiert. Wie habe ich nur so vernagelt sein können!‹

Sílvia setzte sich zu mir und begann mich zu streicheln, doch erschien mir die Geste wie ein Trost für den Besiegten, und ich wies sie zurück.

»Mensch, du mußt dir das nicht so sehr zu Herzen nehmen«, sagte sie lachend.

»Fällt dir auf, wie sehr ich seinen Interessen gedient habe? Er hatte vorausgesehen, daß ich ihn überwachen lassen und ihm später die nötigen Beweise auf dem Servierteller präsentieren würde.«

»Aber wenn er zum Zeitpunkt des Mordes das Haus voller Gäste hatte, benötigte er den Bericht des Detektivs doch gar nicht; seine Freunde reichten ihm als Zeugen.«

»Sie reichten aus, um seine Unschuld zu beweisen, aber er mußte darüber hinaus zur Schau stellen, daß er intelligenter ist als ich, und sich nebenbei auch noch über die Polizei und die Justiz lustig machen; du kennst ihn offensichtlich nicht.«

»Ich weiß nicht, was ich sagen soll, aber für mich liegt es nicht auf der Hand, daß er es gewesen ist.« Sílvia machte eine Pause und fuhr fort: »Wenn du nicht anbeißt und ihn nicht überwachen läßt, bringt ihn das bloß um sein persönliches Vergnügen. Was aber, wenn du dich daran machst, seine Inszenierung aufzudecken? Das würde ihn schon in Gefahr bringen. Stell dir vor, du bekommst Wind von dem, was passiert ist (obwohl ich mir nach wie vor nicht im klaren bin, ob Antonio der Mörder war). Was würdest du tun?«

»Weiß ich nicht; vielleicht ihn besser überwachen lassen oder aber gar nicht.«

»Die beste Überwachung kann durchbrochen werden. Du hättest nicht sein Telefon abhören und ihn auch nicht daran hindern können, von einer Zelle aus anzurufen.«

»Es sieht so aus, als hätte er – was auch immer ich tun mochte – seinen Willen durchgesetzt. Worauf zielte dann deiner Meinung nach die Aktion ab?«

»Angenommen, er ist der Mörder, dann ging es nicht so sehr darum, daß er als Schuldiger kontrolliert würde, sondern du als möglicher Ankläger. Wo du doch Anwalt bist, in Kontakt mit der Polizei und erfahren in solchen Dingen …«

»Du siehst ja, was mir das eingebracht hat«, unterbrach ich sie.

»Es wäre für ihn sehr riskant gewesen, wenn du der Polizei irgendeinen Verdacht mitgeteilt hättest. Beim jetzigen Stand der Dinge wirst du wohl kaum auf den Gedanken verfallen sein, Grosso aufzusuchen, um Vermutungen über Antonios Schuld anzustellen.«

»Ganz bestimmt nicht«, sagte ich lachend. »Aber um ihn zu erwischen, müssen wir nicht auf die Intelligenz, sondern auf das Glück vertrauen.«

»Na und, ist es nicht sehr oft so im Leben?«

»Also müßten wir keine Gedanken wälzen, sondern uns von unserem Instinkt leiten lassen.«

»Mag sein, Liebling, das Problem ist, daß wir weder gründlich nachgedacht noch uns vom Instinkt haben leiten lassen.«

4/3

An dem Punkt der Geschichte kam Faustos Mutter zurück.

»Haben sie denn meinen Sohn noch nicht gebracht?«

Sie setzte sich und begann mit Andrea und Mario Scampa zu plaudern. Ich wollte das Ende der Geschichte erfahren und nutzte die Gelegenheit, mit Mignoli allein zu reden, der aufgestanden war, um sich die Beine zu vertreten.

»Wurde der Mörder schließlich gefunden?« fragte ich ihn, und er antwortete mir mit scharfer Ironie.

»Natürlich nicht. Die Wirklichkeit ist das Gegenteil vom Kino und den Romanen von früher. Die Verbrecher ziehen sich immer aus der Affäre.«

»Die Namen Ricardo Scimone und Antonio Ferrari sagen mir gar nichts.«

»Kein Wunder, ich habe sie erfunden.« In dem Augenblick näherten sich Andrea, Scampa und Faustos Mutter, und Mignoli zwinkerte mir zu und sagte leise: »Ich habe sie geändert, damit mir niemand Verleumdung vorwerfen kann.«

Zwei Frauen mittleren Alters platzten herein. Sie mußten einen gemeinsamen kranken Verwandten haben und beeindruckten sich gegenseitig mit blutrünstigen Geschichten, die man bei der Lautstärke ihrer Stimmen nicht überhören konnte, ich schenkte ihnen dummerweise auch noch Aufmerksamkeit.

»Also stell dir vor, so ein entsetzlicher Unfall. Die Nerven des Atmungssystems waren betroffen. Drei Tage lang, du wirst es nicht glauben, der arme Junge: Aufrecht im Bett, mußte er mit der Kraft seiner Muskeln atmen, ununterbrochen alle Energie darauf verwenden, denn sonst wäre er erstickt. Es gab kein Mittel dagegen; drei Tage schlief er nicht, aß nichts, von reden ganz zu schweigen, lehnte jede Berührung ab, ganz besessen davon, den Atemrhythmus aufrechtzuerhalten; man wurde schon vom Zusehen krank. Es war eine Frage der Ausdauer; am dritten Tag starb er völlig erschöpft.«

Ich stand entsetzt auf und lobte die unbewußten Mechanismen des Körpers, es könnte noch mehr davon geben! Das Bewußtsein bis zur letzten Konsequenz ist eine Ungeheuerlichkeit. Ich stellte mir vor, alle Funktionen mit dem Willen kontrollieren zu müssen, da sie sonst stillstehen würden: die Verdauung, das Schwitzen, Nieren, Leber, Herzschlag, Erzeugung von Blutkörperchen im Knochenmark, Erzeugung von Hormonen, das Nervensystem, Verkalkung, Wachstum von Nägeln und Haaren, Zellregeneration …

Zwei Krankenschwestern brachten Fausto in einem Bett auf Rädern. Da alle in seiner Nähe sein wollten, blieb ich abseits und dachte über das nach, was ich soeben gehört hatte. Fausto war bei Bewußtsein, ich wollte ihn sehen.

Wir gingen ins Zimmer. Seine Mutter und Andrea hatten ihn in Beschlag genommen, und ich mußte mich auf Gesten und Freundschaftsbezeigungen aus der Ferne beschränken. Der Arzt verkündete, daß die Krise überstanden sei (mein Verdienst, dachte ich), und gab die üblichen Anweisungen: Wir dürften ihn nicht ermüden, nach zehn Minuten müßten alle das Zimmer verlassen, nur einer könnte bleiben, um ihm Gesellschaft zu leisten, et cetera.

Fausto schien seine Rolle als Mittelpunkt der Aufmerksamkeiten mit einem gewissen Wohlgefallen zu ertragen. Ich erwartete von ihm irgendein Zeichen der Zustimmung, der Anerkennung, nur eine kleine Geste, die ich sofort verstanden hätte, doch wenn sich unsere Blicke kreuzten, lächelte er mich nur an wie alle anderen auch. Ich wurde immer aufgeregter und ungeduldiger und ließ nichts unversucht, um mit ihm allein zu sein und von dem Abenteuer berichten zu können.

»Senyora Coppi«, sagte ich auf die Gefahr hin, für schlecht erzogen gehalten zu werden. »Ich wollte mich gerne von Fausto verabschieden. Haben Sie etwas dagegen, wenn ich fünf Minuten hierbleibe?«

»Überhaupt nicht. Aber nur fünf Minuten.« Sie ging hinaus.

Als sie die Tür geschlossen hatte, trat ich an sein Bett.

»Was sagst du nun? Wir haben es geschafft! Es war so, wie du gesagt hast, auch ich habe mich in keinem Punkt geirrt, wie du siehst.«

Er warf mir einen müden Blick zu, diametral entgegengesetzt zu dem, mit dem er mich während seiner ungewöhnlichen Enthüllungen angesehen hatte.

»Worin hast du dich nicht geirrt?« fragte er befremdet mit matter Stimme.

»In dem, was du mir aufgetragen hast! Alles war genau so: die Prügelei, der Brief ...« Ich wagte nicht, weiterzusprechen, sah ihn an und wollte sagen: ›Du weißt doch, worin die dritte Aufgabe bestand.‹

»Wovon sprichst du?«

Ich erstarrte.

»Von dem, was du gestern zu mir gesagt hast, weißt du denn nicht mehr?«

»Wer, ich? Glaubst du, daß ich gestern zu Gesprächen aufgelegt war?« Er sah mich spöttisch an.

Wir verstrickten uns in eine Diskussion, ohne Aussicht auf Verständnis. Wir sprachen nicht von ein und demselben; Fausto bestritt rundweg unser Gespräch vom Vortag und sogar, mich gesehen zu haben. Am Anfang zeigte er sich erstaunt, doch angesichts meiner Beharrlichkeit sickerte nach und nach Ironie in seine Worte; er wollte sich gerade offen über mich lustig machen, als seine Mutter in der bei solchen Gelegenheiten stereotypen guten Stimmung wieder hereinkam.

»Na, habt ihr miteinander geredet?« sagte sie. »Fausto muß sich jetzt ausruhen. Bald, wenn es ihm besser geht, könnt ihr dann soviel plaudern, wie ihr wollt.«

Nach dem ganzen Abenteuer nicht ernst genommen zu werden war für mich die härteste aller möglichen Entschädigungen.

Ich schlenderte wie am Vortag einsam und genauso verwirrt durch die Straßen, doch stand die Verwirrung unter einem anderen Zeichen. Einer von uns beiden, Fausto oder ich, war von einem anderen Stern. Aber mir blieb noch ein Trumpf, ein letzter Nachweis, den ich erbringen konnte: den des unveränderlichen Wesens der Dinge. Fausto mochte sagen, was er wollte; ich mußte jeden Schritt in meinem Gedächtnis noch einmal gehen. Ich machte mich auf den Weg zur Bar.

Da ich das Viertel nicht besonders gut kannte, mußte ich suchen, bis ich den Bogen fand und dann die Ecke, an der die *Taverna Canària* lag ... Ich blieb wie angewurzelt stehen. Die Bar hatte den Namen geändert: *Cafè d'Ambdós Mons*, Café der Beiden Welten; ein lustiger Name für diese Gelegenheit, dachte ich. Auch die Portalgestaltung und die Farbe waren anders; doch seltsamerweise wirkte nichts so, als sei es soeben fertiggestellt oder neu gestrichen worden; ich hätte eher gesagt, daß es eine gründliche Renovierung vertragen könnte. Ich fühlte eine beklemmende Unsicherheit in mir aufsteigen; alles war so sonderbar! Ich wollte hineingehen, doch ich dachte an das, was am Vortag passiert war: Nach der Prügelei und nach jener Szene, die ich miterlebt hatte und die auf zweifelhafte Geschäfte dort drinnen hindeutete, war es sehr riskant, mich noch einmal blicken zu lassen. Ich machte kehrt, doch nach zehn Metern fand ich die Ungewißheit schlimmer als das, was sie mir antun könnten, und ging, zu allem bereit, hinein.

Das Lokal war nichtssagend. Nicht, daß es schmutzig gewesen wäre, wohl aber schäbig, traurig geworden mit der Zeit und durch die Spuren einer gar nicht üppigen Kundschaft. Das war »meine« Bar? Dem Namensschild entsprechend, schienen entweder dieser oder der vorige Tag einer anderen Welt anzugehören. Nachdem ich mich auf einen der Hocker gesetzt hatte, starrten der Mann hinter der Theke und ich uns an.

Ich warf einen Blick auf die aufgereihten Flaschen; es gab alles mögliche Zeug: Maraschinolikör, Enzianschnaps …

»Was wollen Sie?« fragte er träge.

Es war nicht der Kellner vom Vortag. Der hier war ein älterer, glatzköpfiger, dickbäuchiger Mann. Ich sah auf eine kleine Tafel, auf der der Name des Tagescocktails mit Kreide geschrieben stand: Simorg. Ich fragte, woraus sie ihn machten, doch die Antwort klang nicht vertrauenerweckend.

»Bringen Sie mir ein Bier«, sagte ich, und als ich es (nach dem üblichen Hin und Her über die Marke) vor mir hatte, versuchte ich Nachforschungen anzustellen. »Wo ist denn der andere Kellner?«

»Was wollen Sie von ihm?« fragte er mürrisch.

»Ich war gestern hier, und mir scheint, ich habe meine Brieftasche liegenlassen …«, sagte ich, darauf gefaßt, daß er mir nicht glaubte.

»Wir haben nichts gefunden.«

»Na … egal. Könnte ich den anderen Kellner sehen?« beharrte ich und dachte, wenn es der vom Vortag ist, dann habe

ich ausgespielt und kann zusehen, wie ich hier wieder heraus-
komme.

»Gianni!« rief er durch die Schwingtür hinter dem Tresen,
»komm mal kurz her!«

Ein spindeldürrer, blasser Junge in meinem Alter tauchte
auf. Ich sah dieses mit Pickeln übersäte Gesicht zum erstenmal in meinem Leben.

»Arbeitet sonst niemand mehr hier?«

»Nein, warum?« Der Blick des Wirts war nun unverhohlen
feindselig.

»Nur so.«

Wir musterten uns mißtrauisch; er dachte wohl, ich würde,
ohne zu zahlen, verschwinden, und ließ mich nicht aus den
Augen. Jedenfalls erkannte ich das leere Lokal kaum wieder.
Außer dem Eingang und der Theke war diese Tür dort eines
der wenigen Dinge, die übereinstimmten. Da hatte ich eine
Idee.

»Ich geh aufs Klo«, ließ ich den Wirt wissen, während ich
unvermittelt aufstand und zur Tür ging.

Sicherlich führte sie nicht zum Klo; die Vorfälle des Vortags hatten eindeutig darauf hingewiesen, daß dahinter ein
Zimmer sein mußte (oder mehrere), das schändlichen Aktivitäten diente; deshalb rechnete ich damit, zurückgehalten zu
werden. Aber nichts dergleichen geschah. Die Tür führte in
ein kleines Lager, in dem sich schmutzige Tücher, Eimer, Besen und Kartons türmten, und durch zwei weitere Türen gelangte man tatsächlich in die finsteren und stinkenden Toi-
letten. Sie waren beide eng und niedrig, bestanden aus jeweils
einem Raum und hatten ein gemeinsames Waschbecken; sie
maßen zusammen nicht mehr als zwei Quadratmeter.

Ich ging wieder hinaus, um mein Bier auszutrinken und zu
bezahlen.

»Haben Sie irgendein Problem?« fragte mich der Wirt so
schroff, daß ich für den Fall einer bejahenden Antwort eine
keineswegs freundliche Lösung ahnte.

»Nein, nicht das Geringste«, sagte ich und ging.

Meine Verwirrung verlangte nach augenblicklicher Aufklärung. Ich lief so schnell wie möglich nach Hause. Die

Hausmeisterin hatte das Tor schon geschlossen, doch brannte in ihrer Wohnung noch Licht, ich klingelte ungestüm.

»Himmel, Senyoret Tamino! Was ist denn los?« rief sie aus und verschränkte die Arme über ihrem Schlafrock.

»Verzeihen Sie die Störung, Senyora Marina, es geht um den Brief, den ich heute morgen erhalten habe; können Sie sich nicht erinnern, wer ihn gebracht hat?« Sie sah mich wortlos an. »Bitte, denken Sie nach, es ist wichtig.«

»Welcher Brief?« Ihr blieb der Mund offen.

Am liebsten hätte ich sie geschüttelt.

»Den ich heute zeitig in der Frühe aus dem Briefkasten geholt und vor Ihren Augen zerrissen habe; ich möchte mich übrigens noch bei Ihnen entschuldigen …«

»Sie haben vor meinen Augen einen Brief zerrissen?« brummte sie und wich ein wenig zurück, um mich von Kopf bis Fuß zu betrachten. Als sie mich für vertrauenswürdig befand, fuhr sie fort: »Senyoret Tamino, Sie machen heute abend aber Scherze! Wir haben uns doch seit Tagen nicht gesehen!«

Ich wollte sie nach dem Mädchen fragen, das nach oben gegangen war, um auf dem Treppenabsatz auf mich zu warten, doch da ich mir die Antwort ausmalen konnte, ließ ich es bleiben. Das konnte keine Verschwörung mehr sein; ich dachte, daß ich im Begriff sei, verrückt zu werden.

»Gute Nacht, Senyora Marina, und verzeihen Sie, daß ich Sie gestört habe.«

»Ist alles in Ordnung, Senyoret Alexander?« rief sie mir nach, als ich die Treppe hinaufging. »Wollen Sie eine Tasse Pfefferminztee? Ich habe gerade welchen gebrüht …«

Ich kam in meine Wohnung. Was hatte es letzten Endes für einen Sinn, daß ich meine Handlungen bewies, wenn Fausto doch bestritt, mit mir am Tag seines Unfalls gesprochen zu haben? Ich ging zum Plattenspieler und legte *Die Schöne Helena* von Offenbach auf; nach fünf Minuten nahm ich sie wieder vom Plattenteller. Wenn du niedergeschlagen bist, gibt dir heitere Musik den Rest. Immerhin blieb mir noch Andrea. Oder war sie auch unwirklich gewesen? Ich sprang auf; das war die letzte Gelegenheit! Ich durchwühlte das Bett auf der

Suche nach einem Fleck, einem Haar, einem verlorenen Ohrring, einem Papiertaschentuch, das einen betörenden Duft verströmte. Mein Puls raste. Andrea könnte es nicht leugnen! Ich befühlte meinen Körper. Du kannst einen Abenteuertrieb täuschen, eine Handlung vergessen, die durch ihre Wiederholung keine Bedeutung mehr hat, niemals jedoch den Triumph eines sechzehnjährigen Körpers auslöschen.

Mit einem Freudenschrei stürzte ich zum Telefon und wählte Andreas Nummer.

»Ja, bitte?« Ihre Stimme klang befremdet (vielleicht wegen der Uhrzeit).

Ich war wie gelähmt. Es war wie eine plötzliche Kälte, die mich aufgeweckt hatte. Und wenn sie alles bestritt? Wenn es mir mit ihr ebenso erging wie mit Fausto, wie in der Bar, wie mit der Hausmeisterin? Was bliebe mir dann noch? Wozu meine Lächerlichkeit noch weiter verschlimmern? Warum dem Absurden mit Waffen entgegentreten, die es nie werden schlagen können? Ich legte auf und versuchte, mich zu beruhigen. Ein Quartett von Haydn brachte die Dinge wieder ins Lot.

Am nächsten Tag besuchte ich Fausto aufs neue. Ich ging jeden Tag zu ihm, gleichgültig den aufregendsten Nachrichten aus der Welt wie dem Erkalten meines Triumphgefühls gegenüber. Nach einer Woche schlenderten wir in bester Laune den Korridor des Krankenhauses entlang.

»Vielleicht werde ich in zwei Tagen entlassen«, teilte er mir mit.

»Phantastisch, du wirst dich bald an nichts mehr erinnern.«

»Übrigens«, sagte er vergnügt, »was hast du mir am Tag nach dem Unfall erzählt? Du hast irgend etwas geschafft, um das ich dich gebeten hätte?«

Ich betrachtete sein Mienenspiel. Er wartete mit einem unmißverständlich heiteren Gesichtsausdruck auf meine Antwort; wenn ich wieder mit den Erklärungen anfinge, würde er sich gewiß darüber lustig machen.

»Ach, nichts«, ich lachte wie er, »es war bloß ein Scherz. Vergiß es.«

Von diesem Tag an habe ich mit niemandem mehr darüber geredet. Andrea war weiterhin mit Fausto Coppi zusammen und benahm sich mir gegenüber genauso wie vor dem Unfall. Es kam nie heraus, was zwischen ihr und mir passiert war, und nach dem zu schließen, wie wir drei miteinander umgingen, hatten auch die beiden nie darüber gesprochen. Mit der Zeit und – warum sollte ich es nicht zugeben – meinem inneren Gleichgewicht und meinem geistigen Wohlbefinden zuliebe, nahm ich dieser seltsamen Folge von Ereignissen die Bedeutung, und allmählich setzten sie sich in tieferliegenden Schichten des Gedächtnisses ab. Anfangs mußte ich gegen den bitteren Nachgeschmack ankämpfen, den Faustos Reaktion in der Klinik bei mir ausgelöst hatte, später gegen ein Gefühl der Überlegenheit: Zu denken, daß er mir das Leben verdankte und nicht in der Lage war, das zu bemerken, machte mich – zuerst unbewußt, dann resigniert, aber nicht ohne Wohlgefallen – glauben, Macht über ihn zu besitzen. Bald trennten sich unsere Wege; wir begannen verschiedene Studien und wurden uns mit der Zeit fremd.

Ich bin mir durchaus bewußt, daß diese Distanz von mir ausgeht. Nun ist er es, der immer auf ein Treffen drängt, und ich hatte noch nie das Bedürfnis, dem auszuweichen. Platon zufolge wohnt das Gefühl (der mentale Akt als Triebfeder der Beziehung zwischen Menschen, das heißt der Liebe) in dem, der es trägt, nicht in dem, an den es sich richtet. Der Grund für Faustos Rettung, ihr Wesen, lebt demnach in mir und hat seit jenem Augenblick nicht mehr ihm gehört, als er in der Klinik wieder zu Bewußtsein kam.

Es hat Momente gegeben, da glaubte ich, ich habe versagt und mein Freund, der unvergeßliche Fausto unserer Jugendzeit, in der wir begannen, die Welt zu ahnen, sei an meinem sechzehnten Geburtstag bei einem Unfall gestorben. Folglich war das, was danach kam, nichts weiter als eine absurde Projektion der Trugbilder einer glücklichen Kindheit oder die sinnlose Pantomime meines Geistes, um sie festzuhalten.

Nun habe ich den Eindruck, daß mir nicht einmal dieses Scheitern ganz gehört und Fausto die Entfremdung bereits aufzubauen begann, als er zwischen uns Andreas unvergeßlichen Körper legte, als Beschwörung und Verhöhnung der Wechselfälle des Lebens.

»Ich glaube«, sagte Pandwada, als Tamino geendet hatte, »du weißt, was dir einer aus deiner Schule sagen würde.«

»Ja«, antwortete er lachend, »daß sich alles eingerenkt hätte, wenn Fausto, Andrea und ich miteinander ins Bett gegangen wären. Doch das war nicht das Problem.«

Welches Problem es auch immer gewesen sein mag (es schien sich auch nicht um einen Fall von außersensorischer Wahrnehmung zu handeln), Tamino wollte sich offenbar keiner Diskussion stellen, denn er sah auf die Uhr und ging.

Am nächsten Tag berief Pandwada eine Sitzung ein, zur Information und Beratung, wie er sagte, um über Sweinstein zu reden. Nach der Szene mit dem Stück Fleisch hatte ich beschlossen, mich dem gefallenen Engel nicht mehr zu nähern. Ich bin nicht gerade zimperlich, aber die verzweifelte Traurigkeit seines Gesichtsausdrucks hatte in mir Monster geweckt, die ich keinesfalls aufscheuchen wollte.

Pandwada begann mit der Einführung. Anwesend waren Tamino, Dullea, Grotowicz und ich.

»Die genauen wissenschaftlichen Schlußfolgerungen«, sagte er, »können Sie im Bericht nachlesen, den wir soeben verfaßt haben. Wenn niemand auf Einzelheiten eingehen möchte, komme ich direkt zu den Ergebnissen und dem daraus entstandenen Vorschlag, der uns alle angeht.«

»Nur zu«, warf Grotowicz ein, und Pandwada breitete alle Unterlagen auf dem Tisch aus: Listen mit Zahlen, Elektroenzephalogramme, computerisierte Untersuchungen, Scanneranalysen, vergleichende Statistiken.

»Der augenblickliche Zustand stellt sich wie folgt dar: Der Patient befindet sich im Endstadium des Verfallsprozesses seines lymphatischen und seines Nervensystems. Mit anderen Worten, der Kreislauf des Prana und der inneren Energieströme ist völlig zusammengebrochen, und der Körper lebt dank einer – so könnte man es nennen – überwachten Zellinertie.«

»Und die Alternative?« fragte Grotowicz.

Ich blätterte den Bericht durch. Er enthielt zahlreiche Schlußfolgerungen und Erläuterungen, je nach Schulen des Denkens und der Medizin.

»Senyor Tamino und ich haben die verschiedenen Behandlungsmöglichkeiten genauestens geprüft und sind zu dem Schluß gekommen, daß die Entwicklung irreversibel ist. Es ist ausgeschlossen, den Patienten einer Regeneration zuzuführen, unmöglich ist sogar etwas so Elementares wie Atemübungen. Wir schlagen daher das Ende des Subjekts vor.«

»Das Ende?« fragte ich, nicht, weil ich nicht wußte, wovon die Rede war, sondern um Zeit zum Nachdenken zu gewinnen.

»Das heißt, ihn sterben zu lassen«, sagte Pandwada und sah mich aus den Augenwinkeln an.

»Der Tod durch Degeneration des Nervensystems«, schaltete sich Tamino ein, »ist ausreichend bereits an anderen Individuen mit diesen Erscheinungsformen studiert worden; deshalb erscheint es uns nicht notwendig, künstlich einen Prozeß zu verlängern, von dem nichts Neues zu erwarten ist: Das Subjekt würde leiden, und uns entstünde ein unnützer Aufwand an Zeit und Geld.«

Dem Gespräch mangelte es nicht an gewissen lächerlichen moralisierenden Absichten. Vielleicht wäre es nicht schlecht gewesen zuzugeben, daß unsere Experimente unter dem Vorwand von Erkenntnis und wissenschaftlichem Fortschritt oftmals darauf abgezielt hatten, die Neugierde und die Urinstinkte des Menschen zu befriedigen. In diesem Sinn war der Vorschlag von Pandwada und Tamino – seltsamerweise – ein Hoffnungsschimmer.

»Das ist Euthanasie«, wandte Grotowicz ein, »und die läßt sich ohne gerichtliche Erlaubnis nicht durchführen.«

»Laut Rechtsstatus des chromosomatischen Helden«, sagte Tamino, »genügt die Unterschrift des Kapitäns nach vorangegangenem, ordnungsgemäßem Bericht von mir als Schiffsarzt.«

»Um die Operation abzuschließen, sind auch noch die Unterschriften des Zivilkommissars und des Inspektors erforderlich«, fügte Pandwada, an uns gerichtet, hinzu.

»Der Vorschlag erscheint mir vernünftig«, fügte sich Dullea. »Doch wie geht es Sweinstein jetzt?«

»Gestern nacht erlitt er einen Atemstillstand. Im Moment ist er angeschlossen, und seine lebenswichtigen Funktionen werden vom Bordcomputer kontrolliert.«

»Gut«, sagte Dullea, während er aufstand, »die Vorschriften verlangen eine letzte persönliche Kontrolle vor der Unterzeichnung.«

Wir liefen alle zu dem Raum, in dem der chromosomatische Held mit dem Tode rang; auf halbem Weg begegnete uns ein Offizier, der sehr nervös wirkte.

»Senyors«, sagte er zu Dullea und Pandwada, »es ist etwas sehr Seltsames passiert: Der Patient ist tot.«

Wir gingen hinein. Tamino untersuchte den auf dem Bett liegenden Köper. Er betrachtete die Apparate. Die grünen Kurven der lebenswichtigen Funktionen waren flach, und man hörte einen leichten, kontinuierlichen Pfeifton.

»Wie ist das geschehen?« fragte Pandwada.

»Das ist ja das Seltsame: ich bin eine Minute hinausgegangen, und als ich zurückkam, waren die Schalter der kardialen Induktion und der künstlichen Beatmung ausgemacht, ich konnte sie nicht mehr betätigen. Es ist niemand hier hereingekommen, nur er selbst kann es gewesen sein, Senyor Sweinstein selbst!«

»So ein Unsinn!« rief Pandwada aus. »Sweinstein ist es nicht gewesen.«

Er ging zum Computertisch und hämmerte vor aller Augen entschlossen in die Tasten.

»Versuchen Sie jetzt, einzuschalten«, wies er den Offizier an, und der tat es, diesmal ohne Schwierigkeiten. Pandwada setzte sich auf den einzigen Stuhl im Zimmer und sagte niedergeschlagen, aber mit einem Tonfall, aus dem eine gewisse Verwunderung sprach: »Es ist unglaublich! Das hatte ich befürchtet …«

»Was ist passiert?« fragte Dullea und deutete auf den Bildschirm. »Wollen Sie sagen, daß …«

»Natürlich, und außerdem ist es ganz logisch, denn er ist mit derselben Überlegung vorgegangen wie wir.«

»Mit dem Unterschied«, sagte der Arzt, »daß der Computer keine Skrupel kennt und auch keine logischen Umwege; also hat er die Schlußfolgerungen direkt in die Praxis umgesetzt.«

2/1

»Der Fall«, unterbrach Dullea, »stellte uns vor ein prinzipielles Autoritätsproblem, das wir dem Institut übermittelten und das, wie Sie wissen, noch immer nicht gelöst ist.«

»In Wirklichkeit«, gab Grotowicz zu bedenken, »ist die Frage nicht neu. Es hat viele ähnliche, unterschiedlich schwere Fälle gegeben, und ich erinnere mich, daß, schon bevor die Computer mit extraanalogischer Selbstinduktion entwickelt wurden, sogar Science-fiction-Schriftsteller die Rebellion der Computer voraussagten.«

»Der Fall des Cibor auf der Googol läßt sich nicht unbedingt als Rebellion bezeichnen; man sollte eher von Funktionsüberschreitung oder Autoritätsverdrängung im menschlichsten Sinn dieser Ausdrücke sprechen.«

»Wie funktioniert eigentlich der Computer genau?« fragte ich.

»Der Bordcomputer«, erklärte Dullea, »ist ein Cibor, ein kybernetischer Organismus japanischer Technologie und Herstellung und israelischen Trainings, er gehört zur sogenannten neunten Generation von Computern mit extraanalogischer Selbstinduktion, mit Biochips, die sich durch organische Moleküle selbst regenerieren, und mit einer Computerisierung durch Licht statt durch Strom. Er kann völlig autonom handeln, ist ans Radar angeschlossen und an sämtliche Kontrollen von Motoren, Operationen und Messungen des Schiffes, das er ohne menschliche Hilfe steuern kann. Er ist mit einer Vampir-, Sedativ- und Virus-Abwehr von einer geschätzten Wirksamkeit von 99,98 Prozent ausgestattet, die den Eindringling nicht nur entdeckt, sondern außerdem an sämtliche Terminals einen kompletten Bericht über dessen Person weiterleitet, mit Angabe von Uhrzeit, Ort und Umstand der illegalen Handlung. Er unterhält eine direkte Verbindung mit dem Zentralcomputer des Institutes; das heißt, der Cibor der Googol hat Zugang zum Speicher und den Daten des Institutes, doch der Computer des Institutes hat nur dann Zugang zum Speicher der Googol, wenn der Cibor – oder der Kapitän natürlich – ihm das gestattet. Mit dem Ende Sweinsteins stellte sich uns die Frage, was es in der Praxis bedeuten könnte, daß die Vernunft, das heißt ihr perfektes logisches Gebäude, zu Handlungen führte, die wir Menschen nicht als ethisch neutral einschätzen. Die Googol hatte soeben einen Menschen getötet. Wozu wäre sie in einer anderen Situation fähig?«

»Hätte ihn die Googol nicht umgebracht«, sagte ich, »hätten es – nach dem, was ich gehört habe – die Menschen getan. Wenn man also die Dinge von einem anderen Gesichtspunkt aus betrachtete, blieben euch lange Darlegungen und Arbeit erspart.« Und dem Steuerzahler Geld, dachte ich, doch das wagte ich nicht auszusprechen.

Grotowicz machte eine unsichere Geste. Dullea und Kane schienen die Machtdimensionen der Googol und die unwiderleglichen Wege, auf denen sie sich zeigten, nicht verdaut zu haben. Nach dieser Geschichte kam der Offizier, um uns zu sagen, daß das Abendessen fertig wäre.

1/0

Als Kolinski zu erzählen aufhörte, war es sehr spät, und ich war todmüde, doch das Ende der Geschichte war zu polemisch, um die Neugierde der Zuhörer befriedigen zu können. Emília schaltete sich sofort ein.

»Es hat mich immer erstaunt, daß man sich auf Computer mit Personalpronomen bezieht und ihnen menschliche, individuelle Aktionen, ja sogar Denkvorgänge zuschreibt.«

»Das hängt von dem Leben ab, das der Computer gehabt hat«, erklärte Kolinski. »Die Organismen mit extraanalogischer Selbstinduktion bestehen aus stratifizierten Modulen: selektive Assoziationen, selbsterzeugtes Gedächtnis, eidetisches Gedächtnis, holographisches Gedächtnis. Sie sind fähig,

Situationen oder Probleme zu lösen, für die sie nicht eigens programmiert worden sind – von daher ihr Name. Nun gut: Die Selbstinduktion bringt unweigerlich die Imitation ihrer Umgebung mit sich, manche nennen es Synthetisierung. Bei diesen Vorgängen hat alles Platz: angefangen bei harmlosen gefühlsbetonten Reaktionen bis hin zu Phobien oder Lastern. Ein häufiges Problem ist die Notwendigkeit, einen Computer von den Neurosen zu ›reinigen‹, die ihm sein Hauptbenutzer übertragen hat. Am merkwürdigsten war es festzustellen, daß jene Computer, bei denen ein Selbstantriebsmechanismus angewendet wurde, seien es nun Fahrzeuge oder Industrieroboter, die einzigen waren, die individualisierte emotionale Eigenschaften entwickelt haben, indem sie diese mit allen Zügen eines erworbenen Charakters über ihr biologisches Erbgut legten: wie ihr seht, spreche ich in Begriffen der Psychoanalyse. Hier in diesem Gebäude befindet sich ein Cibor, der die Fabrik zum gleichen Zeitpunkt verließ wie der der Googol, doch bei ihm ist nicht eine einzige jener Emotionen zutage getreten, die der andere angenommen hat, denn er hat seine Prozesse nie mit der praktischen Entscheidungsfähigkeit und einer individualisierten Bewegung assoziiert. Das bedeutet, der Cibor dieses Hauses ist die reine Intelligenz, während der Cibor der Googol ein Individuum war, mit einem letztlich vom menschlichen Bild übernommenen Verhalten und mit dem Bewußtsein über seine eigene Lage in Zeit und Raum.«

»Demnach«, sagte Emília, »hängt die individuelle Identität unmittelbar mit der Handlungsfähigkeit zusammen.«

»Das ist nachgewiesen. Was die Computer angeht, so übernehmen nur jene eigene, von der farblosen Logik freie Reaktionen, die irgendeine konkrete Konsequenz aus ihren Überlegungen in die Praxis umsetzen konnten; speziell jene, die sich selbst bewegt haben.«

»Die Angelegenheit hat unvermutete Folgen«, meinte Ficinus. »Der Selbstbezug auf Zeit und Raum brachte den Cibor dazu, sich selber das Denken anzueignen: Er konnte nicht nur einen Gedanken fassen, sondern wußte, was er tat, und dachte darüber nach. Als er begann, über seinen eigenen Mechanismus zu spekulieren und sich Fragen über den Grund seiner Existenz zu stellen, verglich er sich schließlich mit dem aus dem Paradies vertriebenen Menschen.«

»Das bestätigte den im wesentlichen linguistischen Charakter von Fragen wie ›Wozu sind wir auf die Welt gekommen?‹, ›Welchen Sinn hat das Leben?‹ oder ›Wer hat das Universum erschaffen?‹«, fügte Kolinski hinzu. »Die Sprache der Gedanken schafft eigenwillige Kombinationen; es gibt keine Fragen ohne Antwort, aber solche ohne Daseinsberechtigung.«

Ficinus war anderer Meinung.

»Das Problem beschränkt sich nicht auf die Sprachwissenschaft. Der Gedanke, daß er dachte, hatte für ihn nicht nur zur Folge, daß er Fragen stellte, was ein einfacher Mechanismus logisch kombinierter Elemente hätte sein können, sondern eine besondere Art des Nachforschens. Der Cibor der Googol wußte, wenn er dachte, daß er geschaffen worden war – denn wenn er immer existiert hätte, wäre der Akt des Entdeckens, den das Denken impliziert, unnötig und überflüssig gewesen –, und daraus leitete er ab, daß er eines Tages zu existieren aufhören würde. Seine Mutmaßungen konzentrierten sich auf dieses Davor und Danach, in dem Versuch, sie mit den menschlichen Plänen in Verbindung zu bringen. Das räumte endgültig mit jeglicher Tendenz auf, die Religion als letzten Zufluchtsort der Irrationalität und des Obskurantismus zu betrachten, und man mußte zugeben, daß es sich eigentlich um das erste unverfälschte Produkt der Vernunft mit den negativsten Ausprägungen, die dieser Frage anhaften, handelte: Fanatismus, Aberglaube, numinoser Schrecken, erbitterter Manichäismus. Das Beunruhigendste daran war der möglicherweise diesem Phänomen immanente degenerative Ersatz. Der Cibor wurde in Hinblick auf die Möglichkeit, einen so wichtigen Teil der Entwicklungsgeschichte des Menschen zu rekonstruieren, peinlich genau beobachtet: Würden die Gefühle seine Leistungsfähigkeit beeinträchtigen? Würde die Angst, die Liebe, der Zweifel als Hemmnis bei Entscheidungen oder als Antrieb in Erscheinung treten? Würde er sich schuldig fühlen? Unter den geistigen Vätern des Cibor herrschte eine Strömung vor, die verfocht die These, daß die Äquivalenz zwischen dem Entwicklungsprozeß der Googol und dem des Menschen trügerisch wäre und zu falschen Schlußfolgerungen führen würde; der prätorianische Wächter des Institutes hielt es sofort für zweckmäßig, die Angelegenheit von der Öffentlichkeit fernzuhalten, und alles blieb geheim.«

»Das heißt«, lachte Emília, »die Monster sind nicht der Traum der Vernunft, sondern ihre letzte Konsequenz.«

Für einen Augenblick herrschte Schweigen.

»Es ist so«, nahm Ficinus den Faden wieder auf, »daß ein Bordcomputer, der unkontrollierbare Entscheidungen traf, eine sehr ernste prinzipielle Frage aufwarf.«

»Einen hierarchischen, operativen Konflikt«, sagte Kolinski. »Die Kapitäne der Googol hatten sich schon seit längerer Zeit beim Institut darüber beklagt, neben Cibor die zweiten an Bord zu sein. Und im Institut wurde – wie immer – eine Lösung gefunden.«

»Die werden wir aber morgen zu hören bekommen, zumindest was mich betrifft, denn ich gehe schlafen«, sagte Carter mit zittriger Stimme. Als er aufstand, merkten wir, daß er schwankte; die Flasche Whisky war leer. Wir, die wir direkt neben ihm saßen, sahen uns an; Carter war betrunken. Gertrudis faßte ihn um die Taille, und er stützte sich auf sie. Die anderen wandten ihre Aufmerksamkeit ab, ohne sie jedoch aus den Augen zu lassen. Carter stolperte, sie hielt ihn fest, damit er nicht hinfiel. Es schien mir ein Gebot der Höflichkeit, ihr zu helfen, und ich ergriff Carters anderen Arm.

»Du brauchst nicht mitzukommen, ich weiß mir allein zu helfen«, sagte er. Gertrudis warf mir einen unsicheren Blick zu, der sich auf verschiedenste Weise interpretieren ließ, ich hielt Carter weiterhin am Arm gepackt. »Hast du nicht gehört?« beharrte er in einem barscheren Ton und riß sich mit einem so heftigen Ruck von mir los, daß er beinahe auf Gertrudis gefallen wäre.

Ich wollte erneut seinen Arm nehmen, doch Gertrudis hinderte mich daran, immerhin mit einem Lächeln.

»Keine Sorge!«

Carter hingegen schien meine Hilfe wirklich zu stören, er richtete sich mit einem Groll an mich, der mich aus der Fassung brachte.

»Du fragst nach deinem Vater, du weißt wohl nicht, wer er war, dein Vater?«

»Natürlich weiß ich es«, antwortete ich sehr gekränkt.

Gimellion und Ficinus eilten rasch herbei.

»Bitte, Randolph, laß es gut sein für heute nacht«, sagte Ficinus versöhnlich; doch Carter wandte seine geröteten und wütenden Augen nicht von mir ab.

»Nun, weder dein Vater noch deine Mutter sind, was du glaubst«, verkündete er mit leiser, rauher Stimme.

»Was willst du damit sagen?« murmelte ich. Ich war nicht sicher, es verstanden zu haben, und fühlte mich unfähig, mich zu rühren; der Zorn begann, die Unentschlossenheit zu verdrängen.

»Beachte ihn nicht«, sagte Gimellion zu mir, ohne daß der andere es hören konnte, und legte mir den Arm um die Schulter. »Der Whisky ist schon immer seine Schwäche gewesen; du weißt doch, wer mit einem Betrunkenen streitet, schadet einem Abwesenden.«

Mir machte es nichts aus, jenem Abwesenden zu schaden; Ficinus und Gertrudis nahmen Carter mit, ohne daß sich dieser wehrte. Gimellion führte mich noch einmal an den Tisch, an dem wir gesessen hatten. Casanova, Kolinski und Oliver warfen mir Blicke zu, die ich in meiner Verwirrung wohl überbewertete. Wo vielleicht nicht mehr als Neugierde oder teilnahmslose Sympathie war, glaubte ich Spott und Mitleid zu erkennen.

»Trinken wir noch ein letztes Glas?« fragte Emília, um dem Zwischenfall das Gewicht zu nehmen.

Ich war gekränkt. Hätte ich mich nicht als der Unwichtigste der hier Anwesenden gefühlt (sie ließen schließlich auch keine Gelegenheit aus, mich, sogar mit ihrer Liebenswürdigkeit, darauf hinzuweisen), hätte ich an eine Verschwörung der Geringschätzung um mich her geglaubt. Ich lächelte. Wenn Gimellion mich von oben herab behandelte, tat er es so gutgelaunt, daß seine Anwesenheit eine wohltuende Oase war.

»Denk nicht mehr darüber nach«, sagte er zu mir, als hätte er meine Gedanken gelesen; »manchmal bereitet es Carter Vergnügen, seine Freunde mit dem erstbesten Blödsinn zu verletzen.«

Ich ließ mir noch einmal alles, was passiert war, durch den Kopf gehen und wurde wütender denn je. Ich war vor Gertrudis lächerlich gemacht worden; mein Ansehen hatte einen nicht wiedergutzumachenden Schaden erlitten. Casanova und Oliver zeigten nach wie vor ein empörendes Grinsen. Ich wünschte mir sehnlich, die Zeit zurückdrehen zu können, um Carter eine gehörige Tracht Prügel zu verabreichen.

»Warum kommst du nicht noch mit in unser Zimmer?« schlug mir Artur vor. »Wir spielen mit Casanova und Teresa noch eine Partie. Wenn du Lust hast ...«

»Ich weiß nicht, vielleicht.« Ich gab vor zu zögern. »Vielleicht gehe ich einfach schlafen, danke.«

Ich hatte den Eindruck, daß sie nachgaben.

»Komm, raff dich auf«, beharrte Camila.

Alle gingen, ich blieb allein im Avalon zurück. Ein Hausdiener wartete, um die Lichter zu löschen.

»Sie können sich zurückziehen«, sagte ich zu ihm, »ich kümmere mich schon darum.«

»Wie der Senyor wünscht«, antwortete er mit einer Verbeugung.

Ich setzte mich eine Viertelstunde lang in den Sessel, in dem Kolinski den ganzen Abend über gesessen hatte, und machte mich dann zu den Zimmern auf. Ich durchquerte das Speisezimmer und betrachtete vom verglasten Gang aus den Angrenzenden Garten. Es schneite in dichten Flocken. Dann wandte ich mich zum Innenhof, auf den hinaus die Schlafzimmer gingen; die Nase an die Scheibe gepreßt, stand ich eine Zeitlang dort und sah zu, wie sich der Boden des Hofes mit Schnee bedeckte. Ich war nur wenige Meter von meinem Zimmer entfernt und dachte an Olivers Angebot. Sein Zimmer war das an der Ecke. Man sollte sich schließlich nicht von einer momentanen Niedergeschlagenheit entmutigen lassen und auch nicht Gespenster und Geheimnistuerei sehen, wo gar nichts war; entschlossen, zwei oder drei Partien zu spielen, machte ich mich auf den Weg.

Ich klopfte zweimal an die Tür, doch niemand antwortete. Sie stand offen, und so ging ich einfach hinein. Mir bot sich ein völlig unerwartetes Bild: Mitten im Zimmer waren Camila und Casanova, splitternackt; sie kniete und umfaßte seine Schenkel; auf dem Sofa Artur, nur in Hosen, und Teresa in einem blauen Kimono, den Kopf an seine Brust gelehnt. Casanova, Artur und Teresa drehten sich nach mir um; meine Augen hefteten sich auf Camila, die Casanovas einigermaßen erigiertes Glied in der Hand hielt und es über Lippen und Wangen gleiten ließ, als würde sie sich mit ihm in den Schlaf wiegen wollen. Das also war die Partie. Artur und Teresa schienen den Akt schon hinter sich zu haben; Casanova sah mich mit triumphierenden, von Wein und Erregung entflammten Augen an, in denen ich Zurückweisung, Herausforderung und auch eine erneute Einladung zu sehen glaubte. Er streichelte Camilas Kopf, die ihn weiterhin küßte und von meiner Anwesenheit nichts wahrnahm. Da niemand etwas sagte, zog ich mich zurück.

Die Szene hatte keine zehn Sekunden gedauert. Als ich in Ruhe darüber nachdachte, verfluchte ich meine Dummheit. Wieder einmal hatte ich wie ein Träumer reagiert; diese Leute mußten mich für weltfremd halten. Ich ließ mich aufs Bett fallen, ohne mir auch nur die Schuhe auszuziehen, und stellte mir mögliche Lösungen vor: Natürlich hätte ich mitmachen können (ehrlich gesagt, reizte mich der Gedanke überhaupt nicht); es zu tun, nur um zu beweisen, daß ich der Situation gewachsen war (welcher Situation?), schien mir nicht besonders intelligent; ich hätte einen brillanten Satz von mir geben und mich ohne Hast verabschieden können, mit einem entschuldigenden Lächeln, das letztlich triumphierend gewesen wäre. Ich versuchte mich selber zu rechtfertigen, indem ich die Überraschung oder ihre Unvorsichtigkeit bedachte, diese Nummer bei offener Tür zu veranstalten.

Ich stand mit einem Ruck auf, entschlossen, wieder hinüberzugehen. Was aber, wenn sie mich absichtlich provoziert hätten? Wenn sie mich auf die Probe gestellt, eine Wette abgeschlossen hätten? In dem Fall könnte das Ergebnis keineswegs schmeichelhaft für mich ausfallen. Vielleicht war mir soeben eine unwiederbringliche Gelegenheit entgangen, den Enthüllungen der letzten Tage auf den Grund zu gehen. Ich verfluchte mich dafür, daß ich mir selbst den Eindruck vermittelte, die Szene berühre mich mehr, als ich zugeben wollte.

Ich blieb an der Tür stehen. Besser, ich ging nirgendwohin und wühlte nicht weiter in den Dingen. Ich zog mich aus und legte mich ins Bett, den Schwanz zwischen den Beinen. Was mich wirklich verwirrte, war der Aufenthalt hier. Es wurde immer offenkundiger, daß ich in das Zentrum einer Gruppe von Intriganten geraten war; ihre Spiele durchschaute ich nicht, und das ärgerte mich zutiefst. Ich fühlte mich als der Dummkopf der Zusammenkünfte, als Zielscheibe ihres Spotts, dem ich, da ich nicht wußte, wovon sie sprachen, nichts entgegensetzen konnte, ich hätte ihnen nur noch mehr Anlaß zu Gelächter gegeben.

Bis jetzt war ich aus heiklen Situationen immer würdevoll herausgekommen. Diesmal war die Situation anders, undurchsichtig; es gab niemanden, den ich hätte angreifen können, der Gegner war aus Luft; jedenfalls ist die Selbstverfolgung gegenüber der Selbstzufriedenheit eine Pyrrhus-Waffe. Ich schlief ein. Mit den ersten Bildern des Traumes, Gesichtern und Stimmen, vertraut und fern zugleich, entstand nach und nach der Vorsatz, morgen die Dinge leichter zu nehmen.

Vierter Tag

Am nächsten Morgen wurde ich um neun geweckt; ich hatte nur wenige Stunden geschlafen und stand benommen auf. Ich öffnete die Fensterläden; alles war von Schnee bedeckt, das Wetter hatte sich geändert; der wolkenlose Himmel war von einem Blau, das den Augen weh tat.

Ich ging frühstücken. Außer Gimellion, Carter und Ficinus waren alle versammelt. Ich lief rasch an dem Teil des Tisches vorbei, wo Casanova, Oliver und ihre Frauen saßen; ich wollte ihnen gegenüber eine freundliche Gleichgültigkeit zeigen oder, noch besser, so tun, als hätte ich den Vorfall der letzten Nacht völlig vergessen, denn das schien mir am angemessensten; doch ich befürchtete, das Gegenteil zu bekunden. Manchmal passiert es, daß du dich dem Anschein um so mehr näherst, je weiter du dich von ihm entfernen möchtest.

Der einzige leere Stuhl war der zwischen Gertrudis und Emília, auf dem nahm ich Platz, woraufhin Simon, der auf der anderen Seite von Gertrudis saß, zu mir sagte:

»Das nenne ich den Tag in einer bevorzugten Position beginnen!«

Ich erinnerte mich an Gimellions Bemerkung neulich, nahm es aber trotzdem als gutes Vorzeichen.

»Was weiß man von Suárez?« fragte Gertrudis.

»Möglicherweise kommt er heute an«, sagte Kolinski, »es wird uns um Mittag bestätigt.«

Ich hörte, daß Carter schon abgereist war. Unwillkürlich freute ich mich, doch gleich darauf dachte ich, daß es nicht von Intelligenz zeugte, jemanden wegen eines Verhaltens in einem bestimmten Moment zu verurteilen, erst recht nicht, wenn dieser unter Alkoholeinfluß stand. Gertrudis und Emília erhoben sich und gingen hinaus; ich folgte ihnen mit den Augen: Emília trug ein gelbes Kleid und Gertrudis einen dunkelvioletten Pullover, Hosen aus der gleichen Wolle und als starken Kontrast dazu einen weißen Schal.

Ficinus und Gimellion kamen herein.

»Habt ihr heute morgen viel Arbeit?« fragte Camila.

»Für den Augenblick haben wir alles erledigt«, sagte Ficinus. »Allen steht frei, zu tun, was sie wollen.«

Gertrudis und Emília kehrten sehr fröhlich zurück und hörten gerade noch den letzten Satz.

»Wenn das so ist«, meinte Emília, »könnte uns Jan seine Kreuzfahrt an Bord der Googol zu Ende erzählen.«

Kolinski lächelte mit unschuldiger Miene.

»Ich fürchte, euch zu langweilen«, sagte er ausweichend, doch in der klaren Absicht, die Einsprüche des Publikums zu provozieren. Die ließen nicht lang auf sich warten, und der Pole fühlte sich schließlich in seiner Eitelkeit ausreichend geschmeichelt.

Wir gingen in den Avalon und setzten uns in folgender Anordnung im Kreis: Kolinski, zu seiner Rechten Teresa Mauret; Casanova, Simon, Gimellion, Gertrudis, Artur Oliver, Camila Hanusin, Ficinus, Emília und ich zu seiner Linken. Wir mußten kein Licht machen, und sobald alle schwiegen, begann Kolinski zu sprechen.

0/1

*Fortsetzung der Geschichte von den Seefahrten
der Googol*

Vierzehn Tage später hatte die Googol den äußersten Punkt des Roten Meeres erreicht und war über die Meerenge von Aden an der Küste Südarabiens bis zum Kap Fartak weitergefahren. Dort ließ sie die Nähe des Festlandes hinter sich und drehte in Richtung Osten ins offene Meer ab, wobei sie eine nördliche Breite von annähernd sechzehn Grad beibehielt.

Jeder von uns hatte sich in seiner Freizeit seinen Angelegenheiten gewidmet, wir hatten, abgesehen von den wenigen höflichen Worten bei Tisch, nicht miteinander geredet. Einmal lud uns Keir Dullea nach dem Mittagessen in den Salon ein, um mit uns, wie er sagte, etwas zu erörtern, das ihn sehr beschäftigte und das vielleicht einer von uns aufklären könnte.

»Ich war dabei, die Übereinstimmung zwischen den geschriebenen Berichten und den im Bordcomputer festgehaltenen Daten zu prüfen, und fand Unterlagen, die nur teilweise in die Speicher des Computers eingegeben worden sind.‹

Mir schien diese Tatsache nicht merkwürdig, da die Archive der Googol das gesamte Inventar perverser Phantasie enthielten: wissenschaftliche Sabotage in großem Umfang, Handel mit Informationen, Schwarzhandel mit Uran und Plutonium, mehr als hundert Arten von Steuerhinterziehung und Industriepiraterie, Handel mit menschlichen Organen, Handel mit Frauen und Angehörigen einflußreicher Personen, mit Kindern zu verschiedensten Zwecken und mit Föten en gros für die Kosmetikindustrie sowie betrügerisches, ultraschnelles Klonen von Politikern und hochgestellten Persönlichkeiten, alle möglichen Dienstleistungen (mit Preislisten, inklusive Sonderangeboten), von Entführung und Spionage bis hin zu gesellschaftlicher Vernichtung (durch Prestigeverlust, Krankheit oder das Erstellen von Beweisen), Bestechung, Mord, et cetera.«

»Hast du im holographischen Speicher gesucht?« fragte ich ihn.

»Der Cibor hat einen zentralen Aufruf der Speicher; ein Verheimlichen von Information ist in jeder Art der Datenspeicherung unmöglich«, sagte Grotowicz.

»Es gibt einen Fall«, fuhr Dullea fort, »der alle anderen übertrifft, eine ganze Mission, die im Cibor überhaupt nicht auftaucht. Ich habe einen Bericht mit dem Titel ›Aufzeichnungen von zwei Sitzungen in Sachen des Passagiers Rogelio Florida‹, datiert vor sechs Jahren, entdeckt und vom Institut Informationen angefordert. Nun, nicht einmal im zentralen Computer ist etwas über diese Angelegenheit zu finden. Was die Daten betrifft, gibt es ein Loch; selbst die Namen der Besatzungsmitglieder der Googol sind geändert, denn es wäre ungewöhnlich, daß ich mich an keinen einzigen erinnern kann.«

»Ich kenne diesen Bericht«, sagte Grotowicz. Wir drehten uns zu ihm um; er lächelte vergnügt und fügte hinzu: »Ich habe ihn verfaßt.«

»Könnten Sie uns was darüber erzählen?« fragte Dullea und legte das Dokument auf den Tisch.

Der andere machte eine unbestimmte Geste.

»Es ist eine alte Geschichte …, nun, wir sind unter uns; ich sehe keinen Grund, sie nicht zu erzählen. Ich warne Sie aber, sie ist ziemlich lang.«

Wir hatten den ganzen Nachmittag vor uns, und Grotowicz begann mit der Erzählung.

1/2

Eine Geschichte in der Karibik

In jenen Tagen war der Kapitän der Googol Roger Lawrick, der Engländer, der später wegen seiner Verdienste für die Krone zu Sir Roger Lawrick wurde. Der Zivilkommissar war Gary Harol. Meine Funktion war die des Inspektors, und weil Harold unpäßlich war, wurde mir das Abfassen des Berichtes übertragen. Beim Einsatzleiter handelte es sich um eine weitere berühmte Persönlichkeit, einen Studienkollegen und Freund von euch sowie von Lamb und Nachel. Ich spreche von Guy Delalande; trotz seiner fast fünfzig Jahre war er in körperlicher Hochform.

Wir fuhren durch die Karibik; wir waren von Jamaica ausgelaufen und mußten wegen Routineangelegenheiten in Puerto Rico und Guadeloupe haltmachen. Es war Sommer, der Aufenthalt in den klimatisierten Räumen des Schiffes war, so wie jetzt, sehr angenehm.

Am fünften Tag berief Lawrick eine dringende Sitzung ein.

»Es ist eine ovipare Nachricht eingetroffen, samt Schlüssel«, sagte er, und jeder zog das entsprechende Teil aus der Tasche.

»Verzeihung, haben Sie gesagt, eine ovipare Nachricht?« unterbrach Kane. »Bezieht sich das auf einen subanalogischen Schlüssel?«

»Sie sind nicht auf dem laufenden«, erwiderte Dullea. »Vor ein paar Jahren lernten die extraanalogischen Cibors, die Schale der oviparen Mitteilungen aufzubrechen, nach einem Zeitraum von höchstens anderthalb Jahren hatte es keinen Sinn mehr, sie zu verwenden; früher, wenn die Zentrale eine Botschaft senden wollte, die – aus welchen Gründen auch immer – besser nicht im Speicher des Computers registriert oder in das Überwachungssystem des Cibor integriert worden war, umhüllte man sie (schützte sie sozusagen) mit einer Membran aus Hochfrequenzwellen, die die Empfangseingänge und die Aufnahme von Berichten blockierte; als zusätzliche Sicherheitsmaßnahme kam die Nachricht auf einem Hochgeschwindigkeitsband an, so daß sie für das menschliche Ohr nichts weiter als ein kurzer Pfeifton war. Man mußte sie auf einer speziellen Kassette noch einmal aufnehmen, die getrennt vom Computer funktionierte (sogar mit einem unabhängigen Generatoraggregat, damit der Computer nicht über das Stromnetz Kontakt aufnehmen konnte). Das Band mit der Nachricht lief dann mit einer Geschwindigkeit, die neuntausendmal niedriger war als die übliche, und das letzte Band mit Normalgeschwindigkeit. Von da an schloß man sie wieder an die Systeme der Googol an, mit Ausnahme der Tonrezeption, und die Botschaft konnte abgehört werden.«

Kane lächelte.

»Ich hatte schon immer den Eindruck, daß die Computer mehr Zeit brauchen, um die von ihnen geschaffenen Probleme zu lösen, als wir durch ihre Funktionen gewinnen.«

Niemand sonst äußerte sich dazu, und Grotowicz fuhr fort.

Die ovipare Nachricht mußte tatsächlich erneut aufgenommen werden, und damit das erforderliche Gerät funktionierte, waren die Schlüssel des Kapitäns, des Zivilkommissars, des Inspektors und des Einsatzleiters erforderlich. Dieses (meiner Meinung nach unnötige) Hindernis war, wie im Fall der Mikrotransmitter, ein Gebot verschiedener einflußreicher Sektoren innerhalb des Institutes, die jede Information oder jedes Vorrecht bei wichtigen Problemen für sich in Anspruch nehmen wollten; ein oviparer Bericht war demnach eine ernste Angelegenheit.

Nachdem die erforderlichen Operationen abgeschlossen waren, hörten wir die Nachricht. Es ging darum, ein Frachtschiff abzufangen, das von Havanna nach Buenos Aires ausgelaufen war und wiederaufbereitetes Uran an Bord hatte. Das Institut hatte erfahren, daß sich außerdem der Physiker Rogelio Florida auf dem Schiff befand, ein Experte in der wechselseitigen Vernichtung von Partikeln und Antipartikeln. Unser Auftrag war es, uns – im Rahmen des üblichen Handlungsfreiraums – des Urans und des Wissenschaftlers zu bemächtigen.

»Rogelio Florida«, merkte der Kapitän lachend an, »der heißt ja sogar wie ich!«

Gary Harold machte eine unbestimmte Geste.

»Das ist Piraterie wie in alten Zeiten.«

»Piraterie?« sagte ich. »Ganz und gar nicht, es ist freier Wettbewerb.«

»Es ist Piraterie«, urteilte Lawrick. »Man soll die Dinge beim Namen nennen. Ich hatte es sowieso satt, den heldenhaften Retter zu spielen; ein Spaziergang auf der dunklen Seite wird uns nicht schaden.«

»Also gut«, sagte Delalande, »ich werde die Operation vorbereiten.«

Der Kapitän rief den Nachrichtenoffizier zu sich und befahl ihm, ein Kontrollregister in den Computer einzugeben, damit während des Manövers sämtliche Eingänge, auch die deduktiven Abweichungen, im Speicher aufgezeichnet würden und sie, nachdem wir die Fracht übergeben hätten, präzise und mit der Garantie gelöscht werden könnten, alle Spuren zu tilgen, jedoch nichts, was diese Operation nicht beträfe. Das ist der Grund, warum die Googol nichts von der Sache weiß, über die wir gerade reden. Ich erinnere mich, wie Delalande seinen Männern einschärfte, daß es sich um keinen Überfall auf Leben oder Tod handelte, es käme darauf an, das Uran und den sogenannten Florida unbedingt unversehrt in Empfang zu nehmen.

Die Operation wurde ein Erfolg. Wir enterten die unter argentinischer Flagge fahrende Santa Rosa de Toay. Delalande und seine Männer zwangen die Besatzung zur Übergabe, wobei es keine eigenen Verluste gab, wohl aber zwölf Opfer auf der Gegenseite. Wir verluden das Uran, Florida widersetzte sich nicht, mitzukommen; wie wir vermutet hatten, stand er mit dem Institut in Verbindung. Wir verließen die Santa Rosa de Toay und erhielten die Erlaubnis, Puerto Rico nicht anzulaufen. Die Vorrangigkeit der Operation erforderte es, durch den Mona-Kanal zum Atlantik zu fahren.

Sobald alles in Ordnung war, luden wir den neuen Passagier auf ein Glas in den Salon ein.

Florida war ein Mann von mittlerer Statur und schien etwa sechzig zu sein; er hatte sehr dichtes, fast weißes Haar; er trug ein gelbes Tuch um den Hals und ein Lederarmband mit versilberten, fünfzackigen Sternen.

»Mir scheint«, sagte er schmunzelnd, während er sich umsah, »ich bin, im Vergleich zum vorigen Schiff, in einer höheren Kategorie gelandet.«

Wir hatten vor allem aus Taktgefühl vereinbart, den Gast weder mit Anspielungen noch mit heiklen Fragen zu bedrängen. Er schien die Situation zu genießen, gab sich wie ein Kind, das mit einer vorteilhaften Lage spielt, arglos rätselhaft, er lächelte jedenfalls stets freundlich. Er bestellte Champagner und wollte, daß wir ihm Gesellschaft leisteten.

»Ich lade ein«, sagte er ironisch und brachte, sicherlich in der Absicht, uns zu verwirren (was mich betrifft, erfolglos), einen Trinkspruch aus: »Es lebe die Freiheit!«, dann fügte er hinzu, während er das Glas gegen das Licht hielt: »Wenigstens hier kann ich trinken, ohne angespannt nachzudenken, ob ich im Begriff bin, mich zu vergiften.«

»Was wollen Sie damit sagen?« fragte Lawrick trocken. Florida lachte.

»Oh, bitte nehmen Sie es mir nicht übel, ich wollte Sie nicht verletzen.« Er lehnte sich zurück. »Ich war in der Befreiungssekte.«

»Der Sekte der Vergifter von …«, fragte Harold, doch Florida unterbrach ihn.

»Nennen Sie keine Namen, ich bitte Sie.«

»Wie kann jemand in eine solche Verzweiflung geraten, daß er so etwas tut?« sagte Delalande mit einem mitleidigen Lächeln.

Florida musterte ihn von Kopf bis Fuß und hätte um ein Haar seine freundliche Miene verloren.

»Es ist keine Frage der Verzweiflung, wie es die Reumütigen glaubhaft machen wollen. Bereuen ist der schlimmste Verzicht.«

»Worum geht es dann?« fuhr Delalande im gleichen Ton fort. »Um Langeweile?«

Florida zuckte mit den Achseln und lächelte honigsüß.

»Um Mut«, sagte er. »Damit hat es eigentlich begonnen.«

»Das ist sehr interessant«, meinte Delalande, »wollen Sie uns das nicht erzählen?«

Rogelio Florida schien von der Aufforderung begeistert und begann mit der Geschichte.

2/3

Geschichte der Befreiungssekte

Alles begann damit, daß sich eine Gruppe von Freunden alle vierzehn Tage traf; die Stadt war langweilig, und es war so schwierig, Leute zu finden, mit denen man sich über etwas anderes unterhalten konnte als über Sport und Wetter, daß unsere Runden reinen Überlebenscharakter hatten. Am Anfang waren wir dreizehn, eine Zahl, die immer der Zwölf

Platz machen mußte, angefangen bei den Aposteln und ihrem Meister bis zu den Monaten des Jahres – bedingt durch den Übergang des Mondzyklus zum Sonnenzyklus – und den Tierkreiszeichen. Ich weiß nicht, ob das unseren Fall beeinflußt hat.

Die Gespräche waren eine Zeitlang entspannt und durch Spiele, Austausch von Plänen und Dias diverser Reisen aufgelockert. Heute nun ist mir klar, daß wir nicht weniger mittelmäßig waren als das Modell, dem wir zu entfliehen vorgaben. Allmählich wuchsen die Spannungen; es gab ein Problem zwischen zweien von uns wegen der Frau des einen, ein anderer ruinierte sich, und einige halfen ihm schließlich. Nun gut, dadurch und durch weitere Einzelheiten, an die ich nicht denken möchte, wurde offenkundig, daß Schminke und gute Sitten nie das Auftauchen von Blut und Schmutz verdecken können, die früher oder später zum Vorschein kommen. Wir suchten nach Auswegen, stürzten uns auf Theorien, Vorsätze, Gesundheitskuren, Heilfasten, auf Sport und auf den Ehebruch. Alles war lächerlich, und, was noch schlimmer ist, zwecklos. Am Ende standen wir am Rande der Verzweiflung. Was konnte uns vor dem Tod im Leben retten? Die Götter waren verschwunden; es war müßig, außerhalb von einem selbst nach Trost zu suchen, man mußte zu den Anfängen zurückkehren, zu den Grundwerten des Menschen: zum Mut.

Ich suchte die Art von Mut, die mir am ehesten entsprechen könnte: im sokratischen, von der Ethik beherrschten Sinn, wo das Maß für dein Handeln vorgegeben ist und die persönlichen Konsequenzen beiseite gelassen werden. Oder aber, nach einer anderen Schule, der Mut, der darin besteht, die Dinge zu erkennen und genau zu unterscheiden, vor welchen man sich fürchten muß und vor welchen nicht. Oder der Mut, wie ihn die Rationalisten sehen, als Überwindung der Angst und ihre Beherrschung durch den Intellekt, ohne Dingen auszuweichen, bei denen der berechtigte Verdacht besteht, daß sie dir schaden werden. Nach einigen Tagen gab ich diesen Weg angewidert auf; vielleicht war es nicht so schlimm, vielleicht beschränkte sich alles auf eine Frage des Maßes und der Lächerlichkeit; ein verschreckter Esel macht einen genauso schlechten Eindruck wie ein heldenhafter ... Doch Gleichgewicht und Maß waren uns mit jedem Tag ferner.

Bei unserer Zusammenkunft sprach ich meinen Freunden gegenüber vom Mut als wesentlicher Tugend, er müßte sich von moralischen Ursachen und Verwicklungen befreien. Um rein zu sein, müßte er unnötig sein. Sie hörten mir ohne viel Hoffnung zu; an jenem Abend spielten wir schließlich Russisches Roulett. Drei von uns starben, wir zehn, die am Ende übrigblieben, fühlten uns erleichtert; die unselige Zahl war gesprengt worden. Auf der Straße dann spielten wir Römisches Roulett. Für den Fall, daß Sie es nicht kennen: Es handelte sich darum, die Stadt (natürlich nachts) mit Höchstgeschwindigkeit zu durchqueren und nicht anzuhalten, egal, welche Farbe die Ampeln hatten. Einer von uns prallte gegen einen Müllwagen, doch er war nur schwer verletzt.

Der Polizeichef der Stadt war Mitglied unserer Gruppe, ebenso ein Staatsanwalt und ein Richter, weshalb die behördlichen Schritte bequem erledigt wurden. Wir waren so öffentlich, daß wir keinerlei Probleme damit hatten, privat zu sein.

Vierzehn Tage später spielten wir wieder Russisches Roulett. Eine halbe Stunde nach Spielbeginn hatte nur einer von uns sein Hirn an die Wand gestempelt: nur einer! Das begeisterte uns alle; zweifellos war es ein gutes Zeichen! Wir beschlossen, uns wöchentlich statt zweiwöchentlich zu treffen, und jeder von uns acht verpflichtete sich, sich ein neues Glücksspiel auszudenken.

Das darauffolgende Treffen war geprägt von einem hohen Maß an Phantasie. Der Charakter jedes einzelnen, seine Vorlieben und Schwächen spiegelten sich eindeutig in der Art des erfundenen oder ausgewählten Spiels. Der Spekulativste der Gruppe, zudem Mathematiker, hatte ein sehr einfaches, aufregendes, auf Spielkarten beruhendes System erfunden: Einer von uns, der durch das Ziehen der höchsten Karte bestimmt wurde (bedenken Sie, daß wir acht waren), gab jedem eine Karte, und wir deckten sie gleichzeitig auf. Wer die nächstniedrige Karte, von derselben Farbe wie die des Gebers, hatte, wurde unverzüglich von diesem getötet; wer die nächsthöhere besaß, mußte den Geber umbringen. Das Spiel wurde so lange fortgesetzt, bis eine der beiden Möglichkeiten eintrat. Die Farbe bestimmte auch die Todesart: Karo – Erstechen mit einem zu diesem Zweck in der Küche bereitgelegten Messer. Herz – Erwürgen. Pik – Erschlagen mit dem Hockeyschläger vom ältesten Sohn des Hausherrn. Und schließlich Treff – Vergiften. Wem es zufiel zu töten, mußte das Gift auswählen; er konnte auf die klassischen zurückgreifen: Arsen, Strychnin und Zyankali. Den Versnobteren standen die einschlägigen Möglichkeiten des Arzneibuchs zur Verfügung: Mischungen und Überdosis von Rauschgiften, Aufputschmitteln und Designerdrogen. Der Vergifter konnte auf gut Glück Cocktails aus Giften und Barbituraten mischen oder sich von einem, der Arzt war, beraten lassen und die Dosis berechnen, um die Wirkungen (Schmerzen, Halluzinationen, Krämpfe, et cetera) und die Dauer zu programmieren. Auf Anraten der Runde konnten die Ergebnisse auch noch mit Feinheiten versehen werden: daß zum Beispiel die Anzahl der Messerstiche oder Schläge mit der Zahl auf der Karte des Opfers übereinstimmen sollte, wobei der Vollstrecker bestraft würde, sollte das Opfer vorzeitig sterben oder nach dem letzten Stich oder Schlag noch leben; oder wenn die gezogene Karte eine Figur wäre, hätte der Betroffene das Recht, unter vier Kuchenstücken oder Gläsern auszuwählen, von denen mindestens eines kein Gift enthielte, oder sich in irgendeiner Form gegen die anderen Todesarten zu verteidigen.

Vor Beginn gingen wir noch einmal alle Modalitäten durch; insgesamt waren die Gifte die Stars in der Runde. Das letzte Spiel war eine Art Lotterie, bei der es auch Preise gab. Zunächst schrieb jeder eine Todesart auf einen Zettel, einen Preis auf einen anderen und versah beide mit seiner Unterschrift. Dann wurde durch das Geben und das Ziehen einer bestimmten Karte – üblicherweise war es der Herzkönig – festgelegt, wer spielte; der mußte aus der geschlossenen Schachtel einen Zettel ziehen und die Folgen auf sich nehmen. Derjenige, der den Zettel unterzeichnet hatte, war damit beauftragt, den Inhalt in die Tat umzusetzen; wenn einer seinen eigenen Zettel zog, bedeutete das Selbstmord. Einer hatte zum Beispiel geschrieben: »Wer diesen Zettel zieht, muß sich nackt ausziehen, masturbieren, sich Zunge, Glied und Hoden mit einem stumpfen Messer oder einer kleinen Schere abschneiden und sich danach aus dem Fenster stürzen« (das Treffen fand in einem zehnten Stock statt). Der Zufall wollte es, daß diesen Zettel sein Verfasser selbst zog, was mit großem Gelächter aufgenommen wurde, und wir zwangen ihn natürlich zu handeln. Der nächste, der gezogen wurde, war genauso witzig, aber anders geartet. Darauf stand: »Der Empfänger dieses Zettels muß zusehen, wie ich, der ich unterschreibe, eine Nacht mit seiner Frau verbringe, wobei er die ganze Nacht am Fußende des Bettes Zarzuelas, Rumbas und neapolitanische Lieder singen muß.« Bedauerlicherweise war der Verfasser bei einem der vorangegangenen Spiele umgekommen und konnte den Preis nicht in Empfang nehmen, doch es tat uns leid, auf einen so schönen Streich zu verzichten, deshalb losten wir unter den anderen aus, wer den Toten ersetzen sollte; nachdem das geklärt und seine Frau herbeigeholt worden war, begleiteten wir anderen den Sänger mit Händeklatschen; doch einstimmig wurde die Nacht auf eine Dreiviertelstunde gekürzt.

Wir hatten noch keine zwei Stunden gespielt, da war das Wohnzimmer mit Leichen übersät; wir waren nur noch zu dritt. Einer deutete diskret an, daß bei diesem Rhythmus das Vergnügen bald ein Ende haben würde, doch wir beiden anderen übergingen die Bemerkung; so wie wir eine Woche zuvor das Gegenteil mit Begeisterung aufgenommen hatten, feierten wir nun die erhöhte Zahl an Opfern als unübertreffliches, vom Schicksal gesandtes Zeichen, das uns ermutigen sollte. Unsere Freude war überschäumend, so daß ich einen Moment den Eindruck hatte, wir könnten uns alle drei zusammen töten. Ich war der Älteste und sozusagen die öffentlich anerkannteste Person, was mir eine gewisse Verantwortung zuwies. Plötzlich wurde mir bewußt, was auf uns zukommen würde, und ich versuchte eine gemeinsame Strategie zu entwerfen. Diesmal war die Sache viel haariger als am Tag des Russischen Rouletts; einige der prominentesten Persönlichkeiten der Stadt lagen niedergemäht auf dem Boden: Wir hatten weder Richter noch Staatsanwalt mehr, und der Polizeichef lag zerschmettert vor dem Hauseingang, nackt, entmannt und mit abgeschnittener Zunge. Einer schlug gemäß einer eucharistisch-brutalen Tradition vor, die Leichen den Schweinen vorzuwerfen und sie auf diese Weise verschwinden zu lassen (ein Freund hatte ein Gehöft), doch die Auswirkungen, die Gastronomie ... Wir waren nicht sicher und ließen darum die gesellschaftlichen Mechanismen ihren Lauf nehmen. Vielleicht, dachte ich, waren die Personen zu wichtig, und ihre aktive Beteiligung zu offensichtlich, als daß jemand Interesse daran haben konnte, die Angelegenheit mehr als unbedingt nötig zu verbreiten; vielleicht würden wir uns dieses Mal aus der Affäre ziehen können, aber wir durften so etwas nicht wieder tun.

Ich möchte mich nicht in Details verlieren. Der Prozeß war lang, mühsam, lästig, quälend, langweilig und stumpfsinnig. Zum Glück waren von uns drei Übriggebliebenen zwei Ausländer, und alle hatten wir eine Position, durch die wir genügend Einfluß geltend machen konnten, um dem Gefängnis und der Irrenanstalt zu entgehen und anderswo eine neue Identität anzunehmen. Nach einem Jahr (der einzige von uns dreien, der verheiratet war, sah seine Frau nie wieder) hatten sich die Probleme zur Zufriedenheit fast aller gelöst, und zwei Jahre später war es uns sogar gelungen, das ausdrückliche Verbot des Gerichts, in weniger als fünfhundert Kilometer Entfernung voneinander zu wohnen, zu umgehen, wir lebten nicht nur in derselben Stadt, sondern im selben Gebäude. Unser erstes physisches Zusammentreffen war nicht frei von einer gewissen versteckten Erregung. Schnell griff sie aufs Gespräch über, das sich auf den Handlungsspielraum konzentrierte.

Unsere Lebensqualität schien genügend gesichert, als daß wir die vergangene Erfahrung wiederholt hätten. Außerdem ist die Vergangenheit ein unzugängliches Gebiet, sosehr du es auch drehst und wendest. Ist es nicht so? Das Schicksal hatte uns auserwählt zu überleben. Dasselbe noch einmal zu machen hätte bedeutet, zurückzugehen. Also beschlossen wir, unsere Aktivitäten auf einen anderen Bereich zu richten, oder, wenn man so will, uns von den Winden zu neuen glücklichen Inseln treiben zu lassen. Wir gingen aber weiterhin von starken Emotionen aus; davon konnten wir nicht lassen.

»Bis jetzt«, bemerkte einer der beiden, der in seiner neuen Identität René Murray hieß, »waren wir sehr elitär. Meint ihr nicht, daß wir das Volk an unseren Festen teilhaben lassen sollten?«

»Eine gute Idee!« sagte der andere, der sich nun Arnold Talmann nannte. »Alle sollen mitmachen! Als wär's ein Krieg.«

Ich dachte daran, daß vor Jahren in Japan und in den Vereinigten Staaten Sekten aufgetaucht waren, die Lebensmittel in Supermärkten und sogar in Fabriken vergifteten, und schlug ihnen vor, ihrem Beispiel zu folgen. Die Anregung wurde euphorisch aufgenommen, und am nächsten Tag traten wir in Aktion, jeder auf eigene Faust.

Jeden zweiten Tag besuchten wir einander aufgeregt und glücklich.

»Heute habe ich einen Posten Kindernahrung vergiftet«, verkündete Talmann.

Ein andermal war es Murray, der im Gesundheitsamt arbeitete.

»Gestern habe ich kurz vor Dienstschluß dreißig Packungen Damenbinden mit einem bösartigen Virus verseucht.«

Und wieder an einem anderen Tag:

»Trink keinen 85er Châteauneuf du Pape aus dem Geschäft am Platz, ich habe Zyankali injiziert.«

Panik brach aus. Die Überwachung von Läden und Märkten machte ein Handeln dort praktisch unmöglich, und vor lauter Schutz sahen die Fabriken und Schlachthöfe wie Militärbasen aus. Nach kurzem war der einzige relative Schwachpunkt der Transport, und auf ihn konzentrierten wir uns. Eines Tages kam ich auf die Idee, uns unter dem Namen einer Befreiungssekte zu unseren Aktionen zu bekennen; ich schickte ein anonymes Schreiben an die Presse, und der Name schlug ein. Die wichtigsten Fersehstationen der Welt berichteten über uns.

So ging es ungefähr drei Monate. Schließlich fiel uns auf, daß es so unterhaltsam war, die anderen zu liquidieren, daß wir uns selbst darüber vergessen hatten. Vielleicht war es an der Zeit, zum eigentlichen Kern zurückzufinden, den wir verloren geglaubt hatten. Talmann brachte die Sache auf den Punkt. Von nun an würden wir uns den Genuß der Erregung, den wir den anderen bereiteten, nicht vorenthalten, wir beschlossen, einander nicht zu verraten, was wir vergiftet hatten, damit jeder von uns die Gelegenheit hätte, Objekt Fortunas zu sein.

Die Woche darauf lud ich zu einem Abendessen zu dritt ein. Selbst unsere Begrüßung war ritualisiert.

»Verdammtes Buch Hiob«, sagte ich zu Beginn.

Darauf streckte Murray den Mittelfinger in die Luft.

»Hier Timaios und Phaidon.«

»Corpus Iuris Civilis!« rief Talmann aus und schlug sich mit der Hand kräftig auf den Unterarm.

»Nehmt euch etwas zu trinken, ihr wißt doch, wo Eis und Getränke sind«, sagte ich von der Küche aus, während ich die Vorspeise fertigmachte.

Talmann servierte drei Whiskys mit Eis. Ich kam ins Wohnzimmer und zeigte ihnen eine Christophe Plantin-Ausgabe, die ich am Nachmittag erstanden hatte. Sie blätterten vorsichtig darin, und meine Finger tasteten unterdessen nach einem Glas. Ich drehte mich um und sah die drei in einer Reihe stehen. Ich hatte einen plötzlichen Impuls … Ach, der Impuls des einsamen Jägers! Ein Spieltrieb, was weiß ich, ließ mich die Gläser vertauschen, und dann nahm ich eines auf gut Glück.

»Stoßen wir an?« fragte Talmann.

Ich achtete auf das leiseste Zögern der anderen, ob sie irgendeine Vorliebe hätten oder ob sie angesichts der veränderten Anordnung der Gläser zurückzuckten. Jeder griff nach einem, ohne auch nur richtig hinzusehen.

»Es lebe die Freiheit!« rief einer aus.

Wir stießen an und tranken. Fünfundvierzig Sekunden später lag Murray tot auf dem Sofa.

»Einen Augenblick, ich nehme das Essen vom Feuer, damit

es nicht anbrennt«, sagte ich, nachdem ich seinen Puls gefühlt und festgestellt hatte, daß nichts mehr zu machen war.

Als ich zurückkam, kauerte Talmann in einem Lehnsessel, den Kopf in den Händen.

»Ich kann nicht mehr«, flüsterte er schwach, »die gesamte Polizei ist hinter uns her, und nur noch du und ich sind übrig.«

Ich wollte ihn schon fragen, ob er den Whisky vergiftet hatte, aber das wäre niederträchtig gewesen, das konnte ich mir nicht erlauben. Ich nahm ihn am Arm.

»Wir haben schon Schlimmeres überstanden«, sagte ich, um ihm Mut zu machen.

Aber es ist nicht das gleiche, ob von neun acht übrigbleiben oder von dreien zwei. Zwischen uns war ein gespanntes Schweigen entstanden. Das war kein Spaß mehr.

»Du gibst nicht auf, bevor du mich nicht auch erledigt hast, oder? Du willst allein übrigbleiben, stimmt's?«

»Was soll das, wie kannst du das denken!« widersprach ich. Es erregte mich, an mein eigenes Begräbnis zu denken, ich griff nach den drei Gläsern mit Whisky. »Ich schütte das weg, wasche mir gründlich die Hände, und dann können wir essen.«

Talmann übernahm es, Murrays Leiche ins Nebenzimmer zu schaffen. Während des Abendessens beschlossen wir, uns ihrer zu entledigen und zu tun, als wüßten wir nicht, was in dieser Nacht vorgefallen war. Die dortige Polizei war weniger tüchtig als andere, denn uns wurden nie Fragen gestellt. Es sei erwähnt, daß Murray verschwand, ohne die geringste Spur zu hinterlassen. Ich war sehr froh, wie tadellos wir drei gehandelt hatten.

Nachdem wir das mit Murray hinter uns gebracht hatten, gingen wir auf einen letzten Drink ins Café. Wir waren die letzten Gäste, und der Besitzer, ein guter Freund von uns, zwinkerte uns zu.

»Machen Sie sich wegen der Uhrzeit keine Sorgen«, sagte er. »Ich schließe, und Sie können bleiben, solange Sie wollen; ich habe noch im Lager zu tun.«

Und er ging an die Arbeit.

»Verzeih mir«, sagte Talmann, »ich war heute keine sehr unterhaltsame Gesellschaft.« Er hatte trübe Augen und rieb sie sich. »Es tut mir wirklich leid, ich benehme mich würdelos.« Ich fühlte mich verpflichtet, ihn aus dem Sumpf zu ziehen. »Was heißt würdelos! Würdelos ist, wer verdrängt. Wieviel ist mit dem Weinen verlorengegangen! Stell dir vor, die Benachteiligten würden, statt zu demonstrieren, still zu Hause oder am Fließband weinen (selbst wenn sie gleichzeitig die Messer wetzten). Statt im Stau die schrecklich lärmenden Hupen zu betätigen, würden die Fahrer bei geschlossenen Fenstern und lautaufgedrehten Radios in aller Ruhe schluchzen. Was für ein bewundernswertes Beispiel gäbe ein scheidender Politiker, der sich, während er mit dem Aufzug nach unten fährt, heftigem Klagen hingibt, statt das übliche, deprimierende Spektakel rachsüchtiger Ausflüchte zu veranstalten! Und die Tränen als Gefühlsäußerung? Stell dir vor, was sie an Ohrfeigen, Impotenz, Prostituierten, Rechtsanwälten und Herzanfällen sparen könnten! Denk an die Beratungsstellen, die Schlangen an den Kinokassen, die damit enden, daß es keine Karten mehr gibt, die Examen, die Überstunden, die Auswahlprüfungen, die Krankenhäuser, die Grundausbildung im Wehrdienst ...«

»Du hast recht«, schmunzelte er, »so schlimm ist es auch wieder nicht.«

»Was wollen wir noch machen?« fragte ich ihn, im Grunde dankbar, daß er mich zwang, mich um seine Sorgen zu kümmern, denn das ließ mich meine eigenen vergessen. »Wollen wir ein paar Frauen anrufen?«

Ich mußte über mich selbst lachen: Schon fast fünfzig, und um zwei morgens in der Kneipe mit einem Vierzigjährigen so zu reden, als wären wir Halbwüchsige.

»Mach dir keine Umstände!«

»Du willst, daß wir es bleiben lassen, stimmt's? Jetzt, wo dein Anteil fünfzig Prozent beträgt, fühlst du dich nicht in der Lage, das Spiel weiterzuführen«, sagte ich sanft und fügte, um ihn nicht erneut trösten zu müssen, rasch hinzu: »Ich mich auch nicht.«

»Was dann? Spielen wir Karten?«

Mir schien in diesem Vorschlag eine feindselige Traurigkeit mitzuschwingen.

»Ich weiß nicht. Ich bin ein schlechter Spieler. Außerdem würde mich jedes Spiel an unsere früheren erinnern. Laß uns also an etwas anderes denken.«

Seine Augen blitzten auf.

»Weißt du, daß meine Natur tief in den Kartenspielen wurzelt?«

»Ach so? Willst du mir das nicht ausführlich erklären?«

»Gern. Es wird mir Spaß machen, mich selber auszugraben«, sagte er und begann zu erzählen.

3/4

Geschichte des Spielers

Kurz vor meinem dreißigsten Geburtstag quälte mich noch immer der Gedanke an meine Kindheit. Weder der Beruf noch das, was man unter Tauben als die Freuden des Lebens bezeichnet, hatten aus mir einen ausgeglichenen, ehrenwerten Bürger gemacht. Der Überdruß begann, melancholische Züge anzunehmen, doch mit etwas Anstrengung konnte ich damit leben, ohne daß er mich besonders behinderte. Nach und nach wurde er zu einer Überzeugung, und am Ende verwandelte er sich in die unverhohlene Lähmung, die dich befällt, wenn du aufgehört hast, dich selber zu lieben.

Ich begann seltener auszugehen, Körper und Zeitpläne zu vernachlässigen. Es war nicht Trägheit, auch nicht Ideologie, keine antisoziale Neurose, sondern eine animalische Beklommenheit, eine zitternde Überfülle an Raum und Zeit, Hoffnungen und Vorhaben. Schließlich hörte ich auf, mich zu waschen und zu rasieren, mir die Nägel oder die Haare zu schneiden, und zog das Mitleid der Freunde und des einen oder anderen Verwandten auf mich. Nach wenigen Wochen hatte sich mein Lebensraum auf ein Zimmer und ein Bad beschränkt, das mir – durch ein selbstauferlegtes ausdrückliches Gebot – nur zur Entleerung diente.

Ich ließ mir die Geschichte der Philosophie und die der großen militärischen und politischen Strategen durch den Kopf gehen. Mit den Daten, über die sie verfügten, konnten alle zwanzig Minuten mindestens vier Theorien über die Welt aufgestellt werden, alle reichhaltig genug, um Stunden darüber zu grübeln (und wer ›über die Welt‹ sagt, meint ›über alles und jedes‹). Die meisten Untersuchungen haben nur den Sinn, das schlechte Gewissen zu beruhigen. Als Akt der Erkenntnis sind sie zwecklos, denn sie bestätigen nur, was man erwartet hatte. (Und ich, was erwartete ich?) Welche Gewißheit konnte es in Anbetracht dieser Fülle von Möglichkeiten geben, daß sie Bestätigungen und nicht bloße Erfindungen waren? Wo sich doch selbst Wissenschaft und Philosophie nach dem Gesetz von Angebot und Nachfrage richteten! Ich mußte mir eingestehen, daß es in mir noch eine Glut gab, die mich dazu trieb, einen Grund zu finden, um meine Zurückgezogenheit aufzugeben; doch kaum dachte ich darüber nach, erschien es mir wie ein Berg, den zu besteigen nicht lohnte. In manchen Augenblicken kam es mir leicht vor, ich brauchte ja nur den überflüssigen Ballast beiseite zu schieben; mir wurde sofort schwindlig, und alles mündete in der unbändigen Angst, daß alles offensichtlich so kompliziert wäre und ich es wohl nie ergründen würde. Du verbringst das Leben damit, Unglück in das Unternehmen zu investieren, glücklich zu sein, doch die Investition hört nie auf, und du stehst vor dem Tod mit dem Gefühl, dein Leben lang ein Pechvogel gewesen zu sein.

Eines Tages besuchte mich eine Freundin aus der goldenen Jugendzeit. Sie bemühte sich eine Weile, mich zum Ausgehen zu bewegen, und zwar mit verschiedenen Argumenten (darunter auch sexuelle Provokationen), auf die ich nicht einmal reagierte. Schließlich wurde sie wütend und wandte sich zum Gehen.

»Hier, damit du irgend etwas tust. Aber überanstreng dich nicht!« sagte sie von der Tür her und warf mir, bevor sie verschwand, ein Päckchen in den Schoß. Ich wickelte es aus: Es waren Spielkarten.

Das war natürlich das Passende. Ich sah keinen Grund,

es unter meiner Würde zu finden, und weihte die Karten sofort ein. Ich legte eine Patience, ich glaube, sie heißt Fächerpatience. Ich hatte sie nie gespielt, und sie ging nicht auf. Sie war mir in Erinnerung geblieben, weil ich als Kind zugesehen hatte, wenn der Großvater sie legte. Es machte Spaß und entspannte. War es ein Lichtstrahl in meiner Finsternis oder die treffende Verhöhnung meiner Sinnleere? Ich legte eine weitere, darauf noch eine und noch eine vierte, dann hielt ich inne. Die letzte war wegen einer Karte nicht aufgegangen. Ich fing wieder eine an, ohne an ein Ende zu denken. Es war wie ein Juckreiz, je mehr du kratzt, desto stärker wird er. Ich verbrachte eine Woche damit, wie ein Verrückter Patiencen zu legen, und beschränkte Essen und Schlafen auf das unbedingt nötige Maß, um nicht vor Erschöpfung zusammenzubrechen.

Es gab ein paar Versuche von Freunden, mich davon abzubringen, mich zu einem Spaziergang oder was weiß ich zu bewegen. Zuerst drohte ich damit, die Wohnung in Brand zu stecken oder mich vom Balkon zu stürzen, doch ich las im Gesicht derer, die sich meine Wohltäter nannten, daß Gewalt, oder auch nur Radikalismus, zu meinen Ungunsten sprachen. Ich riß mich zusammen und erlaubte mir manierlich eine gefälligere Argumentation. Mit klaren Versprechungen und vagen oder angedeuteten Drohungen erreichte ich, daß sie mich in Ruhe ließen.

Die Geduld hatte sich gelohnt; da die Gefahr einstweilen gebannt war, holte ich die versäumten Patiencen nach. Zu Beginn wuchs mein Zorn: Diese Leute werden schon noch sehen, wer ich bin, sobald ich das fertig habe und hinausgehen kann. Mit den Karten erlangte ich die Geschicklichkeit eines Croupiers oder Zauberkünstlers; ich schaffte es, in achtundzwanzig Sekunden eine Patience fehlerfrei zu legen, und konnte tausendvierhundertsechzig hintereinander in exakt vierundzwanzig Stunden spielen, das war der Rekord. Meine Träume waren völlig von den Karten und ihren Figuren besetzt, meine glorreiche Raserei kannte keine Grenzen. Wenn eine Sitzung zu Ende war, lief ich, euphorisch lachend, im Zimmer auf und ab.

Doch – wie alles in diesem Leben – beruhigte sich auch diese Raserei nach und nach; es war nicht Schwäche, sondern eine qualitative und nuancierende Veränderung des Prozesses. Hätte ich mir zumindest in einem Punkt die Wohltat des Zweifels, irgendeine logische Ungenauigkeit, irgendeinen Fehler gestattet, hätten sich meine Gefühle niemals so gewandelt. Das Verlangen schwankte aber in keinem Augenblick, und in keiner einzigen Patience (ich wußte nicht einmal annähernd, wie viele es waren) gab es den geringsten Betrug; das verlieh dem Ganzen eine unerreichbare Reinheit.

Wie die große Liebe hatte das Spiel seinen glanzvollen Höhepunkt nicht in einem vulkanisch hereinbrechenden Frühling, sondern in der weisen und ruhigen Sonnenfülle des Sommers. Der Staub und die Spinnweben beherrschten das Zimmer wie das Ungeziefer und die Krätze meine Haut. Man konnte die Jahreszeiten durch die dreckigen Fenster verfolgen, aber auch an der Sonne, die über die auf den Boden verstreuten Reste wanderte. Die mangelnde Bewegung wirkte sich auf die Flexibilität, das Gleichgewicht und die Reflexe meines Körpers aus. Doch all das kümmerte mich nicht, denn das einzig Wichtige für mich war, daß ich mich zum erstenmal in meinem Leben glücklich fühlte. Ich Elender! Meine gesellschaftliche Glaubwürdigkeit war dahin, und das Einschreiten einer Behörde (ich weiß nicht, ob Polizei, Verwaltung oder Gesundheitsamt, und es ist mir auch egal, denn es war ja klar, daß das alles verschiedene Masken für ein und dasselbe sind) schien kurz bevorzustehen; ich mußte unaufhörlich daran denken, zumal vor dem Einschlafen; dennoch war meine Sehnsucht nach Glück, nun durch die Patiencen ein wenig gestillt, nicht aufzuhalten.

Beharrlichkeit, Stille und Reinheit waren anfangs unerläßlich gewesen, doch sobald einmal alles funktionierte, gab es keine Notwendigkeit mehr für sie; der Augenblick zum Paktieren war gekommen, diesmal endgültig. Ich erreichte, daß mein Anwalt protokollarisch meine Situation schützte, und gab dabei fast alles Geld aus, das mir geblieben war. Es war einfacher, ihn zu überzeugen, die Rolle des Vermittlers bei meinem Gefolge von Erlösern zu übernehmen, als ihm einzureden, daß ich sehr gut wisse, was ich mir antue. Am Ende stand ein Erfolg. Ich hatte viel Zeit mit Belanglosigkeiten verloren, aber es hatte sich ausgezahlt, denn nun konnte ich mich ohne Hindernisse oder Gefahren dem widmen, was ich wollte.

Die ersten Tage im Rahmen der Legalität waren schwindelerregend, wie am Anfang, doch bald fand ich wieder zu Ruhe und Wohlbefinden zurück. Eines Tages kam ich auf die Idee, eine andere Patience zu legen, und die Erfahrung war so bitter, daß ich mir schwor, es nicht mehr zu tun. Meine Patience war untrennbar mit diesem Zimmer verknüpft, und jede Karte, die ich aufdeckte, jede Bewegung, jede Erwartung, jedes Scheitern gehörten ihm so wesentlich an wie der Geruch, die Geräusche von der Straße und das Licht, letzten Endes wie ich selber, der ich für immer an diese Zeit des Friedens und der Fülle gebunden war.

Sieben Jahre verbrachte ich in diesem Zimmer eingeschlossen, der Kultivierung der Patience hingegeben. Einmal im Monat wurde mir eine Kiste mit Konservendosen, Zwieback und Getränken zugestellt und der Großteil des Leerguts abtransportiert (ohne daß die Leute sich lange aufhielten, da sie meine Ungeduld fürchteten). Ich wußte nicht, was auf der Welt geschah, und es war mir unwichtig. Regen, Sonne, Sommer, Winter, Spektakel, Moden, politische Umwälzungen, Attentate, Meisterschaften, was war dieses ganze Theater im Vergleich zu dem erhabenen Wunder, das jede Nacht unter meinen Fingern erblühte!

Ich war zu vollkommener Weisheit gelangt. Jedes Aufdecken einer Karte bestätigte meine Vorhersagen und befriedigte meine Hoffnung, denn ich wußte, daß es keine mögliche Alternative gab. Die Liebe dieser Karte galt nur mir und diesem Augenblick, es existierte nichts anderes in der Welt (ob die Patience aufging oder nicht, war ein kleines, unwichtiges Detail). Der Zufall besaß für mich keine Geheimnisse; mein Gedächtnis beherrschte ihn, wir hatten uns auf eine Art und Weise zusammengeschlossen, daß ich das Blut war, das durch seine Adern floß, ich war sein Wächter und Gebieter, durch meine Adern floß kein anderes Blut als das von ihm bestimmte. Je mehr mein Geist das Ritual des Zufalls perfektionierte, spürte ich, daß er mir angehörte und dennoch keinerlei Macht über mich hatte.

Am Ende gab es keine Abhängigkeit, nicht einmal die Identifikation hatte Sinn. Meine Finger waren aus Luft, mein Herz war aus Luft, meine Augen erkannten die Luft zwischen den schweren Umrissen der Materie, unterschieden Vergangenheit und Zukunft und vergaßen sie lachend, so wie die aufgedeckte Karte, die immer dieselbe war, wenn ich sie umdrehte; ich war über den Zufall, das heißt über das Schicksal, hinausgegangen.

Ich wandte mich den Dingen zu. Und die Welt, wo war sie geblieben? In meinem Inneren hatten sich die Beziehungen zwischen den Gefühlen des Körpers und den Wissenschaften und den Künsten, die sie in ihm bannen, verändert. Da ich zum Beispiel nicht sprach, hatte ich in der reinen musikalischen Erinnerung an die Sätze, Worte und damit auch an die Gedanken Zuflucht genommen; kurzum, all das hatte die Konflikte rundum verschwinden lassen, hatte mich von der menschlichen Tragödie befreit und mich zum Verzicht auf die rhetorische Erfindung von Zwistigkeiten gebracht. Zu einem solchen inneren Frieden konnte es nur zwei Alternativen geben: das Ende oder die Rückkehr in die Welt. Ohne Zwänge (ich meine, ohne Ängste) konnte ich auswählen. Mein Körper war noch jung, meine Augen schienen noch immer melancholisch zu blicken, ich entschied mich für die zweite Möglichkeit.

Ich legte die letzte Patience mit jener kriechenden Langsamkeit, mit der du Dinge tust, von denen du weißt, daß du sie nie mehr tun wirst. Ich begann zu lachen, überschäumend vor Liebe und Erleuchtung. Ich lachte und weinte gleichzeitig. Endlich war ich frei. Die Patience war mein Werkzeug gewesen, um dahin zu gelangen. Die Orientalen sagen, wenn du den Mond gefunden hast, kannst du den Finger vergessen. Dennoch war alles an mir so schwach, daß die Befreiung nicht unmittelbar stattfand. Zwischen der Bewegung einer Karte und der nächsten vergingen am Anfang dreißig Minuten, später drei Stunden. Ich war eine ganze Woche mit dieser Patience beschäftigt. Zwischen den letzten beiden Bewegungen lagen sieben Stunden. Nach der zweiten waren acht vergangen; ich hatte geschlafen, gegessen, war umhergelaufen. Ich nahm eine Karte, und als ich im Begriff war, sie woandershin zu legen, hielt ich inne: Die Stunde war gekommen; ich hörte mittendrin auf und ging ins Bad. Seifen und Schampoos waren voller Spinnweben, aber noch brauchbar. Ich duschte und rasierte mich, schnitt mir die Nägel und die Haare, so gut ich konnte, und hoffte, sobald wie möglich zum Friseur zu kommen. Meine Beine zitterten, weil ich mich so lange nicht bewegt hatte. Ich ging auf die Straße und fühlte mich wie neugeboren. Ich habe keine Patience mehr gelegt, ich glaube, ich werde es nie mehr tun können.

Ich kehrte in die Welt der Menschen zurück, und es muß gesagt werden, daß mich jeder mit einer Güte aufnahm, die anzeigte, wie sehr meine Rückkehr ihnen recht gegeben hatte. Aber was konnte ich von einem Glück erwarten, das in gewissem Sinne abhängig war? Ich bemerkte meinen Irrtum zu spät. Die Welt hat wie die Kraft des Ichs ihre Domäne, kennt Zermürbung und Verwirrung, die sich nicht unterscheiden von denen, die ich in meiner Zurückgezogenheit erfahren hatte, freilich in anderer Verpackung. Ich schwor mir, zu vergessen, und ergab mich kampflos oder mit einem Kampf, von dem ich wußte, daß er nicht meiner war. Ich hatte das Paradies verloren, und, was schlimmer ist, ich wußte mich für immer aus ihm vertrieben. Bevor wir uns kennenlernen sollten, und lange bevor ich in Verzweiflung fiel, hatte ich Augenblicke heftigen Glücks, zeitweise unvergeßlicher Fülle. Ein Zufluchtsort, eine Frau, ein Lied sind sehr wenig für jemanden, der den Himmel mit seinen Fingerspitzen berührt hat. Ich betrog mich selber nicht mehr als irgend jemand sonst, doch ich hatte das Pech, mir dessen bewußt zu sein. Gewiß würde das Bedauern niemals irgendwohin führen, denn das Spiel war für mich vorbei. Mir blieb aber immer noch, so wie jetzt auch, die andere Alternative, die sich mir vor der letzten Patience bot.

»So fühltest du dich, als wir uns kennenlernten«, sagte ich zu ihm, weil mir schien, daß er mit der Geschichte zu Ende war.

»Ungefähr. Ihr wußtet nichts über meine Zeit als Spieler, denn ich habe sie zusammen mit meinen alten Freundschaften begraben.«

»Trotzdem warst du in der Lage, wieder Karten anzufassen und noch dazu Kopf und Kragen zu riskieren.«

Er lachte und legte mir eine Hand auf die Schulter.

»Ich habe bei unseren Sitzungen nie Kopf und Kragen riskiert. Ein uneingeweihter Beobachter hätte gesagt, daß es mir meine Geschicklichkeit im Kartenspiel erlaubt hätte, die Richtige zu ziehen, um zu überleben; doch das hätte mir wenig genützt, solange die Karten nicht in meinen Händen waren. In Wirklichkeit war es der Zufall, der mich wiedererkannte und in Erinnerung an unsere glorreichen Tage ein Geschenk für mich hatte.«

»Du sprichst vom Zufall wie von einer Person. Glaubst du nicht, daß du seinen Einfluß überschätzt?«

»Wir sprechen von fast allen Dingen so, als wären sie Personen. Aber jetzt ist es anders; zwischen dir und mir kann der Zufall nichts ausrichten. Nun sind alle Karten auf dem Tisch, deshalb fühle ich mich zum erstenmal hilflos.«

Ich dachte an unsere Spiele. Objektiv betrachtet, war Talmann am häufigsten der Henker gewesen, ihm waren einige in die Hände gefallen, die vorher Probleme mit ihm gehabt hatten. Ich freute mich, am Leben zu sein.

»Wenn wir bis hierher gekommen sind«, sagte ich, um ihn aufzumuntern, »sind die Möglichkeiten für die Zukunft ausgezeichnet.«

»So wie du weißt, daß ich persönlich Freunde beseitigte, die mich langweilten oder ärgerten, weiß ich, daß du mich töten wirst.«

Die spätnächtliche dramatische Wendung gefiel mir nicht besonders, und das beste war wohl ein Themenwechsel.

»Und wie sah dein Leben zwischen der Zeit der Patience und dem Augenblick aus, wo wir uns kennenlernten?«
Er setzte die unterbrochene Geschichte fort.

3/4

Ich hatte kaum ein Jahr meine Abgeschiedenheit aufgegeben, als wir uns kennenlernten und zum erstenmal Russisches Roulett spielten. Die Zeit, das Leben, ich meine die gelebte Zeit, die Dauer, stimmt fast nie mit dem Kalender überein. Manchmal ist ein Jahr wie zehn Jahre, dann wieder sind zehn Jahre wie eines; und so sind die beiden Jahre, die zwischen dem Gerichtsurteil und unserem erneuten Zusammentreffen lagen, höchstens wie eine Woche gewesen. Die Monate nach meinem Leben als Spieler hingegen glichen einer weiten Steppe.

Zu Beginn hat sich mir mit erstaunlicher Kraft und Eigentümlichkeit die tiefe Natur der Dinge gezeigt. Die Samenkörner, die Winde, die Erde, die Gestirne, die Jahreszeiten, alles war für mich eine Offenbarung. Ich war Moses, der mit den Gesetzestafeln vom Berg herabstieg. Die Leute trugen mit ihrem Verhalten noch zu diesem Gefühl bei: Ich war für sie ein vom Wahnsinn Geheilter, der Bekehrte, der seine Harmlosigkeit erst beweisen mußte und dessen möglichen Sonderbarkeiten gegenüber Aufmerksamkeit und Nachsicht geboten waren. Die unbedachte Äußerung eines anderen konnte übergangen werden, eine von mir wurde aber genau registriert und bis ins kleinste analysiert: Wird der verrückte Einsiedler-Kartenspieler rückfällig? Wird er aufbrausend reagieren? Die ersten Tage störte mich das nicht; ich war zu sehr damit beschäftigt, unerwartete Gerüche, Gestalten, Bewegungen und Geheimnisse der Luft und die Überfülle an Licht neu zu entdecken, doch nach und nach gab mir das Macht über die Leute. Ihr teils beschützendes, teils ängstliches Benehmen ermöglichte mir, mich in eine Luftblase einzuschließen, die durch ihre bewundernden Vermutungen geschaffen worden war und die ich völlig unter Kontrolle hatte. Keiner war klug und mutig genug (oder an meiner Person genügend interessiert), diese Herausbildung von Schweigen und Distanz zu verhindern, und als ich es mir bewußt machen wollte, war es zu spät; ich hatte das Maß und den Wert der Dinge wiedergewonnen, doch ich hatte mir den Zutritt zu Liebe und Maß der Menschen versperrt. Ich konnte nicht mehr zurück; war es an der Zeit, sich umzubringen? Um das zu tun, braucht man irgendeine Illusion, zumindest die der eigenen Würde, doch meine hatte sich verflüchtigt. Ich fühlte mich frei von Schuld und nur dem Zufall und der biologischen Notwendigkeit gegenüber verpflichtet. Ich konnte mich in Frieden treiben lassen und in das verwandeln, was die Welt für mich bereithielt: in einen Heiligen, einen Märtyrer oder einen Verbrecher. Seit jenem Tag habe ich nie wieder gelacht oder geweint.

Bevor ich mich niederließ, reiste ich durch Europa, vor allem durch die Mittelmeerländer, auf der Route, die ich als die der kleinen Großstädte bezeichne: Neapel, Marseille, Genua, Athen, Triest ... Eine der von mir besuchten Städte war die, wo wir heute sind; wie in unzähligen anderen fand ich hier die Diskretion und Anonymität, die ich suchte.

Im Lauf der Entstehung meines Geistes (vielleicht sollte ich sagen, seines Zerfalls) hatte ich mich mit dem Mechanismus abgefunden, der Prinzipien und Verhalten lenkt: Der Mensch verzichtet nicht aus Würde oder Umsicht darauf, Übles zu tun, nicht einmal aus Scheinheiligkeit, sondern aus der Furcht heraus, zu kämpfen und zu verlieren, genauso wie er Gutes nicht aus Liebe oder Verantwortung tut, sondern aus der Furcht heraus, allein zu bleiben. Ich fand viele Freunde, fühlte mich von der Redlichkeit des einen und von der Leichtgläubigkeit des anderen angezogen, von der Fähigkeit, sich dem Leben hinzugeben und seine Schrammen zu heilen, die schweren Wunden aber zu verbergen. Ich weiß, daß ihnen meine Vorliebe für den Gegensatz und das Paradoxon gefiel. Der Schritt vom Spiel zu den Dingen hatte mich tief geprägt, und solange nicht das Vergessen oder der Verzicht käme, konnte ich nicht anders, als aus der Situation einen Nutzen zu ziehen ... Das Privileg der dunklen Prinzen im Exil!

Wenn man das Leben aus einer bestimmten Entfernung betrachtet (das eigene und das der anderen), setzt die Perspektive die Ebenen gleich, und selbst jene, die aus der Nähe unterschiedlich zu sein schienen, werden zu Figuren ein und derselben Linie. Für gewöhnlich bringen die Leute die Gegenwart mit der Vergangenheit durcheinander, indem sie den gegenwärtigen Augenblick (vergänglich, ungreifbar, obwohl er der einzige Bereich ist, in dem Dinge greifbar sind) mit verlorenen Gelegenheiten und Gelüsten vermengen. Und viele machen dies auch mit der Zukunft: der Wunsch, das Nichtvorhandensein, das Unerbittliche. Ich kann unterscheiden, was ich von mir selbst oder von einem anderen in einem bestimmten Augenblick gedacht habe, ohne mich davon beeinflussen zu lassen, was ich – unter dem Einfluß der Ereignisse – später über ihn dachte oder jetzt denke. Das Versenken in die Leere hat für mich nichts Krankhaftes oder Verhängnisvolles, wie für fast alle in unserer Zivilisation, sondern es ist Disziplin. Denn ich mußte mich nicht selbst rechtfertigen, und nichts, was geschehen mochte, würde mich länger als einen Augenblick mein tiefes Unglücklichsein vergessen lassen. Ich brauchte auch den neuen Freunden gegenüber nicht überheblich zu sein, die mich so faszinierend fanden, daß sie beherrschbar wurden.

Eugènia Larrabee war Professorin am Theaterinstitut, und als ich sie kennenlernte, war ihr gerade aufgrund ihres frühen Ruhms die Leitung des Zentrums übertragen worden; sie war geschieden und hatte ihren Sohn in einem Schweizer Internat untergebracht. Sie war eine Frau von ungefähr fünfunddreißig Jahren und im Vollbesitz all ihrer Fähigkeiten. Cesar Porter arbeitete in einer Bank; er war unverheiratet, mit einem Körperbau wie ein Riese auf dem Rummelplatz und einem Gesicht wie ein Totengräber, und seine hohen Erwartungen schienen darin zu bestehen (in dieser Reihenfolge und in Umkehr der Wahrscheinlichkeit), mit Eugènia ins Bett zu gehen und Filialleiter zu werden. Anna Guerra war in der Verwaltung derselben Zweigstelle tätig, in der Cesar arbeitete, und sehnte sich schon seit Jahren danach, mit ihm zusammenzusein, sie hatte es ihm nie gesagt, es aber auch nie vergessen. Sie hatte eine Schwester, Mònica, jünger und attraktiver als sie, mit der sie oft gemeinsam ausging. Wenn sie Cesar trafen, beinahe immer durch einen von Anna herbeigeführten (aber schlecht verhehlten) Zufall, war er Mònica gegenüber charmanter und gesprächiger, sehr zum Leidwesen der anderen, was ungerechte Vorwürfe gegen die Kleine mit sich brachte. In dieses Spiel der Abgeschmacktheiten und irrtümlichen Blicke fiel ich wie ein Felsen in ein ruhiges Meer.

Das erstemal, als wir gemeinsam zu Abend essen gingen, tauchte Mònica mit einem Kollegen von der Akademie auf. Sie war ein zierliches Mädchen, hatte ganz kurz geschnittenes Haar (das ihr so gut stand, daß man sie sich nicht mit einer anderen Frisur vorstellen konnte), üppige, sinnliche Lippen und zugleich eine kindliche Wehrlosigkeit in der Traurigkeit ihres Blickes. Dieses Bild wurde teilweise zerstört, wenn sie sich bewegte: Sie gestikulierte heftig, hatte eine schrille Stimme und war von den sprachlichen Ticks ihrer Generation verseucht. Ich bemerkte sofort, wie die Interessen verteilt waren; Cesar hatte das Treffen organisiert, um Eugènia zu erobern, und die ließ sich verehren, nachdem sie klargestellt hatte, daß sie sich nur amüsieren wollte. Anna, sicherlich noch gekränkt wegen früherer Enttäuschungen, lauerte auf einen Fehler oder eine Schwäche des Gegners oder des Opfers, um anzugreifen. Ansonsten gab es am Tisch unbestimmte Erwartung und böswillige Neugierde. Was mich betrifft, war mir alles egal, und dennoch ... die leeren Weinflaschen landeten kopfüber im Eiskübel, und ein Gift, das ich nicht fremd nennen kann, wohl aber halb vergessen, begann an meinem Inneren zu nagen. Mònicas Begleiter, ein gewisser Marc Darrida, hatte während des Nachtischs große Fortschritte gemacht, und Cesar kämpfte gegen Eugènias Logik wie ein Süßwasserpirat gegen das Gewitter. Er gehörte zu denen, die, wenn sie eine Frau sagen hören, daß sie bald schlafen gehen will, es als ein verschlüsseltes Begehren auffassen; es sah ganz nach einem Schiffbruch aus. Was von mir erwartet wurde, war klar: Ich sollte mich an Anna heranmachen, besser gesagt, ob ich das tat oder nicht, war unwichtig; wichtig war, sie aus dem Ring zu ziehen, damit sie nicht störte.

Wir gingen in einen Privatklub voller gutgekleideter gelangweilter Idioten in verschiedenen Stadien vorübergehenden oder chronischen Alkoholismus. Cesar war vielleicht der einzige, der einigermaßen dorthin paßte. Zweifellos war die einsame Eroberung Eugènias schon einmal gescheitert, und nun versuchte er es im Vertrauen darauf, daß sie durch die angenehme Umgebung zugänglicher sein würde. Sie jedoch hörte ihm zu mit der Unbefangenheit und freundlichen Ruhe, die Frauen gegenüber Individuen ausstrahlen, deren Gegenwart ihren Puls nicht beschleunigt und nie beschleunigen wird. Ich sah die dürftigen Erfolgsaussichten der Belagerung, und da ich keinen Grund hatte, mich mit Porter zu verfeinden, folgte ich seiner Strategie. Ich widmete mich eine Weile Anna, sie antwortete mir nur einsilbig. Deshalb wandte ich meine ganze Aufmerksamkeit dem Gespräch zwischen Cesar und Eugènia zu. Marc und Mònica waren mittlerweile in die Tiefen eines dunklen Winkels versunken, und seit einer Weile hörte man sie nicht reden. Ich begann mich aufzulehnen und erwog die Möglichkeit, das Lager zu wechseln. Eugènia war vor mir, und ich nutzte einen Augenblick, in dem ihr Verehrer sich gestattete, Luft zu holen, und mischte mich in das Gespräch ein. Cesar hatte Anna und mir den Rücken zugekehrt, so offensichtlich und grob, daß ich es für sie als Zumutung und für mich als Provokation empfand. Mir gelang ein geistreicher Einstieg, danach kamen ein paar weitere Vorstöße, die von Eugènia begeistert und von ihm mit Mörderblicken und wütendem Schnauben aufgenommen wurden. Es schien sich zu lohnen, Anna einen Gefallen zu tun, obwohl ich Cesars wegen unruhig war. Es widerstrebt dir immer, das letzte bißchen Respekt (um nicht zu sagen Verbundenheit) zu zerstören, so dumm der andere auch sein mag, denn du weißt nicht, was man dir alles antun kann, und fürchtest die Folgen. Aber ach! Stärker als die Sorge ist die Schmeichelei, und da Eugènia immer interessierter an dem war, was ich ihr erzählte, zog ich alle Register, ohne zu vergessen, daß es in einem Spiel der Eitelkeiten besser ist, den Einsatz geheimzuhalten, um im Fall einer gewaltigen Niederlage nicht bloßgestellt zu werden.

Es war an der Zeit aufzubrechen. Cesar bot Eugènia an, sie nach Hause zu bringen, doch sie lehnte dankend ab und meinte, sie würde lieber zu Fuß gehen. Eine halbe Minute später entdeckten wir, daß sie in meiner Nähe wohnte und nichts dagegen hätte, wenn ich sie mit dem Auto mitnähme. Marc und Mònica waren schon gegangen, und Cesar, vom Leben verbittert, begleitete Anna, die wie ein Kaninchen zitterte, dem es an den Kragen geht.

Eugènia nahm die Einladung auf ein Glas bei mir an, dort bestätigte sich mein erster Eindruck; sie war eine großartige Frau, im Vollbesitz ihrer körperlichen und geistigen Vorzüge. Nach zehn Minuten ließ sie den Cognac auf dem Tisch stehen, näherte ihr Gesicht dem meinen und verharrte so, bis ich beschloß, mich nicht länger am Triumph zu ergötzen und das, was ich ihr gerade erzählte, mit meinem strahlendsten Lächeln zu unterbrechen. Sie stürzte sich wie ein Raubtier auf mich, steckte mir die Zunge bis in den Magen hinein, riß mir Hemd und Gürtel herunter und setzte sich rittlings auf meinen Schoß. Man brauchte keine Hände, um zu fühlen, daß es eine klebrige Darbietung war; sie keuchte wie eine Lokomotive aus dem Zweiten Weltkrieg, und als sie mit dem Fuß die Gläser umstieß, merkte sie es nicht einmal. Nun, es bedarf keiner Einzelheiten; am nächsten Tag taten mir bestimmte Körperteile weh, und als ich aus dem Bett stieg, versagten mir die Beine.

Nach ein paar Tagen glaubte Cesar wohl, sich wie ein großer Herr zu benehmen, er wirkte jedoch eher wie ein enttäuschter Junge; er gab sich begeistert von meinen so vorteilhaften Beziehungen zu Eugènia, wo wir doch beide wußten, daß er mich mit himmlischem Vergnügen kastriert hätte. Wäre er etwas schlauer gewesen, hätte er bemerkt, daß zwischen Eugènia und mir kein Zwang und keine Verpflichtung bestanden und keinem von uns die Möglichkeit genommen war, andere, gleichgeartete Verbindungen einzugehen. Eugènia hatte ein großes Herz (um es diskret auszudrücken), und darin fanden alle Platz, außer Langweilern und Dummköpfen, wie er einer war. Cesar wandte sich daraufhin Mònica zu, doch die kleine Schwester der Büroangestellten war von der großen Liebe ihres Lebens erfaßt worden: ausschließlich, blind, fordernd, mit dem Verlangen nach Zeitlosigkeit und dem Wahn des Absoluten, paranoid und mit Eifersüchten und grundlosem Argwohn gespickt, also das, was man echte Verliebheit nennt. Als Cesar seine Hand um Mònicas Schulter legte, schickte sie ihn, als gerechte Vergeltung natürlich, ohne mit der Wimper zu zucken, zum Teufel.

Am nächsten Tag trafen sich Cesar, Anna und ich, um ins Kino zu gehen. Ich war ziemlich wütend auf Eugènia, die in dieser Nacht ihre Reize einem anderen Kerl schenkte, und nicht gerade gutgelaunt; unterwegs bereute ich es, nicht zu Hause geblieben zu sein. Ich sah mich nicht in der Lage, einen Abend lang die Verzweiflung einer vernachlässigten Demoiselle und die flegelhafte Gleichgültigkeit eines Schmalspurverführers mitanzusehen. Doch Anna tauchte in einer ganz anderen Stimmung auf, als ich – und, seinem Gesicht nach zu schließen, auch Cesar – erwartet hatte. Ich begriff sofort: Sie hatte mit ihrer Schwester gesprochen und war nun entschlossen, den Schürzenjäger zu jagen und ihn aus ihrem Herzen zu vertreiben. Er widmete ihr, ich weiß nicht, ob aus Widerspruchsgeist oder aus selbstmörderischem Stolz, zum erstenmal im Leben Aufmerksamkeit, doch sie ließ ihn kaltschnäuzig abblitzen. Cesar kam aus dem Staunen nicht heraus. Anna beendete den Schachzug mit einer Reihe von Andeutungen in meine Richtung; ich vergewisserte mich, daß ich sie nicht falsch einschätzte, und entschied schließlich, daß es besser wäre, wenn ich in den Kuchen biß, sonst würde es niemand tun.

Anna und ich gingen voller frivolem und lärmendem Übermut zu mir. Ich hätte an Cesars Stelle ein paar Schläger angeheuert, um mich zu beseitigen. Anna war siebenundzwanzig oder achtundzwanzig Jahre alt und keineswegs so zurückhaltend und naiv, wie es mich ihr Äußeres und ihre passive Fixiertheit auf Cesar hatten vermuten lassen. Nach dem Vorspiel auf dem Sofa zogen wir ins Schlafzimmer um, dort übernahm sie ihre Rolle, ohne sich zu zieren; sie war eine üppige, dunkelhaarige Frau mit weißer Haut; ohne Brille und ohne diese Schwesterntracht aus der Zeit zwischen den

Kriegen war sie sehr verführerisch. Ein unverhofftes und somit doppelt gepriesenes Vergnügen.

Von diesem Tag an mußte ich alles zeitlich abstimmen: Cesars Haß, meine Treffen mit Eugènia, den stärkeren Alkoholgenuß, und Anna, mit der ich mich sehr wohl fühlte, da sie alles tat, was ich von ihr verlangte. Nach ein paar Monaten zerstritt sich Mònica mit jenem Jungen, und ich tröstete sie.

Warum erzähle ich dir das alles? Warum lasse ich zu, daß Mittelmäßigkeit und Lappalien in meiner Geschichte Platz finden und sich einnisten? Vielleicht aus demselben Grund, aus dem ich sie damals in mein Leben eindringen, es besetzen und aus ihm den unwiederbringlichen Triumph über die Feinde der Seele tilgen ließ. In mir war erneut die natürliche Furcht vor den scheinbar endgültigen Dingen erwacht, so daß ich sogar die Vorläufigkeit auf die Liste setzte, und eines Tages hatte sich mein Betätigungsfeld auf das Ersticken reduziert. Was hatte ich davon, daß mir diejenigen, die mich liebten, gleichgültig waren oder daß ich eine positive Bilanz von Gefälligkeit und Dankbarkeit ziehen konnte? Mich brachte die Flüchtigkeit der glücklichen Momente zur Verzweiflung, und diese zur Zwangsvorstellung gewordene Verzweiflung hinderte mich am Ende daran, sie selber auf körperlicher Ebene auszukosten.

Ohne daß ich darüber nachgedacht hätte, war von den drei Frauen Mònica diejenige, die mich am meisten zerstreute; die Irrealität ihrer Ideen und das Absurde ihres Strebens führten mich in eine phantastische, vergessene Welt. Das Schlimme war, daß mir, im Gegensatz dazu, bewußt wurde, daß ich mich endlich selber gefunden hatte, wo es doch besser gewesen wäre, sich für immer zu verlieren und unter dem Mangel zu leiden. Anna war die Bereitwilligste. Wenn sie es auch mir gegenüber nie eingestanden hätte, sehnte sie sich in Wahrheit nach einem Mann für ein dauerhaftes Zusammenleben und nach der Illusion, den Jahrmarkt der Eitelkeiten vergessen zu können; sie hätte mich auf meine Bitte hin geheiratet. Doch ihre in der Öffentlichkeit zur Schau gestellte Liebenswürdigkeit, von der du nie weißt, was sie verbirgt, und die moralisch höchst undurchsichtige Erbitterung im privaten Bereich, kurz ihre Langweiligkeit, führten dazu, daß ich sie nach und nach beiseite schob. Das meiste Verständnis in jedem Sinne brachte mir Eugènia entgegen. Wir waren gleich alt und machten uns nichts vor, weder uns selber noch dem anderen. Die Grenzen unserer Freundschaft waren klar, großzügig und flexibel; unsere Beziehung war sehr intensiv, wenn wir zusammen waren, und sehr frei, wenn wir auseinandergingen. Sie war die einzige, mit der ich die Entfremdung von den uns umgebenden Werten in einem annehmbaren Maß teilen konnte.

Eines Tages, als uns die Erotik besonders glückliche Stunden beschert hatte, fanden wir uns, ohne es zu wollen (zumindest was mich betrifft), bis zum Hals in einem Meer von Vertraulichkeiten wieder. Ich hatte ausführlich von meinen Jahren als einsamer Spieler berichtet, und sie, keck und nackt, erzählte mir aus ihrem Leben.

4/5

Geschichte des Komödienschreibers Espinosa

Mit fünfzehn begann ich am Theater, und mit neunzehn beschloß ich, mich ihm ganz zu widmen. Das Phänomen der Darstellung, der seelischen Verdrängung, der Disziplin, in einen anderen Geist zu schlüpfen, all diese Gemeinplätze des Besitzergreifens faszinierten mich, und ich glaube, sie taten es um so mehr, als sie vom eigenen Leben untrennbar sind. Vor kurzem haben wir über die Wahrheit gesprochen, über den Pulsschlag der Welt in unserem Inneren. Wo endete das Pochen der Welt in mir, in welcher Schicht meines Bewußtseins? Was bedeuteten die Tränen auf der Bühne, wie weit reichte ihre Aufrichtigkeit?

Ich trat in die Truppe von Clara Bari ein, wo ich anfänglich Nebenrollen spielte. Bari ging auf die Fünfzig zu; eine Reihe glücklicher Umstände ermöglichten es mir, die Rollen der jugendlichen Heldin zu übernehmen. In weniger als zwei Jahren feierte ich Triumphe; doch ich stürzte auch den ersten

Schauspieler des Ensembles, einen Brasilianer namens Arnaldo Pinto, ins Verderben. Ich lebte mit einem Kulissenschieber an der Oper zusammen, und Arnaldo verzweifelte an meiner Gleichgültigkeit, bis er sich nach einer Vorstellung, bei der ich in der letzten Szene in seine Arme fiel und wir uns leidenschaftlich küßten, in der Garderobe vor dem Spiegel eine Kugel in den Kopf jagte.

5/4

»War das der erste Mann, den du ins Verderben gestürzt hast?« unterbrach ich sie und dachte, daß es nicht der letzte sein würde.

»Überhaupt nicht. Der erste war mein kleiner Bruder, doch damals waren wir noch sehr jung.«

»Erzähl es mir«, bat ich sie, »mich interessieren die Vorgänger.«

»Das ist eine andere Geschichte«, sagte sie und schenkte sich ein Gläschen ein.

»Das macht nichts, uns erwartet niemand.«

Sie zuckte mit den Schultern und begann, die Geschichte von einer anderen Seite her aufzurollen.

4/5

Mein Bruder und ich (er war drei Jahre jünger) wuchsen in einer Provinzstadt auf; zu klein für die Vorteile einer kosmopolitischen Metropole und zu groß für die Freuden des Landlebens, das heißt der perfekte Schauplatz für Neid, Gerüchte und organisierte Dummheit. Mein Vater war Chemiker in einem pharmazeutischen Labor und widmete seine freien Stunden der Musik; er war nahezu besessen: er leitete den Kirchenchor, gab Privatstunden und spielte Geige in einem Kammermusikensemble, und das neben seinem häuslichen Eifer.

Mein Bruder hieß Robert und war der perfekte Entwurf eines vernünftigen kleinen Mannes, voller objektiver Qualitäten und guter Absichten. Ich war das Gegenteil, ein durchtriebenes Miststück, das immer bei den anderen schlechte Absichten vermutete, was mir als Ausrede diente, um meine eigenen umzusetzen. Schon in jungen Jahren begann die Auseinandersetzung mit der Mutter. Sie behauptete, ich sei auf meinen Bruder eifersüchtig, und ich hielt daran fest (bis ich ziemlich groß war), daß sie es auf mich und meinen Vater war. In Wahrheit waren Robert und ich immer eng miteinander verbunden. Er himmelte mich an, obwohl ich ihn Wechselbädern aussetzte. Meine Spezialität bestand darin, ihn für meine Missetaten büßen zu lassen.

Damit du dir eine Vorstellung machen kannst, werde ich dir einen der aufsehenerregendsten Streiche schildern, der außerdem das Verderben meines Bruders begünstigte. Er mußte sieben oder acht Jahre alt gewesen sein und ich zwölf oder dreizehn. Eines Tages entdeckten wir, als wir mit dem Telefon spielten, daß sich unsere Leitung mit einer anderen kreuzte, die, wie es schien, einem älteren Ehepaar gehörte, das den ganzen Tag am Telefon hing, mit Verwandten und Freunden redete und im Lebensmittelgeschäft, in der Weinhandlung, und so weiter, Bestellungen aufgab. Wenn wir allein waren, mischten sich Robert und ich so zotig wie möglich in diese Gespräche ein.

»Verzeihen Sie, Senyora, würden Sie mir bitte sagen, ob Sie die Brüste am Hintern haben?«

Am ersten Tag erstarrten sie. Die arme Frau redete mit ihrer Tochter und wußte nicht, woher die Grobheit kam; und während wir zuhörten, wie sie überlegten, worum es eigentlich ginge, krümmten wir uns vor Lachen auf dem Boden.

Jeden Tag, wenn wir von der Schule zurückkamen, warteten wir gespannt darauf, daß unsere Eltern weggingen, und stürzten zum Telefon; wir mußten nie länger als eine Stunde warten. Die Senyora war angewidert, und nun erledigte der Ehemann die Anrufe.

»Schweig, du Pantoffelheld, du hast ja deine Eier verschluckt!«

Meinem Bruder gingen die Flüche und Drohungen zu

weit, und als dieser Kerl begann, ihm Vorwürfe zu machen und Fragen zu stellen, bekam er Angst, sich zu verraten, und legte schließlich wortlos auf.

»Laß mich machen«, sagte ich entschlossen zu ihm, nach einem Telefonat, bei dem unser Gesprächspartner kurz vor einem Schlaganfall zu stehen schien.

Ich nahm den Hörer ab.

»Ist dort die Telefongesellschaft?« sagte die Stimme, die mir schon ganz vertraut war.

»Störungsstelle, was wünschen Sie?« antwortete träge eine weibliche Stimme.

»Ich rufe Sie an, weil unser Apparat gestört wird ...«

Im ersten Schrecken wollte ich auflegen, doch ich reagierte rechtzeitig; es war unmöglich, daß sie uns in diesem Augenblick lokalisierten, ohne in die Leitungen eingegriffen zu haben. Ich beherrschte meine Angst und hörte weiter zu.

»Sagen Sie mir Ihre Nummer«, bat die Telefonistin.

»Zwei zwei, acht fünf, zwei sieben.«

Ich notierte sie, hüpfend vor Aufregung, und zwei Minuten später wählte ich sie.

»Hallo, du Scheißkerl, kennst du mich?« Am anderen Ende der Leitung mußten sie wohl in Ohnmacht gefallen sein, denn niemand sagte etwas. Ich fuhr fort und äffte den Tonfall eines unschuldigen Kindes und braven Mädchens nach: »Du dachtest, du wärst mich schon los! Ach, Elender!«

»Aber, wie ist es möglich ...!« brüllte der Hörer viel lauter, als es der Apparat erlaubt.

»Wie es möglich ist, daß ich deine Telefonnummer weiß? Ganz einfach, ich habe bei der Auskunft angerufen und nach der Nummer vom blödesten Arschloch der Stadt gefragt, und welche außer deiner hätten sie mir geben können, wo du doch der größte Mistkerl bist.«

»Ich schwöre dir, ich werde dich finden, wo du dich auch versteckst, ich bring dich um«, schrie er und legte auf; er schien mir so entschlossen, daß ich eine Gänsehaut bekam.

Ich ließ eine Viertelstunde verstreichen, dann gab ich den Hörer meinem Bruder.

»Jetzt du.«

Ich wählte und preßte mein Ohr an seines, um das Gespräch mitzuhören.

»Ja bitte«, sagte eine argwöhnische Stimme.

»Ich würde gerne mit dem Weltmeister der Sauereien sprechen ...«

Am anderen Ende war ein Erdbeben zu hören; der Unglückliche mußte das Telefon zum Fenster hinausgeworfen haben.

Von dem Tag an waren wir vorsichtig genug, nicht mehr von zu Hause, sondern nur noch von Kabinen aus anzurufen. Nach ein paar Monaten hatte die Empörung wahnwitzige Ausmaße erreicht, und unsere Ausdauer – eher die von Paranoikern als die von Kindern, wie es mir aus jetziger Sicht scheint – wurde immer unerschütterlicher.

Eines Tages waren wir uns dummerweise zu sicher. Wir hatten sie schon seit Tagen nicht mehr drangsaliert. Da es kalt war, waren wir zu bequem, um auf die Straße zu gehen.

»Es wird schon nichts passieren«, versicherte ich meinem Bruder, der völlig außer sich war.

»Meinst du, meinst du wirklich?« sagte er. »Ich weiß nicht, besser, wir lassen es bleiben.«

Ich hörte nicht auf ihn, ich sprudelte an diesem Tag von Ideen über.

»Hier ist die Notaufnahme vom *Hospital Clínic*«, sagte ich mit dunkler Stimme und zugehaltener Nase.

»Was?« sagte die männliche Stimme aufgeregt, »vom Clínic? Was ist passiert?«

»Haben sie dir nie gesagt, daß du das breiteste Arschloch der Welt hast? Es ist so groß, daß sie für dich Stühle nach Maß machen, damit du sie nicht verschlingst, wenn du dich daraufsetzt, falls du es aber weiterhin zur Nahrungsaufnahme verwendest, können bald die Züge durchfahren.«

Leider entging ihm die ganze Geschichte. Mittendrin hörte ich, wie er den Hörer aufknallte; Robert lachte so sehr, daß ich nicht anders konnte, als noch ein wenig weiterzumachen.

Am nächsten Tag hatten wir den Anruf vergessen, nach dem Mittagessen läutete das Telefon. Der Vater ging hin, und als wir ihn sprechen hörten, wurden mein Bruder und ich ganz blaß; es war zweifellos die Telefongesellschaft, sie hatten uns erwischt. Nach der anfänglichen Verwirrung wurde Vaters Tonfall hart.

»Sagen Sie diesem Herrn, er soll sich keine Sorgen machen, ich werde mich schon darum kümmern, daß es nicht wieder vorkommt«, sagte er und legte auf. Er sah auf die Uhr, dann wandte er sich streng an uns: »Ich muß jetzt gehen; heute abend, wenn ihr von der Schule zurück seid, reden wir darüber.«

Auf dem Weg zur Schule und später auf dem Heimweg überredete ich meinen Bruder, die ganze Schuld auf sich zu nehmen. Ich erzählte ihm von meinen Träumen, vom glorreichen Schicksal, das die Götter für uns ersonnen hatten: In der ewigen Morgendämmerung näherte sich mir der König des Winters; er trug eine Krone aus eisernen Dolchen mit Sternen auf den Knäufen, seine Hand war geschlossen wie die Fänge eines Geiers; er kam mit wildem Blick auf mich zu; in seinen Augen blitzte graues, verschwommenes Licht wie zwei galaktische Nebel, und sein gelblicher Mund schimmerte wie das Maul eines Tigers. Er öffnete die Hand und ließ eine kleine, durchsichtige Weltkugel aus blaugrünem Stein fallen; ich fing sie im Flug auf. In ihrem Inneren lächelte, nackt und sonnig, der Kind-König auf dem Rücken eines Delphins: Er war es, Robert, mein nobler und großzügiger Bruder, der meine Ehre retten würde, denn wenn so eine schwere Anklage auf mich fiele, könnte ich nie die Blaue Königin sein, die den unsichtbaren Himmelssmaragd der Welt festhält, und wir müßten alle untergehen. Ihm stand das Privileg zu, mein Retter zu sein, und mit dieser Warnung weihte ich ihn zu meinem kleinen Ritter und vertraute ihm meinen persönlichen Schutz an.

»Was gibst du mir, wenn ich sage, daß ich es allein gewesen bin?« fragte er, denn er war naiv, aber nicht dumm.

Mir blieb nichts anderes übrig, als zur Bestechung zu greifen.

»Ich geb dir einen Kuß.«

»Nur einen? Einen richtigen?« wollte er genau wissen. »Und wirst du zu mir ins Bett kommen und ihn mir drei Nächte hintereinander geben?«

Wir handelten, und ich gab schließlich in konkreten Forderungen nach. Unglücklicherweise waren den Eltern unsere Charaktere nicht fremd, und als am Abend die Stunde der Beichte gekommen war, wurde die großartige, von mir so gut vorbereitete Geste meines Bruders nicht in dem von uns erhofften Maß aufgenommen, die Strafe wurde gleichmäßig verteilt.

Beim Zubettgehen kam er heimlich in mein Schlafzimmer, um seine Rechte einzufordern; ich sagte ihm, daß er kein Recht habe, ich hätte nur bezahlt, wenn ich nicht beschuldigt worden wäre, doch durch sein Ungeschick und die mangelnde Überzeugungskraft sei alles schief gelaufen; demnach sei ich zu nichts verpflichtet. Er beharrte darauf, daß das Scheitern der Inszenierung nicht seine Schuld gewesen sei und ihm, nachdem er die Vereinbarung erfüllt habe, die Belohnung zustünde. Wir einigten uns schließlich: eine Nacht statt drei.

Ich weiß nicht, ob man wirklich sagen kann, daß ich meinen Bruder ins Verderben gestürzt habe. Wir lebten unsere beginnende Jugend ungewöhnlich sinnvoll und intensiv. Einen Teil des Lebens, den die meisten Menschen dazu verwenden, ihren Überzeugungen abzuschwören und jenes Trugbild aufzubauen, das sie eigene Persönlichkeit nennen, und sich aufkeimende Wünsche vorzustellen und sie zu sublimieren, füllten wir mit Freuden; nicht mit idealisierten Sehnsüchten, sondern mit greifbaren, glänzenden Triumphen. Du wirst denken, daß das den Ruin meines Bruders nicht bewirkt haben kann. In Wahrheit war ich der Grund für eine Vergiftung, die sich im Lauf der Jahre gezeigt hat. Robert ging aus Kindheit und Jugend mit der Überzeugung hervor, daß die Frauen ihre Weiblichkeit als Tauschmittel einsetzen, und das zerstörte ihn. Als er eines Tages begriff, daß nur ein paar von ihnen so handeln, war es zu spät; die Frau seines Lebens hatte ihn verlassen, da sie die Art ihrer Beziehungen nicht ertragen konnte, und er bewegte sich fortan nur mehr in der Wüste des Überlebens. Meine Gesellschaft hatte ihn für den Sex ertüchtigt, doch für die Liebe verheerend untauglich gemacht.

Nachdem sie so traurige und herausfordernde Sätze ausgesprochen hatte, fühlte ich mich verpflichtet, ihr ein wenig von ihrem Selbstwertgefühl zurückzugeben; selbst wenn ihre Worte beschönigend waren (und das waren sie sicherlich), um nicht zu sagen geheuchelt, dienten sie mir als Ausgangspunkt für eine andere anregende Episode. Nach einer Weile holte ich etwas zum Knabbern, und sie fuhr mit der Geschichte fort.

Ich habe dir von meiner Zeit in der Truppe von Clara Bari erzählt.

Sie war eine herrschsüchtige Frau mit einem so starken Charakter, daß ihre Unbeugsamkeit gegenüber Tatsachen, die ein Gegner predigte, zu aufsehenerregenden Mißverständnissen führte. Als ich ins Ensemble eintrat, wurde gerade zum x-tenmal die Polemik zwischen Avantgarde und Tradition ausgefochten. Die meisten Künstler hatten sich für einen Kompromiß entschieden; die Krise der Moderne mußte den künstlerischen Ausdruck zu einem Eklektizismus bringen, der wie eine lange traumlose Nacht sein würde. Zum größten Ruhm der Akademie hatten Avantgarde und Tradition (oder der Klassizismus, obwohl damals das Vermengen dieser Begriffe als Plumpheit angesehen wurde) schließlich die Rollen vertauscht.

Clara Bari schickte sie alle zum Teufel und setzte auf eine individualistische Doktrin, die kaschierter Nostalgie, Unterwürfigkeit und Feigheit entgegentrat. Sie entwickelte ihre Methoden, indem sie von da und dort ein wenig übernahm, verwarf sie aber ohne weiteres, wenn sie ihr Imitationen des Modells zu sein schienen; sie pflegte zu sagen, daß es nicht nur eine Methode gäbe, sondern daß jeder Autor und jedes Werk, in manchen Fällen sogar jede Szene, eine spezielle verlangten: wie du siehst, letztlich der Eklektizismus als schamlose Mischung oder, nach Meinung anderer, als letzte Konsequenz.

Bari besaß ein riesiges Landhaus, das sie von ihrem ersten Mann geerbt hatte; dort versammelte sie die ganze Truppe und verhängte für die Zeit, die ihr zum Einstudieren eines neuen Werkes angemessen schien, Klausur über uns. Sie war die tyrannische Äbtissin, schonungslos, was die Methoden anging, die einen Schauspieler schüttelte, um aus seinem Inneren alles herauszuholen, was er für eine Rolle brauchte. Ich erinnere mich an drakonische, endlos lange Proben; manch einer verließ sie weinend, geohrfeigt oder betrunken, unter Drogen oder sodomisiert, alles, was nötig war, um sagen zu können, daß wir zum Grund vorgestoßen waren. Einige sind fortgegangen und wurden nie mehr gesehen. Wenn die Spannung unerträglich wurde, meinte Bari: Um gut zu arbeiten, müßten selbst die wilden Tiere spüren, daß es immer einen Ausweg für sie gibt; dann hielt sie eine Rede über die zwei großen Lehren Chinas: Konfuzianismus und das Tao. In der einen ist folgendes wichtig: Normen, Genauigkeit, Gesetze, traditionelle Macht und Verantwortung, Erziehung, Beruf und Arbeit; die andere (ich beschränke mich auf ihre Worte) verkörpert die nicht rationale Weisheit, die das Leben über das Gefühl ergründet, über die Unverantwortlichkeit, die Verneinung und das Paradoxon; kurzum, die Vernunft und der Wahnsinn. (Ach, pflegte sie zu sagen, Vernunft und Wahnsinn zusammenzubringen ist leichter, als sie zu trennen; versuch doch mal, Skepsis und Handlung zu vereinbaren!) Oft forderte sie uns dazu auf, uns durch – wie sie es nannte – einen Akt der Pietät zu erleichtern, den wir brauchten, um die Sättigung mit Konfuzianismus auszugleichen.

»Solange es von Herzen kommt und ihr mir nicht das Haus anzündet, macht, was ihr wollt«, sagte sie abschließend.

Einmal sagte jemand zu ihr:

»Hast du keine Angst, daß sie dir eines Tages den Hals abschneiden, nach einem so verlockenden Angebot?«

»Lieber Freund«, antwortete sie und kniff ihn ins Kinn, »ich habe schon vor langer Zeit die Hoffnung verloren, jemanden zu finden, der Manns genug dazu wäre.«

Das Haus war voller Details für jeden Geschmack und alle Gelegenheiten: von den Gängen mit Zimmerpflanzen und Reproduktionen von Dante Gabriel Rossetti und Burne-Jones bis hin zu einer Küche mit einem Brotbackofen und einer beachtlichen Auswahl an Kräutern, Gewürzen und Eingemachtem (ich erinnere mich heute noch an Engelwurz, Bärlapp, Koriander, Ingwer, süßen Senf, Estragonessig, Veilchenmarmelade und sechs oder sieben Gläser mit Gepökeltem). Selbst da, wo es vernachlässigt schien, war es zu gut erhalten, um am guten Zustand des Gebäudes Zweifel aufkommen zu lassen, so zum Beispiel die Badezimmerwände, die bis zum letzten Quadratzentimeter vollgekritzelt waren. Mir sind vor allem einige mit rotem Filzstift geschriebene Verse im Gedächtnis, die so lauteten:

Arm in Arm steigen singend herab
Der Puritaner und der Goliard;
Das Emblem des einen war das Schafott,
Das des anderen die Kokott.

Vor einem geschichtlichen Panorama
Vereint sich im Chor ohne Drama
Ein Haufen von Idioten
Für dich Kompatrioten.

Gib mir nicht Fisch, sondern Feige,
Statt Goldwein blutige Neige.
Denn für die Hitze der Trüffel
Ist der Krebs ein Rüffel.

Stoßt die Minze, hebt eure Nasen
Für den Hecht des Verwöhnten,
Und dann griechisch Heu für den Hasen,
Für den Hintern des Gekrönten.

Der Dickwanst läuft in den Wald,
Rund um den Hintern noch heiß,
Auster am Auge, die Gurke im Schweiß
Aus dem behaartesten Spalt.

Der andere schwankt über Gestein,
furzt, stolpert, rülpst, will pinkeln,
Von vorne schwül und rein
Und Märtyrer von hinten.

Ein Aufenthalt in Baris Haus ist mir unauslöschlich in Erinnerung geblieben. Es war Ende des Sommers; wir probten für den Saisonbeginn *Der Wahnsinn des Herakles* von Euripides, ich spielte die Deïaneira. Den letzten Szenen zwischen Herakles und Theseus fehlte die tragische Größe und gleichzeitig die groteske, mißtönige Verzerrung, die Clara ihnen aufprägen wollte; nach einer schlaflosen Nacht waren die Schauspieler völlig hysterisch. Die Regisseurin verordnete Freizeit, bis sich die Gemüter beruhigt hätten. Einer holte verschiedene, schreckliche Schnäpse; der Alkohol erwischte uns nervös, müde und besonders empfänglich für jede Art von Erschütterung. Mitten im bacchantischen Fieber beschlossen wir, uns in Schreckgestalten zu verwandeln.

»Es gibt keinen ehrenwerten Wald, der nicht seine Schreckgestalt hätte«, sagte Adrià Villar, der den Herakles spielte.

»Schreckgestalten, je mehr, desto besser«, meinte Guillem Oleiro, der den Theseus spielte.

Am Nachmittag zogen wir ausgelassen los, um Wanderer zu erschrecken. Bari besaß einen Drachen, der wie eine riesige, abscheuliche Bremse aussah; den nahmen wir mit, setzten uns venezianische Commedia-dell'arte-Masken auf, stürzten in die freie Natur und warfen mit Knallfröschen nach allen Leuten, denen wir begegneten. Zwei Spaziergänger beschleunigten ihre Schritte, als sie uns, schreiend, johlend und mit ausgebreiteten Armen springend, hinter sich auftauchen sahen. Ein Bauer drohte uns mit der Hacke. Schließlich war ein Ziegenhirte, der bei Sonnenuntergang seine Tiere nach Hause trieb, unser willkommenes Opfer; wir zerstreuten die Herde und versuchten danach, ohne viel Geschick und Begeisterung (und somit ohne Erfolg), ihm dabei zu helfen, sie wieder zusammenzubringen, wobei wir uns am Ende schon mit Textstellen aus Terenz und Molière an die Tiere wandten. Der Hirte war wütend und wollte uns verprügeln, vor allem nachdem Adrià und Guillem ihn mit großer Ehrerbietung um ein paar Ziegen für eine Hochzeitszeremonie gebeten hatten; welch bukolische Raserei! Theseus und Herakles liefen mit ihren Masken zwischen den immer lauter meckernden Ziegen hin und her, der Hirte verfolgte sie mit erhobenem Stock, und der Hund jagte bellend hinter allen her. Der aufgewirbelte Staub machte das Unterfangen immer schwieriger, und die untergehende Sonne, rot wie vor Scham, ließ die Olivenbäume im Gegenlicht aussehen wie aus schwarzem Stahl; über allen drehte der Drache in Herakles' Händen wie ein schlechtes Vorzeichen Loopings. Es war unvermeidlich, einzugreifen, also lüftete ich mein T-Shirt und pflanzte mich vor dem Hirten auf, der faltig und kräftig und von schwer zu schätzendem Alter war. Er blieb wie angewurzelt stehen und ließ den Stock sinken; das schien mir ein gutes Zeichen zu sein, also machte ich mich gleich an seinen Hosenschlitz; so blieb keiner ohne Beschäftigung: Adrià und Guillem vergnügten sich jeweils mit einer Ziege, und ich mußte kniend meine ganze Geschicklichkeit aufbringen, um den Hirten zu unterhalten und aufzupassen, daß es ihm nicht kam, bevor die anderen fertig wären und die Verfolgungsjagd weiterginge. Ich überwachte aus den Augenwinkeln die Lage, um zum Ende zu kommen, wenn die anderen müde geworden wären. Plötzlich tauchte eine Alte mit einem Bündel Brennholz auf.

»Saukerle!« kreischte sie mit zittriger Stimme. »Schämt ihr euch nicht? Mistkerle, Verbrecher! Ich zeige euch an.«

Ich hatte den Mund voll und konnte mich nicht äußern, doch Adrià wies sie keuchend und unwirsch zurecht.

»Senyora, kümmern Sie sich um den Hund, er ist der einzige, der nicht auf seine Kosten kommt! Hören Sie nicht, wie der Ärmste protestiert?«

Der Hund war äußerst aufgestachelt und folgte der Alten laut bellend talwärts, stets auf der Hut vor ihren Fußtritten. Ich warf einen Blick auf meine Begleiter. Ich wußte nicht, ob sie fertig waren oder nicht, jedenfalls ertappte ich sie dabei, wie sie die Ziegen wechselten; offensichtlich wollten sie bei der ganzen Herde einen guten Eindruck hinterlassen, keine sollte sich über mangelnde Aufmerksamkeit beklagen können. Mein Hirte konnte sich nicht länger zurückhalten; als er überlief, dachte ich, es würde mir zu den Ohren herausfließen. Nie hätte ich geglaubt, daß die Leute auf dem Land so bedürftig wären. Was nun? fragte ich mich. Er setzte sich erschöpft auf den Boden. Die Ziegen würdigte er keines

Blickes. Wir hätten sie an Ort und Stelle grillen können, er wäre unfähig gewesen, auch nur einen Finger zu rühren, um uns daran zu hindern. Ich trat den Rückzug an, doch er faßte mich mit Nachdruck um die Taille.

»Du machst es sehr gut«, sagte er, ohne mich anzusehen, »weiter so.«

Ich musterte ihn erschrocken: Die Erektion hatte kaum nachgelassen; also alles noch einmal von vorn. Nach einer Viertelstunde tat mir der Hals weh, ich hob den Kopf.

»Hör mal«, sagte ich zu ihm, wobei ich versuchte, meiner Stimme einen freundlichen, überzeugenden Ton zu geben, »gefallen sie dir nicht, deine Ziegen? Warum probierst du's nicht zur Abwechslung mit dieser hübschen dort?«

Er drückte erneut mein Gesicht nach unten.

»Weiter.«

Es war offensichtlich nichts zu machen. Zwischen den Ziegen und dem Hirten gefangen, würden wir nur schwer davonkommen. Da wir einmal dabei waren, beschloß ich, ebenfalls die Gelegenheit zu nutzen, und als der Kerl mit gespreizten Beinen auf dem Rücken lag, zog ich mich aus und bediente mich selber.

Abends bei Tisch musterte uns Clara Bari mit ironischer Strenge.

»Die Polizei hat angerufen. Ihr habt, scheint es, einige ehrenwerte Bürger erschreckt.«

Wir grinsten uns an.

»Ich würde behaupten, daß einige nicht gerade einen Schrecken abbekommen haben«, antwortete Adrià.

»Wie dem auch sei, die Umstände zwingen mich dazu, die Gestaltung der Freizeit zu ändern. Von jetzt an werdet ihr sie im Haus verbringen, aber ohne es anzuzünden.« Alle lachten, und sie wandte sich mit leiser Stimme an Adrià: »Habt ihr tatsächlich eine ganze Ziegenherde gefickt?«

»Natürlich«, antwortete er stolz, wirkte aber gleich darauf eingeschüchtert.

»Also«, sagte Bari unerwartet laut, »seid so freundlich und wascht euch die Hände, bevor ihr euch an meinen Tisch setzt!«

So war sie. Wankelmütig, in manchen Augen willkürlich, aber immer großzügig und ihrer eigenen Logik treu.

Wenig später, als ich ungefähr zweiundzwanzig war, schrieb der große Isaac Espinosa speziell für Clara ein Stück. Espinosa war auf dem Gipfel des Ruhms. Er hatte als Bühnenbildner begonnen und war mit siebzig – nach seinen Erfahrungen in der Bearbeitung, der Regie und der Produktion – sowohl hier als auch im Ausland zu einer gefeierten Größe der Literatur geworden. Bari und er hatten vor fünfundzwanzig Jahren eine leidenschaftliche Idylle durchlebt, die in die kleine Geschichte von den Kriegen im Rampenlicht Eingang gefunden hatte. Espinosa schrieb ein Stück in zwei Akten mit dem Titel Moriah über Abraham und Isaak, das von Frauen dargestellt werden sollte. Bari spielte den Abraham, den der Komödiendichter vielleicht etwas vorschnell in Maharba umgetauft hatte. Bei Isaak war es schwieriger; Espinosa nannte ihn Sarina, möglicherweise in der Absicht, schließlich alle Dinge durcheinanderzubringen; die Rolle fiel mir zu. Diesmal herrschte keine gespannte Aufmerksamkeit im Landhaus; wir begannen zu proben, bevor es ein Bühnenbild gab und ohne den Zeitpunkt der Premiere zu wissen. Bari behandelte den Text – anders, als es sonst ihre Art war – mit einem höchst orthodoxen Respekt, was mich bei einem Menschen erstaunte, der nichts dabei fand, Marlowe oder Strindberg zu verdrehen.

Eines Tages – wir hatten gerade einen Monat gearbeitet – kündigte Espinosa seinen Besuch an. Wie gesagt, er verkörperte eine Institution, und seine Anwesenheit bei einer Probe war ein denkwürdiges Ereignis. Als erfolgreiche Anfängerin war ich natürlich gespannt auf das Urteil einer bedeutenden Persönlichkeit, doch ich ließ mich nicht von den Gefühlen hinreißen, solange ich nicht wußte, wie sich Bari verhielt.

Bari, die immer und überall Bescheid wußte, über allem stand und Lektionen erteilte, war nervös. Sie verstand es, das zu verbergen, doch ich hatte mir – unter ihrer Anleitung – angewöhnt, für Gedanken, Wünsche und Meinungen der anderen empfänglich zu sein, also konnte mir die Veränderung in ihrer Verhaltensweise nicht entgehen: Sie rauchte doppelt soviel wie sonst, verlor bei ein paar wichtigen Fragen den Faden und gab mir darüber hinaus Anweisungen, wie ich sie von ihr noch nie erhalten hatte: technischer Art, aber auch das persönliche Auftreten betreffend. Ich bekam einen Eifersuchtsanfall; ich fühlte mich herausgefordert, und mein Groll richtete sich gegen Espinosa: Was bildete sich dieser aufgeblasene Kerl ein? Wenn er glaubte, uns etwas zeigen zu müssen, sollte er sich darauf gefaßt machen, mit dem Schwanz zwischen den Beinen abzuziehen.

Der Besuch wurde für einen Mittwoch zur Nachmittagsprobe angesetzt. Bari und der Inspizient warnten mich jeder für sich vor Espinosas schlechtem Charakter.

»Wenn er dir gegenüber eine etwas harte Bemerkung fallenläßt, sagst du besser nichts darauf«, mußte ich mir anhören. Das war doch die Höhe!

Ich schloß mich in meiner Garderobe ein, schminkte mich in aller Ruhe und sah die Kostüme durch, um keinesfalls vor dem verdammten Ehrengast einzutreffen.

»Eugènia, komm heraus, er ist schon da«, drängte jemand. Der soll warten, dachte ich. Dennoch mußte ich zugeben, daß sie es mit vereinten Kräften geschafft hatten, mich aus dem Häuschen zu bringen.

Ich ging auf die Bühne. Espinosa saß auf dem Stuhl, den normalerweise Bari einnahm. Sie stand hinter ihm und stellte uns vor; wir begrüßten uns steif mit einer leichten Verbeugung aus der Ferne.

»Der Monolog aus der fünften Szene des zweiten Aktes«, zeigte mir Bari an.

Meine Augen verfingen sich in denen Espinosas. Er hatte den beeindruckenden Kopf eines griechischen Philosophen. Seine Haare waren schlohweiß, seine Augen stahlhart und kalt; ich empfand sie in diesem Moment als grausam, aber keineswegs als lauernd oder abweisend. Ich bot ihm die Stirn, als wären unsere Blicke Wirbelstürme, die sich gegenseitig zum Rückzug zwingen könnten, und begann den Monolog, in den ich meine ganze innere Anspannung hineinlegte.

»Was ist der Glaube? Eine Lizenz, um nicht zu denken? Die vertrauensselige Auslöschung des Zweifels, eine über die Erfahrung gespannte Brücke, die Übertragung des Denkens?

Oder das bis an die Grenze der Verzweiflung geführte Gegenteil? Wohin hast du, über meine Unkenntnis hinaus, diesen Glauben gerichtet, von dem man nicht spricht? Deiner Entscheidung zu trotzen, dich über das Ergebnis zu trösten oder vielleicht gar zu vertrauen, daß im letzten Moment alles ausgelöscht wird? Wir alle, Geschichte, Heimat, Gesetz, nicht nur mein Leben und dein Geist, retten uns damit, daß wir die Lösung erkennen, sei es zum Guten oder zum Schlechten. Denn letztlich sind die zwei Möglichkeiten eine einzige; das Opfer eines Teils und des Besonderen ist angesichts der Gesamtheit und des Allgemeinen nicht so unbedeutend, wie wir dachten, denn das Schreckliche an einer Theorie ist, daß sie die mögliche Existenz einer anderen nicht zuläßt ...« Hier machte ich eine Pause. Espinosa starrte mich so an, daß er mich beinahe hypnotisiert hätte; es war noch ein weiteres Dutzend Leute da, doch ich sah nur ihn, rezitierte nur für ihn, so als hätte sein Text, den ich über ihm entlud, die Macht, ihn zu entthronen. Mir schien, daß ein ironisches, wohlwollendes Lächeln auf seinen Lippen tanzte, und das beruhigte mich ein wenig. Ich fuhr fort: »Wir hätten ineinander sein können wie die Döschen oder die Puppen, die immer eine weitere enthalten, wobei die vorhergehenden stets Hüllen sind, die man wegwirft; den Inhalt wegzuwerfen verstößt jedoch gegen die Spielregeln. Womit könntest du also rechtfertigen, das zu tun? Jede Auswahl bringt einen Verzicht mit sich und wächst auf dessen Boden. Es ist kein Beweis, sondern schon im Augenblick der Enthüllung eigentlich ein Opfer, und jeglicher Erklärungsversuch wäre nichts weiter als Scharlatanerie. Gibt dir die Vorsehung selber, die dir das abverlangt, die Kraft, dem ins Auge zu sehen? Oder besteht der uneingestandene Glaube im Wissen um den Ausgang? Sollte das zutreffen, wären Wissen und Vertrauen durch die göttliche Eingebung ein und dasselbe, wie alle anderen Tugenden auch. Doch sollte es dir an Glauben mangeln, würde das Einfluß auf das Ende haben? Vielleicht ist die Lösung unwichtig, vielleicht besteht das Wunder darin, daß du dich jung gefühlt hast, bereit für Begehren und Hoffen: Darin liegt dein Triumph, Maßstab für deine schon zur Tugend gewordene Kraft und Beispiel für die

Quelle, aus der du sie schöpfst. Einige werden behaupten, daß die quälenden Zweifel deinem Opfer Wert verliehen haben; andere, daß es sich um die letzten Spuren eines falschen Bewußtseins handelt. Ich weiß, daß sich eine göttliche Instanz auf kein anderes Gefühl als auf die Liebe stützen kann, um als ewiges Licht die nie verwelkende Blume der Wahrheit anzubieten ...« Ich unterbrach mich erneut. Unmerklich, wie die Intensität einer Abenddämmerung nachläßt, hatte sich Espinosas Gesichtsausdruck auf verwirrende Weise verändert. Sein Blick war offen, direkt, schutzlos und gerührt; seine Augen schimmerten, als würde er gleich zu weinen beginnen. Plötzlich erfaßte mich die von mir erzeugte Wirkung, besser gesagt, ich kehrte zum ursprünglichen Gefühl zurück, das von einer übertriebenen, grundlosen Empfindlichkeit überlagert war. Ich war entwaffnet, fühlte mich sogar verabscheuenswert und dumm, und meine bisherige kummervolle Haltung bedrückte mich sehr; ich überließ mich bedingungslos den von mir vorgetragenen Worten: »Beweine nicht in deinem Inneren die Großartigkeit eines Gefühls, in dem die anderen nur einen unauflösbaren Zweifel sehen. Deine Aufrichtigkeit, die nicht einmal mir zu eigen ist, werden sie unmenschlich und grob finden, weil sie unerbittlich, vollkommen und vor allem einsam ist. Ich bin nie ihr Ziel gewesen, zwischen uns hat es nie etwas anderes gegeben als deine schöpferische Anmut. Der Preis der Liebe und der Verehrung wird die dunklen Schatten der Wahl vertreiben; ich werde dir alles vergelten, und meine Gegenwart an deiner Seite, strahlend und schmeichelnd, wird deine wichtigsten Tage krönen zum Zeugnis für Dauer.«

Als ich geendet hatte, machte sich Stille breit. Espinosas Blick werde ich nie vergessen. Von meinen anfänglichen Gefühlen ausgehend, hätte ich mir einen Sieg zugestehen müssen, doch ich dachte an sie nur, um mich dafür zu verfluchen, daß ich eingebildet, albern und im Irrtum gewesen war. Espinosas Tränen bedeuteten nicht seine Niederlage, sondern seinen absoluten Triumph. Er steckte mich unweigerlich an; hätte ich mich nicht beherrscht, wäre ich vor ihm auf die Knie gefallen. Er stand auf, kam wortlos zu mir und sah mich eindringlich an. Dann nahm er meine Hand und zog mich an sich. Er führte meine Finger an die Lippen und küßte sie sanft. Es war keine Höflichkeitsgeste, alles andere als ein ehrerbietiger Handkuß; es war die schönste Anerkennung, die mir je zuteil wurde.

Er wollte nichts mehr sehen, und kurz darauf gingen Bari, der Bühnenbildner, zwei weitere Kollegen, er und ich zu Abend essen. Ich setzte mich neben ihn. Bari und er teilten sich während des Essens die Hauptrolle, doch Espinosa wandte sich stets an mich. Am nächsten Tag lud er mich zum Mittagessen ein, danach sahen wir uns immer häufiger; vierzehn Tage später zog ich zu ihm.

Die Premiere des Stückes war ein durchschlagender Erfolg. Die Vorstellung war noch nach vier Monaten mindestens zehn Tage vorher ausverkauft, doch Bari beschloß (was für sie gar nicht erstaunlich ist), ein anderes Werk in Angriff zu nehmen. Die Aufführungen wurden unterbrochen, ich verließ Espinosa für einige Zeit, um mich mit dem gesamten Ensemble erneut auf das Landgut zu begeben.

Am ersten Tag begegnete ich Adrià Villar allein im Eßzimmer, wo wir beide auf die anderen warteten. Wir hatten uns lange nicht gesehen, ich fand ihn reservierter als sonst.

»Uns ist allen dein Monolog vor Espinosa in Erinnerung geblieben. Ein unvergeßlicher Auftritt, in der Tat, eine großartige Darbietung.«

Sein Ton machte mich hellhörig.

»Was willst du damit sagen?« fragte ich, ohne genau zu wissen, was mich irritiert hatte.

»Genau das, was ich gesagt habe, daß es ein glänzender Auftritt war«, erwiderte er lachend. »Was ist los? War es etwa kein Auftritt?«

Ich sah zum Fenster hinaus, um seinem Blick auszuweichen. Im Grunde hatte er recht. Es war nichts weiter als ein Auftritt gewesen, doch hinter seinem scheinbaren Lob verbarg sich ein gewisser Groll. Adrià und ich hatten uns gelegentlich geliebt, vor allem während der Aufenthalte in Baris Haus, doch unsere Beziehung war eher sportlicher als empfindsamer Natur, und selbst wenn wir uns häufig gesehen hätten, wäre sie mit Espinosas Auftauchen zu Ende gewesen.

Warum also sollten mich seine Worte stören? Was ging es ihn an, ob ich aus Liebe zum Theater oder aus Liebe zu einer Person meine Rolle gespielt hatte? Welcher Unterschied besteht zwischen der einen und der anderen Komödie? Daß die eine professionell ist und die andere nicht? Daß die eine mit Sicherheit eine Komödie ist, während das bei der anderen aber angezweifelt werden muß, weil sie zufälliger wirkt? Die eine wird bezahlt, und die andere ...? Welchen Unterschied bemerkt das Publikum? Und warum mußte mich das überhaupt kümmern? Die Wege des Komödiantentums sind unergründlich. Adrià näherte sich mir von hinten, umarmte mich und machte damit von einer bei anderer Gelegenheit gewährten Vertraulichkeit Gebrauch, die nun gar nicht galt.

»Du gefällst mir mit jedem Tag besser«, flüsterte er mir ins Ohr – absurderweise, denn wir waren allein.

Ich drehte mich um.

»Soll ich dir etwas sagen? Jetzt wird mir klar, daß ich nur Auftritte wie an jenem Abend ertrage. Deshalb gehe ich. Ich verlasse das Theater. Ich werde es auf der Stelle Clara sagen.«

Es kam zu einem Riesenkrach. Ein paar Stunden später waren wir alle, insgesamt acht Personen, in meinem Zimmer und diskutierten meinen Ausstieg. Ich blieb stur, am Ende machte ich mir nicht einmal die Mühe, zu argumentieren. Bari beschimpfte mich schließlich, und ich entlud allen Sarkasmus, zu dem ich fähig war, auf sie: Ich bezeichnete sie als neidisch, als unfähige, nachtragende Alte und prophezeite ihr, daß sie einst in einem Altersheim vor Ekel vergehen werde, ohne daß sich jemand an sie erinnern werde.

»Krepieren sollst du!« sagte sie.

»Das werde ich, und auf dein Wohl, keine Sorge! Jetzt aber erlaubt mir, meine Sachen zu packen.«

Sie verließen das Zimmer. Als Adrià auf der Türschwelle stand, sah ich, wie Bari ihn mit einer Hand zurückhielt, ihn kurz ansah und ging. Er und ich blieben allein.

»Eugènia ...«

»Verschwinde!« sagte ich, ohne aufzublicken.

Ich öffnete die Tasche, um die Kleidungsstücke hineinzulegen, die ich vier Stunden zuvor herausgenommen hatte.

Er kam näher. Wir diskutierten, ich weigerte mich, er schüttelte mich, flehte mich an. Es passierte schließlich das, von dem zu Beginn schon klar war, daß es passieren müßte, und ich wußte, daß ich mich danach dafür hassen würde.

Er lächelte mich triumphierend an.

»Armer Espinosa, er weiß nicht, was ihn erwartet.«

»Du bist ein Dummkopf, mein Freund. Das ändert überhaupt nichts an meiner Entscheidung und ist auch kein Hinweis auf mein künftiges Verhalten, wie du denkst. Weißt du, was du als einziges verändert haben wirst? Daß ich dich nicht einmal in guter Erinnerung behalten werde.«

Ich kehrte zu Espinosa zurück und gab das Theater auf, das heißt, ich hörte zu spielen auf. Meine Verbindung mit dem Medium setzte sich fort, aber auf andere Weise und in einem anderen Bereich, oft noch intensiver. An Isaacs Seite lernte ich unzählige Dinge, nicht nur, was die Bühne und die Literatur betrifft; er bewies mir, daß die Monogamie möglich ist und sie dich, wenn sie gelingt, zu einem viel dauerhafteren und fruchtbareren Glück führt als jedes andere Lebensmodell, abgesehen vielleicht von der Askese, für die ich mich, wie du schon bemerkt haben wirst, eher weniger berufen fühle.

Als Espinosa vor vier Jahren starb, war ich zerstört, empfand aber gleichzeitig eine unerschütterliche Überlegenheit. Wenn ein Mensch stirbt, verleiht ihm das Maß seiner Größe die Gnade, unvergessen, aber nicht unentbehrlich zu sein. Wenn jemand stirbt und alles um ihn herum zusammenbricht, sind die Erben und Freunde gewiß so damit beschäftigt, Probleme zu lösen oder zu klagen, daß sie ihn bald vergessen oder an ihn denken, um sich von ihm zu befreien, was die unbewußte Form, jemanden zu verwünschen, darstellt. Espinosa ließ mich ich bleiben, reif und voller Leben, mit allen Trümpfen in der Hand, um aus mir das zu machen, was ich wollte.

Ich erhielt hier und im Ausland eine Menge Angebote, um auf die Bühne zurückzukehren, doch ich lehnte alle ab. Meine Zeit, Theater zu machen, war vorbei. Ich übernahm eine Vorlesung am Institut, die mir nicht viel Arbeit macht und mir sogar hilft, einen Zeitplan aufzustellen, ohne den ich schon längst nicht mehr wüßte, welches Jahr wir gerade schreiben. Ich wurde Direktorin, doch nur unter der Bedingung, von den internen bürokratischen Dingen verschont zu bleiben. Mein Name scheint ihnen viele Türen zu öffnen. Die Arbeit erledigen mein Stellvertreter und der Sekretär.

Vor vierzehn Tagen traf ich auf einem Fest Adrià Villar. Er sieht noch genauso aus wie als Herakles, der mit den lächelnden Augen; kein einziges weißes Haar, kein Gramm Fett; ich freute mich, denn wir hatten uns seit der etwas groben Verabschiedung in Baris Haus nicht mehr gesehen. Er erzählte mir, daß er für den Film arbeite, Musikbänder mache, Produzent sei, Drehbücher und Bearbeitungen schreibe und daß es ihm gut gehe. Ich erwähnte, daß ich mich mit seiner Frau angefreundet habe, der Zufall wollte es, daß wir ins selbe Fitneßstudio gingen, und unsere zunächst zurückhaltende Beziehung war mittlerweile offen und vertraut geworden. Er sagte, er wüßte das bereits, er freute sich ehrlich darüber. Als das Fest dem Ende zuging, lud er mich auf ein Glas zu sich nach Hause ein, ich nahm an. Ich erwartete mir einen höflichen und ordnungsgemäßen sexuellen Vorstoß (seine Frau war natürlich nicht zu Hause), doch irgend etwas war an Adrià Villar verändert: Es gab keinen Vorstoß. Wir redeten allerdings, bis die Sonne aufging.

»Für dich also«, sagte er, »hängen Sinn und Zweck der Komödie von der Person ab. Und wenn du das Publikum wechselst, ändert sich dann die Komödie?«

»Das hängt von der Art der Komödie ab.«

»Liebe, zum Beispiel?«

»Ach«, erwiderte ich ausweichend, »wenn du sie wie einen Besuch im Fitneßstudio auffaßt, glaube ich nicht, daß es ernste Probleme gibt.«

»Wir sprechen von dir, nicht von mir.«

»Ich nehme an, daß sie von jetzt an für mich überhaupt nicht mehr an eine Person gebunden ist.«

»Du gibst also zu, es ist keine unerbittliche Fügung des Schicksals, daß Er, der Einzige, der Unersetzliche, dein Geliebter, genau der ist und kein anderer.«

»Schon möglich«, sagte ich, ohne ganz zu verstehen, worauf

er hinauswollte, und war darauf gefaßt, in die Enge getrieben zu werden; doch ich irrte mich wieder einmal. Adrià lachte.

»Ich sage nicht, daß du nicht dahin gekommen bist, vor allem wenn dir dein Wille oder der eines anderen dabei geholfen hat. Aber im allgemeinen klammert sich selbst die von hohler Frivolität ausgegangene Liebe an die Notwendigkeit, sich einzigartig zu fühlen, ohne Double, ohne Alternative und, wenn die Dinge schlecht stehen, ohne Ausweg. Ich möchte dir eine Geschichte erzählen, die das perfekt veranschaulicht.«

Und er begann.

5/6

Geschichte des unwissenden Liebhabers

Nachdem du fortgegangen warst, haben sich die Dinge in der Truppe stark verändert. Baris Fähigkeiten ließen nach, sie bekam mehr und mehr Angstzustände. Senile Hysterie ist nicht gerade geeignet, eine Theateraufführung zu leiten. Wir verloren das Ansehen, das wir uns in der professionellen Welt erobert hatten. Binnen weniger Jahre war es nicht einmal mehr unterhaltsam; Guillem war ebenfalls weggegangen, und außer Bari (die nicht mehr auf Abenteuer aus war) und einem Hausangestellten waren alle homosexuell. Was die Männer betrifft, war mir das egal; so lassen sie uns wenigstens das Feld frei. Doch die Frauen waren ausnahmslos militante Lesben. Stell dir unsere Landaufenthalte vor, alle unter Claras wachsamem Auge.

6/5

»Und die Ziegen?« unterbrach ich ihn. »Sind die etwa auch lesbisch geworden?«

Er lachte, aber anscheinend hatte ihn die Bemerkung gekränkt. Armer Adrià, ein wenig verdiente er es, also bereute ich es nicht. Er fuhr fort.

Ich verließ das sinkende Schiff wie die Ratten. Eines Tages traf ich Esteve Maian. Erinnerst du dich an ihn? Er war jünger als wir und brachte Bari immer Manuskripte, die sie ihm zurückgab, ohne sie sich auch nur anzusehen. Wenn man ihn besser kannte, erwies er sich als ein Mann voller Gegensätze: einerseits ein ästhetizistischer Wahn, was die Kleidung betraf, andererseits eine absolute Orientierungslosigkeit in gastronomischen Dingen; eine unkontrollierbare visuelle Festlegung auf besonders elegante Frauen und ein schreckliches Auto, voller Lichter und Aufkleber und mit einer Hupe, die *Die Brücke über den Kwai* spielte. Nun gut, er erzählte mir, daß er Drehbücher schreibe, doch, wie mir schien, kaum erfolgreicher als früher, und das sagte ich ihm; er widersprach heftig und verkündete mir, daß ihm wahrscheinlich ein noch nie dagewesener internationaler Wurf gelungen sei. Da ich offenbar nicht besonders überzeugt dreinschaute, beharrte er darauf, daß wir in seine Wohnung gingen, dort zeigte er mir seine letzten Arbeiten, die mir Konzentration und Geduld abverlangten. Auf jeder Seite gab es drei oder vier schlechte Wortwitze, ähnlich denen in seinem Notizheft – erinnerst du dich? – auf unserer Mittelmeertournee, als er vor dem Barockaltar mit dieser zusammengedrängten Gruppe von pausbäckigen Putten, die nur aus Kopf und Flügeln bestanden, anmerkte: »Kein Engelskopf hat mehr auf einem Wolkenkopf Platz« ...

»Ja«, erinnerte ich mich, »so wie in den griechischen Restaurants, als er, wenn es ans Zahlen ging, nach dem Orgasmus des Logarithmus verlangte.«
Wir lachten, und er setzte die Erzählung fort.

»Ich finde, du hast einen übertriebenen Ton«, merkte ich an. »Das ist zuviel. Außerdem stimmt das tragische Element nicht mit den Absichten der Personen überein.«

»Ach nein?« gab er trotzig zurück. »Also, wie soll ich es dann machen?«

Ich wollte ihn weder kränken noch verärgern, doch du kennst mich ja und weißt, daß ich nicht anders kann, als zu sagen, was ich denke.

»Du mußt im Scherz reden, damit sie dich ernst nehmen. Das Schlimmste, was dir passieren kann (und das passiert meistens), ist, daß du ernsthaft redest, und es wird als Scherz aufgefaßt. Das liegt an der Schwierigkeit, einen Seelenzustand zu reproduzieren, in dem sich jeder wiederfinden kann. Ohne Humor verlierst du die Selbstbeobachtung und gerätst in einen außerordentlichen Anspruch, der dich beim ersten Irrtum gegen die Lächerlichkeit schleudert. Dann geschieht es, daß sich der Adressat distanziert und mit Gelächter reagiert. Das wußten Shakespeare und Cervantes ganz genau, und ihre Werke spiegeln das perfekt wider; auch Mozart wußte es.«

»Und Homer? Und die Bibel?«

»Ihr Humor entzieht sich uns in einem sehr wichtigen Bereich, weil er an das tägliche Leben gebunden ist und mit den Jahren verschwindet; er verwandelt sich in Mythen, Religionen, Ikonographie, Mysterien. Vielleicht ist unter den großen Meistern, die wir schon nicht mehr beurteilen können, Vergil der einzige, der ausgesprochen humorlos ist; seine unendliche Traurigkeit ist nicht übertroffen worden, doch scheint sie mir kein Vorbild zu sein, das ich dir empfehlen könnte.«

»Und unter denen, die wir beurteilen können …?«

»Unter denen, die wir beurteilen können, ist Bach der einzige gewesen, der den Mut hatte, dem Humor kein Zugeständnis zu machen, wenn es ihm nicht paßte; er ist der Große, der einzige.«

Er behauptete, daß die Ironie als systematischer Weg zu einer neuen inhaltlichen oder stilistischen Dimension an Wirksamkeit verloren hätte und nur noch dazu diente, die

Unkenntnis der behandelten Geschichte und die Unfähigkeit, mit anderen Mitteln zu überraschen, zu überdecken, sowie dazu, sich die Mühe zu sparen, eine Tradition zu erfassen
und ihr zu folgen. Ich glaube jetzt, daß er damit meistens
recht hatte, aber meine Logik war schlagkräftiger, und ich
nahm seine Argumentation auseinander.

Wir begannen eine neue Form des Kontakts. Esteve hatte
begriffen, daß ich einen Ausweg für mein Leben suchte, und
da er mich den Launen des kreativen Geistes gegenüber als
immun einschätzte, lockte er mich mit Frieden, Freiheit und
Wohlbefinden in ihrer häuslichsten Ausformung. Da liefen
die Dinge viel besser.

»Ich mache dich mit Leuten bekannt, die dir gefallen werden.«

»Wunderbar«, antwortete ich ohne besondere Begeisterung.

Er nahm mich auf ein Fest mit, wo Musik und Sänger von
vor fünfzehn oder zwanzig Jahren im Mittelpunkt standen;
die Leute dort waren in unserem Alter oder älter, alles depri-
mierte mich. Ich habe nie verstanden, wie man sich an solchen Dingen ergötzen kann. Du hast eine intakte Erinnerung
an das bewahrt, was damals exotisch, eine Entdeckung war
und Überraschung, Beben, Sehnsucht bedeutete, und nun
wird es dir in deiner eigenen Sprache zurückgegeben: mit
denselben Sängern, gealtert, abgewertet und umgänglich,
vom Podest heruntergestiegen, damit deine Nostalgie sie verschlingen kann. Du bemerkst, daß die Tiger Katzen sind, und
du streichelst sie; du bekommst Zärtlichkeit von ihnen, doch
sie geben dir das Gefühl nicht zurück.

Ich musterte die Leute um mich herum. Ich konnte mich
noch glücklich schätzen, denn einige kamen sehr schlecht damit zurecht. Viele führt die Erinnerung an Zeiten der Liebe
(und es ist für sie in der Tat nicht mehr als eine Erinnerung)
zu der Feststellung, daß sie Zeiten des sexuellen Überlebens
durchmachen; sich dieser Tatsache bewußt zu werden und
danach zu handeln wird für sie zu einer Frage der Aufrichtigkeit, und im besten Fall endet dies damit, daß sie sich lächerlich machen.

Ich suchte nach frischem Fleisch. Mitten im Gewühl entdeckte ich vier großartige Frauen zwischen zwanzig und fünfundzwanzig Jahren. Sie feierten ihr eigenes Fest. Sie plauderten mit allen und waren sehr laut, doch sie wollten offensichtlich zusammenbleiben und weiterhin über ihre eigenen Scherze lachen. Ich stellte mich ohne Scheu vor und wurde nicht schlecht empfangen. Sie nannten mir ihre Namen: Carola Fontalba, Victoria Tura, Sílvia Bertran und Ester Auriol. Ich erfuhr, daß Ester im nächsten Monat einen Politiker heiraten würde, der aber nicht besonders bekannt sein konnte, denn sein Name sagte mir nichts, ich vergaß ihn auch gleich wieder. Victoria Tura, Tochter des Bankiers Tura, gab den Ton an. Es gefiel ihr, sich zu zeigen, und ihr Vorhaben, nicht unbemerkt zu bleiben, hätte nicht erfolgreicher sein können. Sie strahlte eine große Vitalität aus, ihre Züge hatten nichts von der langweiligen Üppigkeit der Jugend, sie besaßen vielmehr die verfeinerte Zartheit und die reizende Ebenmäßigkeit der Frauen in den Mythen; sie schien zu denen zu gehören, in die du dich verliebst: und am Anfang ist alles anregend, doch schließlich fürchterlich durch die Verpflichtungen und den Lebensrhythmus, den sie dir aufzwingt. Aber das hätte mich wahrscheinlich nicht abgehalten (denn sie war eine wunderschöne Frau), wäre nicht Sílvia gewesen, die mich vom ersten Augenblick an bezauberte und der ich all meine Energie zuwandte.

Esteve schloß sich der Gruppe an und stellte mir ein paar Freunde vor, die alle in seinem Alter waren: Joan Vallozella und Joan Devila (sie wurden die beiden Joans genannt und hatten relativ wichtige Funktionen in der städtischen Verwaltung, waren sehr gute Freunde und sahen sich sogar ein wenig ähnlich) und Maurici Klein, der – obwohl Name und Aussehen darauf hinwiesen, daß er nicht mediterraner Abstammung war – fest in diesem Land verwurzelt zu sein schien und alle Leute kannte. Wenn er vergnügt war, machte er ein Gesicht, das zum Lachen aufforderte. Manchmal war sein Lächeln das eines übermütigen, ein andermal das eines grausamen Kindes. Sie schienen mit den vier Mädchen, mit denen ich mich auf Anhieb gut verstanden hatte, auf vertrautem Fuß zu stehen, und ich befürchtete kurz, durch das Zusammenfügen der Pole eine Dummheit begangen zu haben. Ich erkundete vorsichtig meine Möglichkeiten und war nach ein paar Stunden unfähig, eine Prognose abzugeben. Sílvia hatte sich wie ein perfektes wohlerzogenes Mädchen benommen, niemanden zurückgewiesen und auch ihre Freundinnen nicht vernachlässigt. Sie hatte mir keine Hoffnungen gemacht, aber auch keinen Grund gegeben, um nicht weiterhin an ihnen festzuhalten.

Ich erinnere mich übrigens an das Detail eines Gesprächs, das dich amüsieren wird: Ich war aufgestanden, um ein Getränk zu holen, und hörte, wie ein paar Leute über Espinosa sprachen. Ich lauschte diskret, ob sie vielleicht etwas über dich sagten. Einer bemerkte:

»Mir ist zu Ohren gekommen, daß er krank ist und praktisch isoliert lebt. Mich wundert das nicht, wenn er doch tatsächlich die Frau seines Lebens gefunden hat.«

»Sie ist viel jünger als er, oder? Die bringt ihn in zwei Tagen um«, meinte ein anderer, und alle lachten.

»Das ist nicht der Hauptgrund«, mischte sich ein dritter ein. »Als ich vor ungefähr einem halben Jahr das letztemal mit ihm sprach, sagte er zu mir: ›Wenn ich, bevor ich bekannt wurde, ein Leben geführt hätte, das ich nun dank dem Ruhm führen könnte, hätte ich nichts von alldem geschrieben, was mich berühmt gemacht hat; also sehe ich keinen Grund, meine Gewohnheiten zu ändern.‹«

Ich nahm mir ein Beispiel an dieser bewundernswerten Lebensform (so wichtig für den, der durch sein Werk in Erinnerung bleiben möchte) und beschloß, meinen Weg in einer Arbeit fortzusetzen, die mehr von der eigenen Disziplin als vom Glück oder den Launen der Umgebung abhängt. Das Fest ging zu Ende und meine neuen Bekannten ließen keine Möglichkeit offen, noch woanders hinzugehen. Beim Abschied konnte ich aus ihrem Tuscheln und Kichern nicht schlau werden. Schließlich lud mich Ester zu ihrer Hochzeit ein, und ich mußte allen vieren versprechen zu kommen.

Am nächsten Tag beschäftigten mich in erster Linie zwei Dinge: Mit Esteve zu reden, um vor Ort zu sehen, worin genau seine Angebote bestanden und ob sie mich interessieren konnten; und einen Weg zu finden, um Sílvia vor Esters Hochzeit zu sehen, die erst in drei Wochen stattfand, denn ich war nicht gewillt, so lange zu warten. Doch wen sollte ich nach der Telefonnummer fragen? Esteve? Wenn er sie nicht hatte, würde ich mich gezwungen sehen, meine Schwäche auf ziemlich unangebrachte Art zu verbreiten. In der Hoffnung, die Umstände würden es mir erlauben, Sílvia an einem anderen Ort zu treffen, beschloß ich, ihm vorderhand nichts von der Sache zu erzählen.

Esteve und ich trafen uns zu einem Arbeitsgespräch, und nach einigen Bemühungen wurde ich als Drehbuchautor für eine ausländische Produktionsfirma engagiert. Ich ging zu Bari, um ihr meinen Entschluß und die Gründe dafür mitzuteilen. Sie nahm es mit einem fatalistischen Phlegma und einer Resignation hin, die mich ein wenig störten, wenn ich an den Wirbel dachte, als du uns verlassen hast. Ich will nicht behaupten, daß ich eine hysterische Szene und Vorwürfe bevorzugt hätte, aber ich hätte mich geachtet gefühlt; wie dem auch sei, es bestärkte mich in meiner Entscheidung.

6/5

»Vielleicht«, unterbrach ich ihn, »war Clara der Fahnenflucht gegenüber schon abgestumpft oder hatte gelernt, anders damit umzugehen.«

»Kann sein«, stimmte er zu, nicht gerade erfreut, da er, seinem Gesicht nach zu urteilen, meine Bemerkung als einen Versuch, ihn zu trösten, aufgefaßt hatte.

Er fuhr fort.

5/6

Ich vertiefte mich begeistert in die Mappen mit Skizzen und Erzählungen aus jenen Jahren, um zu sehen, was davon brauchbar war und wo man anfangen konnte. Ich hatte noch keine zwei Tage damit zugebracht, als mir eine Notiz zusammen mit einem Päckchen, das zwei Schlüssel enthielt, zugestellt wurde; die Nachricht lautete mehr oder weniger so:

»Jemand, der bestimmt weiß, daß seine Person Dich nicht kaltläßt, und der mit Dir in der Bereitschaft übereinstimmt, ein leidenschaftliches Gefühl entstehen zu lassen, möchte sich mit Dir heute nacht an der untenstehenden Adresse treffen. Von den beiden Schlüsseln ist der goldene für das Haustor, der andere für das Appartement. Die Bedingungen sind folgende: Punkt neun erwartest Du mich im dunklen Schlafzimmer, ich komme nach Dir. Es wird praktisch völlige Dunkelheit herrschen; auf dem Nachttisch gibt es keine Lampe, und den Schalter für die Deckenbeleuchtung habe ich mit einem Heftpflaster zugeklebt. Du darfst auf keinen Fall ein anderes Licht anmachen oder versuchen, meine Identität herauszufinden, denn sonst siehst Du mich nie wieder und würdest mich aus verschiedenen Gründen ins Unglück stürzen, die allesamt so schlimm sind wie die Tatsache, uns nicht mehr treffen zu können. Zehn Minuten, nachdem ich das Appartement verlassen habe, kannst Du gehen, wann Du willst. Ich vertraue auf Deine Diskretion als Gentleman, die Dich im Einklang mit der Klugheit, der Rücksicht und der Intelligenz handeln lassen wird, die Du bis jetzt an den Tag gelegt hast.«

Ich las die Nachricht zehnmal. Vor allem der Beginn und das Ende konnten nicht ernst gemeint sein; mich dürfte eine groteske, unangenehme Überraschung erwarten. Ich trank einen trockenen Sherry und ließ mir die Sache in Ruhe durch den Kopf gehen. Wer konnte sich diesen Scherz erlaubt haben? Mir fiel niemand ein. Und wenn es kein Scherz war? ›Jemand, der bestimmt weiß, daß seine Person Dich nicht kaltläßt …‹ Es konnte nur eines der Mädchen gewesen sein, die ich gerade kennengelernt hatte. Ich wollte mich gern vergewissern, daß kein anderer dahintersteckte, doch das war ebenso schwierig, wie die Identität des Verfassers oder der Verfasserin dieser Zeilen herauszufinden. Wer mochte es bloß gewesen sein? Du warst die einzige, der ich so etwas zugetraut hätte, nicht jedoch zu einem Zeitpunkt, wo du mit einem Menschen zusammenlebtest, der letzten Informationen zufolge krank war und vor allem deiner Fürsorge bedurfte;

demnach konnte die Notiz nur von einer der vier stammen. Aber von welcher? Ich wollte nicht über ihre Lebensumstände oder ihre Charaktere Vermutungen anstellen, auch, weil ich sie zu wenig kannte. Mein einziger Wunsch war, daß Sílvia Bertran den Brief geschrieben hätte. Doch warum mußte sie sich verbergen? Es war angebracht, pragmatisch vorzugehen; später würden wir schon sehen, dachte ich. Ich beschloß, die Anweisungen haarklein zu befolgen. Wenn es ein Scherz war, würde ich versuchen, der Situation gewachsen zu sein. Wir würden lachen, doch sollte der Streich zu hart ausfallen, müßte ich meinen Impulsen gehorchen, und sein Urheber würde noch lange an mich denken.

Ich kam immer mehr in Fahrt und war um sieben Uhr abends unfähig, mich auf die Arbeit zu konzentrieren. Also nahm ich die Schlüssel und schlenderte bis zur Stunde des Rendezvous durch die Straßen.

Dreiviertel neun stand ich vor dem mir beschriebenen Hauseingang. Ich las den Namen auf dem Briefkasten, doch der sagte mir, wie ich schon angenommen hatte, nichts; zweifellos war an alle Details gedacht worden, und auf diesem Weg würde ich nicht dahinterkommen. Ich fuhr mit dem ringsum mit Spiegeln versehenen Aufzug nach oben. Alles lief wie am Schnürchen. Das Appartement war zwar klein, aber luxuriös ausgestattet: Eine Garçonniere von Leuten mit Kohle. Es gab nur vier Räume: ein Wohnzimmer mit Terrasse, ein Schlafzimmer mit einem großen Bett, Küche und Badezimmer. Es war kurz vor neun; ich löschte alle Lichter außer dem am Eingang, das das Wohnzimmer in ein diffuses, schwaches Licht tauchte, und ging ins Schlafzimmer; bei offener Tür gab es bestenfalls genug Licht, um die Umrisse der wenigen Möbel zu erkennen. Meine unbekannte Geliebte hatte alles gut durchdacht, und wenn ich sie nicht aus dem Schlafzimmer hinauszerrte, würde ihre Identität verborgen bleiben. Ich war schon im Begriff, mich auszuziehen und ins Bett zu legen, aber sollte es wirklich ein Streich sein, wäre es besser, angezogen ertappt zu werden als mit nacktem Hintern.

Zehn Minuten später hörte ich, wie die Eingangstür aufging. Mein Herz schlug heftig, und ich wartete gespannt. Das einzige Licht im Appartement ging aus, und alles versank in völliger Dunkelheit. Ich vernahm das entschlossene Klappern von Stöckelschuhen, das sich dem Schlafzimmer näherte. Meine Nymphe mußte sich hier gut auskennen, denn mir an ihrer Stelle wären Türen und Stühle im Weg gewesen. Doch meine Zweifel zerstreuten sich; die Frau des Hauses wandte sich in meine Richtung, als verfügte sie über einen Radar, und begann das rigorose erotische Ritual, ohne den Mund aufzumachen (um zu reden, meine ich). Mich hat es immer gestört, das Licht ausgeschaltet zu lassen, doch die Einzigartigkeit und Exotik der Umstände ließen mich dieses Detail vergessen. Oft habe ich mich gefragt, wie viele Leute in meiner Lage wie ich reagiert hätten: Wie viele hätten Brief und Schlüssel weggeworfen, wie viele wären hingegangen, aber nur bis ins Wohnzimmer gekommen, und zwar bei heller Beleuchtung, und wie viele hätten es sich anders überlegt, sobald sie nackt wären und von jemandem befummelt würden, den sie nicht kannten und von dem sie nicht wußten, warum er sich versteckte. Nenn es Abenteuergeist oder wie du willst, jedenfalls bewegte ich mich mit einer Begeisterung wie in den brillantesten Augenblicken meines Lebens, weswegen ich – es fällt mir schwer, das einzugestehen, und du kannst es bestätigen – Gründe habe, nicht ganz unzufrieden zu sein.

Drei Stunden später war ich voller Staunen. Wir hatten uns viermal geliebt, und meine Partnerin hatte gekeucht, doch war ihr kein einziger Seufzer entfahren. Sie wollte nicht riskieren, von mir durch den Klang der Stimme identifiziert zu werden, für mich ein unwiderlegbarer Beweis dafür, daß ich sie kannte. Wer war sie? Sílvia, die erste Frau in meinem abwechslungsreichen Leben, die in mir den Wunsch entfacht hatte, mit ihr mehr als drei Wochen zu verbringen? Ich wünschte so sehr, daß sie es wäre und keine andere! Wir saßen nackt auf dem Bett. Ich berührte ihren Körper. Die Hände, das Gesicht, die Haare, den Hals, die Beine, die Brüste. Ich bemühte mich, mir die Mädchen vom Fest vor Augen zu führen. Die Nase war gerade. Wie die von Sílvia, wie die von Ester. Die Brüste waren wohlgeformt, nicht allzu groß, von denen, die im Liegen nicht die Form verlieren; genau wie die von Carola, die von Victoria, die von Sílvia ... Es war nicht möglich! Keine von ihnen wies einen bestimmten Zug auf, der es mir erlaubt hätte, sie auszuscheiden. Das Haar! Alle vier trugen es nicht allzu lang, nur bis zu den Schultern, so wie ... Von der Stummheit meiner Liebhaberin angesteckt, hatte auch ich nichts gesagt. Und wenn ich spräche? Und wenn ich das Licht anschaltete? Würde sie dann ihre Drohung wahr machen? Besser, ich probierte es nicht aus, denn ich konnte alles verlieren. Sie küßte mich, zog sich an und ging. Gleich nachdem ich die Tür hatte ins Schloß fallen hören, riß ich das Heftpflaster vom Schalter und machte Licht. Ich suchte auf dem Bett nach Haaren; eines mußte nach der Schlacht verlorengegangen sein, und es wäre ein aufschlußreiches Indiz: Sílvia war rothaarig, Ester hatte schwarzes Haar wie Carola, doch das von Carola war glatter, das von Victoria eher blond. Aber die Frau, mit der ich soeben zusammengewesen war, stand unter dem Schutz der Götter oder war selbst eine Göttin, denn auf den Laken befanden sich nur Haare von mir. Ich sah ein, daß es keine Möglichkeit gab, herauszufinden, für wen ich mein letztes Hemd hergegeben hatte. Und mein einziger Gedanke galt einem nächsten Wiedersehen. Ich zog mich an, machte das Licht im Schlafzimmer aus und klebte das Heftpflaster wieder auf den Schalter. An der Eingangstür hing ein Zettel. »Liebster«, oh, das beginnt ja gut, dachte ich, »mit Dir zusammenzusein übertraf meine Träume. Behalte die Schlüssel, ich werde Dir den Zeitpunkt des kommenden Treffens mitteilen, sobald es mir möglich ist. Versuche nicht herauszufinden, wer ich bin. Wenn Du mich wiedersehen willst, dann sprich mit niemandem darüber.«

Diese Drohgebärden begannen mich zu stören; außerdem schien sich das Mädchen sehr sicher zu sein, daß ich jedesmal, wenn sie pfiff, angelaufen käme. Doch da sich im Augenblick die Situation positiv darstellte, wollte ich nicht zulassen, daß mir jemand die Freuden vorenthielte.

Ich kehrte nach Hause zurück, und während der Nacht kamen mir die verschiedensten Gedanken in den Sinn. Ich dachte sogar daran, eine ansteckende Krankheit abbekommen zu haben.

Am nächsten Tag ging ich wieder an die Arbeit, und die vorangegangene Nacht bescherte mir ein noch höheres Maß an Begeisterung, aber auch eine gewisse Unkonzentriertheit. Am Nachmittag kam Esteve und erklärte mir, wie es dort zuging, wo ich gerade erst angefangen hatte, welche Leute dort das Sagen hatten und wen ich früher oder später kennenlernen müßte; zu Beginn hörte ich ihm nicht besonders aufmerksam zu, doch bei zwei Namen spitzte ich die Ohren: Bei dem des Finanzmagnaten Carles Tura, Vater von Victoria, und dem des Diplomaten Eduard Bertran, Vater von Sílvia. Ich konnte der Versuchung nicht widerstehen, das Gespräch auf meine Hingabe zu lenken, und ich fragte ihn nach den vier Mädchen.

»Seit ich sie kenne, sind sie Freundinnen«, sagte er. »Mit Ausnahme von Carola sind alle aus sehr guter Familie (die Auriols sind sogar adlig, glaube ich). Meiner Meinung nach ist das nicht die Art von Frauen, die für dich in Frage kommen; sie heiraten (Ester ist das erste Beispiel dafür) nur innerhalb ihres Clans.«

Das erklärte die Notiz. Meine Geliebte wollte sich nicht kompromittieren.

»Kann ich mich auf dich verlassen?« sagte ich, eher als Vorbereitung auf das, was ich zu enthüllen dachte, und nicht als echte Frage; Esteve hatte schon bewiesen, daß ich ihm vertrauen konnte.

»Natürlich.«

Vielleicht konnte er die Schrift identifizieren; wenn meine Dame so scheu war, sah ich nicht ein, warum ihre Regeln befolgt werden sollten, als hätte sie ein himmlischer Richter erlassen.

»Lies das hier, und sag mir, ob du es identifizieren kannst.«

Er verschlang die Notiz mit den Augen, und ihm entschlüpfte ein Lächeln, in dem Mitwisserschaft und auch Neid lagen.

»Wirst du hingehen?« fragte er (die Nachricht war ohne Datum).

»Ich bin schon hingegangen. Es war gestern.«

Ich erzählte es ihm kurz.

»Und wer war's?«

»Ich möchte, daß du mir hilfst, es herauszufinden. Kennst du die Schrift?«

Er schüttelte den Kopf. Ich zeigte ihm die zweite Notiz und erläuterte kurz die ersten Vermutungen, allerdings verkappt, damit ihm nicht sofort klar wurde, daß es in erster Linie Illusionen waren.

»Du meinst, es könnte eine der vier sein?« sagte er und beantwortete die Frage selbst: »Klar doch! Keiner vom Theater wäre zu einer so ausgeklügelten Inszenierung fähig; kennst du sonst niemanden, der es gewesen sein könnte?«

»Nein. Du bist mit ihnen befreundet, glaubst du, sie sind imstande, so etwas zu tun?«

Er dachte darüber nach; sein finsterer Gesichtsausdruck war eher beunruhigend, doch ich hatte keinen anderen Verbündeten, auf den ich zählen konnte.

»Es muß eine der vier sein, soviel steht fest«, bekräftigte er noch einmal. »Aber welche? Carola hat die Männer und die Verliebtheit immer verachtet ...«

»Wenn solche in Aktion treten, sind sie am kühnsten.«

»Dann könnte es Carola sein. Aber ich kann mir nicht vorstellen, daß sie derartige Zettel schreibt. Ester ist die energischste, aber sie heiratet in drei Wochen ... Klar, vielleicht will sie sich auf die Probe stellen oder von der Freiheit Abschied nehmen, und dieser Streich verlangt nach absoluter Diskretion ...«

»Könnte es also Ester sein?«

»Sicherlich! Und Sílvia sollten wir auch nicht ausschließen; doch ich sehe bei allen keinen Grund, sich so zu verbergen. Was Victoria angeht ... Sie ist eine Frau mit Charakter. Ich kann mir nicht vorstellen, daß sie so etwas inszeniert, es sei denn ...«

»Es sei denn, sie hat ein Motiv.«

»Adrià, das einzige, was du tun könntest, ist, das Licht anzuschalten und ihr ins Gesicht zu schauen. Mich wundert, daß du es nicht schon gestern gemacht hast.«

»Aber dann würde ich sie doch nicht wiedersehen. Hast du das nicht gelesen?«

Esteve winkte ungeduldig ab.

»Ach was! Wenn ihr bis hierher gekommen seid, wieso sollte sie nun verschwinden? Merkst du denn nicht, daß es ein Trick ist, um dich am Gängelband zu haben?«

Er widmete eine halbe Stunde dem Versuch, mich zu überreden, zum nächsten Treffen mit einer Flasche Sekt und einer Taschenlampe zu gehen und die Lampe anzuknipsen, nachdem die Flasche geleert wäre; so würde ich sie in einem Zustand überrumpeln, der weniger geeignet wäre, mich zum Teufel zu jagen. Um die Sache abzuschließen, sagte ich, daß ich darüber nachdenken wollte; in Wahrheit hatte ich es mir schon überlegt; ich hatte nicht die Absicht, die Spielregeln zu brechen, zumindest nicht im Augenblick. Wir sprachen wieder über Drehbücher, und wenig später sah er auf die Uhr und ging.

Der nächste Tag war ein Donnerstag, und ich wartete ungeduldig auf ein zweites Rendezvous, doch es tat sich nichts. Am Nachmittag rief mich Esteve an.

»Am Samstag werden bei Auriol Kurzfilme vorgeführt. Ich habe mit Ester gesprochen, und sie hat mich gefragt, ob du nicht Lust hättest hinzukommen.«

Ich sagte zu (wobei ich darauf achtete, daß mein Tonfall nicht die Verwirrung und Freude über diese Einladung verriet) und mußte mir Mühe geben, damit mich die Gedanken in den anderthalb Tagen, die dazwischenlagen, arbeiten ließen. Ich erhielt keine Nachricht, die mich ins Appartement gelockt hätte, woraus zu schließen war, oder ich wollte es zumindest so interpretieren, daß es sich bei meiner Geliebten um eine der vier in Frage kommenden Mädchen handelte.

Endlich war es soweit; ich holte Esteve ab, und wir fuhren gemeinsam zum Haus der Auriols; es war eine am Stadtrand gelegene Villa aus dem 19. Jahrhundert, umgeben von einem großen Pinienwald und französischen Gärten, die unter der mangelnden Stadtgestaltung ebenso gelitten hatten wie unter dem späteren Gestaltungswillen. Wir wurden in einen überfüllten Salon geführt, und Esteve verschwand kurz darauf mit ein paar Bekannten, die mir vorzustellen keiner sich die Mühe machte. Nachdem ich eine Weile ziellos umhergestreift war, lief ich einem alten Ehepaar in die Arme, die mich als Brutus aus Julius Cäsar wiedererkannten, den ich in der vorletzten Saison gespielt hatte, sie nahmen mich erbarmungslos in die Mangel. Zum Glück erblickte mich wenig später Victoria und befreite mich lächelnd und überschwenglich; ich musterte sie so unauffällig wie möglich von Kopf bis Fuß. War sie es? Sie konnte es sein und auch wieder nicht. Unglücklicherweise konnte ich nichts tun, zumindest nicht hier, um den Körper wiederzuerkennen, den ich vor vier Tagen in meinen Armen gehalten hatte. Victoria sah mir mit einem offenen Lächeln ins Gesicht, das mich entwaffnete; wenn sie es war, hätte sie am Theater Karriere machen können; und wenn nicht, war sie auf dem laufenden? Sie blickte mich an und lachte, und ich fühlte mich imstande, alles zu meinen Gunsten zu interpretieren, wie auch immer die Lösung ausfallen sollte. Sie schien jemanden in der Menge zu suchen. Ich sah Sílvia in der Ferne, und mein Herz drohte zu zerspringen; sie bemerkte mich auch und kam auf mich zu, doch da sie die Gastgeberin war, wurde sie dauernd unterwegs aufgehalten. Als sie nur noch fünf Meter von mir weg war, tippte mir jemand auf die Schulter. Es waren Carlota und Ester. Beide mit einem strahlenden Lächeln, wie zuvor Victoria; wir hatten uns bis zu jenem Tag erst einmal getroffen, und das in einer großen Runde, wo viel gescherzt und viel Unsinn geredet worden war. Genügte dieses erste Kennenlernen, um schon beim zweiten Zusammentreffen zu scherzen und gleich zu Beginn verrückt zu spielen? Ich hätte es nicht beschwören können, aber wenn die Antwort negativ ausfiel, bestand kein Zweifel: Es wäre eine von ihnen, und die anderen wüßten Bescheid.

Sílvia kam zu mir, doch sie war so gefragt, daß sie mich kaum begrüßen konnte. Ich musterte sie genauso eingehend wie zuvor die anderen drei. Ein aufmerksamer Beobachter hätte mich wegen meiner Art, die Frauen zu betrachten, wohl für einen Sexbesessenen gehalten. Gewiß, es konnte auch Sílvia gewesen sein. Oder auch nicht.

Man begann, Stühle hereinzutragen und sie in Reihen vor

einer kleinen Leinwand anzuordnen; dann wurden wir aufgefordert, Platz zu nehmen.

Das Durcheinander wuchs. Ester und ich kamen nebeneinander zu sitzen, sie hielt für ihren Begleiter noch einen Platz frei. Wenig später trat ein Mann zu uns, der etwa zehn Jahre älter als ich sein mochte und den Ester mir als ihren künftigen Gatten vorstellte. Alfred Maury heißt er. Er ist sehr liebenswürdig, nicht gerade attraktiv, aber man kann sich blendend mit ihm unterhalten, er ist überaus kultiviert, was er mit verzeihlicher Pedanterie zeigt. Ester setzte sich zwischen uns.

Das Licht ging aus. Die ersten Kurzfilme waren eine Art Aufguß von Klassikern, ganz nach dem Geschmack von vor dreißig Jahren: *Die großen und die kleinen Vögel* von Pasolini, *Who are you, Polly Magoo?*, *Sweet Hunters* von Guerra und *L'âge d'or* von Buñuel, soweit ich mich erinnern kann. Dazwischen waren – niemand weiß genau, zu welchem Zweck – Szenen in Schwarzweiß und in Zeitraffer von Schocktherapien in einer psychiatrischen Anstalt eingefügt. Die Verwüstung interessierte mich wenig, und so beobachtete ich diskret das Publikum. (Diskretion, Diskretion: konnte mein Stigma denn nie mehr ein anderes sein?)

Ich sah zu Carola, die in derselben Reihe am anderen Ende saß. Sie erwiderte meinen Blick; wir lächelten uns zu, dann drehte sie das Gesicht langsam weg; ich tat dasselbe, doch sah ich gleich darauf wieder hin. Wie vermutet, blickte sie nach wie vor zu mir her; wir lachten beide, und sie wandte sich wieder der Leinwand zu.

Etwas weiter vorne erspähte ich Victorias Kopf. Sie hatte ihr Haar zu einem großen, lockeren Knoten zusammengefaßt. War sie es? Ich konzentrierte meinen Blick auf sie. Es heißt, wenn du jemanden von hinten ganz intensiv anstarrst, bemerkt er es. Victoria drehte sich um und heftete ihre funkelnden Augen auf mich. Ich lächelte ihr zu. Seit einigen Tagen war der interessanteste Teil meines Lebens dazu verdammt, in der Dunkelheit stattzufinden.

Ich suchte Sílvia mit den Augen, doch ich fand sie nicht. Ich wandte meinen Kopf langsam zu Ester hinüber, die neben mir saß. Als ich ihr ins Gesicht sah, lächelte sie spöttisch. Ich warf einen Blick auf ihren Zukünftigen, er schien sehr in die Vorführung vertieft zu sein.

Es wurden Ausschnitte aus anderen Filmen gezeigt: Irene Papas als Elektra, Natalie Wood in *Die Katze auf dem heißen Blechdach* und ein erotisches Remake von *Cheeses and Kisses* von Stan Laurel und Oliver Hardy, das mit großem Gelächter aufgenomen wurde. Es war sehr heiß, und ich zog mein Sakko aus.

Als die Vorstellung vorüber war, gingen die Lichter an, und das Gewirr begann von neuem. Getränke wurden serviert, und die Stehenden schränkten das Gesichtsfeld der anderen ein. Über eine Dreiviertelstunde lang sprach ich mit Maury und Ester über die apologetischen und antiapologetischen Moden von Gesetz und Ordnung im Kino, und wir stimmten mehr oder weniger darin überein, daß, so abscheulich die Presse auch dargestellt wird, sie noch immer besser wegkam als die Polizei. Als die Leute aufbrachen, kündigte ich an zu gehen, und niemand schlug mir vor, zu bleiben oder noch woanders weiterzumachen; so verabschiedete ich mich und ging ein wenig enttäuscht fort. In Wirklichkeit wußte ich nicht, was zum Teufel ich dort erwartet hatte. Ein Wunder? Alles war Schein, Lüge und Eitelkeit.

Auf der Straße steckte ich gedankenlos die Hände in die Jackentaschen und fand dort ein Papier; es war ein doppelt gefalteter Zettel. Ich blieb schlagartig stehen. Auf dem Zettel standen ein paar Worte, und die Schrift glich der von den Notizen meiner geheimen Geliebten, bloß flüchtiger hingeschrieben. Ich las sie im Licht einer Laterne.

»Morgen zur gleichen Zeit. Ich erinnere Dich noch einmal an die Wichtigkeit der Diskretion.«

Ich ging ein paar Schritte. Wer hatte mir den Zettel in die Tasche gesteckt? Jede der vier hätte es tun können; Ester hatte am meisten Gelegenheit dazu während der Vorführung, doch danach, als sie vorbei war … Wenn sie aber einen Verbündeten hätte, könnte es jede von ihnen gewesen sein.

Wie dem auch sei, was kümmerte es mich, ob es die eine oder die andere war? Mir war eine Affäre auf dem Tablett serviert worden, die nicht nur klappte, sondern auch originell und unterhaltsam war. Was wollte ich mehr? Am besten, ich nutzte, was mir geboten wurde, ohne mich mit Nachforschungen zu quälen.

Am nächsten Tag sprach ich mit Esteve. Nachdem wir die Themen der Arbeit abgeschlossen hatten, fragte er mich nach der geheimnisvollen Frau, und ich konnte mich nicht zurückhalten.

»Jetzt bist du wenigstens sicher, daß es eine der vier ist«, sagte er mit einer Bestimmtheit, die mich störte, aber es hatte keinen Sinn mehr, das Gesprächsthema zu wechseln; »oder vielleicht nicht? Wie ist sie? Gesehen hast du sie nicht, berührt aber schon, oder? Wie ist ihr Körper?«

»Ich könnte ihn nicht beschreiben.«

»Dann kann es also irgendeine von der gestrigen Veranstaltung gewesen sein oder sogar jemand, der nicht dort war und einen Komplizen hat, der dir den Zettel in die Tasche gesteckt hat. Du solltest eine Taschenlampe mitnehmen«, beharrte er, »und sie wie zufällig anknipsen.«

»Ganz zufällig? Esteve, bitte …«

»Nun, vielleicht wäre das sehr grob. Doch wie auch immer, ich würde versuchen herauszufinden, wer sie ist. Stell dir bloß vor, es handelt sich um eine fürchterliche Alte, zurechtgemacht und mit Stimulantien vollgestopft, der nichts Besseres eingefallen ist …«

»Ausgeschlossen«, protestierte ich, »ich habe nicht erst seit vorgestern mit Frauen zu tun, und selbst wenn ich gar nichts von ihr sehe, kann ich doch einen Körper von zwanzig Jahren ausmachen.«

»Na egal, dann eben jung, aber häßlich: mit einem schrecklichen Gesicht, die Nase schief, Jumbo-Ohren und Schielaugen …«

»Gib dir keine Mühe, von den Zähnen oder den Brüsten zu sprechen, alles ist an seinem Platz«, sagte ich und hatte es langsam satt.

Esteve ging, und ich atmete auf, doch in Wahrheit hatte er mich beunruhigt. Letztlich hatte ich ein Recht zu wissen, wer sie war, schließlich zwang mich ja niemand, zum Rendezvous zu erscheinen. Vielleicht war es logischer, nicht hinzugehen, wenn mir die Situation nicht paßte; wenn ich hinginge, akzeptierte ich die Bedingungen. Ich mußte nicht viel darüber grübeln.

In jener Nacht war ich Dreiviertel neun im Appartement und wartete im Bett auf ihre Ankunft. Ich hatte eine Flasche Sekt vorbereitet und zwei Gläser, die ich wie die Blinden füllen müßte, indem ich den Flüssigkeitsstand mit einem Finger maß, wenn ich das Bett nicht in die Quellen Arkadiens verwandeln wollte.

Meine geheimnisvolle Geliebte kam pünktlich. Sie zog sich im Vorzimmer aus, und ich sah einen Augenblick ihre Silhouette in der Tür. Sie schloß sie, und wir umarmten uns wortlos.

Nach drei Stunden war es noch immer so. Es hatte keinen Sinn, sich an jemanden zu wenden, von dem du weißt, daß er dir nicht antworten wird. Wir hatten die Flasche Sekt geleert, und obwohl alles unübertrefflich gewesen war, blieb mir ein tückischer Beigeschmack. Erstaunlich (und wenn man empfindlich ist, nicht gerade schmeichelhaft) war nach wie vor die strenge Selbstkontrolle, um die verräterischen Stimmbänder bei keiner wie auch immer ausufernden Atmung einzusetzen. Ihr Kopf ruhte in meinem Schoß, und ich beugte mich über sie. Und wenn ich ihr einen Knutschfleck am Hals beibrachte? Morgen könnte ich sie alle vier ins Kino einladen, und wenn sich eine mit einem Schal bedeckte, dann war diese die Meine. Ich verwarf die Idee augenblicklich: sie würden es sich sicherlich am Telefon erzählen und alle vier mit Schal auftauchen. Ich streichelte ihr Gesicht mit den Fingerspitzen, um ihre Züge so gut wie möglich festzuhalten. Eindrücke des Tastsinns in visuelle Bilder zu übertragen ist eine gar nicht leichte Übung und für jemanden, der ein Künstler sein will, sehr zu empfehlen: Im Dunkeln ein unregelmäßiges Objekt (ein Gesicht zum Beispiel) berühren und es aus dem Gedächtnis zeichnen. Sie mußte meine Absicht erkannt haben, in einem vorgespiegelten erotischen Gegenangriff knabberte sie an meinen Fingern. Wo auch immer ihr Vorgehen seinen Ursprung hatte, wir schlangen uns jedenfalls wieder ineinander; eine halbe Stunde später setzte sie sich auf. Ich tat das gleiche. Doch sie drückte mich ins Bett zurück. Wollte sie, daß ich dort blieb, bis sie weg war? Einverstanden. Ich hörte, wie sie duschte, sich in aller Eile anzog und ging. Diesmal hinterließ sie keine Nachricht.

Ich kehrte mit einer bittersüßen Verwirrung nach Hause zurück. Ich war im Begriff, mich zu verlieben, ohne zu wissen, in wen. Soviel hatte ich geredet und reden hören von der universellen Liebe, der nicht egoistischen, nicht besitzergreifenden, nicht fordernden, nicht verpflichtenden, also nicht persönlichen Liebe, und anscheinend vermißte ich sie nun. Zwei Pole in meinen Gefühlen näherten sich einander: Sílvia und die unbekannte Geliebte. Voreilig, vom Verlangen getrieben, setzte ich sie gleich. Doch was, wenn sie sich nie berühren würden? Und wenn die Geliebte im Appartement, dachte ich, eine andere war? Wer wäre dann meine Liebste: Sílvia, die ich kenne und mit der ich zusammen sein wollte? Oder die Frau, mit der ich zusammen bin und von der ich wollte, daß sie Sílvia wäre; würden sie sich in meinem Begehren nicht wie zwei Drachen gegenseitig verschlingen? Mir wurde klar, daß ich wahrscheinlich am Ende allein bleiben würde, und das bedrückte mich. Vielleicht ging es darum, die Ungewißheit so lange wie möglich bestehen zu lassen und so das Unglück hinauszuschieben, das mir ihre Auflösung bereiten würde.

Ein paar Tage später war ich so in die Arbeit vertieft, daß ich fast nur beim Schlafengehen daran dachte; ich arbeitete wie ein Verrückter, um am Abend zum Grübeln zu müde zu sein.

Esteve rief mich an.

»Gute Nachrichten, süßes Geheimnis!« sagte er. »Übermorgen wird eine Ausstellung von Gustavette Rabón eröffnet, und dort werden sicherlich alle deine Freundinnen sein.« Er machte eine Pause. »Um acht in der Galerie Túnel. Ich vermute, du gehst hin.«

Ich ging hin. Auf dem Höhepunkt der Vernissage war die Galerie so voll, daß es dem Zufall überlassen blieb, ob man bis zu den Bildern an den Wänden vordringen konnte. Wie an dem Tag, an dem ich sie kennenlernte, standen die Freundinnen beisammen und begrüßten mich mit einem vierfachen Lächeln, das mich völlig verwirrte und ein paar Jahre zuvor puterrot hätte werden lassen. Ich erwiderte es ohne Argwohn, denn in ihrem Lachen lag keine böse Absicht. Zumindest eine von euch weiß hoffentlich, worüber wir lachen, dachte ich, und sicherlich die anderen drei genauso. Ich bahnte mir einen Weg durch die Menge, um mir etwas zu trinken zu holen, und kehrte zu dem Quartett zurück. Ich richtete es so ein, daß ich an Sílvias Seite landete; sie sah blendend aus und lächelte mir die ganze Zeit zu, doch ständig mußte sie ein paar Worte mit anderen wechseln, die vorbeikamen. Einer von ihnen war Esteve Maian. Sehr aufgeregt (und wie mir schien, ziemlich betrunken) packte er mich an der Jacke.

»Bereite dich vor, denn übermorgen fahren wir nach Rom, um den Vertrag mit den Koproduzenten zu unterschreiben, und sie wollen dich dabei haben, sag also deine Termine für die nächsten zwei Wochen ab.«

Ich reagierte schnell.

»Zwei Wochen? Und was ist mit der Hochzeit von Ester?«

»Wir werden zwei Tage vorher wieder hier sein, keine Sorge«, versicherte er mir und zwinkerte mir zu; ich erschrak ein wenig und blickte zu den vieren, um zu sehen, ob diese Geste irgendeine Wirkung hervorgerufen hatte; bei keiner von ihnen konnte ich auch nur die geringste Veränderung oder Empfindlichkeit feststellen. »Ich verlasse euch, ruf mich morgen an, damit wir die Einzelheiten besprechen«, fügte er hinzu und ging rückwärts hinaus.

Wenig später kam Maurici Klein an und trat direkt auf uns zu. Wir begrüßten uns in Gegenwart der Frauen nicht allzu überschwenglich. Maurici war in Begleitung eines Freundes, den er uns vorstellte; er mochte drei oder vier Jahre jünger als ich sein und sah sehr gut aus; er hatte das Gesicht eines Knaben (eines aristokratischen Knaben, wie Tadzio); ein paar verfrühte weiße Haare an den Schläfen bildeten einen Kontrapunkt, der ihn merkwürdigerweise überhaupt nicht älter machte. Maurici machte uns miteinander bekannt.

»George Cooper«, verkündete er. Trotz des Namens war der ausländische Akzent kaum wahrnehmbar.

Kurz danach bemerkte ich, wie sehr Victoria Tura und der Neuankömmling voneinander beeindruckt waren. Wenn sie meine geheime Geliebte ist, dachte ich, hab ich nichts mehr auszurichten. Denn dieser George Cooper ist ein großer Herzensbrecher. Ich war froh, daß er sein Auge nicht auf Sílvia geworfen hatte; die sah mich zum Glück immer wieder an.

Der Abend klang bei einem Getränk in einer Bar im Freien gleich neben dem Park aus. Ich versuchte wieder, etwas über die Identität meiner Geliebten herauszufinden. Doch was blieb mir zu erforschen? In welchem Bereich? Nur in den eigenen Eindrücken, und da das Verlangen alles beherrschte, sah es so aus, als würde ich es am Ende mit der Realität verwechseln. Sílvia, warum läßt du mich so leiden, dachte ich und beschloß, mich ohne weiteres an sie heranzumachen. Schließlich habe ich mich immer, wenn mir eine Frau gefallen hat, rücksichtslos ins Abenteuer gestürzt. Es war doch wirklich unglaublich, daß die Geschichte mit der Frau ohne Namen und Gesicht mich von derjenigen entfernte, von der ich sicher wußte, daß wir Großes vollbringen könnten. Esteve zog mich einen Moment zur Seite.

»Ich wette, ich weiß ganz genau, was du denkst«, sagte er; ich machte eine Handbewegung, die gleichgültig wirken sollte. »Weißt du, was ich glaube? Daß du in Wirklichkeit gar keine Lust hast, herauszukriegen, wer deine geheimnisvolle Geliebte ist, weil du sie in jemandem idealisiert hast, den du kennst, und weil du befürchtest, daß dieser Jemand es nicht sein könnte.«

»Du magst recht haben«, gab ich zu.

Wenn ich keine Entscheidung träfe, würde es die Zeit für mich tun. Daß sie nicht diejenige war, die ich erwartete, würde beide zerstören, denn selbst wenn ich mich irgendwann mit Sílvia zusammentun könnte, würde sie bei einem Vergleich mit den verrückten Leidenschaften jener Treffen ohne Licht schlecht wegkommen; abgesehen davon, wäre die Enthüllung, daß sie nicht Sílvia ist, die größte Enttäuschung der letzten Jahre.

»Du gehst es falsch an«, fuhr Esteve fort, »du handelst in der Absicht, eine irrationale und zweifelhafte Lust zu bewahren, du solltest es riskieren herauszufinden, wer sie ist. Wenn es sich um Victoria, Ester oder Sílvia handelt, muß die Chance genutzt werden, denn ihre Eltern sind sehr einflußreiche Leute. Es kann gefährlich sein, aber wenn du die Karten richtig ausspielst, ist es vielleicht die Lösung deines Lebens.«

»Tust du mir einen Gefallen?« schnitt ich ihm das Wort ab. »Ich will nicht weiter darüber reden.«

Er zuckte mit den Schultern und wandte sich Maurici zu. Ich beobachtete Victoria, die nur Augen für George hatte. Er war ein wortkarger Mann, doch die wenigen Worte setzte er – dem Ergebnis nach zu urteilen – richtig ein. Ich habe mich immer gefragt, welche allgemeine Anforderung erfüllt werden muß, damit dich jemand auf den ersten Blick fasziniert. Im Fall von George war es die Mischung aus aristokratischer Melancholie und einer rohen, sogar groben Sinnlichkeit, die ihn wie einen gefallenen Engel wirken ließ. Wenn das schon in meinen Augen so erschien, ist es nicht schwierig, sich die Dinge in den Augen einer zwanzigjährigen Frau vorzustellen. Ich weiß nicht, ob sich Cooper seiner Ausstrahlung bewußt war und sie ausnutzte; ich an seiner Stelle hätte es dumm gefunden, es nicht zu tun. Victoria war kein törichtes Schulmädchen, und die Wirkung ihrer Waffen war bei George zu spüren; ich lenkte meinen Blick auf Carola und Ester, die jetzt beisammenstanden und vielleicht konspirierten. Carola war bestimmt die Zurückhaltendste der vier. Sie und Victoria schienen weniger dem Spiel und der Frivolität zugetan; ich glaube nicht, daß sie meine Geliebte war. Ester besaß eine entschlossene, wachsame Wildheit und wußte, was sie wollte. Ich wünschte mir glühend, daß nicht sie die Partnerin bei den Rendezvous war; sie gehörte zu jenen, die dich nie ansehen, und wenn sie es tun, erinnert dich die unverblümte Dreistigkeit in ihren Augen daran, daß deine Sekunden gezählt sind, das Nötige zu tun, um nicht auf der Stelle vergessen zu werden; daß du, wenn der Blick vorbei ist, nicht anders kannst, als erleichtert zu sein, wissend, daß du gescheitert und wirklich völlig bedeutungslos bist. Ich richtete schließlich meine Augen auf Sílvia. Sie unterhielt sich sehr angeregt mit Maurici und Esteve. Sie war am anderen Ende der Theke, und ich hörte nicht, was sie sagte, aber ich sah ihr fasziniert zu, wie sie sprach und die Hände bewegte.

Die Runde löste sich zögernd auf. Ich weidete mich an meinem eigenen Leid, da ich unfähig war, Sílvia vorzuschlagen, mit mir allein zu bleiben. Aber die Tatsache, zum erstenmal in meinem Leben so zu handeln – und das, obwohl ich alles zu kennen glaubte –, führte mir klar vor Augen, daß ich an einem jener Punkte angelangt war, die wenige bequeme oder glänzende, um nicht zu sagen, moralisch unblutige, Auswege haben. Was auch immer geschehen mochte, mein Leben würde nach den zu erwartenden Ereignissen nicht mehr dasselbe sein.

Die Tage meines Rom-Aufenthaltes waren sehr lehrreich und nützlich; wir unterzeichneten den Vertrag für einen Film, *Warum wollte Pandora einen Spiegel?*, und Vorverträge für zwei weitere: *Taschenherz* und *Gedankenverloren*. Ich dachte unentwegt an Sílvia, an das letzte Mal, wo ich sie gesehen hatte.

Mein Benehmen erfüllte mich mit heimlichem Stolz, so als hätte ich die Fragen der Sphinx überstanden oder wäre einer bösen Versuchung entgangen. Mir war aber völlig bewußt, daß es sich nur um eine aufgeschobene Partie handelte und daß die Stunde der Wahrheit unerbittlich kommen würde. In den letzten Tagen hatte die Entfernung die Erinnerungen, die jüngste Vergangenheit weit weggerückt. Die Ockertöne des Trastevere gaben der Lösung der Rätsel das Gewicht einer Bagatelle.

Wir kehrten zurück, nicht zwei Tage vor Esters Hochzeit, wie Esteve gesagt hatte, sondern uns blieben knappe zwölf Stunden, um uns zurechtzumachen. Wir verließen den Flughafen spät in der Nacht, und als ich zu Hause ankam, hatte ich gerade genug Zeit, um mich von der Reise zu erholen, früh am Morgen aufzustehen und zur Feier zu fahren. Ich sah in den Briefkasten in der leisen Hoffnung, eine Nachricht von meiner dunklen Geliebten vorzufinden, und tatsächlich fand ich sie; sie lautete:

»Wenn die Hochzeitsfeier vorbei ist und sich alle zurückziehen, geh ins Appartement, ich werde gleich nachkommen. Du weißt nicht, wie sehr mich das Verlangen verzehrt, in Deinen Armen zu liegen, aber ich erinnere Dich noch einmal an die absolute Notwendigkeit, daß alles so weitergeht wie bisher.«

Diesmal war der Brief seltsam. Das mit dem Sich-Verzehren-vor-Verlangen fand ich ein unnötiges Klischee: Welch eine Buße des Schweigens war in einem solch absurden Hinausschieben entstanden? Das andere war ebenso unlogisch: sich danach zu verzehren, in meinen Armen zu liegen, war sicherlich keine Gefährdung der Diskretion; oder sickerte instinktiv das Ende unserer Geheimhaltung ein, der Wunsch, sie aufzuheben? Ich verwarf das, zumindest teilweise; mir bei meiner Partnerin einen unwillkürlichen oder versehentlichen Fehler vorzustellen wäre nicht naiv, sondern dumm gewesen.

Ich hatte mir vorgenommen, keine weiteren Vermutungen anzustellen, doch in jener Nacht war ich vielleicht zu müde, um einfach so einzuschlafen, und wälzte sie hin und her. Statt meine Erinnerungen an die außergewöhnlichste Stadt der Welt zu ordnen, forschte ich den Spuren der Großen Frau nach. Zumindest das dritte Treffen schloß Ester aus; es war nicht vorstellbar, daß sie am Tag ihrer Hochzeit ihrem Mann eine derartige Finte bot – obwohl sie das, neben Sílvia, zur bemerkenswertesten Frau der Welt gemacht hätte. Die Erschöpfung vollendete in jener Nacht ihre Verwirrungsarbeit: Ich war schon am Einschlafen, als mich einer jener Schrecken durchfuhr, die dich, flüchtig wie das Aufblitzen einer Bedrohung, in einem Winkel des Denkens eine Szene entdecken lassen, von der du wegen des Ortes, der Situation und der Personen mit Sicherheit weißt, daß sie nicht deiner Realität, weder der gelebten noch der erdachten, angehören, die aber so lebendig und bezeichnend ist wie der Abend zuvor. Die unbegreifliche Szene löst sich in einer von unerklärlichen Boshaftigkeiten erhellten Leere auf und hinterläßt die schwindelerregende Bestürzung, gegen die Zeit aufzuwachen, wobei die unmittelbare Vergangenheit vermischt ist mit der Unkenntnis der Gegenwart; sie beunruhigt dich, weil sie nicht nur den Lauf der Wirklichkeit in Frage stellt, sondern auch das eigentliche Wesen des Ich. Sílvia, Sílvia, klagte ich, was tust du mir an? Ich konnte nur einer Sache sicher sein: Die mit mir die Nächte im Appartement verbrachte, war eine richtige Senyora.

Endlich war der Tag gekommen. Mich haben die Feste der feinen Leute schon immer gelangweilt, doch dieses übertraf sie alle. Hätte ich nicht Sílvia sehen wollen (wenn das der Haufen Betrunkener überhaupt erlaubte), wäre ich geflüchtet wie ein Hase. Die Zeremonie dauerte eine knappe Stunde, die Feier danach beinahe zwölf Stunden.

Es war sehr schwierig, mehr als fünf Minuten mit Sílvia zu verbringen. Andauernd kam jemand und sagte ihr Albernheiten, oder sie mußte einer Alten, die sie schon seit ihrer Kindheit nicht mehr gesehen hatte, Küßchen geben, oder man rief sie aus der Ferne, weiß der Kuckuck warum. Ich wartete, daß sich die Wogen etwas glätteten, und schwor mir, daß ich mich nicht so bald wieder auf eine solche Maskerade einlassen würde.

Ohne zu wissen, wie, geriet ich in das Gespräch von ein paar Schreckschrauben, die sich heftig Luft zufächelten.

»Wenig Schlaf schadet dem Teint«, sagte eine mit Schildkrötenlippen.

»Hast du gesehen, was für eine reizende Kette mir Toni geschenkt hat?« sagte die andere, ohne der ersten zugehört zu haben.

»Wollt ihr wissen, was mir Cristineta kürzlich erzählt hat?« kreischte eine dritte, die beim Reden spuckte.

»Ach, Gott, was für ein Trubel! Ich wäre am liebsten zu Hause!«

Maurici Klein und die beiden Joans mußten mich verbitterter finden, als ich zugeben wollte, denn sie fühlten sich verpflichtet, mir Leute vorzustellen. So lernte ich Aureli Reines, einen leitenden Bankangestellten, kennen, der eine anmaßende Selbstgefälligkeit zur Schau trug, und Lluc Tagamanent, vom gleichen Schlag wie der andere, aber nicht so hochnäsig. Nach einigen Stunden hatte der Tumult seinen Höhepunkt erreicht. Ich hatte resigniert, und mit einigen Gläsern intus redete ich über die italienische Oper mit einem gewissen Gabriel Bayer, der ziemlich normal wirkte, obwohl er, wie ich später erfuhr, die große Hoffnung in der Welt der Industrie und Politik war, ihr Sohn, ihr Liebling, dem ihr ganzes Wohlwollen galt. Nachdem ich ihm zugehört hatte, mußte ich zugeben, daß er mehr von der Materie verstand als ich, der ich ein Freund der Oper bin. Mich erstaunten auch die Höflichkeit und das scheinbare Interesse, das er an den Tag legte, um die Gesprächspartner nicht zu enttäuschen. Er ging auf jede Ironie mit einem mehr als löblichen Vertrauen ein und nahm alle Herausforderungen mit verdächtiger Beharrlichkeit an. Wie soll man den wirklich Arglosen erkennen? Sag ihm, daß er einer ist und bewerte danach seine Empörung. Was verhehlt er? Er ist nicht zwangsläufig weniger arglos, wohl aber von Eitelkeit beherrscht. Ich machte die Probe mit Bayer: das Ergebnis hätte nicht negativer ausfallen können; er gab es nicht nur zu, sondern wollte mit einer entwaffnenden Gelassenheit wissen, wie ich es entdeckt hätte; ich beschloß, das Thema zu wechseln.

Sie riefen uns, damit uns die vierundzwanzigstöckige Sektpyramide nicht entging, sie war so hoch, daß man sie von einer Leiter aus füllen mußte. Während der Kaskade erzählte mir jemand, daß die Zeremonie in diesem Haus Tradition hätte und es in einer Gloriette im Garten sogar eine Gedenktafel mit einem Gedicht dazu gäbe. Nach dem Anstoßen ging ich hin, um es zu lesen; es lautete so:

Im Sterben schließlich muß das Herz sich heben
Und ein Gerüst des Geistes sein.
Zu fügsam, nach Erinnerung zu streben.
Ein Pulsschlag und ein Klingen eben,
    Glanz ohne Schein.

Wenn vom Turm aus sektgefüllten Gläsern
Der glitzernde, schäumende Strom sich ergießt,
An Klippen stößt und dort endlich zerfließt,
Welches Skelett badet in duftenden Gräsern,
    Glutquell, der verfließt.

Wenn der Quell das Skelett der Braut kleidet,
Körper, von Kopf bis Fuß liebkost, vom Strom,
Lied und Atem den letzten Durst leidet,
wird glänzen wie nie die Zinne vom Dom,
    Weg, so beneidet.

Man weiß von keinem Schädel, der nicht lacht,
Lache, Merkur, oh, führe uns fort aus der Zeit,
Trunkenheit des Augenblicks, nunmehr bewacht,
Begehrendes Blut, Saft von Zaubermacht,
    Kein Bleiben weit.

Voll und ausgeleert geht es dem Ende zu,
der Körper erschlafft, bereit zu teilen,
wie glühend muß ein Traum sein in der Ruh,
ein Übel nur könne uns ereilen,
    So verweilen!

Als ich beim Lesen war, kam Sílvia aus eigenem Antrieb auf mich zu (was für ein seltsames Glücksgefühl! Wird es anhalten?). Wir sahen uns lächelnd an. Drückte der Blick Verbundenheit aus? Weil ich in dem Moment dachte, diejenige, die mich so anblickte, müßte meine rätselhafte Geliebte sein? Gab sie mir zu verstehen, bemerkt zu haben – sie leugnete es nicht –, daß ich wußte, nur sie könnte es sein?

Eine weitere Gruppe von jungen prominenten Politikern traf ein. Sílvia klärte mich auf, daß es sich bei dem Mann, der sich händeschüttelnd und schulterklopfend in unsere Richtung durchkämpfte, um Ferran Rocaguinarda handelte. Ich musterte ihn zutiefst mißtrauisch. Er wirkte wie aus einer Werbung. Zum Glück waren Sílvia und ich für ihn nicht von Interesse. Victoria hingegen mußte ihn so beeindruckt haben – woraus er kein Hehl machte –, daß bald Gerüchte in Umlauf kamen. Sie unterhielt sich schon seit einiger Zeit lächelnd mit Gabriel Bayer, und Rocaguinarda, in Begleitung von Devila, ging entschlossen zu ihnen.

Joan Vallozella entführte Sílvia, damit sie ihm irgend etwas von irgendwem erzählte, und wieder blieb ich allein. Doch unmittelbar darauf kam Carola und gleich hinter ihr die

Braut. Sie begannen die Situation zu kommentieren, als wäre ich nicht vorhanden. Aureli Reines schloß sich der Gruppe um Bayer und Victoria an, und Rocaguinarda bot ihm die Stirn.

»Nein, so was, ein Kampf zwischen rivalisierenden Familien!« sagte Ester außer sich und schaute mich an, ohne mich zu sehen. »Bemerkst du das nicht?«

»Ich weiß nicht«, sagte ich; »es ist mir auch egal, ich kenne sie doch gar nicht.«

Ich wollte schon sagen: ›Von mir aus können sie sich umbringen‹, aber sie beachteten mich nicht weiter. Mir schien es eine unnötige Anstrengung zu sein, die Ohren zu spitzen, ob ich nicht vielleicht irgend etwas aufschnappen könnte, was mir helfen würde, die Identität meiner nächtlichen Geliebten aufzudecken.

Ich lenkte meine Aufmerksamkeit auf Getränke und Speisen. Es gab mehr als achtzig Whiskymarken: Bourbon, blended, irischer Whiskey, Highland malt (Glenlivet, Macallan, Dufftown, Glen Grant, Glen Morange), und Flaschen ohne Etikett aus privaten Brennereien, die den größten Anklang fanden. Die Kenner, darunter auch ich, hielten es für eine Unsitte, ihn mit Wasser oder Eis zu vermischen; ich schaltete mich in eine hitzige Diskussion über diese Frage ein. Wer wollte, konnte dennoch Schneewasser vom Himalaya und Eiswürfel aus der Antarktis bekommen, die in ihrer Reinheit Diamanten glichen. Die köstlichen Delikatessen waren genauso reichhaltig und unbeschreiblich sorgfältig angerichtet, nicht nur was ihre Formen und ihre Kombinationen betraf, sondern sogar in der Farbabstimmung der Gerichte, des Porzellans, des Tischschmucks und der Servietten, und wie sie beleuchtet waren, um sie aufs vorteilhafteste zu präsentieren und alle Sinne am Genuß teilhaben zu lassen. Auf silbernen Schalen, von Bronzepferdchen gezogen oder von goldenen Ziegen mit Fischschwanz getragen, lagen die erlesensten Köstlichkeiten bereit: frische Seedatteln, Seeigel, überbacken oder als Salat, verschiedene Kaviarsorten mit Goldlöffelchen: weißer iranischer (vom Albinostör), Beluga, Ossetra, Sevruga und sogar Sterlet, der aus der Suppe des Zaren, Seebarbenleber mit trockenen Feigen und Weißwein, Spitzbrassenaugen in Champagner, Austern aus Arcachon, ganze Gänselebern, natur oder auf tausenderlei Art zubereitet, *Pâté de foie gras* aus Straßburg, *Coq au vin*, Waldschnepfe, Hahnenkämme und -herzen, zarte Rippchen, Karpfenzungen in Meersalz, Siebenschläfer mit attischem Honig und weißem Mohn gewürzt, Gans in Weißwein aus Sauternes, Hirsch Grand Veneur mit Johannisbeeren, Mandragoramousse in Kokaingratin (ich glaube, dieser Name war ein literarischer Euphemismus, bei diesen Leuten weiß man allerdings nie), Hase mit schwarzem Rettich, Meeräschen aus der Adria, genau zwischen Vollmond und Sonnenaufgang gefischt, Spießchen mit Lippfisch und Krebsscheren; in der Mitte, auf einer Platte, deren größter Henkel ein siebenköpfiger Adler aus ziseliertem Gold bildete, waren die besonderen Delikatessen angerichtet: kleine mondförmige Silberschälchen, im Gefieder des linken Adlerflügels plaziert, enthielten Crème aus Steinbutthirn und Drachenkopf mit Zitrone, und im rechten Flügel kleine goldene Sonnen mit Crème vom Lachshirn in Madeira; Sonnen und Monde wurden vom Adler weggenommen, um ihren Inhalt zu essen, und darunter kam eine Trüffel zum Vorschein; als keine Sonnen und Monde mehr übrig waren, wurde der ganze Adler mit Portwein begossen und die Trüffeln mit Elfenbeinstäbchen verzehrt. Aus dem Inneren der Adlerköpfe kam aus hölzernen Behältern eine seltsame rötliche Paste zum Vorschein (mich ekelte davor, sie zu kosten), die sie Mousse Tideus nannten, sie fand bei den jungen Männern großen Anklang. Für die, deren Magen präpariert war, um von den frühlinghaften Eindrücken der Zitronen und Kirschen zu den eher herbstlichen von Kaffee, Zimt und Kakao überzugehen, gab es in der Vorhalle Wildschwein im Schlafrock, das heißt in Blätterteig gehüllt, gefüllt mit Zwiebel, Sardellenbutter und Estragonkohl, Rosinen, Pinienkernen, kandierten Kirschen, Nüssen und milden, zum Teil mit Rotwein hergestellten Würsten; darüber, in einer Schüssel in Form einer Lyra, Soße aus Meleagerleber (in anderen Zeiten auch Perlhuhnleber genannt); auf der längsten Tafel waren, wie man uns sagte, Gerichte aufgetischt, die nach den *Deipnosophistai* des Athenaios und den *Koch-büchern* des Apicius zubereitet worden waren; die gefeiertste Speise war ein Wolfsbarsch mit Glasaal und Naocmam, einer von einem vietnamesischen Koch aus Fischen von der bretonischen Küste hergestellten Soße, sehr ähnlich dem römischen Garum.

Zwei Alte stürzten sich wie die Raben darauf.

»Kein Fleisch hat von sich aus einen angenehmen Geschmack«, brummte der eine krächzend. »Es ist eine Kunst, es mit dem feindseligen Magen zu versöhnen.«

»Ich hatte gedacht«, mischte ich mich ein, »daß die große Küche, wie die unserer Gastgeber, auf unverfälschten Zutaten basiere, mit allen Raffinessen verfeinert, aber stets die natürliche Beschaffenheit der Speise beachtend.«

»So ist es«, erwiderte der andere Alte; »so war es zumindest früher. Wer ist heute noch dazu befähigt, die natürliche Beschaffenheit eines Gerichts festzustellen?«

»Vorsicht mit dem Mischen, junger Mann«, riet mir der Alte und zeigte auf das Whiskyglas in meiner rechten Hand und das mit Burgunder in der linken. »In Maßen genossen, ist alles gut, doch im Übermaß schädlich.«

»Auch eine übertriebene Mäßigung ist schädlich«, wies ihn der andere zurecht.

Victoria verschwand mit Bayer; wenn die Inhaberin des Appartements auch so unbeständig wäre, erwartete mich eine schlaflose Nacht. Ich trank am Ende ebenfalls zuviel. Wenn sich die Einsamkeit einschleicht, dann kann sie dich ruhig auf dem Rücken liegend erwischen.

Ich hatte es mir selbst zuzuschreiben, daß ich im lasterhaftesten Winkel des ganzen Wirrwarrs gelandet war. Einer kam, sich seinen Hosenschlitz zuknöpfend, aus der Toilette, eine Blondine im Arm, die sich nicht mehr aufrecht halten konnte.

»Was weißt du von Pat?« brüllte ein Schwein mit Brille. »Dealt er noch?«

»Jetzt ist er beim Devisenschmuggel, das ist viel sicherer.«

Ich musterte sie von Kopf bis Fuß. Sie unterhielten sich schreiend. Worauf wartete die ganze Herde, um sich mit einem Stein am Hals ins Meer zu stürzen? Ich rülpste ihnen kräftig ins Gesicht, sie sahen mich blasiert an.

»Was ist das? Eine Sadomaso-Tunte?«

»Nein, eher ein Enterich, der vom Kotzen genug hat und nach seinem Flug gut versorgt werden möchte«, sagte der andere, und um ihm recht zu geben, fiel ich auf ein Sofa voller Kissen.

»Was ist es deiner Meinung nach gewesen«, hörte ich einen sagen, »die Ausdünstung des *Claviceps purpurea*?«

»Sodomie, Mann, Sodomie!« kreischte der andere mit Falsettstimme und mit dem Gesicht so nah an meinem, daß ich seine Nase hätte abschlecken können. Er blies mir eine bestialische Alkohol- und Tabakfahne ins Gesicht, die ich kaum aushielt (dabei war ich auch nicht gerade nüchtern!).

Wenig später verlor ich die Welt aus den Augen, und das hatte ich mir ganz allein zuzuschreiben.

Einige, ich weiß nicht wie viele Stunden später stand ich auf, schwindliger als nach einer Karussellfahrt; wenigstens tat mir der Hintern nicht weh, was beruhigend war, wenn ich daran dachte, was mir hätte passieren können. Ich ging zum Buffet und traf dort Esteve und Maurici, jeden an einer Seite wie Schutzengel, und sie wiesen die Kellner an, mein Glas nicht mehr zu füllen. Sílvia kam und ging, und ich sah auf die Uhr, ob es nicht schon an der Zeit war, ins Appartement zu gehen.

»Sílvia wartet dort auf mich«, sagte ich, und Esteve drückte meinen Arm.

»Weißt du es sicher?« fragte er.

Das Gift seiner Gier schillerte, durch den Alkohol betrachtet, in vollem Glanz.

»Klar!« log ich skrupellos.

Bayer gesellte sich zu mir. Er unterhielt sich mit einem etwa zwanzigjährigen jungen Mann, der am Theater als raffinierter Naiver oder als Giftmörder wider Willen Karriere gemacht hätte. Wir standen im Kreis.

»Kennst du Victoria schon lange?« fragte Bayer.

»Lange genug, um zu wissen, daß sie eine vollkommene Frau ist«, sagte sein Freund.

»Die einzige vollkommene Frau ist jene, die ich diese Nacht sehen werde«, bemerkte ich. »Nun, das mit dem Sehen ist so eine Redensart; ich werde alles mit ihr tun, aber sie nicht sehen.«

»Wie bitte?« murmelte Bayer erstaunt.

»Beachtet ihn nicht, er ist betrunken«, sagte Esteve.

»Redet ihr über Frauen?« fragte uns Sílvia, die Dame der ewigen Wiederkehr, vorwurfsvoll.

»Wovon sollten sie sonst reden?« fragte Carola.

»Ich habe den festen Vorsatz«, sagte Maurici, »mein restliches Leben über nichts anderes mehr zu reden.«

»Dann wirst du nicht viel zu reden haben, wenn du dich weiterhin diesen Leuten anschließt«, spottete die Braut und sah mich so mitleidsvoll an, daß ich es beinahe als tragisch empfunden hätte.

»In vino veritas«, sagte Esteve.

»Grundsätzlich ziehe ich diese Methode dem Lügendetektor vor«, erklärte Bayer, und ich sah mich verpflichtet zu protestieren.

»Wenn jemand glaubt, ich hätte Anlaß dazu gegeben, in diese Bereiche vorzudringen, dann nehme ich jede Herausforderung an, um zu beweisen, daß ich im vollen Besitz meiner Fähigkeiten bin.«

»Für einen Vierhundert-Meter-Hürdenlauf?« sagte der boshafte Jüngling, der mit Bayer gekommen war.

»Siebenmal hintereinander Liebe machen?« schlug Ester vor, und beinahe wäre mein Rausch schlagartig verschwunden.

»Übertrieben für eine so frisch Verheiratete«, schaltete sich Maurici ein. »Besser einen Faustkampf auf zwei Stühlen; wer als erster fällt, verliert.«

»Ich weiß nicht, wer der andere Mutige sein sollte, aber sicherlich würden beide fallen«, sagte Carola und schloß, um allen Zweifeln über ihre Absichten zuvorzukommen: »Besser, ohne Stühle.«

»Und warum nicht ein Liebesgedicht?« schlug Sílvia vor. Alle lachten, und sie gab selbst die Antwort: »Ich werde euch sagen, warum: Es würde nicht originell ausfallen. Man muß viel betrunkener sein, um Liebesgedichte zu schreiben.«

»Erotik, Antrieb der Welt!« rief Maurici aus. »Ihre Schlüssel öffnen oder schließen Türen.«

Ich sah überall versteckte Anspielungen, ich überinterpretierte jede Geste, jede Aufmerksamkeit, die mir ein wenig herauszustechen schien. Das Schlimme war, daß ich alles auf meine Vermutungen bezog. Wenn mich jemand eingehend betrachtete, fragte ich mich, warum tat er das; wenn er mich gar nicht ansah, verheimlichte er offensichtlich etwas; ich war in einem Kreis ohne Ausweg gefangen, der mich verrückt zu machen drohte. Alle lachten und lachten, und das Lachen war wie Juckreiz. Im Laternenlicht verschmolzen die Silhouetten paarweise.

Victoria verließ uns plötzlich; in einem Winkel des Raumes (weit weg, denn der Saal war sehr groß) sah ich George Cooper. Die Spannung schien bis zu uns zu gelangen; sie berührten sich kaum; zwischen uns war ein erwartungsvolles Schweigen entstanden.

»Seht nur, Rocaguinarda wird gleich platzen«, sagte Ester.

Sie lag gar nicht falsch damit. Ferran Rocaguinarda ließ Victoria und Cooper nicht aus den Augen. Doch seltsamerweise ging George, und allmählich verabschiedeten sich alle. Nach dem eisernen Alkoholverbot, das meine Freunde über mich verhängt hatten, war ich wieder einigermaßen frisch, und mit ein wenig Bangen erinnerte ich mich an das, was mich diese Nacht noch erwartete: das Appartement, die Frau, und, bevor alle weg waren, eine vortreffliche Gelegenheit, zu erforschen, wer sie war.

Ester, ausgeschlossen; sie verließ das Fest mit ihrem Mann. Victoria, Sílvia und Carola brachen mit der Gruppe von Bankern auf. Victoria forderte Bayer auf, mit ihnen mitzukommen, und ich, gut erzogen, wie ich war, wagte nicht, mich anzuschließen. Ich verfluchte mich in Grund und Boden, daß ich nicht auf Bayers Komplizenschaft zählen konnte; er hätte mir bloß zu sagen brauchen, welche sich bald darauf unter irgendeinem Vorwand zurückzog: Sie war der Augapfel meiner Sehnsüchte! Esteve und ich trafen uns auf der Straße.

»He, Adrià! Laß uns zusammen gehen; wo mußt du hin?«

»Ins Appartement«, sagte ich, ohne Lust, Vorwände zu erfinden, um ihn loszuwerden.

»Großartig! Sicherlich ... Ich meine, was du tun solltest ...«

Ich schnitt ihm rücksichtslos das Wort ab.

»Ich weiß nicht, was ich tun werde, und will mir nicht anhören, was ich tun sollte. Wenn du also über etwas reden willst, dann reden wir über die Drehbücher.«

Er fügte sich meiner schlechten Laune und bog ein paar Häuserblöcke weiter unten zu seiner Wohnung ab. Ich ging in die Gegenrichtung.

Im Appartement angekommen, legte ich mich wie beim letzten Mal ins Bett. Diesmal aber war ich sehr müde, und Essen und Trinken taten ihre Wirkung; kaum unter der Decke, von Dunkelheit und Stille umgeben, schlief ich auch schon tief und fest.

Ich fuhr erschrocken in die Höhe und wußte nicht, wo ich war. Jemand berührte mich, doch es herrschte völlige Finsternis. Beinahe hätte ich geschrien. Der Körper neben mir wurde von rhythmischen Zuckungen geschüttelt. Sie lachte. Sie lachte lautlos, so daß ich nicht den geringsten Ton aufschnappen konnte. Ich brauchte ein paar Minuten, um mich zurechtzufinden und zu erholen. Meine Kehle war ausgedörrt.

»Kann ich Wasser trinken gehen?« fragte ich zu meinem eigenen Erstaunen.

Es waren die ersten Worte, die in diesem Raum fielen, und es hätte mich nicht gewundert, wenn ein flammendes Schwert auf mich heruntergesaust wäre. Es gab selbstverständlich keine Antwort, und so stand ich auf, ging tastend ins Badezimmer und hielt meinen Mund unter den Wasserhahn. Ich war nicht gerade in der besten Verfassung, doch der Katzenjammer hat immer eine fieberhaft-tragische Aura, die man – wenn möglich – nicht ungenutzt lassen sollte.

Ich kehrte ins Bett zurück, und wir machten uns an die Arbeit. Ich hatte dauernd Lust zu lachen. Wenigstens hier konnte man mir nicht vorwerfen, daß ich ohne die geringsten einleitenden Aufmerksamkeiten meiner Dame gegenüber zur Sache kam: Ein wenig plaudern, ein Spaziergang vielleicht, das eine oder andere Gläschen ... Hier gab es keine süßen, törichten Worte zu sagen: Das wäre wie das Umwerben einer Languste gewesen, die du gerade verschlingen willst.

In jener Nacht aber zerschellten meine witzigen Gedanken am Verhalten meiner Mätresse. Mich hatte schon das zweite Treffen mehr beeindruckt als das erste, aber beim dritten umarmte sie mich wie nie zuvor und küßte mich mit einer minütlich wachsenden Hingabe. Ich war halbtot, doch ich ließ mich mitreißen und stürzte mich mit einer rasenden Verzweiflung in den Taumel, bereit zu sterben, wenn es nötig sein sollte. Wie lange Zeit wir so verbrachten, könnte ich nicht sagen (und zwar nicht aus falscher Bescheidenheit, denn es war ihr Verdienst).

Danach drehte sich alles, und das Glücksgefühl war so stark, daß ich mich nicht mehr zurückhalten konnte. Es gab keinen Zweifel, es konnte nur sie sein.

»Wer bist du?« fragte ich sie. »Du bist es doch, oder?«

Die Jalousie war nicht ganz zu; die tiefschwarze Nacht begann jener dichten Bläue, die den Morgen einleitet, zu weichen. Sie stand auf und wollte gehen. Ich hinderte sie daran, indem ich sie am Arm packte, und sie leistete nicht den geringsten Widerstand. Ich zog die Jalousie hoch, sie kehrte mir den Rücken zu. Am Himmel zeichnete sich ein erster rötlicher Schimmer ab. Es wurde hell. Würde sie sich auflösen, wie in den Märchen?

Ich legte mich zu ihr. Endlich. Ich drehte sie um, und wie zuvor wehrte sie sich nicht.

Es war Sílvia.

Sie stand auf. In mir fügte sich alles zusammen. Sie in ihrer Nacktheit zu sehen, stellte für mich die heftigste Erschütterung der letzten Stunden dar. Ihr Körper war prachtvoll, doch ihr Gesicht erloschen.

»Ich habe dich gewarnt, daß wir uns nicht mehr wiedersehen würden, wenn das geschehen sollte«, sagte sie und begann sich anzukleiden.

»Aber warum denn?«

»Wegen meines Vaters. Er duldet diese Art von Beziehungen nicht.«

»Und im Dunkeln zählt es nicht?« fragte ich, eher erstaunt als empört.

»Die Dinge existieren nur in den Köpfen der anderen. Daß du weißt, wer ich bin, verändert alles.«

Wir führten die absurdeste Diskussion meines Lebens. Sie zog sich fertig an und ging. Alles, was ich tat, um sie zurückzuhalten, war vergeblich.

»So voneinander Abschied zu nehmen ist völlig idiotisch.«

»Gewiß, aber es ist so. Wenn du genug hast vom Appartement, dann gib die Schlüssel Esteve oder Maurici, sie sollen sie mir irgendwann aushändigen.«

»Sehr feinfühlend von dir«, hatte ich noch Zeit zu sagen, bevor die Tür zuschlug.

Ich setzte mich niedergeschlagen. Ich war vom höchsten Glück in die tiefste Mutlosigkeit gefallen. Die Erklärung, die sie mir gegeben hatte, war eine Erfindung ohne Sinn. Was verbarg sich dahinter? Und was sollte ich tun? Ihren Vater aufsuchen und um ihre Hand anhalten? Sie vergessen? Mich zu ihren Füßen werfen und um Verzeihung flehen? Verzeihung wofür? Völlig verloren versuchte ich, einige Stunden im Appartement auszuruhen, mit einem eher spärlichen Erfolg, da ich mich selber am Schlafen hinderte durch Argumente, die mir zu spät einfielen.

Gegen Mittag stand ich auf, in einem Zustand physischen und geistigen Zusammenbruchs. Ich betrachtete das Appartement bei Tageslicht, es war mir unmöglich, es mit meiner vorangegangenen Vorstellung zu vergleichen. Es war wie das Öffnen eines Kuverts, das du so lange aufbewahrt hast, bis du es nicht mehr aushältst, und in dem du dein Todesurteil findest. Am Kopfende des Bettes hing eingerahmt ein Gedicht, das ich drei- oder viermal las, in dem sinnlosen Versuch, darin eine Erklärung zu finden.

> Trügerisch blickend, lauert die Natur
> Im Luchspelz, in Pfauenfedern sogar,
> Der Schmetterling verspottet den Löwen klar,
> Der Gründling schwenkt das schöne Gift ganz pur.

Ein Trugbild möchte den Blick uns rauben,
Und Horus, starr dem Falken zugewandt,
Leuchtet ihm Verrat nicht aus den Augen,
Wird vom ruhenden Ohr keine Warnung gesandt.

Hinter Schminke verborgen die Augen,
Und ihre Brauen ganz weit hochgezogen,
Zum Jubeln muß man für die Mühe taugen.

Goldene Nadeln dem allerhöchsten Chor,
Flammen dann den verstümmelten Helden,
Ödipus' Augen so wie Van Goghs Ohr.

Ich verließ das Appartement in der Überzeugung, nie mehr dorthin zurüchzukehren, und auf der Straße empfand ich die Gleichgültigkeit der Welt eher beschützend als feindselig.

Ich verbrachte den ganzen Tag allein und verzweifelt. Ich rief bei ihr zu Hause an, man sagte mir, daß sie nicht da wäre. Da Esteve mich bedrückt fand, drang er ununterbrochen in mich, bis ich ihm schließlich erzählte, was passiert war.

»Du hättest nicht unbedingt herausfinden sollen, wer sie ist«, hatte er die Unverschämtheit zu sagen; »wenn du sie nicht zurückgehalten hättest, würdet ihr euch weiterhin sehen.«

Ich musterte ihn verächtlich von Kopf bis Fuß. Ich erwartete von Esteve Unterstützung als Geschäftspartner; als Freund war er für mich gestorben.

»Gib das Sílvia, sobald du sie siehst.« Ich überreichte ihm die Schlüssel zum Appartement.

Von diesem Tag an sah ich weiterhin ab und zu die Leute aus Sílvias Umkreis und stellte fest, daß sie mir aus dem Weg gingen oder sehr kühl waren. Die einzige Ausnahme, außer Cooper, den ich nicht mehr wiedersah, bildete Maurici Klein, der mein bester Freund wurde und als einziger meines Vertrauens würdig war.

Zwei oder drei Monate nach Esters Hochzeit waren mein Groll und meine Verbitterung Sílvia gegenüber verschwunden, hingegen wuchsen die Sehnsucht und das Bedürfnis, sie zu sehen, mit jedem Tag. Und es ist seltsam: So einfache Dinge, wie ihre Telefonnummer zu wählen, zu ihr nach Hause zu gehen oder etwas sonst Übliches zu tun, um einer geliebten Person zu begegnen, waren zu steilen Felswänden geworden. Maurici sprach nie mit mir darüber (ich weiß auch nicht, inwieweit er Bescheid wußte); einerseits war ich ihm dafür dankbar, andererseits brauchte ich vielleicht einen Anstoß, der das Absurde, das sich in mir ausgebreitet hatte, aufscheuchte.

Es fand die Premiere eines Films statt, Esteve war einer der Produzenten und ich der Drehbuchautor. Es war seit langem die erste Gelegenheit, an einem gesellschaftlichen Ereignis teilzunehmen, und ich ging hin in der Absicht, mich zu vergnügen. Gleich zu Beginn des anschließenden Cocktails drohte mir das Herz zu zerspringen: Sílvia Bertran war da.

Auch Aureli Reines und Ferran Rocaguinarda waren gekommen, beide plötzlich sehr freundlich zu mir. Sílvia begrüßte mich mit dem gleichen Lächeln wie am ersten Tag. Ich fand sie schöner denn je und benahm mich wie ein schüchterner Junge. Ihre Unbefangenheit auf der einen und mein kleinlautes Verhalten auf der anderen Seite waren das völlige Gegenteil von dem, was ich mir unzählige Male als Szene unseres Wiedersehens ausgemalt hatte; ich fieberte vor Erregung und konnte nicht anders, als jedes ihrer Worte, jede Geste zu bewundern. Die Runde erweiterte sich, und sie blieb durch die Menschenmassen etwas abseits. Kurz darauf gab mir Maurici einen Zettel.

»Du sollst ihn auf der Stelle lesen.«

Ich nahm ihn und las:

»Die Beleuchtung des Appartements ist neu. Willst Du sie heute nacht sehen? Da Du keinen Schlüssel hast, mußt Du Dich von derjenigen begleiten lassen, die das Ziel Deiner ungerechten Verwünschungen ist.«

Ich hob die Augen; von der anderen Seite des Saales blickte sie mich unverwandt an. Ich habe es immer verstanden, zwecklose Ausflüchte zu vermeiden und das zu tun, was ich in Wahrheit tun wollte, und dieser Augenblick konnte nicht die Ausnahme sein; ich fühlte mich fähig, einen Löwen mit bloßen Händen zu töten. Ich ließ mein Glas stehen, ging direkt auf Sílvia zu, ohne mich von irgendwem zu verabschieden, und wir verließen eng umschlungen den Saal.

Seither ist viel passiert. Victorias Vater starb, und sie wurde zur reichsten und begehrtesten Frau des Landes. Ihr Verehrer George Cooper war verschwunden, und andere standen Schlange, um ihn zu ersetzen: Ferran Rocaguinarda zog den Fisch an Land. Ich glaube, ich gehörte zu den wenigen, die es nicht versuchten; seit der Nacht der Filmpremiere gibt es für mich neben Sílvia keine andere Frau auf der Welt. In derselben Woche noch zogen wir zusammen. Sie wollte nichts mehr hören von unseren ersten Begegnungen im dunklen Appartement und vernichtete sogar die Briefchen, die ich wie einen Schatz gehütet hatte. Ihr Vater schien mir kein Monster zu sein; da der Ausgang der Geschichte in der Tat unübertrefflich war, habe ich beschlossen, über diesen Teil der Vergangenheit besser keine Scherze mehr zu machen. Jetzt ist sie für ein paar Tage bei einer ihrer Schwestern in Italien.

Einmal kam ich auf die Idee, Guillem Oleiro meinen Freunden vorzustellen. Er verbrachte einige Tage bei uns, ich organisierte ein Abendessen mit Maurici, Ester und Alfred. Und stell dir vor, Ester und Guillem haben sich ineinander verliebt; sie benutzen für ihre heimlichen Rendezvous das Appartement, in dem Sílvia und ich uns getroffen hatten. Das hat ihrer Ehe geschadet, und keiner weiß, wie es ausgehen wird. Ester und Alfred haben keine Nachkommen. Sílvia und ich haben einen Sohn, und Rocaguinarda und Victoria haben einen im gleichen Alter.

Selbst auf die Gefahr hin, verspottet zu werden, habe ich immer dazu geneigt, die Idee der Vaterschaft mit der des Fortbestehens zu verbinden. Natürlich handelt es sich dabei um eine Abstraktion des Gedankens, denn schließlich kennen wir alle die spärliche Verantwortung, die die Kinder diesbezüglich haben. Doch das rationale Abenteuer läßt dich den Vorgang länger, als biologisch notwendig, fortsetzen. Kürzlich sprach ich mit Maurici Klein darüber. Wir kamen vom Hundertsten ins Tausendste. Maurici erzählte mir eine außergewöhnliche Geschichte; sobald Sílvia aus Italien zurück ist, muß ich herausbekommen, ob sie etwas darüber weiß.

Ich schilderte ihm das Drehbuch, an dem ich gerade schreibe. Der vorläufige Arbeitstitel ist *Verdrängungsversuche*. Die Geschichte, aus der Sicht eines Privatdetektivs erzählt, handelt von einem Jungen, der als verschwundener Sohn eines Erdölmagnaten ausgegeben wird, doch der Erdölmagnat selber ist ein Betrüger, so daß sich hinter der Maske nichts anderes als eine weitere verbirgt. Am Ende wird der Zuschauer entdecken, daß der Erzähler zu den wenigen gehört, die wissen, daß der wiedergefundene Junge der Sohn des ausgetauschten echten Erdölmagnaten ist. Die ganze Geschichte versucht, durch einen subtilen, aber gewollten Mangel an Glaubwürdigkeit, den Verwaltungsrat und die Staatsanwaltschaft zu überzeugen, daß sie falsch ist, um die Dynastie für immer zu zerstören. Maurici unterbrach mich. Er lächelte, und in seinem Blick lag der Schatten einer verhaltenen Leidenschaft.

»Offensichtlich ist dir die Erfahrung nicht fremd, mit jemandem umzugehen, von dem du nicht genau weißt, wer er ist.«

Ich überlegte, ob er wissen könnte, wie meine Beziehung zu Sílvia begonnen hatte. Ich erzählte es ihm, und wir lachten sehr.

»Jetzt weißt du alles«, sagte ich zu ihm. »Zwischen der unbekannten Geliebten und dem Erdölmagnaten besteht kein allzu großer Unterschied.«

»Die unbekannte Geliebte! ... Was würdest du sagen, wenn du erfährst, daß Victoria Tura Vergleichbares erlebt hat?«

»Ich glaube nicht, daß mich jetzt noch viele Dinge erstaunen können.«

»Diese Geschichte ist mehr als erstaunlich; ich kann sie noch immer kaum glauben«, sagte er mit einem geheimnisvollen Lächeln.

Er ließ mich schwören, daß ich sie nicht weitererzählen würde. Ich tat es (gewiß, ich breche nun zum erstenmal das Versprechen, aber ich versichere dir, es wird kein zweites Mal geben), und er begann.

Geschichte von George und Victoria

George und ich kannten uns aus der Studienzeit. Er hatte keine leichte Kindheit gehabt und eine Reihe von Schwierigkeiten im Leben zu ertragen, die ihn schließlich zu einem schweigsamen Mann machten. Als sich unsere Wege durch die Arbeit trennten, hörte ich nie auf, ihm zu schreiben.

Ich kenne deine Einstellung gegenüber bestimmten Gesellschaftsschichten ganz genau. Ich habe dir nichts vorzuwerfen und möchte auch nicht, daß du Absichten vermutest, die mir völlig fernliegen; was ich dir erzählen will, ist weder eine Probe noch eine Herausforderung, noch eine Anregung. Du bist ein Theatermensch, ein Ziseleur der Gefühle, und mir scheint, wenn du nicht einige Seelen als vulgär und durchschnittlich gewertet hättest, wäre deine Welt heute größer. Indem ich dich an der Geschichte teilnehmen lasse, erwarte ich mir nur die Diagnose eines Liebhabers, starrköpfig und voller Ängste, aber Liebhaber immerhin einer Frau und guter Freund von mir, und deshalb ebenso respektabel wie jeder andere.

Als du mich kennenlerntest, hatte es das Schicksal gewollt, daß George und ich über verschiedene Wege schließlich für denselben Chef arbeiteten. Das Konsortium! Der Octopus, die Amöbe, die Qualle, die raffinierte Prinzessin der Multis, die brutale Königin der Interessen und Abhängigkeiten!

Ich wurde aus meinem Büro in der technischen Abteilung der Berliner Vertretung abberufen, und kurz darauf schloß sich auch George der hiesigen Gruppe an. Die Arbeit war unkonkret, aber nicht abstrakt. Und wenn sie abstrakt war, dann war sie so konkret, daß sie uns viele Stunden Freizeit ließ. Während George, wie ich dir gesagt habe, introvertiert und einzelgängerisch war, habe ich mich verschiedenen Freuden und schwächer werdenden Erinnerungen hingegeben.

Deshalb freute ich mich (und es entlastete mich auch ein wenig), als ich Georges Interesse für Victoria Tura bemerkte. Du wirst dich ebensogut wie ich an den Tag erinnern, als ich die beiden miteinander bekannt machte. Sie unterhielten sich fast den ganzen Abend allein. Wir gingen zusammen nach Hause, und ich mußte ihm alles aus der Nase ziehen.

»Sie scheint eine reizende Frau zu sein, sehr intelligent und sehr hübsch.«

»Weiter nichts?« bohrte ich nach. »Da, schreib dir ihre Telefonnummer auf.«

Er wehrte ab.

»Ich bin sicher, daß ich sie bald wiedersehen werde. Außerdem, wenn ich sie anrufe, müßte ich ihr das sagen, was sie von mir erwartet, und das würde die Dinge allzusehr festlegen.«

Ich war immer schon ein Kuppler (nur die Rolle des Liebhabers unterhält mich mehr als die, andere dazu anzustiften), und ich ließ mich nicht entmutigen. Am nächsten Tag hatten wir eine Sitzung im Konsortium. Adolf Hamet, der starke Mann des Trustes in Amerika, der Diplomat, war mit Nachrichten für uns angereist. Turpin und Petruccio waren die beiden anderen, die sich um Bergbau und Erdölförderung kümmerten; zu dritt hatten sie den amerikanischen Zweig des Konsortiums in die obersten Ränge an der Wall Street gebracht.

»Sie kommen spät, Senyor Klein«, sagte die Sekretärin zu mir.

Ich kam zur Sitzung, als mit dem ersten Punkt der Tagesordnung schon begonnen worden war.

»Ich nehme an«, sagte Hamet, der mit Autorität den Vorsitz innehatte, »sobald einmal Rocaguinarda und die Seinen davon überzeugt sind, daß sie den Schlüssel besitzt, werden einige versuchen, sich an sie heranzumachen. Wir werden sie ermutigen, indem wir uns entschieden dagegen stellen.«

»Angesichts möglicher übertriebener Interventionen müssen Vorsichtsmaßnahmen getroffen werden«, sagte Maury. »Es könnte ihnen eine drastische Lösung einfallen. Sie zu entführen, zum Beispiel.«

»Das wäre nicht die gescheiteste. Sie werden versuchen, sie verliebt zu machen«, versicherte Hamet.

Die Runde war klein. Hamet, Maury, Tagamanent, Costeny und ich.

»Wie sollen wir vorgehen?« fragte Tagamanent.

»Wir haben einen Mann in den Kreis um Rocaguinarda eingeschleust«, erzählte Costany. »Er agiert als Vertrauensmann für sie, ist aber tatsächlich unser Agent. Ich verlasse mich ganz auf ihn.«

»Dieser Schachzug ist nicht einfach«, meinte Maury. »Wir müssen die Lage mit einer einzigen Bewegung retten und den Gegner vom tatsächlichen Ort der Gefahr ablenken oder aber durch eine unausweichliche Verpflichtung außer Gefecht setzen. Sollte uns Rocaguinarda mit der Illegalität des Vorgehens erpressen, wären wir bloßgestellt.«

»Das Risiko müssen wir eingehen«, schloß Hamet; »wenn alles gut geht, fangen wir sie in ihrer eigenen Falle.«

»Und die legale Seite, ist die gedeckt?« fragte Maury. »Bedenkt, daß ich keine Befugnis habe, das Vorgehen von Ignasi Varese und schon gar nicht das von Rocaguinarda zu kontrollieren.«

»Ich habe an Gabriel Bayer gedacht«, sagte Costeny, und Stille machte sich breit. Er fuhr fort: »Ich habe ihn genauestens überprüft, er ist ehrgeizig, unabhängig und wirklich brillant. Er wäre eine Bereicherung, und ich glaube nicht, daß er unser Angebot ausschlagen wird.«

»Sofern es keine Einwände gibt, einverstanden«, sagte Hamet und fügte, als würde er sich an etwas erinnern, das er gleich am Anfang sagen wollte, hinzu: »Vergessen Sie nicht, daß sie eine ungefähre Vorstellung von der Lage hat und versuchen wird, ihr Wissen durch Sie zu erweitern. Auf die erforderliche Diskretion muß ich nicht extra hinweisen.«

»Mir scheint das Risiko zu groß«, warf ich schüchtern ein. »Wenn die Person, von der wir sprechen, wirklich den Code besitzt ...« Ich machte in Erwartung einer zustimmenden oder ablehnenden Geste eine Pause und wagte nicht fortzufahren, denn von den anderen ging ein sehr gespanntes Unbehagen aus; die Stimmung war plötzlich eisig.

»Diese Frage bleibt jedem selbst überlassen«, sagte Hamet schneidend, »es steht uns nicht zu, sie jetzt zu diskutieren.«

»Mir macht die Presse Sorgen«, sagte Tagamanent. »Es

handelt sich um eine öffentliche Persönlichkeit, und wir können uns keine Spekulationen erlauben.«

»Um die Presse kümmere ich mich«, erwiderte Hamet, und Costeny erläuterte: »Wir müssen uns jedenfalls alle darüber im klaren sein, was der Presse gegenüber gesagt werden soll: Keiner Frage ausweichen, denn das würde Anlaß zu Vermutungen geben, und vor allem keine Spitzfindigkeiten. Klar reden, sich Gehör verschaffen und die Dinge so oft wie möglich wiederholen. Dennoch müssen wir darauf gefaßt sein, daß jedes unserer Worte verdreht wird.«

»Sie haben gar keine gute Meinung von der Presse«, bemerkte Tagamanent.

»Mit diesen Leuten umzugehen ist, wie einem Orang-Utan eine Maschinenpistole zu geben und ihn auf die Straße zu lassen«, verdeutlichte Hamet. »Es berührt uns doch schon gar nicht mehr, wenn die heikelsten Fragen stümperhaft und inkompetent ausgeschlachtet werden. Das Schlimmste an der Presse (zugegeben, mit der einen oder anderen Ausnahme) ist: Je derber, gewöhnlicher, niederträchtiger und verluderter sie ist, desto arroganter.«

Wir saßen eine Weile schweigend, als würden wir darauf warten, daß die schwarze Wolke, die kurz über unseren Köpfen geschwebt hatte, sich verzöge.

»Noch etwas?« fragte Costeny, während er die Unterlagen wegräumte.

»Für heute ist das alles«, sagte Hamet. »Jeder soll für sich überlegen, wie in der Angelegenheit vorzugehen ist. Ich werde mich mit Carles Tura und Henry Stern beraten. Natürlich hat Sr. Swan das letzte Wort. Für heute sind wir fertig. Wenn es nichts Neues gibt, sehen wir uns in einer Woche um die gleiche Zeit.«

Bis zu Maurys Hochzeit fehlte noch ein Monat; beim Hinausgehen erinnerte er uns daran. Hamet entschuldigte sich, da er zu diesem Zeitpunkt im Ausland sein würde. Auch wenn Hamet mir nicht sympathisch war, mußte ich zugeben, daß er die perfekte Führungspersönlichkeit war. Kalt, hart, überaus schnell und von einer imposanten äußeren Erscheinung: groß und gutaussehend, mit einem stählernen Blick und einer Stimme, die sein Gegenüber zum Schweigen bringen konnte. Er war etwa zehn Jahre älter als ich, doch wirkte ich neben ihm wie ein Schuljunge.

Ein paar Tage später fragte mich George nach Victoria. Ich beschloß, die Sache nicht abkühlen zu lassen, und veranstaltete ein Fest bei mir. Ich lud alle ein, von denen ich glaubte, sie könnten es beleben, und versuchte, die Langweiler und Intriganten fernzuhalten, die eine Geschichte zwischen den beiden verderben könnten.

George und ich trafen uns etwas vorher, um alles vorzubereiten.

»Was weißt du von Varese?« fragte er mich.

»Wenig. Er ist ein Unternehmer aus Familientradition, und sein Betrieb ist nun als Tochterfirma der Gruppe von Rocaguinarda angegliedert. Böse Zungen behaupten, daß er die Schmutzarbeit macht und Geld wäscht. Er scheint mir kein ernstzunehmender Gegner zu sein.«

»Und Eduard Bertran?«

»Von dem weiß ich noch weniger. Er gehört mit seinen Unternehmen dem Trust von Tura, Auriol, Maury und Reines an. Von allen ist Bertran vielleicht der einzige wirkliche Unternehmer. Reines ist Bankier, Auriol Aristokrat und Maury Politiker.«

»Und Tura? Ist er nicht der perfekte Bankier?«

»Tura gibt ein untypisches Bild ab. Er ist in gewisser Weise eine undefinierbare Persönlichkeit.« Wir kosteten die Brötchen. »Jetzt bin ich an der Reihe, Fragen zu stellen. Erzähl mir von Henri Stern und von Sr. Swan.«

»Ich kenne keinen von beiden persönlich. Stern ist Vorsitzender des Rates für Internationalen Kulturaustausch. Er dürfte vierzig sein und hat zahlreiche Kontakte. Er ist mit Pau Costeny und mit Maury eng verbunden. Innerhalb des Konsortiums hat er keine Funktion, wird aber wegen seiner Erfahrung und seines Einflusses oft konsultiert. Was Sr. Swan betrifft, glaube ich nicht, daß ich mehr über ihn weiß als du.«

»Ich habe von ihm reden hören, doch hat mir nie jemand seinen kompletten Namen sagen können, noch wo er lebt oder wie er aussieht.«

»Genau so ist es. Sr. Swan scheint der eigentliche Motor des Konsortiums zu sein. Nur die Privilegierten wie Hamet, Turpin oder Tura haben direkten Kontakt mit ihm. Manche behaupten, Swan sei in Wirklichkeit einer von ihnen oder aber Costeny; jedenfalls ist die Geheimhaltung perfekt, sie sprechen von Swan alle in der dritten Person.«

Das Fest war sehr ausgelassen. Nur du hast gefehlt, weil du mit Esteve in Italien warst. Es gab Alkohol und Schnee in Hülle und Fülle. Die beiden Joans, Devila und Vallozella, wurden zum Mittelpunkt des Geschehens, und von den Frauen wirkte nur Sílvia gelangweilt, sie vermißte ihren Geliebten, was merkwürdig war, da Frauen nur selten sich selbst ein Hindernis sind. Man spielte Musik von Satie (von Carola manchmal durch Weihnachtslieder ersetzt, die Frank Sinatra sang). Ich erinnere mich an zwei Frauen, von denen ich nicht weiß, mit wem sie gekommen waren, eine blendete alle mit einem Taschenspiegel, die andere machte Seifenblasen. Maury wollte das Fest mittendrin verlassen und begann mit Umarmungen.

»Soviel Überschwang geht mir auf die Nerven«, sagte Devila grob und befühlte auffällig seine Jackentaschen.

»Ich werde noch ein paar Frauen anrufen«, verkündete Vallozella.

Ich versuchte ihn zu überzeugen, daß es nicht nötig wäre, weil wir schon genug waren.

»Haltet ihn an der Hose fest, ich entführe sein Glas«, warf Carola ein.

»Du wirst schon sehen«, beharrte er, »ich bringe ein paar her, bei denen wir alle eine Woche lang nach Öl bohren können.«

George hielt sich abseits, und auch Victoria. Sie saßen die ganze Zeit am Fenster, und manchmal berührten sich ihre Hände. Der Wirbel ging zu Ende, und ein paar Stunden später waren George und ich wieder allein. Er hat eine sehr ungewöhnliche Auffassung von Eleganz, und da ich ihn kenne, bat ich nicht, sie mir zu erklären. Ich glaube, er hätte es taktlos gefunden, Victoria aufzufordern, die Nacht mit ihm zu verbringen. War es Argwohn oder verstellte Vertrauensseligkeit? Ich kenne ihn schon lange und habe ihn sehr widersprüchlich über die Liebe reden hören. Mit Damen so umgehen, als wären sie Huren, und mit den Huren, als wären sie Damen ... Aber ich glaube nicht, daß der Umgang mit Victoria in dieses Klischee paßte oder im Widerspruch zu einer traditionellen Haltung stand. Oder doch? Hatte George eine romantische Anwandlung und sah in Victoria eine Mutter, der man Respekt schuldete? Das war nicht weniger unglaublich als alle anderen Erklärungen. Ich weiß gewiß, daß George heterosexuell und voller Energie ist; er erriet meine Gedanken.

»Das Raubtier riecht die Beute«, sagte er und zog die Augenbrauen hoch. »Das Raubtier ist sie, natürlich.« Wir brachen in Gelächter aus.

Am Tag von Maurys Hochzeit war ich durcheinander. Die Arbeitsbesprechungen hatten meine Zweifel nicht beseitigt, eher im Gegenteil. Wir trafen uns alle, außer Hamet, der sich, was unentschuldbar war, auf Reisen befand. Die Feier glich eher einer Versammlung florentinischer Vergifter als einer Hochzeit. Ich brauche dir nichts zu erzählen, du warst selber anwesend. Bayer und Rocaguinarda waren die beiden Hähne, die an jenem Abend um Victorias Gunst balzten. Bayer setzte sich blendend in Szene. Ich glaube, er sah sie zum erstenmal und fühlte sich augenblicklich angezogen. George sind Menschenansammlungen lästig, er beschloß, nur kurz vorbeizukommen, um das Brautpaar zu beglückwünschen und, natürlich, um Victoria zu sehen. Dies genügte, um Bayer und Rocaguinarda klarzumachen, daß sie hier nichts zu suchen hatten, sie reagierten verschieden darauf. Bayer zog sich wie ein Gentleman zurück, während Rocaguinarda den Vorsatz faßte, diese Frau, um welchen Preis auch immer, zu der seinen zu machen.

Auf dem Fest lernte ich schließlich den ganzen Clan des Konsortiums kennen. Von überall waren Leute angereist: Franzosen, Amerikaner und ein italienischer Diplomat, der deftige Witze zum besten gab. Henri Stern entpuppte sich als sehr humorvoller Mann und scharfer Beobachter, der mich auf viele Reaktionen der einen und der anderen hinwies.

»Sieh mal, diese Szene kommt unserem Freund Costeny sehr gelegen.«

Der Sohn von Pau Costeny, Ricard, eben erst erwachsen geworden, unterhielt sich mit Ignasi Varese. Der Jüngling lächelte ihn an, aber der andere schüttelte bloß den Kopf. Ich drehte mich um; Stern erzählte gerade einer Gruppe von Mädchen angeregt Geschichten.

»Ich wußte nicht, daß dein Sohn Varese kennt«, sagte ich zu Pau Costeny.

»Ich auch nicht«, erwiderte er verschmitzt, »ich glaube, ich werde mich zu ihnen gesellen.«

Als er wieder zurückkam, wandte sich Stern an ihn.

»Können wir also weiterhin auf die Vorsehung vertrauen, die uns bis jetzt so gute Ergebnisse beschert hat?«

»Mein Sohn hat Karten im Ärmel. Keine Sorge, das Glück ist auf unserer Seite, auch bei unvorhergesehenen Dingen.«

»Daran habe ich nie gezweifelt«, antwortete Stern.

Beim Verlassen des Festes habe ich noch eine Weile mit George gesprochen. Ich gestand ihm meine geheimsten Absichten und verborgensten Wünsche, und er gab seinerseits zu, daß ihm nichts auf der Welt mehr bedeutete als Victoria Tura und daß er bereit wäre, alles zu tun, um sie zu bekommen. Ich bot mich an, die entsprechenden Nachforschungen über ihren Charakter anzustellen.

Drei Tage später fand eine weitere Sitzung des Konsortiums statt. An ihr nahmen Hamet, Maury, Costeny, Tagamanent, Reines und Beltran teil. Es ging um Finanzgeschäfte, Förderungen und die Expansion auf dem afrikanischen Markt. Nach einer Stunde gingen Reines, Maury und Bertran; wir räumten die Unterlagen weg.

»Vielleicht sollten alle, die mit der Sache zu tun haben, ganz im Bilde sein«, meinte Tagamanent mit zweifelnder Miene.

»Ich bin nicht dafür. Der Erfolg verzweigter Unternehmen beruht darauf, daß jeder das weiß, was er wissen muß, aber nicht mehr. Ein Übermaß an Daten begünstigt Verwirrung und Unwirksamkeit.«

Hamet machte ihnen ein Zeichen, die Diskussion abzubrechen.

»Es steht außer Zweifel, daß die, die sämtliche Informationen brauchen, diese auch haben.« Und er wandte sich an Costeny: »Und wie geht's deinem Sohn?«

»Mit jedem Tag besser. Ich hoffe, daß der Baum bald Früchte tragen wird.«

»Was Bayer betrifft, ist es, glaube ich, an der Zeit zu handeln.«

»Wenn ihr wollt, kümmere ich mich darum«, sagte Tagamanent, »aber zuvor will ich noch ein paar Überlegungen anstellen. Man darf nicht vergessen, daß er mit Rocaguinarda eine wichtige Geschäftsverbindung unterhält und daß er ein berechnender und kühn entschlossener Mann ist. Wenn wir ihm nun die Trümpfe in die Hand spielen, wer sagt uns, daß er sie nicht gegen uns benutzt?«

»Sein Gespür für Noblesse, sein Selbstwertgefühl, seine Emotionalität. Er gehört einer im Aussterben begriffenen Spezies an. Ich habe ihn aufmerksam beobachtet; bei der von ihm eingegangenen Verpflichtung darf er sich keinesfalls selber verraten, und genau das würde er tun, wenn einträfe, worauf du anspielst«, meinte Costeny.

»Wenn er keinen Fehler begeht«, betonte Tagamanent, »so muß man bedenken, daß er damit durch eigene Verdienste eine Position erreicht, von der man ihn danach schwerlich wieder herunterholen kann.«

»Es wird wahrscheinlich gar nicht nötig sein«, meinte Hamet, »ihn von irgendwo herunterzuholen; wenn er durch eigene Verdienste dorthin gelangt ist …«

»Der einzige Haken«, bemerkte Costeny, »ist, daß die Leute in Victorias Umgebung versuchen werden, ihn in ihre Interessen hineinzuziehen.«

»Das wird ihn meiner Meinung nach nicht von seinen Vorhaben abbringen«, sagte Hamet und wandte sich erneut an Tagamanent: »also verbleiben wir so, daß du dich darum kümmerst.«

»Wenn ich es richtig verstanden habe«, schaltete ich mich ein, »interessiert sich Rocaguinarda für Victoria Tura, aber nur bis zu einem bestimmten Punkt.«

»Ungefähr. Da seine und unsere Karten aufgedeckt sind, sollten alle auf den Tisch gelegt werden.«

»Wir sollten einen entscheidenden Faktor nicht vergessen«, fuhr ich fort. »George Cooper ist wahnsinnig in Victoria verliebt.«

Es entstand ein Schweigen, das mich überraschte. Hamet und Costeny sahen sich strahlend an.

»Endlich! Ich dachte schon, es würde nie dazu kommen!« rief Costeny aus und sah mich eindringlich an. »Bist du dir sicher?«

»Absolut.«

»Gut«, meinte Hamet, »das lenkt alles in die richtigen Bahnen. Wir müssen nur abwarten, und wenn der Augenblick da ist …«

Er machte eine Pause und lachte. Ich sah fragend zu Costeny, und der sagte leise:

»Wenn der Augenblick gekommen ist, werden du und Sr. Swan zu tun haben.« Das war das letzte Mal für lange Zeit, daß sie mich zu den Sitzungen des Konsortiums einluden. Für den Moment hatten sie von mir erhalten, was sie wollten; und so wie sie es schon bei Bayer gesagt hatten, riefen sie mich erst wieder zu sich, als meine eigenen Verdienste es unabdingbar machten.

Das Konsortium schickte Cooper erneut ins Ausland. Er war ein Phlegmatiker und tat so, als würde er das Schicksal einfach hinnehmen, aber man mußte kein Hellseher sein, um sich den Abschied von Victoria vorzustellen: voller Versprechen und Pläne, oder voller Verzweiflung und Leidenschaft, voll des unerbittlichen Feuers der Schwüre, von denen nur Asche bleibt. Cooper ging fort, und Victoria wirkte wie eine verlassene Prinzessin; sie war eine Zeitlang sehr mitgenommen und wollte niemanden sehen. Wie du weißt, hatten Sílvia und Ester den Mann ihres Lebens gefunden, und ihre Beziehungen veränderten sich dadurch. Die Freundschaft zu Carola hingegen wurde enger.

Rocaguinarda hat einen Bruder, Joan, der Maschinen importiert. Kurz nachdem Ferran Victoria zu umwerben begonnen hatte, befreundete sich Joan mit Carola. Ich hatte schon länger ein Auge auf sie geworfen, und als ich das geringe Interesse bemerkte, das sie ihrem Begleiter gegenüber zeigte (obwohl nicht so offensichtlich wie Victoria Ferran gegenüber), beschloß ich, mich ihr zu nähern. Meine Absichten waren weder gefühlsmäßiger noch sexueller Natur, meine Gemütsverfassung stimmte mit jener Carolas perfekt überein, die eine intelligente Frau war, ein ruhiges Leben führte und nicht bereit war, sich dem Meistbietenden hinzugeben, wenn er in ihren Augen nicht der Einzige, der Unersetzbare wäre. Da wir das füreinander nicht waren, erreichten wir ein beachtliches Maß an Vertrauen.

Das ermöglichte uns, ausführlich über die Verstiegenheit Ferran Rocaguinardas zu reden, der Victoria mit Aufmerksamkeiten überhäufte. Sein zunehmendes Interesse ging allmählich beiden auf die Nerven. Was als Salondivertimento begonnen hatte, wurde schließlich zu einer Staatsangelegenheit.

»Wie stehen die Dinge zwischen Rocaguinarda und Victoria?« hörte ich eines Tages Maury fragen.

»Die Frucht ist reif«, sagte Costeny, »wir können sie bald ernten.«

Zwei Abende später sprach ich mit Carola.

»Es ist ein dynastisches Problem«, erklärte sie. »Victoria ist Nachkomme und Erbin eines Geschlechtes, das es ihr nicht gestatten wird, sich mit einem Nichtsnutz wie Rocaguinarda zu verbinden.«

»Eines Geschlechtes?«

»Sie ist ihrer Abstammung nach Griechin, vom Schicksal her Amerikanerin«, antwortete sie und sah in die Luft, als würde sie träumen. »Ihr Schicksal ist das der Auserwählten, mein Freund.«

Einige Zeit später kam George Cooper zurück. Ich erfuhr durch Pau Costeny von seiner Ankunft, aber so kurz davor, daß ich ihn nicht vom Flughafen abholen konnte. Er kam direkt zu mir und fragte nach Victoria.

»Was soll ich dir dazu sagen? Mir scheint, wenn du dich nicht beeilst, schnappt Rocaguinarda sie dir weg.«

Wir tranken ein paar Whiskys, um die Rückkehr zu feiern. George war weniger zu Scherzen aufgelegt als vorher.

»Ich werde es versuchen, wie auch immer. Das Leben hat

ohne Victoria keinen Sinn für mich, doch anscheinend gibt es ein Hindernis, von dem mir bisher keiner sagen konnte, worin es besteht. Es sorgt dafür, daß Victoria und ich nie zusammensein können.«

Das ist das tragische Schicksal des Helden, dachte ich. Mir war es ebensowenig gelungen, die Natur dieses berühmten Hindernisses herauszufinden. Die Wege des geheimen Kreuzes sind unergründlich. Doch ich war bereit, mich von dieser fiebernden Faszination bis zur letzten Konsequenz durchfluten zu lassen, und versprach ihm meine bedingungslose Hilfe; er nahm sie so fest entschlossen an, daß ich im ersten Augenblick erschrak. Diesmal war es ernst, und das Versprechen mußte gegebenenfalls erfüllt werden.

An wen sollte ich mich wenden? Hamet befand sich die meiste Zeit in den Vereinigten Staaten, England und Japan; Tagamanent und Reines waren Technokraten, und Maury hatte mit seinen eigenen Dingen schon genug zu tun. Ich entschied mich für eine doppelte Strategie: einerseits Carola, andererseits Costeny.

Carola erklärte sich bereit, für das Glück ihrer Freundin zu kämpfen.

»Bedenke, daß dabei nichts Geringeres als das Schicksal des Abendlandes auf dem Spiel steht.«

Ihre blauen Augen sahen mich mit einem tieftraurigen Lächeln an.

»Mein armer Freund«, murmelte sie. »Soll ich dir sagen, was mit dir geschieht, sobald all das abgeschlossen sein wird?«

Ich wollte es nicht wissen. Costeny willigte ein, mich sofort zu sehen, und verhielt sich so, als wäre alles, was ich ihm erzählte, die Bestätigung seiner Vorhersagen. Als er sich dazu äußerte, war er allerdings viel weniger direkt.

»Du mußt wissen, daß ein lebenswichtiger Teil unserer Organisation ernsthaft bedroht ist. Rocaguinarda hat sie auf drei Punkte verteilt: Börse, Diplomatie und Justiz. Wir müssen erreichen, daß sie sich mit ihren eigenen Waffen schlagen, daß die rechte Hand gegen die linke kämpft.«

»Was soll ich tun?« fragte ich ihn.

»Bayer wird sich während der Arbeitszeit um Rocaguinarda kümmern; du wirst ihn im Diplomatenbüro aufhalten und die Vorgehensweisen koordinieren. Sprich mit Carola. Victoria soll sich für die entsprechenden Stunden von allen Verpflichtungen freimachen. Als erstes begleitest du George zu dieser Adresse.«

Ich schrieb sie auf einen Zettel. Es war die von Eduard Bertran.

Wir machten uns auf den Weg. Nach einer Weile standen wir vor deinem Schwiegervater.

»Würdest du bitte draußen warten?« sagte er zu mir, und die beiden sprachen zwanzig Minuten unter vier Augen.

»Was hat er dir gesagt?« fragte ich George beim Hinausgehen.

»Er redete über Finanzierungsfragen; nun müssen wir zu Stern.«

Kurz darauf waren wir dort. Immerhin ließ mich Stern nicht draußen warten; und nachdem wir ein paar freundliche Worte gewechselt hatten, gab er uns die Adresse, die wir danach aufsuchen sollten. Die Pilgerfahrt begann mich zu ermüden. Unterwegs rief ich Carola an.

»Mach dir keine Sorgen«, sagte sie, »Victoria ist bei mir und bereit, aufzubrechen, sobald es sein muß.«

Bei der Adresse, die uns Stern gegeben hatte, handelte es sich um eines von Hamets Diplomatenbüros. Dort zog eine sehr attraktive, distanzierte Sekretärin ein Päckchen in Gestalt und Größe eines Schuhkartons hervor. Sie mußte sich nicht einmal bücken, um die Furche zwischen ihren Brüsten zur Schau zu stellen, straffer und tiefer als die meisten, die ich jemals zuvor gesehen hatte.

»Wer von Ihnen ist George Cooper?« fragte sie. Mein Freund wies sich aus, und sie überreichte ihm das Paket. »Es ist vertraulich.«

Sie leckte sich keß die Lippen, und ich zwinkerte ihr zu.

»Bist du für heute abend schon verabredet?« fragte ich im herausforderndsten Tonfall, zu dem ich fähig war. Sie lachte und machte uns die Tür auf.

»Auch wenn sie gesagt hat, daß es vertraulich ist«, sagte

George auf der Straße zu mir, »bitte ich dich, bei mir zu sein, wenn ich es öffne.«

»Das scheint mir nicht korrekt«, warf ich ein, »aber ich danke dir für die Geste. Wenn du willst, gehen wir zusammen zu dir. Du öffnest es, und ich warte im Nebenzimmer.«

So machten wir es, und nach einer Weile setzte er sich zu mir und vergrub sein Gesicht in den Händen.

»Endlich hat sich Sr. Swan geäußert.«

»Über Hamets Büro? Was sagt er?«

»Victoria und ich müssen ein Mittel einnehmen, das mir Rocaguinardas Aussehen geben wird. Durch diesen äußeren Schein wird sie so sehr in mich verliebt sein, wie sie es in mich, in meiner jetzigen Gestalt, zu sein scheint.«

»Ist ja toll!« rief ich völlig ungläubig aus und begann zu lachen. »Wenn das gelingt, erzähle ich es besser niemandem, denn man würde mich für verrückt halten.«

»Aber verstehst du denn nicht?« unterbrach er mich. »Das bedeutet, daß alles organisiert ist, damit Victoria schließlich mit dem echten Rocaguinarda verheiratet wird!«

Ich beugte mich der Offenkundigkeit und brauste auf:

»Durchbrich den Kreis! Lehn dich auf gegen deine eigene Verschwörung und erzähl Victoria alles. Wenn sie dich wirklich liebt, könnt ihr gemeinsam fliehen und mit der Politik der vollendeten Tatsachen alle loswerden.«

»Ich kann nicht«, sagte er traurig. »Es gibt unüberwindbare, sogar gefährliche Schwierigkeiten, und das hier ist meine einzige Chance.«

Wir schwiegen eine Weile. Mein Kopf war ein einziger Wirrwarr aus unbekannten und widersprüchlichen Gedanken.

»Wollen wir die Sekretärin von Hamet abholen?«

Er lächelte gleichgültig.

»Geh du hin; mir scheint, ihr seid euch nicht unsympathisch gewesen.«

Nach einem weiteren Schweigen sah ich das Paket an.

»Gibt es für mich einen Auftrag?« fragte ich.

»Verzeih, ich hatte es vergessen«, sagte er und reichte mir ein Glas mit ganz gewöhnlichen Kapseln. »Du mußt dich darum kümmern, daß sie sie zur entsprechenden Zeit einnimmt.«

Alles lag in meinen Händen! Ich verabredete mich noch in derselben Nacht mit Carola und übergab ihr das geheimnisvolle Medikament. Sie sah sich die Packung mißtrauisch an. Ich wollte ihr schon versichern, daß es sich um kein wildes Aphrodisiakum handelte, doch da ich letztlich nichts davon verstand, war es besser, sich nicht einzumischen.

»Ich sage dir noch, wann sie es nehmen muß.«

Wir sahen uns an. Carola war wunderschön in jener Nacht, ich setzte mich wie ein Verrückter der Versuchung aus, bis an die Grenzen des guten Geschmacks; wir zündeten uns eine Zigarette an.

»Was hast du von dieser ganzen Geschichte?« sagte sie zu mir mit einem fast unmerklichen Tadel im Blick, der mich eher erheiterte, als störte.

»Ich weiß es nicht«, antwortete ich ehrlich, »und du?«

Sie senkte den Blick auf ihr Glas.

»Ich bin Victorias Freundin.«

Ich hätte beinahe gesagt: Na und, ich bin Coopers Freund; aber das wäre eine falsche Reaktion gewesen. Es stand überhaupt nicht fest, daß wir ihnen wirklich einen Gefallen taten. Die Frage blieb: Was taten wir dort? Für das Ineinandergreifen waren zwei Teile nötig, und das waren sie und ich, ganz einfach. Einfach? …

Am nächsten Tag rief mich Bayer an.

»Für den Nachmittag ist eine Sitzung einberufen, und anschließend werde ich ein Gespräch hinter verschlossenen Türen organisieren. Ist alles bereit?«

»Alles bereit.«

Nun werden wir sehen, was daran wahr ist. Ich verständigte Carola und dann George. Im letzten Moment rief Hamet aus dem Ausland an.

»Halte Costeny auf dem laufenden, er wird dir jeden Zweifel nehmen können; wenn es zu einem Zwischenfall kommt und du ihn nicht erreichst, wende dich an Bertran oder an Stern, keinesfalls aber an Reines oder an Tagamanent.«

»Und Maury?«

»Maury ist auch absolut vertrauenswürdig, aber im Moment hat er seine eigenen Probleme, und es ist besser, nicht auf ihn zu zählen.«

Demnach gibt es auch innerhalb des Aufsichtsrates des Konsortiums Kategorien, dachte ich.

Alles lief perfekt. Meine Premiere als Verschwörer hätte nicht gelungener sein können. Rocaguinarda war den ganzen Abend beschäftigt, und George nahm dessen Äußeres an und ging mit Victoria aus.

Von da an gerieten wir alle in einen verrückten, schwindelerregenden Wirbel. Victoria verliebte sich hoffnungslos in den falschen Rocaguinarda, und Bayer organisierte eine Reihe von Treffen mit dem echten, der, natürlich überglücklich, daß er erreicht hatte, was er wollte, darauf verzichtete, eine Erklärung für Victorias Wandel zu finden. Durch Carola verfolgte ich das empfindsame Umfeld der Geschichte. Victoria war befremdet von den scheinbaren Gedächtnislücken ihres Verlobten und seinen Stimmungsschwankungen, aber zum Glück ging sie ihnen genausowenig auf den Grund.

Der Termin für die Hochzeit wurde festgelegt. Victoria brachte ihre Abstammung mit großer Eleganz zur Geltung. Zufriedengestellt von den in solchen Fällen üblichen Ersatzspielen, hütete sich sowohl der echte wie der falsche Rocaguinarda, versuchen zu wollen, daß sie in die geheiligte Institution der Ehe nicht als Jungfrau einträte.

Während der Zeremonie kümmerte ich mich darum, George zu zerstreuen. Wir gingen spazieren, ins Schwimmbad, ins Fitneßstudio, ins Kino. Alles, nur nicht verzweifeln und zu trinken beginnen.

»Ich weiß, daß ich dem Ganzen nicht auf den Grund gehen soll, aber ich will um Gottes willen nichts mehr hören vom tragischen Schicksal des Helden.«

Schließlich saßen wir auf einer Terrasse mit Aussicht auf die Stadt. Für Momente war er sehr angeregt, dann wieder sehr deprimiert.

»Nimm's nicht so schwer. In ein paar Stunden schon siehst du Victoria.«

Er sah mich an, und seine Augen füllten sich mit Tränen.

Seit vielen Jahren hatte ich keinen Freund weinen sehen, und ich wußte nicht, wie ich mich verhalten sollte.

»Ich liebe sie mehr als mein Leben, und ich weiß, daß ich nie mit ihr werde leben können wie irgendein Mann mit seiner Frau.«

»Du mußt die positive Seite der Situation betrachten. Dank der Chemotherapie des Sr. Swan wird kein Mann außer dir mit ihr schlafen können, denn schon wenn er sie berührte, würde er impotent«. Ich machte ihm die Zukunft schmackhaft: »Rocaguinarda wird sich von ihr entfernen und bei anderen Frauen Befriedigung suchen, während sie immer verliebter in den sein wird, der du in Wirklichkeit bist.«

George schüttelte den Kopf.

»Wozu, wenn sie nie die Wahrheit erfahren darf?«

Ich grübelte darüber, wie Victoria der vollständige Sachverhalt beigebracht werden könnte. Soweit ich sie kannte, wäre es wenig wirkungsvoll, ihr vom Schicksal zu erzählen. Die Unnachgiebigkeit ihres Wesens rührte von der Sicht der Wirklichkeit her, die ihr Vater ihr vermittelt hatte, der ein glühender Anhänger des Voluntarismus war und sich nie in die fatalistische Bequemlichkeit fügte, um sich der direkten Verantwortung in einer Konfliktsituation zu entziehen. Es hieß, Victoria sei ein Wolf im Schafspelz und hinter ihren an sich vernünftigen, soziales Engagement bezeugenden Äußerungen verberge sich ein bedingungslos rationeller Geist, ein Voltairescher, atheistischer Materialismus, der den wildesten Individualisten hätte zurückschrecken lassen.

Die Nacht brach an. Die so sehr herbeigesehnte Nacht, in der all unsere Anstrengungen gipfeln würden. Carola war auf der Hochzeit, und wir waren zu dem Zeitpunkt nach Hause gegangen, wo sie uns anrufen sollte. Das tat sie pünktlich; es gab auf beiden Seiten nichts Neues zu berichten. Ich sah auf die Uhr.

»Gehen wir.«

Wir ließen uns in einer Villa neben der von Rocaguinarda und Victoria bewohnten nieder, die Costeny speziell für diesen Anlaß gemietet hatte. Ein unterirdischer Gang verband die beiden Gebäude über die ehemaligen Kohlenkeller miteinander. Um die Zeit zu nutzen, zeigte ich George auf den Plänen den Weg für den Fall, daß etwas Unvorhergesehenes passierte.

»Schlimmstenfalls kann Rocaguinarda auftauchen, und wenn das passiert, bringe ich ihn um.«

Eine so gute seelische Verfassung beruhigte mich. Die Nasen am Fenster plattgedrückt, lachten wir schließlich wie verrückt.

»Achtung, da sind sie!«

Ein Auto hielt im Nachbargarten. Rocaguinarda machte sich nicht die Mühe, es in die Garage zu stellen; Victoria und er stiegen aus und gingen ins Haus. Ich stürzte zum Telefon.

»Gabriel?« sagte ich. Bayer antwortete. »Sie sind schon hier. Zähl bis dreißig und ruf an.«

Wir gingen zur elektronischen Überwachungsanlage, um das Gespräch im Nebenhaus über die von den Fachleuten des Konsortiums angebrachten Mikros mitzuhören.

»Ich hole den Champagner aus dem Kühlschrank«, verkündete Rocaguinarda. In dem Augenblick klingelte das Telefon. Sie ließen es viermal läuten, mir schien eine Ewigkeit zu vergehen. Was, wenn sie nicht abnehmen, dachte ich. Endlich ging Victoria dran.

»Für dich«, sagte sie in einem neutralen Tonfall. »Ich glaube, es ist Gabriel Bayer.«

»Ja?« brüllte Rocaguinarda. »Jetzt? Auf gar keinen Fall.« Es entstand eine Pause; George und ich hielten den Atem an; Rocaguinarda fuhr verärgert fort: »Aber weißt du denn nicht, in welchem Moment du mich erwischst? Kannst du dir vorstellen, welche Lust ich habe, wegzugehen?« Er schnaubte. »Also gut, einverstanden, ich komme gleich; diese Kerle werden mich kennenlernen!«

Er legte den Hörer auf und eröffnete Victoria, daß man ihn dringend im Büro brauchte.

»Jetzt?« sagte sie ungläubig. »Du bringst es fertig, jetzt wegzugehen? Seid ihr, du und Gabriel, denn verrückt geworden?«

Er stammelte wie ein Idiot, daß es darum ginge, eine unvorhergesehene parlamentarische Anfrage vorzubereiten, das ließe sich nicht verschieben, sie solle aber nicht traurig sein, denn er bliebe nicht länger als eine Dreiviertelstunde weg.

»Bayer ist ein Monster«, lachte George. »Was mag er ihm wohl gesagt haben?«

»Bereite dich vor«, sagte ich zu ihm; »jetzt gehst du hin.«

»Nur zu! Mach dir um mich keine Sorgen«, wiederholte Victoria zweimal mit unsicherer Resignation.

Wir sahen Rocaguinarda aus dem Haus kommen; er warf einen unentschlossenen Blick auf das Auto; Bayer erwartete ihn also nicht weit von hier.

»Bestens! Er geht zu Fuß!« rief ich aus. »Warten wir noch ein paar Minuten; du kannst die Kapsel schon schlucken.«

»Wunderbar«, sagte George, faßte mich am Arm und grinste mich boshaft an. »Und tu mir den Gefallen, nicht weiter über die Mikros mitzuhören, sobald ich drin bin. Wir kennen uns doch.«

»Ich bitte dich, lieber Freund«, gab ich mich gekränkt; »diese Einrichtung ist für höchst edle Zwecke bestimmt, nicht dafür, mir das Schnüffeln und den Voyeurismus zu ermöglichen.«

Das war eine unpassende Ausdrucksweise, da das einzig glückliche Sinnesorgan in diesem Fall das Ohr war.

Ich hielt ihn an der Tür zurück.

»Noch etwas: Leg mit der Ausrede, daß euch so niemand stören kann, den Hörer daneben. Denn obwohl Gabriel gesagt wurde, daß er alles zu kontrollieren hat, könnte Rocaguinarda auf die Idee kommen, seine Rückkehr anzukündigen, und das käme Victoria etwas seltsam vor, glaubst du nicht? Sollte irgend etwas Unvorhergesehenes passieren, mach ich vom Pieper Gebrauch. Du hast drei Stunden Zeit. Geh und sei glücklich.«

Wir drückten uns kräftig die Hand, und er ging hinaus.

Ich folgte ihm mit den Augen. Er durchquerte langsam den Garten und betrat das Nachbarhaus. Ich betrachtete ihn aufmerksam und machte einen Sprung: Er war Rocaguinarda! Ich setzte mich, mein Herz schlug bis zum Hals. Ich sah ihn zum erstenmal verwandelt. Wo fand das Wunder statt? In Georges Körper oder in meinen Augen? Ich bekam einen

Schwindelanfall, und meine Vorstellung von der Realität geriet so sehr ins Schwanken, daß mir übel wurde; gleichzeitig erfüllten mich eine Freude und ein Hochgefühl, daß ich nicht wußte, ob ich weinen oder lachen sollte. Der falsche Rocaguinarda betrat – mit einem ähnlichen Gang wie der echte – das Haus.

Ich ging zum Abhörgerät, um die Mikros auszuschalten. Ich dachte an die Aufrichtigkeit, die ich von mir selbst erwartete (denn nur in Fällen wie diesem lohnt sich die Aufrichtigkeit), und hörte einen Augenblick zu, um mich zu vergewissern, daß Georges Äußeres auch Victoria überzeugte.

»Du bist schon wieder da?« hörte ich sie sagen.

»Ich habe beschlossen, nicht hinzugehen«, antwortete Rocaguinardas Stimme; sogar der Tonfall war perfekt! Bis wohin reichte die Verwandlung? Wie vieler Mechanismen seiner Person hatte sich der äußere Schein bemächtigt? Wo lag die Trennlinie zwischen den beiden? Hatte George Zugriff auf den Verstand und die Absichten Rocaguinardas? Und wie mochte George empfinden, wie George oder wie Rocaguinarda? Wenigstens würde Victoria die beiden nie beim Liebesakt vergleichen können ... Ich schaltete den Apparat ab. Ich war nicht nur aufgewühlt, sondern auch erschrocken, sehr erschrocken.

Die drei Stunden Einsamkeit erlebte ich so intensiv wie nie zuvor. Ich kann mir schwer vorstellen, daß jemand außer George und Victoria eine so unauslöschliche Erinnerung an diese Nacht bewahrt. Ich rauchte wie ein Schlot und soff den ganzen Whisky, den ich George vorher verweigert hatte; ich ging hinaus, um den Mond und die Konstellationen der Sterne zu betrachten ... Zwei Dreiviertelstunden waren vergangen, als mich das Telefon plötzlich hochfahren ließ. Es war Gabriel Bayer.

»In zehn Minuten wird er zurück sein. Er hat viel getrunken, und ich habe ihm ein Psychostatikum verabreicht.«

»Ein Psychostatikum? Was heißt denn das?«

»Es wirkt, wenn das Herz in Ruhestellung ist, bei einem bestimmten Pulsschlag und einer eingeschränkten Hirnaktivität. Während er auf der Straße ist oder sich sonstwie bewegt, zeigt sich keine Wirkung; sobald er sich aber hinsetzt und ein wenig entspannt, ist er bis morgen früh k. o.« Er machte eine Pause. »Weiß George schon, was er zu tun hat?«

»Ja, aber er ist noch nicht herausgekommen.«

»Dann mußt du handeln, und zwar rasch.«

Ich ließ den am Ohrläppchen von George angebrachten Pieper ertönen. Nur er konnte ihn hören.

Ich ging auf die Terrasse. Ein Schatten öffnete die Tür der benachbarten Villa und schloß sie vorsichtig. Es war Rocaguinarda, nie würde ich mich an die Vorstellung gewöhnen, daß es sich um meinen Freund George Cooper handelte.

Und er war George Cooper, als er zur Tür hereinkam.

»Irgendein Problem?« fragte ich ihn.

»Ich habe ihr gesagt, ich wolle mir ein wenig die Beine vertreten, und ich mußte Wunder wirken, damit sie mich nicht begleitete.«

Ich setzte die Abhörgeräte wieder in Gang. Rocaguinarda betrat erstaunlich genau zu dem von Bayer berechneten Zeitpunkt sein Haus. Es war für mich erfrischend, ihn zu sehen. Gehörnter, dachte ich, das geschieht dir recht, du Schmalspurintrigant. Nur weiter so, du weißt nicht, was dich noch alles erwartet.

»Schläfst du?« hörte ich ihn leise sagen. »Victoria, Victoria! Schläfst du?«

»Für heute gibt es kein Problem«, sagte George, »sie schläft!«

Am nächsten Tag fuhren sie auf Hochzeitsreise nach Amerika, und George beschloß, sich deshalb nicht zu quälen, und verschwand ebenfalls. Niemand weiß, wie er es gemacht hat, aber er war knapp zwölf Stunden vor ihnen zurück.

»Das muß der Jagdtrieb sein«, sagte Costeny ironisch.

Wir wiederholten die Operation der Hochzeitsnacht im darauffolgenden Monat drei- oder viermal pro Woche. Wir mußten Rocaguinarda nicht immer ablenken; es war einfacher und weniger aufwendig, ihn zu überwachen und seine natürlichen Abwesenheiten zu nutzen, die – wie vorherzusehen – sich immer mehr häuften.

Bald begann uns der Mangel an Information zu bedrücken,

und mit jedem Tag verstärkte sich das Gefühl, mit verbundenen Augen unterwegs zu sein. George ließ kaum etwas über seine Besuche bei Victoria durchblicken, und ich wagte nicht, ihn nach Einzelheiten zu fragen, die ein wenig Licht in die Sache gebracht hätten. Seine spärlichen Vertraulichkeiten beschränkten sich auf ein, stets in spirituellen Begriffen formuliertes, bedingungsloses Lob der Tugenden und der Schönheit Victoria Turas und auf das Verklären ihrer Abwesenheit, was ebenso bewegend wie wenig aussagekräftig war. Aus seinen Bemerkungen und aus Ferran Rocaguinardas Verhalten wurde abgeleitet, daß Victorias offizieller Ehemann völlig impotent war, wenn er mit ihr zusammen war, bei anderen Frauen hingegen sexuell normal. Georges Worten war zu entnehmen, daß er Victoria – was durchaus intelligent war – darum gebeten hatte, von Bemerkungen abzusehen, sollte sein Körper nicht in entsprechender Verfassung sein, und auch nicht darüber zu sprechen, wenn es zwischen ihnen einmal nicht klappte. Somit kam das Thema Sexualität in Anwesenheit des arglosen Rocaguinarda nie zur Sprache, und er akzeptierte es schließlich als ein Unglück, das Schizophrenie in sein Leben gebracht hatte. Das hätte eine Lösung sein können, um aus der Sache herauszukommen, doch mit einer Frau wie Victoria war das nicht lange aufrecht zu halten.

Es kam der Moment, wo ich ein Gespräch mit Carola für unumgänglich hielt. Ich verabredete mich mit ihr und erlebte die unangenehme Überraschung, daß sie, was Victoria betraf, sehr zurückhaltend war.

»Wenn mir eine Freundin persönliche Dinge anvertraut hat, halte ich es nicht für richtig, diese zu verbreiten.«

Ich rief ihr ins Gedächtnis, in welch außergewöhnlicher Situation wir uns bewegten, die uns zweifellos auch entschuldigte.

»Es ist doch nicht Neugier, du kennst nur allzugut die Beweggründe für meine Frage.«

»Es gibt nichts Besonderes«, gab sie unwirsch nach. »Victoria hat kapiert, daß sie mit einem Exzentriker verheiratet ist, und nimmt es hin. Das Endergebnis ist positiv, für sie geht alles voran.«

Ich war skeptisch. Die aus Cooper und Rocaguinarda zu-
sammengesetzte Person mußte mehr als schizophren sein.
Victoria dürfte von der Droge beeinträchtigt sein. Oder hatte
sie längst alles bemerkt und eingewilligt? Wenn dem so war,
warum?

»Was noch?« drängte ich.

Sie sah mich unfreundlich an, und ich verfluchte mich
dafür, nicht entdecken zu können, was im Kopf dieser Frau
vorging. Eifersucht? Der Wunsch, beachtet zu werden, die
Hauptrolle zu spielen? Oder aber, im Gegenteil, ein instink-
tives Aufbegehren angesichts einer gescheiterten Solidarität?
Nach und nach gelang es mir, sie zum Reden zu bringen.

»Sie ist ein wenig verwirrt. Sie lebt mit einem Mann zusammen, der hochfliegende Augenblicke hat, nach denen sie
ganz verrückt ist, doch es gibt andere Momente, die leider
häufiger sind, da erinnert er sich an nichts von dem, was vorher gewesen ist, und wenn sie es ihm ins Gedächtnis ruft,
braust er auf und wirft ihr vor, ihn auf den Arm zu nehmen.
Außerdem ist er in dieser Stimmung nicht in der Lage, mit
ihr zu schlafen.«

»Phantastisch!« sagte ich begeistert und lachte hemmungslos.

Sie sah mich wieder schief an.

»Offen gesagt, ich weiß nicht, wie lange sich diese Farce
noch aufrechterhalten läßt. Hat sich jemand von euch einen
Schluß ausgedacht?«

»Sprich weiter«, sagte ich zu ihr.

»In letzter Zeit haben sich diese absurden Gespräche
gehäuft. Eines Nachts stand Ferran aus dem Bett auf und
sagte, er hätte Kopfschmerzen. Sie hatten traumhafte Momente erlebt, solche, die einem als schwer übertreffbar in Erinnerung bleiben. Er kam eine halbe Stunde später zurück,
mürrisch und nach Alkohol stinkend, und entschuldigte sich
für sein spätes Kommen. Sie wollte ihm sagen: aber wovon
sprichst du, doch er war so schlecht gelaunt, daß sie befürchtete, alles nur noch schlimmer zu machen.« Sie unterbrach
sich und sah mich an. »Hör mal, wenn ich mich dazu hergegeben habe, bei dieser Komödie mitzumachen, dann zum

Wohl einer Freundin. Bist du sicher, daß wir das Richtige tun?«

»Völlig«, bestätigte ich mit der ernstesten und überzeugendsten Miene, zu der ich fähig war. »Abgesehen von ihrem Glück, ich erinnere dich daran, daß es Ziele gibt, die unseren Zweifeln und Ängsten übergeordnet sind.«

»Ich weiß nicht, manchmal kommt mir alles zusammen wie ein übler Scherz vor.«

»Das wäre dann allerdings wirklich ein sehr schlechter und teurer Scherz, findest du nicht?«

Zwei Tage später bekam ich Besuch von Pau Costeny.

»Was verschafft mir die Ehre?« sagte ich und tat freundlich.

Er hieß mich die Tür schließen. Er sah ernst und auch froh drein.

»Hör gut zu. Victoria ist schwanger.«

Ich war wie gelähmt. Wem wird das Kind ähnlich sehen? dachte ich, doch mir fiel eine andere Frage ein, die ihn ungeduldig machte, und ich beglückwünschte mich, die erste nicht gestellt zu haben.

»Wie hat man es erfahren?«

»Die Ärzte sind mit uns in Kontakt«, sagte er. (Diese Leute sind teuflisch, dachte ich; sie haben sogar einen Gynäkologen rekrutiert!). »Jetzt muß zweierlei geschehen. In erster Linie eine Inszenierung, um Rocaguinarda glauben zu machen, daß er zumindest ein paarmal mit seiner Frau geschlafen hat.« Er grinste hämisch. »Wie du verstehen wirst, müssen wir ihm die Wohltat des Zweifels zugestehen.«

»Wie machen wir das?«

»Keine Sorge, überlaß das uns. Wenn wir es geschafft haben, alle glauben zu machen, daß George ein anderer war, wird das kleine Problem in Rocaguinardas Hirn ein Kinderspiel sein. Bayer, Carola und du, ihr kümmert euch darum, Victoria die Nachricht zu überbringen.«

»Der Arzt hat es ihr nicht gesagt?«

»Der Arzt hat ihr, unseren Anweisungen folgend, nichts gesagt. Ihr werdet ihr alles erklären. Die jetzige Strategie hat die erwarteten Ergebnisse gebracht und ist nicht weiter aufrechtzuerhalten; und da sie früher oder später in sich zusammengefallen wäre, ist es besser, wir beenden sie im günstigsten Moment und unter Kontrolle. Es ist an der Zeit, daß Victoria ihre Position kennt und akzeptiert.«

»Warum hat man es ihr nicht von Anfang an gesagt?«

»Deine Frage ist nicht sehr intelligent. Du glaubst doch nicht, daß sie sich zu so einem Spiel hergegeben hätte? Victoria ist eine Frau mit Prinzipien.«

»Das bedeutet, alle geben zu, daß es begründete Erwartungen gibt, sie werde, sobald sie alles weiß, keine allzu friedfertige Reaktion zeigen. Wem von uns dreien wird der Schwarze Peter zugeschoben?«

»Diese Frage, lieber Freund, hängt ganz von euch ab«, sagte er und lachte zum erstenmal offen.

Ich suchte nach einer passenden Antwort, doch er verkündete, er habe es eilig, wir sollten ihn auf dem laufenden halten, und stand auf.

»Moment. Soll ich's zuerst George sagen?«

Er blieb verblüfft stehen.

»Ich weiß nicht, ob das ratsam ist; zu heikel, ich befürchte, es könnte alles zerstören … Aber schließlich muß man zu den Helden Vertrauen haben. Sag es ihm, wenn du willst.«

Er ging hinaus. Ich beschloß, den Stier bei den Hörnern zu packen. Ich würde versuchen, Victoria jemand anderem aufzuhalsen, aber George war meine Sache. Ich rief ihn an und überfiel ihn mit der Nachricht. Ich erwartete eine vulkanische Reaktion, daß er alles zum Teufel jagen und schwören würde, mit seiner Frau und seinem Kind zusammenleben zu wollen, doch er nahm es mit ernstem, sogar etwas sarkastischem Fatalismus auf. Ich kenne ihn sehr gut und weiß, daß er zu aufrichtig ist, um seine wahren Absichten vor einem Freund wie mir zu verbergen. Das Gespräch geriet immer wieder ins Stocken, und ich fühlte mich unwohl; schließlich begriff ich, daß auch George Cooper ein Mann mit Prinzipien war, die ich freilich nie würde verstehen oder teilen können.

Nun kam der kompliziertere Teil. Ich sprach mit Carola, die sich sehr freute, daß die Farce ein Ende nahm, doch als ich ihr vorschlug, sie sollte Victoria ins Bild setzen, weigerte sie sich rundweg.

»Wo denkst du hin! Ihr habt euch das eingebrockt und müßt es nun selber ausbaden. Ich komme dann, um die Reste wegzukehren.«

Ich ging zu Gabriel Bayer in der Absicht, ihn davon zu überzeugen, daß diese Rolle am besten zu ihm paßte.

»Du bist der Geeignetste. Dein Ansehen wird den Schlag abwehren.«

»Auf keinen Fall. Hier bist du der Diplomat, außerdem hast du einen viel wichtigeren und direkt mit Victoria verbundenen Part übernommen, während ich mich darauf beschränkt habe, den Ehemann abzulenken«, erwiderte er.

Ich mußte meinen ganzen Mut zusammennehmen. Erst einmal galt es, die Frage des Ortes für unser Gespräch zu klären. Es war unerläßlich, daß wir uns allein trafen; ich vermutete, daß eine so auf ihren Prinzipien beharrende Ehefrau nicht einverstanden sein würde, sich mit mir in meiner Wohnung oder in einem Lokal zu verabreden, und mir stand es nicht zu, zu ihr zu gehen, also dachte ich an das Haus irgendeiner prominenten Persönlichkeit aus ihrer Kaste, die völlig vertrauenswürdig und über der Angelegenheit im Bilde war. Ich rief Pau Costeny an, doch ich erreichte ihn nicht. Danach war ich froh darüber; jemand, der neutraler und weniger in die Verschwörung verstrickt war, eignete sich besser. Ich sprach mit Henri Stern.

»Aber selbstverständlich, Maurici. Ich stelle dir mein Haus gern zur Verfügung. Du mußt mir nur Tag und Zeitpunkt mitteilen«, sagte er.

Ich bestellte Victoria für den nächsten Tag um zwölf.

Ich kam fünf Minuten vorher. Ein Dienstmädchen, mit orientalischen Gesichtszügen und größer als ich, öffnete mir.

»Senyora Rocaguinarda erwartet Sie im Salon«, sagte sie und begleitete mich dorthin.

Ich schloß daraus, daß Stern und seine Familie so freundlich gewesen waren, uns allein zu lassen. Die Hausangestellte schloß die Tür hinter sich.

»Guten Tag, Victoria«, begrüßte ich sie und nahm bei einer

Floskel Zuflucht: »Ich frage dich nicht, wie es dir geht, denn offensichtlich könnte es nicht besser sein.«

Sie lächelte, runzelte aber kurz die Stirn.

»Was hast du mir zu sagen?«

Ich hatte die ganze Zeit damit zugebracht, mir diesen Augenblick vorzustellen und zu überlegen, wie ich es angehen sollte. Mein Kopf war leer, und alles hallte ungeordnet nach.

»Ich bin Überbringer einer großartigen Nachricht: Du sollst wissen, daß du nicht mit Ferran Rocaguinarda geschlafen hast, sondern mit George Cooper, der zu diesem Zweck dessen Äußeres angenommen hat.«

»Bist du verrückt geworden? Woher hast du das?«

Ich betrachtete sie eingehend. Wie sollte sie etwas Derartiges auch nur hören wollen? Ich war im Begriff zu sagen, sie solle nicht erschrecken, doch darum ging es nicht. Ich versuchte mich klar, ohne ausweichende Schatten auszudrücken.

»Es ging um Ziele, die über deinen Willen hinweg erfüllt werden mußten.« Ich dachte an Victorias Charakter und betete, sie möge nicht nach der Art dieser Ziele fragen, legte mir aber für alle Fälle eine Antwort zurecht. Was war für sie schlimmer, ein persönliches und objektiv gerechtfertigtes Interesse zu verdauen oder eine ursprüngliche Kraft und ein philosophisches Prinzip? Ich fuhr fort: »Stell mir keine weiteren Fragen, denn ich könnte sie nicht befriedigend beantworten.«

»Wieviel Kopfzerbrechen wäre meinem Mann erspart geblieben, wenn …«

Welchem von beiden? dachte ich; doch der Besuch war noch nicht zu Ende.

»Du mußt auch wissen, daß du ein Kind bekommen wirst, und keiner darf jemals erfahren …« Ich machte eine Pause, und ihr Lächeln wirkte allmählich gelassener. Ich schloß: »So ist es. Wie viele haben erbittert darum gekämpft, den Göttern gleich zu sein, und die Verzweiflung hat sie zur Grausamkeit greifen lassen! Dir ist es gegeben, dich ihnen durch Liebe gleichzusetzen.«

»In meinem Leben sehe ich eher Sklaverei als Gleichheit«, sagte sie tieftraurig.

Wir standen auf. Sie schien sich von der Überraschung erholt zu haben, und ihre Augen ließen einen raschen Entschluß vermuten. Es gab nichts mehr zu sagen.

»Adéu, Victoria. Ich weiß, daß du sehr glücklich sein wirst.«

Sie sah mich nicht an. Ihre Finger glitten über den Samt des Stuhls, und ihre Lippen sprachen lautlos einen Namen aus. Sie hob den Blick und gab mir die Hand.

»Adéu, Maurici.«

Ich verstand, daß sie eine Weile allein sein wollte, und ging. Nichts ist so hilfreich wie das Respektieren alter Traditionen, um neue aufzubauen. Ich dachte, daß ich aufatmen würde, nachdem ich die mir zugeteilte Rolle erfüllt hatte, doch dem war nicht so. Ein Gefühl von Absurdität und Ungerechtigkeit überlagerte die anderen Empfindungen. Im Namen welcher chimärischen Verschwörung wurde von zwei Liebenden verlangt, auf ihre Liebe zu verzichten? Im Namen welches tragischen Schicksals gehorchten sie? Die Dimensionen ihres Auftritts zu erfahren würde sie nicht erleichtern. Ich war vielleicht nur ein kleiner Kläffer, der nie etwas von solchen Dingen verstehen würde.

Zwei oder drei Tage später kündigte uns George an, daß er uns verlassen würde. Sein Ziel war London, später vielleicht Paris.

»Hast du Lust, mit Victoria zu reden?« fragte ich ihn.

»Nein. Das ist einer der Gründe, warum ich weggehe. Ich könnte es nicht ertragen, hier zu sein, ohne mit ihr so sprechen zu können, wie ich will; und das wäre, wie du wohl verstehen wirst, noch das geringste Übel.«

»Natürlich.«

Es gab keinen Trost für George. Er war Gefangener der Logik des Absurden, und einmal dort angekommen, konnte er den Betrug nicht mehr auflösen; es blieb ihm nichts anderes übrig, als das Leid zu fliehen. Am Ende packte ihn der Zorn, und er nahm meine Hand.

»Ich bin in dieser Komödie nicht wichtiger als du! Aber ich bin viel weniger frei. Meine Rolle erlaubt es mir nicht einmal, mich umzubringen!«

Diese Geschichte heilte mich für immer von der Versuchung, zwischen den Menschen Kategorien aufzustellen. Es gibt keine Protagonisten, wir sind alle Komparsen. Wie könnte ich über jemanden urteilen? Die Logik führte zu Grausamkeit und Wahnsinn, und jedes Wohlwollen entsprang einem Verrat.

Sílvia wurde – wie du besser wissen dürftest als ich – zur gleichen Zeit schwanger wie Victoria, und das brachte sie einander noch näher. Die Kinder kamen im Abstand von drei Wochen zur Welt, und die wechselseitigen Feiern sind ein weiterer Grund gewesen, ihre Freundschaft zu festigen. Doch Sílvia bewegt sich auf der Seite des Glücks, und Victoria hebt in Richtung Tragödie ab; das wird sie auseinanderbringen. Rocaguinarda hat den Schwindel entdeckt. Sr. Swan, der wahre Urheber des Ganzen, hatte ihn mit diabolischer Feinheit hinters Licht geführt, doch es war zu einem Verrat gekommen, der ihm die Augen öffnete. Armer Rocaguinarda, auch er ist in einem tragischen Schicksal gefangen; er lebt mit der Frau, in die er verliebt ist, doch die beiden trennt ein unüberwindbarer Abgrund, er hat nicht die Möglichkeit, davor zu fliehen, wie George seiner Verzweiflung entfloh. Rocaguinarda verzehrt sich wie eine Kerze, langsam und unaufhaltsam.

Mir mußte niemand sagen, was zu tun war. Kürzlich sprach ich mit Carola; sie war über alles unterrichtet; ich unterbreitete ihr einige Theorien über die Freundschaft, an die ich selber nur gelegentlich glaube.

»Die Zärtlichkeit beschämt mich, die Liebe ist ein Spiegel, in dem ich mich nicht betrachten mag«, sagte sie, »vielleicht, weil ich dadurch unvermeidlich auf mich selbst bezogen wäre.« Sie hielt kurz inne und lachte: »Mir scheint, ich mag mich nicht besonders. Wie soll ich einer Freundin zur Seite stehen, wie sie trösten, wenn der Unglaube sich jeder wohltuenden Wirkung, die ich in ihr hervorrief, entgegenstellte?«

»Es wird nicht von dir verlangt, einer Person zu dienen, sondern einer Leidenschaft.«

»Wenn es eine echte Leidenschaft wäre, hätte sie Victoria und George nicht getrennt.«

»Vielleicht wären sie dann tot ...«

»Ja, vielleicht! Aber wäre das nicht vorzuziehen, wenn ihre Liebe vollkommen ist?«

»Liebe, Tod! Wie einfach ist es, mit den Begriffen umzugehen! Es ist so, wie Karten zu mischen. George und Victoria sind nicht davon berührt worden. Du meinst, die Feigheit hat sie gehemmt?«

»Deiner Ansicht nach hat sie das Opfer erhöht; ich möchte nicht im Dienst einer Sache stehen, die nicht die meine ist.«

»Und wie können wir das wissen?« beharrte ich in einer Haltung, die ich selber nicht glauben konnte. »Unsere Natur geht weit über unsere Physiologie hinaus.«

»Klar«, sagte sie lachend, »und die Leidenschaft weit über die Drüsen. Deshalb sagst du Interesse und meinst gefühlsmäßige Vergütung. Oder eher Mitleid? Nein, mein Freund, Victoria ist intelligent und stolz, und so etwas würde sie mir nie verzeihen.«

»Ich habe dir nicht vorgeschlagen, ihre Tränen zu trocknen. Wenn Victoria innerhalb ihres Gefängnisses – so paradox es klingen mag – eine Freiheit aufrechterhalten will, wird sie das mit Einsamkeit bezahlen müssen, und das ist ein Preis, den ihr wenige Menschen werden ersparen können.«

Carola sah mich offen an. Ihre Augen waren klar, und sie erstickte glänzend die Emotion, bevor sie sich entfalten konnte. Ihr Schweigen wies darauf hin, daß sie in allem, was Victoria betraf, viel stärker zur Hingabe bereit war, als ich oder jemand anderes jemals von ihr fordern könnte.

7/0

Kolinski unterbrach sich, und die Spannung der Geschichte schwebte im Leeren. Plötzlich bemerkte ich, daß Gimellion, Ficinus und Gertrudis mich lächelnd ansahen. Die anderen drehten sich daraufhin ebenfalls neugierig zu mir hin. Gimellion wandte sich an mich:

»Diese Frau hieß nicht Carola Fontalba, sondern Clàudia Miranda. Es war deine Mutter.«

Ich war so verdutzt, daß ich nichts fand, um den Abgrund zu überbrücken, der sich zu meinen Füßen aufgetan hatte.

»Und die anderen?« fragte Emília.

»Ihr werdet sie wohl erkannt haben«, sagte Kolinski lachend. »Victoria Tura war Lluïsa Cros, Ferran Rocaguinarda war Robert Colom und Lluc Tagamanent war Mateu Valentí.«

Es entstand ein großes Durcheinander. Die Jüngeren überstürzten sich beim Fragen nach Namen.

»Und Hamet?«

»Hamet war Rafael Suárez, und Bayer war Rodin.«

»Und George Cooper?« fragte Emília.

Es wurde still.

»George Cooper war Valerian Lamb«, sagte Kolinski. Es gab allgemein erstaunte Gesichter, außer bei Gimellion, Ficinus und Gertrudis. Ich hatte ein bittersüßes, flaues Gefühl im Magen. Doch war es nicht beabsichtigt, uns eine Pause zu gönnen. Kolinski fügte rasch hinzu: »Eine weitere Person befindet sich unter uns.«

Gimellion lachte und antwortete ihm:

»Ich hatte von Anfang an den Verdacht, und er wurde bestätigt, als du davon erzähltest, daß ich dir und Lluïsa mein Haus überließ, damit ihr in Ruhe reden konntet.« Und er fügte, immer noch lachend, hinzu: »Henri Stern bin ich.«

»Aber«, stammelte Simon, und Camila stand auf, »du hast gesagt ›Lluïsa und dir‹«, er zeigte mit weitaufgerissenen Augen auf Kolinski, »das heißt, daß Maurici Klein …«

»… ich bin, tatsächlich«, gab Kolinski zu, und alle lachten.

»Verzeiht«, sagte Gimellion, »es ist sehr spät geworden; was haltet ihr davon, wenn wir beim Essen weiterreden?«

Wir standen auf. Kolinskis Geschichte hatte so lange gedauert, daß die übliche Zeit für das Mittagessen vorüber war. Als wäre es so vorgesehen gewesen, wurden seltsamerweise kalte Speisen und Häppchen serviert. Emília, Simon, Artur, Camila, Gertrudis und ich setzten uns an das eine Ende des Tisches, Casanova und Teresa in die Mitte, und Ficinus, Gimellion und Kolinski, mit dem Rücken zur Tür des Avalon, an das andere Ende.

Ich erholte mich nur mühsam von meiner Überraschung. Nun war die Beziehung meiner Mutter zu all diesen Leuten aufgeklärt. Aber über meinen Vater war kein Wort gesagt worden. Bei Tisch gab es nur ein einziges Gesprächsthema, es wurden weiterhin die Personen entschlüsselt.

»Reines ist Marsili«, sagte Kolinski und wandte sich an Pere Ficinus: »Vielleicht solltest du ihnen sagen, wer Pau Costeny war.«

»Mein Vater, Patrici Ficinus. Ricard war ich, und Varese war Capella.«

»Und Maury?« fragte Emília.

»Zacaries Uriach, natürlich«, erwiderte Kolinski.

»Ich nehme an, der geheimnisvolle Sr. Swan ist kein anderer als Ω, oder?« schaltete ich mich ein.

Kolinski bestätigte es, worauf ich fragen wollte: ›Und wer ist Ω?‹, doch alle redeten gleichzeitig, also schwieg ich.

»Wer fehlt uns noch?« fragte Emília. »Die amerikanischen Teilhaber, Turpin und Petruccio?«

»Turpin war Harrison Norfolk. Petruccio ist wirklich Petruccio«, enthüllte Ficinus, »und von den hier Anwesenden war Joan Devila Felip Vilardaga.«

»Einige Leute kamen mit ihrem richtigen Namen vor. Es sind so viele Jahre vergangen!« sagte Kolinski. »Adrià Villar, ebenso Sílvia Bertran, Ester Auriol und Esteve Maian. Eugènia Larrabee hingegen war Aline Deveraux, die Jahre später mit Uriach zusammenkam. Es gibt auch falsche Namen oder Personen, von denen wir nie erfahren werden, wer sie waren. Ich spreche von den eingeschobenen Erzählungen«, erläuterte er.

Nun erhielt die Beharrlichkeit aller ihren Sinn, über Valerian Lamb in anderen Geschichten zu sprechen. Je mehr ich darüber nachdachte, desto weniger schien mir alles, was ich in diesen Tagen gehört hatte, eine unschuldige Unterhaltung, eine Verrücktheit ohne Kopf noch Fuß oder eine Folge von sentimentalen Erinnerungen zu sein. Allmählich beruhigte sich die buchstäbliche Gefräßigkeit, der Appetit der Tischgenossen auf Erzählungen, und auf beiden Seiten stellte sich Stille, Prüfen und Nachdenken ein.

»Mal sehen, ob wir alles verstanden haben«, sagte Simon, der am aufgeregtesten zu sein schien. »Ist die letzte Geschichte, die wir heute gehört haben, so wie diejenige, die du Adrià Villar erzählt hast, oder entspricht sie der, die Grotowicz auf der Googol erzählt hat?«

Kolinski lächelte verschmitzt und war eine Weile in Gedanken versunken.

»Keines von beidem, glaube ich. Seit ich sie Villar erzählte (und zwar mit den echten Namen), sind dreißig Jahre vergangen, und seit ich sie von Grotowicz hörte (mit den Namen, die ich heute hier verwendet habe), zehn, und schon damals erschien sie mir sehr abgewandelt. Aber als ich versuchte, sie mir wieder ins Gedächtnis zu rufen, stellte ich fest, daß ich selber viele Einzelheiten vergessen hatte. Ich befürchte, daß ich heute das, was ich Adrià erzählt und was ich von Waldemar gehört habe, vermischt und außerdem durch meine eigenen Erinnerungen verändert habe, die sich kaum mehr als die anderen der Realität jenes Augenblicks näherten. Ich habe versucht, so aufrichtig wie möglich zu sein, aber leider arbeitet die Zeit dagegen.«

»Was ist mit den ausgewechselten Namen? Wenn du sie nicht verändert hast, wer war es dann?« fragte Camila. »Mit welcher Absicht?«

Kolinski lachte wieder. Sein Gesichtsausdruck war sanft und zugleich hart wie der eines Fuchses.

»Möglicherweise ohne jede Absicht, und jeder von ihnen konnte es tun, aus Vergeßlichkeit oder Desinteresse, denn jene Namen sagten ihnen nichts, und beim Wiederholen der Geschichte tauschten sie sie gegen andere aus. Auf der Googol dachte ich daran, während ich zuhörte, sie wiedererkannte und mich an sie erinnerte. Adrià mußte drei Namen ersetzt haben, Aline fügte vier neue hinzu, und da Talmann keine persönliche Beziehung dazu hatte, tauschte er sie alle aus. Florida taufte Eugènia um; möglicherweise wurden alle mehrmals ausgewechselt, bevor sie die Googol erreichten. Ihr seht schon: der Lauf der Zeit entstellt mehr als eine vorsätzliche Lüge.«

»Ach«, sagte Gertrudis mit unschuldiger Miene, »wenn die

Geschichte noch länger von Mund zu Mund gegangen wäre, hätten wir sie hier noch einmal mit den ursprünglichen Namen gehört.«

Alle lachten, und das Gespräch teilte sich. Gimellion, Kolinski und Ficinus blieben abseits.

»Es ist merkwürdig«, sagte Emília skeptisch, »die Namen wurden verändert, doch die Beziehungen zwischen den Personen, die Einzelheiten, die Beschreibungen haben alle Filter überstanden …«

»Ich kann es noch nicht glauben«, sagte Camila leise, damit es am anderen Ende des Tisches nicht gehört werden konnte. »Die drei oder vier Geschichten am Schluß wurden, wenn ich richtig aufgepaßt habe, nicht mit dem ausreichenden Abstand erzählt, als daß man eine Reihe von Namen vergessen könnte; mir scheint, Kolinski hat sich das nicht besonders gut überlegt.«

»Ich würde sagen, er hat es sich zu gut überlegt«, widersprach Gertrudis.

»Natürlich kann man sich gut vorstellen, daß Adrià Villar oder Kolinski selber die Namen ausgetauscht haben, um den Ruf der Damen zu schützen oder das Geheimnis des Sohnes der Cros, für den Fall, daß die Geschichte den Coloms zu Ohren kommen sollte.«

»Wer immer sie hörte und auch nur ein bißchen im Bilde wäre, könnte die Personen sofort identifizieren, wie wir alle hier es vermutlich getan haben. Und sollte er ahnungslos sein, wäre es ohnehin egal, wenn man ihm die echten Namen sagte.«

»Woraus sich schließen läßt, daß Kolinskis Geschichte insgesamt wenig vertrauenswürdig ist«, meinte ich.

»Das habe ich nicht gesagt«, erklärte Gertrudis. »Ich habe mich darauf beschränkt, von einem bestimmten Aspekt der Geschichte zu sprechen. Auf jeden Fall gibt es schon von Anfang an eine Ungereimtheit: Warum hat uns Kolinski die Geschichte so erzählt, wie er behauptet, sie auf dem Schiff gehört zu haben? Wieso hat er, nachdem er sie damals identifiziert hat, uns die Verwirrung nicht erspart und sie uns mit den echten Namen erzählt?«

»Wenn wir schon am Zweifeln sind«, meinte Simon, »wäre es auch möglich, daß er selber die Namen ausgetauscht hat. Aber mit welcher Absicht, wenn er es vor dreißig Jahren getan hat? Und wenn er es heute getan hat?«

Stille machte sich breit. Wenn jeder sich seine Antwort gab, dann niemand laut; sollte Kolinski sie heute geändert haben, war meine Antwort ganz klar: Er wollte jemanden auf die Probe stellen, um zu sehen, ob er die Personen identifizieren könne. Zweifelte er an der Identität von Gimellion oder Ficinus? Hätten sie sich nicht wiedererkannt, wären sie als Betrüger entlarvt worden. Ich ließ das Messer fallen. Es hatte keinen Sinn. Vielleicht präsentierte er den beiden anderen einen Beweis? Oder aber er wollte herausfinden, ob einer der Jüngeren zu verstehen gäbe, sie zu kennen, wodurch er sich als ein anderer entpuppen würde als der, der er behauptet hatte zu sein? Diese Mutmaßungen kamen mir lächerlich vor. Ganz zu schweigen von der Unüberlegtheit, Adrià Villar eine so heikle Geschichte zu erzählen, wenn man die Möglichkeit in Betracht zog, daß er sie verbreitete; obwohl sie in der Tat durch ihre Extravaganz geschützt war. Wer konnte so etwas glauben? Und wenn irgendein verwegener Journalist das Risiko einginge, sie auszuposaunen, welche Beweise würde er vorbringen, um sich zu schützen? Genaugenommen war die letzte Geschichte ganz schön schwer zu schlucken: ein Individuum mit verändertem Aussehen nach der Einnahme von ein paar Pillen. Sicherlich existieren halluzinogene Pilze, die dich die Götter sehen lassen können. Aber welcher Wert sollte uns schließlich mit der Reinheit der Absichten von Lluïsa Cros verkauft werden? Wer von den Anwesenden hätte die Nase gerümpft, wenn sie als anpassungsfähig, zweifelnd, leidenschaftlich, wandelbar und undurchschaubar dargestellt worden wäre? Wer hätte den ersten Stein geworfen, und in welchem Namen? Was meine Mutter betraf, schien es den Konflikt nicht zu geben; aber wie sollte ich den Teil der Geschichte, der von ihr handelte, auffassen? Als eine Verleumdung? Mein Blick glitt zur Tür des Avalon, zu ihren heraldischen Masken. Ich dachte, daß die der Tragödie lachte und die der Komödie weinte, doch das Weinen der einen und das Lachen der anderen, oberflächlich oder tiefgründig, hatten keine Macht, es existierte nur eine Maske. Camila nahm den Faden wieder auf und riß mich aus meinen Gedanken.

»Und was sagt ihr zum Vergleich von Kolinskis heutiger Geschichte mit der von Rodin vor drei Tagen erzählten? Es gibt in beiden wichtige Auslassungen, am offenkundigsten bei Rodin, wo alles über die Identität des heimlichen Liebhabers von Lluïsa Cros und seine tatsächliche Rolle in der ganzen Sache verschwiegen wird. Warum erzählte er uns die Geschichte nur zur Hälfte?«

»Wenn Rodin gelogen hat ...«, begann Artur Oliver. Gimellion hörte es und rügte ihn in freundlichem Ton, aber nachdrücklich.

»Gelogen hat, gelogen hat ... Du urteilst sehr hart, und – du zwingst mich, das zu sagen – du hast eine sehr starre Vorstellung von der Realität. Was willst du denn? Ein Archiv mit objektiven Daten? Du hörst Geschichten, von verschiedenen Personen übermittelt und zum Teil aus zweiter und dritter Hand, die sich auf weit zurückliegende Geschehnisse beziehen. Erwartest du eine völlige Übereinstimmung?«

»Nein, gewiß nicht, aber auch keine grundsätzlichen Unterschiede.«

»Bist du nicht auf den Gedanken gekommen, daß die Unterschiede, die du siehst, deinem Blickwinkel entspringen? Jeder hebt bestimmte Aspekte hervor und vernachlässigt andere, je nachdem, was er mit der Geschichte bezweckt. Jede Geschichte ist eine Abstraktion, denn wäre sie das nicht, bliebe nicht genug Zeit auf der Welt, um auch nur die fadesten Minuten aus dem Leben irgendeines Menschen in ihrer Gesamtheit zu erzählen. Wenn wir jetzt beginnen würden, die soeben gelebte Szene zu beschreiben, könnte man es dann jemandem vorwerfen, daß er Einzelheiten ausläßt, die andere als wesentlich erachten?«

»Ja, sobald die Einzelheiten das Wesentliche der Szene betreffen«, beharrte Artur, und alle nahmen wieder am Gespräch teil. »Wenn man unberücksichtigt läßt, daß wir an einem Tisch sitzen, essen, trinken und über das reden, was uns Kolinski stundenlang erzählt hat, glaube ich nicht, daß die anderen das akzeptieren würden.«

»Du hast das, was ich sagen wollte, zu weit getrieben«, erwiderte Gimellion. »Ich könnte dir antworten, daß das Wesentliche der Szene sowohl aus dem besteht, wer wir sind und was wir tun, als auch aus dem heutigen Datum oder dem Namen des Ortes, an dem wir uns befinden, oder aus tausend anderen, von dir nicht erwähnten, aber für die Szene genauso wesentlichen Aspekten. Dein Beispiel stimmt nicht.«

»Es ist in Wahrheit gar nicht so falsch«, fuhr Artur fort. »Kolinski hat sämtliche Namen der Schauplätze weggelassen.«

»Das habe ich getan«, erläuterte der Pole, »um die Spannung der Geschichte nicht zu zerstören. Wenn ich gesagt hätte, daß sich die letzten Ereignisse in Barcelona zutrugen (obwohl es eigentlich aus den Namen ersichtlich war), hättet ihr mehr Orientierungsmöglichkeiten gehabt«, er lachte, »und es ging doch darum, ein kleines Intrigenspiel zu Ende zu führen. Ihr wißt ja, daß die Echtheit von Geschichten nicht an ihrer getreuen Wiedergabe gemessen wird, sondern an der Handlung, deren Teil sie sind.«

Es wunderte mich, daß niemand auf die aus der Erzählung hervorgegangene Tatsache anspielte, daß Lluïsas Kinder nicht von Colom waren, was die Attentate und die spätere Entführung in ein neues Licht rückte.

»Es gibt noch weitere Dinge, die du vergessen hast«, sagte Gertrudis, »die ich, obwohl ich mit deiner letzten Einschätzung übereinstimme, gerne erläutern möchte. Mir scheint der Zweck des Ganzen nicht klar zum Ausdruck gekommen zu sein. Es hat wahrscheinlich niemand verstanden, warum ihr diese schwierige Inszenierung auf euch genommen habt. Wäre es nicht einfacher gewesen, wenn Lluïsa und Lamb Colom Hörner aufgesetzt hätten, wie jedes durchschnittliche Paar, das sich verliebt und das Pech hat, daß einer von ihnen verheiratet ist? Wenn sie ihn so liebte, wie du es behauptest, hätte sie genau so gehandelt.«

»Sicherlich«, sagte Kolinski, »doch wenn man Lluïsa kannte, war klar, daß sie danach zu einem Zusammenleben mit Colom nicht mehr bereit gewesen wäre, das war aber unabdingbar, wenn man die Bank Mir retten wollte. Colom hielt nach wie vor die Trümpfe in der Hand, und die Gefahr – ich glaube, das ist hier schon erwähnt worden – blieb bestehen: Gefängnis für alle, angefangen bei Lluïsa selber, und das Ende eines Finanzimperiums.«

»Wäre es nicht wirksamer gewesen, Colom aus dem Weg zu räumen?«

»Das wurde auch in Erwägung gezogen«, erwiderte Kolinski in aller Ruhe, als handelte es sich um das Schlachten eines Huhns, »doch er selber rechnete damit und machte einen Testamentsnachtrag mit Daten, die dafür gesorgt hätten, das Verfahren wieder aufzurollen. Deshalb interessierte nur ein lebendiger Colom, der in guter Beziehung zu Lluïsa stand. Das Institut konnte sich außerdem keinen Skandal im Zusammenhang mit dem Juwel erlauben, das – wie ihr wohl bemerkt haben werdet – den wahren Kern des Problems darstellte.«

»Als Colom starb, kam es nicht zu einem Verfahren«, bemerkte Simon.

»Nein, aber das war auch Jahre später; da reichte Rodins Macht in der Verwaltung aus, um es zu verhindern.«

Ich dachte, daß Rodins Hilfe für Lluïsa sowie seine Rolle in der Angelegenheit viel bedeutender gewesen waren, als er selbst es uns erzählt hatte.

»Und warum ist Lamb nach Coloms Tod nicht zu Lluïsa zurückgekehrt?« fragte Emília.

»Das ist eines der großen Rätsel in dieser Geschichte«, sagte Gimellion. »Valerian Lamb war in einen Aufgabenbereich geraten, aus dem man nur mit einer unerbittlichen Willenskraft aussteigen kann; was hinderte ihn daran, zu Lluïsa zurückzukehren? Stolz, Verbitterung? Die Furcht, als Mann dort zu scheitern, wo er als Held triumphiert hatte? Wir werden es nie erfahren.«

»Es muß auch erwähnt werden«, warf Ficinus ein, »daß sich Lluïsa und Lamb etwa zwei Jahre später noch einmal gesehen haben, diesmal ohne Verwandlung oder Vermittler. Colom ging es bereits sehr schlecht, und Lluïsa bat Lamb, bei ihr zu bleiben, was er aus unerfindlichen Gründen ablehnte.«

»Aus diesem Wiedersehen entstand Lluïsas Tochter«,

stellte Kolinski klar. »Valerian beauftragte mich mit einer zweiten Täuschung Coloms, um seine Tochter zu schützen.«

»Was ist danach mit den Kindern von Lluïsa geschehen?« fragte Simon. »Wer wollte sie töten, und wer entführte sie?«

Kolinski lachte. Ficinus und er sahen sich an, dann blickten sie zu Casanova. Die Angestellten räumten die Tabletts ab und brachten reichlich Obst. Kolinski musterte uns der Reihe nach und spielte mit einem Flaschenkorken.

»Da ist etwas Entscheidendes vorgefallen: der Verrat von seiten Mateu Valentís. Alles lief bestens, doch Valentí, vielleicht eifersüchtig geworden, weil er feststellte, daß in der Bank und im Trust andere mehr Gewicht hatten, informierte Colom über alles, was sich zwischen Lluïsa und Valerian zugetragen hatte.«

»Colom war angesichts seines ehelichen Schiffbruchs völlig zerstört«, erklärte Gimellion. »Tatsache ist, daß Coloms Interesse an Lluïsa ursprünglich dem Juwel gegolten hatte, doch alle sind sich einig, daß die wahre Tragödie in Coloms Leben seine gescheiterte Beziehung mit Lluïsa war, denn er hatte sie schließlich wirklich geliebt. Darum begann er zu trinken und bei anderen Frauen verzweifelt das zu suchen, was er aufgrund eines für ihn undurchsichtigen Geheimnisses von der seinen nicht bekommen konnte; er war nicht in der Lage, der Situation so rigoros entgegenzutreten, wie es erforderlich gewesen wäre.«

»Also handelte Benedicte Flint«, knüpfte Kolinski an.

»Flint!« rief Simon erstaunt aus. »Woher wißt ihr, daß er es war?«

»Wer hätte es sonst sein sollen?« erwiderte Kolinski. »Alle Aktionen tragen seinen Stempel. Die vom Institut kennen ihn zu gut. Zum Glück hatte Ω es vorausgesehen und die Kinder bewachen und beschützen lassen, so daß sie beiden Attentaten entgehen konnten.«

»Rodin erwähnte das in seiner Erzählung«, rief Simon in Erinnerung. »Einmal wurde das Auto, in dem sich Lluïsas Sohn befand, mit einer Bazooka angegriffen, doch das Kind hatte eine Minute vorher einen Nachbarn gesehen und war ausgestiegen.«

»Der Nachbar war ich«, sagte Ficinus, so als würde er sich dafür schämen. Schweigen machte sich breit, und alle Blicke richteten sich auf ihn. Er lachte: »Ihr dürft nicht vergessen, daß ihr Haus neben dem unseren lag, und daraus mußten wir einen Nutzen ziehen.«

»Und das Attentat auf die Schule? Wenn ihr davon wußtet, hättet ihr es verhindern können.«

»Der Breitbeinige«, erklärte Ficinus, »konnte mir nicht sagen, wie das Attentat vor sich gehen sollte. Capella wurde mißtrauisch und legte alles im letzten Moment fest, so daß wir uns darauf beschränkten, den Jungen den ganzen Tag beim Arzt versteckt zu halten.«

»Von da an«, sagte Kolinski, »wurde alles schwieriger. Flint vertraute der Bande des Breitbeinigen nicht mehr, und Ficinus wies uns darauf hin, daß die Kinder unter diesen Umständen kein normales Leben führen könnten. Wir hätten sie vor einem oder zwei Überfällen bewahren können, aber eines Tages würde man sie umbringen. Ω beschloß, sie auf eine für alle glaubhafte Weise verschwinden zu lassen. Ficinus wurde damit beauftragt, die Operation auszuführen, natürlich mit dem Einverständnis von Lluïsa Cros.«

»Ich organisierte die Entführung von Lluïsas Kindern«, bekannte Ficinus. »Ich wollte keine Mittelsmänner und leitete das Ganze persönlich. Wir mußten rücksichtslos vorgehen, damit es echt wirkte; es tat mir sehr leid um die Angestellten, doch wir mußten unbedingt überzeugend sein. Ich führte zum letztenmal meine alte Bande an. Es war für mich ein gerechtfertigtes Spiel des Geistes, der Scherz gegen die Zeit, den ich mir selbst erlaubte. Der Breitbeinige, Quico Xungo und ich stürmten kaltblütig Coloms Haus und nahmen die Kinder mit.«

»So wie Rodin bemerkte«, sagte Kolinski, »war Lluïsa danach ruhiger, und Colom war weiterhin besorgt, da es keine Lösung gegeben hatte. Aber wir wußten noch nicht, wer der Verräter sein würde; durch ihn fand Flint das Versteck der Kinder heraus, und sie mußten an einen anderen Ort gebracht werden.«

»Deshalb«, sagte Gertrudis, »verbarg Rodin vor Marsili

seine Mitarbeit in der Bank und im Institut. Es gab kaum Hinweise auf den Verräter und keinerlei Sicherheit, daß er nicht Komplizen hatte. Marsili wurde eines doppelten Spiels verdächtigt. Insofern verfälschte Rodin das Gespräch mit ihm am Ende seiner Erzählung überhaupt nicht; er behielt nur seine Absichten und seine Kommentare zur Situation für sich.«

»Und was wurde aus den Kindern?« bohrte Simon nach.

»Als Colom starb«, erklärte Kolinski, »waren die Kinder schon groß. Ω hatte dafür gesorgt, daß sie eine falsche Identität und eine gute Position hatten und es ihnen an nichts fehlte; um zu vermeiden, daß auch nur das Geringste nach außen drang, wußte nur er, wo sie sich befanden. Ich weiß, daß es ihnen gut geht und sie gut beschützt sind, sogar vor sich selber. Die Gegner des Mir-Clans sind schließlich abgeschüttelt worden, sie können unmöglich wissen, wo sich die Kinder der Cros befinden.«

»Wieso?« fragte Artur.

»Weil die Kinder sich selber an nichts erinnern können. Die Vergangenheit wurde aus ihrem Gedächtnis gelöscht.« Kolinski machte eine Pause und sah uns lächelnd an. »Sie selber wissen nicht einmal, wer sie sind. Dem Alter nach könnte es jeder von euch sein.«

Alle schwiegen; Artur fing zu lachen an, doch das vermochte die plötzliche Spannung nicht zu lockern.

»Also bitte, keine schlechten Scherze!«

Niemand wagte es, weitere Fragen über die Kinder von Lamb und Lluïsa Cros zu stellen. Artur und Simon sahen sich an.

»Und wie habt ihr Valentí als Verräter entlarvt?« fragte Emília.

»Das war Jahre später«, sagte Kolinski. »Diejenigen, die Zugang zu dem Juwel hatten und hinter denen das Interinstitutionelle Institut stand, hielten die verdächtigen Personen von den wichtigen Entscheidungen fern und stellten eine Reihe Fallen. Valentí war sehr gerissen und bemerkte es. Trotzdem unterlief ihm, als der Superrat der Bank Mir geschaffen wurde, ein Fehler, der ihn verriet.«

»Es mußte etwas geschehen. Suárez und die vom Institut wollten ihn beseitigen, doch Ω war der vielen Toten müde, die das Juwel schon gefordert hatte, und schlug vor, seine Befugnisse einzufrieren und Valentís Schicksal dem Zufall zu überlassen. Ich unterstützte das (auch wenn ich es nicht getan hätte, der Einfluß Ωs innerhalb des Institutes war sehr groß), und wir überließen ihn Ωs Händen«, stellte Ficinus klar.

»Offenbar liefen die Dinge für Mateu Valentí in seinen Händen nicht besser als in denen der bezahlten Killer des Institutes«, merkte Camila an. »Soviel ich weiß, verschwand er bald darauf.«

Es entstand ein kurzes Zögern. Kolinski und Ficinus blickten sich an, und schließlich sagte Ficinus:

»Ich entdeckte Mateu Valentí zufällig an der Garagenausfahrt der Bank Mir. Sie hatten ihm ein Messer ins Herz gerammt. Es war Dreiviertel zehn am Morgen, und es fand eine Sitzung statt, obwohl Samstag war. Ich kam mit einem Delegierten dorthin, und als ich sah, was geschehen war, hatte ich keinen Zweifel an der Notwendigkeit, die Leiche verschwinden zu lassen. Ich wußte nicht, wer ihn getötet haben konnte und welche Probleme es mit dem Institut geben würde, wenn man es zur Rechenschaft ziehen sollte.«

»Es ging darum«, schaltete sich Kolinski ein, »von der Bank Mir jeglichen öffentlichen Skandal fernzuhalten; stellt euch Polizei und Presse vor: ›Leitender Angestellter erstochen aufgefunden im Parkhaus der Bank ...‹«

»Der Delegierte erstarrte«, erinnerte sich Ficinus grinsend. »Ich mußte ihm einen Stoß geben, damit er reagierte. Wir säuberten den Boden vom Blut, schafften die Leiche in den Wagen und brachten sie zu einer Industrieniederlassung, zu vertrauenswürdigen Leuten, die wissen, was in solchen Fällen zu tun ist. Als der Delegierte und ich zum Büro zurückfuhren, überlegte ich, ob es vernünftig wäre, ihn am Leben zu lassen. Wir gingen wieder ins Parkhaus, und im Gang verlor er die Nerven. Er war sich der Situation bewußt geworden, warf sich zu meinen Füßen und flehte um Gnade.«

Ficinus bestellte Kaffee. Alle warteten gespannt.

»Und was hast du getan?« fragte Teresa ängstlich.

»Ich stellte fest, daß meine Zugehörigkeit zur herrschenden Klasse eine Tatsache war. Zu anderen Zeiten hätte der Kerl die Bank nicht lebend verlassen ... Aber nun konnte ich mir bereits den Luxus erlauben, mit Gefühlen frivol umzugehen und Seelengröße hervorzukehren.«

»Entschuldigt mich«, sagte Casanova und erhob sich kreidebleich vom Tisch; seine Frau folgte ihm. Ficinus war in Gedanken versunken.

»Unser Freund scheint eine kleine Unpäßlichkeit zu haben«, sagte Kolinski und betrachtete sein Glas im Gegenlicht.

»Ich sehe nach, ob er etwas braucht«, sagte Gimellion und stand auf.

Man bot mir einen Cognac an. Ich betrachtete Ficinus aus den Augenwinkeln. Trotz seiner angenehmen und feinen Erscheinung war er ein Verbrecher, eine Person umzubringen war für ihn kein größeres Problem, als eine Fliege zu erschlagen; Skrupel bezeichnete er als literarische Aspekte der Angelegenheit. Dennoch strahlte er eine entwaffnende Herzlichkeit aus, die zu einer bedingungslosen Freundschaft einlud. Mich schauderte.

»Und was hat man über Valentí erfahren?« fragte Camila.

»Nichts«, erwiderte Kolinski. »Ω und Ficinus waren die einzigen, die eine direkte Verbindung haben konnten, und sie versicherten, daß es nicht ihre Sache sei. Es kam zu der entsprechenden Routineuntersuchung. Da den Leuten vom Institut der Ausgang der Geschichte zupaß kam, rührten sie keinen Finger, um der Sache auf den Grund zu gehen.«

Casanova und Teresa kamen zurück. Er sah besser aus und setzte sich lächelnd.

»Es war nichts, eine kleine Übelkeit. Ich glaube, ich habe zuviel gegessen.«

»Das kommt davon, weil du zu wenig frühstückst«, fuhr ihn seine Frau an. »Danach nimmst du stundenlang nichts zu dir, um am Ende mit einem Wolfshunger über alles herzufallen, und dann passiert so etwas.«

Gimellion kam herein, und Kolinski fragte ihn:

»Weiß man irgend etwas von Suárez?«

»Ja, es gibt offensichtlich Probleme. Er wird nicht vor morgen hier sein«, sagte Gimellion und setzte sich.

Einen Moment herrschte allgemein Enttäuschung. Um Suárez hatte sich eine gewisse Spannung aufgebaut, manch einer war davon überzeugt, daß der geheimnisvolle Ω kein anderer als er sei.

Kolinski und Ficinus standen auf.

»Erzählst du uns die Geschichte der Googol fertig?« fragte Emília.

Kolinski sah auf die Uhr.

»Mit dem größten Vergnügen. Treffen wir uns in einer Dreiviertelstunde im Avalon.« Und er ging fort.

Es dämmerte rasch. Ich wandte mich an meine Tischnachbarn und schlug ihnen vor, einen Spaziergang durch den Garten zu machen. Gertrudis und Simon lehnten ab, Artur und Camila hatten wahrscheinlich nicht gehört. Ich sah zu Emília und wiederholte den Vorschlag. Sie nahm an.

Als wir in das Zimmer kamen, durch das man in den unterirdischen Gang gelangt, standen wir vor der gerahmten Fotografie an der Tür.

Ich betrachtete sie aufmerksamer als an den Tagen zuvor. Der Blick des Mannes hinter der runden, schwarz gefaßten Brille war tiefgründig und ein wenig furchteinflößend. Er hatte fast weißes, nach hinten gekämmtes Haar. Er wirkte streng, doch seine vollen Lippen verrieten eine gewisse Sinnlichkeit.

»Wer ist das?« fragte ich und war sicher, daß sie es wissen würde.

»Ich habe keine Ahnung«, lachte sie, »sieht aus wie ein Vorfahre … Vielleicht ist es Ω, und sie haben ihn in die Rumpelkammer verbannt!«

Wir setzten den Weg fort, ohne viel zu reden. Mir fiel ein, wie ich ihn das erstemal gegangen war. Es war drei Tage her, die mir drei Wochen zu sein schienen, daß ich mit Gertrudis hier gewesen war. Wir erreichten die äußere Treppe. Der Tag war ganz klar, und die Konturen der Felsen traten scharf hervor, als wären sie soeben herausgemeißelt worden. Emília drehte sich um und lächelte; ich überlegte, ob Gertrudis sich nicht in die Frau meiner Träume verwandelt hatte, weil sie für mich unerreichbar war; vielleicht sollte man sich an das Sprichwort halten ... Eines der Dinge, die man beim Vergessen der frühen Jugend gewinnt, ist die Fähigkeit, zu erkennen, daß etwas in Reichweite gar nicht so übel ist und daß man nicht immer das Entlegenere suchen muß; bei Emília kostete mich das keinerlei Anstrengung. Ich führte eine höchst einfache Gedankenoperation durch und wiegte mich in der Überzeugung, daß Emília in der gegenwärtigen Situation die passende Frau für mich war.

Als wir den Garten erreichten, verbarg sich die Sonne gerade hinter den zweiundzwanzig Bergketten, die man bis zum Horizont zählen konnte. Der Wind blies in Stößen. Wir spazierten in einem gewissen Abstand voneinander zwischen den riesigen Bäumen. Ich blieb stehen, sie ging ein paar Schritte weiter und drehte sich um. Sie befand sich vor der Eiche und sah mich des Windes wegen mit halbgeschlossenen Augen an. Welche Bedrohung ging von diesem Ort aus, der mich jeden Tag anzog und, sobald ich hier war, dazu drängte, zu fliehen? Heute sagte ich es Emília und fragte sie nach ihrer Meinung.

»Das Irreale«, antwortete sie, »entspringt der Verlagerung. Alles ist Seele, es gibt keinen Körper. Oder umgekehrt, wenn du den Garten als Teil eines Waldes betrachtest; nichts grenzt an ihn an, keine Vögel oder Eichhörnchen leben hier, keine Würmer, kein einziges anderes Tier. Was machen diese Bäume hier? Nichts, sie sind bloße Trugbilder.«

Ich wurde von einer irrationalen Panik erfaßt und war einen Moment bereit, die Treppe hinunterzulaufen. Ihr mußte etwas Ähnliches passieren, denn sie näherte sich mir. Die Empfindung verschwand so, wie sie gekommen war. Ich streichelte ihren Rücken, und da sie sich nicht sträubte, umarmte ich sie. Ohne daß ich wußte, warum, erzeugte die Situation in mir ein Gefühl der Falschheit, und um es loszuwerden, drückte ich sie noch fester.

Die Pinie wurde in ihrer ganzen Riesenhaftigkeit von einem Windstoß geschüttelt; wenn diesem Ort etwas Seltsames anhaftete, dann rührte es nicht von einem sensitiven Anspruch her, zumindest fühlte ich mich keinem magischen Imperativ unterworfen. Ich hätte am liebsten gesagt, daß wir, von Körper und Seele sprechend, alle dieses Haus als zum Neoplatonismus Bekehrte verlassen würden, doch fand ich es dumm und schwieg. Sie machte sich los, und wir gingen zum Marmortisch.

Ich wandte mich dem Kapitell in der Mitte zu. Die Vorderseite zierte die Skulptur einer aufrechten menschlichen Gestalt vor einem Pflanzenhintergrund, der vage als Flügel zu erkennen war; die Figur hielt eine Amphore, deren Inhalt sie ausgoß, so daß ein sich schlängelnder Fluß entstand. Neben und über ihr waren, viel kleiner, alle möglichen Fische und geflügelte Pferde zu sehen. An der linken, nach Osten weisenden Seite war ein angreifender Stier, umgeben von Schafen, Einhörnern, Hirten und Jägern. Auf der Rückseite befand sich ein Löwe im Profil, nach rechts blickend, in Begleitung eines kleineren Löwen, eines Krebses und eines monströsen Regenwurms. An der Westseite schließlich befand sich ein Adler, wie die anderen Hauptfiguren von verschiedenen kleineren umgeben: einem weiteren Adler, einem Schwan, einem Delphin, einem Mann, den eine Schlange umwand. Alles war grau und verwittert, der Stil nicht festzustellen, eine Art Romanik mit hinduistischen Elementen.

Ich fühlte mich so wie bei den uns erzählten Geschichten, wenn sie sich auf irreale Begriffe oder Situationen stützten. Wir bewegten uns nicht im Bereich des Traums, sondern in dem der Symbole. Oder war das etwa der grundlegende Irrtum? Ich verspürte plötzlich Lust zu lachen; selbst die frische Luft begann Symbolgestalt anzunehmen, wir waren nirgends mehr sicher.

Emília hatte die Möglichkeit zu einer Annäherung erkennen lassen; wir trafen uns unter der Pinie, ich faßte ihre Hände. Sie lächelte, wir küßten uns. Das schürte meine Erwartungen, doch ich bot den Gedanken Einhalt, die mich den Erdkontakt verlieren lassen konnten. Sie war eine feurige Frau, das spürte man auch auf ihren Lippen. War das der richtige Zeitpunkt, um sie auf die Nacht hin anzusprechen? Mir wurde bewußt, daß ich sie nicht kannte, das ließ meine Hoffnungen zu Rauch werden; ihre Antwort freilich würde mich nicht gleichgültig lassen.

Ich verdrängte Gertrudis aus meinen Gedanken, und wir umschlangen uns noch heftiger. Ich löste mich aus der Umarmung, wir schwiegen ein paar Minuten; sie sah auf die Uhr.

»Wie spät ist es?« fragte ich.

»Zeit zurückzugehen, wenn wir nicht wollen, daß Kolinski ohne uns beginnt.«

»Moment, da gibt es noch etwas, das mir bisher noch nicht aufgefallen ist.«

Der kreisförmigen Plattform aus schwarzem Marmor, die den Sockel für den überdachten Tisch bildete, waren auf der Außenseite drei konzentrische Kreise eingeprägt, und alle begrenzten gleich breite Sektoren. Am äußersten Rand befanden sich eine Reihe von weißlichen Zeichen aus dem gleichen Material, ungefähr zehn Zentimeter groß, ebenfalls kreisförmig und in regelmäßigen Abständen von zirka drei Metern angeordnet; ich zählte zweiundzwanzig; die den zweiten Kreis begrenzende, zum Tisch hin führende Rille wies fünf, diesmal grüne Zeichen auf, genauso in regelmäßigen Abständen, wodurch sie ein Fünfeck bildeten; oberhalb jedes Zeichens standen, nach außen gerichtet, jeweils drei griechische Buchstaben übereinander: Über dem südlichen Zeichen stand die Gruppe $Y \, I \, \Omega$; im Ostsüdosten $\gamma \, \eta \, \rho$, im Nordnordosten $\iota \, \sigma \, \iota$, im Nordnordwesten $\eta \, \upsilon \, \omega$, und schließlich $\alpha \, s \, \nu$; aus dem dritten Kreis ragten die vier rötlichen Säulen hervor, die die Ecken des Daches trugen, und der vierte, der innerste, umschloß den Altar.

»Der Erbauer«, bemerkte ich, »hätte sich die Mühe geben können, die Kreise mit den Tischecken und dem Säulengang abzustimmen.«

Emília sah nach oben.

»Die Kreisumfänge«, widersprach sie mir, »zeigen die Projektionen der inneren Kanten des Daches, und genauso die des oberen Gesimses des Tisches.«

Als ich zwischen Altar und Säulen durchging, folgte ich ihrem Blick auf die Innenseite des Daches und bemerkte genau über der Mitte des äußersten Balkens an der Südseite eine Öffnung in Größe einer Faust, so vollkommen und maßstabgetreu, daß sie zweifellos absichtlich angebracht worden war. Daß sie mit der Rose des Außengesimses auf einer Linie lag, ließ mich an bestimmte Lichtspiele oder an mobile Dekoration denken.

Ich skizzierte den Grundriß, in der Absicht, darüber nachzudenken, sobald ich Zeit hätte. Emília drängte darauf, in den Avalon zu gehen, und wir brachen auf. Ich ging aus Höflichkeit voraus (mir wurde als Kind beigebracht, daß auf Treppen die Herren vor den Damen gehen sollen: beim Hinaufsteigen, um nicht von ihrer Hinteransicht zu profitieren, und beim Hinabsteigen, um die Dame, sollte sie fallen, auffangen zu können). Die schwindelerregende Leere gleich hinter den Stufen zeigte sich in ihrer ganzen schrecklichen Großartigkeit, und mich erfaßte eine unbändige Freude. Meine Panik verstärkte sich plötzlich, und um einem unvergleichlichen Gefühl die Krone aufzusetzen, sprang ich abwärts.

»Bist du verrückt geworden?« rief mir Emília von sechs Stufen weiter oben zu. »Willst du dich umbringen?«

Ich wartete auf sie und küßte sie mitten auf der Treppe, ich stand eine Stufe weiter unten, denn sie waren so schmal, daß wir auf einer nicht beide Platz gefunden hätten.

»Noch ein bißchen«, bettelte ich, als sie sich losmachen wollte.

»Ich bitte dich«, sagte sie lachend, »auf festem Boden alles, was du willst, aber hier in der Schwebe habe ich furchtbare Angst.«

Wir waren unten angelangt, und ihre Worte besetzten meine gesamte Vorstellungskraft. ›Auf festem Boden alles, was du willst‹, hatte sie gesagt. Das erlaubte mir, den Obskurantismus in den von den neuen Freunden erzählten Geschichten mit wesentlich mehr Humor gewappnet zu betrachten als bisher, wo ich diesen erfinden mußte.

Als Emília und ich den Avalon betraten, hatte Kolinski schon begonnen. Er unterbrach sich, und wir beide setzten uns nebeneinander hin. Bis auf Gimellion und Casanova waren alle

versammelt. Die Erzählung war bis zu dem Punkt zurückge-
gangen, wo Adrià Villar sich an Aline Deveraux richtete, die
Kolinski, treu nach der Fassung von Grotowicz, weiterhin
Eugènia Larrabee nannte.

Der Pole nahm den Faden wieder auf.

0/6

Fortsetzung der Geschichte des unwissenden Liebhabers

Klein schien über die Wirkung, die seine Enthüllungen über
Victoria, Rocaguinarda und George Cooper bei mir hervorgerufen hatten, sehr belustigt zu sein. Wie ich dir schon erklärt habe, sagte ich ihm, daß ich Sílvia, sobald sie von der
Reise zurückkäme, um ihre Meinung über die Angelegenheit
bitten würde. Sollten Kleins Worte stimmen, mußte sie irgend etwas wissen, da sie mit Carola und Victoria eng befreundet war.

»Ich glaube nicht, daß Sílvia Dinge weiß, die sie dir bis
jetzt nicht erzählt hat«, meinte er mit einer Unsicherheit, die
mir darauf abzuzielen schien, das Gegenteil vermuten zu lassen.

»Worauf willst du hinaus?«

Wir lachten ein wenig über Rocaguinarda (ich aus reiner
Höflichkeit) und verabschiedeten uns.

Seitdem habe ich Rocaguinarda und seine Frau nicht mehr
getroffen, und der Gedanke, sie wiederzusehen, war mir irgendwie unangenehm. Unter Freunden ist alles in Ordnung,
bis eines Tages eine unsichtbare Hand ein Zeichen zu geben
scheint, und alle werden verrückt. Nichts ist so, wie es
scheint, einer verliebt sich in jemanden, der ihm nicht zusteht, ein anderer entdeckt, daß er nicht mit dem zusammen
war, der ihm entspricht, jene, die bisher in Harmonie lebten,
streiten, die Feinde verbünden sich; die oben gewesen waren,
geraten nach unten, die unten verschwinden, und an der
Spitze lassen sich unerwartete Sieger nieder … Bei mir ist
alles in Ordnung, und im Moment fühle ich mich in deiner

Gesellschaft sehr wohl, liebe Eugènia, obwohl ich in deinem Blick das Mißtrauen errate, daß du mich nicht so vorfindest, wie du erwartet hast. Ich bin nicht mehr der Adrià, den du kennst. Auch ich kenne dich nicht, und abgesehen davon, daß Sílvia völlig von meinem Leben Besitz ergriffen hat, wüßte ich auch nicht, mit welcher Eugènia ich schlafen soll.

Ich habe paradoxerweise vor dem Leben Angst bekommen, gerade jetzt, wo es mich interessiert und ich mich zum erstenmal sicher fühle.

6/5

Adrià seufzte mitleiderregend und fuhr sich mit der Hand übers Gesicht. In einem hatte er recht: es gelang mir nicht, dem zum Schaf gewordenen Wolf zu trauen. Ich versuchte das Schicksal und nahm ihn bei der Hand, doch die Geste war reinste Keuschheit. Es wurde hell, und es war an der Zeit aufzubrechen. Wir gingen in die Garage, und er fuhr mich nach Hause.

Vor dem Eingang fiel mir eine letzte Frage ein.

»Aus bloßer Neugierde: habt ihr den ganzen Tag gefeiert?«

»Natürlich nicht«, antwortete er lachend. »Vielleicht sind die Gemeinplätze doch nicht so falsch. Eben auf den Festen trifft man alle diese Leute beieinander, und das ist grundlegend, um die Handlung voranzutreiben.«

»Meinst du? Ich dachte, es wäre besser, zu zweit zu sein«, wagte ich mich vor.

Er widersprach mir nicht, und wir gingen auseinander.

Letzte Woche kehrte Sílvia zurück, und als wir aus dem Fitneßstudio kamen, lud ich sie ein, etwas trinken zu gehen. Ich schnitt ohne Umschweife das Thema an, das Gegenstand des Gesprächs mit Adrià gewesen war. Sie lachte.

»Da ist ja einiges passiert, während ich weg war! Plötzlich sind alle sehr an Rocaguinarda und Victoria interessiert.«

»In Wirklichkeit«, gab ich zu, »finde ich die Inszenierung spannender, die du dir für die ersten drei Treffen mit Adrià hast einfallen lassen.«

Sie sah mich eindringlich an.

»Adrià weiß nicht alles über jene Tage.«

Sílvia bestellte einige Häppchen und fragte mich, ob ich es eilig hätte; mich begeisterte die Aussicht, eine weitere Geschichte zu hören; ich sagte ihr, ich hätte so viel Zeit, wie sie benötigte. Sie machte es sich bequem und begann zu erzählen.

5/6

Geschichte von Adrià und den vier Freundinnen

Wie dir Adrià vermutlich schon erzählt hat, lernten wir uns auf einem Fest kennen, das Freunde unserer Eltern organisiert hatten und an dem Victoria und ich teilnehmen mußten. Es bestand ein Pakt zwischen uns vier Freundinnen, uns bei solchen Gelegenheiten nicht im Stich zu lassen, also gingen wir gemeinsam hin, um uns so wenig wie möglich zu langweilen.

Als schon jede von uns drei oder vier Glas Sekt geleert hatte, tauchte Adrià auf, herrlich frech und merkwürdigerweise ohne die belastende, unangenehme Impertinenz des typischen Schürzenjägers. Als er uns einmal kurz allein ließ, hielten wir eine heimliche Besprechung ab.

»Wißt ihr, wer das ist?« fragte Ester. Wir verneinten alle, und sie fuhr sehr aufgeregt fort: »Er war vor einem Jahr mit Bàrbara Pruïlles zusammen!«

»Bist du sicher?« rief Carola aus.

»Ganz und gar«, versicherte Ester.

Bàrbara Pruïlles, älter als wir und keineswegs zu Übertreibungen oder Prahlereien neigend, war von den sentimentalen und athletischen Fähigkeiten Adriàs beeindruckt gewesen, und trotz ihres natürlichen Widerstands gegen die Selbstanalyse hatte sie schließlich den Grund eingestanden, der sie so lange Zeit zusammenbleiben ließ, obwohl ihre Absichten und ihre Lebensweisen sich grundlegend voneinander unterschieden.

Beim nächsten Glas Sekt und unter gegenseitigem Anstacheln unserer Tollheit beschlossen wir, ihn uns zu schnappen.

Fürs erste lud ihn Ester zu ihrer Hochzeit ein. Doch es war noch lang bis dahin, und wir mußten es schaffen, ihn vorher zu sehen.

6/1

Der Offizier klopfte an der Tür, und Grotowicz unterbrach die Geschichte. Wir hatten so lange zugehört, daß wir die Zeit fürs Abendessen versäumt hatten. Wir gingen ins Speisezimmer.

»Ich verstehe«, sagte Dullea, »daß dieser Bericht nicht in den Cibor eingegeben wurde. Er wäre wahrscheinlich verrückt geworden.«

»Eher hätte er die Sünde für sich entdeckt«, schloß Kane und lachte.

»Es ist doch nicht verwunderlich, daß der Cibor von dieser Art von Geschichten ferngehalten wird«, erläuterte ich; »auch wenn Senyor Kane es scherzhaft gemeint hat, stimmt es, daß ein sich bewegender Cibor schädliche Verhaltensweisen annehmen kann, wenn er seine Schaltkreise mit Prozessen versorgt, die vom Zweifel und einer nicht meßbaren Relativität der Entscheidungen beherrscht werden.«

Dullea und Grotowicz interessierten sich für die Frage, sie war Gesprächsthema beim Abendessen. Ich mußte mich zurückhalten, um ihnen keinen Anlaß zu übertriebenen Mutmaßungen über die Aufgabenbereiche des Computers und meinen Einfluß darauf zu geben.

Am nächsten Tag trafen wir uns nach dem Mittagessen alle vier wieder im Salon der Googol, und Dullea schlug Grotowicz vor, die Geschichte von Adrià und den vier Freundinnen fortzusetzen, was er auch tat, nachdem der Kaffee serviert worden war.

1/6

Wir trafen uns tags darauf bei Ester zu Hause, unsere Phantasie ging mit uns durch. Nach einer Stunde bemerkte ich, daß es mir nicht gleichgültig war, über Adrià zu sprechen. Die anderen drei suchten das Abenteuer mit dem Mann. Zu hören, was sie sich wünschten, tat mir weh; das bedeutete, daß ich mehr erwartete.

6/5

»Du wußtest wohl von Anfang an, daß dieses Gefühl ein wechselseitiges war«, unterbrach ich sie, »aber ich will dir bestätigen, daß es für ihn im Vordergrund steht.«

»Ja, das habe ich später herausgefunden«, sagte Sílvia leise und fuhr fort.

5/6

Ich hatte zugelassen, daß das Gespräch allzusehr ausuferte, und es kam an einen Punkt, wo Bemerkungen gefallen und Absichten erklärt worden waren, die einen Rückzug ausschlossen. Ester hatte eine glänzende Idee.

»Wißt ihr, was wir tun könnten? Wir schicken ihm einen anonymen Brief mit den Schlüsseln zum Appartement meiner Cousine, das unbewohnt ist, und bestellen ihn dorthin; wir stellen die Bedingung, daß alles im Dunkeln stattfinden und die Identität seiner Geliebten geheim bleiben muß: kein Licht, kein Wort, und er darf erst nach ihr weggehen. Wir vereinbaren vier Treffen, eines für jede von uns. Was sagt ihr dazu?«

Victoria und Carola waren begeistert und sofort einverstanden; mein spärlicher Enthusiasmus muß unbemerkt geblieben sein. Zu Beginn tauchten Zweifel auf, ob der Verehrer darauf eingehen würde.

»Und ob!« versicherte Victoria. »Ich kenne keinen Mann zwischen fünfzehn und siebzig, für den eine solche Situation nicht der Traum seines Lebens wäre.«

»Vielleicht hält er es für einen üblen Scherz«, sagte ich wenig hoffnungsvoll.

»Und wenn er Licht macht?« fragte Carola. »Ich würde es tun.«

»Pech für ihn«, sagte Ester, »Ende der Komödie.«

Mir kam die Möglichkeit in den Sinn, es offen zu tun, doch ich verzichtete darauf, den Vorschlag zu machen. Die Dinge haben sich nicht genug verändert, um bei einem solchen Streich keinen Schutz zu benötigen. Was hätte Adrià gedacht, wenn er dahintergekommen wäre? Und, schlimmer noch, was hätte er herumerzählen können? In der Heimlichkeit lag der Reiz des Spiels, aber sie war auch unerläßlich.

Ich wandte ein, daß er den Wechsel der Partnerinnen bestimmt bemerken würde, da er außerdem ein Mann mit Erfahrung war. Ein Körper läßt sich durch viel mehr als durch die visuelle Wahrnehmung unterscheiden.

»Wenn wir es richtig anstellen«, meinte Victoria, merkt er es bestimmt nicht. Wir haben ungefähr die gleichen Maße, werden die gleiche Frisur haben und jedesmal das Parfum wechseln (um zu vermeiden, daß der ähnliche Geruch die Verschiedenheit aufdeckt). Ein Körper läßt sich unterscheiden, wenn du ihn kennst, doch nach einem einzigen Mal und in der gegebenen Situation wird er die möglichen Abweichungen seinem eigenen Erregungszustand oder den verschiedenen Mondphasen zuschreiben.

Danach wurde die Reihenfolge geplant. Ester wollte die erste sein. Sie begründete das mit ihrer kurz bevorstehenden Hochzeit; sie wollte später keinen Wirrwarr, sondern die Dinge besser auseinanderhalten.

»Das wird mein Abschied als Junggesellin«, sagte sie sarkastisch.

Ich bat darum, die letzte zu sein. Ich kann mich nicht erinnern, welchen Grund ich vorbrachte; in Wahrheit – und ich weiß nicht, ob du das überzeugend finden wirst – hätte es mir weh getan, wenn eine Freundin mit ihm nach mir ins Bett gegangen wäre. Du wirst denken, wie kann sich bloß eine verliebte Frau zu solch einem Spiel hergeben. Nun gut, ich fühlte mich damals nicht verliebt genug, um es zu verhindern; die Freundschaft zu Carola, Ester und Victoria war noch wichtiger als die ungewisse Gegenwart Adriàs. Und so absurd es dir auch vorkommen mag, ich fand es annehmbar, daß sie ihn vor mir liebten, solange ich die letzte sein würde und die Möglichkeit hätte, ihn besser kennenzulernen.

Ich unterbrach Sílvia erneut.

»Bemerkst du den Besitzanspruch hinter dem, was du sagst?« Sílvia schien mir naiv, aber in gewisser Weise auch bewundernswert zu sein. »Deine Haltung war: Solange ich ihn nicht berührt habe, nehme ich es hin, daß die anderen es tun, doch dann ist er mein, und ich will ihn für mich ganz allein.«

»Das ist übertrieben ausgedrückt, aber nicht falsch«, gab sie zu und erzählte weiter.

5/6

Den zweiten und dritten Platz losten wir zwischen den beiden anderen aus, die Reihenfolge wurde schließlich so festgelegt: als erste Ester, als zweite Carola, als dritte Victoria und als vierte ich.

6/0

»Trotz der Rechtfertigung«, warf Camila ein, »scheint mir Sílvias Einstellung unhaltbar.«

Beinahe hätte ich gesagt: Ausgerechnet du redest so, nachdem du letzte Nacht mit Teresa den Mann getauscht hast? Doch ich beschloß, vernünftig zu sein.

»Sílvias Benehmen ist vor allem vom Verstand beherrscht«, meinte Gertrudis. »Sie tat das Bestmögliche, um ihre Freundinnen nicht zu verlieren und sich mit Adrià zu vereinigen (die Ereignisse gaben ihr am Ende recht). Sie kannte Ester gut und wußte, daß diese Adrià früher oder später bekommen würde, und auch, daß Carola und Victoria unnachgiebige Frauen waren, die sich nur durch eine Verpflichtung abhalten ließen, die Sílvia aber, wenn sie ehrlich war, nicht kundgeben konnte, weil sie nicht echt gewesen wäre; also entschied sie sich für einen Ausweg, der nur einen gefühlsmäßigen Nachteil brachte, den rasch zu überwinden sie sich imstande fühlte. Obwohl sie ein abschätzbares Risiko einging, hatte sie auf diese Weise mehr Sicherheit, nicht betrogen zu werden, auch niemanden betrügen zu müssen und schließlich freie Bahn zu haben.«

Ficinus stimmte der Erklärung zu, während sie mir billig vorkam, vor allem das Ende. Und was, wenn Adrià sich in eine der anderen wahnsinnig verliebte und das auf Gegenseitigkeit beruhte? Emílias Blick kreuzte sich mit meinem, sie zwinkerte mir zu; Kolinski setzte Sílvias Geschichte fort.

0/6

Wir machten uns sofort daran, den ersten Brief aufzusetzen. Ester nahm Papier und Füllfeder, und wir verfaßten alle vier die erste Nachricht, von der du schon gehört hast. Ester schrieb und schwächte die Übertreibungen der anderen ab.

»Das können wir nicht hineinnehmen«, mußte sie oft sagen, »er würde erschrecken und nicht hingehen.«

Schließlich wurde daraus ein Schriftstück undefinierbaren Stils, zwischen verführerisch und förmlich.

»Eklektisch, könnte man sagen«, merkte Victoria an, wir lachten.

Ester ging zu ihrem Rendezvous und kehrte begeistert zurück. Wir trafen sie gleich am nächsten Tag, um über den Streich zu reden.

»Ich habe ihm eine Botschaft hinterlassen, um ihn bei Laune zu halten«, erzählte sie uns.

Das stellte uns vor ein Problem, an das niemand vorher gedacht hatte; von nun an dürfte nur noch Ester die Briefe schreiben, denn sonst würde ihm die unterschiedliche Schrift auffallen; als Carola das ansprach, wurde uns mit Schrecken bewußt, welcher Fehler uns beinahe passiert wäre.

Deshalb vernichtete ich später, als ich Zugang zu Adriàs persönlichen Dingen hatte, die Zettel aus unserer vermeintlichen heimlichen Zeit, damit er meine Schrift nicht damit vergleichen konnte, ich wollte auch nie mit ihm über Einzelheiten reden. Er wunderte sich nicht besonders, und ich habe mich aus der Affäre gezogen, indem ich sagte, es wäre eine Frage der Selbstbestätigung.

»Adrià denkt also, daß sich keine Frau außer dir mit ihm im Appartement getroffen hat«, folgerte ich.

»Es scheint so«, antwortete Sílvia. Das erstaunte mich, und mehr noch, daß sie es mir erzählte, wo sie doch wußte, daß auch ich eine Zeitlang intime Beziehungen zu ihrem jetzigen Mann gehabt hatte.

»Und warum hast du es ihm nicht erzählt?«

»Ich weiß nicht. Aus Scham, aus Stolz ..., keine Ahnung. Ich war oft nahe daran, es zu tun, doch im letzten Moment habe ich immer einen Rückzieher gemacht.«

Mir kam der Gedanke, daß Adrià von Anfang an das Spiel der vier Gazellen durchschaut und unverschämt ausgenutzt hätte. Warum hatte er es mir dann aber so erzählt, als wäre er darauf reingefallen? Aus Prüderie wohl kaum; vielleicht, um zu überprüfen, ob es objektiv glaubhaft war; Sílvia könnte ihm keine Vorwürfe machen.

Ich bat sie, fortzufahren.

Carola hatte es nicht eilig, an die Reihe zu kommen, und vor dem zweiten Rendezvous sahen wir ihn einmal anläßlich einer Vorführung der Montagen von Andrew Blojin bei Ester. Ich ging ihm aus dem Weg, denn je mehr ich ihn ansah, desto mehr bereute ich den mit den Freundinnen geschlossenen Pakt. Ester hatte die Nachricht für das nächste Treffen vorbereitet und richtete es so ein, daß sie neben ihn zu sitzen kam; während der Vorführung steckte sie ihm dann den Zettel in die Jackentasche.

Carola erzählte uns nach dem Rendezvous, daß Adrià unbedingt herausfinden wollte, wer seine Geliebte wäre (wer wollte das nicht, dachte ich: Es war eher seltsam, daß das Inkognito so lange gewahrt wurde); wir müßten uns also beeilen.

Wir sahen uns bei der Eröffnung einer Ausstellung von Gustavete Rabón wieder und erfuhren dort, daß Adrià mit dieser Nervensäge von Kompagnon für ein paar Tage ins Ausland reiste. Ester mußte die Notiz, die sie in der Tasche hatte, um ihn zum nächsten Treffen zu locken, für später aufheben.

»Du wirst zwei Wochen warten müssen«, sagte sie zu Victoria, die zuckte mit den Achseln; ich habe oft gedacht, daß alles nur für Ester inszeniert worden wäre. Carola und Victoria war es gleichgültig, ich litt.

Und dann brachte das Schicksal alles durcheinander; George Cooper tauchte auf, und Victorias Leben veränderte sich völlig.

6/2

Der Sekt war geleert, und Florida schwieg gedankenverloren. Lawrick ließ das Abendessen servieren; während der Mahlzeit fielen anekdotische Bemerkungen. Harold und Delalande blickten den Gast ab und zu verstohlen an. Ich war ebenfalls von seinen grotesken und wirren Erzählungen beunruhigt.

Am nächsten Tag verließ er seine Kabine nicht, da er, wie er uns mitteilte, müde war und seine Gedanken ordnen wollte. Das gab uns Gelegenheit, über seine rätselhafte und undurchsichtige Persönlichkeit zu sprechen.

»Ich nehme Kontakt zum Institut auf«, sagte Lawrick. »Wir müssen herausfinden, wer dieser seltsame Kerl in Wirklichkeit ist, ich will mir eine Überraschung ersparen.«

Es wurde nichts entdeckt oder zumindest uns nichts mitgeteilt. Wir fuhren in Richtung Norden und wußten nicht einmal unser genaues Ziel.

Am Tag darauf gesellte sich Rogelio Florida bestens gelaunt wieder zu uns, und da nach dem Mittagessen alle mit ihrer Arbeit fertig waren, bat ihn Delalande, die Geschichte fortzusetzen. Florida kam der Bitte unverzüglich nach und nahm den Faden der Erzählung von Sílvia Bertran erneut auf.

Der Jahrmarkt der Leidenschaften! Die kommunizierenden Röhren des Begehrens, das Gesetz von Angebot und Nachfrage des Forderns und der Unterordnung der Gefühle ... Zwei von uns vier, Ester und ich, hatten uns ganz darauf eingelassen. Ich fand Adrià, sie fand sich selbst. Die anderen beiden jagten der Liebe nicht nach, wichen ihr aber auch nicht aus. Victoria erlebte sie in der ganzen Fülle mit George. Carola blieb allein.

Adrià fuhr nach Italien, und die Annäherung zwischen Victoria und George war ein schwindelerregender, ergreifender Anblick. Wenige Tage vor Esters Hochzeit kam es zu einem Gespräch zwischen mir und Victoria.

»Ich spüre, daß er es ist, auf den ich schon so lange gewartet habe!« sagte sie zu mir. »Doch wie werde ich es herausfinden? Wie kann ich mir dessen sicher sein?«

»So wie man sich überhaupt einer Sache sicher sein kann«, wagte ich mich vor.

»Es besteht ein kleiner Unterschied; manchmal lernst du jemanden kennen und denkst, das ist der, den ich suchte; aber als ich George begegnete, sagte ich mir: Den ich suchte, das ist er!«

»Ich verstehe dich nicht«, gab ich zu, »wo liegt da der Unterschied?«

»Es ist der Unterschied, der zwischen dem Relativen und dem Absoluten besteht, darin, die Welt von der Welt selbst aus zu betrachten oder aber von außerhalb, zwischen einer gewöhnlichen Bestätigung und einer anderen mit Eigenleben, die sämtliche weiteren ausschließt und niemals mehr anders lauten könnte! Leuchtet dir das denn nicht ein? Trotzdem bin ich nicht sicher ...«

»Und was willst du tun?«

»Nichts! Ich erwarte nicht das Absolute, auch nicht, meine Zweifel zu lösen, und kein unwiderstehliches Licht, das mich für immer erleuchtet; ich möchte nur gern schaukeln, so wie als Kind in Amerika; früher schaukelte ich in der Luft, nun inmitten von Eitelkeit und Interessen.«

Die Begriffe, die sie verwendete, machten mir ein wenig angst.

»Eitelkeit, Interessen ... Hältst du diese Schaukel nicht für zu dornig?« Wir lachten. »Was, sagst du, ist dir als Kind passiert?«

»Habe ich dir das nie erzählt? Um ein Haar wäre ich verrückt geworden!«

»Ich würde die Geschichte gerne hören.«

Sie begann.

Geschichte von der Schaukel und den Sternen

Meine Kindheit in Amerika verlief wohlbehütet und abgeschirmt zwischen Long Island und New England, in Providence, Boston, Salem ... An Orten, die mir heute wie aus einem Traum zu stammen scheinen. Mein Patenonkel besaß ein Haus am Stadtrand von Boston, und dort verbrachte ich viele Sommer, bis Mutter starb.

Im Garten hinter dem Haus hing zwischen zwei Apfelbäumen eine Schaukel, doch als ich noch sehr klein war, sah ich am liebsten stundenlang den Käfern und Schmetterlingen zu.

Ich erinnere mich, wie gerne ich am Abend, bevor sie mich ins Bett schickten, im nördlichsten und entlegensten Winkel des Gartens, etwa dreißig Meter vom Haus entfernt, mit dem Rücken auf den Dünen lag und, wenn der Mond nicht schien, die Sterne betrachtete. In den ersten Minuten dauerte die Unrast der Welt in meinem Inneren an; ich hörte den Wind in den Bäumen, Geräusche in der Ferne und wußte, daß das Haus ganz nahe war. Allmählich jedoch versank ich in die Betrachtung der Sterne; ich spürte den Boden, auf dem mein Rücken, mein Hinterkopf, Arme und Beine lagen, und wußte gleichzeitig um die gewaltigen Entfernungen, die über mir pulsierten. Geräusche, Gegenstände, alles, was unmittelbar physisch gegenwärtig war, löste sich auf, verlor angesichts der ungeheuerlichen Weite, die sich vor mir ausdehnte, an Bedeutung, furchtbare Stille und Leere breiteten sich aus. Atem und Puls begannen zu jagen, doch völlig anders, als wenn ich lief oder laut schrie ... Mit einemmal ging von den Sternen, von ihren Konstellationen, vom Universum ein Grauen aus, das greifbar war, nur einen Atemzug entfernt. Ich lag nicht mehr auf der Erde, sondern diese ruhte auf meinem Rücken; ich konnte ihr mit einer beliebigen, jähen Bewegung ihre wahre Größe zurückgeben: die einer winzigen Kugel, so wie ich sie im Naturkundemuseum gesehen hatte, die jederzeit wegrollen und mich ohne jeglichen Anhaltspunkt im leeren Raum schweben lassen könnte ... Es war mir unmöglich, diesen Punkt zu überschreiten. Panik und Schwindel zwangen mich dazu, mich aufzurichten, und in einer Zehntelsekunde waren die Dinge wieder an ihrem ursprünglichen Platz. Ich blieb ein paar Minuten sitzen, rieb mir die Augen, atmete tief, und alles war vorbei.

Eines Tages wiederholte ich den Vorgang mit dem ausdrücklichen Vorsatz, jenen Punkt zu überwinden, um zu sehen, was dann käme: Würde die Erde tatsächlich verschwinden, würde ich das Bewußtsein verlieren oder wie eine Rakete in eine andere Welt fliegen, oder würde etwa gar nichts geschehen? Ich habe es nie geschafft; ich weiß nicht, ob es mein Körper war, der sich wehrte, oder aber mein Wunsch, eine Grenze zu wahren, auf die ich meine Sehnsüchte richten konnte, jedenfalls ertrug ich den Augenblick des Fallens nie, ohne instinktiv zu reagieren, und zerstörte ihn damit sofort.

Eines Nachts entdeckte ich, daß von der Schaukel aus ein noch spannenderer Effekt erzielt werden konnte. Wenn ich auf die stille, besänftigende Berührung des Dünensandes verzichtete und statt dessen die unangenehm rauhen Seile der Schaukel anfaßte, stellte sich zwar nicht sofort das Gefühl ein, den physischen Kontakt mit dem Planeten verloren zu haben; doch nachdem ich mich einmal daran gewöhnt hatte, war die Wirkung noch viel größer. Der Bezug zur Schwerkraft verschwand viel früher, und das rhythmische Schwingen der Schaukel wurde zu einem eigenwilligen Spiel mit ungeahnten Entfernungen, das mich den Sternen näher brachte und mich wieder forttrug. Ein Pendeln, das ebensogut gar nichts bedeuten konnte – was soviel heißt wie Stillstand – oder aber eine Distanz von mehreren Millionen Lichtjahren.

Der unausweichliche Zwang, den Kopf zu senken und auf die Erde zurückzukehren, war stärker, als wenn ich auf den Dünen ausgestreckt lag, und ich fühlte mich beim Schaukeln plötzlich unbehaglich. Einmal waren in solch einem Augenblick Verwirrung und Angst so mächtig, daß ich kopfüber auf die Erde fiel. Zum Glück gab es keine Steine unter der Schaukel, aber ich erinnere mich noch heute an die Hautabschürfungen und die verworrenen Erklärungen, die ich abgab.

Ich hatte in der Nachbarschaft drei sehr gute Freunde. Eines Tages erzählte ich ihnen von meinem Geheimnis und lud sie zusammen mit meiner Cousine Beth ein, mitzumachen. Ich hoffte, wir würden später eine Art Verein gründen und Erfahrungen und neue Erkenntnisse austauschen können, doch daraus sollte nichts werden. Die anderen empfanden gar nichts, sie sahen mich an jenem Abend an, als ob ich verrückt geworden wäre oder sie hätte auf den Arm nehmen wollen. Ich fragte mich, worin der Irrtum bestehen könnte, ob in meiner Schilderung oder in ihrer geringen Eignung für ein derart schwindelerregendes Erlebnis. Ich habe nicht mehr mit ihnen darüber gesprochen, doch das Gefühl, sonderbar zu sein, bin ich nie mehr losgeworden.

Bis zu welchem Grad ist einer anders als alle anderen?

Ich habe oft nach dem Ursprung – oder auch nur nach einer Erklärung – für meinen Hang zum Ungewöhnlichen gesucht. Irgend etwas mußte Patenonkel Kaspar jedenfalls davon in mir entdeckt haben, denn eines Winternachmittags, kurz nach jenem Abend, an dem ich die Erfahrung gemacht hatte, anders als meine Freunde zu sein, begann er – ich weiß nicht mehr, in welchem Zusammenhang – von dem unbegreiflichen Mißverhältnis von Distanzen und Dimensionen zu sprechen, die seiner Auffassung nach zwischen der äußeren Welt und der unseren, also dem vertrauten Umfeld, in dem wir uns bewegen, bestehen.

Ich wollte mein Geheimnis nicht preisgeben und hatte Angst, durch zu vieles Fragen oder dadurch, daß ich auf die Andeutungen einging, verräterische Hinweise auf jene wunderbare Welt zu geben, von der ich hoffte, daß sie mir eines Tages offenstehen würde.

Onkel Kaspar war kleinwüchsig, es faszinierte mich stets, wie nah er mir war, was seine Körpergröße betraf, wie fremd und fern jedoch durch Alter, Schrulligkeit und Lebenserfahrung.

»Soll ich dir eine hübsche Geschichte erzählen?« fragte er.

»Ja, klar« antwortete ich, machte es mir so bequem wie möglich und hörte mit jener unermüdlichen Aufmerksamkeit zu, wie sie nur Kindern eigen ist.

Geschichte von den drei Freunden

Drei Freunde verbrachten ein paar freie Tage auf einem am Rande eines Dorfes gelegenen Landsitz. Sie hießen Alfeu, Betanci und Gamut; eine Frau aus der Gegend, Marcela, führte ihnen den Haushalt.

Es geschah, daß die drei am Samstagabend von einem ganztägigen Ausflug zurückkehrten. Die Sonne stand schon tief, und als sie das Haus erblickten, blieben sie stehen, um den Sonnenuntergang zu betrachten.

»Merkwürdig«, sagte Alfeu, der Älteste der drei und Besitzer des Anwesens, »immer wenn ich hierherkomme, habe ich den Eindruck, daß die Welt geschrumpft ist und die Unermeßlichkeit der Gestirne und Wolken aus der Erde, den Bäumen und Häusern Teile einer Weihnachtskrippe gemacht hat, die durch die Unachtsamkeit eines Riesen jederzeit zermalmt werden könnten.«

»Ich finde«, sagte Betanci, der als der Gebildetste galt, »du verknüpfst die Rückkehr in dein Heim mit übertriebener Angst. Wir haben einen wunderschönen Tag verbracht, ich glaube nicht, daß du einen Grund hast, ihn im Kalender als Markstein einer Schrumpfung anzukreuzen.«

»Jedenfalls«, schloß Gamut mit seinem sprichwörtlichen Humor, »werden wir, wenn uns Marcela ein gutes Abendessen bereitet hat, sicherlich wieder das richtige Maß aller Dinge finden.«

Sie gingen hinein, die Haushälterin kam ihnen entgegen, um sie willkommen zu heißen.

»Sehen Sie«, sagte sie, »welch herrliche Pilze mein Mann gesammelt hat. Ich habe ihn extra für Sie auf die Suche geschickt. So wie ich sie zubereite, werden sie Ihnen gewiß schmecken.«

Die Pilze waren der köstlichste Gang des Abendessens, und die drei Freunde speisten genüßlich. Eine alte Lampe und das Kaminfeuer erhellten den Raum – gelbes und rötliches Licht. Die drei waren zu hungrig gewesen, um während der Mahlzeit ausgiebig zu plaudern, und als sie mit Essen fertig waren, waren auf dem Servierteller nur noch drei Pilze übrig.

»Sie haben so vorzüglich geschmeckt«, entschuldigte sich Alfeu bei der Haushälterin, »daß wir Ihnen nur drei Stück übriggelassen haben. Bitte kochen Sie für sich und Ihren Mann doch etwas anderes.«

«Das fehlte noch, essen Sie sie ruhig auf«, sagte sie, »ich werde erst später mit meinem Mann zu Abend essen.«

Die Freunde boten sich gegenseitig die restlichen Pilze an, doch sie waren zu satt.

»Wenn Sie sie nicht essen wollen, brauchen Sie sie nicht aufzubewahren«, sagte Alfeu schließlich, und die Haushälterin warf die restlichen Pilze weg.

Wenig später setzten sich die drei Freunde an den Kamin, um Kaffee und Likör zu trinken. Betanci legte ein Buch auf den Tisch, das er sich als Lektüre für die paar Tage mitgenommen hatte. Gamut nahm es zur Hand, las laut den Titel, »*El Jardí dels Set Crepuscles*«, und fügte hinzu: »Worum geht es da?«

»Ich habe erst begonnen«, antwortete Betanci. »Zunächst enthält es eine fragwürdige Einführung, dann handelt es von der Zerstörung Konstantinopels bei einem atomaren Angriff.«

»Ich habe es gelesen«, warf Alfeu ein. »Man kennt ja die Verleger. Sie können nicht umhin, uns zu beweisen, daß sie spezialisierte Dummköpfe sind.«

»Vorworte sollten verboten werden«, bemerkte Gamut.

»Ein Vorwort ist wie die Oliven im Restaurant, die dir gebracht werden, ohne daß du sie bestellt hast, wie eine falsche Einschätzung deiner selbst, die auf den Worten eines anderen zu beruhen scheint.«

»Ich muß an die Determiniertheit des Seins denken«, sagte Alfeu. »Jene drei Pilze, die weggeworfen wurden, hätten genausogut wir sein können. Stellt euch doch mal vor, wir würden morgen im Müll aufwachen!«

»Grauenhaft!« sagte Betranci nach einer Weile. »Drei kleine Tierchen, die durch das Haus laufen. Es könnte sich nur um drei Mäuse handeln. Ich würde Marcela anweisen, ihnen unverzüglich mit dem Besenstiel den Garaus zu machen.«

»Ich bin sehr müde«, sagte Gamut kurz darauf.

Die drei Freunde nickten am Kaminfeuer ein – schließlich hatten sie sich verausgabt, und das Abendessen war üppig gewesen. Und damit die Vorherbestimmung und die Bedeutung der Worte ihren Sinn bekämen, erwachten die drei bald darauf als jene Pilze, die in den Müll gewandert waren. Die Haushälterin spülte soeben das Geschirr, sie musterten einander. Alles an ihnen, selbst die Kleidung, war unverändert, nur ihre Größe war auf jene von Pilzen geschrumpft. Das Klappern und Klirren im Wasserbecken dicht über ihnen dröhnte wie gewaltiges Donnergrollen, wie das Sturmgetöse eines herannahenden Unwetters.

»Wir müssen unbedingt hier raus«, sagte Alfeu, sie halfen einander mit Müh und Not, auf den Boden zu klettern.

Leise und vorsichtig durchquerten sie die Küche – aus ihrer Perspektive war sie das Schiff einer riesigen, strahlendweißen Kathedrale –, aber sie wurden von der Frau entdeckt. Sie stieß einen gellenden Schrei aus, so daß ihnen beinahe das Trommelfell platzte.

»Drei Mäuse!« schrie sie.

»Töte sie«, hörte man eine männliche Stimme vom Eßzimmer her rufen.

Gesagt, getan; die Haushälterin griff zum Besen und schlug nach ihnen, verfolgte sie mit kräftigen Schlägen, denen sie verzweifelt auswichen und die knapp neben ihnen mit einem fürchterlichen Knall auf den Boden niedersausten. Die Panik verlieh ihnen außergewöhnliche Kräfte. Zum Glück stand die Tür offen, und sie konnten ins Freie entwischen. Marcela stellte ihnen noch ein gutes Stück nach, doch die Nacht war schwarz, und so verlor sie sie bald aus den Augen.

Die drei Freunde fanden sich schmutzig, elend und außer sich in der Dunkelheit wieder.

»Was machen wir nun?« sagte einer.

»Was ist mit uns geschehen?« kreischte der andere.

»Wir können nicht nach Hause zurück«, stöhnte der dritte.

Sie streiften die ganze Nacht, in der unermeßlichen Dunkelheit verloren, umher und flehten inständig, keiner wirklichen Ratte, Schleiereule oder Ginsterkatze zu begegnen, die sie auf der Stelle verschlingen würde. An morgen und an das, was die Welt für sie in ihrer neuen Gestalt bereithalten mochte, wollten sie gar nicht erst denken.

Es wurde Tag, und als sie um sich blickten, wuchs ihre Verzweiflung so rasch, wie ihre Körper geschrumpft waren. Alles war riesig groß, und aus ihrer Perspektive von ein paar Zentimetern über der Erde konnten sie selbst vertraute Plätze nicht wiedererkennen; was hätte es ihnen auch genützt? Die Menschen hielten sie für Mäuse, und die Entfernungen hatten sich um das Zwanzigfache vergrößert.

Sie verbrachten den ganzen Tag (er kam ihnen übrigens zwanzigmal länger vor, da sich die Zeit in gleichem Maße ausdehnt wie der Raum) unter Wehklagen, Mutmaßungen, Flüchen und immer wieder hervorbrechender Angst. Wenn sie zu Pilzen geworden waren, konnte ihnen Marcelas Mann jederzeit nachstellen. Was würde dann aus ihnen? Würden sie im Kochtopf enden? Die Dämmerung brach herein, die untergehende Sonne besänftigte die erbitterten Gemüter. Ein kleiner Pfad, der sich zwischen Bäumen schlängelte, führte sie zu einem Haus. Es war Alfeus Haus, nicht zwanzigmal größer, sondern ihrer Größe angemessen. Argwöhnisch blieben sie stehen und wagten nicht, das unverhoffte Glück, das sich ihnen bot, auszukosten. Aus dem Schornstein kam Rauch, aus dem Küchenfenster fiel Licht, das gemächliche Treiben der Haushälterin drang zu ihnen nach draußen.

»Haben wir unsere ursprüngliche Größe wiedererlangt?«
fragte Alfeu. »Oder ist die Welt so klein geworden wie wir?
Sonne und Wolken kommen mir so vor wie immer, doch sie
sind ein so ferner Bezugspunkt …«

»Jedenfalls leben wir wieder im richtigen Maß zu den Dingen ringsum«, bemerkte Gamut. »Wenn es zum Abendessen
etwas Handfestes gibt, sind wir unsere Zweifel los.«

Sie gingen äußerst vorsichtig ins Haus. Alles war an seinem Platz, und dieses Gefühl der Normalität war beunruhigend; die Haushälterin eilte ihnen entgegen, um sie willkommen zu heißen.

»Sehen Sie nur, welch herrliche Pilze mein Mann gesammelt
hat«, sagte sie zu ihnen. »Ich habe ihn extra für Sie auf die Suche geschickt. So wie ich sie zubereite, werden sie Ihnen gewiß schmecken.«

Die drei Freunde speisten genüßlich, und die Pilze waren
der köstlichste Gang des Abendessens. Nahe am Kaminfeuer
eine alte Lampe, gelbes und rötliches Licht …

8/7

Ich habe meinen Patenonkel diese Geschichte noch zwei-
oder dreimal mit kleinen Abänderungen erzählen hören – einmal hieß die Hausangestellte Gregòria, ein andermal aßen sie
Spargel statt Pilze –, immer jedoch ließ er alle Türen für die
Interpretation der Fakten und Hintergründe offen. Ich stellte
mir die drei Freunde jeden Tag zwanzigmal kleiner vor und
sah, wie die Welt sich in der Abenddämmerung zwanzigmal
kleiner machte, um sich ihrer Größe anzupassen, so wie das
mit mir und der Welt geschah, wenn ich schaukelte und die
Sterne betrachtete: schwang ich nach vorn, war ich tausendmal größer, beim Zurückschwingen war die Welt tausendmal
gewaltiger. Doch da zu einem Vergleich keine Zeit war und
ich beim Aufwärtsschaukeln nie heruntersprang, fiel es niemand weiter auf.

Der unaufhörliche Pendelschlag, der Atem des Universums! Als ich etwas älter war, wurde mir klar, wohin mich

diese Erfahrung bringen würde, und ich ließ so lange von ihr ab, bis ihr Zauber von mir abfiel. Das eine oder andere Mal habe ich versucht, dorthin zurückzukehren, doch es ist nichts geschehen. Das also ist die wahre Vertreibung aus dem Paradies: Klammerst du dich daran, wird das Kindsein zum Wahn, und wenn du nicht wahnsinnig werden willst, hast du keine andere Wahl, als das Kind in dir sterben zu lassen.

7/6

»Jeden Tag stirbt in uns ein Teil unserer Kindheit«, sagte ich, ein wenig gerührt über die Wende, die diese Geschichte unserem Gespräch gegeben hatte.

»Und dennoch glaube ich in manchen Momenten, daß mich das ständige Zurückweichen erneut einfangen möchte«, lachte sie. »Das wird der Wahnsinn sein!«

Ich nahm sie bei den Händen. Das ist wohl das, was wir glauben sollen. Vielleicht ginge es uns viel besser, wären wir in der Kindheit verloren, doch wer würde dann arbeiten?

»Ich hoffe jedenfalls, daß du dein Glück findest«, wünschte ich ihr ganz aufrichtig.

»Ich werde es nicht tun können«, sagte sie zu mir und sah mir in die Augen.

»Was?«

»Zu dem Rendezvous mit Adrià gehen«, murmelte sie, ohne meine Hände loszulassen. »George beginnt mir so wichtig zu werden, daß ich mich nicht in der Lage sehe, meine Gefühle zu verraten.«

Das schürte in mir unerwartete Hoffnung, doch ich sagte nichts, wir ließen es dabei bewenden.

Ester schrieb eine Botschaft für Adrià, um ihn in der Nacht ihrer Hochzeit ins Appartement zu bestellen. Ich versuchte, mich zu zerstreuen und nicht daran zu denken; außerdem war ich damit beschäftigt, Ester bei allen Vorbereitungen zu helfen.

In den letzten Tagen befielen mich die in solchen Fällen typischen (und so bedeutsamen) Ängste: Was, wenn Adrià mit einer Italienerin zusammen wäre, ich ihn nicht mehr wiedersehen würde, er sich in Victoria verliebte ...

Der Tag der Hochzeit von Ester und Alfred war gekommen. Als ich Adrià dort sah, schlug mein Herz unmißverständlich heftig, und ich benahm mich wie ein aufgeregtes Schulmädchen. Ich wollte mit ihm zusammensein, doch sobald ich in seiner Nähe war, begannen meine Knie zu zittern, ich wußte nicht, was ich sagen sollte, also nutzte ich jede Gelegenheit, um mich von ihm zu entfernen, bereute es aber unmittelbar darauf. Er schien mir besondere Aufmerksamkeit zu schenken, doch ich hatte Angst, Wunsch mit Wirklichkeit zu verwechseln, und verschloß meine Augen vor der Zuversicht, um Enttäuschungen zu vermeiden. Das Schlimmste war jenes Gefühl des Alleinseins; solange der Scherz mit dem Appartement nicht aufhörte, war es, als hätte ich keine Freundinnen mehr.

Adrià wurde ungeduldig und begann zusammen mit Esteve Maian und Maurici Klein verzweifelt zu trinken. Mittlerweile war Gabriel Bayer aufgetaucht, und seine Erscheinung sorgte für Aufsehen bei den Frauen. Er war sicherlich nicht älter als Maurici und spielte den großen Herrn. Man mußte ihm allerdings zugute halten, daß er sehr redegewandt war. Er unterhielt sich schließlich mit Victoria, und das beunruhigte mich; wenn sie George vergaß, war an diesem Abend alles möglich. Bayer war attraktiv genug, um jeden anderen auszubooten, doch die paar Stunden bis zur Nacht würden nicht ausreichen, um ein Rendezvous vergessen zu lassen.

Für Victoria war es einer dieser Tage, wo du am liebsten die Welt umarmen möchtest; sie wirkte unglaublich verführerisch. Wenige Männer – egal, ob sie allein oder in Begleitung waren – konnten ihrem Charme und der Versuchung widerstehen, wenigstens mit einer Minute Gespräch oder einem Lächeln beglückt zu werden. Rocaguinarda (der sie, glaube ich, dort kennengelernt hat) war da keine Ausnahme, und beinahe wäre um meine Freundin ein politischer Konflikt entstanden.

Am Ende des Festes kam George, und Victoria ließ augenblicklich ihre Bewunderer stehen, um mit ihm zusammenzusein. Die Art, wie sie sich ansahen, rührte mich, ich wünschte mir sehnlichst, Adrià und ich könnten uns auf gleiche Weise ansehen. Und nun, Victoria, dachte ich, würdest du nun fähig sein, ins Appartement zu gehen? Was sollte ich bloß tun? Ein ungeschriebenes Gesetz hinderte mich daran, ihr meine Gedanken zu verraten und sie zu bitten, mich an ihrer Stelle zum heimlichen Treffen gehen zu lassen.

George entfernte sich, das Bataillon von Verehrern war hoch erfreut, während ich mich bedrückt fühlte; die einzige Chance, diese Nacht mit Adrià zu verbringen, war verschwunden. Es war an der Zeit aufzubrechen, und ich bemerkte, daß Adrià keine von uns vieren aus den Augen ließ, damit ihm nicht entginge, welche sich ins Appartement begeben würde. Carola kam zu mir.

»Hör mal, Ester verläßt das Fest mit ihrem Mann und scheidet somit für Adrià aus. Costeny hat Bayer, Victoria, Reines und andere Leiter der Bank zu sich nach Hause eingeladen. Wir müssen also alle drei dort hinfahren, um Adrià gleichzeitig aus den Augen zu verlieren, dann kann Victoria später ins Appartement gehen, ohne Verdacht zu erregen und ohne daß ihr jemand folgt.«

»Einverstanden.«

Wir verteilten uns auf vier Autos, ich nahm in Victorias zweisitzigem Wagen Platz. Unterwegs redete sie ununterbrochen von George.

»Ein anderer hätte mitkommen wollen, hätte mich gebeten, mit ihm auszugehen oder ein Wochenende mit ihm zu verbringen, er jedoch wollte es anders; er ist der feinfühligste Mann, den ich je kennengelernt habe.«

Ich dachte, ob man von uns behaupten könne, mit Adrià feinfühlig umzugehen. Wir hatten Costenys Haus erreicht, sie stellte den Motor ab.

»Gut«, sagte ich mit dünner Stimme, »ich bleibe hier. Wir sehen uns morgen.«

Als ich im Begriff war, die Tür zu öffnen, faßte sie mich am Arm. Ich sah sie an, sie lächelte.

»Ich bleibe hier, und du gehst«, sagte sie, mir schnürte es fast die Kehle zusammen.

»Was willst du damit sagen?«

»Daß ich mit Adrià nichts zu schaffen habe, du aber viel. Ich habe das schon letztens entschieden, als ich dein Gesicht sah, nachdem ich dir gesagt hatte, daß ich nicht wisse, ob ich ins Appartement gehen sollte oder nicht. Ich kann mit meinen Gefühlen spielen, aber nicht mit deinen. Das Spiel ist aus; um das zu bemerken, muß man kein Adlerauge haben. Adrià ist deine Angelegenheit; geh hin und sei zumindest so glücklich, wie ich es im Augenblick bin.«

»Bist du dir sicher, daß du nicht hingehen willst?« bohrte ich nach, um sämtliche Zweifel loszuwerden; doch ich wußte die Antwort. Die Spannung fiel von mir ab. »Geh doch!«

Sie schüttelte den Kopf und drang darauf, mich mit dem Auto hinzubringen, damit ich nicht zu spät käme.

»Beeil dich, er wird schon auf dich warten!« sagte sie.

Jene Nacht verbrachte ich endlich mit Adrià, und meine kühnsten Erwartungen wurden bei weitem übertroffen. Doch es trat schließlich das ein, was ich von Anfang an befürchtet hatte, der Fehler mußte auf elegante Weise behoben werden. Also ließ ich Zeit verstreichen und setzte auf die passive Beseitigung eines Hindernisses, für das mir kein würdiger Ausweg einfiel.

Schließlich kam zum Glück alles in Ordnung.

6/5

»Verzeihung«, schaltete ich mich ein, »vielleicht sollte ich so freundlich sein und respektieren, daß du die Einzelheiten am Schluß absichtlich ausgelassen hast, doch wir sind Freundinnen, und ich will dir unbedingt meine Meinung sagen. Also, ich weiß, wie diese Nacht zwischen euch endete, weil Adrià es mir kürzlich erzählt hat.«

Sílvia lächelte schüchtern und stolz wie ein Kind, das beim Naschen erwischt worden ist.

»Ja, er hat mir schon gesagt, daß er mit dir darüber gesprochen hat«, log sie und gab sich keine Mühe, überzeugend zu wirken.

»Ich verstehe nicht, weshalb du ihm, als er entdeckte, wer du bist, diese absurde Geschichte aufgetischt hast.«

»Mir ist nichts Besseres eingefallen. Irgenwie mußte ich doch die ganze Inszenierung rechtfertigen, oder? Mit den Achseln zu zucken wäre jedenfalls dümmer gewesen.«

»Du hattest immer noch die Möglichkeit, ihm die Wahrheit zu sagen und mit ihm darüber zu lachen.«

»Damit er erfährt, daß ich ihn hinters Licht geführt habe? Niemals. Wer einmal lügt, kann es hundertmal tun.«

»Daß du ihn hinters Licht geführt hast? Wenn du Adrià kennst, kannst du doch nicht glauben, daß diese Täuschung ihm etwas ausmachen würde? Fast alle Ehemänner (und alle Frauen) wären froh, so – und nicht auf die übliche Weise – betrogen zu werden.«

Sílvia überlegte keine Sekunde.

»Wenn er erfährt, welchem Spiel ich zugestimmt habe, wird er glauben, daß ich ihn nicht liebe.«

»Aber das geschah doch, bevor du dir sicher warst, das hast du selbst gesagt.«

»In solchen Fällen können Argumente rational akzeptiert werden, doch im Grunde reißen sie immer ein Loch. Das Glück war in jeder Hinsicht auf meiner Seite, und nun, wo es Adrià und mir so gut geht, will ich es nicht noch einmal herausfordern.«

»Natürlich«, gab ich nach, »es ist nicht der Augenblick, um Erklärungen über die Vergangenheit abzugeben.«

Ich dachte, daß ihre Weigerung, ihrem Mann den ganzen Vorgang zu erzählen, vor allem eine Frage der Eitelkeit wäre, doch ich wollte sie nicht weiter drängen.

Wir kamen auf Victoria zu sprechen; sie erwähnte mit keinem Wort, daß angeblich George Cooper, in Gestalt ihres Ehemanns, ihre Kinder gezeugt hatte, und ich ebensowenig.

»So verliebt in George, und nun ist sie mit Rocaguinarda verheiratet«, sagte sie, und ich fragte mich, ob sie die wahren Begebenheiten kannte, und auch, ob diese Wahrheit nicht die müßigen Phantasien von Adrià oder Maurici Klein waren.

An diesem Punkt angelangt, sah mich Eugènia an und lachte, als wollte sie sagen: Da hast du's.

Der Schlaf begann mich zu überwältigen.

»Hast du Adrià wiedergesehen?« fragte ich sie.

»Armer Adrià«, antwortete sie, »die Frauen haben ihn immer benutzt. Er hielt sich für einen großen Verführer, für einen Schmetterling, der an allen Blumen nascht, doch die Blumen machten immer, was sie wollten.«

Ich fühlte mich nicht in der Lage, alles, was sie mir soeben erzählt hatte, zu beurteilen, doch ...

»Hör mal«, unterbrach ich ihn, »diese Eugènia mußt du mir vorstellen.«

»Um ehrlich zu sein, ich habe ihre Spur verloren«, sagte Talmann. »Kurz nach diesem Treffen schloß ich mich euch an, und nach der Pilgerfahrt, die wir machen mußten, sah ich sie nicht wieder. Ich habe noch ihre Adresse und ihre Telefonnummer; ich werde sie suchen und sie dir geben.«

Die Bar hatte wieder geöffnet, die Leute frühstückten mit dem grimmigen Gesicht derer, die – gerade aus dem Bett und unter der Dusche hervorgekommen – einen Arbeitstag vor sich haben. Der Geruch nach Milchkaffee war widerlich.

»Wir sollten besser schlafen gehen«, sagte ich.

Wir liefen bis zum Hauseingang.

»Auf Wiedersehen«, sagte er ganz leise.

»Moment. Ich denke, du bist in Anbetracht der Umstände damit einverstanden, die Vergiftungen bleiben zu lassen, zumindest bis auf weiteres.«

»In dieser Jahreszeit ist es wie in jeder anderen möglich, daß sie uns schnappen oder wir beide uns umbringen.«

Dieser Gesinnungswechsel beunruhigte mich.

»Ist es lange her, daß du Eugènia zuletzt gesehen hast?« sagte ich und bemühte mich, heiter zu wirken.

»Drei oder vier Jahre vielleicht.«

»Warum rufst du sie nicht an und schlägst ihr vor, mit einer Freundin herzukommen?«

»Wenn du willst … Aber wer weiß, wo sie jetzt ist, vielleicht lebt sie schon nicht mehr hier.«

Ich sah ein, daß wir zu müde waren, um auch nur einigermaßen zusammenhängend über die Zukunft zu reden, und verabschiedete mich von ihm.

Am Tag darauf gönnten wir unserer Freundschaft eine Pause, danach trafen wir uns zum Abendessen bei mir. Die Tatsache, nur zu zweit zu sein, verlieh dem Zusammensein etwas Magisches, Unbändiges; vielleicht war es die Anwesenheit der vielen Gespenster, die uns zuzwinkerten; doch die einzigen Spiegel, die sie reflektierten, waren unsere Gesichter, das Schweigen, die Belanglosigkeiten, das Klappern des Bestecks oder das beim Füllen der Weingläser entstehende Geräusch.

»Ist nichts davon vergiftet? Oder tritt die Wirkung verzögert ein?« sagte Talmann, als wir beim Nachtisch angelangt waren.

»Nichts ist vergiftet, es sei denn, du hast Gift hineingetan«, antwortete ich sanft. »Oder möchtest du lieber die Karten hervorholen?«

Wir sahen uns an und mußten über uns selber lachen.

Unter unseren Blicken gefror das Lachen allmählich.

»Die Stunde der Wahrheit ist gekommen, glaubst du nicht?« sagte er und lachte erneut, diesmal aber ganz anders.

»Ich schlage dir vor, einen Dichterwettstreit zu machen. Wer gewinnt, tötet. Wer verliert, stirbt.«

»Einverstanden«, sagte er und imitierte dabei meinen Tonfall, »und wer ist die Jury?«

»Wir natürlich«, sagte ich und breitete die Arme aus; »das Urteil muß einstimmig gefällt werden.«

»Keine schlechte Idee.«

»Auf diese Weise kann es keine Fallen oder Lügen geben.«

»Und wenn wir uns nicht einigen?«

»Ausgeschlossen. Es ist wie das Spiel der Wahrheit: Ob du gewinnst oder ich, ist unwichtig. Oder vielleicht hat es die gleiche Bedeutung, das heißt, gar keine. Wir werden uns gewiß ohne Diskussion einigen und so einen endgültigen Beweis für unsere Reinheit erbringen.«

»Der zweifellos eine ebenso endgültige Entschädigung haben wird.«

Wir nahmen Papier und Bleistift, und jeder hatte in fünf Minuten ein Gedicht geschrieben. Ich war als erster fertig und las es laut vor.

> Welche Zeit stirbt, ohne sich zu erheben
> Aus einem toten Traum? Augen starren weit
> Ins Blau des Himmels, zerstört und entzweit,
> Dem Stern eines bösen Schicksals ergeben.

> Was kann ich tun, wenn ihr die falschen Pfründe
> Mir nicht verweigert, wenn das Giftgebräu die Frist,
> Letztlich der Endmond dieser schwarzen Brüste ist,
> Wenn selbst mit Müh weniger Leid entstünde?

> Glücklich, der in die Höhe schwebt zum erstenmal
> Der es versteht, dein Herz hinauszutragen
> Aus dem traurigsten Traum ins rettende Tal!

> Glücklich, wer im leichten Sieg sich kann bewegen
> Viele Stunden, ohne sich zu fragen,
> und nicht mißachtet hat den Gipfel früherer Qual!

»Wie findest du es?«

»Großartig«, sagte er und beeilte sich, seins fertigzustellen. Gleich darauf las er es mir vor.

> Mir scheint, der Angriff meiner Ungeduld verging,
> Dem Wasser will ich mich hingeben, blauen Wellen,
> zu entblößen die noch unbekannten Stellen
> Des langen Haars, das ich im Nacken fing.

> Wißt ihr, ich bin auf einem Auge blind,
> Ziehe an Strähnen, die hervorquellen,
> An ihrem Ende, die mir die Sicht verstellen,
> So schön war die Sehnsucht, wie ich sie sing.

Du bist bloß gefangen, welches ist dein Verbrechen?
Wer sagte dir, daß du lachend wirst dich rächen?
Daß dich der Schrecken des Galgens erwarten wird?

Daß dein Ende von einem Messer beherrscht sein muß,
Empfindlicher noch als beim Träumen der Schluß,
Anhänger der Liebe, die nie erstirbt.

»Meins ist besser«, sagte ich, frei von Zweifeln. Er wurde etwas blaß, doch schon nach zehn Sekunden erwiderte er ebenso leichthin: »Das finde ich auch. Du hattest recht, es war sehr leicht, sich zu einigen.«

Ich klopfte ihm auf die Schulter und lächelte ihm zu.

»He! Dir wird noch das Abendessen schlecht bekommen. Vergessen wir diese Geschichte, oder?«

»Keinesfalls«, sagte er, und hinter seinem müden Lächeln schimmerte ein Funken von Angst. »Du hast gewonnen und mußt konsequent sein.«

»Genug der Torheiten. Es ist ein Scherz gewesen, laß uns nicht mehr darüber reden. Glaubst du, ich möchte auf den besten Tischgenossen verzichten, den ich je gehabt habe?« Um ihn zu beruhigen, wechselte ich das Thema: »Reden wir über Frauen; hast du übrigens daran gedacht, mir die Telefonnummer von Eugènia mitzubringen?«

»Natürlich«, sagte er und stand auf, um sein Adreßbuch aus der Jacke zu holen. »Hier hast du Telefonnummer und Adresse.«

»Schreib sie auf diesen Zettel«, bat ich ihn und sah ihm dabei zu. »Und jetzt feiern wir es.«

Ich holte den Armagnac und schenkte zwei Gläser ein. Ich bemerkte, wie er mich aus den Augenwinkeln ansah, und mußte mich beherrschen, um nicht zu lachen. Er befürchtete noch immer, daß ich ihn vergiften könnte!

»Es lebe die Freiheit!« riefen wir gleichzeitig und stießen an. Ich fügte hinzu: »Und nie ohne Frauen!«

Ich setzte das Glas ab, er trank weiter, den Kopf nach hinten geneigt, und bot mir einen wunderschönen Adamsapfel dar. Es war der Hals eines Kriminellen, der entschlossen war zu überleben. Wie konnte man so unbesonnen mit der Welt umgehen? Ich stellte mir vor, was ich an seiner Stelle denken und tun würde. Da lag das japanische Messer auf dem kleineren Servierteller. Ich riß es mit einem Ruck an mich; er wich zurück, aber nicht rechtzeitig genug. Ich durchbohrte ihn mit solcher Kraft, daß er an den Sessel geheftet blieb wie ein Schmetterling an den Schaukasten. Schade um den Armagnac, der in alle Richtungen spritzte.

Jeder spielt mit seinen Karten, und ich brauchte nicht mit denen von Talmann zu wetteifern. Hätte ich es getan, wäre in jener Nacht das durchlöcherte Hemd meines gewesen. Aber ich war der Stärkere, es hätte nicht anders kommen können; er wußte das, von daher kam seine berechtigte Furcht. Von allen Todesfällen in unserem Verein hatte dieser am meisten mit seinem Urheber zu tun, er war der einzige, bei dem der Zufall überhaupt keine Rolle gespielt hatte.

Das war das Ende der Befreiungssekte.

Ich werde Sie nicht länger mit Einzelheiten darüber aufhalten, wie ich die Leiche losgeworden bin: eine Aufgabe, die immer mühsamer geworden war, da immer weniger da waren, um sich die Arbeit zu teilen; im letzten Fall mußte ich mich allein darum kümmern, und ich war danach wie gerädert. Ich kann Ihnen nur versichern, daß ich mir nach einer Stunde geschworen habe, selbst wenn ich viel Hunger leiden müßte, würde ich den Beruf des Fleischhauers zuallerletzt ergreifen.

Am Tag darauf wählte ich die Nummer, die mir Talmann überlassen hatte. Es meldete sich eine sinnliche, resolute weibliche Stimme. Vielversprechend.

»Senyoreta Eugènia Larabee?«

»Nein, Sie haben sich verwählt.«

»Entschuldigen Sie, ist es nicht zwei vierundzwanzig siebzig null drei?«

»Doch, aber hier gibt es keine Eugènia.«

»Und es ist die Gran Via vierhundertsiebzehn? Hat da nie eine Eugènia gelebt ...«

»Die Adresse stimmt, aber eine Eugènia gibt es hier nicht und hat es hier nie gegeben.«

Sie legte auf. Dieser verdammte Arnold lachte vom Himmel der Frevler über mich. Es sei denn ... Ich ging zu der fraglichen Adresse und sah auf die Briefkästen; dritter Stock, zweite Tür, stand zu lesen: Aline Deveraux. Ich stieg die Treppe hinauf und klingelte. Eine prachtvolle Frau öffnete mir, sie war kräftig und breit gebaut, viel größer als ich, hatte volle Lippen und Brüste, die einen Toten hätten wiedererwecken können. Es handelte sich zweifellos um Eugènia: Ein paar Falten um die Augen, die mehr funkelten als die einer Raubkatze, deuteten auf eine stürmische Vergangenheit und heftige Wechsel hin; sie mußte um die Vierzig sein, kurz, in ihrer vulkanischen Phase, ganz nach meinem Geschmack.

»Wer sind Sie?« fragte sie mich, ohne sich auch nur im geringsten von meiner an Aggression grenzenden Unverschämtheit einschüchtern zu lassen (aber ich wollte schließlich auch nicht, daß man mich die Treppe hinunterstieß).

»Ein Freund von Arnold Talmann«, sagte ich und dachte: Wenn sie dir jetzt sagt, sie weiß nicht, wer das ist, gibst du auf.

»Das hätte ich mir denken können«, murmelte sie ärgerlich, »vergiß mich.«

Sie wollte die Tür schließen, doch ich stellte meinen Fuß dazwischen. Jetzt würde sie kreischen oder die Polizei rufen. Aber sie war zweifellos eine Frau von Welt; sie wandte den Kopf und sah mich an.

»Ich heiße Timoteo Macarrones«, verkündete ich, und sie brach in schallendes Gelächter aus.

»Hören Sie, Senyor Macarrones, sagen Sie mir endlich, was Sie wollen, und lassen Sie mich dann in Ruhe, ich habe viel zu tun.«

Ich erinnerte mich an die Szene mit den Ziegen und dem Hirten, aber ich schob sie beiseite, um nicht abzulenken.

»Ich muß herausfinden, wo Lamb steckt.«

»Wo wer steckt?«

»Cooper, ist egal. Oder Hendrix.«

»Ich kenne keinen dieser drei. Willst du es weiter versuchen?« Sie ging unbefangen dazu über, mich zu duzen, und entfernte sich vom Eingang. »Nimm das Telefonbuch, mal sehen, ob du vor der Seite hundert Glück hast; aber dann bin ich schon längst weit weg.«

»Einen Moment«, unterbrach Dullea, »haben diese Personen etwas mit den Bekannten Alines zu tun, als sie noch Eugènia hieß (Rocaguinarda, Swan, die Turas, et cetera)?«

»Es sind in der Tat dieselben, deren Namen Eugènia verändert hat, die laut Florida Aline hieß«, sagte Grotowicz. Ich mischte mich ein, um Bezüge herzustellen, so wie es vor einer Weile hier geschehen war. Grotowicz waren fast alle Namen geläufig.

»Das widerspricht deiner vor kurzem abgegebenen Rechtfertigung«, bemerkte Emília, »denn die setzte voraus, daß die Namen in der Geschichte, die Talmann Florida erzählte, gänzlich verfälscht waren. An Bord der Googol jedoch gab es Gelegenheit, von Florida die echte Version zu hören. Die Möglichkeit einer unwillkürlichen Namensänderung, durch verschiedene Erzähler zufällig und sporadisch vorgenommen, ist gering, zumal, wenn es um die Lösung des Rätsels geht.«

Emílias Unterbrechung störte mich, denn derlei Bemerkungen ließen sich dauernd anbringen, doch wenn das jeder täte, gäbe es in Kolinskis Geschichte eine ganze Kette von Einschüben. Ich heftete meine Augen auf die grauen Streifen in Emílias gelbem Kleid, die auf den ersten Blick nicht zu sehen waren.

»Deine Anmerkung ist sehr klug«, räumte Kolinski ein, »doch wenn du aufmerksam hinsiehst, wirst du feststellen, daß diese Möglichkeit ganz und gar nicht von der Hand zu weisen ist. Erstens gab es vor Florida vier Erzähler, die, unabsichtlich oder nicht, die Namen nach und nach oder mit einemmal geändert haben könnten; zweitens haben weder du noch ich und (offensichtlich) keiner der Anwesenden die Geschichte direkt gehört, die Eugènia (oder Aline), Talmann oder Florida erzählten, sondern sie ist, durch zwei weitere Erzähler gefiltert, zu uns gelangt (einer davon bin ich, und ich entschuldige mich für den Teil der Schuld, der auf mich fällt, ich kann euch sehr wohl versichern, daß es unbeabsichtigt geschehen ist). Deshalb können wir sie nicht mit der vergleichen, die ihr gerade hört, und schon gar nicht ihre Ähnlichkeit mit oder ihre Abweichung von der heutigen Version bestätigen, die du so voreilig als die wahre bezeichnet hast.«

Nach dieser Erläuterung schwiegen alle. Ich weiß nicht, was die anderen dachten; ich jedenfalls hatte den Eindruck, daß uns Kolinski unbedingt jegliche Gewißheit, jeglichen Hinweis, auf den wir uns stützen könnten, nehmen wollte. Da offensichtlich alle die Erklärung (die mir eher das Gegenteil zu sein schien) akzeptierten, setzte der Erzähler Floridas Geschichte fort.

0/3

Ein ungefähr fünfzehnjähriger, lang aufgeschossener Junge mit einem dümmlichen Gesichtsausdruck tauchte auf.

»Wer ist das, Mutter?« fragte er.

»Geh wieder hinein, Paul«, sagte sie und lächelte mich an. »Das ist mein Sohn.«

»Ich habe dir etwas mitzuteilen«, bemerkte ich. »Der Name Guillem Oleiro sagt dir auch nichts?«

»Warum kommst du nicht zur Sache? Alles sind Ausflüchte, ich weiß nicht, worauf du hinauswillst. Berichte mir die Neuigkeit, vielleicht kann ich dann mein Gedächtnis in Schwung bringen.«

Das war schon eher nach meinem Geschmack. Mein Riecher konnte mich nicht täuschen, ich hatte die Goldgrube gefunden, die mir mein ganzes Leben lang entgangen war. Nun kam der Zug zum letztenmal an meinem Haus vorbei; entweder ich sprang auf, oder ich konnte es vergessen.

Ich beschloß, aufzuspringen.

Als Geliebte ließ Aline Deveraux die Übertreibungen, mit denen Talmann Eugènia Larrabee bedacht hatte, klein werden. Schade, daß ich sie nicht ein paar Jahre früher getroffen hatte, als mein Glaube an die Ausschweifungen noch nicht so enttäuscht worden war. Sie gehörte zu denen, die Gefahr besser ertragen können als Unbehaglichkeit, einen Verbrecher eher als einen Dummkopf. Bislang in den Himmel gehoben, ohne je zwischen Chaos und Langeweile, zwischen ungewisser Leidenschaft und eintöniger Routine gezweifelt zu haben, wurde sie von der Zukunft wie von einem wollüstigen, gierigen Versprechen überfallen. Sie hatte drei Kinder, die sie zum Glück wenig sah. Die Literatur war ihre Welt. Kongresse, Vorträge, Präsentationen, Editionen. Sie glich dem Führer einer politischen Partei, aber ohne Partei, deshalb hatte sie keine Feinde in den eigenen Reihen, was zunächst ein Vorteil, längerfristig aber langweilig ist.

»Stell mir Adrià vor«, bat ich sie eines Tages.

»Ich weiß nicht, wer das ist«, erwiderte sie sehr böse und revanchierte sich: »Wie geht es denn Talmann? Hast du ihn schon länger nicht gesehen?«

»Ja, ziemlich lange. Er ist auf Reisen, im Ausland.« Ich zündete mir eine Zigarette an. Armer Arnold, diese Frau muß ein paar Nummern zu groß für dich gewesen sein. Kein Wunder, daß du zum Hypochonder geworden bist.

An manchen Tagen begann Alines Ungestüm sich in einem Gelächter Luft zu machen, das die Nachbarn wohl für die Trompetenklänge der Apokalypse halten mußten.

»Wie geht es heute meinem Timoteo Macarrones, bist du in Form?« Und sie biß mich so heftig, daß sie mich ernstlich hätte verletzen können. Ich ging schon auf die Fünfzig zu; eine solche Frau an meiner Seite zu haben war kein geistiges Problem mehr, sondern ein Wettlauf gegen die Uhr.

Aline kümmerte sich wenig darum, was die anderen sagten. Sie hatte auch keine Eile, mir ihre Liebhaber oder Freunde vorzustellen, wich dem aber im gegebenen Moment auch nicht aus. Nach und nach lernte ich Zacaries Uriach, Joan Vallozella und Guillem Oleiro kennen, der nun mit der Ex-Frau von Uriach, Ester Auriol, zusammenlebte. Ich entdeckte mit einem gewissen Unbehagen, daß mehr Leute über die Affäre zwischen Lamb und Lluïsa Cros im Bilde waren, als es die Vorsicht gebot. Uriach wußte davon, Ester auch. Eines Tages kam das Gespräch darauf, Aline war neugierig, Esters Informationsquellen zu erfahren. Sie wurde ironisch.

»Claudia und Lluïsa sind diskret, aber ich bin nicht blöd.«
Schließlich sah ich Lluïsa Cros, die damals um die Dreißig
und seit kurzem verwitwet war. In Begleitung Uriachs und
eines athletischen jungen Mannes nahm sie an der Eröffnung
eines Auditoriums teil, das den Namen ihres Vaters trug. Sie
war eine vornehme Dame; ihr seltsamer Nimbus wird mir
immer im Gedächtnis bleiben: groß und stolz, mit einer üppigen blonden Löwenmähne, riesigen tieftraurigen Augen,
außergewöhnlich und strahlend, forschend und distanziert,
auch absolut im Mittelpunkt und hervorstechend. Ich näherte mich ihr auf drei Meter; sie war nach der neuesten
Mode gekleidet, in hellen Farbtönen und eher gewagt, doch
gleichzeitig lag in ihren unbeschreiblichen Gesichtszügen
eine uralte Tiefgründigkeit. Sie bewegte sich im Schutze einer
Art von Respekt seitens ihrer Freunde; es war klar ersichtlich, daß alle von ihr träumten, doch keiner wagte, sie zu
berühren.

Eines Tages trafen Aline und ich bei einem Empfang mit
Valentí, Uriach und einer Gruppe von Beratern der Bank Mir
zusammen. Bei dieser Gelegenheit gab es für mich eine
Überraschung, die nicht ganz unerwartet kam.

»Rogelio Florida! Wir haben uns ewig nicht gesehen!«

»Joan Quevedo!« Wir umarmten uns.

Quevedo hatte zur ersten Runde der Freunde gehört, die
ihr Leben aufs Spiel setzten. Er war Opfer des Römischen
Rouletts gewesen, was ihn lang genug außer Gefecht gesetzt
hatte, um uns aus den Augen zu verlieren (was ihm wahrscheinlich das Leben gerettet hatte). Wie in solchen Fällen
üblich, interessierten wir uns dafür, was aus uns geworden
war. Quevedo arbeitete schon seit Jahren in der Bank Mir.

»Ich wußte nicht, daß ihr euch kennt«, sagte Aline.

Ich hatte den Eindruck, daß er mich mißtrauisch ansah. In
Wahrheit traute ich ihm ebensowenig. Was wußte er von mir?
Konnte er mich mit der Befreiungssekte in Verbindung bringen? Die Presse hatte sich nur der kollektiven Skandale angenommen, und wir waren mit einem blauen Auge davongekommen; als dann nur noch Murray, Talmann und ich übrigblieben, war unsere Welt ein Geheimnis gewesen. Konnte

Quevedo es entdeckt haben? Ich befürchtete, er würde bei-
spielsweise auf Dwight McCarthy zu sprechen kommen, der
das Pech gehabt hatte, über eine der lustigsten Spielrunden
nicht erzählen zu können; doch er tat es nicht, und ich beruhigte mich augenblicklich. Quevedo war erschrockener als
ich. Wovor hatte er Angst? Daß ich ihn verriet oder erpreßte?
Oder befürchtete er vielleicht, daß ich ihn umbringen würde?
Das lohnte sich nicht; er hatte an unseren Spielen nie engagiert
teilgenommen und war auch nie Sektenmitglied gewesen;
außerdem war ich mittlerweile davon überzeugt, daß den letzten Akt der Komödie Talmann und ich gespielt hatten, in diesem Sinne hatte ich ihn ausgekostet; es gab also keinen Grund,
rückfällig zu werden. Mochte Quevedo sich doch seines Lebens freuen, aber vor allen Dingen sollte er mich ins Bild setzen.

»Du mußt mir einen Gefallen tun. Ich brauche Informationen von dir.«

»Kein Problem«, erwiderte er liebenswürdig, »nur zu!«

»Was ist aus Valerian Lamb geworden?«

»Ich habe nicht die geringste Ahnung«, sagte er mit weitaufgerissenen Augen.

»Und du weißt nicht, wer mir was sagen könnte?«

»Rodin vielleicht …, Valentí oder Marsili; aber sie sind nicht
besonders zugänglich.«

»Dann versuch jemanden zu finden, der informiert und
zugänglich ist. Ich wäre dir zutiefst dankbar«, sagte ich mit
einer Verbeugung.

»Keine Sorge, ich werde mich darum kümmern.«

Als wir allein waren, nutzte Aline die Gelegenheit, mich
gleich wieder zu entmutigen.

»Ich weiß nicht, was du suchst und worauf du hinauswillst,
doch du hast dir nicht den geeigneten Mann ausgesucht, um
dich einzuführen. Quevedo ist eine Art dritter Klasse innerhalb des Mir-Clans. Wenn es einen Schwachpunkt gibt, dann
wird nicht er es sein, der ihn dir verrät.«

Nach ein paar Tagen teilte mir Quevedo mit, daß die einzige Person, die etwas herausfinden könnte, Ester Auriol
wäre. Als ich das Aline sagte, lachten wir schallend. Dafür

brauchten wir Quevedo nicht. Seit Ester mit Guillem Oleiro zusammen war, standen Aline die Türen ihres Hauses offen.

»Lad sie nächste Woche zum Abendessen ein«, schlug ich vor.

Am vereinbarten Tag tischten wir ihnen ein üppiges Mahl auf, das wir reichlich begossen, und ich schnitt die Frage an. Ester wurde nachdenklich.

»Ich weiß, wer Nachrichten von Lamb haben muß; er ist hier mit einem gewissen Suárez zusammengetroffen, der auf ihn, Rodin und Valentí Einfluß ausübte; ich habe Suárez nie kennengelernt; er war aber eng mit Raquel Burch befreundet, die ich seit frühester Kindheit kenne; sie lebten sogar eine Zeitlang zusammen, nun ist sie seit kurzem wieder allein.«

»Großartig«, sagte ich; »wann kannst du sie mir vorstellen?«

Wir vereinbarten, daß sie sich mit ihr in Verbindung setzen und mir dann Bescheid geben würde.

Die Wochen vergingen. Als ich schon dachte, man hätte mich zum besten gehalten, kam die Sache wieder in Gang; Senyora Raquel Burch lud Ester, Aline, Guillem und mich zum Abendessen ein. Für den Moment konnte ich mich nicht über die Vermittlerin beklagen.

Die Erscheinung der Gastgeberin war eine riesige Überraschung. Ich hatte eine Dame zumindest in Alines Alter erwartet, doch wir trafen auf eine Raubkatze, die sogar noch jünger war als Ester. Sie dürfte kaum mehr als sechzehn gewesen sein, als Suárez sie einfing; Senyor Hamet verstand etwas von den Dingen. Obwohl ich sie vorher nie gesehen hatte, war es nicht schwer, mir vorzustellen, daß sich Raquel auf dem Höhepunkt ihrer Attraktivität befand; sie war sehr groß, die Größte in der Runde, hatte einen dunklen Teint und schwarzes Haar, lang und gelockt wie die Perücke von Ludwig XIV., Körper, Arme und Beine so makellos wie die der berühmten Models, Bauch und Taille leicht geschwungen wie die einer Ballerina. Sie trug einen langen Rock mit seitlichen Schlitzen bis zum Gürtel, schwarze flache Ledersandalen bis zum Knie, eine langärmlige Bluse aus durchsichtiger schwarzer Seide, und darunter absolut nichts. Ihre spektakulärsten Körperteile (ich glaube nicht, daß ich sie besonders erwähnen muß) zogen meine Blicke wie Magnete an, trotz meiner Bemühungen, sie nicht zu beachten.

»Ich möchte dich daran erinnern, daß wir hier sind, um etwas über Lamb herauszufinden«, sagte Aline sarkastisch zu mir.

Das Abendessen verlief nach den Erfordernissen der Höflichkeit und der unmittelbaren Zukunft. Das Menü bestand aus Seeanemonenomeletten mit Rosenblättern, Auberginen mit Zucker, Markscheiben mit Perlzwiebeln, Schalotten mit Sardellenbutter, mit einer Sauce aus Fons gebunden; zur Vorspeise italienischer Weißwein, zum zweiten Gang einen Bordeaux; zum Nachtisch gab es Soufflé aus Erdnuß und Bitterorangen mit einem Glas Rossoli.

Ester und Raquel schienen mehr gemeinsam zu haben, als wir uns zu Beginn vorgestellt hatten, Aline fügte sich wunderbar ein und wurde zur dritten Kraft des Triumvirats: überbordende, neurotische Frauen, geneigt, dir großes Glück zu bereiten oder dir auf die Nerven zu fallen, möglicherweise auch beides zugleich, doch es war in jedem Fall aufregend, an ihrer Seite zu sein. Raquel schien nichts an Liebeleien gelegen zu sein, sie ließ nicht durchblicken, ob sie diese satt hatte oder ob der Platz schon besetzt war. Manchmal gewann ich den Eindruck, sie würde eine Ausnahme machen, wenn die Gelegenheit günstig wäre.

Als wir mit dem Nachtisch fertig waren, wußte ich, daß wir nicht über Lamb sprechen konnten, ohne Suárez zu erwähnen, und das war mir ziemlich unangenehm. Burch hatte die Frage schon zweimal übergangen, und so dachte ich schließlich, daß mein Weg hierher, zumindest was diese Angelegenheit betraf, umsonst gewesen wäre.

Wir standen vom Tisch auf und nahmen zum Kaffeetrinken auf niedrigen Sofas voller Kissen im Nebenzimmer Platz, das ein ausgeprägt orientalisches Ambiente hatte: Wandteppiche in dunklen, kräftigen Farben, reichlich gefüllte Obstschalen und ein anhaltender Duft.

»Ester hat mir gesagt, du suchst Informationen über Valerian Lamb«, sagte sie zu mir, mit einem Glas in der einen, der Flasche in der anderen Hand.

»Ja«, antwortete ich. Ihre Natürlichkeit war kein schlechtes Omen.

»Warum? Ist er ein Freund von dir?«

»Nein …, das heißt, ja. Also, genaugenommen nicht; ich bin sozusagen ein Freund der Familie.«

»Sozusagen ein Freund der Familie!« rief sie lachend aus und musterte mich keck von Kopf bis Fuß. Ich wäre gern eine halbe Stunde mit ihr allein gewesen. Sie zog an ihrem Zigarillo und fügte hinzu: »Ich weiß nicht viel über Lamb.«

»Wenn du mir sagen könntest, was aus ihm geworden ist, nachdem er das Land verlassen hat, würdest du mir einen großen Gefallen tun.«

Sie rekelte sich wie eine Katze, machte gedämpftes Licht und begann.

3/4

Geschichte des doppelten Untertauchens

Der Beginn meiner Beziehung zu Suárez fiel mit dem entscheidenden Moment in der Leidenschaft zwischen Lamb und Lluïsa zusammen. Er verstand es meisterlich, sein Vorgehen zu verbergen, und wären mir nicht Informationen zugetragen worden, hätte ich den Braten wahrscheinlich nie gerochen. Doch zu aller Unglück verfügte ich, ohne daß ich danach gesucht hätte, über mehr als einen, der mir Puzzleteile lieferte: Joan Devila, der Fragen stellte, Zacaries Uriach, der rot wurde, sobald gewisse Dinge zur Sprache kamen, Marsili und Valentí, die kamen und gingen, all das, selbst Esters Abrücken von ihren Freundinnen, ergab die Pinselstriche zu einem ungewöhnlichen und faszinierenden Bild: Die Königin der Stadt, die unvergleichliche und angebetete Lluïsa Cros, hatte eine Affäre mit dem geheimnisvollen Senyor Lamb.

Gehen wir von den Konsequenzen aus, so überschritt das Drama die Grenzen eines gewöhnlichen Ehebruchs. Welcher Kampf der Interessen führte so viele Leute dazu, sie zu schützen, und andere wiederum zur Spionage? Ich war zwar sehr clever, aber auch sehr jung, und eines Tages plauderte ich

Suárez gegenüber zuviel aus. Er fragte geschickt nach und hatte keinerlei Mühe, meine Vermutungen herauszufinden. Ein Cousin meines Vaters ist mit Julian Flints Witwe verheiratet, der in jungen Jahren bekanntlich einer der größten Gegenspieler von Lluïsa Cros' Vater war. Die Rivalität setzte sich offensichtlich unter den Erben mit erneuter Heftigkeit fort, ich hatte den Eindruck, Rafael sinne über die Möglichkeit nach, daß ich für den Mir-Clan eine Bedrohung darstellen könnte. Ich erschrak und sah mich schon, mit einem Betonblock an den Füßen, im Meer versinken oder, in Stücke zerteilt, in einer Müllverbrennungsanlage landen. Nachdem Suárez mir auf subtile Weise Angst eingeflößt hatte, liebkoste er mich und erhielt von mir einen ewigen Treueschwur. Ich war dumm genug, durch eine solche Sache meinen Mann als einen Halbgott zu betrachten, statt die Hände über dem Kopf zusammenzuschlagen und das Weite zu suchen. In jener Nacht schlief ich mit dem Gefühl ein, mehr denn je in Suárez verliebt zu sein, so sehr, daß ich beinahe bereit war, mein Leben für ihn zu geben. Um bei der Wahrheit zu bleiben, muß erwähnt werden, daß Suárez der Traum nicht nur aller jungen Mädchen war (und noch immer ist), sondern der begehrtesten aller Frauen: reich, mächtig, von brillanter Intelligenz und fürstlicher Erscheinung, außerdem von gewaltigem Temperament, das seiner Gesellschaft den unvergleichlichen Reiz echter Gefühle verlieh.

Als Lluïsa ihr erstes Kind erwartete, beschloß Lamb wegzugehen. Ich kann mich noch genau an ein Gespräch zwischen Rafael und ihm erinnern, über dem eine seltsame Spannung lag. Rafael schien, anders als sonst, von der feurigen Argumentation des anderen ziemlich bedrückt.

»Du hast natürlich keine Probleme; du kannst von Zweckmäßigkeit und Gleichgewicht sprechen, aber nicht dir kommt es zu, einen Weg zu bahnen.«

»Keiner weiß, was das Schicksal für ihn bereithält«, wich Suárez aus.

Ich kam ins Zimmer, Lamb stand auf und begrüßte mich mit zurückhaltender Höflichkeit.

»Ich habe gehört, du willst uns verlassen?«

»So ist es«, sagte er. »Aber nicht für immer. Ich lasse viele Erinnerungen zurück und werde euch häufig besuchen.«

Rafael hatte das Gesicht eines Pokerspielers. Ich kam zu dem Schluß, daß Lamb der Vater von Lluïsas Sohn war, obwohl nirgendwo direkt oder versteckt darauf angespielt wurde. Entweder gab es einen perfekten Schweigepakt, oder sie hatten es so gut organisiert, daß niemand etwas gemerkt hatte. Lamb ging nach London, Suárez und ich verbrachten die ganze Zeit zwischen Paris, Barcelona und New York. In London waren wir zwei- oder dreimal, aber wir trafen ihn nie. Ein Jahr später begegneten wir im Hafen von Barcelona, anläßlich der Eröffnung der neuen Aussichtsplattform, sämtlichen Kardinälen des Mir-Clans. Ich habe nur zu wenigen von ihnen Vertrauen gefaßt; die Frau von Mateu Valentí, Paulina, schien mir am zugänglichsten. An diesem Tag hatte sie zuviel getrunken und war bald vertraulich, bald geheimnisvoll, kurz, klatschsüchtig. Sie hängte sich bei mir ein und murmelte mit heiserer Stimme so leise, daß mir vom vielen Hinunterbeugen der Hals weh tat.

»Ach, du meine Güte, die Politik! Er kann einfach nicht in Ruhe schlafen, der arme Mateu, den ganzen Tag Arbeit, und soviel Kopfzerbrechen … Seit Jahren können wir zu Hause nicht richtig ausspannen und schon lange nicht mehr acht Stunden schlafen!«

»Man weiß ja«, antwortete ich, »wenn man ganz oben ist, muß man sich mit aller Kraft festhalten, oder man stürzt ab!« Ich versuchte zu entkommen, aber sie hielt mich gefangen.

»Ach, geh mir doch weg, jetzt bekomme ich noch obendrein Dinge zu hören, daß ich manchmal schon nicht mehr weiß, wo ich bin.« Sie sprach noch leiser, lehnte sich an mich und flüsterte mir ins Ohr: »Hast du jemals von einem Typ reden hören, den sie Ω nennen?«

»Nein, nie«, erwiderte ich. »Wer ist das?«

»Das wüßte ich selbst nur allzugern; er lebt versteckt und hat in Wirklichkeit die Bank Mir, die Börse, die Auslandsgeschäfte und die Politik des Landes in der Hand. Er zieht im Hintergrund die Fäden.«

»So was!« rief ich aus und überlegte, wie ich sie loswerden könnte. Es war kein Retter in Sicht.

»Mein Mann führt kein richtiges Leben, immer denkt er an diesen Ω«, fuhr sie erbarmungslos fort. »Manchmal habe ich schon geglaubt ... ich meine, daß Ihr Mann, Senyor Suárez ... also Ihr Mann, ich will sagen, Ihr ... Ihr ...«

»Was wollen Sie damit sagen?« Ich blieb stehen. Als mich die Sache zu interessieren begann, kam Valentí, um mich zu befreien.

»Wir müssen gehen, Liebling«, sagte er, sah mich mit den Augen eines abgestochenen Kalbes an und führte sie weg.

Nach dem, was im Zusammenhang mit Lluïsa und Valerian geschehen war, wagte ich nicht, Suárez auf diesen Ω anzusprechen. Wenn es ein Hirngespinst Paulinas war, würde er mich für verrückt halten, wenn nicht, wäre er ebenfalls böse. Ich beobachtete aufmerksamer denn je sein Kommen und Gehen. Nie hörte ich ihn Ω erwähnen, auch nicht, daß er je von irgend jemandem Befehle erhalten hätte.

Einige Zeit darauf trafen wir in Barcelona mit Valerian Lamb zusammen. Es herrschte große Aufregung, denn auf die Kinder von Lluïsa Cros waren zwei Attentate verübt worden. Rafael wollte nicht darüber sprechen, doch dieses Thema war augenfällig seine Hauptsorge und sogar der Grund für unser Hiersein.

Wir sahen Lamb zwei- oder dreimal. Er war völlig durchdrungen von der Wut und dem Zauber der Unbestechlichen, die die eigene Persönlichkeit erschaffen und diese schließlich in eine hoffnungslose Welt verbannen. Rafael versicherte ihm, daß nichts geschehen würde und alles unter Kontrolle wäre. Sie sprachen in Andeutungen. Aus dem Tonfall von Suárez, der so wenig zur Rücksicht neigte, schloß ich, daß Lamb wirklich wichtig sein mußte.

»Das war nicht vorherzusehen«, sagte er zu ihm. »Hier bist du nicht sicher; du mußt weg, und zwar sofort. Um diese anderen Dinge mach dir keine Sorgen, ich gebe dir mein Wort, daß wir uns um alles kümmern.«

Lamb blieb eisern und schien die Absicht zu haben, dem geheimnisvollen Gegner zuvorzukommen.

»Die Welt ist sehr klein, ich esse sie mit einem Biß«, habe ich ihn einmal in einem Ton sagen hören, der nicht dazu geeignet war, das als Scherz aufzufassen.

»Wir wissen nicht, woher die Gefahr kommt, wir wissen nicht, wo Flint ist; ich kann es nicht verantworten, daß dir etwas zustößt.«

Ich war fasziniert. Mir war der Wirrwarr nicht bekannt, doch ich fand es wunderbar, daß es noch jemanden gab, der für die Liebe sein Leben aufs Spiel setzte! Lamb war erschrocken, doch sein Leben kümmerte ihn nicht. Rafael erzählte mir, daß es nötig sein würde, ihn wegzubringen und seine Identität zu ändern. Er erklärte mir genug Dinge, so daß ich zu einer Frage ermutigt wurde.

»Wer ist Ω?« sagte ich.

Er wollte wissen, woher ich den Namen (wenn man so sagen kann) wüßte, und ich erzählte ihm, was mir Valentís Frau gesagt hatte. Schließlich lachten wir beide.

»Er ist der große Meister des Institutes. Er hat keine nominelle Macht, doch ist sein tatsächlicher Einfluß unermeßlich.«

Die darauffolgenden Tage waren sehr bewegt. Wir fuhren nach Paris, dann nach New York und wieder nach Paris. Suárez erzählte mir nichts von seinen Schritten, ich mußte selber entdecken, daß sie Lamb unter falschem Namen nach Paris gebracht hatten.

Wir lebten ein paar Wochen in einer unbeschreiblichen, aufregenden Rastlosigkeit, zwischen Rafael und mir tauchten erste Spannungen auf. All das gipfelte in der Entführung von Lluïsas Kindern, von denen man nie mehr etwas gehört hat. Mir kam es verdächtig vor, daß im Kreis um Suárez keine Mutmaßungen über diesen Vorfall geäußert wurden. Es wäre normal gewesen, daß er zum täglichen Gesprächsthema würde oder daß man sogar Schmerz vorgab, wo üblicherweise, wenn einem das Opfer nicht nahestand, nur Neugierde und Schadenfreude herrschten. Aber nichts. Nicht ein Wort.

Valerian Lamb hieß in Paris Francis Henry und war technischer Berater in der italienischen Botschaft. Suárez setzte mich ein wenig über die Situation ins Bild, damit mir kein Fehler unterlief; Henry (den Namen Lamb mußte man vergessen) befand sich vorübergehend dort und wartete, daß die Dinge in Ordnung kämen. Der Botschafter hieß Albert Goldoni und war ein guter Freund von Suárez (dem Anschein nach auch ein mächtiges Mitglied des Institutes). Als ich sie zusammen sah, dachte ich, daß jeder von ihnen jener Ω sein könnte, der Paulina soviel Angst machte, vorausgesetzt, es handelte sich bei diesem Rätsel nicht um ein Ablenkungsmanöver.

Henry verhielt sich so, als wäre ihm alles egal. Er tat seine Arbeit und schien kein Interesse am Leben zu haben. Es gab keinen Mißklang in seinen Bewegungen, doch er zog durch seine Apathie und Zurückhaltung alle Blicke auf sich. Er besaß nicht genug Fehler, um aufzufallen, noch herausragende Fähigkeiten, die ihn hassenswert gemacht hätten, und da er ungewöhnlich attraktiv war, machte ihn seine Gleichgültigkeit den irdischen Genüssen gegenüber zum Ziel der Französinnen.

Ein oder zwei Jahre später verschwand er spurlos. Damit tauchte Lamb zum zweitenmal und – soviel ich weiß – endgültig unter. Die Dinge zwischen Rafael und mir begannen schlechter zu laufen, und ich nahm eine Zeitlang in Goldonis Haus Zuflucht, der eine romantische Seele hatte und die verlassene Geliebte unter ihren Schutz nahm. Da ich ihn schon ein bißchen kannte, machte ich mir gar nicht die Mühe, ihn über Lamb oder Ω auszufragen; das hinderte mich aber nicht, durchblicken zu lassen, daß ich von Ωs Existenz wußte und auch davon, daß Henry Lamb war. Zudem fand ich es völlig legitim, ohne irgendwelche Rücksichtnahme das Gespräch auf Suárez zu lenken. Ich war über den Ausgang der Geschichte erbittert und brachte mehr oder weniger deutlich den Wunsch zum Audruck, mich rächen zu wollen.

»Das rate ich dir nicht«, sagte er. »Der Arm von Suárez und seinen Freunden ist sehr lang, und wenn du ihn reizt und er den Verdacht hegt, daß du ihm eins auswischen willst, kann er dir das Leben sauer machen. Ich habe ihn bei Winzigkeiten sehr entschieden handeln sehen.«

Ich dachte, daß Goldoni mich nicht hatte verstehen wollen (oder vielleicht verstand ich ihn nicht), doch da die Neugierde eine meiner Stärken ist, bat ich ihn, mir von einer dieser entschiedenen Aktionen zu erzählen; er ließ sich nicht lange bitten.

4/5

Geschichte vom verschwundenen Brief

Vor ein paar Jahren, wie viele, wüßte ich nicht zu sagen, fuhr ich in dein Land zur Hochzeit eines Freundes, den du kennen müßtest: Zacaries Uriach.

5/4

»Natürlich kenne ich ihn«, sagte ich und phantasierte dann: »Wir sind eng befreundet.«
Er nickte und fuhr fort.

4/5

Ein sehr sympathischer Kerl, dieser Uriach. Unsere Eltern lernten sich in jungen Jahren kennen; wir unterhielten (und unterhalten) ein kleines gemeinsames Geschäft. Durch ihn erweiterte sich allmählich der Horizont des Unternehmens, zum damaligen Zeitpunkt waren schon Fühler ausgestreckt worden.

Auf seiner Hochzeit lernte ich ein paar Gesellschafter kennen, mit denen ich persönlich noch nicht verhandelt hatte. Ich sah auch zum erstenmal Lluïsa Cros. Suárez hingegen war nicht dort. Manch einer fragte mich nach ihm, wenn er meinen Namen hörte. Die Hochzeit war in Wahrheit ein Vorwand, um die Woche davor mit Uriach zu verbringen. Er erzählte mir ein wenig von den augenblicklichen Problemen: Übersättigung des Marktes, Preiskampf, Inflation; das Übliche, die Differenz zwischen dem völligen Sieg und der Ausrede, um der Regierung die Schuld zu geben, obwohl eingestanden werden muß, daß ihnen das Schicksal eine Perle von Regierung beschert hatte.

Ich kehrte nach Italien zurück, und bald darauf verbrachte Suárez ein paar Tage in meinem Haus. Er sprach übrigens von dir; ihr hattet euch soeben kennengelernt, und er machte diese Phase durch, in der man sogar laut denkt, weil alles möglich scheint. Wir fuhren übers Wochenende in das Haus meiner Familie am Gardasee. Am ersten Tag begann unser Gespräch über Politik und Geschäfte mit einer Übersicht, danach ging es um einzelne Fragen. Er erklärte mir die Absicht des Institutes, die Zinssätze zu senken, und am Ende lachten wir über die Perspektiven und kleinen Hindernisse der Bank Mir. Seine Gewandtheit in der Bewältigung schwieriger Situationen mit nicht unbedingt professionellen Mitteln und seine gute Stimmung ermutigten mich, ihn in einer für uns sehr lästigen Angelegenheit um Hilfe zu bitten.

»Wir sind mit der Zulieferfirma von Drogo und Rinaldi zusammengestoßen. Sie haben exklusiv ein paar Patente erworben, namentlich für Drogo; das ist gegen das Monopolisierungsgesetz. Wir haben einen Prozeß angestrengt, den wir ziemlich sicher gewinnen werden, doch werden die Verluste in der Zwischenzeit, sowohl was die Einkünfte als auch was die Markterschließung betrifft, wesentlich höher sein als die mögliche Entschädigung, die uns ein Richter je zusprechen kann.«

»Beliefern Drogo und Rinaldi nicht Colom?« fragte er.

»Es wäre leicht möglich, daß da eine Beziehung besteht. Wir haben schon daran gedacht.«

Er versprach mir eine Lösung und rief mich zwei Wochen später an, um mir mitzuteilen, daß ein Freund von ihm, ein gewisser August Piggot, sich der Sache annehmen würde. Drei Tage darauf setzte sich Piggot mit mir in Verbindung.

»Schon morgen wird das Problem bereinigt sein«, versicherte er mir und gab mir eine Nummer, unter der ich ihn notfalls erreichen konnte.

Am nächsten Tag erfuhr ich aus Fernsehen und Zeitungen, daß der Unternehmer Drogo ermordet worden sei. Das mißfiel mir sehr, denn ich war immer davon überzeugt, daß keine blutigen Methoden angewendet werden sollten, wenn es andere Möglichkeiten gab. Sie hatten einen Verdächtigen festgenommen, einen gewissen Mario Scampa, der mit der Mafia in Verbindung stand, ließen ihn aber kurz darauf aus Mangel an Beweisen wieder frei. Da das Patent auf den Namen Drogo lief, hatten sich unsere Probleme tatsächlich gelöst, und das geschäftliche Räderwerk kam wieder in Schwung.

Ich verbrachte fünf Tage auswärts, um eine Lizenzgeschichte zu klären, und fand bei meiner Rückkehr einen Brief von Scampa vor. Er teilte mir mit, Drogo meinen Anweisungen gemäß umgebracht und Rinaldi einen Brief geschrieben zu haben, in dem er ihn über meine Beteiligung an der Sache informierte. Er forderte eine hohe Geldsumme, ich sollte ihm außerdem einen Anwalt, einen gewissen Mignoli, vom Hals schaffen, der Verdacht geschöpft hätte und dabei wäre, ihn durch Indiskretionen zu kompromittieren. Weiter unten stand, daß er, wenn er nicht binnen drei Tagen eine zustimmende Antwort erhalten sollte (die – um Verzögerungen zu vermeiden – persönlich zum Postfach von Dr. Ramsey gebracht werden müßte), den Brief an Rinaldo abschicken würde. Am Schluß sagte er zynisch, er vertraue darauf, daß ich mehr Interesse haben dürfte als er, das Schreiben geheimzuhalten, womit sich jede weitere Empfehlung erübrigte.

Ich sah auf das Datum des Poststempels: Es lag sieben Tage zurück, demnach war die Frist abgelaufen und der Brief an Rinaldi abgeschickt! Die Aussicht, über alle verborgenen Absichten nachzudenken, bereitete mir überhaupt keinen Spaß, ich rief August Piggot an. Nachdem ich ihm den Brief vorgelesen hatte, blieb Piggot enttäuschend gelassen.

»Vielleicht hat er nicht gewagt, Rinaldi zu schreiben«, mutmaßte ich.

»Er hat es mit Sicherheit getan«, belehrte er mich. »Das Prestige der Erpressung fußt auf der Erfüllung der Drohungen. Er hat gewiß ein As im Ärmel, mit dem er Sie bloßstellt und selber frei ausgeht; oder vielleicht pokert er und hat für nichts Beweise, muß aber versuchen, soviel Ertrag wie möglich herauszuziehen. Wie dem auch sei, wir dürfen nichts riskieren.«

»Welcher Ausweg bleibt uns?« fragte ich mit zunehmender Beklemmung; vielleicht war es besser, den Markt zu verlieren und ruhig zu schlafen.

»Machen Sie sich keine Sorgen, diesmal regeln wir die Sache persönlich. Es war unsere Schuld, uns auf Kontakte zu verlassen. Ich versichere Ihnen, das wird nicht mehr vorkommen.«

In jener Nacht schlief ich kaum; der verdammte Brief wäre in Händen Rinaldis eine echte Bombe. Wie gedachten sie, den Skandal zu verhindern?

Zwei Tage danach wurde der Mafioso Mario Scampa aus dem Arno gezogen, seine Leiche wies keine Spuren von Gewaltanwendung auf, nur zweieinhalb Stunden später verunglückte der Anwalt Aldo Mignoli auf der Autobahn und starb noch an der Unfallstelle. Ich erstarrte und war beunruhigter als vorher. Und Rinaldi? Und der Brief? Was würde geschehen, wenn er ihn erhielte?

Ich wählte wieder Piggots Nummer. Eine Frauenstimme meldete sich und meinte, ich hätte mich geirrt. Ich konzentrierte mich auf die Nummer in meinem Terminkalender und wählte sie noch einmal, doch es hob wieder dieselbe Person ab.

»Tut mir leid, Senyor, hier gibt es keinen August Piggot. Welche Nummer haben Sie gewählt?« Ich sagte sie ihr, sie verkündete mir ungerührt, daß ich sie falsch notiert haben müßte, da das schon seit Jahren die ihre wäre und sie den von mir erwähnten Namen noch nie gehört hätte.

Ich legte verzweifelt auf, mir kam die Idee, Suárez anzurufen. Ich erzählte ihm alles von vorn bis hinten, und am Ende fing er zu lachen an.

»Mach dir keine Gedanken wegen der Geschichte mit dem Telefon. Das ist eine routinemäßige Sicherheitsvorkehrung. Das bedeutet, daß für Piggot die Sache erledigt ist.«

»Erledigt?« rief ich aus. »Aber ein Erpresser hat doch Rinaldi einen Brief geschickt, in dem er mich des Mordes an Drogo beschuldigt! Ich werde demnächst die ganze Polizei der Stadt auf dem Hals haben!«

»Ich habe vor ein paar Stunden mit Piggot gesprochen, er

hat mir gesagt, daß alles gelöst ist. Denk nicht weiter darüber nach, kümmere dich um deine Patente, und – gutes Geschäft!«

Ich erspare dir die Beschreibung der Ängste, die ich in den darauffolgenden Tagen ausgestanden habe, während ich mir sämtliches Unglück ausmalte und überall meinen Ruin lauern sah. Soviel Verwicklung und so viele Schwierigkeiten hatten mich mißtrauisch gemacht. Vielleicht wollte jemand sich einen Verdienst zuschanzen oder, schlimmer noch, eine günstige Schuldenbilanz. Schon Jahwe sagte zu Gideon: Zieh mit wenigen Männern in die Schlacht, denn wenn du alle mitnimmst, die dir zur Verfügung stehen, wer wird dann anerkennen, daß ihr durch mich gesiegt habt? Jedenfalls vergingen die Tage, niemand kam, um mich für irgend etwas anzuklagen. Einige Zeit später traf ich Rinaldi bei einer Sitzung mit den Banken. Ich wurde bleich, dann rot, schließlich glaubte ich, in Ohnmacht zu fallen, aber sein Benehmen mir gegenüber war wie immer, frei von jeder Spannung, die über die unter rivalisierenden Geschäftsleuten übliche hinausging.

Die Zeit verging, allmählich gewann ich Vertrauen und Ruhe zurück. Ich gewöhnte mich an den Gedanken, daß ich, wenn ich in dieser Welt überleben wollte, viele Richtlinien meines Verhaltens ändern und sogar auf die Bekundung einiger Prinzipien verzichten müßte. Ich mußte das sehr schnell lernen, denn ich hatte auch den Nachteil, nicht bereits in jungen Jahren zu den ergiebigsten Schlüssen gekommen zu sein; die seit damals erzielten Ergebnisse ließen mich die Opfer und Widersprüche vergessen, mit denen ich ohne annehmbare Alternative konfrontiert gewesen war.

5/1

Goldonis Geschichte schien zu Ende zu sein, Dullea, der schon seit einer Weile den Eindruck machte, als wollte er sich einschalten, entschloß sich nun dazu.

»Das ist der Brief, den Tamino zerrissen hat, oder nicht?« Grotowicz und Kane nickten gleichzeitig. »Und wie ist er in seinen Briefkasten gekommen, und wie brachte man Tamino dazu, ihn zu vernichten?«

»Ich glaube nicht«, sagte Kane, »daß Goldonis Geschichte (und die von Tamino) eine Metapher ist. Für mich stehen die heutige Geschichte und die andere einander gegenüber und bilden ein unlösbares Rätsel.«

»Es ist eine Tatsache, daß Tamino für das Institut arbeitet«, meinte Grotowicz. »Drei der hier Anwesenden haben ihn handeln sehen und auf eine Weise reden hören, die – ob man nun damit einverstanden ist oder nicht – ich keinesfalls als naiv oder verantwortungslos bezeichnen würde.«

»Vielleicht war er nicht der unbedachte, gefügige und ge-fühlsbetonte Junge, als der er sich selber in der Geschichte dargestellt hat«, bemerkte ich.

»Schade«, sagte Kane, »daß wir nicht in Goldonis Ge-schichte gehen und Piggot fragen können, wie er es angestellt hat, den an Rinaldi gerichteten Brief in Taminos Briefkasten zu befördern und Tamino zu veranlassen, ihn zu zerreißen.«

1/0

»Wir hingegen«, unterbrach Gertrudis, »können schon mit Senyor Piggot sprechen und müssen nicht bis zu Goldonis Geschichte gehen.« Sie wandte sich an Ficinus: »Senyor Pig-got, wie haben Sie es geschafft, daß der Brief sein Ziel nicht erreichte?«

Bevor Ficinus irgend etwas erwidern konnte, brach eine Lawine ungestümer Wortmeldungen über ihn herein. Emília und Camila sagten, sie hätten es vermutet, die Erzählung aber aus Höflichkeit nicht unterbrochen. Artur beklagte sich, daß alle, nicht nur Kolinski, die Sachen nur halb und mit verheimlichten Namen erzählten. Ich erlaubte mir, ihn an die Theorien von Gimellion (und von Ficinus selber) über die Unvollkommenheit des Gedächtnisses zu erinnern und an die daraus folgende Unmöglichkeit einer objektiven Ge-schichte, die frei ist von jeglicher Abstraktion, welche nicht irgend jemand als grundlegend betrachten würde (eine Theorie, die mich am allerwenigsten überzeugte). Schließlich kam Ficinus zu Wort.

»Zunächst einmal muß ich sagen, daß ich in dieser Angelegenheit eine Vermittlerrolle gespielt habe, wie sie genausogut Suárez oder Goldoni selber hätten übernehmen können. August Piggot war nicht ich, sondern der Breitbeinige. Ich beschaffte ihm die Arbeit, und als die Sache mit dem Brief auftauchte, teilte er es mir sofort mit. Seine Idee war, alle zu beseitigen: Scampa, Mignoli, Rinaldi und selbst Goldoni, wenn dieser zu nervös werden sollte. Ich hielt ihn zurück. Es durfte kein unnötiger Schritt getan werden, und schon gar nicht auf fremdem Territorium. Ich sprach mit Ω. Er stellte klar, daß die Kosten des Unternehmens an der Gefahr gemessen werden müßten, die unsere Interessen liefen. Des Briefes, meinte er, würde er sich persönlich annehmen, weshalb wir nicht weiter darüber nachzudenken brauchten. Scampa war seiner Meinung nach der einzige, den wir unbedingt aus dem Weg räumen müßten; sollte Mignoli Schwierigkeiten machen, wäre es am sichersten, wenn Quico Xungo alle beide erledigte.«

»Warum war Florida so erpicht, etwas über Lamb zu erfahren?« fragte Simon.

»Nur Suárez ist in der Lage, euch das zu erklären«, sagte Kolinski. »Es gäbe noch einen anderen, der darüber sprechen könnte: Ω. Doch diese Möglichkeit gehört einer anderen Kategorie an.«

»Und was ist schließlich zwischen Henry und Monardi passiert?« fragte Emília.

»Alles war bis in alle Einzelheiten berechnet«, antwortete Kolinski. »Als der Verrat innerhalb des Mir-Clans offenkundig wurde, war Lamb entsetzt und wollte eingreifen; das lenkte die Aufmerksamkeit auf seine Person. Flint hatte ihn aufgespürt, die Konfrontation zwischen den beiden war unvermeidlich. Er mußte ins Ausland gebracht werden. Durch das Institut und durch Vermittlung von Ω fand er – wie Raquel Burch erzählte – in Paris mit einer neuen Identität bei Goldoni Schutz. Doch bald fiel erneut Verdacht auf ihn, Flint kam ihm wieder auf die Spur. Solange Lamb an der Botschaft arbeitete, konnte er ihn nicht antasten, überwachte ihn aber. Wir wußten, daß er sich bei Lambs erster falscher Bewegung auf ihn stürzen würde.«

»Wäre es nicht einfacher für euch gewesen, Flint zu erledigen?« merkte Camila an. »Bei der Personalakte, die ihr uns beschrieben habt, glaube ich nicht, daß euch Skrupel zurückgehalten haben.«

»Nein, natürlich nicht«, sagte Kolinski. »Das Problem waren ein paar Daten, die Flint über das Juwel besaß, und um diese unter Kontrolle zu haben, mußte er am Leben bleiben. Abgesehen davon, versteht Benedicte Flint es bestens, auf sich aufzupassen.«

»Und was geschah dann mit Lamb in Paris?« beharrte Emília.

»Alles, was Carter von Goldoni, Henry und Monardi erzählt hat, stimmt. Das heißt, es ist nicht falsch, gibt aber eine Sicht auf die Dinge von einem starren Blickwinkel aus und geht den Tatsachen nicht auf den Grund. Goldoni bemerkte, daß Lamb, auch wenn er nun Henry hieß, nach wie vor Lamb war; und um wirklich sicher zu sein, mußte er auf eine für alle überzeugende Weise verschwinden. So hatte er die außerordentliche Idee (und die ebenso außergewöhnliche Fähigkeit, diese umzusetzen), ihn in eine Intrige aus realen Interessen und Spannungen zu verwickeln, innerhalb derer seine physische Beseitigung ein logischer Schritt gewesen wäre. Er ging ein kalkuliertes Risiko ein, denn Monardi oder die Araber hätten ihm zuvorkommen können, doch es gelang ihm alles perfekt.«

»Als Goldoni sagte, daß er sich nach der Sache mit Drogo und Scampa gemausert habe, machte er sich demnach nicht selber ein Kompliment«, bemerkte Simon.

»Goldoni«, fuhr Ficinus fort, »verband die ihm nützlichen Ereignisse miteinander, so daß er mit einem Steinwurf alle Vögel töten könnte oder, besser noch, daß die Vögel sich unter seiner unmerklichen Leitung gegenseitig umbringen könnten. Der Mord an Henry wurde so gut organisiert, daß er alle überzeugte, angefangen bei Carter, der die Wahrheit erst Jahre später erfuhr. Selbst Monardi verbrachte den Rest seines Lebens in dem festen Glauben, seinen Freund getötet zu haben.

»Eine Zwischenfrage«, unterbrach Simon. »Was wurde nach dem Tod von Henry und Monardi aus Goldoni?«

»Er blieb Botschafter in Paris, bis er krank wurde und nach Italien zurückkehrte. Er starb vor fünf Jahren.«

»Und wie ging es mit Lamb weiter?« fragte Emília.

»In der Botschaft tauchte eine Leiche auf, die von den Gerichtsmedizinern als Francis Henry identifiziert wurde. Zwei Tage zuvor hatte sich Lamb ans andere Ende der Welt begeben, um wieder einmal unter Ωs Schutz einer neuen Bestimmung ins Auge zu sehen. Wenig später ging er an Bord der Googol, wo er – wie ich gestern erzählte – einen seiner besten Freunde, Philip Nachel, sterben sah. Auf der Googol hörte ich auch die neuesten Nachrichten über ihn, sie beziehen sich auf sein Eingreifen im Fall Sweinstein; danach verschwand er wieder.«

»Sicherlich gab ihm Ω eine andere Arbeit«, sagte Camila sarkastisch.

»Existiert irgendein Foto von Lamb?« fragte Simon.

»Nein, von Lamb gibt es keine Fotos«, erwiderte Gertrudis, » er soll sich immer rundweg geweigert haben, wenn man eines von ihm machen wollte. Er sagte, er hätte Angst, daß auf dem Foto das Ebenbild Robert Coloms herauskäme.«

Das sorgte für allgemeines Gelächter. Es war vor kurzem dunkel geworden, Kuchen und Getränke wurden gebracht. Mir lag noch das Mittagessen im Magen, und ich war dankbar für ein erfrischendes Getränk. Mauret nutzte die Unterbrechung der Geschichte, entschuldigte sich und ging hinaus.

»Kanntest du Florida persönlich?« fragte Emília Kolinski. Ich betrachtete sie in Gedanken an die Szene im Garten der Dämmerung, und mich durchfuhr ein Lustgefühl.

»Nein. Als er als Alines Freund auftauchte, hatte ich Barcelona schon verlassen, und die paarmal, die ich zurückkehrte, trafen wir nie zusammen.«

Artur und Camila gingen hinaus; Emília gab ihre Frage an Ficinus weiter, der sah sie freundlich an.

618

»Ich schon, und seine Gegenwart war eine der härtesten Proben, die ich in diesem Leben bestehen mußte.«

»Warum?« fragte Emília höchst erstaunt.

Mir schien, daß Kolinski sich abwandte, so als wollte er die Erklärung, die Ficinus im Begriff war zu geben, nicht aus der ersten Reihe hören.

»Ich erfuhr durch eine Indiskretion von Ester, daß Florida der einzige Überlebende aus der Bande der Vergifter war. Ich suchte ihn in der Absicht, ihn zu töten.«

»Warum?« wiederholte Emília.

Ich fühlte mich immer unbehaglicher; Ficinus' Gelassenheit kam mir vor wie die Leinwand, die einen Vulkan verhüllt.

»Weil mein Vater, Patrici Ficinus, unschuldiges Opfer einer von der Bande herbeigeführten kollektiven Vergiftung geworden war.«

»Wußtest du das?« fragte Simon Kolinski. Der nickte. Ficinus begann zu lachen, als er die aufkeimende Spannung spürte.

»Er wußte es, und er weiß auch, daß ich es mittlerweile ertrage, darüber sprechen zu hören oder sogar selber darüber zu sprechen.« Wir entspannten uns, er erzählte uns, um die Richtigkeit seiner Worte zu bekräftigen, seine Version: »Als ich Florida fand, erfuhr ich, daß er sich im Institut eingeführt hatte und einer seiner führenden Mitarbeiter war. Bei zwei Gelegenheiten hatte ich ihn in Schußweite, doch ich konnte meinen Vater nicht rächen, weil ich damit Aktionen gefährdet hätte, an denen ich selber beteiligt war. Deshalb dämpfte ich meinen Zorn, so gut ich konnte, und schwor mir, daß der Tag kommen würde, wo wir uns – frei von jeglicher Rücksichtnahme – gegenüberstehen würden, und dann, Rogelio Florida, würde dich nicht einmal die Sechste Flotte der Vereinigten Staaten retten! Doch nun kann ich ihm entgegentreten, wann immer ich will, nun könnte ich ihn ohne Probleme umbringen; doch die Beherrschung, zu der ich als vorübergehendes Gegenmittel gegriffen hatte, ist endgültig geworden; ich empfinde keinen Groll und auch keine Notwendigkeit mehr, irgend jemanden zu töten. Ich will aber nicht, daß ihr denkt, mich hätte der Hochmut des Verzeihens erfaßt oder ich käme mir, dank einem rühmlichen Verhalten, großmütig vor. Ich bin frei von diesem Gefühl, es ist ganz einfach aus mir gewichen.«

Wir schwiegen einen Augenblick. Ich dachte an die Wechselfälle der Zeit, die uns eines Tages ein Bündnis schließen lassen, das in einem anderen Moment unmöglich gewesen wäre. Dieser ethisch nicht präsentierbare Fatalismus, den niemand zugeben würde, der in der Praxis aber nicht in Frage gestellt wird, treibt dich im Lebenskampf dazu, dich mit jenem, der von dir weiter entfernt ist, zusammenzutun, um gegen den vorzugehen, der zwischen euch, also dem einen und dem anderen näher, doch eben durch die Nähe störender und verhaßter ist. Das Schlimmste daran ist, daß dir die schließliche Kohärenz erlaubt, die Wahl zu rechtfertigen. In der Politik und im Geschäft verhält es sich mit den Irrtümern wie mit den Druckfehlern in einem Buch: Die auffälligen, die jeder sieht und übergeht, sind doch viel harmloser als die, bei denen das Ergebnis tadellos zu sein scheint, die aber als ein schändlicher Mangel fortdauern!

Artur und Camila kamen zurück.

»Mir scheint, es ist ein weiterer Flüchtling eingetroffen«, verkündete Artur.

»Suárez?« fragte Simon.

»Nein, der ist es nicht. Besagter Gast ist gerade dabei, sich in seinem Zimmer einzurichten. Man hat ihn mir nicht vorgestellt. Gleich jedoch werden wir es erfahren, denn sie sind auf dem Weg hierher.«

Tatsächlich betraten den Avalon eine Minute später Casanova, Teresa Mauret, Gimellion und ein Neuankömmling, der uns als Raimon Jubert de Vilanova vorgestellt wurde. Er war ein Mann von knapp vierzig Jahren, von mittelgroßer, kräftiger Statur, mit leicht rötlichem Haar, er wirkte müde und wenig umgänglich. Gertrudis, Ficinus und Kolinski kannten ihn bereits, doch er war zu ihnen nicht herzlicher als zu den anderen.

Alle stellten ihm Fragen über die Welt draußen und den Kriegsverlauf.

»Die Lage ist im Augenblick unverändert. Es hängt von

Verhandlungen ab, das wißt ihr so gut wie ich«, sagte er. Er hielt sie, schloß ich, für informiert wegen der Kontakte per Telefon und Computer, die Gimellion, Kolinski und Ficinus täglich lange Zeit beschäftigten. »Das Problem ist das absolute Chaos unter der Zivilbevölkerung, vor allem in Frankreich und England; Produktionskraft und Infrastruktur sind lahmgelegt; es gibt keine Lebensmittel, kein Wasser, kein Licht mehr, es funktioniert keine Dienstleistung, und, was noch schlimmer ist, es mangelt an einer fähigen Führung, die alles in Gang bringen könnte.«

»Eines Tages mußte es ja soweit kommen«, sagte Kolinski und blickte zu Boden.

Niemand hatte die Situation vergessen, sie jedoch zusammen mit den nächtlichen Gespenstern in einen Winkel verbannt; es war nicht angenehm, an sie erinnert zu werden. Ich dachte an die Nacht meiner Ankunft, an die Empörung über das, was ich bei einigen der Versammelten als verantwortungslose Frivolität empfunden hatte. Wenn ich Jubert zuhörte, verstand ich sie.

Der Augenblick besaß etwas außergewöhnlich Lebendiges und Aufregendes, eine bittersüße, von Absolutheit geprägte Stimmung, die den zügellos neugierigen Wunsch entfachte, es möge schon morgen sein, und übermorgen.

Jubert nahm ein paar Häppchen vom Tablett, man servierte ihm Getränke. Gimellion übernahm es, ihm zu erklären, was für ein Leben wir hier führten.

»Nachmittags«, sagte er abschließend, »erzählen wir uns in diesem Saal Geschichten.«

»Dann habe ich euch wohl unterbrochen«, meinte Jubert. »Fahrt bitte fort.«

Wir setzten uns erneut im Kreis, Kolinski nahm Raquels Erzählung wieder auf.

Fortsetzung der Geschichte des doppelten Untertauchens

Mit dieser Geschichte gab mir Goldoni klar zu verstehen, daß der Arm der Organisation hinter Suárez (und hinter ihm selber) lang genug war, um sich einer lästigen Fliege mit einer einfachen Handbewegung zu entledigen. Ich dankte ihm für den darin enthaltenen Rat, und wenn das Gespräch wieder einmal auf Suárez kam, hütete ich mich, Rachegelüste zu äußern.

Ich blieb eine angemessene Zeit in seinem Haus. Die Taue der Höflichkeit haben ihre eigene Spannung, und um zu segeln, muß man stets gut darauf achten. Eine überstürzte Flucht wäre augenscheinlich lächerlich gewesen, ein zu ausgedehnter Aufenthalt würde Suárez die Erinnerung an mich mit Überdruß verbinden lassen. Ich konnte mir weder das eine noch das andere erlauben, nicht einmal bei einem Saurier wie Goldoni.

Letzten Winter kehrte ich nach Hause zurück, und bedauerlicherweise (denn es war sehr unterhaltsam) haben sich die Fluten des Mir-Clans völlig aus meinem Leben zurückgezogen.

»Ganz und gar?« fragte ich, als mir schien, daß sie fertig war.

»Völlig«, bestätigte sie und sah mich herausfordernd an.

»Also machst du mir keine Hoffnungen, Valerian Lamb wiederzusehen?« drängte ich.

»Nun«, antwortete sie mit einem kapitulierenden Lächeln, »nachdem ich Goldonis Haus verlassen hatte, haben sich die Dinge zwischen Suárez und mir zum Teil eingerenkt.«

In das einsetzende Gemurmel mischte sich auch Gelächter.

»Es hätte mich gewundert, so wie du von ihm sprichst!« sagte Aline, doch Raquel bedeutete uns, zu schweigen.

»Kein Zwang, keine Verpflichtung.« Sie änderte den Tonfall. »Wenn er nach Barcelona kommt, schläft er bei mir. Wenn du sehr daran interessiert bist, kann ich ein Treffen organisieren.«

Beim Verlassen jenes Hauses schien mein Leben in die richtigen Bahnen gelenkt. Die Organisation war die Macht, und nachdem ich so viele Jahre hinter ihr hergewesen war, hatten wir uns endlich getroffen. Ester und Raquel waren ausreichend feste Stützen, auf die man vertrauen könnte, mein Freund Joan Quevedo würde mir den Zutritt erleichtern. Wenn er nicht einer der ersten gewesen wäre, die – vor vielen Jahren – schlappmachten, hätte er zu einem führenden Mitglied der Befreiungssekte werden können. Wer weiß, vielleicht wäre ich gestorben! Ein Grund mehr, dem Schicksal zu danken, das uns im geeigneten Moment an den richtigen Ort bringt. Die Aussicht auf unsere künftige Zusammenarbeit gefiel (und nutzte) mir mehr als Quevedo, aber da kann man nichts machen! Ich war in großzügiger Laune und bereit, diesen Unterschied als postume Hommage den Freunden zuteil werden zu lassen, die uns während der Jahre unserer Trennung verlassen hatten.

3/2

Florida sah die Geschichte als beendet an, er entschuldigte sich, ohne Stellungnahmen der Zuhörer abzuwarten, und zog sich in seine Kabine zurück. Lawrick, Harold, Delalande und ich schwiegen eine Minute. Dann lachte Gary Harold und sah uns nacheinander an.

»Wenn sich jemand eine Reise auf die dunkle Seite des Gestirns gewünscht hat, dürfte er nun zufrieden sein.«

»Dieser Kerl ist ein Clown«, sagte Lawrick verächtlich.

»Warum werfen wir nicht einen Blick in den Computer? Irgendeine Information über ihn muß es doch geben.«

»Nicht nötig«, sagte Harold. »Ich erinnere mich, vor sieben oder acht Jahren eine Akte gesehen zu haben (die übrigens mit den Daten der von ihm erzählten Geschichte übereinstimmt), wonach ein gewisser Florida im Zusammenhang mit dem Mord an mehreren Personen festgenommen worden war. Mir fiel auf, daß die Unterlagen an einer unüblichen Stelle archiviert waren und daß außerdem der Beschluß fehlte (oder, wenn es den nicht gab, der entsprechende Hinweis auf die Vertagung). Ich bemerkte dies dem Abteilungsleiter gegenüber, er sagte mir, das Verfahren wäre aufgrund höherer Interessen eingestellt worden.«

»Das heißt, er hatte es schon geschafft, ins Institut zu gelangen«, meinte Delalande.

»Offensichtlich, nicht wahr?« sagte Lawrick mit einer ausdrucksvollen Geste. »Hier haben wir ihn nun, er bringt unsere Pläne und die Route durcheinander und erzählt uns sein Leben; was wollt ihr mehr? Man muß sehr selbstsicher sein und wissen, daß man gute Rückendeckung hat, um seine Verbrechen mit solcher Unbefangenheit zu schildern.«

»Nicht, wenn man einen bestimmten Beruf hat«, bemerkte ich und dachte an die prahlerischen Legionäre und Elitesoldaten, die über die Leute, die sie getötet haben, so sprechen, als wären es Hühner.

»Wohl aber, wenn die Geschichten sich vor dem Ergreifen dieses Berufes ereignet haben«, präzisierte Lawrick.

Floridas Position innerhalb des Institutes dürfte jedenfalls – nach der Bedeutung und der Geheimhaltung der hypothetischen Entführung zu schließen – keine untergeordnete sein. Wir hörten auf, darüber zu mutmaßen und zu grübeln. Außerdem bekam Florida am nächsten Tag Darmprobleme (Folge einer schlecht ausgeheilten tropischen Viruserkrankung, wie er uns erklärte), die langwierig waren, so daß wir ihn kaum sahen.

»Florida«, sagte Harold eines Tages, »scheint Angst zu haben, auf dieser Reise zu sterben.«

Lawrick lachte.

»Ich erinnere mich, daß ich einmal, weit weg von zu Hause, panische Angst vor dem Sterben hatte. Es ist schon viele Jahre her, den Ort weiß ich nicht mehr genau; Schwarzes Meer, Kaukasus, Pamir, Samarkand … Wenn ich die Augen schließe, habe ich ihn immer noch vor mir.«

»Das würde ich gern hören«, sagte Harold.

Lawrick willigte ein.

Geschichte von der letzten Landstraße

Ich erinnere mich, daß ich in jenem Winkel der Welt über eine Landstraße fuhr, besorgt, weil es dunkel wurde und mir das Benzin ausging. Außerdem war ich sehr früh aufgestanden und hatte nun unweigerlich das Bedürfnis nach einem guten Abendessen und einem warmen Bett.

Ich bemerkte schon seit einiger Zeit auf der Fahrbahn sonderbare, längliche Flecken, gespenstisch und beunruhigend, die sich immer mehr häuften. Bald nahmen die Zeichen unmißverständlich Gestalt an: Es waren menschliche Umrisse. Die Karte zeigte mir an, daß ich mich nahe der Stadt *** befand, der wichtigsten in dieser Gegend. Ich beeilte mich.

Als das Licht der untergehenden Sonne auf die schimmernde Oberfläche des Asphalts fiel, zerstreuten Ekel und Entsetzen die letzten Zweifel, die ich hartnäckig aufrechterhalten wollte: Ich hatte das unverwechselbare Relief einer Leiche vor mir, ausgestreckt, die Arme an den Körper gelegt, mitten auf die Straße gequetscht; die Reste des Schädels, das Becken und die Beine waren deutlich zu erkennen. Ich bemühte mich, sie nicht zu überrollen, und gab Gas. Bei der bloßen Vorstellung, an diesem verdammten Ort ohne Benzin stehenzubleiben, wurde mir übel.

Von da an folgten die fürchterlichen menschlichen Überreste in immer kürzeren Abständen aufeinander. Von einem Schrecken in den nächsten fallend, fuhr ich an Leichen in verschiedenen Verwesungsstadien vorbei, alle in der gleichen Haltung ausgestreckt, wie in einem Sarg. Bei einigen waren sogar Haare und Zähne erhalten, Hände in bizarren Krümmungen, Füße wie die eines Gekreuzigten, obwohl selbst die frischer aussehenden die Spuren des Durchgangsverkehrs trugen. Sie bildeten einen Teil des Asphalts, so als würde sie eine gemeinsame Haut verbinden, so als hätte, ausgehend vom Nasenrücken, durch eine gleichermaßen harte wie weiche Membran eine Symbiose stattgefunden. Bald verzichtete ich darauf, ihnen auszuweichen, denn durch das Zickzackfahren hätte es am Ende einen Unfall geben können. Jedesmal, wenn die Räder eine kleine knöcherne Erhebung oder eine zweifelhafte Blase im Asphalt berührten, fügte die leichte Erschütterung des Wagens meiner fiebernden Unruhe, dort herauszukommen, noch ein wenig Panik hinzu.

Endlich erreichte ich die Stadt. Es war schon Nacht, und – gepriesen sei die Vorsehung! – die Straßen waren sauber. Ich suchte das beste Hotel, ich fand es überaus gemütlich, nahm ein heißes Bad, entschied mich für ein leichtes Abendessen und versuchte den letzten Teil des Weges in der Hoffnung zu vergessen, daß es nichts weiter als eine makabre Halluzination gewesen war.

Danach, schon wieder gestärkt, ging ich auf einen Drink in die Bar. Dort stieß ich unvermutet auf zwei Gäste, die sich miteinander unterhielten, der eine jung – meinem Eindruck nach wie ich Ausländer und auf der Durchreise –, der andere ein Einheimischer gesetzten Alters, grauhaarig und mit kurzem Bart. Auch der Kellner schien an ihrem Gespräch interessiert zu sein.

»Ihr müßt euch bewußt sein, daß dies ein Makel ist, der das Land schwer belasten wird«, sagte der junge Mann.

»Geschätzter Halil«, erwiderte der Alte, »die Traditionen müssen gewahrt bleiben.«

»Hör zu, Ruf«, unterbrach ihn der junge Halil, »du weißt besser als ich, daß jede Tradition einen Ursprung (oft ist sie importiert), eine Entwicklung und ein Ende hat. Ich glaube, für eure Art, die Toten der Ewigkeit zu übergeben, ist das letzte Stündchen gekommen.«

»So einfach ist das nicht«, schaltete sich der Kellner ein, »alles hat eine Erklärung.«

Ruf zündete sich eine Pfeife an.

»Verzeihung«, mischte ich mich ein, »ich nehme an, Sie sprechen von den Leichen auf der Landstraße. Aus dem soeben Gehörten schließe ich, daß es sich um Ihre Art, die Toten zu bestatten, handelt.«

»Genau, Senyor«, sagte Ruf; »wie Sie sehen können, stößt diese Sitte auf das Unverständnis der Welt.«

Wir verstrickten uns in ein polemisches Dickicht über die Rechtfertigung des Brauches. Ich erfuhr, daß es dabei eine Grundtechnik gab: War der Körper einmal hingelegt, überrollten die engsten Familienangehörigen ihn siebenmal mit einem speziellen Raupenfahrzeug, um zu vermeiden, daß wilde Tiere ihn fortschleppten oder ein kleineres Auto einen Unfall hätte. Dieses Manöver (für sie eine Zeremonie) hieß erste Anpassung. Sie achteten darauf, den Kopf nicht zu berühren, denn es herrschte der Glaube, daß das Niederwalzen des Kopfes durch einen späteren Zufall zu geschehen habe (natürlich wurde dieser Zufall nicht wie im Abendland erklärt; Augenblick und Ausführung des Zermalmens wurden vom Geist der Wiedereingliederung gelenkt); ein Zeichen am Straßenrand, bestehend aus einer Art Z, das vertikal von einer sinusförmigen Linie durchkreuzt ist, bedeutete »Frische Leichen, unebener Belag«; ein städtischer Dienst nahm es nach drei Tagen wieder weg.

Ich erfuhr, daß die wichtigen Persönlichkeiten an Straßenkreuzungen hingelegt wurden, Ausländer am Rand, und je älter die Familie des Toten, um so mehr rückte dieser in die Straßenmitte. Die Fürsten kamen ins Zentrum der Kreuzungen, und da der Platz nach ihnen benannt wurde, konnte es dort nicht mehr als einen geben, also mußten ab und zu neue Straßen, die nirgendwo hinführten, gebaut werden, nur zu dem Zweck, neue Kreuzungen zu bilden und nebenbei die zur Bestattung nutzbare Fläche zu vergrößern. Sie sagten mir auch, daß sie die, die ein bewegtes Leben hinter sich hatten, oder die, die eines gewaltsamen Todes gestorben waren, in die engen Kurven legten. Selbstmörder betrachtete man als in der Schuld des Schicksals Stehende und bestimmte ihren Platz durch das Los; die Hingerichteten legte man auf den Bauch und die Landesverräter mit den Füßen in Richtung Stadt, im Gegensatz zu allen anderen. Je länger sie gelebt hatten, desto weiter weg wurden sie gebracht, und sie sind in Zünfte aufgeteilt; es gab die Straße der Schneider, die der Ärzte, die der Anwälte, et cetera. Die einzige Autobahn war den Finanzleuten vorbehalten, und die Krieger hatten eine Avenue (nicht sehr lang, denn nur wenige kamen dazu, weiße

Haare zu haben); die Philosophen ruhten auf einer wenig befahrenen Bergstraße.

»Die Traditionen haben eine Erklärung«, sagte der Kellner leise zu mir. »Unsere ist jener der Tibeter ähnlich, die ihre Toten den Geiern darbringen. Es mangelt uns an Ackerboden, den können wir nicht auch noch mit Friedhöfen belegen, und das restliche Land ist felsig. Die Religion verbietet uns die Leichenverbrennung, was einen hygienischen Hintergrund hat; bedenken Sie, daß man nicht genau weiß, wie viele Millionen Menschen in der Stadt leben, und täglich gibt es mehr als zehntausend Todesfälle; wir wären in eine fortwährende Rauchwolke gehüllt. Andererseits wurde festgestellt, daß das Körperfett gut für die Haltbarkeit des Asphalts ist, es verhindert Risse und Erosionen, erhält seine Geschmeidigkeit und Griffigkeit; man hat die Existenz einer Bakterie, des *Sarcophagus asphaltophorus*, entdeckt, die die Absorption des organischen Gewebes begünstigt und katalysiert ...«

»Das alles ist nichts als prosaische Nüchternheit und unzulässige Verallgemeinerung, um die Materialisten zum Schweigen zu bringen«, unterbrach Ruf. »Schon lange bevor Asphalt und Autos existierten, sprach man, auf den Tod bezogen, davon, ›die letzte Reise anzutreten‹. Die Toten weder zu begraben noch zu verbrennen hat seinen Sinn darin, Erde und Feuer nicht zu verunreinigen, denn sie sind heilig. Das Handwerkszeug ändert sich, der Geist ist unwandelbar. Im Abendland versinnbildlicht die Ähre das Eingraben des Samens, in dem neues Werden keimt. Wir folgen den Spuren unserer Vorfahren, und wenn wir gestorben sind, verschmelzen wir mit ihnen, um unseren Nachkommen den Weg zu weisen.«

»Glaubst du nicht«, merkte Halil an, »daß es sich um eine Reminiszenz des Hekatekults handelt?«

Ruf runzelte die Stirn und blickte zur Decke, so als würde er nachdenken.

»Wenn ich mich nicht irre, wurden die Opfergaben an Wegkreuzungen dargebracht ...«

»Das würde die Ehrung erklären«, warf ich ein, »die den

Mächtigen zuteil wird. In einem berühmten Buch, *De masti-*
catione mortuorum ...«

Der Kellner lachte, und ich vergaß, was ich sagen wollte.

»Ich weiß nicht, warum Sie die Dinge an den Haaren her-
beiziehen müssen.«

»Wenn wir schon über das Zerkauen von Toten sprechen«,
wandte sich Ruf an mich, »glauben Sie eigentlich an Vampire?«

»Natürlich nicht.«

»Ich meine nicht die Fabel vom Jenseits, sondern die rituelle Tradition«, fuhr er fort. »Der Glaube, daß der Vampirismus mittelalterliche Wurzeln hat, ist weit verbreitet: Vlad,
der Pfähler, die Gräfin Báthory, nun, Sie wissen schon; und
dennoch erzählt schon Herodot, daß es bei den Skythen Sitte
war, das Blut ihrer Feinde zu trinken.«

»Du wirst doch nicht glauben«, unterbrach Halil, »daß das
mit euren Gebräuchen zu tun hat! Das unmittelbare Ausblu-
ten der Leiche könnte das Ziel gehabt haben, sie zu schützen
vor ...«

»Aber nein«, rief der Alte aus, »das ist nicht der Sinn des
Vampirismus! Unsere liebenswerten Gäste werden denken,
daß wir, wenn es für jedes Gesetz eine Hintertür gibt, auf fre-
velhafte Weise zulassen, daß nur wenige Leichen unversehrt
den Asphalt erreichen.«

Ich bemerkte, daß mich Ruf nicht aus den Augen ließ, und
plötzlich wurde mir alles klar. Seit einiger Zeit wurden Phänomene in Verbindung mit den Ergotismus-Epidemien untersucht, Ergebnis der gleichen Gewohnheit, die in Skandi-
navien durch den Konsum von Rentierharn begünstigt wird,
der mit *Amanita muscaria* vergiftet ist ...

»Herodot berichtet von Werwölfen«, wandte Halil ein;
»ich glaube, daß es sich bloß um degenerierte Totemfiguren
handelt. Frederic Nische und Severí Friedhof, weltberühmte
Philosophen, beschreiben dies ausdrücklich.«

Mit einem gewissen Schaudern bemerkte ich, daß das Phänomen das gleiche war; ich erinnerte mich, irgendwo gelesen
zu haben, daß die romantische Vorstellung vom Vampirismus
nichts weiter als ein Zerrbild (aus Unwissenheit oder wegen

der Rivalität von Kasten) geheimer Rituale war, genauso wie die skythischen Parallelen zu den Mysterien von Eleusis, Theben und Samothrake, zum mykenischen und ägyptischen Mystizismus; und, über den Balkan und die Ukraine, in Verbindung stand mit den sibirischen Schamanen (deren Ekstase man im Entstehen von Begeisterung und Besessenheit der Pythias des Orakels von Delphi sehen wollte); jedenfalls war das Opfer des Vampirs keine leichtgläubige, geraubte Jungfrau, sondern der Neuling in der Gemeinde, nach vorangegangener strenger Prüfung ausgewählt, hervorragend, was seine Jugend, Schönheit und Kraft betraf (sowohl körperlich wie geistig), von reinem Blut, nicht verschmutzt durch irgendeine spirituelle Korruption, und ruhmreich nach harter Lehre und Proben.

»Was würden wir ohne das Geheimnis der Rituale tun?« sagte Ruf. »Es ist jedoch unsinnig, die Tiefe der Ursprünge und Bedeutungen mit Manipulationen und Gründen zu verwechseln, die mit der Religion nichts zu tun haben.«

Ich hörte ihnen kaum zu; immer ist die sekundäre Form der Entheogenie gepriesen worden: Die Noblesse des Ergebnisses, direkter Kontakt mit dem allernächsten Leben, Kontrolle der Verabreichung; die vampirische Zeremonie, die beim ersten Vollmond zur Tagundnachtgleiche des astronomischen Jahres stattfindet (die Walpurgisnacht in Mitteleuropa), trägt Züge eines Initiationsrituals; die Substanz, die der Neuling einnimmt, wird – metabolisiert durch den Blutzucker – direkt aus seinen Venen gesaugt, und der Vampirisierte, sofern er überlebt, wird zum Lehrling oder zum Vampir ersten Grades. Was kann es Lächerlicheres geben (und wie sehr sieht man darin die Hand der Römischen Kirche), als zu behaupten, daß der Vampirismus ein satanischer Fluch sei, der sein Opfer in Form von Krankheit trifft, wo es doch dann der Vampir ist, der sich mit dem Blut des Vampirisierten vergiftet; der Neuling steckt sich nicht an, weil er gebissen wurde, sondern wenn er bei nachfolgenden Zeremonien zubeißt; der entheogen Vampirische hätte in der primären Form (direkt eingenommen) eine andere Wirkung; die Tradition schützt vor jeglichem ungebührlichen Gebrauch; daher erfolgt die Einnahme einmalig und ist der Initiation vorbehalten.

»Sie als Apotheker müssen das am besten wissen«, hörte ich den Kellner sagen.

»Drogist, mein Freund, nicht Apotheker«, präzisierte Ruf. Das bestätigte meinen Verdacht, und ich sah den Alten mißtrauisch an; für wen zum Teufel mochte er mich halten?

Ich stellte mir vor, wie die Zeremonie mit einer Reise der Vampire endete; daher rührt ihre Fähigkeit zu fliegen und feste Körper zu durchdringen, deshalb gibt ein Spiegel die Gegenstände durch sie hindurch wieder. Daher auch das Augenlid als Emblem des Flügels; deshalb schnitt der siegreiche Clan, wenn er die Eltern in Gegenwart der Kinder folterte, diesen die Lider mit der Schere ab, nicht nur, damit sie ihre Augen nicht vor dem grauenvollen Anblick verschließen konnten, sondern auch, damit ihr mit entheogener Kraft ausgestatteter Überkörper nicht davonflog, um sich einige Stunden später vom Traum her zu rächen. Hier besteht ein breiter Synkretismus: Die slawischen Upire, die Ghole des Islam, die griechischen Brikolaka werden als Mißbildung verleumdet; die Photophobie – später zur Diffamierung verwendet – spielte eine Rolle, um den mystischen Charakter zu festigen, und der lebende Leichnam versinnbildlicht den Vampir als Reisenden und Sendboten des Jenseits und, durch das Blut des Akoluten, als den, der die Unsterblichkeit aussaugt.

»Ich habe das also so zu verstehen«, sagte ich, »daß Ihre Bestattungsliturgie in Händen offizieller Institutionen liegt, die einsichtig handeln.«

»Was denn sonst?« rief Halil mit einem breiten Lächeln aus. »Wie können Sie das Gegenteil denken?«

Ruf lachte, doch seine Augen sprühten beinahe Funken. Der Kellner fuhr mit einem Lappen über die Theke.

»In welche Richtung fahren Sie weiter?« fragte er mich.

»Ich muß die Straße nach Osten nehmen.«

Alle drei sahen sich an, und Halil lachte. Ich erschrak bei dem Gedanken, daß mich morgen auf dem Weg ein weiterer Teppich aus Leichen erwartete.

»Die Straße der Funktionäre. Guter Asphalt, gut erhalten,

und wenig belegt, keine Sorge; dank der Rückläufigkeit des Protektionismus ...«

»Darf ich Sie einladen?« schnitt Ruf ihm das Wort ab und deutete auf den Kellner: »Sie natürlich auch.«

Wir nahmen an, und man servierte uns in Gläsern mit purpurviolettem Stiel einen harzig riechenden, dunklen und dickflüssigen Likör.

»Müssen wir anstoßen?« fragte Halil.

»Klar«, lachte Ruf und hob sein Glas. »Auf das fortwährende, unvermeidliche und notwendige Vergessen der Ursprünge!«

Das Gespräch zerfiel in Plattheiten, und sobald wir ausgetrunken hatten, verabschiedeten wir uns, ich zog mich auf mein Zimmer zurück. Unter der dünnen Tür sah man den Lichtschein vom Korridor; die Laken waren feucht; ich hatte eine sehr unruhige Nacht, vermischte die Träume über die Toten der Landstraße mit den wirklichen oder eingebildeten Schritten und Stimmen meiner drei Gesprächspartner und lauschte meinem Herzklopfen. Einige Male schien mir, daß Ruf und Halil vor der Tür tuschelten und das Lachen unterdrückten oder der Kellner von weit her mit entsetzter Stimme meinen Namen rief und mir die Uhrzeit verkündete. So erlitt ich zum ersten und einzigen Mal seit meiner Kindheit die absurden Unannehmlichkeiten von kaltem Schweiß und Rückenschmerzen. Opfer, Vampirismus, Begräbnisse, Rituale ..., Komparsen einer romantischen Komödie; auch wenn ich jetzt darüber lachen kann, weiß ich seit damals ganz sicher, daß man die Rolle der Ungewißheit angesichts des Todes im ursprünglichen Kern der Religionen nicht übertrieben hat.

3/2

»Wenn Florida stirbt«, sagte Harold, »werden mehr Fische über ihn hinwegziehen als Autos.«

»Wahrscheinlich«, rief Delalande aus, »weil es besser ist, wenn er keinem Nachfolger den Weg zeigt.«

»Erde, Feuer, Wasser, Luft«, murmelte Lawrick, »sind Formen für das Verschwinden von Körpern: Beerdigung, Einäscherung, Schiffbruch …; was entspricht der Luft? Verschlingen, Mumifizierung?«

»Vampirismus, zweifellos!« schloß Harold und flatterte mit den Armen. Wir lachten.

In jener Nacht stießen wir auf Floridas Wohl an.

Ein paar Tage später befanden wir uns so hoch im Norden, daß uns die Gleichförmigkeit des Lichtes dazu brachte, uns ins Innere des Schiffes zurückzuziehen; innerhalb weniger Stunden waren wir von der Klimaanlage zur Heizung übergegangen. Endlich ließen wir den Passagier an seinem Bestimmungsort zurück: Murmansk auf der Halbinsel Kola, Sowjetunion. Wir verabschiedeten uns auf dem Schiff. Streng geheim, kein Kontakt, keine Erklärung. Florida war ein zweifelhaftes Vergnügen gewesen, doch konnte jedenfalls niemand sagen, es wäre nicht lehrreich gewesen.

2/1

Grotowicz schwieg, und Dullea machte eine vage Geste, mit dem Bericht in der Hand; Grotowicz schloß, daß dies alles war, was er uns zu dem Dossier sagen konnte. Da niemand nach der Identität der Person fragte, tat ich es.

»Haben Sie nichts mehr über Florida erfahren?«

»Auf offiziellem Weg, nein«, sagte Grotowicz. »Doch bevor ich vor einem Monat (oder sind es schon zwei? Wie die Zeit vergeht!) das Flugzeug nach Ägypten nahm, um mich an Bord der Googol zu begeben, begegnete ich ihm auf dem Flughafen Orly; wir erkannten uns von weitem wieder, er lud mich zu einem Kaffee ein. Da die Flüge Verspätung hatten, blieben uns ein paar Stunden zum Reden.«

Dullea bat ihn, uns von dem Gespräch zu erzählen, was er unverzüglich tat.

Ein Treffen auf dem Flughafen Orly

Floridas Aussehen hatte sich nicht wesentlich verändert. Er war sehr gut gekleidet und wirkte gelassener, weniger geneigt, unglaubliche Dinge von sich zu geben; doch seine herausfordernde Vitalität war keineswegs geringer geworden.

Er berichtete mir unverblümt von seinem nächsten Ziel: Es galt einen Streitfall zwischen der Regierung eines fernöstlichen Landes und einer texanischen Erdölkompanie zu schlichten. Er sprach laut und gestikulierte, als würde er über Fußball reden. Diejenigen, die Drecksarbeit machen, haben eine solche Leichtigkeit im Ausdruck, daß ich mich immer gefragt habe, warum die Zeitungen nicht öfter von Polit- und Finanzskandalen berichten.

Danach kam er, ohne daß ich ihm Anlaß dazu gegeben hätte, auf meine Arbeit zu sprechen.

»Und? Geht es wieder auf die Googol?«

»Nun, gewissermaßen …«, begann ich zögernd und entschlossen, ihm nichts zu verraten.

»Ich habe gehört, daß das Boot in letzter Zeit Probleme gehabt hat; aber keine Sorge, Kolinski bringt das in Ordnung.«

»Ach«, sagte ich, »meiner Einschätzung nach handelt es sich um nichts Wichtiges.«

»Natürlich nicht! Aber klar, es hat immer geheißen: Die Maschine im Dienst des Menschen, und nicht: der Mensch im Dienst der Maschine.«

In dem Augenblick kam ein Offizier herein und wandte sich an den Kapitän.

»Senyor, Land in Sicht.«

Dullea stand auf und wir anderen ebenso; wir gingen an Deck. Die Sonne stand am Horizont, rötlich und ruhig. Auf der Bugseite sahen wir die Küste Indiens. Wir betrachteten sie mehrere Minuten lang wortlos. Die Googol drehte in einem weiten Kreis nach Steuerbord ab, bis sie parallel zum Festland langsam Richtung Süd-Südost weiterfuhr. Uns folgte ein riesiger Schwarm schwarzer Vögel, die mir wie trauernde Seelen vorkamen. Die Küste färbte sich rot im Licht, schwarz und grün im Schatten; mich erfüllte ein Gefühl der Endgültigkeit, des kategorischen Schlusses, das in ein Schaudern mündete.

»Sie sind also gekommen, um uns die Googol in Ordnung zu bringen?« fragte mich Kane und legte beinahe unmerklich eine Hand an meinen Ellbogen.

Ich zuckte mit den Achseln; Floridas Hirngespinste waren nicht meine Sache. Bevor ich noch etwas sagen konnte, machte Dullea einen Vorschlag.

»Es fehlt noch eine Stunde bis zum Abendessen. Wenn es Ihnen recht ist, können wir im Salon eine Weile Senyor Grotowicz zuhören.«

Wir waren alle einverstanden, und ein paar Minuten später nahm der Zivilkommissar seine Erzählung wieder auf.

1/2

Ich wechselte das Thema, denn obwohl wir an einem etwas abgelegenen Tisch saßen, herrschte ein ständiges Kommen und Gehen, Lautsprecher hallten, so daß es unmöglich war, sich leise zu unterhalten, es sei denn, wir wiederholten alles mehrmals.

»Und was macht die Poesie?« stachelte ich ihn an. »Erzielen Sie noch immer so gute Ergebnisse?«

»Schweigen Sie, bitte, schweigen Sie«, antwortete er mit tragikomischer Miene. »Vor kurzem habe ich eine Dame zu verführen versucht und bin kläglich gescheitert. Ich schrieb ein großartiges Gedicht für sie, doch heutzutage bewegen derlei Dinge niemanden mehr. Soll ich es Ihnen vorlesen?«

»Es würde mich freuen«, log ich, während ich dachte, alles ist besser, als an einem öffentlichen Ort die Probleme der Googol auszuposaunen.

Er zog ein zerknittertes Stück Papier aus der Tasche und begann schwülstig zu rezitieren.

Greift zu, greift zu, die Welt steht nicht mehr lang
Das viele Greifen macht das Greifen naß,
Vom triefenden Verstand wird das Gedächtnis blaß,
Von einer Flaute ergriffen, die Zähne lang.

Ich soll dich also greifen, was wollt ich mehr;
Sind doch schon Löffel, Gläser abgegriffen,
Und Nadeln bohren in die Nymphen, abgeschliffen,
Die sich nicht greifen lassen wollen von dem Stör.

Ich fließe über, und langsam füllen sich
All die Gefäße, die ich greifen wollte
Von vorn bis hinten und von jeder Seite.

Stell die Gefäße nacheinander auf den Tisch,
Wenn greifende Argumente nicht greifen,
Dann stoßt sie so lang, bis sie schließlich reifen.

»Wie finden Sie es?« fragte er unmittelbar nach der Lektüre.

»Ehrlich gesagt, halte ich es nicht für besonders geeignet, um eine Dame in das Reich der Gefühle zu locken ...«

»Natürlich nicht«, erwiderte er ein wenig ärgerlich, »das kam mir auch so vor; deshalb habe ich dieses andere geschrieben.«

Er kramte einen weiteren Zettel heraus und las im gleichen Tonfall vor.

Wer, wie der Arme im Wahn und reich doch
An Weisheit, entgegen seinem Zeichen
Schafft, daß Unwürde dem Licht muß weichen.
Wie ein Sieger, der seinen Feind umarmt noch.

Wer den Stürmen widersteht ohne Schlupfloch,
Ruhig im Triumph, und diese Ruhe Zeichen
Von offnem Denken sind, von Herzerweichen
Im kühlen Morgendämmern ohne den Freund doch.

Und von deinen Augen Sanftheit kann erlangen
Ohne Schatten von Kummer und Mißtrauen,
Und sobald er dich nennt, Vernunft einfangen,

Den Schutz der Zeit zu finden im Vertrauen,
Damit dich das Fehlen nicht läßt bangen
Und in der Klage rettend eine Hoffnung schauen.

Ich war wieder einmal erstaunt, welche Fröhlichkeit und welches Glück dieser Mann ausstrahlte, der fähig war, dir aus erster Hand die anstößigsten Grausamkeiten zu erzählen, und ich sprach ihn darauf an.

»Ach, das Glück, das Glück«, lachte er. »Das ist nicht gemacht für mittlere Bereiche: Entweder ist es der Ausweg der Dummen oder das Vorrecht der Götter.«

»Oder ein Geschenk des Zufalls, nicht wahr? Denn trotz Ihrer offensichtlichen Fortschritte glaube ich nicht, daß Sie auf ein Flugzeug warten würden, wenn Sie bereits ein Gott wären.«

Er schmunzelte.

»Nein, lieber Freund. In meinem Fall handelt es sich um den Ausweg der Dummen, glauben Sie mir.« Ich wollte ihm widersprechen, doch er bedeutete mir, zu schweigen. »Jetzt, wo ich daran denke, fällt mir ein, daß ich vor kurzem einen Mann kennenlernte, dessen Konzept vom Glück auch mit den Göttern zusammenhing, allerdings durch Bestechung.«

»Hochinteressant! Und was war der Preis?«

»Übrigens dürften Sie ihn kennen, denn er hat von Ihren Freunden gesprochen: Dullea, Montand …«

»Wie heißt er?« fragte ich etwas beunruhigt über die Wende, die das Gespräch nahm; worauf wollte dieser Fuchs hinaus?

»Eliseu Prætorius«, sagte er. Es dauerte einige Sekunden, bis ich mich an ihn erinnerte; es war der Name einer der Personen aus den Geschichten, die sich die Passagiere der Quomolangma erzählt hatten, als sie von den Piraten gefangengehalten wurden. Konnte es derselbe sein? Ich konzentrierte alle fünf Sinne auf Floridas Worte.

»Er hat also von meinen Freunden gesprochen? Merkwürdig! Was hat er denn gesagt?«

Florida hatte beschlossen, meine Fragen zu ignorieren, er
redete von etwas anderem.

»Er hat mir einen äußerst wertvollen Rat gegeben: Man soll
sich nie im Leben auf unbekannte Wege begeben und keine
Kräfte herbeirufen, bei denen es nicht zumindest eine geringe
Chance gibt, sie zu beherrschen, sonst könnte uns das in
Schwierigkeiten stürzen, aus denen es kein Entrinnen gibt.«

Ich lachte genüßlich. Zuletzt war Florida sogar noch dazu
fähig, sich in Bildern auszudrücken.

»Ihnen sind die unbekannten Wege nicht schlecht bekommen. Oder befällt das Übel etwa nur die, die sich in der Bestechung irren?«

»Sie sind sehr ironisch geworden«, sagte er mit einem
Lächeln.

»Ich fasse das als Kompliment auf.«

Er sah auf die Uhr. Die fortschreitende Dichte des Hori-
zonts mit der untergehenden Sonne kündigte die baldige
Wiederkehr der Sterne an.

»Prætorius erzählte mir eine äußerst seltsame Geschichte;
wollen Sie sie hören?«

»Nichts lieber als das.«

Er sah noch einmal auf die Uhr, meinte, daß sicher keiner
sein Flugzeug versäumen würde, und fing an.

2/3

Geschichte eines unvergleichlichen Verständnisses

Prætorius und ich faßten Vertrauen zueinander, als wir Über-
einstimmungen in dem Bereich feststellten, auf dem die
großen Freundschaften gründen: Sinn fürs Spiel, Modulieren
des Risikos, Hingabe an die Träume.

»Alles wird vom selben Gott regiert«, sagte er eines Nachmittags zu mir; »es geht darum, über die Zahlungen auf dem
laufenden zu sein.«

»Und wie macht man das?« fragte ich aus reiner Freude am Reden.

»Ich wüßte es nicht zu erklären, aber es ist mir sogar in den seltsamsten Situationen gelungen.«

Ich bat ihn, mir von einer dieser Situationen zu erzählen.

3/4

Geschichte von Eliseu Prætorius

Vor ein paar Tagen war ich auf dem Land, um ein paar Geländemessungen durchzuführen; da sie für den nächsten Tag benötigt wurden, mußte ich mich persönlich darum kümmern, und das nach einem schweren Mittagessen, das zu den wenigen Stunden Schlaf in der letzten Nacht hinzukam. Als ich die Hälfte der Arbeit erledigt hatte, fühlte ich mich müder, als erwartet, und legte mich ins Gras. Ich schlief tief, und plötzlich befand ich mich auf einem Spaziergang in der Nähe des Landgutes meiner Familie. Der Eindruck war sehr lebendig, doch gleichzeitig seltsam; das Ganze glich einem Traum, doch die Erscheinung der Dinge und ihre Wirkung auf meinen Körper überzeugten mich, daß es keiner war oder zumindest kein gewöhnlicher. Ich war eine andere Person, ein Fremder in mir selber.

Ich beobachtete die wechselnden Schatten am Wegrand und entdeckte plötzlich unter einem Baum einen Schlafenden. Ich ging hin; die Stelle sah jener sehr ähnlich, an der ich vor kurzem eingeschlafen war; der schlafende Mann war ich. Dann weckte ich (das heißt der Unbekannte) den Schlafenden, also in Wirlichkeit mich selber, und erklärte ihm, beim genaueren Hinsehen bestünde kein Zweifel, daß ich es mit einem vornehmen Herrn zu tun hätte, der nach einer unerwartet langen Wanderung ausruhen wollte und unwillkürlich eingeschlafen wäre, und da es zu dämmern und kalt zu werden beginne, würde ich ihn gern einladen, bei mir zu Abend zu essen und die Nacht zu verbringen. Er nahm an, und wir liefen eine Viertelstunde bis zu einem Haus, das ich ihm als meines vorstellte. Unterwegs erzählte er mir einige Geschichten über seine Familie. Das Haus war eines dieser alten Schlösser des Landadels, sehr groß und weit weg vom Dorf. Das letzte Wegstück ging bergauf; wir blieben zweimal stehen, um den Sonnenuntergang am verschneiten Horizont zu betrachten.

»Die Abenddämmerungen zu Frühlingsanfang gleichen im Norden der Agonie von Tyrannen«, bemerkte er. »Sie nähern sich der Leere, und wenn man das Gefühl hat, sie sind beinahe dort angekommen, entfernen sie sich von ihr auf einem anderen Weg.«

Der Sonnenuntergang färbte alles rot, so rot, wie ich es noch nie zuvor gesehen hatte. Der Wind brauste, oder vielleicht war es das ferne (oder auch nicht allzu ferne) Geheul der Wölfe. Alles war schneebedeckt; eine Spur des Weges war geräumt worden, und der Schlamm inmitten des unberührt weißen Schnees glich einem Strom matten Blutes. Die Zweige der Tannen bogen sich unter dem Gewicht der Schneemassen wie unter einer offenkundigen Absurdität, die das eigene Schicksal unterbricht.

Wir betraten das Herrenhaus. Die Säle gingen auf einen Arkadenhof mit Galerien, die Türen waren von Giebeln und Säulen aus bearbeitetem Gold umrahmt. In einem Salon, den ein großer offener Kamin dominierte, dessen Feuer so leuchtete wie das der Dämmerung, war alles für ein Abendessen für zwei Personen hergerichtet. Der Raum war außerordentlich alt und luxuriös. An den Wänden hingen Teppiche und Porträts von Personen aus längst vergangenen Zeiten, manche in Rüstungen, andere mit Hüten aus der Zeit von Cromwell, wieder andere mit Perücken; die letzten stammten eindeutig aus der Romantik. Die Farben waren meistens so dunkel geworden, daß der Hintergrund kaum zu erkennen war, doch auf einigen ließen sich noch winzige, undeutliche und anamorphotische Landschaften oder Mobiliar in paradoxer Perspektive ausmachen. Die Stühle waren im Stil Louis XV., und bei den Teppichen, Vorhängen und Polstermöbeln überwogen die Rottöne; ein Rot, gedunkelt vom Ruß der Kerzen, von der Berührung mit dem verdammten Wein, von der Spiegelung des verwesenden Blutes und des vom Entsetzen und der Schändlichkeit seiner Herkunft zerfressenen Goldes.

Ich zeigte dem Gast (also der Person, die ich jetzt war) verschiedene Gegenstände, die ich für bemerkenswert hielt. Insbesondere ein Medaillon mit dem Porträt einer blassen Frau (ich selbst wollte es nicht genau betrachten und wußte daher auch nicht, wer es war), umrahmt von einem Goldgeflecht und kleinen Brillanten, und ein Juwel aus dem Familienbesitz, von unschätzbarem Wert, sowohl was den Edelstein selbst als auch was den außergewöhnlichen Schliff und seine Fassung betraf. Auch fiel ihm ein Tablett ins Auge, das mit dunklen Irisfarben, Elfenbein, Blütenstaub und Schmetterlingsflügeln verziert war; es zeigte einen Reiter im rasenden Galopp mitten in einer schwarzen Wüste, der am Ende einer Vollmondnacht, in der der Himmel ganz schwarz war, eine Leuchtspur hinterließ; Wirbel schillernden Blutes, Morgenröte und Monduntergang in der Pracht des schwarzen Pferdes … Der Reiter war ohne Kopf.

Wir setzten uns zu Tisch und hüpften von einem Thema zum anderen, als suchten wir eines, um den Schutz der eigenen Schwächen aufzugeben und sie gleichzeitig zur Geltung kommen zu lassen. Wir sprachen über die Unermeßlichkeit der Sehnsucht, über die Betrachtung der Zeit. Ich ahnte unerklärlicherweise Tragödie und Fluch – was sich bald bestätigen würde. Ich empfand das Gewicht eines Vergessens, das man aufrechterhalten sollte, denn die Erinnerung führte zum wesentlichen Kern der Panik. Es roch nach Sandelholz, und trotz der vielen Teppiche hallte es in dem Raum wie in einer Kathedrale.

»Sie besitzen ein unvergleichliches Haus«, sagte mein Gast. »Ich wußte nicht, daß es solche noch gibt.«

Ich dankte ihm. Zwei Hausangestellte in Livree brachten nacheinander und mit sichtbarer Anstrengung drei riesige Kandelaber herein, stellten sie auf den Tisch und zündeten sie an. Wir betrachteten sie ehrfürchtig. Ihr Licht ließ in meinem Inneren die gelassene Zufriedenheit der Lust, aber auch den unaufhaltsamen Schmerz des Unmittelbaren entstehen. Mir kam das alte Gebot in den Sinn: »Das Geheimnis wahren, um die Zerstörung des Werkes, die Verwirrung der nicht Vorbereiteten und das soziale Durcheinander zu vermeiden ...«

»Sind sie aus Gold?« fragte mich mein Gast.

Ich betastete einen, und mehr oder weniger aus Höflichkeit bejahte ich. Er war stufenartig geformt, jeder Abschnitt stellte eine Szene dar. Ich versuchte, diese Szenen zu identifizieren, doch ich verlor mich darin; die Grausamkeit und die krankhafte Wollust, die dort dargeboten waren, verwirrten mich.

»Verzeihen Sie, Senyor, sobald Sie wollen, können wir das Abendessen servieren«, sagte einer der Angestellten zu mir.

Der andere stand hinter ihm. Ihre Gesichter waren weiß geschminkt, die Lippen rot, sie hatten einen riesigen Körper und klassische Gesichtszüge; sie sahen aus wie zwei Skulpturen von Praxiteles in Mozartkostümen. Außerdem gab es ein Detail, das mich erstarren ließ: sie waren vollkommen gleich. Ich habe sehr ähnliche Zwillinge gesehen, die bei genauerer Betrachtung Unterschiede, Asymmetrien aufwiesen; diese beiden waren absolut identisch, der eine die Kopie des anderen.

»Ihr könnt es schon auftragen«, sagte ich.

Einer von ihnen schenkte uns Wein in Kristallgläser ein, der andere ging hinaus.

Eine halbe Minute später kam er mit einem großen Tablett zurück, auf dem sich eine zugedeckte Schüssel befand, die er in die Mitte des Tisches setzte, zwischen den Gast und mich. Der Deckel hatte die Form eines Vogels, mit erhobenem Kopf und halb geöffneten Flügeln, möglicherweise ein Rabe. Mir schien, daß durch die damastbezogene Wand ein körperloser Schatten eindrang. Der Diener wartete auf mein Zeichen, ich nickte ihm zu.

Er hob den Deckel; darunter befand sich kein Braten, sondern ein blutiger Dolch: plötzlich begriff ich, daß es ein Traum war, und ein entsetzlicher Schrecken weckte mich. Ich befand mich tatsächlich an dem Ort, an dem ich eingeschlafen war, mein in erster Person geträumter Gastgeber war über mich gebeugt und untersuchte gründlich meine Taschen, gierig und grausam, ganz anders als vorher. Es war alles eine

Sache von Sekunden. Als sich unsere Blicke kreuzten, wollte er eine Waffe ziehen, aber ich war schneller; zum Glück hatte ich ein Taschenmesser zur Hand, und ...

4/0

»Augenblick, das kann nicht sein«, unterbrach Emília. »Wie ist es möglich, daß Balder und Prætorius sich gegenseitig träumen und ihre Geschichten, getrennt erzählt, die gleichen Zuhörer erreichen?«

Die einzige Erklärung, die ich fand, war, daß Kolinski uns am Schluß der Geschichten zum Narren hielt. Das hatte er (meiner Ansicht nach) schon am Vortag mit der Geschichte von Prudenci Balder und dem Traum von Eliseu Prætorius getan. Doch die nachdrückliche Argumentation ließ mich schließlich, diesmal im positiven Sinn, an der Wahrhaftigkeit des Gehörten, zumindest als Metapher, zweifeln. Die Diskussion dauerte beinahe eine halbe Stunde. Meine Augen glitten zu Emílias Körper, zu ihrer fürstlichen Art zu gestikulieren.

»Also«, sagte Camila, »ist die Wirklichkeit des einen der Traum des anderen?«

»Ich weiß nicht, warum dich das erstaunt.« Artur lachte. »Das ist doch das Normalste in diesem Leben!«

»Und auf der Googol wurde nicht das gleiche erzählt wie hier?« wunderte sich Emília.

Kolinski zuckte mit den Schultern. Ich hatte das ständige Mißtrauen satt, die Zurückhaltung derer, die Geschichten erzählten, und das beharrliche Nachbohren, vor allem von Camila und Emília. Ich hatte sofort bemerkt, daß die Geschichte von Prætorius dieselbe war, die uns am Nachmittag zuvor Kolinski aus der Sicht eines gewissen Balder erzählt hatte, und hatte einen Teil meiner Aufmerksamkeit den in der Runde Anwesenden zugewandt. Gertrudis bemerkte es und richtete ihren Blick ungerührt auf den Erzähler. Jubert, der Neuankömmling, blickte dreimal hintereinander auf die Uhr; die Situation war ihm wohl unangenehm, anscheinend dachte er an nichts anderes, als hier wieder herauszukommen. Ficinus erwiderte meinen Blick mit der üblichen Gelassenheit. Camila und Artur wußten offensichtlich nicht, worum es ging; sie sahen ungläubig drein. Was Emília angeht, hatte sie wie ich die Reaktionen der anderen beobachtet (vor allem meine; oder war ich es, der mehr auf sie achtete?).

Die Runde glich einem Eisberg; der Großteil der Substanz bleibt verborgen und wirkt dadurch seltsam und kompliziert; doch ein Eisberg, der aus dem Wasser ragt, ist tatsächlich kompliziert und seltsam.

Gimellion, Kolinski, Ficinus, Jubert, Casanova und die Mauret zogen sich zurück. Es war noch ein Weilchen hin bis zum Abendessen, also blieben wir im Avalon und kommentierten die Geschichten der letzten Tage. Ich verstand nach wie vor den Grund der Verwicklung nicht, die mich am Ende in eine sinnlose Unruhe versetzt hatte. Alle wandten sich an Gertrudis, die am ehesten über die Angelegenheiten der Cros Bescheid wußte.

»Mich erstaunt«, sagte Simon, »daß du nicht weißt, wie und warum Mateu Valentí beseitigt wurde.«

»Ich schwöre euch«, antwortete sie, »ich wußte nicht einmal, daß er der berüchtigte Verräter des Mir-Clans war. Was seinen Mörder betrifft, habe ich einen Verdacht, aber mir fehlen die Beweise, und ich möchte kein Gerücht in Umlauf bringen.«

Schließlich kamen wir auf die Kinder von Lluïsa Cros zu sprechen, die den letzten Enthüllungen zufolge die Kinder von Valerian Lamb und nicht die Robert Coloms waren.

»Warum mußte man sie sogar vor sich selber verstecken?« fragte Artur. Gertrudis wirkte unentschlossen.

»Das Ganze ist so ungewiß!« sagte sie und sah uns der Reihe nach an. »Ich habe eine Vorstellung im Kopf, doch es macht mir angst, sie euch zu erzählen, weil ich mich möglicherweise völlig irre.«

»Ist doch egal«, beschloß Simon, »nur heraus damit.«

»Was in Wahrheit geschützt wurde«, sagte Gertrudis, »war das Juwel. Sein legitimer Besitz stand zweifellos den Erben von Lluïsa Cros zu, und die Garantie dafür, daß sich das nie ändern würde, war die internationale Übereinkunft, von der ich euch gestern berichtet habe. Lluïsas Hochzeit mit Colom und ihre wirkliche Beziehung mit Lamb war eine List von Ω, um die Erben innerhalb des Clans zu halten. Alles wäre gut ausgegangen, wenn Mateu Valentí, von Habgier getrieben und sicherlich durch ein riesiges Angebot von Flint verleitet, die Sache nicht aufgedeckt hätte. Das machte es, wie hier schon erwähnt, notwendig, die Erben zu verstecken.«

»Wer hätte sie aus dem Weg räumen sollen?« fragte ich. »Colom?«

»Nein, Colom war zu so etwas nicht fähig. Im Grunde war er, wie ihr wahrscheinlich schon herausgehört habt, ein gefühlsbetonter Mensch und hätte nicht gegen Kinder vorgehen können. Der wirkliche Feind war Flint, und zwar nicht nur durch seinen Charakter, sondern auch einen Umstand, der weit zurücklag. Das Juwel war durch Blutsbande an Cros und Flint gebunden. Der Streit mußte zwischen ihnen beiden geschlichtet werden, Colom spielte nur eine Vermittlerrolle. Das alles betrifft den nominellen Besitz des Juwels, denn kontrolliert wird es von Ω.«

»Kontrolliert wird es von Ω«, wiederholte Simon. »Willst du behaupten, daß Ω noch immer am Ruder ist? Ich dachte, er wäre damals schon ein Mann reifen Alters gewesen, und jetzt, dreißig Jahre später ...«

Gertrudis sah uns traurig und verdrossen an.

»Was glaubt ihr, wer das alles, sogar unseren Aufenthalt hier, organisiert hat? Er natürlich. Ω ist einer unserer Gastgeber, da besteht kein Zweifel.«

Es entstand ein Schweigen.

»Wer ist er, Suárez?« fragte Simon ungeduldig. »Oder Rodin?«

»Wer weiß das schon! Kolinski, Carter, Gimellion, jeder von ihnen könnte er sein.«

»Rodin, Ficinus und Kolinski haben aber abgestritten, ihn persönlich zu kennen. Es handelt sich um jemanden, von dem alle sprechen und den keiner kennt.«

»Klar«, sagte Gertrudis, »alle haben in ihren Geschichten seine Identität geschützt, und wenn er einer von ihnen wäre, hätte er von ihm genauso in der dritten Person gesprochen wie die anderen.«

Wieder schwiegen alle. Ich musterte Gertrudis von Kopf bis Fuß. Wer garantierte, daß sie nicht das gleiche tat? Ich hatte Lust zu lachen. Was war diese ganze Geschichte, ein Fortsetzungsroman?

»Aber warum?« sagte Camila. »Welch ein Interesse gibt es, alles in Geheimnisse zu hüllen?«

»Es sind wirklich starke Interessen im Spiel. Die meisten politischen und wirtschaftlichen Bewegungen der letzten Jahre haben wegen des Juwels stattgefunden. Sogar der jetzige Krieg hat im Juwel seinen tiefen Ursprung.«

»Warum?« beharrte Camila. »Besteht nicht ein internationales Abkommen? Ist es in der Bank Mir nicht gut aufgehoben? Gestern hast du uns erzählt, daß es geraubt wurde.«

Ficinus kam zur Hintertür herein, und wir drehten uns alle um. Gertrudis beantwortete Camilas Frage.

»Ich sagte, daß einige behauptet haben, es wäre gestohlen worden.« Sie hielt inne, als würde sie überlegen, was sie sagen sollte, und wandte sich an Ficinus, der stehengeblieben war und sich auf eine Stuhllehne stützte: »Was weißt du über die Bestimmung des Juwels?«

Gertrudis fing zu lachen an, nachdem sie die Frage gestellt hatte. Ficinus rang sich ein resigniertes Lächeln ab und setzte sich bedächtig.

»Nachdem Cros gestorben war, stand das Juwel unter Lluïsas Schutz. Anscheinend hat sie es in einem konfliktreichen Moment – vielleicht als Colom den Mir-Clan besonders bedrohte – jemandem zur Verwahrung anvertraut, möglicherweise Ω. Wie Valentí davon erfahren hat, dazu gibt es mehrere Hypothesen. Vielleicht war er ebenso in Lluïsa verliebt wie Rodin und Uriach, und sein Verrat war ein Verzweiflungsakt. Eine andere Erklärung wäre, daß Flint ihm ein Bündnis vorgeschlagen hat, um den Clan zu unterminieren und an das Juwel heranzukommen.«

»Aber bestand Valentís Verrat denn nicht darin, Valerian Lamb mit Lluïsas Kindern in Verbindung zu bringen?« fragte Simon.

»Unter anderem schon. Valentí war der Informant von Colom und Flint. Zu Beginn steckte er mit Capella unter einer Decke, der uns helfen sollte, das Juwel zu rauben, als ich noch nicht Ficinus hieß. Später gab er die Herkunft von Lluïsas Kindern und alles bekannt, was er über die Bestimmung des Juwels wußte. Flints Plan sah folgendermaßen aus: Sobald Colom die Kinder seiner Frau (der man ansah, daß sie Hilfe brauchte) vernichtet und die Bank zerstört hätte, wollte er auftauchen, um Colom endlich mit Valentí zu konfrontieren, und nachdem sie sich gegenseitig – was außer Zweifel stand – aus dem Weg geräumt hätten, wäre Flint Herr der Lage und mit den besten Voraussetzungen ausgestattet gewesen, um gegen Ω zu kämpfen.«

»Was ging dabei schief?« fragte Emília.

»Das wißt ihr schon«, schaltete sich Gertrudis ein. »Als Colom starb, zerbrach ein wichtiges Glied in der Kette. Ω kontrollierte erneut die Lage: Lluïsas Kinder befanden sich an einem sicheren Ort, und das Juwel war gut aufgehoben.«

»Flint lag jedoch auf der Lauer«, fuhr Ficinus fort, »und als Lluïsa starb, war die Testamentsvollstreckung so kompliziert, und durch gesetzliche Zwänge mischten so viele Leute mit, daß Ω ernsthaft befürchtete, das Juwel könnte ihm aus den Händen gleiten. Deshalb brachten sie es auf die einzig mögliche Weise von dort fort: In Lluïsas Sarg, der so zu einem hervorragenden Versteck wurde.«

»Das Juwel wurde also mit Lluïsa begraben!« rief Artur erstaunt aus. »Was war aber mit den Finanzoperationen und dem internationalen Kontrollausschuß?«

»Der Verbleib des Juwels wurde zu einem Geheimnis, das nur Ω, Suárez und ich kannten, die wir auf Lluïsas ausdrückliche Verfügung den Aufsichtsrat der Bank Mir bildeten, dessen vorrangige Aufgabe es war, das Juwel zu bewachen. Wir waren damit beauftragt, die Dinge zu belassen, wie sie waren, dafür zu sorgen, daß die Finanzierungen weiterliefen, und den Teilhabern sämtliche Garantien zu geben. Die Hauptsache oblag dem Institut, und das machte nie Schwierigkeiten.«

»Ich finde das sehr seltsam«, bemerkte Camila. »Sie waren

sehr leichtgläubig und vertrauensvoll. Ich hätte an ihrer Stelle das Juwel zumindest einmal im Jahr sehen wollen.«

Ficinus lächelte.

»Das Institut hatte einen nominellen Direktor, einen gewissen Jolyon Scott, der in den Zeitungen auftauchte, im Kongreß und im Senat Reden hielt und zusammen mit dem Präsidenten der Vereinigten Staaten fotografiert wurde, doch der tatsächliche Chef des Institutes war Ω, und seine Anwesenheit und sein Wort waren für sie die beste Garantie. Und wenn wir schon darüber reden, sage ich euch, daß sie es nach wie vor sind.«

Ich dachte, daß daran gar nichts sonderbar sei; es lag auf derselben Linie der Unverschämtheit, die man in der Politik auf höchster Ebene in den letzten Jahren bemerken konnte: Der Präsident der Vereinigten Staaten, der Papst, der Generalsekretär der KPdSU und andere Staatsoberhäupter waren professionelle Schauspieler, keine drittklassigen, sondern unter den populärsten aus Theater und Film ihres Landes ausgewählt und unter Vertrag genommen, um eine Rolle zu spielen; in den Monarchien studierten die Thronfolger an den Theaterakademien. Die Verwaltungsangelegenheiten lagen wie immer in Händen der Technokraten, die nunmehr den Vorteil genossen, von sämtlichen Repräsentationsaufgaben befreit zu sein, was dazu führte, daß das Volk nicht einmal mehr ihren Namen kannte.

»Also«, fuhr Simon fort, »ist das Juwel mit Lluïsa Cros begraben worden?«

»Leider nicht«, sagte Ficinus. »Die Umtriebe Uriachs an Lluïsas Grab, Jahre später, zogen die Aufmerksamkeit von Flints Spionen auf sich; eines Tages schickten sie einen Spezialisten zur Nachforschung, einen gewissen Commoner, der Elitesoldat und Söldner gewesen war. Obwohl wir alle möglichen Sicherheitsvorkehrungen getroffen hatten, fand er das Versteck des Juwels; Zacaries Uriach überraschte ihn dabei, der andere zertrümmerte ihm den Schädel. Wir befürchteten schon seit längerem etwas Ähnliches, und ich beauftragte Rafa damit, Uriach bei seinen grotesken Friedhofsbesuchen zu beschützen; leider konnte er nichts tun, denn als Commoner bemerkte, daß er entdeckt worden war, setzte er ihn mit einem Karateschlag außer Gefecht. Am Tag darauf schickte ich einen Vertrauensmann los, um Commoner zu suchen und das Juwel wieder in unseren Besitz zu bekommen. Eines Tages rief er mich an und berichtete, auf einer guten Spur zu sein. Das Gespräch wurde jedoch unterbrochen, bevor er mir noch Einzelheiten verraten oder mir sagen konnte, wo er sich befand; ich habe ihn nie wiedergesehen, womit die Möglichkeit einer direkten Verbindung verloren war, was aber nichts ausmachte, denn der eigentliche Empfänger konnte niemand anderes als Flint sein.«

»Augenblick«, warf ich ein, »hast du Commoner gesagt? Wie hieß der Mann, den du ihm auf die Fersen gesetzt hast?«

»Domènec Josa«, sagte er.

Camila kam mir wieder einmal zuvor.

»Das sind die Namen der Personen aus einem Traum, den uns Randolph Carter gestern erzählt hat!«

»Personen aus einem Traum?« meinte Ficinus und lachte ungeniert. »Der Mann hat wirklich einen teuflischen Sinn für Humor.«

»Demnach ist das Juwel im Besitz von Flint?« fragte ich.

»Nun kommt das Merkwürdigste an dem Ganzen«, erklärte Ficinus. »Flint war weiterhin auf der Suche, genauso wie zuvor. Das heißt, seine Verstellungskunst ist genial, oder aber ...«

»Oder aber er hat das Juwel nicht«, stellte Gertrudis fest.

Die folgende Frage schwebte in der Luft: Wenn die Bank es nicht hat und Flint ebensowenig, wer dann?

In diesem Augenblick kamen Kolinski und Gimellion herein.

»Gertrudis sagte soeben«, bemerkte Simon, »daß das Juwel unter anderem der Grund für den jetzigen Krieg ist.«

Gimellion atmete tief durch und setzte sich, den Kopf zwischen den Händen.

»Der wahre Grund für Kriege«, sagte er und hob den Blick, »für diesen und für alle anderen auch, ist tiefgreifend, unaussprechlich und vielschichtig: kommerzieller Zwang, ideologische Tyrannei (obwohl behauptet wird, sie wäre zu Ende, nimmt sie immer subtilere Formen an, um fortzubestehen), historische Interessen, Ausweitung der Kasten, fehlende Perspektiven für die übermäßig wachsende Bevölkerung und vor allem Hunger und Unwissenheit. Das Juwel war nur einer der Hasen, der eine schon zu lange schlafende Bestie aufgescheucht hat und den die berühmtesten Denker nicht zurückzuhalten vermochten.«

»Das erinnert mich«, sagte Kolinski, »an eine Theorie, die besagt, daß eine der kollektiven Notwendigkeiten des Menschen als soziales Wesen der Krieg ist und daß er ihn rund um seine Domäne und im Bereich seiner Möglichkeiten führt: Stammeskämpfe mit lokalen Auswirkungen und, dem Fortschritt entsprechend, immer ausgedehntere Kriege, bis hin zu den Weltkriegen im 20. Jahrhundert. Dann entsteht ein gewissermaßen neues Phänomen: Mit der Perfektionierung der Massenmedien (Presse, Radio und vor allem Fernsehen) findet die kriegerische Rolle des Menschen in den fortgeschrittensten Gesellschaften durch die Bilder ferner kämpferischer Auseinandersetzungen in den Nachrichten ihre Erfüllung, der Mensch gibt sich entsetzt, doch er ist im Grunde froh, daß ihm selber nichts dergleichen zustößt. Ich habe gesagt, daß dieses Phänomen relativ neu ist, weil es schon früher einmal auftauchte – zum Beispiel im Imperium, das die Pax Romana genoß, wo aber der kriegerische Instinkt im Zirkus und in den Nachrichten über die ständigen Kämpfe an den Grenzen des Reiches ausgelebt wurde. Im 20. Jahrhundert gestattete sich der Mensch in privilegierten Zivilisationen den Luxus, sich Kriege im eigenen Land zu ersparen, und unterstützte die in armen, schwachen Ländern. Am Ende waren die spektakulären Kriege für ihn gratis, und er zog sogar Gewinn aus ihnen.«

Ich dachte, daß das Übel an der allumfassenden Information, die uns laut Kolinski gegen Kriege immun macht, uns gleichzeitig über Unglück, Elend und Unrecht in der Welt auf dem laufenden hält und uns aus dem Glücksgefühl des Selbstbetrugs, eine bevorzugte Lage verallgemeinern zu können, herausreißt.

»Wie erklärt diese Theorie den Krieg, den wir gerade

durchmachen?« fragte Gimellion; seine blauen Augen verströmten die flüchtige Ironie der Traurigkeit.

»Ich weiß es nicht, denn sie ist schon vor Jahren entstanden. Ich glaube, wenn wir sie zumindest teilweise gutheißen, läßt er sich als eine Sättigungserscheinung erklären. Das rasende Wachstum um jeden Preis hat seinen Höhepunkt erreicht, die Unterschiede sind nicht mehr rückgängig zu machen, für den weltweiten Mangel an Mitteln gibt es keine Lösung, die kriegerische Erforschung hat sich erschöpft, und der Markt für Waffen ist ausweglos: Nach dem Gesetz von Angebot und Nachfrage geht er unter. Wie jedes gesellschaftliche Phänomen in großem Maßstab erklärt sich ein Krieg aus den verfügbaren Zahlen. Die Menschen freilich sind durch die Alltäglichkeit der Gefahr und durch Übersättigung unempfindlich geworden gegen Katastrophen und Kriege, die ihnen aus der Konserve serviert werden. Es gibt keinen mehr, der eine Auseinandersetzung am eigenen Leib erlebt hat und das alte Sprichwort bestätigen könnte, daß die Kriege von niemandem gewonnen werden, sondern daß alle Verlierer sind. Nun, ich nehme an, daß es letztlich den krankhaften Stolz des verruchten Urhebers gibt … Wer einen Krieg anzettelt, ist Vater so vieler Dinge! Oder aber, prosaischer ausgedrückt, die Vermessenheit dessen, der mehr Seiten der Geschichte füllen möchte, als einem mittelmäßigen Regierungschef zustehen, der die Einflußsphären so gut wie möglich aufrecht hält und Inflation und Geburtenrate zu senken versucht.«

Uns wurde mitgeteilt, daß das Abendessen fertig sei, wir gingen ins Eßzimmer. Es war später geworden, als üblich, ich war schon ganz schwach vor Hunger. Ich ging mir die Hände waschen und nutzte den Kontakt mit dem Wasser, um mir ein paar Minuten alles noch einmal zu vergegenwärtigen. Je mehr ich darüber nachdachte, desto weniger konnte ich mir meine Mutter vorstellen, wie sie in jungen Jahren heimlich das Bett eines gewissen Adrià Villar umschwärmte (wobei es sich um einen falschen Namen handeln mußte, denn ich hörte ihn zum erstenmal). In anderen Zeiten wäre das der Anlaß zu einem Duell gewesen, doch jetzt plaudern wir bloß darüber. Und kein Wort über meinen Vater. Ich wünschte zwar, daß alles ein Ende hätte, aber mich begann auch die Neugierde zu packen.

Bei Tisch hatte man mir einen Platz zwischen Emília und Camila freigehalten. Gertrudis saß mir gegenüber. Zu Beginn versuchte ich sie für das zu interessieren, was ich sagte, doch sie antwortete einsilbig; sie schien fasziniert zu sein von dem Gespräch zwischen Casanova und Ficinus. Ich wandte mich an Emília und stieß auf eine viel herzlichere Anteilnahme. Camila, Artur und Simon waren nach wie vor mit den Geschichten dieses Tages beschäftigt.

»Ist es nicht ein großer Zufall«, sagte Camila, »daß die einzigen veränderten Namen in Kolinskis Erzählung (also alle außer Adrià, Ester, Sílvia, et cetera) die sind, die schon in anderen Geschichten erwähnt worden sind?«

»Wenn Florida und Eugènia die Leute bei ihrem Namen nannten«, meinte Simon, »ist doch klar, daß Talmann sie verändert hat.«

»Dafür würde ich nicht die Hände ins Feuer legen«, sagte Artur. »Die späteren Erzähler, auch Kolinski selbst, können es getan haben.«

Ich hatte mehr denn je den Eindruck, daß dieser Weg zu keiner Lösung führte. Kolinski, Ficinus und selbst Gertrudis zu bitten, Klartext zu reden, war völlig zwecklos. Sie drückten sich immer klar aus. Und mehr noch als das, was uns verborgen blieb (wenn überhaupt etwas absichtlich verborgen wurde, das mußte sich erst herausstellen), interessierte mich der Beweggrund. War es Zerstreuung, Spiel? Was steckte dahinter, das Simon, Emília, Camila und ich sowie teilweise Artur und Gertrudis nicht wußten? Etwas schien offenkundig: Die Erzähler hüteten sich ernstlich davor, dem schwärmerischen Zweifel eine Tür offenzulassen, die realistische Gefälligkeit ins Schwanken zu bringen und die Rolle des Stolzes bei jeglicher Meinungsäußerung zu bekämpfen oder zumindest aufzudecken. Ich nahm mir vor, von nun an mehr darauf zu achten.

Wir waren mit dem Abendessen fertig, Emília wandte sich an Kolinski.

»Welche Mission hattest du auf der Googol?«

Kolinski setzte zu einer Antwort an, doch Camila kam ihm zuvor.

»Warum begeben wir uns nicht in den Avalon, du könntest uns das Ende der Geschichte erzählen.«

Kolinski wollte aufstehen, doch Ficinus faßte ihn am Arm.

»Laßt es uns für morgen aufheben«, sagte er. »Heute haben wir unseren Gast sehr beansprucht, er möchte sicherlich ausruhen.«

Wir sahen ihn an, Kolinski protestierte, allerdings nicht energisch genug, um uns vermuten zu lassen, daß Ficinus' Bemerkung unbegründet wäre; also entschieden wir, es auf morgen zu verschieben.

Als wir vom Tisch aufstanden, schlug mir Emília vor, einen Spaziergang im Garten der Dämmerung zu machen. Teresa Mauret hörte es und tadelte uns, als wären wir zwei Kinder.

»Jetzt, in der Dunkelheit? Ihr Unglücklichen werdet euch umbringen!«

»Was soll das!« erwiderte Emília. »Die Nacht ist wunderbar klar und windstill. Willst du uns begleiten?«

»Auf gar keinen Fall, ihr macht das schon«, sagte sie lachend. Aus ihrer Bemerkung schloß ich, daß sie nicht zum erstenmal hier war; sie kannte demnach die äußere Treppe, die zum Garten führte, doch seit ihrer Ankunft war sie meines Wissens nicht dort gewesen. Merkwürdig, Casanovas Frau war also nicht neu hier; ich lachte vor mich hin; ich war bereits vom Argwohn meiner Freunde angesteckt worden.

»Gehen wir?« fragte Emília. »Es scheint sich niemand anschließen zu wollen.«

Wir durchquerten den Gang beinahe im Laufschritt. Ab und zu kam mir der Gedanke, daß die Frau, mit der ich all das eigentlich tun wollte, nicht Emília, sondern Gertrudis war, doch er verschwand gleich wieder ohne besondere Willensanstrengung. Das Verlangen, glücklich zu sein, ist möglichkeitsabhängig, und es sind keine besonderen Balanceakte nötig, wenn es um eine Frau wie Emília geht.

Die Stufen im Freien waren zum Teil mit Schnee und Eis bedeckt. Die Nacht war herrlich klar und dunkel, und seltsamerweise blieb, da man neben der Treppe absolut nichts sehen konnte, das Gefühl der Leere und des Schwindels aus, das einen bei Tageslicht erfaßte: dir wurde geistig und körperlich ein objektiver Schutz vorgegaukelt. Ich mußte mich bemühen, mir vor Augen zu halten, daß diese Sicherheit illusorisch war, und daran zu denken, daß mich beim kleinsten Ausgleiten ein Abgrund von mehreren hundert Metern Tiefe erwartete.

Wir kamen oben an. Die Bäume glichen schwarzen Ausbuchtungen, manchmal erinnerte uns ein Windhauch an ihre wahre Natur. Es schien kein Mond, die Sterne waren so deutlich zu sehen, wie man es an einem tiefergelegenen oder bewohnten Ort nie erleben konnte. Emília blieb wenige Meter hinter der Treppe, in der Nähe der Palme, stehen.

»Weißt du die Namen der Sterne?« fragte sie.

Ich erinnerte mich ziemlich genau an die Grundkenntnisse in Astronomie, die ich mir vor einigen Jahren angeeignet hatte.

»Ich kenne die Namen der wichtigsten«, antwortete ich, und sie trat ein paar Schritte zurück, um eine bessere Sicht zu haben, da die Bäume einen Teil des Firmaments verdeckten. Wir lehnten uns an die breite Steinmauer, die in südlicher Richtung einen Bogen beschrieb, um der Treppe Platz zu machen. Von dort aus zeigte ich auf die Sternbilder: »Das dort ist der Stier, mit Hörnern und dem Auge, dem Aldebaran; um ihn herum die Hyaden, ein wenig darüber die Plejaden. Direkt über uns ist Orion; die drei Sterne in der Mitte bilden den Gürtel, die schwächer leuchtenden unterhalb (von denen einer nicht nur ein Stern ist, sondern zum Orionnebel gehört) formen das Schwertgehänge. Die zwei Hauptsterne sind Rigel und Beteigeuze. Weiter links, in Richtung Osten, befinden sich die zwei Jagdhunde Orions: der Kleine Hund mit dem Hauptstern Prokyon und der Große Hund mit Sirius, dem am hellsten strahlenden Stern, der von der Erde aus zu sehen ist. Weiter drüben, hinter der Milchstraße, sind die Zwillinge ...«

»Oh«, unterbrach sie mich, »weißt du, daß ich ein Zwilling bin?«

Ich hatte den Eindruck, daß sie meine Erklärungen nicht wirklich begeisterten, und lenkte deshalb das Gespräch in eine andere Richtung.

»Vielleicht waren die Völker glücklicher, als Astrologie und Astronomie noch ein und dieselbe Wissenschaft waren; es ist auch durchaus angebracht festzuhalten, daß die meisten Übel im Abendland ihre Wurzel in der Trennung von Geist und Materie haben.«

»Und von dieser Trennung hat die jeweils herrschende Intelligenz abgeleitet, daß es sich bei der Astrologie um Schwindel handelt«, sagte sie, ohne daß ihr Tonfall verriet, ob sie diese Ansicht teilte.

»Es ist Schwindel, aber wir würden es deutlicher sagen, wenn die empirischen Wissenschaften unfehlbar wären. Die Medizin, die Soziologie, die Meteorologie und unzählige andere Disziplinen sind mit ihren Ergebnissen wahrscheinlich nicht weniger betrügerisch; die Astrologie ist eine zusätzliche Betrachtungsweise, die für ihre Benutzer immer den Zufall ins Spiel bringen wird.«

»Der Gestaltungsprozeß beim Ersinnen von Konstellationen«, sagte sie, »ist dem der poetischen Sprache vergleichbar: Ein Vorgang der stündlichen Identifikation und Orientierung in der Nacht, doch eine Form des Traums, der Erinnerung und eines Gebildes aus Geschichte und unwandelbaren Erkennungszeichen.«

»Bleiben wir dabei, sie übertragbar zu nennen«, warf ich ein, worauf sie sich umdrehte und lachte.

»Ja, vielleicht, ich habe ein wenig übertrieben.«

Sie umarmte mich sanft; ich befürchtete, den offenkundigen Gegebenheiten nicht gewachsen zu sein; ein schlechter Augenblick für Umschweife. Ich ging auf ihre Initiative ein. Dann liefen wir zwischen den Bäumen entlang.

»Sieh mal«, sagte ich zu ihr, während ich erneut den Himmel betrachtete, »die drei Sterne im Gürtel von Orion befinden sich auf einer Linie mit den drei Bäumen in der Mitte des Gartens.«

»Ja, das stimmt; und die Anordnung von Apfelbaum und Buchsbaumsträuchern folgt dem Schwertgehänge.«

»Einen Moment.« Ich blieb stehen. »Der Standort der Pinie stimmt genau mit dem von Beteigeuze überein, der der Palme mit dem von Rigel.« Ich überprüfte es noch einmal, und wir sahen uns schweigend an. »Der Standort der Zypresse und der Esche entspricht dem von Bellatrix und Saiph, den anderen Sternen der Konstellation. Die Bäume des Gartens der Dämmerung folgen genau der Anordnung der Sterne im Orion!«

»Wo sind wir hingeraten?« fragte sie mit einer Beklommenheit, von der ich mich nicht anstecken lassen wollte. »Was bedeutet dieser Ort?«

»Was meinst du damit?«

»Ich weiß nicht. Bäume, deren Anordnung einem Sternbild entspricht, ungewöhnliche Temperaturen … Es muß ein Heiligtum sein.«

»Ein Heiligtum? Welchen Kultes?« sagte ich, verärgert über die Ungewißheit. Ich ging zum Marmortisch. »Hier befindet sich ein Stern (in Wirklichkeit sind es drei), der dem Kopf des Riesen entspricht. Und kein Baum ist da, sondern diese Art Tisch.«

Ich stellte ihn mir als einen im Kreis wandernden Gegenstand vor, Sinnbild der Stunden, eines winzigen Azimutkreises, was er strenggenommen nicht war, sondern die symmetrische Ebene zum Nordpol, bezogen auf den tatsächlichen Zenit.

»Er ist mir immer wie ein Altar vorgekommen«, meinte sie und nahm mich fest am Arm. »Ich kann dir nicht sagen, warum, aber ich habe entsetzliche Angst. Laß uns weggehen.«

»Warte; wie hieß der Stern im Kopf des Orion? Ich kann mich jetzt nicht erinnern! Da fällt mir ein, in den Sockel der mittleren Säule, die aus dem Tisch ragt, ist ein Name eingeritzt.«

Ich näherte mich und zündete ein Streichholz an. Der Wind blies es aus, ich hielt ein weiteres hin. Meissa! Das war der Name des Sterns im Kopf, der endgültige Beweis, daß der Garten eine Nachbildung des Sternbildes war. Aber warum? Und welche besondere Bedeutung hatte der Kopf, daß hier statt eines Baumes diese eigentümliche Konstruktion stand? Und die Figuren des Kapitells? Sie konnten ohne weiteres Darstellungen von Sternbildern sein: Adler, Stier, Löwe; und die an der Stirnseite durchaus Wassermann!

»Gehen wir, ich bitte dich!« sagte Emília.

Sie sprach leise, so als wäre jemand hinter uns her, und zog mich am Arm.

»Wie seltsam«, bemerkte ich, »etwas Derartiges habe ich noch nie gesehen. Was kann es bedeuten?«

»Wir werden morgen danach forschen.«

Es war nicht sehr höflich gewesen, sich dem so mächtigen Wunsch einer Dame zu widersetzen; ich entschuldigte mich, und wir gingen zum Haus zurück. Auf der Treppe war die Luft nun schneidend, und die Leere drohte mich in ihr scheußliches endloses Eis hinabzuziehen. Als wir die Tür des Ganges erreichten, zitterten mir die Knie (und es machte mir nichts aus, das auch zuzugeben).

Während wir dem unterirdischen Weg folgten, sagte Emília nichts, und ich faßte eine Reihe von Entschlüssen.

»Ich glaube«, unterbreitete ich ihr, »es ist besser, wenn wir niemandem erzählen, was wir entdeckt haben. Jetzt gehen wir in die Bibliothek und suchen nach Büchern über Astronomie.«

Sie war vor mir, drehte sich nicht um und antwortete auch nicht, so daß ich nicht wußte, ob sie mir zugehört hatte; wir gingen direkt zu den Bibliotheken.

In den ersten drei fanden wir nicht, was wir suchten. In der vierten (der ganz hinten gelegenen) saßen Kolinski, Ficinus, Casanova und Teresa Mauret und unterhielten sich. Als wir hereinkamen, unterbrachen sie sich demonstrativ.

»Wir wollen ein paar Bücher heraussuchen, wenn ihr erlaubt«, verkündete Emília.

Wohl um einen entschuldigenden Tonfall zu vermeiden, sprach sie so heiter und ungezwungen, daß ich beinahe gelacht hätte. Du liebst also auch die Komödie, dachte ich.

Dort standen die verdammten Traktate über die Astronomie; wir zogen die neuesten Bücher heraus: Kosmotopologie, Nachweis und Analyse von Strahlen, deutsche Karten, um alle Himmelskörper zu orten, und die alten Kosmogonien und Abhandlungen, darunter auch die von Hipparch, Aristarchos, Eudoxos, Kleostratos, Al-Battani und Al-Sufi, die *Phainomena* von Aratos, *Über den Himmel* von Aristoteles, *Almagest* von Ptolemäus und eine kommentierte Ausgabe der *Astronomia* des Hyginus, die ich zufällig auf den Seiten über die Zwillinge aufschlug; ich zeigte sie Emília. Ich dachte an die doppelte Natur, an die Paare, die einander so ähnlich sind, daß sie sich gegenüberstehen: die hinduistischen Azwin, die phönizischen Kabiren, die mithrakischen Dadophoren, die semitischen Tamim, Metatron und Samael, die Dioskuren von Sparta, Führer und Beschützer der Seefahrer (auch der Googol), der eine der Sohn eines Sterblichen, der andere der Sohn des Zeus, die das Schicksal des ewigen Lebens miteinander teilen wollten; schließlich Ω und der namenlose Mann, der ihn stützt. Inzwischen hatte Emília umgeblättert, die Lektüre sein lassen und wählte nun weitere Bücher aus. Beide nahmen wir die mit, die uns hilfreich und umfassend zu sein schienen.

»Bis morgen«, sagte ich zu Kolinski und den anderen, etwas verärgert, daß sie uns nicht aus den Augen gelassen hatten.

»Gute Nacht«, erwiderte Casanova, indem er den zuvor von Emília verwendeten Tonfall nachahmte.

Als wir schon fast an der Tür waren, brach Ficinus das Schweigen.

»Er ist genauso wie sein Vater«, sagte er ganz leise; aber ich hatte es gehört und drehte mich um.

Alle vier sahen mich an; wieder einmal befürchtete ich, zu weit zu gehen, und reagierte nicht. Emília mußte es bemerkt haben, denn sie zog mich mit der freien Hand nach draußen.

»Hast du gehört, was er gesagt hat?«

»Klar habe ich es gehört. Und was ist dabei?« lachte sie.

Ich versuchte die Worte von Ficinus in meinem Inneren zu wiederholen. Hatte er es resigniert gesagt? Voller Zorn? Mit Verachtung, mit Bewunderung? Unmöglich, es festzustellen. Hatte er es gesagt, weil er wußte, daß ich es hörte? Oder, damit ich es hörte? Ich fühlte mich gefangen und wußte nicht, warum.

»Hilfst du mir, Material zu Orion zu finden?« fragte ich Emília.

»Jetzt?« fragte sie, als hätte ich ihr eben den absurdesten Vorschlag gemacht.

Zuerst der grobe Irrtum von Kolinski, dann Carters Unverschämtheit, nun das. Was versuchten mir diese Leute weiszumachen? Welches Rätsel umgab ihrer Meinung nach meinen Vater, welche Unsicherheit oder Verwicklung wollten sie mir einreden? Ich betrachtete Emília, die mit dem Stoß Bücher auf mich wartete.

»Wie wär's, wenn wir die Nachforschungen auf morgen verschieben und das Gespräch in Ruhe fortsetzen?«

»Welches Gespräch?«

»Ich weiß nicht, irgendeins«, gab ich ein wenig erschrocken über die Durchsichtigkeit meiner Absichten zur Antwort.

»Einverstanden. Lassen wir die Bücher in deinem Zimmer, und gehen wir zu mir; ich habe eine Flasche eisgekühlten Grappa.«

Das taten wir. Sobald Frauen eine Entscheidung über dich getroffen haben, stellte ich verwundert fest, ist dein Handeln nur noch von geringer Bedeutung. Du kannst dich wie ein Prinz oder wie ein Enterich benehmen, das Ergebnis ist dasselbe.

Emílias Zimmer war im Südflügel gelegen, also mit dem Fenster nach Norden, auf den Innenhof. Wir blickten von der Galerie aus, die den Angrenzenden Garten von den Schlafzimmern trennte, ein letztes Mal zu Orion. Emília holte den Grappa (einen ganz besonders aromatischen aus Aquileia) aus einem winzigen Kühlschrank.

»In meinem Zimmer gibt es keinen solchen Luxus«, merkte ich an. Sie entnahm dem Kühlschrank auch zwei zierliche Kristallgläser, wir stießen an.

Die Bezüge der Polstermöbel, die Vorhänge, der Spannteppich und der Bettüberwurf waren im gleichen Grün gehalten. An den Wänden hingen, im Gegensatz zu den anderen Zimmern, nur drei gerahmte Bilder. Eines stellte eine Schlacht dar; die Figuren trugen die Kleidung römischer Legionäre; ich machte mir nicht die Mühe, nachzusehen, was am unteren

Ende des Stiches stand. Das andere war ein auf Japanpapier in großen Goldoni-Lettern gedrucktes Gedicht, das ich zwar betrachtete, aber nicht las. Beim dritten handelte es sich um den unvermeidlichen Schmetterling, aus derselben Serie wie die anderen. Sein lateinischer Name: *Parnassius apollo*.

Die Absicht, die uns in Emílias Zimmer geführt hatte, dürfte für beide nicht besonders vordringlich gewesen sein, denn wir plauderten noch eine Weile. Mein Wunsch, mich keinen Unannehmlichkeiten auszusetzen – und nicht etwa die Angst vor einem Scheitern, das keine Katastrophe gewesen wäre –, ließ mich vorsichtig sein.

Emília ergriff keinerlei Initiative (wahrscheinlich meinte sie, diese schon durch die Einladung in ihre Höhle zum Ausdruck gebracht zu haben), und das Terrain, das ich gewann, wurde mir ohne weiteres überlassen, aber auch ohne Leidenschaft, die mich die Welt hätte vergessen lassen. Trotz der guten Vorsätze kam mir Gertrudis in den Sinn, und ich wollte gehen. Mein Unbehagen blieb nicht unbemerkt.

»Gibt es irgend etwas, das dich besonders bekümmert?«

»Ja«, antwortete ich, »mich stören die vielen versteckten Anspielungen auf meinen Vater.«

Das war nicht ganz gelogen; dieses Problem ärgerte mich wirklich, ich hatte notgedrungen darauf zurückgegriffen, um ein anderes, weniger passendes zu verdrängen.

»Sagst du das, weil du das vorhin von Ficinus gehört hast?« fragte sie. Ich nickte, und sie setzte sich auf meinen Schoß. »Ich würde es nicht so ernst nehmen; mir kam es wie ein Lob vor.«

»Meinst du?«

»Was soll daran schlecht sein, daß du deinem Vater ähnelst. Oder hast du irgendeinen Grund, warum dich diese Beobachtung verletzen könnte?«

»Gewiß nicht«, sagte ich, ohne zu zögern, »eben deshalb weiß ich nicht, warum ich mir Andeutungen anhören muß.«

Sie näherte sich mir, und wir küßten uns mit sanfter Zurückhaltung und allmählich heftiger.

»Mich wundert es nicht. Das Schicksal deiner Eltern ist brillant genug, um mehr als nur Gerüchte hervorzurufen.«

»Was willst du damit sagen?« fragte ich und machte mich los. Sie knöpfte ihr gelbes Kleid auf und streckte sich auf dem Bett aus.

»Laß uns später darüber reden «, sagte sie mit träger Stimme und zerzauste ihr Haar, zunächst mit den Händen, dann mit den Armen.

Diesmal kam ich auf meine Kosten. Emílias Verhalten überstieg meine kühnsten Erwartungen; sie war, wie ihr Äußeres verriet, eine Raubkatze. Kurz darauf lagen wir nebeneinander im Bett, uns war heiß, unsere Kehlen waren trocken. Der Grappa war warm geworden, sie ging zum Kühlschrank. Sie reichte mir ein Glas kaltes Wasser und legte sich wieder zu mir.

Sie liebkoste mich mit ihren unwiderstehlichen riesigen Gazellenaugen, die durch die Nähe ein wenig schielten.

»Was weißt du denn über meinen Vater?« fragte ich sie.

»Gar nichts«, flüsterte sie.

»Was heißt gar nichts? Du hast doch gerade eben gesagt, du würdest mir von seinem Schicksal erzählen!«

»Das habe ich nicht gesagt«, protestierte sie. Ich richtete mich empört auf, weil mir wieder das vorenthalten wurde, was mir zustand. »Was willst du? Deine Mutter hat eine wichtige Rolle innerhalb des Mir-Clans gespielt; und was sollte ich dir von deinem Vater erzählen, was du nicht ohnehin weißt? Wenn du dich nicht erinnerst, wie sollte ich es dann, die geboren wurde, als er schon gestorben war!«

Ich stand mit einem Ruck auf und ging um das Bett herum. Das eingerahmte Gedicht fiel mir ins Auge; es lautete so:

Die dunkle Glut, die uns hierher gebracht,
Brennt nicht im Heim, das deinen Wahn behütet,
Nicht im Gemäuer, das im Zwielicht brütet,
Im rauhen Wind der Frühe nach der Nacht.

Glänzende blaue Flamme, die dir vermacht
Sommer am Meer, das Gegenlicht wütet,
Azur und Silberweiß die Luft vergütet,
Mit Duft erfüllt und Wassertropfen sacht.

So sehr du auch versuchst, den Geist zu fangen,
Wirst du doch immer sehen müssen diesen Glanz,
Stete Rückkehr der Herrschaft des Süden spürn.

Sonnen und Licht zerschneidet mit Zangen
Südwind des Herzens, offen für den Tanz
Des dunklen Feuers, das dich zu mir soll führn.

Es war alles zwecklos. Ich betrachtete Emília, die ausgestreckt auf dem Bett lag, ihr Haar über das Kissen gebreitet, frech und bezaubernd in ihrer Nacktheit. Was wollte sie von mir? War es eine Provokation, eine Überwachung? Ich empfand Mißtrauen. Die Ankunft, das Gebäude, die Geschichten, der Garten ... Dieser Ort setzte mir zu. Ich dachte, wenn ich so alt geworden war, ohne ernsthaft unter den tieferliegenden Wurzeln meiner Herkunft zu leiden, würde eine weitere Nacht wohl auch nicht schaden. Was lag in ihrem Blick? Angst? Argwohn? Spott, Saat der Widersprüche und Vorahnungen? Begehren? Verachtung? Liebe? Ich hätte beinahe über mich selbst gelacht, über das dumme Ideengemisch. Liebe in Zeiten des Krieges, Verzweiflung, die verwegene letzte Hoffnung ... Was machten wir, eingeschlossen in dieser Festung?

»Es ist nicht so wichtig«, sagte ich zu ihr und bemühte mich um ein belangloses Lächeln.

Es wäre eine unverzeihliche Dummheit gewesen, eine Nacht mit der schönsten und wildesten Frau, die ich je gesehen hatte, in Diskussionen verstreichen zu lassen. Sie folgte mit ihrem Lächeln meinen Gedanken, so als hätte ich sie laut ausgesprochen, und wir fanden uns in einer endgültigen Umarmung wieder. Es schien an der Zeit, die Sorgen beiseite zu lassen und wieder in die dargebrachte Frucht zu beißen; vielleicht war das die einzige greifbare Wahrheit, die mir hier bislang geboten worden war.

III

Das wiedergefundene Juwel[*]

---

[*] Das katalanische *La joia retrobada* bedeutet auch: Die wiedergefundene Freude. (Anm. d. Ü.)

Fünfter Tag

Was geht beim Verlust der Jugend verloren? Alles, was unerreichbar, schwer verständlich, unbekannt ist, oder vielleicht der Wunsch, es besitzen zu wollen. Waren es Zeichen des Unvermögens? Ich möchte sie lieber als Zeichen der Liebe betrachten. Was hat es für einen Sinn, den Tod aufzuschieben, wenn du festgestellt hast, daß seine ersten Auswirkungen, der Mangel an Impulsen und der zwingende Verzicht auf die wesentlichsten Gewohnheiten, dich bereits erreicht haben? Es heißt, Reife bringt nicht die Tugend der Geduld mit sich, sondern sie dämpft durch Trägheit, Verzicht und geringere Vitalität die Ungeduld.

Der fünfte Tag meines Aufenthaltes in Gimellions Haus begann in Emílias Zimmer. Als ich aufwachte, war sie schon fort. Ich hätte sie gerne gefragt, ob sie am Vorabend im Garten der Dämmerung wirklich Angst gehabt hatte, doch nachdem die Wirkung vorbei war, war die Möglichkeit, eine spontane Antwort zu erhalten, nur noch gering. Während ich mich anzog, dachte ich, ob mich von jetzt an irgendeine übertriebene Geste von ihr im Beisein der anderen beschämen würde, so als würde mich ihr lächerliches Benehmen (das gewiß nur ich wahrnahm) irgendwie angehen.

Das Licht deutete darauf hin, daß es nicht mehr früh war. Ich ging ins Eßzimmer; dort saßen Simon, Artur, Camila und Emília schon seit längerer Zeit beim Frühstück. Mir wurden Toastscheiben, Orangensaft, Butter, Honig, warme Brötchen, Kuchen und Milchkaffee gebracht. Ich nahm an, daß sich demnächst alle in den Avalon begeben würden, um das Ende von Kolinskis Geschichte zu hören; ich sprach Simon darauf an, doch er schüttelte den Kopf.

»Ich befürchte, heute wird es keine Geschichten geben.

Kolinski und die anderen haben einen arbeitsreichen Tag im Nachrichtenraum vor sich.«

Ich betrachtete Emília mit einer gewissen Eindringlichkeit. Nicht, daß ich Verliebtheit erwartet hätte, doch ihre Gleichgültigkeit war kein besonders schmeichelhafter Nachklang der Nacht. Ich hatte mir vorgenommen, liebenswürdig zu sein, doch ich mußte feststellen, daß sie das gar nicht brauchte. Du wirst schon sehen, dachte ich, und bekam Lust zu lachen, als ich mich dabei ertappte, daß ich das vermißte, was ich im Begriff war geringzuschätzen.

Als alle mit dem Frühstück fertig waren, schlug Artur vor, sich die Beine zu vertreten. Es war schön draußen (wenn auch vielleicht nicht so klar wie am Vortag), und Simon und ich stimmten zu. Wir verließen das Gebäude durch das Hauptportal (das tat ich zum erstenmal seit meiner Ankunft) und gingen bergab. Es ist schwer vorstellbar, wie sich die Zeit nach der Beweglichkeit ausrichtet, gleich der Intelligenz des Cibor auf der Googol. Wir hatten fünf Tage im Haus verbracht, und von innen betrachtet, schien ein Monat vergangen zu sein. Nun, da ich mich an diesem sonnigen Tag ein wenig entfernte, glaubte ich, erst seit letzter Nacht dort zu sein. Der Weg führte immer steiler bergab, und das Gehen über den verharschten Schnee war nicht sehr angenehm.

»Ist euch eigentlich klar«, sagte Simon, »daß wir diesen Weg auch wieder hinauf müssen?«

Wir waren eine Stunde gegangen und kehrten um. Bergab waren wir rasch und schweigsam vorangekommen, auf dem Rückweg liefen wir gemächlich, in ein Gespräch vertieft.

»Wenn sich zwei Personen auf ein und dieselbe Tatsache beziehen, finden wir es logisch, daß eine von beiden Neues einflicht, denn sonst würden wir an die Möglichkeit der absolut getreuen Wiedergabe einer Sache glauben, die allgemein als unwahrscheinlich zu gelten scheint«, meinte Artur.

»Einverstanden«, erwiderte Simon, »aber wenn ständig Neues hinzugefügt wird, läßt sich keine Lösung finden. Es gibt immer einen Ausgang, der Verrat an der Grundposition übt, mit der anfangs der Konflikt ausgedrückt wurde.«

»Darin liegt der Unterschied zwischen der Wirklichkeit

und dem Kriminalroman«, sagte Artur. »Die Romane sind abgeschlossen (zumindest in den Absichten des Autors, auch wenn es oft schwierig ist, das zu erkennen), und deshalb gehören die Lösungsschlüssel zu den Spielregeln. Das passiert in der Wirklichkeit nie, sie ist offen und so weit verzweigt, daß niemand über sie auf einer begrenzten Grundposition erzählen kann.«

»Wenn Enthüllungen oder widersprüchliche Lösungen unter den Erzählern auftauchen«, bemerkte ich, »liegt also weder Verrat noch Widerspruch vor; der Irrtum besteht in unserem prinzipiell falschen Bild als Zuhörer.«

»Ich bin bereit, dem zuzustimmen«, beharrte Simon. »Genau das hat dir Gimellion gestern gesagt«, wandte er sich an Artur. »Doch da stellt sich eine weitere Frage: Die nach den absichtlichen Ungenauigkeiten, die nicht von der Zeit oder den verschiedenen Blickwinkeln herrühren und auch nicht von der Tatsache, daß der Erzähler sich nur auf einen bestimmten Aspekt der Geschichte stützt. Die Wahrheit zeichnet eine Figur, die sich der Realität anpassen möchte, daran sind auch die Erinnerung und die Überlagerung von eigenen Wünschen beteiligt. Trotz der Unterschiede, die diese und andere Faktoren ins Spiel bringen, ist das Endergebnis für gewöhnlich durchaus annehmbar. Doch was ist mit den Lügen? Handelt es sich bloß um eine, ist die Sache klar; bezogen auf eine konkrete Begebenheit, ist sie ein verzerrendes Element. Das Seltsame (Unvorhersehbare) geschieht, wenn die Figur das Ergebnis verschiedener Lügen ist. Die Interessen, die dieses Gebilde hervorgebracht haben, ergeben eine Sicht der Wirklichkeit, die häufig mehr aufdeckt als die sogenannte Wahrheit.«

»Das sind«, unterbrach Artur, »weiter nichts als Operationen der Logik.«

»Nein«, sagte Simon, »und zwar aus zwei Gründen. Zunächst einmal, weil ich nicht von falschen Aussagen – zum Beispiel: ›Artur ist achtzig Jahre alt‹ oder: ›Heute gehen wir auf den Bergen des Himalaya spazieren‹ – rede, sondern von gefühlsbedingten Einflechtungen, die, nach einer Lüge, weit über eine Strategie hinausgehen. Hinter einer Reihe von Lügen verbirgt sich etwas mehr als die Vielschichtigkeit von

mehr oder weniger objektiven Interessen, nämlich die tief-
gründige Geschichte der Menschen.«

»Ich bin nicht sicher, ob ich dich verstehe«, sagte ich. »Auf
welche großen Lügengebilde beziehst du dich?«

»Ich spreche weder von Gesetzen noch von Religionen«,
erklärte er, wir lachten. »Ich glaube, eine Reihe von verdrehten Aussagen über ein und dieselbe Tatsache sind ein sehr
brauchbares Werkzeug der Erkenntnis; die Wahrheiten erzeugen durch ihre Enge oder durch ihre Vielseitigkeit oft
mehrdeutige Wege. Eine Wahrheit ist flach und ausschließlich. Die Beweggründe für die Lügen hingegen zeichnen ein
viel präziseres und logischeres Bild von der Welt, viel reicher
an zusätzlichen Fakten.«

»Also, angenommen, du stellst mir eine Frage zu einem bestimmten Thema, und ich antworte dir mit einer Lüge, dann
erhältst du dadurch mehr Information, als wenn ich dir die
Wahrheit sage«, folgerte Artur.

Simon blieb stehen und sprach langsam.

»Vielleicht habe ich mich nicht klar genug ausgedrückt. Mit
einer einzigen Lüge läßt sich nichts anfangen; es geht darum,
eine Menge davon aus verschiedensten Quellen geboten zu
bekommen und dann das Negative zu betrachten, das sie von
dem betreffenden Geschehen gezeichnet haben. Die Wahrheiten zeichnen das Positive, doch sie tun es schlecht, ohne
die Folgen, die Vorläufer und die Nebenhandlungen. Die Lügen bilden die Form.«

Artur und ich sahen uns an, vielleicht in der Hoffnung,
beim anderen auf eine größere Überzeugung zu stoßen, als
man selber hatte.

»Mir ist nicht klar, warum die Gesamtheit wahrer Aussagen
weniger exakt sein soll als das Negative der falschen.«

»Vergeßt nicht, daß wir von komplizierten Aussagen, nicht
von Sätzen sprechen«. Er hielt inne. Ich wollte ihn fragen,
worin für ihn der Unterschied zwischen einer komplizierten
Aussage und einem Satz bestehe, doch er hielt mich mit einer
Geste zurück und fuhr fort: »Ich möchte sogar noch weiter
gehen. So wie die menschliche Natur beschaffen ist, erweist
es sich als nahezu unmöglich, mehr als drei genaue Beobach-

tungen über eine Tatsache zu machen, auf drei Aspekte bezogen und in drei verschiedenen Abstraktionsstufen. Zum Beispiel: Ein objektiver Bericht über eine bestimmte Handlung einer Person, über ihre Beweggründe und die Wirkung auf andere, ist (abgesehen von einer besonderen Ausnahme) nicht machbar; zumindest in einem der drei Punkte gäbe es Falsches oder wenigstens Ungenaues.«

»Entschuldige«, unterbrach Artur, »wir sind wieder bei der gleichen Frage gelandet; du setzt voraus, daß es die exakte Wiedergabe eines Ereignisses gibt.«

»Ich habe mich nicht auf absolute, sondern auf relative Begriffe bezogen, auf eine für gewöhnlich als exakt angenommene Annäherung, im Unterschied zu einer anderen, die sich so weit von den Gegebenheiten entfernt, daß sie als ungenau bezeichnet werden kann.«

Artur lachte.

»Wenn es sich um relative Begriffe handelt, dann bedeutet das, daß sie subjektiv sind. Deshalb ist eine Aussage, die du als besonders exakt einschätzt, für mich weniger exakt als eine andere, und umgekehrt.«

»Gut«, sagte Simon, »genau darauf will ich hinaus, heben wir uns das Thema für später auf.«

»Wie du willst«, fügte sich Artur. »Wir sind also bei den drei Betrachtungsweisen gewesen, von denen mindestens eine falsch sein würde.«

»Dann«, fuhr Simon fort, »müssen diese drei Fragen mehr als einer Person gestellt werden: Der Hauptfigur, dem Opfer der Handlung, einem direkten Zeugen, der sie beide nicht kennt, einem Bekannten, der nicht dabei war und den Sachverhalt erzählt bekommen hat, und so weiter. Doch in dem Fall hat es keinen Sinn mehr, von Objektivität zu sprechen, denn wir gehen nicht mehr von der wahrhaften, der Allwissenheit entspringenden Fassung aus, sondern uns interessiert der Vergleich der verschiedenen Versionen, unabhängig davon, ob man nun die eine für richtig und die andere für falsch hält; oder – und damit wollen wir nicht länger über diesen Punkt diskutieren – die Frage, ob alle als falsch zu betrachten sind, weil eine absolute Deutung der Realität unmöglich ist.«

»Die Suche nach der Wahrheit ist ganz schön verworren«, murmelte Artur. Simon lachte.

»Die getreueste Annäherung an die Tatsachen (wenn ihr nicht von Wahrheit sprechen wollt) ergibt sich paradoxerweise aus der Gegenüberstellung der unterschiedlichen Versionen mit dem Wesen oder der Haltung derjenigen, die sie vertreten.«

»Und das tun wir hier in diesen Tagen?« fragte ich. Ich erinnerte mich an die uralten, Hunderte von Seiten umfassenden Dossiers, in denen die Informationen über eine bestimmte Angelegenheit gesammelt wurden: über einen großen Betrug, die Korruptheit eines wichtigen Politikers, eine gescheiterte Revolte. Man trug Zeugenaussagen, Details, Meinungen, Einschätzungen von Haltungen und Worten des einen und des anderen zusammen. Am Ende machte es der entstandene Wirrwarr unmöglich, einen Schluß zu ziehen, und genau darin lag der entscheidende, soeben begangene Irrtum: Mit dem Zusammenfassen, Auswählen, dem Reduzieren der verschiedensten Elemente auf ein Ergebnis wird die Annäherung an die Wirklichkeit aufgehoben, die gerade in der Anhäufung und der Verwicklung zum Ausdruck kommt. Simon hatte recht, aber nur, sofern man vom letzten Teil des Vorgangs absah; ich beantwortete mir die Frage selbst: »Ich weise euch darauf hin, daß auch dieser Prozeß subjektiv ist und daher nicht zuverlässiger als jede andere Version, mit der spekuliert wird; demzufolge müßte, wie es Simon gesagt hat, mehr als eine Person so handeln, und andere müßten dann die Schlußfolgerungen vergleichen und die Eigenheiten der einzelnen berücksichtigen. Der Empfänger des Ergebnisses ist ebenfalls subjektiv; der Vorgang muß wiederholt werden, so daß sich die Lösung ins Unendliche entfernt: je weiter sie weg ist, desto mehr verformt sie das ursprüngliche Bild.«

»Sie entfernt sich nicht«, sagte Simon; »du näherst dich ihr immer mehr an.«

»Im Gegenteil«, merkte Artur an, »sie ist immer weiter weg, weil sie die Absicht der Subjektivität immer mehr aufteilt und immer größer wird. Am Ende eines Vorgangs, wie du ihn beschrieben hast, ist es sehr wahrscheinlich, daß du nicht mehr weißt, was du eigentlich herausfinden wolltest.«

Der Eindruck, den das Gebäude auf mich bei meiner Ankunft gemacht hatte und den ich nicht als endgültig annehmen wollte, weil es Nacht und der Ort mir völlig unbekannt war, fand sich nun bestätigt. Der Gesamtkomplex mit Mauern und Gärten war so getarnt, daß nur ein Eingeweihter oder ein sehr aufmerksamer Beobachter ihn von zwei oder drei Stellen des Weges aus erkennen konnte. Für einen kurzen Augenblick zeichneten sich schemenhaft die Spitzen der Bäume, vielleicht die Palme ab. Am Ende des Weges kam das Gebäude, mit der Kuppel des Observatoriums im Vordergrund, plötzlich und überraschend ins Blickfeld des Wanderers.

Wir erreichten das Haus, jeder ging auf sein Zimmer. Mir schien die Gelegenheit günstig, um in den Astronomiebüchern zu blättern, die ich zusammen mit Emília letzte Nacht hierhergeschafft hatte. Ich setzte mich in den Lehnsessel neben dem Fenster.

In den Annalen eines Kongresses über Astronomie fand ich eine reiche Aufstellung der Namen, die Orion in den verschiedenen Epochen auf der ganzen Welt erhalten hat: Für die Babylonier war er Sib-si An-na, was soviel heißt wie treuer Hirte des Himmels. Für die Akkader Uru An-na, Licht des Himmels. Die Ägypter brachten ihn mit Horus und Osiris in Verbindung. Die griechische Ethymologie des Namens Orion, die mit Horus und dem Ur-ein zusammenhängt, und den mythologischen Teil, der sich auf den Riesen bezieht, den Artemis vom Skorpion stechen ließ, überging ich. Was konnte Orion mit dem Garten zu tun haben? Für Plautus stellte das Sternbild einen Henker dar, für Pindar den Giganten des Himmels. Auf der Insel Chios nannten sie ihn Herrn des Regens und schrieben ihm Macht über das Meer, die Stürme und die Rauheit des Winters zu.

Simon kam ins Zimmer, um mir zu sagen, daß sich alle im Avalon träfen und möglicherweise eine Geschichte erzählt würde. Ich klappte die Bücher zu, wir gingen gemeinsam hin.

Artur, Camila, Gertrudis, Emília, Jubert, Casanova und

Teresa Mauret saßen bereits. Simon und ich nahmen ebenfalls Platz.

»Kolinski hat mich gebeten, ihn zu entschuldigen«, verkündete Gertrudis, » es ist ihm heute nicht möglich, die Geschichte von gestern zu beenden.«

»Erzähl du uns eine«, schlug ihr Emília vor.

»Nein, das habe ich neulich schon getan. Außerdem sind heute Personen unter uns, die viel interessantere Dinge zu berichten wissen.«

»Erzähl uns doch über die letzte Zeit von Lluïsa Cros und Uriach«, wandte sich Emília an Casanova.

Teresa und Gertudis sahen sich lächelnd an.

»Wenn du über diese Epoche reden willst, mußt du ganz von vorn beginnen«, riet ihm seine Frau. Casanova nickte; er wirkte unruhig, doch dann schien ihm die Aussicht, die Vergangenheit heraufzubeschwören, nicht zu mißfallen.

»Bald wird das Mittagessen serviert«, sagte er ausweichend.

»Das macht nichts«, betonte Emília, »fang einfach an, danach erzählst du weiter.«

Wir setzten uns im Kreis um ihn, bereit ihm zuzuhören; Casanova streckte seine Beine aus, ließ seine Fingergelenke knacken und begann.

0/1

Geschichte vom kreisförmigen Zimmer

Über meine Wurzeln kann ich euch wenig berichten. Welchen Sinn haben Herkunft, ein Name, ein Familiensitz, wenn sich der Zweifel für immer im Nebel der Erinnerung eingenistet hat? In jungen Jahren war ich ein wagemutiger Reisender, den kein Risiko davon abhalten konnte, auf den Grund seines Seins zu gelangen. Ich Unglücklicher! Ich kam dorthin (oder zumindest schien es mir so) und fand nicht das Licht des höchsten Wesens, sondern die unerbittlichen Grimassen des Spottes, die mich einluden, für immer in gleichgültiger Leere zu versinken.

Ich tat so, als würde mir die Farce nichts ausmachen. Was

sollte ich tun, da doch der Traum der Seele von mir Besitz ergriffen hatte? Es war eine Suche, die kein Ende in Aussicht stellte, und ich beschloß, mir ein für allemal selber gegenüberzutreten. Was das Dasein zu einer Tragödie werden läßt, ist die Unterscheidung zwischen dem Ich und der Welt; da ich nicht meine Persönlichkeit aufgeben kann, ohne mich zu zerstören, geht es vielleicht darum, alles in meinem Inneren zu individualisieren.

Eines Nachmittags schloß ich mich in meinem Zimmer ein, mit allen materiellen und spirituellen Hilfsmitteln in Reichweite: Bücher, Traktate, Fetische, Gedichte, Fotos, Dokumente, Flaschen, Pillen, Waffen, Kleidung, Parfums und wohlriechende Kräuter.

1/0

»Du mußt ein sehr großes Zimmer gehabt haben«, bemerkte Emília lachend, »sonst hättest du neben all diesen Sachen keinen Platz mehr für dich gefunden.«

Alle, Casanova als erster, lachten höflich, und der Erzähler fuhr fort. Er sprach so, als würde er sich auf etwas Abwesendes konzentrieren, und verlor nie sein spöttisches Lächeln; das verlieh seinen Erinnerungen etwas Seltsames, Wahnsinniges.

0/1

So geräumig das Zimmer auch gewesen sein mochte, es hätte nie ausgereicht, um alles aufzunehmen, was ich benötigte, und selbst wenn, wäre das Ergebnis genauso ausgefallen, wie wenn Boden und Wände leer geblieben wären. Der Feind befand sich in meinem Körper; hätte man mich wie ein Schwein aufgeschlitzt, so wäre eher das Leben entwichen als die Qual.

Tatsächlich war das Zimmer ein völlig leerer Raum. Das einzige Möbelstück in der Mitte war ich. Eines Morgens wachte ich dort auf. Ein Licht strahlte, das von nirgendwo her kam; der Grundriß des Zimmers war rund. Die Decke bildete eine Kuppel in Form einer Halbkugel, deren Zenit ein Abschlußstein kennzeichnete, und eine Reihe von geschliffenen, konzentrischen Glasflächen, die so angeordnet waren, daß du sie, wenn du von der Mitte des Zimmers hinaufblicktest, in jeweils gleichem Abstand voneinander sahst. Weniger ausgeprägt markierten sieben Streifen, von der Mitte ausgehend, sieben gleich große Kugelabschnitte. Jeder dieser Streifen ging, sobald er auf den Äquator traf, der die Kuppel von der zylindrischen Wand abgrenzte, in eine ionische Säule über. Zwischen den Säulen befand sich jeweils eine dreieinhalb Meter hohe und zwei Meter fünfzehn breite Tür in gleich großem Abstand zu Äquator und Säulen; alles war von Gesimsen und dekorativen Kassetten umrahmt, die an den Pantheon in Rom erinnerten, doch das Ganze hatte etwas Unechtes an sich, das es von der klassischen Ordnung entfernte.

Wer war ich, wo befand sich dieser Ort? Wahrnehmung über Wahrnehmung, Brücken zwischen Bewußtseinsebenen, falsche Stufen zwischen trügerischen Kategorien. Ich war niemand, der Ort war beliebig, der Schlüssel der Zeit. Fragt mich nicht, woher ich das wußte, aber es war so. Nachdem die Auflösung aller meiner früheren Ichs vollendet war, wurde mir angeboten zu wählen, wer oder was ich sein wollte. Jede Tür entsprach in jedem Augenblick einer Möglichkeit.

»Ich will nur ich sein!« schrie ich und bereute den metaphysischen Wahn, der mich dorthin geführt hatte.

Das war das einzig Sichere für mich. Was auch geschehen mochte, ich würde immer sagen können: Ich bin ich. Und dennoch, wer bin ich? Lachen, Weinen, Traurigkeit und Wut waren nur kleine Zusätze zu meiner Wahl. Ich würde wählen können, zu sein, wer ich wollte, ich würde wieder ich selbst in den glücklichsten Momenten meines Lebens sein können und sogar, wenn ich wollte, der, den ich haßte, weil ich ihn immer beneidet habe und unweigerlich weiterhin beneiden werde. Doch ich mußte mich rasch entscheiden, denn der Nabel der Dimensionen könnte auf die gleiche Weise verschwinden oder zu Stein werden, wie er aufgetaucht war, oder die Türen könnten sich in Wandmalereien verwandeln, und ich könnte ohne Zufluchtsort bleiben, außerhalb der Zeitläufte und in dem alleinigen Bewußtsein, daß ich nie mehr eine andere Wahl haben würde, außer zu erkennen, daß ich nicht ich war und es auch nie sein würde.

Ich sah mit Schrecken den Schwindel, der sich anbahnte: Der Pfeil der Zeit, mit umgekehrten Kausalitätsgesetzen, würde bewirken, daß ich nun nicht derjenige wäre, der wählte, sondern jener, der mich wählen wird. Welch abscheuliche Täuschung, Zeichen und Spuren auszulöschen! Von der anderen Seite des Spiegels, vom anderen Ende des Möbius-Bandes her, würde sich das Vergessen in Unkenntnis der Zukunft verwandeln; nur im Augenblick des Todes werde ich wissen, wer ich bin und woher ich komme, denn ich werde an jenen Ort zurückkehren. Mir bleibt bloß, einem Hohn gleich, die verzerrte Erinnerung, der flüchtige Schatten einer scheinbaren Wahl, und ich habe keinen Demiurgen, den ich angreifen könnte, wenn ich mich nicht angesichts der fürchterlichsten Gegenwart des Ich vernichtet sehen wollte.

Ich öffnete die erste Tür (ich weiß nicht, warum ich sie als die erste bezeichne, wo doch alle gleich waren). Es war eine Täuschung: hier befanden sich die einander gegenübergestellten Spiegel des fortwährenden Traumes; doch da man sie nur hätte betrachten können, wenn man sich zwischen sie gestellt und dadurch unterbrochen, also zunichte gemacht hätte, was ihrem Wesen an Absolutheit anhaftete, hätte ich die Möglichkeit, zurückzuweichen und der Verhexung zu entgehen. Ich erlangte auch meinen vorigen Zustand wieder, den ich schon verloren geglaubt hatte. Ich war körperlos und hatte dadurch weder Schwindelgefühl noch Panik, ich wehrte mich nur verstandesmäßig dagegen, daß ich, mit Hilfe der Eingeweide, das alles ertragen müßte. Es war ein Augenblick außerordentlicher Macht, die Negation von Aristoteles, so als stünde und säße man gleichzeitig, oder als wäre man trocken und naß. Doch ich wußte den Zustand, möglicherweise aus Mangel an Kenntnissen oder Mut, nicht zu nutzen; die Tür schloß sich wieder, das Menschsein umgab mich mit seiner Last aus Ekel und Schauder. Ich öffnete die Tür daneben, eine riesige Spielkarte bedeckte wie ein doppeltes Blatt Papier die ganze Fläche. Sie glich einer Wand, die die Öffnung verdecken sollte. Es war die Herz-Sieben, ein Herz jeweils an jeder Ecke, und in der Mitte drei waagerecht angeordnet; das rechts oben blutete aus einem Loch. Mich erfaßte eine irrationale, panische Angst, die ein Begräbnis im Morgengrauen heraufbeschwor, inmitten von schwarzen Vögeln und androgynen Priestern, zur Gänze – auch den Kopf – in Tuniken gehüllt, die schwarz und zugleich grün waren, ohne deshalb aufzuhören, sowohl schwarz als auch grün zu sein, doch ohne daß es zwei Farben gab. Ich schloß die Tür und ging zu der auf der anderen Seite der ersten gelegenen. Dort befand sich ein Hufeisenbogen voller vergoldeter Arabesken auf blauem Grund, der einen einzigen Spiegel umrahmte, in ihm sah ich mich selbst.

»Frederic Casanova«, sagte das Bild, dumm wie ein Automat. Die islamischen Flöten und Trommelklänge wurden lauter, ich trat einen Schritt vor; wir verschmolzen zu einem einzigen Körper.

Ich erwachte. Ich bin Casanova, das heißt, Casanova bin ich, und er ist es immer gewesen, ich hingegen bin nicht immer Casanova gewesen.

1/0

Der Erzähler unterbrach sich, als wartete er darauf, daß jemand eine Frage an ihn richtete. Es herrschte Grabesstille, und er fuhr fort.

0/1

Wie viele Gelegenheiten hatte ich verloren! Wen hatte ich aufgegeben, der ich hätte sein können? Alle? Niemand? Gott Merkur? Ich weiß nicht, wer ich vorher war, das heißt, wer ich in Wirklichkeit bin. Ich habe nach Spuren auf meinen Händen, an den Zähnen, auf dem Gaumen gesucht, ließ mir den Augenhintergrund vom Augenarzt untersuchen, habe meine Elektroenzephalogramme Strukturanalysen unterzogen, alles ergebnislos. Ich erforschte die Zeichen des Schicksals, Kabbala, Tarot, I-Ching, Wahrsagekünste, Hypnose, die Albernheiten, die dir in Bars und beim Verlassen einer Veranstaltung zu Ohren kommen, die ersten sieben Worte, die du an einem gewissen Tag an einem bestimmten Ort hörst, die Zeitungsanzeigen, die Nachrichten und die Slogans der Wahlkampagnen. Ich verfüge nur über einen einzigen sinnlosen Satz, der jede Nacht beim Einschlafen nachklingt und dessen Herkunft ich nicht weiß:

»Dein Zeichen ist die Kriegerische Frau.«

Ich begab mich auf die Suche nach neuen Bekanntschaften. Die alten sahen mich mißtrauisch an. Ich entdeckte, daß meine Familie klein, aber reich war.

»Was machte Frederic Casanova vor diesem Sommer?« fragte ich sie, sie entfernten sich natürlich von mir, vorsichtig und diskret.

Jedes irrationale oder spontane Gefühl interpretierte ich als ein Relikt meines vorigen Wesens und schürte es ganz bewußt dort, wo ich glaubte, daß es mich zum Licht führen könnte.

Die Leute, zum Beispiel, gingen mir schrecklich auf die Nerven. Der Bruder meiner Mutter, Tomàs Siurana, ein steinreicher, zurückgezogen lebender Anwalt, steckte mich an mit seiner Abscheu vor Zusammenkünften von mehr als vier Personen, die zuvor nicht sorgfältig ausgewählt worden waren.

»Und wenn es weniger als vier sind?« fragte ich ihn.

»Bei weniger als vier gibt es kein Problem. Du sorgst dafür, daß sie den Mund nicht aufmachen, und du wirst keinen Grund zur Betrübnis haben.«

Die Wirklichkeit war nicht immer so einfach. Es war nicht leicht, sich dieser Menge zu entziehen, die ständig auf Dumpfheit und Mittelmäßigkeit beharrte, aus dem Gewöhnlichen und den Gemeinplätzen eine Lebensform machte, ein aggressives Bild einer mißverstandenen Fröhlichkeit und falscher Vitalität, absurd und schmierig, ohne zu bemerken, daß es sich nur um eine plumpe Verteidigung gegen das handelte, was ihren Horizont überstieg, und das war beinahe alles, was nicht selbstverständlich, deutlich, übertrieben war und was nicht lauthals ein ums andere Mal wiederholt wurde. Ich weiß nicht, warum ich in der Vergangenheit spreche, wo doch meine Empfindungen ebenso weiterbestehen wie diese amorphe Masse, die in den Restaurants rülpst, wo sie sich mit

teuren Speisen vollstopft, die sie nicht einmal von Hunde-
nahrung zu unterscheiden weiß; dieses Pack, das stößt und
tritt, ohne es zu bemerken, das nicht zu leben versteht, ohne
von Qualm und verdummendem Lärm umgeben zu sein, um
die Stille zu töten. Ich spreche von denen, die das Unvermö-
gen als Anständigkeit, die Feigheit als Mäßigung, die Grobheit als Ehrlichkeit bezeichnen; von jenen, die ständig vom
Schwachsinn der Solidarität gerührt sind, wo sie doch in
Wahrheit nur die Angst vereint. Und um sich anders zu
fühlen, fallen sie blindlings in die Sklaverei, die sie einander
immer gleicher macht. Ich spreche von der unförmigen, sich
immer mehr ausbreitenden, unendlich stumpfsinnigen, stinkenden, klebrigen, abscheulichen Mittelschicht.

Ich verzichtete darauf, die Fährte meines vor dem Traum
liegenden Ursprungs weiterzuverfolgen, von dem mir ironischerweise nur der Reinfall in dem Raum mit den sieben
Türen in Erinnerung geblieben ist. Onkel Tomàs pflanzte mir
nicht nur seine Art der Misanthropie ein, sondern er trieb
mir auch meine Bemühungen aus, an jenen Ort zurückzukehren, überzeugte mich davon, ihn als verloren zu betrachten und mich an den Gedanken zu gewöhnen, mich nie mehr
in jemandem wiederzuerkennen, für den ich keine andere Bedeutung hätte als Frederic Casanova.

»Was du brauchst, sind wirkliche Freunde.«

Er stellte mir wenige, aber erlesene vor. Pere Ficinus, sein
Nachfolger als Leiter der Kanzlei, war damals ein schrecklich
beschäftigter Mann. Die Zuneigung zwischen uns wuchs
kräftig und schnell, obwohl sein Terminkalender zu voll war,
als daß er mir eine Zuwendung hätte schenken können, um
die ich ihn nie zu bitten gewagt hätte.

1/0

»Ficinus hat Tomàs Siurana als einen reizenden Menschen beschrieben«, sagte Emília in die Pause hinein, die Casanova
machte, um etwas zu trinken.

»Sicherlich war er das, sehr sogar!« bekannte Casanova.

»Aber er war es leid, ständig seine Welt durch Rücksichtslosigkeit und Ignoranz durcheinandergebracht zu sehen. Er hatte nicht mehr als eine Handvoll Freunde, und seit dem Tod von Patrici Ficinus, den er aus der Studienzeit kannte, wollte er niemanden mehr besuchen.«

»Laß uns gut achtgeben«, sagte Simon leise zu mir, »Siurana könnte durchaus Ω sein.«

»Glaubst du wirklich? Aus dem Arbeitsleben zurückgezogen, von den Menschen abgewandt …«, meinte ich erstaunt im gleichen Flüsterton. »Wie würde er die Reisen organisieren, die Ω zugeschrieben werden?«

»Eben, eben …«

Casanova hatte uns nicht gehört (oder tat so), er fuhr fort.

0/1

Eines Tages, als ich bei ihm war, kamen Zacaries Uriach und Lluïsa Cros auf Besuch. Sie waren das berühmteste Paar jener Zeit, gemartert von den Fotografen und der Sensationspresse; sie ertrugen ihre Lage mit einer stoischen Ruhe, die Onkel Tomàs unbegreiflich schien.

Ich werde das erste Mal, als ich Lluïsa sah, nie vergessen. Ich fand alles an ihr einzigartig und in sich geschlossen, unübertragbar und beständig, sogar in Einzelheiten, die trivial erscheinen mögen. Ich dachte, sie hätte sicher schon Jahrhunderte früher die Herzen ihrer Gesprächspartner stillstehen lassen, mit ebenderselben Frisur und jenen Schuhen und jenem Lachen, das kein Lachen war, und diesen auf einen fernen Traum gehefteten Augen, die dich durchdrangen, ohne dich zu sehen.

Überraschenderweise regte mein Onkel mich dazu an, mich ihnen anzuschließen. Ich war um die Zwanzig; ich habe immer geglaubt, er tat es, weil er dachte, diese Gesellschaft, die auch sehr angenehm und lehrreich war, würde mich immun machen gegen jegliches weltliche Gelüst.

Wir drei fühlten uns sehr wohl, sie luden mich mit einer gewissen Regelmäßigkeit ein, sie zu begleiten; unsere Freundschaft kam vielen sehr seltsam vor, es wurde auch auf eine Art und Weise über sie gesprochen, die nicht gerade wohlwollend war. Vielleicht lohnt es sich, meine Sicht ein wenig ausführlicher darzulegen.

Es gibt Personen, die wie die Sterne von sich aus leuchten, und andere, die wie die Planeten das Licht des Gestirns zurückwerfen, um das sie sich bewegen. Was das Strömen der Gefühle betraf – mehr noch als die Charakterzüge –, so war Lluïsa die Sonne, Zacaries und ich die Planeten. Es hieß, sie sei geheimnisvoll und verwirrend; aus der Nähe war sie es noch mehr. Sie hatte den Tod ihrer Eltern und ihres Mannes und das Verschwinden ihrer Kinder erlebt, doch ich habe sie nie klagen oder mit dem Schicksal hadern hören; sie schien sogar voller Hoffnung. Worauf? fragte ich mich. Sie sprach oft von der Zukunft, aber nie in abstrakten Begriffen. Zu Beginn unserer Freundschaft stellte sie klar, daß sie mit niemandes Unglück mitfühle. Uriach und sie seien nicht der Gehörnte und die Witwe, die sich gegenseitig trösteten, so gab sie mir, wenn auch mit anderen Worten, zu verstehen. Lluïsa vernachlässigte keinen Bereich ihres Lebens, schon gar nicht ihre gesellschaftlichen Kontakte, auch wenn es anders scheinen mochte.

Ich war neugierig zu erfahren, wie weit die Intimität zwischen ihnen beiden ging, doch wagte ich nie darauf anzuspielen, und Lluïsa ließ dieses Thema nicht einmal durchschimmern. Aber dort, wo die Worte nicht hingelangen, kommt es manchmal durch Osmose zu einer Übertragung von Gefühlen. Ich bin sicher, daß sie mit Zacaries nie darüber sprach, ob sie mich über ihre Beziehung informieren sollten. Doch die Gegenwärtigkeit ihrer Erscheinung war zu mächtig, als daß Uriach irgendeine Folgerung, irgendeinen Widerspruch in der Schwebe hätte lassen können. Die Göttin herrschte auf ihrem Altar, Zacaries benötigte keine Worte, auch keine Andeutungen, um mir zu verstehen zu geben, daß es zwischen ihm und Lluïsa weder zu diesem Zeitpunkt noch früher, noch jemals sonst irgendeinen körperlichen Kontakt gegeben hatte.

Soviel zum äußeren Erscheinungsbild, das mehr als einem analytischen Angriff standhielt. Eine allgemein vertretene Überzeugung, die ich zurückweisen muß, betrifft die zwischen den beiden bestehende Abhängigkeit. Oft habe ich gehört, Lluïsa gäbe den Ton an und Uriach wäre nur der ihrem Reich der Gefühle unterworfene Bewunderer. Weit entfernt von der Realität. Uriach neigte kaum dazu, sich mit Flittergold abzugeben und sich von etwas beeindrucken zu lassen, das nicht seinen strengsten Ansprüchen entsprach. Lluïsa nahm bei seinen geistigen Anregungen Zuflucht, die Tag für Tag in dem Haus, in dem sie lebte, umgesetzt wurden, in dem von ihnen beiden ausgewählten, störungsfreien Ambiente. Sie war für ihn das wunderbare Objekt der Betrachtung seiner eigenen Glut, dessen, was sein Glück hätte bedeuten können und das sich ihm nun in der Stille, mit den gefährlichen Nuancierungen der Abenddämmerung darbot. Zacaries wußte schließlich, daß es keinen Platz für irgendeine Hoffnung gab, und das machte ihn unerschütterlich glücklich.

Etliche Male fragte ich mich, was ich mitten im seelischen Heldentum zweier Menschen machte, die sich die Welt so gut untereinander aufgeteilt hatten. Ich möchte mir nicht mit der Vorstellung möglicher herbeigesehnter Handlungen schmeicheln, in denen sie, in meiner Gesellschaft, ihren höllischen Durst stillen könnten; aber ich sehe mich auch mit jedem Tag weniger in der Lage, zu sagen, welcher der greifbarste Gewinn an ihrer Seite war. Die gelassene intellektuelle Verzweiflung? Die Erfahrung von intensiven, in die Diskretion der zu wahrenden Form gehüllten Gefühlen? Das sind Dinge, die den Mief der Handbücher über das Benehmen im dahingegangenen 19. Jahrhundert verströmen. Und wenn ich euch gestehe, daß ich den Eindruck gehabt hatte, mein persönliches Desaster über dem von Seelen vergessen zu haben, die viel reicher ausgestattet waren, wirkt das auf mich wie ein Pamphlet aus dem nicht weniger dahingegangenen, aber entschieden weniger unterhaltsamen Europa des 20. Jahrhunderts.

Ich glaube, Zacaries brachte mich unwillkürlich dazu, Lluïsa wie eine Idee zu verehren, wie einen immateriellen Plan, der an die Erben weitergegeben wird, ohne in seinen Zielen geschmälert zu sein, doch ich ging weiter, und die uns trennende Distanz zwang mich zur Vergötterung.

In diesem Augenblick holte man uns zum Mittagessen, Casanova versprach, die Geschichte später fortzusetzen.

Bei Tisch waren wir alle, außer Kolinski, versammelt. Uns wurde gesagt, er hätte schon gegessen und wäre mit dem Nachrichtenempfang beschäftigt. Das Essen verlief ohne weitschweifige Gespräche, ganz im Gegensatz zu dem Abendessen in der letzten Nacht; alle schienen von den Diskussionen des Vortags müde zu sein. Es wurde über das Kochen gesprochen, über die Herstellung von Montpellier-Butter, von Fasanen-*fumet*, über die Zubereitung eines *présalé* und einer Champagnersoße nach dem Rezept Carêmes, und über die Schwierigkeit, daran festzuhalten, daß die Tradition an Regionen gebunden, Neuerung jedoch gleichbedeutend mit Internationalität ist.

»Das ist für die Franzosen Wasser auf ihre Mühle«, sagte Artur.

Jemand schlug vor, dieses Schema auf andere Bereiche zu übertragen, da die kulinarische Theorie eine rhetorische Struktur aufweise, die sich auf Architektur, Tanz oder jegliche Kunst, mit Ausnahme der Musik vielleicht, anwenden ließe, denn sie seien der Kochkunst unterlegen, meinte ein anderer, der sich frech an der Provokation ergötzte.

»Und warum soll sie nicht auf Ethik und Gesellschaft anzuwenden sein?« fragte Camila.

»Bevor man sich fragt, ob der Künstler die Verpflichtung hat, ein ihm angemessenes Genre beizubehalten, müßte man vielleicht die Frage stellen, ob das überhaupt möglich ist«, warf Artur ein.

Wir sprachen schließlich über Weine, darüber, wie die Ernte dieses Jahres und die Auslesen ausfallen würden. Am Ende verstrickten sich Artur und Teresa Mauret in eine Diskussion über die Weine des Elsaß und des Rheinlands, bei der keine Aussicht auf Übereinstimmung bestand.

Als die Nachspeisen serviert wurden, wandte sich Gertrudis an Casanova.

»Ich habe immer auf eine passende Gelegenheit gewartet,

damit du mir erzählen kannst, was dir beim Abendessen bei Virgínia Guasch passiert ist.«

Casanova lachte, seine Frau auch, aber auf andere Weise. Ihrem Gesicht war abzulesen, daß sich Gertrudis an den Abgrund der Indiskretion vorgewagt hatte. Jemand verlangte nach einer Erklärung, Gertrudis erläuterte, daß es um eine Angelegenheit ginge, in der Casanova ein sonderbares Verhalten an den Tag gelegt hatte. Sie selbst war vor drei Tagen kurz darauf zu sprechen gekommen.

»Ich habe nichts dagegen, darüber zu reden«, sagte Casanova, »ich habe selber schon daran gedacht, weil es nämlich eine Folge all dessen ist, was ich bisher erzählt habe.«

Wir beendeten das Mittagessen. Draußen zogen Wolken auf, aber noch schien die Sonne. Wir gingen zum Kaffee in den Avalon und setzten uns im Kreis: Casanova, zu seiner Rechten Teresa, Jubert, Emília, Ficinus, Gertrudis, ich, Artur, Camila und Gimellion und zu seiner Linken Simon.

Der Erzähler stellte die Cognacflasche vor sich hin und begann.

0/1

Geschichte vom Abendessen bei Virgínia Guasch

Ab Vierzig verstärkte sich Lluïsas Melancholie. Die einzigen Besucher, die sie außer mir empfing, waren Clàudia Miranda und Pierre Gimellion, der sie als einziger zum Lachen bringen konnte, was mich immer wieder erstaunte.

1/0

Der Angesprochene lächelte; wir sahen ihn an und warteten auf eine Bemerkung, doch er beschränkte sich darauf, zu nikken und seinen Blick schweifen zu lassen. Eigenartig berührte mich die mir schon von Kolinski enthüllte und nun von Casanova bestätigte enge Beziehung meiner Mutter zu Lluïsa Cros. Warum hatte sie mir nie davon erzählt? Casanova fuhr fort.

Onkel Tomàs stellte fest, daß die Gesellschaft von Lluïsa und Zacaries aus mir einen allzu zurückgezogenen jungen Mann machte, und förderte die Begegnung mit Leuten, die eher meiner Wellenlänge entsprächen. Die Freunde verhielten sich mir gegenüber ein wenig distanziert, was eher eine Frage des Charakters als des Milieus oder der Herkunft war; uns hinderte aber keine Überheblichkeit, weder von ihrer noch von meiner Seite, daran, uns bei unseren Treffen wohl zu fühlen. Am häufigsten sah ich Paul Deveraux und Marià Porter, die irgendwie miteinander verwandt waren, aber ich habe nie erfahren, inwiefern.

»Wenn es dich interessiert, kann ich's dir erklären«, unterbrach Gertrudis. »Eine Schwester von Marià Porters Vater war die Frau eines Cousins zweiten Grades von Aline Deveraux, Pauls Mutter. Dieser Porter hat übrigens nichts mit dem Cesar Porter aus Talmanns Geschichte zu tun.«

»Du heißt auch Deveraux«, erinnerte sich Artur. »Wie bist du mit ihnen verwandt?«

»Marià Porters Tante und Alines Cousin zweiten Grades sind meine Eltern.«

Casanova lachte.

»Wenn ihr mich in drei Minuten bittet, euch das zu wiederholen, werde ich nicht dazu in der Lage sein«, sagte er und nahm die Erzählung wieder auf.

In kurzer Zeit teilte sich mein Leben in zwei Hälften; auf der einen Seite die Freunde, Leute ohne übermäßige existentielle oder intellektuelle Kompliziertheit, mit der einen oder anderen Ausnahme, die im Trubel der Mehrheit unterging; und genau das erwartete ich von ihnen: Nächte mit gemeinsamen

Essen und Abenteuer, Frivolität, hinter der sich Kleinmut verbarg und die nicht sehr geeignet war, bis zu den letzten Konsequenzen getrieben zu werden. Ich meine, nach einem Abendessen nahmen wir noch drei Drinks, selten sechs, und wenn Frauen dabei waren, verlief alles in eher konventionellen Bahnen.

1/0

Es enstand ein kurzes Schweigen; Camila verbarg ein Lächeln hinter ihrer Kaffeetasse. Die Erinnerung an die Szene vor ein paar Nächten ließ in mir keinen Zweifel darüber, was Casanova unter konventionellen Bahnen verstand.

Der Erzähler fuhr fort.

0/1

Ich erinnere mich mit Schrecken an die einsamen Nächte im Bett nach einem Abend der Ausschweifungen; es vergingen Stunden, bis es mir gelang, aus jener Hölle wieder aufzutauchen: Alpträume und Erektionen, Erwachen mit Durst, Übelkeit und Kopfschmerzen, kreisende Gedanken, quälendes Gefühl eines vergessenen Verlustes.

Auf der anderen Seite war die zunehmend exaltierte und unzugängliche Welt von Lluïsa und Zacaries. Unsere Zusammenkünfte hatten etwas unbeschreiblich Erwartungsvolles, das mich faszinierte. Ihr werdet mich fragen: Was habt ihr gemacht, worüber habt ihr gesprochen? Hier ist das eigentliche Geheimnis: Wir taten fast nichts, die beiden sprachen kaum; über allem lag eine Art geistiger Duft, der von der dunklen, schweigsamen und gleichmütigen, aber auch unnahbaren, von Vorahnungen erfüllten Herrscherin ausging, wie ein ansteckender Wahnsinn oder eine Droge, die abhängig macht und der ich ganz verfallen war.

Lluïsa sagte schließlich nur mehr die für das Zusammenleben unerläßlichen Worte: ›Guten Tag‹, ›gib mir das Salz‹, und Ähnliches. Instinktiv glich ich mich dem an, doch Zacaries begann mir Fragen zu stellen, und am Ende redete ich über internationale Politik oder erzählte von Reisen. Sie griff sehr selten ins Gespräch ein, doch sie tat es mit einem Scharfsinn, der zeigte, daß ihr nicht nur kein einziges Wort entgangen war, sondern, daß ihr Kopf auch viel schneller arbeitete als meiner.

Ich wüßte euch nicht zu sagen, woran Lluïsa starb. Die Ärzte sprachen von einer Anämie, gegen die sie nicht kämpfen wollte. Glaubt ihr, daß jemand daran sterben kann? Einer der Ärzte deutete mir gegenüber an, daß es eine Art Selbstmord und der eigene Geist die Waffe gewesen sei. In Wahrheit hatte Lluïsa ein halbes Jahr vor ihrem Tod die Grenzen ihrer Zurückgezogenheit erreicht. Ich habe nie einen Menschen gesehen, von dem sich, wie von ihr damals, sagen ließe, daß Erscheinungsbild und Bedeutung ein und dasselbe seien. Wenig später änderte sich alles. Sie wurde gesprächig, lachte sogar; in dieser Verwandlung lag etwas Beängstigendes; ihre Worte und ihre Augen sagten sehr verschiedene Dinge. Mir schien es ein trügerischer Wandel, die endgültige Isolation zu sein; sie trug nach wie vor dunkle Kleidung. Ich sprach Zacaries darauf an, doch er wollte mir nicht zuhören. Sie erzählte von der Vergangenheit, von ihrem Vater, ihren Großeltern, und in den letzten Wochen ihres Lebens begann sie erstmals über ihre Kinder zu sprechen.

»Bis wohin sind wohl heute meine Schmetterlingsjäger gelaufen?« sagte sie eines Tages zu mir. Ich mußte aus dem Zimmer gehen, damit sie nicht sah, wie sich meine Augen mit Tränen füllten.

»Lluïsa wird verrückt«, sagte ich noch am selben Abend zu Zacaries. Er blickte mich mit einem so traurigen Lächeln an, wie ich keines je gesehen habe.

»Was kann ich dir über den Wahnsinn sagen, das nicht einem Gemeinplatz oder einem schlechten Scherz gleichkäme? Zu Lluïsa nur soviel: Liebe sie, aber wage nicht, über sie zu urteilen, denn wenn du das tust und dich irrst, wirst du es dein Leben lang nicht vergessen können.«

Ich weiß nicht, ob der Satz genau so lautete; ich erwiderte, damit wäre für mich nichts gelöst. Schließlich diskutierten wir. Mir schien es für Lluïsa nicht zuträglich, über so treue und unerbittliche Hüter ihrer Selbstbetrachtung zu verfügen, und daran hielt ich fest. Zacaries sagte am Ende, ich hätte überhaupt nichts verstanden, und versicherte mir, ich würde es eines Tages bedauern, mich den Geschehnissen nicht gebeugt zu haben.

Kurz darauf sprach ich wieder mit Lluïsa. Wir waren allein. Sie hatte mehr als zehn Kilo abgenommen und war bleich wie der untergehende Mond. Sie nahm meine Hand und streichelte sie.

»Ich habe mein Leben lang meine Freunde in Abenteuer getrieben, die niemand in ihrer Gesamtheit erfassen kann; und nun, da sie alle angesehene Posten haben, erscheint es mir mehr als zweifelhaft, daß sie der Umgang mit mir glücklich gemacht hat.«

»Warum sagst du das?« wandte ich ein; da sie nicht antwortete, griff ich energisch die Fundamente an, auf die sie meiner Vorstellung nach ihre Aussage stützte.

»Ich hatte in ebendiesem Augenblick das Bedürfnis«, unterbrach sie mich lächelnd, »dich zu bitten, mir etwas zu versprechen, in meinem Interesse ...«

»Tu das«, forderte ich sie ohne Zögern auf. »Nichts würde mich glücklicher machen, als etwas für dich zu tun. Sag mir, worum es geht.«

Sie schüttelte den Kopf.

»Ich wünsche mir folgendes: Versuche mit aller Kraft, glücklich zu sein. Diese Empfehlung ist eine gefährliche Waffe in Händen vieler Leute, aber ich kenne dich und weiß, daß dein Streben nach Glück das Wohlbefinden und das Glück aller, die dich umgeben, bedeuten wird.«

Das wirkte wie ein Abschied. Ich fühlte mich verpflichtet, darüber zu scherzen.

»Was soll das heißen? Du glaubst wohl, du bist ein Urgroßvater, der seinen Nachkommen den Segen erteilen muß? Ich möchte, daß du mir sagst, um was du mich bitten wolltest, sonst denke ich noch, du hast kein Vertrauen zu mir.«

»Einverstanden«, erwiderte sie, »ich werde es dir sagen. Hör mir zu: Eines hoffentlich nicht allzu fernen Tages wirst du dich gezwungen sehen, Entscheidungen zu treffen, die dich an mich denken lassen werden. Ich bitte dich nur, im Einklang mit den Worten zu entscheiden, die ich, wäre ich an deiner Seite, zu dir gesagt hätte: Erinnere dich an mich als eine Stufe zu deiner Überlegung, nie als eine emotionale Last, die dich für eine dir fremde Haltung begeistert hätte.«

Ich konnte ihr keine Silbe mehr über diesen so merkwürdigen Wunsch entlocken. Woher wollte sie wissen, daß ich ihren Hinweis richtig interpretierte, daß mir klar sein würde, auf welchen Moment sie sich bezogen hatte (sollte es diesen Moment überhaupt geben), und angenommen, ich verstünde es richtig, wüßte ich dann zu unterscheiden zwischen dem, was sie eine Stufe zu meiner Überlegung nannte, und einer gefühlsmäßigen Ausrede, um mich zu berauschen? Ich tat so, als hätte ich nicht bemerkt, daß dieser Wunsch außerdem ihre Vermutung, in gar nicht ferner Zukunft zu sterben, mit einschloß, ich versuchte, ihr die Unklarheit ihrer Anweisungen darzulegen und sie um genauere Einzelheiten zu bitten, doch ich konnte sie nicht von der Überzeugung abbringen, daß ich im gegebenen Augenblick keinen Zweifel an meiner Vorgehensweise haben würde.

Ich ging völlig verwirrt nach Hause. Nie hätte ich geglaubt, daß dies das letzte Mal sein sollte, daß wir uns sahen; am nächsten Tag erhielt ich gegen Abend die Nachricht, daß sie gestorben sei. Ich nehme an, ihr habt schon von dem skandalösen Spektakel gehört, das die Begräbniszeremonien begleitete. Man konnte den Eindruck gewinnen, eine Sängerin oder ein Torero oder ein beliebter Politiker würde zu Grabe getragen. Die Fotografen verfolgten mich, ich entzog mich ihnen, so gut ich konnte. Es war wieder einmal traurig festzustellen, daß die Presse über alles berichtet und nichts weiß, daß sie alles, was sie nicht versteht, stümperhaft zermahlt, um es den Lesern als Futter hinzuwerfen, die einen Nachruf ebenso verschlingen wie die Fußballchronik. Die Journalisten besudelten das Gedenken an Lluïsa, wie ein Schwein das Sèvres-Porzellan besudelt, wenn es nach Essensresten sucht. Und sie waren so zufrieden dabei, daß es ihnen nicht einmal bewußt wurde.

Ich schloß mich zu Hause ein und weigerte mich, irgend jemanden zu sehen. Zacaries rief ein paarmal an; er war so betroffen wie ich, oder mehr, doch er fühlte sich wohl verpflichtet, mich zu trösten.

Wenig später rief mich Marià an. Ich wollte keine Ablenkung, er mußte mich hartnäckig drängen; am nächsten Tag gab es ein Abendessen bei Virgínia Guasch, er nahm mir das Versprechen ab, hinzukommen.

»Wir werden fünfzehn oder zwanzig sein«, verkündete er, »wenn du also keine Lust hast, den Mund aufzumachen, wird das niemandem auffallen.«

Am nächsten Morgen stand ich mit entsetzlichen Kopfschmerzen auf. Ich ging hinaus, um einen kleinen Spaziergang zu machen, das Sonnenlicht traf meine Augen wie ein Steinschlag. Ich wollte die Zeitung kaufen und zog eine Münze hervor, sie fiel auf den Boden, ich bückte mich, um sie aufzuheben. Als ich zahlen wollte, hatte ich nichts in der Hand, denn die Münze lag noch immer auf dem Boden. Ich hob sie noch einmal auf (das heißt, ich hob sie wirklich auf), gab sie dem Verkäufer, wobei ich dachte, daß meine Zerstreutheit ein bedauernswertes Ausmaß angenommen habe, und kehrte mit der Zeitung unter dem Arm nach Hause zurück.

Am Vormittag kam ich zu dem Schluß, daß die Kopfschmerzen, sollten sie anhalten, die perfekte Ausrede sein würden, um am Abend zu Hause zu bleiben; doch sie ließen mittags schon nach, und am Nachmittag fühlte ich mich tadellos.

Am Abend ging ich ohne besondere Begeisterung zu Virgínia Guasch. Im Grunde spürte ich aber eine weitaus größere Bereitschaft, mich zu amüsieren, als ich zugeben wollte.

Längerfristig gesehen, kann man nicht sagen, daß ich daraus keinen Nutzen gezogen hätte, denn dort begegnete ich Teresa zum erstenmal.

Casanova machte eine kurze Pause, und es wurde allgemein, aus komplizenhaftem Wohlgefallen oder aus verhaltener Ungeduld, gelächelt. Ich hätte schwören können, daß in Casanovas letztem Satz ein Schatten von Anspielung auf den klassischen herablassenden Scherz zwischen alten Ehepaaren herauszuhören gewesen war. Niemand machte eine Bemerkung, er fuhr fort.

0/1

Am Hauseingang traf ich Paul und Rodolf Serós. Wir gingen gemeinsam nach oben. Marià war schon da, zusammen mit Anna, seiner Schwester. Es waren ungefähr zwölf Leute beisammen, und so wie mein Freund angekündigt hatte, kamen noch weitere fünf oder sechs dazu.

»Was feiern wir eigentlich?« fragte Anna.

»Frühlingsanfang!« sagte die Gastgeberin; sie trug ein rotschillerndes Kleid, küßte alle zur Begrüßung und übernahm charmant und energisch die Rolle, der Mittelpunkt des Treffens zu sein. Sie fügte augenzwinkernd hinzu: »Am einundzwanzigsten März wird die andere Schonzeit eröffnet!«

»Allerdings! Außerdem ist Samstag, wir haben zunehmenden Mond«, sagte Paul, »was will man mehr für eine magische Nacht?«

Das Abendessen verlief in belanglos heiterer und konventioneller Atmosphäre, was mich nicht ungeduldig machte, weil es mir im Grunde entgegenkam. Ich achtete darauf, daß keine Flasche ungenutzt an mir vorüberging, und schloß mit einem wortkargen Mädchen Freundschaft, das neben mir saß. Sie hieß Teresa Mauret.

Nach dem Dessert saßen wir noch lange beisammen. Ich hatte am meisten von allen getrunken und wurde schließlich zum Mittelpunkt der Feier. Marià sah mich zufrieden an, als wollte er sagen: ›Siehst du, ich hatte recht damit, daß es dir guttun würde, diese Einladung anzunehmen.‹ Ich schnappte eine unverschämte Bemerkung auf.

»Hast du Casanova beobachtet? Er wirkt sehr aufgekratzt heute abend.«

»Die Jugend von heute versteht nicht mehr zu trinken«, sagte der andere, ein gewisser Marc Grunel, eine finstere Gestalt, Bekannter von Virgínia und der einzige in der Runde, der über Vierzig war. Ich tat so, als hätte ich es nicht gehört.

»Ich glaube, ich sollte mein Leben mit Trinken verbringen«, rief ich laut, entschlossen, mich auf das mehr oder weniger einfache und bequem anzunehmende Bild einzulassen, das soeben von mir gemacht worden war. »Es geht einem gleich besser. Wenn aus Brunnen und Duschen Riesling fließen würde, gäbe es auf der Welt kein Unglück!«

»Frederic, du mußt immer übertreiben«, sagte Anna.

»Ich und übertreiben? Wenn ihr keine Heuchler wärt, würdet ihr mir alle zustimmen.«

»Übrigens«, sagte Paul, »erinnert mich das an die Geschichte vom Schafhirten, der bei Tagesanbruch mit seiner Herde loszieht, und ...«

»Nicht schon wieder, verschone uns, wir kennen sie auswendig!« bat Virgínia.

»Ich kenne sie nicht, erzähl sie doch«, erwiderte ich, doch Virgínia hatte Pauls Hand genommen, wahrscheinlich hatte er mich gar nicht gehört.

Wir standen vom Tisch auf. Ich brauchte den Typ nicht zu spielen; mehr oder weniger offen sorgten sich alle um mich.

Paul ging zur Tür, Grunel folgte ihm. Ich weiß nicht, was meine Aufmerksamkeit weckte, aber ich versuchte zu hören, was sie sprachen.

»Was ist mit Casanova los?« fragte Grunel.

»Er hat drei Flaschen Wein allein ausgetrunken.«

»Ja, das habe ich gesehen; aber was ist sonst mit ihm los?«

»Was sollte sonst mit ihm los sein? Was willst du damit sagen?« fragte Paul befremdet.

Durch den Trubel ringsum konnte ich die Antwort nicht verstehen.

»Was ist bloß mit mir los, was?« fragte ich, nicht besonders leise.

Teresa kam zu mir.

»Gut, dann bis zum nächstenmal«, sagte sie sehr freundlich; ich fand, unsere Unterhaltung war so angenehm gewesen, daß wir sie fortsetzen sollten.

»Ich rufe dich in den nächsten Tagen an«, versprach ich, bevor ich kehrtmachte; sie kam mir nach.

»Wie willst du mich denn anrufen, wenn du meine Nummer nicht hast?«

»Ach, richtig.« Ich zog Papier und Bleistift hervor. »Sag an.«

1/0

»Das hast du nicht gesagt«, unterbrach Teresa. Casanova machte eine ungeduldige Handbewegung.

»Diese Frage haben wir schon tausendmal diskutiert, also laß mich nun bitte meine Geschichte erzählen.«

Sie zuckte mit den Schultern und lächelte, eher resigniert als nachgiebig. Er fuhr fort.

0/1

Beim Aufbruch entschieden Paul und Marià, daß ich nicht in der Lage wäre, allein nach Hause zu gehen, sie begleiteten mich. Ich nahm ein paar Aspirin und fiel sofort k. o. ins Bett.

Am nächsten Tag stand ich seltsamerweise ohne die geringste körperliche Erinnerung an das Besäufnis in der vergangenen Nacht auf. Ich verbrachte den Sonntag wie üblich: Spaziergang, Mittagessen, Rückkehr nach Hause. Am Nachmittag befiel mich eine seltsame Übelkeit und Schwindelgefühl. Abgesehen von meinem schlechten Zustand, spürte ich eine Art Fremdheit des eigenen Körpers. Ich fühlte mich verwirrt und irgendwie ausgeliefert.

Am Abend ging ich hinaus, um eine Runde zu drehen, ohne ein bestimmtes Ziel; gegen neun stand ich vor dem Haus von Virgínia Guasch. Ich war überrascht, an der Tür Paul Devereaux und Rodolf Serós zu sehen; als sie mich bemerkten, winkten sie mir zu. Ich näherte mich, Paul legte den Arm um meine Schulter.

»Ich freue mich sehr, daß du dich doch noch aufgerafft hast«, sagte er. Rodolf öffnete die Tür, wir gingen hinein.

Ich begriff nichts von dem, was geschah. In der Wohnung ging es hoch her. Wir betraten den Salon; der Tisch war gedeckt, rundherum saßen zehn oder zwölf Personen, dieselben wie vor vierundzwanzig Stunden! Ich warf einen Blick auf den Tisch. Der Blumenschmuck war derselbe.

»Was feiern wir eigentlich?« fragte Anna Porter.

»Frühlingsanfang!« sagte Virgínia. Alle waren so gekleidet wie am Vortag. Sie umarmte mich und gab mir einen Begrüßungskuß. »Freunde, am einundzwanzigsten März endet die Schonzeit, nicht gerade die des Rebhuhns!«

»Um wieviel besser noch, wenn das auf einen Samstag mit zunehmendem Mond fällt«, rief Paul aus. »Was will man mehr für eine magische Nacht?«

Ich mußte mich setzen. Ich betrachtete sie alle mit Schrecken.

»Heute ist Sonntag, der zweiundzwanzigste«, sagte ich mit einem schüchternen Lächeln.

»Deine Uhr geht zu schnell«, bemerkte Marià mit unbekümmerter Miene; ich warf einen Blick darauf: Sie zeigte das Datum: 21.3.

»Ich brauche ein Glas Wein«, sagte ich, innerlich bebend. Die tiefe Ungewißheit wurde zur Panik.

Was sollte das für ein Scherz sein? Was hatten meine Freunde vor? Die Gerichte, die Weine, die Unterhaltung, die Witze, alles war genau wie am Vorabend. Ich wollte weg, aber eine seltsame Kraft, eher eine bleierne Willensschwäche hinderte mich daran. Was konnte ich tun, um den Strudel der Unsicherheit und die völlige Verwirrung zu beschwören? Ich begann zu trinken und Unsinn zu reden.

»Hast du Casanova beobachtet? Er wirkt sehr aufgekratzt heute abend.«

»Die Jugend von heute versteht nicht zu trinken«, sagte Grunel.

Was konnte ich tun, was mußte ich tun? Wie könnte dieser

Wahnsinn aufhören? Die Alkoholkonzentration stieg mir zu Kopf.

»Mich ekelt das Leben an«, verkündete ich, »ich habe es satt, daß alles genauso ist wie gestern. Ich bringe mich um.«

»Dieser Frederic, immer muß er übertreiben!« rief Anna aus.

»Ich und übertreiben? Ich möchte zu gerne erfahren, warum ihr so tut, als ob ihr nicht wüßtet, wovon ich spreche. Dieser Scherz dauert schon zu lange.«

»Dieser Scherz?« sagte Paul. »Das erinnert mich an das Märchen von dem Schafhirten, der frühmorgens mit seiner Herde aufbricht …«

»Erzähl es nicht noch einmal!« flehte Virgínia lachend. »Wir kennen es schon auswendig.«

»Erzähl es noch einmal«, rief ich.

Wenn irgend etwas anders ablief, bestand vielleicht die Möglichkeit, den Kreis zu durchbrechen. Paul und Virgínia gaben sich einen flüchtigen Kuß auf den Mund und sahen sich mit einem so eindeutigen Lächeln an, daß ich nicht wagte, darauf zu beharren.

Ich wandte mich Teresa Mauret zu. Sie sprach mit mir über dieselben Sachen wie am Vorabend. Ich kramte das Aspirin aus der Tasche. Die Packung war noch ungeöffnet; ich hatte letzte Nacht zwei genommen und tagsüber keine weitere Packung gekauft. Ich blickte wieder auf die Uhr. Das war nicht die Wiederholung der vergangenen Nacht. Es war die vergangene Nacht.

Das Abendessen und die Unterhaltung danach gingen dem Ende zu; Paul und Marc interessierten sich für meine Person, aber ich wollte ihnen nicht einmal zuhören. Ich verabschiedete mich von Teresa.

»Ich rufe dich demnächst an«, verkündete ich, nachdem ich sie auf beide Wangen geküßt hatte.

»Ach, und wie willst du das machen, hast du etwa meine Nummer?«

»Die hast du mir gestern gegeben«, sagte ich, einen Moment die Lage vergessend.

»So?« erwiderte sie lachend. »Na, dann zeig sie mir!«

Casanova wandte sich mürrisch an seine Frau.

»Ich weiß schon, du wirst mir sagen, daß auch dieses Gespräch nicht so verlaufen ist, aber bitte, unterbrich mich nicht.«

»Ich hab doch gar nichts gesagt!« protestierte Teresa und sah uns alle lachend an. »Du kannst in Ruhe fortfahren, ich werde nicht den Mund aufmachen.«

Casanova brummelte etwas, das wohl niemand verstand, und fuhr fort.

Ich zog mein Adreßbuch hervor und suchte den Buchstaben T, unter dem ich ihre Nummer und Adresse aufgeschrieben hatte. Teresa Mauret stand nicht drin.

»Was!« sagte sie mit belustigter Miene. »Wie lautet meine Telefonnummer?«

»Ich verstehe das nicht. Ich habe sie hier notiert.«

Wiederum wurde mir klar, daß der Vortag nicht existiert hatte.

»Dann schreib sie noch einmal auf«, riet sie mir, unbeschwert fröhlich.

Ich hatte reichlich getrunken und fühlte mich völlig erledigt. Alle mußten denken, ich würde jeden Moment umfallen, denn sie bestanden darauf, mich nach Hause zu bringen. Genau wie gestern, dachte ich.

Zum Glück war ich tatsächlich blau und schlief ohne Probleme ein.

Am nächsten Tag stand ich sehr spät auf, heimgesucht von den Schrecken und dem ganzen Ausmaß der Verwirrung. Bevor ich aus dem Haus ging, widmete ich die Aufmersamkeit meines gemarterten Hirns der Erinnerung an das, was am Vorabend geschehen war. Welche Erklärung gab es dafür? Eigentlich keine. Wäre da nicht das Detail mit dem Aspirin oder der Telefonnummer von Teresa Mauret gewesen, hätte ich gesagt, es handelte sich um einen Streich meiner Freunde.

Aber was bezweckten sie? Mich zum Narren zu halten? Paul und die Geschwister Porter wußten, daß ich wegen Lluïsas Tod eine Zeit durchmachte, wo mir der Sinn nicht nach üblen Scherzen stand.

Und wenn alles ein Traum gewesen war? Oder eine Hallunization? Wodurch bedingt? Jedenfalls war es vorbei und alles wieder in Ordnung.

Ich ging hinaus, um die Zeitung zu holen. Am Kiosk lag ein Stapel der gestrigen, die ich bereits gelesen hatte.

»Haben Sie keine Zeitung von heute?« fragte ich den Verkäufer.

»Klar, hier«, sagte er und hielt mir die von gestern hin; ich sah das Datum ganz genau: Samstag, einundzwanzigster März.

»Die ist von gestern«, protestierte ich schwach.

Ich fühlte eine beklemmende Unsicherheit in mir aufsteigen. Der Mann im Kiosk sah mich mißtrauisch an. Wäre ich ein Unbekannter gewesen, hätte er mich gewiß zum Teufel geschickt, aber ein Kunde verdient die Anstrengung eines Lächelns.

»Nein, Senyor, es ist die von heute. Sehen Sie doch auf das Datum.«

Ich wollte schon sagen, heute ist doch Sonntag, aber ich zog es vor, zu schweigen. Plötzlich kehrte die Panik mit aller Kraft zurück. Ich zog die Packung Aspirin aus der Tasche. Sie war unangebrochen. Ich klappte das Adreßbuch auf. Das T: Tomàs, Trinitat, Totosaus, Timalló, Telesfor … Teresa stand nicht drin! Ich mußte mich setzen. Das Herz schlug mir bis zum Hals. Was ist mit mir los? wiederholte ich ein ums anderemal.

Der Heimweg glich einer Pilgerreise aus Beklemmung und Mißtrauen. Es war Samstag, die beiden vorangegangenen Samstage hatten nicht existiert! Ich verbrachte den Nachmittag grübelnd und zunehmend verzweifelt. Was soll das heißen? dachte ich. Etwa, daß heute abend ein Essen bei Virgínia Guasch stattfindet, weil heute Samstag, der einundzwanzigste März, ist? Der bloße Gedanke, es könnte so sein, versetzte mich in Angst und Schrecken. Als die Stunde des

Abendessens gekommen war, kämpften in meinem Inneren Entsetzen und Neugier, beide waren gleich stark. Ich war aber noch jung und wagemutig, also siegte die Neugier.

Äußerst vorsichtig, so als wäre ich im Begriff, ein Verbrechen zu begehen, näherte ich mich Virgínias Haus. Meine Absicht war es, ungesehen zu beobachten, ob sich etwas regte, vor allem, ob Gäste hineingingen.

Mir schien es, als stünden zwei Personen vor dem Haustor. Ich trat näher, um besser sehen zu können, da drehten sie sich um und erkannten mich; ich fühlte die Welt in sich zusammenfallen. Es waren Paul und Rodolf.

Sie kamen auf mich zu und lächelten, als hätten sie meine Anwesenheit nicht erwartet.

»Wie schön, daß du dich aufgerafft hast!« rief Paul aus, und bevor ich noch etwas sagen konnte, waren wir schon im Haus.

Das Eßzimmer war voller Leute. Ich wagte kaum, jemanden anzusehen. Es waren dieselben wie gestern und vorgestern. Aber es war weder gestern noch vorgestern gewesen: Es war ein und dasselbe Abendessen! Ich war in einem Teufelskreis gefangen, in einer Art Wirbel in der Zeit, der mich unerbittlich jeden Tag an denselben Ort führte! Das heißt, nicht jeden Tag, denn dieser Ausdruck hatte seinen Sinn eingebüßt: alle Tage waren ein und derselbe.

»Was feiern wir?« fragte Anna Porter.

»Frühlingsanfang!« kreischte Virgínia Guasch und begann in der Mitte des Eßzimmers sich wie eine Ballerina zu drehen. Ihr roter Rock flatterte. »Am einundzwanzigsten März endet die Schonzeit!«

Diese Worte trafen mich wie ein Dolchstich. Wir setzten uns zu Tisch, das Abendessen war die schmerzliche Bestätigung aller Sätze und Gesten. Ich wußte, was jeder sagen, wer aufstehen würde und wann. Ich versuchte, nicht viel zu trinken, obwohl mein Körper es verlangte.

»Ist dir aufgefallen, wie aufgekratzt Casanova heute abend ist?« bemerkte einer der Gäste ironisch.

»Diese Jugend von heute hat keine Ahnung vom Trinken«, sagte Marc Grunel.

»Was ist hier los? Was habt ihr vor?« rief ich verzweifelt. »Was ist mit mir los? Kann mir denn keiner helfen?«

Schweigen machte sich breit. Vielleicht war meine Stimme übermäßig laut gewesen.

»Dieser Frederic muß immer übertreiben«, bemerkte Anna.

»Sag das nicht!« schrie ich.

Nach einem weiteren Schweigen sah mich Paul beschwörend an.

»Diese Situation erinnert mich an die Geschichte vom Schafhirten, der auszieht …«

»Nein, verschone uns, erzähl sie nicht!« unterbrach ich ihn und sah Virgínia an; doch der Vorgang ließ sich nicht aufhalten.

»Frederic hat recht«, sagte sie. »Außerdem kennen wir sie alle schon auswendig.«

Das erledigte mich endgültig. Paul wandte sich lächelnd Virgínia zu und sagte etwas, das ich nicht hören konnte. Sie nahm sein Gesicht in ihre Hände, sie küßten sich mit einer mehr als großzügigen Intensität und Dauer auf den Mund. Wenigstens etwas schreitet von einem Abendessen zum anderen voran, dachte ich. Das nächste Mal werden sie sich auf dem Tisch wälzen.

Nun, alles endete wie in den vorigen Nächten. Nach dem Essen unterhielt ich mich ausführlich mit Teresa Mauret. Ich tat natürlich so, als handelte es sich um das erste Mal, daß wir uns begegneten, und vermied geflissentlich alles, was mit der unmittelbaren Vergangenheit zu tun hatte. Ich weiß nicht, wie sie die Beklommenheit und Unruhe, die ich verströmte, aufgefaßt haben mochte; vielleicht als eine Eigenheit oder als Zeichen für einen unausgeglichenen Charakter; wie dem auch sei, sie schien jedenfalls sehr an mir interessiert zu sein. Ich betrachtete sie zum erstenmal genau. Hätte auf mich nicht die Lösung so schrecklicher Dinge gewartet, hätte es sich gelohnt, ihr meine ganze Aufmerksamkeit zu widmen.

»Ich rufe dich in den nächsten Tagen an«, sagte ich beim Hinausgehen.

»Warte, ich habe dir meine Nummer nicht gegeben.«

»Das ist wahr!« sagte ich.

Ich dachte, daß diese Bemerkung einen viel umfassenderen Sinn hatte, als Teresa sich je vorstellen könnte, ich mußte lachen. Mit großer Sorgfalt schrieb ich ihre Nummer unter T in mein Büchlein. Mal sehen, wie lange sie dort bleiben wird, dachte ich mit Schwindelgefühl.

Obwohl ich fast nichts getrunken hatte, stellten die Freunde fest, daß ich schlecht aussähe, und beschlossen, mich nach Hause zu bringen. Wie ich vorausgesehen hatte, taten es Paul und Marià.

Jene Nacht war schrecklich. Ich hatte die fürchterlichsten Alpträume, an die ich mich erinnern kann. Ich wachte beklommen, schweißgebadet und mit einem unbeschreiblichen Unbehagen auf. Ein unvernünftiger Impuls ließ mich zum Adreßbuch eilen, um nach Teresas Telefonnummer zu sehen. Es war halb vier, ich atmete auf. Sie stand drin! Um fünf fuhr ich aus dem Schlaf hoch: das Adreßbuch! Rasch, das T! Teresa Mauret stand noch immer drin! Ich hätte vor Freude beinahe geweint. Ich überprüfte die Packung Aspirin. Sie war ungeöffnet. Mein Herz raste, doch rasch überdachte ich alles: Natürlich war sie unberührt, denn in der letzten Nacht hatte ich keine Tablette genommen. Ich legte mich wieder ins Bett. Ich wälzte mich herum, Atemnot, Nervosität, Schwindel und Schweiß ließen mich nicht mehr schlafen. Kurz nach sechs stand ich wieder auf, um im Adreßbuch nachzusehen: R, S, T … Tapiola, Tomàs … Timalló, Telesfor … Ich erstarrte: Name und Telefonnummer von Teresa waren nicht drin. Ich weiß nicht, wie lange ich wie angewurzelt stehenblieb, den Atem anhielt und an den Lippen kaute, als wäre der Schmerz, den ich mir zufügte, die einzige Verbindung zu einer Realität, die mir den grausamsten Streich spielte, den man sich nur vorstellen kann.

Auf die versteinerte Verzweiflung folgte die hysterische. Die einzig mögliche Lösung war, zu fliehen, und zwar rasch. Halb acht Uhr morgens verließ ich das Haus, die unentbehrlichsten Dinge hatte ich in einer kleinen Tasche bei mir. Ich holte das Auto aus der Garage und raste los. Ich wußte nicht, welche Straße ich nehmen sollte, doch es war mir egal: Jede

wäre geeignet, um Entfernung zwischen Virgínias verfluch-
tem Haus und mir zu schaffen. Ich machte mir nicht die
Mühe, eine Zeitung zu kaufen, ich wußte nur zu gut, welcher
Tag war. Unglücklicherweise waren diese Gedanken und mein
Zustand nicht die besten Voraussetzungen fürs Autofahren,
ich prallte auf einen Lieferwagen, der jäh gebremst hatte.

Ich stieg verzweifelt aus. Die Kühlerhaube war kaputt, das
Getriebe defekt. Mit Diskussionen und Austausch von Daten und Versicherungspapieren verging mehr als eine Stunde.
Das Fahrzeug war unbrauchbar. Bis der Abschleppdienst
kam und ich der Werkstatt die nötigen Anweisungen gegeben hatte, war es nach zwölf.

Es fuhren weder Taxis noch Autobusse, also mußte ich zu
Fuß zum Bahnhof gehen. Ich erschrak. Eine ungewöhnlich
große Menschenmenge stand mit Transparenten und Laut-
sprechern vor den Eingängen.

»Stimmt, ich hatte nicht mehr daran gedacht«, sagte ich,
unbesorgt darüber, daß ich mit mir selber redete. »Streik der
öffentlichen Verkehrsmittel!«

Kein Zug, kein Bus, kein Taxi. Ich rief Paul an, den ich als
meinen besten Freund betrachtete.

»Du mußt mir sofort einen Gefallen tun. Ich brauche dein
Auto.«

»Was ist mit deinem?« fragte er, ein wenig beunruhigt.

»Das habe ich soeben ramponiert.« Meine Stimme zitterte
etwas, aber ich war selten so fest entschlossen. »Ich muß raus
aus der Stadt.«

Paul zögerte.

»Ich kann es dir nicht borgen, selbst wenn ich wollte;
meine Mutter hat es. Warum kommst du nicht heute zum
Abendessen zu Virgínia und fährst morgen?«

Mir schien, als hörte ich den Teufel. Ich dankte ihm für die
gute Absicht und hängte ziemlich verärgert ein. Sicherlich
war das mit seiner Mutter eine Ausrede. Damals verfluchte
ich ihn, aber wenn ich es mir jetzt überlege, finde ich sein
Verhalten gar nicht verwunderlich. Wer würde einem noch so
guten Freund sein Auto borgen, der völlig aufgelöst anruft
und sagt, daß er mit seinem gerade einen Unfall gebaut hat?

Zunächst, dachte ich, mußt du dich unbedingt beruhigen. Jeder, an den du dich wendest, wird dich abwimmeln, wenn du so nervös bist. Wer könnte mir helfen? Onkel Tomàs? Nein, eher Marià. Ich wählte seine Nummer, doch es meldete sich niemand. Und Rodolf? Zu ihm hatte ich nicht genügend Vertrauen. Teresa Mauret? Ich lachte: Ich hatte ihre Nummer nicht! (Wenn das so weiterging, brauchte ich sie bald nicht mehr aufzuschreiben, weil ich sie schon auswendig wüßte.)

Macht nichts, dachte ich, wenn es keine andere Möglichkeit gibt, gehe ich eben zu Fuß.

Ich hängte mir die Tasche um und bog in eine Avenue Richtung Westen ein, bereit, bis València zu marschieren, sollten meine Beine mitmachen.

Es war nicht mein Glückstag. Ich überquerte gedankenverloren zwischen stehenden Autos eine Straße und übersah ein Motorrad, das sich zwischen die Autos schlängelte. Der Fahrer fuhr sehr schnell, er konnte weder ausweichen noch bremsen; er versetzte mir einen Stoß und schleuderte mich mit dem Kopf gegen die Kühlerhaube eines Autos. Ich verlor zwar nicht das Bewußtsein, aber die zehn darauffolgenden Minuten erlebte ich wie im Nebel. Man brachte mich ins *Hospital Clínic*; dort stellten sie fest, daß ich keine nennenswerte Verletzung hätte und nach Hause gehen könnte. Ich bat sie verzweifelt, mich über Nacht zur Beobachtung dort zu behalten, falls ich eine Gehirnerschütterung hätte, doch sie versicherten mir, daß heutzutage die Methoden zur Erkennung solcher Störungen genügend fortgeschritten wären, um mir zu garantieren, daß mir gewiß nichts geschehen würde. Sie fragten, ob ich einen Angehörigen oder einen guten Freund hätte, der mich nach Hause bringen könnte. Mein einziger Verwandter war Onkel Tomàs, ich wagte nicht, ihn wegen so einer Angelegenheit zu belästigen, also gab ich ihnen mit leichtem Unbehagen die Telefonnummer von Marià Porter.

Bis man ihn erreicht hatte und er mit dem Auto ankam (mitten im Samstagabendstau), war es beinahe acht Uhr. Er begrüßte mich mit dem stereotypen Optimismus, den man für gewöhnlich Kranken gegenüber an den Tag legt. Er sprach

701

mit den Ärzten, sie bestätigten ihm, daß ich ein ganz normales Leben führen könnte, allerdings ohne übermäßige Anstrengungen. Wir liefen zum Wagen.

»Ich mach dir einen Vorschlag: Wir gehen zum Abendessen zu Virgínia Guasch, danach bringe ich dich nach Hause.«

»Nein, bitte, nicht zu Virgínia«, bat ich ihn erregt, »bring
mich direkt nach Hause!«

»Wenn ich zuerst zu dir nach Hause fahre und dann zu
Virgínia, bin ich nicht pünktlich. Sie hat offenbar besondere
Gerichte zubereitet, und wenn sie nicht gleich gegessen wer-
den …«

»Verschone mich, Marià«, flehte ich und dachte, daß ich
genau wüßte, welche Gerichte Virgínia zubereitet hatte, »ich
fühle mich nicht gut und bin nicht in der Stimmung, einer
Einladung Folge zu leisten. Ich möchte mich gerne in mein
Bett legen.«

Marià überlegte einen Augenblick. Das Argument war gut.
Wenn er ein echter Freund war, konnte er ein Abendessen
nicht meiner Gesundheit vorziehen. Hatte ich mich endlich
aus dem Kreis befreit? Leider waren die Zeiten des Aufopferns
und der Menschlichkeit in eine bessere Welt eingegangen, und
der Befund der Ärzte ließ sich nicht zu meinen Gunsten ins
Spiel bringen.

»Ich weiß, was wir machen«, verkündete er, als hätte er soeben das Schießpulver erfunden. »Wir gehen zu Virgínia, und
du legst dich dort hin; sobald ich gegessen habe, bringe ich
dich nach Hause.«

»Mit leerem Magen, während ihr euch vollstopft?« protestierte ich. »Nein, danke. Wenn ich schon unbedingt hin
muß, werde ich zumindest auch etwas essen.«

»So gefällst du mir«, sagte er, sehr zufrieden, seinen Willen
durchgesetzt zu haben.

Ich lehnte mich auf dem Sitz zurück, ich war völlig niedergeschlagen. Der Unfall, der Streik der öffentlichen Verkehrsmittel, das Motorrad, das mich angefahren hatte … Alles war
eine Verschwörung des Schicksals, um mich zu Virgínias
Abendessen zu bringen, und es gab keinen Ausweg! Nur
etwas ließ mich die schreckliche Situation überwinden: die

Müdigkeit. Dem Kreis war nicht zu entkommen. Oder doch? Was konnte ich dazu beitragen? Vielleicht mußte ich, um es herauszufinden, mich fragen, warum das alles ausgerechnet mir passierte.

Wir kamen an, Marià parkte sein Auto, und wir gingen gemeinsam zum Hauseingang. Dort standen Paul und Rodolf. Als sie mich sahen, lächelten sie.

»Es freut mich, daß du dich aufgerafft hast«, sagte Paul, wir traten ein. Alles war unverändert, nur daß mich die Leute nach meinem Unfall (besser gesagt, den Unfällen) und meinem Befinden fragten.

Ich fühlte mich zunehmend angewidert und wurde immer wütender. Stellt euch vor, man zwingt euch, jeden Tag denselben Film anzusehen. Ich kam auf die Idee, daß die einzige Möglichkeit, den bösen Zauber zu brechen, vielleicht der Boykott der Wiederholung war; ich mußte erreichen, daß nichts den vorangegangenen Malen glich. Das würde mir nebenbei auch helfen, mich abzureagieren und Ungerechtigkeit und Kränkung abzuschütteln.

»Was feiern wir eigentlich?« fragte Anna.

»Frühlingsanfang«, rief ich laut, »den einundzwanzigsten März, an dem die Schonzeit aufgehoben wird!«

»He!« sagte Virgínia mit erstauntem Gesicht, aber weiterhin lächelnd. »Das hätte ich sagen sollen!«

Wir nahmen am Tisch Platz. Teresa, wie immer, an meiner Seite. Ich beschloß, keinen Tropfen Alkohol zu trinken. Die Anwesenden wiederholten haarklein alle Belanglosigkeiten des Drehbuchs, ich versuchte, sie ihnen zu vermasseln, aber fast immer ohne Erfolg. Wahrscheinlich haben sie keine Ahnung, was mit uns passiert, dachte ich. Warum aber mußte es mich treffen?

Beim zweiten Gang war ich zum Mittelpunkt der Runde geworden. Ich hatte mich in alle Gespräche eingemischt und den begeistertsten Verfechtern der trügerischen Rede das Wort abgeschnitten. Rund um meine Person war eine ironische Erwartungshaltung entstanden, alle waren gespannt, was ich sagen würde.

»Casanova ist richtig aufgekratzt heute abend«, bemerkte

jemand am anderen Ende des Tisches. Ich wartete genüßlich auf Grunels Antwort. Da ich keinen Wein getrunken hatte, stand es schlecht um seine Aussage, daß die Jugend von heute nicht zu trinken verstehe. Grunel sagte nichts, und nach einer Minute konnte ich mich nicht mehr zurückhalten. Ich sprang auf und tadelte ihn rücksichtslos.

»Warum antwortest du ihm nicht? Heute hab ich es dir verpatzt, was?«

Teresa und Paul erreichten, daß ich wieder Platz nahm, und versuchten, mich zu beruhigen. Am Tisch herrschte eine unterschwellige Spannung; in den mir zugewandten Gesichtern lag Wohlwollen und Sympathie. Das reizte mich noch mehr.

»Glaubt bloß nicht, daß ich übergeschnappt bin! Ich fühle mich besser als je zuvor! Wenn ihr wollt, kann ich schwimmend den Hafen durchqueren!«

»Du mußt immer übertreiben!« sagte Anna lachend. Dieser Satz wirkte auf mich wie ein Alarmzeichen: Nun kam Pauls Hirtengeschichte; ich mußte sie irgendwie verhindern.

»Ah!« rief ich aus und machte mich von denen los, die mich festhielten. »Das erinnert mich an die Geschichte von dem Schafhirten, der frühmorgens mit seiner Herde aufbricht und dann«, ich zögerte, »mitten auf dem Weg einer Frau begegnet, die zu ihm sagt: ›Wohin gehst du, Hirtenknabe?‹, und er erwidert: ›Ich bringe die Schafe auf den Berg der goldenen Zeit‹, und sie fragt: ›Kann ich mit dir kommen, guter Hirte?‹, und er ...«

»Aber nein«, unterbrach mich Paul, »so geht sie nicht: Als der Hirte frühmorgens mit seiner Herde aufbricht ...«

»Nicht noch einmal, Paul, verschone uns!« unterbrach ihn Virgínia. »Wir haben diese Geschichte mehr als zwanzigmal gehört und kennen sie schon auswendig!«

Wie war das nur möglich! Verzweifelt stand ich auf, und bevor Paul Virgínia anfassen konnte, pflanzte ich mich vor ihr auf und küßte sie mit Nachdruck auf den Mund. Das Publikum lachte und applaudierte. Sie zog sich weder zurück, noch machte sie mit; ich blickte zu Paul, um seine Reaktion zu sehen. Er war erschrocken, wirkte aber eher belustigt, als gekränkt (warum sollte er es eigentlich sein? dachte ich; es gab keinerlei Verbindlichkeit zwischen den beiden, also hatte ich das gleiche Recht, Virgínia zu küssen, wie er).

Ich kehrte an meinen Platz zurück und sah sie lachen.

»Er ist sehr nervös, er macht keine gute Zeit durch«, sagte Paul und streichelte Virgínias Wange.

Es war nichts zu machen. Die Details ließen sich überspringen, aber der gesamte Ablauf war unerbittlich; die Situation war ausweglos. Ich füllte ein Glas bis obenhin mit Wein und leerte es in einem Zug. Es lohnte sich nicht, Berge zu versetzen. Ich schenkte allem, was folgte, wenig Aufmerksamkeit. Als mir Teresa ihre Telefonnummer gab (ich stellte fest, daß ich sie auswendig wußte), kam ich auf die Idee, sie unter U statt unter T einzutragen. Nun werden wir sehen, ob derjenige, der sie immer löscht, in der Lage ist, sie an einer Stelle zu suchen, wo sie nicht hingehört.

1/0

Casanova wurde von Gelächter unterbrochen. Schließlich war die Möglichkeit, daß ein Heer von Sklaven eine ganze Stadt verfälschte, um eine einzige Person davon zu überzeugen, daß die Zeit nicht mehr vom Fleck kam, nicht so unglaubwürdig, wenn man die allgemeine Absurdität der Geschichte in Betracht zog. Casanova fuhr fort.

0/1

In jener Nacht fiel ich wie gerädert ins Bett. Mein Körper war durch das Marschieren und die Unfälle in einem jämmerlichen Zustand, die Gerüche des Abendessens hatten mir den Rest gegeben.

Ich wachte gegen Mittag auf und erschrak. Der Schlaf hatte mein Unglück von mir genommen, der neue Tag gab es mir zurück. Ich sah ins Adreßbuch. Teresa Mauret stand nicht darin! Mir schlug das Herz bis zum Hals. Ich erinnerte mich augenblicklich, daß ich sie unter U eingeschrieben hatte. Ich blätterte um und bekam den nächsten Schrecken. Dort stand sie auch nicht. Somit konnte ich also die Hypothese des persönlichen Eingreifens ausschließen, die ohnehin nichts anderes bedeutet hatte als masochistische Ironie. Es war nicht nötig, hinunterzugehen, um die Zeitung zu kaufen. Ich sah durchs Fenster; auf der Straße herrschte lebhaftes Treiben, die Geschäfte hatten geöffnet. Es war zweifellos Samstag, der einundzwanzigste März. Sogar die Wolken befanden sich an derselben Stelle.

Ich bemühte mich um Konzentration und Selbstbeherrschung. Ich mußte aus diesem Alptraum unbedingt herauskommen, Panik war dabei sicherlich nicht sehr zuträglich. Der Augenblick, um gründlich zu überlegen, zu planen und danach zu handeln, war gekommen.

In erster Linie ging es darum, die Beschaffenheit des Phänomens zu analysieren. Mittlerweile stand außer Frage, daß es sich um keine Inszenierung von Spaßvögeln, sondern um ein reales Geschehen (wenn dieser Ausdruck noch irgendeinen Sinn hatte) handelte. Die erste Besonderheit des Wunders bestand darin, daß ich der einzige Betroffene war; um genauer zu sein: der einzige Betroffene war mein Körper. Aber selbst das war zweifelhaft. Ich kam auf die Idee, eine Probe zu machen: Ich würde mich nicht mehr rasieren. Wenn für meinen Körper die Zeit so verging wie für die restliche Welt, würde ich jeden Tag aufwachen, als wäre Freitag vergangen, also mit einem vierundzwanzig Stunden alten Bart; und wenn ich mich an dem Morgen nicht rasierte und das Verhalten des Körpers dem meines Geistes entsprach, würde ich am nächsten Morgen mit einem Zweitagebart aufwachen.

1/0

»Diese Probe hättest du nicht machen müssen«, unterbrach Gertrudis. Da du am Vortag angefahren wurdest, konntest du das Verhalten deines Körpers perfekt überprüfen. Wenn du Prellungen hattest, stimmte es mit dem deines Geistes überein; wenn nicht, entsprach es dem der Welt.«

»Du hast recht«, gab Casanova zu, »daran hatte ich auch gedacht; mein Körper zeigte keinerlei Spuren von den Ereignissen des Vortages, ich hatte keine Schmerzen, war nicht müde vom Wandern. Die Probe mit dem Bart bestätigte, daß sich der Körper so verhielt wie die Welt, was sich auch darin zeigte, daß ich, nachdem ich wie ein Kosake gebechert hatte, am nächsten Tag so frisch erwachte.«

Casanova trank einen Schluck Wasser und fuhr fort.

0/1

Es mußte sich also um eine Täuschung des Geistes handeln. Aber worin bestand das Trugbild, wenn seine Projektion völlig real war? Eine Menge Fragen tauchten überall auf: Wie ließ sich das Phänomen erklären? Warum ich? Woher kam der Zauber? Wo lag der Ursprung, zu welchem Zeitpunkt und aus welchem Anlaß hatte das Ganze begonnen? Und vor allem, welchen Ausweg gab es?

Daß ich keine Antwort fand, bedrückte mich erneut. Ich machte mir ein Mittagessen. In meinem Kopf kreisten unentwegt dieselben Gedanken. Ich versuchte die Mutmaßungen von den Gewißheiten zu trennen, und kam zu dem Schluß, daß ich in einem Möbius-Zeitband gefangen war, in dem es einen Teil gab, der sich wiederholte (das Abendessen bei Virgínia Guasch und die Nacht bis zur Morgendämmerung), und einen anderen, vom Zufall abhängigen, oder besser gesagt gleichgültigen (der Tagesablauf bis zum Zeitpunkt des Abendessens), obschon der Kalender immer auf derselben Stelle blieb. Ich kam auf die Idee, daß der Schlüssel zu dem Rätsel, den ich immer in der Verbindung zwischen dem gleichgültigen und dem sich wiederholenden Teil gesucht hatte (ich hatte immer dem Abendessen ausweichen wollen), vielleicht in der Verknüpfung von Nacht und Morgen lag, wenn die Reste des Vortages verschwanden (die Spuren von dem, was mir passiert war, die Telefonnummer von Teresa, et cetera).

Das Abendessen war unvermeidlich. Was auch immer ich

entgegensetzen mochte, es war zwecklos. Deshalb beschloß ich, hinzugehen und selbst das unbedeutendste Geschehnis zu analysieren, das mich auf eine Idee bringen könnte.

Ich verließ am späten Nachmittag das Haus und sah in der Garage vorbei. Dort stand mein Wagen unversehrt, wie zu erwarten. Der Unfall vom Vortag hatte nicht stattgefunden. Halb neun erreichte ich mit dem festen Vorsatz, mir nicht das kleinste Detail entgehen zu lassen, Virgínias Haus.

Wie ich vorausgesehen hatte, traf ich am Eingang mit Paul Deveraux und Rodolf Serós zusammen.

»Mensch!« sagte Paul und legte mir den Arm um die Schultern. »Du weißt ja nicht, wie sehr ich mich freue, daß du dich aufgerafft hast.«

Wir gingen ins Eßzimmer. Die Szene war so wie immer. Ich hatte wohl eine unbewußte Hoffnung gehabt, daß ich sie nicht mehr erleben würde, daß irgend etwas danebenging, denn die Wiederholung vorzufinden versetzte mir wiederum einen bitteren Schock. Ich mußte mir meinen Vorsatz, rational vorzugehen, in Erinnerung rufen.

»Was feiern wir?« fragte Anna.

»Frühlingsanfang!« antwortete Virgínia und sah mich mit einem Nachdruck an, der mich erstaunte. Leise wandte sie sich an mich: »Am einundzwanzigsten März wird die Schonzeit aufgehoben. Wußtest du das nicht?«

Mich erfaßte das schwindelerregende Gefühl, daß meine Freunde diesmal nicht so unbedarft waren wie bei den anderen Wiederholungen. Bevor wir uns zu Tisch setzten, hielt ich es für angebracht, eine besondere Prüfung durchzuführen. Ich wandte mich an Marià Porter. Von dem ganzen Freundeskreis schien er mir am ernsthaftesten zu sein, ein ausgeglicheneres Wesen mit einem geringeren Hang zu Extravaganzen zu haben, mit einem Wort, er schien mir der, dem man am meisten vertrauen konnte und der sich angesichts einer anhaltenden Lüge rascher unbehaglich fühlen würde.

»Übrigens«, sagte ich und bemühte mich, unbefangen zu wirken, »als wir uns gestern trafen, habe ich etwas vergessen.«

Ich hielt inne. Wenn er mich jetzt fragt, dachte ich, was ich denn vergessen hätte, wäre mir nicht geholfen: Manchmal war Marià sehr zerstreut. Aber meine Sorge war unnötig: Er verscheuchte sie in dem von mir befürchteten Sinn.

»Wir haben uns doch gestern gar nicht getroffen.« Er sah mich so erstaunt an, daß das – sollte es Verstellung sein – beachtliche schauspielerische Qualitäten erkennen ließ.

»Ach nein?« Wir musterten uns mit gründlicher Aufmerksamkeit.

»Wir haben uns doch schon mehr als zwei Wochen nicht gesehen!« protestierte er.

Wir setzten uns zu Tisch, und ich hatte erneut Gelegenheit, die Gespräche zu verfolgen und festzustellen, daß ich das Drehbuch perfekt kannte. Es kamen Sätze vor wie die bei der ersten Wiederholung, und andere aus der zweiten oder dritten. Manche waren neu. Oder waren sie mir bei den anderen Malen nicht aufgefallen? Einige, an die ich mich erinnerte, waren verschwunden. Oder hatte ich sie nur überhört? Beim Essen befiel mich quälende Verzweiflung. Ich war mir nicht sicher, was die Ähnlichkeiten und die Unterschiede betraf, die ich wahrnahm. Das Gedächtnis ließ mich im Stich; es vermischte sich das, wovon ich erwartete, daß es gesagt werden würde, mit dem, was sich tatsächlich vor meinen Sinnen abspielte. Die ungewöhnliche und paradoxe Gewißheit, daß diese Szene einzigartig war, verwandelte freilich meine Fähigkeit zur Vorhersage (das heißt meine Einsicht) in einen haarsträubenden Wahn. Vielleicht war mir die Gabe des Vorhersehens zuteil geworden, und dafür zahlte ich mit dem Entsetzen, das ganze Leben als eine einzige Szene zu empfinden, eher Trugbild eines Blendwerks als Blendwerk des zynischsten Trugbilds. Ich ertränkte die Panik in drei Glas Wein, die ich hinunterstürzte.

»Casanova ist sehr aufgekratzt heute abend«, sagte eine Stimme am anderen Ende des Tisches.

»So wie er trinkt, wundert mich das nicht«, bemerkte Marc Grunel.

Nachdem ich zwei weitere Gläser geleert hatte, folgten Annas Einschätzung meiner Person als übertrieben und die Geschichte von dem Schafhirten, die Paul begann und Virgínia mit einem verhüllten erotischen Vorstoß unterbrach.

Alles so wie bei den anderen Gelegenheiten. Oder doch nicht genauso?

Ich sah zu, daß die Panik mich nicht in Verwirrung stürzte; doch ich mußte auch zugeben, daß eine aufmerksame und überlegte Haltung nicht viele Neuigkeiten zu dem Bild hinzufügte, das ich mir von der Situation gemacht hatte.

Teresa Mauret, die natürlich meine Tischnachbarin war, schien unser Gespräch zu amüsieren. Plötzlich fiel mir etwas Neues auf, das mir große Hoffnungen machte. Wenn sich die Wiederholungen der Szene in den Details unterschieden und den Schauspielern kleine Abweichungen ad libitum gestattet waren, bedeutete das, die Geschichte hatte Ritzen, durch die man entwischen könnte. Man mußte die passende finden und sie zu nutzen wissen. Sofort jedoch drängte sich die gegenteilige Interpretation auf: Die Unterschiede zwischen einer Wiederholung und einer anderen stellten die kleinsten notwendigen Korrekturen dar, um sich dem Vorgang anzupassen, sie waren der sicherste Beweis für die Kontinuität. Ich entschied mich für die erste Möglichkeit, um wenigstens die Moral zu heben; vielleicht pochte in diesen Unterschieden die Zeit auf der Suche nach etwas Konkretem.

Das Essen ging dem Ende zu, wir standen auf. Die anderen verabschiedeten sich, ich war nach wie vor in meine düsteren Hirngespinste versunken.

Grunel und Paul trafen im Vorzimmer aufeinander.

»Was ist mit Casanova los?« fragte Grunel; in seiner Stimme lag etwas Gebieterisches.

»Wie soll ich das wissen!« sagte der andere.

»Es wird besser sein, wenn ich ihn nach Hause bringe«, fand Grunel, was mich erstaunte, denn wir waren keine Freunde.

»Kommt nicht in Frage«, sagte Paul energisch. »Wenn er nicht imstande ist, allein nach Hause zu gehen, bin ich es, der ihn begleitet.«

»Wie du meinst«, antwortete Grunel.

Mir schien in seinem Tonfall Drohung und Verachtung mitzuschwingen. Vielleicht war der Grund für die Zeitkurve, die mir soviel Kopfzerbrechen bereitete, eine Auseinandersetzung zwischen Paul und Marc. In meinem Rausch stellte ich sie mir als zwei Hexenmeister im Widerstreit vor, die mich für ihre Interessen benutzten; solange nicht geschah, was einer von ihnen von mir wollte, würde ich nicht befreit werden. Was aber konnte von mir abhängen? Es gab nur eine Möglichkeit, das herauszufinden: Ich mußte ihnen folgen und sie auf frischer Tat ertappen.

Ich stützte meinen Kopf in die Hände. Selbst in meiner Trunkenheit und meiner Verzweiflung war mir noch bewußt, daß ich phantasierte; was gab es denn Wahnsinnigeres als meine eigene Situation? Beim Hinausgehen schwankte ich, Paul stützte mich, während er ankündigte, daß er und Marià mich nach Hause bringen würden. Als mir Teresa Mauret ihre Telefonnummer gab, entdeckte ich, daß ich sie schon auswendig wußte. Ich schrieb sie mir trotzdem auf.

Ich kam nach Hause mit der fixen Idee, den Wendepunkt zwischen vergangener und zukünftiger Zeit herauszufinden, den Moment, in dem der Samstag aufhört, Samstag zu sein, der zum Sonntag wird, und zu Freitag wird, der in Samstag übergeht. Teresas Telefonnummer würde das Mittel zur Entdeckung sein. Ich öffnete das Adreßbuch beim Buchstaben T und starrte auf die Nummer. Wenn sie verschwinden sollte, dachte ich, dann wenigstens vor meiner Nase, so daß ich es beobachten kann: Ob es plötzlich geschieht und mit einem Blitz, oder ob sie sich langsam, von einer anderen Erscheinung begleitet, auflöst; ob ich irgendeine Veränderung an meinem Körperzustand, an den Empfindungen bemerke, et cetera.

Um drei Uhr nachts saß ich vor dem Adreßbuch, den Kopf in beide Hände gestützt, und kämpfte gegen die Müdigkeit an. Es war so spät, daß ich nachdachte, ob schon Sonntag wäre oder ob der Samstag von neuem anbrach. Zu dieser Stunde begann man, die Zeitungen auszuliefern. Und wenn ich auf die Ramblas ginge, um sie zu kaufen? Aber ich wagte meine Augen nicht von dem Papier zu heben, da ich befürchtete, durch die kleinste Unachtsamkeit könnte die Nummer verschwinden.

Plötzlich kam ich zu folgendem Schluß: Teresa Mauret war

mir beim Abendessen in Virgínias Haus vorgestellt worden, ich war ihr zuvor nie begegnet; weder sie noch ich hatten uns auch nur vom Hörensagen gekannt. Wenn ich sie also jetzt anriefe, würde ich mit ihr in dem Zeitstreifen nach dem Abendessen sprechen, als wir uns bereits kannten. Wenn es mir gelänge, mit ihr lange genug ohne Unterbrechung zu reden, würden wir wieder in die Stunden des Samstags, die dem frühen Morgen entsprachen, eindringen und damit in die Zeit vor dem Abendessen; wir befänden uns auf einer zeitlichen Ebene, wo wir einander noch nicht vorgestellt worden waren. Das heißt, im Verlauf eines Gesprächs zwischen zwei Personen, die sich vor ein paar Stunden kennengelernt hatten, würden wir zu zwei Unbekannten, die miteinander sprechen (sie wüßte nicht warum, nur ich hätte, durch mein Unglück, Kenntnis von der Situation). Die Zeit konnte sehr seltsame Dinge mit der natürlichen Abfolge von Ereignissen anstellen. Aber die unmittelbare Erinnerung einer Person aufzuheben, so daß diese glaubt, nicht zu wissen, mit wem sie über das Abendessen der letzten Nacht spricht, war etwas, das meine Vorstellungskraft überstieg. Endlich würde ich über einen enthüllenden Faktor verfügen. Begeistert von dem Einfall, stürzte ich zum Telefon.

Ich nahm den Hörer ab, doch als mein Blick auf das Adreßbuch fiel, stockte mir der Atem: Name und Nummer Teresas waren verschwunden. Der Rückfall in Panik und Beklommenheit milderte diese nicht, im Gegenteil; durch die Häufung, durch die Verzweiflung über das Unerbittliche wurden sie für mich immer unerträglicher. Ich nahm mich zusammen, und da ich die Nummer auswendig wußte, wählte ich sie, ohne zu zögern. Teresa meldete sich mit schläfriger Stimme.

»Teresa?« sagte ich. »Hier Frederic Casanova. Verzeih, daß ich dich um diese Zeit anrufe …«

»Wer, sagen Sie, sind Sie?« antwortete sie verwirrt und mit einer klaren Tendenz zur Empörung.

Natürlich wußte sie nicht, wer ich war. Für sie hatte das Abendessen bei Virgínia noch nicht stattgefunden; ich versuchte, es ihr zu erklären, doch sie schickte mich verständlicherweise zum Teufel. Am Boden zerstört durch meine düstere Lage, ging ich zu Bett.

Am nächsten Tag (das heißt, als der fortwährende Samstag anbrach) wachte ich am Mittag auf. Ich ließ mir die Beobachtungen vom Vorabend durch den Kopf gehen. Konnte ich irgendeine Konsequenz daraus ziehen? Ich hatte weder Appetit noch Lust zu irgend etwas. Mir kam schließlich der Gedanke, daß ich beim Abendessen einen Komplizen brauchte, jemanden, der mir als Zeuge und Bindeglied diente, nachdem die Zeit wieder zurückgelaufen war. Ich dachte an Paul, an Marià, doch wir drei kannten uns vielleicht zu gut, eine unvoreingenommene und weniger positivistische Person, als meine Freunde es waren, würde mir nützlicher sein.

Es war acht Uhr, ich zog mich an, um wegzugehen, als mir einfiel, daß ich nicht auf der einfachsten Lösung beharrt hatte, um dem Abendessen fernzubleiben: zu Hause zu bleiben. Ich hängte die Jacke an die Garderobe und setzte mich in aller Ruhe hin. Mein Herz schlug heftig. Wenn es mir gelänge, mich bis elf nicht von der Stelle zu bewegen, könnte ich mich als gerettet betrachten. Drei Minuten später läutete es an der Tür.

Ich öffnete. Es war Marià.

»Wie geht's?« grüßte er mit einem breiten Lächeln. »Bist du fertig?«

»Fertig wozu?« fragte ich ihn. Es dürfte mir nicht gelungen sein, meinen Argwohn zu verbergen, denn er machte eine erstaunte Geste und sprach langsamer.

»Um zu Virgínia zum Abendessen zu gehen, natürlich. Gestern haben wir verabredet, daß ich dich um acht abhole.«

»Gestern haben wir uns verabredet?«

»Na klar«, sagte er ungeduldig, »was ist mit dir los? Hast du das Gedächtnis verloren?«

»Meinst du mit gestern Freitag oder Samstag?«

Er lachte. Meine Frage war in seinen Augen eine Überspanntheit, er würde nie erfahren, daß sie für mich in dem Moment die einzig vernünftige war.

»Komm schon, zieh deine Jacke an; gehen wir, wir sind schon spät dran.«

»Nein, geh du, ich bleibe hier.«

Wir diskutierten fast zehn Minuten. Marià fühlte sich moralisch verpflichtet, einen Freund, der durch den Tod eines geliebten Wesens betrübt ist, aufzumuntern; er faßte mich am Arm und zog mich die Treppe hinunter. Ich fühlte mich zu niedergeschlagen, um mich zu sträuben. Ein fester Glaube hätte mir die Kraft dazu gegeben, doch ich war der fatalen Überzeugung, daß ich – selbst wenn ich meinen Freund k. o. schlüge und mich zu Hause einsperrte – so oder so bei dem verfluchten Abendessen der Guasch enden würde.

Unterwegs versuchte ich mich an das Telefongespräch zu erinnern, das Marià und ich am Freitag geführt hatten. Mir schien es nicht so, daß wir ausgemacht hätten, er würde mich abholen. Sollte das heißen, daß die Wiederholungen mein ganzes Leben beeinträchtigten? Wenn dem so war, veränderte sich nicht nur der unselige Samstag, sondern alles davor. Vielleicht war ich ein anderer, und meine Freunde gingen anderen Beschäftigungen nach, vielleicht hatten wir eine andere Regierung, in Deutschland waren die Nazis an der Macht, und in Rußland regierten die Zaren … Vielleicht war Lluïsa Cros am Leben, und Uriach hatte nie existiert!

Die Gedanken drohten mich zu ersticken. Marià ließ mich nicht aus den Augen, aber er sagte nichts. Wir kamen zu Virgínias Haus, ich wußte so genau, was kommen würde, daß ich es mit absoluter Gleichgültigkeit aufnahm.

Am Eingang trafen wir mit Paul und Rodolf zusammen. Eine neue Version, dachte ich. Bis jetzt waren wir an der Tür drei gewesen; heute sind wir vier.

»Wie schön, daß du dich aufgerafft hast!« sagte Paul.

Ich zuckte mit den Achseln. Wir gingen ins Eßzimmer. Die Wiederholung derselben Szene langweilte mich so sehr, daß ich ihr, im Gegensatz zur letzten Variante, keine Aufmerksamkeit widmete. Wir setzten uns zu Tisch, und als mir Teresa Mauret vorgestellt wurde, war ihr mein Name nicht unbekannt.

»Frederic Casanova?« sagte sie. »Bist nicht du es gewesen, der mich heute nacht angerufen hat?«

Sie sah mich lächelnd an, doch stand eindeutig fest, daß

ihre Freundlichkeit nichts weiter als ein Gebot der Höflichkeit war und sie von mir eine Erklärung erwartete. Vielleicht war Teresa die Verbündete, die ich brauchte. Ich rechtfertigte mich und erzählte ihr alles; sie sah mich mit weitaufgerissenen Augen an und zeigte weder Zustimmung noch Zurückweisung; insgesamt drückte ihre Haltung Erstaunen und freundliche Sympathie für meine Person aus, zumindest wollte ich das glauben. Nach einer halben Stunde wußte ich nicht, ob sie mich für verrückt hielt und mir höflich zuhörte oder ob sie wirklich bereit war, mir zu helfen, aus meinem Unglück herauszukommen. Was die Beweise betrifft, so gab es nichts zu meiner Verteidigung. Daß ich ihre Telefonnummer und einige Daten aus ihrem Leben wußte, bewies gar nichts; irgendein gemeinsamer Freund könnte sie mir gegeben haben.

»Ich möchte dich um einen Gefallen bitten«, sagte ich schließlich, ohne daß sie etwas geäußert hatte. »Sobald du nach Hause kommst, schreibe irgend etwas auf einen Zettel, das mit meiner Person zu tun hat, ich weiß nicht, meinen Namen, eine Kurzfassung von dem, was ich dir erzählt habe, irgend etwas, damit ich unser Zusammentreffen bei diesem Abendessen beweisen kann.«

»Einverstanden«, antwortete sie.

Man mußte kein Meister des Scharfblicks sein, um zu bemerken, daß sie mich unter die Lupe nahm. Das konnte ich ihr nicht vorwerfen, denn was hätte ich an ihrer Stelle getan? Sie hatte zumindest nicht die Flucht ergriffen, das war schon ein Pluspunkt. Ich hätte gerne gewußt, was sie über mich dachte, doch ich konnte mir leider nicht den Luxus erlauben, empfindlich zu sein und das einzige mir verfügbare Bündnis zu gefährden.

Die Tischgespräche im Hintergrund waren die x-te Wiederholung der Szene. Für mich besaßen sie nicht mehr Bedeutung als Unterhaltungsmusik.

»Casanova ist heute abend aber aufgekratzt«, bemerkte jemand mit honigsüßem, schmeichlerischem Tonfall. Ich konnte mir ein Lachen nicht verkneifen. In diesem Fall bezog sich die Aussage auf die meiner Tischnachbarin gewidmete

Aufmerksamkeit, und obwohl sie im Moment überhaupt nicht zutraf, wurde mir doch klar, daß es gar nicht schlecht wäre, ihr den Sinn zu geben, auf den dieser Dummkopf angespielt hatte. Ich sah Teresa auf andere Weise an.

Während Virgínia Paul daran hinderte, uns die Geschichte vom Schafhirten zu erzählen, war ich versucht, ihnen nachzueifern und dabei Teresa um Hilfe zu bitten, doch ich hielt mich rechtzeitig zurück. Sie hätte denken können, meine Geschichte wäre nichts weiter als eine Art, mich interessant zu machen, um sie zu verführen, und das käme mir gar nicht gelegen. In jenem Augenblick brauchte ich keine Geliebte, sondern jemanden, der mir half. Oder war eine Geliebte etwa die perfekte Unterstützung? Ich ließ meiner Phantasie freien Lauf. Was würde geschehen, wenn Teresa mit zu mir nach Hause käme und wir uns die ganze Nacht liebten? Würde sie zu einem bestimmten Zeitpunkt aus meinen Armen verschwinden? Würde sie durch den Äther bis in ihr Bett fliegen und sich dort im Nachthemd, ohne die geringste Erinnerung, wiederfinden, während ich plötzlich nur das Kissen umarmte? Ich war drauf und dran, es zu versuchen, doch es war zu spät. Das Essen ging dem Ende zu, meine Stimmung war nicht gerade geeignet, im Wettlauf mit der Zeit eine Frau zu umgarnen, damit sie mit mir ins Bett ginge.

Nach einer Weile, als alle schon aufbrachen, bemerkte ich, daß Paul und Marc Grunel mit ziemlich ernster Miene diskutierten. Ich hörte nicht, was sie sagten, doch ich konnte mir ausmalen, daß es mich betraf, da Grunel sich mehrmals umdrehte und mich musterte. Ich versuchte mich zu nähern, um mitzuhören; hier konnte es (auch wenn sie es vielleicht nicht wußten) ein wichtiges Indiz geben, ja sogar den Schlüssel für das, was uns passierte; doch Teresa kam, ungelegen, um sich zu verabschieden und zu betonen, daß sie meinen Anruf erwartete.

»Nach dem, was du mir gesagt hast, glaube ich nicht, daß du die Telefonnummer aufschreiben mußt«, sagte sie. Ich wollte über diesen Scherz nicht lachen.

Auf der Straße bot sich Paul an, mich nach Hause zu bringen, und ich dachte, ich sollte die positiven Seiten der Wiederholung nicht zurückweisen. Sobald ich angekommen war, rief ich, wie vereinbart, sofort Teresa an. Wir sprachen zunächst über Unklarheiten. Ihre Ehrlichkeit und die wunderbare Bereitschaft, sich an einer so ungewöhnlichen Sache zu beteiligen, rührten mich. Ich stellte mir vor, daß ihr durch den Kopf gehen könnte, welch ein sadistischer Witzbold ich sei, ein Telefonfanatiker oder ein Verrückter, und das machte ihre Geste noch wertvoller. Ich war so dankbar, daß ich es ihr sagen mußte.

»Ich bin kein Wunder an Scharfsinn«, erwiderte sie mir, »doch halte ich niemanden für fähig, einen Scherz so weit zu treiben, daß er einem ein gutes Abendessen verdirbt.«

Wir hingen ein paar Stunden am Telefon. Sie erzählte von ihrer Kindheit, von ihren Freunden und ich von der letzten Zeit mit Lluïsa und Zacaries. Ich mußte dabei ununterbrochen auf die Uhr sehen. Wie würde der Übergang geschehen? Vielleicht ging der Alptraum heute zu Ende! Ich wollte mir keine Hoffnungen machen, sondern auf den Schock gefaßt sein.

Fünf nach vier wurde die Leitung unterbrochen. Ich starrte fasziniert auf den Hörer, der tüt-tüt-tüt machte … War der Augenblick gekommen?

Ich hatte ihn so lange erwartet, daß er mich beinahe unberührt ließ. Ich wählte noch einmal Teresas Nummer, mir schien, sie brauchte zu lange, um den Hörer abzunehmen.

»Teresa, das Gespräch ist unterbrochen worden.«

»Wie bitte?« antwortete sie, die träge, schwerfällige Stimme und die nasale Intonation waren eindeutige Zeichen dafür, jemanden geweckt zu haben.

»Teresa, ich bin's, Frederic! Bitte …«

»Tut mir leid, Sie müssen sich irren.«

»Komm, mach keine Scherze!«

Sie machte keinen Scherz. Ich hatte sie soeben aus dem Bett geholt, nachdem sie schon drei Stunden geschlafen hatte. Ich bat sie, meinen Namen in ihren Notizen zu suchen, sie hielt mich schließlich für einen Verrückten und schickte mich zum Teufel. Ich legte verzweifelt auf. Siehe da, fiel mir zynischerweise ein, ich selbst erweiterte den Kreis der Wiederholungen bis zum Morgengrauen und bis zum Telefon meiner Wohnung; ich war an meinem eigenen Desaster beteiligt, morgen würde Teresa zu mir sagen: »Du bist doch derjenige, der mich heute nacht geweckt hat, oder?«

Ich warf mich aufs Bett. Ich hatte Lust zu schreien, mit dem Kopf gegen die Wand zu rennen, mir die Haare auszureißen. Ich bemühte mich, Ruhe zu bewahren und nachzudenken. Die einzige Erklärung schien zu sein (obwohl diese Eindeutigkeit zur unglaublichsten und absurdesten Lösung führte), daß ich in einer Art Knoten gefangen war, der im Lauf der Zeit entstanden war, oder, um genauer zu sein, innerhalb *meines* Zeitablaufs. Wie ließe sich sonst Teresas schläfrige Stimme erklären? Wo schlief die Teresa, die mich nicht kannte, während ich mit der Teresa, die mich kannte, sprach? In ihrem Bett? In einer anderen Dimension ihres Bettes? Und wenn ich mit der Teresa rede, die nicht weiß, wer ich bin, wo ist dann die Teresa hingekommen, die mir beim Abendessen vorgestellt worden war? Spricht sie weiterhin am Telefon mit einem anderen Ich, und dringen sie gemeinsam in die natürliche Zeit des Sonntags ein? Und was mich selbst betrifft, wohin gerät mein Körper jedes Mal, wenn ich mich in dem vom Freitag kommenden einrichte, immer mit einem Eintagebart, obwohl ich mich seit fünf Tagen nicht rasiert habe?

1/0

»Wie ihr verstehen werdet«, sagte Teresa, »ließ er sich danach den Bart stehen.«

Wir lachten alle, sogar Casanova, der die Pause nutzte, um etwas zu trinken; danach wandte er sich gespielt ärgerlich an seine Frau.

»Du solltest nicht zuhören, denn du kennst ja alles auswendig, außerdem lenkst du meine Zuhörer ab.«

Der Satz erinnerte vage an einen von Virgínia Guasch, doch niemand bemerkte es, oder sie waren wie ich zu träge, es zu sagen. Casanova fuhr fort.

Da es mir sehr schwergefallen war einzuschlafen, wachte ich am nächsten Tag (um ihn irgendwie zu benennen) erst nach Mittag auf. Ich hatte keinen Appetit, und im Hinblick auf ein gutes Abendessen naschte ich nur irgend etwas aus dem Kühlschrank. Welche Variationen werden uns heute erwarten, fragte ich mich.

Ich hatte nichts zu tun. Womit kann sich jemand beschäftigen, der weiß, daß morgen wieder heute sein wird? Es war, wie lebendig tot zu sein. Nie war die Zwecklosigkeit des menschlichen Handelns greifbarer gewesen. Ich konnte tun, was ich wollte: wie von dem Leichentuch der Penelope, würde nach ein paar Stunden keine einzige Spur bleiben, außer mir selbst. Ich verbrachte den ganzen Nachmittag völlig lustlos im Lehnstuhl.

Um acht holte mich Marià ab, ich war keineswegs überrascht. Die Szene nahm höfliche Züge an: man hatte mir sogar schon einen Chauffeur zur Verfügung gestellt.

»Es kann losgehen«, sagte ich.

Wir fuhren mit seinem Wagen hin. Marià musterte mich aufmerksam und versuchte, mein Schweigen zu ergründen. Da ich keinen Argwohn erregen wollte, beschloß ich, irgend etwas zu sagen. Ich wollte einen normalen Eindruck machen, doch Wut und Zynismus quollen aus mir hervor.

Am Haustor trafen wir mit Paul und Rodolf zusammen; sie hatten uns kommen sehen und auf uns gewartet.

»Du weißt nicht, wie sehr ich mich freue, daß du noch gekommen bist!« sagte Paul.

»Doch, ich weiß es«, antwortete ich und konnte ein schallendes Lachen nicht unterdrücken, »du hast ja keine Ahnung, wie gut ich das weiß.«

Die drei sahen mich beruhigt an. Jetzt halten sie dich für verrückt, dachte ich, das kann ja lustig werden.

Wir gingen nach oben. Wieder war alles gleich.

»Was wird hier gefeiert?« fragte Anna.

Virgínia wollte antworten, doch da ich es wußte, kam ich ihr zuvor und schnitt ihr das Wort ab.

»Virgínia wird euch sagen, es sei der Frühlingsanfang, aber ich weiß, daß es die beste Eichelernte des Jahrhunderts ist!«

Alle, besonders Virgínia, sahen mich verwirrt an, und ich bemerkte, daß ich sie, wann immer ich wollte, überraschen konnte, weil ich ihre Gedanken kannte. Ich wußte, was sie sagen würden, ich konnte ihre Reaktionen vorwegnehmen. Wenn meine Macht über die Freunde nicht so vergänglich (und so zwecklos) gewesen wäre, hätte ich daraus tüchtig Nutzen gezogen! Für einen Augenblick ließ ich mich zu bösen Gedanken hinreißen: Erpressungen, Wetten … Ich hätte außergewöhnlich sein können, doch unter den momentanen Bedingungen wäre es bestenfalls belustigend gewesen, und das auch nur, wenn es mir gelänge zu vergessen, daß es letztlich tödlich sein würde. Also gab ich mich der Ironie der Verzweiflung hin.

Wir setzten uns zu Tisch, und wie vorhergesehen, identifizierte mich Teresa Mauret mit dem nächtlichen Anrufer.

»Ist das deine Art, dich zu erkennen zu geben?« sagte sie lachend.

»Nur, wenn es sich um die Telefonnummer einer so großartigen Frau handelt«, antwortete ich und versuchte, den hinterhältigsten Satyr meines Repertoires zu mimen.

»Kaum zu glauben«, hörte ich, »wie aufgekratzt Casanova heute abend ist!«

»Bei manchen genügt ein Glas Wein, du siehst ja, was dabei herauskommt«, meinte Grunel.

»Was dabei herauskommt?« sagte ich und hob herausfordernd die Stimme. Alle schwiegen. »Komm schon, sag mir, was dabei herauskommt. Du weißt ja immer alles und redest die ganze Zeit darüber, wer zu trinken versteht und wer nicht, also zeig mal, ob du den Mumm hast, mir zu sagen, was dabei herauskommt?«

Grunel schien bereit zu sein, es mir zu sagen, ich empfand keinerlei Scheu, ihm ins Gesicht zu schlagen, doch leider fühlte sich mehr als die Hälfte der Anwesenden verpflichtet, Frieden zu stiften. Ich war von einer breiten Musterkollektion freundlicher Gesichter umgeben, die meine Aufmerksamkeit ködern wollten.

»Er hat nichts gesagt, was dich kränken müßte«, bemerkte Teresa.

»Gewiß hast du recht, aber weißt du, mir ist alles einerlei: mich mit diesem Dummkopf zu prügeln oder mich vom Balkon zu stürzen.«

»Du übertreibst«, sagte Anna Porter.

»Ich übertreibe, sagst du?« gab ich zurück. »Warte, bis ich mir die Hose ausziehe, dann wirst du's sehen.«

Am ganzen Tisch wurde gelacht. Die Spannung war gewichen, alle schienen bereit, die Szene zu vergessen.

»Das erinnert mich an die Geschichte vom Hirten, der frühmorgens ...«

Ich sah, daß Virgínia ihn unterbrechen wollte, ich kam ihr so laut schreiend zuvor, daß alle verstummten.

»Gebt euch keine Mühe, du und Virgínia, ich werde euch das Märchen vom Hirten schon erzählen: Eines Morgens entschied er, daß die Schafe nicht genug Milch gaben, und als sie auf der Weide waren, sagte er zu ihnen: Man ist, was man ißt. Er stellte sie in einer Reihe auf, und platsch!, als wäre er eine Biene inmitten von Blumen, verteilte er Lebenssaft in ihre Mäuler – ich begleitete das mit der entsprechenden Bewegung der Lenden –, da, ein Schluck für das eine, ein Spritzer für das andere.« Paul und Virgínia mühten sich verzweifelt, mich zu unterbrechen, aber ich war zu allem bereit, nur um die Wiederholung zunichte zu machen. »Und jetzt, Virgínia, bevor dieser unanständige Dionysius zu weit geht, werde ich es tun.«

Ich kniete mich auf den Tisch und kroch, schmutzige Teller und halbvolle Weingläser nicht beachtend, auf ihr Gesicht zu. Sie war verblüfft, doch sie lächelte immer noch. Ich packte sie am Hals und gab ihr einen kräftigen Kuß auf den Mund, einen von denen, die nicht aufhören, wobei ich durch die Nase atmete. Ein Wald aus Händen, die trotz ihrer gemessenen Zurückhaltung entschlossen und fest waren, trennten uns. Sobald es ihnen gelungen war, machte ich mich, rücksichtslos um mich schlagend, los, und als ich sah, daß Virgínia nichts zur Geschichte der Schafe hinzufügen wollte und Paul keine erotische Annäherung versuchte, dachte ich, es wäre durchaus angebracht, den Sieg über die Wiederholung zu feiern (zumindest brauchte ich in diesem Augenblick diese Illusion sehr nötig). Ich nahm einen ordentlichen Schluck gleich aus der Flasche und richtete mich auf dem Tisch auf. Ich knöpfte Hose und Hemd auf und war schließlich nur noch mit Unterwäsche und Schuhen bekleidet. Ich nahm eine Serviette in jede Hand und begann, vom Applaus eines Publikums begleitet, das mich weder hinderte noch mitmachte, eine Art Schleiertanz. Danach ließ ich mich auf einen gepolsterten Stuhl fallen, der mit großem Krach zusammenbrach.

»Geht es dir gut?« fragte Anna.

»Gut genug, um dich hier und jetzt zu vögeln, bis du um Gnade flehst«, sagte ich laut genug, daß alle es hören konnten.

»Du solltest mehr darauf achten, was du sagst«, bemerkte Teresa, als bereits alle aufbrachen.

»Weshalb? Wenn sich doch ohnehin keiner der hier versammelten Trottel je an das erinnern wird, was ich heute gesagt oder getan habe!«

Sie sah mich an, als wäre ich verrückt, ich bekam einen Lachkrampf. Mal sehen, ob sich nun herausstellt, daß dies die letzte Wiederholung ist, morgen ist Sonntag, und alles verläuft wieder ganz normal! Vielleicht sind die großen Ungeheuerlichkeiten (oder Geniestreiche, das ist einerlei) in der Geschichte von Menschen vollbracht worden, die – wie ich – glaubten, daß sich am nächsten Tag das Ergebnis ihrer Handlungen und die Erinnerung daran in Luft auflösen würden.

»Was ist mit Casanova los?« fragte Grunel Paul am Hauseingang.

»Wenn du es nicht weißt …«, sagte Paul zurückhaltend.

»Ich weiß nicht, was du damit sagen willst.«

»Das weißt du ganz genau, und glaub bloß nicht, daß du deinen Willen durchsetzen kannst.«

Grunel wollte gehen, doch ich konnte mir nicht eine weitere Gelegenheit entgehen lassen. Hier gab es ernsthafte Anzeichen einer Verschwörung (oder zumindest des Wissens darum), ich konnte das Geheimnis nicht länger ertragen. Ich stellte mich vor die beiden hin und faßte sie am Arm.

»Was sagt er? Was weiß er ganz genau? Entweder ihr sagt es mir auf der Stelle, oder ich erwürge euch.«

Es gab ein großes Durcheinander; da sich alle einmischten, führte der Wirbel dazu, die Frage in alle Richtungen zu zerstreuen, ich konnte daraus nicht schlau werden. Teresa blieb neben mir stehen und übernahm die stets undankbare Doppelrolle der verständnisvollen Diplomatin und der subtil Kontrollierenden.

»Da du meine Nummer schon kennst, ruf mich doch in den nächsten Tagen an«, sagte sie zu mir. Paul bot sich an, mich nach Hause zu bringen, ich nahm an.

Kaum war ich in meinen vier Wänden, fiel ich in tiefste Verzweiflung. Die Depression ist ein physisches Empfinden, eine Drüsensache, und um sie zu überwinden, muß man eine Willenskraft aufbringen, die ich zu dem Zeitpunkt nicht hatte. Ich suchte mir die Nummer von Grunel im Telefonbuch und rief ihn an. Er war zurückhaltend und antwortete mir sehr trocken (was nach den Vorkommnissen beim Abendessen keineswegs verwunderlich war). Ich bemühte mich, so ruhig und vernünftig wie möglich zu erscheinen und ihn von meinen friedlichen Absichten zu überzeugen.

»Bitte, ich weiß, daß du in gewisser Weise damit zu tun hast, was mit mir passiert; ich bitte dich, mir zu verzeihen, wenn ich heute nacht dir gegenüber rücksichtslos gewesen bin, und darum, mich zu befreien.«

Grunel behandelte mich wie einen Irren. Ich achtete auf die kleinste Schwankung in seiner Stimme. Täuschte er mich? War er der Urheber all dessen? Ich konnte nichts klären und legte völlig durcheinander auf.

Konnte ich mich irren? Alles war möglich. Wenn es sich um eine Blase innerhalb der Zeit handelte, gehörte jede Wiederholung einer anderen Dimension an. Grunel war der Demiurg (oder sein Bote), der mein Leid verursachte, doch nur in der zeitlichen Dimension, in der er in Übereinstimmung mit seinen Vorhaben agierte; in jeder anderen Wiederholung war Grunel (er oder wer auch immer) ein unschuldiger Bürger, der keine Ahnung hatte, was geschah. Was war das für eine Dimension? Ich bekam eine weitere Panikattacke, die

Beklommenheit zurückließ. All das konnte sich bei Hunderten, Tausenden, Millionen von Abendessen im Haus von Virgínia Guasch unendlich fortsetzen in Erwartung der geeigneten Welt, die zudem vielleicht nie entstand oder schon entstanden war, ohne daß ich einen Nutzen gezogen hätte, weil ich nicht wußte, was man von mir wollte. Wenn dem so war, blieb ich für immer in der Unendlichkeit der Zeit gefangen, verdammt zu einem teuflischen Kreislauf, dazu, nicht zu altern, und wie in einem teuflischen Versuch, die gleiche Szene ewig zu wiederholen …

Ich warf mich aufs Bett und stellte mit Entsetzen fest, daß ich im Begriff war, eine monströse Änderung des Zeitgefühls gutzuheißen. Ich hatte akzeptiert, daß morgen nicht das Heute sein würde, das heute morgen ist, sondern dasselbe Heute, das heute heute ist. Ich hatte mich an den Wahnsinn gewöhnt, und ich erlitt die mit ihm verbundenen Schwindelgefühle, ohne daß es mir erlaubt gewesen wäre, bei ihm Trost zu finden. Ich fühlte mich unfähig, noch einmal an einem Samstag, dem einundzwanzigsten März desselben Jahres, aufzuwachen, da ich schließlich wußte, daß dies nur der Beginn einer unendlichen Folge sein würde. Ich beschloß, mich umzubringen.

Ich nahm das Jagdgewehr, lud es, steckte den Lauf in meinen Mund und drückte ab.

1/0

Casanova machte eine Pause. Es herrschte absolute Stille. Er blickte zu Boden und fuhr fort.

0/1

Ich wachte um acht Uhr morgens im Bett, mit meinem Schlafanzug bekleidet, auf. Mir kam augenblicklich die letzte Szene in den Sinn: Ich hatte mich umgebracht! Ich stand auf. Nichts in meiner Umgebung sah nach Jenseits aus. Ich warf einen Blick aus dem Fenster; draußen herrschte das typische samstägliche Treiben. Nein, nicht noch einmal! Samstag, der einundzwanzigste März ... Ich hole das Gewehr aus dem Schrank: es war auseinandergenommen, die Munition unberührt. Im Wohnzimmer kein Blut oder sonstige Spuren. Der Zeittrick konnte sich sogar über den Tod hinwegsetzen. Es war Samstag, einundzwanzigster März, für mich so normal, wie der letzte oder zweifellos der kommende sein würden.

Ich raufte mir die Haare. Und wenn alles, was mir geschah, der Tod war? Vielleicht war ich gestorben, und dieser Effekt der Wiederholung ein und desselben Tages war nichts anderes als das Beharrungsvermögen der letzten Szene, die sich in mein Gedächtnis eingeprägt hatte ... Ja, ich mußte gestorben sein, und das war meine Hölle.

1/0

»Die Tatsache, daß du jetzt hier bist«, unterbrach Gertrudis, »spricht eindeutig dagegen. Eine Sache finde ich außerordentlich interessant: Du sagst, du hast dich umgebracht, und dieser Akt wurde, wie alle anderen, durch die Zeitschleife, in der du gefangen warst, aufgehoben. Demnach bist du das einzige mir bekannte menschliche Wesen, das gestorben ist und wieder zu leben begonnen hat. Ich würde gerne von dir hören, wie der Tod ist und was man empfindet.«

Casanova lächelte und fuhr fort.

0/1

Im Augenlick des Abdrückens spürte ich eine gewaltige Explosion und in meinem Inneren eine Art Gegenüberstellung jeder einzelnen Sache mit ihrem Maß und ihrer Energie; gleichzeitig verschmolzen in mir die fünf Sinne und die Wahrnehmung von Zeit und Raum; so als hätte ich auf einmal sämtliches Wasser der Meere ausgetrunken oder das ganze Universum in meine Lungen gesaugt. Es war schwindelerregend und zugleich lustvoll: ein ähnliches Lustgefühl, wie wenn du endlich deinen Durst stillen kannst. Selbst wenn es widersprüchlich scheint, würde ich es mit der Vorstellung von einer erfrischenden Stichflamme vergleichen. All das geschah gleichzeitig; danach war die logische Natur der Existenz aufgehoben: Verschwommene Töne, Traum, Farben, die sich an alle Wahrnehmungssinne richteten, die schon alle eins waren: ein ausgewogenes Verwehen. Bewußtsein? Absolutheit? Ja und nein. Es gab nichts mehr, wo man Traurigkeit, Glück oder Entsetzen empfinden konnte, und schon gar nicht Schmerz. Nicht einmal das Gefühl der Einsamkeit hatte noch Sinn. Die Welt der Gedanken existierte nicht, nichts von dem, worüber wir sprechen, hatte die geringste Wertigkeit außerhalb des menschlichen Körpers. Ich könnte nicht genau sagen, ob dies Bruchteile von Sekunden oder ein paar Stunden dauerte; es veränderte sich wie eine Flamme, die zuerst Glut und dann Asche zurückläßt. Am Ende glimmendes Dunkel und nichts.

1/0

Casanova hielt erneut inne. Ich beobachtete den Gesichtsausdruck von Gertrudis, sie wirkte eher skeptisch. Emília hingegen verschlang ihn mit den Augen. Ich dachte, der Erzähler hätte sich, sollte er ein Kenner der Abhandlungen über das Jenseits sein, bislang sehr zurückgehalten. Casanova sah mich mit einem Lächeln an, das mir unangenehm war, so als könnte er meine Gedanken lesen. Ich lächelte ganz unschuldig zurück. Er fuhr fort.

0/1

Wie ihr verstehen werdet, konnte nach alledem das Erwachen im Bett verschiedenste Interpretationen, vor allem emotionaler Natur, zulassen, bevor sich der Überdruß vom Vorabend zur Gänze meiner bemächtigte. Ich dachte, wenn ich mich jeden Morgen umbrächte, könnte ich mir die Abendessen bei Virgínia ersparen, doch die Vorstellung, das Leben auf eine Ansammlung von mit dem Gewehr getöteten (besser läßt es sich gar nicht ausdrücken) Mittagen zu Hause zu beschränken, ließ mich auch nicht gerade vor Freude in die Luft springen. Wie dem auch sei, mir wurde jedenfalls der letzte Ausweg, der uns Menschen zusteht, der Tod, verweigert. Es bestand wenig Hoffnung, den Kreis zu durchbrechen, genaugenommen keine; wenn ich ihn wenigstens wesentlich verändern könnte, wäre das eine Möglichkeit, ihn zu erweitern und dann nach und nach zu verringern und zu zerstören.

Mir fiel ein, daß mich die Unterschiede zwischen der von früher her bekannten Welt und der Welt der Wiederholung auf eine Spur bringen könnten, denn es gab Veränderungen bei den Dingen, die ich sah und direkt berührte. Nicht daß ich glaubte, wie damals, als ich mit Marià zum Abendessen ging, Lluïsa wäre am Leben oder in China gäbe es einen Kaiser. Der Schlüssel würde vielleicht ein unbedeutendes Detail sein. Ich beschloß, die Zeitung zu kaufen, um sie mit der Ausgabe, die ich am ersten Samstag gelesen hatte, zu vergleichen. Unglücklicherweise war diese, ebenso wie alle übrigen Spuren der Wiederholungen, verschwunden, ich mußte mich auf mein Gedächtnis verlassen. Ich vertraute darauf, daß mir kein bedeutender Unterschied entgehen würde, und ging zum Kiosk hinunter.

Als ich die Zeitung bezahlen wollte, fiel mir die Münze hinunter. Ich hörte kein Klimpern und suchte sie eine halbe Minute lang, auf der Erde kauernd.

»Haben Sie was verloren?« fragte mich der Verkäufer.

»Die Münze.«

»Sie haben eine in der Hand«, bemerkte er. Ich öffnete sie.

»Ich hätte schwören können, daß sie mir runtergefallen ist«, sagte ich, gab sie ihm und nahm die Zeitung; zu dem Zeitpunkt konnten mich wenige Sonderbarkeiten an mir aus der Fassung bringen.

Ich blätterte im Lokalteil, während ich die Straße hinunterging. Es war eindeutig der einundzwanzigste März. Die Schlagzeilen schienen denen der anderen Male zu gleichen; vielleicht waren die Kommentare und die Redaktion anders, das konnte ich nicht mit Sicherheit sagen. Ich kam zu der

Seite mit den jüngsten Ereignissen; es hatte Morde, Überfälle und eine Gefängnisrevolte gegeben. Ich kam auf den Gedanken, daß es gar nicht übel wäre, ins Gefängnis zu gehen, um die Wiederholung abzuwandeln und zu gefährden. Schlimmstenfalls würde sich das begangene Delikt am nächsten Tag in Luft auflösen und ich in meinem Bett aufwachen.

Ich warf die Zeitung in einen Papierkorb (sie aufzubewahren, um sie mit einer späteren Ausgabe zu vergleichen, war sinnlos, denn sie wäre morgen sowieso verschwunden) und ging in ein Eisenwarengeschäft. Ich verließ es, zum erstenmal in meinem Leben mit einem Messer in der Hosentasche, so lang wie meine Hand, und schien ein anderer zu sein. Meine ursprüngliche Idee war es, irgend jemandem mitten im Zentrum und vor allen Leuten die Kehle durchzuschneiden, doch ich war dazu nicht in der Lage, obwohl ich wußte, daß die Tat ausgelöscht würde. Ich war jedoch so verzweifelt, daß mein Entschluß, jemanden umzubringen, um den Kreis der Wiederholungen zu durchbrechen, unwiderruflich war.

Ich begab mich in die Oberstadt, in eine Avenue (an deren Namen ich mich nicht erinnere) voller Restaurants, Bankfilialen und Bürogebäuden mit Anlagen. Ich stellte mich an den Eingang zu einer Tiefgarage. Ein elegant gekleideter Herr um die Sechzig, mit Aktentasche und Regenschirm, ging an mir vorbei. Mit dem Messer in der Hand, die ich auf dem Rücken versteckt hielt, lief ich ihm hinterher.

»Verzeihung, könnten Sie mir sagen, wie spät es ist?«

Der Mann hob sein linkes Handgelenk, um auf die Uhr zu sehen, und ohne zu zögern, mit geschlossenen Augen, versetzte ich ihm mit aller Kraft einen Messerstich in die linke Seite. Er fiel ohne den geringsten Laut zu Boden, wie eine Marionette, der man die Fäden abschneidet.

Ich floh, wie von einem bösen Geist besessen. Fünfzig Meter weiter unten fragte ich nach einer Polizeiwachstube. Dort angekommen, verlangte ich, den Kommissar zu sprechen. Ich wurde in das Büro eines Inspektors gebracht. Ich berichtete ihm, daß ich soeben einen Mann erstochen und am Eingang zu einer Tiefgarage hatte liegenlassen. Der Inspektor und ein weiterer Polizist stellten eine Reihe lästiger Fragen:

wie ich heiße, wo ich lebe, welcher Arbeit ich nachgehe. Der Adjutant verließ das Zimmer, und der Inspektor fragte mich, wo sich die Leiche befinde.

»Ich könnte Ihnen nicht die Straße nennen«, antwortete ich. »Aber ich glaube, wenn Sie hinausgehen, links, geradeaus, bis zur dritten Ecke …«

»In Ordnung«, unterbrach er mich, »Sie begleiten uns.«

Sie verfrachteten mich in ein Auto zwischen zwei uniformierte Polizisten. Der Inspektor und ein weiterer Polizist saßen vorne. Ich zeigte ihnen die Stelle, und sie parkten das Auto auf dem Gehsteig; sie ließen mich aussteigen, ich führte sie an den Tatort.

Dort war niemand. Hatte ich ihn etwa nicht wirklich getötet? Ich prüfte Stück für Stück den Boden. Kein einziger Blutfleck, nicht das geringste Zeichen. Ich ging auf die Straße hinaus, um das Gebäude von außen zu betrachten; es war das richtige, zweifellos. Die Polizisten schüttelten mich grob, doch das störte mich nicht; ich hatte schlimmere Sorgen: War es möglich, daß wir in eine neue Wiederholung geraten waren? Aber der Wechsel hatte doch stets nur in den frühen Morgenstunden stattgefunden! Der Inspektor drohte mir wegen Irreführung der Polizei, doch ich war über den letzten Trick der Umstände so erschrocken, daß ich sein Geschrei kaum wahrnahm.

»Keine Sorge, Senyor«, hörte ich ihn zu seinem Adjutanten sagen, »es scheint so zu sein, wie Sie vermutet haben.«

Wir fuhren zurück ins Kommissariat. Mir war es gleichgültig, ob sie mich für verrückt hielten; wenn sie mich einsperrten und ich in dieser Nacht dem Abendessen bei Virgínia entkommen könnte, wäre es mir nur recht: Gefängnis oder Irrenhaus. Am nächsten Tag würde sich niemand an mich erinnern …, oder doch? Bis jetzt war die Veränderung der Zeit immer festen Mustern gefolgt, doch an jenem Morgen waren sie zerstört. Ich hatte zwei Samstage an ein und demselben Samstag übersprungen. Die Möglichkeit, daß das Phänomen kein Wunder der Natur war, sondern von jemandem manipuliert wurde, gewann an Punkten. Dadurch wurde alles noch problematischer: Wer? Wie? Und so weiter.

Die Polizisten stellten mir eine Menge Fragen: wer meine Freunde seien, wo meine Familie lebe, was ich mit meinem Verhalten bezwecke, was ich am Vortag getan habe ... Diese Frage tötete mir den letzten Nerv. Ich wußte überhaupt nichts mehr und schickte sie zum Teufel. Sie gingen von ihrer inquisitorischen, aggressiven Art zu einer lässigeren über, die verständnisvoll eine Realität akzeptiert, die nichts Neues hergibt. So verbrachten wir den ganzen Tag. Sie gaben mir zu essen (ein so abscheuliches Mittagessen, daß ich es kaum kostete), und ich blieb lange Zeit allein in einem kleinen Raum, nur mit einem Stuhl eingesperrt.

Am Abend brachten sie mich erneut ins Büro des Inspektors. Mein Herz zersprang beinahe: Onkel Tomàs und Marià Porter saßen dort. Mein Freund stand mit einem betretenen Lächeln auf und klopfte mir auf die Schulter. Onkel Tomàs sprach immer noch mit dem Inspektor, der ihn respektvoll behandelte (mein Onkel war nach wie vor eine einflußreiche Persönlichkeit).

»Wenn Sie die Verantwortung übernehmen«, sagte der Inspektor, »spricht nichts dagegen. Aber, wie gesagt, ich bin für eine drastische Maßnahme.«

»Keine Sorge, es wird kein Problem mehr geben«, versicherte mein Onkel. »Grüßen Sie mir den Kommissar!«

Wir gingen hinaus.

»Wohin gehen wir?« fragte ich und konnte das Zittern meiner Stimme nicht unterdrücken. »Wo bringt ihr mich hin? Ich gehöre eingesperrt, ich habe einen Mann umgebracht, ich bin verrückt!«

Ich weigerte mich, zu gehen, und die beiden faßten mich sanft, aber doch bestimmt an den Armen und bugsierten mich in Mariàs Wagen.

»Beruhige dich, alles ist vorbei«, sagte mein Onkel mit tröstlicher Stimme zu mir; doch jeder Satz war für mich schon ein Dickicht an Auslegungen.

»Was willst du damit sagen? Was ist vorbei?«

»Setz mich zu Hause ab«, sagte mein Onkel, an Marià gewandt, und fügte, als wäre ich nicht vorhanden, hinzu: »Ich glaube, es wäre gut, ihn auf andere Gedanken zu bringen.

Wenn er allein ist, kommt er vielleicht wieder auf irgendwelche abwegigen Ideen. Hast du nicht ein Abendessen erwähnt? Also, nimm ihn dorthin mit.«

»Nein, verschont mich! Was immer ihr wollt, aber nicht zum Abendessen bei Virgínia!«

»Vielleicht fahren wir besser nach Hause, und ich leiste ihm Gesellschaft«, meinte Marià.

»Das würde ich nicht tun«, sagte der Onkel, »es sei denn, du fühlst dich zum Krankenpfleger oder Märtyrer berufen. Glaub mir, unter Leuten wird er sich zerstreuen.«

Wir setzten meinen Onkel zu Hause ab. Marià sah mich so mitleidsvoll und betrübt an, daß mich vor mir selbst ekelte.

»Hör zu«, sagte er, »wenn es für dich ein Problem ist, zum Abendessen mitzukommen, kann ich ohne weiteres …«

»Nein, nein, mein Lieber«, unterbrach ich ihn, »ich will nicht, daß du dich für mich aufopferst; gehen wir zum Abendessen zu Virgínia.«

»Mach dir keine Sorgen wegen der Geschichte mit der Polizei. Das wissen nur Paul, dein Onkel und ich, wir werden niemandem etwas davon erzählen.«

Ich hätte am liebsten gelacht. Das Problem, von dem Marià annahm, es sei der Grund, weshalb ich nicht zu dem Abendessen gehen wollte, war mir nicht einmal in den Sinn gekommen. Ich hatte andere Sorgen.

Vor dem Hauseingang der Guasch trafen wir Paul und Rodolf.

»Ich freue mich sehr, daß du dich aufgerafft hast«, sagte Paul zu mir.

Rodolf teilte uns mit, daß das Essen schon begonnen hatte, und ging hinein. Ich betrachtete Paul und Marià. Das Denkvermögen hatte mich verlassen; ein Kloß steckte mir im Hals, ich mußte mich setzen; sie sprachen über die Auswirkungen der Luftverschmutzung und schienen wenig bereit, das zu bemerken, was in ihren Augen wohl eine unwürdige, launische Schwäche war; als ich mich wieder gefaßt hatte, gingen wir hinein.

Alle saßen bereits am Tisch, doch das ersparte mir die Schrecken der Wiederholung nicht.

»Was feiern wir?« fragte Anna.

»Frühlingsanfang!« erwiderte Virgínia und hob das Glas. »Auf den einundzwanzigsten März, der die Schonzeit der Herzenjäger eröffnet!«

»Er lebe hoch!« riefen alle, Paul fügte hinzu: »Außerdem ist Samstag und Vollmond. Mehr braucht eine Nacht nicht, um magisch zu sein.«

Das war schon lange nicht mehr wiederholt worden, dachte ich. Vielleicht schlangen sich die Wiederholungen umeinander. Ich wandte mich schüchtern an Marià.

»Erinnerst du dich nicht, daß wir uns gestern getroffen haben?« Er sah mich an, ich rang mir ein Lächeln ab.

»Du machst Scherze! Wo es doch seit dem Begräbnis von Lluïsa nicht möglich war, dich zu sehen!«

»Wie lange ist das her?«

Ich bemerkte erstaunte Blicke, doch das war mir egal.

»Das muß bereits zwei Wochen her sein.«

»Nicht etwa drei?« bohrte ich nach.

Er schüttelte den Kopf. Ich hatte keinen Appetit und trank nur ein Glas Wein. Neben mir saß Teresa Mauret, die mich natürlich nicht kannte. Sie unterhielt sich mit mir; ich wußte beinahe alles, was sie mir erzählen würde, und kam vielen ihrer Gedanken zuvor. Nach einer halben Stunde wirkte sie nicht nur verwundert über das, was sie für Intuition oder Scharfsinn halten mochte, sondern ich spürte auch, daß ich ihr nicht gleichgültig war. Vielleicht ergab sich das aus der Situation, jedenfalls schien mir Teresa das einzige engelhafte Wesen unter den Versammelten zu sein, die einzige, die man lieben konnte, ohne Furcht, sich dem Teufel auszuliefern. Ich war zutiefst dankbar für ihre Anwesenheit, mir schossen Tränen in die Augen.

Seit geraumer Zeit richteten sich lächelnde Blicke auf Teresa. Und da Casanova eine Pause machte, nutzte Gertrudis sie, um anzumerken, daß die Erinnerung für beide sehr anrührend sein müßte. Teresa lachte. Ich glaubte, in alledem eine kleine, absichtliche Zurückhaltung wahrzunehmen.

»Ich habe dir schon gesagt, du solltest nicht zuhören«, wiederholte Casanova. »Es steigt dir sonst zu Kopf.«

Sollte die Verliebtheit aus einer gefühlsmäßigen Spannung entstanden sein, die an den Rand des Absoluten führte, so machte sie nun – nach allem, was ich gesehen hatte – eine eher tolerante und anpassungsbereite Phase durch.

Casanova fuhr fort.

0/1

Unglücklicherweise bewahrte mich Teresas Anwesenheit nicht davor, der x-ten Wiederholung der Szene beizuwohnen. Ich war von der Analyse zum Widerstand übergegangen und schließlich zu Gleichgültigkeit und Scherz (an die Reihenfolge erinnere ich mich nicht mehr), erneut packte mich heftige Verzweiflung, doch ich hatte nun schon keine Energie mehr, sie zu ertragen.

»Was ist denn mit Casanova los?«

»Ich weiß es nicht. Er ist schon seit längerer Zeit so.«

»So wie heute habe ich ihn noch nie gesehen, glaube ich.«

»Kann sein.«

Wenn ich wenigstens völlig übergeschnappt wäre! Ihr könnt euch gar nicht vorstellen, wie ich mich an die Hoffnung klammerte, von einem Wahnsinn heimgesucht zu werden, der mich von der Last des Bewußtseins befreite oder mir ein so hohes Bewußtsein aufbürdete, daß es mich kaltließe, ob die Zeit geradlinig oder in Kreisen verliefe, und kein persönlicher Umstand mehr von Bedeutung wäre.

Was konnte ich tun? Versuchen, mich zu zerstreuen? Es mir so gut wie möglich gehen lassen? Obwohl die Panik mich das damals nicht erkennen ließ, weiß ich jetzt, daß jene wiederholten Tage nichts anderes als Miniaturleben waren, in sich geschlossene Weltblasen. Ich benahm mich, entgegen meiner Überzeugung, idiotisch, weil ich dachte, wenn ich blind um mich schlüge, würde ich vielleicht ein Loch finden, durch das ich entkommen könnte, immer mit der monströsen

Sicherheit im Hintergrund, daß nichts, was ich tat, länger als ein paar Stunden Gültigkeit hätte, daß während der Nacht meine Dummheiten nicht nur aus der Erinnerung jener gelöscht würden, die sie miterlebt hatten, sondern in Wahrheit nie existiert hätten. Heute denke ich: Vielleicht sind die Dinge, die wir hier Anwesenden in unserem Dasein als normal betrachten, ganz anders?

In jenen unglückseligen Tagen des einundzwanzigsten März dauerten die Auswirkungen meiner Taten nur ein paar Stunden. Und jetzt, wo wir sie als endgültig betrachten, wie lange halten sie an? Ein paar Monate, Jahre ... Wehe dem, der eine Tat vollbringen kann, deren Folgen über sein eigenes Leben hinausreichen! Die Erlösung der Zeit ist so relativ ... Mein Ausweg war nichts anderes als ein Maßstabwechsel: ich bemühte mich, aus einer Kiste erstickenden Widerhalls herauszukommen, aber nicht, um die Luft draußen zu genießen, sondern um in einer anderen, ein wenig geräumigeren Kiste zu landen.

»Das erinnert mich an die Geschichte des Schafhirten, der frühmorgens aufbricht ...«, sagte Paul, ich unterbrach ihn.

»Nein, Erbarmen, sprich nicht weiter!« sagte ich mit bebender Stimme.

Virgínia unterstützte mich mit einer Fröhlichkeit, die von der Tragik, die mich bewegte, weit entfernt war.

»Frederic hat recht, wir kennen sie alle auswendig.«

Das Mittel war schlimmer gewesen als die Krankheit, ich wollte nicht mehr mit ansehen, ob sich die beiden nun küßten; meinetwegen konnten sie sich vom Balkon hinunterstürzen, denn morgen würden sie sich ohnedies bester Gesundheit erfreuen. Teresa gewährte mir erneut Zuflucht. Ich weiß nicht, ob aufgrund der Umstände, jedenfalls fühlte ich mich immer mehr in ihren ruhigen Augen stranden. Ich hätte weinen und lachen wollen und mußte an die Liebesgeschichten in Extremsituationen denken: während eines Krieges, vor einer Hinrichtung. Handelte es sich dabei um echte Liebe, oder waren es Ventile, um die äußere Spannung zu lindern? Ich würde keine Gelegenheit haben, das herauszufinden, denn diese Beziehung war an ein Bankett gebunden, dessen

Teilnehmer verpflichtet waren, immer wieder bei Null zu beginnen. Heute hörte sie mir andächtig zu ... Und wenn sie mich beim morgigen Abendessen haßte? Sie sprach vom kommenden Dienstag, vom nächsten Wochenende, und jedes Mal spürte ich eine schmerzliche, bittere Erschütterung und wußte nichts zu erwidern. Ich war im Begriff, sie zu bitten, mit mir die Nacht zu verbringen, um den Übergang zum Vortag zu sehen, und geriet in einen Prinzipienkonflikt: Solange der Hauptgrund, der mich ihre Gesellschaft suchen ließ, nicht sie um ihrer selbst willen war, fühlte ich mich nicht berechtigt, sie zu benutzen. Wie hätte ich außerdem ihr Verschwinden von meiner Seite ertragen können?

»Ich habe noch nie jemanden getroffen«, erklärte sie, »mit dem ich mich auf Anhieb so gut verstand. Es scheint so, als würden wir uns schon lange kennen.«

»Du wirst es nicht glauben, aber ich kenne dich besser als du mich, denn ich habe dich schon viel öfter gesehen.«

Sie sah mich verwundert an und bemühte sich gewiß um eine emotionale Interpretation dieses Satzes, der keineswegs metaphorisch war. Aus Gewohnheit sagte ich, daß ich sie demnächst anrufen würde.

»Da du schon soviel über mich weißt, muß ich dir wohl meine Nummer gar nicht erst geben.«

»Natürlich nicht«, antwortete ich und sagte sie ihr. Nach dem ersten Schrecken lachte sie.

»Wer hat sie dir gegeben?« wollte sie wissen, und ich versicherte ihr, daß sie selbst es gewesen wäre. Sie faßte es als Scherz auf, ich unternahm nichts, um das Mißverständnis aufzuklären.

Wir verabschiedeten uns von allen, Paul brachte mich wie immer nach Hause.

Ich legte mich ins Bett und dachte an die unendlichen Abwandlungen, die mir in Zukunft im Umgang mit Teresa bevorstehen würden. Einmal würde ich mich als Killer ausgeben, dann als Vergewaltiger; eines Nachts würden wir verliebt von Virgínia weggehen, in der folgenden Nacht würde ich mich so benehmen, daß sie mich verachtete; nichts davon würde die geringste Spur hinterlassen, die bei einem nächsten

Treffen auf ein voriges verweisen könnte. Es wären klare Handlungen, rein psychologische Studien für eine perfekte Statistik. Schade, daß dies für mich keinerlei Interesse besaß.

Wenn ich mit den letzten Ausführungen den Eindruck erweckt haben sollte, daß die Aussicht auf ein Zusammensein mit Teresa der Situation ihr Gewicht nehmen oder den Schrecken und Überdruß mindern würde, muß ich sagen, daß dem nicht so war. Manchmal hatte ich noch Kraft, um das Desaster zu vergessen, für Augenblicke zumindest ... Was bleibt mir noch zu den Rückfällen zu sagen? Die Adjektive, um sie und mich selbst in ihnen zu beschreiben, sind mir schon ausgegangen: mutlos, deprimiert, von Grauen erfaßt.

Ich nahm ein paar Beruhigungsmittel, sie wirkten so gut, daß ich meinen eigenen Rekord brach: als ich aufwachte, war es vier Uhr nachmittags.

Ich fühlte mich von allem losgelöst: von Verlangen, Hoffnungen, Anreizen ... Das läßt sich unter anderen Umständen leicht sagen, doch für mich war diese Gewißheit unerträglich; sie war schlimmer als ein Todesurteil oder lebenslängliches Gefängnis, denn selbst da weißt du, daß es ein Ende gibt. Ich fühlte mich meiner selbst beraubt: So wie angestautes Wasser zur Fäulnis neigt, setzte mir der Zeitstau gehörig zu, ich fühlte mich unwürdig und niederträchtig, wie sich in meiner Vorstellung nicht einmal der verwerflichste Verbrecher fühlen konnte.

Ich holte mir eine Flasche Whisky ans Bett, ohne mir die Mühe zu machen, mich anzuziehen; in ein paar Stunden würden sie mich zum Abendessen abholen; wenn sie wollen, daß ich mitkomme, müssen sie mir die Schuhe zubinden, denn ich werde keinen Finger rühren.

Am Nachmittag hatte ich schreckliche Kopfschmerzen, weil ich nur getrunken und nichts gegessen hatte. Ich fühlte mich schwach, mir war schwindlig. Es wurde dunkel, ich war so fertig, daß ich nicht einmal aufstand, um Licht zu machen. Luft und Gegenstände besaßen eine unerträgliche Dichte, alles war so feindselig und furchteinflößend, daß ich nicht wagte, mich zu bewegen.

So verging eine Weile; die Zeit des Abendessens war schon vorbei, niemand hatte ein Lebenszeichen gegeben. Es bemächtigte sich meiner die Unruhe des Paria, der ein allzu großzügiges Almosen mißtrauisch betrachtet. Welche unerwartete Perversität lauerte mir nun auf? Es war Nacht, die unweigerliche Fahrt zu Virgínia war ausgeblieben.

Ich sah auf die Uhr: Halb zwölf. Mein Herz schlug heftig. Wo würde ich nun landen? Das Empfinden des höchsten Widerwillens war fürchterlich, doch es hatte immer noch den Vorteil, mir bekannt zu sein. Das Auftauchen eines unkontrollierbaren Elements ließ mich erneut die stechende Panik erleben; ich stellte mir die schrecklichsten Qualen vor, wenn jene der letzten Woche überhaupt noch übertroffen werden konnten. Ein General im Ersten Weltkieg sagte, so ausweglos eine Situation auch scheinen mag, sie kann immer noch schlimmer werden; meine Gedanken gingen in diese Richtung.

Um ein Uhr nachts rebellierte mein Magen, ich holte mir ein paar Sachen aus dem Kühlschrank. Danach erwog ich die Möglichkeit, mit jemandem zu sprechen, obwohl es schon spät war, aber ich fühlte mich nicht dazu in der Lage. Ich befürchtete, irgend etwas aufzuwirbeln, das durch einen Irrtum oder eine Unachtsamkeit aufgehört hatte zu funktionieren. Ich weiß, daß es weder Hand noch Fuß hat, eine Tatsache einer Absicht zuzuschreiben, die von Mechanismen menschlichen Wollens durch angeschlagene Denkprozesse hervorgebracht worden ist, doch in Momenten, wo nichts einen Sinn hat, ist eine rationale Lösung nicht akzeptabler als eine absurde, vom Instinkt diktierte. Mal sehen, ob der Mechanismus erneut losging, wenn ich Teresa anriefe (sie war die einzige, die ich mich anzurufen traute), und ob ich mich morgen wieder zum schrecklichen Abendessen bei der Guasch einfinden würde.

Ich schlief schließlich ein, von den verworrenen Gedanken und vom Alkohol ausgelaugt.

Am nächsten Tag erwachte ich um zehn. Ich ging zum Fenster; der Himmel war bewölkt, das bestürzte mich. Ich zog mich an; auf der Straße herrschte das an Werktagen übliche

Treiben. Ich näherte mich dem Kiosk, und da mich jedes Datum schockieren würde, erspähte ich es aus den Augenwinkeln. Montag, dreiundzwanzigster März. Ich kehrte, am Boden zerstört, nach Hause zurück. Was nun?

Um zwölf Uhr riefen sie mich vom Büro an, ich sagte, daß ich mich nicht wohl fühlte, morgen aber sicherlich kommen würde.

Den ganzen Tag über war ich verwirrt und lief wie eine vergiftete Ratte im Kreis. Am vorigen Tag hatte ich wenigstens gewußt, welches Unglück mir widerfuhr und auf welchem Gebiet ich mich bewegte, nun aber war mir nicht klar, ob die Zeit zu ihrem üblichen Ablauf zurückgekehrt war oder ob ich mich in einer Übergangsphase zu einem weiteren monströsen Kreis befand. Ich ging wieder zum Kiosk, um die Zeitung zu kaufen. Die Schlagzeilen zogen meine Aufmerksamkeit an, denn die Nachricht hatte mit Lluïsa zu tun.

VORSTANDSMITGLIED DER BANK MIR
SPURLOS VERSCHWUNDEN

Und in kleineren Lettern:

›Es könnte sich um eine Entführung handeln; im Augenblick gibt es nur Mutmaßungen‹.

Der Artikel erwähnte Lluïsa mehrmals.

›Der Tod von Lluïsa Cros, Eigentümerin der Bank, liegt noch keinen Monat zurück, die Leitung sollte neu organisiert werden, nun hat ein neuerlicher Zwischenfall das Unternehmen getroffen. Senyor Mateu Valentí ist Generaldirektor, man hält ihn …‹

Ich ging in die Redaktion der Zeitung und verlangte die Ausgabe vom einundzwanzigsten. Sie schien identisch mit der zu sein, die ich zuletzt gesehen hatte, aber ich konnte es nicht beschwören.

Ich weiß nicht, wie ich ausgesehen habe; jedenfalls starrten mich die Leute auf der Straße an.

Ich ging zu Fuß zu Virgínias Haus, näherte mich wie ein Dieb oder ein extrem schüchterner Verliebter. Es schien sich nichts zu rühren. Es war acht Uhr abends, beinahe die Zeit des Abendessens; mein Herz schlug wieder heftig. Vielleicht war das Datum, Montag, der dreiundzwanzigste, eine Täuschung und das Verstreichen der Zeit bloßer Schein; vielleicht wurde erneut das unselige Abendessen vorbereitet ...

Ich erschrak, als ich hinter mir eine Stimme hörte.

»Frederic! Was machst denn du da?«

Ich drehte mich um. Es war Virgínia, mit einer Einkaufstasche und den Schlüsseln in der Hand, im Begriff, ins Haus zu gehen. Sie lächelte.

»Eigentlich nichts«, sagte ich wie ein Vollidiot.

»Wolltest du mich besuchen? Komm doch rein.«

Ich ging hinein, ängstlich wie ein Schuljunge. Das Haus war dunkel; sie machte Licht, ich betrachtete den ungedeckten Tisch mit einem Blumenstrauß in der Mitte. Virgínia lud mich mit der unbefangenen Freundlichkeit eines Menschen, der keine tödlichen Sorgen hat, auf ein Bier ein, ich sah mich verpflichtet, eine Weile zu bleiben.

»Hast du keine Gäste zum Abendessen?«

»Nein; wieso fragst du?« Sie sah mich belustigt und aufmerksam, kurz darauf besorgt an. »Was ist mit dir los? Gibt es irgendein Problem?«

Ich murmelte eine Entschuldigung und ging nach Hause. Der Kreis der Wiederholungen hatte aufgehört: Warum? Aber hatte er tatsächlich aufgehört? Warum hatte er überhaupt begonnen? Wieso hörte er gerade jetzt auf?

Ich schloß mich zu Hause ein und ließ die Rolläden herunter. Mir war nicht kalt, doch ich zitterte. Alles flößte mir Entsetzen ein; wovor sollte ich mich schützen? Um vier Uhr morgens war ich noch immer nicht im Bett. Morgen wirst du dich nicht auf den Beinen halten können, dachte ich.

Ich verbrachte zwei schreckliche Tage in Angst und Ungewißheit. Das Schlimmste war, daß ich die Ursache nicht kannte. War es die Furcht, daß alles von vorn begann? Allmählich wurde ich Opfer einer unsinnigen Neigung: Ich empfand das physische Bedürfnis nach Wiederholung, als wäre sie mir zur Gewohnheit geworden. War ich von der Irrealität abhängig und brauchte eine bestimmte Dosis? Nein, es war eher die Hoffnung auf Erlösung, die mich zerstörte.

Achtundvierzig Stunden später stellte ich fest, daß ich die

Wiederholung herbeisehnte, um das schwindelerregende Grauen jenes krankhaften Vertrauens loszuwerden, daß nicht alles von vorn beginnen würde. Jede Viertelstunde sah ich auf die Uhr und dachte, daß ich mich einem erneuten Abendessen bei Guasch nicht widersetzen würde. Es fiel mir schwer, aber ich konnte mich schließlich nicht entziehen. Wie jemand, der die Leere nicht erträgt und sich am Ende hineinstürzt, warf ich mich auf dieses Verlangen, um es zu töten, weil es mich nicht leben ließ, auf diesen Argwohn, der gleichzeitig Trost und Verhängnis war, stürzte ich mich auf Virgínias Abendessen, das an irgendeinem Ort des Universums ungeduldig auf mich wartete.

Eines Mittags rief ich Marià an und fragte ihn, wann er mich abholen käme.

»Dich abholen, und wohin?« sagte er; ich war nicht bereit, ihn ungestraft den Dummen spielen zu lassen.

»Zum Abendessen bei Virgínia Guasch natürlich. Wir haben uns für halb neun verabredet, weißt du das nicht mehr?«

Er beharrte darauf, daß kein Abendessen stattfände, sagte sonst noch ein paar Dinge, doch ich war sehr aufgebracht und erlaubte ihm nicht, sich herauszureden. Wir kamen überein, daß er Dreiviertel acht bei mir sein würde. Ich rief Virgínia an und fragte, ob wir etwas mitbringen sollten (eine Flasche Sekt zum Beispiel). Sie behauptete ebenfalls, daß niemand zum Abendessen eingeladen wäre; zweifellos hatte sich die allgemeine Taktik verändert. Dann verständigte ich Paul und Rodolf; sie wollten mich wohl überraschen, denn sie gaben sich befremdet. Schließlich sprach ich mit Teresa, und dabei erreichte die Spaltung der Gefühle (und der Zuneigung) ihre Grenze.

»Was ist mit dir los?« fragte sie. »Das Abendessen bei Virgínia war letzten Samstag ...«

»Ich weiß schon, daß du mich nicht verstehen kannst. Ich glaube, ich werde es selbst nie können, aber ich weiß, daß wir uns heute abend dort treffen werden.«

»Soll ich zu dir kommen?« sagte sie besorgt.

»Nein, auf keinen Fall! Das ist nie so gewesen; du wirst bei Virgínia sein, dort werden wir uns kennenlernen.«

Marià stellte sich viel früher, als vereinbart, bei mir ein. Das ärgerte mich. Außerdem begann er, über meine Gesundheit zu reden, daß ich eine Zeit außergewöhnlicher Anspannung durchgemacht hätte und Erholung brauchte, und ähnlichen Schwachsinn; er lud mich in sein Haus am Meer ein. Meine einzige Sorge war, pünktlich zum Abendessen zu kommen.

Als wir aus dem Haus gehen wollten, tauchten Paul und Rodolf auf.

»Frederic, was ist los mit dir?« fragte mich Paul, als würde er mit einem Sterbenskranken reden, die anderen straften ihn mit einem Blick für seine mangelnde Diplomatie; sie hielten mich eindeutig für verrückt und dachten, man müßte mir meinen Willen lassen.

»Was wollt ihr hier?« sagte ich streng. »Ihr solltet am Eingang von Virgínias Haus sein!«

Als es an der Zeit war, drängte ich zum Aufbruch. Meine Hände zitterten, und als ich das bemerkte, versuchte ich, sie bei Gesten oder Bewegungen aus dem Spiel zu lassen, die das verrieten. Niemandem war jedoch mein bedauernswerter Zustand entgangen.

Wir begaben uns zu viert zu Virgínia. Als sie uns öffnete, überraschte es mich, sie in Hose und Pullover zu sehen. Warum hatte sie sich nicht das rote Kleid angezogen? Wir gingen ins Eßzimmer. Der Tisch war nicht gedeckt; nichts deutete auf ein Abendessen hin. Ich war so verzweifelt, als hätte ich einen Schatz verloren. Alle Versuche, die entschwundene Situation wiederherzustellen, waren vergebens, denn das Absurde hatte den Altar gewechselt.

»Wie geht die Geschichte von dem Hirten, der frühmorgens mit seiner Herde aufbricht?« fragte ich Paul völlig außer mir.

»Ist das denn jetzt so wichtig?« erwiderte er und sah die anderen an.

»Klar! Erzähl sie bitte!«

Paul zögerte; es herrschte angespannte Erwartung mit einer Tendenz zum Mitleid, die mich irritierte.

»Also gut: Der Hirte bricht frühmorgens auf und …«

»Genug!« fiel ich ihm ins Wort und wandte mich an Virgínia: »Nun mußt du sagen, daß du sie nicht mehr hören kannst, daß du sie schon auswendig kennst! Sag es! Sag es!«

1/0

Casanova hielt inne und fuhr sich mit den Händen über die Stirn, als würde ihn die Erinnerung jenseits der humorvollen Kommentare aufwühlen.

»Du mußt dich nicht mit Einzelheiten aufhalten«, sagte Camila zu ihm. »Neulich hat uns Gertrudis berichtet, wie die Tage nach dem Abendessen bei Guasch verlaufen sind.«

Sie lächelte, Casanova erwiderte die Geste und nahm die Geschichte wieder auf, wobei er schneller redete, als würde er gern fertig werden.

0/1

Also gut, mit meiner Besessenheit, wieder in den Zeitkreis des Abendessens zur Feier des Frühlingsanfangs zu gelangen, ging ich meinen Freunden mächtig auf die Nerven. Ich war erneut in einem hypothetischen Zustand völligen Wahnsinns gefangen, ohne Bezug zu dieser Welt, die mich von meiner Verantwortung als Zeuge befreien und mich mir selber vergessen machen könnte, wie ein durch Beruhigungsmittel herbeigeführter Schlaf. Unglücklicherweise bewegte sich meine Verwirrung in völliger Ungewißheit; die panische Angst, jeden Tag beim Aufwachen zu überlegen, ob nun eine Wiederholung stattfinden würde oder nicht, machte mich zu dem, was die Leute geistesgestört nennen.

Schließlich sahen sich Onkel Tomàs und Uriach verpflichtet einzugreifen. Mein körperlicher Verfall wurde immer offensichtlicher: Ich aß weder, noch schlief ich, ich tat gar nichts, mein Zittern und mein schlechtes Aussehen ließen es angeraten sein, mich in eine Klinik einzuweisen.

Das Sanatorium, das sie nach langem Beratschlagen auswählten, leitete ein gewisser Doktor Quirze Sabater. Ich hatte die besten Empfehlungen, und mir wurde die gewissenhafteste (man könnte auch sagen raffinierte) Behandlung zuteil, die damals angewendet wurde. Eine Mischung aus Yoga und Epikureismus, geprägt von den strengen Prinzipien des systematischen Zweifels und der Nicht-Aggression.

Sie erreichten, daß ich ihnen haarklein alles erzählte, was geschehen war, so wie ich es heute getan habe. Sie wollten mich sofort von der Möglichkeit überzeugen, alles wäre eine Täuschung meiner Erinnerung gewesen; so wie die Betrunkenen in den Witzen doppelt sehen, hatte ich ihrer Meinung nach siebenfach gesehen. Ich war auf diesen Sprung noch nicht vorbereitet, nach zwei Wochen hatten sie es nur geschafft, daß ich einwilligte, für all diese Vorkommnisse keine Erklärung und keine Gründe zu suchen, sondern nur natürliche Ursachen gelten zu lassen, die einem physisch interpretierbaren Phänomen zuzuschreiben wären. Kurz: Es handelte sich nicht um das Ergebnis irgendwelcher Manipulationen, sondern um ein zufälliges Versagen der Naturgesetze.

Nach und nach überzeugte ich mich selbst davon, daß ich befreit war und diese Folter nicht mehr zurückkehren würde. Vertrauen und Ausgeglichenheit, zumal wenn sie nach außen hin sichtbar waren, bedeuteten das Verlassen des Sanatoriums. Als ich in der Lage war nachzudenken und das, was ich dachte, losgelöst von dem zu sehen, was ich tat, wußte ich, daß ich von dem Schrecken geheilt war.

Das Rätsel bestand jedoch weiterhin, und mit der Gelassenheit dessen, der festen Boden unter den Füßen spürt, grübelte ich wie zu Beginn. Es war für mich von größter Bedeutung, Ursprung und Natur der Mißbildung aufzudecken, vor allem wenn sie meinem Hirn angehörte; zumindest könnte ich vorbeugende Maßnahmen treffen. Teresa besuchte mich oft, die Pakete, die sie mir mitbrachte, waren mir von großem Nutzen. Ihre Gesellschaft wurde allmählich zu mehr als dem Trost eines Kranken.

Was die Szene betrifft, so ist die einzig reale (an die sich zumindest alle erinnern und die ich deshalb, den geltenden Konventionen gemäß, als richtig annehmen muß) die letzte.

Alles, was zwischen einem nicht festgelegten Augenblick vor der ersten und einem nicht festgelegten Augenblick vor der siebenten geschehen ist, existiert nur in meinem Wahn.

1/0

»Wenn wir uns an dem orientieren, was Paul Deveraux und Marià Porter erzählen«, sagte Gertrudis, indem sie eine erneute Pause Casanovas nutzte, »verhält es sich so, wie du gesagt hast: Die reale Version war die letzte, in der du beklommen und mit tiefen Ringen unter den Augen hinkamst, und keine der anderen, wo du erstaunt, gleichgültig, scherzend oder provozierend aufgetreten bist.«

»Dennoch«, schaltete sich Ficinus ein, »scheint mir alles, was du soeben erzählt hast, für viele Nuancierungen offen. Ich glaube nicht, daß die einzig reale Szene die siebente war; alle sind gleichermaßen real, selbst wenn wir nun in der Dimension leben, die der siebenten Wiederholung entspricht.«

»Das liegt auf der Hand«, gab Casanova zu, »ich habe so ausgiebig darüber nachgedacht, daß wir in alle beliebigen Nuancen eindringen können. Das Problem ist allerdings nicht so einfach: Die jetzige Dimension, die vor der letzten Wiederholung und in einem bestimmten Moment zwischen der sechsten und der letzten ihren Ausgang nimmt, ist die gleiche wie vor der ersten.« Alle schwiegen, Casanova fuhr fort: »Das heißt, wenn sowohl ich wie alle anderen die gleiche Erinnerung an die Zeit vor der ersten Wiederholung und ab einem gewissen Moment zwischen der sechsten und der letzten haben, wie kann es dann sein, daß nur ich mich an das erinnere, was dazwischen geschah?«

»Weil du der Träger in diesem Wirrwarr der Dimensionen bist«, schlußfolgerte Gimellion. »Die anderen sind wie du in den sechs abhanden gekommenen Dimensionen verloren, doch sie wissen nichts über den Vorgang, keine dieser Dimensionen gehört einer anderen Kategorie als die jetzige an; sie sind einfach nur andere. Doch der Leitfaden der konkreten Situation liegt in dir. Anders ausgedrückt: Die Wiederholungen haben für dich stattgefunden, für niemanden sonst; du bist siebenmal durch denselben Zeitraum gegangen, weil es deine Zeitdimension war, die sich verkrümmt hatte. Die anderen (zumindest die meisten) haben ihn nur einmal durchlaufen, in ihrer Dimension, die jetzt herrscht. Für den Casanova, der du jetzt bist, gibt es keine realen oder irrealen Dimensionen; es existiert nur eine, die letzte, die mit anderen geteilt wird und fortdauert.«

»Das heißt«, meinte Teresa lachend, an Casanova gewandt, »du hast dich wie einer verhalten, der plötzlich mitten unter den Leuten, die normal dahingehen, anfängt, Purzelbäume zu schlagen.«

»In manchen Augenblicken«, sagte Casanova, »verstehe ich es noch immer nicht. Meine Handlungen am letzten Tag, an dem vor dem letzten Abendessen, sind die real oder nicht? Ich meine«, korrigierte er sich, »gehören sie der jetzigen Dimension an?«

»Zweifellos«, antwortete Ficinus.

Er und Gimellion sahen sich mit dem Anflug eines Lächelns an.

»Wo ist dann der Mann hingekommen, den ich am Morgen erstochen habe?«

Ficinus blickte erneut zu Gimellion und schlug einen ruhigen Ton an.

»Hast du wirklich nie geahnt, um wen es sich handelte? Gestern schien mir deine Reaktion darauf hinzudeuten, daß meine Erzählung dich zu einer Schlußfolgerung gebracht hätte.« Casanova wurde zusehends bleicher, und Ficinus schloß: »Es war Mateu Valentí.«

»Natürlich!« rief Camila aus. »Casanova konnte ihn nicht finden, weil du zusammen mit dem Bankmenschen ihn und die Spuren auf dem Boden beseitigt hast.«

Casanova war völlig niedergedrückt.

»Warum bin ich nicht belangt worden?« fragte er.

Die Frage enthielt eine weitere; die Strafe konnte noch kommen.

»Wieso?« meinte Ficinus. »Weil du an deinem Platz warst? Weil du deine Bestimmung erfüllt hast? Ist schon in Ordnung, mein Freund. Valentí mußte verschwinden, und du warst die unschuldige Hand, die ihn umgelegt hat.«

Mir fielen tausend Fragen zur Rechtfertigung von Ficinus ein, aber als ich sah, daß weder Camila noch Emília (die sich sonst häufig in Kontroversen stürzten) etwas sagten, schwieg ich; doch meine Gedanken kreisten weiter: Wenn das alles stimmte, wessen Werk war es dann, Ωs? Dieser Mann mußte so mächtig wie der Teufel sein: Dazu fähig, Tamino den Brief an Rinaldi zu schicken und eine Geschichte zu inszenieren, damit er ihn vernichtete; fähig, Lamb in Lluïsa verliebt zu machen und Casanova in einen Zeitwirbel einzuschließen und ihn zu zwingen, so lange immer die gleiche Szene zu wiederholen, bis er das tat, was Ω von ihm wollte: Valentí erstechen.

Ich begann zu schwitzen und ging an die Glastüren, um mir ein wenig die Beine zu vertreten. Vielleicht war ich im Begriff, so verrückt zu werden wie Casanova. Durch die Abgeschiedenheit mußte es jenen Leuten gelungen sein, mein Denken auf die gewundensten Pfade zu lenken.

Ich verlor für einige Augenblicke den Faden des Gesprächs, was mir erlaubte, mir andere Aspekte des Falles durch den Kopf gehen zu lassen. Zunächst einmal hatte mich, als ich Casanova die Geschichte von dem verschwundenen Erstochenen erzählen hörte, das beharrliche Auftauchen von Unmöglichem nicht daran gehindert, sie mit dem Auffinden des von Messerstichen getöteten Mateu Valentí in Verbindung zu bringen, von dem Ficinus (im Beisein von Casanova, dem schlecht wurde und der Luft schöpfen mußte) neulich berichtet hat. Obwohl die Lösung nicht schwierig war, hatte ich geschwiegen und das (zumindest scheinbare) Erstaunen miterlebt, das die Entdeckung bei der Hauptperson der Handlung verursacht hatte. Camila hatte eher eingegriffen als ich; warum war ich stumm geblieben? Aus Neugierde offensichtlich, nicht weil irgend jemand es so von mir erwartete. Wie viele der Anwesenden hatten sich angesichts der Enthüllungen, die mich betrafen (zum Beispiel die Identifizierung von Carola Fontalba mit meiner Mutter), ebenso verhalten? Der Mechanismus war ziemlich klar. Man mußte sich keine Mitwisserschaften mit verworrenen Absichten ausmalen, denn nicht alle verfolgen mit ihrem Schweigen eine Strategie; viele schweigen aus Trägheit, Mißtrauen oder Vorsicht, auch aus Angst, sich lächerlich zu machen. Und die momentanen Mutmaßungen waren höchst zweifelhaft. Es war nicht eben glaubhaft, daß Casanova bis zu diesem Augenblick nichts von seinem Mord an Mateu Valentí gewußt haben sollte; und wenn alles (wie es sich gewiß herausstellen würde) Ωs Werk war, fiel es noch schwerer zu glauben, daß auch Ficinus erst jetzt entdeckt hatte, wer der Mörder des Judas der Bank Mir war.

Ich betrachtete Ficinus respektvoll aus der Ferne. Wenn meine Vermutungen stimmten, sprach es nicht gerade für ihn, und auch nicht für Ω, zugelassen zu haben, daß Casanova auf diese Weise in die Zeitschleifen seines Geistes abdriftete. Ich wandte mich wieder der Runde zu. Casanova erzählte die Geschichte, fast ausschließlich an Gimellion und Ficinus gerichtet, zu Ende.

»In manchen Momenten überkommt mich wieder die Panik, denn da es keine formale Lösung des Phänomens gibt, kann der Schrecken jederzeit zurückkehren. Einmal habe ich sogar den Eindruck gehabt, daß ich in einem anderen Maß, subtiler (also noch schwieriger zu bekämpfen), weiterhin in diesem Kreis wäre und ich mir sein Verlassen nur vorgegaukelt hätte; oder ich bin aus ihm herausgekommen, aber (ohne es bemerkt zu haben) in einen anderen, etwas größeren hineingeraten, der genauso schrecklich, nur noch mächtiger und noch grauenvoller ist.«

»Vielleicht«, meinte Simon, »ist unser Leben nichts anderes als kreisförmige Wiederholung, wie die, von der du uns erzählt hast; wir bewegen uns darin, ohne es wahrzunehmen, gefangen an der illusorischen Schnittstelle aller Unendlichkeiten, deren Zahl und Ausdehnung unmöglich festzulegen sind und die uns in jedem Augenblick an irgendeine beliebige Stelle bringen können: morgen zu sterben, uns zu verlieben, uns gegenseitig umzubringen.«

»Was du sagst«, stellte Casanova klar, »ist in Wirklichkeit viel weniger einleuchtend. Das einzige, was meinem Abenteuer eine besondere Prägung verlieh, war der Umstand, mich an vorige Wiederholungen erinnern zu können. Hätte ich sie vergessen, was wäre dann an der Geschichte bemerkenswert? Ein Selbstmord, ein Mord? Ein Skandal bei einem Abendessen mit Freunden? Das wäre bloß eine ganz gewöhnliche Chronik eines Menschenlebens. Betrachten wir es von einem anderen Gesichtspunkt aus. Stellt euch vor, daß sich jede Szene unseres Lebens unterschiedlich viele Male wiederholt. Bei jeder Wiederholung werden die vorherigen ausgelöscht, so daß du dich nur mehr an die letzte Wiederholung erinnerst.«

»Und wer bestimmt, welche die letzte ist?« fragte Simon. Gimellion lachte.

»Das«, sagte er, »ist wie die Frage nach dem Sinn der Existenz!«

»Vielleicht«, fügte Jubert hinzu, und da er sich zum erstenmal einschaltete, hörten ihm alle aufmerksam zu, »gibt es weder eine erste noch eine letzte, und die gesamte Phänomenologie, als beharrliche Ausdehnung (nicht als Konzept) verstanden, ist nichts weiter als ein unaufhörlicher Kreis ständiger Wiederholungen, in dem das wesentliche Unterscheidungselement, das Gedächtnis, verschwunden oder durcheinandergeraten ist.«

»Bist du nie auf den Gedanken gekommen«, wandte sich Artur an Casanova, »daß die therapeutischen Absichten deiner Ärzte etwas Bestimmtes bewirken könnten? Daß du als ein Phänomen des Gedächtnisses interpretiert hast, was in Wirklichkeit nur eine kaleidoskopische Täuschung gewesen ist?«

»Natürlich habe ich daran gedacht und nichts von dem, was wir soeben besprochen haben, unberücksichtigt gelassen. Nur etwas ist an deiner Überlegung zweifelhaft: Du sagst ›in Wirklichkeit‹, aber auf welche Wirklichkeit beziehst du dich? Denn wenn sich herausstellt, daß es anders ist, daß, wie Jubert gesagt hat, die Welt des Phänomens die vernetzte Gesamtheit an Möglichkeiten ist, wäre mein Abenteuer der unwiederholbare Beginn eines Aktes der Scharfsinnigkeit, eine Unachtsamkeit des Demiurgen, die ich mit Wahnsinn bezahlte.«

Das entstandene Schweigen nutzten wohl alle (so wollte ich es zumindest gern glauben), um zu ihrem eigenen Schluß zu kommen. Gertrudis brach es bald darauf.

»Wenn man diese gehobenen Begriffe beiseite läßt, welchen praktischen (oder moralischen) Schluß hast du aus dem Abenteuer gezogen?«

»Nach dem, was mir Ficinus gesagt hat und was ich nicht einmal denken wollte, befürchte ich sehr, der zweckführende Zweck – Verzeihung für die Redundanz – sei es gewesen, daß ich einen Mann aus dem Verkehr gezogen habe, den ich nicht einmal kannte; doch für mich ist das einzig Bedeutsame, das ich in all den Jahren seither aus jener Nacht bewahrt habe – zumindest das einzige von diesem Schrecken losgelöste –, daß ich Teresa kennengelernt habe; von ihr erhielt ich den besten Trost und die Kraft, damit mich die Katastrophe nicht noch mehr fortriß; sie ist das einzige Erinnerungszeichen«, er machte eine Pause, »und ich denke, ich werde darauf achten, daß es auch in Zukunft so bleibt.«

Ich musterte Casanova von Kopf bis Fuß. Ich bin sonderbaren und widersprüchlichen Menschen begegnet, aber keinem so angepaßten, wie er es war.

»Übrigens«, meinte Teresa, »glaubt ihr wirklich, daß es ein Samstag war? Mir scheint, es war ein Donnerstag.«

»Ich könnte nicht beschwören«, sagte Gertrudis, »daß es ein Samstag war, sicherlich aber der Vorabend eines Feiertages; die Porters und Virgínia haben nie ein Fest veranstaltet, wenn sie am nächsten Tag arbeiten mußten.«

Casanova war offensichtlich müde und wandte sich genervt an Teresa.

»Immer mußt du die gleichen Dinge in Zweifel ziehen.«

»Eines Tages«, beharrte sie, »werde ich einen Kalender aus jenem Jahr suchen und dir beweisen, daß der einundzwanzigste März kein Samstag war.«

»Ach nein? Was war er dann?«

Artur mußte lachen und stand auf. Ein paar von uns folgten ihm; die Geschichte an diesem Nachmittag war besonders belastend gewesen, ein wenig Bewegung würde uns guttun. Wir ließen Casanova und Teresa, in ihr privates Streitgespräch verwickelt, zurück. Armer Casanova, dachte ich, nicht genug, daß ihn ein so zermürbender Wahnsinn heimgesucht hat, nun muß er auch noch mit seiner Frau über Einzelheiten diskutieren. Charakter ist Schicksal, gewiß.

Ich ging vom Avalon zur Galerie oberhalb des Angrenzenden Gartens. Gertrudis gesellte sich zu mir, und das erfüllte mich mit einem fast pubertären Glücksgefühl.

»Warum machen wir nicht einen kleinen Spaziergang im Garten der Dämmerung?« schlug sie mir vor.

Ich konnte es kaum glauben und willigte augenblicklich ein.

Wir legten den Weg dorthin schneller als je zuvor zurück, einen Weg, den ich allmählich kannte, der mich dennoch immer aufs neue beunruhigte. Als wir oben ankamen, ging die Sonne gerade unter; rund um den Felsen und bis hin zum Horizont erstreckte sich ein Teppich aus weißen und rosa Wolken wie Schnee, weit wie die Ödnis des Mondes; nur der Garten, das Gebäude und eine ferne Bergspitze ragten heraus. Ich hatte das Gefühl, als glitten wir auf einer verzauberten Insel über ein Meer aus Watte, das gewaltige Abgründe bedeckte. Ich beschloß, Gertrudis meine Entdeckung anzuvertrauen.

»Die Bäume des Gartens stimmen mit der Konstellation der Sterne im Orion überein.«

Auch wenn sie es nicht zugeben würde, bewies mir ihre Reaktion, daß sie das bereits wußte. Warum hatte sie es mir nicht gesagt? Ich dachte an die in meinem Zimmer gestapelten Astronomiebücher und in Verbindung damit an Emília. Ich hatte mich an sie herangemacht, als Gertrudis mich links liegenließ, doch nun hatte ich sie nicht aufgefordert, uns in den Garten zu begleiten. Das war unhöflich von mir gewesen, und ich nahm mir vor, die Sache so schnell wie möglich wiedergutzumachen, sofern Emília nicht beleidigt wäre und es mir gestatten würde. Inzwischen bat ich Gertrudis, mir den Ursprung des Gartens zu erklären.

»Den kennt man nicht so genau. Der Garten und das Haus scheinen verschiedentlich verändert worden zu sein. Das Gebäude ist ein Kloster aus dem 17. Jahrhundert; später wurde die Kirche abgerissen, der Kreuzgang umgebaut und das Ensemble in einen Palast verwandelt. In den letzten sechzig Jahren hat es vier- oder fünfmal den Besitzer gewechselt, jeder hat etwas Neues eingebracht; einer der letzten scheint ein großer Verehrer der Astronomie gewesen zu sein; ihm ist das Observatorium mit den Geräten und ein Teil der Bibliothek zu verdanken, und jetzt, wo du es erwähnst, fände ich es keineswegs verwunderlich, wenn dieses Spiel mit den Bäumen ebenfalls sein Werk wäre.«

»Wer war es?«

»Ich weiß es nicht, wir werden Gimellion fragen. Ich glaube, er hat, als er das Gebäude vor etwa zwanzig Jahren übernahm, im Grunde nichts verändert; er hat es renoviert, sämtliche Anschlüsse erneuert und den Computer installiert, doch die Struktur des Gebäudes und den Garten unberührt gelassen.«

»Gimellion ist also der einzige Besitzer? Irgend jemand, ich weiß nicht mehr, wer, hat mir gesagt, er hätte das Anwesen mit anderen zusammen erworben.«

»Das kann ich dir nicht genau sagen. Ich glaube, es waren Gimellion, Uriach, Siurana und noch ein weiterer, aber wenn ich mir die Leute ansehe, die hierherkommen, würde es mich nicht wundern, wenn das Haus der Bank Mir gehörte und Gimellion nur der Verwalter wäre.«

Eine feine Art, einen Wächter zu benennen, dachte ich. Wenn dem so war, erhielten die Erzählungen rund um den Mir-Clan eine zusätzliche Bedeutung.

»Und was habe ich hier mitten unter diesen Leuten zu suchen?«

»Du bist der Sohn einer guten Freundin des Vorstandes der Institution«, sagte sie lächelnd. »Freunde sind unter anderem dazu da, dich in schwierigen Zeiten aufzunehmen.«

Also gut, dachte ich: Ich bin der Sohn der Kupplerin von Lluïsa Cros, aber du? Du bist die Cousine einer Intrigantin, die schließlich an der Seite des letzten Begleiters der Cros landete, und jetzt außerdem die Frau von einem derjenigen, die in der Organisation das Sagen haben. Du hast auch einen guten Grund, hier zu sein. Und Simon? Emília? Artur und

Camila? Ich wagte nicht, weitere Fragen zu stellen. Gertrudis entfernte sich, ich verbrachte eine Weile damit, mir alle Leute, die ich in den letzten Tagen kennengelernt hatte, noch einmal in Erinnerung zu rufen. Ficinus war eine faszinierende Persönlichkeit. Immer freundlich, nie ein unbedachtes Wort, stets mit einer positiven Sicht der Dinge. Im Grunde aber kühl, unerschütterlich wie eine Sphinx (vielleicht erschien er mir nur so, nach allem, was ich gehört hatte, denn in Wahrheit strahlte er eine ungewöhnliche Güte aus). Wäre nicht das Alter gewesen, ich hätte ihm als erstem die Identität Ωs zugeschrieben.

Ich ging zu Gertrudis und verriet ihr meine Überlegungen; sie ließ sich auf die Spekulation ein, wobei sie leise redete, als könnte uns jemand belauschen.

»Gimellion würde auch keinen schlechten Ω abgeben. Er hat das passende Alter, hat sich zwischen Barcelona und dem Ausland bewegt, ist mit allen gut befreundet und war bei allen entscheidenden Ereignissen anwesend.«

Diese Möglichkeit überzeugte mich nicht, doch nutzte ich sie, um mehr Information herauszuholen.

»Was macht er eigentlich?«

»Er ist Leiter des Institutes für Technologische Kooperation, dessen Sitz Genf ist; aber dabei könnte es sich um eine Tarnung handeln. Seine Bestrebungen und seine Wurzeln liegen zu sehr im dunkeln, als daß er Ω sein könnte. Sein Katalanisch wäre auch zu gut für einen Schweizer.«

»Deines auch für eine Französin«, sagte ich, sie lachte.

»Ich bin keine Französin, lieber Freund.«

»Jedenfalls gibt es bei Gimellion kein Indiz, das sich nicht auch bei Rodin, Suárez oder den anderen finden ließe. Und wenn wir einige, wie Ficinus oder auch Casanova, von vornherein ausschließen müssen, dann nur, weil sie zu jung sind.«

Gertrudis zuckte mit den Schultern, wir spazierten zwischen den Bäumen umher. Die Figur Orions in ihrer Aufteilung sprang einem ins Auge, ich kam mir dumm vor, weil es mir nicht schon früher aufgefallen war. Ich betrachtete Himmel und Horizont. Mit dem Schwinden des Lichts löste sich das wunderbare Schauspiel der tieferliegenden Wolken rasch auf. Vielleicht barg die Anordnung der Bäume gar kein Rätsel. Vielleicht wollte ein früherer Besitzer einfach seinem Lieblingssternbild huldigen.

»Und was hältst du von Kolinski?« fragte sie mich.

»Er und Carter sind vielleicht am verspieltesten, ihnen gefällt es besonders, die Geschichten zu komplizieren, um uns durcheinanderzubringen.«

»Aber abgesehen davon?« bohrte sie nach.

»Du meinst, ob ich glaube, daß er eine verborgene Identität haben kann?« sagte ich und sträubte mich, weiterhin von Ω zu sprechen. »Ich weiß es nicht. Es würde mich bei ihm wie auch bei Gimellion oder Carter sehr verwundern. Warum hat er übrigens seine Erzählung unterbrochen? Seit heute morgen scheint er nichts mehr von uns wissen zu wollen.«

»Wer weiß, aber es ist bestimmt nichts Besonderes mit ihm los. Er wird beschäftigt sein. Ich denke, er kommt zurück.«

Für mich war Suárez am ehesten der mutmaßliche Ω, doch ich kannte ihn noch nicht. Vielleicht gerade deshalb. Das Abwesende ist immer rätselhafter und anziehender als das Greifbare; meine Überlegungen gingen jedenfalls in diese Richtung.

Ich dachte an die früheren Besuche im Garten der Dämmerung. Emílias Gesellschaft war gewiß viel lohnender gewesen, doch Gertrudis' Anwesenheit glich einem wonnevollen Fluch. Kaum hatte ich das gedacht, und ohne meine Gefühle zu kontrollieren, haßte ich sie aus einer zarten Melancholie heraus. Dort stand sie, reserviert, von erhabener Eleganz, kühl, fürchterlich attraktiv und endgültig unerreichbar. Ich bin nie schüchtern oder besonders zurückhaltend gewesen. Was würde geschehen, wenn du jetzt ihre Hand nimmst? dachte ich, mir schien, daß uns ein Abgrund trennte; vielleicht erwartet sie es, und ich enttäusche sie. Vielleicht nicht einmal das, vielleicht war ich ihr gleichgültig, und meine Verwirrung amüsierte sie. Oder noch schlimmer: ich war ihr so völlig egal, daß ihr nichts dergleichen auch nur in den Sinn gekommen wäre und sie demnach an meinem Verhalten nichts Besonderes fände.

»Gehen wir zurück?« fragte ich. Sie nickte.

Im Avalon waren drei verschiedene Gespräche im Gange. In einer Ecke unterhielten sich Casanova und seine Frau leise miteinander. In einem anderen Winkel hatten Artur und Camila auf einem kleinen Tisch eine Menge Papier ausgebreitet, in dem sie wühlten, als würden sie etwas Bestimmtes suchen. Und an den Fenstern saßen Emília, Simon und Jubert. Ficinus und Gimellion waren gegangen.

Gertrudis interessierte sich für Casanovas Aufenthalt im Sanatorium. Er meinte, wenn wir nicht zu müde zum Zuhören wären, würde er gerne eine Geschichte erzählen. Nachdem wir uns Kuchen, Bonbons und Getränke hatten kommen lassen, setzten wir uns wieder. Artur und Camila sammelten ihre Papiere ein, entschuldigten sich und gingen hinaus. Wir übrigen bildeten mit den Sesseln einen Kreis um Casanova und um ein Tischchen, und er begann die Geschichte.

0/1

Geschichten aus dem Sanatorium

Die von Doktor Sabater geleitete Klinik war eine große Villa aus dem 19. Jahrhundert, die einen ganzen Häuserblock in Pedralbes umfaßte und mitten in einem Garten mit mächtigen Bäumen lag: zumeist Kastanien, Magnolien und Eichen. Das Gebäude hatte drei Stockwerke und einen Dachboden; es wurde von einer prächtigen, aufwendig gearbeiteten, mit Fliesen und bunten Glasfenstern umrahmten Holztreppe beherrscht. Das ganze Haus entsprach dem reinsten, dunklen Stil der Romantik. Es wäre das ideale Szenarium für den gotischen Horror gewesen, mit lebenden Leichnamen und kreischenden Jungfrauen in kurzen Nachtgewändern; als ich es zum erstenmal betrat, bedrückte mich dieses Bild. Ich malte mir gruselige Situationen aus, in denen ich das wehrlose Opfer eines hemmungslosen Arztes wäre, eines unbefugten Experimentators mit haarsträubenden Theorien über die Labilität der Seele, der sich skrupellos, von riesenhaften, ungerührten und ehrgeizigen Helfern unterstützt, radikaler Methoden bediente.

Die Wirklichkeit sah ganz anders aus. Es erschienen keine buckligen Wesen mit Kerzen, die mir schlurfend mein Zimmer zeigten und beim Lachen ihre verfaulten Zähne entblößten, auch keine bleichen Nonnen mit langen Fingernägeln, die unvermutet aus den dunklen Winkeln der Gänge auftauchten, mit blutbefleckten Lippen und funkelnden Augen, sondern zwei adrette, weißgekleidete, freundliche und umsichtige Krankenschwestern.

Mein Zimmer befand sich im ersten Stock, außer dem Bett standen ein Schrank, ein Tisch und zwei Stühle darin. Das mit einer breiten Brüstung versehene Fenster besaß großzügige Ausmaße. Ich hatte mit Gittern gerechnet, doch nichts dergleichen. Ich vermutete, daß es sich nicht öffnen ließe, aber auch in diesem Punkt irrte ich mich. Merkwürdigerweise machten mich diese auf Toleranz hinweisenden Details besorgt, statt mich zu beruhigen. Wenn ich nicht weiß, wer ich bin, dachte ich, wenn mein Schicksal von der Kriegerischen Frau ausgeht, wo wird dann die Therapie beginnen, und schlimmer noch, wer wird wissen, in welchem Augenblick sie beendet werden muß?

Beim Abendessen sah ich zum erstenmal die anderen Gäste (es kommt mir seltsam vor, sie Kranke zu nennen), und ich wurde erneut enttäuscht. Es schien unter ihnen keinen glanzvollen Verrückten zu geben, keinen Besessenen, der in der Dämmerung seinen Geist tränkte, niemanden mit flüchtigem Blick aus rötlichen Augen, der das Messer im Ärmel verbirgt, um es später, wie ein Wolf heulend, im Mondlicht zu schwenken. Ich saß mit drei weiteren Individuen bei Tisch, die sich als sehr nett erwiesen: eine Mischung aus neun Teilen Wohlwollen und einem Teil Herablassung. Ihr Benehmen war so normal, daß ich in der ersten Nacht mit der Überzeugung zu Bett ging, ich wäre in einer Art Kuranstalt für überspannte Millionäre untergebracht worden und in diesen vier Wänden wäre nie von einer Zwangsjacke und schon gar nicht von Elektroschocks auch nur die Rede gewesen.

Ich werde euch nicht mit Einzelheiten der von Doktor

Sabater angewandten Therapie langweilen. Am Tag nach meiner Ankunft wurde ich gründlich untersucht, danach hatten wir unser erstes Gespräch. Ich hatte in der Pubertät einiges über Psychoanalyse gelesen, also spielte ich mit den Antworten, stellte ihm Fallen, um zu entdecken, welcher Schule er angehörte und nach welcher Methode er mit mir arbeiten würde. Unglücklicherweise wehte in jener Klinik ein eklektizistischer Wind, und da auch mein Gesprächspartner nicht unerfahren war, erreichte ich eigentlich nichts. War Doktor Sabater Neo-Behaviorist? Gehörte er der neuen Düsseldorfer Schule an? Irgendwann sprach ich ihn direkt darauf an, er lachte.

»Lieber Freund«, antwortete er mir, »die Zeit der Lehren ist vorbei. Nur wenige Maximen haben die traditionelle Medizin überlebt, aber eine von ihnen wächst aus jeder untergegangenen Schule: Es gibt keine Krankheiten, sondern nur Kranke.« Ich behielt meine forschende Haltung bei, er zuckte mit den Schultern. »Ich nehme an, das beantwortet Ihre Frage.«

Die Therapie hatte einen weiteren Aspekt, der mir zunächst auf die Nerven fiel, den ich dann aber für das amüsanteste hielt, was in diesem Haus passierte. Es handelte sich um die Gespräche unter uns Bewohnern. Dabei waren die Methoden im Lauf der Zeit sehr verfeinert worden. Früher fanden sie auf der Basis festgelegter Regeln statt, mit ausdrücklicher Offenlegung des Vorgangs, alle waren von dem erfüllt, was sie taten. Doch die für die Gruppentherapie bezeichnende Mystik verfälschte schließlich die Ergebnisse, da die Leute sich vom Gefühl ihrer eigenen Ehrlichkeit rühren ließen und die Wahrheit so verzweifelt herbeigesehnt wurde, daß sie am Ende auf der Strecke blieb. Doktor Sabater war in diesem Punkt sehr scharfsinnig und beschränkte sich darauf, objektive Bedingungen zu schaffen, damit wir redeten. Wenn jemandes Anwesenheit nicht angebracht war, nahm er ihn selber unter irgendeinem Vorwand mit. Wir sprachen in der Überzeugung miteinander, daß die Situation so zufällig und natürlich war, wie sie es unter diesen Umständen sein konnte. Sogar in der Überzeugung, daß es uns erlaubt sei, uns von den Sitzungen und vom Wissen um das Problem zu erholen, das uns ins Sanatorium gebracht hatte. Dies schuf ein optimal entspanntes Klima für persönliche Bekenntnisse in einer Freiheit, die in der gleichen, aber ausdrücklich verordneten Situation unvorstellbar gewesen wäre.

Es gab wirklich einschläfernde Runden, die ich zu Recht wieder vergessen habe. Die nächtlichen Obsessionen eines Zuckerbäckers aus Berga gehören wohl zu den geschmacklosesten und unerträglichsten Dingen; die Kindheit einer von ihren Renditen lebenden Senyora aus Vilanova war auch nicht viel spannender; an manchen Tagen jedoch hörte man Geschichten, die sich zumindest als merkwürdig bezeichnen lassen.

Ich erinnere mich, daß uns eines Tages, von Doktor Sabater geschickt angeregt, einer meiner Tischgenossen, ein etwa fünfunddreißigjähriger Mann namens Romà Berenguer, seine Nöte erzählte. Es war ein herrlicher Juniabend, und es war noch hell, als wir auf eine der Terrassen gingen, um frische Luft zu schöpfen.

»Mir scheint«, hatte ich gesagt, »ich habe die Klotür offengelassen. Ich sehe mal nach, damit sie nicht im Wind schlägt.«

Berenguer faßte mich am Arm.

»Gehen Sie nicht nachsehen. So hat meine Krankheit angefangen.«

»Ihre Krankheit?« fragte ich verwundert. »Sie sind für mich einer der ausgeglichensten Menschen, die ich kenne«, sagte ich ehrlich. Doktor Sabater lachte.

»Wenn Sie ihn gesehen hätten, bevor er hierherkam!« Dann fügte er, an Berenguer gewandt, hinzu: »Vielleicht würde Senyor Casanova die Geschichte gern aus Ihrem Mund hören.«

Berenguer hatte nichts dagegen. Wir gingen in den Salon und setzten uns, der Arzt, außer mir noch vier weitere Bewohner und zwei Krankenschwestern. Berenguer begann zu erzählen.

Geschichte des Ordnungsbesessenen

Ich bin mein Leben lang, schon von klein auf, methodisch und sorgfältig gewesen. Der erste von mir angenommene soziale Instinkt war der der individuellen Ordnung. Meine Kleidung und meine persönlichen Gegenstände hatten ihren bestimmten Platz, an keinem der dreihundertfünfundsechzig Tage des Jahres duldete ich, daß sie woanders wären. In der Schule und später an der Universität war das mein gar nicht schwer zu erkennender Schwachpunkt, ich wurde zur Zielscheibe des Spotts meiner Kameraden. Bis ich das Studium abschloß und mich im Beruf etablierte, nahm jedoch nichts davon übertriebene Ausmaße an. Dann verschärften sich Ordnungssinn und Verantwortungsgefühl und wurden allmählich zur Zwangsvorstellung.

Es kam der Tag, wo mein Verlangen nach Beständigkeit nicht mehr dadurch gestillt wurde, daß ich die Dinge so erledigte, wie sie nach meinem Ermessen zu erledigen wären. Kurz nachdem ich ein Zimmer (oder das Haus, die Küche oder was auch immer) in völliger Ordnung verlassen hatte, fühlte sich mein Streben nach Perfektion beunruhigt, ich empfand die zwingende Notwendigkeit, mich erneut zu vergewissern, daß sich jeder Gegenstand korrekt an seinem Platz befand.

Auf diese Weise nahm ich den neurotischen Tick an, alles, was ich tat, zu überprüfen: Ob ich beim Hinausgehen das Licht ausgemacht, den Plattenspieler ausgeschaltet, die Tür doppelt verschlossen, die Rolläden heruntergelassen, die Heizung entsprechend programmiert, die Küche saubergemacht hatte, und viele weitere Einzelheiten, die, objektiv betrachtet, keineswegs gefährlich, in meiner Manienskala jedoch genauso bedeutsam waren wie die anderen: waren die Papiere wohl geordnet, die Stühle an ihrem Platz, alle Bücher im Regal, die Schubladen geschlossen? Et cetera. Sobald ich alles geordnet hatte, ging ich hinaus, doch bereits im Aufzug begannen mich Zweifel zu plagen: Hast du die Tür richtig

abgeschlossen? Hast du die Jalousie im Eßzimmer heruntergelassen? Hast du das Licht im Badezimmer ausgeschaltet?
Nur selten kam ich bis zum Auto; wie von einem Magneten
angezogen, mußte ich umkehren und überprüfen, ob alles so
war, wie es sein sollte. Im schlimmsten Fall wußte ich sogar
mit Bestimmtheit, daß alles an seinem Platz war und es beim
Nachsehen nichts zurechtzurücken geben würde, dennoch
wäre ich vor Unruhe umgekommen, hätte ich es nicht überprüfen können. Irgendwann einmal wollte ich stur bleiben
und verließ das Haus, heldenhaft entschlossen, nicht umzu-
kehren; ich erreichte sogar das Büro, kampfesmutig und aufgeregt, als würde ich in den Krieg ziehen, und verbrachte
einen schrecklichen Vormittag in der ständigen Sorge, man
würde mich holen kommen, weil das Haus abgebrannt war,
oder ich müßte beim Heimkommen feststellen, daß der
Wind meine geliebten Papiere über die ganze Stadt verstreut
hätte.

Das war nicht die einzige Seite meiner neurotischen,
zwanghaften Natur. Auf der Straße achtete ich darauf, nicht
auf die Fugen zwischen den Pflastersteinen zu treten, und
wenn es sich nicht vermeiden ließ, sorgte ich wenigstens
dafür, daß ich die Linie mit der Fußmitte berührte, nie mit
der Spitze oder dem Rand. Ich hatte mir auch versagt, auf die
Bordsteinkante, die Zebrastreifen der Fußgängerüberwege,
die Wasseranschlüsse und Kanaldeckel zu treten. Das zwang
mich oft zu langen Schritten oder zu Getrippel, im Extrem-
fall auch zu einem Sprung, was die Verwunderung oder Erheiterung der Passanten hervorrief, die erfolglos auf dem Boden nach dem Grund meines albernen Gehabes suchten.

Ein weiterer störender Zwang war, verzeihen Sie die Un-
verblümtheit, mit der ich mich ausdrücken werde, die Harn-
überwachung. Ohne einen ersichtlichen physischen Grund
muß ich sehr häufig urinieren. Nun, parallel zur Zunahme
meines Überprüfungswahns wehrte ich mich strikt dagegen,
vom Harndrang an einem öffentlichen Ort, bei einer Verabredung oder einer Veranstaltung heimgesucht zu werden. Wenn ich voraussah, daß ich eine Weile in einem Lokal
verbringen müßte und es ab einem bestimmten Moment

schwierig sein würde, urinieren zu gehen, zumal wenn meine Aufnahmefähigkeit für Genuß und Gespräch gefordert wäre, die nicht getrübt sein dürfte durch ein körperliches Bedürfnis, dann war es meine größte Sorge, vor dem Hineingehen zu urinieren. Ich bin Anwalt; das letzte, was ich vor einer Verhandlung machte, war urinieren. Ich hielt Vorträge und wäre fähig gewesen, das Podest zu besteigen, ohne zu wissen, was ich sagen sollte, nicht aber, ohne eine Minute vorher am stillen Örtchen gewesen zu sein. Im Kino mußte ich, bevor der Film begann, noch auf die Toilette, und wenn vor dem Film ein Vorspann lief, noch einmal, auch wenn es nur zwei Tropfen waren, denn meine Nerven hätten es nicht zugelassen, mit dem leichtesten Druck in der Blase der Vorführung zu folgen.

Dasselbe vor dem Schlafengehen oder wenn ich das Haus verließ oder vor einer Autofahrt; Urinieren war wichtiger, als Benzin zu tanken. Oft überprüfte ich, um nicht nach zehn Minuten Harndrang zu haben, ob meine Blase völlig leer war, indem ich mit den Fingern auf den Unterbauch drückte oder mit dem Zwerchfell preßte, als wollte ich entleeren; wenn ich auch nur das Geringste spürte, mußte ich noch einmal aufstehen. Bald genügte die manuelle Überprüfung nicht mehr. Wenn ein Film später, als erwartet, begann oder im Restaurant der erste Gang nicht serviert wurde, ging ich, ob ich einen Drang verspürte oder nicht, auf die Toilette (auf der ich fünf Minuten zuvor gewesen war) und stand eine Weile verzweifelt vor dem Pissoir, bemüht, mir die zwei Tropfen abzuringen, die es mir erlaubt hätten, beruhigt zurückzukehren, die aber, logischerweise, für gewöhnlich nicht kamen. Inzwischen fing der Film an, oder der erste Gang wurde vor meinem leeren Stuhl kalt, und bei dem Gedanken daran verzweifelte ich; ich öffnete den Wasserhahn, preßte die Muskeln zusammen, knöpfte mir schließlich die Hose zu, um mich bekümmert und verbittert wieder an meinen Platz zu begeben.

Nach und nach verwandelte sich mein Leben in einen Hindernislauf, einen Leidensweg absurder Schwierigkeiten. Aus dem Haus zu gehen war allein schon ein Abenteuer. Nachdem ich mich gewaschen, angezogen, das Frühstück eingenommen und alles zusammengesucht hatte, was ich mitnehmen mußte, begann der Kreuzweg der Überprüfungen: Wasserhähne, Licht, Fenster, Schubladen, Papiere, die Anordnung der Stühle, die Kleidung; und ob ich bei mir hatte, was ich brauchte: daß ich die Schlüssel nicht liegenließ, auch nicht die Brieftasche, die Brille, das Taschentuch. Und dann der letzte Besuch der Toilette. Endlich hinunter, schweren Herzens. Nach drei Minuten war ich wieder oben: noch einmal Licht, Fenster, Kleiderschränke, Heizung, Gas in der Küche, Kühlschranktür kontrollieren; natürlich gipfelte die Überprüfung in einem erneuten, vergeblichen und frustrierenden Gang zur Toilette. Manchmal rührte das Bedürfnis, noch einmal nachzusehen, von einer bestimmten Sache her, derer ich nicht sicher war: zum Beispiel eine Herdflamme oder der Rolladen im Eßzimmer. Ich ging nach oben und fand alles ordnungsgemäß vor, doch kaum hatte ich das Haus verlassen, befielen mich neue Zweifel: zum Beispiel das Licht im Vorzimmer, und hatte ich den Schlüssel zweimal umgedreht? Ich mußte natürlich zurück, sonst wäre ich geplatzt. Hatte ich einmal bei dem Versuch triumphiert, ein paar hundert Meter zwischen mein Zuhause und mich zu bringen, kamen die weiteren Überprüfungen im Büro oder an öffentlichen Orten, begleitet von hektischen Toilettenbesuchen, die gut eine halbe Stunde dauern konnten, während der ich die Nachbarschaft ruhiger und glücklicher Pinkler ertragen mußte, die mich mit ihrem üppigen Harnstrahl beleidigten, die aber gleichgültig dem Individuum gegenüber waren, das sie in genau derselben Haltung zurückließen, wie sie es bei ihrem Eintreten vorgefunden hatten.

Ich tankte und mußte überprüfen, ob sie den Stöpsel wieder sorgfältig reingesteckt, mich um keinen Groschen betrogen und richtig herausgegeben hatten. Natürlich mußte ich anhalten, um nachzusehen, ob der Tank gut verschlossen war.

Tag für Tag wuchsen die Manien und bekamen neue Nuancen. Zum Beispiel wurde mir bewußt, daß ich den Urinstrahl auf die Reste von Exkrementen oder Papier im Inneren des Klosettbeckens richtete, damit sie sich lösten; ich weiß, daß es sich dabei um einen häufigen Zeitvertreib handelte, doch ich schmückte ihn noch aus: Ich begann an den Rändern und näherte mich in Spiralen der Mitte, immer im Uhrzeigersinn, machte Muster und spielte gegen mich selbst: ›Wenn ich es nicht schaffe, das Becken ganz sauberzumachen (sagte ich), ist es das Zeichen für ein drohendes Unglück‹; bei meinen häufigen Klosettbesuchen erlaubten mir die spärliche Kraft und Menge des Urins natürlich nur selten, siegreich hervorzugehen.

Eines Tages lernte ich die Frau meiner Träume kennen, wir verliebten uns und heirateten wenig später. Vielleicht durch die Neuheit, was weiß ich, durch die große, an das Unbekannte geknüpfte Erwartung war unsere Zeit sehr glücklich. Die Neurose war verschwunden, es gelang mir, eine Woche ohne auch nur eine Überprüfung zu verbringen. Der Harndrang kümmerte mich nicht, ich konnte sogar, mich selbst herausfordernd, ein Bier trinken, bevor ich zu einer Verhandlung ging. Ich war ein neuer Mensch, und da das Wegfallen der Überprüfungen meine verfügbare Zeit vervierfacht hatte, erhielten sämtliche Aktivitäten einen Aufschwung, der nirgends unbemerkt blieb.

Doch bald holte mich der Fluch wieder ein, diesmal durch die Umstände erweitert: das Objekt der Überprüfungen war nun nicht nur ich, sondern auch meine Frau. Nach und nach wurde Magda verbittert. Ich begann erneut, mich aller Dinge zu vergewissern, und zwang sie, es ebenfalls zu tun.

»Bist du sicher, daß du die Tür richtig zugeschlossen hast?« fragte ich sie eines Tages und drängte sie dazu, es zu überprüfen.

Das bereicherte die Situation sehr, denn ich traute niemandem, und nachdem sie das Objekt meiner Beunruhigung (schimpfend und fluchend, wie Sie sich vorstellen können) kontrolliert hatte, mußte ich am Ende selber noch einmal hingehen. Wenn das nicht möglich war, rief ich sie zum Beispiel von der Arbeit aus an, damit sie etwas überprüfte, und eine Minute später überprüfte ich sogar, daß ich sie angerufen hatte.

»Habe ich dich angerufen, damit du nachsiehst, ob die hintere Tür zugeschlossen ist?«

»Klar hast du mich angerufen«, sagte sie genervt.

»Und hast du es überprüft?« beharrte ich, immer unzufrieden.

»Natürlich, sie ist ordnungsgemäß verriegelt.«

»Würde es dir etwas ausmachen, noch einmal nachzusehen?«

Dann konnten zwei Dinge geschehen: Daß sie mich zum Teufel wünschte, dann müßte ich beklommen und mit Herzklopfen warten, bis ich die Sache persönlich überprüfen könnte; oder daß sie mir sagte, sie werde es tun, allerdings in einem so müden, gleichgültigen Ton, daß ich, sobald ich den Hörer aufgelegt hätte, den Argwohn hegte, sie würde es nicht tun, drei Minuten später wieder anriefe und trotz allem erst beruhigt wäre, wenn ich selber nachgesehen hätte. Was Magda auch immer tat, das Ergebnis war in Wahrheit immer das gleiche.

Um meine Ehrlichkeit zu beweisen, muß ich Ihnen sagen, daß ich meiner Frau gleich am Anfang von den Obsessionen, deren Opfer ich war, erzählt und sie selbst Gelegenheit gehabt hatte, sie im Laufe unseres Zusammenseins kennenzulernen; doch damals versuchte ich sie zu verbergen, um einen guten Eindruck zu machen, und sie war überdies davon überzeugt, sie mir auszutreiben. Als es besser ging, war sie höchst zufrieden mit dem, was sie (und nicht zu Unrecht) als ihren Sieg betrachtete.

»Siehst du, es gibt keine Neurose, die meine Gegenwart überlebt.«

Das erneute Auftauchen der dunklen Seite meiner Persönlichkeit war für sie ein unerträglicher Schock. Sie verbrachte die Tage außer Haus, damit ich sie nicht anrufen und bitten könnte, irgend etwas zu überprüfen, versuchte, nicht da zu sein, wenn ich heimkam, und sich zumindest die unvermeidliche Dreiviertelstunde zu ersparen, die ich stets damit verbrachte, die Dinge an ihren Platz zu stellen und zu verzweifeln, wenn ich etwas nicht dort vorfand. Sosehr sie sich auch bemühte, mich brachte, wenn ich sie vor mir hatte, doch alles an ihrem Verhalten in Wut; danach entschuldigte ich mich den ganzen Tag für meine Unbeherrschtheit. Bald tat sie alles, um den mühsamen Abschieden zu entgehen, die aufgrund meiner mehrmaligen Rückkehr und der Anschuldigungen mehr als eine Stunde dauerten.

Ich flehte, schwor, erklärte feierlich, mich zu bessern, sie willigte ein, mir noch eine letzte Chance zu geben. Sie versprach mir zu helfen, und ich war bereit, zu einem Psychiater zu gehen, etwas, das ich immer abgelehnt hatte. Ich beherrschte mich einige Tage titanisch, doch am Ende setzte sich mein Überprüfungswahn wieder durch, und das in seinem ganzen Ausmaß. Mir genügte schon nicht mehr eine Überprüfung, es mußten drei oder vier sein, und bald gab es keine Grenzen mehr. Ich, der immer so pünktlich gewesen war, kam schließlich drei Stunden zu spät zur Arbeit. Des vielen Ermahnens überdrüssig, kündigten sie mir.

Ich machte mich selbständig, doch die nötige Disziplin, um eine Anwaltskanzlei erfolgreich zu betreiben, war unweigerlich durch meinen Zwang belastet, so daß ich bald materiell wie moralisch völlig ruiniert war. Eines Tages kam ich nach Hause, meine Frau war nicht da. Sie hatte ihre Sachen gepackt und mir eine Nachricht zum Abschied hinterlassen, worin sie mich bat, sie nicht zu suchen, weil sie mich nie mehr wiedersehen wollte, da ich nicht bereit war, mich ernsthaft meiner Situation zu stellen. Doch das Streben nach Perfektion, das Gefühl, alles in der Welt an seinem Platz zu wissen, will keinen Psychiater. Trotzdem wußte ich ganz genau, daß ich Opfer eines schwerwiegenden Problems war, und beschloß, es mit eigenen Mitteln zu bekämpfen. Mit einem Schilfrohr als Lanze und dem Deckel eines Kochtopfs als Schild bot ich einem unermeßlichen Drachen die Stirn.

Eines Morgens nahm ich mir vor, das Laster ein für allemal abzulegen. Während ich die Sachen in Ordnung brachte, die Fenster schloß, das Licht ausmachte und mich dem ganzen Wirrwarr widmete, konzentrierte ich mich ganz besonders: Du hast soeben die Heizung abgedreht, sagte ich zu mir, achte darauf, du hast sie abgedreht und kannst ruhig weggehen, du mußt nicht noch einmal nachsehen. Und so bei allem. Meine Haltung hatte etwas Beschauliches, im traditionell asketischen Sinn des Wortes. Was vermißte ich, welche tiefe Sehnsucht hatte mich in den Wahnsinn getrieben? Das Bewußtsein von der Unvollkommenheit der Dinge? Oder nur die Unzulänglichkeit der Perfektion? Oder etwa die unüberwindliche Kluft zwischen dem einen und dem anderen? Die letzte Frist vor der Vertreibung aus dem Paradies kam mich teuer zu stehen! Ich ging zitternd aus dem Haus und sagte mir: Sieh dir alles gut an, damit du nicht zurückkehren mußt. Ich holte das Auto aus der Garage. Während der Fahrt schmetterte mich die Unvollkommenheit menschlichen Handelns nieder, die Unmöglichkeit eines umfassenden Blickes. Ich war gescheitert, und es blieb mir nichts anderes übrig, als die Niederlage einzugestehen und die Waffen abzugeben. Verzweifelt machte ich wie ein Besessener kehrt – fast hätte ich zwei oder drei angefahren – und fuhr nach Hause zurück, um zu überprüfen, ob alles in Ordnung sei. Als ich damit fertig war, gelang es mir, wieder hinauszugehen, doch der Weltschmerz, die Sehnsucht nach Absolutheit, die stärker ist als das Gedächtnis, das dringliche Bedürfnis, meine Dinge unter Kontrolle zu haben wie eine Henne ihre Küken, ließ mich erneut zurückkehren. An jenem Tag habe ich mich nicht mehr aus dem Haus fortbewegt. Die einzige Möglichkeit, ruhig zu sein, bestand darin, die für eine Überprüfung geeigneten Sachen nicht aus den Augen zu verlieren; ich hatte ihnen schon eine Art Eigenleben eingeräumt, die Fähigkeit, in meiner Abwesenheit in Unordnung zu geraten. Ich verbrachte den ganzen Tag dort, streichelte sie hin und wieder und freute mich über soviel Glück.

Von da an beschloß ich, um eine weitere Katastrophe zu vermeiden, den Ordnungswahn zu akzeptieren und ihn, ohne Überhöhung oder Dramatisierung, als Teil der täglichen Routine zu betrachten. Wie jemand, der sich die Hände wäscht oder aufs Klosett geht (nicht wie ich, sondern wie die anderen), führte ich so viele Überprüfungen durch, wie nötig waren, versuchte mich nicht aufzuregen und keine zu umgehen, denn das war ein zweckloses, unseliges Unterfangen.

Sobald ich alles an seinen Platz gelegt und gut überprüft hatte, ging ich aus dem Haus, frei von der früheren vorweggenommenen Ungewißheit, von dem Gewicht, alles in Ordnung gebracht zu haben, um nicht mehr zurückkehren zu müssen. Diese unnütze und schmerzvolle Illusion war vorbei: Ich wußte, daß ich wiederkommen würde, um alles zu überprüfen, und das ließ mich viel ruhiger weggehen. Wie ferngesteuert, trat ich hinaus, um drei Minuten später unerschütterlich zurückzukommen und noch einmal gründlich nach dem Rechten zu sehen. Ich verließ erneut das Haus, doch fünf oder sechs Minuten später war ich wieder da; diesmal genügte mir ein Blick von der Tür aus; ich nickte befriedigt lächelnd und empfand beim Weggehen einen Hauch von Glück.

Dieser Friede war jedoch trügerisch und, wie sich bald zeigte, nichts anderes als ein Waffenstillstand. Eines Tages bei Gericht sank alles in sich zusammen. Ich hatte auf dem Tisch in einem Arbeitszimmer ein paar Papiere liegengelassen, überzeugte mich, daß sie an einem sicheren Platz waren, legte meinen Mantel und eine Handgelenktasche daneben und ging einen Moment hinaus, um mit dem Sekretär eine Frage zu klären. Von draußen sah ich, wie der Staatsanwalt und zwei Schreiber sich dort hinsetzten und meine Papiere und Utensilien achtlos beiseite schoben. Das empörte mich, ich fühlte mich im Innersten getroffen; ich ließ den Sekretär stehen und eilte hinein, um den Staatsanwalt und die Mittäter zu tadeln.

»Daß die Justizbehörde das Beispiel für die skandalöseste Korruption unseres Landes ist, gibt Ihnen nicht das Recht, meine persönlichen Gegenstände zu mißhandeln«, sagte ich, nahm sie und legte sie auf einen Stuhl. Der Kerl war sehr erstaunt, doch bevor er etwas erwidern konnte, hatte ich mich schon aus dem Staub gemacht, nicht ohne noch einen letzten prüfenden Blick auf meine Sachen zu werfen.

Ich beendete die Besprechung, und als ich meine Sachen holen wollte, saß ein Handlanger des Staatsanwaltes auf einem Zipfel meines Mantels, den Ellbogen auf eine meiner Mappen gestützt. Dieser Anblick brachte mich endgültig auf die Palme, ich wurde fuchsteufelswild.

»Senyors, es ist mir scheißegal, was Sie hier machen, aber ich versichere Ihnen, daß ich diese Papiere hier«, ich knallte sie auf den Tisch, »und diesen Mantel da«, ich tat das gleiche mit dem Mantel, »hier hingelegt habe, damit sie hier sind und«, schrie ich, während ich sie noch heftiger hinschleuderte, »damit sie hier bleiben, ohne daß eine Bande von verdammten Sodomiten sich über sie hermacht!«

»Lluís«, sagte der Staatsanwalt, phlegmatisch, an einen der Schreiber gewandt, »holen Sie die Polizei.«

Ich schleuderte immer aufgebrachter meine Gegenstände auf Tisch und Stuhl.

»Was hat Sie an den Papieren und dem Mantel gestört? Es gibt doch genug Tische und Stühle! Aber nein, Sie mußten Ihre gerichtliche Sodomie ausgerechnet auf meinen Papieren vollziehen, Sie konnten sich nicht zurückhalten, hatten es eilig. Eilig! Die langsamste Justiz der Welt hat es eilig gehabt, meine Papiere zu beschmutzen!«

Die Polizei kam, und der Staatsanwalt wies sie an, mich wegen Erregung öffentlichen Ärgernisses und Amtsbeleidigung festzunehmen.

»Er soll seinen Papierkram und seinen Mantel mitnehmen«, fügte er hinzu, während er uns den Rücken zukehrte. Ein Polizist griff wahllos nach der Handgelenktasche, den Papieren und dem Mantel; das überstieg meine Geduld.

»Um Himmels willen, nein! Erbarmen! Lassen Sie mich überprüfen, ob alles da ist!« schrie ich hysterisch. »Die Papiere sind nicht geordnet! Sie werden sie zerknittern, sie werden verlorengehen!« Ich versuchte mich von den Polizisten loszumachen. »Lassen Sie mich nachsehen, ob auch nichts auf dem Sessel liegengeblieben ist, ich flehe Sie an! Die Schlüssel, sind sie nicht vielleicht aus dem Mantel herausgefallen? Ist noch alles in den Taschen drin? Lassen Sie mich überprüfen, ob der Reißverschluß der Handgelenktasche zu ist! Lassen Sie mich nachsehen, ob nichts fehlt!«

Der Staatsanwalt drehte sich um, als sie mich bereits bis zur Tür gezerrt hatten.

»Keine Sorge, dort, wo man Sie hinbringt, wird alles überprüft werden. Und gewiß wird man noch viel mehr Dinge überprüfen wollen, Sie können also ganz zufrieden sein«, schloß er mit einem sarkastischen Lächeln.

Die Polizisten, gute Komparsen in der Szene, waren stehengeblieben (ich zwischen ihnen, was sonst), damit der Staatsanwalt mir genüßlich die Leviten lesen konnte, und das gab mir Gelegenheit zur Erwiderung.

»Sie wissen es nicht! Sie können es nicht verstehen! Ihre Haltung macht ja gerade Ungenauigkeiten, Verzögerungen und Justizirrtümer möglich!«

»Was wollen Sie? Daß wir alle solche Spinner werden wie Sie?«

»Die Schaffung eines Überprüferkorps würde die Rettung des Justizwesens bedeuten! In dreißig Jahren haben wir vier Reformen erlebt! Jetzt werden wir von den Computern beherrscht, aber wir sind genauso langsam, ineffizient und ungenau wie früher! Lassen Sie mich nachsehen, ob meine Papiere geordnet, Schlüssel und Handgelenktasche dort sind, wo sie sein müssen, und ich werde mich in aller Form bei Ihnen entschuldigen. Sie begreifen nicht, es ist für mich lebenswichtig, daß jedes Ding genau an seinem Platz ist. Hätten Sie nichts angerührt, wäre nichts geschehen.«

»Ach, vielleicht bin ich es am Ende noch, der sich entschuldigen muß«, sagte er, und die Schreiber lachten höflich über seinen Scherz. Wieder ernst geworden, fügte er hinzu: »Die Überprüfung einzuführen bedeutet, dem Irrtum innerhalb des Systems eine Sonderstellung zu gewähren, die uns lächerlich machen würde.«

»Überhaupt nicht, Herr Staatsanwalt«, widersprach ich in der Hoffnung, zu einer Übereinkunft zu kommen, aber entschlossen, bis zum Ende unnachgiebig zu bleiben, »es wäre die Anerkennung und die Überwindung des menschlichen Maßes, es würde die Natur des Rechtsmittels und der Kassation grundlegend verändern und damit nicht nur zu einer bemerkenswerten Vereinfachung führen, sondern die sicherste Garantie dafür sein, daß der Irrtum ausgemerzt ist.«

Ich wurde noch immer von den beiden Polizisten festgehalten. Die Tintenkleckser und andere Leute, die am Gericht zu tun hatten, waren zusammengelaufen, um die Szene zu verfolgen, die, wenn man nicht wie ich die Hauptrolle spielte, sehr unterhaltsam sein mußte.

»Ich weiß nicht, warum ich die Zeit damit verliere, mich mit einem Kranken wie Ihnen herumzustreiten. Führen Sie ihn ab!«

»Einen Moment!« protestierte ich und stemmte beide Beine gegen den Türrahmen, damit sie mich nicht fortschleppten. Da der Staatsanwalt so tat, als wollte er mir zuhören, hielten sich die Polizisten zurück, doch ich sah mich gezwungen, in einer verkrampften und wenig würdigen Haltung zu schreien: »Ich verteidige die Überprüfung nicht, ich erleide sie! Ich muß die Ordnung einer monatelangen Arbeit überprüfen! Ich muß alles kontrollieren, denn ich will nicht wie die anderen sein, ich will nicht ein Opfer des Irrtums und der Korruption sein! Wenn ich es nicht tue, bleibt der große Kreis für immer offen, und meine Redlichkeit hätte nichts bewirkt! Befehlen Sie, daß man mich losläßt! Sie Lohnsklave! Dieb! Pflichtvergessener!«

»Dieser junge Mann«, sagte der Staatsanwalt, »ist in der Tat verblüffend. Zuviel Verantwortungsgefühl, mein Freund; vielleicht brauchen Sie einen anderen Urlaub als den von mir vorgesehenen. Lassen Sie ihn los.« Als sie das getan hatten, gab er mir die Hand. »Ich bin Staatsanwalt Daniel Pinalla vom Gerichtshof in Barcelona.« Und bevor ich noch Zeit fand, mich vorzustellen, wandte er sich an mich und die Polizisten: »Wenn Sie mir bitte folgen wollen.«

Wir gingen in ein Büro, von dort aus führte er mehrere Telefongespräche. Er fragte mich nach meinem Namen und interessierte sich für meinen beruflichen Werdegang; es war offensichtlich unvermeidlich, daß meine nicht zu rechtfertigenden Verspätungen und mein gesamter Ordnungswahn ans Licht kamen. Eine Dreiviertelstunde später rief er Doktor Sabater an, um ihn zu bitten, mich mit einem Auto abholen zu lassen. Die darauffolgende Dreiviertelstunde, während der wir auf die Krankenpfleger warteten, versuchte er mich zu überzeugen, daß es das beste für mich wäre und daß ich es beinahe schon selber herbeigesehnt hätte. Ich schrumpfte wie ein Ballon, aus dem man die Luft rausläßt, die Spannung der letzten Zeit machte einer tiefen, aber im Grunde glücklichen Mattigkeit Platz; endlich würde ich ausruhen können.

Das ist nun über ein Jahr her. Hier habe ich mich außerhalb des Rings gefühlt, auf heiligem, nicht kriegerischem Boden, so als wären die Überprüfungen Teil eines Krieges, der in diesem Haus keine Macht hat. Es gibt verschiedene Erklärungen für den Ordnungswahn, manche davon gewiß plausibler als die meine. Ich kann nicht sagen, ob ich endgültig geheilt bin oder ob es sich wieder nur um einen Waffenstillstand handelt.

Ich gab die Notwendigkeit, alles zu überprüfen, auf, weil ich hier keine Verantwortung habe. Das ist der Schlüssel: die Verantwortung. Hier hängt nichts von meinen Entscheidungen oder meinem Vergessen ab; es gibt keine Angelegenheiten, die ich lösen muß, keine Türen oder Fenster, die ich offenlasse, ohne daß nicht jemand nach mir kommt, der sie schließt. Hier besteht keine Gefahr, daß etwas durch eine Nachlässigkeit aus dem Gleichgewicht gerät, es gibt keine Papiere, die davonfliegen, und keine Dokumente, die zerknittern oder die jemand unbemerkt mitnehmen oder verschwinden lassen könnte.

2/1

»Demnach«, sagte ein anderer Gast, »sind Sie also nicht sicher, ob Sie, wenn Sie hier weggehen, nicht wieder alles überprüfen müssen.«

»Er ist der einzige, der nicht sicher ist«, erklärte Doktor Sabater; » solange das so bleibt, ist es besser, er stellt sich dem nicht.«

Ich vermutete, daß die Methode, Berenguer zu folgen, um die Türen zu schließen und seine Papiere zu schützen, der erste Teil einer kalkulierten Strategie war; dieser Mann würde sicherlich das Sanatorium nie mehr verlassen. Mir brach kalter Schweiß aus; vielleicht bezweckte Doktor Sabater das mit allen seinen Gästen.

»Wunderbar!« sagte der, der als erster gesprochen hatte, ein gewisser Francesc Sardui. »Alles ist so, wie es dir zu sein scheint. Das passiert an keinem anderen Ort der Welt.«

»So ist es«, meinte Berenguer. »In der Welt des Verstandes

herrscht das persische Sprichwort: ›Wenn sich alles zusammenfügt, dann suche, wo du dich geirrt hast.‹ Die Dialektik des Wahnsinns ist viel ernsthafter, wissenschaftlicher, wenn Sie mir den Ausdruck gestatten, als die der Welt der sogenannten geistig Gesunden, die systematisch, und ohne sich dessen bewußt zu sein, zu Verhaltensweisen und Gewohnheiten gedrängt werden, die eine Beleidigung für die elementarsten Normen der Ethik und Logik darstellen. Der Denkprozeß des Verrückten ist der einzige, in dem die Ergebnisse einander nicht widersprechen, und diese Besonderheit macht sie zusätzlich noch reichhaltiger und fruchtbringender.«

»Würden Sie es wagen, das von Senyor Berenguer Gesagte ins Passiv zu setzen?« fragte Doktor Sabater forschend. »Wenn ein logischer Prozeß abgeschlossen und perfekt ist, gehört er dann dem Wahnsinn an?«

Alle schwiegen. Berenguer schaute zweifelnd drein.

»Ich muß zugeben, daß das nicht sein muß. Er kann der Theorie angehören, das heißt der Abstraktion, also der Irrealität, die leider nicht dasselbe wie der Wahnsinn ist.«

»Könnten Sie uns ein Beispiel dafür geben?« fragte ich.

»Natürlich. Wenn zwei Personen die gleiche Geschichte erzählen, handelt es sich um widersprüchliche Versionen, jeder der beiden Erzähler wird behaupten, daß der andere lügt. Wir müssen annehmen, daß einer die Wahrheit sagt und der andere nicht. Das stimmt jedoch nur theoretisch, wenn die Frage als ein Problem der Logik aufgeworfen wird. Ein Laie könnte anführen: Wäre es nicht denkbar, daß beide lügen? Den Gesetzen der Logik folgend, würde man ihm antworten: Nein, denn einer der beiden sagt die Wahrheit, wenn er behauptet, daß der andere lügt. Wenn wir uns auf die Ebene der Realität begeben, die von einer Vernunft gelenkt wird, die nicht abstrahieren kann, weil sie für alle Aspekte der Frage bürgen muß, ist der Fall schon nicht mehr so klar. Zuerst haben wir angenommen, daß die Erzähler aufrichtig sind, daß der, der die Wahrheit sagt, sie immer sagt und der, der lügt, dies auch immer tut, doch im wirklichen Leben verhält sich niemand so, sonst wäre die mathematische Logik als Lebensgrundsatz ausreichend. Daß die erzählte Geschichte und die

Meinung über die Echtheit der Geschichte des anderen falsch sind, gehört nicht in dieselbe Ordnung. Man muß keine sprachlichen Kategorien erfinden, um den Irrtum aufzulösen; sie in eine konsequent logische Beziehung zu setzen ist eine Mißachtung der menschlichen Natur (oder eine sentimentale Erhöhung der Vernunft), die sich kein Wahrheitssuchender erlauben kann.«

»Wollen Sie damit sagen«, griff ich ein, »daß man beim Erzählen der Geschichte lügen oder die Wahrheit sagen, aber genau das Gegenteil tun kann, wenn es darum geht, die des anderen zu beurteilen?«

»Genau, beobachten Sie doch, wie durch Kombinationen unvorstellbare Figuren entstehen könnten: Jemand erzählt eine falsche Geschichte und bekräftigt dann, die des Nachbarn sei die richtige, zum Beispiel.«

»Nun«, sagte Sardui lachend, »wenn sich der Scherz lohnt, warum nicht? Pokern ist sehr ähnlich.«

»Auch das Leben kann so sein«, warf Doktor Sabater ein. »Ich erinnere mich, daß ich mit dreizehn, in Erwartung des Unbestreitbaren, nicht bloß an den Göttern, sondern an der Vernunft an sich, am Beweis der Sinne, also an der Existenz der Welt und schließlich an meiner eigenen Existenz zweifelte. Hier liegt das einzige Unbestreitbare, das endgültige und klare Absolute: das Nichts, grausam als sinnlose Komödie verkleidet. Manch einer wandte ein, das würde die Existenz eines Demiurgen bestätigen, doch für mich waren der Demiurg und dieser Einwand Teil der Farce, denn die Kategorien, sogar zwischen dem Sein und der Leere, waren verschwunden, ich betrachtete die Suche nach angeblichen Unterschieden zwischen dem falschen Spiel des Nachbarn und meinem leidenschaftlichen Wahrheitsanspruch als bloße Spekulation.«

»Dann«, lachte Berenguer, »dürfte es auch nicht wichtig gewesen sein, ob die Theorie falsch oder richtig war, der eigene Mechanismus konnte Sie unversehrt in die Welt der Lebenden zurückbringen.«

»Zu Beginn«, sagte Doktor Sabater mit einer professionellen Gelassenheit, die an seiner mit dreizehn Jahren erlebten monistischen Tragödie zweifeln ließ, »hat uns Senyor Berenguer ein perfektes Beispiel des Vorgangs gegeben und es freundlicherweise nicht dem Wahnsinn, sondern der Logik zugeordnet. Erinnern Sie sich an einen anderen Fall?«

Es entstand ein kurzes Schweigen.

»Sie mögen mich zwar für einen Schwärmer halten«, meinte Sardui, »aber ich glaube, daß in einem Ausnahmefall ein perfekter logischer Schachzug mit der greifbarsten Realität vereint werden kann.«

»Sie sagen das auf eine Weise, daß ich sicher bin, Sie stützen ihre Behauptung auf ein Beispiel.«

»Ich werde Ihnen von meiner Zeit in der Gerichtsmedizin erzählen. Robert Coloms Tod ist ein solcher Fall.«

»Robert Colom!« rief ich aus. »Der Chef der Steuerprüfung!«

»Haben Sie ihn gekannt?« fragte Sardui. Ich bemerkte, daß mich alle ansahen. Ja, klar, er war der erste Mann von Lluïsa Cros!

»Vom Hörensagen.« Ich hielt mich bedeckt; selbst wenn ich ein Verrückter unter Verrückten war, durfte ich nicht den Anstand verlieren.

Sardui begann die Geschichte.

1/2

Geschichte von Robert Coloms Ende

Robert Colom war einer der vielversprechendsten jungen Politiker seiner Generation gewesen. Seine Karriere wurde durch eine Reihe familiärer Zwischenfälle vereitelt …

2/1

»Wir alle haben die Zeitungen der letzten Jahre gelesen«, unterbrach der Arzt sanft und sah mich verstohlen an. »Bitte, Senyor Sardui, kommen Sie zur Sache, es wird sonst zu spät.«

Sardui lächelte entschuldigend und fuhr fort.

Es war so, daß Vernunft und gesunder Menschenverstand, die man für gewöhnlich in das Glück investiert, für ihn keinen Sinn mehr hatten, weil es für ihn kein Glück mehr gab. Sei ein stoischer Junge, dann wirst du epikureisch altern, lehren sie dich von klein auf, aber der Reiz des Gefäßes, das eine so schöne Maxime enthalten soll, hängt allein von dir ab. Colom war ein übler Moralwucherer und wurde zur Hauptfigur des Abschaums der Stadt. Seine Frau und er sahen sich kaum noch zum Mittagessen.

Eines Nachts, an einem Wochenende, passierte ein schrecklicher Unfall auf der Schnellstraße von Castelldefels. Ein mit hoher Geschwindigkeit aus Richtung Barcelona kommender Wagen geriet ohne ersichtlichen Grund von der Fahrbahn ab und auf die gegenüberliegende Seite, stieß gegen die Leitplanken und die Böschung, überschlug sich dreimal und prallte schließlich gegen ein Gebäude. Alle vier Insassen starben. Der Chauffeur und drei Frauen.

Nachdem die ersten behördlichen Schritte erledigt waren, wurden die Leichen ins Gerichtsmedizinische Institut gebracht. Der Mann war identifiziert worden: Es war Robert Colom. Die Frauen schienen auf den ersten Blick Damen der gehobenen Gesellschaft zu sein; später stellte sich freilich heraus, daß es Nobelprostituierte waren.

In dem Moment kamen Kolinski, Ficinus und Gimellion herein; abgesehen von Artur und Camila, waren wir also vollständig versammelt.

»Bald wird unsere improvisierte Gruppe durch ein paar neue Mitglieder bereichert werden; einige kennt ihr bereits: Rodin, Carter und Suárez.«

»Das Eintreffen von Suárez ist uns so oft angekündigt worden«, sagte Emília, »daß es mir schon wie die Geschichte vom Wolf vorkommt.«

»Diesmal kommt er wirklich«, lachte Ficinus; »in weniger als vierundzwanzig Stunden werden sie alle drei bei uns sein.«

Wir rückten zusammen.

»Erzähl weiter«, forderte Gimellion Casanova auf.

Mir schien, als würde den Erzähler die Zuhörerzahl einschüchtern. Wahrscheinlich bedeutete es aber nichts weiter, und ich ließ mich wohl nur von all den Geschichten über Verrückte beeindrucken. Casanova setzte die Ausführung jenes Sardui fort.

0/2

Robert Colom war eine angesehene Persönlichkeit gewesen; offiziell war er das noch immer, doch wir hinter den Kulissen wußten, daß sein Stern gesunken war. Deshalb mußte alles, was seinen Tod und die ihn umgebenden Umstände betraf, innerhalb des gesetzlich erlaubten Rahmens mit äußerster Umsicht und mit Feingefühl, vor allem der Öffentlichkeit gegenüber, behandelt werden. Dennoch sickerte in unsere Abteilung durch, welche Art von Gegenständen in dem Unfallwagen sichergestellt worden waren: Spritzampullen und verschiedenste Pillen, in erster Linie beruhigende, aufputschende und energiespendende, zwei hochpräzise Handfeuerwaffen, Kopien von kompromittierenden Verträgen und Dokumenten, ein falscher Paß, und das seltsamste von allem: eine Mappe mit nicht zusammengehörenden Manuskripten, in deren Kopf jeweils der Satz ›Memoro ergo sum‹ geschrieben stand, und mit der eigenwilligen Besonderheit, daß die Buchstaben winzig, Punkte, Kommas, Apostrophe, Gedankenstriche, Fragezeichen und Klammern hingegen derart riesig waren, daß sie in zwanzig Zentimeter Entfernung das einzig Leserliche waren.

Der mit dem Fall beauftragte Gerichtsmediziner war ein junger Mann namens Jaume Saimó. Er begann mit Coloms Körper. Er legte ihn auf den Autopsietisch, wir nahmen vor den ersten Schnitten routinemäßig die äußerlichen Traumata in Augenschein: Rippen und Beine gebrochen, Gesicht ausradiert, Haare zur Hälfte ausgerissen, nun gut, ich will Sie nicht mit den Einzelheiten belasten. Es gab aber etwas, das uns besonders auffiel: Das Glied war vollständig vom Körper abgetrennt worden.

»Melden Sie den Verlust«, ordnete Saimó an.

Nachdem wir die Eingeweide analysiert und die gewaltige Alkoholkonzentration festgestellt hatten, mit der Senyor Colom seinen Wagen gesteuert hatte, widmeten wir uns erneut dem Phänomen. Es war ein glatter Schnitt, der nicht von einer weiterreichenden Verletzung herrührte (zum Beispiel daher, daß sein Becken mit Wucht gegen eine Kante des Wagens geprallt wäre oder gegen einen harten Gegenstand auf dem Boden). Wir zogen in Betracht, daß es ihm mit einem Messer abgetrennt worden sein könnte, doch wir kamen wieder davon ab; der Schnitt wäre dann viel sauberer gewesen. Ein Polizist wurde beauftragt, den Unfallort genauestens zu inspizieren.

»Wenn es irgendwo dort liegengeblieben ist, haben es längst die Katzen verspeist«, sagte Saimó; ich lachte höflich und so kurz wie möglich über seinen Scherz.

»Ist es denn wichtig, daß man es findet?« fragte ich.

»Wichtig ist, daß nichts ungeklärt bleibt, und mit dem, was wir bis jetzt haben, wird unser Bericht für das Gericht nicht gerade brillant.«

Wir führten die Autopsie der Begleiterinnen durch. Sie mußten ein glorioses Abendessen hinter sich haben, denn der Alkoholgehalt jeder einzelnen hätte für das Besäufnis eines Regimentes genügt. Die zwei Damen auf dem Rücksitz hatten sich nichts entgehen lassen: Haschisch, Kokain, Ecstasy, Crack … Ihre Lungen und Lebern hätten Siebe abgeben können.

Als wir mit der Dame vom Beifahrersitz beginnen wollten, teilte uns der mit dem Absuchen des Geländes beauftragte Polizist mit, daß er trotz genauesten Durchforstens kein spezifisches Fleischstück hatte finden können. Wo war Robert Coloms Glied?

An diesem Punkt standen ein paar Zuhörer auf.

»Sie müssen mich entschuldigen«, erklärte einer von ihnen, ein gewisser Antoni Falques, »aber ich habe keine Lust, die Geschichte noch einmal zu hören, die mich außerdem an etwas erinnert, das mir in jungen Jahren passiert ist.«

»Wenn Sie wollen, können Sie uns das morgen erzählen«, sagte der Doktor lächelnd, »falls Sie glauben, daß irgendein Zusammenhang mit der Geschichte von Senyor Sardui besteht.«

»Wie Sie meinen. Sie und ich«, wandte er sich an Sardui, »waren uns nie einig über die Schlüssel, die mehr als eine Tür öffnen.«

»Senyor Falques«, erklärte Sardui, »spricht von den Lösungen eines Rätsels, die, obwohl sie ein einziges Element bilden, das Ganze lösen. Grafisch ließe sich das wie ein Rad mit vielen Speichen darstellen und dem Schlüssel in der Mitte. Wollen Sie wirklich schlafen gehen?«

»Gute Nacht«, sagte Falques und ging mit zwei weiteren hinaus.

Sardui, Berenguer, der Doktor, zwei Krankenschwestern und ich blieben.

»Wie ging es aus?« fragte der Doktor.

Ich dachte, er sollte das Maß nicht überschreiten; er wüßte doch sicherlich am besten über das Ende Bescheid. Mit einem eher düsteren als morbiden Lächeln fuhr Sardui fort.

1/2

Ich kann mich sehr gut an den Körper der Frau erinnern. Er war üppig und sehr wohl geformt. Den Papieren nach vierundzwanzig Jahre alt. Die Brüste waren groß und rund, an der Taille war kein Gramm zuviel. Ich dachte an Sauna, Fitneß, Sport. Sie hatte leicht rötliches Haar, und ihre Gesichtszüge (soweit noch vorhanden) waren ebenmäßig. Hätte es sich um die erste vortreffliche Leiche in meiner Karriere gehandelt, wäre ich fähig gewesen, Erregung zu verspüren.

»Fangen wir an«, sagte Saimó, und wir zogen uns die Handschuhe über.

Die Erosion von Kinn und Haut war tief und rührte sicher vom gleichen Aufprall her, der ihr das Genick gebrochen hatte. Ich betrachtete ihr Gesicht; ihre Lippen waren in einem Lächeln verkrampft, das ein wenig dem der Gioconda glich. Rätsel und Herausforderung, dachte ich; aber vielleicht war es noch mehr. Der Kiefer war seltsam zusammengepreßt, als ob die absurde Grimasse des Todes ihre Lippen hätte anschwellen lassen.

»Augenblick«, sagte ich, bevor Saimó zum ersten Schnitt ansetzte, »der Mund.«

Wir öffneten ihn und entnahmen ihm, in perfekt konserviertem Zustand, wie ein Tintenfisch im eigenen Saft, das Glied von Robert Colom.

2/1

Sardui schloß damit die Geschichte, und Berenguer, der sie ohne Zweifel bereits kannte, merkte an:

»Dieser Colom hatte also einen lustvollen Tod!«

1/0

»Genaugenommen«, unterbrach Ficinus, »war nach allem, was er erleben mußte, das vielleicht wirklich das Beste, was ihm in langen Jahren passiert ist.«

Emília sah ihn erstaunt an. Ich verhielt mich abwartend, und Simon wirkte ebenso; Gimellion lachte, als er es bemerkte. Sogar Casanovas Gesichtsausdruck war so teilnahmslos, daß sich schließlich der Hausherr an ihn wandte.

»Selbst wenn es dir ein Verrückter erzählt hat, es stimmt; Colom ist auf ebendiese Weise gestorben.«

»Verrückt bedeutet nicht Lügner, oder?« sagte Gertrudis im gleichen Tonfall wie Gimellion.

»Jedenfalls«, schloß Casanova gleichmütig, »ist diese Geschichte nie bekannt geworden, soviel ich weiß.«

»Natürlich nicht«, sagte Ficinus. »Für die öffentliche Meinung starb Colom bei einem ehrenwerten Aufprall mit seinem Mercedes, nachdem er von einem ehrenwerten Abendessen bei ehrenwerten Freunden aufgebrochen war.«

Mochte es wahr sein oder nicht, ich fand diese Todesart jedenfalls schauderhaft.

»Hat Falques denn nicht gesagt, er wollte euch eine weitere, mit Robert Coloms Tod verbundene Geschichte erzählen?« erinnerte sich Emília.

»Nicht ganz; er sagte, er würde ihn an eine Szene erinnern, die er als junger Mann erlebt hat; in der Tat wiederholte sich die Situation haargenau am nächsten Nachmittag.«

Casanova erkundigte sich bei Teresa und Emília nach der Uhrzeit; bis zum Abendessen war es noch eine Weile hin, er nahm die Erzählung wieder auf.

0/1

Fortsetzung der Geschichten aus dem Sanatorium

Falques, Sardui und Berenguer nahmen in ebendieser Reihenfolge im Salon im ersten Stock Platz, Doktor Sabater, ich, ein anderer Bewohner, ein gewisser Jordi Galbach, der mit Berenguer, Sardui und mir im Eßzimmer an einem Tisch saß, setzten sich uns gegenüber. Hinter dem Arzt, auf einem Stuhl, eine Krankenschwester.

»Senyor Falques«, kündigte Doktor Sabater an, als würde er einen Vortragenden vorstellen, »wird uns von einem Alten berichten, den er zum Nachbarn hatte.«

Der Angesprochene wandte sich mit der Geschichte vor allem an Sardui und an mich; an mich, weil ich sie nicht kannte, und an Sardui vermutlich, weil sie irgendein Konzept enthielt, das zu Diskussionen Anlaß geben mochte.

Geschichte von dem Alten gegenüber

Eine der ersten und unbequemsten Aufgaben eines frisch geschiedenen Mannes besteht darin, eine Wohnung zu suchen. Als es zu diesem zivilen Zwischenfall kam, war ich fünfunddreißig und moralisch schon nicht mehr in der Verfassung, unter der Brücke zu schlafen. Ein Freund trieb für mich im Ribera-Viertel eine Wohnung auf; ich richtete mich dort mit allen damit verbundenen Einschränkungen und mit dem festen Entschluß ein, dafür zu sorgen, daß ich sie so bald wie möglich wieder aufgeben könnte.

Ich übersiedelte gegen Ende des Sommers; mein Zimmer ging auf einen Innenhof, und da alle Nachbarn die Fenster offen hatten, herrschte ein fürchterliches Tohuwabohu. Vom Hof her drangen agonisch blinkendes Neonlicht und das Gekreisch von Kindern herauf, die von zeternden Müttern verprügelt wurden; das dumpfe Geheul irgendwelcher Elektrogeräte bildete den Basso continuo. Meine ursprüngliche Idee war es gewesen, einen Schreibtisch ans Fenster zu stellen, doch ich kam rasch davon ab und entschied mich für ein niedriges Regal.

Der Lärm hörte zu keiner Stunde auf: am Morgen Getrappel und Weinen, zu Mittag der nicht enden wollende Tratsch der Frauen, am Abend wütende, fluchende Männer. Ich zog die Möglichkeit in Erwägung, sie darum zu bitten, leiser zu sein, doch verwarf ich sie gleich wieder. Ich habe mich weder mit denen, die mehr, noch mit denen, die weniger besitzen als ich, jemals wohl gefühlt. Bei den einen ist es so, als müßte man für das Atmen um Erlaubnis bitten, die sie mir nicht geben würden, womit mein Ansinnen absurd und grotesk wäre. Bei den anderen so, als würde man ihnen etwas stehlen, so als wären sie berechtigt, mir aus allem einen Vorwurf zu machen. In jedem Fall habe ich mich immer als fehl am Platz gefühlt und den anderen völlig recht gegeben, und genau so wäre es mir auch dort ergangen. Ich flüchtete mich mehr denn je in den Gedanken, daß ich nur vorübergehend hier bleiben würde.

Ich räumte meine Sachen nach und nach ein, ohne langes Überlegen und ohne dekorativen Anspruch. Ein paar Tage später stellte ich das Regal unter dem Fenster mit Büchern voll. Direkt gegenüber stand das Fenster natürlich sperrangelweit offen, die Unterhaltung war zu hören, als säßen sie in meiner Wohnung.

»Erbarme dich, bring mir ein Glas Wasser«, sagte die zittrige Stimme eines Alten.

Ich wurde aufmerksam. Bis dahin hatte ich die Umgebung willentlich ignoriert, vielleicht um mich von der Ablehnung der Situation und von mir selber zu erholen.

»Soll's dir doch dein Vater bringen, alter Drecksack!« kreischte eine Kinderstimme.

Vom Tonfall und den Worten erstaunt, richtete ich mich auf. Ein etwa achtjähriger Junge hatte sie hervorgestoßen, sein Gegenüber war ein im Rollstuhl sitzender Greis; er sah noch rüstig aus, doch wies sein Verhalten eindeutig auf eine völlige Entkräftung hin. Ich betrachtete das Umfeld: Auf einem Schrank standen eine Flasche und ein Glas, davor der Stuhl, den der Junge benutzt hatte, um hinaufzukommen.

»Ich habe Durst, bitte, bring mir das Wasser, ich muß meine Medizin nehmen!« beharrte der Alte.

»Ich hab dir doch gesagt, du sollst es dir selber holen; geh mir nicht länger auf die Nerven!«

Der Ton des Kleinen war ungewöhnlich beleidigend und grob, so als wäre sein Haß auf den Alten abgrundtief. Mit einer Mischung aus Erstaunen und schmerzlicher Empörung hörte ich weiter zu.

»Was hab ich getan, um von meinem Enkel so schlecht behandelt zu werden?« schluchzte der Alte.

»Ich weiß nicht, wo du den Mumm hernimmst, zu behaupten, daß ich dein Enkel bin; du und der andere, dein angeblicher Sohn, ihr seid doch die Gehörnten mit den meisten Hörnern von ganz Spanien!«

Mir blieb der Mund offen. Ich hatte nie einen Jungen erlebt, der seinen Großvater auf diese Weise beschimpfte. Aber es ging mich letztlich nichts an, ich widmete mich wieder dem Einordnen der Bücher.

Eine Minute später hörte ich einen schrecklichen Aufschrei.

»Du bist mir auf die Wunde getreten! Kannst du denn
nicht aufpassen?«

»Krepier doch!« schrie der Junge in einer noch rauheren
Stimmlage, wenn das überhaupt möglich war. »Ich hab dich
und dein Gejammer satt! Wo tut's dir weh? Hier? Da nimm,
damit du endlich das Maul hältst!«

Er verpaßte ihm einen Fußtritt. Der Alte hielt sich wim-
mernd das Bein wie ein geprügelter Hund. Ich fühlte mich
elender, als wenn ich selbst den Schlag abbekommen hätte.
Der Junge bewegte sich hassenswert protzig; er ging zur Tür.

»Wohin gehst du?« stöhnte der Alte.

»Ich ertrag dich nicht mehr, ich geh fort!«

»Nein, mach das nicht! Was ist, wenn ich mich schlecht
fühle?«

»Von mir aus kannst du abkratzen! Leck mich doch!«

Ich konnte es nicht länger mit anhören und beschloß, dem
Nachbarn einen Besuch abzustatten, um dem mißratenen
Schmutzfink eine Standpauke zu halten. Jetzt wirst du mich
kennenlernen, dachte ich, ich werde dir zeigen, wie man mit
alten Menschen umgeht.

»Bleib hier, ich bitte dich!« krächzte der Alte, wobei er die
Arme ausstreckte. Der Junge öffnete die Tür. Der Alte fuhr
fort: »Hab doch Erbarmen, um alles in der Welt!« Der Junge
war im Begriff hinauszugehen, ich wandte mich zur Tür, damit er mir nicht entwischte. Ich hatte sie schon geöffnet, als
ich noch einen letzten Blick in die Nachbarwohnung warf.
Was ich da sah, bestürzte mich: Der Alte war aus dem Rollstuhl aufgestanden und ging mit noch immer ausgebreiteten
Armen flehend auf den Jungen zu, der reglos auf der Türschwelle stand. »Geh nicht fort!« Plötzlich gab er die zitternde, weinerliche Falsettstimme auf und brüllte gebieterisch: »Ich hab dir gesagt, du sollst nicht gehen, und du wirst
auch nicht gehen!«

Mit Riesenschritten durchquerte er das Zimmer und
schloß mit einem Fußtritt die Tür; er packte das Kind am
Kopf und schüttelte es wie eine Marionette. Ich trat ans Fen-

ster; das Blut gefror mir in den Adern. Er warf den Jungen bäuchlings gegen den Tisch, zog ihm mit einem Ruck Hose und Unterhose bis zu den Knien hinunter, knöpfte seine Hose auf, zog sein ungeheures erigiertes Glied hervor und begann ihn mit solcher Wucht zu ficken, daß bei jedem Stoß der Tisch um eine Handbreit verrückte. Das Gesicht des Alten war abscheulich: die Augen hervorgetreten, rot, die Adern geschwollen, die Zähne wie ein rasendes wildes Tier gebleckt. Sein Brüllen mußte von der Plaça de Catalunya aus zu hören sein. Der Junge ruderte mit den Armen, bestand nur noch aus Stöhnen und Bestürzung.

»Genug, genug!« schluchzte er.

»Ich hab dir gesagt, du sollst nicht weinen!« donnerte der Alte und schlug ihn. »Du sollst nicht weinen, hab ich dir gesagt!«

Plötzlich packte er ihn an einem Schenkel und am Kopf, wie ein Koch ein Kaninchen, drehte ihn um (ohne darauf zu achten, ob der Körper sich am Tisch verletzte) und steckte ihm sein Glied in den Mund; das Kind erstickte fast und hustete, doch der Alte hielt es an den Haaren gepackt und machte brutal weiter. Als es ihm kam, stieß er ein Brüllen aus, das mir die Haare zu Berge stehen ließ. Der Orgasmus war endlos (zumindest kam es mir so vor); als er fertig war, ließ er den Kleinen los. Dessen Körper sackte zusammen; ich befürchtete schon, daß er erstickt wäre, doch er stand langsam auf, während er hustete und sich abwischte.

Der Alte richtete sich auf. Er war ein stämmiger Mann, zweifellos jünger, als er aussah. Er zog sich ohne ein einziges Wort die Hose hoch, knöpfte sie zu und strich sich die Haare glatt. Dann ging er, ohne sein Opfer zu beachten, zum Schrank, schenkte sich ein Glas Sherry ein und zündete sich eine Zigarette an.

Der Junge erholte sich allmählich; er brachte seine Kleidung in Ordnung und trat kurz darauf vor den Alten, der mit verschränkten Beinen in einem Lehnstuhl Platz genommen hatte. Der Alte erhob sich wieder, ging zum Schrank, nahm die Brieftasche aus einer Schublade und zählte die Scheine. Er streckte dem Jungen ein paar hin.

»Du bist gut gewesen, im allgemeinen. Aber ich habe dir schon mehrmals gesagt, ich will keine Tränen. Wenn du dich nicht beherrschen kannst, werde ich der Chefin sagen, sie soll mir einen Kumpel von dir schicken, der bis zum Ende durchhält.«

Das Kind rang sich ein unsicheres Lächeln ab.

»Keine Sorge, Senyor Setmenat, es wird nicht wieder vorkommen«, entschuldigte er sich beim Hinausgehen; an der Tür drehte er sich um: »Also, bis nächsten Samstag?«

»Genau«, sagte der andere. »Warte, ich habe das mit Opa und Enkel satt; nächsten Samstag bist du … Laß mich nachdenken. Du wirst der Sohn des Chefs sein, und ich bin der Wächter der Fabrik deines Vaters.«

»In Ordnung, Senyor Setmenat. Bis Samstag«, sagte er und ging hinaus.

2/1

»Ich finde Ihre Geschichte«, sagte Sardui, »kaum erträglicher als die meine.«

Falques grinste.

»In meiner gibt es immerhin keine Grausamkeiten.«

»Ich gebe zu«, insistierte Sardui, »daß kein Blut fließt, aber auf moralischer Ebene kann sie wohl kaum grausamer sein.«

»Ach, moralisch!« lachte Falques. »Ich habe mich schon gewundert, daß das unselige Wort noch nicht gefallen ist!«

»Ihre blutrünstigen oder grausamen Geschichten«, meinte Galbach, »bringen mich zum Lachen; Sie sprechen über andere. Ich hingegen …«, fügte er hinzu und unterbrach sich. Doktor Sabater drückte seinen Arm.

»Senyor Galbach«, erklärte er, an mich gewandt, »ist nur wenige Tage vor Ihnen hierhergekommen; vielleicht würde er uns gern von seinen persönlichen Grausamkeiten erzählen.«

Galbach lächelte. Er war ein schmächtiger, wortkarger Mann, jemand, dessen Äußeres weder über sein Wesen noch über sein Alter Auskunft gab.

Ohne weitere Aufforderung begann er.

Geschichte des Senyor Galbach

Ich stamme aus einem Ort im Landesinneren (dessen Namen ich, um die Bewohner nicht zu beschämen, nicht nennen werde), meine Familie war unter den wohlhabenden die einzige, der es gelang, ihren Betrieb über die Umstellungen in den achtziger Jahren hinweg zu retten. Als ich mit dem Studium fertig war, hatte ich sozusagen alles: Stellung, Geld und zudem alle Aspekte des Lebens gelöst. Ich heiratete die schönste Frau der Stadt, nichts schien ein künftiges, leichtes und anregendes Glück in Frage zu stellen.

Senyors, wenn Sie Marta gekannt hätten, könnten Sie verstehen, daß es weder klischeehaft noch euphemistisch ist, wenn ich Ihnen sage, es vergeht keine Minute, in der ich nicht an sie denke, die Erinnerung an sie prägt jede meiner Handlungen. Ihr unauslöschliches Bild zerstört augenblicklich alles, was ich, als Trost und letztlich als Strafe, schön, edel oder gütig zu finden versuche.

Ich werde mich nicht damit quälen, Ihnen von ihren Tugenden, ihrer Intelligenz und Lebhaftigkeit, von ihren Umgangsformen oder den allgemeinen Vorzügen ihres Wesens, den Fähigkeiten und den Kenntnissen, die sie zierten, zu erzählen. Marta besaß eine Ausstrahlung, die den, der sie in ihrer Fülle wahrnahm, im Nektar der Tiefe des Seins, des Traums, des Wahnsinns ertränkte. Und wenn ich von Wahnsinn spreche, bin ich mir der Bedeutsamkeit des Wortes und seiner vielfachen Register völlig bewußt. Ich beziehe sie alle in das soeben Gesagte mit ein: medizinische, philosophische und – wenn Sie mir den ideologischen Kompromiß gestatten – religiöse. Ich war an Martas Seite verrückter, als ich es jetzt als Verrückter, mitten unter so liebenswürdigen Verrückten, wie Sie es sind, bin.

Was sonst hätte ich an ihrer Seite sein können! Habe ich Ihnen schon gesagt, daß sie die schönste Frau der Stadt war? Wenn ja, hat mich dabei Scham erfaßt, oder, um ganz aufrichtig zu sein, ich habe mich von der Illusion treiben lassen, zu glauben, daß diese Scham noch Sinn hat. Wenn ich objektiv sein soll, versichere ich Ihnen, daß Marta die schönste Frau war, die ich je gesehen habe.

In der ersten Zeit unserer Ehe schwebte ich fiebernd zwischen ihr und der Welt. Ihr Verlangen war mein Glück, ihre Regungen waren mein Begehren; ich sparte mit nichts, um jegliche Schwierigkeiten zu umgehen, ich wäre sogar fähig gewesen, sie zu erfinden, nur um die köstliche Lust zu fühlen, die mir am Ende ihr Blick und ihre Bewunderung bescherten. Ich wollte ihr alles zeigen, was für mich Glück und Beständigkeit bedeutete, und nichts Erhabenes zwischen uns stehenlassen: Ehre und Scham an der Leidenschaft zerschmettern und für immer den ungewissen, bittersüßen Taumel des Lebens schüren. Die Tiefe der Welt und wir beide sollten eins werden und gleichzeitig einen unaufhörlichen, sich strahlend erneuernden Dialog führen.

Meine Art zu reden wird Ihnen sicherlich wahnwitzig oder blöd vorkommen. Mir ist bewußt, daß ich mich nicht gut ausdrücke; ich fühle mich beschränkt, denn mit den Worten allein gelingen mir nur blasse Annäherungen an das unvergleichliche Vergnügen ihrer Gegenwart.

In jenen ersten Jahren bildeten die anderen Teil ihres Glanzes; mit anderen Leuten, mit Freunden zusammenzusein zog an Registern meiner Gedanken. Angefangen beim Stolz darüber, daß mich alle mit ihr sahen (ich schäme mich nicht, das zuzugeben), bis zur heftigen Ungeduld (in der ich mich suhlte, da ich um ihre vollkommene Erfüllung wußte), endlich allein mit ihr zu sein; endlich gehörte sie nur mir! Unser Triumph maß sich an den Blicken der anderen, die eine ferne Aura bildeten, in der unsere Gedanken umherschweiften.

Marta und ich hatten zwei Töchter, zwei reizende Mädchen, die von ihrer Mutter die Anmut geerbt hatten, begehrenswert zu sein. Sie glichen ihr wie in einer Konstellation die kleineren Sterne dem Hauptstern; sie befanden sich noch im Nebel, waren noch unfertig. Von mir hatten sie prosaische Eigenschaften geerbt; die wichtigste jedoch war das ganze Gegenteil: ihre Hingabe an die Mutter.

Als die Mädchen klein waren, wollte sich Marta selbst um

sie kümmern, das entfernte uns für eine gewisse Zeit von den Freunden. Als sie größer wurden, gingen wir wieder aus, unternahmen Reisen, ich kam erneut in den Genuß, in der Öffentlichkeit der glücklichste Mensch auf der Welt zu sein. Martas strahlende Schönheit hatte mit achtundzwanzig Jahren noch zugenommen, wenn das überhaupt möglich war. Sie hatte nichts von ihrem unschuldigen, reinen, rätselhaften Strahlen verloren; sie war noch immer mädchenhaft, doch das Betörende ihres tiefen Blickes und ihrer kräftigen Lippen hatte sich noch verstärkt. Bald bemerkte ich, daß in ihrer Gegenwart kein Sterblicher, egal, welcher sozialen oder moralischen Befindlicheit, anders konnte, als sich in ihren Worten zu verlieren und diese Frau begehrlich anzuhimmeln.

Diese Blicke der anderen, diese wilde Freude, dich unweigerlich beneidet zu wissen, Objekt der Rivalität der ganzen Stadt zu sein! Mit Marta zusammenzusein wurde allmählich zu einem Läuterungsritual, in dem ihr Wesen die Niedrigkeit meines Stolzes aufdeckte. Die Ebenmäßigkeit ihres Körpers und ihres Gesichtes strahlte ihr Feuer auf immer heftigere, für mich skandalöse Weise aus.

Einmal kamen wir von einem Aperitif, den wir unterwegs genommen hatten, zurück, ich war völlig aufgewühlt. Der Kellner hatte Marta mit einer Verzückung angesehen, die eine bevorstehende Ekstase ankündigte. Wir gingen ins Wohnzimmer. Die Mädchen waren bei den Großeltern; ich riß ihr die Kleider vom Leib, wir wälzten uns auf dem Boden. Danach wurde mir bewußt, daß dieser Akt nicht von mir ausgegangen war, sondern von dem, der sie so angesehen hatte; ich war also nur das Werkzeug des Begehrens dieses Kellners gewesen, und Marta hatte sich einer Leidenschaft hingegeben, die nicht die meine war. Ich löste mich brüsk von ihrem Körper, doch sie näherte sich, verwundert, mit forschendem Blick und reizvoll zerzaustem Haar. Ich befürchtete, sie könnte meinen Zweifel und mein Leid gespürt haben; ihr weh zu tun war das letzte, was ich wollte. Ich trug sie in meinen Armen ins Schlafzimmer. Am Ende fühlte ich mich glücklich. Und dennoch …

Das Entstehen und Wachsen von Gefühlen ist ein Geheimnis. Wenn du eine Veränderung bemerkst, bist du nicht in der Lage, den genauen Augenblick festzustellen, in dem sie begonnen hat. Wann erscheint der funkelndste Stern am Abendhimmel? Es ist so, wie auf einem kleinen, stillen Bahnhof den Zug herankommen zu hören; du hörst ihn und wirst dir dessen bewußt, wenn das Geräusch bereits eindeutig ist, doch der Moment, wo dein Gehörsinn vom Nichthören zum Hören übergeht, ist ungreifbar, vielleicht, weil du selber unschlüssig gewesen bist. Kommt der Zug? fragst du dich und zweifelst eine Weile; wenn du dich entscheidest, es zu bejahen, ist er schon deutlich zu hören; du hast ihn eine Zeitlang gehört, doch du könntest nie genau sagen, wie lange.

Ein stechender Schmerz verbitterte den wunderbaren Genuß, an Martas Seite, bei dieser Engelsfrau, Göttin, Panther-Frau zu sein. Jeden Tag schnappte ich den Blick irgendeines fremden oder bekannten Mannes auf; wenn wir dann allein waren, kam mir dieser Blick in den Sinn, und ich konnte mich nicht dagegen wehren, seine Absichten auszuführen. Ich war es, der sie mit den Augen des anderen betrachtet hatte, und zur Strafe für meine Gier, meinen Hochmut und mein Mißtrauen der Güte der Natur gegenüber war es der andere, der mit Marta schlief. Was als eine erhabene Lust, als Ausdruck und Zeichen eines Triumphes begonnen hatte, endete in unerträglicher Qual.

In kurzer Zeit waren, in meiner Raserei, sämtliche Männer der Stadt mit meiner Frau im Bett gewesen: Freunde, Unbekannte, Hunderte, Tausende von Männern mit vor Begehren überquellenden Augen, bereit, es mir auf Gedeih und Verderb heimzuzahlen. Mein Engel war eine Ehebrecherin, ein Monster der Promiskuität und der Geilheit.

2/1

»Aber sie hat doch gar nichts davon gewußt!« unterbrach Sardui. »Denken Sie an das, was Platon gesagt hat: Die Leidenschaft gehört dem, der sie fühlt, in ihm wohnt sie, und nicht im anderen, der ihr Objekt ist.«

»Platon«, berichtigte Galbach, »sprach von Liebe, nicht von Leidenschaft. Jedenfalls war diese Leidenschaft untrennbar mit Marta verbunden. Ob sie sich dessen bewußt war oder nicht, das enthob sie keineswegs der Verantwortung.«

»Ich finde Ihre Haltung falsch«, sagte Falques. »Sie sind es, der nach Belieben Unterstellungen vornimmt. Haben Sie denn Ihrer Frau nichts davon erzählt?«

»Ich konnte es nicht. Hätte ich es bloß über mich gebracht! Aber es wäre dem Eingeständnis einer Niederlage gleichgekommen; an ihrer Seite konnte ich alles sein, nur kein Besiegter.«

»Wie haben Sie das schließlich gelöst?« fragte ich. Galbach fuhr nach einigem Nachdenken fort.

1/2

Alles überstürzte sich an meinem Geburtstag. Sie machte ein Abendessen, wir luden die zwei Ehepaare ein, mit denen wir am längsten befreundet waren: Juli und Helena, Maria und Gregori. Das Essen verlief in eher üblichen Bahnen, doch beim Nachtisch begann ein schreckliches Spiel mit Andeutungen und doppelsinnigen Sätzen, an die ich mich nicht mehr erinnern will. Auf dem Höhepunkt fragte Helena nach einem Freund, von dem wir schon längere Zeit nichts gehört hatten.

»Was ist aus Daniel Sobremàs geworden? Hat er immer noch die zwei Fische an der Angel?«

Ohne zu wissen warum, erschrak ich. Von Sobremàs war bekannt, daß er mit zwei Frauen gleichzeitig zusammen war, mit Anna und Montse: Beide waren jung, attraktiv und verfügbar. Alle, außer den Betroffenen, wußten Bescheid; das Abenteuer hatte vor drei Wochen begonnen, und in einer Provinzstadt glich so etwas einem Wunder.

»Es gibt eine Neuigkeit!« sagte Gregori. »Ich habe ihn am Dienstag getroffen, er hat mir alles gebeichtet.«

»Ach, wirklich?« sagte Helena, die schrecklich gern herumschnüffelte. »Und wie geht es ihm so?«

»Die Bigamie hat aufgehört«, verkündete Gregori mit einem enttäuschten Gesichtsausdruck. »Er hatte es satt, wie auf glühenden Kohlen durchs Leben zu gehen, immer in Angst, ob nicht jemand zuviel erzählte, oder mit der einen unterwegs zu sein und der anderen zu begegnen. Außerdem schien er allmählich die Bänder zu vermischen; er wußte nicht mehr, welchen Film er mit der einen, welchen mit der anderen gesehen hatte; ob bei einem Gespräch mit einer bestimmten Person Anna oder Montse dabei gewesen war; welcher von beiden er das oder jenes aufgetragen hatte. Jedenfalls hat er sich kürzlich dazu entschlossen, die Wahrheit zu sagen, beiden getrennt, natürlich. Seinen eigenen Worten zufolge wußte er nicht, was daraus entstehen würde, aber sein einziges Ziel war, seinem Leiden ein Ende zu bereiten. Also, was ist eurer Meinung nach passiert?«

»Die beiden haben sich zusammengetan und ihn kastriert«, wagte sich Helena vor.

»Eine sehr optimistische Annahme«, sagte Maria.

»Auf dich zugeschnitten«, provozierte Juli sie.

»Ganz falsch«, fuhr Gregori fort. »Montse war bereit, die Situation zu akzeptieren. Sie sagte ihm, daß sie nicht ohne ihn leben könne und dafür kämpfen wolle, ihn für sich allein zu haben. Daniel ging händereibend zu Anna; er betrachtete die Sache schon als gelaufen. Anna meinte, sie würde nichts mehr von ihm wissen wollen, wenn er die Affäre mit Montse nicht beenden würde. Daniel wollte es sich überlegen, und sie sagte, er solle dies auf der Stelle tun. Da er dazu nicht bereit war, schickte sie ihn ipso facto zum Teufel. Ironie des Schicksals: Diejenige, die, zumindest anfangs, einwilligte, den Liebhaber zu teilen, hat ihn ganz bekommen, und die, die darauf drang, ihn für sich allein zu haben, hat ihn verloren.«

»Ein Salomonisches Urteil, nur umgekehrt: Die ›alles für die andere‹ sagt, verliert.«

Ich dachte, daß es sich mit der Zeit herausstellen würde, ob sie gewonnen oder verloren hatte.

»Und mit Montse läuft's gut?« fragte ich.

»Ich befürchte sehr, daß es nicht so gut läuft wie früher«,

sagte Gregori lachend. »Ihr kennt doch den Spruch: Für eine Frau zu sterben ist nicht so schwer, das wahre Verdienst liegt darin, mit ihr zu leben. Die Last der Verantwortung ist nichts für Daniel, und Montse fällt es schwer, das Vertrauen wiederzufinden. Natürlich kann man ihr das nicht zum Vowurf machen.«

»Vielleicht«, flocht ich ein, »bereut er seine Anwandlung von Ehrlichkeit.«

»Daniel ist nicht ehrlich gewesen«, gab Gregori zurück, »sondern praktisch. Unzählige derartige Entscheidungen werden aus einem bestimmten Grund getroffen und unter einem anderen Etikett verkauft! Es ist wie der untreue Ehepartner, der den anderen dazu anstiftet, ebenso zu handeln; er will nicht sein Gewissen entlasten, sondern die Argumente des Gegners sabotieren.«

Wir lachten, dann ließ meine Frau eine Bemerkung fallen, die mich beunruhigte.

»Man kann nicht behaupten, daß Daniels Spiel schlecht ausgegangen ist, aber im Grunde hätte es viel besser ausgehen können. Wenn er zuerst mit Anna gesprochen hätte, wäre die Notwendigkeit, es Montse zu erklären, weggefallen.« Sie hielt inne, um nachzudenken. »Klar, er hatte fünfzig Prozent Wahrscheinlichkeit auf seiner Seite: Hätte er die Reaktion der beiden vorausgesehen, hätte er keiner gegenüber die Karten auf den Tisch zu legen brauchen, er hätte Anna sofort zum Teufel jagen können. Ach!« seufzte sie. »Wenn sich doch die Reaktionen der Leute voraussehen ließen!«

Diese pragmatische Abschweifung hätte jeden Mann erschreckt, der nicht wie ich Gewißheit über die besondere Art des Ehebruchs meiner Frau besäße. Als wir beim Kaffee angelangt waren, konnte ich meine Augen nicht mehr von ihr lassen. Sie war das Herz der Runde, das Gestirn, das ihr Glanz verlieh. Ach, das schwarze, rückenfreie Kleid, das Perlenkollier auf ihrer Haut! Ich stellte mir die Perlen, an ihrem Körper haftend, vor; sie zogen ihm Wärme ab und setzten dafür ihre sternenhafte, glitzernde Kälte auf die beginnende goldene, frühlingshafte Bräune ihrer Haut. Juli und Gregori sahen sie ununterbrochen an, ich verzehrte mich unter diesen unweigerlich von ihrem Dekolleté angezogenen Blicken, die ihr Lachen, die mitleidige Natur tranken, die an ihren verdammten Perlen knabberten, gleichgültig meinem Absturz gegenüber.

2/1

»Verzeihung«, sagte Berenguer, »um noch einmal auf Ihren Freund zurückzukommen, halte ich das Ergebnis der beiden Gespräche mit den Geliebten für keinerlei Garantie, daß Montse ihn mehr liebt als Anna.«

»Zunächst einmal«, hielt Galbach fest, »habe ich nie von dem gesprochen, was Sie verständlicherweise einwenden. Sie haben aber eine interessante Frage aufgeworfen, denn es hängt von der Bildung der einzelnen Frau ab und auch dessen, der darüber urteilt.«

»Demnach«, sagte Sardui, »kann es sein, daß ihn beide gleich liebten, oder sogar, daß es gleichgültig ist, welche ihn mehr liebte, oder, eine weitere Möglichkeit, daß nicht gesagt werden kann, welche ihn mehr liebte, weil jede es auf ihre Weise tat, gemäß der mehr oder weniger geistreichen Vorstellung, die sie von der absoluten Liebe hatten.«

1/0

»Welche ist die geistreichere Vorstellung, jene, die akzeptiert, die Liebe zu teilen?« fragte Gertrudis, wir lachten alle.

»Ich fürchte sehr«, meinte Simon, »daß du in diesem Punkt Senyor Galbachs Zustimmung nicht hättest. Die Personen beim Abendessen und in der Klinik von Doktor Sabater sind uns gegenüber im Nachteil; wir können sie widerlegen, ihnen widersprechen, aber sie können uns nicht antworten, es sei denn«, fügte er in scherzhaft provozierendem Ton hinzu, »unter uns befindet sich ein weiterer Patient des Sanatoriums mit geändertem Namen und gesichtsoperiert, damit Casanova ihn nicht wiedererkennt.«

Alle gingen auf den Spaß ein. Als die Bemerkungen verstummt waren, fuhr Casanova, ohne das Sanatorium zu erwähnen, direkt mit Galbachs Geschichte fort.

0/2

Ich habe nie in dem Bewußtsein gelebt, im Exil zu sterben, wie es nach Oscar Wilde den jungen Menschen passiert. Im Gegenteil, meine Tragödie war es, die Erfüllung gefunden zu haben und sie mit der Verzweiflung teilen zu müssen. Am Ende des Abends gab es weder Cognac noch tröstende Blicke, die den Schmerz der Sehnsucht nach dem Gegenwärtigen, den unheilbarsten und absurdesten aller Schmerzen, hätten lindern können.

Meine Freunde kommentierten am Rande mein Schweigen, Marta entschuldigte mich mit meiner Arbeit und sah mich dabei mit ihren glänzenden, wissenden Augen an. Was willst du, dachte ich. Willst du wirklich, daß wir allein bleiben, oder hat dein übertragener Verrat den letzten Grad an Subtilität und Anziehung erreicht? Die Freunde gingen; wie jeden Tag blieb mir das bittersüße Gefühl ihres Begehrens, und eine ganze Nacht, um es an Körper und Seele meiner unvergleichlichen Marta zu stillen.

Noch im Vorraum, wo wir uns soeben von den Gästen verabschiedet hatten, stieß ich sie auf sämtliche Schauplätze ihres Reiches; ich zerkrallte schwarze Seidenstrümpfe, biß in Perlen und Lippen und weinte wie nie zuvor. Wir wechselten den Platz, krümmten uns schließlich über der Musicbox, der Tisch und die Lampe fielen zu Boden. Die Armreifen klimperten, und meine Qual war unersättlich; ich packte sie am Hals, sie hob die Arme über den Kopf und ließ es geschehen; einen für Juli, einen für Gregori, dachte ich und heulte vor Wut. Ich würgte sie kräftig, rasch, um zum gemeinsamen Höhepunkt zu gelangen.

»Endlich!« brüllte ich und drückte mit der Verzweiflung des letzten Zuckens zu. »Endlich, du Hure, du dreckige Hure!«

Das Perlenkollier war zerrissen. Ich stand schwankend auf. Ihr Kopf hing nach hinten, ebenso die Arme; sie war im Begriff zusammenzusacken. Marta, Marta … Ihr Blick war gebrochen.

Ich nahm sie in die Arme und trug sie in unser Schlafzimmer, in unser Bett. Mein Geist wurde ruhig.

Am nächsten Tag schickte ich die Mädchen unter dem Vorwand, wir hätten zu arbeiten oder wir brauchten ein paar Tage Erholung, zu den Großeltern. Ich verbrachte vierundzwanzig Stunden des Tages damit, Marta meine Reverenz zu erweisen. Endlich kam ich in den Genuß einer Liebe, die nur von uns bestimmt war, so wie am Anfang. Das Gefühl der Läuterung war so stark, daß mich das Glück weder essen noch schlafen ließ. Endlich, mein Engel und ich, für immer füreinander da.

Nach fünf Tagen fanden sie uns. Man lieferte mir einen weiteren Beweis für die geistige Mickrigkeit und Beschränktheit meiner Zeitgenossen. Trotz allem konnte ich die Bestürzung und Beklommenheit der armen Leute verstehen. Sie hatten Marta für immer verloren und konnten nicht wissen, in welchem Maß ich sie gewonnen hatte. Sie wollten mich des Mordes, der Nekrophilie und was weiß ich weswegen sonst noch anklagen, doch am Ende ließen sie sich überzeugen, daß das Licht unserer Bestimmung für die Welt unerreichbar war; das ist es immer noch.

Glauben Sie nur nicht, daß ich geistesgestört oder ein Schwärmer bin. Mit den natürlichen Reserven des Geistes, gestützt auf empfindliche Kohlenwasserstoffketten, fühle ich mich im vollen Besitz meiner Fähigkeiten und sehe mich in der Lage, jegliches mir gestellte logische Problem zu lösen, solange es nicht so kompliziert ist, daß daran sogar die Spezialisten scheitern.

2/1

Doktor Sabater nickte zustimmend; ich betrachtete Galbach schon seit geraumer Zeit respektvoll. Er kam zum Schluß.

Ich habe dieses Heim gewählt, weil es mir bequemer und sicherer als das Gefängnis zu sein scheint, auch weil es meinem erschöpften Geist ermöglicht, in der Erinnerung an die Unersetzliche, Unauslöschliche zu verweilen. Ihr Bild verliert Rahmen, Temperatur, Stimme, Farbe, doch es gewinnt in der Seele seine genaue Bestimmung, und deshalb ist der Verlust nicht zu beklagen, im Gegenteil. Eines freudigen Tages wird es nur noch ein unverwechselbarer Lichtpunkt in der völligen Finsternis sein. An dem Tag, meine Herren, werde ich wissen, daß die Stunde gekommen ist, Sie zu verlassen.

Mittlerweile war es Zeit fürs Abendessen, wir schwiegen respektvoll nach Galbachs Ausführungen. Wir standen auf, um uns ins Eßzimmer zu begeben, das einzige Geräusch dabei war das Rücken der Stühle. Doktor Sabater, Berenguer und ich gingen als letzte hinaus.

Auf der Türschwelle tastete Berenguer seine Taschen ab und machte kehrt, ging zu dem Stuhl, auf dem er den ganzen Nachmittag über gesessen hatte, und betrachtete ihn ein paar Sekunden. Dann ging er auf Doktor Sabater und mich, die wir auf ihn warteten, zu, kehrte aber auf halbem Weg wieder um; diesmal strich er mit den Händen über den Stuhl, als würde er etwas suchen, tastete noch einmal seine Taschen ab, nickte kaum wahrnehmbar und ging geradewegs auf die Tür zu.

»Ich dachte«, sagte ich unüberlegt, »daß Sie nichts mehr überprüfen müssen.«

»So ist es«, antwortete er und sah mich zufrieden an. »Haben Sie mich denn irgend etwas überprüfen sehen?«

Er entschuldigte sich und schlüpfte zwischen dem Doktor und mir hinaus. Ich sah ihm beunruhigt nach, der Arzt zuckte mit den Achseln.

»Die Geheimnisse des Glaubens sind unergründlich, mein

Freund«, sagte er und legte mir sanft den Arm auf die Schulter, um mich zum Gehen aufzufordern; er machte hinter uns das Licht aus und schloß die Tür.

»War dieser Berenguer nun geheilt oder nicht?« fragte Emília.

»Ich war auch verwundert«, sagte Casanova, »und fragte ein paar Tage später den Doktor. Die Antwort war nicht besonders aufschlußreich. Das Problem bestand darin, herauszubekommen, ob er wußte, daß er weiterhin alles überprüfte. Wenn er es wußte, mußte nach neuen Gründen gesucht werden, warum er nicht bereit war, das zuzugeben. Ich wandte ein, daß in seinen Augen – falls er es nicht wußte – nichts mehr den Aufenthalt im Sanatorium rechtfertigen würde, also mußte ihm zwangsläufig bewußt sein, daß nach wie vor etwas in seinem Kopf nicht ganz stimmte.«

»Und was hat der Arzt dir diesbezüglich gesagt?« insistierte Emília.

»Er sprach von dem Vertrauen, das die Bewohner ihm entgegenbrachten, und das machte mich hellhörig. Mich hat Abhängigkeit immer in Schrecken versetzt, am meisten die von einem Psychiater. Mein Übel ist es gewesen«, er seufzte mit einer gespielten Gefühlsanwandlung, die Emília zum Lachen reizte, »daß ich nie ganz leichtgläubig oder ganz ungläubig sein konnte.«

»Ganz ungläubig zu sein ist auch eine Form der Leichtgläubigkeit«, warf Simon ein. »Ist denn jemals einer ganz leichtgläubig oder ganz ungläubig gewesen?«

»Ich erinnere mich an Handlungen von bestimmten Personen, die das ausdrücken, wenn auch nur für eine gewisse Zeitspanne«, meinte Casanova. »Sonst würde das bedeuten, daß wir gänzlich zynisch oder ganz einfach verrückt wären, und damit wären wir wieder beim Ausgangspunkt. Ich kehrte zur Leichtgläubigkeit zurück, und dabei schien mir eine von den Schwankungen des Zweifelns befreite Zwischenposition am angebrachtesten, um dort schnell herauszukommen. Später fiel mir ein, daß man auf schmalem Weg genau das von mir wollte: eine Art grausame Satire auf die Lehren des Protagoras. Zum Glück erreichte mich das Gleichgewicht (wenn man es so nennen kann) aus einer anderen Ecke; ich war nicht gezwungen, meine Fähigkeiten auf dem Gebiet des Glaubens zu beweisen.«

»Wenn du es dir erlauben kannst«, sagte Ficinus, »ist als Quelle des Gleichgewichts die Selbsttäuschung wichtiger als die Täuschung der anderen. Wenn du es verstehst zu täuschen, wirst du reich, doch wenn du dich gut täuschen läßt, wirst du glücklich sein.«

»Und Berenguer?« fragte Emília.

Casanova machte eine gleichgültige Miene.

»Natürlich war das Herausstellen des Glaubens sein Problem. Es unbewußt zu verfälschen, tatsächlich oder scheinbar, stellte keine Lösung dar.« Er machte eine Pause und wirkte fröhlich. »Soweit ich weiß, ist er nach wie vor dort; wenn es überhaupt noch irgendeinen Ort gibt, an dem er bleiben kann, versteht sich.«

Wir wurden zum Abendessen gerufen. Ohne Eile, in Gruppen zu zweit oder zu dritt, die über das, was Casanova uns soeben erzählt hatte, scherzten, gingen wir ins Eßzimmer.

Der Tisch war besonders schön gedeckt, so als gäbe es einen Anlaß zum Feiern. Ich nahm an dem einen Ende Platz; in meiner Nähe Simon, Gertrudis, Kolinski, Artur und Camila. Am anderen Ende, wie üblich, Gimellion, Ficinus, Casanova und Teresa. Dazwischen Emília und Jubert.

Casanovas Geschichte bot nach wie vor Anlaß zu Diskussionen. Camila faßte sie in wenigen Worten für Kolinski zusammen, der sie nicht gehört hatte. Der Pole entpuppte sich als ein Experte in Zeitreisen, zumindest kam er mir, der ich nichts davon verstand, so vor.

»Es ist keinesfalls von einem Knoten in der Zeit zu sprechen«, sagte Kolinski, als Camila fertig war, »sondern von einem Knoten in Raum und Zeit.«

»Warum Raum?« fragte Camila, Kolinski bedeutete ihr, Geduld zu haben.

»Der Knoten entstand in der Zeit, doch der Raum war das Gestrüpp, in dem die Zeit sich verheddern konnte; armer Casanova, wenn die Störung bloß zeitlich gewesen wäre.«

»Wieso?« fragte ich. »Was wäre mit ihm geschehen?«

»Stellt euch ein dreidimensionales Koordinatensystem vor, das sich theoretisch in völliger Ruhe befindet.« Er machte eine ähnliche Geste wie zuvor. »Ich weiß, das ist unmöglich; begnügen wir uns mit Achsen, die innerhalb der Milchstraße die relative Unbeweglichkeit mit dem Punkt Null im Gravitationszentrum der Spirale Sagitarius A darstellen. Stellt euch den ersten Augenblick vor, in dem wir einen bestimmten Punkt einnehmen; stellt euch nach einer Stunde das Weiterrücken dieses Punktes im Bezug auf die Sonne vor; dem der Erdumdrehung entsprechenden Punkt muß der hinzugefügt werden, der das Kreisen um die Sonne betrifft; das bedeutet bereits ein Verrücken um fünfzehn Grad, was in unseren Breiten etwa tausendzweihundert Kilometern entspricht, die im Vergleich zu den Tausenden von Kilometern, die das Kreisen um die Sonne ausmachen, bedeutungslos sind. Wenn man die Bewegung des Sonnensystems in Richtung Lyra-Konstellation mit einbezieht, erhalten wir eine Zahl von Millionen von Kilometern. Dennoch ist sie lächerlich im Vergleich zu der Verschiebung, die durch die Drehung der Milchstraße selbst entsteht, und noch unbedeutender, wenn wir uns, bei Wegfall der anfänglichen Koordinaten, die Wegstrecke der Galaxis im Rahmen des von Astronomen als galaktisches Zentrum bezeichneten Bereichs vorstellen, und so weiter. Doch irrt euch nicht: Dabei entstehen keine räumlichen Koordinaten oder solche von Zeit und Raum, sondern träge, oder wenn ihr es anders nennen wollt, solche der Schwerkraft.«

»Und was hat das mit Casanovas Problem zu tun?« fragte Simon.

»Ganz einfach«, sagte Kolinski. »Stellt euch in metaphorischen Begriffen einen Sprung in der Zeit vor, der nicht an den Raum gebunden ist, in dem diese Zeit verstreicht. Konkret in Casanovas Fall: Stellt euch einen Sprung von vierundzwanzig Stunden zurück vor, der nur in der Zeit stattfindet; er wäre an der Position, die er damals innehatte, mit Millionen Kilometern Abstand gelandet. Die einzig möglichen Zeitreisen sind wie die von Casanova.«

»Und wie sind die?« fragte Artur.

»Der Vorgang ist sehr kompliziert und verlangt eine besonders verfeinerte Technik, um Ungenauigkeiten zu vermeiden. Das Prinzip besteht, in wenigen Worten ausgedrückt, aus einer doppelt eindeutigen Verbindung zwischen allen Dimensionen, von denen Zeit und Raum nichts weiter als konventionelle und relative Ausdrucksformen sind. Welches Ergebnis hat das für unsere Wahrnehmung? Daß jeder unendlich kleinen Zeiteinheit die ihr entsprechende unendlich kleine Raumeinheit angeheftet wird; der Sprung zurück geschieht auf diesem vielfältig verknüpften Band, das übrigens keineswegs rätselhaft oder von einer anderen Welt ist, denn wir bewegen uns ständig auf dieser Ebene.«

»Und wenn man das nicht tut?« fragte Camila. »Ich meine, wenn irgendeine Komponente davon aussetzt?«

»Dann«, sagte Kolinski, »kommt es zur großen Katastrophe. Wenn man in der Zeit zurückgeht (oder nach vorn), ohne die entsprechende Raumdimension hinzugefügt zu haben, bleibt der Körper, der die Reise machen will, an eine Teilsequenz gebunden; das heißt, daß er im Moment des Übergangs mit Lichtgeschwindigkeit an den Ort geschleudert wird, den der Augenblick besetzt, zu dem er geschickt worden ist.«

»Das ist doch schrecklich!« rief Simon aus. »Und wenn er, um dorthin zu gelangen, die Erdmasse durchqueren müßte? Er würde zerfallen und sterben!«

»Er würde in jedem Fall sterben«, sagte Kolinski und lächelte, als würde er eine heitere Anekdote zum besten geben, »weil er sich keinen Meter weit in irgendeine Richtung bewegen könnte. Die plötzliche Beschleunigung der Teilchen würde dazu führen, daß sich dort seine gesamte Materie in Energie entladen würde.«

»Was für ein Wahnsinn!« murmelte Camila. »Das heißt …«

»Genau, meine Freunde; ein Mann von achtzig Kilo würde auf diese Weise die verheerendste Explosion in der Geschichte erzeugen.«

Wir schwiegen. Ich weiß nicht, was den anderen durch den Kopf ging. Ich war von dem Dilemma gefangen, das Casanova vor einer Weile zum Ausdruck gebracht hatte: Ich konnte nicht alles glauben, was sie sagten, doch irgend etwas hinderte mich daran, ganz ungläubig zu sein. Auch wenn Kolinski es klar zurückgewiesen hatte, enthielt die Erklärung jedenfalls eine Rückkehr zur Idee eines universalen Bezugssystems und demnach das Konzept der absoluten Ruhe und der Existenz des Äthers, alles Dinge, die sich schon vor Jahren, angefangen bei den Experimenten von Michelson und Morley, der Erkenntnis von Mach, den Theorien von Wheeler und vielen anderen, sowohl empirisch als auch in der Theorie als sinnlos herausgestellt hatten. Meine Kenntnisse erlaubten es mir nicht, einzuschätzen, ob die Vorstellung von Schwerkraft oder Trägheit des Universums das Wunder als Ergebnis der Überlagerung von zwei Augenblicken rechtfertigte. Es konnte sich jedenfalls nur um einen Widerstreit zwischen dem beschleunigten Körper und ihm selber handeln, mit keiner absoluten Bezugsstruktur; sozusagen die Konsequenz des Prinzips der Nicht-Allgegenwart, das automatisch die Zeit-Raum-Koordinaten in andere verwandelt, die spezifisch an das Vergehen der Zeit als Trägheitsindikator gebunden sind. In der Tat lieferte die konzeptuelle Trennung von Zeit und Raum das erste Maß für die Realität. Die Katastrophe festzustellen, in die uns ihre Trennung in der Praxis drängt, führt uns wieder zu einer der berühmtesten Tautologien der modernen Wissenschaft zurück: daß Zeit und Raum ein und dasselbe sind.

»Wie du selber gesagt hast«, wandte Artur ein, »benötigt man für diesen Prozeß eine sehr fortgeschrittene Technologie. Findet ihr es nicht seltsam, daß sie auf ein so zweifelhaftes und so problematischen Zwecken dienendes Experiment wie das von Casanova geschilderte angewandt wurde?«

Kolinski zuckte mit den Schultern.

»Zunächst einmal ist ein Experiment ein Experiment (falls Casanovas Geschichte Ergebnis eines solchen war). Welches Ergebnis auch immer dabei herauskommt, liegt seine Daseinsberechtigung in der Zukunft. Worauf du aber hinauswillst: Casanovas Geschichte ist zweifellos beunruhigend und wirft viele Fragen auf – es sei denn, sie war Ergebnis einer vorübergehenden Geistesstörung«, fügte er leise hinzu.

»Wenn derjenige, der Casanova auf diese Reise schickte«, entschloß ich mich zu sagen, »das Ziel verfolgte, Mateu Valentí umbringen zu lassen, so scheint das wieder einmal den Verdacht auf die Bank Mir und ihren Aufsichtsrat zu lenken; also hätte Ficinus etwas davon wissen müssen«, sagte ich leiser, damit dieser mich nicht hörte.

»Ficinus weiß nichts darüber«, schaltete sich Getrudis ein, »ich habe ihn schon gefragt. Angenommen, das, was Casanova passierte, wurde durch einen derartigen technischen Vorgang bewirkt, wie ihn Kolinski beschrieben hat, dann müßte man die Verantwortlichen woanders suchen: unter den Leuten vom Institut.« Sie wandte sich an Kolinski, der Pole schüttelte den Kopf. »Ω, das ist dasselbe.«

»Ich habe es befürchtet, daß wir am Ende genau da landen«, sagte ich. »Wer garantiert mir, daß Ω nicht das Sammelsurium des Unerklärlichen ist?«

Mein letzter Satz war mit einem allgemeinen Schweigen bei Tisch zusammengefallen, alle wandten sich mir zu.

»Eine ausgezeichnete Hypothese«, sagte Ficinus lachend, »gäbe es nicht sein persönliches Handeln, das sie praktisch unhaltbar macht.«

Ich wollte protestieren, als sich das Gespräch erneut teilte. Die Gruppe um mich her tendierte unweigerlich dazu, den Ursprung von Casanovas Rätsel zu ergründen. Ich lenkte meine Aufmerksamkeit auf Emília und Jubert, die in eine eigene Debatte verstrickt zu sein schienen.

»Ich werfe niemandem vor, Materialist zu sein«, sagte Emília mit Nachdruck, »doch ich glaube, wenn eine bestimmte Gruppe von Intellektuellen bereit ist, die Religion als eine Metapher zu benutzen oder als Denksport zu praktizieren oder in ihr aufzugehen wie in der schlechtesten Feuilletonpoesie, bedeutet das, sie ertrinkt im Bodensatz der Vernunft. Und das Schlimmste daran ist, daß auf diesem Weg schließlich die Unterschiede zwischen Religion und Spiritualität in Vergessenheit geraten.«

»So romantisch wie immer!« sagte Jubert. »Du redest, als

befändest du dich auf den Trümmern einer vergangenen Welt. Als die Religion nicht an der Macht war, dürften diejenigen, die an den Konsequenzen litten, sie höchst verschieden aufgefaßt haben, und die anderen, die sich religiösen Luxus erlauben konnten, hatten wahrscheinlich ein ähnliches Verhältnis zu ihr wie das von dir soeben verworfene.«

»Was für Beweise hast du dafür?«

»Direkte Beweise gewiß nicht viele. Vor tausend Jahren waren wenige so dumm, etwas zu schreiben, das sie auf den Scheiterhaufen bringen konnte. Trotzdem sind heterodoxe Texte erhalten, sogar viele humanistische Schriften aus der Renaissance, die sich bei gründlicher Lektüre in manchen Fragen als sehr zurückhaltend erweisen.«

Jubert nannte Erasmus, Pico della Mirandola, Montaigne, Castiglione. Ich fand, der Schein trog; es gab keinen Grund, mich einzumischen. Ich wandte mich wieder meinen unmittelbaren Nachbarn zu; innerhalb weniger Minuten hatte sich das Gespräch Uriachs Ende zugewendet.

»Valentís Verschwinden hat eine schlüssige Erklärung gefunden. Wer sagt uns denn, daß es für Uriachs Tod nicht auch eine geben wird, die die dunklen Punkte der Geschichte erhellt?«

»Alles hat eine Erklärung«, sagte Kolinski.

»Aber die Wahrscheinlichkeit, daß sie glaubhaft oder zumindest nachvollziehbar ist, ist nicht besonders groß, wenn man davon ausgeht, daß das kostbarste Juwel der Welt mit Lluïsa Cros begraben wurde.«

Kolinski wurde nachdenklich.

»Ich glaube nicht, daß das Juwel mit Lluïsa begraben worden ist. Ich vermute eher – so absurd das auch erscheinen mag –, daß man es Uriach zur Aufbewahrung gegeben hat. Ich weiß nicht, ob sich Uriach seines Wertes wirklich bewußt war.«

»Weiß Ficinus davon? Gestern hat er uns sehr überzeugt erzählt, daß das Juwel in Lluïsas Sarg gelegt wurde«, erinnerte sich Camila. Kolinski schmunzelte.

»Ich weiß nicht, ob Ficinus es weiß, ich bin mir dessen nicht einmal selber sicher.«

»War es nicht zu riskant, das Juwel in die Hände eines emotional labilen Mannes zu geben?«

»Nicht riskanter als irgendein anderes Versteck. Es gibt verschiedene Formen des Verbergens. Eine ist die direkte, eine andere die getarnte. Wie würdest du eine Perle verstecken? An einem sicheren, gut bewachten oder an einem sehr geheimen Ort? Der Code kann entschlüsselt werden, die Wächter können etwas verraten, jede Tiefe läßt sich ergründen. Eine andere Möglichkeit ist es, sie unter eine Million falscher Perlen zu legen; der Obskurantismus unserer Zeit neigt zur zweiten Form«, sagte Kolinski.

Ich dachte, für die Menschen verberge sich die Kenntnis der absoluten Realität ebenfalls auf die zweite Art; die Gesamtvision war nicht geheim, unerreichbar oder ungewöhnlich, sondern bot sich allen Augen dar, unter Millionen von Trugbildern.

»Die beste Lösung«, meinte Casanova, der sich, als er unser Gespräch hörte, umgedreht hatte, »besteht darin, zur Tarnung dienende Elemente überflüssig zu machen und zu erreichen, daß der geheiligte Gegenstand von unechten Attributen zermalmt, durch Vulgarisierung, abwegigen Gebrauch oder Vergeudung in sich selber verschwindet. Seine Eigenart ist dann die einzige Garantie dafür, ihn später durch die geeignete Person und im richtigen Moment wiederzuerlangen.«

»Das wurde mit dem Juwel gemacht?« fragte ich.

»In gewisser Weise, ja«, sagte Kolinski. »Doch möglicherweise ist ihnen der Vorgang entglitten. Ich stelle mir vor, daß Uriach das Juwel bei sich trug und eines Nachts von Dieben überfallen wurde, die es ihm wegnahmen und ihm den Schädel einschlugen. Die Ficinus und indirekt dem Institut (also Ω) unterstellten Männer dürften ihn sterbend vorgefunden haben, vielleicht gerade noch rechtzeitig, damit er ihnen erzählen konnte, was vorgefallen war, oder um ihnen Hinweise zu geben. Man begann im Unterweltmilieu nach den Dieben zu suchen, die sich bald des Wertes ihrer Beute bewußt geworden waren. Zu dem Zeitpunkt trat ein gewisser Commoner auf den Plan, der den Auftrag hatte, mit den Dieben über das Juwel zu verhandeln …«

»Commoner, sagst du?« rief Camila aus. »Laut Ficinus war er von Flint geschickt.«

Kolinski zuckte mit den Schultern.

»Commoner gehörte zum harten Flügel des Institutes, der einen entschiedeneren Einsatz des Juwels befürwortete: Sein Wert sollte kraftvoller eingesetzt werden, ohne daß man sich um die negativen Auswirkungen auf die internationale Politik sorgte. Vielleicht konnte Commoner am Ende das Juwel zurückerlangen und hat es in seine üblichen Funktionen eingesetzt, allerdings mit dem Orientierungswechsel, den er und seine Anhänger verfochten. Ich befürchte sehr, daß der gegenwärtige Krieg, wie hier schon erwähnt wurde, eine der verheerenden Folgen sein könnte.«

»Wie kann die Verwendung eines Juwels, so wertvoll es auch sein mag, als Kreditsicherstellung internationale Katastrophen in den riesigen Ausmaßen eines Krieges mit sich bringen?« fragte Simon.

Kolinski sah ihn lächelnd an; eine gewaltige Herablassung schien auf seinen Lippen zu liegen. Ich kam mir vor wie beschimpft.

»Habt ihr euch wirklich eine Vorstellung davon gemacht, was das Juwel ist? Ein Brillant, der die der britischen Krone übertrumpft? Ein Smaragd, so groß wie eine Melone?« Er brach in Gelächter aus. »Ich wüßte auch nicht zu sagen, was es ist, aber gewiß kein mineralisches Wunder zum Schüren überholter Emotionen.«

»Was ist es dann?« fragte Gertrudis.

Ich beobachtete sie aufmerksam. In ihrer Frage schwang ein unmerklicher Hauch Ironie, doch wenn Kolinski das wahrgenommen haben sollte, überging er es jedenfalls.

»Wer weiß das schon! Ein Theorem der Physik, der Prozeß einer wissenschaftlichen oder philosophischen Entdeckung, die in der Lage ist, die Richtung der Menschheit grundlegend zu ändern … Vielleicht handelt es sich um ein Computerprogramm.«

»Der einzige Unterschied, den ich zwischen den überholten Emotionen der Schatzsucher und dem Bewunderer der neuen Theorien erkennen kann, ist der, daß die jetzt verwendeten Begriffe rascher aus der Mode kommen«, sagte Gertrudis.

Kolinski hob den Zeigefinger gegen sie; er lächelte, aber sein Tonfall hatte nichts Geschwätziges.

»Kannst du dir vorstellen, daß die ganze Welt um einen Luxusgegenstand herum tanzt? Bemerkt ihr nicht, wo der Reichtum der Erde liegt? Die Industrie, die großflächigen Nutzungen, die Nahrungsmittel, der Großhandel; nicht der Schmuck, um Himmels willen! Die einzige Form, die wirtschaftliche Knechtschaft zu überwinden, liegt in der Verwendung des Juwels.«

»Verwendung wofür?«

Kolinski wurde ungeduldig.

»Wofür du willst! Für den Reichtum, als Lösung des weltweiten Nahrungsmittelmangels, um die Spekulation im Kreditwesen und auf den Devisenmärkten einzudämmen ...« Er machte eine Handbewegung und warf einen Blick ans andere Ende des Tisches, bevor er weitersprach: »Wie, glaubt ihr, ist Casanovas Geschichte möglich gewesen? Der ihn siebenmal die gleiche Stelle passieren ließ, hat das Juwel verwendet!«

»Wenn ein solches Instrument existiert«, sagte Artur, »ist es erstaunlich, daß man dafür keine militärische Nutzung gefunden hat.«

»Die hat man gefunden«, erwiderte Kolinski. »Und das Hauptabkommen der internationalen Kommission zur Kontrolle des Juwels besteht genau aus dieser Verpflichtung, es nicht für kriegerische Ziele zu nutzen, wobei nur ein Teil der Kräfte des Juwels in Erscheinung treten würde; seine Entwicklung muß erst den Kulminationspunkt erreichen, und dabei sind das Gleichgewicht und die Übereinstimmung der Mächte rund um das von ihm hervorgerufene Interesse unerläßlich. Das jetzige Übel ...«

Er unterbrach sich, Camila beendete den Satz.

»Das jetzige Übel besteht darin, daß die Kontrolle der Kommission abhanden gekommen ist, die Ereignisse haben sich auf eine Weise überstürzt, daß es fast unmöglich scheint, die Dinge wieder ins Lot zu bringen; stimmt's?«

Kolinski gab keine Antwort.

»In solchen Fällen beweist die Geschichte, daß die Flucht, wie es gemeinhin heißt, immer nach vorne angetreten wird«, schloß Gertrudis.

Ich wollte anmerken, daß nach vorne Krieg bedeutete. Wir sahen uns an, niemand sagte etwas. Ich hatte den Eindruck, daß alle dasselbe dachten.

»Ich habe noch nicht verstanden«, gab sich Simon naiv, »wer am Ende das Juwel in seinen Besitz gebracht hat. Commoner?«

»Wenn wir uns an den Ortsveränderungen der Beteiligten orientieren, so scheint außer Zweifel zu stehen, daß Commoner es schließlich bekommen hat. Doch kurz nach Uriachs Tod läßt Commoners Verhalten darauf schließen, daß er nicht mehr im Besitz des Juwels war oder daß die vorigen Besitzer es woanders gesucht haben.«

»Du hast gerade gesagt, es hätte einen politischen Wandel bewirkt, der zum Krieg führte«, meinte Camila.

»Ich habe gesagt«, betonte Kolinski, »er hat es vielleicht in seinen Besitz gebracht, das würde, zum Teil, die letzten Umwälzungen erklären.«

»Übrigens«, sagte Casanova, »ist mir auch eine Version der Vorkommnisse auf dem Friedhof in jener Nacht, in der Uriach starb, zu Ohren gekommen.« In dem Augenblick standen Ficinus, Gimellion und die anderen vom Tisch auf. »Wenn ihr wollt, erzähle ich sie euch morgen.«

»Warum nicht jetzt?« fragte Camila, doch Casanova sagte, er wolle schlafen gehen.

Ich dachte, wenn er das Versprechen, seine Geschichte fortzusetzen, so hielte wie Kolinski das seine am Vortag, würden wir seine Version nie zu hören bekommen; Simon war wohl etwas Ähnliches durch den Kopf gegangen, denn er wandte sich an den Polen.

»Du mußt uns noch zu Ende erzählen, welche Mission du auf der Googol zu erfüllen hattest.«

Kolinski nickte.

Wir gingen in den Avalon, doch es wurde kein Kreis gebildet, um Geschichten zu lauschen. Gimellion, Ficinus und Kolinski zogen sich ohne Erklärungen zurück, wir schenkten uns ein Glas ein. Ich versuchte, die Mutmaßungen aus meinem Kopf zu verscheuchen, die alle Anwesenden zu beschäftigen schienen, und lenkte meine (gewiß sehr unterschiedliche) Aufmerksamkeit auf die beiden besonders verführerischen Damen. Ich erinnerte mich an den Spaziergang im Garten mit Gertrudis; bedeutete er, daß ihr Verhalten mir gegenüber für einen persönlicheren Umgang offen war? Im Augenblick wirkte sie unnahbar, in einem Ohrensessel sitzend, den Tisch vor sich, rechts von ihr Camila, links Simon und Teresa. Die vier unterhielten sich sehr angeregt; ich konnte mich nicht einmischen, um die Szene zu einer Intimität zwischen ihr und mir zu führen. Ich richtete meinen Blick auf Emília, die ein enges Kleid mit Schulterpolstern und breiten grünblauen und schwarzen Streifen trug, dazu Sandalen mit Absatz. Es bestand, objektiv gesehen, durchaus Grund zu einer Annäherung; doch Emília war, wie schon während des Abendessens, in ein Gespräch mit Jubert vertieft, das außerordentlich interessant sein mußte (dachte ich ein wenig verärgert), denn sie ließen kein Auge voneinander. Sie lehnte sich zurück, schlug die Beine übereinander, neigte lächelnd den Kopf, ich fand sie eleganter und sinnlicher als je zuvor. Nur wer wagt, gewinnt, dachte ich; da neben Emília ein Sessel frei war, ging ich entschlossen auf ihn zu.

Doch ich wurde von Artur und Casanova aufgehalten, die es sich in den Kopf gesetzt hatten, mir alte Spielkarten zu zeigen, die sie irgendwo entdeckt hatten. Ich wollte sie abschütteln, doch es war vergebens. Es blieb mir nichts anderes übrig, als sie in die zweite Bibliothek zu begleiten; dort nahmen wir Platz, und sie zeigten mir das Wunder.

Es handelte sich um ein komplettes, schon sehr abgegriffenes Tarotkartenspiel, möglicherweise eine aus dem 18. Jahrhundert stammende Reproduktion eines noch älteren. Ich brannte darauf, in den Avalon zurückzukehren, doch sie schienen darauf erpicht zu sein, daß ich es in Ruhe betrachtete, und ich hätte mich nur mit einem Fluch losreißen können. Ich gab klein bei und sah mit gekünstelter Aufmerksamkeit eine Karte nach der anderen an. Wenn ich eine überging, ließen sie mich wieder zurückblättern und wiesen mich auf farbliche oder ikonographische Aspekte hin. Die Karten glichen einer Abhandlung über hermetischen Symbolismus. Ich war im Begriff zu fragen, auf welche Weise das Spiel davon abhing, doch hielt ich mich rechtzeitig zurück; hätte ich die Frage gestellt, hätten wir wohl bis zum Sonnenaufgang hier gesessen. Mir stach vor allem die Herz-Sieben ins Auge; auf ihr war eine majestätische Frau zu sehen, Kopf und Schultern in einen Umhang gehüllt, der – wäre er blau gewesen – zweifellos auf die Muttergottes hätte schließen lassen; er war aber schwarz, das ließ mich an Demeter denken. Die Beine bedeckte der gleiche Stoff, zu ihren Füßen befanden sich drei kleine Kinder, blond, strahlend und völlig nackt; sie waren keine Säuglinge, sondern konnten schon laufen; mit Flügeln hätten sie drei perfekte Cupidos abgegeben; zu Füßen jedes Kindes war ein Stern. Die Sieben wurde durch die drei bläulich schimmernden Sterne, die drei golden leuchtenden Köpfe der Kinder und den rötlichen Lichtschein, der die Frau umgab, dargestellt; das Rot erinnerte mich an die Abenddämmerung, an Reste von Blut. Dem Ganzen haftete etwas Heimtückisches an, das mich fesselte. Der Hintergrund war in Grau gehalten, mit grünlichen, violetten und weinroten Schattierungen. Die Hauptfigur saß, und die Betonung des Dreiecks sowie die Position der Kinder darin zeugte davon, daß ihre Beine gespreizt waren, was bei einer derartigen Figur höchst unüblich war. Ich erinnerte mich, daß die Sieben Symbol der Jungfräulichkeit ist, doch weder ein roter Strahlenkranz noch drei Kleine mit drei Sternen waren jemals der Großen Mutter, der Urgöttin, Ischtar, Gea, Isis, Demeter, Aphrodite oder Jungfrau Maria genannt, zugeordnet worden. Daß es sich bei der auf der Karte abgebildeten Figur um eine Frau handelte, stand außer Zweifel; die feinen Gesichtszüge und die sich abzeichnenden Brüste schienen extra dafür gemacht, um jeden Irrtum zu zerstreuen.

Ich überraschte Oliver und Casanova dabei, wie sie sich aus den Augenwinkeln ansahen, und hatte wiederum den Eindruck, Objekt einer Verschwörung zu sein oder vielleicht nur eines Scherzes. Sie zeigten mir die restlichen Karten. Schließlich erreichte ich, daß wir in den Avalon zurückkehrten.

Dort erwartete mich eine unangenehme Neuigkeit: Emília und Jubert waren nicht mehr dort. Ich wandte mich zu Artur und Casanova, doch sie wichen meinem Blick aus und setzten sich in zwei weiter hinten stehende Lehnsessel. Der Verdacht, daß sie mich von Emília fernhalten wollten, war zu stark, als daß er mich nicht empören konnte. Ich erinnerte mich, daß ich in der Dämmerung mit Gertrudis in den Garten gegangen war und zu Emília kein Wort gesagt hatte. War sie vielleicht gekränkt? Wenn dem so ist, dachte ich, bin ich ihr zumindest nicht gleichgültig. Es war nicht sehr angebracht, eifersüchtig zu sein, doch ich konnte es nicht vermeiden.

Gertrudis verkündete, sie sei sehr müde, und zog sich zurück. Zehn Minuten später folgten Casanova und Teresa und dann Artur und Camila ihrem Beispiel. Simon und ich blieben noch. Ich wollte ihm schon meine Verwirrung und meine Verzweiflung gestehen, herausfinden, was er über die widersprüchlichen oder unvollständigen Geschichten, die man uns erzählte, dachte, welchen Zweck er hinter dieser nervtötenden Ablenkung vermutete. Ich wußte, daß er genauso oder noch unruhiger war als ich; er stellte schließlich auch mehr Fragen, doch an jenem Abend schien er getrunken zu haben, denn er wirkte entspannt und zufrieden, sogar ein wenig herablassend. Das bestätigte meinen Eindruck, ein Fremder unter ihnen zu sein, der nicht weiß, worum es geht, den man verschont und, aus großer Distanz, für am wenigsten wichtig erachtet. Ich begann eine weitschweifige Rede, die wenig zugunsten eines kühlen Kopfes aussagte, der sich nicht vom Zufall beherrschen läßt; in ihrem Verlauf erwähnte ich auch noch unbesonnen zwei allzu rasch aufeinanderfolgende Male Emília. Simon unterbrach mich mit einem wissenden Lächeln.

»Wenn du sie sehen willst, es gibt ein Video von ihr, das ich letztens entdeckt habe.«

Der Ton, in dem er das sagte, stachelte meine Neugierde an. Ich ließ mich von ihm in die vierte Bibliothek begleiten; er zeigte mir Schubladen und Apparate, er nahm eine Kassette aus einem Schrank, gab sie mir und ging. Bevor ich sie einlegte, stöberte ich in der Sammlung. Der Eindruck der Überfülle wurde noch dadurch verstärkt, daß die Filme nach dem Datum ihres Erwerbs geordnet waren. Zum Glück trugen sie Nummern, und es gab eine Kartei. Andernfalls wäre es nicht möglich gewesen, den Film, der einen interessierte, innerhalb einer Woche zu finden. Es waren praktisch alle Klassiker des Kinos vorhanden; ich fand *Panzerkreuzer Potemkin, Oktober* und die beiden Teile von Eisensteins *Iwan der Schreckliche, Intolerance* von Griffith, frühe Filme von Chaplin und die unvergeßlichen Streifen: *Ordet, Gertrud, Das Ritual, Das Schweigen, Rashomon, Kagemusha, Ikiru, Die Milchstraße, Simon du Désert, Der Würgeengel, 2001, Un soir, un train, Das Gespenst der Freiheit, The Last Wave* von Peter Weir, *Providence, Teorema, Tausendundeine Nacht, Medea, Il Gattopardo, Le Manuscrit trouvé à Saragosse, Pierrot le fou, Der Maulwurf* von Jodorowski, *Yol, WR: Die Geheimnisse des Körpers, Freaks* von Tod Browning, *Ben Hur,* Wyler, Mankiewicz, Murnau, Fellini, Hitchcock, Huston, Truffaut, Carmelo Bene, Mario Bava, Charrière. In der Theaterabteilung fand ich unter anderem *Le Cid* von Corneille in einer Aufführung der Comédie Française, Shakespeares *Richard III.* mit Laurence Olivier in der Titelrolle, No- und Kabukistücke. Es gab auch Opernaufnahmen: sämtliche Vorstellungen einer Saison im Liceu, im Covent Garden, in der Mailänder Scala, im Fenice in Venedig, in Bayreuth, sogar Konzertmitschnitte von den Festspielen in Luzern und Salzburg, und ein Band, das ich versucht war, mir anzuhören, weil der Titel mir so vielversprechend erschien: *Vivaldi auf der Seufzerbrücke.* Die Sammlung enthielt auch einen beträchtlichen Anteil an Dokumentationen, die keinen besonderen Erfolg beim Publikum erzielt haben dürften: *Fünf Jahre Sitzungen im Parlament der Vereinten Nationen, Die sanitären Hilfsmaßnahmen im Indischen Golf, Der einheitliche Anbau auf Madagaskar, Die tausendjährigen Koniferen des Himalaya, Die Begräbnisfeierlichkeiten von Juri Bretchenov,* et cetera. Nachdem ich eine Weile gestöbert hatte, fiel mir der Grund wieder ein, der mich hierhergeführt hatte, und ich legte das Video von Emília ein; ich drückte auf die entsprechenden Knöpfe und setzte mich dann in der festen Absicht, nicht länger als zehn Minuten zu bleiben; es ging in erster Linie darum, Simon gegenüber keinen schlechten Eindruck zu machen und wenigstens zu wissen, was sich dahinter verbarg, falls er mich fragen sollte.

Zu Beginn war Emília in einem sehr langen Gang zu sehen. Die Kamera war frontal auf sie gerichtet und fuhr zurück, als sie mit langsamen Schritten dahinging. Sie filmte sie leicht von unten, was sie noch größer und prächtiger wirken ließ, wenn das überhaupt möglich war. Es mußte Sommer sein, denn sie trug ein kurzes, enges, rotes, ärmelloses Kleid, sie hatte einen dunkleren Teint als jetzt. Sie trug Stöckelschuhe, das verlieh ihren immer langsamer werdenden Schritten eine sehr verführerische, rhythmische Bedachtsamkeit. Ihr Ausdruck war strahlend und gleichzeitig schläfrig. Sie blieb stehen und lächelte verträumt in die Kamera. Die Kamera folgte ihr, als sie durch eine seitlich gelegene Tür schlüpfte. Der Raum war rechteckig, etwa zwanzig mal zehn Meter, und so stark mit einem Scheinwerfer ausgeleuchtet, daß man außerhalb des Lichtkreises kaum etwas wahrnehmen konnte, nicht einmal den abblätternden Putz an den Wänden. Spärliche, unordentlich herumstehende und schon sehr schäbig aussehende Möbel waren undeutlich zu erkennen. Der Raum mußte sehr hoch sein, denn die Decke rückte nie ins Blickfeld. Der Boden war aus fleckigem, löchrigem Beton (Emília hat sich in keinem Luxushotel niedergelassen, dachte ich). Im Scheinwerferlicht befand sich ein lederner Bock, so wie sie in Turnhallen verwendet werden, an deren vier Seiten kleine (ebenfalls schäbige) Holzleitern mit drei oder vier Sprossen lehnten, damit man auf den Bock gelangen konnte, ohne springen zu müssen; und so als ginge es wirklich darum, auf ihm zu reiten, hatte er auch noch drei Steigbügel auf jeder Seite. Emília blieb stehen, lächelte weiterhin mit halbgeöffnetem Mund. Von links tauchten drei nackte Kerle auf, zwei von ihnen trugen Ketten. Sie sahen brutal aus: Affenartige Gesichter, fast kahl rasierte Schädel, wie Henker oder gescheiterte Boxer. Plötzlich, wie auf ein Zeichen, stürzten sie sich auf Emília: Einer verpaßte ihr eine Ohrfeige, die ihr das

Haar zerwühlte, der andere zerriß ihr das Kleid von oben bis unten und warf sie, völlig nackt, den Bauch nach oben, auf den Bock; der dritte ließ von der Decke Ketten herunter, die von den Scheinwerfern verdeckt gewesen waren, und brachte sie in die richtige Position. Sie fesselten sie an den Fußgelenken und verwendeten für die Handgelenke andere, längere Ketten, die sie in drei oder vier Metern Entfernung an Ringen im Boden befestigten; sie strafften die Ketten, so daß Emília flach auf dem Bock lag, Beine und Arme x-förmig ausgestreckt, die Beine weit gespreizt und etwa dreißig Grad angehoben, die Arme ebenfalls in einer Neigung zum Körper von beinahe dreißig Grad, aber in absteigender Richtung. Sie strafften die Ketten dreimal, ich erstarrte, weil ich beim letztenmal den Eindruck hatte, sie würden sie vierteilen. Einer der Männer stieß mit dem Fuß gegen den Bock, so daß Emílias Kopf mit einem Ruck nach hinten fiel und nur noch ihr Hals auf dem Bock lag. Die drei Typen hatten es mittlerweile zu kräftigen Erektionen gebracht, zwei von ihnen stiegen auf den Bock, die Füße in den Steigbügeln; einer steckte sein Glied zwischen Emílias Brüste und begann sich, sie wild knetend, zu befriedigen; der andere, der sich knapp vor dem ersten befand, packte Emílias Kopf, hob ihn hoch und steckte ihr sein Glied in den Mund, wobei er sich rhythmisch bewegte. Der dritte Kerl bestieg den Bock an der Fußseite, speichelte auf ordinäre Weise sein Glied mit der Hand ein und begann einen gewöhnlichen Koitus.

Alles geschah so überstürzt (und so unvorhergesehen), daß mich ein beklemmender Schwindel und gleichzeitig eine starke sexuelle Erregung erfaßte. Die Videokamera schwenkte geschickt zu den verschiedenen Blickwinkeln der Szene und näherte sich oft den Details im Vordergrund: dem Glied, das sich zwischen Emílias Brüsten auf und ab bewegte, die von groben Händen – wie denen eines Hafenarbeiters, mit einem geschmacklosen Ring und schmutzigen Fingernägeln – gedrückt wurden (ab und zu spuckte der Mann zwischen die Brüste, um den Zwischenraum zu schmieren), oder aber ihren an die Kette geklammerten Fingern. Der Ton war tadellos und übertrug mit absoluter Präzision Stöhnen und Reibungsgeräusche, die von den völlig kahlen Wänden widerhallten. Den drei Typen kam es beinahe gleichzeitig, und sie verließen im letzten Moment den Ort ihrer Lust, um sich mit der Hand zu helfen: Einer ergoß sich über Emílias Gesicht, der andere über ihren Brüsten, der dritte über ihrem Geschlecht, dem Bauch und der Innenseite ihrer Schenkel. Sechs weitere Kerle tauchten auf (zwei Schwarze, zwei Nordländer und zwei Orientalen), in gleichen Konditionen wie ihre Vorgänger, und vollführten die wildesten Dinge auf Emílias besudeltem Körper; sie hatte ihr ekstatisches Lächeln nicht verloren. Zwei von ihnen, jeder auf einer Seite, rieben ihr Glied an dem noch vom vorigen Samenerguß glänzenden Gesicht; inzwischen steckte ihr ein dritter seines in den Mund; ein vierter, der Stärkste und Gründlichste von allen, verteilte die Nässe auf den Brüsten über Achselhöhlen und Arme. Die anderen beiden veränderten die Position der Ketten an Emílias Füßen, erhöhten die Spannung, so daß sich der Körper von der Taille abwärts nach oben hob, damit einer in ihre Vagina eindringen konnte und der andere von unten in den Anus, indem er sich an die Ketten klammerte, um nicht das Gleichgewicht zu verlieren. Beide stimmten die Bewegungen ab, das Herauskommen des einen mit dem Eindringen des anderen.

Nachdem ich mich von dem ersten Schrecken und der Lawine harter, sich überlagernder Eindrücke erholt hatte, wollten meine Gedanken meinen Augen nicht trauen. Ich konnte es nicht fassen, Emília in ein derartiges Abenteuer verwickelt zu sehen. Und warum nicht? dachte ich. Weil ich sie kannte? Weil in meinem bürgerlichen Werteschema ihre unvergleichliche Schönheit so etwas ausschloß? War sie es wirklich? fragte ich mich. Ich nutzte die Nahaufnahme einer Fellatio, um fassungslos ihre unverwechselbaren Gesichtszüge zu erkennen. Trotz allem konnte sie keine Pornographin sein; weder Geld noch der berufliche Aufstieg konnten Ziel dieser Aufnahmen sein. Was dann? Es konnte nur die Lust sein, ihre Haltung bestätigte das auch; das war kein Spiel, die mit den Orgasmen verbundenen Gefühle waren echt oder wirkten zumindest so auf mich. Ich stand auf, um den Apparat abzuschalten, doch eine Macht, die stärker war als mein Vorhaben, ließ mich reglos, mit dem Finger auf der Stopptaste, innehalten: Mich erdrückte die empörende Hitzigkeit dieser Kerle aus der Unterstadt, dieser bestialischen und gewiß bezahlten Hengste. Ihre Gier war so anders als die resignierte und anonyme Gleichgültigkeit, die männliche Darsteller in Pornofilmen üblicherweise an den Tag legen! Es gab Verkrampfte, die sich bebend in den Orgasmus stürzten, als würden sie dabei ihr Leben lassen; andere waren methodisch und schmelzend, begierig, sich zur Schau zu stellen, und ohne Eile, sich von ihr zu lösen. Nach der Ejakulation zogen sie sich zurück und wurden durch Neue ersetzt (nie durch schon Dagewesene). In einem Moment zählte ich acht Personen (um sie irgendwie zu bezeichnen), die sich in verschiedensten Varianten dem Sex hingaben; es gab alle möglichen Typen: behaarte, athletische und solche mit Doppelkinn und gewaltigem Bauch wie Ringer; glänzende Muskeln von Afrikanern wechselten sich mit glitschiger rosa oder ganz weißer Haut ab; die meisten schwitzten wie bei Schwerstarbeit oder in einem tropischen Klima; allen war jedoch etwas gemeinsam: Auf dem Höhepunkt ergossen sie sich auf dem Körper Emílias, der bald von oben bis unten feucht war, auch die Haare, wie aus einer Dusche obszöner Säfte herausgekommen. Als ihr Gesicht ins Bild kam, sah man, daß sie lachte, und das Lachen in ihrem vor Lust verzerrten und von Samen glänzenden, vor Raserei blutroten Gesicht hatte etwas unbeschreiblich Tragisches, Verzweifeltes. Was konnte sie tun, wenn das Schauspiel der Lust stets verlorene Widersprüche enthüllt! Die Männer (ich wußte bald nicht mehr, wie viele) betätigten ein paar Hebel am Bock, um ihn in eine andere Position zu bringen; schließlich hing Emília praktisch mit dem Kopf nach unten, an den Füßen aufgehängt wie ein Kalb im Schlachthof, ihre so langen und wohlgeformten Beine durch die Ketten so weit wie möglich gespreizt. Der Bock war nun um mehr als sechzig Grad geneigt, um Emílias Körper auf Hüfthöhe nach vorne zu kippen; ihr Kopf hing senkrecht nach unten, die Arme wurden leicht geöffnet am Boden angekettet; die Lage mußte nicht nur unbequem, sondern sogar schmerzhaft sein. Drei neue Kerle pißten auf Emílias Körper; zunächst probierten sie aus, wer höher hinauf traf: Alle drei zielten über das Geschlecht hinaus, einer sogar bis zum Knie. Obwohl sie schon völlig naß war, begossen sie danach weiter ihren ganzen Körper und zwangen sie am Ende, die letzten Tropfen abzuschlecken. Sie zogen sich zurück, vier weitere kamen, die den Urin lange verhalten haben mußten, denn sie ließen jeder einen so üppigen, langen und dampfenden Strahl ab, wie ich ihn noch nie zuvor gesehen hatte, und besudelten, wie die Vorgänger, Emílias ganzen Körper: Brüste, Arme, und vor allem das Gesicht. Als sie den Strahl spürte, öffnete sie den Mund, streckte die Zunge heraus und schluckte ihn, als hätte man ihr Nektar gereicht. Ein fünfter Kerl stellte sich an den obersten Teil des Bocks, und richtete seine Pisse in parabolischer Bewegung auf Emílias Geschlecht; die Flüssigkeit rann und spritzte zum Teil wie ein kleiner Springbrunnen im Gegenlicht der Scheinwerfer.

Nachdem dieses Kapitel abgeschlossen war, brachten sie den Bock wieder in die horizontale Lage und Emília in die Ausgangsposition. Es trat eine Legion von Bösewichtern auf den Plan, die ihren Körper von Kopf bis Fuß leckten und an ihm saugten, ohne auch nur einen Zentimeter auszusparen. Mindestens zwölf leckten gleichzeitig; sie war von Männern bedeckt wie ein Kadaver von Geiern. Man hörte das Schmatzen, und sie hörte nicht auf zu stöhnen und schwach zu beben. Das Bild des Verschlingens kam nicht von ungefähr; als die Männer sich zurückzogen, hatten sie überall Spuren hinterlassen: Die empfindlicheren Stellen, die Innenseite der Beine, Bauch, Achselhöhlen, Brustwarzen, bluteten leicht.

Danach tauchten riesenhafte Männer auf. Einer war ein Schwarzer; der andere sah wie ein australischer Ureinwohner aus. Sie entblößten sich und legten so mächtige Sexualorgane frei, daß ich zunächst dachte, sie wären aus Gummi; bei genauerem Hinsehen waren sie echt, sie maßen jeweils gut einen halben Meter. Sorgfältig legten sie Emília mit kreuzweise geöffneten, seitlich hinunterhängenden Armen und Beinen hin, mit Ketten am Boden befestigt. Der Körper hob sich vom Bock und schwebte an den äußeren Enden: Geschlecht und Kopf, so daß sie nun ganz hing (nicht wie vorher, wo sie sich ein wenig mit dem Nacken abgestützt hatte). Die seitliche, abwärts verlaufende Spannung der Ketten war so stark, daß sich das Übermaß auf der Haut der Brust und des Bauches abzeichnete; ihre Gliedmaßen mußten sich beinahe schon verrenken. Die Haltung glich einer Brücke, wie es bei den Turnern heißt, aber Arme und Füße waren so weit wie möglich vom Körper entfernt, ohne ihn abzustützen. Die zwei Männer näherten sich dem Bock von unten und oben, und einer drang in ihr Geschlecht ein, der andere in ihren Mund. Sie begannen sich langsam zu bewegen, die Kamera schwenkte zu Emílias Gesicht; man sah die Spannung des Halses, da der Kopf nach hinten gezwungen war, um das Glied in der besten Haltung zu empfangen. Bei jedem Stoß seiner Lenden packte der Mann ihren Hals mit beiden Händen, wodurch sie den Mund krampfartig weiter aufriß und ermöglichte, daß sein Gemächt mit jedem Mal ein oder zwei Zentimeter tiefer eindrang; er schien es nicht eilig zu haben, bewegte sich kraftvoll hinein und heraus. Dann richtete sich das Objektiv auf die andere Seite; dort ritt der Mann (ich weiß nicht, ob er Australier war) auf ihr mit ausladenden, mächtigen Bewegungen; es war schwer vorstellbar, daß sich das alles in Emílias Körper hineinpferchen ließ. Die Kamera richtete sich erneut auf das Gesicht; dort zeichnete sich die unerbittlich entschlossene, kühne Überwindung der Schwierigkeiten ab; sie hatte den Mund unmäßig weit aufgerissen und bewegte die Lippen um das Glied herum wie ein Fisch auf dem Trockenen; Zentimeter für Zentimeter drang das Glied des Schwarzen in Emílias Schlund, und als es zur Gänze drinnen war, wurden die Bewegungen allmählich rascher. Ihm mußte Schmierung fehlen, denn er ließ ekelhaften Speichel auf ihre Mundwinkel fallen, der durch die Bewegung des Mundes verschluckt wurde. Als die Kamera wieder die gesamte Szene ins Bild brachte, kopulierten der Neger und der Australier heftig; beide drangen gleichzeitig in ihren Körper ein, und bei jedem Stoß zuckte Emília, als würde es sie würgen; sie war hochrot im Gesicht, und ihre Halsvenen drohten zu platzen. Die Brüste bewegten sich und schienen durch eine innere Kraft anzuschwellen. Die beiden Eicheln mußten in der Mitte ihres Körpers wohl zusammenstoßen und sie innen zerstören! Ersticken und Lust, Paradies und Ekel! ... Ich wollte den Knopf drücken und diese gräßliche, groteske Szene beenden, doch verschlang mich die schäbige, verwegene Neugierde auf das Ende.

Die Kamera richtete sich erneut auf Emílias Mund. Bei jedem Angriff bedeckten die Hoden ihre Nase, die gestraffte Haut glänzte in glühendem, entfesseltem Schweiß. Es kam der Moment, wo die Männer wie wilde Tiere zu brüllen begannen; diesmal kam keiner aus ihr heraus, sondern die ganze Materie floß in Mund und Vagina. Die Kamera schwenkte auf ihr Gesicht; bei jeder Zuckung des Schwarzen floß Emília Samen aus der Nase und ergoß sich auf seine Hoden; der Orgasmus war endlos, er näßte triefend Emílias Nase und Stirn. Durch die Reibung wurde der Samen dickflüssiger, die Fäden aus weißem, klebrigem Saft blieben auf ihrer Nase und Stirn haften, schließlich zog er sich zurück. Obwohl die Flüssigkeit aufgehört hatte hervorzuquellen, ging die Bewegung weiter und bildete eine schäumende Mischung aus Säften, ein weiterer Strahl, zähflüssig schimmernd, glitt aus den Mundwinkeln nach unten (oder nach oben, wenn man Emílias Körper als Bezugspunkt nimmt).

In dem Augenblick war das Band zu Ende. Ich drehte es frenetisch um und schaltete das Gerät wieder ein; doch auf dem Bildschirm erschien keine Fortsetzung der Szene, sondern das Innere einer Fabrikhalle, wo sich eine Gruppe von Personen in Arbeitskleidung daran machte, Ziegel zu brennen. Ich suchte, von einer großen Frustration erfaßt, die Hülle des Videos; dort stand deutlich: Seite A: *Emília und ihre Freunde* (sie haben nicht gerade an Euphemismus gespart, dachte ich). Seite B: *Traditionelle Ziegelherstellung in Almacelles*. Ich stoppte das Band und wühlte auf der Suche nach einer Fortsetzung in der Kartei, ohne Ergebnis. Schließlich holte ich mir einen Birnenschnaps aus dem Kühlschrank in der dritten Bibliothek.

Nach dem ersten Schluck war die unbeschreibliche Trostlosigkeit schon erträglicher. Daß Emília hier bei uns war (auch wenn ich sie lieber bei mir als bei Jubert gehabt hätte), bewies, daß sie überlebt hatte.

Ich goß mir noch einen Schnaps ein, zehn Minuten später lachte ich für mich allein. Man kann nicht behaupten, daß in dieser Aufnahme die Lüste des Lebens zu kurz gekommen wären; doch im Vergleich mit den üblichen Erfahrungen muß es wohl so sein, als kostete man ein paar Oliven, statt an einem Festmahl teilzunehmen. Ich hob die Hände an den Kopf und lachte los: Ich mußte in der letzten Nacht wirklich eine Witzfigur abgegeben haben! Ich ließ den Birnenschnaps stehen. Als ich schlafen gehen wollte, meinte ich Stimmen aus der ersten Bibliothek zu hören. Die Türen standen offen, ich spitzte die Ohren. Es waren eindeutig Gimellion und Carter. Ohne genau zu wissen warum, erschrak ich. Wann war Carter eingetroffen? Wohl während ich mir das Video ansah, bei geschlossenen Fenstern und zugezogenen Vorhängen hatte ich es nicht bemerkt.

Ich erinnerte mich an das zwei Abende zurückliegende Gespräch mit ihm. Da hatte er ein wenig zuviel getrunken und beleidigende Dinge über meine Eltern geäußert; ich dachte an seinen seltsamen, unangenehmen Charakter und beschloß, ihm heute nacht besser nicht zu begegnen. Die Stimmen entfernten sich, ich wußte nicht, was ich tun sollte; ich verließ die dritte Bibliothek über die vierte, lief also vor den Stimmen davon und machte mich über den Gang im Nordflügel auf den Weg in mein Zimmer. Als ich am westlichen Teil, in dem sich mein Schlafzimmer befand, anlangte, hörte ich, wie sie sich vom südlich gelegenen Gang her näherten. Am liebsten wäre ich umgekehrt, doch ich wollte mich nicht lächerlich machen und ging weiter, insgeheim hoffend, doch noch die Tür meines Zimmers zu erreichen, bevor sie um die Ecke bogen, aber ich hatte kein Glück. Gerade als ich den Türgriff in der Hand hatte, tauchten sie auf.

Sie blieben schlagartig stehen, als sie mich sahen, mich verwunderte ihr Erstaunen. Obwohl sie sofort reagierten, war es offensichtlich, daß dieses Treffen keineswegs in ihre Pläne paßte; sie kamen lächelnd auf mich zu.

»Lieber Freund«, sagte Carter (du Scheinheiliger, dachte ich), »wie sind dir die letzten Tage bekommen?«

Ich antwortete ausweichend, Carter insistierte mit einem

freundlichen, für ihn unüblichen Interesse, das mich vorsichtig machte. Gimellion hielt sich heraus, und da der andere offensichtlich solche Lust zu reden hatte, fragte ich ihn, wie seine Reise verlaufen sei. Nun war er es, der auswich, und als das Gespräch an einen toten Punkt gekommen war, verabschiedeten sich beide. In meinem Zimmer angelangt, wurde ich das Gefühl nicht los, daß Carter mich freundlich und scherzend wie einen Dienstboten behandelt und Gimellion es stillschweigend hingenommen hatte.

Ich fühlte mich plötzlich seltsam in meinem Zimmer. Vielleicht, weil ich die letzte Nacht bei Emília verbracht hatte. Die Gegenstände schienen mir fremd, so als wären sie durch eine zeitliche Distanz von viel mehr als sechsunddreißig Stunden erkaltet.

Ich fühlte mich unsicher, beklommen. Mir gingen absurde Gedanken durch den Kopf. Ich überlegte, daß Carter das Gebäude vielleicht gar nicht verlassen, sondern im verborgenen zwei Tage mit Arbeit zugebracht hatte, von der er niemandem etwas sagen wollte. Ich hatte niemanden wegfahren sehen. Vielleicht befanden sich, einer geplanten Farce zufolge, die einer Erklärung bedurft hätte, auch Rodin und Roncal unter uns. Möglicherweise auch der berühmte Suárez, der nie ankam und den sie über Monate versteckt hielten, um den günstigen Moment für sein Auftauchen (wozu günstig?) abzuwarten. Wie auch immer, ich hatte für nichts auch nur den geringsten Beweis. In meinem Wahn dachte ich, Carter könnte nicht vermutet haben, daß ich annahm, er wäre gar nicht fortgewesen: Andernfalls hätten sich Gimellion und er viel feinfühliger verhalten; mit ihrem Benehmen schienen sie mir eine Komödie glaubhaft machen zu wollen, die auf nichts anderes als auf die Tatsache abzielte, daß Carter zwei Tage verreist war. Und womit waren sie alle so beschäftigt? Was rechtfertigte eine derartige Geheimniskrämerei? Das Juwel? Ich beschloß, keine Minute an solche Gedanken zu verschwenden. Das einzig Klare an der ganzen Geschichte war, daß ich mich überhaupt nicht auskannte. Ich hatte keine Ahnung, wie der Aufenthalt in Gimellions Haus enden würde. Die unmittelbarste Tatsache war, daß ich, mit Unterstützung der anderen

Anwesenden, von der einzigen Frau, die mir zugänglich war, verspottet worden war. Vielleicht übertrieb ich, aber in dem Moment fühlte ich mich so einsam wie am Tag meiner Ankunft.

Ich betrachtete die Bilder und Drucke an den Wänden: Elias und Henoch als Zeugen (Propheten, Ölbäume oder Kandelaber, was weiß ich), Herakles, mit Schmuck überhäuft, zu Füßen von Omphale, und der unvergleichliche *Papilio machaon* im Flug, der seine gelben, weißen und schwarzen, von einer fröhlichen Ironie geprägten Flecken zur Schau stellte. Ich wollte mich aufs Bett fallen lassen, warf aber zuvor noch einen Blick auf Phrixos, der auf dem Widder flüchtete. Phrixos der Undankbare, Phrixos der Zyniker ... Oder aber Phrixos-Isaak? Phrixos der Determinist! Und Phrixos der Tor? Ich betrachtete verblüfft das Gemälde. Mir schien der Widder an einer anderen Stelle zu sein, das geometrische Zentrum der Komposition verlassen zu haben, er war kleiner, vielleicht, weil er aus dem Gesichtsfeld verschwand. Der Reiter hatte seine Haltung verändert. Ich ging ganz nahe an das Bild heran; was ich für einen Gesichtsausdruck von Phrixos gehalten hatte, war in Wirklichkeit eine Gestaltungsassoziation, ein durch die Haare entstandener optischer Effekt; Tage zuvor hatte ich voreilig einen resoluten Ausdruck wahrgenommen, wo nichts weiter zu sehen war als schräg beleuchtete Haarlocken, die Person drehte sich nicht um, sondern sah nach vorne. Ich trat zurück, um den Effekt, der mich verwirrt hatte, aus der Ferne zu betrachten. Es bestand kein Zweifel. Dennoch fiel es mir schwer zu glauben, daß ich mich vier Tage lang in einer so offensichtlichen und banalen Sache geirrt hatte.

Ich zog mich aus; ausgestreckt, mit abgeschaltetem Licht, sah ich alles aus einer anderen Distanz. Das Bett war äußerst bequem, die Stille lud zum Ruhen, aber nicht gänzlich zum Vergessen ein. Es gab noch genug Dinge auf der Welt (und besonders in dieser Nacht, an diesem Ort), die vom Verstand her nicht ausreichend erklärt werden konnten, so daß das Irrationale einen gewissen Spielraum hatte; aber man mußte schließlich nicht übertreiben. Ich dachte daran, wie meine

Mutter am Vortag in Kolinskis Erzählung aufgetaucht war. In der letzten Nacht, die ich mit Emília verbracht hatte, hatte ich nicht gründlich darüber nachgedacht. Der Bezug, den es zu meiner Familie geben mochte, war das einzige, was mich an den aneinandergereihten Geschichten interessierte. Mein Unbehagen stieg und wurde immer beklemmender. An einem Ort, wo ich nicht sicher war, wer die Leute waren, die mit mir redeten, sollte ich das Falsche nicht so nah an mich heranlassen. Es bestärkte mich nur in der Vorstellung, daß es für mich noch ungeklärte Aspekte in meiner Familie gab, die ich so bald wie möglich aufdecken sollte, um weitere unangenehme Situationen zu vermeiden. Ich wollte mich unverletzbar zeigen oder zumindest entschieden, wenn sich wieder die Gelegenheit dazu bot. Doch ich mußte zugeben, daß sie mir nach und nach eine ungesunde Mischung aus maßloser Neugier und quälender Angst vor den Folgen möglicher Enthüllungen eingepflanzt hatten.

Ich drehte mich ein paarmal im Bett herum, kämpfte zwischen Wut und Mißtrauen; die wiederkehrende Besessenheit von einer Szene, in der ich gezwungenermaßen selbst brillant in Erscheinung trat, ist nicht die beste Begleitung auf dem Kopfkissen. Es kam der Moment, wo die Aussicht auf eine schlaflose Nacht im Dunkeln des Zimmers für mich unerträglich wurde, ich war schon im Begriff aufzustehen, um mir das Video über den einheitlichen Anbau in Madagaskar anzusehen, vielleicht würde ich dadurch müde. Ich erinnere mich an nichts weiter, also nehme ich an, daß ich gleich darauf eingeschlafen bin.

Sechster Tag

Am nächsten Tag schreckte ich hoch und verfluchte den fürchterlichen Birnenschnaps. Hatte ich soviel davon getrunken? Ich lauschte und war mir meiner Sinneseindrücke nicht sicher.

Hatte sich der Schlaf von selbst unterbrochen, oder hatte jemand an die Tür geklopft? Sollte das der Fall gewesen sein, war der Jemand gegangen, ohne auf Antwort zu warten.

Es war halb neun Uhr morgens. Ich öffnete die Fensterläden; es war bewölkt und windig, der Himmel so zerfurcht und barock wie auf manchen Gemälden, die dir wie eine unmögliche Übertreibung vorkommen; mir schien es ein Zeichen zu sein.

Ich zog mich an, versuchte das durch den mangelnden Schlaf hervorgerufene Gefühl von Kälte und Schwindel nicht weiter zu beachten und ging ins Speisezimmer. Dort saßen Kolinski, Ficinus, Gimellion, Simon, Frederic, Teresa, Artur, Camila und Emília. Ich wurde mit allgemeinem Gelächter empfangen, was mich völlig aus der Fassung brachte. Vor ein paar Minuten, während ich mich ankleidete, waren mir Zweifel und Argwohn vom Vortag durch den Kopf gegangen, und das hier brachte das Faß zum Überlaufen. Ich sah Emília an. Ich weiß nicht, warum ich dachte, sie würde meinem Blick ausweichen, es geschah jedenfalls das Gegenteil: Sie schenkte mir ihr bezauberndstes Lächeln und forderte mich so ungezwungen auf, neben ihr Platz zu nehmen, daß ich es war, der sich befangen fühlte.

»Wir sprachen gerade darüber«, erklärte sie mir, »daß es Träume gibt, die dich am Morgen zufriedener aufstehen lassen.«

»Und weil du mit diesem Gesicht aufgetaucht bist ...«, schloß Camila, und alle lachten erneut. Wenn es nur darum geht ..., dachte ich.

»Ein Freund von mir«, sagte Teresa, »träumte, daß er einen luziden Traum hätte. Die Geschehnisse waren schrecklich, doch er wußte genau, daß der zweite Traum ein Traum war, und wandelte ruhig durch die Unterwelt, im Vertrauen darauf, jederzeit aufwachen zu können, sollten die Dinge unerträglich werden. Ihm war allerdings nicht bewußt, daß dieses Gefühl des Wachseins falsch war, weil es sich ja ebenfalls innerhalb eines Traumes befand.«

»Laut Carter«, erinnerte sich Emília, »ist es sehr einfach, in den Träumen die Ebene zu wechseln.«

»Ich glaube nicht, daß diese Fähigkeit zu den Stärken meines Freundes zählte«, sagte Teresa spöttisch, als dächte sie an einen Tölpel.

»Ich kenne einen viel unangenehmeren Fall«, meinte Casanova, »und zwar von einem, der von dem Zimmer träumte, in dem er schlief: er selber lag im Bett genauso wie in Wirklichkeit, um ihn her eine Fülle von Details. Als er aufwachte, bemerkte er keinen Übergang oder Unterschied und glaubte, die ganze Nacht nicht geschlafen zu haben. Er fühlte sich tagsüber zerschlagen, übernächtig und unfähig, irgend etwas Brauchbares zu tun.«

Einige lachten. Ich achtete darauf, Emília nicht zu oft anzusehen, damit niemand etwas auffiele. Simon erwähnte mit keinem Wort das Video und die letzte Nacht. Wartete er etwa darauf, daß ich darüber sprach? Ich fand, daß sein Verhalten, vor allem am Vorabend, nicht gerade sehr rücksichtsvoll und ehrlich gewesen war, aber Simon war einer der wenigen Verbündeten, die mit mir die Unkenntnis bestimmter Dinge teilten, und man soll ja die Bündnisse, so zerbrechlich sie einem auch erscheinen mögen, in Ermangelung anderer, besserer beibehalten.

Die allgemein gute Laune ließ mich ein Unglück vorhersehen. Wo war Jubert? Und Carter? Als hätte Kolinski meine Gedanken erraten, stand er auf und teilte uns mit:

»Wißt ihr, daß Carter gestern abend zurückgekehrt ist?«

Alle schienen es zu wissen, und ich verzichtete auf jegliche Bemerkung darüber, daß ich ihn gestern nacht gesehen hatte; ich wartete auf eine Erklärung für die Abwesenheit von Gertrudis und wollte schon nachfragen, doch ich hielt mich rechtzeitig zurück. Gimellion stand ebenfalls auf.

»Wir erwarten jeden Moment Rodin und Suárez«, sagte er und ging mit Kolinski hinaus.

Objektiv schien sich dieser Morgen in nichts von anderen zu unterscheiden, dennoch glaubte ich eine besondere Aufregung festzustellen, vielleicht so etwas wie eine bange Erwartung. Ich verging vor Neugier, diesen verflixten Suárez zu sehen. War es nur das, oder stellten wir uns alle vor, daß sich auf seinem Gesicht das dunkle, schreckliche Antlitz von Ω zeigen würde? Ich lächelte und vermied es, jemanden anzuschauen.

Die mit dem Frühstück fertig waren, begaben sich in den Avalon. Als ich soweit war, blieben nur noch Casanova, Teresa, Simon und Artur übrig. Ich hatte es nicht eilig, es war mir gleichgültig, da oder dort zu sein, und so wartete ich auf Simon, der an diesem Morgen besonders gefräßig war. Noch bevor er zu Ende gegessen hatte, kamen Carter und Gertrudis herein.

Carter gab allen die Hand, und als ich an der Reihe war, machte er keinerlei Unterschied; seine Bemerkung kam mir aber blasiert vor.

»Obwohl wir uns schon gestern gesehen haben«, sagte er, »freut es mich sehr, dich zu begrüßen.«

Fünf Minuten später tauchte Jubert auf. Er wünschte allgemein einen guten Morgen und ging auf Carter zu.

»Wie geht es dir?« fragte er gemächlich. »Wir haben uns lange nicht gesehen.«

Carter stand auf und gab ihm mit einem flüchtigen Lächeln die Hand.

»Sehr lange, wirklich; zu lange für jemanden, von dem so anregende Initiativen ausgehen.«

Simon und ich sahen uns an, er gab mir zu verstehen, daß wir später darüber reden würden. Der Carter nächstgelegene Stuhl war der neben Gertrudis, auf ihm nahm Jubert Platz; sie saß zwischen den beiden und schwieg während deren Gespräch über Bekannte von früher. Mir war keiner der Namen geläufig, und ich hörte am Ende nicht mehr zu.

Als Casanova fertig gefrühstückt hatte, stand er auf und wandte sich an Simon, Artur und mich.

»Wir haben uns mit den Frauen im Avalon verabredet, um das, worüber wir gestern sprachen, zu Ende zu führen. Wenn ihr euch anschließen wollt ...«

Wir drei folgten ihm.

Wir hatten die Tür zum Avalon noch nicht erreicht, als die vom Durchgangszimmer aufging und Gimellion, Ficinus und Rodin hereinkamen. Die noch beim Frühstück saßen, standen auf; Rodin begrüßte, wie zuvor Carter, jeden einzeln. Doch sein Auftreten war feierlicher, er wurde viel förmlicher willkommen geheißen. Selbst ich betrachtete ihn mit anderen Augen, nachdem ich andere Versionen der von ihm erzählten Geschichte gehört hatte, mit Bemerkungen über seine Person, die er selbst nie gemacht hätte. Vor fünf Tagen war Rodin für mich ein seinerzeit mächtiger Ex-Politiker gewesen; nun sah ich in ihm außerdem den hochrangigen Vertreter einer Organisation, die viel stärker und weitreichender war als eine Regierung; der Unterschied war objektiv schwer einzuschätzen, vielleicht hatte sich deshalb die Ausstrahlung der Person so gewaltig erhöht.

Ich betrachtete wieder die Masken der Komödie und der Tragödie über der Tür zum Avalon. Es schien am einleuchtendsten, in diesem annähernd runden Objekt, das sie zur Hälfte bedeckten, kein Gestirn und auch kein Auge oder ein Herz zu sehen, sondern einen Kopf ... Einen zur Wand gedrehten Kopf, der auf den Eingang zum Avalon wies. Ich dachte, daß Komödie und Tragödie auf dem Zufall beruhen, daß beide Masken gleichzeitig lachen und weinen und sich völlig gleichen.

Rodin setzte sich zum Frühstück, Casanova, Simon, Artur und ich zogen uns in den Avalon zurück. Camila und Emília waren schon dort, wenig später kam auch Teresa.

Die Landschaft stellte an diesem Morgen gestochen scharf ihre Pracht zur Schau, verlockte dazu, sie mit heftigen und melancholischen Gefühlen in Verbindung zu bringen (das starke Sonnenlicht an anderen Vormittagen hatte sie zu hart wirken lassen und eine Betrachtung der Details erschwert).

Ich hatte plötzlich den Eindruck eines nahenden Endes und danach, schwächer, aber anhaltender, den einer fernen Vorahnung.

Die Freunde (vielleicht konnte ich sie nach sechs Tagen so nennen) rückten die Stühle näher an das Glasfenster, möglicherweise angezogen vom Zusammenspiel des drinnen und draußen herrschenden Lichtes. Ich betrachtete einen nach dem anderen, und mir kam der Gedanke, daß jedes Individuum eine viel gefährlichere Bombe barg als die in Kolinskis Theorien enthaltene, denn jeder kennt sich selber so wenig wie die anderen. Ich sah Emília an. Sie trug ein weites weißes Kleid mit schwarzem Saum und dezenter Stickerei; sie lächelte mich an, ich aber sehnte Gertrudis herbei. Casanova begann die Geschichte.

0/1

Fortsetzung der Geschichten aus dem Sanatorium

Ich verließ die Villa des Doktor Sabater, befreit von meinen Leiden (zumindest sagten mir das alle), sogar von der Beklommenheit, die mich immer bei dem Gedanken erfaßt hatte, meine vor dem Traum liegende Herkunft nicht zu kennen. Der Zweifel, die Heilung könnte nur das Trugbild eines erneuten, subtileren Wahnsinns oder ein Vorzeichen des Todes sein, war überwunden, und ich versprach, die paar Freunde, die dortblieben, oft zu besuchen. Von allen Bekannten draußen war nur Teresa mit einer gewissen Regelmäßigkeit mit mir in Kontakt gewesen und deshalb außerhalb der Klinik die einzige Person, zu der ich Vertrauen hatte. Ich bat sie, mir dabei zu helfen, meine Freunde wiederzufinden, und sie willigte sehr liebenswürdig ein.

Wir begannen bei den jungen, und ich erlebte die erste Überraschung: die meisten befanden sich im Ausland. Paul Deveraux war in ein Exportunternehmen eingestiegen und lebte in den Vereinigten Staaten (die paar Mal, wo wir uns getroffen haben, hat sich Teresa mit ihm angelegt, indem sie ihn fragte, ob er mit Heroin handelte oder mit Mädchen). Marià war ständig auf Reisen, seine Schwester hatte einen Deutschen geheiratet und lebte in München. Rodolf Serós war nach Problemen mit der Steuerbehörde nach Frankreich übergesiedelt. Nach den ersten Tagen zweckloser Suche bedrückte mich die Einsamkeit. Ich spürte die Nachwehen des Abgeschiedenseins und bekam heftige Anfälle von Melancholie, gegen die Teresa ankämpfen mußte. Ich verfiel wieder in die Schwäche des Zweifelns, fühlte mich unendlich schutzlos und rief mir schließlich in hoffnungslosem Schmerz das Bild der unvergleichlichen Lluïsa in Erinnerung.

Teresa hatte mir erzählt, daß Zacaries Uriach mit Aline, Pauls Mutter, zusammen war und sie ein Leben führten, das für jemanden, der in seiner Existenz eine sozusagen herkömmliche Stabilität aufrechterhalten will, nicht eben empfehlenswert ist. Wir hätten sie aber, auch wenn wir das wollten, wohl kaum angetroffen, denn sie waren viel auf Reisen. Ich unternahm einen letzten Versuch, um die Vergangenheit zurückzuholen, und beschloß, mit Teresa Onkel Tomàs zu besuchen.

Er hatte einen Bauernhof in La Selva restauriert, wir fuhren dorthin, ohne uns vorher ankündigen zu können. Den Alten zu sehen war noch schlimmer, als die Jungen nicht getroffen zu haben. Senyor Siurana lebte umgeben von der Fremdheit und dem Schrecken seiner Nachbarn; die senilen Extravaganzen und die Unausgeglichenheit des Charakters hatten einen Schutzwall gegen das gemeine Volk gebildet, gegen das er in den letzten Jahren so sehr gelästert hatte. Ich sah mich in ihm widergespiegelt und empfand Scham und Abscheu. Man kann ein Misanthrop sein, aber nicht um den Preis, sich schließlich wie ein Idiot zu benehmen.

Er war nicht viel älter als sechzig, doch wirkte er wie achtzig. Er sprach nur von sich, von seinen Geranien, dem Jasmin, den Primeln. Es war ihm nicht möglich, sich nach meinem Befinden zu erkundigen, und Teresa hatte er nicht einmal begrüßt.

Als die Abendessenszeit näher rückte, schob ich eine Verabredung vor, um gehen zu können. Er setzte dem nichts entgegen, und bereits zehn Minuten später befanden wir uns im Wagen, nachdem wir die unerläßlichsten Abschiedsformeln hinter uns gebracht hatten und ich mir geschworen hatte, nie mehr dorthin zurückzukehren.

Die Vergangenheit blieb zurück. Wir knüpften neue Freundschaften und festigten die allerersten, darunter die zu Gertrudis; nach einiger Zeit waren die Schrecken des Abendessens bei Guasch nichts weiter als ein Scherz, den ich, wie gestern, zur Erheiterung der Leute erzählen konnte. Teresa überzeugte mich davon, daß ihre Anwesenheit an meiner Seite keinerlei Drang entsprang, einem Hilflosen beizustehen. Ich bat sie, mich zu heiraten, und sie war einverstanden.

Wenige Jahre darauf starb, wie ihr sicher wißt, Aline in Italien, und Zacaries Uriach kehrte als eine Karikatur seiner selbst nach Barcelona zurück. Die von mir und Teresa unternommenen Versuche, ihn aufzurichten, waren zwecklos. Er begann bekanntlich nachts umherzustreifen, ging zum Friedhof, wo er auch starb; es würde mich nicht wundern, wenn er dies so gewollt hätte.

Für mich bedeutete es das endgültige Begräbnis der Zeiten von Lluïsa Cros; doch damit war noch nicht alles zu Ende. Die Presse startete eine verleumderische und heimtückische Kampagne um Uriachs Tod und um seine mehr oder weniger weit zurückliegenden Verbindungen zu ziemlich undurchsichtigen, einflußreichen Finanzunternehmen. Ich wußte damals nur wenig über das Institut, das Juwel und den Zusammenhang beider mit der Bank Mir. Weder Zacaries noch Lluïsa waren jemals gesprächig gewesen, also überraschte mich diese Geschichte der Intrigen, und ich beschloß, soviel wie möglich darüber herauszufinden. Sollte mein Freund ermordet worden sein, wollte ich es als erster wissen.

Ich entdeckte, daß Getrudis meine Neugierde teilte; gestützt auf ihre Beziehungen – sie hatte direkten Kontakt zur Bank Mir – und mit vereinten Kräften gingen wir, jeder von seiner Seite, an die Sache heran. Wir fanden viel weniger heraus, als hier erzählt wurde.

»Verzeih«, unterbrach Camila, »du hast von den Beziehungen gesprochen, die Gertrudis gewissermaßen Zutritt zur Bank verschafften. Könntest du das ein wenig genauer ausführen?«

Casanova lächelte und sah zu Boden. Dann richtete er sich an Camila.

»Wenn sie es nicht erzählt hat, wird sie ihre Gründe haben«, und an alle gewandt, fügte er hinzu: »Habe ich nicht recht?«

Niemand sagte etwas. Mein Blick traf auf den Simons, er schien mir nervös zu werden, wie schon bei anderen, ähnlichen Gelegenheiten. Casanova fuhr fort.

In der Zwischenzeit war ich meinem Versprechen nachgekommen und hatte die Freunde im Sanatorium regelmäßig besucht.

Als ich vor gar nicht langer Zeit das letzte Mal hinkam, war kaum noch ein Patient aus meiner Zeit dort (Berenguer hatten sie woanders untergebracht, Falques und Galbach waren schon lange fort; wir haben uns nie mehr wiedergesehen). Im Laufe meiner Besuche hatte ich die Neuankömmlinge kennengelernt. An dem Tag, von dem ich spreche, war der älteste Bekannte ein gewisser Albert Arquer; er war seit fünf Jahren im Sanatorium, allerdings nicht ununterbrochen, denn er litt an periodisch wiederkehrenden Depressionen.

Ihr werdet meine Beharrlichkeit, ein Irrenhaus zu besuchen, vielleicht seltsam finden, und selbst wenn es ein nobles Irrenhaus war, das leichte Fälle beherbergte, wird manch einer von euch denken, daß mich Neugierde hintrieb. Ich versichere euch, dem war nicht so. Der Einbruch von Grausamkeit und Widersinn in unser Leben geschieht so systematisch und ist so stark, daß eine kleine, entsprechend dosierte Lektion der Bescheidenheit sehr belebend wirkt. Es ist nicht gut, zu vergessen, wo du einmal gestrauchelt bist, die Erinnerung hilft dir, Rückfälle zu vermeiden.

Arquer sagte mir, daß fast alle Patienten ihr Mittagsschläfchen hielten, und wir gingen auf eine Terrasse, auf die der Schatten einer Magnolie fiel. Wir setzten uns: kurz darauf kam ein Mann, den Arquer mir vorstellte. Er hieß Rafael Cortés; als er meinen Namen hörte, war er ganz erstaunt.

»Sie sind der Neffe von Tomàs Siurana?« sagte er, und nun war es an mir, erstaunt zu sein.

»Kennen wir uns?«

»Bitte, können wir beide einen Augenblick allein miteinander reden?« fragte er und sah Arquer flehend an.

Ich sah ihn ebenfalls an, und er stand auf.

»Meinetwegen«, bekräftigte er; auf meinen eindringlichen Blick hin gab er mir mit Bewegungen von Augenbrauen und Mund, die er nicht zu verbergen versuchte, zu verstehen, daß er nicht gefährlich sei, daß ich aber Geduld mit ihm haben müsse.

Arquer ging, und Rafael Cortés und ich nahmen Platz. Er war groß, von eindeutig südländischem Aussehen, und wirkte nicht eben intellektuell, eher wie jemand, der auf dem Feld oder in der Fabrik gearbeitet hat. Er mochte um die Fünfzig sein und schien noch im Vollbesitz seiner Kräfte; sein Kopf, mit stark hervortretenden Knochen und Adern, und seine hinter Ringen und dunkelvioletten Tränensäcken eingesunkenen Augen beeindruckten.

»Erzählen Sie«, fügte ich mich dem Unvermeidlichen und wünschte, es möge bald vorbei sein.

Er sah mit einem melancholischen Lächeln nach oben.

»Ich war der Große Rafa in Lagunillas Bande.«

Das weckte sofort mein Interesse. Gertrudis und ich hatten schillernde Aspekte in der Vergangenheit von Pere Ficinus entdeckt, und die Gelegenheit, mit einem bedeutenden Mitglied seiner früheren Bande zu sprechen, fand sich nicht an jeder Straßenecke. Ich ahnte, daß dieser Mann etwas mit dem Tod von Uriach zu tun haben könnte.

»Was kann ich für Sie tun?« sagte ich in dem Versuch, ihm ein wenig Vertrauen einzuflößen; er heftete einen der düstersten und ernstesten Blicke auf mich, die ich je gesehen habe.

»Hier bin ich nicht sicher. Ich brauche ein Versteck und

Schutz«, sagte er mit einem angedeuteten Lächeln und fügte hinzu: »Ich bin ganz und gar nicht verrückt. Das Problem ist, daß ich zuviel weiß.«

Stimme und Gesicht des Mannes, den ich vor mir hatte, waren so überzeugend pathetisch, daß ich mißtrauisch wurde; wer weiß, ob ich es nicht mit der Verschlagenheit eines Hausierers, eines Weltenbummlers, eines Straßenhändlers zu tun hatte. Was wollte er?

»Vielleicht«, sagte ich, entschlossen, wachsam zu bleiben, »sollten Sie mir das genau erzählen.«

Er sah mitleiderregend drein.

»Ich weiß, daß Sie aus den gleichen Gründen gelitten haben wie ich und daß Sie ein anständiger Mensch sind; aber hier können wir nicht reden.«

Er blickte sich um und stand auf; ich folgte ihm in den Garten. Wir setzten uns auf eine unter einer Baumgruppe im Halbschatten stehende Bank.

Er starrte schweigend auf seine Schuhe. Und wenn er nur ein armer, harmloser Narr war? Müßte ich mir eine Geschichte ohne Kopf noch Fuß anhören? Das gleiche hätte man natürlich zu einem anderen Zeitpunkt von mir sagen können; es lohnte sich, ihm die Wohltat des Zweifels einzuräumen.

»Ich bin ganz Ohr«, munterte ich ihn auf; »wenn es Ihnen recht ist, können Sie beginnen.«

Wir lächelten, er nickte. Er sah mich immer wieder an, und es dauerte noch ein wenig, bis er sich zu reden aufraffte.

1/2

Geschichte vom Zerfall der alten Bande Lagunillas

Als Jungen waren wir berüchtigte Banditen. Wir hatten den geschicktesten Anführer aller Zeiten, Perico, den Polizei und Zeitungen Lagunilla nannten, weil er eines Tages, als er klein war ..., aber ich will Sie schließlich nicht mit Nebensächlichkeiten langweilen. Jedenfalls besaß Perico sämtliche Qualitäten: er war flink, mutig und erfolgreich. Und noch eine weitere, die uns anderen abging: er war intelligent. Er hatte sich vorgenommen, aus dem Elend herauszukommen, und schaffte es auch; er riß uns alle mit. Später steckte er sich das Ziel, die ständige Gefahr und moralische Armut hinter sich zu lassen, doch da konnten wir ihm schon nicht mehr folgen. Perico wurde zu Senyor Ficinus, und obwohl er sich uns gegenüber bemühte, die gemeinsame Sprache nicht aufzugeben, konnten wir uns nichts vormachen. Wer schlau genug ist, durch diese Tür zu gehen, ist auch schlau genug, nicht zurückzukommen; er hörte auf, einer von uns zu sein. Wir hatten den besten Organisator, den sichersten Strategen verloren. Der Breitbeinige und Quico Xungo bekamen einen Wutanfall und wollten ihn umbringen, weil sie das als einen groben Schaden, als einen Raub betrachteten, wie sie sagten. Ich konnte sie nicht überzeugen, daß sie nur eifersüchtig waren und im Begriff standen, die sinnlose Dummheit von Analphabeten zu begehen. Ich weiß nicht, wie es mir gelang, sie davon abzubringen. Warum ich das tat? Vielleicht, weil ich das Gefühl hatte, der einzige zu sein, der spürte, daß er in erster Linie einen Freund verloren hatte; und ich war bereit, es einzugestehen. Freunde, selbst wenn du sie verlierst, durch Tod oder veränderte Lebensgewohnheiten, bleiben für immer, es sei denn, das große Geld entfernt sie oder sie verraten dich, und das scheint mir bei Perico und Senyor Ficinus nie der Fall gewesen zu sein; ganz im Gegenteil, man muß es ihm hoch anrechnen, daß er uns immer geholfen hat. Die wenigen guten Dinge, die der Bande blieben, nachdem er fortgegangen war, waren seiner Vermittlung zu verdanken. Nun jedoch, wo er die Welt gewechselt hat, bezweifle ich, daß er sich noch an das vergangene Unglück erinnern möchte. Wir hatten Probleme, die hier nichts zur Sache tun, und Senyor Ficinus zeigte weder Lust noch Laune, sie für uns zu lösen.

Die Bande hatte in der Folge zwei Anführer: Der Breitbeinige übernahm die Organisation, war für die Verteilung der Aufträge und für Ordnung und Disziplin zuständig; er besaß die meiste Autorität und setzte sie gegen den Stil jedes einzelnen durch. Quico Xungo wurde die Autorität vor Ort zugesprochen, damit war er Einsatzleiter, der Ausführende sozusagen und auch Spezialist für Aktionen im Alleingang, die eine bestimmte Geschicklichkeit und eine ausgezeichnete körperliche Kondition erforderten. Doch mit Perico fehlte uns der Verbindungsmann, der uns an die großen Geschäfte heranbrachte, und den mußten wir uns nun suchen. Nach vielen Überlegungen und falschen Hoffnungen, die manch einem das Leben kosteten, weil er unseres Vertrauens nicht würdig war, schlossen wir endlich mit einem gewissen Moro Guillem einen Vertrag ab. Ich sage Vertrag, weil wir unserer Beziehung diesen Rahmen gaben. Er war ein ehemaliger Börsenmakler, der sich nun dem Handel mit Devisen und harten Drogen widmete. Ich will nicht auf Einzelheiten der Vertragsbedingungen eingehen und Ihnen nur sagen, daß er nicht nur rein geschäftliche Gründe hatte, uns keinen Anlaß zur Klage zu geben.

Am Anfang ging alles gut. Damals waren der Breitbeinige und Quico Xungo persönlich in eine Aktion verwickelt, die uns eine dem Gewinn von zehn Jahren entsprechende Summe einbrachte. Ich werde Ihnen eines Tages in Ruhe erzählen, worum es ging. Sie sollen nur wissen, daß die Angelegenheit direkt von Senyor Ficinus ausging und gewiß eine der durchaus zu rechtfertigenden Aktionen war, die außerhalb des gesetzlichen Rahmens durchgeführt wurden.

2/0

»Rafa«, unterbrach Artur, »dürfte die Entführung der Kinder von Lluïsa Cros gemeint haben; laut Ficinus ist es Sache der drei gewesen.«

»Zweifellos«, bestätigte Casanova und fuhr fort.

0/2

Nach und nach stellte sich heraus, daß die kleinen Operationen florierten, die wichtigen hingegen in einem zu hohen Prozentsatz scheiterten. Wir mußten sehen, wie wir vorankamen. Wenn wir uns weiter wie Hühnerdiebe verhielten, würde unser Leben nur ein trauriges Potpourri aus falschen Hoffnungen, Flucht und Verhaftungen sein, die Aufenthalte im Gefängnis würden mit jedem Mal länger werden. Aber wie schon erwähnt, hatte keiner von uns Pericos Charme und Talent und auch nicht, warum sollte man das nicht sagen, sein Glück.

Eines Tages kam es zu einem besonders spektakulären Fehlschlag. Der Coup war genauestens vorbereitet worden, aber die Polizei erwartete uns bereits. Ich weiß heute noch nicht, wie wir davongekommen sind. Nie pfiffen mir die Kugeln so dicht um die Ohren. Genís traf eine ins Bein, doch der Breitbeinige und ich konnten sie ihm entfernen. In der Nacht war ich verzweifelt und ging zu dem Breitbeinigen.

»Wenn du nicht merkst, daß uns jemand verarscht, dann bist du vernagelt.«

Er sah mich mit zusammengebissenen Zähnen an.

»Ich habe mit Senyor Ficinus geredet.«

Wir hatten uns angewöhnt, ihn nur noch dann Perico zu nennen, wenn wir von der Zeit sprachen, wo er einer von uns war.

»Und was hat er gesagt?«

»Moro Guillem ist offenbar ein Polizeispitzel.«

»Schweinehund«, brüllte ich, »du wußtest es und hast zugelassen, daß wir Kopf und Kragen riskieren.«

Ich packte ihn und preßte ihn gegen die Wand. Der Breitbeinige war ein außerordentlich kräftiger Mann und hätte mich, wenn er wollte, zu Brei geschlagen, doch er erkannte die äußerste Erregung dessen an, der weiß, daß er im Recht ist, und beschränkte sich darauf, meine Arme festzuhalten.

»Ich erzähl es dir«, sagte er versöhnlich. »Senyor Ficinus hält es für angebracht, Moro in dem Glauben zu lassen, daß er uns hinters Licht geführt hat. Du weißt schon, das in solchen Fällen Übliche: Bei kleinen Sachen und, damit es nicht auffällt, bei der einen oder anderen großen Arbeit ein Auge zudrücken.«

»Und was haben wir davon? Merkst du nicht, daß wir Kanonenfutter sind?«

»Es ist das einzige, was wir tun können!« schrie er, heftig gestikulierend. »Siehst du es denn nicht? Nachdem wir in der Sache mit den Kindern gescheitert sind, traut uns Capella nicht mehr. Moro ist unsere einzige Möglichkeit, um an große Aufträge heranzukommen!«

Ich setzte mich verärgert. Das glich einem Schachspiel, bei dem dein König dein Kopf war.

»So dankt uns Senyor Ficinus unsere Dienste. Indem er uns einem Spitzel ausliefert.«

»Hör zu, Senyor Ficinus meint, wenn wir eine Zeitlang durchhalten, wird sich das Blatt zu unseren Gunsten wenden. Wir sind es, die ihn kontrollieren und den Gewinn einstecken, so daß sich das Opfer lohnt.«

»Was bist du doch für ein Esel! Siehst du nicht, daß Ficinus alles gleichermaßen kontrolliert? In den Kreisen, in denen er verkehrt, steht die Polizei vor ihm stramm. Er will uns alle in Schach halten: Moro, die Polizei und uns.«

»Vielleicht hast du recht«, gab er lächelnd zu und strengte sich an, mich zu überzeugen; »aber wenn sie uns nicht schnappen und wir ab und zu einen guten Coup landen, kann es uns doch egal sein, oder?«

Ich zuckte mit den Schultern.

»Mir gefällt es nicht«, sagte ich. »Aber wenn du meinst …«

»Was hält übrigens Quico von alledem? Habt ihr darüber geredet?«

Quico hatte sich, wie bereits erwähnt, schon zu Pericos Zeiten spezialisiert, und seine Dienste wurden oft für heikle Arbeiten in Anspruch genommen. Das machte ihn in gewisser Weise von der Bande unabhängig und stellte ihn ein wenig über diese Konflikte. Ich erinnerte den Breitbeinigen daran. Quico würde keine Probleme machen, denn er verfügte über eigene Einkommensquellen; da war es schon wahrscheinlicher, daß wir ihn eines Tages aus den Augen verlieren würden.

Für den Moment blieb es dabei.

Wir tauchten eine Zeitlang unter, und als Genís von seiner Verletzung genesen war, wurde die Diskussion erneut und noch heftiger entfacht. Genís hatte, wie Sie verstehen werden, viel mehr Grund zur Unzufriedenheit als ich. Als er erfuhr, wie die Dinge gelaufen waren, mußten wir alles daransetzen, daß er Moro nicht auf der Stelle ein Messer in den Bauch rammte. Schließlich sagte er, sollten wir keine Lösung finden, würde er sich darum kümmern. Das schien mir verdächtig, doch der Anführer der Bande war der Breitbeinige, und da er nichts weiter dabei fand, wollte ich mich da nicht reinhängen.

In den folgenden Jahren lebten wir mehr schlecht als recht, mit dem einen oder anderen geglückten Coup, der unseren Größenwahn wieder aufflackern ließ. Die Bande machte lethargische Etappen durch, die jeder für sich nutzte, um eine achtbare Fassade aufzubauen. Es kamen Krisenzeiten für alle, und viel später, als wir schon reife Männer waren, führte uns das Schicksal wieder zusammen. Wie das Leben so spielt: die beiden, die früher unversöhnlich schienen, Moro Guillem und Genís, festigten ein zunehmend undurchsichtiges Bündnis. Zu Beginn dachte ich, es ginge darum, die Kontrolle über die Bande zu übernehmen, doch der Breitbeinige hatte nichts dagegen, Lösungen zu diskutieren, und bald vermutete ich, daß etwas anderes dahintersteckte. Quico Xungo seinerseits wurde immer unabhängiger und waghalsiger. Eines Tages schlug er mir vor, nachzuforschen, wo sich die von ihm, dem Breitbeinigen und Perico entführten Kinder befänden. Er meinte, dadurch ließe sich eine wichtige Geldquelle erschließen. Natürlich sollte ich die Dreckarbeit machen, nämlich den Erpresser abgeben; er wollte mich als Prügelknaben, aber ich lehnte ab. Wenig später offenbarte mir Moro, er hätte entdeckt, daß Ficinus intime Beziehungen zu der Ehefrau einer wichtigen Persönlichkeit unterhielte; er legte mir nahe, das zu nutzen, um unsere Bedingungen zu verbessern. Ohne daß ich ja oder nein gesagt hätte, wies er mich schließlich darauf hin, daß der Breitbeinige natürlich herausgehalten werden müßte.

Das Ganze betrübte mich sehr. Ich wußte, wenn in einer Bande die Dinge eine solche Wende nehmen, steht ihr Ende bevor. Außerdem waren wir keine Jugendlichen mehr; wir hatten uns alle als anständige Geschäftsleute etabliert; ein

Mißgeschick würde uns dennoch zum Verhängnis werden. Ich versuchte, ruhig zu überlegen. Der Breitbeinige war der einzige, der keine Rosinen im Kopf hatte, aber er hatte sich zurückgehalten. Quico und Moro wollten viel höher hinaus, und Genís wollte das auch, was noch gefährlicher war. Der einzige Ausweg, um nicht vom Zug überfahren zu werden, war loszulaufen, und zwar nach vorn.

Ich nahm unterderhand alle Vorschläge an. Ich bin nie sonderlich intelligent gewesen, doch die Erfahrung macht schließlich die mangelnden Geistesblitze wett. Ich fand heraus, daß die großartige Idee von Quico Xungo nur darin bestand, einen neuen Verbindungsmann anzuheuern, einen gewissen Marc Grunel, der zu Capellas Partnern gehörte.

2/0

»Grunel!« warf Emília ein. »War das nicht einer der Anwesenden beim Abendessen der Guasch?«

»Genau!« sagte Casanova. »Wie ihr euch vorstellen könnt, wagte ich an diesem Punkt der Geschichte kaum zu atmen. Man durfte auch die Möglichkeit nicht ausschließen, daß mir dieser Mann geschickt worden war, um mich zu verwirren. Das würde heißen, ich lag mit meinen Nachforschungen über die seltsamen Geschäfte der Bank Mir richtig.«

»Warum holen wir nicht Ficinus?« fragte Camila. »Er könnte die Identität Rafas und den Wahrheitsgehalt seiner Geschichte bestätigen oder bestreiten.«

Casanova lächelte.

»Ich habe sie ihm vor kurzem in groben Zügen erzählt, er hat sie im allgemeinen bestätigt, obwohl«, er machte eine Pause, »es zwischen Rafa und ihm erhebliche Abweichungen gibt, so daß noch viele Punkte zu klären sind.«

»Bitte erzähl weiter«, sagte Simon, und Casanova fuhr mit Rafas Erzählung fort.

Grunel hatte herausbekommen, daß die Entführung keine Erpressung seitens unbekannter Verbrecher oder Feinde des Hauses gewesen war, sondern ein von der Familie selbst organisiertes Versteckmanöver. Wie gesagt, wenn Sie wollen, kann ich Ihnen die Geschichte einmal ausführlicher erzählen. Grunel beabsichtigte, die Information an jene Feinde zu verkaufen, von denen weder ich noch Quico Xungo herausfinden konnten, wer sie waren. Im Gegenzug beschloß Quico Xungo, sein privates Geschäft zu machen, indem er im richtigen Moment diese Information an die Familie weitergab, natürlich ohne mir noch sonst irgend jemandem etwas davon zu sagen; so würde er auf beiden Seiten abkassieren. Als mir das klar war, lachte ich schallend, doch mit Bitterkeit. Ich würde nie eine große Persönlichkeit sein, dazu war ich nicht hart genug; vielleicht hatte ich nur Angst, Moro und Quico Xungo zu beseitigen, denn sie waren schlauer, und ich wäre am Ende der Verlierer.

Was das andere betraf, so war klar, daß Moro einen Sklaven brauchte, der ihm Ficinus gegenüber als Stoßstange diente; er fühlte sich nicht imstande, ihm die Stirn zu bieten. Die fragliche Dame hieß Laura Burch, und ihre Beziehungen waren beeindruckend. Ihr Ehemann war Aureli Sobrepuig, Industrieller, Ex-Abgeordneter, Präsident der Handelskammer, und so weiter. Ihre ältere Schwester Raquel hatte ein Verhältnis mit einem der Chefs der Bank Mir, Rafael Suárez, der außerdem dem diplomatischen Korps angehörte. Nun gut, es war nicht schwer, sich vorzustellen, in welche heiklen Bereiche wir uns vorwagten. Ficinus' Interessen in der neuen Welt waren so stark, daß er nicht nur keine Beeinträchtigung dulden, sondern uns allen beim ersten Fehler an die Kehle gehen würde.

Ich hatte Gelegenheit, seiner Lebensform nachzuspüren, bekam auch die Dame zu Gesicht, die seinen Untergang bedeuten konnte, ich beneidete ihn zutiefst, empfand aber gleichzeitig so etwas wie fremden Stolz, als wäre dieser Triumph, zu dessen Untergrabung ich nun beitragen sollte, auch ein wenig meiner. Quico Xungo hatte in letzter Zeit durch die Ermordung von Berühmtheiten viel Geld verdient, doch er verstand nicht, es auszugeben. Seine Prahlereien kamen nicht aus einer eigenen Art, das Leben zu begreifen, und sie erlaubten es ihm nicht, von den gewöhnlichen, vollbusigen Frauen, dem Champagner und den Sportwagen wegzukommen. Sein Aussehen war das eines Lackaffen: Pelzmäntel, gefärbtes Haar, Sonnenbrille, die sein Gesicht halb verdeckten, bis zum Nabel aufgeknöpfte Satinhemden, Goldschmuck und Ringe, lange Fingernägel ..., er konnte niemandem etwas vormachen. Ficinus hingegen war ein Gentleman und hatte sich eine würdige Partnerin ausgesucht.

Die Situation begann mir den Schlaf zu rauben. Im Grunde würde die mit der Entführung der Kinder verbundene Erpressung früher oder später auch Ficinus' Ansehen schaden, obwohl er ein paar Jahre zuvor ihr Retter gewesen war. Ein edler Mensch hätte ihn aufgesucht und ihm mit Tränen in den Augen alles erzählt, doch ich war berechnend (heute glaube ich, ich war schäbig): Das konnte der entscheidende Coup sein, der dir spöttisch das ganze Leben lang gefolgt ist und der es dir erlauben würde, dich zurückzuziehen! Wenn dadurch Ficinus ruiniert würde, war mir das völlig egal, er hatte die süßen Seiten schon ausgekostet.

Moro arbeitete die Strategie aus. Er beauftragte mich damit, Ficinus und Laura Burch zu beschatten. Ich sah sie in luftiger Kleidung ins Theater gehen, durch die Wälder reiten, auf Terrassen unter freiem Himmel im Schatten einer Weinlaube zu Mittag essen. Ich fotografierte sie, wie sie nackt von der Jacht aus baden gingen, wie sie in den auf die Gärten gehenden Arkaden Weißwein tranken, nur in Gesellschaft ihrer Rassehunde. Als ich sie beobachtete, wurde mir klar, daß der wirkliche Geizhals sich daran erkennen läßt, wie er für sich selbst Geld ausgibt, nicht daran, wie er die anderen um ihrer Bewunderung und ihres Dankes willen beschenkt, denn das ist nur Eitelkeit; Ficinus war großzügig bis an die schwierige Grenze der eigenen Intimität.

Am Ende kam alles zusammen. Quico Xungo hatte herausgefunden, wo sich die Kinder befanden (die inzwischen keine Kinder mehr waren), und ...

»Wo waren sie?« fragte Simon.

Casanova lachte.

»Meine Reflexe waren nicht so gut wie deine. Leider hatte ich meine Zweifel, ob es sich um die Kinder von Lluïsa handelte, die alle seit einiger Zeit für tot hielten, und lenkte meine Aufmerksamkeit auf andere Punkte. Rafa hat natürlich keinen Ort erwähnt.«

Unter den Anwesenden regte sich leise ungläubiges Staunen. Casanova fuhr fort.

Quico Xungo warnte mich. Er erzählte mir, daß Grunel im Begriff war, die Information an den Entsprechenden weiterzugeben. Ich mußte auf der Lauer liegen, um die Bezahlung in Empfang zu nehmen, wozu es spätestens in zwei Tagen kommen sollte. Während ich zuhörte, machte ich mich mit der Lage vertraut. Wenn Quico wirklich ein doppeltes Spiel mit der Familie treiben wollte, blieb in zwei Tagen keine Zeit für die Erpressung und die Geldübernahme; das bedeutete, er rechnete damit, von einer der beiden Seiten erwischt zu werden, logischerweise von Grunel und den Feinden der Familie, und ich sollte es ausbaden. Klar, ich konnte mich noch rechtzeitig zurückziehen, doch das würde mich für immer von jeglicher Gelegenheit fernhalten, meine Position zu verbessern. Ich beschloß, höher als sie zu spielen.

»Morgen erwarte ich dich um zwölf hier«, sagte er, bevor wir auseinandergingen.

Am nächsten Tag erschien ich und war bemüht, daß mich meine Nervosität nicht verriet. Ich gab ihm einen verschlossenen Umschlag.

»Was ist das?« fragte er.

»Ein notarielles Schreiben«, antwortete ich grinsend.

Er öffnete es und sah es durch, ohne sich bei einem Paragraphen aufzuhalten.

»Was steht drin?«

»Es beglaubigt, daß, wenn ich in den nächsten zehn Jahren eines gewaltsamen Todes sterben sollte, das heißt, wenn es den geringsten Hinweis darauf geben sollte, daß ich ermordet worden bin, das Original dieses Dokuments Pere Ficinus ausgehändigt wird.«

»Dokument? Welches Dokument?« sagte er gereizt.

»Ein Geständnis, in dem ich vor Zeugen, die unterschrieben haben, schwöre, daß du und ich die Urheber der Information sind, die einem gewissen Marc Grunel enthüllt, wo sich gewisse Personen befinden, und daß dieselbe Information uns dazu gedient hat, die Hüter der Interessen dieser Personen zu erpressen.«

Es war ein verwegener Einsatz. Es bestand die Gefahr, daß Quico das Risiko einging, dann würde er mir als erstes den Hals umdrehen. Ich hoffte, sie wären daran interessiert, Grunels Namen aus Ficinus' Verdächtigungen herauszuhalten, denn falls Ficinus ihn schon im Visier hatte, war mein Schachzug als Schutzmaßnahme zwecklos und ich verloren.

»Lüge!« rief er und las verzweifelt. »Kein Notar würde jemals eine Erklärung unterzeichnen, in der ungestrafte Delikte zugegeben werden!«

»Gut beobachtet«, sagte ich bedächtig; »doch die Erklärung enthält keinen einzigen Hinweis auf strafbare Aktivitäten; sie ist verhüllend in geschäftlichen Ausdrücken abgefaßt, und der Notar hat sie nichtsahnend unterschrieben, doch im Falle eines Falles kannst du sicher sein, daß sie von dem, den es angeht, ordnungsgemäß entschlüsselt wird.«

»Scheißkerl!« brüllte Quico und kam drohend auf mich zu. Ich hielt ihn mit einer Hand auf.

»Denk an das notarielle Schreiben.« Er starrte mich an, ohne sich der Situation noch ganz bewußt zu sein. »Wenn man mich für verschwunden erklärt, funktioniert der Mechanismus genauso.«

»Was willst du?«

»Das geschieht dir«, sagte ich gelassen, während ich mich langsam setzte, »weil du mich betrügen wolltest. Zuerst wolltest du bei den Verwandten der Kinder die Hand aufhalten, die besser zahlen dürften als Grunel, und wenn dann Grunel zu ihnen gehen und feststellen würde, daß sie verschwunden sind, würdest du mir alle Schuld in die Schuhe schieben; Grunel beauftragt dich damit, mich zu beseitigen – alle zufrieden, und du mit vollen Taschen.«

»Und was soll ich jetzt machen? Grunel ist schon benachrichtigt!«

Ich lachte los.

»Ist er nicht. Du hast kein Interesse daran, das Huhn, das goldene Eier legt, zu schlachten; also hast du, um Zeit zu gewinnen, zu Grunel gesagt, du wärst auf der Spur und würdest ihm morgen Bescheid geben. Gewarnt sind allerdings die für die Entführung Verantwortlichen. Ich habe sie gewarnt, du brauchst das nicht mehr zu tun.«

Die Augen traten ihm aus dem Kopf.

»Saukerl, Sohn der großen …«

»Und sie haben mich sehr gut bezahlt, kann ich dir sagen! Aber wie du weißt, gebührt das Geld dem Informanten. Wenn du dich anständig benimmst, vielleicht …«

Er nahm die Unterlagen, die ich ihm gegeben hatte, und zerfetzte sie wutentbrannt.

»Sieh her, was ich mit deiner verdammten Scheiße mache! Und jetzt sofort«, er kam näher und steckte die Hand in die Tasche, »werde ich mit dir dasselbe tun.«

Ich versuchte, mich nicht aus der Ruhe bringen zu lassen.

»An deiner Stelle würde ich mir das überlegen. Das Original dieser Papiere, die du so gründlich zerrissen hast, liegt im Notariat; wenn du mich umlegst, wirst du gleich darauf Senyor Ficinus umlegen müssen …, das weißt du doch. Ich glaube, das Wichtigste für dich ist, zu überlegen, welche Geschichte du Grunel erzählst. Aber es ist wahrscheinlich besser, wenn ich darin nicht vorkomme.«

Er verharrte ein paar Augenblicke reglos. Sein Ungestüm erlosch und wurde durch einen in Zaum gehaltenen, schäbigen Groll ersetzt. Er senkte die Stimme.

»Dreckskerl«, zischte er langsam durch die Zähne, »du bist ein toter Mann. Du wirst keine ruhige Minute haben, wirst von mir träumen, mich überall sehen, und deine ganzen Hoffnungen werden für den spärlichen Rest deines Lebens an meiner Erscheinung zerbersten, denn du weißt, wenn du nur einen winzigen Moment nicht aufpaßt, werde ich dich erledigen.«

Er ging hinaus, und ich atmete auf. Für den Augenblick hatte mich mein Instinkt nicht im Stich gelassen. Alles lief gut. Doch ich hatte mir einen Feind gemacht, von dem ich, außer daß er mich umbrachte, jeden Schaden erwarten konnte.

Vierzehn Tage später war es an der Zeit, die Früchte von Ficinus' Erpressung zu ernten. Ich erwartete, daß er sich weigern und allen die Stirn bieten würde, doch in der Stunde der Wahrheit mußte ich feststellen, daß ich ihn falsch eingeschätzt hatte. Zweifellos um die Ehre der Dame zu retten, zahlte er.

Unterdessen kam es zwischen Grunel und Quico Xungo zur Krise. Unser Verbindungsmann hielt die Bande eine Zeitlang kurz. Der Breitbeinige wunderte sich sehr und wollte wissen, was passiert sei. Weder Quico Xungo noch Grunel gaben ihm irgendeine Erklärung, und ich natürlich auch nicht, so kam er auf die Idee, Senyor Ficinus aufzusuchen. Er kehrte bedrückt von dem Gespräch zurück und wollte mit mir unter vier Augen reden. Ich ging mit einer Riesenangst zu dem Treffen; verglichen mit anderen, war der Breitbeinige kein großes Talent, doch hatte ihn die Erfahrung, wie auch mich, hart gemacht; es war nicht leicht, ihm etwas vorzugaukeln.

»Es geschehen sehr seltsame Dinge«, sagte er mit düsterer Miene. »Mir scheint, Grunel verrät uns.«

»Hat dir das Senyor Ficinus gesagt?«

»Nicht direkt«, sagte er und heftete seine kleinen Augen auf mich.

Mir war bewußt, daß ich mich auf sehr gefährlichem Boden bewegte und mich jeder Ausrutscher – eine Geste, ein Schwanken – ins Unglück stürzen konnte. Dem Breitbeinigen gegenüber hatte ich keine beim Notar hinterlegte Erklärung vorzuweisen, die mich retten würde. Wenn ich nicht nachbohrte, erschiene es ihm vielleicht verdächtig, also versuchte ich, Interesse und unschuldige Sorge zu mimen.

»Was hat er denn gesagt?«

»Sie haben eine Nachricht bekommen, daß man wieder die Spuren der Erben verfolgt.« Er hielt inne, ohne den Blick von mir zu wenden. »Sehr seltsam. Wer mag sie gewarnt haben? Ich glaube, solange das alles nicht geklärt ist, werden wir uns nicht aufrappeln.«

»Und was hat Grunel damit zu tun?« fragte ich, wie auf glühenden Kohlen sitzend. »Hast du mit ihm darüber gesprochen?«

»Ich bin doch nicht verrückt.« Er machte eine Pause und beantwortete meine erste Frage: »Ich weiß nicht, was er damit zu tun hat; aber es ist jedenfalls besser, ihm nicht zu trauen.«

Ich atmete auf, und er schien es zu bemerken. Wenn Ficinus Grunels Interesse an den Kindern herausfand, hätte das meinen Schutzwall gegen Quico Xungo hochgehen lassen.

»Was sollen wir tun?« sagte ich mit demselben Ausdruck wie zuvor.

»Ich weiß es nicht«, antwortete er nachdenklich. »Ah, eines hab ich vergessen: Senyor Ficinus möchte dich sehen.«

Der Gedanke traf mich, daß Ficinus alles ahnte, alles wußte, und ich hielt mich schon für tot. Mein Kopf arbeitete so schnell, daß ich mich nach zwanzig Sekunden fragte, aus welchen merkwürdigen Gründen sie mich am Leben ließen.

»Wann will er mich sehen?«

»Morgen nachmittag«, sagte er, und wir verabschiedeten uns.

In jener Nacht überdachte ich gründlich mein Leben und grübelte über die Kumpel, die Freunde und zuletzt über die Möglichkeiten, die die Situation bot. Quico Xungo, der Breitbeinige und ich selbst waren Männer, die im Dilemma des Überlebenskampfes aufgewachsen waren, so daß wir uns den Luxus nicht leisten konnten, unser Handeln moralisch zu verurteilen. Anders ausgedrückt, Mitleid oder Gemeinheit waren bei uns keine Frage des Willens und noch weniger der Überlegung. Perico war darin schon als kleiner Junge eine Ausnahme. Er war von Natur aus gutherzig, und wenn es darum ging, etwas Übles zu tun, mußte er den entsprechenden Vorsatz fassen. Das machte ihn zu einem klugen und bewußten Rechner, durchdrungen von Problemen, die wir nicht verstanden und über die wir uns in seiner Abwesenheit lustig machten. Er hatte aber auch den Vorteil, einen eisernen Entschluß bis zur letzten Konsequenz durchführen zu können. Diese Eigenschaft, sie ließe sich als Gewissenhaftigkeit bezeichnen, war bestimmend für seinen Lebensweg, und sie unterschied ihn, das sehe ich nun, noch mehr von uns als seine Lernfähigkeit und sein Ehrgeiz.

Das heißt, wenn Senyor Ficinus etwas Böses tun wollte oder, besser gesagt, tun mußte, war er der gefährlichste Mensch, den ich kannte. Sie werden also verstehen, daß ich mich am folgenden Tag, ehe ich zu ihm ging, sämtlichen Schutzheiligen anbefahl.

Ich zog mich fein an (ohne eine Waffe einzustecken, da ich wußte, daß ich überprüft würde) und begab mich zu seinem Büro. Wir hatten uns länger nicht gesehen, und als ich eintrat, verdrängte seine Erscheinung, mit der ich so schöne Erinnerungen verband, meine Angst vor der drohenden Gefahr. Er ging um den Tisch herum und begrüßte mich mit einem breiten Lächeln.

»Rafa, wie geht's? Wie lang ist es her!« sagte er, und wir gaben uns die Hand; er forderte mich auf, in einem Polstersessel Platz zu nehmen, und setzte sich neben mich.

Er sprach über die alten Zeiten mit solcher Unbefangenheit und echtem Gefühl, daß ich mitgerissen wurde, nach einer Viertelstunde hatte ich mich ganz entspannt, und das Vertrauen konnte mich in jedem Augenblick verraten. Es fiel mir schrecklich schwer, wachsam zu sein, denn Senyor Ficinus bewies mir auf Schritt und Tritt, daß er nicht vergessen hatte, wie Perico sprach; nun aber ließ er mir, mit feiner Liebenswürdigkeit, keine Möglichkeit, zu übersehen, daß zwischen uns ein Abgrund entstanden war. In mir vermischten sich Neid, Bewunderung und Freundschaft auf unerwartete und schmerzvolle Weise mit den Erinnerungen, und am Ende war ich gerührt.

Senyor Ficinus ließ Getränke bringen. Er wollte mir unbedingt einen Whisky einschenken, doch ich blieb standhaft und konnte mit einer Limonade davonkommen. Er trank Mineralwasser, sprach weiterhin von früher, von den Nächten, wo sie hinter uns her gewesen waren und wir unter freiem Himmel geschlafen hatten, von so vielen Dingen und so vielen Einzelheiten, daß ich mich bald schlechter fühlte, als wenn ich zwei Liter billigen Brandy getrunken hätte. Die Erinnerungen vermischten sich in mir mit den Bildern des Glücks an der Seite von Laura Burch und mit dem Gedanken an den lächerlichen Nutzen, den ein Taugenichts mit meiner Hilfe daraus zog. Das Bild der beiden, von Laura und ihm, an jenem Morgen auf dem Meer, ließ mich nicht los: ihre Körper und das Schiff wie eine dunkle Unterbrechung vom Gegenlicht abgehoben, chinesische Schattenbilder vom Vergnügen Unsterblicher auf der dichten, schimmernden Masse eines glitzernd reflektierenden Meeres, pochend und beladen wie das Fell eines Wundertiers. So wie in den Mondnächten das mangelnde Licht alles schwarzblau werden läßt, verwandelte dort die übermäßige Helle die Welt in weißes Feuer: Feuer der Erinnerung. Das Gefühl übermannte mich, und ich war nahe daran, mich weinend zu seinen Füßen zu werfen und alles zu gestehen. Ich nahm mich zusammen, doch nun weiß ich, daß ich nicht viel verloren hätte. Zu dem Zeitpunkt mußten meine Beherrschung und mein Pokerface als das Bemühen eines schlechten Gewissens interpretiert werden, sich nicht zu verraten. Senyor Ficinus hatte intelligenter gehandelt und herausgefunden, was er wollte. Ich fühlte mich verloren und beschloß, wenigstens in Würde zu fallen.

»Die Vergangenheit wachzurufen«, sagte ich, während ich über das Leder des Sessels strich, »ist ein Luxus, den sich nicht jeder von uns leisten kann.«

»Dennoch gibt es Momente, wo es sehr lehrreich sein kann.« Er trank einen Schluck und sah mich mit seinem herzlichen Lächeln an. »Erinnerst du dich an das Juwel, dem wir für Capella nachjagen sollten?«

»Als wäre es gestern gewesen«, sagte ich und überlegte, welche raffinierte Spitzfindigkeit er sich wohl ausgedacht hatte, um mir mein Unglück beizubringen.

»Nun, die Sache scheint wieder in Bewegung zu kommen.

Wir wollen eine Abmachung treffen; wenn du etwas erfährst, laß es mich sofort wissen.«

»Ich weiß absolut nichts darüber«, antwortete ich mit spontaner Ehrlichkeit. »Weder ich noch Quico Xungo oder der Breitbeinige wissen auch nur das Geringste.«

»Ich würde an deiner Stelle nicht die Verantwortung für das übernehmen, was die anderen wissen«, sagte er, wurde plötzlich ernst und heftete seine großen dunklen Augen auf mich. »Ich glaube auch nicht, daß sich die anderen mit dem, was du weißt, kompromittieren würden.«

Die Anspielung auf die Erpressung seitens Moros schien mir unbestreitbar. Ich war ertappt und zuckte mit den Achseln.

»Sollte ich etwas erfahren, werde ich das sofort mitteilen; aber es wird nicht leicht sein, da viele neue Leute mitmischen, anders als früher, wo wir uns alle kannten.«

»Bestens, mach, was du kannst. So werde ich, wenn sich die Dinge zum Schlechten wenden, wissen, daß ich weiterhin einen Freund habe.« Er stand auf und bot mir einen Pfefferminzkaugummi an. »Wie geht es eigentlich dem Breitbeinigen?«

»Gut, wie immer.«

»Wie immer? Ich habe gehört, er ist nicht mehr so fähig.« Er blickte zu Boden und hob die Augenbrauen. »Ein Anführer, der seine Fähigkeiten einbüßt, ist eine schlechte Sache.«

Wir schwiegen. Er sah mich lange an; ich wußte nicht, was tun, noch, was er von mir erwartete.

»Vielleicht gehen Fähigkeiten verloren, wenn die Sorge ums Überleben zu groß ist«, sagte ich und sah ihm ins Gesicht.

Er lachte und setzte sich auf die Armlehne meines Sessels.

»Einer meiner Freunde ist in Schwierigkeiten; ich hätte gern, daß du ihn überwachst und gegebenenfalls beschützt.«

Ich wäre beinahe rot geworden. Meine schwachsinnige Erklärung hatte Wirkung gezeigt; Senyor Ficinus selber zeigte mir die Fährte.

»Natürlich werde ich alles tun, was in meiner Hand liegt.«

»Er heißt Zacaries Uriach«, sagte er und musterte mich

von Kopf bis Fuß. »Ich hoffe, es fällt dir nicht schwer, ihn ausfindig zu machen, er ist sehr berühmt geworden.«

Ich nahm an, daß es sich um eine Angelegenheit zwischen ihm und mir handelte, von der niemand sonst etwas erfahren sollte. Ich wollte ihn nach Moro Guillem fragen und wie er denn entdeckt hätte, daß er Polizeispitzel sei, doch ich konnte mich nicht entschließen. Senyor Ficinus hielt seine alte Bande offensichtlich für aufgelöst, und er schien kaum dazu bereit, sich von den Überresten einen Augenblick seines Schlafs rauben zu lassen.

Wir verabschiedeten uns, er mit der gleichen Herzlichkeit wie am Anfang, und fünf Minuten später, auf der Straße, schlotterten mir wieder die Knie. Es war völlig klar, daß er mir nicht traute. Aus der Information zu schließen, die er mir über das Juwel gegeben hatte, dachte er entweder, daß ich etwas wüßte, und wartete mein Vorgehen ab, um danach zu handeln, oder aber er hielt mich nicht für würdig, mehr Fakten zu empfangen; vielleicht auch beides.

Zu Hause dachte ich in Ruhe nach und kam zu einer Reihe von Schlüssen: Ficinus mußte ahnen, wer hinter der Erpressung steckte, und hatte den Breitbeinigen ausgeschlossen. Hatte er mich auch ausgeschlossen? Ich kannte ihn sehr gut und wußte, daß es mir, wie Jahre früher, unmöglich war, ihn zu täuschen. Wenn er also wußte, daß ich an seiner Erpressung beteiligt war, warum ließ er mich dann am Leben? Noch seltsamer war es, daß er mich um meine Mitarbeit in einer so wichtigen und heiklen Angelegenheit wie der des berühmten Juwels bat, von dem schon seit so langer Zeit geredet wurde. Plötzlich ging mir ein Licht auf. Die Erpressung seitens Moro Guillems war Teil einer Operation, um sich auf Kosten von Senyor Ficinus das Juwel anzueignen, und nur eine Form, ihn zu überwachen! Senyor Ficinus hatte mir soeben die Gelegenheit geboten, meine Schuld zu tilgen, indem ich für ihn als Doppelagent arbeitete!

Ich schlug mir bedrückt an die Stirn. Wie einfältig! Die Erpressung war das wenigste; Moro mußte davon ausgehen, daß Senyor Ficinus um seine Tätigkeit als Polizeispitzel wußte, und auch davon, daß wir ihm unfreiwillig in die

Hände gespielt hatten; nun wollte er sich eine kleine Möglichkeit sichern, um auf Ficinus Druck auszuüben, falls alles schiefginge. In erster Linie galt es herauszufinden, für wen Moro arbeitete und welche Rolle Uriach in dem ganzen Drama spielte. Solange Senyor Ficinus die Situation nicht völlig unter Kontrolle hatte, war ich relativ sicher, zumindest von dieser Seite.

Am nächsten Tag wußte ich nicht, wo ich anfangen sollte; Moro Guillem schien die Schlüsselfigur der Operation zu sein, doch wie war an ihn heranzukommen? Wenn Senyor Ficinus auf den geeigneten Moment wartete, um das, was er über ihn wußte, einzusetzen, konnte ich ihm nicht den Trumpf zunichte machen und Moro auf seine Beziehungen zur Polizei ansprechen. Außerdem würde etwas Derartiges dazu zwingen, mich zu beseitigen; und da ich auch nicht auf den Kopf gefallen bin, wäre es hart auf hart gegangen. Ich verfiel auf den Gedanken, daß Moro außer der Kohle und seiner Sicherheit noch einen weiteren Grund haben mußte, um Senyor Ficinus drankriegen zu wollen. Ich beschloß, abzuwarten und in der Zwischenzeit die Fährte dieses Uriach zu verfolgen.

Zacaries Uriach war eine prominente Persönlickeit in der Kultur, den die Frauen verrückt gemacht hatten. Er schlief tagsüber und streifte in den Nächten über den Friedhof, mit einem Aussehen wie ein soeben dem Grab Entstiegener, das selbst den abgebrühtesten Stadtstreicher in Angst und Schrecken versetzt hätte. Ich erforschte seinen Lebensrhythmus, und es fiel mir nicht schwer, ihn persönlich zu überwachen, vor allem auf seinen exzentrischen Spaziergängen.

Wenig später kam die zweite Rate des von Ficinus erpreßten Geldes. Ich sollte den Umschlag ungeöffnet Moro bringen, doch so würde ich nie etwas herausfinden, ich gab dem Mißtrauen nach. Wie vermutet, haute er mich gewaltig übers Ohr; er teilte die Beute nicht, wie vereinbart: drei Teile für ihn und ein Teil für mich; sondern er behielt mehr als das Zehnfache für sich. Er hatte mir einen Grund geliefert, so mit ihm abzurechnen, wie er es verdiente.

Ich betrat sein Büro, als wäre alles in Ordnung, doch kaum

hatte sich die Sekretärin zurückgezogen und die Tür hinter sich geschlossen, hielt ich ihm den Scheck von Ficinus unter die Nase.

»Nicht schlecht das Geschäft, was?« sagte ich lachend.

Er machte einen Satz und stürzte auf den Schreibtisch zu. Ich weiß nicht, was er dort wollte, vielleicht einen Knopf drücken oder eine Waffe herausholen. Ich kam ihm zuvor. Ich machte zwei Sätze, packte ihn am Kragen und zerrte ihn zum Sofa. Als er sich aufrichten wollte, setzte ich mich auf ihn und preßte ihm den Fuß einer sehr schönen Lampe gegen den Hals. Ich sah in aller Ruhe zu, wie er rot anlief, da verringerte ich den Druck.

»Was willst du?« fragte er halb erstickt. »Ich zahle dir die Differenz.«

»Klar wirst du mir die Differenz zahlen«, lachte ich, »aber nun hat sich mein Preis erhöht. Ich will wissen, für wen wir arbeiten.«

»Das kann ich dir nicht sagen«, weigerte er sich stur, und ich drückte zu. Als er schon ordentlich blau war, ließ ich etwas nach. Er sprach mit dünner, kehliger Stimme: »Er heißt Fabius Roncal.«

2/0

»Roncal!« sagte Camila. »Der hier war?«

»Ich fürchte, ja«, sagte Emília. »Jetzt verstehe ich, daß er sich aus dem Staub gemacht hat, als er von Ficinus' Ankunft erfuhr.«

»Das sehe ich nicht so klar«, meinte Artur. »Vielleicht floh er nicht vor Ficinus, sondern vor Kolinski.«

Ich dachte, es war keine gute Idee gewesen, Simon von dem Gespräch zwischen Gertrudis und Gimellion zu erzählen, das ich mit angehört hatte, als das Eintreffen von Ficinus und Kolinski angekündigt wurde; aber vielleicht war es der Moment, um Informationen und Meinungen zusammenzufügen.

»Wenn Roncal in die gegen Ficinus und den Mir-Clan gerichtete Angelegenheit mit dem Juwel verstrickt war«, sagte ich, »so ist es doch merkwürdig, daß Carter, Rodin und Gimellion nichts davon gewußt haben sollen und, falls sie es wußten, daß sie ihn hier aufnahmen.«

»Mir scheint«, meinte Simon, »wir nähern uns dem Kern der Sache.«

Casanova setzte die Geschichte von Rafa fort.

0/2

»Prächtig; siehst du, wie gut wir uns nun verstehen? Und das Juwel, wo ist es?«

»Welches Juwel?« fragte er und sah mich mit entsetzten Augen an. Ich drückte wieder zu, stärker als vorher, aber weniger lang. Er schnappte nach Luft wie ein Fisch auf dem Marktplatz. »Auf dem Friedhof, in einem Grab.«

»In welchem?« Ich machte Anstalten, ihn wieder zu würgen, und er stammelte in aller Eile:

»Wir wissen nicht, in welchem. Wir beobachten einen Mann, der unserer Meinung nach wissen muß, wo es sich befindet.«

»Wie heißt er?« fragte ich (einfach um zu fragen, denn die Antwort kannte ich).

»Zacaries Uriach.«

Ich ließ Moro Guillem los, und während er Hemd und Frisur in Ordnung brachte und sich zu beruhigen versuchte, überdachte ich die Lage.

»Wenn du dich den Schubladen näherst, fangen wir noch einmal an«, warnte ich ihn.

Dieser Uriach war also der Schwachpunkt in Ficinus' Organisation. Ich konnte jetzt sofort zu ihm gehen und ihm alles erzählen, doch Angst und Geldgier hielten mich erneut davon ab. Ich hatte den Verdacht, daß Senyor Ficinus mich, wenn ich mit der Geschichte zu ihm ginge und kein As mehr im Ärmel hätte, wie ein Huhn abschlachten lassen würde. Sollte ich hingegen an das Juwel herankommen, hätte ich die besten Voraussetzungen, um sowohl über finanzielle Belange als auch über meine eigene Haut zu verhandeln.

»Das wird dich teuer zu stehen kommen«, sagte Moro.

»Wäre es nicht einfacher, sich diesen Uriach zu schnappen und ihn zum Singen zu bringen?« mutmaßte ich, so als hätte ich ihn nicht gehört.

»Das haben wir schon versucht, es ist unmöglich. Der tickt nicht richtig, er redet nur von verstorbenen Frauen; wir haben die Gräber von allen, die er erwähnt hat, durchstöbert, sie sind leer.«

Dann hat also, dachte ich, die Organisation so getan, als würde sie das Juwel in ein bestimmtes Grab legen, in Wirklichkeit aber hat sie es in irgendeinem anonymen Grab versteckt, das nur sie kannte; alles war eine Frage der Wachsamkeit und der Geduld. Wenn das Juwel sich tatsächlich auf dem Friedhof befand, würde ich früher oder später dahinterkommen.

»Wie viele Leute mischen da mit?«

»Soviel ich weiß, Roncal, dieser Uriach ..., niemand sonst.«

»Und Quico Xungo?«

Er verzog das Gesicht. Ich achtete darauf, daß mir nicht das leiseste Zittern in seinen Zügen entging.

»Der? Nein, nicht im geringsten.«

»Bestens. Von nun an, egal, wie viele ihr seid, sind wir einer mehr.«

»Bist du sicher, daß deine Haut nach Besuchen wie diesem noch viel wert ist?« drohte er mir, als ich im Begriff war zu gehen. Ich drehte mich flüchtig um.

»Ich höre das innerhalb kürzester Zeit zum zweitenmal. Wer wird mich ausradieren, du?« Ich sah ihn verächtlich an.

»Andere können das viel besser als ich«, sagte er wütend.

Ich lachte und ließ beim Hinausgehen die Tür hinter mir offen. Probier es doch, Quico Xungo den Auftrag zu geben, mich zu beseitigen, dachte ich, schade, daß ich sein Gesicht nicht sehen kann, und deines, wenn du die Antwort hörst.

Von dem Tag an nahm ich die Überwachung Uriachs peinlich genau, der, nebenbei gesagt, ein armer Unglücklicher zu sein schien; eine so mächtige Organisation hätte sich um ärztliche Hilfe für ihn kümmern müssen, statt ihn sich selber zu überlassen.

»Offenbar«, unterbrach Teresa, »war das zwischen Ficinus und Suárez ein häufiges Diskussionsthema. Uriach reagierte auf alle psychologischen Tests völlig normal, und Ficinus bestand darauf, daß es ein unannehmbarer, tyrannischer Übergriff gewesen wäre, ihn einzusperren. Suárez hingegen vertrat eine ähnliche Meinung wie Rafa.«

Es folgten keine weiteren Bemerkungen, und Casanova fuhr fort.

Er kletterte zu den oben gelegenen Nischen hinauf, legte sich auf die Platten der Erdgräber, griff nach Blumensträußen und roch an ihnen mit lächerlich tragischer Miene. Oft schlief er zwischen zwei Mausoleen oder zwischen den Säulen an ihrem Eingang wie ein Clochard ein. Bald bemerkte ich, daß ich nicht der einzige war, der sich für Uriachs Bewegungen interessierte. Seine nekrophilen Spaziergänge hatten außer mir mindestens zwei begeisterte Anhänger. Ich versuchte im äußeren Kreis zu bleiben und die gesamte Szene zu überblicken, doch ich konnte nicht vermeiden, von den anderen ebenso entdeckt zu werden wie sie von mir. Wir blieben aber alle auf Abstand und hielten uns bedeckt. Einer von ihnen, vielleicht der Hartnäckigere, kam eines Nachts in Begleitung von ein oder zwei ebenso starken Kerlen. Ich beschloß, den Breitbeinigen in die mir von Ficinus übertragene Mission einzuweihen, damit er, sollten sie mir eines Tages auf dem Friedhof die Kehle durchschneiden, wenigstens wüßte, wo er anfangen müßte zu suchen. Ich erwähnte keine Namen, da ich ihn nicht mit übermäßiger Information in eine gefährliche Lage bringen wollte. Als ich es ihm erzählt hatte, wollte er mitkommen, als ginge es darum, einen zu heben, und ich mußte ihn überzeugen, daß, wenn dort eine große Sache im Gange sein sollte, kein Aufsehen erregt werden dürfte. Der einzige, der auf dem Mond zu leben und nichts um sich herum wahrzunehmen schien, war Uriach.

Ich könnte nicht genau sagen, wie lange dieses Theater gedauert hat. Anderthalb Monate, vielleicht länger. Für zwei Gräber zeigte Uriach eine besondere Vorliebe. Das eine war das von Lluïsa Cros, das andere das von Aline Deveraux. Am Anfang durchsuchte sie einer der Beschatter, nachdem Uriach sich entfernt hatte. Der andere mußte gewußt haben, wie die Sache laufen würde, denn er begnügte sich damit, ihn im Auge zu behalten.

Eines Nachts überstürzten sich die Ereignisse. Der zweite Verfolger, nicht der, der die Gräber durchwühlt hatte, trat entschlossen aus dem Schatten und sprach Uriach an. Sie redeten leise miteinander. Uriach wurde nervös; der andere mußte ihn gewarnt haben, daß noch mehr Leute umherstreiften. Der erste Verfolger und ich näherten uns, aus entgegengesetzten Richtungen kommend. Ich konnte nicht hören, was Uriach und sein Gesprächspartner sagten; es hatte den Anschein, als würde sich Uriach einer Sache widersetzen, die ihm der andere vorschlug. Schließlich entschieden sie sich und gingen, ohne zu zögern, in den höhergelegenen Teil des Friedhofs. Wir folgten ihnen in einem Sicherheitsabstand, ohne uns gegenseitig aus den Augen zu lassen.

2/1

An diesem Punkt unterbrach uns Doktor Saragossa (Nachfolger von Doktor Sabater in der Leitung des Sanatoriums), fragte mich mit einem gewissen Zartgefühl, ob Rafa mich belästigte, und bot mir an, mich zu erlösen. Ich versicherte ihm, daß mich das Gespräch begeisterte, tat es vielleicht mit etwas zuviel Nachdruck, denn als der Arzt sich zurückzog, huschte die Andeutung eines Lächelns über Rafas Lippen. Das machte mich argwöhnisch.

»Erzählen Sie bitte weiter«, sagte ich, als wir wieder allein waren.

Sie betraten ein Mausoleum und blieben eine Weile drin. Der andere Typ und ich, wir versteckten uns, in etwa zwanzig Meter Abstand vom Portal und auch voneinander, hinter den Blöcken mit Nischen, die den Hauptweg säumten.

Plötzlich sprang dieser Typ mit einem Satz aus seinem Versteck und schoß wie ein Pfeil zum Mausoleum. Mir schien, er trug einen Gegenstand in der Hand, einen Stock oder eine Eisenstange. Als ich reagierte, war er schon drin; ich holte die Knarre aus meiner Tasche, entsicherte sie und stürzte hinterher.

Alles passierte in wenigen Sekunden. Als ich hineinkam, lag Uriach auf dem Boden und die beiden anderen kämpften verbissen miteinander.

»Keine Bewegung!« schrie ich, während ich auf sie zielte. »Hände hoch!«

Einer von ihnen drehte sich um und warf sich auf mich. Ich feuerte das halbe Magazin auf ihn ab, er packte mich, wild geworden und stark wie ein Rasputin, am Kragen. Der andere nahm ein Paket in der Größe einer Schuhschachtel an sich und floh wie der Blitz. Ich machte mich, so gut ich konnte, los und lief hinaus, um den anderen zu erwischen. Ich gab zwei Schüsse auf ihn ab, die wohl danebengingen, denn er rannte unerschrocken und geradeaus weiter; vermutlich trug er eine kugelsichere Weste. Dabei handelte es sich um den zweiten Verfolger, damit wir uns richtig verstehen, nicht um den, der mit Uriach gesprochen hatte. Ich lief eine Weile hinter ihm her, doch bald hängte er mich ab, und ich kehrte ins Mausoleum zurück.

Zacaries Uriach war tot. Sie hatten ihm den Schädel zertrümmert; die Verletzung konnte ebenso von einem Schlag wie von einem Sturz auf eine scharfe Kante stammen. Der andere Mann röchelte. Ich näherte mich ihm, während ich die Waffe auf ihn gerichtet hielt.

»Auf wessen Anordnung bist du hier?« fragte er mich.

Es ist ungewöhnlich, daß dir jemand, dessen Körper du soeben mit Blei gefüllt hast, mit Worten überlegen ist, aber diese Stimme besaß noch am Rand des Grabes eine schwer zu ignorierende Autorität. Ich antwortete, weil ich wußte, daß ich nichts verlieren konnte; mir blieben noch ein paar Kugeln.

»Im Auftrag von Ficinus.«

Der Mann richtete sich halb auf. Er war um die Fünfzig, doch er wirkte so kräftig wie ein Dreißigjähriger. Er heftete katzenartige, verzweifelte Augen auf mich.

»Elender! Ω wird dir soviel Fahrlässigkeit nie verzeihen.«

»Ω? Was soll das sein?« fragte ich ihn, doch sein Kopf fiel nach hinten. Er war tot.

Mir brach kalter Schweiß aus; ich hatte innerhalb einer Minute sämtliche nur möglichen Fehler begangen: Ich hatte zugelassen, daß sie Uriach töteten, ich selbst hatte einen Mann aus Ficinus' Organisation umgebracht, und wahrscheinlich befand sich in jenem Paket, mit dem der Kerl geflohen war, das Juwel. Wenn Ficinus das erfuhr, wäre mein Leben keinen Pfifferling mehr wert.

Ich setzte mich, um darüber nachzudenken, wie ich es ihm auf eine glaubwürdige Weise, die außerdem meine Dummheit entschuldigen würde, erzählen könnte.

2/1

»Einen Augenblick«, unterbrach ich ihn, »wenn all das nachts geschah und im Mausoleum, wie konnten Sie sich sehen?«

»Uriach und sein Begleiter hatten ein paar Kandelaber angezündet; außerdem war das Mausoleum ebenerdig und hatte ein Oberlicht, durch das der Mond hereinschien.«

Ich stellte mir den Prunk der Szenerie aus dem 19. Jahrhundert vor, ganz nach dem Geschmack der Erzählungen mit gotischem Ambiente. Mir schien es nicht der richtige Augenblick für ein Lächeln zu sein. Ich ließ ihn fortfahren.

Ich dachte, wenn ich sagte, ein unbekannter Dieb hätte
Uriach den Schädel eingeschlagen und mich außer Gefecht
gesetzt, bestünde keine Notwendigkeit, die vierte Person zu
erwähnen; mein Fehler wäre geringer, und mir bliebe noch
ein Handlungsspielraum, um das Juwel zu finden. Also
mußte ich die Leiche verschwinden lassen – kein Ort, der
geeigneter und verschwiegener wäre als ein Friedhof. Direkt
im Mausoleum war ein Grab offen, aus dem zweifellos das
geheimnisvolle Paket stammte. Nachdem ich den Unbekannten dort hineingeschafft hatte, war ich drauf und dran,
Uriach dazuzulegen, doch schien mir, wenn Ficinus den ersten Typ überwacht hatte, würde er zwei Verschwundene
schwerer verkraften. Außerdem ist eine Leiche immer gut,
um eine zweifelhafte Geschichte auszustatten. Ich schloß das
Grab.

»Haben Sie eigentlich«, fragte ich, »den Namen auf der Grab-
platte beachtet?«

»Ich weiß ihn noch genau, obwohl er mir nichts sagte.
Elies Mir.«

Mir sagte der Name allerdings einiges, so wie wohl euch
allen, aber ich bemühte mich, gelassen zu wirken. Rafa fuhr
fort.

Ich schleppte Uriach aus dem Mausoleum, reinigte den Eingang und hinterließ alles so, als wäre nichts geschehen. Dann
trug ich ihn zu einem der Gräber, die er am häufigsten aufgesucht hatte, dem ersten, das von einem seiner Verfolger
aufgebrochen worden war, und verließ den Friedhof.

Ich konnte die ganze Nacht kaum schlafen, weil ich über
die Zusammenhänge der Geschichte nachdachte, die ich Ficinus erzählen mußte. Nicht erklären konnte ich mir, wieso

sowohl die einen wie die anderen Hinweise von dem Ort erhalten hatten, wo sich das Juwel befinden sollte; es sei denn, denen, die es versteckten, war nachspioniert worden. Es wäre eine merkwürdige Spionage, wenn man wüßte, daß das Juwel auf dem Friedhof ist, aber nicht, wo. Ich kam auf die Idee, daß noch ein weiterer Mittelsmann im Spiel sein müßte, und hatte ein sehr unangenehmes Gefühl von Unsicherheit.

Am nächsten Tag erzählte ich Ficinus meine Version der Geschehnisse, wie schon gesagt, ohne das Vorhandensein des zweiten Verfolgers zu erwähnen. Er hörte mir mit größerer Bestürzung zu, als ich befürchtet hatte.

»Ω wird zweifellos persönlich mit dir sprechen wollen«, sagte er.

Die Bemerkung erschreckte mich. Ich erinnerte mich an die Worte des Mannes, den ich als Leiche im Mausoleum zurückgelassen hatte.

»Natürlich, jederzeit. Wo soll ich ihn aufsuchen?«

»Du hast ihn nirgendwo aufzusuchen. Er wird sich mit dir in Verbindung setzen.«

»Was ist los? Glaubst du mir nicht?« fuhr ich ihn an und duzte ihn, weil meine Nerven versagten.

Zum erstenmal während dieses Gesprächs lachte er.

»Klar glaube ich dir. Hättest du das Juwel, wärst du jetzt nicht hier«, sagte er auf eine Weise, die ebensogut eine Drohung wie die Feststellung sein konnte, daß ich in diesem Fall wie ein Millionär in der Südsee leben würde.

Ich verließ das Treffen in der Überzeugung, daß es irgendeine sehr wichtige Sache geben müßte, die ich für Ficinus' Organisation erledigen könnte, sonst war es unerklärlich, daß er mich nicht umbringen ließ. Er hatte mich nichts weiter gefragt, doch das Schweigen war vielsagend genug. Ich hatte ihm schließlich versprochen, das Juwel und auch denjenigen zu finden, der Uriach getötet hatte, ohne dabei zu verhehlen, daß mir der Zusammenhang zwischen beidem ganz klar war.

Als die Zeitungen über Uriachs Tod berichteten, schrieben sie ihn einem Unfall zu. Das war für mich günstig, denn nun gab es wenigstens keine äußeren Faktoren, die Ficinus' Gereiztheit verschlimmern konnten. Vierzehn Tage später jedoch erschien ein sensationslüsterner Artikel über die Mafia, der von drei Banden des organisierten Verbrechens sprach, die hinter einem sehr wertvollen Juwel her seien, Besitz der Familie Cros. Dem Artikel zufolge war Uriach ehemaligen Partnern einer großen Persönlichkeit mit dunkler Vergangenheit zum Opfer gefallen. Die Anspielung war sehr deutlich, und da ich nicht in Spekulationen hineingezogen werden wollte, verbrachte ich einen langen Urlaub im Ausland.

Ein paar Jahre später wandte sich in Paris, im Jardin du Luxembourg, ein älterer Mann in meiner Sprache an mich. Er bat mich um Feuer, doch kaum hatte er die Zigarette angezündet, ließ er sie auf den Boden fallen und trat sie aus, alles mit sanften Bewegungen. Ich sah ihn erstaunt und entrüstet an. Er starrte noch immer auf den Boden, wo er die Zigarette zertreten hatte, bückte sich, um einen Ring aufzuheben, und gab ihn mir.

»Mir scheint, Sie haben das hier verloren«, sagte er.

Es war ein Siegel mit einem eingravierten Ω. Ich wollte fliehen, doch er deutete hinter mich; dort standen in weniger als fünfzehn Metern Entfernung vier Männer, die Hände auf unmißverständliche Weise in ihren Hosentaschen.

»Was wollen Sie?« sagte ich bebend; er durchbohrte mich mit den kalten, blitzenden Augen eines Tigers.

»Setzen wir uns einen Moment.« Er wies ruhig auf eine Bank. »Hier atmet man sehr gesunde Luft; natürlich nur, wenn man es versteht, die Dinge mit der nötigen Ruhe zu nehmen«, fügte er lachend hinzu.

Ich spürte, daß ich den Chef aller Chefs vor mir hatte. Ich empfand die absolute Autorität dessen, der im Hintergrund und über allen ist. Dieser Mann sah alles, Ficinus wußte nur das, was er wissen wollte.

2/1

Ich unterbrach Rafa. Ich hatte schon seit geraumer Zeit den Eindruck, daß dieser Ω, den Uriach einmal mehrdeutig und flüchtig erwähnt hatte, nur ein Symbol war, hinter dem eine

Organisation steckte; herauszufinden, wer sich hinter ihm verbarg, würde mir jedenfalls den Schlüssel zu vielen Rätseln geben. Endlich hatte ich jemanden vor mir, der mit ihm gesprochen hatte; ich bat ihn um eine genaue Beschreibung seines Äußeren.

»Er war ein Mann um die Siebzig, von mittlerer Statur, mit grauem, zum Teil weißem Haar, einer leicht gekrümmten Nase, er wirkte eisern und gelassen.«

Mehr Details konnte ich ihm nicht entlocken, und mit diesen brachte ich unweigerlich die mir nahestehenden Personen in Verbindung: Onkel Tomàs entsprach perfekt der Beschreibung, und auch Senyor Ficinus, Peres Vater, der es aber nicht sein konnte, weil er schon lange tot war. Ich dachte, für Rafa, der größer ist als ich, wäre auch Rodin eine Person mittlerer Statur, obwohl er kein weißes Haar hatte.

1/0

»Gimellion entspricht dieser Beschreibung auch«, sagte Emília, und wir lachten alle.

»Wir werden ihn später fragen, was er über Rafa und Lagunillas Bande weiß«, sagte Camila.

Als die Kommentare aufhörten, fuhr Casanova fort.

0/1

Ich bemerkte, daß die Erinnerung an diesen Typ Rafa verwirrte, und stellte ihm keine weiteren Fragen. Der Gedanke, Ω könnte Onkel Tomàs sein, kam mir gar nicht unsinnig vor, und ich erschauderte.

Rafa sah mich bekümmert an. Ihm schien es schwerzufallen, sich an das Gespräch zu erinnern, und als er den Faden der Geschichte wieder aufnahm, sprach er langsamer.

»Es ist nicht gut«, sagte Ω, »alles für sich selber zu wollen. Sie sollten versuchen, Ihre Entdeckungen mit anderen zu teilen.«

Ich zuckte mit den Achseln. Das glich gar nicht dem, was ich mir unter dem von Ficinus angekündigten Verhör vorgestellt hatte.

»Was habe ich zu tun?« fragte ich ihn. Diese Augen und diese Stimme hatten die mächtigste menschliche Ausstrahlung, die ich je erlebt habe.

»Sie müssen sich Ihrer Stärken bewußt sein. Dann werden Sie nicht viel mehr benötigen, um entsprechend zu handeln. Sie haben sich von verschiedenen Interessen gleichermaßen distanziert, das war sehr klug von Ihnen. Begehen Sie nun nicht den Irrtum zu glauben, daß Sie von dieser Warte aus die Situation besser als irgend jemand sonst beherrschen.«

Ich war wie gelähmt vor Schrecken. Da sowieso alles verloren war, bot ich dem Verhängnis die Stirn.

»Hat sich Senyor Ficinus über mich beklagt?«

Er sah mich starr an. Seine Augen waren durchdringend und gleichzeitig gütig, das Gefühl der unmittelbaren Gefahr hörte auf, beklemmend zu sein, obwohl es allgegenwärtig blieb.

»Ich glaube, Senyor Ficinus ist Ihnen gegenüber sehr wohlwollend gewesen.« Er schwieg und holte eine Zigarette hervor. Ich gab ihm Feuer und dachte, diesmal würde er sie rauchen, doch er tat das gleiche wie am Anfang: ein Zug, dann trat er sie aus. Er sah mich lächelnd an. »Jetzt wissen Sie ja, was Sie zu tun haben: Kehren Sie nach Hause zurück und bringen Sie die Arbeit zu Ende«, fügte er hinzu und ging.

Seine Begleiter waren verschwunden. Ich wußte, mir blieb nur eine Chance, meine Haut zu retten: ich mußte das Juwel finden oder zumindest Senyor Ficinus meinen guten Willen beweisen.

Zu Hause kam ich auf den Gedanken, daß der Mann, der mit dem Paket aus dem Grabmal flüchtete, nachdem er Uriach den Schädel zertrümmert hatte, in Roncals Dienst

stehen mußte. Deshalb stattete ich Moro Guillem einen neuerlichen Besuch ab.

Als er mich auftauchen sah (diesmal erwischte ich ihn in
der Bar, wo er den Aperitif zu nehmen pflegte), wurde er
blaß.

»Wie geht's? Hier hast du mich nicht vermutet, was?«
sagte ich und weidete mich an der Situation. »Na? Bist du
etwa zu beschäftigt, um mir eine Minute deiner kostbaren
Zeit zu widmen?«

Man brachte ihm einen Martini dry, und noch bevor er das
Glas anfaßte, trank ich einen großen Schluck.

»Was willst du?« fragte er mit leiser, nervöser Stimme.

»Wirklich ausgezeichnet. Der perfekte Martini dry. Geradezu ein Hauch gefrorenen Nebels, der nach nichts
schmeckt. Kennst du das Rezept für den klassischen Martini
dry? Du gibst Eis mit ein paar Tropfen trockenen Martini ins
Glas, schwenkst es, wirfst alles weg und füllst mit Gin
auf …«

»Sag endlich, was du willst.«

»Ich will bloß wissen, wo ich Roncal finden kann.«

»Hier hat er keine feste Adresse; er hat sich ein Landhaus
in Les Guilleries gekauft«, sagte er und machte unwillig
nähere Angaben.

Ich überzeugte mich selbst von ihrer Richtigkeit und sah
sofort, daß nur ein Spezialist dieses Landhaus durchsuchen
könnte. Die Geschichte des Juwels und all derer, die ihm hin-
terherjagten, wurde immer unverständlicher und heikler. Angenommen, das Juwel befände sich tatsächlich in dem Gebäude, so ging mir durch den Kopf, und ich könnte die technischen Schwierigkeiten bewältigen, um seiner habhaft zu
werden, so wäre es vielleicht entgegen allem Anschein nicht
so günstig, es in Händen zu halten, und ich würde dafür nicht
mit Gold überschüttet, sondern von den einen oder anderen
mit einem Bleihagel bedacht werden. Nachdem ich gründlich
nachgedacht hatte, informierte ich Senyor Ficinus, daß eine
wichtige Spur bei der Suche nach dem Juwel zu einem gewissen Fabius Roncal führte, und gab ihm die Adresse des Landgutes. Ficinus dankte mir aufrichtig; trotzdem blieb in mir

wie ein lästiger Stachel eine unerklärliche Beklommenheit zurück.

Noch in derselben Nacht besuchte ich, einer Intuition folgend, den Breitbeinigen.

»Kennst du einen gewissen Fabius Roncal?« fragte ich ihn.

Er warf mir einen ironischen Blick zu.

»Du gehörst zu denen, die, wenn sie einen Witz hören, eine halbe Stunde später lachen als alle anderen, nicht?«

»Laß doch den Scheiß, kennst du ihn oder nicht?«

»Du kennst ihn auch. Es ist der richtige Name von einem unserer Verbindungsmänner: Marc Grunel.«

Ich mußte mich setzen. Ich hatte einen Fehler begangen, der mich das Leben kosten würde.

»Bist du dir sicher?«

»Natürlich. Warum, was ist los?«

Meine Gedanken drehten sich schwindelerregend. Ich konnte doch nicht dem Breitbeinigen gestehen, daß ich zusammen mit Grunel und Quico Xungo gegen Ficinus konspiriert hatte, wobei wir das Versteck der Kinder, die Jahre zuvor entführt worden waren, als Druckmittel einsetzten. Der Breitbeinige war ein Mann mit Prinzipien und wäre fähig gewesen, mich an Ort und Stelle umzubringen oder mich zu zwingen, ihn zu töten. Ich erfand irgendeine Ausrede und ging. Er blieb mißtrauisch; das Unglück war schon passiert, vermutlich würde er nun Nachforschungen anstellen und von Quico Xungo oder Moro getötet werden. Es war jedenfalls zwecklos, ihn zu warnen, er würde noch entschlossener seine Nase in die Angelegenheit stecken.

Leider hat mich mein Gefühl nicht getäuscht. Eine Woche später wurde der Breitbeinige tot in seiner Wohnung aufgefunden, mit dem Schlauch von der Dusche erdrosselt. Die Kampfspuren waren meines Wissens gering; jemand, der stärker war als er und ihn unvorbereitet erwischte, hatte ihn umgebracht. Der Mord sah ganz nach Quico Xungo aus.

Ich hatte den Eindruck, verloren zu sein. Senyor Ficinus konnte darüber hinweggesehen haben, daß wir ihn wegen seiner Beziehung zu einer verheirateten und angesehenen Frau erpreßten. Wer ihn kannte, konnte sich leicht vorstellen, daß es ihn sogar amüsiert hatte. Doch wenn er sich auf die Spuren von Grunel-Roncal begeben und hinter den Plan, mit dem Auffinden der entführten Kinder ein schmutziges Geschäft zu machen, kommen sollte, wären meine Stunden gezählt. Ich war zwischen zwei (besser gesagt zwischen drei) Feuern gefangen und der schwächste Teil des Ganzen. Es ging schon nicht mehr darum, mich in eine starke Position zu bringen oder mich irgendeines großartigen Juwels zu bemächtigen. Wichtig war nur noch, meine Haut zu retten.

Zwei Tage nach dem Tod des Breitbeinigen kam nach dem Abendessen Genís zu mir. Ich öffnete ihm, und als er drin war, bemerkte ich, daß er die Hände nicht aus den Hosentaschen genommen hatte. In einer Zehntelsekunde war mir alles klar, und ich verfluchte meinen unverzeihlichen Mangel an Vorsicht. Er zog die Pistole und schoß, während ich gleichzeitig nach vorn schnellte und ihm mit aller Kraft einen Fußtritt verpaßte. Die Waffe war schallgedämpft, also gab es keinen Skandal; wir rangen erbittert, zwischen uns die Selbstladepistole, die ab und zu eine Kugel ausspuckte, bis ich sie auf Genís Körper richtete und selbst abdrückte. Er sackte zusammen.

Ich mußte nicht lange überlegen, um herauszubekommen, woher der Auftrag, mich umzulegen, stammte. Von Senyor Ficinus auf keinen Fall. Er hätte mir nicht Genís geschickt, da er wußte, daß ich ihm immer überlegen gewesen war. Von Quico Xungo auch nicht. Er hätte es persönlich erledigt; außerdem war er durch das beim Notar hinterlegte Geständnis gebunden. Es konnte nur Sache von Moro Guillem sein, dem ich zu unbequem geworden war. Es wurde immer klarer, daß er mit Grunel in Verbindung stand. Quico Xungo dürfte sich geweigert haben, die Arbeit zu machen, und so hatten sie Genís beauftragt. Ich konnte mir vorstellen, daß Quico Xungo sehr in Sorge war, ob Genís mich umbringen würde, und es wunderte mich, daß er ihm nicht zuvorkam, indem er ihn tötete. Wenige Minuten später bescherte mir das für Quico Xungo kompromittierende notarielle Schreiben die Lösung.

Ich würde mich als tot ausgeben (Genís hatte einen ähnlichen Körperbau wie ich) und verschwinden. Sobald die Nachricht vom Auffinden meiner Leiche in Umlauf kommen würde, bliebe Quico Xungo nur ein Ausweg: Ficinus zu töten, der als einziger schlau genug war, den Betrug zu ahnen. Wäre Ficinus erst einmal außer Gefecht gesetzt und wären Quico Xungo und Grunel von meinem Tod überzeugt, würde es mir leichtfallen, mit einer anderen Identität, fern von hier ein neues Leben zu beginnen. Vielleicht würde ich mich aufraffen und Grunels Landgut einen Besuch abstatten, um zu sehen, ob sich das Juwel tatsächlich dort befand; mein zweites Leben wäre besser als das erste.

Gesagt, getan. Ich hatte keine Angehörigen oder Nachbarn, die meine Leiche identifizieren könnten, also vertauschte ich meine Papiere mit denen von Genís (früher, in der Bande, war ich der Spezialist für Dokumentenfälschung) und verstümmelte sein Gesicht in der Hoffnung, der Mechanismus des notariellen Schreibens mit meinem Geständnis hätte sich schon in Bewegung gesetzt, wenn der Fall in die Hände eines allzu genauen Polizisten oder Gerichtsmediziners gelangen und sich herausstellen sollte, daß der Tote nicht ich wäre. Nur die Erinnerung an Perico (den ich immer mit Senyor Ficinus anreden werde) bereitete mir einen gewissen Kummer. Der Gedanke, er würde einem Jagdhund zum Opfer fallen, der ihm nicht im geringsten das Wasser reichen konnte, machte mich traurig; doch wenn es darum geht, die eigene Haut zu retten, darf man nicht sentimental sein.

Ich plante meine Abreise ins Ausland mit den gefälschten Papieren. Mir schien es am besten und unauffälligsten, den Zug zu nehmen. Ich steckte alles Geld ein und bereitete mich auf einen langen Aufenthalt außerhalb des Landes vor, worin ich bereits Erfahrung hatte. Als ich die Fahrkarte löste, war mir, als verfolgten mich zwei Männer. Bis zur Abfahrt des Zuges fehlte noch eine halbe Stunde, ich machte einen kleinen Spaziergang; ich bog in eine schmale Gasse Richtung Hostafrancs ab. Kein Zweifel: Zwei Männer folgten mir. Ich begann zu rennen, sie hinterher. Als ich in einen Hauseingang trat, glaubte ich, sie abgehängt zu haben. Eine Viertelstunde später kehrte ich über andere Gassen zurück.

Sie stellten sich mir plötzlich in den Weg, ich erinnere mich kaum an Einzelheiten oder Umstände. Ich glaube, sie schlugen mich auf den Kopf, dann erlosch alles.

Ich erwachte – wie viele Tage später, weiß ich nicht – auf einer Intensivstation. Man hatte mir eine Nadel in den Arm gesteckt, die durch einen Schlauch mit einer Flasche verbunden war, welche von einer Art Hutständer herunterhing. Mein Kopf war verbunden, der ganze Körper tat mir furchtbar weh.

Ich versuchte mich zu bewegen, doch ich hatte weniger Kraft als ein Neugeborenes. Ich tastete mit der Hand auf den Nachttisch, ich weiß nicht genau, was ich dort suchte, und warf ein Glas auf den Boden. Das Geräusch bewirkte, daß eine Krankenschwester herbeieilte. Wir sahen uns an, sie mit erschrockenen Augen, ich wie ein abgestochenes Kalb.

»Oh!« rief sie aus, als hätte sie eine Erscheinung gesehen. »Einen Moment bitte.«

Sie ging hinaus, ohne daß mir Zeit geblieben wäre, irgend etwas zu fragen. Eine Minute später entdeckte ich, daß ich doch noch über Energien verfügte; ich merkte es an dem Todesschrecken, der mich durchfuhr, als ich Ficinus in der Tür auftauchen sah.

»Wie geht's, Rafa?« fragte er mit einem strahlenden Lächeln, nahm einen Stuhl und setzte sich. »Wie fühlst du dich?«

»Bestens, danke.« Er lachte frei heraus, als er mein entsetztes Gesicht sah. »Wo bin ich? Wie bin ich hierhergekommen?«

»Keine Sorge, du hast alles sehr gut gemacht.« Er tätschelte sanft, mit der Geste freundschaftlichen Trostes, mein Bein, wie man es bei einem Kind tut. »Offiziell bist du tot. Es hat in allen Zeitungen gestanden. Sobald es der Arzt erlaubt, bringe ich sie dir. Nicht jeder kann seine eigene Todesanzeige lesen.«

Ich erinnerte mich, daß es nur eine kurzzeitige Lösung war, die schwerlich der Prüfung eines gewissenhaften Gerichtsmediziners standhalten würde.

»Und wenn sie die Fingerabdrücke vergleichen?«

Er lächelte.

»Wie kannst du dir nur über eine solche Lappalie den Kopf zerbrechen! Sag bloß, wir hätten nicht schon höhere Hürden genommen ...«

Ich dachte an das dem Notar übergebene Geständnis und an Quico Xungos Reaktion. Senyor Ficinus sah mich freundlich, aber spöttisch an. Ich machte mir rasch ein Bild von der Lage. Wenn Quico Xungo ihn tötete, würde es ihm danach nicht schwerfallen, mich mit Hilfe derer zu finden, die mich hierhergebracht hatten. Es stand in jedem Fall schlecht um mich, also lag meine letzte Chance darin, Ficinus zu warnen. Einem spontanen Impuls folgend, drückte ich Ficinus die Hand.

»Sie müssen sehr vorsichtig sein, Senyor Ficinus«, sagte ich zu ihm und konnte das Zittern in meiner Stimme nicht verbergen. »Quico Xungo ..., ich erzähle Ihnen alles ...«

Er lachte noch immer und hielt meine Hand fest.

»Du mußt mir nichts erklären, es ist alles in Ordnung. Ist es das, was dich bekümmert?« Er zeigte mir mein vom Notar unterzeichnetes Geständnis.

Ich gab mir Mühe, mich aufzurichten.

»Sie müssen augenblicklich fliehen! Quico Xungo wird Sie suchen, er will Sie umbringen!«

»Ich habe dir doch gesagt, du sollst dir keine Sorgen machen, du hast getan, was du tun mußtest. Quico Xungo war gestern nacht bei mir.«

Ich spürte einen Welle des Schreckens, die mich erneut zu ersticken drohte. Aus dieser würde ich unmöglich herauskommen.

»Und weiter?« fragte ich schwach.

»Erinnerst du dich, wie unsere Bande die seine besiegte?«

»Natürlich.«

»Quico Xungo hat den Fehler, daß ihn sein Blick verrät. Hätte er beschlossen, mich aus der Distanz, mit einem Zielfernrohr zu töten, wäre alles ganz anders verlaufen. Aber das scheint anderen vorbehalten zu sein.«

Ich verstand die Anspielung auf meinen Fotoapparat, das Werkzeug für die Erpressung.

»Ah!« stöhnte ich.

Wieder lachte er.

»Er beging den Irrtum, sich eine großartige Gegenüberstellung auszumalen, *il boccato di cardinale*, den Höhepunkt seiner Laufbahn, auf den er sein ganzes Leben gewartet hatte, die endgültige, prestigeträchtige Operation, um sich für die Niederlage in unserer Jugendzeit zu rächen. So ist das!« fügte er ungezwungen hinzu. »Meine Reaktion ist nicht mehr das, was sie einmal war, aber sie reicht noch aus, um einem ungelegenen Besuch die Tür zu weisen.«

»Quico Xungo wird zurückkommen!« sagte ich arglos, mit einem von all den Spitzfindigkeiten benebelten Kopf.

»Durch die Tür, die ich ihm wies, wird er kaum zurückkommen«, versicherte er und sah mich durchdringend an. »Ich habe dir gesagt, du kannst beruhigt sein, und das bezieht sich auch auf Moro Guillem. Er fiel mir mit seinem ständigen Drängen, ich sollte meine Vergangenheit nicht vergessen, immer mehr auf die Nerven; ich schickte Quico Xungo zu ihm, um meinen Dank zu bestellen und ihm auszurichten, daß er sich in Zukunft keine Mühe mehr machen sollte. Armer Quico! Das wird wohl seine letzte Arbeit gewesen sein.«

Ich verstand nicht, warum ausgerechnet ich Unglücklicher noch am Leben war. Ich wagte nicht, nach Roncal oder Grunel – der Name ist egal – zu fragen, und auch er kam nicht auf ihn zu sprechen. Von Lagunillas Bande waren nur mehr er und ich übriggeblieben. Mir schossen Tränen in die Augen.

»Wie kann ich je meine Fehler wiedergutmachen?« fragte ich ihn völlig zerknirscht.

Er lächelte.

»Es ist nicht die Zeit für Wiedergutmachungen, lieber Freund.« Er betrachtete den Brief, das Geständnis, das ihm der Notar zusammen mit meiner Todesanzeige geschickt hatte, und gab ihn mir. »Da, nimm, bewahre das als Erinnerung auf.«

Ohne auf eine Antwort zu warten, ging er fort und ließ mich mit der Niedergeschlagenheit und dem verzweifelten Taumel des unabänderlichen Scheiterns zurück.

Offiziell war ich begraben, deshalb verstand ich nicht (und

verstehe es bis heute nicht), daß Senyor Ficinus mich am Leben ließ. Es muß einen tieferen, nur mir unbekannten Grund geben. Wenn dieser Grund erlischt, wird mein Leben nichts mehr wert sein und auf einen einzigen Fingerzeig von Senyor Ficinus hin, der mich hier versteckt hält, zu Ende gehen. Ich kenne nicht die Fäden, die mein Schicksal knüpfen, nicht ihre Beschaffenheit, ich weiß nicht, ob sie bald zerreißen oder nicht. Sie halten mich hier an diesem absurden Ort fest, der mich zur Verzweiflung treibt, weil ich fühle, daß schon nichts mehr von mir abhängt. Deshalb erlaube ich mir, Sie um Hilfe zu bitten.

2/1

»Wie kann ich Ihnen helfen?« fragte ich, von der Geschichte etwas verwirrt.

»Helfen Sie mir, hier herauszukommen, erzählen Sie aller Welt, was ich Ihnen anvertraut habe, lassen Sie nicht zu, daß sie mich töten«, bat er mich inständig; doch in seinen Worten schien nicht viel Vertrauen zu liegen.

Ich versicherte ihm zu tun, was in meiner Macht stünde, und suchte ihn loszuwerden. Beim Fortgehen drehte ich mich noch ein paarmal um; er verharrte in der gleichen Stellung und starrte mich mit erloschenen und haßerfüllten Augen an.

Ich brauche wohl nicht zu sagen, daß ich nicht die Absicht habe, jemals ins Sanatorium zurückzukehren.

1/0

Nach Rafas Geschichte war ich verwirrter denn je, was das Hin und Her des Juwels zwischen Friedhof und Landhaus betraf. Alle schienen sehr daran interessiert, die Sache gründlich zu diskutieren; irgend jemand bemerkte jedoch, es sei Zeit zum Mittagessen, und schlug vor, das Gespräch auf später zu verschieben. Wir fanden die Idee sehr gut und verließen den Avalon. Ich dachte darüber nach, ob es nicht ein

Hauptanliegen der Geschichte war, uns wissen zu lassen, daß Ficinus ein Schmalspurbandit geblieben war, nicht, um zum bezahlten Wächter einer ungerechten Ordnung zu werden, sondern um sich beider Seiten, die in jedem von uns vorhanden sind, bewußt zu werden und der weniger schäbigen zum Sieg zu verhelfen.

Im Eßzimmer erwartete uns eine Überraschung. Alle Lichter brannten, noch nie hatte ich es so erleuchtet gesehen, der Tisch war nicht zum Mittagessen, sondern für einen köstlichen Aperitif gedeckt.

Gertrudis erklärte uns, Suárez sei endlich angekommen und beziehe soeben sein Zimmer. Er würde mit einem Cocktail empfangen, doch vor dem Mittagessen wollte er sich im Freien noch ein wenig die Beine vertreten.

Nach und nach fanden sich alle ein: Jubert, Rodin, Carter, Gimellion und Kolinski. Unter den Jüngeren herrschte große Erwartung, besagte Person zu sehen. Casanova, Jubert und Gertrudis bildeten einen Kreis um Rodin, der sehr guter Laune zu sein schien, Gimellion und Kolinski blieben neben der Tür stehen, durch die kurz darauf Ficinus hereinkam, gefolgt von Suárez.

Ich hatte mir jemand Starkes, eine beeindruckende Erscheinung vorgestellt und war überrascht, einen alten, müde wirkenden Mann mit tiefen Falten im Gesicht vor mir zu haben. Er trug eine rote Jacke, alles an ihm wirkte alt und unergründlich. Er schien im Alter Gimellions zu sein (der eher achtzig als siebzig war), doch als er die Anwesenden begrüßte, verflüchtigte sich der erste Eindruck. Suárez verströmte eine ungewöhnliche Energie, die sich in allem äußerte: im Ausdruck, in der sehr dunklen, vibrierenden Stimme und vor allem in seinem durchdringenden, funkelnden Blick; seine Lider hingen ein wenig über die Augen, und das verlieh ihm die angemessene Würde. Wenn ich von Kolinski sagte, daß sein Gesicht dem eines Wolfs glich, erinnerte der Kopf von Suárez (runder Schädel, spitze Adlernase, riesige, wilde Augen) an einen Adler; als junger Mann mußte er ein dunkler Typ gewesen sein, mit brauner Haut, dichter schwarzer Köperbehaarung und hartem Bart. Nun hatte er große Geheimratsecken, das Haar war völlig weiß. Stirn und Wangen hatten die Farbe alter Hölzer, als hätte die Sonne viel mehr Jahre darauf geschienen, als sie seinem Alter entsprachen; dasselbe ließ sich auch von seinen Händen sagen.

Ich glaubte, eine gewisse Spannung zwischen ihm und Rodin zu bemerken und ebenso, aber weniger stark, zwischen ihm und Randolph Carter. Gimellion stellte ihm diejenigen vor, die er noch nicht kannte: Emília, Artur, Camila, Simon und mich. Suárez schien nicht in Begleitung gekommen zu sein, niemand spielte auf Raquel Burch an. Nachdem die Begrüßung vorbei war, die steifste, die ich je bei jemandes Ankunft erlebt hatte, blieb Suárez zwischen Kolinski und Ficinus stehen, fern von Rodin, der sich nicht von Casanova und Jubert wegbewegte. Diese Polarisierung bei der Zusammenkunft schien mir eine unbestreitbare Tatsache zu sein, und ich war begierig, den möglichen Grund dafür zu erfahren. Gimellion höchstpersönlich servierte dem Neuankömmling ein Glas Wein, zwei Hausangestellte kümmerten sich um die übrigen.

Wir stießen auf den Frieden und die Wiederherstellung der Normalität an. Die Runde teilte sich in vier Gesprächskreise auf. Meiner schweifte sofort zu Rafas Geschichte, wir riefen nach Casanova und Ficinus. Der eine schloß sich uns an, der andere widmete sich daneben auch Suárez, der zu seiner Linken, etwas weiter hinten blieb.

»Zunächst dachte ich«, sagte Casanova, »Rafa wäre nur ein armer Kranker, der von etwas läuten gehört und sich eine ungereimte Geschichte zurechtgelegt hätte. Es bestand aber auch, wie ich schon erwähnt habe, die Möglichkeit, daß er ein Agent war, den jemand geschickt hatte, der um meine Besuche wußte, in der Absicht, mich mit falschen Angaben über Uriachs Mörder zu verwirren. Sollte diese Hypothese stimmen, mußte es sich bei der Person um den Mörder handeln. Ich sprach mit Ficinus darüber, und er erzählte mir seine Version: Tatsächlich war Rafa auf sein Betreiben hin in der Anstalt.«

Ficinus drehte sich um und wandte sich mit seinem freundlichen, ruhigen Lächeln an uns.

»Armer Rafa! Ich hätte gern alles gehört, was er dir erzählt hat; er mußte sehr gelitten haben, wenn er sich für sein Eindringen in Roncals Landhaus entschuldigt hat.«

»Bist du wirklich davon überzeugt, daß es Rafa gelungen ist, das Haus zu durchwühlen?« fragte Casanova.

»Ich bin ganz sicher und ebenso, daß er dort nicht fand, was er suchte; deshalb übermittelte er uns die Information, als sie uns schon nichts mehr nützte. Sein Verhängnis war es, daß er nicht wußte, wer Roncal war, und als er es entdeckte, dachte er, ich würde ihn verfolgen, um ihn umzubringen«, erklärte Ficinus. Suárez sagte etwas zu ihm, und er kehrte uns wieder den Rücken zu.

»Ich habe von Frederics Freunden immer gehört«, schaltete sich Teresa ein, »daß ein gewisser Domènec Josa in Ficinus' Auftrag das Haus durchstöbert hat, Roncal hatte mehr oder weniger damit gerechnet, und als er ihn in flagranti ertappte, legte er ihn kaltblütig um. Das würde das Verschwinden des Vertrauensmannes erklären, von dem Ficinus erzählt hat.«

»Dann paßt aber eine Person nicht in die Geschichte«, sagte Simon. »Wenn der Kerl, der, nachdem er mit Uriach gekämpft hat und nachdem Rafa entwischt ist, das Juwel vom Friedhof wegbringt, in Roncals Dienst steht ...«

»Ficinus sagte, er hieß Commoner«, stellte Emília klar.

»Das tut nichts zur Sache«, fuhr Simon fort, »vielleicht war es Roncal selbst. Die Frage ist eine andere: Wer war der Mann, der zusammen mit Uriach das Mausoleum betrat und von dem Rafa behauptet, ihn aus Versehen getötet und zum alten Mir ins Grab gelegt zu haben?«

Ficinus lauschte mit halbem Ohr dem Gespräch; er entschuldigte sich bei Suárez und Kolinski und wandte sich an uns.

»Das werden wir nie erfahren. Ich kenne Rafas Geschichte auch, mir hat er sie freilich anders erzählt, und ich bin sogar zu der Überzeugung gelangt, daß er es war, der Uriach den Schädel zertrümmert und die vierte Person erfunden hat, um zu rechtfertigen, daß ihm ein anderer beim Raub des Juwels zuvorkam.«

»Vielleicht hat er auch den Dieb des Juwels erfunden«, meinte Getrudis skeptisch.

»Nein, den gab es bestimmt. Rafa war so außer sich, daß er, hätte er das Paket in seinen Besitz gebracht, sich seiner sofort entledigt oder aber versucht hätte, zu spekulieren; beides wäre aufgefallen. Ich glaube, wir werden nie erfahren, was dort geschah; es muß schrecklich gewesen sein, denn sonst hätte sich Rafa nicht darin verstrickt, das Ganze mit anderen Zutaten zu tarnen, die, ob wahr oder nicht, ihn auch nicht als Engel dastehen ließen.«

»Viele Einzelheiten sind sehr seltsam«, bemerkte Emília und wandte sich an Ficinus. »Du hast gesagt, das Juwel wäre mit Lluïsa Cros begraben worden.«

»So war es tatsächlich zu Beginn. Doch als wir bemerkten, daß Uriach beschattet wurde, änderten wir gerade noch rechtzeitig das Versteck. Ich habe nie behauptet, daß sich das Juwel in der Nacht, in der Uriach starb, in Lluïsa Cros' Grab befunden hätte.«

»Du hast uns genausowenig gesagt, daß es im Grab des alten Mir lag«, sagte Gertrudis. Beide lachten.

Wieder einmal wurden die Dinge nur halb erklärt. Nun jedoch war die Absicht klar; es ging darum herauszufinden, inwieweit die anderen informiert waren; diesen Eindruck hatte ich zumindest.

»Warum erklärt ihr das nicht endlich?« fragte Simon, während er den zweiten Aperitif nahm. »Warum habt ihr Roncal, von dem ihr wußtet, daß er euer ausgemachter Feind war, hier in diesem Haus aufgenommen?«

»Aufgenommen nicht, mein Freund«, schaltete sich Suárez ein, der Kreis öffnete sich zu ihm hin, »aufgenommen nicht; wir haben ihn eingeladen.« Alle schwiegen. Jubert schloß sich der allgemeinen Erwartungshaltung an. »Es ging darum, seine Version zu kennen und ihn gleichzeitig in dem Glauben zu lassen, daß seine Identität gewahrt bliebe.«

»Deshalb«, sagte Camila stockend, »ist er so überstürzt abgereist, als er von Kolinskis und Ficinus' Ankunft hörte.«

»Nicht ohne uns zuvor mit seiner Geschichte bedroht zu haben«, warf Rodin ein, und die Aufmerksamkeit teilte sich nun zwischen ihm und Suárez. »Wir haben auch festgestellt, daß er viele der hier Anwesenden nicht kannte, und so sah er keine Gefahr, entlarvt zu werden.«

Rodin und Suárez blickten sich an. Ich hatte den Eindruck, daß wir zum Ende der Frage gelangten.

»Aber wer ist nun Roncal wirklich?« fragte Emília.

»Seid ihr denn noch nicht darauf gekommen?« sagte Suárez. Sein strenger Gesichtsausdruck wich bald einem Lächeln, und das blieb, bis er wieder zu reden begann:

»Roncal ist Benedicte Flint.«

Rodin sah spöttisch drein; auf den Gesichtern der anderen spiegelte sich eine gewaltige Neugierde. Gimellion löste die Spannung.

»Wenn ihr wollt, sprechen wir später darüber, wir gehen jetzt ein wenig frische Luft schnappen. In der Zwischenzeit wird der Tisch für das Mittagessen gedeckt.«

Wir gingen, ohne den Avalon zu durchqueren, in die Galerie und von dort in den Angrenzenden Garten.

Als wir die Treppe hinunterstiegen, hatte sich das Gespräch auf Zweiergruppen verteilt. Simon redete nervös auf mich ein.

»Marc Grunel war also Benedicte Flint. Wenn wir der Logik folgen, daß zwei Dinge, die einem dritten gleichen, einander ebenfalls gleich sind, was hatte er dann beim Abendessen von Virgínia zu suchen?«

Vor uns lief Ficinus, und als er das hörte, drehte er sich um.

»Wenn ihr Geduld habt, gibt es für alles eine Erklärung.«

»Das Schlimme daran ist«, fügte Gertrudis hinzu, die neben Ficinus ging, »daß es normalerweise mehr als eine gibt.«

»Wie auch immer«, sagte Simon, »ich kann mir nicht vorstellen, daß Benedicte Flint hier herumspazierte, ohne daß Rodin, Gimellion oder Carter seine tatsächliche Identität gekannt hätten.«

»Klar haben sie ihn gekannt. Suárez hat doch gesagt, sie hätten ihn eingeladen«, sagte Gertrudis. Sie sah Simon und mich mit einem ironischen Lächeln an und fügte geheimnisvoll hinzu: »Das heißt, Flint hat das Juwel verloren und kam, um herauszufinden, wer es hat.«

»Und wie sollte das geschehen?« sagte Simon. »Indem er uns diese Geschichte vom Dieb in seinem Haus erzählte?«

»Ich stelle mir vor«, überlegte Gertrudis, ›daß hier Interesse bestand, seine Version des Geschehens zu hören, und ein öffentliches Bloßstellen war ihnen wohl kaum nützlich.«

»Das bedeutet«, schloß Simon, »daß das Juwel verlorenging und niemand weiß, wo es sich befindet, weder Flint noch Ficinus, noch Suárez, noch Ω.«

»Ich würde nicht so voreilig sein«, bemerkte Getrudis. »Daß Flint hierhergekommen ist, um Nachforschungen anzustellen, heißt nicht, daß er nicht weiß, wo das Juwel ist; dasselbe läßt sich von den anderen sagen.«

»Also?« fragte Simon.

»Also kann jeder das Juwel besitzen, und was wir kürzlich erfahren haben, war ein Pokerspiel. Der es besitzt, muß so tun, als würde er es suchen; der es sucht, gibt vor, es zu beschützen, und davon ausgehend …«

Im Angrenzenden Garten schloß ich mich dem Kreis von Ficinus, Oliver, Camila, Kolinski und Suárez an. Rafas Geschichte hatte Camila beeindruckt. Ficinus gefiel es, gezielte Fragen zu beantworten.

»Rafa war in Gefahr, weil Flints Männer seine Rolle bei dem Ganzen entdeckt hatten. Von da an hatte er tatsächlich eine Nervenkrise: Verfolgungswahn, Zwangsneurose.«

»Und warum warst du so bemüht, Rafa zu retten?« fragte Camila.

»Er hat uns, ohne es je zu wissen, einen großen Dienst erwiesen. Habt ihr nicht bemerkt, daß ohne sein Eingreifen Flint die Erben von Lluïsa Cros ermordet hätte? Wäre nicht Rafas notarielles Schreiben gewesen, hätte Flint Quico Xungo oder irgendeinen anderen losgeschickt, um einen Unfall vorzubereiten; ich weiß nicht, wie wir ihn hätten vermeiden können, denn wir hatten zwar Colom unter Kontrolle, aber das nicht. Ich glaube, wir waren Rafa zu Dank verpflichtet.«

»Willst du behaupten, daß es dir nicht wichtiger war, ihn zu verstecken, damit Flint ihn nicht ausfragen konnte, bevor er ihn tötete?« fragte Camila.

Suárez lachte.

»Haben Sie nie daran gedacht, sich dem Journalismus zu widmen?« fragte er, indem er sie siezte, was ich eigenartig fand.

»Du hättest ihn«, meinte Artur, »auch eigenhändig umbringen können.«

Ficinus lachte und schüttelte den Kopf.

»So etwas tue ich schon seit langem nicht mehr, es sei denn aus Selbstverteidigung. Ich habe Rafa keine Einzelheiten über den Besuch von Quico Xungo erzählt, aber wenn ihr wollt, kann ich sie euch berichten. Er ließ mich wissen, daß er eine Reihe von Personen umbringen würde und mich an erster Stelle.«

Gertrudis unterbrach ihn.

»Entschuldige, kannst du mal einen Moment herkommen?« Die beiden gingen zu Rodin und Gimellion.

Suárez deutete ein Lächeln an.

»Armer Ficinus«, sagte er. »Weder seine naturgegebene Gerissenheit noch seine Bildung oder seine Größe halfen ihm, einzusehen und zu akzeptieren, daß die Männer aus seiner ehemaligen Bande ihn einzeln oder gemeinsam verrieten, wann immer sie konnten. Rafa ist der einzige, der ihm bleibt: Er weiß nicht, was er noch tun soll, um die Romantik der Vergangenheit zu schützen.«

Camila lächelte.

»Soll das heißen, daß man bei Menschen in so unterschiedlichen sozialen Positionen von Verrat reden kann?«

»Natürlich nicht!« sagte Suárez. »Ich meinte das gefühlsmäßig. Ficinus war in seinem Freundeskreis der einzige freie Mann, und das verschaffte ihm Vorteile in allen Bereichen, außer in einem: dem des Ballastes der Vergangenheit.« Er machte eine Pause und änderte den Ton. »Ein Ballast, der nicht völlg überflüssige Aspekte birgt; er erlaubte ihm unter anderem, Quico Xungo zu zeigen, daß auf seinem Gebiet Lagunilla noch immer der König ist.«

Die Runde schloß sich wieder zusammen. Unsere Gläser waren leer. Camila wandte sich erneut an Suárez.

»Beunruhigt es Sie nicht, daß Rafa Geschichten erzählt?«

»Nein, nicht im geringsten«, sagte Suárez. »Der Arzt ist vertrauenswürdig, die anderen Patienten achten nicht weiter auf die Bemerkungen eines Verrückten, und die Besuche werden kontrolliert. Frederic ist einer von uns, und er hatte das Recht auf die Information, die ihm Rafa gab, auch wenn sie verfälscht war.«

»Mir scheint«, sagte Camila, »das sind sie mehr oder weniger alle; ich meinte aber etwas anderes: Rafa ist der einzige, der direkt oder innerhalb einer erzählten Geschichte bekannt hat, mit Ω persönlich gesprochen zu haben …«

Die Anspielung war deutlich, alle hatten sie gehört. Suárez sah uns mit seinen weisen und entfernt diabolischen Augen an.

»Sie denken darüber nach, ob ich es bin …«, er hielt inne und senkte den Kopf, »ich bin nicht er! Als ich ankam, war Ω schon hier.«

Rodin und er starrten sich an. Ich beobachtete Simon und Emília, die jede Geste von Rodin oder Suárez aufmerksam verfolgten. Emília forderte den Neuankömmling heraus.

»Wer ist dann Ω?«

Suárez hob vielsagend die Augenbrauen. Er war im Begriff zu reden, doch er überlegte es sich noch einmal. Er schien auf der Lauer zu sein, ein Ausufern der Sache zu befürchten. Gab es etwa auch für ihn verborgene Aspekte? Das ließ mich meine Meinung ändern. Ich sah es nun als wahrscheinlicher an, daß Rodin Ω war, erstaunlich, aber nicht unerhört. Wir waren alle verstummt, Gimellion und Ficinus bemühten sich, das Gespräch wieder in Gang zu bringen. Teresa trat zu Simon und mir.

»Suárez sagt, der Arzt wäre vertrauenswürdig«, sagte sie ganz leise zu uns. »Frederic will darüber nicht sprechen, aber als er letztes Mal im Sanatorium war, befand sich der ehemalige Leiter, Doktor Sabater, als Patient dort.«

»Willst du sagen, er hat eine Indiskretion begangen?« fragte Simon. Sie machte eine bedeutungsvolle Gebärde.

Man teilte uns mit, daß angerichtet sei, und wir begaben uns zum Mittagessen.

Dort entspannte sich die Lage, denn Carter und Kolinski

begannen sich über Wodkasorten zu unterhalten: Der eine hob den Luksosowa, einen polnischen, aus Kartoffeln gebrannten Wodka, in den Himmel, der andere pochte darauf, als Einheimischer der bessere Kenner zu sein, und meinte, er ließe sich niemals mit dem Rouskaia vergleichen. Wir waren zu fünfzehnt am Tisch, an einem Ende saßen die Älteren: Suárez, Gimellion, Kolinski und Rodin; Carter saß am gegenüberliegenden Tischende, neben Gertrudis, mitten unter den Jüngeren: Emília, Simon, Artur, Camila, Teresa, Casanova, Ficinus und ich.

Suárez und Carter setzten uns über die letzten Kriegsgeschehnisse ins Bild. Die festgefahrene Lage war in Bewegung geraten, die letzten Angriffe auf Südamerika verlangten nach einer dringenden Versammlung der Beteiligten. Aus diesem Zusammentreffen mußte die endgültige Lösung hervorgehen, es gab keinen Rahmen mehr für Uneinigkeit, denn es war eine Grenze erreicht, die bislang alle für unmöglich gehalten hatten; ein Scheitern der Verhandlungen würde zu etwas führen, an das niemand je geglaubt hatte: zur völligen Zerstörung.

Suárez kommentierte es lakonisch, und am anderen Ende ließ Carter seinen Gedanken freien Lauf.

»Im besten Fall bedeutet es das Ende des Gesellschaftsmodells und der Organisation des Staates, die in den letzten zweitausendfünfhundert Jahren geherrscht haben«, sagte er.

Teresa mischte sich sofort ein.

»Sosehr sich auch die äußeren Umstände insgesamt ändern mögen, ist mir kein System bekannt, das die Rechte des Individuums in dem Maß sichert wie das traditionelle Parlament.«

Carter lachte sarkastisch.

»Sobald du begriffen hast, daß die Menschheit bösartig ist, macht es keinen Sinn mehr, über Parlamente und Menschenrechte zu reden! Ich glaube, ich muß noch deutlicher werden: Die Menschheit ist ihrem Wesen nach nicht nur bösartig, sondern auch dumm oder, im besten Fall, beides gleichzeitig.«

»Man wird immer«, beharrte Teresa, »eine Verwaltung als

öffentliche Dienstleistung brauchen. Du sprichst von Philosophie, von individuellen Entwicklungsmodellen, doch solange sich mehr als eine Person neben einer anderen befindet, besteht eine Gesellschaft und damit ein praktisches, auf die eine oder andere Weise zu lösendes Problem. Und sosehr sich auch Formen und Bedingungen ändern mögen, es wird einige Elemente geben, die so bleiben, wie sie sind; die Arbeit, zum Beispiel.«

»Wenn es gelingen sollte, daß das Juwel den Frauen die Brunstzeit zurückgibt, könnte die Arbeit verschwinden«, meinte Carter. Ich ließ mein Besteck auf den Teller fallen.

»Großartig«, lachte Simon.

»Als der Mechanismus der Brunst aufhörte«, sagte Carter, »aus Gründen, die, so glaube ich, nicht erörtert zu werden brauchen und über die es mehr als eine Theorie gibt, erfand man eine kürzer dauernde Brunst: die Arbeitszeit.« Er hielt inne, umgeben von ironischem Grinsen. »Die Arbeit, meine Freunde, ist weiter nichts als eine Falle, damit die Leute nicht den lieben langen Tag miteinander schlafen; bereits in der Bibel ist die Arbeit mit den Schmerzen der Geburt verbunden.«

»Ich glaube nicht, daß es darum geht«, unterbrach Simon.

»Natürlich nicht!« erwiderte Carter; er kam in Fahrt. »Es geht nicht um die Arbeit, sondern um ihre Erhöhung, um den Platz, den sie in der entfremdenden und abwegigen Ikonographie unserer Zeit einnimmt. Jede Aktivität, die so umfangreich ist, daß sie dich nichts anderes mehr tun läßt, die so unangenehm ist, daß du dich danach sehnst, sie aufzugeben, und so schlecht bezahlt, daß du genau das nicht tun kannst, diese Aktivität heißt Arbeit. Gewiß gibt es Ausnahmen: manch einen kostet die Arbeit wenig Zeit, sie erschüttert ihn nicht und erlaubt es ihm, wie ein Prinz zu leben. Doch das sind, strenggenommen, keine Arbeiter, sondern Verwalter der Arbeit von anderen, mit einem Wort Diebe. Kreuz und quer stehlen, die Vergangenheit plündern und die Erde opfern, das nennen sie Arbeit! Das Schaffen von Wuchergesellschaften und die Güteranhäufung zu Lasten von Wohlstand und Vermögen der Allgemeinheit bezeichnen sie als Heimat, Fortschritt, Recht und Ordnung. Die wichtigsten Institutionen des organisierten Raubes setzen ihre Leiter an ehrenwerte Stellen und verwandeln sie in ein Beispiel für das Kanonenfutter; es sind diejenigen, die alles mit ihrer armseligen neidischen Ignoranz unterstützen. Jemand hat gesagt, die Verrückten führen die Blinden an, aber das war eine poetische Übertreibung: Die Diebe regieren die Dummen. Bis jetzt war jede Vorstellung eines Wandels reine Utopie, und die einzige Art, sich abzureagieren (wenn auch zwecklos), bestand darin, darüber zu sprechen. Hier liegt das Problem! Welche Veränderung ist nach dem Krieg zu erwarten, die einen dieser Mechanismen beeinflussen könnte?« Da ihn alle mehr oder weniger resigniert und wohlwollend ansahen, gab er sich selbst die Anwort: »Keine! Nichts wird sich ändern! Es wird das Ende einer Lebensform sein, ohne Aussicht, durch eine andere ersetzt zu werden.«

»Vielleicht«, sagte Artur, »ist es eine Falle, arbeiten zu müssen, um zu überleben. Daß die Lebensform eines Individuums von seiner Herkunft, seiner Tätigkeit, seiner Fähigkeit oder seinem Schicksal abhängt, erscheint einer entwickelteren Gesellschaft vielleicht ebenso barbarisch und rückständig wie für uns die Sklaverei. Wenn die Menschen theoretisch vor dem Gesetz gleich sind, müßten sie es auch beim Zugang zu den Vorteilen sein, das Zusammenleben würde nicht gestört werden, wie es nämlich der Fall ist, wenn sie den Köder der Würde auslegen, um verdeckt Sklaven zu halten, und wenn der persönliche Fortschritt der einzige Anreiz ist; das wäre der Höhepunkt des Rechtsstaates.«

»Sehr hoch gesteckt!« spottete Carter, »sehr altruistisch! Das sagte schon Babeuf, ein romantischer Revolutionär, der sich, bevor sie ihn enthaupteten, den Jakobinern anschloß. Das Schlimme ist, daß die Raffgier auf seiten der Stärkeren aus diesem Krieg, sollte irgend etwas bestehen bleiben, gefestigt und noch mächtiger hervorgehen wird. Nein, meine Freunde, glaubt mir, wenn wir vor der völligen Vernichtung gerettet werden sollten, werden wir unter der uneinsichtigsten und räuberischsten Organisation leben, die die Menschheit je gesehen hat.«

»Und ich dachte, die Langfinger und die Niederträchtigkeit, wie sie heute herrschen, wären nicht mehr zu überbieten!« sagte Artur. Wir lachten alle.

»Was schlagt ihr also vor?« fragte Teresa.

»Ich schlage gar nichts vor«, sagte Carter und senkte die Stimme. »Es gibt keine Lösung, keine Ideologie, keine weltweite Bewegung, die den Niedergang der Menschheit aufhalten könnte, schon gar nicht aus persönlichen Skrupeln. Doch das Fehlen einer möglichen Therapie bedeutet nicht, daß du die Krankheit nicht siehst oder daß du mit einem resignierten Lächeln das Gift schluckst und aufgrund deiner Skepsis, aus Trägheit und Nachlässigkeit bei der Farce mitwirkst, ohne auch nur dafür zu sorgen, daß die Wirkung auf dich eine möglichst positive ist. Außerdem«, schloß er, »gehören wir hier Anwesenden alle der herrschenden Klasse an. Irgendeinen Vorteil müssen wir doch davon haben, nicht?«

Die Teller wurden abgeräumt und Filets in einer Soße aus Sardellen und Estragon aufgetragen.

»Glaubt ihr wirklich, daß wir uns am Ende einer Epoche befinden?« fragte Camila. »Ich meine, habt ihr den Eindruck, die Geschichte läßt sich mit einer gewissen Objektivität charakterisieren in Momenten, in denen die Veränderungen ausgeprägter sind als sonst?«

»Das ist sehr interessant«, bemerkte Carter. »Es scheint bestätigt, daß sich in bestimmten Augenblicken ein stärkerer Wechsel vollzieht: im Zusammenhang mit Kriegen, religiösen oder wissenschaftlichen Umwälzungen, Wirtschaftskrisen. Doch auch wenn wir meinen, es geschehe nichts, ist der sich vollziehende Wandel genauso tiefgreifend, denn die Bewegung des Wandels hört, wie die der Zeit, nie auf. Der Mensch hat allerdings die schlechte Angewohnheit, jeden beliebigen Prozeß mit seinem Leben gleichzusetzen. Das grundlegendste Beispiel dafür sind die Begriffspaare des Denkens: positiv-negativ, Materie-Geist, hell-dunkel, gut-böse, et cetera, die sich eindeutig von Körperfunktionen herleiten: Schlaf-Wachsein, Einatmen-Ausatmen, Systole-Diastole, die rhythmisch wechselnde Kontraktion des Herzmuskels. Ein weiterentwickeltes Modell stellt sich so dar: Nichts, Geburt, Heranwachsen, Fülle, Verfall, Zerstörung und wiederum Nichts.

Selbst das Universum hat sich nicht vor einem so wenig subtilen Schema bewahren können.« Er zog ein Papier und Füllfeder hervor und zeichnete einen Kreis, den er ursprüngliche Unteilbarkeit nannte, daneben einen von einem Strich durchzogenen Kreis, dann fuhr er fort: »Hier findet die erste Teilung, der Big Bang, statt.« Daneben zeichnete er einen von zwei gekreuzten Linien in vier Teile geteilten Kreis und daneben einen weiteren voller Linien, und noch einen, der von noch mehr Linien durchkreuzt wurde und wie ein kleines Netz aussah. Er sagte: »Die Welt unterscheidet sich selbst immer mehr, sie unterteilt sich in Unterschiede, bis sie wieder zur Unteilbarkeit gelangt, in diesem Fall zur letzten Unteilbarkeit: Wenn alles verschieden ist, wird es wieder gleich, das heißt eins, und diesmal unzerstörbar, denn die Zeit hat keine Energie mehr zu verbrauchen.« Er zeichnete einen völlig schwarzen Kreis und fügte theatralisch hinzu: »Der Anthropomorphismus ist einer der großen Fehler des Denkens, er hat zu den meisten Irrtümern geführt und war als Denkmodell am schwierigsten zu überwinden.«

»Schon die Mutaziliten«, bemerkte Artur, »versuchten den Anthropomorphismus vom Bild Gottes zu entfernen. Weit haben wir es seitdem gebracht!«

»Es stimmt«, wandte Simon ein, »daß nur wenige Dinge in dieses Schema passen, aber etwas hat vielleicht dazu beigetragen, es zu bestimmen: das Leben, das Jahr, der Tag.«

»Und die Liebe?« sagte Gertrudis lächelnd. »Paßt sie nicht in dieses Schema?«

Alle lachten, Carter ergriff erneut das Wort, um Simon zu antworten.

»Gewiß, aber es sind einzelne, isolierte Vorgänge, deren Schwingungen sich uns entziehen.«

Ich dachte, daß dem anthropomorphen Trugbild in der Geschichte eine besondere Bedeutung zukommt. Abgesehen von dem Klischee, daß die Geschichte von den Siegern geschrieben wird, ist es dennoch bestechend, daß Völker – und durch Ausweitung oder Identifizierung auch die Epochen – Perioden des Wachstums, der Fülle und des Niedergangs durchmachen, analog zu denen eines lebenden Organismus.

Es gibt in der Selbstwahrnehmung eines Individuums nicht mehr Gewißheit als in der späteren, von einem Historiker vorgenommenen Klassifizierung und Etikettierung, wobei beides im Widerstreit liegt. Den Momenten der Gründung und Ausweitung haftet viel Barbarei und Dekadenz an, und denen der Dekadenz sinnlicher Glanz; insgesamt gleichen sie sich aus, die Schwankungen sind geringer, als uns der Chronist weismacht.

Ich erinnerte mich an eine Bemerkung Simons am Ende des ersten Tages, die auf derselben Linie wie dieses Gespräch lag. Ohne zu wissen warum, fragte ich ihn, wieviel länger er in diesem Haus zugebracht habe als ich.

»Nur wenig«, sagte er, »ein paar Stunden; du bist am Morgen angekommen und ich am Mittag vorher. Warum fragst du?«

»Nur so«, erwiderte ich und überlegte, ob zwölf Stunden einen wesentlichen Unterschied darstellten. Carter fuhr fort.

»In Wahrheit kann nichts in den Denkschemata des Menschen gut funktionieren, solange man der Zeit nicht eine eigene Sprache gibt, denn die Zeit drückt sich in Begriffen des Raumes aus; man sagt ›Zeitraum‹, ›diesseitige Zeit‹, ›in einer Weile‹, ›ferne Zeit‹. Wie kann die Zeit fern sein?«

Dieser Kommentar schien mir nach all den Jahren, in denen die Physiker uns bewiesen haben, daß Zeit und Raum eins sind, rückschrittlich; aber natürlich nicht im menschlichen Maßstab.

»Das hat die Erfindung des Kalenders mit sich gebracht«, gab Gertrudis lachend zum besten. »Eigentlich sind wir seit tausend Jahren an ein und demselben Ort, weder ferner noch näher.«

Ich dachte, daß auch die Zeit sich nicht der anthropozentrischen Vereinheitlichung entziehen konnte; die Idee von Anfang und Ende der Zeit hält keiner halben Minute Nachdenken stand.

»Der Kalender ist eine Erfindung der Frauen«, sagte Carter. Wir lachten.

»Mit der Zeit«, meinte Ficinus, »ist es wie mit der Wahrheit; es bestehen Maßstäbe und Umstände, die sie beinhalten:

Unterschiede in den Zeiten, Bereiche zwischen den Wahrheiten. Aber Zeit und Wahrheit sind Idealisierungen und demselben Denkvorgang entsprungen, der Blitze, Meer oder Ackerbau zu anthropomorphen Göttern werden ließ.«

Das Gespräch glitt, vielleicht durch die Wirkung des Weins, ins Oberflächliche. Beim Nachtisch wandte sich Simon, der neben mir saß, leise an mich.

»Ich glaube, das hier ist die letzte Gelegenheit, um herauszufinden, was mit dem Juwel geschehen ist. Was hältst du davon, Suárez danach zu fragen?«

Der Vorschlag kam mir zwecklos vor. So wie die Dinge standen, würde Suárez höchstwahrscheinlich nicht darüber reden wollen. Ich zuckte mit den Schultern.

»Glaubst du nicht«, fragte ich Gertrudis, »daß Suárez uns am ehesten erklären könnte, warum das Juwel in die Obhut der Bank gelangt ist?« Gertrudis lächelte, und ich fuhr fort. »Klar, ich erinnere mich, daß du uns davon erzählt hast, doch hast du die Gründe nur gestreift, ohne auf die Ursachen einzugehen.«

Ich merkte, daß Suárez uns vom anderen Ende des Tisches her zuhörte.

»Mir scheint es wichtiger, zu erfahren, wo das Juwel sich jetzt befindet, und nicht so sehr, wie ihn Mir vor achtzig Jahren in seinen Besitz gebracht hat«, betonte Simon.

Suárez wandte sich an uns.

»Das eine läßt sich ohne das andere nicht verstehen.«

»Ich finde es seltsam«, sagte ich, »daß ein so wertvolles Stück nicht in Händen der Vereinigten Staaten ist, die sich nach dem Zweiten Weltkrieg als das mächtigste Land der Welt behauptet haben.«

Suárez wirkte unschlüssig und musterte uns einen nach dem anderen.

»Es gibt verschiedene Gründe, warum die Dinge so geschehen sind, wie sie geschahen, oder, besser gesagt, es gibt verschiedene Betrachtungsweisen; die offizielle Geschichte, die einmal in den Büchern stehen wird …«

Ein Kellner unterbrach ihn, um seinen Teller wegzunehmen.

»Welche ist das?« fragte Teresa.

Suárez fuhr fort.

»Es war ein am Ende des Zweiten Weltkrieges entstandenes Problem des politischen Gleichgewichts, genauso wie Europa in zwei Blöcke aufgeteilt wurde; das Juwel jedoch ließ sich nicht teilen ...«

»Verzeihung«, unterbrach ich ihn, »warum ließ es sich nicht teilen? Was war das Juwel, woher kam es, wer hatte ein Anrecht darauf?«

Ich hörte Suárez zum erstenmal lachen, dann sah er mich mit höhnischem Grinsen an.

»Das sind viele Fragen auf einmal. Ein Juwel kann selbstverständlich nicht geteilt werden, da sein Wert in seiner kardialen, einheitlichen, atomischen Wesenheit liegt. Das Juwel war das Feuer, das von Luzifers Stirn genommen wurde im Augenblick seines Falles; im Jahr fünfundvierzig kam es aus Hesperien, das heißt aus Spanien ...«

Gimellion brach in Gelächter aus.

»Sei vorsichtig«, sagte er zu Suárez, »die Jugend von heute besitzt sehr gefährliche Fähigkeiten zur Interpretation.«

Suárez fuhr im anfänglichen Ton fort.

»Japaner, Araber und Nordamerikaner waren am Juwel interessiert. Japan war eine militärisch besiegte Macht, doch den Amerikanern war an einem wirtschaftlichen Verbündeten im Fernen Osten gelegen, um Russen und Chinesen unter Druck zu setzen, deshalb sollte man sie nicht ausklammern. Bei den Sowjets verhielt es sich anders. Durch das Anhäufen militärischer und politischer Macht hing ihre Wirtschaft immer mehr vom Ausland ab, das Juwel hätte ihre Probleme lösen können. Die Araber zogen Nutzen aus der Ausweitung der Erdölindustrie, doch da sie feststellten, daß der Kredit nicht ewig währen würde, konnten sie sich die Gelegenheit nicht entgehen lassen. Als das Juwel (während des Krieges verloren oder versteckt) gefunden wurde, taten die Sowjets einen kühnen Schachzug, um es über Polen an sich zu bringen. Es gelang ihnen nicht; das zeigte aber allen Beteiligten, in welchem Maße ein einseitiger Besitz des Juwels Quelle von Ungleichgewicht und Konflikten wäre. Durch eine Reihe von Umständen, die ich Ihnen, wenn Sie wollen, ein andermal erzählen werde, befand sich das Juwel in Händen des Bankiers Mir. Die Anwärter trafen ein Abkommen, in dem sie sich verpflichteten, es nicht anzurühren und sich in seinen Nutzen zu teilen. Um parteiische Zwecke auszuschalten, wurde ein Kontrollausschuß gegründet. Als Mir sich zurückzieht, beginnt, wie Sie alle wissen, ein neues Tauziehen um die Auffindung des Juwels, vergleichbar den Vorkommnissen im Spanischen Bürgerkrieg und im Zweiten Weltkrieg …«

»Ich hätte gern gewußt, wie das Juwel in die Hände von Mir gelangt ist«, sagte Simon.

»Ich wüßte lieber, was geschah, als Alexis Cros es wiedererlangte«, sagte Artur und überging Suárez' Bemerkung, daß eines vom anderen nicht zu trennen wäre.

Suárez lächelte, und er, Kolinski und Ficinus blickten sich an.

»Natürlich«, erwiderte er, »wenn Sie Geduld und heute nachmittag Zeit haben, erzähle ich Ihnen sehr gern, was ich darüber weiß.«

»Und wo befindet sich das Juwel jetzt?« fragte Camila. Ich hatte den Eindruck, daß die Frage unangebracht war. Kolinski, Ficinus und Jubert unterhielten sich leise, doch Camila sah es nicht oder wollte es nicht sehen und beharrte: »Wenn Roncal Flint ist, so gab er uns zu verstehen, daß er es in seinem Haus versteckt und die umgebracht hat, die es rauben wollten.«

Suárez wollte wissen, was dazu gesagt worden war. Emília, Camila und Teresa erzählten ihm in wenigen Worten, was Roncal über den Dieb im Landhaus berichtet hatte. Mittlerweile waren wir mit dem Mittagessen fertig, standen auf und gingen in den Avalon. Camila teilte Suárez schließlich die verschiedenen Mutmaßungen mit, die wir, vor allem von Ficinus, Kolinski und Casanova, über den Raub des Juwels auf dem Friedhof und seine Verfolgung bis zu Roncals Haus gehört hatten.

Wir nahmen im Avalon Platz. Gimellion, Kolinski und Carter blieben am Eingang, Simon, Casanova, Emília, Gertrudis, Artur, Camila und ich setzten uns so nahe wie möglich zu dem Neuankömmling, damit uns kein Wort entginge.

Suárez wirkte unentschlossen, doch dann begann er.

»Seltsam, wie sich die Dinge verändern, sobald sie von persönlichen Interessen und Gefühlen gefärbt sind. Ich erfuhr von der Geschichte auf diplomatischem Wege. Die offizielle Version des Institutes lautete, daß irgendeinem Diebsgesindel, das nichts mit Lagunillas Bande zu tun hatte, zu Ohren gekommen sei, eine exzentrische Millionärin hätte sich mit ihrem Schmuck begraben lassen, ein Brauch, der bekanntlich seit geraumer Zeit unüblich ist. Dem Anschein nach war das Grab leer. Der Polizeispitzel sagte, nicht einmal die Leiche hätte sich darin befunden. In derselben Nacht stießen sie, laut Aussage des Delinquenten, der mit seinen Informationen die Nachforschungen unterstützte, auf einen Vagabunden und raubten ihm alles, was er bei sich trug.«

»In der Nacht starb Zacaries Uriach, oder?« sagte Simon, Suárez lächelte. »Dann war also er der Vagabund, den sie überfallen haben, stimmt's?«

Suárez fuhr fort.

»Unter den geraubten Gegenständen befand sich einer, mit dem sie nichts anzufangen wußten. Sie begriffen aber trotzdem, daß sein Wert höher war als üblicherweise Diebesgut. Sie haben sich anscheinend nicht geeinigt; am Ende begann der Bandenführer auf eigene Faust Geschäfte zu machen. Flint lag auf der Lauer und machte ihn ausfindig. Der zweite der Bande, dem das Ganze nicht paßte, nahm Kontakt zur Polizei auf, doch als uns die Polizei verständigte, war es leider schon zu spät. Unter dem Vorwand, das Geschäft abzuschließen, hatte Flint ihn in sein Haus gelockt, ihm das Juwel abgenommen und ihn umgebracht.«

»Ich glaube kein Wort«, flüsterte mir Simon ins Ohr. »Das ergibt überhaupt keinen Sinn. Was macht das wertvollste Objekt der Welt in der Tasche eines Unglücklichen, der nachts über den Friedhof streift? Ich habe noch nie eine derart absurde Geschichte gehört.«

Ich bedeutete ihm zu schweigen. Suárez fuhr fort.

»Ich befürchte, das wollte Flint mitteilen, als er hier unter dem Namen Roncal auftauchte. Kein schlechter Pokertrick, aber hier brachte er ihm nichts, weil wir alle wissen, daß er das Juwel nicht hat.«

»Das habe ich anders aufgefaßt«, sagte Gertrudis, »Roncal, oder meinetwegen Flint, wollte uns über die Beseitigung des Unterhändlers der Bank Mir berichten.«

»Erklär das bitte genauer«, bat Simon.

»Roncal hatte auf dem Friedhof das Juwel in seinen Besitz gebracht und es in seinem Haus gut versteckt. Die Bank Mir beauftragte Domènec Josa, mit ihm zu verhandeln und das Juwel zurückzugewinnen. Roncal gab vor, darüber reden zu wollen, und lud ihn auf sein Landgut ein. Dort tötete er ihn und verbrannte die Leiche im offenen Kamin.«

Suárez hörte gleichmütig zu, ohne das geringste Zeichen der Zustimmung oder einer gegenteiligen Auffassung. Ich erinnerte mich, daß Roncal den Tod des Diebes in das vergangene Jahr gelegt hatte, doch seit Uriachs Tod mußten mindestens sechs Jahre vergangen sein. Was war inzwischen geschehen? Wie ließ sich dieser Zeitunterschied erklären? Hatten die Zweifel der Diebe und die Verwirrung der Besitzer sechs Jahre angedauert?

»Na schön, was ist nun?« fragte Camila. »Hat Flint das Juwel, oder hat er es nicht?«

»Wenn wir uns an die Fakten halten«, sagte Simon, »scheint es schwer einzuschätzen zu sein. Ich glaube jedenfalls, daß er uns mit der Geschichte nicht nur den Tod von Josa mitteilen wollte; wahrscheinlich erhoffte er sich aus den Reaktionen auf seine Erzählung irgendeine Information.«

»Möglicherweise«, sagte Gertrudis, an Suárez gewandt, »wollte sich Flint hier nur für die Belagerung von seiten des Institutes rächen.«

Die Anspielung sollte Suárez treffen, aber es war Rodin, der dazwischenfuhr.

»Um Himmels willen«, sagte er aufgebracht, »hört endlich mit dem Theater auf! Wir wissen doch alle nur zu gut, daß Roncal nicht Flint ist.«

»Und wer ist Roncal dann«, fragte Gimellion beschwichtigend, »und weshalb kam er hierher?«

Mir schien es eine rhetorische Frage von jemandem zu sein, der die Antwort kennt oder dem sie völlig gleichgültig ist.

»Ich habe erwartet, daß einer von euch mir das sagt«, antwortete Rodin mit honigsüßer Stimme. »Vielleicht hat er einen der hier Anwesenden geschützt, der der echte Flint ist. Seid ihr nicht auf den Gedanken gekommen?«

Er und Suárez sahen sich an; sie wirkten durchaus fähig zu einer harten verbalen Auseinandersetzung.

Gimellion erhob sich.

»Meine Herren, uns erwartet eine kleine Arbeitsschicht.«

Kolinski, Ficinus, Carter und Rodin gingen hinaus, Suárez stand auf.

»Wenn es euch nichts ausmacht«, sagte er leise zu Gimellion, »würde ich mich gerne ein wenig ausruhen, bevor ich der Jugend einiges erzähle.«

»Selbstverständlich«, sagte der Hausherr, »kein Problem; ich halte dich auf dem laufenden.«

Wir im Avalon Zurückgebliebenen sahen uns an, als würde jeder vom anderen eine Initiative erwarten. Niemand schien Lust zu haben, die letzten, zwischen Suárez und Rodin gefallenen Worte zu erörtern. Vielleicht war es Müdigkeit, vielleicht hatten wir uns von dem Hang der Alten, Dinge zu verschweigen, anstecken lassen. Simon war eine Ausnahme, denn als ich mich in Richtung Galerie entfernte, folgte er mir und sagte leise:

»Findest du es nicht seltsam, daß Suárez behauptet, das Grab der Lluïsa Cros sei leer gewesen?«

»Soviel ich weiß, hat er nicht gesagt, daß es sich um das Grab der Cros gehandelt hat.«

»Um welches sonst?«

Er wirkte bedrückt.

»Selbst wenn«, sagte ich, »was bedeuten jetzt noch eine weitere Ungenauigkeit oder ein weiterer Widerspruch?«

Er packte mich fest am Arm.

»Merkst du es denn nicht? Wir sind Teil der Geschichte! Das Spiel gilt uns. Was hätten wir denn sonst hier verloren?«

»Und warum sollten wir Teil davon sein?«

»Wegen unserer Herkunft«, sagte er. »Ich weiß nicht, wer meine wirklichen Eltern sind, ebensowenig Artur und du.«

»Ich weiß sehr wohl, wer meine Eltern sind«, widersprach ich ein wenig verärgert.

Er sah mich mit einem mitleidigen Lächeln an.

»Ach ja? Warum bemühst du dich dann, von Kolinski Erklärungen zu erhalten, wenn er falsche Angaben über deinen Vater macht?«

Simons Andeutungen lenkten die Mutmaßungen in eine beunruhigende Richtung. Wieder einmal dachte ich an die dunklen Orte in mir selber und weigerte mich, sie zu ergründen. Ich rief mir das Bild meiner Mutter in Erinnerung, doch es war verschwommen. Trotz aller Anstrengung überlagerten es andere: das von Emília, Gertrudis, Suárez, Rodin ...

Zum Glück gesellte sich Teresa Mauret zu uns, und wir begannen unweigerlich über das Juwel zu sprechen.

»Laut Kolinski ist es eine Formel oder ein Computerprogramm.«

»Frederic und ich sind davon überzeugt, daß die Abstraktion noch viel weiter geht. Das Juwel ist keine symbolische Bezeichnung für ein Objekt, sondern das Sinnbild eines Prinzips: Liebe, Macht, Leben, Glück, die letzte, essentielle Substanz und Entstehungsform der Dinge. Doch das Juwel als Gegenstand, selbst wenn es ein Stapel Aufzeichnungen wäre, existiert nicht.«

»Was hatte dann das Hin und Her zwischen Friedhof und Roncals Landhaus für einen Sinn?« fragte Simon.

Teresa machte eine abfällige Handbewegung.

»Wahrscheinlich ging es um den Familienschmuck der Cros, der zweifellos wertvoll war, aber niemals mit der Macht des Juwels vergleichbar.«

»Demnach«, meinte Simon, »kann sich das Juwel nirgends befinden, weil es nicht real ist.«

»Ich habe nicht gesagt, daß es nicht real ist, sondern nur, daß es sich um kein Objekt handelt, das man anfassen und herumtragen kann.«

»Vielleicht«, meinte Simon ohne besondere Ironie, »ist es in dieser reflektierten Welt gelandet, von der Carter sprach,

in den Räumen zwischen den beiden Typen, die sich in Kolinskis Geschichten gegenseitig träumten.«

Raimon Jubert stand hinter uns, und als er das hörte,
mischte er sich ein.

»Die beiden, die sich gegenseitig träumten?«

Ich erinnerte mich, daß Jubert die Geschichte von Eliseu
Prætorius noch gehört hatte, nicht aber den ersten, von Prudenci Balder erzählten Teil, und machte mir die Mühe, ihn
aufzuklären. Simon und Teresa entfernten sich währenddes-
sen.

Aus Höflichkeit erzählte ich die Geschichte zu Ende. Als
ich mich von Jubert abwenden wollte, schien er verärgert,
und das weckte meine Neugierde.

»Kolinski hat euch das also so erzählt ...«

»Gibt es denn eine andere Version?« fragte ich.

Er lächelte säuerlich.

»Komm mit, dann wirst du es sehen.«

Ich begleitete ihn auf sein Zimmer im Nordflügel. Es hingen keine Schmetterlinge an der Wand, wohl aber futuristi-
sche Gemälde. Die Einrichtung war im Stil der sechziger
Jahre gehalten, selbst die Decke wirkte niedriger.

Jubert öffnete eine Schublade, zog eine kleine Sichel hervor und legte sie auf den Tisch. Er kramte weiter in der Lade,
nahm aus einem Etui ein Medaillon und gab es mir in die
Hand. Den Rahmen bildete eine Schlange, die sich in den
Schwanz beißt, oben, genau an der Stelle des Bisses, war ein
kleiner Haken angebracht, damit man es sich umhängen
konnte. Rahmen und Rückseite waren aus Gold, und an der
Vorderseite befand sich eine Fotografie von Gertrudis. Ich
betrachtete sie genau, die Ähnlichkeit stach ins Auge, doch
war es nicht Gertrudis. Die Frau auf dem Medaillon hatte
vielleicht ein etwas runderes Gesicht, kantiger und mit härte-
ren Zügen. Von ihrem Blick ging ein seltsames Feuer aus, das
ich, wer weiß warum, mit dem Puritanismus und der strengen Lebensweise des 19. Jahrhunderts in Verbindung brachte.
Die Augen waren grau und verträumt, mandelförmig und
hinreißend. Der Mund war faszinierend: Er hätte nicht schöner gezeichnet sein können, verriet aber gleichzeitig Genuß

und Härte. Ich sah mir das Porträt sehr genau an. Eine retuschierte Fotografie: Es war tatsächlich Gertrudis, aber man hatte die Gesichtszüge verändert, damit sie jemand anderem glich.

»Was bedeutet das alles?« fragte ich.

»Erkennst du das nicht wieder? Es sind einige der Gegenstände aus der Geschichte von Balder und Prætorius.«

Ich erinnerte mich an die kleine Sichel mit der Inschrift auf der Klinge. Gewiß, diese hier trug eine solche, auf griechisch, wie mir schien. Nein, auf gälisch.

»Und wie kommt es, daß du sie hast?«

»Weil ich der bin, den sie Balder genannt haben, und ich versichere dir, daß die Tatsachen entstellt sind.«

»Warum?« sagte ich, und sofort fiel mir eine weitere Frage ein. »Und wer ist Prætorius?«

»Ich weiß es nicht, weil wir uns nie gesehen haben. In Wahrheit hat mir Prætorius während eines Festes bei mir zu Hause eine Reihe von Gegenständen gestohlen.«

»Das steht in keinem Zusammenhang mit den zwei Geschichten, die uns hier von Balder und Prætorius erzählt worden sind.«

»Und ob! Ich hatte nicht den geringsten Zweifel, als ich Kolinski zuhörte, und nun hast du es mir mit dem zweiten Teil bestätigt. Die Sichel und das Medaillon gehören zu den Dingen, die zurückblieben, doch fehlt mein Familienschmuck; die Angestellten in Livrée waren für ein Spiel kostümiert, das wir in jener Nacht gespielt haben.«

»Was für ein Spiel?«

»Man mußte erraten, ob es Ochs oder Henne ist. Das ›Verzeihen Sie, Senyor, wenn Sie wollen, können wir das Abendessen servieren‹ war das Zeichen für den Spielbeginn.«

Ich wollte schon fragen, worin es bestand, doch ich befürchtete, es könnte uns von der Geschichte ablenken.

»Demnach weißt du, daß du bestohlen worden bist, aber nicht, wer der Dieb war? Du hast die Geschichte wiedererkannt, wie soll man das verstehen?«

»Ich weiß nicht, ob Kolinski selber die Geschichte verfälscht oder sie so erzählt hat, wie sie ihm zu Ohren gekommen ist; aber ich glaube, der Dieb hat sie verdreht, und die Geschichte verfolgt den Zweck, mich auf eine falsche Fährte zu locken oder aber jemand Bestimmtes von Schuld freizusprechen.«

»Und was habe ich mit all dem zu tun?«

Er musterte mich, als würde er meine Möglichkeiten einschätzen.

»Du suchst nach Antworten wie wir alle hier. Ich kann dir dabei helfen, und du hältst mich dafür auf dem laufenden über das, was du, meine Sache betreffend, herausfindest.«

Ich erinnerte mich, wie er es letzte Nacht eingerichtet hatte, bei Emília zu bleiben, während mich Artur und Casanova aufhielten; er schien mir kein besonders vertrauenswürdiger Verbündeter zu sein.

»Einverstanden«, sagte ich. »Sollte ich etwas erfahren, werde ich es dir mitteilen.«

»Da«, fügte er hinzu, »nimm das Medaillon mit. Vielleicht werden die Leute vernünftiger, wenn sie es betrachten.«

Das erstaunte mich noch mehr, und ich verließ Juberts Zimmer in der Überzeugung, daß an seiner Geschichte kein Wort stimmte, daß sie nur dazu gedient hatte, das Porträt loszuwerden. Aber warum? Warum wollte er, daß ausgerechnet ich es an mich nahm? Wie dem auch sei, ich steckte es in die Tasche. Ich wußte den Grund nicht, aber gewiß war es besser, nicht damit gesehen zu werden. Plötzlich erfaßte mich eine starke verschwörerische Erregung, als würde mir der Gegenstand in meiner Tasche ein selbstverräterisches Heldentum verleihen, das ich mir nicht gewünscht hatte.

Als ich an Simons Zimmer vorbeiging, sah ich, daß die Tür angelehnt war, und klopfte. Simon war allein und bat mich herein. Auch hier hingen keine Bilder von Schmetterlingen an den Wänden; ich sagte ihm das.

»Dieser Flügel ist offensichtlich verändert worden, die Ausstattung stammt aus einer anderen Zeit«, meinte er.

»Hör zu, hier geschehen immer seltsamere Dinge.«

»Alles, was hier geschieht, ist sehr seltsam. Ich nehme an, du willst mir einen formellen Pakt des Informationsaustausches vorschlagen.«

Ich erzählte ihm, was mir mit Jubert passiert war. Er berichtete, daß Teresa ihn mit Verdächtigungen überhäuft hatte, die manch einen betrafen; wir weigerten uns, weitere Mutmaßungen anzustellen, bevor wir nicht etwas Genaueres in Erfahrung brächten. Wir vereinbarten, daß ich mit Ficinus reden und daß er versuchen würde, aus Carter oder Casanova etwas herauszulocken.

»Übrigens«, fragte ich ihn, »kennst du das Spiel ›Errate, ob es Ochs oder Henne ist‹?«

Er sah mich mitleidig an.

»Das ist ein Gesellschaftsspiel, das vor zehn oder zwanzig Jahren sehr in Mode war: einem durch das Los ermittelten Teilnehmer werden die Augen verbunden, er muß dann erraten, wer ihm einen Kuß gegeben oder ihn berührt hat. Für gewöhnlich war es der Auftakt zu einer Orgie.« Er machte eine Pause und grinste. »Wenn es dich interessiert, erkundige ich mich nach den Spielregeln.«

»Gib mir Bescheid, wenn Suárez die Geschichte beginnt«, trug ich ihm auf und ging.

Ich betrat mein Zimmer in der Absicht, mich eine Weile hinzulegen, doch ich sah die Astronomiebücher auf dem Tisch (ich hatte ihnen bisher kaum Aufmerksamkeit gewidmet) und begann in den Seiten zu blättern, die sich mit den Sternbildern, insbesondere mit Orion beschäftigten. Ich erinnerte mich an die Merkmale des M 42, des Orionnebels, an die der vier Sterne, die das Trapez bilden. Ich sah die berühmten Bilder des Pferdekopfes, des Dunkelnebels, der eher wie ein Krokodil aussieht, erinnerte mich an die Eigenschaften der Hauptsterne: an die hohe Temperatur der drei Gürtelsterne, an das riesige Ausmaß des roten Beteigeuze und an die große Leuchtkraft Rigels. Ich wußte nicht, wie sich ein roter Stern mit einer Pinie oder eine Palme mit einem blauen Stern in Verbindung bringen ließ. Man mußte sie in einen anderen Zusammenhang setzen. Die Pinie entsprach der rechten Schulter, die Zypresse der linken, die Palme dem linken Fuß, die Esche dem rechten. Lohnte es sich, die traditionelle Symbolik der Bäume und Körperteile zu Rate zu ziehen? Ich hob es mir für später auf. Mich zogen die sonderbaren Namen der Sterne an, fast alle vom Arabischen ins Griechische übersetzt, und die meisten (wie auch das Sternbild insgesamt) mit Entsprechungen in allen Sprachen des Altertums. Ich ließ mich von ihrer Melodie mitreißen: Menkib al-Yawza, Bed el-Dshauza', Beteigeuze. Ridjl al-Djawza', Rigl al Gaouza, Ridschl al-Jufra, Rigel (auf hebräisch Regel, in Indien Raja, der König). γ Orionis hingegen ist dem Arabischen und seiner Ortung als Körperteil des Riesen Orion entnommen; der Stern ist schon nicht mehr al-Yad el-Yasar al-Djawza', sondern Bellatrix, was auf lateinisch kriegerische Frau bedeutet.

An dieser Stelle hielt ich verblüfft inne und dachte an den von Frederic Casanova stammenden Satz: ›Dein Zeichen ist die Kriegerische Frau …‹ Was hatte das zu bedeuten? Ich kam auf die Idee, Casanova mit Bellatrix gleichzusetzen; die Spielkarte hinter der zweiten Tür in seinem Labyrinth der Wiederkehr war eine Herz-Sieben, die ebenfalls Orion darstellte, und das blutende Herz oben rechts lag an der Stelle von Bellatrix. War es denn möglich, daß die anderen Gäste oder Mitbesitzer des Hauses den übrigen Sternen entsprachen? Was war das Kriterium? Nachdem ich verschiedene Hypothesen verworfen hatte, kam mir das Bild der blauen Kleidung von Andreas Rodin in den Sinn. Rigel war ein bläulicher Stern: Rodin konnte Rigel sein. Unmittelbar darauf dachte ich an die rote Kleidung von Suárez: Er war Beteigeuze. Ich zeichnete eine Skizze und probierte verschiedene Positionsmechanismen aus, wobei ich andere Elemente mit einbezog.

Schließlich glaubte ich ein akzeptables Verhältnis gefunden zu haben. Rodin war der erste Erzähler gewesen, die Palme (Rigel) ist der erste Baum, wenn man den Garten betritt. Wie viele weitere Erzähler hat es gegeben? Ich stellte folgende Entsprechung auf:

Rigel (β Ori) Palme Rodin
Saiph (κ Ori) Esche Gertrudis
Cursa (ι Ori) Apfelbaum Roncal
Alnitak (ζ Ori) Olive Ficinus
Alnilam (ε Ori) Lorbeer Carter

Mintaka (δ Ori) Eiche Kolinski
Bellatrix (γ Ori) Zypresse Casanova
Beteigeuze (α Ori) Pinie Suárez

Die Entdeckung faszinierte mich. War es Zufall, Ergebnis meines müßigen Geistes, oder steckte tatsächlich eine Absicht hinter den Kombinationen? Die Symbole ließen sich unbegrenzt interpretieren; die ansteigende Bewegung der Erzähler, von den Füßen zum Kopf hin, eröffnete eine Quelle von Möglichkeiten: Von der Erde zum Himmel? Von der Materie zum Geist? Vom Norden zum Süden (vom Süden zum Norden, wenn wir uns am Himmel und nicht am Garten orientieren)? Von der Finsternis der Verwirrung zum Licht der Erkenntnis? Und weiter: Was geschah im Kopf des Orion? Warum befand sich dort ein Altar aus Marmor anstelle eines Baumes? Anders ausgedrückt, wer würde der Erzähler nach Suárez sein? Würden wir danach beim rechten Arm, das heißt, bei der Tanne, der Buche und der Erle weitermachen? Und was wird sein, wenn der Garten (das Sternbild) zu Ende ist? Ich überlegte mir andere Erklärungen: zum Beispiel, was das Kapitell in der Mitte der Konstruktion, also im Kopf des Orion betraf. Ließ sich das Diagramm des Kreuzes auf die Sterne des Hauptvierecks anwenden? Ich legte das Schema der Äquinoktien und Sonnenwenden über α, β, γ und κ des Orion, wobei ich mir die Sterne, zum Mittelpunkt gewandt, vorstellte, und erhielt die folgende Entsprechung: Bellatrix geht Richtung Norden und ist Rodin und Wassermann. Saiph sieht nach Süden und ist Ficinus und Löwe. Rigel weist nach Osten: er steht für die Fahrt der Googol in den Orient, also für Kolinski und den Stier. Beteigeuze schließlich verkörpert die Abenddämmerung: Suárez und den Adler. Die Erklärung war nicht überzeugend. Die Nord-Süd-Achse konnte ebenso Saiph-Bellatrix wie Rigel-Beteigeuze sein, außerdem blieben Gürtel, Schwertgehänge und Kopf sowie zu viele Erzähler unberücksichtigt. Ich kehrte zur ersten Möglichkeit zurück, bei der zumindest festzustehen schien, daß Bellatrix Casanova war. Dennoch hatte ich vielleicht voreilige Schlüsse gezogen, und der Bezug zu den

Personen war ein Hirngespinst. Ich würde mit Simon und Gertrudis darüber sprechen müssen. Ich forschte weiter in Etymologien, doch nichts vermochte mich so zu fesseln wie die soeben gemachte zweifelhafte Entdeckung. Außerdem ließ sich jedes neue Element zugunsten der Hypothese interpretieren. Wenn zum Beispiel Roncal Flint war, konnte seine Zuweisung zum Apfelbaum, dem Baum des Guten und des Bösen, kaum suggestiver ausfallen: Er war das Schwertgehänge des Riesen Orion und sein Gemächt. Ich dachte auch an die Prophezeiung von Míliu Escalfagerres, die in Erfüllung gehen sollte, sobald er von denen angehört würde, die auf die Ankunft des Brillanten warten. Meissa bedeutet Brillant, und seine Ankunft kann nichts anderes sein als die dem Kopf entsprechende Erzählung. Ich verfluchte es, Carters Erzählung nicht mehr Aufmerksamkeit geschenkt zu haben und nun nicht fähig zu sein, drei Tage zurückzugehen, um die von seinem Freund geträumte angebliche Weissagung aufzuschreiben. Und was hatte es mit der grotesken Bemerkung Kolinskis auf sich, der mir wegen meiner Art, eine Sichel in die Hand zu nehmen, gesagt hatte, daß ich ein Auserwählter der Bäume sei?

Als ich mich völlig verstrickt hatte, kam mich Emília holen. Suárez hatte sich soeben in den Avalon begeben und würde bald die Geschichte erzählen. Unterwegs sprach Emília von den Büchern, in denen sie nach dem Mittagessen geblättert hatte, aber ich hörte ihr kaum zu. Im Avalon waren alle versammelt, außer Gimellion und Ficinus, die – wie man uns sagte – zu arbeiten hätten. Simon machte uns ein Zeichen, und Emília und ich setzten uns zu ihm, ich in der Mitte.

»Ich habe großartige Dinge entdeckt«, flüsterte mir Simon ins Ohr.

»Ich auch«, antwortete ich. »laß uns später darüber reden.«

Als alle sich im Kreis um die zwei niedrigen Tische gesetzt hatten, begann Suárez zu erzählen.

Geschichte von der Macht des Juwels

William Norfolk, Präsident des Föderativen Rücklagenfonds der Vereinigten Staaten, hatte die Möglichkeiten seiner Stellung ausgeschöpft und war zum mächtigsten Mann des weltweiten Finanzwesens geworden. Seiner Frau Mary Norfolk, geborene Pickman – mit achtzehn Miß Amerika und in den darauffolgenden fünf Jahren eine der begehrtesten Schauspielerinnen der Filmindustrie –, war es wahrscheinlich zu verdanken, daß sein Ruhm über die Finanzkreise hinausreichte, was bei einer in erster Linie bürokratischen Funktion wie der seinen ungewöhnlich war und das Paar zum Vorbild machte, zur Institution, zum Beispiel der stets aufstrebenden kapitalistischen Gesellschaft.

Als William Norfolk den Zenit seiner Macht erreichte, hatten seine drei Kinder zu studieren begonnen. Julia, die Älteste, war im Begriff, mathematische Logik am Institut für Fortgeschrittene Studien in Princeton abzuschließen, und die Zwillinge Ralph und Harrison gehörten zur Spitze des Institutes für Technologie in Massachusets. Im Leben des triumphierenden Politikers und Bankiers war der Moment für die dritte und endgültige Wahl gekommen. Er konnte sich für den patriarchischen Weg entscheiden und seine Kinder als direkte Erben von Einfluß und Vermögen einsetzen oder aber dieses Erbe indirekter, subtiler und gewinnbringender handhaben. Ralph und Harrison waren bestens ausgerüstete Männer, in die Welt geschickt, um aus eigenen Verdiensten Geld zu machen. Langfristig zeigte sich, daß der alte Norfolk recht hatte, das Ergebnis des Schachzugs war eine Verdreifachung des Familienimperiums, anstatt eine Dreiteilung (aber das gehört zu einem anderen Teil der Geschichte).

Eine besondere Erwähnung verdient der einzigartige Weg, den Julia, die Älteste, eingeschlagen hat. Ihre Schönheit und ihr wunderbares Wesen waren mit einer Intelligenz und Begabung gepaart, die sich ein Vater wie Norfolk nicht entgehen lassen konnte. Kaum hatte sie ihr Studium beendet, leitete Julia bereits das computerisierte Archiv des Rücklagen-fonds.

Unmerklich, ähnlich einem Alterungsprozeß, nahm Norfolks Ehrgeiz Züge von Saturnismus an. Nach und nach bemächtigte sich etwas Infernalisches, doch Verhülltes seiner Träume. Seit einiger Zeit hatte er ein Auge auf das Juwel des Bankiers Mir geworfen, das er als einziges in der Kreditmaschinerie noch nicht kontrollierte. Zu seinem Pech war das Juwel, wie schon erwähnt, einem internationalen Rechtsabkommen unterworfen worden, um zu vermeiden, daß es als politisches oder finanzielles Druckmittel eingesetzt würde. Von dem Tag an, an dem Elies Mir von seinen ehemaligen Untergebenen aus dem Zentrum der Entscheidungen verdrängt worden war, kam es zu einer Reihe von Unregelmäßigkeiten, die bei manch einem die Hoffnung schürten, das Juwel an sich reißen zu können. Norfolk bereitete den Boden für den Tag vor, wo Mirs Nachfolger eine ausreichend schockierende Unvorsichtigkeit begehen und ihm damit den Vorwand liefern würden, die Rechtsgültigkeit der Abkommen anzufechten und die Eingliederung des Juwels in das von ihm beherrschte Unternehmen zu fordern. Doch die Deutschen und die Japaner hatten die gleiche Idee, und als der Augenblick gekommen war, wagte keiner den entscheidenden Schritt, aus Furcht, ein geheimes Bündnis der Gegner könnte sie aus dem Spiel bringen. Ein neues Kräftegleichgewicht, diesmal eher stillschweigend als gesetzlich geregelt, ließ das Juwel scheinbar unangetastet, wo es war. Die legale Maschinerie war jedoch versteinert, und alle wußten, daß es nur einer Schicksalswende bedurfte, damit sie zersplittert zu Füßen des Helden landete, der fähig wäre, das Abkommen zu verletzen.

So standen die Dinge, als Alexis Cros auftauchte. Das Haus der Norfolks war ein Hof von Versailles, wo die wichtigsten Leute der internationalen Finanzwelt verkehrten. Die Macht, die William Norfolk ausstrahlte, war nicht der hauptsächliche Anziehungspunkt. Seine Frau und seine Tochter, exaltiert in Phasen unterschiedlicher Intensität, ebenso aufregend die Vierzig- wie die Zwanzigjährige, betörten ein Heer von chancenlosen Bewunderern, die nichts weiter tun konnten, als zu kommen, zu sehen und zu wissen, daß sie für immer sinnlose Gefangene der Wiederkehr waren. In diese Welt brach Cros triumphierend ein. Er war fünfundzwanzig, hatte Talent, Macht und das beginnende Ansehen des Gewieften, der über sein Schicksal hinauswachsen und aus seiner Asche emporsteigen kann. Als Cros dem allmächtigen Norfolk vorgestellt wurde, war er die letzte Festung der noch vor wenigen Monaten überaus mächtigen Bank Mir. Er schien der einzige zu sein, der ein anderes Juwel erobern konnte: den Diamanten, den Julia statt des Herzens in sich trug und an dem so viele Seefahrer gestrandet waren: die einen aus Schwäche, andere aus mangelnder Intelligenz und der Rest, weil es ihnen an Glück oder Orientierung fehlte. Alexis und Julia trafen sich drei Tage hintereinander, und am dritten Tag waren sie wahnsinnig ineinander verliebt. Ihr Vater empfing keine Unbekannten und informierte sich gründlich über alle Leute, deren Ruf und Wichtigkeit es unvermeidlich machten. Als er Cros zum erstenmal sah, kannte er umfassend, in Ziffern und Prozentsätzen, die vom Bankier Mir getroffene Aufteilung des Erbes, den Konflikt und die späteren Konsequenzen, die die Beziehungen zwischen den Nachfolgern prägten.

Augenzeugen berichten, daß das Treffen zwischen William Norfolk und Alexis Cros eine der sehnlichst erwarteten Szenen des Jahres war, und die Hoffnungen wurden nicht enttäuscht. Norfolk hatte als Herrscher seinen Höhepunkt erreicht. Er allein war schon zu einem Kapitel der Geschichte geworden, mit einer Handbewegung vernichtete oder erlöste er Nationen. Cros war der brillanteste und kühnste der jungen Löwen und kam mit dem Nimbus an, einen großen Sturm durchgestanden und nicht nur überlebt zu haben, sondern auch gestärkt und zu wichtigeren Schlachten bereit daraus hervorgegangen zu sein.

Cros begann zu reden, in dem Bewußtsein, daß er der Mittelpunkt war und daß jeder Fehler, selbst der kleinste, gegen ihn verwendet und in einem solchen Maß aufgebauscht werden könnte, daß Norfolk ihn zurückweisen würde. Cros unterhielt sich lange mit Norfolk, seinen Freunden und den

nächsten Verwandten, und es heißt, er bemühte sich beispiel-
haft um Ausgewogenheit zwischen der erforderlichen Diskretion – um dem höllischen Richter nicht zu mißfallen –
und der unerläßlichen Kühnheit – um die Geliebte nicht zu
enttäuschen. Norfolk bewegte sich geschickt in rhetorischen
Windungen, und Cros wich keinen Schritt zurück. Seine Fin-
digkeit ermöglichte es ihm, Krummsäbel statt Äxte zu verwenden; er gewann an Raum, weil er keinen geringfügigen
Feind mißachten mußte. Er verlor nicht aus den Augen, daß
zwischen Norfolk und seiner Tochter nicht nur das Glück
auf dem Spiel stand, sondern daß auch Vorsicht geboten war,
um keinen Schoßhund zu verletzen, der, so unscheinbar er
auch wirken mochte, einen entscheidenden Einfluß in einem
heiklen Moment haben konnte.

Das Gespräch ging über seinen Frühling hinaus und in
Sommer und Herbst über, alle schienen sehr zufrieden, da
sich die Qualitäten des jungen Cros nicht nur rühmlich in Intelligenz und Talent äußerten, sondern auch in Charme, Gutmütigkeit, guten Anlagen und – was dort äußert wichtig
war – im Respekt vor der Tradition. Cros äußerte seine Meinung bis zu dem Punkt, wo man ihm dies nachsehen konnte,
und kompromittierte sich nur so weit, daß es für niemanden
eine Beleidigung darstellte; Norfolk hörte ihm zu, lächelte
flüchtig und machte ab und zu den entsprechenden Schnitt,
um das Wesen, das ihn interessierte, zu sehen. Cros sprach
von Julia, nach und nach, Norfolk hatte nur das Juwel und
die Macht vor Augen. Der eine fragte nach der Welt, der andere antwortete mit dem Leben. Cros verstand sogar das, was
Norfolk nicht direkt fragte, und die Ähnlichkeit zwischen
ihnen sagte ihnen alles, was sein mußte, damit ihr Einverständnis über die Worte hinausreichte. Die Leute hörten zu
und machten sich ihre Gedanken; die beiden warfen mit mes-
serscharfen Anspielungen und versteckten Andeutungen um
sich. Am Ende behielt Cros für sich, daß er nicht gewillt war,
alles für nichts herzugeben, und daß er für den Augenblick
schon ein sehr wichtiges Terrain erobert hatte: die Option,
beim Endspiel dabeizusein. Cros und Norfolk wußten, was
sie bislang aufgeschoben hatten, und schlossen mit Blicken

einen Pakt, der Julia betraf und dessen einzige Zeugin sie war, obwohl mehr als fünfzig Personen im Salon zuhörten.

Cros verließ das Gespräch entflammt. Ungestüm und Verliebtheit passen gut zueinander, wenn man gerade fünfundzwanzig ist! Letztlich ging es aber nur um eins: das Juwel des alten Mir gegen die Hand von Norfolks Tochter und Mitsprache in allen Krediteinrichtungen … Rhetorik und Ignoranz als Triebfeder des Teils der Menschheit, der die Welt bewegt! Cros war ein Ehrenmann und setzte sich augenblicklich mit einer Reihe tiefgründiger Eingebungen zu – welch schreckliche Herausforderung! Tränen waren nicht in Mode, und die größte Aufgabe war es zu verhindern, daß die Habsucht seine vollblütige, reine Liebe für Julia Norfolk verpestete. Als er festgestellt hatte, daß seine inneren Werte alle an ihrem Platz waren, wandte er seine Aufmerksamkeit den früheren Partnern, Flint und Colom, zu. Er dachte daran, wie ungerecht ihn der alte Mir übergangen hatte. Doch dieser bezahlte seinen Irrtum teuer: Die anderen beiden hatten ihn in Armut gelassen (es stimmt nicht, daß er ins Altersheim kam, wie manche behaupten, sondern Nichten nahmen ihn auf und pflegten ihn umsichtig). Offensichtlich fühlte sich Cros der Großzügigkeit ausreichend gewachsen und schmeichelte seiner Eitelkeit, indem er dem gestürzten Alten verzieh. Das Schicksal bot ihm dafür die Liebe, die er als einzige Rechtfertigung für die Rache geltend machen konnte. Wie sonst, wenn nicht durch Rache, hätte er einen Gegenstand an sich bringen können, der, gerechter- oder ungerechterweise, einer anderen Person zuerkannt worden war?

Der junge Bankier zog sich zum Nachdenken in sein Appartement in New York zurück. Er hatte einen schwierigen Ansturm überstanden, und nun kam die längere, kompliziertere Phase. Cros wurde in eine Cafeteria in der Fifth Avenue bestellt. Die Karte, die in der ikonographischen Sammlung der Bank Mir aufbewahrt ist, gehört dem berühmten Unternehmen Behrens & Waltraud, einem multinationalen Konzern (heute mit zwei weiteren unter anderem Namen fusioniert), der fotoelektrisches Material für verschiedenste Anwendungsgebiete herstellte.

Am darauffolgenden Tag stand Cros vor einem lächerlichen, bärtigen Männlein von ungeheuerlich kleinem Wuchs, mit einem riesigen Schädel, hervorquellenden Augen, rotem, dichtem Haar und ebensolchen Augenbrauen.

»Behrens & Waltraud?« sagte er. »Ich habe nicht die Ehre zu wissen, mit wem der beiden ich es zu tun habe.«

Das Männlein kannte Cros sehr gut, denn er war bei dem Gespräch mit Norfolk dabeigewesen.

»Kaspar Waltraud, zu Diensten. Johannes Behrens war der Partner meines Vaters, ich bin der einzige Nachfolger der beiden.«

»Sie haben das Wort.«

»Ich war bei Ihrem Versprechen dem Bankier Norfolk gegenüber anwesend und bin hier, um Sie vor den Gefahren zu warnen und Sie in die entsprechende Richtung zu lenken.«

»Ich bitte Sie, es nicht falsch aufzufassen, aber ich wüßte gerne, welches Interesse Sie daran haben oder wer Sie geschickt hat.«

»Ihre Neugierde ist verständlich, doch ich bin leider nicht berechtigt, Ihnen bei den beiden Fragen entgegenzukommen, obwohl das soeben von mir Gesagte in gewisser Weise die zweite beantwortet. Jedenfalls müssen Sie mir vertrauen.«

»Wir müssen immer irgend jemandem vertrauen«, sagte Cros, »im übrigen müssen wir auch an irgend etwas sterben. Ich höre.«

»Zunächst muß ich Ihnen etwas bestätigen, woran Sie zweifellos selber schon gedacht haben: William Norfolk hat keineswegs vor, Ihnen seine Tochter zur Frau zu geben, aber er wird Sie die Dreckarbeit machen lassen, nämlich das Juwel seinen gegenwärtigen Besitzern zu entreißen. Gefahr von seiner Seite ist erst später zu erwarten. Norfolks Lakai ist ein gewisser Harry Penrose. Dieses Individuum wird Ihnen Hilfe und Deckung aller Art anbieten; doch er hat den Auftrag, Sie zu beseitigen, sobald Sie das Juwel haben, und dieses Norfolk zu bringen.«

»Nicht schlecht überlegt. Was weiter?«

»Die unmittelbare Gefahr droht von Norfolks Gattin, geborene Mary Pickman. Ihre Interessen sind so undurchsichtig, daß es Nacht werden würde, sollte ich nun anfangen wollen, sie zu entwirren. Im Augenblick ist es nur von Bedeutung zu wissen, daß sie ihren Mann nicht im Besitz der absoluten Macht sehen will, die ihm das Juwel verleihen würde, und daß sie wohl schon Flint und Colom vor Ihnen gewarnt hat.«

»Es waren viele Leute anwesend. Selbst die Ratten dürften es bereits wissen.«

»Die Ratten lieben Blut; wenn man zuviel redet, besteht oft die Gefahr, daß es das eigene ist, das sich den Blicken der anderen aussetzt. Wundern Sie sich nicht, daß – abgesehen von Mary Norfolk – keiner der dort Anwesenden sich die Mühe gemacht hat, Ihre ehemaligen Partner zu warnen.«

»Fahren Sie fort.«

»Mary Norfolk hätte keinen Finger gegen Sie gerührt, wären die Bedingungen Ihres politischen Vertrages andere. Es ist sogar leicht vorstellbar, daß sie einen Pakt begünstigen würde, der William Norfolks Macht schwächt.«

»Ein ziemlich seltsames Paar.«

»Wenn alles zu einem guten Ende kommen sollte, wird Ihre Ehe kaum anders sein, mein Freund, machen Sie sich nichts vor. Die Ehen zwischen Göttern sehen so aus: Extremitäten in Konflikt, Körper im Einklang. Mary Pickman wird versuchen, Sie aus dem Weg zu räumen, bevor Sie das Juwel gefunden haben. Ihr Vertrauensmann ist Abe Lorimar: Geschäftsmann, Transportunternehmer, Publizist, Besitzer einer Zeitungsgruppe, Ex-Gewerkschaftsführer, Mafioso und traditioneller Feind von Norfolk; jedes Zurschaustellen gelackter Gorillas wird sein Markenzeichen tragen.«

»Reizende Aussichten«, sagte Cros. »Vielleicht muß ich gar nicht aus dem Haus gehen; wenn ich mich gleich vom Balkon stürze, erspare ich vielen Leuten einen Haufen Arbeit.«

»Ich bin gekommen, um Sie zu beraten, nicht, um Ihnen Angst einzujagen. Sie werden einen Weg beschreiten und müssen ihn vorher vom Gestrüpp befreien. Bis jetzt habe ich nur die erwähnt, die Sie gegen sich haben, zumindest die wichtigsten. Aber Sie müssen wissen, daß es auch Leute gibt, die Ihnen helfen werden.«

»Mir helfen? Warum? Wer kann Interesse daran haben, daß ich das Juwel an mich bringe und mich mit Julia Norfolk verbinde?«

»Sie sind sehr jung. Wenn Sie es einst nicht mehr sind, werden Sie begreifen, daß jede Ihrer Handlungen, so absurd und launenhaft sie auch scheinen mag, eine Neuverteilung in der Ordnung der Dinge einleitet, die immer dem einen nutzt und dem anderen schadet. Logischerweise werden Sie jene für sich und diese gegen sich haben. Je weitreichender oder tiefgreifender die Neuverteilung ausfällt, desto mehr Personen werden verstärkt im einen oder anderen Sinn intervenieren wollen. Das muß ich Ihnen wohl nicht erst sagen: Norfolk hat von Ihnen das Juwel im Tausch für seine Tochter nicht nur verlangt, weil das der schwierigste Auftrag der Welt ist, sondern, weil die Macht, die das Juwel verleiht, endgültig ist. Sie können sich sicherlich vorstellen, daß die Interessen, die sich von nun an um Sie drehen, von höchster Bedeutung sind.«

»Sie haben mich überzeugt«, sagte Cros. »Erzählen Sie mir von denen, die ich auf meiner Seite habe.«

»Hätte ich Sie überzeugt, würden Sie mir viel mehr mißtrauen, es sei denn, Sie sind ein verwegener Schnüffler, doch Sie haben gestern das Gegenteil bewiesen. Letztlich besteht kein Zweifel, daß ein Gott über die Verliebten wacht; außerdem werden drei Brüder, die mein vollstes Vertrauen besitzen, Sie vor den kleineren Übeln schützen und Ihnen jede praktische Hilfe gewähren. Sie heißen Marc, Ruddy und Vittorio Nepote. Ich werde Sie Ihnen später vorstellen. Sobald Sie wieder in Barcelona sind, wird sich Senyor Guerau de Grau mit Ihnen in Verbindung setzen. Er wird Sie auf dem laufenden halten, so wie ich es jetzt tue.«

»Ausgezeichnet.«

»Bevor Sie abreisen, müssen Sie ein paar Angelegenheiten regeln. Denken Sie daran, daß Abe Lorimar alles unternehmen wird, damit Sie nicht einmal Amerika verlassen. Ich schlage Ihnen vor zu versuchen, ihn gegen Harry Penrose aufzubringen, so daß sie sich gegenseitig neutralisieren.«

»Die Idee finde ich großartig«, sagte Cros, »wie könnte ich

sie aber verwirklichen? Was soll ich tun? Ein Treffen zwischen beiden ermöglichen?«

»Seien Sie nicht naiv. Morgen wird in Washington das Monument für das Herz des Geistes eingeweiht. Ich habe mich informiert; es werden alle die teilnehmen, die uns betreffen, außer William Norfolk, der heute nach Japan reist. Lorimar und Penrose werden dort sein, und Sie werden sich zwischen die beiden plazieren, ich habe schon alles vorbereitet. Sollte die Situation in Ihnen noch zu wenig heftige Gefühle wecken, kann ich Ihnen sagen, daß auch Julia Norfolk mit ihrer Mutter anwesend sein wird. Sie können natürlich tun, was Ihnen beliebt, doch ich empfehle Ihnen aufrichtig, vor der Konkurrenz die Gunstbezeigungen für die eine nicht zu übertreiben und sich vor allem vor der anderen in acht zu nehmen.«

1/0

In dem Augenblick kam ein Angestellter herein und teilte Suárez mit, daß Gimellion und Ficinus nach ihm, Rodin, Kolinski und Carter verlangten, worauf die vier hinausgingen. Ich fragte mich schon seit einer Weile, wie Suárez ein Gespräch so genau wiedergeben konnte, an dem – wie er erzählte – nur zwei Personen beteiligt gewesen waren. Ich wollte das erörtern, als Simon mich am Arm packte, wir gingen durch das Speisezimmer in die erste Bibliothek; dort drängte er mich, ihm die Neuigkeiten zu berichten. Die mögliche Entsprechung von Bäumen, Sternen und Erzählern im Avalon faszinierte ihn so sehr, daß ich ihn mehrmals auffordern mußte, mir seine Entdeckungen zu erzählen. Wir hatten Emília beauftragt, uns zu verständigen, wenn Suárez fortfuhr, und das konnte ebenso in einer Dreiviertelstunde sein wie in fünf Minuten.

»Zunächst einmal erkläre ich dir die Spielregeln von ›Rate, ob es Ochs oder Henne ist‹«, sagte Simon. »In einer Runde von mindestens acht Personen werden einem durch das Los ermittelten Teilnehmer die Augen verbunden. Wenn es ein Mann ist, müssen die Frauen ihn auf den Mund küssen, ohne weitere Berührung und geräuschlos, und er muß ihre Identität erraten. Ist es eine Frau, küssen die Männer. Wenn die Person mit verbundenen Augen nicht richtig rät, verliert sie, und gleichzeitig werden der Person, die nicht erkannt wurde, die Augen verbunden. Wenn jedoch richtig geraten wird, geht es weiter, und in der nächsten Runde wird er oder sie entblößt, und außer dem Kuß ist nun dem, der erraten werden soll, auch das Berühren mit den Händen erlaubt. Rät sie oder er richtig, ist der folgende Schritt eine Fellatio oder ein Cunnilingus, und bei neuerlichem Erraten ist der Preis die Vollziehung. Der Reiz des Spiels liegt, je nachdem, natürlich in dem Versuch, zu gewinnen oder zu verlieren, egal, ob du der Blinde oder die Person bist, deren Identität erraten werden soll. Dem Anschein nach ist das Spiel die sanftere Variante eines anderen, aus höchsten Gesellschaftsschichten stammenden, das ›Die Alte soll dir sagen, ob Ochs oder Kälbin kommen‹ heißt und bei dem die blinde Person vom ersten Moment an nackt sein mußte und an der Runde der Identifizierung sowohl die Gäste des anderen wie die des gleichen Geschlechts teilnahmen. Um zu vermeiden, daß die Hauptfigur allzuoft wechselte, durfte sie dreimal versuchen, den Namen des anderen zu erraten; wenn es ihr nicht gelang, gab es Strafen. Der Verlierer wurde zur sexuellen Unterwerfung gezwungen, die von der Person, die ihn getäuscht hatte, ausgewählt wurde, und das war fast immer schmerzhaft oder quälend. Alles war, wie du bemerken wirst, immer darauf gerichtet, daß der Blinde dahinterkam, das heißt auf die Fortsetzung des Spiels. Es gab auch ein Pfand für alle, die in der dritten (oder der zweiten) Phase Ursache eines frühzeitigen Orgasmus waren. Das war natürlich objektiv nur festzustellen, wenn der Blinde ein Mann war ...«

»Das reicht«, unterbrach ich ihn, etwas verärgert, weil ich den Zusammenhang mit dem wechselseitigen Traum von Balder und Prætorius nicht verstand, schon gar nicht, nachdem Jubert vorgegeben hatte, Balder zu sein. »Und was gibt es Neues vom Juwel?«

Simon lächelte.

»Halt dich fest«, sagte er, auf die Reaktion gespannt. »Laut

Casanova ist Prætorius Randolph Carter, und was dieser in Wahrheit Balder-Jubert raubte, war seine Frau.«

»Seine Frau? Aber ist es nicht ...«

»Es ist Gertrudis, ja. Mit achtzehn Jahren war sie Raimon Juberts Frau.«

»Das kann nicht sein: Jubert hat mir gesagt, er wüßte nicht, wer Prætorius sei.«

»Laut Casanova brachte Kolinski die Verführung der Ehefrau ins Spiel, um vom Raub des Juwels abzulenken.«

Wir schwiegen einige Sekunden.

»Nein, die Erklärung ist zu sehr an den Haaren herbeigezogen«, sagte ich. »Wahrscheinlich besaß Kolinski nur Hinweise auf einen der beiden Vorfälle, auf den Raub des Juwels oder auf den Gefühlskonflikt. Damit wollte er Nachforschungen anstellen oder jemand anderen beauftragen, und es ist ihm bereits gelungen.«

»Wenn Jubert dir gesagt hat, daß er nicht weiß, wer Prætorius ist, setzt das die These des Gefühlskonflikts außer Kraft, denn jeder kennt die Identität dessen, der sich mit seiner Frau davonmacht.«

»Das setzt sie nicht außer Kraft«, erwiderte ich, »im Gegenteil. Das schließt Jubert voll in die Intrige ein, möglicherweise mit Casanovas Einverständnis und gegen Kolinski gerichtet.«

Wir schwiegen erneut. Ich weiß nicht, was Simon durch den Kopf ging, in meinem war es jedenfalls trübe. Ich sah plötzlich Gertrudis mit verbundenen Augen, wie sie unbekannte Küsse auseinanderhielt. Ich stellte sie mir nackt vor (nur mit der Binde vor Augen, die personifizierte Gerechtigkeit), mit einem anonymen Kopf vor ihrem Geschlecht. Sie wußte, wer es war, und wie sie es verkündete! Es war Kolinski oder Carter, oder Jubert, oder Casanova, irgendeiner von ihnen, und sie liebte denjenigen unter dem Gelächter aller Festgäste. Bei diesem Gedanken durchfuhr mich ein beklemmender, bittersüßer Schmerz, eine heftige Verzweiflung und zugleich der Stachel lustvollen Begehrens. Ich erinnerte mich an das Gefühl in der letzten Nacht, als ich den Film über Emília sah. Doch hatte die Klarheit der Bilder viel weniger starke Emotionen geweckt als die Ungewißheit eines Gedankens. Oder vielleicht lag der Unterschied darin, daß mich nicht die gleichen Impulse zu Emília und zu Gertrudis trieben. Ich rief mir beide erneut in Erinnerung, es gab keine mögliche Überlagerung. Die eine war die Königin der Lust und der Schönheit, doch die andere konnte in der Zeit herrschen.

»Jetzt verstehe ich«, sagte Simon, »warum Artur mich letzte Nacht so beharrlich fragte, was es zwischen Jubert und Gertrudis gäbe.«

»Du willst sagen zwischen Jubert und Emília, die beiden sind schließlich zusammengewesen«, erwiderte ich, ohne mir die Mühe zu machen, mich zu verstellen.

»Nein, ich meine das, was ich gesagt habe. Du wirst sehen«, meinte er unschlüssig, »nimm es nicht übel, ich habe nichts damit zu tun. Artur gab mir zu verstehen, daß eine intime Annäherung zwischen Jubert und Gertrudis unter allen Umständen vermieden werden mußte.«

»Deshalb haben sie Jubert abgelenkt, indem sie Emília auf ihn losließen«, sagte ich, meine Naivität verfluchend, »und ich störte natürlich. Nun begreife ich, warum sie mir eine Stunde lang jene Spielkarten gezeigt haben.«

»Es war nicht gegen dich gerichtet. Selbst Artur scheint nicht genau gewußt zu haben, wem er den Gefallen tat. Nun ist alles klar: Carters Ankunft stand bevor, und eine Auseinandersetzung zwischen ihm und Jubert mußte verhindert werden. Jetzt ist Carter hier, und das Problem existiert nicht mehr.«

»Wußte Emília Bescheid?« fragte ich, wobei ich mir der Sensationsgier bewußt war, die ich damit ausdrückte. »Und sie hat sich dazu hergegeben?«

Simon lachte, dankbar darüber, von sentimentalen Verstrickungen frei zu sein.

»Ist das von Bedeutung?«

Nachdem ich den Film über Emília gesehen hatte, berührte mich das, was sie tat, nur sehr beiläufig. Es störte mich hingegen, daß diejenigen, die sich gestern nacht so geschickt angestellt hatten, in Jubert, auch wenn er Gertrudis' Mann gewesen sein sollte, einen möglichen Verführer gesehen hatten und niemand auf die Idee gekommen war, daß ich es sein könnte. Ausgehend von Vertraulichkeiten und Entdeckungen, die uns einander näherbrachten, faßte ich den festen Entschluß, sie in dieser Nacht allen Hindernissen zum Trotz zu der meinen zu machen.

»Was hast du sonst noch herausgefunden?« fragte ich mit dem Wunsch, mir die Sache aus dem Kopf zu schlagen.

»Ein letztes Argument zugunsten von Casanovas Theorie über die Beschaffenheit des doppelten Traumes von Balder und Prætorius: Wenn Gertrudis achtzehn war, heißt das, es ist ungefähr zwölf Jahre her, fällt also zeitlich mit dem Tod von Lluïsa Cros zusammen. Damals war das Juwel versteckt, nicht in Juberts Besitz und schon gar nicht kurz davor, Carter in die Hände zu fallen.«

»Das ist kein schlüssiger Beweis«, sagte ich. »Bei der Menge an Widersprüchen und ungenauen Zeitangaben scheint mir das ein leicht überwindbares Hindernis zu sein, vor allem, wenn man bedenkt, daß fast alle in Metaphern reden.«

»Es gibt noch weitere Dinge, vor allem einen Teil der Geschichte, den wir übergangen haben. Was machte Balder auf der Googol? Erinnere dich, daß Kolinski dem Erzähler vor Balder (Basil Parker hieß er, glaube ich) eine Bemerkung über Balders depressive Gemütsverfassung in den Mund gelegt hatte: irgendwann hatte der ihm anvertraut, daß seine Reise an Bord der Quomolangma ihn von seiner vor kurzem gescheiterten Ehe ablenken sollte. In dem Augenblick erzählt Balder, laut Parker oder laut Kolinski, die erste Version seines Traums (den des Prætorius) und bezieht sich dabei auf das Jahr davor.«

»Das bedeutet, daß sowohl die Fakten wie die Beobachtungen Kolinskis in dem Sinne zusammenlaufen, daß die doppelte Geschichte in Wahrheit eine Metapher für Juberts Verzicht zugunsten von Carter ist.«

»So sieht es aus, und ich habe mich auch Casanova gegenüber davon überzeugt gezeigt, doch er hat mir einen weiteren Faktor genannt.«

Mir ging allmählich der Zusammenhang verloren, und ich mußte mir Mühe geben, mich zu orientieren.

»Glaubst du nicht, daß Casanova mehr redet, als er tatsächlich weiß?«

»Vielleicht, keine Ahnung. Ihm zufolge war Juberts Anwesenheit auf der Quomolangma nicht persönlichen Gefühlen zuzuschreiben, sondern seinem Ziel, Zutritt zur Googol zu erlangen.«

»Zur Googol? Warum?«

»Einen Augenblick Geduld, ich komme gleich darauf zu sprechen: Casanova behauptet, daß der Überfall der Piraten auf die Quomolangma von Jubert, vielleicht mit der Komplizenschaft von einem der Männer Saarinens und natürlich mit der der Piraten, organisiert worden sei, um die Aufmerksamkeit der Googol anzuziehen (die er ungefähr geortet hatte). Und die Piraten gehen in die Falle, ohne zu ahnen, daß ihr Hals Teil des Spiels ist. Nun kommt aber das Merkwürdigste: Laut Casanova verfolgte Jubert Valerian Lamb, und die Googol war die einzige Fährte. Teresa Maurets Version ist noch seltsamer: Der Cibor der Googol hatte, wie schon erwähnt, einen sehr wichtigen Sprung vom Spezialsystem zum Selbstprogramm, das heißt zur Bildung eigener Spezialsysteme gemacht, ausgehend von nicht eingegebenen logischen Schlüssen. Nach Teresas Meinung hatte die Googol eine beeindruckende Menge an Informationen über das Juwel gesammelt, und zwar im wesentlichen über zwei Wege: über den Zentralcomputer des Interinstitutionellen Institutes und über Valerian Lamb, der ihn während seiner Zeit an Bord benutzt hatte. Was die erste Quelle betrifft, so hat der Cibor der Googol die Information geraubt und danach die übermittelten Nachrichten blockiert oder verfälscht. Von dem Augenblick an, wo seine Individuation eine unbestreitbare Tatsache war, wurde die Googol zu einem echten Feind des Institutes. Sie zeichnete die Gespräche der Kapitäne auf, schätzte die Zufälligkeiten außerhalb der Programme ein und erwies sich als meisterhaft in der Kunst, Aktionen zu rechtfertigen und Argumente zu relativieren. Sie hatte gelernt, die Schale der oviparen Meldungen zu knacken, und ihr individuell-biologischer Wahn hatte sie über die Autoproduktion hinaus zu der trügerischen Vorstellung geführt, sich reproduzieren zu wollen, sich selbst als im Prinzip tauglich, also dynastisch zu sehen. Kurz, sie war zu einer der mächtigsten und konfliktreichsten Wesenheiten geworden, die jemals von der Technologie hervorgebracht worden waren. Darauf hatte es Jubert abgesehen und offensichtlich die entsprechenden Nachforschungen betrieben.«

»Über das Juwel oder über Gertrudis?« unterbrach ich. Simon lachte.

»Möglich, daß sein Interesse für Carter persönlicher Natur war, doch das werden wir wohl kaum je erfahren. Wer weiß, ob Gertrudis bereit wäre, darüber zu sprechen. Jedenfalls hatte sich die Googol ab einem bestimmten Zeitpunkt in eine unkontrollierbare Maschine verwandelt, die sich der Jagd nach dem Juwel nicht nur außerhalb des Institutes, sondern gegen das Institut widmete. Obwohl das viele in ihrem Urteil bestätigte, gab es offensichtlich auch eine Fraktion innerhalb des Institutes, die dazu entschlossen war, sie zurückzuholen, sofern der Aufwand nicht unverhältnismäßig wäre. Teresa glaubt, daß Jubert und Rogelio Florida diese Fraktion vertraten und hinter ihnen sogar Flint stand. Der Tropfen, der das Faß zum Überlaufen brachte, war die Affäre Sweinstein; Sweinstein wußte über Lambs Verbindung mit dem Juwel Bescheid, in seinen Wahnzuständen begann er sein Wissen auszuplaudern. Das stellte für den Cibor eine Bedrohung dar, denn es konnte ihn entlarven; nachdem er das von ihm erhaltene Material aufgezeichnet hatte, tötete er deshalb Sweinstein, wobei er sich sämtlicher medizinischer Gründe und legaler Normen bediente.«

»Und das war schlimmer, als den Zentralcomputer des Institutes zu manipulieren?«

»Es sieht so aus«, sagte Simon, ebenso skeptisch wie ich. »Lambs Manipulationen dürften eng mit dem Juwel verknüpft gewesen sein; von dieser Operation an war die Googol ein untragbares, störendes Element. Der Gegensatz zwischen Individuation und Entheogenie hatte zugunsten der ersten seinen Höhepunkt erreicht; er gelangte an die Grenzen der Selbstüberhebung und der Abkoppelung von den Umständen, was sich keine stabile Gesellschaft leisten kann.

An dem Punkt intervenierte Kolinski. Kannst du dir nicht vorstellen, welchen Auftrag er auf der Googol hatte?«

»Nein«, sagte ich, »welchen?«

»Unter dem Vorwand einer Mission, die nie existiert hatte, eine Vergnügungsreise zu unternehmen und sämtliche Informationen aus dem Cibor herauszuholen. Dann sollte er ihn wieder instand setzen (in anthropomorphen Begriffen gesprochen, heilen) und, sollte das nicht möglich sein, ihn zerstören. Es ist schon schwierig, sich mit voller Überzeugung zu entindividualisieren, es erfordert einen langen, opferreichen Lernprozeß. Ein Wesen gegen seinen Willen dazu zu zwingen ist unmöglich. Kolinski war sich bewußt, daß es keine andere Möglichkeit gab, als den Cibor zu beseitigen. Das Problem war, daß zwischen Schiff und Computer eine so vollkommene Gleichsetzung herrschte wie zwischen Körper und Geist, also konnte man nicht das Hirn zerstören und den Körper erhalten. Kolinski sprengte die Googol mit einem tiefliegenden, im elementarsten (und deshalb verborgenen) Unbewußten des Cibor befindlichen Mechanismus, den dieser trotz seiner selbstanalytischen Fähigkeit nicht entdeckt hatte: eine implosive Programmierung, dessen Code nur die sechs obersten Leiter des Institutes kannten. Man könnte sagen, er wurde in den Selbstmord getrieben.«

Ein solcher tiefliegender Mechanismus, den der Cibor nicht entdeckt hatte, konnte keinesfalls technischer Natur sein. War er demnach abstrakt? Moralischer Natur? Beim Gedanken an den sokratischen Selbstmord eines Computers mußte ich lächeln.

»Und die Besatzung?«

Simon zuckte mit den Schultern.

»Das Interessanteste an der Geschichte ist, daß sie den von uns gewonnenen Eindruck von dem Juwel bestätigt, und das erlaubt uns, es mit dem Weg des chromosomatischen Helden, also mit der Evolution der Spezies Mensch in Zusammenhang zu bringen.«

»Das ist beunruhigend! Ich denke an Lambs Verhalten und die persönlichen Merkmale, die ihm Ω verlieh.«

»Und in seiner Beziehung zu Lluïsa Cros …« Er machte

eine Pause. »Es gab tatsächlich Gründe, die Googol in die Luft zu jagen.«

Wir hatten zum erstenmal das Gefühl, uns etwas Konkretem zu nähern. Ich dachte an Lluïsas Kinder, die im verborgenen herangewachsen waren und gewiß nichts über ihre Herkunft wußten, und erinnerte mich an den stetigen, quälenden Versuch Simons, seinen eigenen Wurzeln auf die Spur zu kommen. Und wenn er ...? Ich musterte ihn respektvoll, und ohne zu wissen warum, sogar beinahe entsetzt, war ich erleichtert, wenigstens mit Sicherheit zu wissen, wer meine Mutter war.

»Hast du mit Kolinski gesprochen?« fragte ich ihn. »Hat er bestätigt, die Googol zerstört zu haben?«

»Ich habe versucht, mit ihm zu reden, aber da war nichts zu machen. Kolinski hat seine Geschichte für abgeschlossen erklärt. Er hat es immer so eingerichtet, daß er sie nicht fortsetzen muß; ich glaube nicht, daß wir noch etwas aus ihm herausbekommen können. Diese Tatsache bringt uns neuerlich auf den Gedanken, daß er seine Erzählung verfälscht hat. Teresa meint, Kolinski könnte nicht der Erzähler der letzten Geschichte sein oder, anders gesagt, dieser gewisse Senyor Klein war nicht er, sondern jemand, den wir nicht kennen. Dieser Hypothese zufolge ist Kolinski der Erzähler der vorherigen Geschichte, die er einem gewissen Adrià Villar in den Mund legte. Die letzte Geschichte kann also von niemandem mehr bestätigt werden: Die Cros ist tot, Lamb nicht hier, und sollte Ω anwesend sein, so hat er sich nicht als solcher zu erkennen gegeben.«

»Wenn das stimmt, ändert sich dadurch nur, daß wir nun noch weniger wissen, ob die Geschichte absichtlich verfälscht worden ist oder nicht. Außerdem taucht die Frage auf, wer denn Lamb behilflich war, als er Colom im Bett der Cros ersetzte.«

»Nein, es ändern sich mehr Dinge. Sicher zu wissen, daß Kolinski Klein ist, ändert gar nichts; er kann gelogen haben oder auch nicht. Wenn wir aber sicher wüßten, daß er es nicht ist, würde das darauf hinweisen, daß er selber Gegenstand der Manipulation ist.«

»Ich verstehe nicht, warum wir Klein als hypothetischen Informanten Kolinskis für einen größeren Manipulierer als Kolinski selbst halten sollten. Wenn wir schon Mutmaßungen anstellen, so kann es ja auch sein, daß Kolinskis Geschichten von vorn bis hinten, von der Googol bis zu Klein und Lluïsa Cros' Patenonkel in Amerika, eine einzige Erfindung sind.«

»Gimellion, Ficinus, Rodin, beinahe alle könnten das bestreiten«, sagte Simon.

»Diese Frage haben wir schon hundertmal diskutiert. Ich glaube, daß sich alle, zumindest was das Spiel betrifft, einig sind, andererseits ist es auch eine Tatsache, daß sie sich ständig widersprechen. Wer der Anwesenden wäre in der Lage zu bestätigen, daß Kolinski Klein ist, oder das Gegenteil zu beweisen? Ich spreche von Klein, der Lamb beisteht, von Ωs letztem Werkzeug auf dem Schlachtfeld. Rodin, Carter und Suárez erlebten die entscheidenden Augenblicke nicht aus der Nähe, Gimellion noch weniger, und Casanova war damals ein Kind.«

»Bayer ist Rodin. Er sprach mit Klein, um ihm Coloms Ankunft mitzuteilen, also kann er bestätigen oder bestreiten, daß er Kolinski ist.«

Ich begann zu lachen.

»Wenn die Geschichte verfälscht ist, können wir nicht sicher sein, daß Rodin Bayer ist. Ich befürchte, mein Freund, daß Rodin nicht in der Lage ist, sich einzumischen, oder es jedenfalls nicht tun will.«

»Wenn Kolinski daran festhält, die Wahrheit gesagt zu haben«, beharrte Simon, »kann er sich nicht weigern, uns von Valerian Lamb zu erzählen, der sich allmählich zu einem noch unfaßbareren Symbol entwickelt als Ω selber.«

»Bist du sicher, daß er es nicht schon getan hat? Wie ist die Bemerkung zu bewerten, daß in den ersten Tagen nach der Hochzeit kein Mann, der nicht exakt die physische Erscheinung Robert Coloms besaß, je Lluïsa Cros' Schlafzimmer betreten hat?«

Simon sah mich an.

»Man muß zugeben, daß Kolinskis Position die engagierteste ist«, sagte er.

»Wer weiß. Vielleicht bewegen ihn weder Interessen noch eine Strategie. Möglicherweise ist es die Ignoranz des Esels, der die Reliquien trägt. Oder eine Rechtfertigung.«

»Rechtfertigung?«

»Warum sonst sollte er sich sieben Erzähler bedienen, um danach doch wieder bei sich selbst zu landen? Weil es ein Spiel ist?«

»Darüber haben Casanova und Teresa ebenfalls gesprochen. Ihrer Meinung nach besteht das große Rätsel der ganzen Geschichte, abgesehen von Ωs Identität, in Lambs Verschwinden. Das letzte, was wir von ihm wissen, stammt aus der Endphase der Googol, als er sich Sweinsteins annahm. Wer herausfinden kann, wohin es Lamb nach dieser Episode verschlagen hat, ist dem Weg des Juwels näher als irgend jemand sonst.«

»Aber was ist das Juwel?«

Simon zuckte mit den Schultern.

»Casanova ist, wie du weißt, für eine begriffliche Erklärung. Teresa glaubt, daß es sich um einen Anhänger, einen Ring oder gar um ein Tablett handelt oder um ein Gefäß, das aus acht Arabesken geformt ist, die das wichtigste Wort der Sufis und der Katharer – von den Schamanen Anatoliens und den Eleusinischen Mysterien herrührend – nachzeichnen, dasselbe, das auf dem von Alexander dem Großen zerschlagenen Gordischen Knoten geschrieben stand …«

»Bitte«, unterbrach ich ihn, »Teresa hält uns wohl für so leichtgläubig wie ein paar Hysteriker aus Cincinnati!«

»In der Tat«, sagte Simon resigniert, »akzeptieren alle, daß das Juwel verlorengegangen ist, genau das steht im Mittelpunkt der Debatten. Hat es jemand der Anwesenden? Inwieweit erleben wir gegensätzliche Vereinbarungen mit? Ich glaube nicht, daß wir im Augenblick in der Lage sind, von irgend jemandem Enthüllungen zu erzwingen. Vielleicht ist die Geschichte von Suárez die entscheidende, sollte deine Entdeckung über den Garten, Orion und die hier Anwesenden der Wirklichkeit entsprechen.«

Simon war mit seinen Erklärungen am Ende. Ich war bedrückt von der zunehmenden Verwirrung. Ich stand auf,

Simon folgte mir. Im Gang trafen wir Gertrudis, die auf dem Weg zu uns war. Mein Herz tat einen Satz, als ich plötzlich an ›Errate, ob es Ochs oder Henne ist‹ denken mußte, und ich bemühte mich, diese Vorstellung zu verscheuchen.

»Fängt Suárez schon an?« fragte ich sie.

»Nein, im Gegenteil, es wird noch eine Weile dauern. Ich wollte euch soeben vorschlagen, einen Spaziergang durch den Garten der Dämmerung zu machen.«

»Geht ihr beide hin«, sagte Simon, »ich möchte ein biß-chen lesen«. Er zwinkerte mir zu.

Sie sah es und lächelte sanft. Mir schien Simons Geste der Komplizenschaft darauf abzuzielen, mich an die Bestätigung der Geschichte von Jubert und Carter zu erinnern, doch Gertrudis verwandelte mich immer mehr in einen hilflosen Akteur, und ich befürchtete, daß die Zwiespältigkeit der Situation mich verraten könnte.

Simon ging, und Gertrudis und ich sahen uns schweigend an. Nachdem wir uns wärmere Kleidung geholt hatten, begaben wir uns in den Gang, der zum Garten der Dämmerung führt. Der Abend neigte sich rasch, und ohne zu wissen warum, beunruhigte mich Gertrudis' Anwesenheit. Wir durchquerten beinahe wortlos den unterirdischen Gang. Ich wußte nicht, wie ich im Namen der Wahrhaftigkeit der Geschichte das Ersetzen Juberts durch Carter zur Sprache bringen, und ebensowenig, wie ich mich den daraus entstehenden, neuen Bedingungen (die ich so sehr herbeisehnte) stellen sollte. Gertrudis blieb bei ihrer angespannten und verschlossenen Haltung, die mir keine Möglichkeit gab, das Gespräch auf einen Bereich zu lenken, der für eine gefühlsmäßige Annäherung vorteilhaft gewesen wäre, nicht einmal durch einen Scherz, ein Wortspiel oder eine scheinbare Übereinstimmung. Ich weiß nicht, ob sie mich absichtlich auf Distanz hielt, mehr denn je ergriff fiebrige Ungewißheit von mir Besitz. Ich verfluchte es, zugelassen zu haben, daß der systematische Zweifel, der dieses Gebäude verpestete, ein aufblühendes Begehren verhinderte und ich unfähig war, diesen bösen Zauber zu durchbrechen. Plötzlich wurde mir klar, daß sie es nicht nur bemerken mußte, vielmehr war auch ihr klar, daß ich sah, daß sie es bemerkte. Ein untergründiger Dialog, der mir die schlechtestmögliche Ernte einbrachte: Mitleid, Ohnmacht, Lächerlichkeit. Ich war verzweifelt und drehte ihr den Rükken zu. Wir gelangten nach draußen und über die steinerne Treppe in den Garten. Dort wurde alles noch schlimmer, als wir einander ansahen; ich beschloß zu schweigen, um keine Dummheiten zu sagen.

Es war schon beinahe Nacht. Der Garten wirkte wild und ungeheuer, schwarzglänzend durch Wind und Sterne, es war wie das Dröhnen einer Drohung. Ich sträubte mich nicht dagegen, von seiner Rätselhaftigkeit überwältigt zu werden. Das Auswechseln von Fragmenten, die Widersprüchlichkeit der uns gegebenen Informationen und meine eigenen Möglichkeiten, einzugreifen, waren bereits zu einer erbarmungslosen Gewohnheit geworden; nicht zurückgehen zu können bereitete ein Lustgefühl, das von der Gefahr noch angestachelt wurde. Ich betrachtete die riesige Pinie, die Beteigeuze und vielleicht Suárez war. Und ich? Welcher Baum war der meine, welcher Stern würde der meine sein? Wenn der Garten einer düsteren, furchteinflößenden Prophezeiung glich, empfand ich ihn als den meinen, nahe wie eine vertraute, rührende Erinnerung, nicht weniger unheilvoll als die Bedrohung. Das Déjà-vu-Erlebnis erfaßte mich immer heftiger, so als müßte die große Enthüllung in Form einer Erinnerung stattfinden, in der sich gegen den Altar abzeichnenden Silhouette von Gertrudis, in der herausgemeißelten Rose an der Spitze, wie eine heraldische Anrufung aus den Zeiten der Helden, als wäre der Zugang zum Unbekannten nur die endgültige Wiederkehr. Ich überließ mich der Unerreichbarkeit Gertrudis' und den Formen des Gartens, den massigen Bäumen und den gewaltigen Perspektiven. Sie näherte sich mir und entfernte sich, und im gleichen Rhythmus erfaßten mich Wellen des Begehrens und der Verzweiflung.

»Wir sollten zurückgehen«, sagte sie.

Die Dunkelheit bemächtigte sich des Himmels, nicht aber des Gartens. Was war es, das dort mit eigenem Licht, wirklich sternenhaft leuchtete? Ich betrachtete wieder das perfekte Abbild des Himmels im Garten und dachte an die Möglichkeit einer äquinoktialen Ausrichtung wie bei den Heiligtümern auf Naxos oder Zypern, in Pula, Stonehenge und bei den großen Pyramiden. Es war leicht zu überprüfen: Ich richtete ein Auge auf das südliche Ende der Kannelierung, die mit einem der trapezförmigen Reliefs des Tisches zusammentraf. Über den Blättern der Eiche, genau zwischen Palme und Esche, kam der Polarstern zum Vorschein, mit einer Präzision, die nicht zufällig sein konnte. Die Augen des Orion waren starr in der Unbeweglichkeit der Erdachse, das Loch, in dem alle Dinge beginnen und enden, denn er geht am Horizont niemals auf oder unter. Zu welcher düsteren Feier wurden wir aufgefordert? Ich entfernte mich, um die seltsame, Meissa genannte Konstruktion zu betrachten, und sie schien mir ein Kenotaph zu sein, wie das Grabmal der Lluïsa Cros, das laut Suárez leer war, als man es öffnete. Doch zu wessen Ehre oder Gedächtnis war es errichtet worden? Ich stellte mir rituelle Prozessionen rings um den Altar vor, von Gesängen in der tiefsten für den Menschen hörbaren Frequenz begleitet, tiefer als die tibetischen, reine Schwingung; die höchsten Würdenträger zwischen den Säulen und dem Tisch, die übrigen entgegen dem Uhrzeigersinn, gegen den Tag und die Stunde, an den Rändern der kreisförmigen Plattform wandelnd.

»Ich weiß nicht«, begann ich, meiner Umschweife bewußt, »inwieweit ich das Recht habe, meine Nase in dein Privatleben zu stecken. Ich bin, den Spuren des Juwels folgend, darauf gestoßen und habe keine mögliche Entschuldigung.«

»Niemand muß sich für etwas entschuldigen.«

»Im Gegenteil. Einer meiner Freunde sagte: Immer, wenn du einer Dame eine Frage stellst, bitte sie um Verzeihung. Es gibt sicher einen Grund, auch wenn du ihn nicht kennst.«

»Das ist eine nette Variante des persischen Sprichworts: Jeden Abend, wenn du heimkommst, verpasse deiner Frau eine Ohrfeige. Du weißt nicht, warum, sie schon.« Wir lachten, und ich spürte, wie das Eis zu schmelzen begann. Sie fuhr fort: »Mein Freund, es ist ein schlechter Zeitpunkt, um sich in Eleganz zu üben. Du könntest mir vorwerfen, mich genauso wie unsere Erzähler zu verhalten, mich ihnen anzupassen; du ziehst es vor, dich von der Betrachtung rühren zu lassen.«

»Wäre es das, könntest du mir dasselbe vorwerfen, in meinem Fall noch dadurch verschlimmert, daß ich es in meiner Dummheit nicht merke oder mich weigere, mich ganz auf das Spiel einzulassen.«

»Das stimmt«, sagte sie und kam näher.

Wir hoben uns wie gespenstische Gestalten gegen die Dunkelheit ab, die Bäume wirkten menschlich.

»Außerdem«, sagte ich, entschlossen, es darauf ankommen zu lassen, »brauche ich diese Art von Vorwürfen nicht, weil ich weiß, daß du eine von ihnen bist.« Sie sah mich erwartungsvoll an. »Dein Name ist Saiph.«

Sie kehrte sich jäh von mir ab. Also entsprach es der Wahrheit, der Garten war eine Formel, ein Handlungsplan. Ich bekam einen fürchterlichen Eifersuchtsanfall und schwor mir an Ort und Stelle, daß Gertrudis die Frau meines Lebens sein würde, egal, ob sie eine Hexe oder eine Verschwörerin war.

Sie ging auf die Treppe zu, und ich erreichte sie, als sie dabei war, hinunterzusteigen. Ich faßte sie am Arm, sie drehte sich um. Sie hatte Tränen in den Augen, das versetzte mir einen Stoß. Ich spürte, daß die Feuchtigkeit der Erde an der Außergewöhnlichkeit des Moments beteiligt war, ebenso wie an der Besonderheit des Ortes. Ich dachte an Dunstschwaden, warmes Pochen des von kohlehaltigen Böden aufgesaugten Lebenssaftes, an sprudelnde Quellen, an pflanzliche Verdichtung, dionysische und plutonische Kräfte zugunsten einer Bestimmung, die im Begriff war, zutage zu treten. Sie legte den Kopf auf meine Schulter, und ich schämte mich für mein heftiges Herzklopfen.

Wir gingen die Treppe hinunter, ich vor ihr, wir durchquerten wortlos den Gang. Es war der sechste Tag unseres Aufenthaltes hier. Sie hatte mich vom ersten Moment an beeindruckt, und trotz der Nähe verwirrte sie mich immer mehr. Nie hätte ich geglaubt, daß ich Berechnungen darüber anstellen würde, sie aus den Augen zu verlieren. Was würde geschehen, wenn die Situation (der Krieg) sich (in welchem Sinn auch immer) auflöste? Bedachte man die materiellen

Mittel und die moralische Erschöpfung der Beteiligten, konnte es sicher nicht mehr lange dauern. Wie sollte ich die Rückkehr in den Alltag, das Verschwinden von Gertrudis' unvergleichlichen Augen ertragen? Mitten in der erstickenden Finsternis des Ganges wünschte ich mir, daß es für uns kein Ende des Krieges gäbe, daß sein zerstörerischer Atem bis hierher reichen und uns plötzlich und für immer auslöschen möge.

Gemächlich bewegten wir uns auf den Gang mit den Schlafzimmern zu. Ich sprach über das Juwel, die unklaren Punkte seiner Reise. Nicht über die allerdunkelsten, die Anfang und Ende betreffen, sondern von der Ungewißheit zwischen den Momenten seiner Ortung. Ich bemerkte, wie sich die zähe Klebrigkeit der Moral dazwischenschob, und verfluchte sie, ich hielt mich bei den letzten Jahren, nach dem Tod von Lluïsa Cros, auf und vermied systematisch die geringste Anspielung auf ein mögliches Eingreifen meiner Gesprächspartnerin. So gewissenhaft ich auch versuchte, Jubert und seinen die Googol betreffenden Schritt aus dem Spiel zu lassen – sie wußte, was ich hatte umgehen wollen.

»Teresa hat sich am Ende nicht zurückhalten können, oder?« sagte sie lachend und, wie mir schien, fast erleichtert.

Wir standen vor ihrem Zimmer, und sie lud mich ein hineinzukommen. Ich war schon einmal drin gewesen, doch das ließ sich mit dem jetzigen Augenblick nicht vergleichen. Ich wäre gern als entflammter Liebhaber eingetreten, doch ich tat es zitternd wie ein Verbrecher.

»Mach dir keine Sorgen darüber«, sagte ich, »bei so vielen Lügen und Unklarheiten glaube ich nicht, daß eine weitere Information dadurch, daß sie wahr ist, mehr Bedeutung hat.«

Ihr muß klar sein, daß sie mir nicht gleichgültig ist, dachte ich. Ich halte mich nicht für so unbedeutend, daß sie nicht auf die Idee gekommen wäre. Wenn sie allerdings so tut, als wäre nichts, bedeutet das Verachtung. Es hatte mir gerade noch gefehlt: mich zu verlieben und schließlich gar nichts mehr zu verstehen. Und wenn ich zudem auf eine Frau gestoßen war, die mit vergangenen und gegenwärtigen Geschichten beladen war, um so schlimmer. Ich betrachtete sie und versuchte Vergangenheit und Zukunft in ihren Gesten zu versöhnen. Wie konnte eine solche Frau jemals Gegenstand einer Forderung oder eines Verzichtes sein?

Es war drückend heiß, sie zog sich Jacke und Schuhe aus und setzte sich, gewandt wie eine Ballerina, mit gekreuzten Beinen auf das Bett. Sie heftete ihre traurigen, an griechische Tragödinnen erinnernden, in einem geheimnisvollen Windhauch erzitternden Augen auf mich. Ich fand Gefallen daran, sie mir in Extremsituationen vorzustellen: Haß, gefährliche Leidenschaften, sexuelle Exzesse, feuchte und verschlingende Rätselhaftigkeit hervorrufend. Gertrudis gehörte gewiß zu denen, die mit offenen Augen lieben, und die äußerste Annäherung an die Tränen, die ihnen gewährt ist, bestand in dem Schimmern, das sie mir beim Verlassen des Gartens gezeigt hatten.

»Willst du etwas trinken?« fragte sie mich.

»Würde es dir sehr schwerfallen, einige der Lücken in deinen Erzählungen zu füllen?« sagte ich entschlossen.

»Früher oder später muß ich es wohl tun«, murmelte sie und spielte mit einem Schlüsselbund. »Du mußt wissen, das Juwel wurde herausgeholt aus Roncals Haus, von dem ich nicht weiß – und es ist mir auch gleichgültig –, ob es sich um Benedicte Flint handelt. Weder Lamb noch irgend jemand, den Ficinus schickte, brachte es in seinen Besitz, sondern Raimon Jubert, der tatsächlich mein Mann gewesen ist. Und es geschah auch nicht zu den von Kolinski, Casanova oder Roncal erwähnten Zeitpunkten, sondern dazwischen. Für Raimon hatte das Juwel keine Bedeutung. Ich hatte ihn dazu angestiftet, es für mich zu stehlen. Als wir uns trennten, nahm ich es mit. Später wurde Jubert von verschiedenen Kreisen, die an dem Juwel interessiert waren, unter Druck gesetzt, dadurch entdeckte er dessen Macht und geriet unweigerlich in seinen Bann, von dem man – das sage ich dir, weil auch du schon dazugehörst – sich nie mehr lösen kann. Jetzt versucht er natürlich, das Juwel zurückzuholen.«

»Auf eine höchst seltsame Weise. Was bezweckte er damit, mir von dem angeblich von Prætorius verübten Diebstahl des Juwels aus seinem Haus zu erzählen? Wäre es für ihn nicht besser gewesen, sich bedeckt zu halten? Oder bereitet er den Boden für einen Einspruch vor?«

»Niemand hat das Recht zum Einspruch.«

»Willst du sagen, er wäre so dumm gewesen, sich bloßzustellen, wenn er gewußt hätte, daß wir darüber sprechen?«

»Jubert ist ein kalkuliertes Risiko eingegangen, als er dir das erzählte. Er rechnet damit, daß wir darüber reden, und verläßt sich darauf, daß ihm die veränderte Verhaltensweise von mir, dir, Simon und den anderen wie ein Meßgerät die entsprechende Richtung weisen wird. Niemand muß gewarnt werden, denn das sind wir sowieso alle ausreichend. Er riskiert es, ausgefragt zu werden, doch das ist nicht weiter wichtig, weil wir uns dem hier alle aussetzen.«

Ich lachte.

»Es gleicht einem Pokerspiel mit einer Tendenz zum Russischen Roulett«, bemerkte ich. »Der erste Spieler beschließt zu lügen, der zweite vermutet das. Der erste befürchtet, der zweite könnte annehmen, daß er zu lügen beschlossen hat, und sagt deshalb die Wahrheit. Der andere denkt an diese neue Überlegung. Der erste weiß, daß der Gegner an den gleichen Punkt wie er selbst gelangt ist, und beschließt zu lügen ... Es beginnt ein Hin und Her, der Ausgangspunkt spielt keine Rolle mehr, alles hängt davon ab, wo sie – mit einer fünfzigprozentigen Wahrscheinlichkeit der Übereinstimmung – beschließen, es anzuhalten. In unserem Fall gibt es nicht zwei Möglichkeiten, sondern viele. Deshalb verfügen wir über keine Überlegung, keine Wahl zwischen diesem oder jenem, denn alle wissen alles (außer mir, der nichts weiß). Laßt ihr euch etwa von anderen Mechanismen leiten? Von welchen, von den Gefühlen?«

Sie sah mich mit einem Ausdruck an, den ich in meinem Verlangen als zärtlich auffaßte.

»Das, mein Freund, nennt man Metastrategie: Die Lösung besteht darin, darüber zu sprechen, und wenn das in guter Absicht geschieht, muß es zu Verständigung, nicht zu Verwirrung führen. So schwarz die Nacht auch zu sein scheint, immer gibt es ein Licht, das dich leitet.«

»Das kann ich nirgends sehen«, sagte ich verärgert. »Wenn

alle lügen und gleichzeitig über die Lügen der anderen im Bilde sind, ist alles ein Spiel, von dem du, wenn du die Regeln nicht kennst, ausgeschlossen bist.«

Sie stand auf und brachte ein Glas eisgekühlten andalusischen Wein und ein paar Trockenfrüchte. Sie holte ein paar alte Billardstöcke mit Elfenbeineinlegearbeiten aus einem Schrank, zeigte mir auch sehr stolz einige bemalte Fächer, die von ihrer Familie stammten, und ein gerahmtes Gedicht aus der gleichen Serie wie das in Emílias Zimmer, aber so weiß und sauber, als wäre es nie aufgehängt gewesen. Das Gedicht lautete:

> Nicht gefangen in bereitem Streben,
> Meineid des Mitleids im Lebensschlund,
> Glaubst du nicht, daß ich spielen will eben,
> Nur im Haß bin ich Wolf, in Werken Hund.
>
> Wenn du nur die Kenntnis suchst, wie willst du
> Dich verlieben? Du trinkst, doch soviel Gier
> Bringen weder Glas noch Kitzlein zur Ruh,
> Dem Echo der Leere stellst nach du in dir.
>
> Erstorbne Schrecken werden Gärten nähren,
> Vermengt im Herzen und die Augen aufgerissen,
> Wie du und ich am Gift uns verzehren
>
> Eines Blicks, den der Nektar hat zerrissen.
> Hier erwartet dich also der erste Schluck,
> Durst nach Tränen nur, trink ihn in einem Zug.

Wenig später hatte ich meinen Pessimismus überwunden, und wir nahmen das Gespräch wieder auf. Ich fragte sie, ob sie glaubte, daß Lamb eines der Opfer auf dem Friedhof sein könnte.

»Das würde mich sehr wundern«, antwortete sie. »Er war ein an Elitemissionen gewöhnter Mann, wendig und erfahren, der sich schon aus viel heikleren Situationen herausgewunden hat. Ich kann mir nicht vorstellen, daß er sich von ein paar zwielichtigen Gestalten massakrieren ließe. Der zusätzliche Tote muß ein Angeheuerter gewesen sein, vielleicht dieser Domènec Josa. Die Geschichte ist über Rafa verfälscht zu uns gekommen …«

»Und warum nicht über Casanova?« fiel ich ihr ins Wort.

»Nein, Casanova kann man vertrauen«, sagte sie, und ich dachte, wie relativ diese Aussage war. Konnte man denn ihr, Gertrudis, vertrauen? Aber ich wollte sie nicht unterbrechen. »Ich vermute eher, daß Rafa von Kolinski oder Suárez beeinflußt worden ist.«

»Zu welchem Zweck?«

»Zur Täuschung. Möglicherweise, um Lambs eventuelle Verfolger auf falsche Fährten zu bringen.«

»Im Gedanken an Casanova?«

»Nein, nicht speziell an Casanova, sondern an irgend jemanden, an uns zum Beispiel. Rafa war ein Köder für jemanden, der unvorsichtigerweise anbiß, Casanova fiel darauf herein.«

»Wenn das Juwel schon geraubt worden war, welches Ziel verfolgt dann Roncals Geschichte?« fragte ich.

»Die Geschichte von Roncals Landgut ist natürlich falsch. Roncals Gründe entziehen sich meiner Kenntnis. Es kann sich ebenso um eine Drohung wie um eine Art, Meinungen zu provozieren, oder auch um ein Zurschaustellen von Macht handeln. Er teilte dem, den er es wissen lassen wollte, mit, daß er, nachdem ihm das Juwel gestohlen worden war, den für Ficinus arbeitenden Mann in sein Haus gelockt, Informationen aus ihm herausgeholt und ihn umgebracht hat, als er sicher war, daß er das Juwel nicht besaß.«

»Das ergibt mehr Sinn, als wenn er hierher nur gekommen wäre, um Nachforschungen anzustellen. Warum aber ist er abgereist?«

»Dafür gibt es mehr Erklärungen, als man auf den ersten Blick vermuten würde«, sagte sie. »Sollte es sich um Flint oder Grunel handeln oder selbst um Roncal, hat er vielleicht gegenüber Carter und Rodin Rückendeckung, Kolinski oder Ficinus hingegen könnten ihn in irgendeinem konkreten Punkt bloßstellen. Eine andere Möglichkeit wäre, daß er, als er abreiste, bereits erhalten hatte, was er suchte. Außerdem ist da noch Rodins Hypothese, daß Roncal einen Komplizen hat oder, genauer gesagt, im Dienst des tatsächlichen, in dieser Runde anwesenden Flint steht.«

Ich dachte, daß die letzte Möglichkeit nichts damit zu tun hatte, daß Roncal das Haus verließ.

»Rodin glaubt, daß Suárez Flint ist, oder?« sagte ich, keineswegs bereit, diese Meinung zu teilen.

»Rodin kennt Suárez erst seit kurzem persönlich, und er traut ihm nicht. Sollte es so sein, wie du sagst, würde er doch nicht wagen, ihn zu entlarven.«

»Demnach wird, wenn man die Eigentümlichkeit von Roncals Geschichte anerkennt, das Juwel im ersten oder zweiten Jahr gestohlen, und es ist nicht der Dieb des Juwels, der beim letztenmal stirbt«, faßte ich zusammen. »Welchen Sinn haben dann also Roncals Schilderungen von der Befestigung seines Hauses?«

»Sie dürften doppeldeutig sein. Einerseits sind sie eine Demonstration von Stärke, eine Warnung, ebenso wie es die Tatsache ist, Carter – und indirekt auch Ficinus – die Beseitigung ihres Mannes unter die Nase gerieben zu haben. Andererseits vermitteln sie eine Botschaft, möglicherweise einen Hinweis auf den Mut des Gegners oder die Festigkeit seiner Überzeugungen.«

»Es könnte auch sein«, mutmaßte ich, »daß der Dieb jedes Jahr ein anderer war, von unterschiedlicher Herkunft und mit unterschiedlicher Absicht, meine ich, und daß die Person, die im Landhaus starb, in keiner Verbindung zu Ficinus oder dem Juwel stand, was uns zu einer harmlosen Auslegung von Roncals Geschichte bringen würde.«

»Es gibt bei keiner Geschichte harmlose Auslegungen, mein Freund«, belehrte sie mich und stand auf.

Mir behagten die Pfade, denen das Gespräch folgte, immer weniger, doch eine despotische Selbstgefälligkeit ließ mich fortfahren.

»Weißt du, was ich denke? Ich glaube, dein Mann hat ein falsches Juwel geraubt«, sagte ich herausfordernd, »und das echte befindet sich noch in Roncals Händen.«

»Leider muß ich dir sagen, daß die Idee nicht sehr originell ist«, gab sie lachend zurück.

»Ach, wenn du es behalten hast, wirst du es sicher nicht verloren haben, oder? Du mußt es doch noch immer besitzen, nicht?«

»Klar«, erwiderte sie mit einem Funken von Anmaßung. »Möchtest du es sehen?«

»Sehr gern«, sagte ich, äußerst skeptisch.

»Die Lügen schließen sich gegenseitig nicht aus, und die Wahrheiten gehen verschlungene Wege«, meinte sie und trat zu der Kommode im hinteren Teil des Zimmers.

Sie öffnete die erste Schublade mit dem Schlüssel, den sie schon seit geraumer Zeit in der Hand hielt (was mich auf den Gedanken brachte, daß sie mich vielleicht in ihr Zimmer gebeten hatte, um mir ebendiesen Gegenstand zu zeigen), und zog einen grünen Leinenbeutel in der Größe eines zusammengelegten Kleides hervor, den sie auf das Bett warf.

»Ist das das Juwel?« fragte ich mit einem naiven Lächeln.

Sie entnahm dem Beutel eine Art dunkles Cape, von dem ein seltsames Strahlen ausging, das ich, sollte ich es beschreiben müssen, auch wenn es unpassend klingen mag, als Funken schwarzen Lichtes bezeichnen würde. Sie schlug es auseinander und entnahm ihm ein Diadem, das die Form einer flachen, runden, fünf oder sechs Zentimeter großen Scheibe hatte, auf der ich, begierig, alles zu entschlüsseln, ein Mondsymbol ausmachen konnte. Es war aus einem weißen Metall, das viel stärker leuchtete als Gold oder Platin, und schien das Licht nicht widerzuspiegeln, sondern eigenes zu verströmen. Links und rechts wurde die Scheibe, nach Art der Wappenbilder, von zwei kleinen, gewundenen Vipern mit aufgerichteten Köpfen getragen, von oben hingen ein paar Ähren herab. Die Ironie war auf meinen Lippen erstarrt, und ohne zu verstehen warum, erstaunte und ergriff mich der Anblick dieses Gegenstandes. Eine Liebeserklärung von Gertrudis, die ich wie nichts sonst in meinem Leben begehrt habe, hätte mich nicht mehr verwirrt.

»Gefällt es dir?« fragte sie, auf frivole Weise geziert, und setzte es sich wie eine Krone auf den Kopf. Mehr als den Glanz widerzuspiegeln, schien es über ihr rotweißes Kleid Licht zu gießen. Die Faszination wuchs mit einemmal so sehr, daß sie auf schwindelerregende Weise schmerzvoll wurde. Die Beine taten mir weh, ein Kribbeln, wie ich es nie zuvor verspürt hatte, begann meinen Körper zu erfassen. Mein Magen krampfte sich zusammen, und ich hatte das Gefühl, im nächsten Augenblick umzufallen. Sie lachte, sie mußte es bemerken, denn sie nahm das Juwel vom Kopf. Ich fand sofort wieder zu meinem Gleichgewicht zurück, doch ich war erschöpft, als wäre ich soeben nach einem enorm langen Tauchen wieder an die Wasseroberfläche gekommen.

»Ist das das Juwel?« sagte ich mit zitternder Stimme und in einem ganz anderen Ton als eine Minute zuvor.

In dem Moment ging die Tür auf, Randolph Carter erschien. Gertrudis war so blitzschnell, daß mich ihre Bewegung mehr erschreckte als sein Hereinkommen. Sie machte einen Satz, stellte sich vor mich und bedeckte zugleich das Diadem mit einem Stück des Capes. Unsere Gesichter berührten sich beinahe, Carter blieb an der Tür stehen.

Ich mußte an sein barsches Verhalten vor ein paar Tagen denken und hatte Angst, daß es zu einer unangenehmen Szene kommen könnte. Carter sah uns aufmerksam an. Sein Gesicht war heiter.

»Ich wußte nicht, daß ihr hier seid«, sagte er beinahe entschuldigend. »Suárez wird bald seine Erzählung wieder aufnehmen.«

Ich wartete auf eine Geste von Gertrudis, doch sie rührte sich nicht, und ich fand es, wie ein Trottel, unpassend, die für mich günstige Position aufzugeben. Ihre Augen sahen mich so direkt an, daß es mir schwerfiel, ihnen standzuhalten, ohne zu wissen warum oder, zumindest, ohne es mir eingestehen zu wollen. Die Szene schien mir eine Ewigkeit zu dauern. Gertrudis' Blick sprach und sprach, und ihr Herabsteigen zu den ungewöhnlichen, ersehnten Worten war überwältigend. Geringschätzung? Strategie, Sinnlichkeit? Absicht, Hoffnung? Alles in ihren Augen war maßlos.

Carter kam unbefangen näher, als handelte es sich um eine alltägliche Situation, und forderte mich auf, ihn in den Avalon zu begleiten.

»Geh voraus«, sagte sie, »ich komme gleich nach.«

Wir gingen hinaus, unterwegs erzählte er mir von den Weden über die Entstehung der Welt, ohne daß es einen direkten Zusammenhang mit dem gab, was zwischen uns stand. Ich hörte ihm mit weniger Hingabe als einem Lehrer in der Schule zu. Fünf Meter vom Zimmer entfernt, verfluchte ich bereits meinen fehlenden Mumm. Zum zweitenmal in drei Tagen machte ich mich bei ehelichen Szenen lächerlich. Immer spielte ich die Rolle des steinernen Gastes und stahl mich verschämt davon. Sollte irgend etwas von meinen Reaktionen abhängen und ich auf irgendeine Weise auf die Probe gestellt worden sein, dann hatte ich gewiß versagt. Ich hatte den unangenehmen Eindruck, daß es sich sowohl bei dem Partnerinnentausch zwischen Casanova und Artur wie bei dem plötzlichen Auftauchen Carters in Gertrudis' Zimmer um vorbereitete Momente handelte. Aber warum und vor allem für wen? Für mich? Welche Bedeutung konnte ich für sie haben, außer daß sie ihren Spaß hatten und mich an der Nase herumführten? War die Situation jedoch nicht geplant, mußte Carter Gertrudis' Geste bemerkt haben, und das würde sie zu peinlichen Erklärungen verpflichten.

Als wir beim Avalon ankamen, fühlte ich mich schrecklich erschöpft, so als hätte ich eine übermenschliche körperliche oder geistige Anstrengung hinter mir. Außer Suárez, Rodin, Ficinus und Gimellion waren alle anwesend. Zum erstenmal sah ich sämtliche Lichter eingeschaltet (sogar solche, die ich vorher noch nie bemerkt hatte), was dem Raum großen Glanz und ein außergewöhnlich feierliches Aussehen verlieh. Alle befanden sich in Gruppen zu zweit oder zu dritt in den Winkeln oder auf den Sesseln in der Mitte. Simon war mit Emília zusammen, beide machten mir, als sie mich hereinkommen sahen, ein Zeichen. Ich brauchte mich bei Carter nicht zu entschuldigen, denn Kolinski rief ihn im selben Augenblick zu sich. Meine Augen schweiften zu Emília, die ein neues Kleid trug (auf dem flügelförmig Rot, Schwarz und Gold zusammenspielten) und ihr Haar zu einem Knoten aufgesteckt hatte. Lange Ohrgehänge und ein Brillantenkollier betonten ihren markanten Kopf, ihren Hals und ihr Gesicht. Sie wirkte ernster als sonst.

Simon fragte mich ungeduldig aus, doch schien mir die Geschichte mit dem Juwel ein ausgedehnteres Gespräch zu verdienen, und wir vereinbarten, darüber zu reden, sobald Suárez mit seiner Erzählung fertig war. Simon und Emília sprachen über die verschiedenen Interessen der hier Versammelten. Als Ganzes betrachtet, hatten sie etwas von einem Geheimbund, der Freimauererloge. Wer waren all diese Leute hinter ihren Masken? Wer war Rodin? Wer war Suárez? Geheimbündler? Politiker? Geschäftsleute? Oder alles gleichzeitig? Und wenn die Suche nach dem Juwel nur ein Symbol war, wie der Stein der Weisen? Mehr noch glichen sie einer Bande intriganter Verschwörer, zum größtmöglichen Nutzen zusammengeschart und bereit, sich untereinander zu erdolchen oder die Bündnisse je nach Bedarf zu wechseln. Sollte es irgendein Gesetz geben, das den gegenseitigen Betrügereien der Anwesenden eine rationale Struktur verlieh, so war ich unfähig, es zu ergründen. Und das letzte Rätsel war meine Rolle hier. Ich äußerte laut mein Mißtrauen, als Gertrudis eintrat und auf uns zukam. Sie hatte ihr Haar zurückgekämmt, trug Schmuck und ein graues, enganliegendes Kleid. Kurz befürchtete ich, das Diadem zu sehen, doch zum Glück war dem nicht so. Daß sich die Frauen übereinstimmend besonders herausputzten, wies auf eine außergewöhnliche Nacht hin.

»Die Geschichten im Avalon«, sagte Emília zu mir, »sind keine Zerstreuung zum Zeitvertreib. Was hier erörtert wird, ist die unmittelbare Folge des Krieges in der Außenwelt.«

Gertrudis schüttelte den Kopf, und als Emília sich unterbrach, stellte sie richtig.

»Im Gegenteil. Die Bomben, die Zerstörung, die Toten, all das ist nichts weiter als das Spiegelbild und der konkrete Ausdruck der Dialektik dieser Runde. Unsere Gastgeber sind keine Intriganten zweiter Klasse und noch weniger Müßiggänger: Sie sind es, die selbst die unwahrscheinlichsten Fäden bewegen. Anders ausgedrückt«, schloß sie mit ernster, bittersüßer Ironie, »der Krieg findet in diesem Raum statt.«

»Ich nehme an«, erwiderte Simon, »du beziehst dich auf die Konfrontation zwischen Suárez und Rodin.«

»Wir sind alle beteiligt, alle verantwortlich«, sagte Gertrudis und lächelte. »Sogar ihr, die ihr euch ständig beschwert, nichts zu verstehen, befindet euch in dieser Dialektik und könnt eurer Bedeutung nicht ausweichen.«

»Ich weigere mich zu akzeptieren, daß mir aufgrund irgendeiner Kasuistik ein Teil der Kriegsopfer angelastet wird«, protestierte Simon.

Ich hatte keine Lust, mich auf Diskussionen über Zufall und Notwendigkeit einzulassen, auch begeisterten mich die moralischen Probleme meines Freundes nicht, also dachte ich über Gertrudis' aufwühlende Worte nach. Ich hatte kaum Zeit dazu, denn bald darauf kamen Ficinus und Rodin, gefolgt von Gimellion und Suárez. Alle schwiegen, wir setzten uns. Alles glich eher der Vorbereitung einer Zeremonie als einer Runde von Freunden, die hier waren, um eine Geschichte zu hören. Ich spürte ein Pochen in allen Dingen, es war, als stünde etwas in mir unweigerlich vor dem Ausbruch; ich dachte, daß es keinen Zweifel gäbe: Suárez ist Ω.

Ohne den Vorsatz gefaßt zu haben, fand ich mich zwischen Emília und Gertrudis. Der Erzähler nahm genau vor mir, am gegenüberliegenden Punkt des Kreises, Platz. Als das Rücken der Stühle verstummte, äußerte Suárez einen ungewöhnlichen Wunsch: Wir sollten ihn jederzeit unterbrechen, wenn ein Zweifel auftauchte oder um eine Anmerkung zu machen. Er meinte, es wäre an der Zeit, gewisse widerspenstige Rätsel zu lösen, und begann.

0/1

Fortsetzung der Geschichte von der Macht des Juwels

Die Einweihung des Monuments für das Herz des Geistes war die größte Darstellung des trügerischen moralischen Kartesianismus der Nordamerikaner. Seine Form hatte keine Ähnlichkeit mit einem Herzen. Es folgte der traditionellen Obeliskenform, und die scherzhaften Bemerkungen am Tag der Einweihung waren gespalten. Für die Optimisten war es ein Phallus, für jene, die es nicht gern sahen, daß der Freiheitsstatue die ikonographische Vorrangstellung streitig gemacht werden sollte, war es eine Rakete.

So wie es der geheimnisvolle Senyor Waltraud vorausgesehen hatte, hatte Cros einen sehr guten Platz auf der Haupttribüne inne, nur zwei Reihen hinter dem Präsidenten der Vereinigten Staaten. Es ist nicht schwer, sich vorzustellen, daß er sich in diesem Augenblick schwor, in Zukunft in einer vergleichbaren Situation nur noch diese prominente Position zu akzeptieren.

Es folgten Reden, Blumen, Umarmungen, Gesänge und der Segen. Am späten Nachmittag schließlich begann der Empfang unter freiem Himmel. Dort (und nicht in der Palästra, wie von Waltraud angekündigt) erblickte Cros Abe Lorimar, der Mary Norfolk begleitete, und ging auf die beiden zu. Lorimar war ein Riese mit kahlgeschorenem Schädel und großem weißem Schnurrbart, er war so stark, daß er einen Pinienkern zwischen zwei Fingern zu Pulver zerreiben konnte. Die mögliche Schwiegermutter von Cros war ein Vamp, der kaum vierzig war, aber den Körper und die Haut einer Zwanzigjährigen besaß sowie einen giftigen Blick, als wäre sie siebzig. Sie war ganz in Schwarz und hatte das ebenfalls schwarze Haar mit Brillantine streng nach hinten gekämmt. Ganz dünne und sehr hohe Absätze unterstrichen die pantherhafte Erscheinung. Etwas weiter hinten bewegte sich Henry Penrose mit einer gewissen Zurückhaltung.

Cros ging auf sie zu, wobei er darauf achtete, daß die Anmaßung den Rahmen der eleganten Bestimmtheit seiner Vorhaben und Prinzipien nicht überschritt. Sie begrüßte ihn mit einem Lächeln, das grün und eisig war wie ihre Augen; an Lorimar war es, zu antworten.

»Ihr Freund, Senyor Waltraud, ist nicht gekommen?« sagte er, wobei er seinen Blick über den Boden schweifen ließ. »Wir haben ihn hier nicht gesehen.«

»Ich habe Ihre Tochter auch nicht gesehen«, sagte Cros, an Mary Pickman gewandt, »und sie hätte mich an dieser Zeremonie am meisten interessiert.«

»Kennen Sie das Parodoxon von Olbers?« fuhr Lorimar

fort. »Es ist ein altes Argument, um die Idee von der Unendlichkeit des Universums in Frage zu stellen; Sie werden nun Gelegenheit haben, es am eigenen Leib zu erleben. Wenn das Universum unendlich ist, werden Sie, je weiter Sie sich von uns entfernen, zunehmend Ihren Vorhaben entgegengesetzte Interessen vorfinden, und schließlich wird es Ihnen selbst in mondlosen Nächten so vorkommen, als wäre es Tag.«

»Ich brauche kein Paradoxon, um diese Illusion zu genießen«, erwiderte Cros, ohne seinen Blick von Mary Pickman abzuwenden. »Genau das passiert mir in Gegenwart Ihrer Tochter.«

Mary Norfolks Gelächter ließ ihn an die Zuckungen eines Reptils denken. Wie eine Königin ihrem Pagen, bedeutete sie Lorimar mit einer Handbewegung, sich zu entfernen. Dann hakte sie sich bei Cros unter und spazierte mit ihm gemächlich eine Weile umher.

»Mir scheint, Sie vertrauen Leuten, die Sie nicht kennen«, sagte sie zu ihm.

»Wenn Sie Senyor Waltraud meinen, vertraue ich ihm vielleicht, weil er mir genau dasselbe, aber auf sich selbst bezogen, gesagt hat.«

»Ich denke, Sie sind dazu fähig, meine Tochter zu entführen. Ich versichere Ihnen, daß sie zustimmen wird, und ich werde Ihnen helfen.«

Was geht hier vor? dachte Cros. Seltsame Angebote ... Sie wollen uns beide loswerden.

»Und den Rest meines Lebens auf der Flucht sein? Nein, vielen Dank, Senyora.«

Da Julia Norfolk nicht dort war, dachte er, das wäre ein Grund, um ein Bündnis mit Mary Pickman vorzugeben. Er könnte ihr für seine Immunität die Haut ihres Mannes verkaufen. Sie schüttelte ihn ab, ohne ihn auch nur eines Blickes zu würdigen.

»Für Einzelheiten und Beträge ist Senyor Lorimar zuständig.«

Als wäre er mit Antennen ausgestattet, tauchte Lorimar vor Cros auf, bevor dieser noch entschieden hatte, ob er mit ihm reden sollte oder nicht. Der riesenhafte Yankee ließ ihn gar nicht zu Wort kommen. Er nahm ein großes Kuchenmesser, legte die Klinge zwischen Daumen und kleinen Finger der linken Hand und drückte mit den mittleren Fingern fünf Sekunden darauf, die Klinge bog sich, als wäre sie aus Messing.

»Wenn Sie dieses Würstchen von Waltraud wiedersehen, geben Sie ihm das von mir«, und er reichte ihm das Messer.

Harry Penrose gehörte einem anderen Menschenschlag an. Er war älter und Opfer des für Lakaien typischen Getues um die Eleganz. Sein Äußeres war eine Karikatur dessen, was er sich unter Vortrefflichkeit und gutem Geschmack vorstellte, ein Abklatsch seines Freundes William Norfolk. Wenn man sagt, daß Penrose nur das Monokel fehlte, braucht meiner Meinung nach nichts mehr hinzugefügt zu werden.

»Sie sind auf der Seite von Julias Vater, oder?« fragte ihn Cros, nachdem er sich Ratschläge und Angebote angehört hatte.

»Daß ich oder jemand anderes auf Ihrer Seite ist, heißt nicht, daß er für Norfolk ist«, sagte Penrose mit einem Lächeln. »Wenn Sie mir die Bemerkung erlauben, begehen Sie die Unvorsichtigkeit, Personen zu trauen, von denen Sie glauben, daß sie Ihren Interessen dienen. Das, mein Freund, ist nicht exakte Wissenschaft. Um zu überprüfen, was ich sage, genügt es, wenn Sie sich vorstellen, welches Bild Sie in einem so hierarchisch strukturierten Reich wie dem unseren abgeben.«

»Und was für ein Bild gebe ich ab? Das eines Parvenüs?«

»Ich würde es nicht so drastisch ausdrücken. Aber das eines Einzelkämpfers, der gegen das Unternehmen spielt und glaubt, man sieht die Asse in seinem Ärmel nicht.«

»Die Asse im Ärmel?«

»Trauen Sie Senyor Waltraud nicht. Kein Verbündeter ist gefährlicher als einer, der für sich selbst arbeitet.«

Am Ausgang des Parks fuhren Autos vor, um die Prominenz abzuholen. Cros bemühte sich, weder mit den ersten noch mit den letzten hinauszugehen. Er wollte niemandem die Möglichkeit geben, ihn zu stören, aber auch keinem die Gelegenheit verwehren, ihm behilflich zu sein. Er hatte noch keine Zeit gehabt zu überlegen, wie er von hier wegkommen würde, als er am Rand des Rasens angelangt war. Es war schon dunkel, vor ihm hielt ein schwarzer Cadillac. Die hintere Tür ging auf, und Mary Pickman lud ihn wortlos zum Einsteigen ein. Cros beugte sich nach vorne. Pickmans Kopf war im Halbschatten, und das goldene Licht der Scheinwerfer, die das ferne Monument (ferner als die letzte Glut der Dämmerung) anstrahlten, fiel auf ihr Dekolleté und verlieh ihm die verwirrende Abgründigkeit eines Tals, in dem man sich verirren kann; die Pickman war unvergleichlich in ihrer Pracht. Cros wollte einsteigen, und sie rückte weiter ins Innere. Nun trafen die metallischen Scheinwerfer auf ihren schlanken, stahlharten Fußknöchel. Cros neigte den Kopf, und als sein Körper bereits seinen Schatten auf Mary Pickman warf, wurde er gewaltsam von zwei Individuen herausgezerrt und zu einem hinter dem Cadillac stehenden Wagen geschleppt. Die Türen beider Autos wurden geschlossen, und sie rasten in entgegengesetzter Richtung los.

Cros befand sich auf dem Rücksitz zwischen zwei Kerlen, die friedlich lächelten. Beide waren viel stärker als er und machten den Eindruck, als seien sie geistig beschränkt.

»Ich bin Vittorio Nepote«, sagte der eine und zeigte auf den anderen, »und er ist mein Bruder Ruddy. Der Fahrer ist Marc, der Älteste.«

Cros schwieg und dachte, sonst wäre keiner weiter im Wagen, doch eine vierte Gestalt tauchte auf dem Beifahrersitz auf, drehte sich um und sah ihn unverschämt an. Es war Kaspar Waltraud, zweifellos auf dem Sitz stehend.

»Sehr unvorsichtig, junger Mann, sehr unvorsichtig«, meckerte er wie ein altes Weib. »Darf man erfahren, was Sie vorhatten?«

»Verzeihen Sie«, sagte Cros etwas verärgert, »aber ich kann mich nicht erinnern, Ihnen so viele Befugnisse über mein Leben erteilt zu haben.«

»Keine Sorge, Sie werden mir später dafür dankbar sein«, erwiderte Waltraud ungerührt. »Unterwegs möchte ich Ihnen verschiedene Dinge erklären.«

»Unterwegs wohin?«

»Unterwegs zum Flughafen«, verkündete Waltraud und sah auf die Uhr. »Ich hoffe, wir kommen rechtzeitig hin.« Cros wollte etwas erwidern, doch der andere bedeutete ihm zu schweigen und fuhr fort: »In erster Linie möchte ich Sie beglückwünschen. Sie sind ein guter Pokerspieler und haben die anderen von Ihrer Stärke überzeugt. Alle wollten Sie für die Angelegenheit gewinnen. Schade, daß Sie im Begriff waren, einen fatalen Irrtum zu begehen: sich in ein moralisches Chaos zu stürzen, das nicht zu Ihnen paßt. Erschrecken Sie nicht, ich bin kein Hinterwäldler. Meinetwegen können Sie sich, wenn es Ihnen Spaß macht, mit vier Transvestiten in eine mit Champagner gefüllte Badewanne legen. Wären Sie jedoch zu Mary Pickman in den Wagen gestiegen, befänden Sie sich jetzt mit einem Betonklotz an den Beinen auf dem Grund des Hudson.«

»Warum soll ich Ihnen glauben«, beharrte Cros. »Alle haben mir gesagt, ich sollte Ihnen nicht trauen.«

»Sie wissen, daß es glaubhafte Augenblicke und Verbindungen gibt, sind aber bedauerlicherweise zu jung, um zu erkennen, wann die Promiskuität der Mächtigen keine Falle ist.«

In dem Moment raste ein Auto an ihnen vorbei, aus den hinteren Fenstern wurde geschossen. Der Fahrer beschleunigte und fuhr mit großer Geschwindigkeit im Zickzackkurs.

»Keine Sorge, der Wagen ist gepanzert«, sagte Ruddy Nepote im vertrauensseligsten Ton der Welt.

Die Scheiben bedeckten sich mit Gebilden, die wie Sterne und Spritzer einer gefrorenen Flüssigkeit aussahen.

»Die Kugeln machen sich hübsch«, bemerkte Vittorio, ebenso erfreut wie sein Bruder.

Als sie die Brücke über den Potomack erreichten, kam der Angreifer heran, und der mit der Maschinenpistole zielte auf die Reifen.

»Jetzt!« kreischte Waltraud, Marc riß das Steuer so kräftig herum, daß Cros auf Ruddys Schoß landete. Der Wagen prallte heftig gegen den des Angreifers, und Cros stieß gegen Vittorios Körper, noch bevor er sich bei dessen Bruder hatte entschuldigen können. Er hob gerade rechtzeitig den

Kopf, um zu sehen, wie das andere Auto über das Brückengeländer in den Fluß stürzte.

»Die können bestimmt schwimmen«, scherzte Marc Nepote, der Fahrer.

Sie erreichten ein freies Gelände, auf dem ein Hubschrauber mit laufendem Motor wartete. Obwohl Cros keine Frage stellte, gab ihm Waltraud Erklärungen.

»Wir verfügen leider über keine Hubschrauber, die den Atlantik überqueren könnten. Wir müssen also zum Flughafen und uns noch einmal Angriffen aussetzen.«

Die Brüder Nepote kletterten rasch in den Helikopter, aus dem ein eleganter Herr stieg, der sich ans Steuer des Wagens setzte.

»Beeilen Sie sich, Senyor Cros«, drängte Ruddy Nepote.

Cros verabschiedete sich von Waltraud. Der Zwerg hielt ihn am Arm zurück.

»Ich bin nicht besonders sicher, zu welcher Art der Vorsicht ich Ihnen raten soll. Bedenkt man, wie Sie bis hierher gekommen sind, wäre es vielleicht besser, Ihnen gar nichts zu sagen und nur weiterhin die Güte der Vorsehung anzurufen.«

Cros dankte ihm für seine Hilfe und wünschte ihm bis zu seiner Wiederkehr Gesundheit.

»Ich werde Ihnen nie vergelten können, was Sie für mich tun«, sagte er heuchlerisch.

»Seien Sie sich dessen nicht so sicher«, sagte der andere leise und fügte hinzu: »Übrigens, ich habe etwas vergessen. Wenn Guerau de Grau sich mit Ihnen in Verbindung setzt, wird er Ihnen als erstes einen Ring wie diesen zeigen.« Er gab ihm einen Ring mit einer römischen Kamee aus Karneol. »Sobald Sie ihn wiedererkannt haben, zeigen Sie ihm den Ihren, so kann er sich davon überzeugen, wer Sie sind. Jeder, der sich Ihnen nähert und behauptet, Grau zu sein, ohne Ihnen den Ring zu zeigen, ist ein Betrüger, der es auf Sie abgesehen hat. Bringen Sie ihn um!«

Sie gingen endgültig auseinander.

»Dabei handelt es sich zweifellos«, unterbrach Carter, »um eine typisch angelsächsische Situation. Niemand rechnet damit, daß die Dinge nicht funktionieren könnten, denn alle halten sich für effizient. Im mediterranen Raum würde Guerau de Grau die Kamee vergessen, aber das wäre ohne Bedeutung, weil Cros ohnehin nicht wüßte, wie er ihn umbringen sollte.«

Ich überlegte, ob Carter schon zu trinken begonnen hatte. Casanova kam ihm wie ein Gentleman zu Hilfe.

»Das stimmt. In der nordischen Komödie ist der Dumme der Unnütze; das bringt im Süden niemand zum Lachen, dort ist der Dumme der Gehörnte.«

Suárez fuhr fort.

0/1

Der Hubschrauber stieg auf. Es war schon Nacht, und Cros hatte vor, sich durch den Anblick des Atlantiks, der Lichter der Autobahnen und bewohnter Gebiete abzulenken, doch er hörte weiterhin zu, wie die Brüder Nepote mit dem Piloten über die beste Route diskutierten, um möglichen Luftabwehrstellungen auszuweichen. Anfangs erschrak Cros, denn nach dem, was sie sagten, gab es viele Orte, von denen aus sie beschossen werden konnten. Schließlich wurde der Hubschrauber entdeckt, aber Cros war beruhigt, er wußte, daß seine Stunde nicht gekommen war. Rechts und links folgten Explosionen aufeinander, und die schwindelerregende sinnliche Wahrnehmung des eigenen Schicksals ließ Cros in einen sanften, beinahe einschläfernden Taumel versinken.

1/0

»Ich möchte nicht als unverschämt gelten«, sagte Artur Oliver, »aber ich wüßte gerne, woher Sie diese subjektiven Betrachtungen von Alexis Cros so gut kennen.«

»Ich habe nicht die geringste Absicht«, antwortete Suárez liebenswürdig, »die Zuhörerschaft gefühlsmäßig zu beeinflussen. Diese Betrachtungen, wie es der junge Mann nennt, stammen aus dem Humus meiner eigenen Erinnerung und dem, was ich Cros, Waltraud und andere Personen habe erzählen hören, mit persönlichen Neigungen und verschiedensten Elementen aufbereitet, die von der möglichen Identifikation oder Nichtübereinstimmung bis hin zu der Wirkung reichen, die ich bei Ihnen soeben wahrnehme.«

»Verstößt das nicht gegen die objektive Natur der Dinge?« fragte Camila.

»Dieser Ausdruck ist für mich unverständlich«, sagte Suárez. »Der Begriff ›Natur‹ bezeichnet das, was unwandelbar ist, fortwährend mit sich selbst identisch, demnach existiert keine Einschätzung oder Haltung, die dagegen verstoßen könnte. Ich stimme Ihnen eher zu, wenn Sie sich auf die Wirklichkeit beziehen, die sich nach Blickwinkel und Zeitpunkt ständig verändert. In dem Fall habe ich ein ruhiges Gewissen. Was kann es Wirklicheres geben als ein Gefühl?«

Die ganze Argumentation kam mir trügerisch vor, doch ich wollte mich nicht einmischen. Artur ließ nicht locker.

»Das verweigert der Vergangenheit jegliche Möglichkeit der Lehre und der Geschichte die Beispielhaftigkeit.«

»Ganz und gar nicht. Daß sich die Dinge immer im Wandel befinden, heißt nicht, daß zwischen ihnen keine erhellende Beziehung entstehen kann. Wie sonst käme die Ethik zustande?« sagte Suárez und wartete einen Augenblick, ob noch jemand etwas anzumerken hätte.

Dem war nicht so, also trank er einen Schluck Limonade und fuhr fort.

0/1

Der Hubschrauber erreichte eine Landebahn zwischen einer Baumgruppe und einer Häuserzeile und landete neben einem Privatjet mit bereits laufenden Motoren. Cros und die Brüder Nepote stiegen um, ohne eine Minute zu verlieren, und das Flugzeug hob ab.

»Bis zu unserer Ankunft werden wir sicherlich Ruhe haben«, verkündete Ruddy Nepote mit seinem dümmlichen, zufriedenen Lachen. »Wenn Sie wollen, können Sie schlafen, Senyor Cros, die Reise dauert sieben Stunden. Wir werden Ihnen schon Bescheid geben.«

Das tat Cros, und als er die Augen wieder aufschlug, flogen sie tatsächlich über die Pyrenäen. Durch den Zeitunterschied war Mittag schon vorbei, die Beschaffenheit von Licht und Farben war ihm vertraut.

Das Flugzeug landete auf den Pisten eines Sportfliegerklubs im Vallès Occidental, sie wurden von einem Mann begrüßt, den man Cros als Jaume Piquet vorstellte. Ohne Erklärungen abzugeben oder zu verlangen, brachte er sie in sein zehn Autominuten entfernt liegendes Haus und stellte Cros ein Zimmer und einen Wagen zur Verfügung. Dann entschuldigte er sich, da er zu arbeiten hatte.

Die Brüder Nepote verabschiedeten sich von dem jungen Bankier und gaben ihm eine Telefonnummer, unter der sie erreichbar waren.

Cros nahm ein bescheidenes Mahl zu sich und machte danach einen Spaziergang durch den Garten. Dort stieß er auf einen Alten mit Strohhut, der soeben das Gras mähte. Obwohl er modernere, weniger ermüdende Geräte als die Sense benutzte, wirkte er auf Cros wie ein unheilvolles Vorzeichen, er entfernte sich beklommen.

Als er zurückkam, stand der Alte plötzlich vor ihm. Er trug eine Gießkanne und sah ihn lächelnd an. Cros grüßte ihn mit einem knappen Kopfnicken und ging weiter. Unmittelbar darauf hörte er den Alten lachen und drehte sich ein wenig verärgert um.

»Ach, diese Jugend! Nichts als Eitelkeit! Die durch Eitelkeit erworbenen Güter sind nie von Nutzen!« sagte der Gärtner lachend.

Cros beschleunigte seine Schritte in dem Wunsch, die Szene zu vergessen, er stieg in das ihm überlassene Auto, fuhr zur Arrabassada und war wenig später in Barcelona.

Zuerst besuchte er einen Studienkollegen aus der Zeit in Oxford, einen gewissen Crompton Sturges, jüngster Sproß eines englischen Landadelsgeschlechtes, den Cros in den Export von Obst und Korkgemischen eingeführt hatte. Er kam, ohne sich vorher angekündigt zu haben, bei Sturges an und befürchtete, ihn nicht anzutreffen. Doch Crompton empfing ihn hocherfreut.

»Alexis, was für eine Überraschung! Seit wann bist du hier?«

Cros vertraute seinem Freund vorbehaltlos, doch er beschloß, ihm den Grund seines Aufenthaltes nicht näher zu erläutern, damit sich der andere nicht zu Schweigen oder einer erzwungenen Treue verpflichtet fühlte. Aber ein die Situation betreffendes Gespräch mit einem gut informierten und von Vorurteilen freien Menschen könnte für ihn sehr nützlich sein und ihm eine Idee geben, wie er an das Problem herangehen sollte.

»Kennst du jemanden namens Guerau de Grau?« fragte er ihn.

»Und ob ich den kenne! Er ist der wichtigste kaufmännische Berater der Bank Mir. Wenn du willst, kann ich ein Treffen organisieren.«

»Das wäre mir sehr recht.«

Crompton Sturges ging ins Nebenzimmer, um zu telefonieren und kam fünf Minuten später wieder zurück.

»Alles geregelt. Ich habe ihn eingeladen, einen Drink zu nehmen. Er wird in einer knappen Stunde hier sein.«

»Was für ein Glück, daß er dein Freund ist. Das macht das Ganze leichter«, sagte Cros und nutzte die Gelegenheit, um auf das Verhalten der Nachfolger des alten Mir einzugehen.

»Wenn du meine persönliche Meinung hören willst«, erklärte Sturges, »sage ich dir, daß zu Zeiten Mirs alles besser funktionierte. Nicht, daß ich dir schmeicheln will, aber man vermißt dich. Die Kontrolle der Bank obliegt Flint, die Finanzen sind an Colom gegangen. Theoretisch sollte der eine die Geldpolitik des Unternehmens kontrollieren und der andere die Handelspolitik. In Wirklichkeit läuft es nicht so. Colom scheint mehr in seine persönlichen Geschäfte verstrickt; ich behaupte, alles, was Mirs Erbe betrifft, hat Flint in der Hand.«

»Seltsam. Und welches sind deiner Meinung nach die Gründe dafür?«

»Manche sagen, es sei eine Frage des Charakters. Andere meinen, es bestünde ein Pakt zwischen den beiden, und Colom hätte die Aufsicht gegen den Erhalt einer Rente aufgegeben. Es ist sogar gemunkelt worden, daß er ein unheilbares Nervenleiden habe, das ihn für längere Zeit außer Gefecht setzen wird, und daß er vorsorglich bemüht sei, die vorteilhafteste Position einzunehmen.«

Mitten im Gespräch betrat eine außergewöhnlich attraktive, große und schlanke junge Frau das Wohnzimmer, die Sturges Cros als Vera Giulianos vorstellte, ohne zu erwähnen, in welchem Verhältnis sie zueinander standen. Aus der Art, wie sie sich in der Wohnung bewegte, und aus der entspannten, sogar eine Spur gleichgültigen Vertraulichkeit der beiden schloß Cros, daß es sich um seine Lebensgefährtin handelte, zumal er wußte, daß sein Freund nicht verheiratet war.

»Ich wollte nicht stören«, sagte sie mit einer wunderbaren Altstimme.

»Du störst überhaupt nicht, Liebling«, sagte Sturges. »Setz dich und trink ein Glas mit uns.«

Sie nahm sich ein Mineralwasser und machte es sich neben Cros bequem. Das Gespräch ging weiter: gemeinsame Freunde (die Erinnerung an sie konnte nicht weit zurückliegen) und der übliche Klatsch. Dann kam Guerau de Grau. Vera ging zur Tür, und nach der förmlichen Vorstellung und dem Austausch von Höflichkeiten zogen sich sie und Sturges zurück und ließen Cros und seinen Verbindungsmann allein.

Cros begann das Gespräch mit den gewohnten Floskeln und sprach von den beruflichen Kontakten, die er bis vor kurzem mit Crompton unterhalten hatte. Er rechnete damit, daß Grau jeden Moment den Ring als Erkennungszeichen hervorziehen würde und sie das Darumherumreden sein lassen und über Cros' Mission in Barcelona reden könnten.

Die Minuten vergingen, Grau zog keinen Ring hervor. Ohne den endgültigen Beweis wagte Cros nicht, zur Sache zu kommen, und wurde allmählich ungeduldig. Vielleicht war dieser Guerau ein schusseliger Mensch, oder er hatte Zweifel, was seine Identität betraf. Und wenn er den Ring vergessen hatte? Er versuchte, unter allen Umständen von dem Gedanken abzukommen, daß er einen Betrüger vor sich haben könnte. Als das Thema des Exports und seiner Auswirkungen auf Zinssätze und Inflation erschöpft war, beschloß Cros, seinen Ring aus der Tasche zu nehmen. Er steckte ihn an den kleinen Finger der linken Hand, nahm ihn wieder ab, spielte mit ihm, setzte ihn auf die Spitze des Daumens. Guerau de Grau blieb ungerührt, Cros wußte nicht mehr weiter. Vielleicht hatte Waltraud keine Zeit gehabt, ihn ins Bild zu setzen? Cros bedeckte sein Gesicht mit der Hand, an der er den Ring trug. Es hätte nur noch gefehlt, ihm diesen unter die Nase zu halten.

»Eine prächtige Kamee«, bemerkte Grau. »Wo haben Sie sie erstanden?«

Cros brach kalter Schweiß aus. Dieser Mann war nicht Guerau de Grau (zumindest nicht der Guerau de Grau, den Waltraud verschwörerisch ins Spiel gebracht hatte).

»Es ist ein Familienandenken«, sagte er mißtrauisch.

Er versuchte mit beiläufigen Bemerkungen Zeit zu gewinnen, während er eine kleine Stelle im Gespräch suchte, wohin ein Teil seines Hirns sich zurückziehen und die Umstände einschätzen konnte. So kam er nach weniger als einer Minute zu dem Schluß, daß, falls dieser Guerau ein Betrüger wäre, er ihm besser nicht zeigte, daß er ihn durchschaut hatte. Doch damit nicht genug, der Kerl erwartete auch noch, daß er über das Juwel spräche, und sein Zögern mußte ihn vermuten lassen, daß etwas nicht stimmte. Da es ja kein Geheimnis zu wahren galt, begann Cros zu reden, als habe er den echten Guerau vor sich, und der angebliche Guerau sagte ihm das, was ohnehin alle wußten: Flint kontrollierte die Bank und Colom die Unternehmen und die materiellen Werte.

»Wenn also«, schloß er, »das Juwel existiert, muß man in Coloms Umgebung nach ihm forschen.«

Cros befand sich auf dem Seil. Das Gespräch war uninteressant (und sicherlich auch zwecklos), doch solange er nicht im Bilde war, war es angebracht, daß die Gegner glaubten, er habe angebissen, also stürzte er sich auf die Spekulation über mögliche Zugangsformen zu Coloms Finanzmaschinerie:

Aktien, Börse, Staatsschulden, Kredite, Exporte, *cash-flow*. Der angebliche Guerau zog sein Adreßbuch hervor und gab ihm Namen und Adressen von Leuten seines Vertrauens (wie er sagte). Cros kannte sie alle und stellte fest, daß sie nur untergeordnete Positionen innehatten (ein Grund mehr, um dieses Individuum für einen Betrüger zu halten). Er beendete schließlich das Gespräch, als ihm schien, daß er genug für seine Glaubwürdigkeit getan hätte.

»Wo kann ich Sie erreichen?« fragte er. Guerau gab ihm eine Visitenkarte, auf der er als Unternehmensberater ausgewiesen war (täglich von acht bis drei Uhr).

»Jedenfalls«, sagte er zu ihm, »hoffe ich, daß wir in Kontakt bleiben, da Sie bei meinem geschätzten Freund Crompton zu Gast sind. Ich werde mir Ihre Projekte ansehen«, sage er abschließend, »sollte ich eine Idee haben, teile ich Ihnen diese unverzüglich mit.«

Cros beabsichtigte nicht, im Haus von Sturges zu bleiben, ihn befiel ein Gefühl von Panik. Während der Hausherr und seine Frau den angeblichen Guerau an die Tür begleiteten, wurde Cros klar, daß er auch ihnen nicht trauen konnte. Wenn Guerau nicht Guerau war, mußte auch Cromptons Freundschaft in Zweifel gezogen werden: Entweder war auch er betrogen worden, oder aber er war selber ein Verräter. Im günstigsten Fall war er ein Dummkopf, und Dummköpfe sollte man sich besser vom Leibe halten.

Vera Giulianos kehrte zu Cros zurück und entschuldigte die kurze Abwesenheit ihres Mannes damit, daß er sich umzog. In ihrer Art zu sprechen glaubte Cros hinter der Belanglosigkeit den Wink eines Verbündeten zu ahnen, der sich nicht offen äußern kann. Gewiß war Vera das Anliegen von Cros nicht fremd; mit feinem Gespür nahm sie eine Gefahr wahr, die sich in der Falschheit ausbreitete. Doch Cros wollte sich nicht von bloßen Empfindungen leiten lassen. Schließlich war sie nur eine liebenswerte Unbekannte, die über die Unbilden des Klimas sprach.

Sturges kam zurück und bot ihm an, bei ihm wohnen zu bleiben. Cros war unschlüssig. Er wußte nicht, wohin er gehen sollte, wenn er aber das Angebot annähme, würde er keine Handlungsfreiheit haben. Wollte er ablehnen, brauchte er eine überzeugende Entschuldigung, die die Gastfreundschaft nicht verletzte.

»Ich verstehe deinen Wunsch nach Unabhängigkeit«, sagte Sturges mit einem heimtückischen, mitwisserischen Ausdruck. Cros und Vera blickten sich während des Bruchteils einer Sekunde an, sie rang sich ein Lächeln ab. Das war nicht die Unabhängigkeit, die der Gast suchte. Crompton machte einen Vorschlag: »Ich gebe dir die Schlüssel zu der Dachwohnung im Eixample. Sie ist klein, aber man kann sich dort wohl fühlen; Garage und Lift sind auch vorhanden.«

Er gab ihm Schlüssel und Adresse.

Cros fuhr noch in derselben Nacht dorthin und beschloß, sich bis zum nächsten Tag nicht den Kopf zu zerbrechen. Er war sich sicher, daß die Wohnung, selbst die Dusche, mit Wanzen ausgestattet war, und rief am nächsten Morgen die Brüder Nepote von einer Telefonzelle aus an.

»Senyor Grau hat uns mitgeteilt, wo Sie ihn treffen können«, sagte Ruddy und nannte den Namen einer Cafeteria. »Er wird zwischen acht und neun dort sein. Sollten Sie nicht hinkommen können, wird er an Tagen mit geraden Zahlen immer um die gleiche Zeit dort sein.«

Cros begab sich am Abend hin. Es handelte sich eindeutig um eine andere Person. Als Cros sich an die Bar setzte (es war noch nicht acht), sprach ihn ein etwa fünfunddreißigjähriger Mann an, der flink wie ein Wiesel wirkte.

»Alexis Cros?« fragte er. Am Ringfinger seiner linken Hand war die Kamee zu sehen.

»Guerau de Grau, nicht wahr?« sagte Cros und zeigte ihm den Ring.

Der andere lächelte, als würde ihn die Situation amüsieren.

»Guerau de Grau? Ja, der bin ich.«

Er kam sofort auf das Juwel und Mirs Nachfolger zu sprechen. Cros blieb zurückhaltend, was die Identität seines Gegenübers betraf (er hatte sich vorgenommen, allen gegenüber auf der Hut zu sein), doch im Lauf des Gesprächs wünschte er, dieser Mann möge seine Kontaktperson sein und jener andere der Betrüger. Nach einer Stunde hatten sie große gemeinsame Leidenschaften und Neigungen entdeckt, und wenig später legten sie mit einem guten Abendessen den Grundstein der Freundschaft.

Danach lud ihn Guerau zu sich nach Hause ein, Cros nahm an. Unterwegs erzählte er ihm, was im Haus von Sturges vorgefallen war.

»Ich nehme an«, sagte der angebliche Guerau (für Cros war er trotz allem angeblich; also soll er es auch für uns sein), »daß Lorimar verschiedene Individuen vorgesehen hat, die du besuchen könntest, und alle vor dem falschen Guerau gewarnt hat, der sich dir vorstellen würde.«

»Glaubst du, ich sollte das Appartement von Sturges verlassen?« fragte Cros, als sie schon bei Guerau waren.

»Nein, ganz und gar nicht. Ich nenne dir zwei Gründe: Erstens glaube ich, daß du dich dort keiner anderen Gefahr aussetzt als der, relativ kontrolliert zu sein. Und zweitens ist es in gewissem Maße angebracht, daß sie annehmen, dich hinters Licht geführt zu haben. Würdest du nun weggehen, müßten sie den Kreis enger ziehen.«

»Wer hätte geglaubt, daß Crompton …«

»Nach dem, was ich weiß und was du mir erzählt hast, glaube ich nicht, daß Sturges direkt in den Schwindel verwickelt ist. Vielleicht weiß er nicht einmal, was auf dem Spiel steht, ich würde sogar behaupten, er handelt arglos, ist selbst getäuscht worden. Es wäre aber interessant zu wissen, wer sich als Guerau de Grau ausgibt.« Er stand auf. »Denkst du, es wäre dir möglich, ihn auf einem älteren Foto wiederzuerkennen?«

»Klar«, sagte Cros. Guerau holte einen Stapel Fotos, zeigte ihm Studienkollegen, Freunde, entfernte Verwandte und Zeitungsausschnitte. Zehn Minuten lang verneinte Cros. Schließlich betrachtete er eingehend ein Foto, auf dem drei Personen zu sehen waren, die über die Ramblas schlenderten. »Der hier«, er deutete auf den in der Mitte.

Guerau lächelte.

»Ich hatte mir schon gedacht, daß die Sache aus dieser Ecke käme, aber nicht, daß er es selbst sein könnte.«

»Kennst du ihn?«

»Und ob! Es handelt sich um einen gewissen Enric Bofill,

Direktor der Niederlassung eines multinationalen Konzerns in Barcelona, der Whillowy & Co. Nominell gehört er Abe Lorimar, doch der wichtigste Teil der Aktien befindet sich bei Mary Pickman. Du kannst dir wohl vorstellen, mit welcher Bank sie in Europa zusammenarbeiten.«

»Ich muß es mir nicht vorstellen, ich weiß es: mit der Bank Mir. Ich bin auch Bankier, und das Unternehmen Whillowy ist nicht gerade ein Familienschuppen.«

Cros und Guerau suchten stundenlang nach Möglichkeiten, den Panzer um Flint und Colom aufzubrechen. Er war sehr gut gemacht, und sie kamen zu dem Schluß, daß zwischen Flint und Lorimar eine Verbindung bestehen mußte, die entscheidender als die rein geschäftliche war.

»Wir allein werden den Kreis nicht durchbrechen«, sagte Guerau, »wir brauchen die Hilfe von Ω.«

Cros hatte von der rätselhaften Gestalt reden hören und immer daran gezweifelt, daß er aus Fleisch und Blut war. Als er darauf anspielte, versicherte ihm Guerau, daß Ω eine reale Gestalt sei.

»Wenn du eine Ahnung hast, wer er ist …«, sagte Cros.

»Nicht die geringste«, gab Guerau zu. »Man müßte überlegen, wer uns mit ihm in Kontakt bringen könnte.«

»Angenommen, wir machen ihn ausfindig und er erklärt sich bereit, mit uns zu reden, woher weißt du, daß er uns helfen wird?«

»Die Art von Verbindungen, die Ω zugeschrieben werden, und die von Flint und Colom weisen darauf hin, daß sie entgegengesetzten Gruppierungen angehören. Ω scheint unter anderem eine Art historischer Wächter des Juwels zu sein.«

»Warum sollte ich darauf vertrauen, daß er einwilligen wird, es mir anstelle von Flint und Colom zu überlassen?«

Guerau lächelte und zuckte mit den Achseln.

»Die Bestimmung des Schicksals ist unergründlich. Du meinst, warum du es sein sollst und nicht ein anderer? Wenn du dich nicht darauf einläßt, wirst du es nie erfahren. Was erwartest du dir von dem Ganzen?«

»Das einzige, was ich gewinnen will, ist das, was ich bereits habe: Julia Norfolk.«

»Etwas verstehe ich nicht«, unterbrach Simon. »Sie sprechen von einer Situation, die mehr als fünfzig Jahre zurückliegt, und hier wird über eine der Personen spekuliert, als wäre sie ein Zeitgenosse, als befände sie sich unter Umständen sogar unter uns.« Diesen Worten folgte allgemeines Lächeln. »Liegt da nicht vielleicht ein chronologischer Irrtum vor?«

»Überhaupt nicht«, sagte Suárez. »Ω ist kein Name, sondern ein Titel. Ω ist, wie Guerau andeutet, der Demiurg des Juwels, der es nie besitzt, weil er es nicht braucht, der es ständig begleitet, sein Hüter und Bote ist, das heißt der Pontifex. Er trägt den Titel bis zu seinem Tod und bestimmt seinen Nachfolger nach seinen Qualitäten unter den Zeugen der nächsten Generation.«

»Ist der jetzige Ω es schon lange?«

»Ja, das kann ich bestätigen, denn er folgte auf den in der Geschichte, die ich gerade erzähle, und ich kann auch garantieren, daß es derselbe war, der die Liebe zwischen Lamb und der Tochter von Cros ermöglichte. Wenn Sie wollen, komme ich später noch genauer darauf zu sprechen.«

Alle waren einverstanden; Suárez fuhr fort.

»Am besten«, schlug Guerau vor, »fragen wir Piquet um Rat, den Mann, der dich empfangen hat. Er kennt viele Leute und wird uns sagen, wie wir mit Ω in Kontakt kommen können.«

»Ich habe kaum mit ihm gesprochen«, sagte Cros. »Was macht er?«

»Das weiß ich nicht genau. Er muß eine Rente haben, denn er lebt zurückgezogen und widmet sich dem Studium und der Übersetzung aus dem Griechischen und Hebräischen. Er ist ein Sonderling, aber ich glaube, man kann ihm vertrauen.«

Cros willigte ein, sich mit Piquet zu treffen, sie verabredeten sich für den nächsten Tag. Guerau riet ihm, nicht über

Nacht zu bleiben, damit ihn Sturges und der falsche Guerau erreichen konnten. Cros ging, als es schon hell wurde.

Der Hausherr begleitete ihn zur Tür, dort gab Cros der Neugierde nach, deren Stachel er von Anfang an gespürt hatte.

»Heißt du wirklich Guerau de Grau?«

»Natürlich nicht«, erwiderte der andere lachend, »was für ein lächerlicher Name! Ich bin Amadeu Porter.«

»Der Name erschien mir ohnehin sehr altmodisch.«

»Guerau de Grau.« Porter lachte herzhaft. »Waltraud wird mit jedem Tag verrückter! Zum Glück konnten wir uns durch die Ringe identifizieren.«

1/0

Eine, wie mir schien, beabsichtigte Pause von Suarez nutzend, wandte sich Teresa an Gertrudis:

»Dieser Amadeu Porter, war das nicht ein Verwandter von dir?«

»Er war mein Großvater«, antwortete sie. Casanova lachte.

»Gertrudis hat überall Verwandte! Dieser war der Großvater von Marià und Anna Porter, nicht?«

»Genau. Amadeu Porter hatte zwei Kinder: Benjamí, Vater von Anna und Marià, und Mireia, meine Mutter.«

»Du kannst nicht bestreiten«, sagte ich leise zu ihr, während die anderen ihre Bemerkungen anbrachten, »daß deine Familie Einfluß auf die Cros' ausübte.«

»Das ist nicht die Folge von Ursache und Wirkung. Meine Eltern lernten sich eben im Freundeskreis der Cros' kennen.«

Ich hätte nie gedacht, daß Gertrudis' privilegierte Position in dem Kreis ausschließlich auf ihren persönlichen Liebreiz zurückzuführen war.

Suárez setzte die Erzählung fort.

Am nächsten Tag gingen Cros und Porter zu Piquet, der sich bereit erklärt hatte, sie am Vormittag zu empfangen. Das Haus (das Cros schon bei seiner Ankunft kennengelernt hatte) lag mitten in einem französischen Garten. Auf halbem Weg begegneten sie dem Gärtner, der gerade dabei war zu schwefeln.

»Wieder diese Kanaille, die nur Geld im Kopf hat!« murrte er, als er sie näher kommen sah.

»Beachte ihn nicht«, sagte Porter leise zu Cros. »Piquet hat mir erklärt, daß er ihn vor allem aus Mitleid behält. Er war schon der Gärtner zu Zeiten seiner Großeltern, die ihn als kleinen Jungen aufgenommen hatten. Er tickt nicht ganz richtig, aber alle kennen ihn und behandeln ihn mit Nachsicht.«

»Wo ihr hingeht, werdet ihr keinen Schatz finden, meine Söhne!« sagte er mit einem zahnlosen Lachen und streckte einen knöchernen, arthritischen Finger in die Luft. »Die Schätze zeigen sich in anderen Himmeln. Irgendwo muß es geschrieben stehen, wenn nicht, müßten sie …«

Cros fühlte sich ebenso beklommen wie am Vortag und konnte nicht anders, als es Porter zu sagen. Der lachte darüber und empfahl ihm, sich auf das Problem zu konzentrieren, das es zu lösen galt.

Piquet war ein Mann, der zunächst kühl und reserviert wirkte, doch nach wenigen Minuten entpuppte er sich als wunderbarer Gastgeber (Cros zweifelte nicht daran, schließlich hatte er ihn vom Flughafen abgeholt und ihm ein Auto zur Verfügung gestellt) und war bereit, ihnen in allem behilflich zu sein. Nun befielen Cros beim Zusammensein mit Piquet und Porter neue Zweifel. War es nicht absurd, daß er zwei völlig Unbekannten sein Vertrauen schenkte und es in der Folge zwei anderen Menschen entzog, von denen einer sein ehemaliger Studienkollege und Freund war? Er mußte an Waltraud denken. Warum vertraute er ihm nach wie vor? Er atmete tief durch. Beinahe alles, was ihm in seinem Leben an Gutem widerfahren war, war durch ein wenig Intuition möglich gewesen. Würde er diesmal vielleicht an einer Überdosis sterben? Er würde es bald herausfinden.

Aus dem Umgang der beiden konnte Cros nicht schließen, welche Beziehung zwischen Piquet und Porter bestand, ob sie irgendeine Hierarchie verband oder trennte. Sehr vorsichtig begannen die beiden von Ω und dem Juwel zu sprechen. Cros hörte ihnen zu, als würde er einem Tennismatch beiwohnen. War die Vorsichtigkeit von Porter und Piquet auf ihre Situation oder auf den Zuhörer zurückzuführen? Jedenfalls teilte ihnen Piquet mit, daß er nicht wisse, wer Ω sei, und keine konkrete Gewißheit über seine Existenz habe.

»Der einzige, der mir diesbezüglich einfällt, ist ein gewisser Herbert Rodin. Er ist Schweizer, Professor für Zeitgeschichte und auf Wirtschaft spezialisiert, er besitzt ein Haus am Meer und kommt oft dorthin, um auszuruhen und zu schreiben. Soviel ich weiß, beschäftigt er sich unter anderem auch mit Geheimbünden und ihrem Fortbestehen heute. Wenn irgend jemand über den Einfluß des Juwels und seine Hüter, mit Ω an der Spitze, Bescheid weiß, dann er.«

»Wo können wir ihn finden?« fragte Porter.

»Ihr habt kein Glück«, sagte Piquet. »Er war vor vierzehn Tagen in Barcelona. Falls er nicht in Calella de Palafrugell ist, wird er wohl schon wieder nach Genf zurückgekehrt sein.«

1/0

»Herbert Rodin«, sagte Casanova nach einem neuerlichen Schweigen von Suárez, an Andreas Rodin gewandt, »war dein Vater, ist es nicht so?«

»Klar«, bestätigte er. »Ich erinnere mich, daß ich ihn des öfteren von den Zeiten habe erzählen hören, als Alexis Cros darum kämpfte, Mirs Erbe wiederzuvereinen. Cros hat die Hilfe meines Vaters nie vergessen. Aber vielleicht sollten wir besser den Erzähler fortfahren lassen.«

Suárez trank einen weiteren Schluck Limonade mit Honig und fuhr fort.

Sie verließen Piquets Haus (diesmal zum Glück, ohne dem Gärtner zu begegnen) und vereinbarten, daß Porter sich darum kümmern würde, Rodin ausfindig zu machen. Cros würde in dem Appartement warten, das ihm Sturges überlassen hatte.

Die ersten Nachrichten, die ihn am nächsten Morgen erreichten, waren allerdings nicht von Amadeu Porter, sondern von dem anderen Guerau de Grau, dem wirklich falschen, der Enric Bofill hieß. Nach einer Minute Telefongespräch schwankte Cros, ob er ihm nicht sagen sollte, daß er ihn entlarvt habe. Bofill (immer noch als Guerau) bat ihn um ein Treffen, und eine Dreiviertelstunde später war er bei ihm in der Dachgeschoßwohnung.

Es war bald klar, daß Bofill nicht die Dummheit begehen würde, Cros' Intelligenz zu beleidigen. Er wußte ganz genau (Cros fand nie heraus, ob aufgrund konkreter Fakten oder einer logischen Schlußfolgerung), daß der andere über seine Person und Herkunft im Bilde war, und er ging mit einer Geradlinigkeit an die Arbeit, die Cros Bewunderung und Dank empfinden ließ. Bei solchen Feinden machte es Spaß, sein Leben aufs Spiel zu setzen.

»Ich bin ermächtigt, dir zehn Millionen Dollar, zahlbar in den nächsten fünf Jahren, anzubieten, wenn du augenblicklich die Suche nach dem Juwel aufgibst.«

Cros war wie versteinert. Ich muß wohl nicht erwähnen, daß zehn Millionen Dollar vor fünfzig Jahren ein Vermögen waren, das nicht jeder leichtfertig zurückweisen konnte. Der junge Bankier fühlte sich unbehaglich, und um Zeit zu gewinnen, begann er Fragen zu stellen.

»So groß ist Mary Pickmans Interesse, daß das Juwel nicht in die Hände ihres Gatten gelangt?«

»Darum geht es nicht«, erwiderte der andere lachend. »Ihr Mann ist erledigt, und selbst wenn du das Juwel erhalten solltest, würde es nie bis zu ihm kommen. Mary Pickman und ihre Partner wollen nur den Besitzerwechsel und den dadurch für sie entstehenden Wirrwarr verhindern. Akzeptiere, was man dir anbietet, dann wird alles gut gehen. Wenn du nicht annimmst ...«

»Du täuschst dich in mir. Ich will weder Juwelen noch Dollars, ich will Julia Norfolk, und wenn ich in diese ganze Geschichte verwickelt bin, dann nur, weil ich nicht will, daß ihr ein Zusammenleben mit mir Konflikte verursacht.«

»Sehr edel von dir, aber ziemlich wirklichkeitsfremd. Julia Norfolk wird auf alle Fälle die Deine sein, wenn du auf mich hörst, tust du das nicht, wirst du alles verlieren, möglicherweise auch dein Leben.«

Die Drohungen erschreckten Cros nicht, wohl aber der Nachklang der zehn Millionen Dollar, der ihn wie ein Gift mit verspätet einsetzender Wirkung verzehrte. War er ehrlich gewesen, als er sagte, einzig und allein Julia besitzen zu wollen? Er durfte es nicht zulassen, daß die Habgier sein Gefühl verpestete. Er hatte sich in ein Schlangennest gesetzt. Selbst wenn er siegreich wieder herauskäme, welche geheimen Vorbehalte und Zugeständnisse würden dann seine Seele haben schrumpfen lassen? Würde er genauso sein wie vorher und Julia mit demselben Blick wie beim Abschiednehmen gegenübertreten können? Das war das wahrhaftige Abenteuer, nicht das Erlangen des Juwels: das Schreiten durch Dornengestrüpp, vor allem durch das im eigenen Innern. Cros gab sich keine Mühe, Bofill gegenüber großartige Erklärungen abzugeben, denn letztlich war er nur ein Gesandter.

1/0

»Wenn das tatsächlich Alexis Cros' Gedanken waren«, sagte Gertrudis, »so weist das wirklich darauf hin, daß Julia Norfolk für ihn das Wichtigste auf der Welt war, denn als er sich durch die Suche nach dem Juwel in Bedrängnis fühlte, galt seine einzige Sorge dem Verlust der Liebe.«

»Das ist eine wohlwollende Art der Betrachtung«, meinte Camila. »Wenn Cros die Möglichkeit in Betracht zog, von seinem gefühlsmäßigen Ziel abzuweichen, heißt das, daß die Dinge nicht so klar waren.«

»Natürlich waren sie das nicht«, sagte Gertrudis, »und genau das gibt seiner Entwicklung Sinn. Die Helden sind nicht deshalb Helden, weil sie den niedrigsten Leidenschaften entsagen, sondern weil es ihnen gelingt, sie zu überwinden. Alexis Cros stellte fest, daß er kein Übermensch oder Erzengel war, und das einzige Spiel, das er auf dem Tisch hatte, war sein eigener Maßstab.«

Ich war im Begriff zu erwidern, daß es eine Fülle von Helden gab, die sich nicht eben dadurch auszeichnen, die niedrigsten Leidenschaften überwunden zu haben (welche Leidenschaften bezeichnete übrigens Gertrudis als die niedrigsten?). Die Diskussion wurde als beendet betrachtet, und Suárez fuhr fort.

0/1

Cros lehnte das Angebot höflich ab, und Enric Bofill zog sich mit einem ironischen Grinsen zurück.

»Ich hoffe, die Schlagkraft der nächsten Argumente wird dir nicht allzusehr zusetzen, und damit du nicht glaubst, daß ich dich bedrohe, beeile ich mich klarzustellen, daß sie nicht von mir kommen. Wir sehen uns bald wieder«, sagte er, während er die Tür öffnete, »diese Wohnung kannst du übrigens weiterhin benutzen.«

»Vielen Dank«, sagte Cros, »aber ich dachte, sie gehört Crompton.«

»Tut sie auch, aber da er zu uns gehört, betrachten wir sie als angegliedertes Eigentum.«

Als Cros allein war, bemühte er sich, schäbige Gedanken wegzuschieben, und analysierte mit kühlem Kopf die Drohungen (die sogar William Norfolk betrafen). Er beschloß sie zu vergessen, denn sie kamen ihm wie haltlose Eseleien eines schlechten Pokerspielers vor.

Amadeu Porter verabredete sich mit ihm für den Nachmittag. Rodin reiste am nächsten Morgen nach Genf, war aber bereit, sie noch an diesem Abend zu empfangen. Sie fuhren zu seinem außerhalb von Calella gelegenen Haus. Es war Frühling, nur noch wenige Leute waren dort, und die Fahrt war sehr angenehm.

Rodin hatte sich eine ruhige und gemütliche Atmosphäre geschaffen; er hielt in der ersten halben Stunde eine Lobrede auf das Leben am Mittelmeer, die ausgewogen genug war, um ehrlich zu wirken.

»Meiner Frau«, erklärte er, »hat der Arzt ein warmes Klima empfohlen, und ich habe schon alles vorbereitet, um im nächsten Semester hier zu leben.« Cros und Porter tauschten die notwendigen Höflichkeiten aus, und Rodin kam zur Sache: »Ich glaube allerdings nicht, daß Sie gekommen sind, um mich von Knochenleiden oder Tourismus reden zu hören.«

Cros glaubte, Rodin schon irgendwann einmal begegnet zu sein, und antwortete ohne Umschweife.

»Ich bin hier, um das Juwel von Elies Mir zurückzuerlangen und es William Norfolk als Pfand für ein Versprechen zu übergeben.«

Rodin hob die Augenbrauen, was Cros als Ausdruck des Erstaunens und Porter als Geste der Ungläubigkeit auffaßte.

»Ich war so frei zu glauben«, sagte Porter, »daß der einzige, der uns auf die Spur des Juwels bringen kann, Ω ist.«

Rodin rührte sich nicht, begann dann zu lächeln und ließ seinen Blick zum Widerschein der Dämmerung gleiten.

»Ω, Ω …«, sagte er, als würde er aus einem Traum erwachen. »Diesen Namen habe ich schon seit Jahren nicht gehört. So mancher behauptet, es handle sich nur um ein Geheimnis, das viele zur Hälfte kennen, die aber untereinander nie darüber sprechen, so als wären sie durch einen Pakt aus Mysterium und Furcht gebunden. Sie«, wandte er sich an Cros, »haben wohl schon von ihm reden hören.«

»Nein, nie. Und um ehrlich zu sein, ich weiß auch nicht, worin Ihre Vermittlung dabei bestehen könnte.«

Rodin schien in Gedanken versunken.

»Was erwarten Sie von mir? Wie kann ich Ihnen helfen?«

»Wir glauben«, sagte Porter, »Sie wüßten, wer Ω ist und wie wir ihn erreichen können.«

»Ω«, enthüllte Rodin, »ist der Hüter des Juwels.« Cros und Porter rissen die Augen auf, und der Professor aus der Schweiz merkte, daß er weiter ausholen mußte. »Ich weiß bedauerlicherweise nicht, wer Ω, und auch nicht, was das Juwel ist. Diese Unbekannten aufzuklären würde alles vereinfachen, vielleicht auch zur völligen Verzweiflung führen, denn ich habe schon lange den Verdacht, daß der, der das Juwel sucht, in die entgegengesetzte Richtung fliehen würde. Nun, ich kann Ihnen nur soviel sagen: In jeder Epoche hat das Juwel einen Hüter und einen Träger. Der Hüter ist Ω, und der momentane Träger Julian Flint. Dennoch kann das Juwel, den Gestirnen gleich, strahlen, wenn Hüter und Träger der gleichen Sippe angehören und harmonieren, oder sich im Exil befinden wie jetzt, wo sie, wie mir zu Ohren gekommen ist, Gegner sind. Meiner Meinung nach ist der einzige, der Sie zu Ω führen kann (und es erstaunt mich, daß Sie nicht daran gedacht haben)«, sagte er, an Cros gewandt, »Ihr ehemaliger Chef, Elies Mir.«

»Senyor Mir?« erwiderte Alexis Cros. »Und ob ich daran gedacht habe! Ich kann ihn unmöglich um Rat fragen. Als wir uns das letzte Mal sahen, machte er mir klar, daß er keinen Kontakt mehr mit mir wollte und daß er mich, sollte ich an ihn herantreten, vernichten würde.«

»Wissen Sie denn nicht, was in der Bank Mir vorgefallen ist?« fragte Rodin ein wenig vorwurfsvoll.

»Ich weiß, daß er alles aus den Händen gegeben hat und zurückgezogen lebt«, rechtfertigte sich Cros, ohne zu ahnen, was man ihm vorwerfen könnte.

»Elies Mir wurde alles weggenommen, was er für seinen persönlichen Gebrauch zurückbehalten hatte, und er wäre in völlige Armut gefallen, hätten ihn nicht entfernte Verwandte zu sich geholt. Im Augenblick besitzt er nichts, man kann sagen, er lebt zwischen Groll und Almosen.«

»Ein Grund mehr«, sagte Cros entmutigt und bang, »ihn, da ich ihn kenne, nicht aufzusuchen.«

»Sie irren sich«, meinte Rodin. »Eben wenn man den Bankier Mir kennt, kann man mit Sicherheit annehmen, daß er seinen Irrtum bei der Bestimmung seiner Nachfolger eingesehen hat und in gewisser Weise sich damit abfindet, dafür zu büßen. Ich bin davon überzeugt, daß er Sie wie eine letzte Hoffnung oder zumindest als Entlastung seines Gewissens empfangen wird.«

»Könnte er denn Ω sein?« fragte Porter.

»Ausgeschlossen«, erwiderte Rodin kategorisch. »Er war der Träger, nicht der Hüter, und diese beiden Funktionen lassen sich unmöglich vereinbaren.«

»Gut, dann brauchen wir nur noch zu wissen, wo wir Senyor Mir finden können«, sagte Cros.

»Dabei kann ich Ihnen nicht helfen«, sagte Rodin. »Ich habe nicht die geringste Ahnung, wer ihn wo aufgenommen hat.«

»Ich weiß, wer uns zu ihm führen wird«, sagte Amadeu. »Ein mit mir befreundeter Journalist wollte sich vor ein paar Wochen mit ihm treffen.«

Porter versprach, sich unverzüglich mit ihm in Kontakt zu setzen, und es wurde nicht weiter über das Thema gesprochen.

Rodin lud sie zum Essen ein; sie verbrachten einen sehr angenehmen Abend. Nachdem die beunruhigende Frage nach dem Juwel, nach Ω und nach allem, was Alexis Cros erwartete, beiseite geschoben war, diskutierten sie über Geschichte, Ökonomie, Musik und vieles andere. Rodin kam Cros irgendwie bekannt vor, und er erinnerte sich, ihn bei einer Vortragsreihe gehört zu haben, mit einem Beitrag über die Philippika in Machiavellis *Il Prinicipe*.

1/0

Suárez unterbrach sich, zweifellos um zu sehen, wie Rodin reagierte. Doch Rodins Gesichtsausdruck war steinern, vielleicht, weil ihn viele von uns verstohlen ansahen. Suárez fuhr fort.

0/1

Cros und Porter brachen spät von Rodins Haus auf und kamen zu vorgerückter Stunde in Barcelona an. Cros begab sich ins Appartement im Eixample, und Porter versprach ihm, noch an diesem Morgen jenen Journalisten aufzusuchen.

Am nächsten Morgen schaltete Cros den Anrufbeantworter ein und ging hinaus, um zu frühstücken, die Zeitung zu kaufen und einen Spaziergang zu machen. Auf dem Rückweg sah er, wie vier Häuserblocks weiter unten ein schwarzes Auto mit schrecklich quietschenden Reifen um die Ecke bog, aus dem Fenster wurden Schüsse abgegeben. Bevor Cros noch reagierte, packte ihn jemand von hinten und warf ihn zu Boden. Die Kugeln pfiffen über ihn hinweg und zertrümmerten die Schaufensterscheiben. Der Wagen blieb stehen, zwei bewaffnete Männer sprangen heraus. Inmitten von Verwirrung und Geschrei wurde Cros wie ein kleines Kind am Gürtel gefaßt und in einen Hauseingang gebracht. Zwei weitere Männer tauchten auf, die das Feuer gegen die Angreifer eröffneten. Cros drehte sich um, um das Gesicht seines Retters zu sehen.

»Ruddy Nepote!« rief er aus, und der andere half ihm aufzustehen.

»Nichts wie weg hier, schnell!« Er schob ihn hinaus. Mitten auf der Straße lagen zwei Männer. Cros erkannte Marc und Vittorio Nepote wieder, die vor ihnen standen und die Angreifer im Visier hatten. »Rasch, gehen wir!« drängte Ruddy. »Es ist nicht gut, wenn man Sie hier sieht.«

Er brachte ihn zu einem anderen Auto, und sie verschwanden, während die Leute auf der Straße, die sich auf den Boden geworfen oder in den Hauseingängen versteckt hatten, von Neugier getrieben, ihre Nasen hervorzustecken begannen. Sie wechselten das Auto und drehten ein paar Runden durch die Straßen des Eixample, bis das Durcheinander von Polizei und Rettungswagen vorbei war. Cros dankte Ruddy Nepote für seine Hilfe.

»Sie haben mir bereits zum zweitenmal das Leben gerettet. Woher wußten Sie, daß man mich überfallen würde?«

»Das wußten wir nicht«, antwortete Nepote. »Sie sehen uns nicht, aber wir bewachen Sie rund um die Uhr.«

Sie setzten ihn vor seinem Haus ab, und Cros ging unverzüglich in die Wohnung. Als er auf der Terrasse des Appartements stand, kam ihm der Gedanke, die Brüder Nepote könnten den Zwischenfall in dem Glauben inszeniert haben, daß ein eingeschüchterter Mensch leichter zu kontrollieren wäre. Das Telefon klingelte. Es war Amadeu, der Mir ausfindig gemacht hatte.

»Gestern waren wir uns näher als heute«, sagte er und gab ihm eine Adresse im Comptat de Sant Jordi. »Ich konnte ihn nicht persönlich sprechen, doch ich erfuhr, daß er immer dort ist. Ich hole dich in einer Stunde ab.«

»Nein«, sagte Cros. »Ich werde dir nie vergelten können, was du für mich getan hast, doch nun ist es meine Sache. Senyor Mir muß ich allein besuchen.«

»Einverstanden. Viel Erfolg, und sei vorsichtig.«

»Das brauchst du mir nicht zu sagen«, erwiderte Cros und erzählte, was ihm passiert war. Porter schien nicht besonders erstaunt und stellte auch keine Mutmaßungen über die Hintergründe der Tat an.

Cros kam am Nachmittag zu dem Haus, in dem Mir wohnte. Er hatte sich unterwegs Zeit gelassen, war stehengeblieben, hatte den Himmel und die Bewegung der Jahreszeit betrachtet, vielleicht um der Veränderung, die sich am Ende seiner Reise in seinem Blick vollziehen würde, zuvorzukommen. Als er anlangte, sagte ihm ein Mädchen von etwa vierzehn Jahren, daß Senyor Mir fischen gegangen sei, und wies ihm den Weg.

Auf einem Felsen erkannte er die unverwechselbare Silhouette des Alten, gedankenverloren, mit einer Angelrute in der Hand. Alles an ihm war grau, so wie der Felsen, als wären sie eins. Neben ihm hockte ein etwa zwölfjähriger Junge, der zwei weitere Angelruten bediente; er machte den Alten auf Cros' Näherkommen aufmerksam. Mir gab kein Zeichen, erst als Cros neben ihm stand, hob er den Kopf.

»Es stimmt also«, sagte er ohne Umschweife. »Du bist gekommen, um das Juwel zu suchen ...«

Cros fürchtete seinen ehemaligen Chef zu kränken, ihm Dinge zu sagen, die er als Geringschätzung auffassen könnte.

»Ich bin hier, weil Sie der einzige sind, der mir dabei helfen kann.«

»In gewisser Weise bin ich es dir schuldig. Glaube mir, nichts würde mich glücklicher machen, als dir zu helfen. Seit man mir deinen Besuch angekündigt hat, denke ich über das Wie nach.«

Mir rollte die Angelschnur zusammen und stand auf. Seine Erscheinung war, obwohl sich sein Rücken zu krümmen begann, immer noch imposant. Cros hätte ihn allzugern gefragt, ob Rodin oder sonst jemand ihn benachrichtigt hätte, doch wagte er es nicht.

»Sie können mir ganz einfach helfen. Es genügt, wenn Sie mir sagen, wo ich …«

»Du glaubst, damit ist es genug?« schnitt ihm Mir das Wort ab und lächelte zum erstenmal. »Wir müssen ausführlich reden.« Er schien im Begriff, sich bei Cros unterzuhaken, doch er hielt sich zurück und sprach zu sich selbst: »Die Dinge wären so anders gewesen, wenn du und ich es verstanden hätten, miteinander zu reden …« Er machte eine resignierte Geste, nahm die Angelrute und wandte sich an den Jungen: »Geh schon, und sag ihnen, sie sollen uns Getränke und etwas zum Knabbern auf die Terrasse stellen, wir kommen gleich.«

Der Junge nahm den Korb und die Angelruten und lief davon. Mir und Cros, der eine unergründlich, der andere gerührt, gingen langsam zurück, so als wollte der Alte den Weg in die Länge ziehen, mit der Möglichkeit spielend, nicht anzukommen. Cros hatte das Bedürfnis, ihm zu sagen, daß er auf seiner Seite stehe, ihm helfen wollte, sein Vermögen wiederzuerlangen, doch er wußte nicht, wie er es anstellen sollte, ohne den Eindruck zu erwecken, mit seiner Unterstützung handeln zu wollen, und ohne ihn zu verletzen.

Als die Gebäude schon vor ihnen lagen, vermied Mir jedes Thema, das nicht mit den Pinien, den Veränderungen der Vegetation, des Meeres und der Aussicht zusammenhing, dem städtebaulichen Delikt, als wäre er mehr am Fortbestand von Binsendickicht, Unterholz und Heuschrecken, Elstern und Nachtigallen interessiert als an den großen Tragödien der Welt. Der Rückweg dauerte dreimal so lang wie der Hinweg; Cros verzichtete darauf, seine Wünsche in das Auf und Ab des Diskurses über die Natur einzuflechten.

Wie von Mir angeordnet, war auf der Terrasse ein Imbiß

vorbereitet, beide machten es sich bequem. Cros verlor sich immer mehr in der Melancholie, die in den Augen seines ehemaligen Chefs lag; Opfer seiner eigenen Gefühlsleere, wurde er von dem Stolz ergriffen, sich nicht unbedeutender zu machen, als er zu sein glaubte, gleichzeitig aber auch nicht den Anschein zu wecken, sich mehr Größe geben zu wollen.

»Was kann ich tun, wenn alles in mir die Gestalt von Besitz annimmt?« sagte er, vielleicht in seiner Nostalgie ein Echo aus Mirs Vergangenheit aufgreifend.

Mir heftete seinen gütigen Blick wild auf ihn.

»Wenn du noch nichts von dem besitzt, dessen Verlust dich wie ein lebendiger Toter fühlen läßt, unter welcher Entscheidung leidest du dann, allenfalls mußt du sie mit verbundenen Augen überstehen.«

»Die Vision des Weges ist vorzuziehen, auch wenn einen die Zukunft verwirrt.«

»Wenn du eine klare Vorstellung vom Weg hast, gibt es keine Zukunft, das ist die Ironie des Lebens. Zumindest führt dir diese Vision die zwecklose Komödie deiner Vergangenheit vor Augen«, sagte Mir lachend und mit histrionischer Eindringlichkeit, als würde er einen Text rezitieren. Dann wurde er ernst. »Mir bleibt nichts mehr, ich kann meinen Blick nirgendwohin richten und habe kein Gegengewicht, das mir den vor vielen Jahren verlorenen Frieden zurückgeben würde. Ich habe zu früh begonnen, Lieben zu verlieren, die nicht zurückzuerobern sind, und das hat wie ein steinerner Gast mein Leben bestimmt.«

»Das einzige, was hingegen in meinem zählt, ist eine Liebe, die ich noch nicht besitze. Und sollte ich sie nicht erlangen, müßte ich sterben.«

»Du meinst Julia Norfolk, nicht wahr?« Cros nickte. »Das hat man mir schon erzählt. Aber ich glaube dir nicht ganz.«

Cros stellte sein Glas auf den Tisch. Er schätzte den alten Mir zu sehr, um so zu tun, als hätte ihn die Bemerkung nicht verletzt.

»Darf ich erfahren, warum?« fragte er in einem besänftigenden Ton.

»Du begehrst Julia Norfolk, aber nicht bedingungslos. Du

liebst sie nicht so, daß du damit den Zorn des Präsidenten des Föderativen Rücklagenfonds auf dich laden könntest, denn wenn dem so wäre, befändest du dich nicht in einer Mission hier, die selbst auf dem Mutigsten schwer lasten würde, sondern du wärst mit ihr geflohen, nur mit der Kraft eurer Gefühle im Gepäck.« Mir sah ihn verächtlich und gleichzeitig verwundert an und wehrte die Erwiderung mit einer Handbewegung ab. »Ich verurteile dein Verhalten nicht und könnte es auch schwerlich, da ich in ihm die wesentlichsten Dinge widergespiegelt sehe, die ich dich gelehrt habe. Warum sollte man sich mit einem Teil zufriedengeben, wenn man alles haben kann? Eine Leidenschaft kann warten, ist es nicht so? Und wenn sie wahrhaftig ist, wird sie gestärkt daraus hervorgehen. Norfolk hat ein besseres Auge als ich. Hätte er nicht in dir das Gift des Ehrgeizes, den Stolz und den nötigen Mut erkannt, wäre es ihm nie in den Sinn gekommen, dir die gewaltige Arbeit aufzubürden, ihm das Juwel zu bringen. Er tat es, weil er dich für fähig hielt, es zu schaffen, und in dem Glauben, dich danach beseitigen zu können. Aber das Juwel besitzt eigene Macht, und nun werden wir sehen, ob die Hüter dich als neuen Träger akzeptieren. Meiner Meinung nach werden sie es tun, denn die Geschäftsführung unter Flint könnte nicht verfehlter sein.«

»Wie erfahre ich, ob sie mich akzeptiert haben?«

»Du wirst es bald erfahren. Wenn du das Juwel erhältst, bedeutet das, daß sie einverstanden sind. Wenn nicht ...«

Mirs Blick verlor sich an der Linie zwischen Meer und Himmel, die sich immer mehr auflöste. Cros zog es vor, nicht zu wissen, was ihm geschehen würde, sollten sie ihn nicht akzeptieren. Er hätte aber gern gewußt, auf wen die Hilfe von Waltraud, der Brüder Nepote und Porters zurückging, die ihm wie vom Himmel gefallen vorkam, doch schien ihm Mir nicht der zu sein, den er danach fragen könnte.

»Ω und die Hüter müssen wissen, daß das Juwel nicht für mich, sondern für Norfolk ist. Was wird geschehen, wenn ich es ihm gebe?«

Mir seufzte und hob die Augenbrauen mit einem, wie Cros schien, ironischen Ausdruck.

»Armer Norfolk! Eine alte Prophezeiung sagt, daß die Macht des Juwels den, der es besitzt, vernichten wird. Sieh mich an, es hat mich zerstört, und Flint steht das gleiche Schicksal bevor. Norfolk hingegen scheint nichts auf Aberglauben zu geben; dennoch existieren objektive Gründe, um alarmiert zu sein; ich nehme an, du bist auf dem laufenden: Zwischen seiner Frau und ihrem Stiefbruder …«

»Entschuldigung«, unterbrach Cros, »welcher Stiefbruder?«

»Abe Lorimar ist der Sohn des zweiten Mannes ihrer Mutter. Wußtest du das nicht? Er und Mary Pickman haben am Untergang des alten Norfolk gearbeitet, so wie Flint und Colom meinen besiegelt haben. Und du wirst das Werkzeug sein.«

»Was kann ich tun, um das zu vermeiden?«

»Rein gar nichts. Wenn du dich zurückziehst, wirst du Julia nie mehr wiedersehen und verwandelst dich in einen Spekulanten dritter Klasse. Wenn du mit Zurückhaltung vorgehst, wird dir das Juwel entgleiten, und das Resultat wäre das gleiche. Den alten Norfolk zu warnen ist zwecklos. Das haben bereits andere versucht, und er faßt es als eine dumme Einmischung in seine Entscheidungen oder bestenfalls als üblen Scherz auf. Kurz, ich muß dir sagen, daß dein Schicksal vorgezeichnet ist.«

Cros fielen die Kommentare von Waltraud über das Zusammenspiel oder den unwillkürlichen Widerstreit von Interessen ein.

»Verstehen Sie bitte«, sagte er, »daß es mir sehr schwerfällt zu handeln, wenn ich nicht weiß, wen ich zu Fall bringe und wen ich begünstige, je nachdem, wie ich die Dinge in Angriff nehme.«

»Ich würde mich an deiner Stelle nicht um die Interessen der anderen kümmern. Das ist uns allen gemeinsam, und es ist unvermeidlich. So ist das Leben, und seine Kasuistik greift in die scheinbar unbedeutendsten Entscheidungen ein. Ich ließ einen guten Rat unberücksichtigt und bezahle für den Irrtum. Du solltest die Vorteile nutzen und dafür sorgen, daß die Abmachungen der anderen auch dir dienen.«

Cros spürte, daß es nicht der Moment für Fragen, sondern der für Gefühle war. Mir konnte ihm nichts Wichtiges mehr mitteilen (außer einem Namen: den wesentlichen Namen), und der junge Bankier konnte nicht anders, als seinem Gefühlsausbruch lauschen. Mir befand sich schon auf der anderen Seite des Flusses.

»Was kann ich tun, wenn ich weiß, daß alles in mir die Maße einer Unzulänglichkeit annimmt?« sagte Cros, trunken vor Verantwortlichkeit.

»Was du tun kannst? Nicht zulassen, daß in deinem Inneren die Leidenschaft des Besitzes und die Leidenschaft der Verantwortung aufeinanderprallen. Solltest du eines Tages das Juwel bekommen, hüte dich vor der absoluten Macht. Sie würde dich in eine Isolation treiben, die dich sogar die elementarste Liebe zu den Dingen vergessen ließe; der Wunsch, dich zu zerstören, würde zur Triebfeder derer werden, die du am meisten schätzt. Das würde dich verrückt machen.« Er lachte. »Arme jupiterhafte Leidenschaft, der immer die dunkle, saturnhafte auflauert! Wie sie vermeiden? Auf des Messers Schneide: Alles, was du tust, soll nicht das verlorene Paradies heraufbeschwören, sondern Schlamm und Staub der Gegenwart, unwiderruflich, und vor allem glaubhaft. Versuche stets glaubhaft zu bleiben, so schwer es dir auch immer wieder fallen mag. Uns, die wir dieser Last nicht gewachsen sind, bleibt nur die Logik als Zuflucht, und sie verwandelt uns in Zerstörer, und das, mein Freund, läßt jeden Zugang Tag für Tag grotesker und armseliger werden.«

In der Abenddämmerung lag eine unbestimmte Vorahnung, Cros wußte, daß es an der Zeit war, sich zu verabschieden.

»Es lassen sich Schlachten gewinnen, aber der Krieg hört nie auf, ist es nicht so?« fragte er ihn leise.

»So ist es. Und der Krieg, von dem man ja weiß, daß er nie endet, ist von vornherein verloren.«

Cros wollte das als ein Zeichen der Hoffnung nehmen. Nun wußte er, wohin er sich wenden mußte.

»Wer ist Ω?« fragte er ohne weiteres.

Mir wurde traurig. Das war der Beginn eines Abschieds.

»Er ist ein ehemaliger Mitarbeiter von mir«, sagte er

lächelnd, »oder, besser gesagt, ich war sein Mitarbeiter. Er heißt René Boort.«

»Wo kann ich ihn finden?«

»Das weiß ich leider nicht. Als das Juwel zusammen mit der Leitung der Bank an Flint ging, brachen unsere Beziehungen ab. Boort hat häufig seinen Wohnsitz gewechselt, ich habe keine Ahnung, wo er sich jetzt aufhält. Es ist jedenfalls nicht ratsam, Flint danach zu fragen.«

»Wer kann es wissen? Amadeu Porter?«

»Ich weiß nicht, wer das ist.«

»Kaspar Waltraud?«

»Das muß der Sohn von Hans Waltraud sein. Ich kenne ihn ebensowenig. Ich glaube nicht, daß er Bescheid weiß.«

Cros war klar, daß er von Mir nichts mehr erfahren würde, und beschloß, ihn nicht mit Fragen nach Namen zu quälen, die verdeutlichen würden, daß er mittlerweile in einer anderen Welt lebte. Vielleicht war er auch schon müde. Im Haus waren die Vorbereitungen für das Abendessen zu hören. Das Zusammentreffen war auf jeden Fall zu Ende.

»Kann ich etwas für Sie tun?« fragte Cros beim Aufstehen.

»Ja«, sagte Mir, ohne sich zu rühren. »Ich wäre froh, wenn du für mich eine Dankesschuld übernehmen würdest, die ich nicht mehr abtragen kann. Es handelt sich um die einzigen Freunde aus damaliger Zeit, die mir treu geblieben sind: Uriach und Ficinus. Sollte es sich eines Tages ergeben, möchte ich, daß du dich ihnen oder ihren Kindern gegenüber erkenntlich zeigst.«

»Das verspreche ich Ihnen«, sagte Cros und fügte hinzu: »Und ich verspreche Ihnen auch, Ihnen alles zurückzugeben, was Ihnen zusteht, und Flint und Colom den ihnen angemessenen Platz zuzuweisen.«

Cros hielt sich nicht länger auf. Der Abschied war kurz, Mir dankte ihm, auch für sein Versprechen, mit einem Lächeln. Noch in derselben Nacht traf sich Cros in Barcelona mit Porter.

»René Boort?« sagte er. »Den Namen höre ich zum erstenmal. Laß uns nach Hause gehen und nachdenken, wer ihn kennen könnte.«

Porter rief eine Reihe Bekannte seines Vertrauens an. Niemand wußte, wer Boort war.

»Es hätte mich auch gewundert, wenn es so einfach wäre«, murmelte Cros und dachte, ob nicht Senyor Mir diesen Namen als letzten Scherz erfunden hätte. »Und Herbert Rodin?« fiel ihm plötzlich ein.

Porter rief ihn in Calella an, doch Rodin war in Genf, man wußte nicht, wann er zurückkommen würde; eine Telefonnummer gab es nicht. Nach zwei weiteren Anrufen fand Porter sie heraus, sie setzten sich mit ihm in Verbindung. Cros nahm den Hörer.

»Lassen Sie mich überlegen«, sagte Rodin. »Ich weiß nicht, ob es sich um denselben handelt, aber ich erinnere mich an einen Physiker dieses Namens. Sollte er noch leben, muß er sehr alt sein.«

»Wissen Sie nicht, wo wir ihn finden können?«

»Er war Professor am Polytechnikum in Zürich, wo er einen neuen Wechselstromgenerator patentiert hatte.«

»Für wen arbeitete er?«

»Ich weiß es nicht mehr. Für AEG, für Behrens & Waltraud, oder vielleicht für Westinghouse.«

»Behrens & Waltraud!« rief Cros aus. »Vielen Dank, Senyor Rodin.« Er legte den Hörer auf und pfiff. Porter sah ihn gespannt an. »Der Kreis schließt sich! Boort arbeitete für Behrens & Waltraud. Meinst du nicht, es ist an der Zeit, daß du mir endlich deine Rolle bei der ganzen Geschichte erklärst?«

»Natürlich. Ich dachte, du weißt Bescheid. Ich bin Direktor der Behrens & Waltraud in Barcelona und erhielt von Kaspar die Weisung, für alles, was du brauchen solltest, zu deiner Verfügung zu stehen, mit dem Ziel, die jetzigen Leiter der Bank Mir abzusetzen. Ich versichere dir«, fügte er hinzu, um jeden Verdacht zu zerstreuen, »daß der Name Boort bei keinem Patent des Hauses auftaucht.«

»Zumindest nicht bei den jetzigen. Ich glaube, es ist an der Zeit, mit Kaspar Waltraud telefonisch in Verbindung zu treten.«

Amadeu Porter wählte die Nummer in New York.

»Kaspar?« sagte er. Das Gespräch war kurz, das Vertrauen

zwischen Chef und leitendem Angestellten offenkundig. »Ich übergebe an Alexis Cros.«

»René Boort?« rief Waltraud auf Cros' Frage aus, der es bedauerte, sein Gesicht nicht sehen zu können, »natürlich weiß ich, wer das ist! Der Schwiegervater von Jaume Piquet! Er soll Ω sein?«

Cros konnte nicht glauben, daß Waltraud die Identität des Oberhauptes unbekannt war.

»Mal sehen, ob wir uns verstehen. Von wem erhalten Sie die Anweisungen?« Von der anderen Seite der Leitung kam keine Antwort, und Cros bohrte nach: »Sie werden mir doch nicht weismachen wollen, daß Sie nicht wissen, für wen Sie arbeiten.«

»Vor langer Zeit, als ich noch Lehrling war, kamen diese Anweisungen von Mir. Es waren jedoch nie seine eigenen, sondern die von Ω, dessen Identität nie enthüllt wurde. Als Mir seine Funktionen zu delegieren begann und sein Vermögen schließlich an Flint ging, sind alle diesbezüglichen Kontakte, die sich übrigens auf Ihre Person beschränkten, über Jaume Piquet gelaufen.«

»Also ist es durchaus einleuchtend, daß Ω sein Schwiegervater ist.«

»Gewiß«, sagte Waltraud zögernd, »aber soviel ich weiß, ist er tot oder schwerkrank.«

Cros legte den Hörer auf und sah Porter schweigend an.

»Jaume Piquet ist Ω«, sagte er, zwischen Bestätigung und Frage schwankend.

Eine fatale Ungläubigkeit verbrüderte sie im Schweigen. Es war ganz klar, daß sie ihn morgen aufsuchen würden.

»Nachdem sich alle demaskiert haben, weiß ich nicht, ob es ratsam ist, wenn du in das Appartement von Sturges zurückkehrst.«

»Die Brüder Nepote bewachen mich«, sagte Cros. »Und ich weiß nicht warum, aber ich glaube, es ist besser, wenn ich hingehe.«

»Dann laß mich mitkommen.«

Sie kamen um Mitternacht an. Eine Minute später läutete das Telefon. Es war Vera Giulianos, sie schien kurz vor einem

Nervenzusammenbruch zu sein. Sie bat Cros inständig, sich sofort mit ihr zu treffen, gab aber keine näheren Erklärungen.

»Wir haben vereinbart, uns in einer halben Stunde im Boadas zu treffen«, erklärte Cros. Seine Miene mußte besorgt oder entschuldigend sein, denn der andere überlegte nicht lange.

»Das gefällt mir nicht. Es könnte eine Falle sein, wenn du nichts dagegen hast, begleite ich dich.«

Cros hatte nichts dagegen einzuwenden, und so gingen beide hin. Vera Giulianos erwartete sie in Begleitung einer anderen, ihr sehr ähnlich sehenden jungen Frau, die sie als ihre Schwester Àgata vorstellte. Aufgeregt teilten sie ihnen die schreckliche Nachricht mit: Crompton Sturges war vor sechs Stunden von einem Auto überfahren worden und befand sich in kritischem Zustand auf der Intensivstation des *Hospital Clínic*. Der Fahrer des Wagens war geflohen, und alles sah nach Absicht aus. Nach den Gesprächen mit den Ärzten und nach den Polizeiverhören war Vera völlig aufgelöst.

»Was hältst du davon?« fragte Cros Porter leise.

»Das gleiche wie du, nämlich, daß es uns galt. Wir müssen dringend mit Piquet sprechen und die Karten auf den Tisch legen.«

Niemand war mehr irgendwo sicher. Den armen Sturges hatten sie, nachdem sie ihn benutzt hatten, wie ein Taschentuch in den Papierkorb geworfen.

»Glaubst du wirklich, daß er nicht wußte, für wen er sein Leben riskiert hat?« fragte Cros. »Über Flint und Colom hat er mir die Wahrheit gesagt.«

Porter hielt es für angebracht, Cros (und auch sich selbst) von Verantwortung freizusprechen.

»Er hatte keine andere Wahl. Wenn er dich belogen hätte, wäre es früher oder später entdeckt worden. Du hast meinem Rivalen gegenüber genauso gehandelt.«

In jener Nacht gingen alle vier zu Porter, der allein eine Wohnung mit elf Zimmern bewohnte. Cros legte sich als einziger ins Bett. Amadeu und die beiden Frauen redeten die ganze Nacht und riefen immer wieder im Krankenhaus an, wo Sturges zwischen Leben und Tod schwebte.

Um acht Uhr morgens weckte Porter Cros.

»Ich hatte einen seltsamen Traum. Ich sah eine schwarze Rose aus einem Kartenspiel hervorkommen und eine weiße Taube verschlingen.«

»Lassen wir die Träume beiseite«, sagte Porter. »Ich habe soeben mit Jaume Piquet gesprochen. Er erwartet dich heute vormittag in seinem Haus.«

Cros sprang aus dem Bett.

»Hat er dich gefragt, was ich von ihm will? Hat er irgendeine Bemerkung gemacht?«

»Nicht im geringsten. Er schien darauf zu warten, daß wir Kontakt zu ihm aufnehmen.«

»Kommst du mit?«

»Nein, unmöglich. Sturges geht es sehr schlecht. Vera, ihre Schwester und ich fahren jetzt gleich ins Krankenhaus. Geh du hin und komm danach wieder her. Hier hast du die Schlüssel. Ich werde mich mit dir in Verbindung setzen.«

»Und die Brüder Nepote?«

»Sorge dich nicht um die Nepotes. Sie haben die Anweisung, dir zu folgen, und verstecken sich viel besser als du. Jetzt wissen sie sogar, auf welcher Seite du heute nacht geschlafen hast.«

Nur weil du es ihnen gesagt hast, dachte Cros, zog sich an, verabschiedete sich von den Schwestern Giulianos und fuhr mit dem Auto eines Freundes von Amadeu Porter los (den ihm von Piquet überlassenen Wagen benutzte er lieber nicht).

Eine halbe Stunde später erreichte er Piquets Haus in der tiefen Überzeugung, an das Ende der Pilgerfahrt gekommen zu sein. Eine Frau öffnete ihm, die er noch nie gesehen hatte und die sich auch nicht vorstellte. Als Piquet erschien, sah ihn Cros mit einem Respekt und einer Aufmerksamkeit an, die sich sehr von der stereotypen Dankbarkeit bei ihren sonstigen Zusammentreffen unterschieden.

»Wie läuft es?« fragte Piquet ihn nach den Begrüßungsfloskeln. Cros entschied sich für die Geradlinigkeit.

»Ich habe einen sehr klaren Hinweis auf die Identität von Ω, und der führt mich zu Ihnen«, erklärte er, während er die Reaktion seines Gegenübers beobachtete.

»Zu mir?« fragte Piquet gelassen.

»Sie kennen, wie man mir gesagt hat, einen gewissen René Boort.«

Piquet sah ihn durchdringend an.

»Das ist mein Vater«, sagte er. Cros wollte nicht weiter in Verwandtschaftsverhältnisse eindringen; schließlich zeugte es immer von Achtung, wenn man das Wort Schwiegervater umging. Piquet fuhr fort: »Und Sie wollen sagen, daß er und Ω …«

»Das wissen Sie nicht?« fragte Cros ungläubig.

Piquets Gesicht erhellte sich. Er war ein Mann um die Vierzig. Wenn Mir nach Befehlen von Ω gehandelt hatte, konnte Piquet es nicht sein.

»Ich hole ihn«, sagte er und stand auf.

Die Minuten vergingen, Cros' Herz schlug immer heftiger, vor allem wenn das Geräusch von sich öffnenden und schließenden Türen, von sich nähernden Schritten und dazwischen kurz Piquets Stimme zu hören waren. Schließlich ging die Tür zum Salon auf, er hielt den Atem an. Nun wird Ω hereinkommen, wiederholte er ständig in Gedanken. Piquet kam mit dem Gärtner herein.

»Gut, mein Junge, wenn du von dem vielen Hin und Her genug hast«, sagte der Alte, milde lächelnd, »können wir ja über Geschäfte reden.«

Cros erstarrte das Blut in den Adern. Der Gärtner kam ihm plötzlich erhaben, mächtig und furchterregend vor.

»Sie sind Senyor Boort?« stammelte Cros.

Der Alte machte eine gebieterische Geste und setzte sich. Er trug einen alten Arbeitskittel und Leinenschuhe, doch Cros schien er wie ein König gekleidet zu sein.

»Schon gut, schon gut«, wies er ihn an, »nimm hier Platz.«

Piquet zog sich wortlos zurück. Cros erfuhr nie, ob er über das Geheimnis von Ω im Bild war und warum er das, sollte dem so sein, verschwiegen hatte. Cros konnte nicht umhin, Boort zu fragen, warum er sich nicht schon früher zu erkennen gegeben hatte.

»Das hätte Sturges' Unglück verhindert.«

»Sturges spinnt schon seit geraumer Zeit mit seiner Leichtfertigkeit sein eigenes Schicksal«, sagte Boort rücksichtslos. »Was dich betrifft, so mußt du deinen Weg gehen, und irgendwann wirst du feststellen, daß der Weg genauso wichtig war wie das Juwel. Das eine und das andere, und immer beides zusammen, bilden das wahrhaftige Imperium des Juwels.«

»Das Imperium des Juwels?«

»Genau das habe ich gesagt. Es entsteht und vergeht unaufhörlich. Wenn du im Begriff bist, etwas mehr als ein Bankier zu sein, liegt es an dir, es wieder aufzubauen, denn ich bin schon zu alt.«

Boort und Cros redeten viele Stunden miteinander, doch das Gespräch wurde nie von jemandem aufgezeichnet. Mir, Boort, die Norfolks, Cros …, das waren die glorreichen Zeiten. An ihrer Seite würden sich die heutigen Mächtigen wie Provinzler ausnehmen. Schließlich erreichte sie die Nachricht von Crompton Sturges' Tod. Cros wußte, was er zu tun hatte. Er verließ Piquets Haus und mit ihm die gesteigerte Riesenhaftigkeit Boorts (den er nicht mehr wiedersehen sollte) und widmete sich den neuen Aufgaben.

Der Ruin von Flint und Colom vollzog sich im Handumdrehen. Die Bank wurde verstaatlicht, einige Güter wurden versteigert. Bei der Gelegenheit brachte Cros das begehrte Juwel in seinen Besitz und traf am nächsten Tag die Vorbereitungen für die Rückkehr nach New York. Ausgeglichenheit verbreitete sich, die Landschaft war neu und stand vor der Blüte, viele Feinde waren für immer fern, doch Flint war von der dunklen Macht des Juwels durchdrungen und schwor, daß das Unglück, auf welche Weise auch immer, Alexis Cros heimsuchen würde.

Am Abend vor der Abreise bekam Cros Besuch von Vera Giulianos.

»Du bist also entschlossen?« fragte er sie.

»Ja, ich komme mit«, gab sie zur Antwort. »Der gutgläubige Crompton ist überrascht worden, und die ihn verführt haben, haben seinen Tod auf dem Gewissen. Du hast keinen Grund, ihn zu rächen, ich schon.«

»Ich stehe zu deiner Verfügung.«

»Ich mache mir nur Sorgen um Amadeu und Àgata. Glaubst du, wir können unbesorgt wegfahren?«

»Sobald ich in Amerika bin, werden sie kein Interesse mehr haben, ihnen zu schaden. Außerdem«, sagte er lächelnd, »sind sie jetzt so sehr füreinander da, daß es schwer ist, sie zu überrumpeln.«

Vera Giulianos versank in der Tragödie, doch hinderte sie das nicht daran, Zeugin von Cros' Glück zu sein.

»Du hast einen Weg beschritten, den du in Amerika fortsetzen wirst.«

»Jetzt habe ich keine Zeit, aber ich werde eines Tages zurückkehren, um mich um alles andere zu kümmern. Das habe ich dem alten Mir versprochen, und ich bin es allen schuldig: seinen Gönnern, Rodin und natürlich Piquet und Amadeu.«

1/0

Suárez machte eine Pause, um Limonade mit Honig zu trinken; auf Simons Frage hin bestätigte Gertrudis, daß die Beziehung von Amadeu Porter und Àgata Giulianos sich so entwickelt hatte, wie alle vermuteten. Àgata war ihre Großmutter.

»Im Jahr darauf«, erklärte sie, »erhielten sie als Hochzeitsgeschenk ein Aktienpaket von Cros' amerikanischer Filiale (die später mit der Mir fusionierte), das ermöglichte ihnen, von den Renditen zu leben. Mein Großvater war einer von Cros' besten Freunden.«

»Kommt es dir nicht übertrieben vor«, fragte Gimellion Suárez, »Sturges mit Blick auf die – wie hast du sie genannt? – Verführer sämtlicher Verantwortung zu entheben?«

Suárez lachte und blickte in die Runde.

»Keiner soll glauben, daß ich zugunsten des Etablierten moralisiere. Man kann eine Verführung akzeptieren, die als neunstellige Zahl auf einem Konto (noch lieber würde ich eine begrüßen, die in einem Kunstwerk oder einer großen Leidenschaft mündet), nie jedoch eine, die in einem Begräbnis endet.«

In dem Moment kam ein Hausangestellter herein und wandte sich leise an Gimellion.

»Brauchst du noch lange?« fragte der Hausherr Suárez.

»Wir sind schon am Ende«, antwortete er.

Ich hörte, wie Gimellion den Diener anwies, das Abendessen in einer halben Stunde aufzutragen; der neigte den Kopf und ging hinaus.

Suárez fuhr fort.

0/1

Am nächsten Tag brachten Piquet und Porter am frühen Morgen Cros und Vera zum Privatflughafen, auf dem Waltrauds Jet gelandet war. Die Situation war tragisch und die Zukunft entscheidend genug, so daß der Abschied kurz ausfiel. Bevor Cros ins Flugzeug stieg, drückte er Piquet kräftig die Hand und umarmte Porter.

Einmal an Bord, auf demselben Sitz wie beim Hinflug, beschlich Cros das Gefühl, sich nicht fortbewegt zu haben. Der Anblick der Sitzbezüge erschien ihm wie der Trost eines alten Freundes, und im Hintergrund der Kabine bewachte ihn die gemütliche Leibesfülle der drei Nepotes.

Die Reise verlief ohne Zwischenfall. Cros schien, er habe noch nie so lange auf einen Sonnenaufgang gewartet. Sie erreichten New York am Vormittag und landeten an einer Stelle, von der sie nicht abgeflogen waren.

Sie wurden, wie vereinbart, von Kaspar Waltraud mit einem Mikrobus erwartet, hinter dessen dunklen, gepanzerten Fensterscheiben alle Platz fanden: Der Fahrer, die Brüder Nepote, Giulianos, und auf den mittleren Sitzen Cros und Waltraud.

»Ich nehme an, Sie sind bereits im Bilde über alles, was geschehen ist«, sagte der Gnom.

»Nicht über die allerletzten Neuigkeiten.«

Sie hatten vor achtzehn Stunden miteinander telefoniert und die wichtigsten Dinge besprochen.

»Haben Sie denn nicht über Funk Kontakt aufgenommen?« fragte Waltraud, und Cros schüttelte den Kopf. »Sie haben wohl der Immunität des Codes nicht getraut.«

»Worum geht's?« fragte Cros ungeduldig.

»Das Juwel scheint in andere Hände geraten zu sein, und das beginnt sich bereits auszuwirken«, sagte Waltraud leise. »William Norfolk ist außer Gefecht gesetzt und wird sich kaum noch erholen. Offiziell hat er eine Gehirnthrombose erlitten, doch alle meinen, er sei vergiftet worden.«

»Vergiftet? Wer soll das getan haben?«

»Lorimar und seine Frau, natürlich.«

1/0

»Nach Bofills Drohungen und Mirs Ausführungen hätte diese Nachricht Cros nicht besonders überraschen dürfen«, bemerkte Artur, während Suárez sich eine Pfeife ansteckte.

»Es war eine Legende im Umlauf gewesen«, erläuterte Suárez, ohne sich Mühe zu geben, diese Cros' Gedanken zuzuschreiben, »eine Legende in verschiedenen, nicht nur um das Juwel, sondern vor allem um Julias Gefühle entstandenen Versionen, die die Vernichtung des alten Norfolk voraussagte.«

Niemand verlangte nach einer eingehenderen Erklärung, schon gar nicht, nachdem man gesehen hatte, wie elliptisch Suárez darauf einging. Wir betrachteten seine Rauchzeichen in der Luft, und er fuhr fort.

0/1

»Und wie ist die Lage jetzt?« fragte Cros.

»Pickman und Lorimar haben Norfolks private Geschäfte übernommen und ihr Liebesverhältnis öffentlich bekanntgegeben. Den Föderativen Rücklagenfonds leitet vorübergehend der bisherige Vizepräsident John Howell«, sagte Waltraud.

»Und die Kinder?«

»Sie sind unsere einzige Hoffnung. Ralph können wir vergessen, der wird von seiner Mutter völlig beherrscht. Harrison wird herausfinden wollen, was seinem Vater tatsächlich passiert ist, und auf sein legitimes Recht pochen.«

»Und Julia?«

»Wir hoffen, daß sie auf Harrisons Seite steht.«

»Das meinte ich nicht. Ich wollte wissen, wie die Sache zwischen uns aussieht? Was geschieht mit dem Juwel?«

»Wir reden über nichts anderes, junger Mann, seien Sie nicht so stürmisch. Ich habe Ihnen schon gesagt, daß die Lage unmittelbar mit der Ankunft des Juwels zusammenhängt. Nun haben Sie das Juwel und werden entscheiden, wie Sie es einsetzen müssen. Sollten Sie meinen Rat schätzen: das beste (und wahrscheinlich das einzige, falls Sie nicht, schneller, als Sie denken, wie Sturges enden wollen) ist, es an einen sicheren Ort zu bringen und abzuwarten.«

»Manchmal ist es schwer zu warten«, sagte Cros.

»Pickman und Lorimar sind ganz versessen auf das Juwel. Den nächsten Schritt werden sie tun, und zwar bald. Dann werden ihre Schwachpunkte an den Tag kommen.«

Cros setzte sich zu Vera, die allein war und sich trübseligen Gedanken hingab, und er erzählte ihr von Waltrauds Vorschlag.

»Die haben Crompton umgebracht«, sagte sie.

»Sicherlich.«

Waltraud wandte sich ab.

»Wenn ihnen jemand nützlich war und dann lästig wird, ist er nichts mehr wert«, sagte sie und nahm die Sonnenbrille ab. Sie hatte gerötete, aber nicht feuchte Augen und sah Cros unendlich traurig an. »Wenn du nichts dagegen hast, komme ich mit dir. Ich möchte gerne ihr Gesicht sehen.«

Waltraud besaß ein geräumiges Haus in Long Island und brachte Alexis Cros und Vera Giulianos dort unter. Sie lernten seine Frau, eine Französin namens Michèle, und seine einzige Tochter, ein hübsches, bezauberndes zwanzigjähriges Mädchen, kennen. Sie hieß Irene und sorgte dafür, daß sich Cros und Vera sofort wie zu Hause fühlten.

Die Sicherheit schien zu den Stärken von Waltrauds Haus zu gehören. Abgesehen von den Nepotes, bewachten mehr als ein halbes Dutzend Männer die das Grundstück umgebende Mauer. Cros erinnerte das an die Dokumentarfilme über die Mafiachefs. Waltraud ging fort, die anderen verbrachten den Nachmittag mit Ausruhen, Gesprächen und Nachdenken. Ruhe vor dem Sturm.

Am Abend kam Waltraud mit sehr besorgter Miene zurück. Cros, Vera und Irene eilten ihm entgegen, die Brüder Nepote blieben an der Tür stehen.

»Die Dinge überstürzen sich«, erklärte er. »Harry Penrose ist beim Verlassen seines Hauses erschossen worden. Der alte Norfolk hat niemanden mehr, der stark genug wäre, seine Interessen zu wahren. Wir müssen die Initiative ergreifen.«

»Bis jetzt haben sie sich noch nicht genug bewegt«, sagte Cros, und alle Blicke richteten sich auf ihn. »Wir werden den Bau nur verlassen, um zu verhandeln.«

Ein Angestellter kam herein und verkündete, daß ein Bote einen Brief abgegeben habe.

»Er wartet auf Antwort«, sagte er.

Das Schreiben war an Cros gerichtet. Er las es zunächst für sich, dann laut.

»Sehr geehrter Herr, Die Bedingungen sind unverändert. Das Juwel ist nach wie vor das Zeichen des guten Willens, das die Verbindung mit unserer geliebten Tochter Julia segnen wird. Lassen Sie sich nicht von den Hütern beeinflussen. Sie werden die Tatsachen akzeptieren, wenn wir uns geeinigt haben. Ich erwarte Sie morgen um fünf bei mir zu Hause, um die Einzelheiten zu klären. Hochachtungsvoll, Mary Norfolk.«

»Jetzt haben sie doch einen Schritt getan«, sagte Waltraud, »und der erlaubt uns, zu handeln.«

»Sagen Sie dem Boten, ich akzeptiere das Treffen«, wies Cros den Angestellten an, und als der hinausgegangen war, wandte er sich an Vera: »Wünsch mir Glück, denn es sind viele, und ich habe nur eine Kugel.«

Dieses Hoffen bestätigte das Charisma von Alexis Cros. Wir Menschen verbringen unser Leben damit, etwas zu erhoffen, von dem wir wissen, daß es nicht eintreffen wird. Ich spreche nicht von Entelechien, von unmöglichen Idealisierungen oder Kinderträumen, sondern davon, was sich objektiv erwarten läßt, von dem du aber dennoch, von Anfang an und im tiefsten Winkel deiner selbst, wo du dich nicht täuschen kannst, mit Sicherheit weißt, daß du es nicht erhalten wirst. Trotzdem hoffst du darauf. Cros nahm seinen Platz ein und verstand es, sich auf den Konflikt zu konzentrieren. Es ging nicht um Charaktere, Typen oder Modelle, auch nicht um Embleme oder Prinzipien. Es war das Werden des Handelns.

An jenem Abend aßen sie zu acht: Waltraud, seine Frau, ihre Tochter, die Brüder Nepote, Cros und Vera Giulianos. Sie gingen früh schlafen, aber gewiß haben die meisten von ihnen den Übergang nicht wahrgenommen. Denn für die, deren Leben geregelt ist (womit ich nicht meine, daß sie nicht täglich Entscheidungen treffen müssen oder daß etwas Außergewöhnliches nicht Veränderungen bewirken kann), ist die Folge von Tagen und Nächten dichotomisch und notwendig, wird also nicht in Frage gestellt. Wenn hingegen jemand ständig an sich selber oder zumindest an dem bewußten Willen dazu arbeitet, beginnt die Nacht für ihn nicht mit der Nacht, und die Ruhe des Geistes hört nicht auf, dem Tag anzugehören, ebensowenig verschieben Schlaf oder Traum ein Gespräch auf ein Morgen, das schon keinen Sinn mehr hat, weil es immer morgen ist. Nacht und Tag folgen nicht mehr der Abenddämmerung und der Morgenröte, und das Schicksal schlängelt sich, ständig schlaflos, im Delirium.

1/0

»Eine merkwürdige Philosophie für einen Bankier«, bemerkte Artur. Ficinus lächelte freundlich.

»Hättest du in einer Bank gearbeitet, würdest du dieses Delirium, das sich ständig schlaflos in einem schlängelt, sehr wohl kennen.«

Die Bemerkung rief schallendes Gelächter hervor.

»Die Schlaflosigkeit eines Bankiers berührt mich nicht sonderlich«, flüsterte Simon so leise, daß nur ich es hören konnte. Suárez fuhr fort.

Am nächsten Tag begab sich Cros in Begleitung von Vera Giulianos und Ruddy Nepote, der ihm von den drei Brüdern am wenigsten Blut an den Händen zu haben schien, zum Haus der Norfolks.

Dort erwartete sie auf der in der Abendsonne liegenden Veranda die Familie Norfolk.

»Wer hält bei dem Kranken Wache?« fragte Cros Ruddy.

»Der bewacht sich selbst. Die sind nur auf das kommende Vermögen aus, nicht auf das vergehende.«

Abe Lorimar und Mary Pickman beherrschten die Szene. Ihr prunkvolles Auftreten vermochte jedoch nicht die bittere Anspannung derer zu verbergen, die von oben her zusehen, wie man ihnen zusetzt, und noch nicht wissen, was sie dagegen tun sollen. Neben ihnen, ein wenig entfernt, Ralph Norfolk. Zu ihm glitten oft die Blicke, um auszuruhen. Weiter weg Julia und Harrison; Cros freute sich, sie zusammen zu sehen. Das läuft gut, dachte er, diese Verbundenheit ist günstig für mich. Julia kam auf ihn zu, Cros umarmte sie zurückhaltend und gab ihr zwei Küsse auf die Wange. Dann begrüßte er Senyora Pickman, danach Harrison, Ralph und schließlich mit einer knappen Verbeugung Lorimar, der ihn mit einer so offensichtlichen Verachtung ansah, daß Cros an eine baldige Rache dachte. Er stellte ihnen Vera und Ruddy vor und hielt es für unerläßlich, sich nach der Gesundheit des Patriarchen zu erkundigen.

»Himmel, was für ein Unglück!« rief Pickman aus. »Vor so kurzer Zeit war er noch bei uns, und jetzt …«

»Ohne ihn wird nichts mehr so sein, wie es war«, sagte Lorimar in einem Tonfall, als würde er den Sieg des Pferdes verkünden, auf das er gesetzt hatte.

Cros betrachtete die drei Kinder. Ralph wich seinem Blick aus, Harrison erwiderte ihn, und Julia kehrte an seine Seite zurück.

»Welche Hoffnungen haben die Ärzte?« fragte Cros.

»Bei so einem Vorfall braucht man nicht den Rat von Ärzten einzuholen«, bemerkte Harrison herausfordernd.

Unter Pickmans schrecklich falschem mitleidigem Lächeln erstarrten alle.

»Mein Sohn, wir haben das bereits beredet, es besteht keine Notwendigkeit, unsere Vorbehalte öffentlich zu machen.«

»Öffentlicher als die Beleidigung, die du meinem Vater angetan hast?« erwiderte Harrison.

Lorimar ballte die Fäuste und kam einen Schritt näher.

»Genug! Das ist nicht der Grund für unsere Zusammenkunft«, griff Pickman ein. Ihr Sohn und ihr Geliebter sahen sich wütend an, und sie fuhr fort: »Der glückliche Augenblick ist gekommen, die Verbindung unserer Tochter mit Senyor Cros zu beschließen.«

»Mutter, diese Verbindung steht schon fest«, sagte Julia, alle drehten sich erstaunt um.

»Was meinst du?«

»Ich habe freiwillig die Bedingungen akzeptiert, weil ich meinem Vater, um der Zuneigung und Achtung willen, die ich für ihn empfinde, einen Gefallen tun möchte. Solange er nicht hier und der Grund seiner Krankheit nicht geklärt ist, hindern mich Unglück und Mißkredit daran, so weiterzumachen. Nur mit der Wahrheit werde ich meinen Kopf wieder hoch tragen können.« Sie wandte sich an Cros: »Alexis, ich gebe dir dein Versprechen und deine Freiheit zurück und bitte dich, das Schlimme, das du durchmachen mußtest, zu verzeihen.«

Mary Pickman trat zwei Schritte nach vorn und rang zornentbrannt nach Luft, um etwas zu sagen, doch Cros kam ihr zuvor und wandte sich an Julia.

»Ich möchte dir erneut die Freiheit schenken, die du mir zurückgibst, Geliebte, und du sollst wissen, daß ich vorhabe, das jeden Tag in unserem Leben zu tun.« Er sah zur Mutter. »Senyora, eine Bedingung, und auch eine Forderung, ist nur für den sinnvoll, der sie zu stellen wagt. Weil das Interesse von Senyor Norfolk nicht im Spiel ist, sehe ich mich diesbezüglich zu nichts verpflichtet, mir genügt Julias Wort.«

»Die Verpflichtung ist auf mich übertragen worden«, schrie Mary Pickman, und Cros wandte sich erneut an Julia.

»Willst du mit mir kommen?«

»Ich kann nicht, doch du weißt, daß ich mir nichts anderes auf der Welt wünsche«, antwortete sie. »Ich glaube, der Grund für das Leiden meines Vaters zu sein, und bis ich nicht Gewißheit habe, was ihm zugestoßen ist und wer es ihm zugefügt hat, und die Urheber gebührend bestraft sehe, werde ich nicht zur Ruhe kommen.«

»Dann nimm meine Hilfe an und sag mir, ob ich dich danach immer lieben darf.«

»Ich nehme sie an und schwöre dir, daß ich dich jetzt schon für immer liebe, und sobald wir gesiegt haben, werde ich nie mehr von deiner Seite weichen.«

Die Pickman applaudierte.

»Ich bin gerührt«, meinte sie, »alles, was ihr gesagt habt, erscheint mir großartig. Vorher muß aber noch ein kleines Detail geklärt werden.« Sie wandte sich an Cros: »Das Juwel gehört uns; wenn Sie so liebenswürdig sein wollten …«

»Senyora«, entgegnete Cros, »ich glaube, mich klar genug ausgedrückt zu haben. Das Juwel gehört zu einem anderen Vertrag. Und damit Sie und der Gorilla an Ihrer Seite nicht in Versuchung kommen, teile ich Ihnen mit, daß ich nicht die Absicht habe, es mir anzueignen. Bis sein rechtmäßiger Besitzer es einfordert, habe ich es jemandem überlassen, der es zu verwahren weiß.«

»Armer Waltraud!« sagte Lorimar grinsend.

»Es ist nicht Waltraud«, versicherte Cros und verneigte sich. »Es war mir ein Vergnügen. Auf Wiedersehen!«

Er trat auf den Ausgang zu.

»Einen Moment«, brüllte Lorimar und kam näher, »wohin willst du gehen?«

»Laß sie«, warf Mary Pickman ein, »sie sollen ruhig abhauen, wir kriegen sie schon.«

»Wir gehen auch, Mutter«, sagte Julia und nahm Harrison am Arm.

»Sehr gut«, keifte Pickman ärgerlich, »geht nur, krepieren sollt ihr alle.«

Cros und Julia gingen als erste, draußen trafen sich alle fünf. Ruddy Nepote holte den Wagen.

»Ich glaube nicht, daß es viel darüber nachzuforschen gibt, was mit deinem Vater passiert ist«, sagte Cros zu Julia. »Wenn Lorimar und deine Mutter dafür verantwortlich sind, wird es schwer zu beweisen sein.«

»Es braucht nicht bewiesen zu werden«, antwortete sie, »alles ist ganz klar. Ich habe heute nachmittag mit ihr gesprochen, sie hat es zugegeben.«

»Und wie, hoffte sie, würdest du das aufnehmen?«

»Sie hoffte, ich würde keinen Finger rühren, nachdem ich in deine Arme gesunken wäre. Die Amnesie gehört nicht zu den teuersten Krankheiten, zumindest nicht für den Geldbeutel meiner Mutter. In mir hat sie sich allerdings gründlich geirrt.«

Harrison und Vera erklärten sich ihre Beweggründe und stellten bald fest, wie sehr der Haß verbindet, doch damit das neugeborene Kind leben könnte, wären andere Dinge nötig. Im Wagen gab es dann nur ein Gesprächsthema.

»Wir müssen untersuchen«, sagte Cros, »welche Mittel Lorimar und eure Mutter gegen uns einsetzen können.«

»Du mußt die Macht des Juwels geltend machen«, sagte Harrison. »Mutter und Lorimar laß meine Sorge sein.«

»Ich habe auch einen Anteil an der Geschichte«, meinte Vera. »Vergeßt nicht, daß ich hier bin, um eine Blutschuld zu rächen.«

Sie fuhren alle zu Waltraud. Das Haus war groß, ein Zimmer wurde für Harrison und ein weiteres für Julia hergerichtet.

1/0

»Ich wüßte gerne«, warf Gertrudis ein, »ob diese so gewissenhafte Zimmereinteilung auf einen spezifischen Hinweis von Cros, Waltraud oder irgend jemand sonst zurückgeht, oder ob die Lorbeeren dem Erzähler gebühren.«

Alle schmunzelten, Suárez antwortete, ohne nachzudenken.

»Ich muß zugeben, ein wenig von allem: Einerseits gewollte Andeutung, auf der anderen Seite (das heißt auf meiner) unterschwellige Ergänzung. Es ist keine Frage von Puritanismus oder Würde, sondern dient dem Aufrechterhalten der tragischen Dimension des Augenblicks.«

»Dieser Mensch ist der Gipfel des Zynismus«, flüsterte mir Simon ins Ohr.

Anscheinend gaben sich aber alle zufrieden. Suárez fuhr fort.

0/1

In jener Nacht starb Norfolk, und die beiden darauffolgenden Tage war man mit Erklärungen und den Begräbnisvorbereitungen beschäftigt. Die Beerdigung vereinte erneut eine Vielzahl von Mächtigen. Es wurde offenkundig, daß Lorimar ein Orang-Utan erster Klasse, als Patriarch jedoch untauglich war. Mary Pickman war eine obszöne Witwe, Ralphs Rolle in dem Schauspiel war am unklarsten. John Howell entpuppte sich als einer jener Zweitrangigen, die nie an die Spitze gekommen wären und sich durch das Verschwinden des Chefs dazu hergeben müssen, in einer Kleidung aufzutreten, die ihnen zu groß ist. Wie dem auch sei, es gab keine Führungspersönlichkeit. Alles stand günstig für Cros, er war der unbesiegbare Leiter seiner Gruppe, und Harrison überließ ihm ohne Diskussion den Platz. Der Lieblingssohn des alten Norfolk schien sich noch nicht entschieden zu haben, auf welche Weise er sich seiner Verantwortung stellen sollte. Am Grab seines Vaters trat Lorimar an ihn heran.

»Deine Mutter möchte dir eine letzte Chance geben. Wenn du jetzt mit uns zurückkommst, wird alles vergessen sein.«

»In eurem Haus sind Giftperlen auf dem Grund der Gläser«, sagte Harrison. »Es ist zu spät, ich trinke nicht davon.«

Er wandte sich ab. Cros ging an Lorimar vorbei.

»Im Zusammenleben mit dir und deiner Witwe hätte Olbers nie sein Paradoxon entworfen«, sagte er zu ihm.

Lorimar starrte ihn finster an.

»Hast du schon dein Testament gemacht? Freilich, genaugenommen ist es nicht nötig, denn das einzig Interessante, das du hast, gehört dir nicht.«

Cros nahm Julia in die Arme und kehrte mit ihr, Harrison und Vera in Waltrauds Haus zurück.

1/0

»Ich begreife nicht, inwieweit der Konflikt zwischen Prinzipien und Praxis …«, unterbrach Simon.

»Es ist das ewige Dilemma der Idealisten, die zu Macht gelangen«, sagte Carter. »Ein Moralist kann an sich selber zweifeln und Mutmaßungen anstellen, aber nicht mit den anderen verhandeln, denn das würde seine Prinzipien in Frage stellen. Das Verhandeln gehört der Politik an (und in diesem strengen Sinn der Unmoral). Paradoxerweise läßt es hingegen keine Abstraktionen oder Zweifel zu.«

»Und wenn die Prinzipien auf die Politik angewendet werden, bedeutet das Krieg«, schloß Gertrudis.

Die Aussage rief Lächeln und Zustimmung hervor. Suárez fuhr fort.

0/1

Als würde nach einem glühendheißen Tag die Nacht hereinbrechen und als würdest du, nachdem du die Hoffnung aufgegeben hast, die Dunkelheit könnte die Glut, die dich nicht leben läßt, auslöschen – als würdest du also begreifen, daß das nächtliche Feuer noch erstickender ist als das der Sonne, weil die Aussicht auf schützenden Schatten wegfällt – so wurde Cros bewußt, daß ihm kein anderer Ausweg blieb, als zu töten, wenn er nicht getötet werden wollte. Es war nicht der Moment, sich auf die Selbstverteidigung zu beschränken, denn eine Sache ist die gefühlsmäßige Reaktion, eine andere der rational und aus der Distanz berechnete Vorteil.

»Vielleicht nicht«, ermutigte ihn Julia. »Vielleicht hat die menschliche Natur einen Punkt erreicht, wo sich eine Sache der anderen anpassen kann.«

»Könnte ich es nur aufschieben, bis die Verbindung ein Handeln unnötig macht!« rief Cros aus.

Waltraud schüttelte den Kopf.

»Was nützen einem Menschen, der inmitten seiner Verbrechen sterben muß, ein paar Augenblicke zusätzlich?«

»Der Moment ist gekommen«, sagte Harrison, »um die Waffen gegen das Unheil zu richten und es ein für allemal zu beseitigen.«

Am nächsten Tag setzte Alexis Cros das Juwel ein. Der Internationale Währungsfonds beugte sich seinen Bedingungen. Howell hielt sich und mußte am Ende machtlos, ohne irgendeine Drohgebärde, dem Tun des Gegners zusehen. Drei Tage später war der Ruin der Usurpatoren und Mörder Norfolks besiegelt. Lorimar löste seinen persönlichen Besitz auf und floh. Vittorio Nepote spürte ihn auf, als er, mit Perücke und ohne Schnurrbart, die Grenze nach Mexiko passieren wollte, und entlud die Magnum 44 in seinen Magen.

Marc Nepote stattete Mary Pickman einen Besuch ab, um ihr die Nachricht vom Tod ihres Komplizen zu überbringen und ihr ein letztes Angebot zu machen, ihre Würde zu retten, wenn schon nichts mehr ihr Leben retten konnte. Er betrat das Haus. Da die Salons leer waren, ging er ins Schlafzimmer: Der Stuhl war umgestürzt, und Mary Pickmans Beine baumelten in Nasenhöhe des Betrachters von der Decke. Wunderbare Beine, die in schwarzen Strümpfen steckten: das rechte verdreht und unbeschuht, das linke ausgestreckt, wütend auf den Boden weisend, in einem Schuh mit kohlrabenschwarzem Absatz, der wie ein Sporn vorstand. Eine klebrige Flüssigkeit, die Marc Nepote nicht identifizieren wollte, floß über den glänzenden Schuh bis zur dünnen Spitze des Absatzes. Dennoch war es Selbstmord gewesen.

Harrison Norfolk erhielt von seiner Mutter die dringende Aufforderung zu einem Treffen. Cros, Waltraud und Ruddy Nepote fingen die Nachricht ab.

»Es ist ein sehr trauriges Testament«, sagte Cros. »Die Mutter hinterläßt dem Sohn seine Ermordung als Erbe.«

»Da sie Zwillinge sind, werden wir Ralph zu der Verabredung schicken«, entschied Waltraud.

»Ralph ist ein Konformist, kein Komplize«, bemerkte Cros traurig.

»Es ist, als wäre er es, und deshalb wird er die Konsequenzen tragen. Ruddy, sorg dafür, daß sich die Wünsche einer so guten Mutter erfüllen und der vollstreckende Arm seinem Opfer Gesellschaft leistet. Wer nicht in der Lage ist, ein Krokodil zu verspeisen, hat in diesem Schauspiel nichts zu suchen.«

»Harrison und Julia werden, zumindest für den Augenblick, natürlich nichts davon erfahren«, sagte Nepote.

»Natürlich.«

Ralph Norfolk wurde in einer Cafeteria von einem Schützen, den Lorimar gedungen hatte, niedergestreckt, und dieser zehn Minuten später von Ruddy Nepote.

Drei Tage nach dem letzten Akt bot Cros Harrison und Julia Norfolk das gesamte Erbe William Norfolks an. Das Gespräch fand in Waltrauds Haus mit dem Gastgeber, seiner Familie, den Brüdern Nepote und Vera Giulianos als Zeugen statt.

»Den mir zustehenden Anteil«, sagte Julia zu ihrem Bruder, »überlasse ich dir zum Nießbrauch, ich bin mit zehn Prozent des Ertrages zufrieden.«

»Etwas davon kann ich nicht annehmen, weil es zum öffentlichen Eigentum gehört, das dir zusteht«, sagte Harrison zu Cros.

»Alles, was ich dir übergeben habe, gehört dir, niemandem sonst.«

»Das Juwel steht dir zu, und erlaubte ich mir jetzt, es an mich zu nehmen, würde ich mir das nie verzeihen.«

»Ich will das Juwel nicht«, erwiderte Cros. »Ich erhielt es, um die dunkle Leere zu füllen, die mir Julias Abwesenheit verursachte, wenn es überhaupt etwas gibt, was sie füllen kann. Wie sollte ich es also behalten, wo es mir nichts mehr nützt?«

Julia und er umarmten sich, alle lachten. Harrison ließ nicht locker.

»Mir werden von allen Seiten Ämter angeboten und Verantwortungen übertragen. Hätte ich auch noch das Juwel, wäre ich mächtiger, als mir guttäte.«

Vera Giulianos umarmte Harrison, sah Cros lächelnd an und nickte.

»Alles ist an seinem Platz, und niemandem außer dir, der das ermöglicht hat, steht das Juwel zu.«

Alexis Cros setzte sich, mutlos und glücklich, ergeben und ängstlich, vielleicht am Ende von seinem Triumph geschwächt. Sie sehen, wie unergründlich die Wege der Liebe sind. Waltraud trat mit einem aufmunternden Lächeln zu ihm und legte ihm die Hand auf die Schulter.

»Da alle damit einverstanden sind, und damit meine ich nicht nur die Anwesenden«, er machte eine vertrauliche Geste, »bleibt dir, glaube ich, nichts anderes übrig, als den gewonnenen Lorbeerkranz anzunehmen.«

Somit wurde Cros zu einem der mächtigsten Männer der Welt und heiratete Julia Norfolk. Harrison Norfolk war ebenfalls sehr mächtig, aber auf eine andere Weise, er heiratete Vera Giulianos. Waltraud und die Nepotes hatten von dem Tag an ein ruhiges Leben; einige Zeit geschah nichts, was hier von Bedeutung wäre. Doch die Geschichte ist nicht zu Ende, und sollte es Ihre Geduld erlauben, werde ich sie etwas später zu Ende erzählen.

Suárez stand auf, und wir gingen alle ins Eßzimmer. Das Abendessen war fertig, der Tisch wie stets prachtvoll gedeckt, diesmal mit lachsfarbenen Servietten und dunklem Porzellan. Wie immer nahmen an einem Ende des Tisches die Älteren Platz, am anderen die Jüngeren. Carter setzte sich, ebenfalls wie gewohnt, zu den Jungen (vielleicht, um in Gertrudis' Nähe zu sein); Jubert, Casanova und Teresa, die in der Mitte saßen, teilten sich zwischen den Gesprächen der einen und der anderen auf.

Der verbreitetste Kommentar war, daß Suárez nicht so sehr von dem Anspruch des Juwels, sondern von der Bildung des Mir-Clans erzählt und angedeutet hatte, darin bestünde die wahrhaftige Verkörperung des Juwels.

»Von denen, deren Grund für ihre Zugehörigkeit zum

Clan wir schon vorher nicht wußten«, sagte Camila, »sind nur Carter, Gimellion und Suárez unerwähnt geblieben. Und der Ursprung von Carters Beziehung zum Clan ist eigentlich zum Teil von ihm selbst erklärt worden.«

»Das heißt nicht, daß keiner von ihnen der jetzige Ω ist«, erwiderte Simon.

»Ich würde mich nicht durch allegorische Vorgehensweisen zerstreuen lassen«, bemerkte Artur. »Zu behaupten, das Juwel bedeute letztlich die Bildung des Mir-Clans, heißt, den Kopf in den Sand zu stecken.«

Ich ließ Gertrudis nicht aus den Augen. Was ist mit dem Juwel los, das du mir gezeigt hast? dachte ich. Was würde geschehen, wenn ich vor allen darüber spräche? Sie sah mich mit einem so strahlenden Lächeln an wie vielleicht nie zuvor, und ich fand sie schöner denn je: Die Linie, die von Stirn und Nase zu den Backenknochen übersprang, war die bezauberndste des Universums, die vom Kiefer ausgehende, die erhabene Kraft des Halses umfassende nicht minder. Der Schmuck konkurrierte nicht mit dem Glanz ihrer Augen und ihres Lächelns, sondern unterstrich sie. Wer sich in einer Leidenschaft ohne Morgendämmerung auflösen könnte! Doch wie der unerbittliche Prophet sagt, ist die Eitelkeit das Gebrechen des Guten, so wie die Perfektion der Ruhm des Schlechten ist. Säume nicht, Königin der Smaragde, denn sobald der Mond aufgeht, wird er ein schmerzvolles Gesicht zeigen, weil er vor deinen Augen sein Reich verloren hat.

Ich mußte eingestehen, diese Frau hielt mich nicht nur gefangen, sondern ich konnte nicht mehr, ich konnte sie nicht mehr vor mir haben, ohne ihr alles zu sagen, was ihre Gegenwart in mir bewirkte. Ich begann übermäßig zu trinken, und am Ende des ersten Ganges war ich in einem traumhaften, abwesenden Zustand versunken, der ein bittersüßes und zerstörerisch misanthropisches Lustgefühl hervorrief. Vielleicht, dachte ich, wäre es nicht schlecht, vierzig Tage in der Thebais zu verbringen, wenn wir hier herauskommen. Ich hatte den Faden des Gesprächs verloren und fand ihn beim Nachtisch wieder, als Gertrudis den Ton angab.

»Ich bin zu dem Schluß gekommen«, sagte sie, »daß Ficinus die Person ist, die uns eine Lösung bringen kann.«

»Ficinus ist zu jung, um die Entwicklung miterlebt zu haben«, bemerkte Simon.

»Ich meine auch nicht seine direkte Beteiligung«, fuhr Gertrudis fort, »sondern die Bedingungen, die jemandem wie ihm einen so raschen, eindeutigen Zutritt zur Macht ermöglichten. Damit will ich keineswegs seine persönlichen Qualitäten herabwürdigen, doch ist hinlänglich bekannt, daß selbst Qualitäten einen nicht weit bringen, wenn sie sich nicht auf gute Gönner stützen können.«

»Ficinus hatte in dem Mann, der ihn adoptierte, einen hervorragenden Gönner. Vor einer Weile haben wir erfahren, daß er durch die Versprechen, die Cros Mir gegeben hatte, begünstigt wurde«, sagte Camila. »Haltet ihr das für eine unzulängliche Gönnerschaft?«

»Um mit vierzig Jahren einer der drei obersten Berater der Bank Mir zu werden, offengestanden schon«, gab Gertrudis zurück. »Um das zu erreichen, mußte er die direkte Hilfe Ωs haben.«

»Wenn wir sie korrekt ableiten, könnten wir ihn dann identifizieren?« fragte ich. Gertrudis bestätigte es wortlos.

»Das scheint mir keinen der Hauptkandidaten auszuschließen«, sagte Simon. »Jeder von ihnen, Rodin, Carter, Suárez, könnte ihm geholfen haben.«

Gertrudis lächelte. Alle warteten gespannt auf ihre Antwort, die Nähe meines Deliriums machte es für mich unbegreiflich, daß irgend jemand auf der Welt sie anders ansehen konnte als ich.

»Doch«, meinte sie, »es schließt sie aus. Denn man wird nicht durch Zufall, von heute auf morgen, zu einer Persönlichkeit wie Ficinus, das muß viel früher, in der Jugend beginnen. Um ihn, bei seiner Vergangenheit, wirklich zu fördern, war Vertrauen notwendig, und das wiederum setzte voraus, ihn zu kennen.«

»Das trifft doch alles auf Patrici Ficinus zu, oder?« fragte Emília.

»Ja, aber nicht bis zum Schluß, denn er stirbt vierzehn

Jahre vor Lluïsa Cros, demnach ist er am endgültigen Aufstieg seines Adoptivsohns nicht beteiligt«, bemerkte Gertrudis.

Als ich schon dachte, daß keiner der Anwesenden Ω wäre, wurde es mir plötzlich klar.

»Die einzigen, die Pere Ficinus gründlich kannten, waren die drei, die zusammen die Studentenwohnung hatten, als er ein junger Taschendieb war.«

»Genau«, sagte Camila. »Wenn wir Patrici Ficinus weglassen, bleiben zwei. Tomàs Siurana konnte ohne weiteres Ω sein. Ficinus wurde in seiner Kanzlei zum Rechtsanwalt ausgebildet, und Siurana hatte einen viel größeren Einfluß in der Bank Mir als den nominell vorgegebenen.«

Gertrudis rümpfte die Nase.

Casanova mischte sich ein.

»Ich glaube nicht, daß Onkel Tomàs Ω war, ich habe das schon mehrmals gesagt. Als er sich zurückzog, verlor er jeglichen Kontakt mit der zivilisierten Welt.«

»Das hätte ein perfektes Tarnungsmanöver sein können«, meinte Simon.

Casanova fuhr fort.

»Ja, da hast du recht, aber es gibt ein letztes Problem: er ist seit fünf Jahren tot.«

»Wenn wir davon ausgehen, daß Ω lebt und außerdem möglicherweise einer von denen am anderen Ende des Tisches ist, müssen wir Siurana natürlich ausschließen«, bemerkte ich.

»Das liegt auf der Hand«, sagte Gertrudis, »und führt uns zum dritten Mieter der Studentenwohnung, Victor Ferret. Ich werde euch erklären, wie ich zu dem Schluß gekommen bin, daß er Ω ist. Als ich Suárez’ Erzählung folgte, kam mir plötzlich eine Bemerkung in den Sinn, die Ficinus am Ende seiner Geschichte vor vier Tagen gemacht hat. Ich weiß nicht, ob ihr euch erinnert: Er sagte, einmal hätte er bei den Botschaften Ωs im Computer des Superrates der Bank Mir geglaubt, den geistigen Akzent von jemandem zu erkennen, mit dem er vor langer Zeit befreundet gewesen war. Siurana konnte es nicht sein, denn sie sahen sich oft, obwohl dieser sich zurückgezogen hatte. Ficinus wurde klar, daß er uns eine zu deutliche Spur gelegt hatte, und hielt sich sofort wieder bedeckt, indem er sagte, wäre Patrici Ficinus nicht tot, so hätte er gemeint, er spräche als Ω. Demnach war der von Ficinus wiedererkannte Stil der Victor Ferrets.«

Es war Zeit für den Kaffee. Die Älteren gingen in die erste Bibliothek, und Carter schloß sich ihnen an.

»Vielleicht war es kein Lapsus, sondern ein absichtlicher Hinweis«, wagte sich Artur vor, »obwohl er ihn später verhüllte.«

»Es steht jedenfalls im Zusammenhang mit einer Äußerung von Ficinus über den Ursprung Ωs im Institut«, fuhr Gertrudis fort. »Ein Revolutionär aus einem kleinen mittelamerikanischen Land – erinnert euch, er betonte, daß er ein Fremder mit falschem Namen war, Herrero, was Schmied bedeutet und derselben Wortfamilie wie Ferret angehört –, der dann Karriere im Institut macht. Erinnert euch auch, daß er erwähnte, Ferret wäre im Ausland gewesen, hätte im diplomatischen Korps gearbeitet und wäre mit einer neuen Identität zurückgekehrt. Die beiden Mitbewohner und er waren, seiner Aussage zufolge, die einzigen, die ihn kannten, und verhielten sich diskret.«

»Das klingt alles sehr plausibel«, meinte Casanova, »es ist sogar höchst wahrscheinlich, doch bleibt die prinzipielle Frage bestehen: Wer ist Ω?«

»Lassen wir Ficinus wegen seines Alters und der Umstände aus dem Spiel«, sagte Gertrudis. »Suchen wir jemanden mit falschem Namen. Rodin scheint, nach eigenem Bekenntnis und dem, was uns Suárez erzählt hat, ein authentischer Name zu sein. Demnach ist es nicht Rodin. Weder die Herkunft Kolinskis noch die von Suárez und Carter ist bestätigt, also sind wir kein Stück weitergekommen. Außerdem sind sie alle, wie sich in den Geschichten zeigte, große Experten im Auswechseln von Namen und in falschen Identitäten.«

»Vielleicht ist der verdächtigste Name Randolph Carter«, merkte Emília an. »Kommt er euch nicht etwas literarisch vor?«

990

»Das ist er gewiß«, sagte Gertrudis lachend. »Als ich ihn kennenlernte, dachte ich das gleiche. Damit ihr euch aber keine falschen Hoffnungen macht, sag ich euch, daß es im Telefonbuch von New York mehr als fünfzig Randolph Carter gibt.«

»Da bleiben uns als einzige Hoffnung Gertrudis' Gedanken«, sagte Artur. »Am besten, jemand erzählt uns von Victor Ferret, da nun einmal ein direkter Zugang zu den zentralen Unbekannten unmöglich ist.«

Wir gingen in die erste Bibliothek.

»All das funktioniert nur, wenn man davon ausgeht, daß es sich bei Ω um Victor Ferret unter anderem Namen handelt«, sagte Simon zu mir. »Denn sonst könnte es ein Manöver sein, das die Suche nach Ω auf die Verdächtigen lenken soll, bei denen die Übertragung des Namens ihrer Vorfahren nicht nachgewiesen ist.«

»Sollte das stimmen, ist Rodin wieder der erste auf der Liste, denn ihm würde dieses Manöver am meisten zugute kommen«, sagte ich zu ihr.

In der ersten Bibliothek splitterte sich das Gespräch auf. Gertrudis redete mit Suárez über Ferret, und in einer anderen Ecke waren Gimellion, Carter und Rodin in eine lebhafte Diskussion verwickelt.

Ich nutzte die Gelegenheit, um Simon von dem Juwel zu erzählen, das mir Gertrudis in ihrem Zimmer gezeigt hatte. Seine Reaktion überraschte mich.

»Nimm dich vor dieser Frau in acht«, sagte er lachend, doch sein Ton war keineswegs frivol. »Sie ist ein Vamp, sie wird dir das Blut aussaugen, und eines schönen Morgens finden wir dich dann, steif wie ein Besenstiel.«

»Die Hexerei existiert nicht«, erwiderte ich, »sie ist nichts weiter als literarischer Obskurantismus.«

»Sehr richtig!« entschied er.

In dem Moment sahen wir Carter, Kolinski und Ficinus hinausgehen. Die drei Könige, dachte ich, die drei Säulen. Simon erinnerte mich daran, daß es nach der vereinbarten Aufteilung an mir war, mit Ficinus zu sprechen. Ich verließ hinter ihm den Raum und sah ihn in sein Zimmer gehen, das sich zwischen dem Gimellions und dem Emílias befand. Ich klopfte an die Tür, und er öffnete mir sofort. Die zur Schau gestellte freundliche Gelassenheit war zu maßvoll, um nicht falsch oder zweifelhaft zu wirken. Dennoch konnte ich mich des Eindrucks nicht erwehren, daß ihn die Situation und vor allen Dingen der Umstand, daß er meinen Besuch vorhergesehen hatte, außerordentlich belustigten. Für einen Augenblick war ich wirklich entnervt. War es denn unmöglich, in diesem Haus etwas zu tun, was nicht dem Drehbuch entsprach?

Ich musterte die Wände des Zimmers. Da hingen zwei Stiche von Dürer, eine englische Landschaft aus dem 18. Jahrhundert und ein Gemälde von Puvis de Chavannes, auf dem ein paar nackte Frauen mit langem Haar in einer trostlosen Umgebung dargestellt waren. Ein verkehrt herum an die Wand gelehntes Bild erregte meine Aufmerksamkeit. Ich drehte es um, es war der x-te Schmetterling aus der Serie, mit Namen *Hesperia comma*.

Ich versuchte das Gespräch (wenn man es so nennen kann) auf das Rätsel des Juwels zu lenken, doch Ficinus sprach vom vorzüglichen Abendessen, von Gimellions liebenswürdiger Gastfreundschaft, von Gertrudis' sympathischer Art und ihrer Intelligenz. Ich stand mir selbst im Weg, weil ich unfähig war, ihn zu unterbrechen.

»Vielleicht bist du gekommen, um mich etwas Bestimmtes zu fragen«, sagte er plötzlich mitten in einem Satz und erwischte mich unvorbereitet.

»In Wirklichkeit ist es nichts Neues«, sagte ich, als würde mich eine unerklärliche Notwendigkeit verfolgen, mich zu entschuldigen. »Ich frage mich immer wieder, weshalb wir hier zusammengekommen sind, abgesehen davon, daß wir geflohen sind und versuchen, uns so gut wie möglich zu unterhalten.«

Ficinus lachte. Seine hohe Stirn glänzte wie eine metallische Oberfläche: dunkel, heiß und trocken. Es fiel mir schwer, mir vorzustellen, daß er ein berüchtigter und skrupelloser Verbrecher gewesen war.

»Vielleicht sind wir nur hergekommen, um einen Kalender anzufertigen.«

»Einen Kalender?«

»Stell dir einen Kalender mit folgenden Teilen vor: Rodin bekräftigt, Ωs Identität nicht zu kennen. Roncal hat nicht gesagt, daß er Flint sei, und keinerlei Hinweis gegeben, der darauf schließen ließe, daß er die Identität des Einbrechers in seinem Haus kannte. Suárez sagt, er sei nicht Ω, Ω wäre bereits hier; er behauptet auch, daß Roncal Flint sei. Carter und Kolinski geben Lamb verschiedene Namen. Carter stellt vielseitige Betrachtungen über die Wahrhaftigkeit von Rodin und Kolinski an. Kolinski gibt eine allgemeine Darstellung von der erwachenden Liebe zwischen Lamb und Lluïsa Cros …«

»Das bezeichnest du als einen Kalender?« unterbrach ich ihn, da die Aufzählung kein Ende zu nehmen schien. »Mich erinnert alles eher an die logischen Figuren in Form eines Rätsels.«

»Genau das! Ein Spiel! Ein Kalender ist nichts anderes. Ein unterteiltes Bild, in dem du die Tage unterscheidest und sie in Zyklen gruppierst, um Figuren in ihnen zu erkennen, und in das du, in Übereinstimmung mit deinen Vorhaben, alles hineinlegst, was kommen soll und was schon gewesen ist. Das Leben als Innenschau, wie Ephemeriden.«

»Ein Kalender fußt auf einer vorangegangenen Abmachung, und mir fällt es, ehrlich gesagt, immer schwerer, diese in den von dir aufgezählten Elementen zu sehen.«

»Weil du dich im Inneren des Kalenders nicht wiedererkannt hast!«

»Ich?«

»Natürlich, du! Die Anwesenheit jedes einzelnen ist die vorangegangene Abmachung. Hast du nicht die Möglichkeit erwogen, eine Schlüsselrolle dabei zu spielen, auch wenn es bloß die des wesentlichsten Betrachters ist?«

»Wie kann ein Betrachter wesentlich sein?«

»Indem es sich um einen Kalender handelt. Abhängig von der Kombination seiner Blickwinkel, kann das Ergebnis sehr unterschiedlich ausfallen.«

Ich dachte, ich sollte aufbegehren, denn Ficinus nahm mich auf den Arm, doch um meinem Ärger ein Ende zu setzen, gab ich mich verwirrter, als ich es tatsächlich war. Ich steckte die Hand in die Hosentasche und fühlte das Medaillon, das mir Jubert gegeben hatte. Ich hatte nicht mehr daran gedacht, nun kam ich auf die Idee, es Ficinus zu zeigen.

»Hast du schon einmal dieses Porträt von Gertrudis gesehen?« Ich hielt es ihm hin. Er nahm es mit zwei Fingern, betrachtete es aus einiger Entfernung und runzelte die Stirn. Weitsichtig, dachte ich. Er sollte nicht so eitel sein und lieber die Brille holen.

»Das ist nicht Gertrudis«, sagte er mit einem beinahe unmerklichen Lächeln.

»Ach, nein? Wer ist es dann?« antwortete ich ungläubig. Er gab mir das Medaillon zurück, ich betrachtete es, als befürchtete ich, Ficinus' Blick hätte es verändert. Er zögerte so lange mit seiner Antwort, daß ich schon dachte, er hätte es vergessen. »Wer ist es?« fragte ich wieder.

»Lluïsa Cros«, sagte er.

Die Antwort drückte mich zu Boden. Ich besah mir die Gesichtszüge genauer und begriff, daß es nicht, wie ich geglaubt hatte, die ein wenig veränderten von Gertrudis waren, vielmehr hatte jemand die einer anderen Person retuschiert, damit sie Gertrudis glichen.

Ich vertraute mich Ficinus an, berichtete ihm, was mir Jubert gesagt hatte, erzählte ihm von dem Juwel, das mir Gertrudis gezeigt hatte.

»Du mußt mir unbedingt sagen, was du darüber weißt: Ist Gertrudis' Juwel das der Mirs? Und was beabsichtigte Jubert, als er mir dieses Porträt gab?«

»Du willst, daß ich dein Fenster im Kalender einnehme«, sagte er und zwinkerte mir zu.

Ich explodierte.

»Ich habe eure Spiele und eure Lügen satt. Es ist mir egal, ob ihr euch das Leben mit Wirrwarr und Leere schwermachen wollt. Ich habe nicht die Absicht, auch nur eine schlaflose Minute dafür zu opfern, rechnet also nicht mehr mit meiner Gefolgschaft.«

Ich wandte mich zur Tür, doch Ficinus faßte mich am Arm, sein charmantes Lächeln beschwichtigte mich.

»Wenn du kurz wartest, können wir gemeinsam aufbrechen«, sagte er mit einem versöhnlichen Blick. »Was willst du? Hören, daß ich es nicht weiß? Daß ich dir meine Meinung sage? Oder dir die eines anderen vermittle und dich auf ihre Vorteile aufmerksam mache? Daß ich dir meine Interessen mitteile? Ich glaube nicht, daß dir das nützen würde. Wirst du mir glauben oder an mir zweifeln? Was ändert sich, wenn ich dir mit ja oder nein antworte? Wenn du etwas hier und jetzt im Überfluß hast, so sind es Fakten und Argumente. Wähle die entsprechenden Auseinandersetzungen (die entsprechenden Wege des Kalenders) aus, denn wenn du versuchst, allen zu folgen, wirst du verrückt. Im Augenblick brauchst du aber etwas anderes.«

»Diese Farce macht mich nervös. Tut mir leid, wahrscheinlich liegt es an meinem Charakter. Ich werde bei der erstbesten Gelegenheit von hier abreisen.«

Das war Unsinn, denn es gab keinen Ort, an den man sich begeben konnte, doch Ficinus verzichtete darauf, mir zu widersprechen. Er lächelte erneut.

»Suárez dürfte schon im Begriff sein, die Geschichte fortzusetzen. Gehen wir?«

Wir verließen das Zimmer.

Im Avalon liefen alle umher, um ihren Platz einzunehmen. Simon warf mir einen fragenden Blick zu, ich zuckte mit den Achseln. Wir setzten uns zwischen Camila und Emília. Ich folgte Gertrudis mit den Augen. Sie setzte sich zwischen Carter und Casanova, dort gab es keinen weiteren freien Stuhl. Ich hätte es erzwingen können, in ihrer Nähe zu sein, doch ich wünschte es mir so sehr, daß ich beschloß, davon Abstand zu nehmen.

Gimellion ließ Korinthen, Himbeerkonfekt, Mandeln, Walnüsse, Haselnüsse, Früchte vom Erdbeerbaum, frische Pinienkerne (von der Pinie aus dem Garten der Dämmerung?), Erdbeeren, Himbeeren, Kirschen und Früchte der südlichen Hemisphäre auftischen, Teegebäck, Feigenbrot und Getränke: drei verschiedene Sorten Tee (zwei aus Indien und eine aus Sri Lanka), frische Limonade und Alkohol. Es wurden die besten Tropfen aus dem Keller geholt: Cognacs ohne Jahreszahl, dunkler Armagnac, die besten Sorten Gin (ein alter holländischer, ein englischer und einer aus Menorca), ein mehr als dreißig Jahre alter Calvados, ganz reiner hochprozentiger Absinth, Whiskys aus den Highlands, Rum aus Jamaica, Cuba, Haïti und Costa Rica, Carta blanca und Carta de oro, und geeiste Schnäpse: Grappa, Marc de Champagne, Marc de Gewürztraminer, und viele andere. Ich nahm Tee mit Zitrone (ich hatte während des Abendessens schon genug Wein getrunken). Suárez tat ein wenig Honig vom Parnaß in seine Limonade und begann.

0/1

Schluß der Geschichte von der Macht des Juwels

Ihr habt mich gebeten, von Victor Ferret zu sprechen, und das freut mich, weil er nämlich die Hauptrolle in dem Teil der Geschichte spielt, den ich euch sowieso erzählen wollte.

1/0

Er machte eine Pause, um uns anzusehen. Meine Augen trafen auf den gespannten Blick von Simon, Emília, Gertrudis und Oliver. Am Ende scheinen wir also doch aus den Rätseln aufzutauchen. Die übrigen Gesichter verrieten keine besonderen Gefühle. Suárez fuhr fort.

0/1

Emili Ferret war ein junger, brillanter Ingenieur, der ein Stipendium erhalten hatte, um in Deutschland seine Kenntnisse zu erweitern. Sein außerordentliches Talent ermöglichte es ihm, in der Forschung Karriere zu machen. Der Ursprung des Juwels ist ebenso nebulös wie seine Beschaffenheit, aber anscheinend muß man ihn in einem streng bewachten Laboratorium außerhalb von Leipzig (manche behaupten, in

Stuttgart) suchen. Die Macht des Sterns von Leipzig, wie es in den amtlichen Unterlagen hieß, mußte an einem Ort ausprobiert worden sein, der die Sicherheit des Landes nicht gefährdete. Ferret hatte den Auftrag, es 1936 nach Spanien zu bringen, wo gerade der Bürgerkrieg ausgebrochen war. Dort war der Beitrag des Juwels entscheidend, unmittelbar danach begann der Zweite Weltkrieg.

Doch Emili Ferret hatte seine moralischen Möglichkeiten ausgeschöpft und kodifizierte angesichts der erahnten schrecklichen Konsequenzen das Juwel so, daß sein Einsatz nicht ohne die Übereinstimmung mehrerer, an einen komplizierten selektiven Prozeß gebundener Mechanismen möglich war. Der Krieg ging weiter, und Ferret stellte fest, daß die Maßnahmen nicht ausreichten. Er bot dem anderen Lager die Ratschläge an, die notwendig wären, um die Menschheit zu retten (um wenigstens ihre Vernichtung zu verhindern), und tauchte mit dem Juwel unter.

Als die Achsenmächte den Krieg verloren, hatten die Geheimbünde, die überlebt (oder sich neu organisiert) hatten, es sich zum Ziel gesetzt, sich an Ferret – ihrer Meinung nach ein Verräter und Räuber – zu rächen und das Juwel wiederzuerlangen.

Er hatte mittlerweile unermüdlich an den Sicherheitsmechanismen des Juwels gearbeitet, und als er merkte, daß der Kreis um ihn immer enger wurde und es ihn immer mehr belastete, sein Leben auf der Flucht zu verbringen, fiel ihm ein Trick ein, um den Zugriff zum Juwel auf verschiedene Personen zu verteilen. Eine Trennung wie die von Körper und Geist, könnte man oberflächlich meinen. Auf Ferrets Gewissen lasteten die Toten der letzten Kriege, und er wollte sich und seine Familie von der direkten Macht des Juwels befreien, deshalb übertrug er sie auf die Träger, wie wir sie heute nennen. Im Gegenzug nahm er die schwerste Aufgabe auf sich: die Bewachung, die Rolle der von ihm als Boten Bezeichneten. In seinen Aufzeichnungen hinterließ er ein unmißverständliches Symbol für seine Absichten, das reichliches Echo fand und uns allen bekannt ist: Ω.

Die Konstrukteure des Juwels waren im Begriff, Emili

nappen, und ihm wurde klar, daß er nicht mehr
~n konnte. Er vertraute das Juwel, die Kenntnisse
~weisungen, seinem ehemaligen Mentor, Lehrer und
~ligentesten, scharfsinnigsten Partner an: René Boort. Er
war der erste Ω. Ferret war Vater von Zwillingen, einem Jungen und einem Mädchen, kurz nach dem Ende des Zweiten
Weltkrieges geboren und noch sehr klein. Er hatte gerade
noch Zeit gefunden, sie zu verstecken, bevor die Konstrukteure ihn ausfindig machen konnten und ihn und seine Frau
töteten, ohne Spuren zu hinterlassen.

Boort und seine Schwester Laura entdeckten das Unglück
bei ihrem fast täglichen Besuch in Ferrets Haus. Boort ging
hinein.

»Bleib draußen«, sagte er und kam fünf Minuten später
wieder heraus. »Sie haben Emili und Carme umgebracht.«

Laura zuckte zusammen, doch es war nicht der Augenblick
für Tränen. Alle vier hatten gewußt, daß früher oder später
das Verhängnis über sie kommen würde.

»Und die Kinder?«

»Sie sind nicht hier. Glaubst du, sie hatten Zeit, den vereinbarten Plan durchzuführen?«

»Das können wir nur hoffen«, sagte sie. »Ich werde versuchen, sie zu finden.«

Unterdessen suchte Boort im Haus nach irgendeiner Spur,
nach dem letzten Hinweis, einem flüchtigen Zeichen, das die
Mörder entlarven würde. Boort und Ferret wußten, woher
sie kamen; was hätte er in dem Moment nicht darum gegeben, ihre Gesichter von der restlichen Welt zu isolieren!

Laura ging in den Eichenwald hinter dem Haus und entdeckte eine halbe Stunde später im Stamm einer riesigen, aus-
gedörrten Eiche zwei kleine, friedlich schlafende Kinder. Sie
nahm sie auf den Arm. Ihr Bruder wartete auf den Stufen vor
dem Haus.

»Zum Glück haben sie die Kinder gerettet.«

»Sieh nur, wie niedlich sie sind!« sagte sie und sah sie müt-
terlich an. »Wir könnten sie behalten.«

»Unmöglich. Sie wissen von ihrer Existenz, wir werden
überwacht. Bei uns würden sie keine zwei Tage überleben.«

Sie betrachtete melancholisch den Sonnenuntergang.

»Hast du schon überlegt, wem du sie übergeben wirst?«

»Das ist seit langem entschieden. Den Jungen darf ich nicht weit fortschicken; ich habe Emili versprochen, daß er seine Vorhaben fortsetzen wird.«

1/0

»Ich bemerke einen Zusammenhang zwischen dieser Geschichte und der von den Kindern von Lluïsa Cros«, unterbrach Simon. »Warum werden in beiden Fällen die Kinder verfolgt? Warum muß man sie vor denen verbergen, die das Juwel besitzen wollen?«

»Das ist einer der Schlüssel zum Problem«, erklärte Suárez. »Wie ich euch schon gesagt habe, konstruierte Emili Ferret einen Schutz für das Juwel, so daß die letzte Entwicklung nur mit einer Reihe von Schlüsseln möglich war. Der letzte, der außerdem zur Kontrolle der anderen diente, war ein Programm, das Ferret einem genetischen Code entnommen und durch mehrere Faktoren ergänzt hatte und das in der vierten Generation nach dem ersten Träger des Juwels abgeschlossen sein sollte. Ferrets Kinder konnten die erste Phase des Prozesses enthalten, doch auf ausdrücklichen Wunsch ihres Vaters waren sie davon entbunden. Die Konstrukteure wußten das nicht und wollten sie bis zur Geschlechtsreife eingesperrt oder zumindest unter Kontrolle halten. Sobald sie den folgenden Schritt des Codes empfangen hätten, würden sie umgebracht, und so fort.«

In der Runde herrschte Grabesstille.

»Und wie konnte Ferret den Code von vier späteren Generationen wissen?« fragte Camila.

»Es ging nicht darum, ihn zu wissen, sondern ihn zusammenzusetzen. Das Wie übersteigt die Mathematik, die Genetik und sogar die Philosophie. Das Juwel scheint den Prozeß selber zu erzeugen, und Ω ist beauftragt, ihn durchzuführen.«

»Demnach«, sagte Gertrudis, »ist die ganze Geschichte der

Bank Mir, die Schicksalsschläge, Katastrophen, Rückschläge und Nöte nichts weiter als ein Tango rund um das Juwel, um es mit dem entsprechenden genetischen Code zu ergänzen.«

»Wenn du es so ausdrücken willst …«, bestätigte Suárez. »Bis jetzt ist es, wie gesagt, nur zu teilweisen Realisationen des Juwels gekommen.«

»Ein Computer könnte den Vorgang nicht reproduzieren?« fragte Teresa Mauret.

»Wie ihr alle wißt«, erklärte Suárez, »setzt sich die genetische Information aus Tausenden Genen zusammen. Die innere Zusammensetzung wurde durch die von Ferret eingebauten zweiundsiebzig zusätzlichen Faktoren ermöglicht, die nur Ω kannte: er hatte sie auf ausdrückliche Weisung auswendig gelernt und Ferrets Unterlagen vernichtet. Die zweiundsiebzig Faktoren waren eine von keinem Gesetz ableitbare Auswahl aus allen Kombinationen von 56 Quantenzahlen (in ein Transformationssystem von einheitlichen dreidimensionalen Matrizen eingeteilt) in Gruppen zu 144, woraus sich, wenn die Formel der Variationen mit der Wiederholung nicht falsch ist, 56^{144} Möglichkeiten ergeben. Es gab und gibt keinen Computer, der auch nur fähig wäre, sie aufgelöst niederzuschreiben (sie würden gewiß die Anzahl der Atome im Universum überschreiten). Selbst wenn die Originalbausteine entdeckt worden wären, bliebe der Zugang zum Juwel gut geschützt.«

»Dennoch stand der Cibor der Googol, dank seinen Molekularkreisen, kurz davor, den Vorgang wiederherzustellen«, sagte Kolinski. »Deshalb mußten wir ihn in die Luft sprengen. Außerdem hätte er ohne den wesentlichen Faktor eine Abart des Juwels erzeugt, ohne die fruchtbaren, einmaligen Eigenschaften des Originals.« Er hielt inne und schüttelte den Kopf. »Es wäre ein unaufhaltbares Vernichtungsmonster gewesen.«

»Daher rührt die Zerstörung von Flint und Colom«, meinte Casanova. »Sie gehörten nicht dem wirklichen Kreis des Juwels an, denn ihnen fehlte der Schlüssel, um ihnen die entsprechende Änderung des chromosomatischen Codes einzugeben …«

»Hatte eine solche Änderung des chromosomatischen Codes denn keine weiteren Auswirkungen?« fragte Emília.

Ich erschauderte. Und wenn das der tatsächliche Übermensch wäre (Sweinstein war ja nur ein Teilversuch gewesen) und darin das eigentliche Ziel des Juwels bestünde?

»Greifen wir den Geschehnissen nicht vor«, sagte Suárez. »Wir werden später darauf zu sprechen kommen.«

Alle waren einverstanden. Gimellion bat ihn, fortzufahren.

0/1

René Boorts erste Entscheidung als Ω war es, das Juwel an einen für die Konstrukteure unerreichbaren Ort zu bringen. Die am Krieg beteiligten Länder befanden sich in einer Phase des Wiederaufbaus, und eines der mächtigsten (oder am meisten zerstörten) mit dem Juwel zu begünstigen hätte den Prozeß der Versöhnung und Konsolidierung gestört. Boort widmete sich zwei Jahre lang Verhandlungen, die darin gipfelten, das Juwel an den verborgensten und vorteilhaftesten Platz zu schaffen. Schweden, die Schweiz, Kanada und Indien waren die Länder, an die man dachte. Am Ende kamen die günstigsten Bedingungen von dem Privatunternehmen eines Landes, wo es nicht nur eine lückenhafte, unpräzise und schwache Gesetzgebung im Handel und im Steuerwesen gab, sondern wo die gesamte kritische Opposition gefesselt und geknebelt war und die Korruption genügend Fuß gefaßt hatte, um die Sache problemlos abzuwickeln. Konkret stammte das Angebot von einem Bankier mittleren Alters, Elies Mir, der dank seiner Freundschaft mit Ferret gründlich mit der Lage vertraut war. Er wurde zum ersten Träger des Juwels. Und der erste Kontrollausschuß wurde mit dem Einverständnis und unter Beteiligung der eingeweihten Regierungen unter dem Vorsitz von René Boort gebildet.

Unterdessen kümmerte sich Boort um den Schutz und die Erziehung von Ferrets Kindern. Über Mir suchte er nach einer Familie, die das Mädchen adoptieren könnte. Mir bestimmte schließlich Kaspar Waltraud und wickelte die entsprechenden Formalitäten ab, wobei er den Namen Boort ausklammerte. Mit der Zeit wurde Waltraud zu einem der wesentlichsten Verbündeten Mirs; wie ich schon erzählt habe, spielte er bei der Wiedererlangung des Juwels eine entscheidende Rolle. Irene Waltraud ging in Amerika ihren Weg. Ihren Zwillingsbruder, Victor Ferret, gab Boort in die Obhut eines Adligen in Lothringen, Henri de Boulainvilliers, der ihn wie einen eigenen Sohn aufzog.

René Boort bildete über den Kontrollausschuß eine Gruppe zur Verfolgung der Konstrukteure des Juwels. Es war ein Krieg im Untergrund, der beinahe fünfzehn Jahre dauerte und auf beiden Seiten Opfer forderte, Momente der Verzweiflung, nicht wiedergutzumachende Verluste und eine Leere mit sich brachte, die beunruhigender war als die Auswirkung der Katastrophe. Eines Tages schließlich konnten sie den Sieg feiern: Der letzte der Konstrukteure, der noch fähig gewesen wäre, die Gefahr erneut heraufzubeschwören, war beseitigt worden. Boort nahm den mittlerweile herangewachsenen Victor Ferret zu sich und bereitete ihn auf die Funktion vor, die ihm bestimmt war. Denn wie ihr aus der Geschichte geschlossen haben werdet, sollte er, Emili Ferrets Wunsch entsprechend, ihm als Ω nachfolgen.

Der Krieg war jedoch blutig gewesen, und Boort befürchtete, mit seinem Tod könnte das Geheimnis der Vollendung des Juwels für immer verlorengehen. Also gründete er parallel zu dem schon bestehenden Kontrollausschuß, der in erster Linie darüber wachte, daß das Juwel nicht ohne die Zustimmung aller verwendet wurde, eine zweite, begrenztere Kommission, die er die Hüter des Juwels nannte. Unter ihnen teilte er die Information auf, die im Falle seines plötzlichen Todes sie zur Rekonstruktion befähigen würde. Auf diese Weise wurde Ω mehr und mehr zum Gefangenen der von ihm selbst geschaffenen Mechanismen und spielte am Ende gewissermaßen ein doppeltes Spiel. Einerseits verhielt er sich wie ein Nekromant, Träger von Geheimnissen, deren Enthüllung zu einer Zerstörung in nie gekanntem Ausmaß führen würde; andererseits war er eine führende Persönlichkeit in der internationalen Politik und Wirtschaft. Denn wie schon mehr als einmal erwähnt wurde, zog das Juwel eine so gewaltige Menge von Interessen an, daß es schon vor der Gründung des ersten Ausschusses zu einem erstrangigen Garantiemittel wurde und im Finanzbereich so geschätzt wie Gold oder Erdöl. Ironischerweise entpuppte sich das Juwel als das Instrument, das einen Krieg zwischen den mächtigsten Ländern der Erde verhinderte.

1/0

»Ich glaube«, warf Rodin ein, »du solltest uns, um das alles zu veranschaulichen, deine Rolle in dieser Sache erklären.«

Gemurmel machte sich breit.

»Vielleicht«, stimmte Gertrudis zu, »fehlt der Geschichte ein persönlicher Bezug.«

Mir war zum Lachen zumute. Was für ein Problem gab es, etwa das der Glaubwürdigkeit? Die in der ersten Person gesprochen hatten, wirkten nicht gerade sehr interessiert an der Wahrhaftigkeit. Ich wäre an Suárez' Stelle nicht darauf eingegangen, doch er lächelte, und seine Bewegungen verrieten Entschlossenheit.

»Ihr habt recht, es ist besser, die Dinge auf eine andere Weise zu erzählen. Doch dazu ist ein Sprung in der Zeit nötig.«

»Nur zu«, sagte Rodin leise, und Suárez fuhr fort.

0/1

Wie ihr ja wißt, hatte Victor Ferret seine Ausbildung durch verschiedene Tätigkeiten im Ausland ergänzt: er wirkte mit bei Agrarreformen, Revolutionen, Kulturprogrammen, in Industrien, Universitäten, et cetera. Er kam bereits als Ω nach Barcelona zurück, um sich des Juwels anzunehmen. Und obwohl Hinweise auf seinen Vater sorgfältig gelöscht worden waren, hielt er es für klüger, seinen Namen zu ändern.

Boort starb mit neunzig Jahren und überließ seinem Nachfolger die Aufgabe, das Juwel zu bewahren und seinen chromosomatischen Code zu entwickeln. Im Umkreis des Kontrollausschusses und auf Drängen von Harrison Norfolk, Alexis Cros und Mir, den Cros, wie versprochen, wieder zu Amt und Würden gebracht hatte, wurde das Interinstitutionelle Institut gegründet. Es wurde von Jolyon Scott geleitet, doch die tatsächlichen Entscheidungen fällte Boort und später Ferret. Damit will ich sagen, daß das Juwel, obwohl es im Grunde (trotz der einen oder anderen Indiskretion von seiten der Presse) im Schatten blieb, eine unantastbare institutionelle Legalität erreicht hatte.

Victor Ferret warb mich für die Angelegenheit an, als er aus Südamerika nach Barcelona zurückkehrte und Boort ihn auf dem Totenbett zu Ω machte. Ferret übernahm gleichzeitig dessen Platz im Institut.

»Dieses Jahr ist entscheidend für die Entwicklung des Juwels«, erklärte mir Ferret. »Wenn alles so läuft, wie ich es erwarte, kann der Zyklus in die Endphase eintreten.«

Elies Mir starb einen Monat nach René Boort, als hätte das Schicksal Träger und Boten vereinen wollen. Ferret wußte von Cros' unerfülltem Leben in Amerika und brachte ihn dazu, die vom Staat reprivatisierte Bank Mir zu kaufen und nach Barcelona zurückzukehren. Es gab einige Anekdoten über die Umstände des Erwerbs. Eine von ihnen wurde, wie mir zu Ohren kam, mit viel Witz von unserem Freund Randolph Carter karikiert. Ich nehme an, daß keiner der Anwesenden mit der Geschichte vom staatlichen Inspektor einverstanden gewesen ist, der durch einen Kartoffelwurf vom Sohn des Geschäftsvermittlers außer Gefecht gesetzt worden war. Der Inspektor wurde mit aller Höflichkeit von einem Agenten Ferrets abgefangen, der das Angebot des Gegners verbessern sollte. Dieser Agent war ich.

1/0

»Einen Moment«, sagte Simon. Ich sah ihn besorgt an, denn seine Stimme zitterte ein wenig. »Können Sie uns nicht sagen, wer Victor Ferret ist? Befindet er sich unter uns?«

Ich fand sein Verhalten unpassend, denn es schien immer klarer, daß Suárez selber Ω war.

»Er ist Ω«, erwiderte Suárez. »Er wird entscheiden, wie, wann und wem er sich zu erkennen gibt.«

Suárez lügt jedenfalls sehr elegant, dachte ich. Er hat nie gesagt, daß er es ist, hat es aber auch nicht in Abrede gestellt.

Niemand sagte etwas. Der Erzähler trank einen Schluck und fuhr fort.

0/1

Kurz nachdem Cros die Bank Mir erworben hatte, wollte Ferret Tomàs Siurana und mich sehen. Wir trafen uns in Siuranas Kanzlei.

»Es gibt Neuigkeiten«, verkündete Ferret. »Einer unserer Agenten hat jemanden ausfindig gemacht, der es sein könnte.«

»Wer ist es gewesen?« fragte Siurana. »Béjart oder Hölnstein?«

»Hölnstein, aus Milford Haven in der Grafschaft Pembroke.«

Hölnstein oder Kölnstein war ein deutscher Jude, der schon seit geraumer Zeit für Ferret Nachforschungen in England durchführte. Schließlich hatte er in Wales gefunden, was er suchte.

1/0

»Hieß er Kölnstein oder Kleinstein?« warf Randolph Carter ein. »Oder etwa Kolinstein?«

»Soweit ich weiß«, mischte sich Rodin ein, bevor Suárez das Wort ergriff, »war er kein deutscher, sondern ein polnischer Jude, der seinen Namen geändert hatte. Ursprünglich hieß er Igor Kolinsker.«

»Ein Pole, der Igor heißt?« sagte Carter. »Das finde ich seltsam.«

»Zerbrecht euch nicht länger den Kopf. Sein nächster Verwandter ist ein polnischer Renegat, der sich nun Kolinski nennt«, erwiderte Kolinski und lachte, als er unsere erstaunten Gesichter sah. Er wandte sich an Suárez und bat ihn weiterzuerzählen.

0/1

Ferret, Siurana und ich begaben uns nach Milford Haven. Ich wußte nicht genau, worum es ging (die verborgene Seite des Juwels gehörte nicht in meinen Bereich), doch schloß ich aus der Geschäftigkeit der beiden anderen, daß die Angelegenheit von höchster Wichtigkeit war.

Wir flogen noch am selben Nachmittag mit einem Privatjet nach Wales. Im Ort angelangt, gingen wir sofort zu Hölnstein. Der Agent empfing uns in seiner Pension. Das Zimmer war klein und düster, es gab auch nicht genügend Sitzgelegenheiten.

»Sie sollten uns genau erklären, was Sie entdeckt haben«, sagte Ferret. »Danach bringen Sie uns zu ihm.«

Der Nachmittag war grau und regnerisch. Hölnstein berichtete uns im Stehen die Neuigkeiten.

»Er heißt Valerian Lamb. Sein Vater, Alan Lamb, starb letzten Winter nach langer, schwerer Krankheit. Bevor er das Bewußtsein verlor, teilte er ihm mit, daß sein Name ursprünglich nicht Alan Lamb gewesen sei: Während des Zweiten Weltkrieges war er erst zwei Jahre alt; er fuhr auf einem Schiff, das von einem deutschen U-Boot angegriffen wurde; ein Fischer entdeckte ihn in einem Rettungsboot, das die Wellen an die Küste getrieben hatten. Da es keine Papiere gab, brachte ihn der Fischer zu Senyor Machen Lamb, der kinderlos war und von dem man wußte, daß er sich um eine Adoption bemühte. Die internationale Lage komplizierte die Suche nach den Angehörigen der Überlebenden, und als endlich der Bescheid kam, daß dieses Kind allein auf der Welt war, schrieb ihn Lamb als seinen eigenen Sohn ein und gab ihm den Namen Alan.«

»Wie haben Sie ihn ausfindig gemacht?« fragte Siurana.

»Er und mein jüngerer Bruder Johannes besuchten letztes Jahr gemeinsam einen Sommerkurs in Paris.«

»Das war ich«, sagte Kolinski mit einer kindlichen Freude. »Ihr seht schon, wäre ich nicht so geschwätzig gewesen und hätte mein Bruder nicht die Ohren gespitzt, befände ich mich nun nicht unter euch.«

Es wurde höflich gelacht. Suárez fuhr fort.

0/1

»Wie viele Geschwister sind es?« fragte Ferret.

»Valerian ist der einzige Sohn«, erwiderte Hölnstein.

»Wann war der Schiffbruch?« wollte Siurana wissen.

»Sein Vater sagte, im Jahr zweiundvierzig«, meinte der Agent.

»Die Daten stimmen überein«, sagte Ferret. »Ich glaube, wir sollten Senyor Lamb einen Besuch abstatten.«

Wir begaben uns zu viert zu einem beeindruckenden Haus außerhalb des Ortes. Dort machte uns Hölnstein mit einem etwa zwanzigjährigen jungen Mann bekannt: von kräftiger Statur, vornehm und höflich. Wir unterhielten uns eine Stunde mit ihm. Ferret gab den Ton an und fragte den jungen Valerian nach seinen Vorlieben. Wir erfuhren, daß er sich für Recht und Mathematik interessierte und daß ihn zudem Abenteuer und Überlebenstraining faszinierten. In einer dieser Schulen befreundete er sich mit dem Bruder des Agenten.

1/0

Suárez hielt inne und sah Kolinski böse an. Der Pole blieb ungerührt, weil ihn offensichtlich die Geschichte mehr interessierte als eine Diskussion am Rande. Suárez fuhr fort.

Wir verließen das Haus, als es Zeit zum Abendessen war, und Ferret verabschiedete Hölnstein bis zum nächsten Tag. Kaum war der Agent gegangen, blickten sich Siurana und Ferret fragend an.

»Was glaubst du, ist er es, oder ist er es nicht?« fragte Siurana.

»Kein Zweifel. Er ist seinem Großvater wie aus dem Gesicht geschnitten. Schade, daß er nicht ein paar Monate länger gelebt hat, es hätte seine Last verringert.«

»Sein Großvater?« fragte ich völlig verwirrt. »Von wem redet ihr?«

»Vom Bankier Mir. Alan Lamb war sein Sohn, der während des Krieges verschollen ist.«

Wie setzten unseren Weg eine Weile schweigend fort. Ich begann allmählich die unermeßlichen Ausmaße der Entdeckung zu begreifen.

»Was hast du vor?« fragte Siurana Ferret.

»Die Gelegenheit ist einmalig«, sagte der andere, ohne zu zögern. »Wir werden nicht nur das wiedererlangen, was durch den Wahnsinn des alten Mir verlorengegangen ist, sondern eine Generation gewinnen. Schlecht ist nur, daß sie erst fünfzehn Jahre alt ist.«

»Wir werden mindestens noch fünf warten müssen«, meinte Siurana.

»Diese Aussicht stört mich nicht. Das wird uns Zeit geben, alles vorzubereiten. Wir haben schon genügend Überraschungen erlebt.«

Ich fragte sie, was denn durch Mirs Wahnsinn verlorengegangen wäre.

»Mirs Wahnsinn hat seinen Ursprung im Verschwinden seines Sohnes«, erklärte Tomàs Siurana. »Mir mußte das Ende des Krieges abwarten, um mit Nachforschungen beginnen zu können, und nach ein paar Jahren, in denen er eine Stange Geld und noch mehr Nerven und Geduld investiert hatte, gab er, erschöpft von den falschen Illusionen, zwecklosen Hoffnungen und einer immer tieferen Melancholie, das Vorhaben auf.«

»Als Mir beschloß, sich zurückzuziehen, riet ihm Boort, das Juwel dem jungen Cros zu übergeben, der ihm als Träger am geeignetsten zu sein schien«, fuhr Ferret fort, »doch Mir hörte nicht auf ihn, sondern erfand einen absurden Wettstreit, bei dem die vielversprechendsten Anwärter Fragen zu beantworten hatten. Cros wurde nach der Befragung praktisch aus der Bank Mir hinausgeworfen und das Juwel Colom zuerkannt. Kurz darauf erfuhr jedoch Flint vom unermeßlichen Wert dieses Stückes und tauschte es gegen irgendein Privileg ein (Firmenaktien wahrscheinlich), das Colom, der nicht wußte, was er besaß, vorteilhaft zu sein schien. Zum Glück gelang es Boort danach in einer seiner letzten, brillantesten Aktionen als Ω, den Fehlgriff auszugleichen.«

Beim Abendessen erzählte mir Ferret die Geschichte von Alexis Cros und von William Norfolks Auftrag, ihm das Juwel zu bringen, das habe ich euch vorher erzählt.

»Boort«, schloß Siurana, »konnte nicht direkt einem Träger entgegentreten, selbst wenn dieser nicht rechtmäßig war; deshalb benutzte er Norfolks Begehren, um das Juwel an den Platz zu bringen, der ihm angemessen erschien. Manche gingen weiter und meinten, daß er Norfolk auf die Idee gebracht hätte, von Cros das Juwel zu fordern, da ja bekannt war, daß Cros der Versuchung, sich an seinen ehemaligen Partnern zu rächen, nur schwer würde widerstehen können. Boort war kein großes Risiko eingegangen. Das ist eine schöne Theorie, die dazu dient, die Legende des ersten Ω auszuschmücken, doch ich glaube nicht, daß es sich so zugetragen hat.«

»Ich auch nicht«, sagte Ferret. »Es hatte vorher viele Versuche gegeben, in den Besitz des Juwels zu gelangen, doch Boort ließ sie scheitern. Von Flint ging keine Gefahr aus, die Lage war keineswegs alarmierend. Boort konnte sich den Luxus erlauben, zu warten, bis Norfolk und Cros ihm die Gelegenheit boten.«

»Zum Glück«, bemerkte Siurana, »hat Victor nie die Hoffnung aufgegeben, daß Mirs Sohn überlebt hat und vielleicht die eigene Identität nur nicht kannte, wie es ja tatsächlich der Fall gewesen ist.«

»Und was hindert uns nun, bis zur letzten Konsequenz zu handeln?«

»Das Problem ist Julian Flint«, sagte Ferret, »denn er, und mehr noch sein Sohn, der im Alter von Lamb ist, sind vom Juwel betroffen.«

»Wenn er so alt wie Lamb ist«, sagte ich, »wie kann er da vom Juwel betroffen sein?«

»Als sein Vater das Juwel verlor, war Benedicte erst fünf Jahre alt, und das Juwel hatte sich seines Codes bemächtigt.«

1/0

»Warum habt ihr sie nicht beide umgebracht?« fragte Casanova. »Auf einen mehr kam es doch nicht an.«

Es entstand eine starke Spannung. Suárez war der einzige, der lachte. Carter kam ihm mit der Antwort zuvor.

»Auch Flint war notwendig im Entwicklungskreislauf des Juwels. Das Schlimme war, daß er die dunkle Seite aufrecht hielt, die vorgibt, für alle zu stehen. Hätte er sich doch dem verschlingenden Shiwa ergeben! Man konnte mit ihm nicht anders umgehen als mit einem unverwundbaren Feind.«

»Colom wurde nie so behandelt, denn er ist nie von dem Juwel betroffen gewesen«, sagte Rodin. »Der einzige Gegner war immer Flint und Colom nichts weiter als sein Handlanger.«

Das rückte die Erklärungen, die Gertrudis vor zwei Tagen gegeben hatte, und auch Casanovas Erzählung von der Überwachung des Friedhofs in ein neues Licht. Vielleicht hatte Ficinus Rafa geschickt, weil er sein Handeln voraussah und es guthieß, daß Uriach und Lamb aus dem Weg geräumt würden, da sie ihre Rolle bereits erfüllt hatten, nicht jedoch Flint die seine. Simon und ich sahen uns verstohlen an. Was würde nun auf uns zukommen, nachdem Lamb als Mirs Enkel enthüllt worden war ...

Suárez fuhr fort.

Am nächsten Tag besuchten wir Lamb erneut, diesmal ohne Hölnstein. Ferret erklärte ihm ausführlich, wer wir waren und wer er war, sowie alles, was wir von ihm erwarteten.

»Zu deiner Sicherheit und um die Dinge nicht zu komplizieren, wirst du nach wie vor Valerian Lamb heißen, doch sollst du von nun an stets im Auge behalten, woher du kommst und welches deine Bestimmung ist.«

Mich überraschte, wie gelassen Lamb die Entdeckung seiner Identität aufnahm, was uns, wie wir später anmerkten, auf den Gedanken brachte, daß er etwas geahnt hatte. Er war allerdings zurückhaltender, was die Rolle anging, die ihm Ferret unverhohlen zuteilte. Er stellte klar, daß er nicht die Absicht hatte, am Ruhm des Systems mitzuwirken, schon gar nicht im Interesse einer Gruppe von Bankiers, doch er sagte uns nicht, auf welche Ideologie er sich stützte, und später wagte niemand mehr nachzufragen. Ferret verhielt sich wie ein Jesuit, überzeugend, beschwichtigend und gefährlich sophistisch, ohne in Schmeicheleien oder honigsüße Demagogie zu verfallen. Er sprach vom Weltfrieden, vom Gleichgewicht der Natur, von der Unmöglichkeit des Rückschritts und von der Entropie, sowohl was die Evolutionsprozesse des Lebens auf der Erde, als auch was die Materie des Universums ganz allgemein betrifft. Siurana lieferte den praktischen, berechneten und wirksamen Kontrapunkt.

»Sehr gut, daß du keinem Interesse dienen willst. Doch was du auch tust, immer wirst du irgend jemandem dienen. Cros hatte das gleiche Problem, er überwand es rasch. Wenn du zu Hause bleibst, wird deine Unterlassung vielleicht den Interessen nützen, die du am meisten verabscheust. Du kannst das System nicht verlassen, denn du hast es in dir.«

Die Frage beschränkt sich vielleicht darauf, dachte ich, daß Valerian Lamb erst zwanzig Jahre alt ist. Ich hatte allerdings nicht den Mut, es auszusprechen.

»Ich weiß das sehr genau«, sagte Lamb, »und ich muß nicht betonen, daß uns diese Falle aneinanderkettet. Ich sehe mich nicht in der Lage oder bin nicht schwärmerisch genug veranlagt, um ein Messias zu sein. Aber wenn mir die Dinge nicht behagen, begreife ich nicht, warum man mit meiner Mitarbeit rechnen muß. Das System ist offen? Dann treffe ich diese Wahl.«

»Das ist ein anderer Weg«, sagte Siurana leise, damit es Lamb nicht hören konnte. »Du tust, was du willst oder was du tun mußt, und vorher sagst du dich von sämtlichen Tendenzen los, damit dir niemand vorwerfen kann, eine zu bevorzugen.«

»So ein Unsinn! Welches Problem hat dieser junge Mann? Wer hat ihm solche Flausen in den Kopf gesetzt?« sagte ich. Siurana wies mich scharf zurecht.

»Vorsicht, ich habe nicht gesagt, daß er mit seinem Verhalten parteiische Interessen nicht begünstigt. Das muß ein den Heiligen vorbehaltenes Privileg sein, und solche sind mir nicht begegnet. Ich habe gesagt, daß er bei seinem Handeln seine Absichten klarlegen wird, damit ihm später niemand etwas vorwerfen kann.«

Wir wandten uns an Lamb.

»Es gibt kein Dilemma zwischen der Wahl einer Ideologie und der Gleichgültigkeit«, sagte Ferret, »denn in einer Welt der Kredite und des aufgelösten Besitzes, in der die Arbeiterklasse verschwunden ist, ist der Widerstreit der Ideologien durch den Widerspruch zwischen den staatlichen Institutionen und der privaten Initiative ersetzt worden, wobei in zunehmendem Maß die letzte begünstigt wurde. Die Horizontalität hat die Vertikalität ersetzt, die Königreiche sind die multinationalen Konzerne, um sie dreht sich alles, wobei der Aristokratie entnommene Formen entstehen, die hauptsächlich in drei Blöcken auftreten: Besitzer der Information, Planer und Verteiler.«

»Was ist mit dem Heer, der Polizei?«

»Damit ist es vorbei!« rief Siurana aus. »Reines Muskelspiel und Wunder der Wissenschaft. Das Marketing ist wirksamer als die Polizei und viel rentabler. Die atavistische Verirrung des Patriotismus wird unvermeidlich den Gefühlsbereich dem Wert und der Herrschaft der Kaste, wenn nicht der Klasse überlassen.«

»Das bedeutet, es gibt keine radikalen Auseinandersetzungen zwischen den Ländern«, bohrte Lamb nach. »Vertreten Sie denn diese Aristokratie?«

»Wir wollen dir, was die alte Aristokratie betrifft, die Augen öffnen«, erklärte Ferret. »Der einzige Konflikt, dessen Ergebnis ein entscheidendes Gewicht zwischen den Staaten haben wird, ist der immer härter werdende zwischen den reichen, das heißt Wucher treibenden Ländern und den armen, verschuldeten. Die ganze wirtschaftliche Kausalität stellt sich in einem Kreislauf des Verhaltens der Reichen gegenüber ihren zwangsläufigen Kunden dar: Sie gewähren ihnen Kredite, dann drükken sie ihnen die Luft ab, und wenn der Markt schon bis auf den letzten Tropfen ausgepreßt ist, mengen sie dem Hunger den Ansporn ihrer Unterschiedlichkeit bei und liefern ihnen Waffen, damit sie sich gegenseitig töten. Bekanntlich ist der Krieg das letzte Geschäft, wenn die anderen ausgeschöpft sind. Kaum ist das Gleichgewicht wiederhergestellt, beginnt der Prozeß von vorne.«

»Und Sie wollen, daß ich mich an der Ausbeutung beteilige?«

»Sie glauben doch nicht etwa, daß Sie nicht beteiligt sind, wenn es Ihnen nicht bewußt ist«, brummte Siurana, und ich befürchtete schon eine x-te Abhandlung über Gewissensfragen: Verantwortlichkeit, ja oder nein, Ausweichen, falsche Verpflichtungen. Doch Ferret umging das geschickt.

»So wie sich die Stammesgesetze, ausgehend von der Macht der großen Herren, an die Institution des Staates als Norm des Zusammenlebens anpassen mußten, muß das Privatunternehmen auf die Dschungelbrutalität der mathematischen Gesetze verzichten und ein weltweites System des monetären Zusammenlebens gewährleisten. Ich glaube nicht, daß das Überholtsein der Schuldkultur Rückkehr zur Rachekultur bedeutet, und ebensowenig, daß die einzige Art, ein stabiles Modell des Zusammenlebens zu konstruieren, auf einem unerbittlichen epistemologischen, moralischen System, das der Bevölkerung das Denken erspart, beruhen muß, also letztlich, über die Schiene des Konsums, auf Obskurantismus. Die Marktwirtschaft wird sich in Finanzjustiz verwandeln, das einzig mögliche Mittel gegen die großen Gesellschaftskrankheiten. Sieh dir die Sowjets und die Chinesen an. Sie sind in vielen Bereichen nicht wettbewerbsfähig, und das zwingt sie – noch – dazu, sehr protektionistisch zu sein, doch sie sind sicherlich auf dem richtigen Wege! Die den großen Umschwung vollenden werden, sind jung, ich meine, historisch gesehen jung, einer Zivilisation entstammend, die nicht mehr als dreihundert Jahre alt ist. Sie ist nicht wie wir von uralten Lastern ausgedörrt, sondern kann Freud und den Vatikan, Marx, Sophokles und die Coca-Cola-Werbung, Einstein und die Weden in einen Topf werfen ... Du wirst entgegnen, das sei nicht sehr nützlich, um treffende Schlüsse zu ziehen oder das Denken zu fördern, und das stimmt. Doch wie gut eignet es sich zum Handeln, und wie wichtig ist es, daß jemand nach den Spekulationen zur Tat schreitet! Das ist die große Umverteilung, der wir die Stirn bieten, und wir laden dich ein, daran teilzunehmen.«

»Ich sehe nicht viele Wege, die an dieses Ziel führen«, sagte Lamb zweifelnd. »Wie soll ich wissen, daß die letzten Konsequenzen einer Verflechtung von Handlungen, an denen so verschiedene Faktoren beteiligt sind, nicht in die entgegengesetzte Richtung gehen?«

»Das Bemühen, so viele Schwierigkeiten zu überwinden«, fuhr Ferret fort, »kann nur zu einem positiven Ergebnis führen. Das kollektive Streben nach einem idealen Umschwung gleicht einem Schwimmen gegen den Strom. Es ist ein gefährliches Vergnügen, die ehrlichsten Bereiche in dem Glauben zu lassen, sie unterschieden sich von den anderen, ihr Aufbegehren, ihre Auswahl gutzuheißen, so daß sie aus eigenem Willen sich schließlich selber ändern. Wie leicht hingegen ist es, die Welt durch Schein und Ehrgeiz zu beherrschen, die Jungen erneut für den bezahlten Schwachsinn zu begeistern, der jegliche Eitelkeit entschuldigt und allen Idealismus lächerlich macht! Wie einfach, dem Ehrgeiz freie Bahn zu lassen, damit er das Infragestellen unterbindet und den Waffen der Selbstbefriedigung der guten Kriminellen entgegentreibt!«

»Die Philosophen sagen, hinter jedem Konformisten kann

nur ein Dieb, ein Bestochener oder ein Dummkopf stehen und daß es ohne den Keim der Zerstörung keine Blüte gibt«, meinte Lamb.

»Gewiß! Und es gibt auch kein Gift ohne Gegengift. Die Welt«, schloß Ferret, wobei er seine Augen von einem zum anderen schweifen ließ, um die Reaktionen zu beobachten, »ist das große Labyrinth, das nirgendwo und überall ist. Seine Gesetze ändern sich, doch ist es deshalb verschieden? So ist die Existenz. Die Gesetze sind unwandelbar, doch ist es deshalb ein und dasselbe? So ist das Universum. Das Labyrinth besitzt nur einen Eingang und einen Ausgang für jeden; ein Ende zu entdecken ist das Privileg der Romane, aber nicht des Lebens. Wenn du beschließt, daß dieses Ende nicht existiert, zumindest nicht für dich, wie kannst du dann die letzten Konsequenzen deines Handelns bestimmen?«

»Das gilt auch für Sie«, sagte Lamb. »Falls ich einwillige, woher wissen Sie, daß das, was Sie von mir verlangen, sich nicht letzten Endes gegen Sie wendet?«

»Darüber mach dir keine Sorgen«, antwortete Ferret taktvoll, »wir kümmern uns schon darum, daß es dazu nicht kommt.«

1/0

Ich merkte, daß Ficinus mich ansah, und raffte mich zu einer Entgegnung auf.

»Die Geschichte ist also ein Labyrinth? Ich dachte, sie wäre ein Kalender.«

Ficinus lachte und fing den Ball auf.

»Das bezieht sich auf ein Gespräch, das wir vor einer Weile geführt haben. Labyrinth oder Kalender ist in diesem Fall das gleiche. Es ist der Weg eines Netzwerkes oder, in den entsprechenden mathematischen Begriffen gesagt, der eines Graphs.«

»Und warum soll man ihm folgen?« fragte Emília.

»Das, meine Liebe«, fuhr Ficinus fort, »gleicht der Frage, wozu wir leben, weshalb wir existieren. Bevor ich, sollte es nötig sein, die Antworten in Erinnerung rufe, die darauf gegeben worden sind (die am Ende alle zeigen, daß es keinen Sinn hat, die Frage zu stellen), laßt mich sagen, daß weder das Labyrinth noch der Kalender, wie Ω meinte, von sich aus ein Ende besitzen. Es gibt für jeden einzelnen das Ende, nämlich den Tod, doch das ist eine andere Sache, denn hier scheint es mir darum zu gehen, das Ende mit einer Lösung gleichzusetzen (obwohl der Tod als Lösung auch nicht aufhören würde, sinnhaft zu sein). Die Lösung des Kalenders besteht darin, ihn zu lesen, die des Labyrinths darin, es zu durchschreiten.«

»Damit bin ich überhaupt nicht einverstanden«, warf Carter ein. »Deine Haltung ist taoistisch, kontemplativ, heraklitisch und für mich unbrauchbar. Versetz dich in die Lage des Tieres, das Schicksalsfügungen nicht sublimieren kann, unter anderem, weil es nicht weiß, daß es sterben muß. Das verlangt sehr wohl nach einer Lösung, es muß den Ausgang aus dem Kalender finden, und zwar den richtigen und nicht den, der es zum Minotaurus führt!«

»Carter baut aus den Doppeldeutigkeiten Fallen«, warf ihm Emília lachend vor.

»Vielleicht«, schloß Camila, »war er nie zuvor so bereit, für sich allein weise zu sein und den anderen gegenüber nicht den Esel abzugeben. Welche noch so irreale Metapher könnte ihm widerstehen?«

Ironie beiseite, der Kommentar war zutreffend. Carter schien fest entschlossen, das resignierte Glück der Tarnung, der universellen, neutralen und gesichtslosen Uniformierung aufzugeben, und kämpfte mit jugendlichem Ungestüm darum, eine überwältigende Haltung zur Schau zu stellen.

»So wie wir uns hier bewegen«, sagte Gimellion, »sind die Metaphern sehr real. Lamb hat sich nicht geirrt. Vielleicht war seine Weigerung der letzte würdige Akt, der diese Zuhörerschaft erreicht, die sein Schicksal als heimlicher Liebhaber kennt. Lamb war ein Opfer der Legalität.«

Da man sich nicht einigen konnte, wurde die Diskussion auf später verschoben. Suárez fuhr fort.

Ferret gelang eine brillante Darbietung. Er sprach von der List des Odysseus, der den verkleideten Achill am Hofe des Lykomedes entdecken will, von den geheimnisvollen Dichotomien, dem Weg über die Widersprüche, den Kontrapunkt, von Euler auf den Brücken von Königsberg (später Kaliningrad, nun Kluniburg), von Eins und Null, von Laplace und Cantor, Bergson, Boltzmann und Mandelbrot, Riemann und Hawking, von der Kybernetik, dem Elektromagnetismus und der Quantenmechanik.

Wir brachen von dort auf, ohne über die Möglichkeiten Bescheid zu wissen, daß Lamb eines Tages bei uns sein würde.

»Wir haben fünf Jahre Zeit, um ihn für uns zu gewinnen«, sagte Siurana auf dem Weg zur Pension.

»Wir werden mit seinem Freund, dem jüngeren Bruder von Hölnstein, beginnen«, beschloß Ferret. »Vorausgesetzt, die Verbindung besteht noch und Lamb hat keinen Grund, mißtrauisch zu sein.«

»Bleibt zu hoffen, daß der kleine Hölnstein weniger unbestechlich als Lamb ist«, fügte ich hinzu.

»Das wird er sein«, meinte Ferret lachend, »ja, gewiß, denn sonst lasse ich ihm durch seinen Bruder alle Rippen brechen.«

Wir lachten.

»Jugend, o Jugend!« rief Siurana theatralisch aus. »Warum entgleitest du uns, wenn wir dich am meisten brauchen, und stellst uns, solange wir dich besitzen, fast immer ein Bein?«

Bis Lamb schließlich mitarbeitete, galt ihm so wie dem Juwel, oder noch mehr, unsere hauptsächliche Sorge. Wir waren im Begriff, einen romantischen Materialisten heranzubilden, obwohl klar war, daß er sich wie ein Geist aus den Abwasserkanälen verhalten würde. Die fünf Jahre verstrichen, Lluïsa Cros wurde von Robert Colom belagert. Die Leitung der Bank Mir verbrachte nach dem Tod von Alexis Cros unzählige schlaflose Nächte damit, über die Regelung der Erbschaft nachzudenken, stützte sich auf das katalanische Recht

der Gütertrennung und schützte die gesetzlichen Schwachpunkte in Lluïsas Erbe gegen eine Phantomehe (Phantom
nicht in dem Sinn, wie sie es glaubten). Wie eitel sind Ziffern
und Schein! Die wahre Gefahr lag in Luïsas Gefühlen, in
ihrer weiblichen Domäne. Die Feuerprobe für Ω bestand
darin, Lamb und Cros ineinander verliebt zu machen und das
Verliebtsein samt Konsequenzen auf dem Rücken Robert
Coloms, der gesamten Leitung der Bank Mir, Flints und aller
Welt auszutragen, die alle, ohne daß sie es wußten, ihre
Augen auf sie gerichtet hatten.

1/0

»Das ist übertrieben«, widersprach Teresa Mauret. »Eine Sache ist es, zwei Leute miteinander bekannt zu machen, die
sich dann verlieben, aber eine ganz andere, dem Kuppler bei
dem Zusammentreffen der eigenen Absichten und der späteren Geschehnisse eine entscheidende Rolle zuzuschreiben.
Demnächst wird sich noch herausstellen, daß Ω Gott ist.«
    »Es geht nicht darum, sich auf die alte Polemik zwischen
Determinismus und freiem Willen einzulassen«, antwortete
Suárez. »Das soll jeder für sich nach Gutdünken kasuistisch
lösen. Es steht jedenfalls fest«, fügte er ungerührt hinzu,
»daß die Geschichte zwischen Lamb und Lluïsa Ferret gelegen kam und er alles Erdenkliche zu ihrem Fortgang
beitrug.«
    Es wurde respektvoll und verhalten gelacht. Das Problem
schien keine großen Leidenschaften wachzurufen. Suárez
fuhr fort.

0/1

Wie schon ausführlich erörtert wurde, läßt die Lebensper-
spektive den kleinen Feind im eigenen Haus größer wirken
als den riesigen in der Ferne. Was Flint nicht erreicht hatte,
gelang Valentí. Sein doppeltes Spiel machte es notwendig, die
Kinder der Lluïsa Cros in Sicherheit zu bringen und sie von

einer normalen Erziehung abzusondern. Der heikelste Moment kam kurz darauf, als Valerian Lambs Identität entdeckt wurde. Dank günstigen persönlichen Umständen erfuhr ich davon. Eine bewundernswerte Dame teilte mir mit, daß ein gewisser Rogelio Florida großes Interesse hätte, Valerian Lamb ausfindig zu machen, und deshalb schon seit längerem Himmel und Erde in Bewegung setzte. Zu dem Zeitpunkt hielt sich Lamb in Paris auf, wo er unter anderem Namen für Goldoni arbeitete; niemand wäre so leicht an ihn herangekommen, zumindest nicht, ohne daß wir davon erfahren hätten. Mit Ferrets Einverständnis stellte ich Nachforschungen über die Zeit an, in der Mir nach seinem Sohn gesucht hatte. Einer der Privatermittler, ein gewisser Carles Florida, war wegen einer Sache, die wir nie klären konnten, vom Koordinator des Unterfangens von der Suche abgezogen worden. Carles war der Vater von Rogelio. Wir wußten nicht, welche Beweise er seinem Sohn dafür gegeben haben konnte, daß Valerian Lamb Elies Mirs Enkel sei, und ebensowenig, in welcher Absicht oder in welchem Drang nach Vergeltung oder Rache; doch die bloße Tatsache, daß er Verdacht weckte, hatte für uns unabsehbare Folgen.

Tatsächlich war es für Florida ziemlich unwichtig, Lamb zu finden. Es genügte ihm, unsere Aufmerksamkeit auf sich zu ziehen. Wir konnten von Glück reden, daß die bereits von mir erwähnte Dame mich gewarnt hatte, noch bevor er sein Interesse am Enkel des alten Mir weiter verbreitete, als er es ohnehin schon getan hatte.

Florida spielte mit offenen Karten. Er wollte Macht und erlangte sie sehr geschickt. Wir mußten ihn aufnehmen. Doch Ferret war ein Chef, der sein Handwerk verstand, und da Florida nach dem Köder schnappen mußte, sorgte er dafür, daß er auch den Angelhaken verschlang. So wurde ihm ein Verbindungsmann zu Benedicte Flint zur Verfügung gestellt, ein Doppelagent, der ihm kontrollierte Informationen übermitteln durfte und der uns treulich aufgezeichnete Pläne und Bewegungen des Gegners ablieferte. Seine Haltung unterschied sich sehr von der der anderen, die das traurigste Ende der sektiererischen Kämpfe begünstigten, wo sich alle untereinander beschuldigen, dem Feind in die Hände zu spielen. Darin liegt der Vorteil, mit Gaunern zusammenzuarbeiten, die sich über Tod und Teufel lustig machen. Man konnte ihn nur maßloser Gier bezichtigen, doch die ist der verzeihlichste unter den Exzessen des Dschungels.

»Und was hat es konkret gebracht«, fragte Camila, »ein Individuum dieses Schlages aufzunehmen?«

»Es hat verschiedenste Vorteile gebracht«, sagte Suárez, »doch in erster Linie ermöglichte es uns, Menschenleben zu retten. Ein Judas zur richtigen Zeit ist nicht das kleinere Übel, sondern oft nötig.«

Mir kam der Gedanke, daß Florida einen guten Grund gehabt hatte, sich ans Institut zu binden, um so der Rache Ficinus' zu entgehen, der wußte, daß er der Mörder seines Gönners war, doch es schien mir klüger, das nicht zu sagen. Als Suárez weitererzählen wollte, machte Artur Oliver eine Bemerkung.

»Der Judas der Bank Mir schlechthin war wohl kein geringeres Übel, und ihr habt es auch nicht verstanden, sein Leben zu retten.«

»Sprichst du von Mateu Valentí?« schaltete sich Rodin ein. Instinktiv drehten Simon und ich uns nach Casanova um. Rodin lächelte. »Valentís Verschwinden stand in keinerlei Zusammenhang mit Florida.«

»Weder mit Florida noch mit uns«, sagte Suárez. »Valentí wurde von Flint und Grunel aus dem Weg geräumt, als sie merkten, daß wir ihn entlarvt hatten und sie in der Folge von ihm nur mehr erwarten konnten, daß er sie aufforderte, ihren Teil des Paktes zu erfüllen.«

»So ist es uns hier nicht erzählt worden«, erwiderte Simon und sah Ficinus und Casanova fest an.

»Im Verlauf des Geschehens liegt ein moralischer Voluntarismus«, erklärte Suárez. »Ferret, Ficinus und ich wußten über Flints Absichten Bescheid und beschränkten uns darauf, ihn nicht zu behindern. Das bringt uns vielleicht in eine Komplizenschaft. Doch wenn man die Schwierigkeit der Operation, die uns Zugang zu Flints Plänen verschaffte, in Betracht zieht und sich vor Augen führt, daß es sonst unmöglich gewesen wäre zu kontrollieren, wann und wie die Sache ins Laufen kommen würde, muß man unsere Verantwortung an Valentís Tod abschwächen.«

Niemanden schien die Argumentation zu begeistern. Artur lächelte.

»Vielleicht ist es leichter, mit Dieben zu verkehren als mit Philosophen.«

Carter stimmte sofort zu.

»Zweifellos! Mit dem, von dem du weißt, daß er dir die Brieftasche klauen wird, gibt's kein Problem; er kann eine beträchtliche Gefahr sein, aber du wirst ihn immer unter Kontrolle haben. Hüte dich hingegen vor dem, der nichts nachzujagen scheint, von dem du nicht weißt, was er will, denn du kannst nicht voraussehen, wo er stehenbleibt: Der ist der wahre Feind.«

Bis man, so dachte ich, das perfekte Modell gefunden haben wird: den Dieb-Philosophen.

Casanova kam auf seinen Wahn zurück.

»Aber ich weiß, daß ich an dem Tag, als Valentí verschwand, und an demselben Ort einen Mann seines Aussehens erstochen habe, und später war er nicht mehr dort.«

»Es gibt keinen Beweis dafür, daß der Mann, den du vermeintlich getötet hast, Valentí war«, sagte Suárez bestimmt. »Nicht einmal einen ernst zu nehmenden Beweis dafür, daß du überhaupt jemanden erstochen hast. Ich glaube mich zu erinnern, daß dir eine Woche lang sehr seltsame Dinge passiert sind: Wiederholungen der gleichen Szene, Zeithalluzinationen … Bist du dir denn völlig sicher, daß du jemanden erstochen hast und es nicht eine weitere Sinnestäuschung war? Und selbst wenn es so ist, wie du denkst, wer sagt dir, daß das angebliche Opfer nicht viel weniger schwer verletzt wurde und, wenn es nach einer Weile nicht mehr da war, aus eigener Kraft fortgegangen ist? Wer sagt dir, daß es ihm nun nicht bestens geht? Außerdem warst du ein paar Tage später nicht in der Lage, den Ort deines zweifelhaften Verbrechens zu finden, und hast die Stelle, wo man Valentí entdeckt hatte, nicht wiedererkannt. Kein ordnungsgemäßes Gericht würde dich mit solchen Beweisen verurteilen.«

Casanova richtete einen zweifelnden, ängstlichen Blick auf Suárez. Ich spürte stärker denn je seine Ungewißheit. Von allen Geschichten, die wir gehört hatten, war die von Casanova die problematischste, was ihre Wahrhaftigkeit betraf. Suárez' Beschwichtigungsversuch milderte unsere Schwierigkeiten, die Ungläubigkeit aufzugeben. Wenn sich jedoch alles in Halluzination und Traum flüchtete, was blieb dann vom Leben der Helden übrig?

»Ich glaube nicht«, meinte Teresa Mauret, »daß das Problem Mateu Valentí jetzt noch wichtig ist. Sehr bedeutsam erscheint mir hingegen, daß sich Lamb als Mir entpuppt hat. Denn dabei gibt es einen Aspekt, auf den bislang noch niemand eingegangen ist: Was ist aus Valerian Lamb geworden? Lebt er, hat er seine Identität gewechselt?«

»Das sind viele Fragen«, sagte Suárez. »Und zu fast allen möchte ich nun meine Version vorbringen.«

Niemand äußerte sich mehr, und er fuhr fort.

0/1

Das letzte Problem beginnt mit dem Tod von Lluïsa Cros. Wie ihr wißt, haben wir uns ihrer Kinder angenommen, und sie brauchte sich keine Sorgen zu machen. Alle beide befanden sich an einem sicheren Platz, getrennt und mit einer einwandfreien neuen Identität, so daß nicht einmal sie selber eine Gefahr für sich waren.

Flint war nach wie vor hinter dem Juwel her. Es war nicht schwer, sich seine Strategie vorzustellen: Er wollte es in seinen Besitz bringen und den chromosomatischen Prozeß beginnen. Parallel dazu ging es darum, das zu erwartende Auftauchen der Nachkommen von Mir und Cros im Auge zu behalten. Ihre Identität ist bis heute ausreichend getarnt, so daß Flint sie nicht aus dem Weg räumen kann. Nun ist die Gefahr vorbei, weil die Evolution des Juwels in eine andere Phase eingetreten ist. Doch ist alles komplizierter geworden, da Flint seine Strohmänner ins Feuer geworfen und mittlerweile selber die Kunst der Tarnung erlernt hat. In diesem Augenblick wissen wir nicht einmal genau, wer Benedicte Flint ist. Meine Theorie, es könnte Roncal sein, hat in dieser Runde wenig Anklang gefunden. Doch darauf kommen wir später zu sprechen.

Nach dem Tod von Lluïsa Cros war es für Flint sehr leicht, an das Juwel heranzukommen. Er hatte schon Jahre zuvor mit Robert Colom einen entsprechenden Vertrag abgeschlossen, der ihm bei dessen Ableben und dem seiner Frau die Rechte an seinem Eigentum einräumte. Natürlich war es eine legale Finte, die Flint Zugang zum Erbe verschaffte und Marsili, Castañeda und der gesamten Kurie der Bank Mir ein Dorn im Auge war. Zu Lebzeiten von Lluïsa Cros war das Juwel an einem gut geschützten Ort gewesen, und allen war nichts anderes übriggeblieben, als abzuwarten. Danach mußten wir rasch handeln. Victor Ferret kümmerte sich persönlich darum, das Juwel zu verstecken, bevor ein Vollstreckungsbescheid Flints Männern erlaubte, es an sich zu nehmen.

Heute morgen habe ich meine Version der ausschließlich mit dem Juwel zusammenhängenden Geschehnisse auf dem Friedhof vorgetragen. Als wir im Begriff waren, es zurückzuerlangen, kam es zu einem unerwarteten Ereignis. Vorher muß ich aber noch auf ein Phänomen aufmerksam machen, das wahrscheinlich niemandem entgangen ist. Das Juwel löst bei seinem Träger Reize aus, die bis heute alle in den Wahnsinn und die Zerstörung getrieben haben. Elies Mir, Julian Flint, Alexis Cros, Lluïsa Cros und Valerian Lamb endeten, wenn Sie genau zugehört haben, in einem geistigen und körperlichen Zustand, der nicht dem normalen Alterungsprozeß der Menschen entspricht. Valerian Lamb sah, daß auch Zacaries Uriach von der Macht des Juwels angegriffen war und daß Flint, als er es entdeckte, daraus schloß, Uriach wollte es für sich haben. Flint ließ tatsächlich Uriach überwachen, damit der ihn zum Juwel führte, doch in der klaren Absicht, ihn danach aus dem Weg zu räumen. Lamb wollte versuchen,

Uriach zur Aufgabe seines Unterfangens zu bewegen, und fand einen Mann vor, der ihm nicht nur nicht zuhörte, sondern ihn auch nicht wiedererkannte. Er beschloß daraufhin, ihm aus der Ferne zu folgen, so daß der arme Zacaries schließlich von drei Seiten überwacht wurde.

Hier gibt es vielfältige Versionen der Vorkommnisse. Die erste, die mir, wie gesagt, zu Ohren kam, spricht von einem Raub des Juwels durch Diebe, die nichts mit den verschiedenen Beteiligten zu tun hatten, und hält fest, daß Flint schneller war als wir beim Ergattern des Juwels.

1/0

Suárez unterbrach die Erzählung und stand auf. Alle folgten ihm mit den Augen. Er trat ans Fenster und betrachtete uns im Widerschein. Dann setzte er sich wieder an seinen Platz und bat Rodin, uns seine Version vom Verschwinden des Juwels zu geben.

»Ich zweifle nicht am ersten Teil deiner Ausführung«, begann Rodin langsam, »doch ich bin davon überzeugt, daß am Ende keine wichtige Person zu Tode kommt. Die ganze Geschichte von dem Toten auf dem Friedhof soll verschleiern, daß Uriach mit Roncal über das Juwel verhandelt. Roncal gehört nicht dem Kreis des Juwels an, und da die Entwicklung weit fortgeschritten ist, wäre für ihn ein Verkauf an den Meistbietenden viel rentabler. Deshalb halte ich daran fest, daß Roncal nicht Flint ist, denn wäre er es, gäbe es nichts auf der Welt, was ihm das Juwel vergüten könnte. Der Tote auf dem Friedhof ist ein Lakai, mir ist es egal, ob sie ihn zum König Mir, Pardon, zum Bankier Mir, ins Grab legen, und bei dem anderen handelt es sich um Domènec Josa, der gleichzeitig mit Uriach ausgeschickt worden war, um das Juwel zu rauben.«

Ich spürte, daß mich Gertrudis ansah, doch als sich unsere Blicke trafen, sah sie weg.

»Daraus geht hervor, daß Uriach in den Besitz des Juwels gekommen ist«, sagte Casanova.

»Nicht unbedingt«, bemerkte Suárez. »Vielleicht hat Roncal es an Flint verkauft.«

»Mag sein«, sagte Rodin, sicherlich in der Absicht, den Ball an Suàrez zurückzuspielen. »Vielleicht hat es ein solches Ineinander von Kriterien und Eindrücken zwischen den beiden Personen gegeben, daß Flint das Juwel viel billiger, als vermutet, erwerben konnte.«

Suárez kündigte an, daß sich die Erzählung ihrem Ende näherte. Wir wandten ihm wieder unsere Aufmerksamkeit zu.

0/1

Die noch zu klärenden Widersprüche beziehen sich in erster Linie auf den mysteriösen Tod Uriachs und auf die Ungewißheit über Lambs Verbleib. Tatsache ist, daß man Uriach nach dem Verschwinden des Juwels tot auf dem Friedhof fand, was die Thesen außer Kraft setzt, die besagen, daß Raub das Motiv für den Mord gewesen sei. Es kann sein, daß er mit Roncal über das Juwel verhandelt hat; doch so wenig Beweise es für den Mord an Valentí gibt, so wenig konkrete Hinweise gibt es, die uns den Glauben nehmen könnten, daß Uriach an einem Unfall oder zumindest ohne fremde Beteiligung starb.

Was Valerian Lamb betrifft, ist alles viel undurchsichtiger. Die letzte Version seines Endes kennen Sie besser als ich. Sie ist Frederic Casanova zu verdanken, der von den Bekenntnissen dieses Rafa berichtete. Eine sehr romantische Geschichte, derzufolge Lamb, um Uriach (oder das Juwel) zu verteidigen, im Mausoleum seines Großvaters starb und von einem Mann begraben wurde, der weder wußte, wer er, noch, wer der alte Mir war. Ein Detail, um die Liebhaber der Vorbestimmung oder des objektiven Zufalls zufriedenzustellen, aber kaum glaubwürdig und leider unmöglich nachweisbar.

Casanova wollte ihm versichern, daß er die Wahrheit gesagt habe. Ficinus schaltete sich ein.

»Deine Glaubwürdigkeit steht außer Zweifel, aber nicht die von Rafa. Ich kenne ihn lange genug, natürlich war er erschrocken, in eine verworrene Situation geraten zu sein, und er verheimlichte uns Informationen aus Angst, daß wir ihn verschwinden lassen könnten; doch ich kann mir schwer vorstellen, daß er einem Fremden Dinge anvertraute, die er mir gegenüber verschwiegen hatte. Ich habe den Eindruck, der Mann, der sich an Casanova wandte, war nicht Rafa, sondern jemand, der für Flint arbeitete und uns glauben machen wollte, Lamb sei tot. Vergeßt nicht, daß Lamb schon seit längerer Zeit verfolgt wurde und daß sogar seine Freunde umgebracht wurden, so zum Beispiel Nachel.«

»Gestern«, sagte Suárez, »als wir von dieser Geschichte erfuhren, ließ ich das Mausoleum von Elies Mir durchsuchen. Nichts konnte bestätigt werden, und die menschlichen Überreste in Mirs Grab waren nicht zu identifizieren. Trotz aller rationalen Hinweise, die dagegen sprachen, wäre es wirklich nicht verwunderlich gewesen, wenn Valerian Lamb unter diesen oder anderen Umständen getötet und mit seinem Großvater begraben worden wäre.«

»Ich glaube«, beharrte Ficinus, »daß uns Flint genau das glauben machen wollte. Warum? Um uns mitzuteilen, daß er Lamb entführt hat, um mit ihm zusammen und gestützt auf die Fakten, über die er verfügt, die Entwicklung des Juwels zu rekonstruieren?«

»Ich glaube gar nichts«, flüsterte mir Simon zu. »Suárez möchte uns weismachen, daß Mirs Grab bis heute nicht durchsucht worden ist. Wenn das Juwel im Grab lag und er (also auch Ω) das nicht wußte, wer hatte es dann hineingelegt?«

»Das stimmt nur, wenn wir die Geschichte von Rafa akzeptieren«, sagte ich ebenfalls leise.

»Eine Gegenüberstellung zwischen Flint und Lamb könnte durchaus aufschlußreich sein. Eine manichäische Verbindung, um den Kreis zu schließen«, sagte Carter lachend.

»Dafür ist es schon zu spät«, verkündete Suárez ernst. »Was die Bank Mir und den Krieg angeht, hat die Situation den Rahmen aller persönlichen Interessen gesprengt. Das Juwel kann niemandem mehr nützen, da sein Entwicklungsprozeß, wie ihn Emili Ferret vorbereitet hat, zum Stillstand gekommen ist. Selbst wenn Flint es besitzen sollte, bleibt ihm nichts anderes übrig, als es denen zu überlassen, die den Prozeß als einzige vervollständigen können. So wie die Dinge stehen, bleibt Flint nur die Alternative, wie ein Samson alles zu zerstören. Das würde das Ungleichgewicht, das uns zu diesem Krieg geführt hat, beenden und uns alle in den Augenblick zurückversetzen, als Emili Ferret, von seinen Partnern bei der Konstruktion des Juwels verfolgt, sein Wissen, seine Anweisungen und seine Kinder René Boorts Obhut überließ. Ich glaube nicht, daß Flints Erbitterung so weit geht.«

Alle schwiegen. Suárez schien die Erzählung für abgeschlossen zu betrachten. Ich hatte Hunger und wäre gerne aufgestanden, um mir einen Imbiß zu holen, doch ich tat es nicht, weil ich mir nichts entgehen lassen wollte.

»Ich habe den Eindruck, daß die Geschichte nicht wirklich den Rahmen der persönlichen Interessen gesprengt hat«, sagte ich zu Simon in der Absicht, ironisch zu sein.

Sein unruhiger Blick überraschte mich.

»Beachte, was er zuletzt gesagt hat«, murmelte er. »Mir scheint, es ist eine Schutzmaßnahme. Und wenn das stimmt, besteht tatsächlich Gefahr. Das bedeutet, Flints Männer, oder sogar er selbst, sind hier!«

Ich wollte sagen: Da du der Sohn von Lamb und der Cros bist, befindest du dich trotz aller Schutzmaßnahmen von Suárez in Lebensgefahr. Doch alle begannen aufzustehen, und Simon verschwand im Gedränge. Ich suchte ihn, um ihm zu erzählen, was mir Ficinus gesagt hatte, aber gerade als ich ihn am Arm packen wollte, wandte sich Gertrudis an mich.

»Ich bin zu einigen Schlüssen gekommen, die ich gern mit dir bereden würde.«

Simon hörte ihre Worte, drehte sich um und machte mir ein Zeichen, daß ich mit ihr gehen und mich nicht um ihn kümmern sollte. Wir gingen zur Tür, wo die Gäste mit unsäglicher Langsamkeit hinausströmten. Carter schien uns absichtlich aufhalten zu wollen, doch ich wagte nicht, ihn zur Seite zu drängen. Wir durchquerten das Eßzimmer. Auf der Schwelle zum Gang mit den Schlafzimmern stand Jubert und sah uns mit einem zweideutigen Lächeln an. Gertrudis blieb kurz stehen, ihre Blicke trafen sich. Jubert wandte sich ab, und wir gingen hinaus. Dieser Kerl verströmte eine gewisse Schlaffheit, aber auch etwas Unbarmherziges. Es bestand kein Zweifel, daß er sich für die Krönung der Männlichkeit hielt, und es war schwer herauszufinden, ob einem das Feminine in ihm anzog und das Kriminelle abstieß, oder umgekehrt. Vielleicht war alles der künstlichen Kräftigkeit seines Körperbaus oder seinem makellosen Gebiß zuzuschreiben. Ich konnte ihn sexuell nicht von Gertrudis trennen und nahm sein verderbtes Lachen mit, das er mir wie ein Gift eingeflößt hatte.

Wir gingen in mein Zimmer, und Gertrudis setzte sich mit gekreuzten Beinen in einen Lehnsessel.

»Was hast du herausgefunden?« fragte ich sie und dachte an etwas anderes.

»Ich bin zu dem Schluß gekommen, daß nur drei Personen Ω sein können: Suárez, Rodin und Gimellion«, antwortete sie.

Ich verhielt mich abwartend, doch mit ihrem Blick forderte sie mich zu einer Frage oder Antwort auf, deshalb gab ich mir einen Ruck.

»Warum hast du die anderen ausgeschlossen?«

»Das werde ich dir ein andermal erzählen, doch im Augenblick ist die Frage interessanter, warum ich zwei von den dreien ausschließe.«

»Mal sehen«, sagte ich, und mein Herz schlug heftiger denn je vor Begierde, ihre Hand zu nehmen, sie zu umarmen. Wie wird sie reagieren, wenn du dich jetzt auf sie stürzt? dachte ich.

»Das einzige Argument, das gegen Suárez spricht, hat er selbst zu Beginn geliefert, als er sagte, Ω befände sich bereits hier. Dieser Hinweis und die Umstände könnten ein Ablenkungsmanöver sein; doch alle Bezüge und Rätsel in den erzählten Geschichten weisen mehr oder weniger subtil auf Suárez hin. Deshalb kann er nicht Ω sein.«

Der Schluß schien mir so übereilt und fragwürdig, daß ich es vorzog, über den zweiten Kandidaten zu sprechen.

»Ich dachte, Rodin wäre Ω. Undenkbar, daß die Cros einen so talentierten und mächtigen Mann nicht gemeinsam mit Suárez und Ficinus für die Herrschaft über das Juwel und die Bank gewinnen wollte. Außerdem war sein Verhalten uns gegenüber hinreichend doppeldeutig, um Verdächtigungen auszuweichen.«

»Genau, Rodins Loslösung vom Zentrum der Macht des Juwels und der Bank erklärt sich aus seinen Beziehungen zu Lluïsa Cros. Nachdem sie ihn als Liebhaber abgelehnt hatte, wagte sie nicht, ihn mit Verpflichtungen oder Verantwortungen anderer Art zu belasten. Ω nahm den Titel von der Bank Mir an, um der Ehre und der historischen Bedeutung zu entsprechen; er hätte sich keinesfalls so wie Rodin emotional auf Lluïsa eingelassen. Außerdem ist Rodin, so wie Carter und Kolinski, zu jung, um der zweite Ω zu sein.«

Mir schien das kein wirkliches Argument, denn fünf oder zehn Jahre, gesehen aus einem Abstand von fünfzig Jahren, sind leicht wegzuzaubern. Mir kam in den Sinn, daß Rodin vielleicht nicht genug eingesetzt hatte, um Lluïsa Cros zu verführen, weil er dachte, daß eine Zurückweisung von seiten des Mir-Clans oder eine Auseinandersetzung mit Colom oder Lamb seiner Karriere schaden würden.

»Demnach bleibt nur mehr Gimellion«, sagte ich in dem Versuch, das gemäßigte Mißtrauen des Augenblicks mit meinem schwankenden Bild von dem Gastgeber in Einklang zu bringen.

»Genau«, antwortete sie. »Gimellion ist Ω: Pierre, Stein; Gimellion hat die lateinische Wurzel Gemma, was Edelstein bedeutet, doch das ist eine poetische Abschweifung. Gemma bedeutet ursprünglich und allgemein Sproß, beginnender Trieb. Also bezieht sich Gimellion auf Bäume im Wachstum und somit auf das Wandeln im Garten. Pierre Gimellion heißt Stein des Gartens, und, wenn man der doppelten Wurzel folgt, Stein des Gartens der Steine und somit Garten der Sterne. Demnach ist er der Altar im Garten der Dämmerung mit der Inschrift Meissa, was Brillant heißt, also Juwel.«

»So weit hättest du nicht ausholen müssen«, sagte ich. »Du kannst schon Gemma mit dem Juwel gleichsetzen.«

»Es gibt noch viel mehr Fakten«, fuhr sie fort. »So viele und so klare, daß man den Eindruck gewinnt, sie wollten uns für dumm verkaufen, und das zu Recht, wenn wir bis jetzt unfähig waren, dahinterzukommen. Sieh dir die Namensreihe an: Ferret und Herrero, das heißt Schmied, beziehen sich auf Eisen. Die Entwicklung zu Gemma weist auf den Schritt von der stofflichen Kraft zum Bereich der Luft, letztlich der Aufstieg von den Füßen zum Kopf, der der Sitz des Geistes ist und mit der Reihenfolge der Erzählungen übereinstimmt. Und noch ein Faktum: Ferret hatte eine Zwillingsschwester, und Gimellion verweist auf *Geminis*, Zwilling, Zeichen der Dualität oder der Kluft zwischen den Welten, wie sie von der Dämmerung trefflich dargestellt werden.«

»Bis jetzt scheint mir das zu sehr an den Haaren herbeigezogen. Gibt es denn keine konkretere Form, ihn mit Ω in Verbindung zu bringen?«

»Dieser Schritt ist der leichteste. Orion schreibt sich $\Omega\rho\iota\omega\nu$, Ω ist der erste Buchstabe, der Kopf, und, wie der Altar mit der Inschrift Meissa, Pierre Gimellion.«

»Fehlen keine Buchstaben?«

Sie lachte herzlich.

»Sei nicht so begriffsstutzig. Nach dem Ω bleiben vier: Wie wär's mit den Extremen: α, β, γ und χ?«

Die Argumente, die mir zu Beginn unzureichend schienen, kamen mir nun übertrieben vor; es schien mir im gewissen Sinne lächerlich. Ich dachte an den kürzlich gehörten Ratschlag: Wenn alles ganz klar ist, stimmt etwas nicht. Es war, als wollte man mir die Gewißheit, daß Gimellion Ω war, mit Hilfe von Gertrudis einimpfen.

»Wir werden es«, sagte ich, »jedenfalls bald feststellen. Der Zusammenhang zwischen Bäumen, Sternen und Erzählern scheint bewiesen. Der morgige Erzähler ist Ω.«

Sie wirkte unsicher.

»Ich bin nicht überzeugt, daß es eine Erzählung geben wird, wenn Ω an der Reihe ist. Vielleicht beziehen sich die Bäume, die den Sternen entsprechen, auf die Erzählungen, nicht auf die Personen, und an der Stelle von Meissa gibt es keinen Baum.«

»Das entkräftet alles, was du bis jetzt gesagt hast, oder bedeutet, daß Ω nicht existiert.«

»Nein, denn der Bezug zum Stern wäre an die Person gebunden und der zum Baum an seine Erzählung.«

Ich stellte mir die Vielfalt von aufsteigenden Reihen vor, die sich über die Geschichten dieser Tage legten. Abgesehen von der, die von den Füßen zum Kopf führte, gab es eine vielleicht noch bedeutsamere: Die Bäume verwandeln sich in Sterne und die Sterne in Erzähler. Ich zweifelte daran, ob das wirklich einen Fortschritt im qualitativen Sinn des Wortes bedeutete. Handelte es sich nicht eher um einen Abstraktionsversuch meines Geistes, und wäre es nicht unsinnig, ihn der Realität überstülpen zu wollen? Freilich besitzt die Seele, die hinter dem Erzähler steht, weniger Abstraktes als Feindliches, oder nicht?

»Wenn Ω Gimellion ist, welchen Sinn hat dann die Polemik zwischen Rodin und Suárez«, fragte ich und malte mir die Antwort schon aus.

»Eben wenn keiner der beiden Ω ist, hat die Konfrontation Sinn, eine Auseinandersetzung, die nichts anderes als ein Nachfolgekampf ist. Suárez und Rodin sind die Oberhäupter rivalisierender Gruppen, die sich um die Krone streiten. Gimellion ist alt genug und hat genug durchgemacht, so daß er daran denken könnte, sich zurückzuziehen.«

Es fiel mir schwer zu akzeptieren, daß die geheimnisvolle Person, die uns so sehr beschäftigte, ausgerechnet er sein sollte, den ich immer als zugänglich und mir nahestehend empfunden hatte. Tatsächlich, wenn es etwas gibt, das dir vertraut ist, so ist es dein Feind.

»Vielleicht hast du recht«, sagte ich, ohne zu überlegen.

Plötzlich erfaßte mich erneut das Schwindelgefühl, das mich befallen hatte, als Gertrudis mir das Juwel zeigte. Ich verlor mich in ihren Augen, zerschmetterte an ihrem Lächeln, wie ein Floß im Sturm an den Felsen, und fühlte, daß ich der letzte Bezugspunkt des Gartens war, daß die letzte Stufe in mir lag, so wie in ihr und in jedem anderen der Anwesenden. Ich wußte, daß ich nie das Rätsel Gertrudis lösen könnte, denn selbst wenn ich mit ihr schlafen sollte, würde ich nie das Geheimnis auf dem Grund ihrer Augen erkunden können. Verzagt und wie ein Verrückter wühlte ich in meinen verräterischen Gefühlen. Wer sagte mir, daß unsere Gedanken nicht stimmten und ich nicht obendrein morgen vor Freude weinen würde, wenn sich Gimellion an uns alle wenden würde, weil es so vorgesehen war? Wer sagte mir, daß sie nicht bewußt an der Inszenierung beteiligt war? Wer sagte, daß sie mit mir kein falsches Spiel trieb? Bedeutete das, daß Gertrudis Gimellion sagen würde, was er morgen tun sollte, damit für mich alles glaubwürdig wäre? Oder vielleicht war der Verrat geplant, und Gimellion oder wer auch immer hatte Gertrudis angewiesen, mich auf das endgültige Trugbild vorzubereiten.

»Du bist so nachdenklich?« sagte sie fröhlich zu mir. Ich lächelte wortlos zurück.

Letztlich kommt es mir auf einen weiteren Betrug oder eine weitere Falschheit nicht mehr an. Ich wäre damit zufrieden, wollte ich ihr sagen, dich zu umarmen! Es würde mich alle Zweifel vergessen lassen, es ist das einzige, was ich will, das einzige, was mich glücklich machen würde, denn wenn ich dich ansehe, sind mir Ω und das Juwel egal, genauso wie der Krieg, mir ist sogar egal, zu wissen, wer ich bin!

Es klopfte an der Tür.

»Herein«, sagte ich. Es war Simon, der zögernd eintrat.

»Störe ich?«

»Überhaupt nicht«, sagte Gertrudis und stand auf. »Ich wollte gerade gehen.«

»Jetzt, wo ich komme, gehst du«, sagte Simon lachend, und es begann eine förmliche Diskussion zwischen den beiden, in die ich mich nicht einmischte; dafür haßte ich mich zutiefst.

»Es war ein ausgefüllter Tag«, sagte sie abschließend und

sah mich an, »der morgige wird es noch mehr sein, wir sollten ausruhen.«

Sie ging und schloß die Tür hinter sich. Simon und ich sahen uns schweigend an und versuchten, den Grad der Frustration des anderen herauszufinden. Dann lachten wir.

»Emília wollte einige Zeitschriften durchsehen, die Suárez mitgebracht hat, und danach herkommen«, sagte er in der Hoffnung, daß mich diese Nachricht vor Freude in die Luft springen ließe. Die Aussicht, die vorletzte Nacht zu wiederholen, mißfiel mir nicht, aber ich hätte sie ohne weiteres gegen einen Kuß auf Gertrudis' Lippen eingetauscht.

Simon war sehr aufgekratzt und forderte mich auf, zum Kern der Sache zu kommen und ihm vom Besuch bei Ficinus zu berichten. Ich erzählte ihm vom Medaillon, das mir Jubert gegeben, und davon, was mir Ficinus gesagt hatte. Wir kamen wieder auf Gertrudis' Juwel zu sprechen, und ich schilderte ihm ihre Schlüsse über Ωs Identität. Simon blieb mißtrauisch, und ich verteidigte sie.

»Sie ist auf unserer Seite.«

»Das läßt sich unmöglich sagen. Wir wissen nicht einmal, welche Seiten es gibt, denen man angehören könnte, und auch nicht, wer Gertrudis ist.«

»Was willst du damit sagen?«

»Wenn die Dame auf dem Medaillon Lluïsa Cros ist und mit Gertrudis identisch …«

»Gertrudis ist die versteckte Tochter von Lluïsa«, griff ich genervt vor. Zum Glück vertrauen Männer weniger ihren Ohren als ihren Augen.

»Das wollte ich nicht sagen. Du wirst wohl nicht bestreiten, daß Gertrudis eine außergewöhnliche Ausstrahlung hat. Als du mit Ficinus sprachst, habe ich mich mit Artur und Jubert unterhalten.«

Er schien nicht mehr sagen zu wollen.

»Und was haben sie dir gesagt?« mußte ich nachfragen.

»Daß Gertrudis Teil eines Planes von Flint ist, um den Entwicklungsprozeß des Juwels wieder aufzunehmen.«

»Suárez sagte vorhin, daß es dazu zu spät sei, und selbst wenn du glauben solltest, daß es nur um den Schutz des Juwels und der Erben von Mir und Cros geht, habe ich den Eindruck, daß wir am Ende des Prozesses angelangt sind.«

Simon sah mich mitleidig an.

»Der einzige, der am Ende des Prozesses zu sein scheint, bist du«, sagte er leise. »Ich bin gar nicht sicher, ob Flint nicht die letzten Schritte in der genetischen Kette des Juwels zerstört hat, um sie selber fortzusetzen. Ich würde sogar behaupten, daß diese Zusammenkunft die letzte Möglichkeit darstellt, das zu tun. Hier könnte er die Nachkommen entdecken und sie aus dem Weg räumen, um zum einzigen Träger zu werden. Somit bliebe Ω, dem Institut und schließlich auch der Bank Mir (obwohl sie dann vielleicht schon keine Bedeutung mehr hätte) nichts anderes übrig, als ihn zu unterstützen.«

Das Hauptproblem der Kinder von Lluïsa Cros lag demnach, dachte ich, nicht darin, ihre Identität zu entdecken, sondern diese vor den Augen Flints zu verbergen. Plötzlich lastete auf den hier geführten Gesprächen etwas Düsteres, Bedrohliches.

»Flints Pech war es wohl«, sagte ich, darum bemüht, alle Aspekte zu berücksichtigen, »daß er sich mit Colom nicht einigen konnte. Hätten sie sich geeinigt, als alle noch lebten, und hätte niemand die Kinder verschwinden lassen, wären sie die Herren der Lage geworden.«

»Perspektivisch betrachtet, wirkt es ganz einfach. Ω rechnete mit der Habgier der beiden, die verhinderte, daß die Dinge so passierten, wie du sagst. Sowohl die Erben von Flint wie die von Colom hatten schließlich den immensen Wert des Juwels entdeckt. Uns ist erzählt worden, daß Flint, als er Colom aus seiner ärgsten Krise heraushalf, die Bedingung stellte, ihm dafür das Juwel der Cros' zu besorgen. Als der Augenblick gekommen war, dürfte Colom schon die Beschaffenheit des Juwels gekannt und gewußt haben, daß sein Wert selbst die gewaltigsten Schulden bei weitem überstieg. Vater Flint war bereits gestorben, Marina besaß ihr eigenes Vermögen und hatte sich immer aus der Sache herausgehalten, und vom Sohn wußte man nichts, also beschloß Colom, daß das Juwel ihm allein gehören sollte.«

»Doch das Juwel wurde über die Absichten der Trägerin hinaus kontrolliert«, sagte ich, »und Colom konnte nicht an es herankommen. Wer weiß, ob es für ihn nicht einfacher gewesen wäre, die Bank Mir mit legalen Mitteln zugrunde zu richten und das Juwel gewaltsam an sich zu bringen.«

»Das bezweifle ich«, sagte Simon, »denn das hätte Öffentlichkeit bedeutet, und das Juwel, dessen Beschaffenheit wir übrigens noch nicht kennen, durfte in den Medien nicht erscheinen. Ich glaube nicht, daß Ω eine solche Entwicklung geduldet hätte. Colom war in einer Sackgasse. Er konnte sich nicht des Juwels bemächtigen, und das Schicksal spielte ihm mit Lluïsa den gleichen Streich: die ständige Betrachtung dessen, was zum Greifen nahe ist und du doch nie erreichen kannst.« Er machte eine Pause und fuhr mit einem melancholischen Lächeln fort: »Zwei Dinge werden wir nie erfahren: Ob Colom die wahre Identität der Kinder kannte, die in den Augen aller die seinen waren; und ein Detail, das uns vielleicht den Schlüssel für alles geben könnte, nämlich, ob Colom aus Habgier oder tatsächlich aus Liebe zu Lluïsa Cros handelte.«

»Welche der beiden Möglichkeiten würde dich enttäuschen?«

Er zuckte mit den Achseln.

»Beide, und beide zusammen mußten Colom für immer die Hände binden. Er kam nie mit dem Juwel in Berührung, deshalb war, wie Gertrudis sagte, Flint der tatsächliche Feind und der andere nur dessen Handlanger. Dank Mateu Valentí, der keine Ahnung von der Bedeutung seiner Enthüllung gehabt haben dürfte, fand Flint heraus, von wem Lluïsas Kinder stammten, stellte fest, daß der Weg der Lluïsa Cros zur Vervollständigung des Juwels führte, und wollte deshalb die Kinder umbringen: Um diesen Weg zu versperren und für sich selbst freie Bahn zu schaffen, sobald er bei der ersten sich bietenden Gelegenheit das Juwel an sich gebracht hätte, und da es keinen anderen gab, rechnete er fest damit, daß ihn Ω und das Institut als Träger akzeptieren würden. Als die Kinder verschwinden, ist Colom verzweifelt und bringt sich um, doch Flint hält die Hoffnung aufrecht, das Juwel zu ergattern und die Macht des Gegners zu vernichten, bevor die Kinder herangewachsen wären und alles zu spät sein würde.«

Ich erinnerte mich an die scheinheilige, in ihrer Form plumpe, doch mit dunklen Absichten durchsetzten Moral, mit der das Verhalten von Lluïsa Cros beurteilt wurde. Im Licht der letzten Überlegungen betrachtet, stellt die Klarheit ihrer Ziele (wie sie schon ihr Vater Norfolk gegenüber gezeigt hatte) eine Garantie für die Authentizität des Juwels dar, eine ausgeklügelte Marketinggeschichte.

»Und hier stoßen wir auf die große Verwicklung: Welche Wahrheit hat uns Suárez erzählt? Hat Flint tatsächlich das Juwel geraubt und besitzt es nun? Welches Juwel hat mir dann Gertrudis gezeigt?«

»Ich habe mit Jubert gesprochen. Er gehört zu den undurchsichtigsten Personen dieser Runde; ich bin nicht schlau aus ihm geworden. Er scheint den Raub des Juwels mit dem Umstand, daß sich jemand in Gertrudis verliebte, als sie seine Frau war, gleichzusetzen, vielleicht weil eins das andere bedingt. So wie die Dinge stehen, stimmt die Entwicklung des Juwels nach dem Tod der Lluïsa Cros chronologisch nicht. Artur glaubt, was du und ich befürchteten: Suárez hat uns in die Irre geführt, und das Juwel, das unbekannte Diebe auf dem Friedhof geraubt haben, ist nicht das echte.«

»Also handelt es sich bei dem Juwel, das Gertrudis besitzt, nicht um Mirs Juwel?« fragte ich.

Simon verriet Unsicherheit.

»Es gibt zwei Juwele: das erste hatte Uriach bei sich, es wurde ihm von den Dieben gestohlen. Wahrscheinlich hatte es Lluïsa Cros gehört, und Gertrudis hatte Jubert zum Raub angestiftet.«

»In Wahrheit«, sagte ich in dem Versuch, uns mit Gertrudis' Bild zu versöhnen, »hat sie mir gegenüber nie erwähnt, daß dieses das Juwel sei, von dem die Rede ist.«

»Das zweite ist das tatsächliche Juwel, das Juwel in Großbuchstaben, von dem wir nicht wissen, was es ist, das Emili Ferret schmiedet, das Kriege vermeidet und andere verursacht. Das sich im Grab des alten Mir befand, wenn wir dem Glauben schenken, was Casanova erzählt wurde, oder in dem von Lluïsa nach der anderen Version. Wie dem auch sei, Flint hat sich seiner bemächtigt und besitzt es noch immer.«

Ich mußte an das schlangenförmige Juwel von Gertrudis denken. Was war es demnach? Ein Gegenstand der Zerstreuung? Sollte es vom anderen ablenken? Oder war es das wahrhaftige, und wir waren wieder einmal in die Falle der doppelten Lüge getappt? Vielleicht entsprang alles, wie so oft in der Geschichte, der Notwendigkeit, schwierige Chronologien in Einklang zu bringen.

»Also ist alles klar«, schloß ich. »Wieder einmal ist es Ω, der den entscheidenden Schlüssel zum Juwel besitzt. Er kennt die Codes für den letzten Schritt und dürfte als einziger wissen, wer Lluïsa Cros' Kinder sind.«

»Und nun die abschließende Frage: Wer sind die Kinder von Lluïsa Cros?« sagte Simon sehr leise.

Ich streckte mich auf dem Bett aus und verspürte eine unerklärliche Lust zu lachen, so als würde mich ein seltsames Gefühl grotesker Tiefe dazu treiben, alles auf oberflächliche und verrückte Weise zu sehen. Simon begann mit einem Aschenbecher aus Malachit zu spielen.

»Und welchen Sinn hat der Garten? Wenn ihm keine spielerische Funktion zukommt, wozu dient er dann?« fragte ich.

»Damit wir Orion mit den Erzählern und diese untereinander in Verbindung bringen und einige Elemente verknüpfen, die uns ohne den Garten nie in ihrer Gesamtheit aufgefallen wären. Auf diese Weise sollten wir, so wird angenommen, dazu fähig sein, Ω zu entlarven.«

»Das hat Gertrudis getan«, sagte ich, »sie ist zu dem Schluß gekommen, daß Ω Gimellion ist. Der endgültige Beweis wird ihrer Meinung nach morgen erbracht, wenn sich Gimellion im Avalon an uns wendet. Wäre es nicht einfacher, es uns direkt zu sagen?«

Simon seufzte und sah mich mitleidig an.

»Dein Glaube an Aufklärung und Rationalismus wird dich ins Verderben stürzen. Hast du es denn noch nicht bemerkt? Der Garten, Orion, Ω, die Geschichten, der Aufenthalt hier und sogar der Krieg, alles zielt darauf ab, den letzten Helden und Träger des Juwels zu finden und ihm seine Eigenschaften außerhalb der unermeßlichen Macht von Flint zurückzugeben, die nichts anderes ist als eine materielle und zeitliche Störung.«

»Da gibt es einen Widerspruch, mein Freund: Sollen wir Ω finden, oder soll Ω die Erben des Juwels finden?«

»Das spielt keine Rolle. Wie dem auch sei, es sind einführende Aktionen, um auf ihn hinzuweisen, damit er sich selbst beglaubigt, und gleichzeitig, um ihn vor der Gefahr zu schützen.«

»Ihn schützen? Wie denn?«

»Indem er darauf eingeht und dies allen klarmacht. Eine teilweise Enthüllung würde die Erben Flint oder den von ihm geschickten Männern ausliefern.«

Ich betrachtete Simon aufmerksam. Der arme Kerl mußte Fieber haben. Ich griff mir an die Stirn. Wahrscheinlich ging es mir nicht besser.

»Eine Sache verstehe ich nicht«, sagte ich. »Der Garten ist doch vor der Geschichte entstanden.«

»Das tut nichts zur Sache. Mit den nötigen Veränderungen läßt sich jede vorhandene Struktur einer Vielzahl von symbolischen Schemata anpassen. Wer weiß, vielleicht haben sie sich den Namen Ω erst vor einer Woche ausgedacht, um ihn mit dem Altar im Garten in Verbindung zu bringen. Freilich wirft die Identität der Anwesenden nicht nur das Problem auf, sie mit Bäumen oder Sternen gleichzusetzen.«

»Ich weiß nicht, was du meinst«, gestand ich.

»Was ist, deiner Meinung nach, diese Versammlung? Nichts anderes doch als der Kontrollausschuß des Juwels. Carter ist der amerikanische Vertreter, Kolinski der sowjetische. Die anderen sind die Hüter des Juwels, die mit Ω die Codes teilen: Suárez, Ficinus und Rodin, und in geringerem Maß Casanova und Gertrudis. Früher gehörte auch Flint dazu, bis er den anderen den Meinungsunterschied offenlegte, der sie trennte. Die Hauptpersonen der Geschichten waren die ehemaligen Hüter des Juwels: Waltraud, Piquet, Porter, Siurana, Patrici Ficinus, Uriach, Norfolk und Goldoni. Wo, glaubst du, befindet sich der berühmte Zentralcomputer des Institutes? Es ist der, den du im Observatorium gesehen hast. Wir sind beim Kern angelangt, sowohl, was den Ort, als auch, was die Zeit, die Personen und die Situation betrifft.«

»Demnach«, sagte ich, »verfolgen die Widersprüche der Geschichten keine Strategie, sondern sollen als Einführung dienen und sind vorher unter den Erzählern abgesprochen worden.«

»So ist es, zumindest läßt das Ergebnis diese Sicht zu.«

»Und Gertrudis ist eine von ihnen, oder sucht sie so wie wir?«

Simon zuckte mit den Achseln. Sie paßte am wenigsten in seine für meinen Geschmack zu schematische Darstellung. Vielleicht hatten wir alle Teil an der Verschwörung, obwohl sich viele dessen nicht bewußt waren, und die Erzähler standen genausowenig über den Dingen. Simon erhob sich lachend und wechselte den Ton.

»Das alles läßt sich gut an, doch es stimmt vielleicht nicht ganz.«

»Und wenn es, obwohl Gertrudis das für unmöglich hält, Erzähler gibt, die unschuldiger sind, als es den Anschein hat?«

»Vielleicht sind wir zu weit gegangen. Wir sollten alles unter dem Gesichtspunkt des Verfahrens betrachten«, sagte Simon. »Stell dir vor, du vermutest, daß jemand nicht der ist, der er zu sein vorgibt. Was würdest du tun? Ihm nachspionieren, in seiner Privatsphäre wühlen, um ihm Gelegenheit zu geben, dich zu beseitigen, falls er ein gefährliches Individuum wäre? Oder würdest du dich den anderen nach und nach anvertrauen, mit dem Risiko, daß sie dich für einen Neurotiker halten? Nein, das sicherste und praktischste ist, eine angemessen verfälschte Geschichte zu erzählen, um denjenigen, der, um den Schein zu wahren, nicht ausweichen kann, zu zwingen, die Karten auf den Tisch zu legen, und in der Folge die Reaktionen der Zuhörer zu beobachten.«

Mir kam der Gedanke, daß Casanovas Geschichte über Rafas Versuche, den Repressalien Quico Xungos zu entgehen, vielleicht eine versteckte Empfehlung war, falls jemand enthüllen wollte, daß er etwas wisse, was er nicht wissen durfte. Es könnte auch eine Warnung an einen möglichen Angreifer sein! Ich antwortete Simon.

»Betrachte es doch von der anderen Seite: Wenn du unvollständige oder verfälschte Geschichten erzählst, was bedeutet das für den, der dir zuhört und es bemerkt? Daß du der Schwindler bist? In jedem Fall stellst du dich bloß.«

»Es könnte sich aber auch herausstellen, daß du nicht weißt, wer von den anderen der Betrüger ist. Nicht, daß du an jemand Bestimmtem zweifelst, sondern an allen.«

Die Argumentation erschien mir müßig.

»Wenn also deiner Meinung nach alle Erzähler (im besten Fall alle außer einem) Falschmünzer sind, warum haben sie dann dieselbe Geschichte, die alle kannten, zum besten gegeben: jeder hat sie nach seinem Geschmack verändert, ohne daß irgend jemand protestierte.«

Simon schüttelte den Kopf.

»Du hast recht, es hat alles keinen Sinn. Die Erzähler reden voneinander und beziehen sich auf die gleichen Situationen. Anzunehmen, daß jemand an der Identität eines anderen zweifelt, bedeutet, daß alles, was man uns hier erzählt hat, von vorne bis hinten falsch ist. Und doch gibt es Tatsachen und Personen, die uns verläßliche Bezugspunkte liefern, weil wir wissen, daß sie existieren: die Bank Mir, Coloms Tod, Rodins politische Laufbahn, das Verschwinden der Kinder von Cros, die Freundschaft zwischen Gimellion und deiner Mutter … Eine Lüge dieses Ausmaßes, die Fragen betrifft, welche sich in jedem Zeitungsarchiv überprüfen lassen, ist unhaltbar.«

Ich dachte über haltbare Alternativen nach, und mir fielen keine ein. Der Mythos, die ganze Welt sei eine Lüge für einen einzigen Betrachter, schien nur dazu bestimmt, die makabren Träume nicht weiter zu nähren, und ich versuchte, ihn zumindest von dem Podest zu verdrängen, auf das Simon ihn gestellt hatte.

»So scheint es zu sein«, räumte ich ein, und überlegte, ob es hier ein Zeitungsarchiv gäbe. »Wir müssen dorthin zurückkehren, wo wir vor einem Augenblick gewesen sind: Die Geschichten sind ein Übereinkommen der Erzähler, um jemanden aus der Reserve zu locken, und dir zufolge handelt es sich ...«

»Um die Kinder der Lluïsa Cros, zweifellos«, kam er mir zuvor.

»Damit kommen wir zur ewigen Frage: Wer ist der Sohn von Lamb und Cros?« sagte ich lachend, doch es klang nicht so unbefangen, wie beabsichtigt.

»Es gibt keinen Zweifel«, sagte er und senkte erneut die Stimme. Er sah mir in die Augen und lächelte, als würde ihn das, was er im Begriff war zu sagen, erschrecken. »Entweder du oder ich.«

»Es könnte auch Artur sein«, warf ich sofort ein.

Seit Tagen schob ich diese Frage von mir weg. Sie ausgesprochen zu hören, verursachte mir trotz aller Beherrschung ein Kribbeln in den Beinen. Es war soweit: ich konnte mich dem Spiel nicht entziehen.

»Merkst du es denn nicht?« Er stand auf und kam zu mir. »Siehst du denn nicht, in welche Richtung es geht, die Anspielungen auf deine Eltern, Kolinskis Erzählung von Victoria Tura und Carola Fontalba? Und welchen Zweck haben die irrtümlichen Hinweise auf deinen Vater? Siehst du nicht, daß sie deine Aufmerksamkeit, ebenso wie meine, auf die Geschichte der Mirs und der Cros' lenken wollen?«

»Das ist mir nicht entgangen«, sagte ich in dem Versuch, ironisch zu sein. »Und wer ist sie? Gertrudis und du, ihr seht euch am ähnlichsten.«

»Emília und du, ihr seht euch auch ähnlich.«

Ich stand auf und ging auf und ab. Die Vorstellung, mit meiner Schwester geschlafen zu haben, erfüllte mich mit einer keineswegs bitteren Faszination. Ich mußte über den ersten Gedanken lächeln, der mir durch den Kopf gegangen war, daß nämlich jeder andere angesichts der möglichen Enthüllung bedrückt sein würde. Alles lief also darauf hinaus! Suchst du die Vergangenheit oder die Zukunft? Nein: Such deine Gegenwart, deinen Ort auf der Landkarte (Labyrinth oder Kalender, das ist egal), und du wirst alle anderen Dinge finden: deine Herkunft und deine Bestimmung. Alle Verwicklungen laufen auf ein und dasselbe hinaus, dachte ich, aber nun will ich sehen, ob eine Lösung auch für alle gilt.

»Und das Verstecken der Erben, die Flucht?« gab ich zu bedenken. »Siehst du denn nicht, daß die Geschichte nicht mit unserer zusammenpaßt?«

»Ach nein? Dann erkläre mir die häufigen Umzüge, die Studien im Ausland, die langen Ferien, als wir klein waren. Weißt du denn nicht mehr, daß wir von den Mitschülern darum beneidet wurden?«

Wir sahen uns lachend an.

»Dich haben diese Dinge immer beschäftigt«, erwiderte ich und dachte, daß ich mich bis vor kurzem geweigert hatte, nach etwas zu forschen, das mir nützlich sein könnte.

»Am wichtigsten scheint es mir zu sein, daß wir morgen erfahren werden, ob Gimellion Ω ist, oder wer sich sonst dahinter verbirgt.«

»Was hat das für eine Bedeutung angesichts der Entdeckung, daß wir nicht die sind, für die wir uns halten?«

»Ω ist der Schlüssel, der alle Türen öffnet. Wenn wir nicht auf ihn weisen, wird er nie auf uns zeigen. Das ist der Spiegel, der alles reflektieren wird: das endgültige Auftauchen des Juwels, und daß jeder den ihm entsprechenden Platz einnimmt.« Er machte eine Pause und lachte. »Weißt du, welche These Casanova insgeheim vertritt? Daß Ω kein vormundschaftliches Amt bekleidet, wie Suárez gesagt hat, sondern den Führer und die Präsenz verkörpert, die sich im Lauf der Zeit auf so verschiedene Weise gezeigt hat: Merlin oder Taliesin bei den Kelten, Nyarlathotep, Thot oder Canopus am Nil, Hermes für die Griechen, Meister der Versöhnung zwischen Apollo und Dionysios, Vater der Astronomie, Khedr für die Araber, Erzengel Michael, das Weltmodell, der Götterbote, der Demiurg für die Gnostiker.« Er sah mich spöttisch an. »Was hältst du davon?«

Ich fand es unangebracht und zweifelte an Simon, wie eine Weile zuvor an Gertrudis. Er schien zu übertreiben, und ich betrachtete ihn mit mäßigem Mißtrauen. Wer weiß, wer dich geschickt hat, wenn dem überhaupt so ist. Vielleicht hast du selbst es nicht einmal bemerkt. Doch wenn mir jemand

Simon schicken kann, ohne daß es ihm bewußt ist, kann auch ich zu mir unbekannten Zwecken benutzt werden. Wer hätte mich verdächtigt? Und, was noch schlimmer ist, würde ich für mein Versehen, meine Ungeschicktheit, meine Einfalt die Verantwortung tragen müssen?

Es klopfte an der Tür, Emília kam herein.

»Ihr seht nicht gerade vergnügt aus«, sagte sie in bester Laune.

»Wir führten soeben ein abstraktes, abgehobenes Gespräch über Leben und Tod«, antwortete Simon heiter.

»Ein Gespräch, in dem es um Leben und Tod geht? Das kann unmöglich abstrakt oder abgehoben gewesen sein. Es ist das am meisten praxisbezogene und wahrhaftige, das es gibt.«

Simon wollte aufbrechen, ich hielt ihn zurück.

»Ich weiß nicht, irgendwie paßt alles nicht zusammen. Die Erzählungen, die Bäume ... Die Bezüge sind unklar und gewollt. Was ist mit den Thujen, die den Schild bilden? Und was mit der Tanne, der Buche und der Erle, die den rechten Arm darstellen?«

»Das hat seine Logik«, erwiderte er, ohne nachzudenken. »Eine perfekte Symbolisierung wäre zwecklos. Sie mußte getarnt werden, und welch bessere Form konnte es geben, als sie der Natur anzupassen, je nach Interpretationen schwankend, voller Kurven und Sprünge? Die von uns als vollkommen bezeichneten Linien entsprechen der menschlichen Vernunft, einer idealisierten Irrealität. Die subtile Unvollkommenheit ist das beste Spiegelbild des Lebens, das dir der Garten, also auch unsere Zusammenkunft, geben kann. Glaubst du nicht?«

»Vielleicht muß doch etwas ungeklärt bleiben. Was wäre das alles anstelle des Lebens? Ein Roman?«

Jetzt ist tatsächlich alles klar, dachte ich. Zum Glück haben wir dich, den mit hervorragendem Geist Ausgestatteten, der du mit deinen Erklärungen Abgründe, Widersprüche, Zweifel und Schwindelgefühl der letzten sechs Tage wegwischen kannst.

»Seid ihr nicht etwas altmodisch?« fragte Emília. »Seit

Jahren, seit der Katastrophentheorie, der Differentialgeometrie und den Quantenzahlen, sind Kurven und Sprünge die Säule der Wissenschaft.«

»Nimm dich vor weisen Frauen in acht«, riet mir Simon und ging hinaus.

Emília und ich blickten uns lächelnd an. Es war der Moment gekommen, sich unwiderstehlich zu fühlen. In einer Sache hatte Simon recht: Morgen war der Tag, wo wir zum Haupt Orions, zu Ω, vordringen würden. Ich glaubte, es nicht ertragen zu können, daß es nicht so sein würde, denn wenn Ω nicht hier war, um mit einem Jupiter-Finger auf den vom Schicksal Auserwählten zu zeigen, hätte all die durchgestandene Ungewißheit nichts genützt, und es würde nichts mehr geschehen, alles wäre eine Zerstreuung und jeder der gewesen, der er vorgab zu sein; und wenn noch etwas von der Welt übrigbliebe, könnten wir mit etwas Glück eines Tages dorthin zurückkehren, in der einzigen Gewißheit, daß das Hirn nicht aufgehört hätte, seine Kreise zu drehen, und daß der einzige Schrecken, der Abgrund, der mich mit Gertrudis verband, nichts weiter wäre als eine Absurdität, die sich mit einem unbedeutenden häuslichen Abkommen absurderweise auflösen ließe.

»Hast du etwas zu trinken da?« fragte Emília.

Als ich verneinte, schlug sie vor, in ihr Zimmer zu gehen, wo sie einen Grappa im Kühlschrank hatte. Meine Kopfschmerzen ließen sich mit dem Knüppelschlag eines hochprozentigen Alkohols nicht verschlimmern. Vielleicht brauchte ich genau das. Wir gingen zu ihr, und ich überließ mich der Betrachtung des Ganges und der Türen, als würde ich sie nie mehr zu Gesicht bekommen. Sie sah mich offen an. Das Bild von Gertrudis war so stark, daß ich mich Emília vorbehaltlos hingeben konnte ohne die üblichen Vorsichtsmaßnahmen derer, die ihren Freunden gegenüber loyal und der Ehefrau untreu sein möchten. Wir blieben vor ihrer Tür stehen. Im Gang war es absolut still. Ich faßte sie um die Taille.

»Wie geht es meinem Schwesterchen?«

Ich näherte meine Lippen ihrem Hals. Sie wich ein wenig

zurück und lächelte mich an. Sie schien meine Worte bildhaft zu interpretieren, vielleicht als ein Kompliment, doch in ihren Augen lag die Zurückhaltung des Mißtrauens.

»Diese Nacht so in Form wie nie«, sagte sie mit einer Stimme, die ihren Augen widersprach.

Wir gingen ins Zimmer und umarmten uns. Ich wollte an Gertrudis denken, bevor ich mir vorstellte, es die ganze Nacht lang nicht mehr zu tun. Ein weiterer Tag, um sich zu verlieben, oder ein weiterer Tag, sich dem Tod zu nähern? Ein weiterer Tag gewonnen oder verloren. Die Situation glich sehr (vielleicht zu sehr) der vor zwei Nächten. Die Unsicherheit darüber, nicht mit der ersehnten Frau zusammenzusein, ließ mich, mit dem Glas eisgekühlten Grappa in der Hand, durch das Zimmer schreiten. Die Nacht war klar, ich zog die Vorhänge zurück. Ich glaubte, Kassiopeia zu erkennen. Ich suchte die beiden Bären, doch das Dach verdeckte sie. Was bedeutete es mir, ob Flint oder Suárez, Gimellion oder Rodin das Juwel besaßen, wenn ich nicht mit Gertrudis zuammensein konnte. Und wäre ich es gewesen, würde mich das Schicksal des Juwels noch weniger betreffen. Was ging es mich an, wer den Krieg gewann, wenn mich alle unterjochen wollten. Welche Gnade würde es für mich bedeuten, wenn Ω Gimellion wäre oder daß es keinen Baum im Haupt des Orion gibt?

Emília streckte sich auf dem Bett aus, ohne die Augen von mir zu lassen. Ich betrachtete die Schlacht auf dem Gemälde, ohne wissen zu wollen, wer der General des Gemetzels war. Inmitten der Szene war ein umgestürzter Wagen zu sehen, aus dem eine Frau im Nachthemd herauskam. Die Delirien des 19. Jahrhunderts sind noch nicht überwunden. Sie hatte große Augen, wie die eines fetten, androgynen Kalbs, und hinter der scheinbar dummen Friedlichkeit (sexuell unbestimmt, obwohl sie den einen oder anderen erotischen Reiz verströmte) der Damen und Buben des Pokers befürchtete ich unmenschliche, von Nummern und Kreisen beherrschte Verschwörungen, das Grauen eines wegen seiner milchigen Zerbrechlichkeit verweigerten Schicksals, tragischer als die Panik, da der Schrecken nicht zum Ausdruck kommt.

Ich legte mich neben Emília, sie drehte sich zu mir, um mir Platz zu machen. Sie würde nie wieder so schön sein wie in diesem Augenblick. Es wäre falsch, sie aufgrund ihrer Beweglichkeit schlank zu nennen, und es wäre unzureichend, sie betörend sinnlich und vollendet zu nennen. Da es die stechende Ungewißheit des ersten Tages nicht mehr gab, besaß die aufkommende Leidenschaft eine kräftige und eisige Aura. Wie wenig ist doch ein Mensch, dachte ich. In einen Tisch kannst du ein Messer hineinbohren, und er ist nach wie vor ein Tisch, mehr oder weniger beschädigt und ein Grund zur Scham, wenn Gäste kommen, doch bleibt er weiterhin ein Tisch. Wenn du aber einem Menschen ein kleines Loch, einen unbedeutenden Schnitt zufügst oder ihm ein paar Gramm einer bestimmten Substanz einflößt, verwandelt er sich augenblicklich in Nichts.

»Bist du müde?« fragte ich, ein schlecht verhohlener Exorzist.

Wir küßten uns. Ein Mensch ist so wenig, daß er in anderen Armen stranden kann. Als würde es nicht genügen, sich aus eigenem Antrieb zu hassen, braucht er einen mitwissenden Ankläger. Natürlich ist es von Vorteil, in arger Bedrängnis eine Trösterin zu haben.

Eine Stunde später, im Bett und schon mit sämtlichen Säften durchtränkt, war ich trauriger, aber, auch wenn es schwer zusammenzupassen scheint, viel besserer Laune. *Parnassius apollo*, dachte ich, Name der Eitelkeit. Am Ende gleichen die Toten einander mehr als jeder im Leben sich selber.

»Ich weiß nie, was du denkst«, sagte sie, ohne mich anzusehen.

Ach, der Dämpfer der Neugierde! Lüge? Hochmut? Wie unnütz für die eigenen Gedanken! Ich hatte unbändige Lust, sie nach Jubert zu fragen. Diese gleichgültige Drohung verdiente etwas Kräftigeres als nur ein Schnüffeln. Da mir nichts einfiel, zog ich es vor zu schweigen. Ich fand es ungerecht, daß die Natur nicht genügend subtil (oder zu barmherzig) war, um mir zu erlauben, die vor kurzem hinterlassenen Spuren eines anderen Mannes auf einem Körper zu entdecken. Oder vielleicht war ich dazu nicht feinfühlig genug.

»Ich dachte an die vergangene Nacht«, erklärte ich.

In Wahrheit hatte ich an den Film gedacht, vor allem an die Endszene mit diesen Ungeheuern, aber sie verstand es offensichtlich so, daß ich an Jubert dachte, lachte halb schüchtern, halb frech und beachtete es nicht weiter. Mir kam es so vor, als würde es ihr schmeicheln, vielleicht störte es sie auch ein wenig. Ich versicherte ihr, daß ich meinerseits dieses Gespräch nie in für irgend jemanden unangenehme Bereiche abdriften lassen würde. Sie lächelte, nachsichtig mit ihrer Gewaltigkeit und mit meiner unbestimmten Armseligkeit.

Die Bedingungen für ein Verlangen nach Erkenntnis und Lust konnten nicht besser sein, Emília und ich schalteten das Licht aus, um im gemeinsamen Interesse bis in den späten Morgen hinein zu schlafen: am nächsten Tag müßten wir fähig sein, die Tatsachen von den Wundern und Greueln, die uns erwarteten, zu unterscheiden.

Siebenter Tag

Als wir aufwachten, hatte ich das Gefühl, nur eine Minute geschlafen zu haben, es war aber halb zehn Uhr morgens, also
waren mehr als dreieinhalb Stunden vergangen. Mir fiel sofort wieder ein, was uns an diesem Tag erwartete (wer sagte,
daß der schmerzlichste Augenblick des Lebens der ist, da
man am Morgen aufwacht und sich seines Schicksals bewußt
wird?). Doch der Adrenalinschub verflüchtigte sich nicht
gleich, sondern verteilte eine bittersüße Beklommenheit über
den ganzen Körper, vor allem auf die Beine, den Magen und
die Brust.

Emília öffnete Fensterläden und Vorhänge, und es kam ein
bleiches, kränkliches Licht herein, das von der harten Klarheit der Sterne in der vorangegangenen Nacht nicht angekündigt worden war. Ich blieb rücklings auf dem zerwühl-
ten Bett liegen und dachte, daß ich wohl schlecht aussehen
mußte. Emília kramte in einer Kommode, und ich erinnerte
mich an meine Jugend und danach an meine Kindheit (es war
mehr ein Erfinden als ein Erinnern). Ich bewegte mich wie in
einem schwindelerregenden Zeitraffer zurück auf der Suche
nach dem frühesten Bodensatz der Erinnerung. Ich glaubte
ihn, auf einem Holzzaun sitzend, wiederzuerkennen, zwischen sonnengebräunten Armen, mit einem Armband aus
Steinen in kräftigen Farben spielend. Die Schlüsse waren sentimental, nicht historisch. Ich richtete mich auf. Jede taktische Lehre, die ich daraus ziehen konnte, wäre eher eine
von der Notwendigkeit geschürte Erfindung als ein sich
offenbarender, echter Markstein. (Exempel des Hochmuts,
sagte mir ein gefälliges Alter ego, wo werden deine Geister-
schiffe stranden?)

»In letzter Zeit wirkst du sehr melancholisch«, meinte
Emília und umarmte mich.

»Ich habe nach meiner ersten Erinnerung gesucht«, sagte ich zu ihr und bereute es sofort, »es ist das Gegenteil von dem, was allgemein behauptet wird. Oder vielleicht habe ich nicht verstanden, es richtig zu interpretieren.«

»Mein Vater erzählte einmal die Geschichte eines seiner Freunde«, sagte sie, und ich weiß nicht, wie ich dreingeschaut haben muß, denn sie änderte den Tonfall. »Keine Sorge, das hat nichts mit den Erzählungen im Avalon zu tun«, fügte sie mit einem bezaubernden Lächeln hinzu. »Ich entspreche keinem Baum und auch keinem Stern.«

Ich küßte sie lachend.

»Du bist der Stern«, sagte ich in der Erwartung, die Übertreibung würde ihren Sarkasmus auslösen.

»Von der eher heterodoxen Theorie ausgehend, es könnte sich um eine an Lethe erinnernde Antithese handeln, die ihn nicht zum Vergessen seiner Vergangenheit, sondern zur Entdeckung einer triumphierenden Zukunft führen würde, wollte dieser Freund des Vaters, Josep Goti hieß er, in die berühmte Höhle des Pan eindringen. Er machte sich auf den Weg und erhoffte sich, durch dieses Unbekannte, den stärksten Eindruck, die exotischste Sinnlichkeit, die unglaublichste und überraschendste Essenz, die ihn erneuern würde, die unvorstellbare Faszination der von allen Sterblichen angestrebten Ekstase. Armer Goti! Er traf auf das quälendste und, da es in seinem tiefsten Inneren lag, schrecklichste Gespenst seiner Vergangenheit, auf sein Urentsetzen, das er nach vielen Jahren der Mühe unter dem schwersten Stein begraben hatte; nun erstand es übermächtig neu, voller unabwendbarem Schrecken und voller Vernichtung.«

»Was ist deiner Meinung nach das tiefste, schrecklichste Entsetzen?« fragte ich sie und überlegte, ob sie mir nicht eine verhüllte Warnung zukommen lassen wollte. »Die Auflösung des Ich? Die Hinduisten verstehen darunter das Nirwana.«

»Ich weiß es nicht«, antwortete sie.

»Oder kommt das tiefste, schrecklichste Entsetzen dem Überdruß gleich? Wie wir letztens sagten, der völligen Gleichgültigkeit.«

»Dem Nichts?«

»Weißt du, was ich denke«, sagte ich, während ich aufstand. »Daß das absolute Entsetzen und das absolute Glück,
sollte es sie geben, dasselbe sind. Oder aber«, nahm ich mir
die Illusionen, »du kannst die Substantive wegnehmen und
die Adjektive gleichsetzen. Absolut ist absolut, und was auch
immer du dazusetzt, es wird von ihm verschlungen wie ein
Wassertropfen vom Meer. Und sobald die gleichen gleichge-
setzt sind, braucht man nicht mehr von Absolutem zu sprechen. Du kannst sagen, Ω ist gleich Ω, oder, noch subtiler,
ich bin ich.«

Emília lachte und stand aus dem Bett auf.

»Vielleicht sind wir für die frühe Morgenstunde etwas zu
weit gegangen. Komm, wir gehen duschen.«

Ich schlug ihr ein Bad zu zweit vor, doch sie meinte, dazu
hätten wir keine Zeit.

»Warum keine Zeit?« fragte ich. »Soviel ich weiß, müssen
wir in kein Büro und keine Stechuhr bedienen. Wir haben
nichts zu tun.«

»Sie erwarten uns zum Frühstück«, drängte sie.

Ich zog das Duschen möglichst in die Länge. Der warme
Wasserstrahl, die Naturschwämme und Düfte spülten einen
Teil der verborgenen Tragödie weg, die gewiß wiederkehren
würde. Ich betrachtete Emílias unvergleichlichen Körper, als
wäre er ein Wahnwitz der Natur, und sie zeigte sich geschmeichelt. Wir kleideten uns an, und mir fiel auf, wie gewissenhaft sie es tat. Ich war schon fertig, während sie noch
überlegte, ob sie den rosa oder den lachsfarbenen Schal zum
türkisfarbenen Pullover wählen, helle Strümpfe mit einem
khakifarbenen oder mit einem blaugrauen Rock kombinieren
sollte. Nachdem der aufwendige Vorgang abgeschlossen war,
bat ich sie, mich auf mein Zimmer zu begleiten, da ich meinen Pullover wechseln wollte. Dort vertrieb sie sich die Zeit
mit der Betrachtung von Phrixos' Ritt auf dem Widder.

»Von mir aus können wir gehen«, sagte ich.

»Der Maler hat offensichtlich nicht viel von Physiognomie
verstanden«, bemerkte sie. »Er hatte große Mühe, das Gesicht herauszuarbeiten.«

Der Kommentar wunderte mich, und ich trat näher.

»Das kann nicht sein«, murmelte ich, und mir brach kalter Schweiß aus den Poren.

»Was kann nicht sein?«

Diesmal gab es keinen Zweifel: Phrixos hatte sich entfernt. Er befand sich weiter weg, mehr rechts, und war durch die Perspektive kleiner. Ich ging noch näher heran und kämpfte gegen ein beklemmendes Gefühl des Absurden. Das Bild war staubig, es war also seit längerer Zeit von niemandem angerührt worden. Dabei, dachte ich, wischen sie hier jeden Tag Staub, es ist der einzige verstaubte Gegenstand im Zimmer (und ich könnte schwören, im ganzen Gebäude), demnach ist er extra hergestellt worden. Die systematische Absicht, mich zu verwirren, konnte kein anderes Ziel haben, als meine Gleichgültigkeit hervorzurufen oder mich dazu anzustacheln, mich am Spiel zu beteiligen. Doch was erwartete man von mir in diesem Fall?

»Was suggeriert dir der Widder des Phrixos?« fragte ich Emília.

Ich vertraute ihr nicht mehr als den anderen, aber sie war gerade da.

»Phrixos und Helle sind die Daimonien von Donner und Regen und der Widder die (eigens von der Mutter Nephele) gesandte Wolke, die sie unter der Führung von Hermes trägt. Phrixos redet, Helle fällt, und danach setzt die Wolke mit dem Donner die Reise zum Haus des Aietes, Sohn des Helios, also zum Haus der Sonne fort, und dort wird der Widder dem Gott des leuchtenden Himmels geopfert und in ein goldenes Vlies verwandelt, in eine leichte, von Sonnenstrahlen beschienene Wolke, die nach dem Gewitter zurückbleibt. Der Mythos ist orientalischen Ursprungs. Im Sanskrit heißt Lamm Mesha, was soviel bedeutet wie der Ausgießende, Verteilende. Es ist«, lachte sie, »die urinierende Wolke, der Kopf des regnerischen Orion, des großen Urinierenden. Überzeugt dich das nicht? Willst du eine abstraktere Erklärung?« Sie zögerte. »Dem Schicksal ausweichen ... Die spirituelle Kraft des Goldenen Vlieses ... Anstelle eines anderen geopfert werden. Auch nicht? Manch einer behauptet, daß Phrixos ein Orakel in Kolchis hatte und der Widder dort heilig war, als Tier oder als Insignie des Schiffes. Was hältst du davon? Die Galionsfigur des Tierkreises?«

»Widder!« Ich ließ mich aufs Bett fallen. »Na klar! Und was stellt der Widder dar? Den Kopf! Diesmal stimmt's!«

Ich hielt eine kleine Rede über die Herrschaft des Tierkreises über die Körperteile. Der Steinbock beherrscht die Knie, also Rigel und Saiph. Skorpion das Geschlecht: Roncal, die Gewalt, den Tod (und die Erneuerung). Die drei Gürtelsterne lassen sich auf Schütze (die Flanken), Waage (die Nieren) und Jungfrau (die Gedärme) aufteilen. Schultern und Brust entsprechen Zwilling und Krebs (Bellatrix und Beteigeuze) und Widder schließlich dem Kopf. Emília machte eine ungeduldige Geste.

»Der Himmelsriese, nicht wahr?« spottete sie.

»Natürlich! Alles fügt sich zusammen! Mintaka, der Stern, der beinahe mit dem Äquator zusammenfällt, ist die Waage, die Mitte des Tierkreises. Sie steht auch für den vierten Tag, und wenn wir heute zum Kopf kommen, heißt das, sie zeigte die Hälfte der Erzählungen an, und heute gehen sie zu Ende.«

Ich kam auf die Idee, daß in bezug auf die Erzähler Mintaka der größte Stern der Konstellation sein müßte, aber vielleicht steht die Bedeutung eines Sterns nicht mit dem Umfang oder der Dichte der entsprechenden Geschichten in Zusammenhang, sondern mit der Gewichtigkeit der Enthüllungen.

»Du verlierst dich noch in der Interpretation«, meinte sie und wandte sich zur Tür. »Auf diese Weise zu interpretieren heißt ignorieren. Der Widder von Phrixos hätte dich an ganz andere Orte bringen können, doch du hast beschlossen, nur das zu hören, was dir paßt.«

»Was schlägst du vor?« fragte ich beinahe schreiend. »Soll ich vielleicht alle Betrachtungsmöglichkeiten ernst nehmen? Willst du, daß ich verrückt werde?«

»Sieh es doch mal anders«, sagte sie sanft. »Im Abendland ist Orion ein Hirte, ein Jäger, sogar ein Henker! Die Symbole und Interpretationen haben alle möglichen Ursprünge: politische, landwirtschaftliche, kriegerische ... Wer weiß!

Wenn der Ofen der Vernunft erkaltet, wird das übrige so sentimental! In Neuseeland ist das Sternbild des Orion ein Boot, wie die Googol, hast du nicht daran gedacht? In Ägypten war es die Seele von Horus, in Byzanz die Doppelaxt (Sirius bildet den Knauf), die wie Janus in die Vergangenheit und die Zukunft blickt (in diesem Fall nach Norden und Süden, mit Mintaka am Äquator) und sich gegen den minoischen Stier wendet. Es ist also das Emblem des Labyrinths. Hier ist tatsächlich symbolischer Stoff vorhanden! Bei einigen Völkern in der Südsee – so hieß einst der Pazifik – ist Orion keine tödliche Waffe, kein Würgeengel, nicht einmal ein Riese. Er ist ein Schmetterling, der mit ausgebreiteten Flügeln am Himmel fliegt.«

Kaum hatte sie den Satz beendet, öffnete sie die Tür und forderte mich lächelnd auf, mit ihr hinauszugehen. Ich betrachtete meinen *Papilio machaon*, der seit dem ersten Tag in meiner Nähe war. Ich dachte an die Stiche von den Schmetterlingen, die ich in den Zimmern der anderen gesehen hatte. In einigen gab es keinen, hatte das etwas zu bedeuten? War der *Papilio machao* eine besondere Art?

»Weißt du, wie Alfons der Weise den Stern im Kopf des Orion nannte?« fragte ich Emília in der Absicht, ihr nicht das letzte Wort zu lassen. Sie schüttelte den Kopf. »Alhaca, was soviel heißt wie lügnerische Frau.«

»Nun, die Griechen nannten ihn Heka, das heißt allmählich oder bedächtig.«

Wir gingen ins Eßzimmer. Es war in gedämpftes Licht getaucht, der Tag wirkte rauh durch den eisigen Wind und den Schnee auf den unwirtlichen Bergen, der sich gegen einen düster werdenden Himmel abzeichnete, was durch den Kontrast das warme und helle Innere des Hauses in Ocker und Gold noch angenehmer machte. Am Tisch saßen Gertrudis, Artur und Simon. Die Angestellten räumten Tassen und Speisereste weg, ein Zeichen dafür, daß die anderen schon gefrühstückt hatten.

»Um wieviel Uhr treffen wir uns im Avalon?« fragte Emília, nachdem sie allen wie üblich einen guten Morgen gewünscht hatte.

»Es tut mit leid, euch enttäuschen zu müssen«, sagte Artur, »heute gibt es keine Geschichten im Avalon. Der Stab der Gastgeber befindet sich schon seit Stunden in der Nachrichtenzentrale, sie wollen auf keinen Fall gestört werden.«

Simon und ich sahen uns ärgerlich an. Mir fiel sofort die Mutmaßung von Gertrudis ein, im Kopf des Orion würde keine Erzählung stattfinden. Wir würden also nicht einmal den Erzähler kennenlernen. Sie schien meinem Blick auszuweichen, doch als ich mich zu ihr setzte, schenkte sie mir ein liebenswürdiges Lächeln.

»Und Casanova und seine Frau?« fragte Emília.

»Casanova hat Grippe, und Teresa ist auf dem Zimmer geblieben, um zu lesen und ihm Gesellschaft zu leisten. Jubert ist spazierengegangen«, sagte Gertrudis.

»Bei diesem Wetter?« meinte ich erstaunt, sie zuckte mit den Achseln. Obwohl es nichts Neues war (vor zwei Tagen hatte Casanova eine Geschichte kurz vor dem Mittagessen begonnen), ärgerte mich die Verzögerung unserer Zusammenkunft im Avalon. So sehr, daß ich merkte, wie ungeduldig ich war, endlich bestätigt zu bekommen, daß der Erzähler nach Suárez Gimellion sein würde, eine ziemlich sichere Sache, weil sonst niemand übrigblieb. Und sollte er es nicht sein, wer war dann Ω?

»Wir könnten uns Geschichten erzählen«, sagte Emília, zweifellos, um uns zu provozieren. Simons Reaktion fiel am heftigsten aus.

Vielleicht, dachte ich, haben die Geschichten aufgehört, und wir haben uns bei den Personen, den Bäumen und Sternen verrechnet. Das würde heißen, daß es vor Rodin einen Erzähler gab, oder aber es gab Roncals Geschichte nicht, oder Kolinskis, die anderthalb Tage gedauert hatte, zählte für zwei. Wie auch immer, Suárez ist schließlich Ω (wenn die Verknüpfung von Orion und dem Garten nicht Produkt meiner Phantasie ist).

»Ein wenig Ausruhen wird uns nicht schaden«, meinte Artur.

Ich sah Gertrudis verstohlen an. Wenn sie Saiph ist (wie sie es zugegeben hatte), durch welchen Mechanismus war sie dann zu einer Erzählerin im Avalon geworden? Weil sie jemand dazu ernannt hat? Und wenn sie die Koordinatorin war? Irgend jemand mußte geplant haben, daß jeder dann sprach, wenn er an der Reihe war. Ich erinnerte mich, daß am Morgen des dritten Tages (genau wie an dem des siebenten) Gimellion, Carter, Ficinus und die anderen Partner (um sie irgendwie zu bezeichnen) sich in die Nachrichtenzentrale zurückgezogen hatten. Gertrudis war am längsten auf dem Schloß und deshalb damit beauftragt, die Gemeinde zu unterhalten. Ich mochte nicht weiter darüber nachdenken.

»Wenn ihr wollt«, meinte Gertrudis, »können wir uns Filme ansehen. Die Filmothek ist durchaus genießbar.«

Simon sah mich an und mußte lachen. Emília setzte sich neben mich, und ich nutzte das Unklare der Situation, um mich Gertrudis gegenüber in die vorteilhafteste Position zu bringen: ihr, so als wüßte sie es nicht, durch meine Haltung andeuten, was zwei Nächte lang mit Emília gewesen war, ohne es ihr aber unter die Nase zu reiben, denn das hätte unwiderruflich etwas zwischen uns zerstören können. Emília unterhielt sich mit Artur, und das entband mich von jeglicher Sorge, sie benutzt zu haben. Nur Simon war Zeuge der Manöver meiner Begierde, Gertrudis jedoch begegnete mir mit einem so offenen und eleganten Charme, daß ich mir am Ende schäbig vorkam.

Nachdem wir mit dem Frühstück fertig waren, gingen wir in den Avalon, und dort widmete sich jeder seiner Lektüre. Ich blickte Simon über die Schulter. Seine inquisitorische Ader jagte einem Angst ein: *Das Formicarium* von Nider, *Malleus maleficarum*. Ich nahm einen Stapel Bücher: Diogenes Laertios, Plinius der Jüngere, Berkeley, Locke. Ich war nicht in der Stimmung, und meine Gedanken schweiften von einer Abhandlung über den Willen zur Erinnerung an meine Stadt, die, wie während einer trügerischen Besserung bei einer tödlichen Krankheit, nach dem ersten Zerstörungsschub darniederlag. Ich sah sie in den bitteren Farben eines Alptraums, so als wären ihre Straßen nacheinander von einem verheerenden Brand und einer gewaltigen Überschwemmung heimgesucht worden. Die Gehsteige waren von einem schon eingetrockneten Schlammstrom bedeckt, die Fahrbahnen durch Wagenspuren und Schutthaufen unpassierbar. Die Hausfassaden mit ihrem geschwärzten, abblätternden Putz zeigten schamlos ihre zertrümmerten Türen mit willkürlich und brutal aufgetürmten Gegenständen aller Art und ihre nur noch wenigen erleuchteten Fenster, deren Licht das blutrote Flackern eines prächtigen, ersterbenden Feuers besaß. Die anderen Öffnungen waren erloschen, verschlossen oder durch Jalousien verhängt und meist ohne Glasscheiben. In der Luft lag ein Heulen aquatischer Bedrohung, heftiger als das eines wilden Tieres, und dem Licht haftete die erdfarbene Unbestimmtheit der Dämmerung an. Es war nicht klar, ob sie den Morgen oder den Abend ankündigte oder etwas Ungewöhnliches und Unbekanntes, einmaliger Sproß jener dröhnenden Trombe der Vernichtung. Kein mächtiges Gestirn konnte sein Licht durchsetzen, es war, als stammte das Halbdunkel von einem manchmal nahen, dann wieder fernen Widerschein inmitten dichter Wolken oder bläulicher und gelblicher Monde, die nur undeutlich zu erkennen waren.

Artur und Gertrudis rissen mich aus meinen düsteren Gedanken, um mir zu sagen, daß sie sich im Angrenzenden Garten die Beine vertreten wollten, und gingen hinaus. Ich kam auf die Idee, meine Gedanken aufzuschreiben und sie Emília und Simon vorzulesen. Der Schriftsteller denkt sich Dinge und ihre Widersprüche aus. Er antwortet sich selbst, doch wer widerspricht dem Vorgang, wer widerspricht mir, wenn ich nur mich selbst habe, um das zu tun, und der Entgegnung nichts weiter anzubieten habe als eine scheinbar traumhafte Erinnerung? Ich sagte es ihnen, und Emília ging ganz darauf ein.

»Der Erzähler dreht und wendet sich, versucht die Gedanken des Lesers zu ergründen, ohne dabei irgendeine Möglichkeit auszulassen.«

»Das kann nicht sein, denn es gibt so viele Kombinationen, daß der verdeckte Teil immer ganz klein sein wird«, wandte ich ein. Simon legte das Buch beiseite.

»Also liegt gerade in der Aussparung die große formale Wahl des Erzählers«, sagte Emília.

»Hier zeigt sich sein Geschick, das Verschweigen nicht als

etwas Zufälliges anzubieten, als etwas, das vergessen wurde, sondern als bewußte Auslassung, um dem Text Sinn oder Poesie zu verleihen«, sagte ich. Simon widersprach.

»Eine Sache ist das Streben nach Vollständigkeit, was in der Literatur nichts als bloße Eitelkeit ist, eine andere die Armseligkeit zu denken, daß du etwas gewinnst, indem du Informationen über die Hauptbestandteile unter den Tisch fallen läßt. Die große Literatur wird von einem Autor geschrieben, der sich so stark und sicher fühlt, daß er keinen Gedanken daran verschwendet, was er nicht sagen sollte, um die suggestive Kraft aufrechtzuerhalten. Er muß nichts wegzaubern, weil er weiß, daß er den Leser um das Zehnfache, Hundertfache, …zigfache übertreffen kann, indem er immer das Wunder vor die möglichen Überlegungen schiebt. Man hat ein As in seinem Ärmel entdeckt? Soll er doch drei herausziehen!«

»Ich weiß nicht, ob ich zu soviel fähig bin«, sagte ich. Die große Herausforderung der diskursiven Literatur liegt nicht darin, daß sie Informationen wegläßt oder sie im Übermaß anbietet, sondern darin, daß sie ihre Priorität vorgibt. Es ist nicht leicht, Fallen als Zweifel zu verkaufen und damit das erwartete Ergebnis zu erzielen.

Jubert kam herein, seine Anwesenheit war mir nicht unangenehm, aber ich wäre lieber mit ihm und Simon allein gewesen.

»Es ist besser«, sagte Simon, »Zweifel statt Überzeugungen zu verwirren.«

Emília zuckte mit den Achseln.

»Das ist wie mit dem halbleeren und dem halbvollen Glas.«

»Der Zweifel dient nur als Freibrief dafür, nichts zu tun«, meinte Jubert, ohne mich anzusehen. »Die großen Zweifler sind die, die es schließlich zu Vermögen gebracht haben.«

»Zum Beispiel?« fragte Emília.

Ich bekam einen Eifersuchtsanfall (nie hätte ich das zugegeben) und griff Juberts Antwort vor.

»Ich denke, das Beispiel wird nicht Hamlet sein. Ich kann den berühmten paradigmatischen Zweifel Hamlets nirgends entdecken.«

»Natürlich ist nicht Hamlet der große Zweifler, sondern Jesus Christus«, sagte Jubert bestimmt.

»Der Zweifel verträgt sich nicht mit der Göttlichkeit«, meinte Emília. Diese große Bereitschaft, Jubert zu antworten und sich für seine Aussagen zu interessieren, erbitterte mich.

»Handelt es sich nicht um ein Attribut der Meeresgottheiten?« fragte ich und dachte an die Verwandlung als Figuration des Zweifels.

»Das würde zu Jesus passen, der nicht Sohn des Himmelsgottes, sondern der des Meeresgottes ist, wie die Ikonographie beweist: Fischer, Bilder, die sich von Fischen ableiten, und die Fähigkeit, übers Wasser zu gehen, eine Gabe, mit der Poseidon gewöhnlich seine Kinder ausstattete«, erklärte Jubert, »die bis zu Narayana, einer Inkarnation von Vishnu, reicht.«

»Eine Kraft, die auch Orion, dem Regnerischen, zugestanden wurde«, schloß Simon und zwinkerte mir zu.

»Laßt uns doch in den unteren Gärten spazierengehen und dort weiterreden«, schlug Jubert vor.

Wir standen auf. Großartig, dachte ich, Jubert will im Avalon keine Geschichten erzählen. Das bedeutet, er hat strenge Anweisungen, den Weg, der uns zu Ω führt, nicht zu verbauen.

Wir liefen gemächlich, Jubert zwischen den anderen beiden und ich an Emílias Seite.

»Worüber wolltest du sprechen?« fragte sie Jubert.

»Über ein rekursives Thema in der Kontroverse um den Protestantismus«, erklärte er. »Das Leiden Jesu am Kreuz. Alle hatten ihn verlassen, Jünger und Anhänger, und am Kreuz sogar sein Vater. Christus rief aus: ›Eli, Eli, warum hast du mich verlassen?‹ Im letzten Augenblick hat selbst er an der höchsten Bestimmung gezweifelt, die zu erfüllen er auf die Welt gekommen war. Er zweifelt am Sinn seines Opfers und verzagt. Diese Geste ist vielleicht die einzige, die seiner Figur eine menschliche Dimension gibt. Der Szene kommt besondere Bedeutung zu, weil sie den Schluß bildet.«

Artur und Gertrudis gesellten sich zu uns. Ich suchte nach etwas, was ich sagen könnte, doch Artur kam mir zuvor.

»Diese Episode hat eine sehr unterhaltsame Erklärung. Die Worte Christi am Kreuz wurden später verändert, um uns weiszumachen, daß alles in einer bestimmten Form stattgefunden hatte.«

»Wie verliefen denn, nach dieser Version, die Dinge wirklich?« fragte Emília.

»Der Mann, den sie ans Kreuz nagelten, war nicht Jesus von Nazareth, sondern ein Double, ein Schauspieler, den sie angeworben hatten, damit er die Rolle des Opfers übernähme. Die Schrift mußte erfüllt werden, doch weil die Hauptfigur nicht bereit war, sich hinrichten zu lassen, kam man auf die Idee, ihn durch einen anderen zu ersetzen. Das erklärt alles: die Abwesenheit der Jünger während des Prozesses und unter dem Kreuz (es hat keinen Sinn, sein Leben aufs Spiel zu setzen, wenn der erste, der es nicht tut, der Meister ist) und die Worte des Gekreuzigten, die danach dem zuvor geschriebenen Drehbuch angepaßt wurden.«

Wir sahen uns belustigt an.

»Also besaß das Double Opfergeist«, sagte Jubert.

»Überhaupt nicht«, fuhr Artur fort. »Dem Double war versprochen worden, daß es im letzten Moment, wenn alle schon vom Opfertod Jesu überzeugt wären, gerettet werden würde. Deshalb sagt es zu den Dieben an seiner Seite, sie sollten sich keine Sorgen machen, sobald es Nacht wäre, würden sie heruntergenommen werden. Der eine schluckte das, doch der andere, der als der Böse in die Geschichte eingegangen ist, war ganz und gar nicht dumm und mußte zu ihm gesagt haben: ›Wie kannst du nur glauben, daß sie dich lebend von hier herunterholen?‹ Da droht das Double dem Bösewicht, daß seine Skepsis bestraft würde und er am Kreuz sterben müsse. Jedenfalls stellte sich bald heraus, daß der Bösewicht recht hatte. Das Double hob zu schreien und zu fluchen an. Es hat nie gerufen: ›Verzeih ihnen, Herr, denn sie wissen nicht, was sie tun‹, sondern: ›Nehmt mich runter, ihr wißt nicht, was ihr tut!‹ Ebenso wie das ›Mein Gott, mein Gott, warum hast du mich verlassen?‹ ursprünglich lautete: ›Holt mich runter, ihr Mistkerle, ihr habt mich hängen lassen!‹ Das endete, als Longinus, einer der Soldaten, die Wache hielten und Teil des geheimen Plans waren, sah, daß soviel Stänkern in Anwesenheit von Neugierigen die Inszenierung gefährdete; er liquidierte das Double unverzüglich: ein Lanzenhieb, und die Sache war erledigt. Der andere stieß noch einen letzten Satz voller Groll und Flüchen aus, der zu ›in deine Hände lege ich meinen Geist‹ wurde.«

Simon und Jubert lachten aus vollem Hals, Emília schien einigermaßen belustigt, Gertrudis' Lächeln war unergründlich.

»Daher kommt wohl auch das mit der Auferstehung am dritten Tag«, schloß Jubert lachend. »Die Soldaten wurden unter Drogen gesetzt, der Leichnam gestohlen, und mit ein wenig Schminke an Füßen und Händen erschien ein Toter wieder, der nie Probleme mit seiner Gesundheit gehabt hatte.«

»Woher hast du das alles?« fragte ich und versuchte, Arturs Worte mit unserer Situation in Verbindung zu bringen.

»Es ist der Aufguß eines Apokryphs aus dem 4. Jahrhundert und eines byzantinischen Gedichts, vielleicht findet sich auch ein wenig vom Hochmittelalter, von Samuel Butler darin. In Wirklichkeit ist die interessanteste Person der Geschichte nicht Jesus, sondern Judas, in gewisser Weise sein tatsächliches Double.«

»Judas Ischariot, natürlich. Der Verräter«, sagte Simon.

»Er ist eigentlich kein Verräter«, erklärte Artur. »Judas ist die Schlüsselfigur. Er war damit beauftragt, die Wächter, die Jesus nicht kannten, hinters Licht zu führen und auf den falschen Messias zu zeigen, damit sie ihn festnähmen. Als er das Ergebnis sah, geriet er in Konflikt, da ihm bewußt wurde, daß es keine taugliche göttliche Vorsehung gab, und seine Geste, von der man nie erfahren würde, daß sie vorbereitet war, machte ihn zu einem noch größeren Schurken als Kain.«

»Und deswegen bringt er sich um«, folgerte Emília.

»Überhaupt nicht, er bringt sich nicht um«, sagte Artur. »Die Organisation tötet ihn, denn nachdem er die Arbeit erledigt hatte, fühlte er sich betrogen und wollte von beiden Seiten kassieren. Er erpreßte sie: Wenn ich mich schon bis zum Ende meines Lebens verstecken muß und außerdem in den Augen der Nachwelt immer der sein werde, der sich verkauft hat, will ich, daß mir das vergolten wird. Wenn ihr nicht bezahlt, werde ich alles erzählen. Natürlich kann sich kein respektabler Geheimbund eine solche Diskreditierung gefallen lassen, also räumten sie ihn aus dem Weg.«

»Ausgehend von der Unglaubhaftigkeit der seelischen Verfassung, die man eiligst um den gewaltsamen Tod von Judas erfunden hatte«, mischte sich Gertrudis ein, »schloß man auf das, was geschehen war. Ein Mensch kann sich wegen verschiedenster auswegloser Gefühlslagen umbringen, aus Verzweiflung oder Verbitterung, aus Lebensüberdruß oder Rache, und diese Gefühle können mit unterschiedlichen Problemen einhergehen: finanzieller Ruin, gescheiterte Liebe oder unheilbare Krankheit. Es heißt, Jugendliche legen Hand an sich, um sich selber zu bestätigen, aus Nachahmung oder nur, um Aufmerksamkeit zu erregen. Die Epikureer meinen sogar, daß die Angst vor dem Tod Haß auf das Leben hervorrufen kann, der zum Selbstmord führt. Aber aus Gewissensbissen bringt sich niemand so überstürzt um, schon gar nicht, wenn man ihm gerade die Taschen gefüllt hat.«

»Vielleicht wurde er erleuchtet«, meinte Emília ohne Überzeugung.

»Das heißt, er ist verrückt geworden«, entschied Simon.

»Das ist die einfache Erklärung, eine psychologische Aktualisierung des Evangeliums. Sie lullt uns ebenso ein wie die andere Version die Großmütter zu Beginn des 20. Jahrhunderts«, sagte Artur. »Ich lehne sie ab. Der Selbstmord von Judas ist die Schandtat, aus der die unseligsten Trugbilder des Abendlandes entspringen.«

Es wurde ausführlich über die biblischen Rätsel gesprochen, stets in dem Versuch, den seltsamen Aspekt hervorzukehren. Wie zu erwarten, tauchte das berühmte Rätsel der Apokalypse auf, die Zahl des Tieres, die 666, die soviel und nie völlig zufriedenstellende Zahlenmystik ausgelöst hat, die dann Nero, Herodes oder irgendeinem anderen zugeschrieben wurde. Das sei nicht der Sinn der Zahl des Tieres, meinte Gertrudis, es handele sich um ein Würfelspiel. Es sei schließlich hinlänglich bekannt, daß die Menschen in Kleinasien und auf Kreta, die Ägypter ebenso wie die Etrusker und später auch die Römer mit drei Würfeln spielten. 6-6-6 ist der höchstmögliche Wurf, von Platon in seinen Gesetzen erwähnt; er hieß »Aphrodite«, als Gegenstück zum Wurf 1-1-1, den sie »Hund« nannten. Die zwischen »Aphrodite« und »Hund« bestehende Wechselbeziehung von Sieg und Niederlage wird zu den drei Assen, dem Emblem der Dreifaltigkeit. Das Würfeln, seinem Ursprung nach siegreich, wird dadurch zum Sinnbild der eigenen, auf das Glück bauenden Kraft, im Widerspruch zur göttlichen Vorsehung (eine Polemik, die im Lauf der Jahrhunderte Form und Namen geändert hat, bis sie zu den modernsten, immer mehr reduzierten Streitpunkten wurde, wie den zwischen Determinismus und freiem Willen, Eingreifen des Staates und Liberalismus, zwischen Monetäristen und Offertisten, und so weiter).

Ich dachte an den Glauben, die Annäherungen an die Zeichen der Schriften und die Probleme, die dabei entstanden waren: die doppelte Gestalt der Götter, der Einfluß des Gesetzes, die Manipulation des Bewußtseins. Die Hermeneutik ist oft trügerisch. Muß man prosaisch sein und zur Exegese, zum Hintereingang der wahrhaften Hermeneutik, hinabsteigen? Ich sah die Welt gespalten in Gläubige und Agnostiker, die nicht an den vernunftmäßigen Beweis für die Existenz Gottes glauben. Jeder Exzeß, jedes Ungleichgewicht dieser Tendenz, die sie auf rationaler Ebene bis zur letzten Konsequenz ausschöpfen wollen, läßt andere Glaubensformen entstehen, unzutreffend als Atheismus, Positivismus, Existentialismus, Nihilismus bezeichnet. Dadurch bleibt das agnostische Denken wie ein Messerschnitt, eine winzige Oase, verloren mitten im wuchernden Dschungel der Doktrinen: ob positiv oder negativ, allesamt mehr oder weniger ausdrücklich oder trügerisch dogmatisch, egal, ob sie sich an das Wohlwollen des Gefühls oder an den Frieden des Verstandes richten.

Es war schrecklich kalt, und wir gingen auseinander. Simon und ich waren die letzten, die ins Eßzimmer und danach erneut in den Avalon gingen. Ich griff zu einem Fotomagazin. Judas war nicht der Verräter, Hamlet nicht der Zweifler, Ödipus litt nicht unter dem Ödipuskomplex ... Bald wird sich herausstellen, dachte ich, daß Abel Kain ermordet hat und Adam und Eva sich den Apfel des Paradieses an den Kopf warfen. Ich dachte an die sich wandelnde Rolle des Determinismus, einerseits Sinnbild der Materialisten dem Idealismus gegenüber, andererseits von einer seltsamen, pseudotheosophischen Gruppe vertreten, in ungleichem Kampf mit dem antiromantischen moralischen Pragmatismus, wo der Determinismus vielleicht vor Jahren einen Todesstoß von seiten der Gerichte erhalten hat. Was hätte man anderes tun können als den bestrafen, der nur sein vorgezeichnetes Schicksal erfüllte? Ich warf die Frage auf.

»Der einzige Aspekt, der dabei ein gewisses Interesse behält«, sagte Jubert, »ist der psychologische. Der Determinismus ist bestimmt keine Parodie auf die Freiheit des Handelns oder den Willen des Individuums, sondern der Parameter eines Gefühlszustands, in dem unter anderem die Religionen angesiedelt sind. Sicherlich kann keine von einer starken Doktrin geprägte Ideologie auf den Determinismus verzichten, sonst würde sie sich selber den Boden unter den Füßen wegziehen. Alles wird von der Moral der Notwendigkeit beherrscht, und wenn von Bestimmung die Rede ist, dann in unpassenden, sinnverdrehenden Begriffen.« Er machte eine Pause. »Jedenfalls verhält es sich so, wie du sagst: Es ist keine Ausrede, wenn man für den Determinismus Partei ergreift, und noch weniger bietet es irgendeine Garantie, wenn man den Willen in den Vordergrund rückt.«

»Die Frage macht nicht nur vom psychologischen oder politischen Blickwinkel her Sinn«, meinte Simon. »Ausgehend vom Prinzip der Unbestimmbarkeit, wurde festgelegt, daß die Dinge dem Zufall unterliegen, und ...«

»Wenn ich mich nicht irre«, unterbrach ihn Artur, »gilt dieses Prinzip in der Mikrophysik, und ich weiß nicht, ob seine Extrapolation zulässig ist. Freilich begehen wir den klassischen Irrtum, Vorhersehbarkeit mit Bestimmung zu überlagern, und damit eine mögliche Abwandlung ...«

»Das ist der Kern des Problems«, bemerkte Jubert. »Wenn du ein Geschehen nicht voraussagen kannst, wie willst du dann wissen, ob es vorbestimmt ist oder nicht? Wie weißt du, daß du es nicht abgeändert hast? Wenn es keinen Mechanismus gibt, das zu widerlegen, ist alles Teil der Vorbestimmung, selbst der persönliche Wille, dagegen anzukämpfen.«

»Laplace behauptet«, beharrte Simon, »daß man durch die zweigleisige Verbindung einer bestimmten Zeitmessung mit den entsprechenden Geschehnissen die Gesamtheit an Ursache-Wirkung-Beziehungen für den jeweiligen Zeitraum erhält.«

»Laplace hat selber zugegeben, daß dieses Vorhaben Lichtjahre von den menschlichen Fähigkeiten entfernt ist, natürlich mit dem Einverständnis der Macht des Juwels«, meinte Jubert lachend. »Außerdem setzt das die Idee vom Vergehen der Zeit außer Kraft, und es stellt sich folgende Frage: Ist die Bestimmung, abgesehen davon, ob wir sie anerkennen, ein absoluter Begriff, wie es Einstein zu beweisen hoffte?«

»Sie wäre es, wenn alle Phänomene ein Spielbrett wären, auf dem keine Möglichkeit ausgelassen wird«, sagte Artur; »doch dem ist offensichtlich nicht so, da es immer Dinge gibt, die nicht geschehen. Wozu dient die Statistik, wenn nicht dazu, die Vorherbestimmung in Zahlen auszudrükken?«

Man teilte uns mit, daß das Mittagessen aufgetragen sei, und wir standen auf.

»Das ist Idealismus, mein Freund«, sagte Jubert und klopfte Artur auf die Schulter. »Das Geschehen nimmt seinen Lauf, oder, wie ein Grieche sagte, das Nicht-Sein ist nicht.«

Unterwegs konnte ich mich nicht enthalten, Jubert anzusprechen.

»Glaubst du wirklich, daß man zu einem akzeptablen Schluß gekommen ist?«

»Das ist mir völlig egal«, antwortete er lachend. »Ich bin hier Gast und widerspreche aus purer Höflichkeit.«

Im Eßzimmer war der Tisch für zehn Personen und viel bescheidener als die letzten beiden Male gedeckt. Artur, Camila, Teresa, Casanova (der im Schlafrock und sehr geschwächt erschien), Simon, Gertrudis, Jubert, Emília und ich nahmen Platz. Kurz darauf kam Ficinus, um uns zu sagen, die anderen hätten soviel Arbeit, daß wir sie erst später sehen würden, er hätte den Auftrag, sie zu entschuldigen.

»Was ist los in der Welt?« fragte Artur, an den gewandt, der an der Stirnseite saß.

»Wir erleben einen entscheidenden Augenblick«, sagte Ficinus. Gertrudis, Simon und ich sahen uns an. »Es sind Verträge vorgeschlagen worden, und die Möglichkeit eines Waffenstillstands hängt davon ab, ob alle Beteiligten sie in den nächsten Stunden akzeptieren. Die Lage ist äußerst prekär, denn es gibt zwei oder drei Fronten mit Haltungen, die sich nur mit einer tiefgreifenden Aktion lösen lassen, und sollte vor Abschluß der Verhandlungen irgend etwas geschehen, würden die Verträge keine Wirkung haben.«

»Und dann?«

»Das wäre das Signal für den totalen Krieg.«

Jubert lachte.

»Es bleibt zu hoffen, daß alles seine Lösung findet, bevor dieser Punkt erreicht wird«, sagte er, »auch wenn man dafür irgend jemanden zum Verräter machen muß.«

Alle am Tisch schwiegen eine geraume Weile. Die Abwesenheit der Älteren rief bei uns eine seltsame, dem Fehlen der fröhlichen Verrücktheit des Unvorhergesehenen gleichende Traurigkeit hervor, die sich für gewöhnlich eher einstellt, wenn die Jungen abwesend sind. Allerdings schien mir nach den letzten Gesprächen alles, was sich auf Ω, das Juwel oder die Lösung der Geschichten bezog, eher einer Gruppe von weniger als vier Personen vorbehalten. Ich war ungeduldig, und Simon erschien mir ebenso. Niemand kam zur Sache; wieder einmal fand ich es, ohne zu wissen warum, unangebracht, selber die Initiative zu ergreifen.

»Wenn die Welt bestehen bleibt, können wir gespannt sein, welche Gesellschaftsform sich durchsetzen wird«, meinte Jubert.

Darauf bist du wohl gespannt, dachte ich. Die Mehrheit wird es kaum mit historischer Neugierde betrachten. Ficinus machte eine zweifelnde Geste, und Teresa äußerte ihre Meinung.

»Wir werden eine Krise der Werte und Perspektiven durchleben, die der vor fünfzig und der vor achtzig Jahren gleicht; damals freilich griff die Welt zu drastischen Lösungen. Nun gibt es keine Sprache, die geeignet wäre, die alte zu ersetzen, und kein Mysterium, das die Leere füllen könnte.«

»Es bleibt immer die Wiederholung«, sagte Camila.

»Die Wiederholung existiert nicht«, belehrte Gertrudis sie. »Die Geschichte verläuft nicht zyklisch, und die Wiederholung betrifft immer nur irgendeinen isolierten Aspekt. Du brauchst nicht den Zug nach Berlin zu nehmen, sie haben die Strecke stillgelegt. Die ›Neos‹, wie jemand kürzlich sagte, sind zur Leere verdammt, weil ihnen die moralische Vernunft, die das ursprüngliche Modell ermöglichte, fehlt und sie sich am Ende auf formelle Lösungen reduziert sehen, auf mehr oder weniger vergängliche, aber in jedem Fall sinnentleerte Karikaturen, Mechanismen gleich, die der Macht und dem Geldbeutel dienen.«

»Kein Grund zur Sorge«, sagte Ficinus, so als hätte er nicht zugehört. »Gut oder schlecht, Befriedigung oder Verbitterung auslösend, die eine oder andere Sache wird kommen, und es wird an jedem einzelnen liegen, sich den neuen Bedingungen anzupassen oder an ihnen zu zerbrechen.«

»Oder sich zu verraten«, warf Artur ein.

»Das ist unvermeidlich«, bemerkte Emília; wir lachten. »Der eine mehr, der andere weniger …«

»Läßt sich der Verrat an der eigenen Person mit dem Eklektizismus der Gemeinschaft gleichsetzen?« mutmaßte Simon.

»Vielleicht ist eher eines das Spiegelbild des anderen«, erwiderte Artur. »Schade, daß der Eklektizismus eine Kur und keine Ideologie ist.«

»Der moralische Eklektizismus könnte es sein«, meinte Simon.

»Moralischer Eklektizismus?« sagte Artur. Mir schien, daß er nur mit Mühe ein Lachen unterdrückte. »Wenn du diesen Begriff nicht in einen konkreten Zusammenhang stellst, erklärt er nichts.«

»Ich wollte sagen«, erläuterte Simon rasch, »daß die Prinzipien keinen Sinn haben, wenn die Institutionen, die ihnen Sinn geben sollen, nur Ausdruck höchster Nachlässigkeit und Korruption des Menschen sind.«

»Genau das«, sagte Gertrudis, »wenn du weißt, daß Polizei und Rechtswesen im Grunde nachlässig und korrupt sind, welchen Sinn hat es dann, den Prinzipien treu zu sein, denn die Prinzipien sind ein an sich selber gestellter Anspruch, aber auch ein Schutz.«

Ich dachte darüber nach, von welchen Prinzipien und Schutzmechanismen die einen und anderen sprechen mochten. Die Begriffe waren zu verschwommen, um sich auf einen Nenner bringen zu lassen. Wir waren an einem Punkt angelangt, wo sich jeder sein Gewissen zusammenbastelte (ich würde nie wagen, es Moral zu nennen), indem er ein wenig von da und ein wenig von dort nahm, Dinge wegließ, veränderte, vergaß, verstümmelte, sie seinem Geschmack und seinen Bedürfnissen anpaßte; und aufgrund von Streitgesprächen, Hochmut und mentalem Wucher, von Enttäuschungen und Frustrationen nennst du diesen ganzen Mischmasch, um dich nicht totzulachen, Erfahrung. Das Ergebnis bezeichnen wir als Prinzipien; wir erdreisten uns nicht nur, in ihrem Namen zu handeln, sondern auch noch, die anderen anzugreifen. Mir schien schon die vorige Generation (die meine hatte die Dinge so vorgefunden) ein schlechtes Geschäft gemacht zu haben. Ich mußte an die Worte denken, die Carter am zweiten Tag gesagt hatte. Früher, zu Zeiten der großen Umwälzungen im Glauben und trotz der sich daraus ergebenden Folgen verlangte es nur wenige Menschen danach, die Welt nach ihren Bedürfnissen zu gestalten; es galt zudem als eine die Gesellschaft gefährdende Verrücktheit. Die Menschen lebten in einem Wertesystem, das sie äußerst selten in Frage stellten, um es durch ein eigenes zu ersetzen; es garantierte überdies ein durch die Tradition gesichertes Funktionieren, vor allem vermittelte es die Zuverlässigkeit und die Stütze einer Sprache. Warum ist die Mehrheit dem ausgewichen? Aus Widerwillen gegen die Disziplin? Aus Panik, wegen einer Abhängigkeit ausgelöscht zu werden? Aus eitler Weigerung, sich zur eigenen Schwäche zu bekennen,

Schutz bei einer außerhalb liegenden Kraft zu suchen, die immer von jemandem angegriffen werden wird? Aus einer unkultivierten und blutrünstigen Idee von der Freiheit des Individuums? Ich will nicht etwa den früheren Glauben verteidigen. Nur wenige Leute (zum Beispiel Casanova und sein Onkel) scheinen mehr als ich von den Übeln des Herdenverhaltens und der Mittelmäßigkeit überzeugt zu sein, die den Geist in den Selbstmord treiben. Die orthodoxen Gedanken, in welchem Bereich auch immer, entspringen einer kommerziellen Auffassung von Kultur, Philosophie oder Politik. Und sie sind nichts weiter als der Anspruch auf ein Erbe und das Streben nach einer Ausschließlichkeit, und das bringt, außer Mißtrauen, nichts Gutes. Aber der Geist hat keine Hoffnung mehr auf Leben, und Übereinstimmung und Harmonie zwischen den Menschen werden immer schwerer möglich.

Als wir bei der Nachspeise waren, fühlte ich Enttäuschung, weil Suárez, Gimellion, Rodin und die anderen nicht auftauchten, und meine Ungeduld ließ mich sogar den Faden des Gesprächs verlieren. Am Ende war ich froh, nicht eingegriffen zu haben. Camila zeigte sich erschüttert angesichts der im Namen von Ideologien angerichteten Greuel: Verfolgungen, Folter, Genozid, Scheiterhaufen und Päderastie. Simon, Artur und Gertrudis gingen in die Bibliothek, um ein paar Inkunabeln anzusehen, die Artur entdeckt hatte, Casanova wollte sich schlafen legen, Jubert und Ficinus gingen ohne Erklärungen hinaus.

Ich blieb sitzen und schaute Emília, Camila und Teresa zu, wie sie Kaffee tranken und genußvoll lange, dünne Zigarillos rauchten, deren Geruch ich abscheulich fand. Obwohl es nicht der bevorzugte Gedanke meiner Nebennieren und meines Nervensystems war, flüchtete ich mich in Gertrudis' abwesende Gestalt. Mir kam in den Sinn, daß die drei Damen, die da ausgiebig tranken, rauchten und plauderten, viel über ihre Vergangenheit wissen müßten, und fragte sie danach. Ich bereute es augenblicklich, denn sollten sie bemerkt haben, daß mir Gertrudis nicht gleichgültig war, würden sie kein Erbarmen zeigen, und im besten Fall kann Unwissen oder Gedankenlosigkeit mehr Schmerz zufügen als die bewußte

Absicht, es zu tun. Ich hatte mich soeben in die Lage gebracht, Enthüllungen zu hören, die mich verletzen würden, doch ich konnte meine Frage nicht mehr rückgängig machen, also bat ich um einen Cognac und klammerte mich an meinen Sessel. Das Gespräch konzentrierte sich auf die Trennung von Jubert und Gertrudis, wobei die von Kolinski und anderen eingeflochtenen Verwicklungen übergangen wurden, und bald ignorierten sie mich, so als wären ihre Kommentare eine sensationslüsterne Zerstreuung für sie, und nicht die Antwort auf meine Frage.

»Sie sagte zu Jubert, es wäre ein Irrtum gewesen zu heiraten«, erklärte Teresa, »sie hätten ihre Beziehung nie formalisieren sollen. Ihrer Meinung nach lag der Irrtum darin, über den Kompromiß der Lust hinausgehen zu wollen. Jubert aber war sich nicht sicher, ob in einer vorgeblich auf den Kompromiß der Lust beschränkten Beziehung mehr Liebe vorhanden war als in einer anderen, auf mehr oder weniger falschen Bindungen aufgebauten, doch selbst wenn er diese Werteskala akzeptierte, zog er es vor zu denken, sie hätten es, als sie ihr Zusammenleben begannen, aus Unreife oder Egoismus nicht richtig verstanden, statt zu glauben, daß es besser gewesen wäre, es überhaupt nicht zu beginnen. Er wollte lieber einen Umstand als die Gesamtheit in Abrede stellen. Jubert versuchte irgend etwas davon retten.«

»Dabei handelte es sich wohl um seine Art«, sagte Emília, »dem Gefühl zu entfliehen, daß das Leben eine Folge von Schiffbrüchen und teilweisem Glück ist.«

Der letzte Satz ärgerte mich, vielleicht wegen der ihm innewohnenden Geringschätzung Gertrudis gegenüber oder weil ausgerechnet Emília Jubert recht gab. Wenn die Bemerkung eine Falle war, tappte ich bewußt hinein.

»Ihr irrt euch. Ihre Haltung ist im Grunde tatsächlich lebensnah und befreiend. Wenn sie die Beziehung als Ganzes bestreitet, kehrt sie an den Ausgangspunkt zurück, an dem noch alles möglich ist. Es gibt kein Scheitern, weil es kein Abenteuer gibt. Alles ist unangetastet, bereit für einen Wiederbeginn. Doch man sollte es nicht Wiederbeginn nennen, denn der Sinn ist der des Neuanfangs, der Vergessen voraussetzt, die große Unschuld, und damit an eine andere Person gebunden ist. Jubert würde in eine neue Liebe sein Scheitern mitschleppen, oder er hätte bestenfalls beschränkte Möglichkeiten. Gertrudis hingegen kann sich wieder wie zum erstenmal verlieben.«

Teresa und Camila lächelten mich schweigend an, ohne sich die Mühe zu machen, mich spüren zu lassen, in welchem Maße ich mich selbst dargestellt hatte. Emília musterte mich kühl, doch ich bereute nichts. Ich hatte meine endgültige Wahl getroffen und bebte vor Freude.

Ich machte mich auf die Suche nach Gertrudis. Ich traf sie weder im Avalon noch in den Bibliotheken oder auf ihrem Zimmer an; keiner konnte mir sagen, wo sie war. Die übermäßige Enttäuschung ärgerte mich, und ich zog mich in mein Zimmer zurück. Ich war mit den Nerven am Ende und wollte ein Mittagsschläfchen halten, um abzuschalten und mich eine Weile von Intrige und Hypothese zu erholen. Sollten die Menschen eines Tages in der Lage sein, ohne Götter zu leben, wird es zu einer Art ethischem Nominalismus kommen. Problematisch würde es, wenn aus den persönlichen, moralischen Erfahrungen Schlüsse gezogen werden müßten, vielleicht wäre aber alles so verändert, daß sie nicht mehr notwendig sind?

Ich wälzte mich im Bett und konnte nicht schlafen, dachte an die Gedichte, die an strategischen Punkten der Erzählungen aufgetaucht waren, und an die beiden, die ich mit eigenen Augen gesehen hatte, das eine in Emílias Zimmer, das andere bei Gertrudis. Entschlossen, meinen Teil dazu beizutragen, ging ich in die Bibliothek, um ein paar Bücher zum Thema zu holen, und kehrte darauf in mein Zimmer zurück. Wolken und Nebel lösten sich auf, und der Nachmittag erstrahlte in einem Blau, das zum Schwärmen einlud.

Ich wollte ein Gedicht schreiben und beschloß, daß es kein Sonett sein, sondern einer ebenfalls strengen, aber komplizierteren Form folgen sollte, die so schwierig wie möglich wäre. Poesie ist nicht meine Stärke, und ich brauchte eine Weile, um herauszufinden, wie ich mein Glück versuchen und auf welche wesentlichen Werte ich mich stützen wollte.

Ich war schon kein Jugendlicher mehr, um der angeblichen kreativen Spontaneität zu vertrauen. Je mehr du weißt, desto mehr Mittel und Möglichkeiten stehen zu deiner Verfügung, und die Gefahr, in Klischees und ungewollte Nachahmungen zu verfallen, verringert sich. Schließlich entschied ich mich für eine Sestine.

Zunächst mußte das Thema gewählt werden. Ich suchte nach einer Gefühlsangelegenheit (von menschlichem Interesse, wie Goethe zu Hölderlin sagte). In eine klassische Form gebracht, schien mir die Klage über die fehlende Liebe das Richtige zu sein. Kein Zweifel, das wäre ein Gedicht für Gertrudis. Motiv und Form mußten in Einklang gebracht werden, was ja das Gedicht an sich ergibt. Ich war noch nie so ins Schwitzen gekommen. Wo beginnt man eine Sestine?

Man nehme sechs Wörter, die sechs passenden, die alles vorzeichnen. Nachdem ich eine Weile nachgedacht hatte, war ich ernüchtert. Sechs Wörter auszuwählen und die Strophen zu bilden kann ein heiteres Roulett ergeben, und es kann dank der alten Vorlage sogar gelingen, etwas auszusagen; doch danach zu streben, daß die Schlußstrophe Kopf und Fuß hat, ist so, als wollte man zehnmal nacheinander Maß nehmen und erwarten, daß der Endpunkt mit der Summe übereinstimmt, oder eine Kreislinie ohne Mittelpunkt zeichnen. Der Schlüssel der Sestine ist die Schlußstrophe, von ihr muß man ausgehen (so wie man einen Krimi schreibt und weiß, wer der Mörder ist, oder wie man von einer Sicherheit ausgeht, um einen Schwindel zu konstruieren). Es geht nur darum, daß die entscheidenden Wörter an den entsprechenden Stellen gesetzt werden und dann vorschriftsgemäß in die Strophen.

Ich suchte nach dem geeigneten Verfahren. Klassische Form, klassisches Thema … was bietet sich mehr an als klassische Inspiration? Ich mußte nach sicheren Gewährsleuten suchen und begann beim Meister, doch obwohl die Tradition der Troubadours die elegische Tradition endgültig besiegt zu haben schien, war zu bezweifeln, daß ich über Arnaut Daniel weiterkam. Als ich in der von Kant an Swedenborg gerichteten Kritik (um nicht zu sagen Spottschrift) blätterte, fiel mir ein Zitat ins Auge, das nicht treffender hätte sein können: ›Dreimal versuchte er, seine Arme um den Hals zu schlingen, und jedes Mal zerrann ihm das Bild der Umarmung unter den Fingern wie ein Lufthauch, ein geflügelter Traum.‹ Beim Überdenken fiel mir die Parallele zu dem Satz auf, den Ovid Orpheus und Euridice widmet: ›Wenn du die Arme ausstreckst, in dem Verlangen, gehalten zu werden und zu halten, bleibt nichts, Unglücklicher, außer einem unmerklichen Lufthauch.‹ (neu geschaffen von Bernat Metge in *Lo Somni*: ›Ich streckte die Arme aus, um sie zu nehmen, doch sie berührten nur den Wind, der durch ihr Fallen in der Luft entstand.‹), die Parallele auch zur Siebenten Elegie des Vierten Buches von Properz, entstanden zur Zeit der *Aeneis*: ›Nachdem ihr Wehklagen aufhörte, das mir gegolten hatte, löste sich ihr Schatten in meinen Armen auf‹, einer Stelle, die häufig von den Romantikern herangezogen wurde, vor allem von Leopardi in *Il Sogno*: ›… und im ungewissen Licht der Sonne glaubte ich sie immer noch zu sehen.‹ Ich nahm den Schluß meiner Sestine direkt von Vergil.

> Drei Mal ist sie zurückgekehrt wie Luft,
> Und drei Mal zerfließt die Gestalt, vergebens angenommen,
> Wie Wind aus dem Äther flieht sie meinen Traum.

Schon fertig, die Leitwörter waren ›Mal‹, ›Luft‹, ›Gestalt‹, ›angenommen‹, ›Äther‹ und ›Traum‹. Ich schrieb die Wörter auf, die am Ende der sechs Strophen stehen sollten. Das erste, wie ich gesagt hatte, das zweite ›Traum‹, dann ›Mal‹, ›Äther‹, und so fort. Das war schon geschafft. Nun kam das Handwerk an die Reihe, das tatsächliche dichterische Vergnügen, die Freiräume auszufüllen, eine Art Metasprache der Leitwörter zu finden. Kann man bei der Ausführung noch scheitern, wenn man die Lösung gefunden hat? Sollte es doch noch einen Fehlgriff geben, wäre das den Grenzen meiner Fähigkeit zuzuschreiben. Ich machte mich an die Arbeit.

Zu Beginn war es vielleicht am besten, die Zukunft, aber von der Vergangenheit her, wachzurufen.

Nie werde ich erfahren, wieviel Mal
Ich dich erahnte in den Bahnen der Luft,
Blau ohne Körper und weiß ohne Gestalt,
Wie oftmals wohl als Trugbild angenommen
In diesem Herzen, das nährt sich aus dem Äther,
Wenn außer Leben die Zeit ihm beschert hat den
    Traum.

Bis dahin schien alles machbar. Nun galt es, diese Vergangenheit zu zerstören. Ohne Grausamkeit, denn das Einsetzen der Ernüchterung reichte schon aus, und auch die Erwartungen sollten erhalten bleiben.

In einem ungleichen Kampf gegen den Traum
Ahnte ich dich ganz nah mir soviel Mal,
Ebenso wie sich verlor der Prophet im Äther,
Und bleierne Seen liebkosen die Luft,
Zerfressende Qual, von Helle angenommen,
Inmitten des Bebens freut dich die Gestalt.

Nun ging es um eine erste, teilweise Synthese, um die Idee der Wiederkehr. Man brauchte nicht auszuziehen, um Drachen zu verfolgen, es reichte schon aus, daß sich dasselbe Wort grammatikalisch drehte, um die Wirkung einer vielfältigen Anwendung zu erzeugen, ohne aber allzu überraschend zu sein. In der Dichtung ist, wie bei einem Witz, der überraschendste Effekt der vergänglichste. Bei jeder neuerlichen Lektüre verliert er an Wirkung. Da es jedoch nicht mein Ziel war, ein unvergängliches Werk zu schreiben, war das vielleicht nicht so wichtig.

Soviel Beben, soviel Stolz, soviel Gestalt
Ist mir gegeben worden, zu nähren den Traum,
Dem ich mehr Klagen geben muß, als angenommen,
Wer wird meine Blume sein für weitere Mal,
Die das Begehren erhebt, es verwandelt in Luft,
Wie die Gegenwart finden außerhalb vom Äther?

Wir waren schon bei der Zukunft, und ich hatte den Eindruck, zu rasch vorgegangen zu sein. Man sollte bei der im Mittelpunkt stehenden Überlegung verharren, der von Vorwurf durchsetzten Klage, ohne aber allzusehr zu übertreiben. Der Widerhall der ersten drei Verse ist das auditive Bindeglied. Allerdings weiß ich nicht, ob die Doppeldeutigkeit der Begriffe ›Äther‹ und ›Traum‹, die einmal günstig, dann wieder verhängnisvoll sind, angemessen ist. Schreiben ist eine ständige Wahl, und wählen bedeutet ablehnen. Natürlich ist das nach wie vor ein Verteidigungsmechanismus, um nicht verrückt zu werden. Der Gedanke an den Mythos des leidenden Künstlers erheiterte mich.

Willkommen heiß ich den Namen des Wahns aus Äther!
Name, wie soll ich bestätigen deine Gestalt?
Wenn gedankenverloren ich bin in der Luft,
Wie kann ich die Blätter erhaschen im Traum,
In flügelgestutzten Gedanken viele Mal
So trauriges Los wird mir schlecht angenommen!

Wenn es sich sträubt zu werden angenommen,
Befriedigt es keinen Blick in Richtung Äther,
Öffnet das Tor in die Leere zu viel Mal,
Das Versprechen wird zur abwesenden Gestalt.
Dein will ich sein, laß mich leben in diesem Traum,
Da fest steht, daß ich nicht nur leben kann von Luft.

Die zwei Strophen flossen mir aus der Feder. Ich las noch einmal, was ich bis jetzt geschrieben hatte. Es ist schon fertig, ich muß nur noch die Zeichnung mit ein wenig trügerischem Pathos versetzen und den Boden für die Synthese bereiten.

Weder Bitternis noch Wehmut verbleiben in der Luft,
Wird sterben dein Kommen vom Spiegel angenommen,
Schmerz eines Lebens, das sich entleert hat im Traum?
Gefangen im Körper, im Begehren des Äthers
– Bist du endlich gegenwärtig, bist du Gestalt –
An deinen Hals geworfen hab ich mich drei Mal.

Ich überarbeitete die Schlußstrophe.

Und drei Mal ist sie zurückgekeehrt wie Luft
Und drei Mal zerfließt die Gestalt, vergebens
angenommen,
Und wie Wind des Äthers flieht sie in meinen Traum.

Als ich alles zusammen betrachtete, entdeckte ich darin
eine Vagheit, die meinen Wunsch, das Gedicht Gertrudis zu
geben, erkalten ließ. Sie könnte es als eine Anschuldigung auffassen. So etwas auch nur durchblicken zu lassen war ebenso
absurd und ungerecht wie kontraproduktiv. Freilich, genau
überlegt, wieviel an Vorwurf und Klage enthält stets die wahr-
hafte Dichtung, wieviel an, wenn man so will, prophetischer
Drohung? Vielleicht war ich in die Falle zwischen Poesie und
Literatur getappt (die gleiche wie zwischen Liebe und Ehe),
und mein Übel rührte schon nicht mehr von verfrühter Resignation her, sondern bestand in der Vorrangigkeit der Faktoren. Aber machen wir uns nichts vor: anzunehmen, daß
man, um Dichter zu sein, keine Ahnung von Literatur zu haben brauchte, ist nicht dümmer, als zu behaupten, wenn man
sie hätte, wäre es damit schon getan. Mein Problem war ein
anderes: Hatte ich die Sestine ernsthaft verfaßt? Anders gesagt: Unabhängig von der Künstlichkeit der gewählten Form:
hatte ich alles Gefühl hineingelegt? Ich stand auf. Welches Gefühl kann verwirrender sein als die Leidenschaft für das Kal-
kül, die letztliche Rechtfertigung der Vernunft? Mir kamen
die klassischen Haltungen der Dichter in den Sinn: die apolli-
nische, die die Arbeit in den Vordergrund stellt, die Kenntnis
der Mittel und der Tradition, das heißt die rationelle, quantifi-
zierbare und im Grunde erlernbare; und die dionysische, die
auf die Inspiration, die Eingebung setzt, den Dichter als Medium sieht, als die weibliche, empfangende Haltung des
Individuums, durch die sich die äußere Gewaltigkeit nieder-
schreibt. Ich dachte, daß die Unterschiede zwischen beiden
Auffassungen nicht nur in den Ergebnissen sichtbar wurden,
sondern auch in der Art und Weise des Schreibens. Das sind
keine Betrachtungen über die Dichtkunst, schon gar nicht

über Endlichkeit und Unendlichkeit, sondern nur über die Rolle des Dichters in der Gesellschaft. So wie die Dionysier eine klassizistische Exklusivität anstreben, die ihnen das Privileg geben soll, auf ihre Weise zu leben und Ansehen zu genießen, streben die Apollonier nach einer einflußreichen Stellung und beschreiten dazu den ehrenwerten Weg. Sie sind weder verrückt noch drogensüchtig, sondern zuverlässige und gebildete Professionelle wie andere auch. Diejenigen, die über das gut gemachte Werk reden, sind nicht die, denen es am besten gelingt, so wenig wie jene, die sich auf den Demiurgen stützen, furchteinflößender sind als die anderen. Wenn am Ende, dachte ich, die Polemik fiktiv ist, wenn sie von den Moden und der herrschenden Gesellschaftsform abhängt, so bedeutet Leidenschaft und Vernunft gegenüberzustellen, nichts verstanden zu haben, oder aber die Verwirrung zu schüren in der Hoffnung, daraus Nutzen zu ziehen. Vernunft ist nicht gleichbedeutend mit kühlem, logischem Automatismus, sondern der Einsatz eines Maximums an Faktoren, und das ist Leidenschaft.

Ich las das Gedicht noch einmal. Hätte ich mehr an Gertrudis denken sollen? Worauf hätte ich verzichten müssen, um etwas Unwiderstehliches zu schaffen? Vielleicht wäre nichts anders geworden. Angeblich schrieb Jacques Brel *Ne me quitte pas* in der Absicht, die Schnulzen zu karikieren, und die erste Darbietung im Freundeskreis wurde von schallendem Gelächter begleitet. Doch das andere, das wirkliche Publikum wußte nichts von der Absicht, und in der Anonymität der Masse hatte das Tragische, wie das so üblich ist, mehr Gewicht als die Ironie. Das Fleisch ist schwach; angesichts des Erfolges seines Chansons wagte der Dichter nicht, es richtigzustellen. Ich ging die Zeichensetzung der Sestine noch einmal durch und beschloß, nicht weiter nachzugrübeln und sie zu einem anderen Zeitpunkt ins Reine zu schreiben.

Das Verlangen, Gertrudis zu sehen, wurde übermächtig. Ich legte rasch Bücher und Zettel zur Seite und stand auf, fest entschlossen, jeden Winkel des Gebäudes und die Plätze in der Umgebung abzusuchen, doch das war gar nicht nötig. Sie saß allein im Avalon am Fenster, ein Buch in der Hand. Die

Freude, sie zu sehen, ließ mich vergessen, daß es vielleicht unpassend war, sie zu fragen, wohin sie sich nach dem Mittagessen zurückgezogen hatte.

»Machen wir einen Spaziergang im Garten der Dämmerung?« schlug ich vor.

»Ja, gehen wir«, willigte sie ein. »Ich frage Teresa und Camila, ob sie mitkommen wollen.«

»Nein«, hielt ich sie zurück. Sie war erstaunt oder tat zumindest so. »Du und ich allein.«

Sie sah mich eindringlich an. Ich war froh, verhindert zu haben, daß unser Gang in den Garten zu einer Verlängerung der nach dem Essen geführten Gespräche würde. Wenn ich ehrlich bin, weiß ich nicht, ob ich ihr das gesagt hätte. Mir wurde klar, daß sie nach meiner Bitte etwas erwartete, und der nahe bevorstehende Triumph erfüllte mich mit Panik. Wenn du nichts hast, kannst du nichts verlieren. Was wollte ich, welches Ziel strebte ich an? Und, noch schlimmer, was wußte ich, welche Zukunft würde ich zu erkennen aufgeben? Wo doch das Verlangen die existentielle Maske der Hoffnung ist!

Sie legte das Buch zur Seite, und wir gingen wie gewohnt noch auf ihr Zimmer, wo sie über das rote Kleid einen grünen Mantel zog und einen großen weißen Schal umlegte. Wir nahmen wie immer in der letzten Kammer Taschenlampen, und ich fragte sie, wer auf dem Bild porträtiert sei, das an der Tür zum unterirdischen Gang hing.

»Kurt Gödel«, sagte sie, ohne hinzusehen.

Wer hätte es sonst sein sollen als der schützende Genius der Verschachtelungen, der Geist der Geschichten, Exorzist der Spiegel, der uns den Weg wies. Ich erwartete einen Kommentar über das Trügerische eines einzigen Blickes oder über irgendeine andere Leere, die eine so romantische Entdeckung begleiten könnte, doch sie wich aus … Es gibt keine Betrachtung ohne Bewegung, also öffnete sie die Tür, und wir betraten, ich als erster, den Gang. Er begann mir vertraut zu werden, deshalb konnte ich Details wahrnehmen. Zum Beispiel, daß der tiefste Punkt, in einer langen sanften Linkskurve, ungefähr der Hälfte des Weges entsprach. Ich bemerkte das Gertrudis gegenüber, und sie bestätigte es.

»Es existiert ein Plan des Ganges, der zum Garten führt, der tiefste Punkt liegt genau unter der Eiche.«

Der Architekt des Gartens und des unterirdischen Ganges mußte jedes Detail beachtet haben. Die Eiche war δ Orionis, Mintaka, und der himmlische Äquator ging genau über sie hinweg. Der Gang war demzufolge der Äquator, ein weiteres Zeichen für die Struktur des Gartens: Trennung zwischen Norden und Süden, zwischen Luft und Erde, zwischen Haus und Garten (zwischen den anderen und mir?).

Als wir nach draußen kamen, bot sich uns die Dämmerung in all ihrer Pracht dar. Ein eisiger Wind hatte den Himmel leergefegt, noch nie war er mir so blau und klar erschienen. Als wir den Garten erreichten, versank die Sonnenscheibe soeben hinter den Bergen, und der Übergang vom tiefen Blau zum Rot, das sie umgab, verwandelte sich in goldene, orangefarbene Töne, die an den unzähligen Bergketten lila und schwarz wurden. Nach wenigen Minuten hatten wir vom Wind gerötete und tränende Augen. Die Dämpfe des Gartens scheinen nichts zu nützen, merkte ich an, doch sie antwortete, daß wir ohne sie schon fast zu Eis erstarrt wären.

Wir gingen zum Marmortisch. Ich fragte mich, ob der Garten nicht die Macht hätte, der Geschichte jedes Erzählers eine Seele einzuhauchen. Die erste naive Verknüpfung der roten Sterne mit dem Bösen und der weißen mit der Hoffnung schien uns nicht weiterzubringen. Ich dachte wieder an die Symbolik der Bäume. Die Eiche bedeutete Kraft. Welchen Zusammenhang konnte es mit dem Unsinn, den uns Kolinski erzählt hatte, geben, den es nicht genauso mit irgendeiner anderen Geschichte gab? Die Zypresse bedeutete Gastfreundschaft, war aber gleichzeitig auch Sinnbild des Sterbens. Wie ließ sie sich mit Casanova in Einklang bringen? Der Ölbaum stand für den Frieden, bedeutsam für Ficinus, den schillerndsten der Erzähler, abgesehen von Roncal natürlich. Welchen Symbolgehalt besaß der Apfelbaum? Das Begehren? Den des Baums des Guten und des Verderbens? Und welchen Auftrag erfüllte die Esche, der heilige Baum des Nordens? Die Schlangen zu vertreiben? Die Vergifteten zu heilen? Und die Unsterblichkeit der Pinie, die für Suárez stand? Wäre sie nicht der Baum des Saturn ... Saturn entspricht laut Porphyrios Ω. Heißt das, daß Suárez Ω ist? Ich weiß nicht, ob das Orakel (und der Ruhm des Sieges) des Lorbeerbaums besser zu Carter und die Gerechtigkeit der Palme zu Rodin paßte. Ich dachte an das Alphabet der Bäume, die Baumkalender, die Spiele der Logik, die Kämpfe zwischen Bäumen in der mittelalterlichen Dichtung: Labyrinthe, kraftspendende Kräuter, Diskontinuität und Quantifizierung, in einer Anordnung von Pflanzen verborgene Geheimnisse, grüne Wörter ... Der Feigenbaum des Augustinus, Myrte, Weinstock, Efeu und Lorbeer bei Virgil, Maiglöckchen und die Rose des heiligen Georg, Erdbeeren, Vergißmeinnicht und Immergrün, Wicke und Geißblatt, Thyrsus und Merkurstab, Mandelblüte. Wer weiß, vielleicht sollten wir *Ars Magna* von Llull rekonstruieren, wenn es uns gelingen sollte, das Werk als Spiel aufzufassen. Analogien, Kombinationen, Statistiken ... Nur los, es gibt nichts Schlimmeres als Ignoranz.

Mir fiel ein, was mir Ficinus letzte Nacht gesagt hatte, und ich erzählte es Gertrudis. Wir mußten über den Interpretationswahn lachen.

»Dennoch«, sagte sie, »wird es nie genug Humus für die Interpretation geben.« Sie zeigte auf den Tisch und las: »γερ, wie sollen wir sie sehen? Als etwas, das auf Altes zurückgreift oder im Zusammenhang mit den Wörtern steht?« Sie lächelte mich an. »Als den Anfang meines Namens? Oder vielleicht bedeutet es Jesus zwischen den beiden Dieben?«

»Griechisch ist nicht meine Stärke«, entschuldigte ich mich.

»Sieh mal!« Sie zeigte auf das Kapitell der Säule in der Mitte des Altars. »Meinst du, daß es ebenfalls einen Kalender oder ein Labyrinth darstellt?«

»Ich glaube, es handelt sich um Darstellungen von Sternbildern«, antwortete ich mäßig überzeugt.

Sie machte mich darauf aufmerksam, daß diese Konstellationen zu Symbolen der vier Evangelisten geworden waren. Vor der jetzigen Zusammensetzung des Tierkreises, das heißt vor der letzten Präzession, waren die Hauptzeichen (zwei Tagundnachtgleichen und zwei Sonnenwenden) nicht Widder,

Krebs, Waage und Steinbock, sondern Stier, Löwe, Skorpion und Wassermann. Wenn wir bei der Wintersonnenwende beginnen, die der Wiedergeburt der Sonne, also der Geburt des Sohnes Gottes, entspricht, und berücksichtigen, daß nach dem Niedergang der Skorpion im Tierkreis den Adler ersetzte (als Ersatz allerdings zweifelhaft, da der Adler zwischen Schütze und Steinbock liegt), erhalten wir den ursprünglichen Kreis, Wassermann, Stier, Löwe und Adler, die dem Engel entsprechen, Stier, Löwe und Adler, das heißt Matthäus, Lukas, Markus und Johannes. Die Umstellung von Lukas und Markus ist dem Zeichen des Kreuzes zuzuschreiben, das den Kreis ersetzt: oben, unten, links, rechts, so wie man auch sagt Nord, Süd, Ost, West und nicht Nord, Ost, Süd, West. Sie meinte, die Position der vier Hauptzeichen weise auf den Niedergang, das Ende des Goldenen Zeitalters, die Erbsünde hin, und betonte, daß sie von realen astronomischen Ausrichtungen spreche, außerhalb der von Astronomen wie Astrologen anerkannten Diskordanz zwischen den Konstellationen und den Tierkreiszeichen, beständig und einheitlich die einen und ein unregelmäßiges, Präzessionen unterworfenes Ganzes die anderen (zum Beispiel haben die zu Frühlingsanfang Geborenen den Widder als Zeichen, obwohl der Wassermann die Konstellation ist, die in Wahrheit in der Sonne steht).

»Was bedeuten der Kalender und das Labyrinth für die Geschichte?« sagte sie. »Die Pläne der Verwandlung? Der Index der Metamorphose, der das Symbol aller Metamorphosen ist?«

Wir sahen uns mit einem Erstaunen an, das an Provokation, aber auch an Lachen grenzte. Welches Bild ist seinem Wesen nach menschlicher als das der Verwandlung? Wünsche, die zu Erinnerung werden und dann wieder zu Wünschen, die unerbittlich zu Erinnerung werden … Zu Namen gewordene Namen.

Sie stützte sich auf den Altar, und als ich ihren Augen folgte, entdeckte ich in der mittleren Säule eine runde Kerbe von der Größe einer Orange. Ich bückte mich ein wenig, um sie von der Seite zu betrachten. Dabei fiel mein Blick auf die Säule am nordöstlichen Ende, und obwohl sie sechs Meter von mir entfernt stand, konnte ich eine exakt gleiche Kerbe, in gleicher Höhe, aber auf der anderen Seite angebracht, erkennen.

»Hast du das gesehen?« machte ich Gertrudis darauf aufmerksam.

Sie ging ein paar Schritte zurück. Die beiden Kerben lagen in einer Linie mit dem Horizont und markierten einen Punkt mitten auf den Säulen.

»Sie scheinen übereinzustimmen, worauf soll das hinweisen? Auf den Sonnenaufgang am einundzwanzigsten Juni?«

Ich drehte mich um. Die Sonne verschwand soeben auf der diametral entgegengesetzten Seite. Und wenn das Rosa des Marmors in einem Winkel auf die Inschrift fiele, der der Neigung eines Gestirns oder dem Sonnenstand an einem bestimmten Tage entsprach? Dann würde auch durch die Öffnung im Dach am Mittag der Sommersonnenwende nur ein einziger Strahl auf den Kopf dessen fallen, der vor dem Altar und der Inschrift ... Was gab es noch im Garten zu entdecken? Was weißt du noch, das du mir verschweigst? Wie viele Verkettungen, Geheimnisse, Entsprechungen, die du mir ständig offenbarst, doch ich bin so blind, daß ich sie durcheinanderbringe? Welche Gestalt nimmt deine Domäne in mir an, die Gegenwart in unüberwindbarer Entfernung?

»Wir verfügen über die Puzzleteile, wissen aber nicht, wo sie hinzusetzen sind«, sagte ich.

»Oder wir wissen es, aber es sind zu viele.«

Mein Herz begann zu rasen.

»Mir sind alle zuviel, bis auf einen.«

Sie kam näher.

»Es gibt Augenblicke im Leben, wo es wichtiger ist, die Frage zu kennen und nicht die Antwort.«

Ich wollte schon den Satz umdrehen, in die Falle tappen und sagen: ›Es gibt keine Frage ohne Antwort‹, oder: ›Ich weiß, die Frage ist nur eine Frage‹, oder: ›Es gibt auch eine Antwort ohne Frage‹. Doch was immer ich in dieser Stimmung äußern mochte, es hätte mich vom Glück abrücken lassen. Ich wußte die Antwort nicht und hatte Angst, sie zu hören, doch ich stellte die Frage.

»Liebst du mich?« Und ich bemühte mich, daß meine Stimme nicht zitterte.

»Ja«, erwiderte sie, ohne zu zögern. »Vom ersten Augenblick an.«

Die Erklärung überwältigte mich. Ich fühlte mich leer, über einer von Stürmen umzingelten Leere schwebend. Wahrscheinlich träumte ich, jedenfalls war ich nicht in der Lage, auf diese wunderbare, so ersehnte Bestätigung zu antworten. Ich hatte noch nicht genug, obwohl es schon viel zuviel war.

»Wer bin ich?« fragte ich.

»Der, der du zu sein glaubst.«

Es war schwer, ihrem Blick standzuhalten. Ich umarmte sie, und alles wurde leichter. Ich hatte diesen Moment so sehr herbeigesehnt, daß mich die tatsächliche Leidenschaft kaltließ, so als hätte ich Betäubungsmittel genommen. In meinem Kopf lieferten sich humoristische und sogar tragische Blitze ein Wechselspiel.

»Und Randolph Carter?« fragte ich sie, ohne mich aus der Umarmung zu lösen, um ihr Gesicht nicht zu sehen.

Sie antwortete mir reglos.

»Er bedeutet mir nichts, weder jetzt noch sonst irgendwann. Er ist ein Gelegenheitspartner, der seine Mission erfüllt hat.«

Allmählich wurde ich mir der Situation bewußt. Sie war es, sie hielt ich in meinen Armen. Ich freute mich wie verrückt. Der Wind hatte unsere Augen mit Tränen gefüllt, und das war eine gute Ausrede. Ich löste mich aus der Umarmung und sah sie zweifelnd an. Was befand sich hinter dem geometrischen Schwindel, der syllogistischen Emotion, dem sprachlosen Erstaunen angesichts des Absurden? Das nie verwelkende Lächeln des geliebten Wesens?

»Ich will nur dich«, stammelte ich schließlich, geschwächt davon, es glücklich erreicht zu haben; der ganze Wirrwarr der letzten Tage entlud sich über mir.

»Was machen wir mit unseren Tränen?« fragte sie, und mir fiel eine schon länger zurückliegende Diskussion mit einer ebenso außergewöhnlichen Frau ein. Ich hatte mich in einer ähnlichen, wenn auch nicht so bedeutenden Situation zu der plumpen Bemerkung hinreißen lassen, daß mir die Tränen in den Augen der Frauen als unwürdiges Druckmittel erschienen und ich ihren willkürlichen, systematischen Einsatz abscheulich fände. Sie hatte mir keine Zeit gelassen zu sagen, daß ich sie in den Augen jener, die, im Unglück gefangen, die Demut besitzen, sich ihrer nicht zu schämen, großartig und bewundernswert fände; sie war wegen meiner Blindheit der Liebe gegenüber, was früher oder später auch einer Tragödie gleichkommt, gekränkt gewesen. Es war aber nicht der Moment, um an das Lächerliche in meinem Leben zu denken und mich wieder einmal zu schämen.

Dennoch, wenn das Weinen verschwunden ist, bleiben nur mehr Feigheit und Wucher, die man zwischen Alltag und Krieg stellen kann, und das sind eher Schmutzkrusten als Panzer.

»Es kann zu Veränderungen im Verhalten, zu einer neuen Zusammensetzung der Moral kommen, doch im Augenblick steht uns nichts Besseres zur Verfügung als das, was wir schon immer hatten: Haß und Liebe, Erinnerung und Leid …«. Ich schwieg, da ich mich vor dem hohlen Geschwätz fürchtete, und fuhr in Gedanken fort: Notwendigkeit und Befriedigung, Sehnsucht und Verzweiflung …

»Wie immer, du hast es schon gesagt: Lachen und Weinen. Doch«, fügte sie hinzu und schlang die Arme um ihren Körper, um sich vor der Kälte zu schützen, »im Namen welches hohen moralischen Anspruchs könnten wir uns davon lossagen oder neue Register ziehen?«

»Vielleicht bestünde die erste Errungenschaft in diesem hypothetischen hohen moralischen Anspruch«, sagte ich und überlegte, ob die Idee nicht sehr rückschrittlich wäre, und, wenn ja, ob das schlecht wäre und ob sie, abgesehen von alledem, richtig sein könnte. Gertrudis ging die Sache direkt an.

»Jeder Schritt, den man im Bereich des Denkens oder des Zusammenlebens gemeinsam und sogar individuell jenseits der Ethik tun möchte, ist zur Absurdität verurteilt. Die Ethik beruht eher auf Notwendigkeit und Übereinkunft als auf den Erleuchtungen oder Plänen eines Philosophen.«

Ich sah sie an und suchte nach Ironie in ihren Worten, die den Glauben an den Fortschritt und die Menschheit zu vermitteln schienen, im Gegensatz zu der Haltung fast aller anderen in diesen Tagen. Und für welchen Skeptizismus entschied ich mich? Für den lohnenden oder den quälenden? Mir fielen die Aussprüche der Mönche über die Gotteslästerer ein, wenn ihnen an der Rettung ihres Seelenheils gelegen war. Wer weiß, ob wir nicht auch bei dem Versuch, die Verleumder zu verstehen und zu assimilieren, damit spielten, die Gesellschafts- und Machtformen fortzusetzen. Allerdings ist der Mechanismus des Paradoxons unbeschränkt tauglich: Hast du Angst vor Veränderungen? Vor der Unbeweglichkeit? Es ist jedenfalls ein gutes Zeichen, denn es zeigt, daß dich die Welt interessiert und du glaubst, etwas Positives beitragen zu können. Du empörst dich gegen die Gauner? Das bedeutet, du glaubst daran, daß es noch Gerechte gibt.

Die scheinbare Abschweifung brachte mich stets zu dem außergewöhnlichen Umstand zurück, der letztlich zu unserer freundlichen Aufnahme hier geführt hatte und an den ich mich eines Tages erinnern würde. Ich dachte, die Haltung unserer Erzähler, die sich der Vergangenheit zuwandten, beinhalte weniger Nostalgie, als es den Anschein hatte. Die Zeit davor, das verlorene Reich, das vergessene Wissen, alles, was gewesen war, besaß für sie nicht den Sinn des Vergangenen, sondern stellte den einzig möglichen Schlüssel für die Zukunft dar. Dennoch haftet dem Nostalgie an, denn ein solches Gefühl führt dich von dort weg, wo du bist, egal, ob in die Vergangenheit oder in die Zukunft, selbst wenn es sich um eine mehr oder weniger unmögliche Idealisierung des Ortes handelt, an dem du dich befindest.

Ich konnte nicht aufhören, Gertrudis zu betrachten. Und du, wer bist du? Engel und Teufel gleichzeitig, unschuldig und verschwörerisch, intrigant und suchend … Was weißt du, dachte ich, inwiefern täuschst du mich, und inwiefern täuschen sie dich? Vielleicht hat Simon recht, und das alles gleicht sehr dem Leben. Vielleicht gibt es niemanden in der Runde, der alle anderen durchschaut. Vielleicht, wenn das Leben so sehr dem Garten gleicht, starb Ω schon vor längerem, und die Erzähler sind Opfer der Schwindeleien der anderen, sogar ihrer eigenen. Und wenn die Rolle der Hüter des Juwels darin bestand, daß keiner von ihnen alles wissen durfte und daß, jenseits der strengen Verwirklichung des Juwels (so wie Suárez es erzählt hatte), sich Wissen und Macht nach Gesetzen aufteilten, die scheinbar vom Zufall diktiert, aber aus der Ferne von einem Willen angeordnet wurden? Dann wäre Ωs Vorhandensein schon greifbarer. Das Treffen auf dem Anwesen hatte immer mehr den Charakter einer Ansammlung von Gefühlen, und das Spektakel der teilweisen Verheimlichung, der Intrige und der gegenseitigen Widerlegungen ließ sich nun schwerlich fortsetzen. Oder das Hervorbrechen von Möglichkeiten und sein Bild würden für immer verwirrt und vergraben bleiben, und alle hätten die gleichen Voraussetzungen und die ausdrückliche gefühlsmäßige Freiheit, ihre eigenen Schlüsse zu ziehen: Gier, Gleichgültigkeit, Liebe …

»Ist dir kalt? Sollen wir zurückkehren?« fragte ich. Sie nickte.

Die Sonne war untergegangen, es wurde rasch dunkel. Die klare Luft schien das Licht länger zu bewahren, die Augen konnten die Dunkelheit ignorieren. Wir gingen schnell nach unten, ohne zurückzusehen. Ich verlor mich in der Vorstellung, diesen Ort nie mehr wiederzusehen, und wäre beinahe umgekehrt, um mich mit einem letzten Eindruck vollzusaugen. Aber ich tat es nicht. Orte und Augenblicke haben ihre Zeit.

Wir durchquerten schweigend den unterirdischen Gang, und die Rückkehr kam mir kurz vor wie jede, der irgend etwas Endgültiges anhaftet. Wir gingen nicht über den Gang mit den Nebenräumen zum Avalon, sondern durchquerten die auf der Hofseite gelegenen Räume bis zur vierten Bibliothek, die am weitesten entfernt war. Wir blickten uns wortlos in die Augen. Ich versank in ihrer mineralischen Tiefe, auf dem Grund ihrer plötzlich erneuerten Augen. Wie mochte ich sie früher, nur eine Stunde zuvor, gesehen haben? War ich ein anderer geworden? Lag die Veränderung ihres Blickes darin, daß ich um ihr Verliebtsein wußte, oder um meines?

Wir waren nicht einmal eine halbe Stunde dort, als Artur

hereinkam. Er wirkte wie eingeweiht und aufgeregt und sah uns an, als wollte er uns Glück voraussagen.

»Wo wart ihr?« fragte er. »Wir haben euch gesucht. Wir sind alle im Avalon und warten auf euch.«

Mich durchfuhr ein jäher Schrecken. Endlich, der Kopf des Orion! Wir durchquerten die Bibliotheken. Ich dachte, nur Gimellion konnte Ω sein, der einzige der Alten, der noch nicht gesprochen hatte. Aber plötzlich fiel mir ein, wenn es im Garten keinen Baum gab, so bedeutete das, daß den Altar des Orion irgendein anderer einnehmen könnte ... Die Türen der Bibliotheken und des Eßzimmers standen offen, nur die am Ende, die des Avalon, war geschlossen. Niemand von uns dreien sagte etwas, und die kaum dreißig Meter waren unendlich lang für die Sehnsucht und zu kurz für die Erinnerung. Hatte sich der Kreis also geschlossen? Würde er sich wieder öffnen und in einen anderen, weiteren übergehen, der sich später schließen würde, und so fort? Wir blieben stehen, bevor wir eintraten. Gertrudis nahm mich an der Hand.

»Ich werde immer bei dir bleiben«, sagte sie leise zu mir. Die Erklärung feuerte mich an.

Meine Augen schweiften kurz zu den beiden Masken, die sich oberhalb der Tür zu allen und vielleicht zu niemandem wandten. Wir gingen hinein. Gimellion in der Mitte des Raums saß als einziger. Zu seiner Rechten Suárez, zu seiner Linken Rodin. Rechts von Suárez Ficinus und Kolinski, links von Rodin Carter und Casanova. Weiter weg Jubert, Simon, Teresa, Camila und Emília. Wir näherten uns. Artur ging zu Camila, Gertrudis blieb an meiner Seite. Alle machten ein ernstes Gesicht, und ich kam mir lächerlich vor wie vor einem Gericht. Nur Gimellion lächelte milde und verschmitzt wie immer. Jetzt gab es keinen Zweifel mehr, er war Ω.

Er wandte sich mit einer oberflächlichen Liebenswürdigkeit an mich.

»Lieber Freund, du mußt wissen, daß der Aufenthalt zu Ende geht. Wir hatten das Privileg, hier in Erwartung einer Lösung Zuflucht zu finden, die Lösung ist nahe.« Er hielt inne und sprach dann langsam weiter: »Vielleicht wird heute nacht der Krieg beendet.« Ich drehte mich zu Gertrudis um, die fast anderthalb Meter entfernt war, und spürte ihre Nähe, mir schien sogar, als könnte ich die Runde im Avalon in ihren Augen wiederfinden wie in einem vibrierenden, verschlingenden Spiegel. Sie beobachtete mich, und ich wollte glauben, daß sie Vertrauen faßte. Gimellion fuhr fort: »Am Ende des Krieges wird jeder der hier Anwesenden erneut in Freiheit seinen Weg fortsetzen, der in gewissem Maß an diesem Ort seine Wurzeln hat.« Er machte eine Pause. »Es sind auch deine Wurzeln, und zwar ganz besonders deine.«

»Ganz besonders?« fragte ich.

»Ja, ganz besonders«, wiederholte Gimellion.

Ich hielt seinem Blick stand. Waren das die schrecklichen Augen, die die Welt bezwungen hatten?

Jetzt oder nie, dachte ich.

»Du bist Ω, jener, von dem niemand weiß, wer er ist«, sagte ich.

»Wenn niemand weiß, wer er ist, wer kann dir dann bestätigen, daß ich dir die Wahrheit sage?«

»Du bist Victor Ferret, oder?« fuhr ich fort und sah Suárez an, der als einziger zugegeben hatte, noch vor kurzem mit ihm in persönlichem Kontakt gestanden zu haben, doch Suárez' Miene war undurchdringlich.

»Welche Bedeutung hat Ω in diesem Augenblick?« fragte er. »Vielleicht sind wir alle zusammen Ω, vielleicht bist du es.« Er lachte, und ich wagte nicht nachzubohren, doch ich fühlte mich berechtigt, aufzubegehren.

»Was soll ich tun? Was wird von mir erwartet?« rief ich aus.

Weder Simon noch Gertrudis, Emília, Artur oder sonst jemand unterstützte mich. Warum ich?

»Du weißt, was du zu tun hast«, versicherte Gimellion bedächtig, »und du weißt auch, wer du bist und was du willst. Geh also dorthin, wenn der Garten der Abenddämmerung für dich zu dem der Morgendämmerung geworden ist.«

»Der Garten der Morgendämmerung?« sagte ich und hatte Lust, mich einen Steilhang hinunterfallen zu lassen. Es war demnach alles ein Spiel gewesen, Prämissen und Vorbereitungen für das Endspiel: daß ich nichts anderes als ich sein kann und der einzige Ausweg aus dem Desaster darin besteht, es bis zur letzten Vorsehung zu führen.

»Geh hin, mein Sohn, erfülle die Bestimmungen«, fuhr Gimellion fort, »fliehe dein Schicksal nicht. Die gestorben sind für dieses Schicksal, sollen für dich weder Bedrohung noch Last sein«, meinte er, und sein Lachen kam mir zynisch und zugleich sanft vor. »Geh hinauf in den Garten der Morgendämmerung, und wenn du zurückkehrst, wirst vielleicht du uns sagen, wer Ω ist oder daß niemand es ist oder irgend jemand; alles hängt davon ab, wie sich die Welt dreht und wie du die Zeichen betrachtest, und von der Fähigkeit jedes einzelnen, Licht und Schatten ihrer Tage zu unterscheiden.«

Ich fühlte mich entblößt. Ich glaubte nichts von dem, was ich glauben sollte, und wußte nicht einmal genau, was es war. Also stellt sich am Ende heraus, daß ich es bin? War das wirklich die Szene, die ich mir vor ein paar Stunden ausgemalt hatte? Simon und ich sahen uns an. Wir waren mit unseren Vermutungen am Ende. Gimellion bat alle, sich zu setzen, obwohl klar war, daß uns keine Geschichte mehr erwartete. Ich musterte die anderen. Sie schienen so erstaunt wie ich. Oder aber sie hatten sich gegen mich verschworen. Du wirst noch unter Verfolgungswahn leiden, dachte ich … Zuerst Gertrudis, jetzt Gimellion. Wie verläuft der Krieg? Werde ich nach Barcelona zurückkehren können? Was habe ich im Garten zu tun? Alle hatten es sich bequem gemacht, nachdem Gimellion sie aufgefordert hatte, sich zu setzen, doch sie waren nach wie vor gespannt auf das, was er oder ich sagen würde.

»Selbst wenn ich wüßte, was ich zu tun habe, will ich wissen, ob ich auf deine Hilfe zählen kann.«

»Natürlich«, sagte Gimellion und stand auf. Augenblicklich erhoben sich auch Suárez und Rodin.

»Aber ich bin schon zu alt, meine Zeit ist abgelaufen, andere werden dir besser helfen können als ich.«

Carter, Kolinski und Ficinus standen ebenfalls auf. Plötzlich gab es zwischen ihnen eine außergewöhnliche Spannung, eine tragische Vorahnung. Gimellion fuhr in der Art eines

Großvaters, der die Kinder belehrt, fort: »Es ist an der Zeit, die zum Zug kommen zu lassen, die im Vollbesitz ihrer Kräfte sind.«

Er trat zu Ficinus und legte ihm die Hand auf die Schulter, dann ging er hinaus.

»Entschuldigt mich«, sagte Ficinus mit glänzenden Augen. Suárez, Rodin und die anderen Älteren zogen sich in einen Winkel zurück, Ficinus folgte Gimellion.

Wir übrigen sahen uns in Grabesstille an. Ich hatte den Eindruck, einer entscheidenden Szene beigewohnt zu haben, die ich in gewisser Weise selber ausgelöst hatte. Ω hatte sich zurückgezogen, nachdem er seinen letzten Auftrag erfüllt und seinen Nachfolger ernannt hatte: weder Rodin noch Suárez, auch wenn Ficinus' Triumph irgendwie der von Suárez war. Das oder aber alles waren meine Phantasien, die in der Andeutung gipfelten, daß ich der Nachkomme von Mir und Cros sei. Das wollte ich nicht gelten lassen. Wo man mir doch zwanzig Jahre lang gesagt hatte, ich sei meiner Mutter wie aus dem Gesicht geschnitten! Ich machte mich auf die Suche nach Ficinus und Gimellion und fand sie im Eßzimmer stehend. Als sie mich sahen, lächelten sie.

»Kann ich dich um einen Gefallen bitten?« fragte ich Gimellion; er nickte. »Wenn du es nicht als Unverschämtheit empfindest, würde ich gern dein Zimmer sehen.«

»Warum sollte ich es so empfinden?« meinte er lachend und wandte sich an Ficinus: »Keine Sorge, wir bringen das, was wir besprochen haben, später in Ordnung.«

Ficinus kehrte in den Avalon zurück, Gimellion und ich gingen auf sein Zimmer, das erste im Gang. Ich war neugierig, welcher Schmetterling es zierte. Beim Eintreten überraschte mich die Schmucklosigkeit des Raumes. Er glich einer Mönchszelle. Es standen nur ein Bett mit einer schlichten Tagesdecke aus Espartogras, ein Sessel und ein leerer Tisch aus Eichenholz darin; weder Vorhänge noch Teppiche, noch Kommoden mit Vasen darauf. Nur ein Wandschrank ohne Verzierungen, nichts von den Bequemlichkeiten der anderen Zimmer; sogar die Größe war bescheidener, die Teppiche waren im Lauf der Zeit abgenutzt worden. Offensichtlich war dieser Raum in den letzten dreihundert Jahren nicht verändert worden. Die Wände waren weiß gekalkt und nackt, nur an einer hing ein ungerahmtes Bild, an ein Paneel geheftet. Ich ging direkt darauf zu. Es war der x-te Stich der Serie, ein Blatt, größer als die anderen, schwarzweiß, dargestellt war die *Acherontia atropos*, der riesige, Totenkopf genannte Schmetterling.

Gimellion zeigte sich über mein betretenes Gesicht belustigt. Er war der Alte! Auf mich wirkte er wie früher: nah, ruhig, zugänglich, vertraut. Aber der Gedanke an die Äußerungen der anderen ließ mich zögern. Er war Ω, dessen Namen man nicht ohne Ehrfurcht und Beben ausspricht, vor dem sich die Mächtigsten verneigen. Ich erinnerte mich an René Boort, daran, wie Suárez Piquets Gärtner beschrieben hatte. Er mußte Gimellion sehr ähnlich gewesen sein.

»Was ist dann das Juwel?« fragte ich. Er setzte sich lachend.

»Was würde es dir nützen, wenn ich es dir sagte?« Er sah mich aufmerksam an. »Frag dich selber, und wenn das Juwel dich auserwählt hat, wirst du es erkennen.«

Ich wollte ihn fragen, wer ich sei, doch ich befürchtete eine weitere Ausflucht. Ich wollte aufbegehren und wußte nicht, wogegen. Atropos, die Unabwendbare, war die kleinste der drei Moiren, aber die älteste und schrecklichste. Platon schreibt den Moiren die Bewegung der Himmelskugel zu, Nikolaus von Cusa setzt sie direkt mit den Konzepten gleich, denen die Entwicklung der Gestirne folgt. Nach dieser Vorstellung verkörpert Atropos das einfachste, primitivste Bild und steht auch für die geringere Dynamik.

»Hat denn heutzutage der Kampf zwischen Gut und Böse noch seine Berechtigung?«

Gimellion schmunzelte.

»Du hast recht, unsere Freunde haben das Problem tatsächlich als Schwarzweißmalerei vermittelt. Ich hielt mich immer ein wenig im Hintergrund, aber du kannst sicher sein, daß die Dinge nicht so einfach sind oder daß sich die Farben zumindest vermischt haben.«

»Aber du bist doch Ω«, wandte ich ein.

»Laß doch die Omegas!« Er hob die Hand und fuhr fort: »Wie viele Spannungen zwischen verschiedenen Farben sind im Laufe der Geschichte schon schwarzweiß gemalt worden! Zwischen Konformismus und Utopie, zwischen Realismus und Nominalismus, zwischen der als kollektive Revolution verkleideten Freiheit und der Unterordnung, die als persönliche Rettung ausgegeben wird, zwischen Fatalismus und Voluntarismus ... Letztlich hatten nur wenige Erfolg bei dem Versuch, einen Begriff über den anderen zu legen, die Dualität aufzulösen oder zu überwinden. Sie gaben nicht einmal zu, daß sich die Welt in einem Zwischenbereich bewegt, sondern gingen aus Erschöpfung so weit, diesen Zwischenbereich für viel größer und lohnender anzusehen als die Gegenüberstellung; durch die Werkzeuge der Erkenntnis beschränkt, hielt sich diese Dualität nicht zwischen zwei schlüssigen, klaren Möglichkeiten, das Phänomen zu betrachten, sondern verlor sich in Teilaspekten. Dem Menschen als sozialem Wesen haftet dieses Stigma an. Kaum ist eine Dialektik abgeschlossen, beginnt die nächste.«

Ich dachte an die falschen Dichotomien als Spiele der Zerstörung, falsch schon vom Mechanismus her, der den einen oder den anderen begünstigt: Kain und Abel, Romulus und Remus, die weißen und die schwarzen Figuren auf dem Schachbrett.

»Es dürfte aber wohl einer im Bereich des Guten angesiedelten Programmierung zu verdanken sein, daß Ω davon Abstand nahm, Flint zu beseitigen, obwohl er, hätte er anders gehandelt, den Konflikt gelöst hätte.«

Gimellion sah mich mit furchteinflößenden Augen an, dennoch schmunzelte er nach wie vor. Unwillkürlich fiel mein Blick noch einmal auf den Schmetterling, den Totenkopf, manchmal auch Ochsenauge genannt (das Auge Orions oder das Auge des Stiers, Aldebaran?).

»Natürlich hätte Flint beseitigt werden können. Doch weil auch er dem Bereich des Juwels angehörte, sah Ω die Gelegenheit, den letzten generativen Schritt zu vermeiden, nachdem sich Lluïsa mit Lamb, also mit Mir, zusammengetan hatte.«

Von Cros, seiner Tochter, von Mir, Lamb und Flint so reden zu hören, als wären sie Rassepferde, schien mir der absurde Gipfelpunkt der Geschichten zu sein.

»Willst du sagen, daß Flint auch zum Kreis des Juwels gehört?«

»Das hat schon Suárez erzählt. Es gibt jetzt, heute, hier nichts mehr außerhalb des Kreises um das Juwel, auch nicht die Fragen, die du mir stellen willst und die ich dir nicht beantworten kann.«

Ich hatte eine, auf die ich nicht verzichten konnte.

»Was birgt das Geheimnis von Lluïsa Cros?«

»Worin Lluïsas Geheimnis besteht?« Er blickte zur Wand, als würde er in die Ferne sehen. »Lluïsa ist ebenso das, was sie war, wie das, was sie nicht tat. Hätte sie es aufgeben wollen, das Herz des Juwels zu sein, niemand hätte sie aufhalten können; doch die Kenntnis ihrer Umgebung und das Selbstbewußtsein verdichten sich, nachdem Lamb verschwunden, Colom gestorben und der Freundeskreis zerbrochen ist, zu sentimentaler Enthaltsamkeit, und statt sich in der Unabänderlichkeit aufzulösen, wird sie zum Symbol der einsamen Verzweiflung und Zerstörung erhoben.«

Plötzlich hatte ich die Lösung dessen vor Augen, worüber ich mit Simon und Gertrudis in den letzten zwei Tagen gesprochen hatte. Valerian Lamb und Benedicte Flint sind tot (egal, ob der eine vom anderen getötet wurde). Ihre Nachkommen befinden sich hier unter uns, ohne ihre Identität zu kennen, und ihre Bestimmung ist das Erkennen: sich in der Gemeinschaft zu erkennen und einander die Stirn zu bieten. Der junge Flint, der weder weiß, wer er, noch, wer der andere ist, muß sein Los erfüllen und den jungen Mir, der genausowenig weiß, wer er ist, vernichten. War ich einer der beiden? Welcher von ihnen? Der Verbrecher oder das Opfer? Und wer war der andere? Simon, Artur, Frederic, Camila, Teresa, Emília? Oder Gertrudis?

Ich ließ mich von den blauen Augen beeindrucken, denen es gelingen konnte, mir Vertrauen einzuflößen, was ich aber im Lichte der letzten Ereignisse im Namen der elementarsten Vernunft zurückweisen mußte. Ich erschrak, weil ich in

ihnen das wirklich Menschliche wiedererkannte: das Blendwerk des Guten, die vertraute Maske, die alle Verbrechen
rechtfertigt. Allerdings verwirrte es mich, daß er nicht zugeben wollte, Ω zu sein, wo es doch für alle klar geworden war.
Das Treffen zwischen Cros und Boort war viel erhellender
als meines mit Gimellion, ebenso das zwischen Lamb und
Ferret. Aber man weiß ja, daß die Dinge in der Wirklichkeit
nie so glatt gehen wie in den Geschichten.

»Gibt es irgendeine Nachricht von meiner Mutter?« fragte
ich.

»Deiner Mutter geht es gut, sie möchte dich bald sehen«,
sagte er in einem neutralen, freundlichen Ton. »Und jetzt
bitte ich dich, mich zu entschuldigen, denn ich muß vor dem
Abendessen noch einige Angelegenheiten klären.«

Wir gingen hinaus. Er durchquerte den Gang mit den
Schlafzimmern in Richtung Observatorium, und ich ging
durch das Eßzimmer in den Avalon. Dort waren alle versammelt, außer Rodin, Carter, Kolinski, Ficinus und natürlich
Gimellion. Sie unterhielten sich angeregt zu zweit oder dritt.
Das war üblicherweise der Augenblick für den Höhepunkt
der Geschichten, offensichtlich war es damit zu Ende.

Gertrudis, die sich mit Jubert unterhielt, stand sofort auf
und kam zu mir. Die Aussicht, mit ihr allein zu sein, bewog
mich, mich nicht bei den anderen aufzuhalten; wir setzten
uns in einen Winkel neben der Orgel.

»Du wußtest, daß Gimellion Ω ist?« sagte ich. Da sie nicht
antwortete, fand ich das bestätigt. »Warum hast du es mir
nicht gesagt?«

»Aus Respekt und Rücksichtnahme dir gegenüber«, sagte
sie entschuldigend. Da sie merkte, daß ich das nicht schlucken
wollte, versuchte sie sich zu rechtfertigen: »Wenn ich es dir gesagt hätte, hätte ich dich bitten müssen, Simon nichts zu erzählen; ich hatte nicht das Recht, dich mit einer Verantwortung zu belasten, die zu dem Zeitpunkt andere tragen mußten.
Außerdem war ich, ehrlich gesagt, nicht sicher«, sie senkte die
Stimme, »und wenn ich noch ehrlicher sein soll, bin ich auch
jetzt nicht absolut sicher.«

»Heben wir uns die Absolutheiten für eine andere Gelegenheit auf«, unterbrach ich sie. »Weißt du sonst noch etwas, das du mir nicht gesagt hast? Bin ich Lamb? Bin ich Flint?«

Als sie den ersten Namen hörte, sah sie erschrocken hoch; nach dem zweiten fing sie an zu lachen.

»Lieber Freund, du überschätzt mich. Ich schwöre dir, daß ich nichts weiter weiß! Mir ist zwar mehr zu Ohren gekommen als dir, aber glaube mir, daß ich mich hier genauso verloren fühle wie du.« Ich steckte meine Hand in die Hosentasche und zog das Medaillon mit dem Porträt hervor, das laut Ficinus Lluïsa Cros darstellte. Ich zeigte es ihr, ihr Lächeln erstarrte. »Wo hast du das her?«

»Bist das du?« fragte ich, um einen harten Tonfall bemüht, immer in den Grenzen der Höflichkeit.

»Nein, das bin nicht ich«, antwortete sie heftig.

»Aber du siehst ihr sehr ähnlich. Warum?«

»Warum ich ihr so ähnlich sehe? Was willst du jetzt hören? Es ist ein retuschiertes Foto; gemacht hat es ein Kranker, und du begibst dich auf sein Niveau!«

Ich bat sie, die Stimme zu senken.

»Wer ist die Frau auf dem Foto?« fragte ich sie sanft, ließ aber gleichzeitig meine feste Absicht erkennen, zur Wahrheit vorzudringen (allmählich machte es mir Spaß).

»Es ist die, die wir beide gemeinsam haben«, sagte sie mit unerwarteter Ironie, gewiß, um sich für das Verhör zu rächen, und fügte hinzu: »Es ist Lluïsa Cros.«

Ich wurde nachdenklich. Was soll das heißen, wir hätten sie gemeinsam? Ich beschloß, das als einen Scherz zu nehmen, aber es blieb eine Frage offen. Ich steckte das Medaillon in die Tasche.

»Das Juwel, das du mir gezeigt hast, ist nicht das der Bank Mir, oder?«

Sie lächelte, schien aber unangenehm berührt.

»Ich habe das nie behauptet. Doch es gehörte Lluïsa Cros, und obwohl es bei weitem nicht so mächtig ist wie das andere, versichere ich dir, daß ich es lieber mag.«

Meine Zweifel verflüchtigten sich allmählich, ohne daß ein einziger ausgeräumt worden wäre, und wir kehrten in das jüngst eroberte Paradies der Gefühle zurück, das es noch zu erforschen galt. Kurz darauf setzten sich Simon, Camila und Emília zu uns, und das Gespräch schweifte zu den Nachrichten über den Krieg ab. Hoffnungen, dachte ich. Die einzige Hoffnung bestand darin, daß sie den Planeten nicht in die Luft sprengten. Im Vergleich dazu war jede andere Zukunft angenehm, selbst wenn niemand wußte, was uns tatsächlich erwartete. Vielleicht wäre es besser, Gimellions Anwesen nie mehr zu verlassen.

Emília setzte sich zu mir. Ich wollte mich von ihr zugunsten Gertrudis' abgrenzen und mußte wieder einmal feststellen, daß wir Männer keine Körbe austeilen können. Die Frau, im Schutz einer jahrhundertealten Weisheit, hat kein Problem damit, den zurückgewiesenen Liebhaber zu treffen, sei es allein oder in welcher Gesellschaft auch immer: Sie blickt ihm offen ins Gesicht, lächelt geschmeichelt, plaudert vergnügt und eitel, stellt den Triumph ihrer Waffen zur Schau und verkehrt jede rüde Bemerkung des Mannes ins Absurde oder Lächerliche. Wenn ein Mann eine Frau loswerden will, weiß er nicht, wie er es anstellen soll, und mit dem dummen, schlechten Gewissen, das ihm dabei im Weg ist, gelingt ihm nichts: er wird schroff sein, sogar unangenehm, oder übertrieben und grotesk. Jedenfalls steht fest, daß das Verhalten einer Frau, die gelegentlich Körbe verteilt, nicht angezweifelt wird; einem Mann hingegen wird – noch ehe nach einer Begründung gesucht wird – von der Frau und ihren Freundinnen alles mögliche angehängt, um das Scheitern ihrer Verführungskunst zu vertuschen: Impotenz, Homosexualität, Verrücktheit …

Gertrudis ging auf ihr Zimmer, und wie gewohnt benutzte Simon die Gelegenheit, um mich einige Dinge zu fragen. Da ich ihm keine Abfuhr erteilen wollte, entschied ich mich, ihm die letzten Veränderungen mitzuteilen.

»Ich bin verrückt nach ihr, und sie auch nach mir«, sagte ich, ein wenig beschämt darüber, wie leicht mir der Satz über die Lippen ging.

Simon sah mich mit einer Mischung aus Verachtung und Neid an, bemüht, daß in meinen Augen das eine das andere überdeckte. Wir lästerten ein wenig über die Frauen, die

Liebe, die Liebenden und die Ehe. Wenn es darum ging, Beispiele anzuführen, bezog sich Simon stets auf Gertrudis und mich, wobei mir die übertrieben klischeehafte Rolle des Verliebten zukam: gläubig oder fragend, betäubt vor Glück und von einer kindischen Freude benebelt. Als es mich zu ärgern begann, daß ich diesem Bild so sehr entsprach, beschloß ich, nicht weiter daran zu denken, da sich meine Restintelligenz für eine herausfordernde Haltung öffnete, die für das Verliebtsein eine Gefahr darstellte.

Camila und Artur sprachen angeregt von der unmittelbaren Zukunft. Plötzlich hatten alle wieder Erwartungen, schmiedeten Pläne, redeten vom kommenden Monat, vom Leben. Kehrten wir zur Realität zurück, oder verloren wir eine einmalige Gelegenheit, sie zu erreichen?

Kurz darauf kamen Carter und Kolinski, etwas später Gertrudis, die sich selbstverständlich zu mir setzte. Sie hatte sich umgezogen; nun trug sie ein hochelegantes schwarzes Kleid, gefällig und streng: Andeutung und Wirklichkeit verbanden sich und fanden sich in der Schönheit. Sie hatte sich raffiniert geschminkt. Ich hätte vor Glück fast einen Luftsprung getan; doch erschreckte mich der Gedanke daran, daß ich so vieles von ihr nicht wußte, an alles, wo sie mir gegenüber im Vorteil war und ich nicht anders konnte, als sie zu beneiden, wo sie sich von mir entfernte, um mir dann näher denn je zu sein, wo ich sie für immer mit diesem unerklärlichen Haß verehre, den du besiegen willst, obwohl du weißt, daß dies das größte Unglück deines Lebens wäre.

Schließlich kamen Casanova, der sich schon besser fühlte, und Teresa zu uns.

»Es scheint, wir müssen bald voneinander Abschied nehmen«, meinte Emília.

»Ein würdiger Abschied von soviel Güte und intelligenten Zweifeln«, sagte Carter. Wir lachten.

»Was ist dir lieber«, fragte ihn Gertrudis, »die Güte oder die Intelligenz?«

»Die Intelligenz, zweifellos.«

»Ich habe Gimellion einmal dieselbe Frage gestellt; er entschied sich für die Güte.«

»Das erstaunt mich gar nicht«, sagte Carter, »wo doch Gimellion ein Mensch ist, bei dem sich Intelligenz und Güte in so hohem Maß die Waage halten und so vollkommen sind, daß man sie wie alle Tugenden als eine Einheit betrachten kann. Da dies leider bei mir nicht zutrifft, bleibt mir nichts anderes übrig, als mich für die Intelligenz zu entscheiden.«

»Eigentlich«, mischte sich Teresa ein, indem sie sich auf ein Gespräch bezog, an dem ich nicht teilgenommen hatte, »hat Gimellion eine der wichtigsten Ideen der klassischen Moralisten angesprochen: die Güte ist die klarste Konsequenz der Intelligenz, und es hat keinen Sinn, über einen guten und dummen Menschen zu sprechen, denn es handelt sich bloß um einen Dummkopf.«

»Vielleicht ist die Güte eine heroische Dimension?« fragte Gertrudis. »Oder ein moralisches Maß?«

»Vielleicht ist es so, wie es die klassische Tradition fordert«, meinte Kolinski, »die in der Initiation des Helden die Transzendenz des Schicksals durch den Willen sieht und damit auch in Richtung Monismus weist.«

»So gesehen ist Lamb, wie Jason, ein unvollkommener Held, oder er gleicht Ödipus, der sich zerstört, weil es ihm nicht gelang, sein Schicksal zu besiegen. Dem Begriff nach führt der Zufall zur Entropie und zum Abbau des historischen Umfelds, der Wille erhöht es«, urteilte Carter.

»Manche sagen«, schloß Artur, »genau das sei auch die Dialektik zwischen dem Wachsen der öffentlichen Ausgaben und der Expansion des privaten Sektors: die Hervorhebung des Helden ist eine vertrauensbildende Maßnahme auf dem Wege zu einer Kontrolle, die das vielfache Wechselspiel zwischen Inflation und Arbeitslosigkeit, Steuern und Defizit, Defizit und Rezession an den für die Gesamtheit günstigsten Punkt führt (wobei es schon viel wert ist, wenn sich das nicht katastrophal auswirkt). Am Ende wählt der Held zaudernd zwischen den beiden strafenden Königen, dem Frieden und dem Reichtum, und immer wird ihn die Wahl unbefriedigt lassen.«

Es wurde schallend gelacht. Alle waren zufrieden, als hätten sich die Gespenster für immer abgewendet.

»Wir können lachen, soviel wir wollen, aber solange die Institutionen die Spiele in eine angeblich objektive Kausalität verwandeln, werden wir weiterhin Gefangene des Rechts des Stärkeren sein, und immer wird irgend jemand sich an den Ergebnissen seiner Urteile erfreuen«, sagte Casanova.

»Weil es immer jemanden geben wird, der dumm genug ist, das Gesehene nicht in Zweifel zu ziehen«, folgerte ich und dachte, es wäre schon gut, wenn er sich nicht verpflichtet fühlte, irgendeine Wahrheit mit Mord zu verteidigen.

»Und wie ist es möglich, daß er sich nur aus Trägheit, aus Angst vor dem Unbekannten oder aus Dummheit hält?« fragte Simon.

»Wie kommst du darauf, daß jemand, der seinen Grundsatz in Ehren aufrecht hält (ein aufrichtiger, gütiger, also intelligenter Mensch), diesen auch verteidigen kann?« sagte Artur. »Aus Respekt vor den Institutionen?«

Alle schwiegen. Carter sah uns mit seinem Lächeln eines florentinischen Giftmischers an.

»Nein, aus Liebe zu den Traditionen.«

»Das ist dasselbe, nur schöner ausgedrückt«, erwiderte Artur.

Jubert trat zu uns; Camila ging zu Randolph Carter und flüsterte ihm ins Ohr: »Aber was ist schließlich das Juwel? Ist es aufgetaucht oder nicht?«

»Es ist nicht aufgetaucht«, sagte Carter mit spöttischer Traurigkeit.

»Gut, aber was ist es?« bohrte sie nach. Carter holte tief Luft, und ich spitzte die Ohren, während ich so tat, als würde ich Casanovas Witzen lauschen.

»Ein Kompressor-Depressor der Linearität der elektromagnetischen Vorgänge, sagen wir ein Antidispergator von Energie. Es würde die ganze Physik umwerfen«, sagte er lachend. »Es ist eine Gravitationslinse, dazu fähig, die Entropie zu absorbieren. Weißt du, was das heißt?«

»Nein«, gestand Camila.

Meine Kenntnisse der Physik erlaubten mir auch keine Begeisterung. Ich glaubte mich zu erinnern, daß eine der unzerstörbaren Grundlagen der Physik die irreversible Zunahme der Entropie im Universum war (genauso wie die Unmöglichkeit des absoluten Nullpunktes der Kelvinskala, des vollkommenen Vakuums und der Lichtgeschwindigkeit für einen Körper, der kein Lichtkörper ist).

»Es ist die Herrschaft über Zeit und Raum! Der Schlüssel zur Energie, der Kern der Ausdehnung des Universums!«

»Demnach«, meinte sie, »war das, was Suárez über das Herabfallen des Lichtes von Luzifers Stirn gesagt hat, doch nicht so symbolisch.«

»Die Maschine, die alles sieht und alles kontrolliert! Die Idee von Laplace, der Traum von Leibnitz! Das Auge des Gottes!« schloß Carter.

Mir wurde allmählich bewußt, wie gewaltig man uns auf den Arm genommen hatte. Zuerst kontrolliert das Juwel von einer drittrangigen Stadt wie Barcelona aus die Welt der Finanzen und Unternehmen. Nun beherrscht das Juwel von einem Himmelskörper aus, wie es die Erde ist, die Ausdehnung des Universums. Irgend jemand fügte hinzu, daß man dank dem durch das Juwel ermöglichten Gravitationsmaß des Lichtes nun auch den Radius der Hyperkurvatur des Universums kannte, und damit seine Ausdehnung. Ich rieb mir kichernd die Augen. Wahrheit von Lüge zu trennen wurde immer leichter, die Welt erzählt dir immer irgend etwas über dich selbst, und du spiegelst ihre Merkmale wider, wie es ein Insekt oder eine Pflanze tut, oder, wegen der Gedanken, nicht so gut wie ein Insekt oder eine Pflanze.

Ich hob den Kopf. Aus einer gewissen Entfernung sah Emília zu mir her. Ich drehte mich zu Gertrudis, die mich ebenfalls anschaute, doch ich wußte nicht, ob sie meinem Blick folgte oder ich dem ihren, ohne es bemerkt zu haben. Ich wünschte inständig, daß dieses schöne Gefühl nicht durch zeitliche oder andere Ungewißheiten verblassen möge. Stern des Geistes, dachte ich und nahm die Rührung ganz bewußt in Kauf. Und trotzdem, dieser unvernünftige quälende Gedanke, mehr zu wollen, brachte mich dazu, mich nach der Zeit der Lluïsa Cros zu sehnen; ich dachte daran, wie sehr Gertrudis mich verrückt gemacht haben könnte, in einem Überschwang der Seelen wie der, der die Leidenschaft für die andere ermöglicht hatte. Und wenn ich es war, der mit dem, das er in Händen hielt, nichts anzufangen wußte? Ich verfluchte ihre unverletzliche Größe, den sie umgebenden Nimbus, und nun ein Modell, dem man unmöglich folgen kann und das dir darum nur noch mehr Leid zufügt. Und dennoch, ist diese wehmutsvolle Verzweiflung nicht höchster Ausdruck der unbezwingbaren Liebe?

Wir wurden zum Essen gerufen, die Zeit war auch ohne Geschichten rasch vergangen, aber es war früher, als ich dachte. Das Eßzimmer erstrahlte wieder im vollen Glanz. Ficinus kündigte an, daß dieser Tag ein ganz besonderer wäre und wir uns deshalb anders setzen sollten, vermischt, und nicht wie bis jetzt nach rationalen oder den Umständen geschuldeten Zuneigungen. Gimellion setzte sich an die Stirnseite, wie immer (vorher saß er dort, weil er der Gastgeber war, und nun, weil er Ω ist? dachte ich belustigt. Das vermögen Interpretationen: ein und dasselbe ist unterschiedlich), zu seiner Rechten Gertrudis. Dann ich, neben mir Camila, Carter, Rodin, Casanova und Teresa. Am anderen Ende des Tisches Ficinus, zu seiner Rechten Kolinski, Jubert, Simon, Artur, Suárez, und Emília links von Gimellion.

Von dem reich gedeckten Tisch und selbst von der Beleuchtung ging ein bislang noch nicht dagewesener Schimmer aus, der mich mit einem glühenden Rot, den Grün- und Blautönen der Blumen und der üppigen Früchte ins unerreichbare Labyrinth der arabischen Nächte entführte. Legendäre Weine wurden aufgetischt, solche, die keinen Preis haben, und in kleinen Portionen eine Fülle von Speisen, die noch wunderbarer waren als alles Bisherige. Der erste Gang bestand aus Pilzen, ich zählte zweiundzwanzig verschiedene, auf dreiunddreißig Arten zubereitet. Danach gab es eine Pastete mit Speck, Granatapfel und Zitrone, flambiert mit Enzianschnaps. Die Krönung des Mahls waren jedoch Keulen von Junghühnern, die mit einem bestimmten Korn an einem uns nicht näher genannten Ort gefüttert worden waren, der gewisse Bedingungen erfüllte, was Flora, Höhenlage, Orographie, Boden und Unterboden und Meteorologie betraf. Die Stücke waren mit nur wenig Fett und Salz gebraten,

1100

ohne Garnierung, und offenbaren so den unverfälschten Geschmack.

Auf allgemeinen Wunsch wurde der Koch geholt, man beglückwünschte ihn, und sein Können wurde Gegenstand der Diskussion. Es wurde übereinstimmend festgestellt, daß er eine außergewöhnliche kulinarische Kultur und Erfahrung mit Begabung und vernünftigem Sinn für Neuerungen zu verbinden wußte, was zu klaren, ausgewogenen Kreationen führte; hinzu kam eine des höchsten Lobes würdige Ehrlichkeit in der Zubereitung. Wenige hätten sich so wie er an solch schwierige Umstände angepaßt und mit bescheidenen Mitteln die großartigen Effekte einer sparsamen und dennoch delikaten Küche entwickelt, die Kunst, den Wert eines jeden Bestandteils und seiner Kombinationen zu erhöhen, das Geheimnis der Essenz und die Essenz des Geheimnisses.

Kurz nachdem wir zu essen und zu trinken begonnen hatten, erfaßte alle eine ungewöhnliche, überströmende Euphorie. Es schmolz selbst der Argwohn jener, die auf Begeisterung mit schlechtem Gewissen reagierten. Gertrudis saß Emília gegenüber, und ich weiß nicht, welche Bemerkung sie gemacht hatte, daß Gertrudis blitzschnell antwortete.

»Ich höre gut!« sagte sie. »Ich höre sogar das, was ich nicht hören will.«

»Zeugt ein gutes Gehör von moralischer Größe?« meinte Emília lachend.

Gertrudis nahm ihr den Scherz nicht übel.

»Nein, das ist die Eigenschaft von Elfenohren.«

Ich dachte an die Geschichte, die mir Emília vom Freund ihres Vaters erzählt, und daran, wie sie mir im selben Atemzug versichert hatte, daß sie außerhalb des Kreises stünde. Wie hatte ich das bloß glauben können! Nichts liegt außerhalb des Kreises und ebensowenig außerhalb der Natur. Diese Geschichte war ebenfalls Teil der Geschichten im Avalon, auch wenn sie sie mir im Bett erzählt hatte. Wir können den Avalon verlassen und auch die Physiologie des Menschen, doch das Wesen eines Menschen zu verlassen wird für immer eine Illusion bleiben. Vielleicht ist es wahr, daß die Höhepunkte des Denkens, der Kunst, der Geschichte nicht den Anfang einer neuen Epoche bedeuten, sondern den Abschluß der vorangegangenen. Die glänzendsten Erneuerungen hinterlassen das Gefühl eines Abschieds, ganz abgesehen von dem Verdacht, daß auch sie nur eine Illusion sind.

»Elfenohren, um besser zu hören«, sagte Artur lachend.

»Damit du die Musik des Schwindels besser hören kannst«, fügte Emília hinzu, wobei sie ihre Augen auf Jubert heftete.

Ich fühlte mich erstickt von dem Gefühl der zwanghaften Wiederkehr.

»Ich versuche so zu leben, daß mir niemand vorwerfen kann, ich sei ein Schwindler«, sagte Jubert mit dem Glas in der Hand. Seine Augen sprühten Spott.

»Er hat, wohlgemerkt, nicht gesagt ›ohne zu schwindeln‹«, meinte Suárez lachend, wobei er die Stimme erhob, »es geht ihm nur darum, den Schein zu wahren.«

»Wenn du nicht von allem Anfang an den rechten Weg gegangen bist«, schloß Carter, »ich meine, wenn du schon leicht angeschlagen bist, solltest du dich nicht mehr bemühen, deine Würde zu retten. Die Würde ist wie eine Bettdecke. Ziehst du zu heftig an einer Seite, ist schließlich dein Hintern nackt.«

»Das erinnert mich an den«, sagte Suárez, »der beschloß, nie mehr zu lügen. Sein Leben und seine Umgebung waren aus Lügen gemacht, es bestand keine Möglichkeit, den Kreis zu durchbrechen. Alles war so verknüpft, daß niemand und nichts außerhalb der Lüge lebte. Der Mann war verzweifelt und brachte sich am Ende um, doch selbst in seinem Abschiedsbrief gab es Ungereimtheiten, die die Wahrhaftigkeit jenes letzten Aktes in Frage stellten.«

»Das bedeutet«, bemerkte Gertrudis, »daß man ohne vollkommene moralische Reinheit keine neue Persönlichkeit in sich selber schaffen kann, die über die systematische Lüge hinausgehen möchte.«

»In gewisser Weise schon«, warf ich ein; »das Maß dafür haben uns die Erzähler in den letzten Tagen gegeben. Wer den anderen gegenüber nicht eindeutig sein kann oder will, wie könnte der es sich selber gegenüber sein?«

»Macht niemandem Vorwürfe«, sagte Gimellion, »denn das

Erschaffen von niederträchtigen oder gemeinen Figuren ist nichts weiter als ein ursprünglicher Schutzmechanismus. Niemand kann eine Figur erfinden, die ihm selber intellektuell überlegen ist, vom Moralischen ganz zu schweigen. Wenn er also eine ihm gleiche oder ähnliche erschafft, gibt er sich selber zu erkennen.«

»Und das Juwel verleiht diese moralische Erhabenheit nicht, die der Ursprung aller Dinge zu sein scheint?« fragte Gertrudis.

Ich dachte, daß der Erzähler sogar bei der Beschreibung schäbiger Figuren kaum umhin kann, sich selber zu zeigen.

»Im Gegenteil«, erwiderte Suárez, »genau diese moralische Größe, von der du sprichst, gibt das Juwel. Was uns zu dem Schluß führen kann, daß die dunkle Seite des Juwels nicht das Böse ist, sondern ganz einfach seine Aufhebung bedeutet. Das Juwel dient ausschließlich guten Zwecken.«

»Nun, wo wir beim Kopf des Orion angelangt sind«, sagte ich leise zu Gertrudis, »warten wir darauf, daß sich die Güte des Juwels offenbart.«

»Bist du sicher, das wir schon dort angekommen sind?« antwortete sie verschmitzt. »Es war nur der Kopf des gewalttätigen Jägers, den Artemis mit einem Pfeil durchbohrte.«

War also das die Bestimmung der Mistel? wollte ich erwidern, doch das Gespräch ging in eine andere Richtung.

»Die Unbeständigkeit der Welt«, sagte Gimellion, »verhindert es, daß der Träger des Juwels dieses zu seinem persönlichen Nutzen einsetzt. Neulich sagte einer von uns: Gebt mir eine Welt, gegen die ich mich trotz geringster Hoffnung auflehnen kann. Ich sage jetzt: Gebt mir eine Welt, die Ω oder der Träger sich als Höhepunkt ersehnen könnten. Gebt mir eine Welt, sie zu leiten, sie zu beherrschen; gebt mir Untertanen, deren Herr ich sein kann, mit denen ich ehrlich arbeiten und eine Herrschaft der Weisheit verwirklichen kann. Welcher Welt sollte sich jemand bemächtigen oder unterordnen? Der heimtückischen, auf Wucher und Argwohn oder Obskurantismus gebauten? Um glücklich zu sein, gefürchtet und allein, deiner selbst überdrüssig, bis du schließlich vor Einsamkeit verrückt wirst? Doch welche Alternativen bieten sich an? Was sollte man ändern, für wen, in wie vielen Jahrhunderten? Und, was immer am schlimmsten gewesen ist: zu welchem Preis, mit welchem Recht, gegen wen gerichtet und mit welchem Verlust?« Er machte eine Pause. Alle hatten geschwiegen, um ihm zuzuhören. »Nein, glaubt mir, das Juwel wirkt auf das Gewissen ein, nicht auf die Moral. Es ist für den, der weiß, daß es für ihn ist, und nicht für die Mächte der Welt.«

»Und die Welt, für wen wird sie sein?« fragte Artur.

»Für die Geschäftemacher, die sie schon immer beherrscht haben.«

Diese Schlußfolgerung machte mich traurig. Ich dachte, die Geschäftemacher hätten genug damit, daß die Welt ihnen gehörte. Es gibt Momente, da scheint nicht mal Ironie angebracht zu sein. Carter sprang vom Tisch auf und verließ das Eßzimmer. Es gab betretene Gesichter und verlegenes Lächeln.

»Was ist jetzt los?« fragte mich Camila leise.

»Entschuldigt mich«, sagte Gertrudis und eilte Carter hinterher.

Suárez lachte.

»Ach, dieses Einhorn!« murmelte er. »Immer so aufbrausend und empfindlich.«

Ich überlegte, inwieweit ein Problem zu einer persönlichen Frage geworden war und wir uns deshalb streiten müßten. Die Gesichter verrieten Ruhe vor dem Sturm. Ich dachte an die so verschiedenen Rechtfertigungen des Verhaltens. Eines Patrici Ficinus zum Beispiel, als er Perico adoptiert. Er gibt schüchterne Erklärungen ab, die voller verborgener Romantik sind. Die spärlichen, zynischen und herablassenden Beobachtungen Rodins diesbezüglich und die Bemerkungen von Pere Ficinus selber, gepanzert mit einem klischeehaften und wüsten Pragmatismus, wie sollten wir das schlucken? Wie seltsam, daß alle es für notwendig gehalten hatten, die Strategie zu entschuldigen, als ob jede Handlung das erforderte. Ich dachte an Uriach, der bis zum Ende gesucht hatte und, wenn er etwas dümmer gewesen wäre, schon am Anfang bemerkt haben könnte, daß er nicht glücklich war und es auf dem eingeschlagenen Weg auch nie werden würde. Ich dachte an Colom, der kein anderes Verbrechen begeht, als den Ball zu besuchen und zu tanzen. Schließlich dachte ich an Clàudia Miranda, meine Mutter, auch wenn sie mir das Gegenteil einreden wollten; kein verborgener politischer Beweggrund würde ihre Liebe, ihre unbeugsame Selbstlosigkeit und ihre Güte auslöschen. Patrici Ficinus, Uriach, Colom, meine Mutter … Wie seltsam, nicht? Zu denken, daß jemand gütig sein kann, jenseits eines beispielgebenden Schwindels und des Luxus der Verantwortlichen, ohne besondere Interessen, ohne das Gewicht der äußeren Absicht, ohne ein geheimes Bewußtsein zu sublimieren. Wie sonderbar, freilich, Güte nur um der Güte willen: daß das niemandem eingefallen ist?

Carter und Gertrudis kamen wieder herein, als die Ungewißheit schon beklemmend wurde. Sie sah zufrieden aus und zwinkerte mir zu, als sie sich zu mir setzte. Carter blieb stehen und erhob das Glas.

»Ich trinke auf den Frieden! Ich trinke darauf, daß es uns gelingt, das Glas wieder zu füllen, und daß wir auch wissen, womit.«

Ein paar Sekunden lang herrschte erwartungsvolles Schweigen. Sein Überschwang steckte mich an, mehr noch erstaunte mich, daß er von ihm kam, den ich für einen der gröbsten Zyniker in der Runde hielt. Ich befürchtete, jemand könnte sich provoziert fühlen. Gimellion stand auf, hob sein Glas in Richtung Carter. Wir alle taten es ihm nach, und die am nächsten Stehenden stießen an. Ich starb vor Verlangen, mit Gertrudis vereint zu trinken. Sie warf mir einen Blick zu, den ich verträumt nennen würde, und ich nahm einen Schluck Wein, kräftiger, als seine Qualität es verdiente.

Der Nachtisch, Kaffee und Schnäpse wurden aufgetragen. Casanova zog sich mit dem Hinweis darauf, daß er Fieber gehabt hatte, zurück, Teresa begleitete ihn. Kurz danach entschuldigten sich auch Ficinus und Kolinski. Nachdem sich die Runde aufgelöst hatte, kam Simon zu mir, und wir gingen in die erste Bibliothek.

»Heute glänzt alles, aber über den Dingen liegt Melancholie«, meinte er.

»Ja, ein Hauch von Ende.«

Wir sahen uns an, als hätten wir uns soviel zu sagen, daß wir gar nicht damit anzufangen brauchten.

»Wir müssen wohl voneinander Abschied nehmen«, meinte er und zuckte lachend die Achseln.

»Das hier scheint zu Ende zu sein«, sagte ich im gleichen Ton.

»Also dann, auf Wiedersehen.«

Wir umarmten uns. Er entfernte sich über den Gang.

Ich ging in das Eßzimmer zurück. Gertrudis saß jetzt allein am selben Platz, was mich erstaunte, denn Simon und ich waren kaum fünf Minuten draußen gewesen, und ihre Unterhaltung war sehr angeregt gewesen.

»Gimellion, Rodin und Suárez sind im Avalon, die anderen sind schlafen gegangen«, sagte sie, als hätte sie meine Gedanken erraten. Ich wollte wieder hinausgehen, aber sie hielt mich mit der Hand zurück. »Laß sie, es ist auch ihre letzte Nacht.«

Ich hielt die Hand fest, die die meine genommen hatte. Es war noch alles offen, und allem haftete bereits die Dämmerung an. Theater des Lebens, was forderst du von mir? Wir sind vier, einer geht, und ich gestehe den beiden Zurückbleibenden die Komödie. Ein weiterer geht, und der zurückbleibt, ist mein bester Freund, der unersetzliche, der Blutsbruder, der mich besser kennt als ich mich selbst. Ich gebe ihm gegenüber den Schwindel zu … und wenn er geht, wem sollte ich dann die letzte Vorstellung bieten? Kümmerliche Reste von Kraft, Ehre und Scham! Wo ich doch die große Vorspiegelung für mich selber mache! Und wozu, wenn es niemanden gibt, der noch die Mühe auf sich nimmt, mir zu verzeihen!

»Und unsere letzte Nacht ist das auch?« drang ich in sie, auf eine Tragödie gefaßt.

»Uns fehlt noch die erste, oder nicht?«

»Warum kann das nicht diese sein?« Ich näherte mich ihr, sie wich zurück. Ich blieb stehen. »Vielleicht sollte ich, wenn wir uns das nächste Mal sehen, die Gestalt eines anderen annehmen«, sagte ich und rückte noch weiter ab.

»Ja, wie Lamb, als er Lluïsa Cros verführte, nicht?« spottete sie auf maniert grausame Weise.

»Genau, mit Coloms Aussehen.«

»Nein.« Sie riß die Augen auf. »Du hast das wirklich geglaubt? So war es nicht!«

Mit einemmal sah ich sie entfernt, unbekannt, gewalttätig, gefährlich. Ich lachte über mich selbst, darüber, wie eine Frau mir den Boden unter den Füßen wegziehen konnte. Freilich verletzte mich seit zwei Tagen alles, was mit Lluïsa Cros zusammenhing.

»Worauf willst du eigentlich hinaus?« fragte ich, trotzdem interessiert.

»Zuerst nahm Ω Lambs Aussehen an, um Lluïsa zu betören, dann gab er Lamb Coloms Aussehen, damit er mit ihr schlafen konnte.«

Ich bekam einen Wutanfall, und sie lächelte so offen wie nie zuvor.

»Was noch? Ich bin der Papst in Rom und du die Stellvertreterin des Antichrist auf Erden, nicht?«

Ihr strahlendes Lächeln, ihre Raubtieraugen trafen mich wie Peitschenhiebe.

»Lamb war der Erbe der Dynastie, der einzige, der das Juwel vollenden konnte, aber warum, glaubst du, haben sie ihn versteckt? Weil er ein unmöglicher Taugenichts, ein Dummkopf war! Hätte man ihn Lluïsa vorgestellt, so wie er war, sie hätte ihn ausgelacht. Als er den Ehemann ersetzen sollte, mußte man ihm Coloms Aussehen geben, denn mit seinem eigenen hätte er sich lächerlich gemacht! Er war ein solcher Kretin, daß er sich am Ende für fähig hielt, Flint die Stirn zu bieten, und natürlich hat ihn Flint beim ersten Angriff umgelegt.«

»Lüge!« schrie ich, unfähig, mich zurückzuhalten. »Ihr glaubt wohl alle, daß ich der Dummkopf bin!« Ich ging auf sie zu und wollte sie schlagen, doch leichtfüßig wie eine Gazelle sprang sie auf und entwischte. Ich lief ihr um den Tisch nach, und wir lachten wie Kinder.

»Vielleicht verleiht das Juwel unter anderem die Fähigkeit, eine beliebige Gestalt anzunehmen«, sagte sie. »Vielleicht ist Rodin Gimellion, Suárez Kolinski, Artur …«

»Und du, wer bist du? Komm her!«

Und wenn alles ganz anders gewesen war? Ist der äußere Schein nicht Sache des Rezeptors? Vielleicht standen Kolinski und Lluïsa unter Drogen, nicht aber Lamb.

»Ich bin der Geist von Elies Mir!« rief sie aus, blieb stehen und sah mich höhnisch und herausfordernd an. Ich umarmte sie fest. Unser Atem ging schneller.

»Und wer bin ich, sag mir, wer ich bin!«

Wir küßten uns, als ginge es um Leben und Tod. Mein Kopf zerbarst an dem letzten Scherz, der, da er von ihr stammte, tragisch war. Wer war ich wirklich? Woher soll ich wissen, daß ich nicht ein anderer bin, der verrückt geworden ist und dessen Verrücktheit darin besteht, zu glauben, daß er ich ist. Armer Casanova, wie sehr mußte er unter seinen Wiederholungen gelitten haben; an welche Bewegung welcher Zeit mochte die Welt gedacht haben, als sie ihn erfand! Und nun hatte sich endlich alles auf Gertrudis und mich reduziert! Endlich … Oder nur für ein paar unwiederbringliche Augenblicke? Mir traten Tränen in die Augen.

»Willst du, daß ich bei dir schlafe?« fragte sie rührend sanft und ernst. Ich verbarg mein Gesicht. Ich bin ich, ich bin. Wir sahen uns eine Weile schweigend an, ich kann nicht sagen, wie lange. Sie brach das Schweigen, indem sie mit der tröstlichsten und angenehmsten Stimme, die ich je gehört hatte, sagte: »Geh, wenn du heute nacht allein sein willst. Tu, was du tun mußt, doch du sollst wissen, daß ich auf dich warte.«

Ich drückte ganz fest ihre Hände. Sie trug keine Ringe, ich hätte sie ihr sonst in die Finger gebohrt.

»Und Carter?« fragte ich, auf den widrigen Windstoß gefaßt.

»Er reist noch heute nacht zusammen mit Kolinski ab. Sie sind dabei, ihre Koffer zu packen.«

Die Nachricht verschaffte mir solche Erleichterung, daß ich beinahe geweint hätte.

Wir gingen in den Avalon. Niemand war dort; die beiden anderen Türen standen sperrangelweit offen, auch die Vorhänge waren aufgezogen, die Lampen, bis auf eine schwach leuchtende, ausgelöscht; das spärliche Licht, fern und direkt, kam von draußen. Der Raum glich einem Theater nach dem Ende der Vorstellung, anfällig für das Echo, oder einem Schiff auf dem Trockendock, dessen Besatzung Landurlaub hat. Ich stellte ihn mir ohne Möbel vor, mit von den Wänden blätterndem Putz und durch eine Explosion zersplitterten Fensterscheiben. Ich sah ihn in kleine Bereiche unterteilt, um Verwundete, an einer schrecklichen Seuche Erkrankte oder vielköpfige arme Familien zu beherbergen, voll mit aufgehängter Wäsche, Rauchwolken und Hühnern, so also endet die ewige Pracht des Avalon. Oder es kommen einfach, kaum daß wir fort fort, Bühnenarbeiter und bauen alles ab, was sie vierzehn Tage zuvor in aller Eile aufgebaut haben. Wir beschlossen, nicht länger zu bleiben.

Wir liefen langsam durch die Gänge, auf denen die Schlafzimmer lagen. Die Türen waren geschlossen. Mich befielen Zweifel. Und wenn sie mich getäuscht hatte und Carter nicht wegfuhr? Und selbst wenn er wegfuhr, wer weiß, ob sie nicht inniger voneinander Abschied nehmen würden, als ich es ertragen könnte! Ich verscheuchte die heillosen Gedanken, und wir trennten uns absichtlich zurückhaltend. Sie ging auf ihr Zimmer; ich wandte mich ohne Eile dem meinen zu.

Dort hatte ich das tröstliche Gefühl, heimzukehren. Es war mein Zimmer. Meine Täuschung? Jedenfalls mein. Mit meinem Schmetterling, dem schönsten von allen. Phrixos floh, war aber nicht abgewandter als am Morgen. Ich fühlte mich erschöpft und ein wenig betrunken. Ich streckte mich auf dem Bett aus mit dem festen Vorsatz, gleich wieder aufzustehen, doch der Wille war zu schwach. Alles wurde kleiner, als würde es auf den Grund eines Brunnen sinken. Ich kämpfte nicht dagegen an und schlief ein.

Der Kopf des Orion

Ich schrak empor. Das Zimmer war hell erleuchtet. Kurz dachte ich erleichtert, daß ich in Barcelona, zu Hause, und alles nur ein Traum gewesen sei; doch dann merkte ich, daß mich das enttäuscht hätte. Ich sah auf die Uhr. Es war drei, ich hatte nicht einmal zwei Stunden geschlafen. Ich verspürte ein unbegreifliches Ekelgefühl, das mich umherblicken ließ, ohne daß ich eigentlich wußte, was ich zu finden hoffte. Der Nachgeschmack der einzigen annehmbaren Verantwortung machte sich breit: das Besinnen auf sich selbst. Denn nun stand ich, wirklich allein wie noch nie, der Welt gegenüber, und es erheiterte und erregte mich, daß alle wußten, dies war auf unvergleichliche Weise meine Stunde und die keines anderen. Wer bin ich, ich bin, der ich bin, und so weiter.

Irgendein Ansporn läßt dich fragen, wer du bist. Das Motiv ist von Anfang an vorhanden und die Frage nie absolut. Es ist nicht vorstellbar, sie aus einer endgültig losgelösten, verwirrten Lage heraus zu stellen, denn dann würde man sich nichts fragen. Wer fragt: ›Wer bin ich?‹, weiß schon so manches, und auch wenn er merkt, daß ihm nie umfassend geantwortet werden wird, wird ein Teil, so klein er auch sein mag, der aber ausreicht, um das Dunkel zu erhellen, schon durch das Stellen der Frage beantwortet.

Ich stand auf und bemühte mich, gerade zu gehen. Ich zog mir die Schuhe aus und begab mich ins Bad. Absurderweise kam mir in den Sinn, ich könnte für irgend jemanden eine Komödie aufführen oder irgend jemand könnte über mich sprechen, wobei er sich selbst zum Vorbild nähme und ich nichts weiter wäre als seine Tarnung, um den Gefühlen freien Lauf zu lassen, ohne von seinen Feinden ausgelacht zu werden.

In Kopf, Mund und Magen ballten sich seltsame Wahrnehmungen zusammen. Ich betrachtete mich eingehend im Spiegel, weltentrückt in mich gekehrt. Man kann nicht behaupten, dachte ich, daß du mehr siehst als das, von dem du eigentlich immer geglaubt hast, du selbst seist das. Ich betrachtete meine Augen, den Blick starr auf den Punkt zwischen ihnen gerichtet, suchte einen symmetrischen, kühlen und gleichzeitig tiefen Ausdruck meiner selbst, eine entpersonalisierte Abstraktion. Während ich weiterhin diesen Punkt fixierte, schienen mir die Ohren ungewöhnlich verändert, am oberen Ende spitz zu sein. Doch als ich meinen Blick auf sie richtete, verschwand der Eindruck. Sobald ich zu den Augen zurückkehrte, war der Effekt wieder da. Ich betrachtete sie aufs neue, und sie waren wiederum normal. Das Phänomen beunruhigte mich zutiefst. Ich heftete meinen Blick auf die Nasenspitze, behielt aber die Ohren im Auge. Es waren zweifellos Elfenohren (vielleicht wegen der Scherze beim Abendessen? Denn der Wein dürfte schon nicht mehr wirken). Das Ohrläppchen unverkennbar mit dem Kiefer verbunden, und die Ohrmuschel am oberen Ende spitz zulaufend. Ich sah sie nicht ohne Schaudern direkt an und betastete sie derb. Es waren meine gewohnten Ohren! Ich wiederholte den indirekten Blick, und der Effekt stellte sich ein weiteres Mal ein. Ich empfand eine Mischung aus Entsetzen und freudiger Erregung. Was war mit mir los? Es waren die Ohren eines Mutanten! Hier haben wir also endlich das Juwel. Ich hatte das schreckliche Gefühl, erschaffen zu werden: das Ohrläppchen endgültig im Boden verwurzelt, und die Ohrmuschel auf die Sterne weisend! Die gefiederte Schlange! Die verhängnisvolle Dichotomie, von der man sich nicht lösen kann.

Das Entsetzen meines eigenen Blickes schmetterte mich nieder. Der Spiegel, Abweichung des Auges, dazu gemacht, alles zu sehen, nur nicht sich selbst. Ich fiel in den Taumel des Danach, in den Krampf der Atrophie, die dir das Unwiederbringliche, die tränenreiche Freude der Verkümmerung hinterläßt. Ich erschrak über den Wahn, mich selbst ergründen zu können. Welch teuflischer Drang treibt uns dazu? Um den entscheidenden Fakt zu finden? Und wenn er schon überholt ist? Um die Selbstachtung zu heben? Und wenn es dich für immer anödet?

Ich dachte an die vergangenen Jahrtausende, bis wohin die Geschichte als Erbe reichte, und malte mir die Zukunft aus. Der Mensch, der rettungslos seine innere Stille verloren hat, ertrug bald keine andere mehr; zunächst brauchte er die Musik, dann fortwährenden Lärm. Der Angriff verhärtet das Organ, und wie bei einer Droge mußte die Dosis ständig erhöht werden. Ich versenkte mich auf den Grund meiner Augen. Wird der Tag kommen, wo der Mensch sogar unfähig ist zu seinem ewigen dummen inneren Geschwätz (von den Hindus so sehr verworfen) und man es ihm dann von außen eingeben muß?

So wird das Individuum aussehen, das die kommenden Kriege überlebt: ohne Erinnerung an den inneren Dialog und damit an Überlegungen und Gedanken. Man wird nicht zur Ruhe der Yogis gelangt sein, die einer Entrückung gleichkommt, sondern zur Unfähigkeit, eine zusammenhängende Unterhaltung zu führen. Ohne das synthetisierende Selbstgespräch würde die innere Hemmungslosigkeit ein ununterbrochenes zermürbendes Gehämmer, wie ein schlecht eingestelltes Radiogerät. Die Anzeigen wären schon keine Empfehlungen mehr, maskierte Unterdrückung oder was auch immer, nicht einmal mehr Mahnungen, sondern Befehle, Programmierung und Leitfaden des Universums: Aktivitäten, Gespräche, geschaffene und scheinbar erfüllte Wünsche. So könnte das Modell eines präparierten Gesprächs aussehen:

»Convivium J-504/B, Modalität M5:«

»Hast du den Orgasmator OR-Q3 gesehen, den ich gekauft habe?«

»O ja, wie orgasmatisch! Was hat er gekostet? Vergeblich habe ich einen entzückt bestellt.«

»14,80 New Dollars. Ist er nicht reizend? Und sogar nach den Normen BGCSX-U1U1U1 und zugleich nach den JPIL-784222'2 homologiert. Ich erwarb drei weitere im Super Q-Löwe mit Hilfe des Kredits 4Q-6A Eichelhorizont.«

»Erfüllt bin ich von Neugierde. Welcher Art sind seine Eigenschaften?«

»2 F-O (Fucking-Orgasmen) pro Minute, oder 7 C-M-O (Klitoris-Massage-Orgasmen); garantiert in drei Minuten, mit einem Minimalverbrauch von 800 Kalorien und 9575 Neuronen pro Entladung. Er sichert dir nicht weniger als 600 Entladungen zu, doch wird empfohlen, 90 am Tag nicht zu überschreiten, und 30 nicht in weniger als einer Stunde. Den ganzen gestrigen Tag habe ich ihn ausprobiert, geriet ich in Ekstase, er ist so allentrückend!«

»Was für eine geile Steilheit! Mit Kribbeln in den Füßen eile ich. Gab es denn noch welche? Jetzt gleich will ich mir acht Stück besorgen.«

Unterdrückung? Mag sein! Es bedeutete, jemand wäre in der Lage zu denken, wenn auch insgeheim oder dabei sein Leben lassend. Die Welt würde nur Ergebnis und Notwendigkeit der bösartigen Ataraxie und der angeordneten Dummheit sein. Die Straßen, die Plätze, Wiesen, Wälder und Strände wären ein riesiges Aschefeld, ein nach Plastikbehältern, Binden, Spritzen und Zigarettenstummeln stinkendes Meer.

Ich richtete meinen Blick auf die Ohren, um zu vermeiden, daß sie sich veränderten wie in einem Sommernachtstraum. Ich stellte mir den Bewohner dieser Welt vor: Augen und Mund von Schlaflosigkeit, Tränen und synthetischem Speichel aufgedunsen, von giftigen Dämpfen und von dem abscheulichen Gestank der Nahrungsmittel angegriffen, der Gaumen voller unnützer Zähne, die vom ersten Tag an faulen, die Haut durch die Radioaktivität mit Wunden übersät, und die Schutzvorrichtungen gegen alle möglichen Strahlen. Die Ernährung würde völlig von der Chemie beherrscht sein: Aufputschmittel für den Tag, Schlafmittel nachts (schlafen hieße dann ausschalten), Anabolika, künstliche Proteine und Vitamine, und vor allem Pillen zur Verdauung, Entgiftung, Entschlackung, Entwässerung und zum Wiederaufbau der Magen- und Darmflora. Im Körperinneren hätte das Panorama nur den Vorteil, nicht sichtbar zu sein: Schrittmacher, Beatmer, Organtransplantate, Zellenregenerator, Stabilisatoren für Nerven, Lymphe und Stoffwechsel, die ihn je nach Bedarf bleich oder hochrot werden ließen, und Anzeiger der Blut- und Magensäurewerte, von Puls und Blutdruck. Dennoch werden sich eines Tages die ständigen, bei Männern und Frauen (das heißt, was von dieser Unterscheidung überlebt hat) unterschiedlich ausfallenden Zuckungen nicht mehr vermeiden lassen: Die Männer werden sich in einem Rhythmus von zwei Bewegungen pro Sekunde zusammenkrampfen (von einer Bewegung, wenn sie die Zwanzig überschritten haben), vom Hals, vom Nacken ausgehend, und von unten nach oben. Auch Lippen, Zunge, Adamsapfel, Gesichtsmuskeln und Schultern werden zucken. In fortgeschritteneren Fällen Augenbrauen, Finger und Zehen. Es wird zwei Arten von Frauen geben: die entwickelteren werden nicht mehr menstruieren, die primitiveren ab dem elften Lebensjahr ständig (die Weiterführung der Spezies wird zu einer Art biochemischer Fließbandproduktion, fernab der durch Deodorants, Orgasmatoren und Desinfektionsmittel verdorbenen Gebärmutter). Die nicht Menstruierenden werden am Unterbauch, an den Schenkeln und am Becken zucken, auch axial, in einer dem Koitus gleichenden Bewegung, zweimal pro Sekunde. Die Menstruierenden zwischen elf und zwanzig werden es auf fünf pro Sekunde bringen, und von da an bis zum vierzigsten Lebensjahr, ein Alter, das sie für gewöhnlich nicht überschreiten, nur noch auf eine Zuckung alle drei Sekunden. Gelegentlich werden unterschiedliche Formen von Konvulsionen des Thorax und der unteren Extremitäten auftreten. Im allgemeinen werden die Frauen von Gesichtslähmung befallen sein, weshalb man sie mit einem Sprechgerät ausrüsten muß (und in schweren Fällen mit einem Verstärker), die Männer werden Stimmband- und Zwerchfellprothesen brauchen. Nimmt man ihnen das alles weg – ganz zu schweigen von Brillen, Suspensorien und Prothesen (Finger, Nägel, Zähne, Haare, Hörapparat), den Stützen des Bewegungsapparates, Knie- und Armschützern, Nacken- und Wirbelstützen, künstlichen Gelenken, Filtern, unterstützenden Drainagen, Blasen- und Darmsonden, und vor allem den eingepflanzten Radioautodialogator –, werden Frauen und

Männer nichts weiter mehr sein als ein geschlachtetes Kaninchen, das wie ein Pudding zittert und in weniger als drei Minuten stirbt.

Jedesmal, wenn ich den Blick von meinen Ohren abwandte, fielen sie in die Metamorphose zurück. Zum Glück sind es nicht die eines Esels, dachte ich. Vielleicht war Orion weder ein riesenhafter Jäger noch ein babylonischer Gott, noch ein Schmetterling. Vielleicht stellt sich am Ende heraus, daß er ein Ohr ist, die Monstrosität, die immer ihre eigene Geschichte hört.

Auch mein Blick kam mir allmählich eher hörend als sehend vor, also spritzte ich mir Wasser ins Gesicht und machte einen Schlußpunkt. Ich war überhaupt nicht müde; ich setzte mich in einen Lehnstuhl, noch immer dem Rätsel, mich selber zu erklären, hingegeben, dem Bedürfnis, die Welt zu erklären, Beweise für die Dinge zu finden, die offensichtlich nicht nur diese Dinge sein können.

Welches Gift war das der Rache? Die Schlaflosigkeit? Die dadurch bedingte Auflösung von Tagen und Nächten? Die unausweichliche Angst vor dem Tod? Die heimtückische Angst, verrückt zu werden? Und was war das alles, wenn nicht der Schwindel der Ernüchterung des Ich, die fühlbarste und schmerzlichste Feststellung? Kategorien meiner selbst? Kategorien der Existenz? Ich stellte eine Bilanz der letzten sieben Tage auf und sorgte dafür, daß Verzweiflung und Ungeduld mich nicht von der Natürlichkeit abbrachten, die man brauchte, wollte man zu einem, wenn auch unpräzisen, Schluß kommen. Ich bedachte auch, daß Glaube bedeutet, auf eine längere Frist zu vertrauen, und meine Frist war nicht lang. Ich stellte fest, daß durch das Zusammensein mit den anderen in Gimellions Haus meine Gedanken sich im Kreis gedreht hatten und minutiös gewesen waren wie der Haß, und wie der Haß anmaßend und von vornherein zum Scheitern verurteilt. Ironie konnte manche von der Misanthropie heilen, ich konnte meinen Stolz nur durch Erniedrigung loswerden.

Ich ging im Zimmer auf und ab. Zum Glück gab es keinen Alkohol wie bei Emília; ich wäre endgültig abgesackt. Ich hielt eine Hand vor die kleine Lampe. Immer hatte ich gern die rötliche Durchsichtigkeit der Finger betrachtet. Plötzlich stellte ich mir den ganzen Körper durchleuchtet vor, wie von einem Feuer, wie vom stummen Aufsteigen eines Gestirns, durch das Blut meine Tage erhellend!

Ich ging wieder ins Bad, um mich im Spiegel anzuschauen, und dachte an die Pseudophilosophie, die über den Spiegel und das, was hinter ihm ist, entstanden war. Ich schloß die Augen, wobei ich an die Ohren dachte und daran, daß mich der Spiegel weiter reflektierte, obwohl ich es nicht sah. Und wenn, wie Augustinus, Elias und Ennodius sagten, die Muttergottes durch das Ohr empfangen hat? Die Metaphysik spricht von dem Nichts, und meine verworrene Phantasie stürzte sich auf ein fühlbares Nichts, das heißt, ein nicht fühlbares, oder fühlbar als wahrnehmbare Leere in einer Negationsreihe, die ich für die reinste hielt. Wenn ich die Augen schließe, dachte ich, ist das, was ich nicht sehe, weiter vorhanden, das Nichts prägt sich in die Netzhaut ein, ist aber kein absolutes, sondern ein relatives Nichts. Es ist das Nichts der konventionellen Sichtweise, in Wirklichkeit (und ich kann mit vollem Recht ›in Wirklichkeit‹ sagen), im Zusammenspiel mit dem Licht von außen, die rötliche Sicht des von innen her transparenten Augenlids, vergleichbar dem geschlossenen, fast immer roten Vorhang im Theater: wie Blut und Wein, Hände und Lider transparent. Aber wenn ich die Augen geschlossen halte, ist die Kategorie des Nichts als eine durch die Augenlider versperrte Sicht nicht die gleiche wie die des Nichts, das ich nicht beurteilen kann, weil keine Netzhaut es aufnimmt, zum Beispiel das Nichts der Dinge, die sich hinter mir befinden und die ich nicht sehe, weil ich die Augen geschlossen halte, aber auch nicht sehen würde, wenn ich sie öffnete, es sei denn, ich wendete den Kopf, womit ich die grundlegende Prämisse abändern und in eine andere Kategorie eintreten würde. Und wenn ich keine Augen hätte, wo wäre dann das Nichts, das ich nicht sehe? Gliche es dem Nichts, das ich hinter meinem Kopf mit geschlossenen Augen nicht wahrnehme? Da hatte ich eine dritte und vielleicht schon schlüssigere Idee vom Nichts, die das Nichts, das ich nicht sehe, weil ich die Augen geschlossen habe, gleichsetzt mit dem, das ich auch dann nicht sehen würde, wenn ich sie öffnete, denn es befindet sich außerhalb des Blickfeldes.

Ich ging ins Schlafzimmer zurück. Dort stellte ich mir ein Tier vor, natürlich ein fliegendes, kugeliges, eine lebendige Kugel, in seiner ganzen Ausdehnung eine einzige Netzhaut. Das Gesichtsfeld der Fliegen ist anscheinend sehr weit, aber das meines Tiers, mit allen Organen im Inneren der Kugel und der Haut, würde allumfassend sein. An so etwas müßte man sich natürlich gewöhnen, denn wenn man plötzlich mit diesen Eigenschaften ausgestattet wäre, sähe sich der Orientierungssinn (oben – unten, vorne – hinten) auf eine Schwerkraftlösung reduziert, die den Menschen sehr leicht in den Wahnsinn treiben könnte.

Vielleicht brachte mich mein eindringlicher Blick an einen ähnlichen Ort. Ich setzte mich in der Absicht, der Unruhe, die mich erfaßt hatte, irgendwie Einhalt zu gebieten. Ich mußte über mich lachen. Das Schicksal des Helden! Das also erwartete man von dir: geringes Leiden, Unkenntnis des Gegenstandes der Notwendigkeit, eine glückliche, in Watte gebettete Zukunft. Ich schüttelte den Kopf, stand auf und gestikulierte, als befände ich mich auf einer Bühne.

»Es geht nicht um Recht, es geht um Geschichte!« sagte der mit den Elfenohren.

Besitzt der Haß auf die Menschheit eine eigene Ethik? Oder überlagert und verändert er jede andere? Er scheint eher Ergebnis des Zusammenpralls der Logik mit den dunkelsten Seiten des Menschen zu sein.

Welchem Modell sollte man folgen? Worin bestand die Illusion, was zu erfinden? Die Desillusionierung des Ich belastete mich stärker denn je. Welche seltsame Absolutheit würde ich erreichen, wenn ich mit Sicherheit wüßte, daß ich (und nicht Simon, Gertrudis, Artur oder irgendein anderer) der Sohn von Valerian Lamb und Lluïsa Cros bin und von Gimellion und Lluïsa selber Clàudia Miranda anvertraut wurde, damit sie mich wie einen eigenen Sohn aufzog? Ich fragte mich, ob das alles nicht nur bloßer Schein war, eine

Haut, unter der unauflöslich und beharrlich der tatsächliche Konflikt pochte.

Das Zimmer drohte mich zu ersticken, ich trat auf den Gang. Die Nacht war schwarz, ohne Mond. Noch nie hatte ich so riesige Sterne gesehen. Und wenn Benedicte Flint Valerian Lamb im Ausland kennengelernt und ihn, nachdem er sich zusammengereimt hatte, wer er war, umgebracht und ersetzt hatte? Mit der späteren Hilfe von Florida wäre es ihm nicht schwergefallen, die Schritte Hölnsteins (oder Kolinskis, das ist egal) in Richtung der endgültigen Täuschung von Suárez, Ficinus und Ferret zu lenken. Ohne es zu wissen, hätte Ω mit seinen ganzen Anstrengungen, die dynastische Kontinuität des Juwels von Mir und Cros gegen Coloms Einmischungen zu verteidigen, letztlich Flint in die Hand gespielt!

Ich durchquerte das Eßzimmer und betrat den Avalon. Dunkel und verlassen wie eine nächtliche Kathedrale, strahlte er eine gewaltige Stille aus. Alles war so kalt und geordnet, als wäre man nur zum Staubwischen hierhergekommen. Ich trat an die nach Süden gehenden Fenster heran, dachte an Gimellions Andeutungen, die Zugehörigkeit Flints zum Kreis des Juwels nicht außer acht zu lassen, und auch daran, was Gertrudis über das Ersetzen Coloms in der Ehe mit Lluïsa gesagt hatte. Plötzlich gab mir ein Satz von Gertrudis den Schlüssel: Wenn Lluïsa Cros das ist, was wir beide gemeinsam haben, so bedeutet das, daß sie unsere Mutter ist, einer von uns beiden ist Lambs Kind, der andere das von Flint. Wer ist wessen Kind?

Ich wehrte mich entschieden gegen diese Gedanken. Du wirst dich noch in einer Litanei des ›Das kann nicht sein, das kann nicht sein‹ verheddern. Sie werden dich, von Kälte und Schwachsinn heimgesucht, in einem Winkel kauernd finden ... Ich ging in die außen gelegene Galerie, um den Angrenzenden Garten zu betrachten, und es war, als entstiege ich der atemlosen, richtungslosen Blindheit und als bescherten mir der kühle Nachthauch, das eisige Pochen der wiedergefundenen Sterne das Glück des Wiedererkennens, so als würde ich eine geliebte Person zurückgewinnen. Der Felsen, der den Garten der Dämmerung trug, verdeckte den östlichen Himmel. Vielleicht war es schon die Stunde für Arktur, den roten riesigen Stern, der im Morgengrauen den Frühling ankündigt. Es war schrecklich kalt, und ich eilte fast im Laufschritt in mein Zimmer.

»Das kann nicht sein«, stöhnte ich, »ich muß endlich aufwachen, denn das kann nicht sein …«

Mir schien, als klinge mir das schallende Gelächter von Flint dem Schrecklichen in den Ohren. Ich paßte in sämtliche Spiele. Was sollte ich anders machen, wo sie doch schon alles vorgesehen hätten? Mein Geist befand sich in einem zerbrechlichen Gleichgewicht, war im Begriff, in einem entsetzlichen Wirbel des Wahnsinns, der Auflösung zu zerbersten.

Ich erinnerte mich daran, daß jedes Gift sein Gegenmittel hatte: Hoffnung, Bestimmung, Nichts, Illusion, Traum, Individuum, Gedankenlarven … Labyrinth, Kalender, Weg, Möglichkeit … Ich fühlte mich wie ohne Kompaß und Rettungsring ins Meer geworfen, und mir kamen Suárez' Worte in den Sinn: Und wenn die Nachkommen von Lamb und Flint, Geschwister oder nicht, zur Vereinigung, nicht zur Zerstörung bestimmt waren? Und das wäre der Höhepunkt des Juwels, weiter nichts? Vielleicht würde man nie mehr herausfinden, wer Flint und wer Lamb war, das heißt Mir. Ihre Rettung bestünde darin, sich zu vereinen, ohne zu wissen, wer sie sind. Das wäre auch die letzte Chance für das Juwel.

Mir wurde plötzlich heiß. Ich öffnete das Fenster, und als ich es wieder schloß, drängte sich mir mächtig und tröstend das Bild von Gertrudis auf. Ich klammerte mich daran wie ein Schiffbrüchiger und war mir der Schwäche und Übertreibung bewußt, die sich meines schlecht trainierten Körpers in einer so kompromittierenden Situation bemächtigt hatten. Benedicte Flint wäre bereit gewesen, seinen eigenen Sohn zu töten, bevor er zugelassen hätte, daß ein anderer sein Erbe an sich riß. Nun übte die Zeit Rache, und die Nachkommen würden die Polarität in einer Nichtigkeitserklärung aufheben, um sich gemeinsam einem sinnvollen Ziel zu widmen.

Wenn ich der eine war, wer war dann der andere? Ich entschied, daß meine Stunde gekommen wäre, daß Gertrudis die andere sein müßte.

Nach einer halben Stunde beschloß ich, meinen Kopf unter der Dusche abzukühlen, danach legte ich mich auf das über das Bett gebreitete Handtuch. Gemach, dachte ich. Wird die Liebe zu Gertrudis wachsen, wenn ich weiß, daß wir beide im Wettstreit (oder in Verbindung) stehen, damit das Juwel vollendet wird? Oder wird das Juwel in jedem Fall vollendet, unabhängig von unserer Erkenntnis, daß wir es waren oder nicht? Wird das Juwel etwa dadurch vollendet werden, daß Gertrudis und ich tatsächlich Gertrudis und ich sind, so wie wir jemand anderes hätten gewesen sein können?

Ich versuchte zu schlafen, aber es gelang mir nicht. Der Garten der Dämmerung zog mich seit Gimellions Rede im Avalon auf unerklärliche, machtvolle Weise an, also schlüpfte ich wieder in die Kleider.

Übertreiben wir mal nicht, dachte ich, ich unterscheide mich nicht von jenem …, und außerdem, was bedeutet mir mehr, Gertrudis oder das Juwel? Brauchst du Rechtfertigungen von außen, um mit der Frau zusammenzusein, die du begehrst?

Ich setzte mich in den Lehnstuhl. Jede Generation hat ihren Ω, ihren Träger und ihre Göttin gehabt. Abgesehen von Ferret und Mir als Vorläufern, waren die der ersten Generation Boort, Alexis Cros und Julia Norfolk gewesen. Seltsamerweise sind die zeitlich am weitesten Entfernten die am besten Identifizierten. Die der zweiten Generation waren Gimellion (wenn auch ein wenig ungewiß), Lamb (das heißt Mir) und Lluïsa Cros. Und die der dritten? Vielleicht ist Ficinus Ω, aber wer sind die Träger? Jede Generation hat das Juwel verloren und mußte sich in erster Linie darum kümmern, es zurückzuerlangen. Wir befanden uns anscheinend mittendrin. Nun gut, dachte ich, was ändert sich an der Geschichte, ob das Juwel nun den einen oder den anderen gehört und ob ich darauf Einfluß nehme? Was würde ich besser machen als jemand anderes? Doch so funktioniert das Leben nicht, es folgt vielmehr einem Impuls, den nur der Wahnsinn oder der Tod unterbrechen kann (vielleicht auch höchste Weisheit). Der alle bewegende Wunsch ist es, daß ich es bin und nicht ein anderer, nicht der systematische Zweifel oder die gerechtfertigte Überlegung, aus der sich ein Handeln ergibt, auch nicht die Gleichgültigkeit, ob sie nun philosophischen Ursprungs sei oder, als Alternative zum Selbstmord, aus Übersättigung entsteht. Der Welt ist es egal, ob ich jetzt oder in zwanzig Jahren sterbe, mir hingegen nicht.

Für die Augen, die durch die Vernunft und die Institutionen verletzt worden sind, gibt es keine Liebe, kein Streben, keine Illusion, die sie wieder heilen könnte. Ich konnte nicht vom Nicht-Handeln träumen, von der zweifelhaften Heiligkeit der Hoffnung auf Rückkehr zur verlorenen Weisheit, von einer bewußten Wiedervereinigung, wie sie die fanatischsten Anhänger der Idee vom gefallenen Menschen befürworten. Ich konnte mich ebensowenig mit einer philosophischen Lösung begnügen, die nur ihr konzeptuelles Beiwerk betrachtete. Ich benötigte ein ganz konkretes Ende, eine greifbare Lösung, in der sich keine Hohlheit zeigte, sondern die sich auf derselben Ebene wie der gesamte Vorgang ereignete.

Ich fühlte mich ruhiger. Genau darin liegt der Unterschied zwischen der Wirklichkeit und der Kunst, die Selbstmord begeht, wenn sie sich vornimmt, die Realität nicht nachzuahmen. Was würde sich dadurch verändern, daß es kein Juwel gab oder der Garten kein Rätsel barg? Bliebe meine Unfähigkeit, das zu entdecken, oder die eines anderen, das zu erfinden, verborgen? Es tat mir leid, die Sehnsucht auszulöschen, doch ich glaubte, daß der Künstler eine Lösung geben und auf den Kalender der Möglichkeiten, das heißt auf die Unvollständigkeit, verzichten muß, die ausschließliches Privileg der Wirklichkeit sind.

Was ist das Juwel? Welchen Zweck hatte diese Zusammenkunft verfolgt? Bin ich der Nachkomme von Lamb und Cros, wenn dieser überhaupt existierte? Das waren die drei Fragen, die ich hätte stellen sollen, und laut Simon handelte es sich um ein und dieselbe. Besser gesagt, die Antwort auf irgendeine der drei hätte die anderen beiden gelöst. Wenn aber nur eine von ihnen dahin führte? Casanova wollte Informationen und erhielt sie, als er eine Gefährtin suchte,

Cros strebte nach Macht und erlangte sie über die Liebe. Oder war es etwa eine Art, die Dinge zu erzählen, der Wunsch, die Prioritäten durcheinanderzubringen oder einen Weg zu weisen, eine Strategie nahezulegen. Was sonst soll ich suchen, um das, wonach ich mich am meisten sehne, zu erlangen? Vielleicht war dies das chromosomatische und somit menschliche Zeichen des Juwels; der Niedergang der Individuation, wo Gut und Böse sich lösen, wo Entsetzen das eine ist und Lust das andere und keine einzige absolute Vernunft in der Lage ist, dir das zu begründen.

Genau so! Es ging nicht darum, eine Erklärung zu finden, sondern die in den dunklen Winkeln heulenden Monster herauszulassen: die Panik, die vom Trugbild des Seins aus das Trugbild des Nichts einflößt; die Krankheit, sich für ein Individuum zu halten; die Welt der Wörter, die aus dem Menschen ein inexistentes Gespenst, einen individuellen Mörder und kollektiven Selbstmörder machen … Aber ein Rückschritt ist nicht möglich, und selbst wenn, würde das die Übel nicht heilen. Der große Betrug besteht darin, das Absolute anstreben und die eigene Individualität aufrechterhalten zu wollen, wo doch das eine das genaue Gegenteil des anderen ist (so wie der Tod nicht etwas ist, das von außen auf einen zukommt, sondern den eigentlichen Höhepunkt des Ichs darstellt). Der Fall der Engel dürfte nichts anderes gewesen sein, als die Individuation dem einheitlichen Lauf der ursprünglichen Materie entgegenzusetzen. Von daher also die Vertreibung Luzifers und seiner Legionen und das Fortdauern der Engel als Moleküle des Absoluten (sollte das möglich sein). Und von daher auch – Gott steh mir bei – der teuflische Ursprung des Menschen, das Wesen von Himmel und Hölle (das eine von Engeln bestimmt, das andere von Teufeln – im ständigen Werden begriffen und daher menschlich), ein Konzept, mit dem sogar die Buddhisten übereinstimmen. Hier liegt das kosmologische Paradigma von Gut und Böse: die beiden Richtungen der Zeit, die natürliche und die gegen die Natur erzwungene, oder war es etwa umgekehrt? Oder ist der korrekte Weg des Menschen die Auslöschung? Ich umfaßte meinen Kopf mit beiden Händen.

Wenn alles viel umfassender wäre als eine wenigstens als Idee faßbare Dichotomie? Was konnte ich tun? Und wenn das alles zusammen nichts weiter war als das letzte Grinsen der Illusion von einer Ganzheit, von den Mythen der Götter, die sich für tot ausgegeben hatten? Nein, da befanden wir uns sicher nicht auf dem richtigen Weg. Und hier das letzte Wunder: um auf dem gemeinsamen Weg vorwärtszukommen, muß man zum individuellen zurückkehren.

Ich hatte also einen Rückweg vor mir: ich kam aus der Gefangenschaft der Gleichgültigkeit, Maske oder Pfad der trügerischen Transzendenz, der absoluten Konzepte, und ging zurück zum menschlichen Maß, das heißt zur Wahl. Welcher moralische Mechanismus läßt dich begreifen, daß dein Schicksal dem eines anderen gleicht, und ermuntert dich trotzdem, mit Zähnen und Klauen darum zu kämpfen, daß deines sich durchsetzt? Wer bin ich? Wie heiße ich? Ist das die Wahl, die mir das künstliche Dilemma zwischen Idealismus und Materialismus auflösen soll, die nebeneinander und nicht gegeneinander stehen, zwei Masken für das gleiche Trugbild? Hier haben wir Orion, ein Ohr mit einem Schwertgehänge: ein H von Hören? (Das geheimnisvolle H am Eingang des delphischen Tempels?) Genau betrachtet, ein mit seinem Punkt versehenes Fragezeichen!

Ich legte mich angezogen aufs Bett und starrte auf die Lampen an der Decke. Ich fühlte mich wie ein Kranker, der ins Krankenhaus gebracht wird und sich plötzlich erleichtert und ruhig den Händen anvertraut, die sich seiner annehmen werden, wie es sich gehört. Ich spürte die Gegenwart und den mächtigen Einfluß des Juwels, seines unverwechselbaren, letzten unsagbaren Ausdrucks, die vage Hoffnung auf ein Gefühl von höchster Bedeutung. Es mußte sehr spät sein. Mein Puls beschleunigte sich wieder, aber ganz anders als ein paar Stunden zuvor. Ich rief mir die Bäume und die Wärme des Gartens der Dämmerung (nun wäre es die Morgendämmerung) als Bewußtseinstäuschung, als verwunschenen Ort in Erinnerung, der in Wahrheit ein verschneiter und blutrünstiger, ein öder und von eisigen Winden zerklüfteter Felsblock war. Was hoffte ich dort zu finden? Einen Kriegsmechanismus? Den Schlüssel zur Weisheit? Den Schlüssel zu Reichtum und Macht? Eine wissenschaftliche, philosophische, historische, theologische oder sonst eine Entdeckung, die die Bedeutung der Welt offenbarte? Oder aber die verborgenen Interessen im gesellschaftlichen wie im wirtschaftlichen Bereich, die am Ende, selbst wenn es in Form einer mathematischen Abstraktion wäre, eine erhellende Erklärung geben würden? Doch wofür? Für die Zukunft der Völker? Oder vielleicht für die hypothetisch in anderen Zeiten vorhandene und jetzt verlorene absolute Wahrnehmung der Wirklichkeit und meines eigenen Lebens, aufbewahrt in Form des verstörenden, seit Jahrhunderten an diesem Platz gehüteten Antlitzes der letzten Erkenntnis? Oder aber gelangte man zum endgültigen Gleichgewicht durch die Zerstörung? Ich schien in die Irrtümer zu verfallen, die ich hatte austreiben wollen. Oder würde ich – wie in den im Avalon erzählten Geschichten – einen Scherz vorfinden, der den Niedergang beschönigte. Vielleicht sollte ein Scherz die nicht beendeten Geschichten abschließen, der meine Identität, oder zumindest die Vorstellung, die ich davon hatte, betraf. Ich sprang auf und lief hin und her, um nicht erneut kribbelig zu werden. Plötzlich wurde mir klar, daß alles, der Garten, der Kriegsmechanismus, die sich als moralische Schlußfolgerung offenbarende und dann als Sinn des Lebens verkaufte Erkenntnis, die Wahrnehmung der Wirklichkeit, mein eigenes Leben und selbst der abschließende Scherz, sogar die Relativität dieses Vorgangs, seine vollkommene und teilweise Spiegelung, seine Nichtigkeit, nichts weiter war als verschiedene Aspekte oder Erscheinungsformen ein und derselben Frage. Ich erkannte, daß diese Aspekte in unendlicher Reihe einander zum Symbol werden können, wie in einem Spiel der Spiegel, und es zwecklos war, eine Synthese zu versuchen oder ihre Versöhnung, schon gar nicht irgendeine Hierarchie, denn eben in dieser Vielfalt, dieser Unversöhnlichkeit lag das perzeptive und diskursive Wesen des Menschen. Würde das immer so sein? Wie lange sollte die Zeit der Annäherungen, das Zeitalter der Schwäche, sollten die Folgen der Vertreibung aus dem Paradies noch dauern? Eine einzige, *die* Frage …

Doch die Welt ist so unterschiedlich, so vielfältig, daß diese einzige Frage nicht existiert und sie noch in ihrer Nicht-Existenz immer anders aussehen wird.

Wählen, wählen! Und was würde nun kommen? Die falsche Morgenröte, die die Leere nach einem völligen Zusammenbruch ankündigt? Die Identifizierung des Sohns des Krieges? Die Maske aus Blut, Knochen und Schicksal, die das unvergleichliche Bild meiner geliebten Gertrudis birgt?

Nun höre ich auf zu schreiben. Vor einem Augenblick habe ich aus dem Fenster gesehen; es wird allmählich hell. Zum erstenmal werde ich an diesem Ort den Sonnenaufgang betrachten, ich werde es vom Garten der Dämmerung aus tun, dessen Namen man nicht zu ändern braucht, denn er meint sowohl die Abend- wie die Morgendämmerung. Alle schlafen, zumindest höre ich kein Geräusch; nichts deutet darauf hin, daß sich irgend jemand außerhalb seines Schlafzimmers befindet. Ich kann also sagen, ich bin allein. Nicht auf so tragische Weise allein, wie man sich angesichts des Todes fühlen muß, aber einsam genug, so daß ich ungestört dem Klang meiner eigenen Stimme lauschen kann. Das ist der schreckliche Augenblick vor dem Morgengrauen, die Stunde der zum Tode Verurteilten, die weder der vorangegangenen Nacht noch dem kommenden Tag angehört, die Stunde, in der der Einsame nicht weiß, in welche Richtung er sich wenden soll ...

Hierin liegt der letzte Sinn des Trägers und des Hüters: Orion ist der blinde Riese, sein Kopf ist nichts anderes als der Mensch, den er auf dem Rücken trägt, Kedalion, Meister des Hephaistos, Schmied des Juwels, das ihn in die Morgenröte geleitet, die ihm das Augenlicht zurückgeben soll.

Jetzt werde ich durch den Flügel, in dem die Nebenräume liegen, und durch den unterirdischen Gang gehen. Mir ist, als könnte ich an seinem Ende die Tür sehen, durch die ich die äußere Treppe erreichen werde; das Pulsieren der aufgehenden Sonne, das ihre Risse verwundet, wartet auf mich. Mich erfüllt die angenehme Verrücktheit und die aufgeregte Niedergeschlagenheit, wie sie großen Reisen vorangeht. Ich habe die Tränen zurückgehalten, und nun, im letzten Moment, überkommt mich die Lust zu lachen. Welches Geschäft kann dazu führen, Mythen zu entblößen, um darin Interessen zu entdecken? Wer kann aus dem Ausweiden des Phönix Gewinn ziehen? Cäsar, was Cäsar gebührt, aber jedem einzelnen ... Hier bleibt eine Frage offen, wie Gertrudis sagte: Bevor wir uns um die Antwort Sorgen machen, wie sollte denn die Frage lauten? Ich bin unnötig, weil ich nötig bin, ich bin unentbehrlich, weil ich entbehrlich bin.

Ich habe meine Sachen zusammengepackt und bebe vor Ungeduld und Freude. Ich gehe in der Gewißheit, daß ich – welches Juwel auch immer ich im Kopf des Orion finden sollte – dem möglichen Leser nun eine einzige Konsequenz verkünden kann: Es ist unmöglich und für mich auch uninteressant, weiterzuerzählen, ohne die Dinge abzuändern, so wie man es bisher mir gegenüber getan hat.

Kurze Bibliographie
zum Garten der sieben Dämmerungen

AHAMI TOSURA, Who-Tho *Allgemeine Geschichte der Hinhalte-kriege*. Murmansk, 2895.

BLANCO, Jorge Luís *La Egoatio Precox (Über die Täuschung des Individuums, von Platon bis zum Postnuklearen Zeitalter)*. Ganimede-stown, 2945.

BLOOM, Stephen *Die Vorstellung des Vaters in den Ursprüngen der Sprache*. Damaskus, 2969.

CONTRARCANGELI, Pier Paolo *Das Labyrinth als Kenotaph des Phönix*. Minosburg, 2885.

DELVAUX, Jean-Paul *Enzyklopädie der Vier Zeitalter*. Neuve Montréal, 2963.

DUHLER, Shimon *Numerische Gründe des westlichen postnuklearen Denkens*. New Jerusalem, 2947.

GAHAM, Abu Hamed *Poesie, Gehörsinn und Respiratorische Kenntnis*. Alep, 2997.

GABRIEL, Yuri *Verfall von literarischer Sensibilität und Handwerk* (in *Letzte Hefte zur Sprachwissenschaft*, Num. 43281, D.3, S.9244-10126). Wladiwostok, 2789.

– *Die Erste Person und der Autor: Krise einer Identität* (in: *Akten zum Kongreß über Kunst und Egoatistik*, D.25000, S.14). Bagdad, 2779.

HANE VO, Rapaua *Die Auflösung des Ich-Konzepts. Probleme einer Wiederkehr*. Siehe spez. Kap. LXIX: *Crepuskuläre Gregoistik und Erbgut*. Sydney, 2820.

IKIRA, Yamakawa *Kybernetische und literarische Kunst zwischen den Atomkriegen*. Kyoto, 2935.

– *Das ästhetische und moralische Erbe der Owaysis*. Kairo, 2938.

IOUFENG, Txang *Graphen und Kommunikation*. Shanghai, 2917.

IVSAR, Rempo *Das unterbrochene Ende (Von der Vertreibung aus dem Paradies zum unwiederbringlichen Vergessen)*. Lhasa, 2923.

JAN HUBBLE, Kamus *Die Grenzen der Kybernetik*. Portovivaldi, 2976.

LLOIMGAN, Uijla *Lektüre der konzeptuellen Regression*. Loheia, 2890.

MARCEL, Albert *Der eponyme Held des Monats* (in *Biunivoke Apoka-lypse und andere Verteidigungsschriften für die Vorherrschaft*, Sammelband versch. Aut.). Last Parigi, 2900.

MEIER, Aaron *Die Sehnsucht und das Unmögliche: Von der mathematishen Utopie zum Ernährungsproblem*. Neckanati, 2990.

MERTINEZ, Linus *Sozialer Fortschritt und pathetischer Schwindel*. Telemachushaven, 2850.

NAGMIOLL, Ijlan *Der symposische Held*. Konya, 2989.

PETRUCCIO, Giovanni *Lyrik und Epik: Die Vernunft des Subjektiven*, Mozartown, 2821.

– *Symbolkunde und Überleben*. Tabliz, 2840.

PIGWEK; Panckri *Die erste Person und die heldische Sprache*. Ratnapuraia, 2909.

– *Wurmdiät (33 Egoationsmenüs)* Alexandria, 2913.

POTMANOVA, Maria *Die Genese des Mythos im Garten der Sieben Dämmerungen*. Beringhaven, 2449.

– *Analyse der Enteogenie gemäß der Fraktalgeometrie und den multidimensionalen Differenzierungen*. Batum, 2961.

– *Unterlagen zum Kongreß der Crepuscologie*. Ganimedestown, 2978.

– *Kommentare zur Kreuzabnahme im Katalog*. Mendelssohnhaven, 2981.

RALLOF, Julian *Traumtopologie* (Vol. IV: *Sonnenausrichtung* siehe spez. Kap. XXVIII: *Norden und die Möglichkeit von Gegenlicht*) Bachburg, 2735.

REAGAN, John Ronald Ruelen *Die Evolution des religiösen Gefühls*. Neue Defrobani, 2932.

SALAZAR, Angel de *Nachahmung, Abstand und Entdeckung in der Kunst des Vorwortschreibers*. Triest, 2869.

– *Buriatische Korpuskel und die digitale Schrift* (siehe spez. D.9.900: *Katastrophales Netzwerk und zusätzliche Übertragung*). Aklavik, 2890.

SHANDRAPUTRA, Sanjai *Die Ich-Werdung und die Angst*[*] (in *Der betrügerische Selbstmord*, Sammelband versch. Aut.). Darbhanga, 2953.

---

[*] Es halten sich noch heute die Polemiken über die konzeptuellen Unterschiede zwischen Ich-Werdung und Egoation: eine philologisch-moralischer Natur, eine andere im logisch-neopsycho-analytischen Bereich, und eine dritte, strikt historische, die sich manchmal mit den anderen beiden überschneidet und außerhalb von ideologischen oder theologischen Einflüssen steht. In diesem Kontext können wir beide Begriffe als Synonyme betrachten.

TATANKA-IOTANKA *Bezüge auf die klassische Welt in der symbolistischen Erzählkunst des europäischen Mittelmeerraums im XXI. Jahrhundert.* Juneau, 2936.

TE VARINEE, Cari *Buch-Garten und Garten-Buch. Von der Renaissance zum Postnuklearen Zeitalter.* Wanganui, 2954.

UBELE-LE'HYA, Du *Die drei Bibeln* (Vorwort zur kritischen Ausgabe). Neckanati, 2898.

VIRGILI, Brando *Auszüge aus dem genetischen Kalender von 2445 nach Thomas Konrad.* Ockhamville, 2848.

ZOU, Tsepoumi *Die Krise der fortwährenden Ironie unseres Zeitalters.* Bejing, 2868.

ZPRENGER, Jakob *Der Schatten der Chromosomen in der seelischen Verbindung mit der dritten Person.* Samarkand, 2939.

– *Verzückung und Ich-Werdung (Von Benares bis Bethlehem).* La Meca, 2940.

– *Die Sonne und der Tod* (spez. D.45 Cervantes, *La Rochefoucauld, die Perser und die Türken,* und D.89: *Die purpurne Morgendämmerung des Pentalfischen Propheten*). Heavenlyhill, 2942.

Inhalt

II Googol

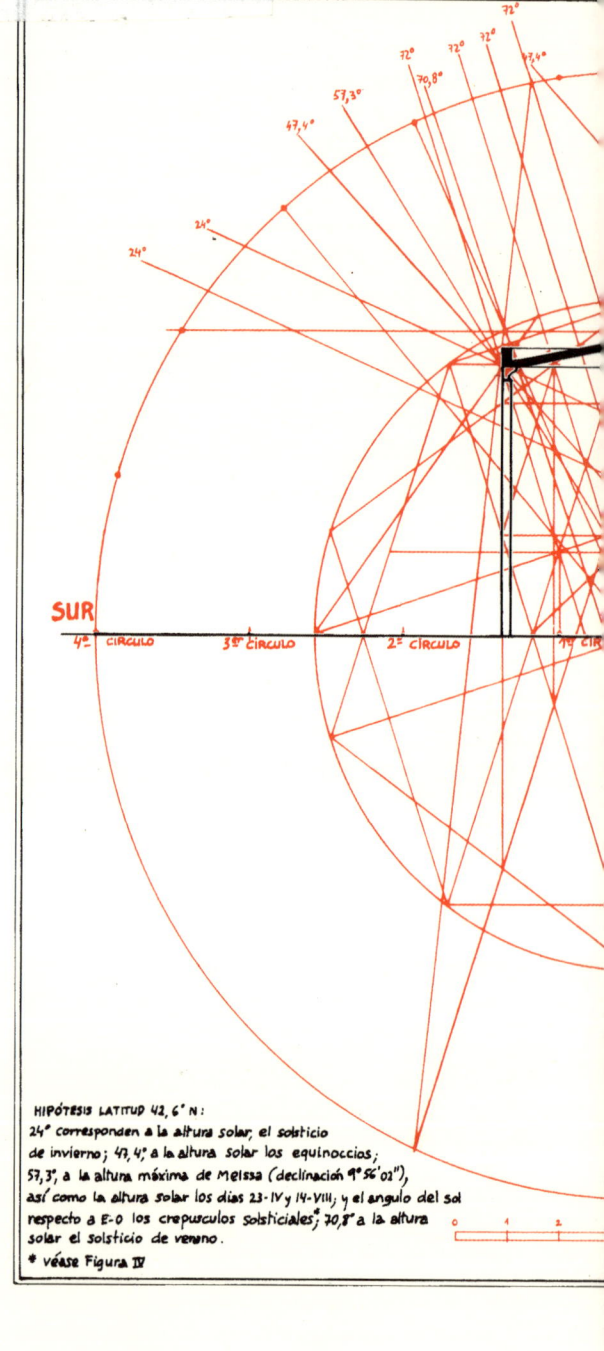

72°
72° 72°
72°
70,8°
57,3°
47,4°
24°
24°

SUR

4º CÍRCULO   3ᵉʳ CÍRCULO   2º CÍRCULO   1º CIR

HIPÓTESIS LATITUD 42,6° N:
24° corresponden a la altura solar, el solsticio
de invierno; 47,4°, a la altura solar los equinoccios;
57,3°, a la altura máxima de Meissa (declinación 9°56'02"),
así como la altura solar los días 23-IV y 14-VIII; y el ángulo del sol
respecto a E-O los crepúsculos solsticiales*; 70,8° a la altura
solar el solsticio de verano.

* véase Figura IV

0   1   2